东都岁时记

上

写离声——著

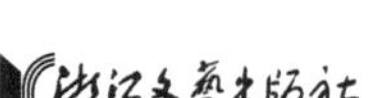

目录

第一章 继母

元丰十五年的春天，似乎来得比往年晚。

一缕若有似无的东南风裹着伊、洛两水的潮气，一路吹到城西康安里姜府，那一丝暖意已经消失殆尽。

风里浸透了洛京流连不去的严冬，穿过两扇打着金铺金钉的黑漆大门，越过重重墙垣，掠过粉壁丹楹，在九曲十八拐的廊庑上逡巡了一会儿，钻进青琐窗，绕过窗前的琉璃屏，撩得墙角的铜鹤灯一暗，末了把一顶绛绫帐掀起了一角。

帐子里的人在睡梦中打了个哆嗦，两道远黛般的眉蹙了蹙，往织锦被里钻了钻。

这一钻就觉出不对劲儿来了，院里专管熏衣熏被的婢仆就有四个，她钟家十一娘长这么大何曾睡过潮冷的被子？

屋子里的气味也不对，她的规矩是春夏不熏香，只拣气味清淡雅致的香花两三枝供在案前榻边，秋冬则只用沉香木或自制的苏合，断不会燃这又俗又恶的甲香。

钟荟想睁眼，可是眼皮却像有千斤重，她尝试了几次均徒劳无功，只得作罢。

“我才刚死，她们就坏了规矩，可见是我平日太过宽纵……”钟荟迷迷糊糊地反省，隐约觉得哪里不对，昏沉沉地把这句话翻来覆去想了几遍，终于一个激灵，睡意全消，猛然从床上坐了起来。

对啊，她已经死了，自入秋以来病势一天沉过一天，在病榻上缠绵了一冬，终于还是没有熬到春暖花开的时节。

那现在她是死而复生还是转世投胎了？

康安里距皇城只隔一个元化里，住在此地的多是世卿世禄的达官贵人，姜家是吊在当朝宠妃姜婕妤裙带上平步青云的，本不入流。不过说起姜家的府邸，却无人不知、无人不晓，乃是九六城中大名鼎鼎的一座鬼宅。

姜府原是前朝中书监袁大人的祖宅，前朝永兴之乱，袁家数百口人命丧贼寇之手，不久就开始闹起鬼来，几经易手，终是荒了下来。直到两年前，姜家奉旨接过这个烫手山芋。

许是屠户出身的姜家人煞气重，连鬼都不敢来寻衅，人和鬼处了一年多，相安无事，也就是姜家晚辈中排行第二的小娘子，腊月里不慎落入后园池子里，染了风寒，迁迁延延地病到开春还不见痊愈。

“阿姊，他们说的是不是真的呀？”说话的少女约莫有十来岁，着一身绿绨夹棉短襦，石青绨下裙，梳着丫髻，身板以她的年龄来说堪称壮硕，一张脸盘又圆又阔，五官却小小的，挤作一堆，让人见了恨不得帮她匀开些。

“说什么？听风就是雨的。去去去，别挡着炉子。”另一个作同样打扮的少女捧着香盒，从里面扒拉出几丸香药，添柴似的漫不经心地将其投进榻边一个银制镏金狮子香炉里。

她比那胖婢女高半个头，身条很细，下巴尖尖，柳眉纤长，已经有了美人的雏形，可惜一双眼睛吊梢兼三白，配上略高的颧骨，显得十分刻薄。

“昨日南乙院的阿盐跌池子里去了，他们都在传哪，”胖婢子神神道道地道，“说是后园池子里有落水鬼，专门拽人脚脖子，拖下去当替死鬼哩！你说咱们小娘子那次……别是被落水鬼看上了吧？”

“呸呸呸！”年长的婢子照那胖婢子脑袋上拍了一记，瞪起眼睛，一双眼珠顿时上不着天下不着地，看着颇瘆人，“教拔舌鬼拔了你的舌头去！这府里的规矩你忘啦？”

“又不是我先说的，”胖婢子揉着脑袋嘟囔，“传遍阖府了！咱们小娘子生得好，我要是水鬼我也勾她去呢！”

瘦婢子被她的歪理气笑了，一跺脚道：“嘘！别把小娘子吵醒了！”

胖婢子没有丝毫预兆地一撩帐幔，钟荟正竖着耳朵偷听她们说话，堪堪来得及把眼睛闭上，装模作样地吐出一口绵长的气来。

偷听下人闲聊还差点被抓现行，钟荟自觉十分堕落，两颊浮出两朵羞赧的红晕。

“睡得酣着哪，放心吧！”胖婢子得意地把帐幔一抛，帐角上累累赘赘的银香囊和珊瑚、琉璃丁零当啷一阵脆响，躺着的就算是头牛也该被吵醒了。

钟荟不知道自己怎么就稀里糊涂地夺了人家的身体。第一次从这具躯壳里醒来是夜里，她神思恍惚，没清醒片刻又昏睡了过去。

接下来的两天一直浑浑噩噩，睡时倒比醒时多，大部分时候周围只有几个仆妇。她只能从她们的只言片语中拼凑出眼下的处境。

除了洒扫的粗使仆妇以外，她醒时照过面的下人有四个，一个嬷嬷姓季，大约是乳母，另有三个婢子，最大的十四五岁，名唤蒲桃，长得最出挑的叫阿枣，她最喜欢那个圆圆胖胖唤作阿杏的，因她话最多，且口无遮拦，能说的不能说的张口就来。

多亏她，钟荟才知道被自己鸠占鹊巢的这位小娘子芳龄八岁，在府上排行第二，是郎君原配夫人所出，上头有个嫡兄，业已延请西席，开笔行文。此外还有一个双生姐姐，不知因何缘故，从小养在济源的表叔家，下人们提及此事都语焉不详，钟荟在心里暗暗记了一笔。

如今主持府里中馈的是继室曾夫人。据说这位出自世家的继夫人十分有德，对先夫人的儿女视若己出，甚至比对一双亲生儿女还着意。

仆妇们不会连名带姓地称呼主人，家家都有郎君、娘子、老夫人，钟荟至今没弄清自己姓甚名谁，身在何方。

这屋子雕梁画栋，仆妇们被服绫罗，绝不会是小门小户，但也不像世家。

钟荟眼睛毒得很，略一扫就知道这屋里一应金雕银镂的器玩看着虽贵气，其实都是新造的，世家凡事讲求来历和渊源，连唾壶都得往后汉以前数。

再者格调虚浮，陈设全无章法，那列女画屏本就艳俗，还紧挨着秦王子驾鹤错金博山炉，满屋子朱红、绛红的帷幔倒配了紫锦地衣，上面还雪上加霜地铺了张绿熊席。

从仆妇也能看出端倪，若在钟氏这样的旧家，雅言说不好是不能近身伺候的，这屋里几个人南腔北调，唯有蒲桃稍好些。

更不用提那松散的规矩了。钟荟第一次醒时是黄昏，屋里竟没有留人伺候，想是值夜的婢子偷懒，不知跑哪儿玩耍去了。

新贵，钟荟在心里暗暗下了判断。

她又侧耳听了会儿，她们的话题已经歪到兴元里坊门外的胡饼摊去了，于是悠悠地“醒转过来”，道：“什么时辰了？”

“小娘子醒了？才刚过辰时。”两人中阿枣还算有点眼色，见她挣扎着要起来，赶紧放下手里的活，上前去扶她坐起身，又拿了个鹅黄忍冬纹织锦隐囊垫在她腰后。手里忙着，口里也不闲，一迭声地吩咐阿杏去打热水来。

钟荟任由她们手忙脚乱地替她梳洗了一番，中间头皮被阿杏粗手笨脚地扯疼了几次，脸色沉了沉，无奈那婢子眼睛漏光，钟荟上辈子当了十五年弱柳扶风、病骨支离的名门淑媛，没学过疾言厉色地呵斥下人，只得生生受了。

阿枣从案上拿了把镂雕竹林七贤的铜手镜来给她照。纵使心中已有准备，但每每对上镜中陌生的脸，钟荟的心头依旧不免涌起万般滋味，有对原主的愧疚，也有惶然，更多的是担心前世亲人，爷娘和阿兄该有多伤心，祖父年事已高，自小又疼爱她……钟荟想到这些，心中一阵钝痛，不知不觉红了眼眶，把两个丫头吓了一跳。

阿杏又手忙脚乱地绞了帕子替她抹眼睛："小娘子不哭不哭，生病总是要丑一点的呀，老话不是说嘛，福在丑人边……怎么越哭越凶了，唉……不是不是……能好看回来能好看回来！咱们小娘子顶顶好看，啊——"

钟荟被个半大孩子一哄，自己也不太好意思了，比之香消玉殒的原主，她这鸠占鹊巢的孤魂岂不是幸甚？既然有幸还魂，又身在这九六城里，说不得有机缘与前世的亲人重逢，一时间又生出无边的希望来，不觉莞尔一笑。她生得眉目如画，这一笑便如雨霁云开，竟有些光艳摄人的意思，把两个婢子都看呆了去。

阿杏咽了口唾沫，心说乖乖，小娘子哪里是变丑了，这病了一程，分明更惹眼了。眉眼还是那副眉眼，脸色也比往日憔悴几分，可就是有股子说不明白的味道。方才小娘子那一落泪一皱眉，阿杏觉得仿佛有一只手伸到她胸腔里，把五脏六腑都揪成了一团；这厢眉头一舒展，嘴角一翘，又像有人拿火斗把她从里到外都烫得平整熨帖，忍不住跟着咧嘴傻笑起来。

阿枣对自己的容貌颇有几分得意，见了生得好的，无论是仆是主，总忍不住暗暗比较，非得吹毛求疵地找出点美中不足，再田忌赛马似的拿自己的优势与之相较，在心里得出个谁都长得不如她的结论聊以自慰。以往觉得小娘子美则美矣，却是个木头美人，嘴生得略阔，不如自己檀口一点，然而这么一笑，仿佛连嘴都阔得应当应分，小一分一毫，那弯起的嘴角便不能那么好看。

钟荟却觉得这张脸虽长得不错，可毕竟是一个八岁的孩童，再美能上天不成？

钟家人长得也不差，再者钟家和卫家有通家之谊，有那一家子大大小小的美人成天在眼前晃着，就是再倾国倾城的绝代佳人，到钟荟这里也掀不起一丝涟漪了。

恰在这时，蒲桃端了汤药走进来，钟荟就着她的手小口小口地喝了，拿蜜水漱了口，又饮了小半碗温热的酪浆，将将躺回去，便听下人通禀夫人和三娘子来了。

竹帘发出一阵轻响，一个姿态娴雅的妇人牵着个五六岁的女童，带着几个仆妇，施施然地穿过垂帷，绕过屏风，向床边走来。

曾氏看起来不过三十许，肤色不怎么白皙，胜在匀净细腻，五官俏丽，只可惜左耳下一大块暗红胎记一直延伸到脖颈，生生把个别有风味的美人变作了无盐。

她的打扮家常又素净，一根白玉簪将满头青丝绾作妇人髻，暗紫襦衫，玄色下裾，外面罩了件浅紫小茱萸纹锦裲裆，襦衫袖子窄小，不是如今时兴的式样。

钟荟知道一些旧姓世家高标门第，自重身份，外间风俗越是嬗变，就越是因循守旧。钟家就不兴这些，钟老太爷本人尚褒衣博带，若不是上了年纪畏寒，说不定也像时下京都少年一样袒胸露腹。钟家有这个底气，就是上御街裸奔也没人敢说他们不是当世衣冠。

眼前这个又是和哪家沾亲带故的？钟荟在心里把数得上号的膏腴之族罗列出来，将千丝万缕、错综复杂的亲戚关系捋了捋，印象中并没有这样一号人。

钟荟欲起身行礼，曾氏轻轻地按着她的双肩让她躺下："跟母亲何须多这些虚礼，今日身上可爽利些了？"

钟荟本就是假客套，便从善如流地躺了回去，毕恭毕敬地道："劳母亲惦念，晨起服了药，发了一身汗，现下好多了。女儿不孝，不能在母亲膝下承欢，反累得母亲与三妹探望，着实惭愧得很。"

"看看这孩子，病了一场可是糊涂了，说的什么胡话。你虽不是我亲生，却是在我手底下长大，怎么大了倒跟阿娘生分起来了。"曾氏轻笑一声，扯过三娘子道："你不是时常念叨着你阿姊吗？"

三娘子不情不愿地挪动了数寸，敷衍地唤了声阿姊，就垂着头摆弄起腰间的紫玉双鱼佩来。钟荟不瞎，自然看得出三娘子与她的手足情稀薄得很，还颇看不上她。

女童梳着双丫髻，着一身半新不旧的衣裳，身上没什么显眼的珠翠首饰，只手腕上戴了一对细细的素金镯子。她的容貌与曾氏有七八分相似，眉眼仿佛一个模子里刻出来的，那些不甚相似的地方却生得青出于蓝，兼之肤色白皙，没有那块遗憾的胎记，虽比钟荟所占的这具身躯略逊一筹，也已是十分难得的美人坯子了。

钟荟不至于和个小童计较，大人有大量地笑着寒暄道："三妹这厢可好？听说前日夫子又夸赞你灵慧颖悟，《孝经》可能诵了？"说罢吩咐蒲桃去取果子和蜜水与三娘子吃，又命阿枣搬胡床来。

三娘子虽自视甚高，但并非不通人情，相反还十分早慧，敏锐地从她的问话里品出一分居高临下来，心里既不屑又诧异，她这个阿姊斗大的字不识几个，又托病在床上赖了几个月，倒有脸提这一茬儿？有心看她出乖露丑，眼珠一转道："已经粗通了。只是阿兄方学《谏诤章》，秦夫子道待他学完才能接着讲《论语》。"

她讲到这里，撇撇嘴，对这个拖后腿的庶兄很不满，亏得还比她年长一岁，像块顽石一样不开窍："这几日左右闲来无事，便先翻看起来，今日读到《八佾篇》'禘自既灌而往者，吾不欲观之矣'一节，不太明白，阿姊可否为我释疑？"

钟荟看着她一脸的不怀好意，感到莫名其妙，她自己三岁开蒙四岁诵《论语》，料想原身就算再不成器，毕竟已经八岁，断没有连《论语》都不通的道理。

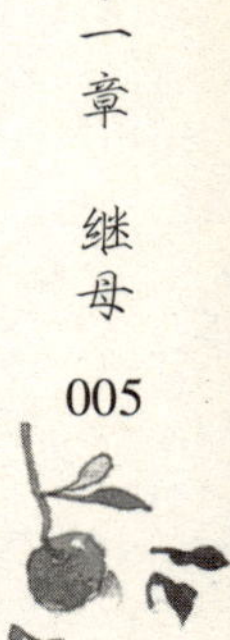

刚要斟酌着开口，却见曾氏伸出一根尖尖的手指点了点女儿的脑袋，嗔怪道：“瞎胡闹，你阿姊哪知道这个，以为都像你，不爱花不爱粉，就爱读那劳什子的书。咱们阿婴可不兴学她这样，女子本就不必学富五车，能识得几个字，把一篇《女诫》读熟便罢了。”

钟大才女感到自己被劈头盖脸地摁了个不学无术的戳，颜面尽失却无能为力。

这种话只能哄骗哄骗三岁稚子，若没有父母师长刻意引导，哪个孩童不爱嬉闹玩耍，反而偏爱“之乎者也”？她自认已经算是有定力的了，也得日日靠着父母师长耳提面命才能安坐一时半刻。

三娘子还是七情上面的年纪，不以为然地噘起嘴：“但是那钟十一娘、卫七娘……”

“钟、卫、裴、荀是什么人家？我们又是什么人家？”曾氏皱着眉，轻轻拂了拂衣袖，仿佛要把三娘子的妄念一并拂落，“人最要紧的是知道自己有几斤几两，多学学你阿姊，让阿娘省点心。”

钟荟简直不知道这是在夸她还是在骂她，还没来得及说什么，三娘子已经抢白道：“阿娘不用妄自菲薄，她们也不过是倚仗出身才负此盛名罢了，十岁诵五经又有何难？假以时日，女儿未必比哪个差了！”

饶是钟荟也被她这气吞山河的气概震惊了，她虽有过目成诵之能，但倒背如流不难，真正融会贯通却绝非易事，若无名师大儒指点和家学积淀，不知要走多少弯路。钟荟是真真切切下过苦功、结结实实挨过板子的，断然不敢说出“容易”二字。

“不知天高地厚的丫头！”曾氏虽嘴上斥责，眼里却噙着一点自豪的笑意。

“三妹真是志存高远，我这做阿姊的实在惭愧。”钟荟由衷感叹道，没半点掺假，她在这个年纪可没有这般鸿鹄之志，成天想着偷懒，溜出去看百戏而已。

“好孩子，你可别被你三妹带歪了，夫子夸两句尾巴就翘上天去了。”曾氏爱怜地抚了抚钟荟的鬓发道，“对了，上元节宫中新赏了绢帛，开春你们姊妹做几身鲜亮的衣裳穿，还有娘娘另赏的各色珠玉香粉，一并送过来与你玩。”

宫里的娘娘……钟荟眼睛一亮，这句话实在是有大用处。今上后宫颇简省，宫里有位分的娘娘两只手数得出来，且多为世家女。钟荟年幼时隔三岔五去宫里玩，后来病笃，便不太入宫了。她不熟悉的除了新近入宫的裴淑媛，便是出身屠户的姜婕妤。钟荟想通此关节不过一瞬，顿时如遭雷劈。

“阿婴？”曾氏见她突然目光呆滞、脸色煞白，露出担忧的神色，“可是哪里不适？”

钟荟好不容易把这晴空霹雳克化了，血色慢慢回到双颊上：“不妨事，只是方才有些头晕，让母亲忧心了。”

曾氏从怀中掏出绢帕，亲手替她擦拭额角沁出的薄汗：“定是说了那么久的话累着了。你好生歇息，快些把病养好，眼看着快到上巳，你们姊妹也出去松快松快。”

送走了曾氏母女，钟荟把头埋在锦被中，灰心丧气地躺了半晌。可怜她钟十一娘读了一肚子圣贤书，不曾学得半句粗语村言，否则还能咒骂两句以排遣一二。

有道是由俭入奢易，由奢入俭难。

钟家乃是四世三公的高门华族，世代簪璎，满门朱紫。钟老太爷虽已致仕，门生故吏遍布天下，将相岳牧悉出其门；钟太傅以当朝帝师执钧当轴；小辈中亦有多人出仕，平流进取，坐至公卿，指日可待。钟荟是钟太傅膝下独女，说是天之骄女也不为过。

反观姜家，钟老太爷在朝堂上指点江山的时候，姜老太爷还在西市上屠猪宰羊，只因出了个倾国倾城的姜婕妤而骤然富贵。

从钟鸣鼎食的世家嫡女到屠户家的小娘子，不啻于从云端跌落泥潭，钟荟深切感受到何谓造化弄人，差点一个想不开再死上一次。

好在钟家十一娘苟延残喘十数年，那一点少年人的血气方刚被抽丝剥茧地抽了个一干二净，织成一片无边的耐心，虽然矫情的穷讲究和臭毛病不少，却颇有几分勘破红尘的缺心眼，天大的冤情沾上枕头便能大事化小、小事化了。

第二天，钟荟一觉醒来，那一腔愁绪已经消了七七八八，睁开眼睛后觉得那朱红艳紫的帷幔还挺喜庆，看多了竟也顺眼起来。

香料不中意可以换，大不了重新调，反正方子都是现成记在心里的。姜家虽然顶着屠户之名，毕竟已经发了家，别的不说，阿堵物是尽有的。

这一个继母心机手腕都不缺，似乎不怎么好相与，但世事又岂能尽如人意？无非兵来将挡，水来土掩，见招拆招罢了。

造化毕竟待她不薄，若是让她托生为黎元黔首，纵使她诗书满腹，不还得土里刨食？她是读过《春秋左氏传》《国语》和《史记》的，知道民生多艰，遇到荒年更是卖儿鬻女，饿殍遍野。两厢这么一比较，姜家简直是块福地了，钟荟觉着自己定能把这个姜屠户家的二娘子当得风生水起。

钟荟任由思绪信马由缰地遛了一圈，坐起身望见横过窗前的杏枝不知何时已悄然抽出几点新芽，枝头一只雏雀婉转啁啾，一颗心也不由得随之轻快起来。

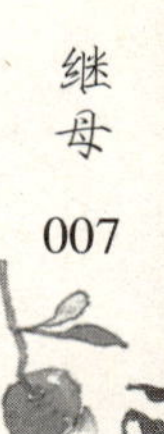

第二章 姜家

姜家正房面阔五间，院中疏疏落落栽着几株桃李海棠，缘东墙攀着一株蔷薇，现下虽还未抽出新叶，遒劲的枝条已经泛出些许青色，可以想见春暖花开时是怎样一番胜景。

曾氏膝下一双子女尚年幼，还未分出院去，八郎住在东厢，三娘子住西厢。

“阿娘，婕妤娘娘赏了什么好东西呀？”三娘子一跨进厅事就忍不住问道，“可有我的份吗？”

“一些料子和玩器罢了，自然是你们兄弟姊妹几个都有的。”曾氏摸摸她的头顶道。

“阿娘与我看看吧。”三娘子扯了扯曾氏的袖子道。

“瞧你眼皮子浅的，又不是没见过好东西。”曾氏斜了她一眼道，“阿娘素日里怎么教你的？”

三娘子抬头觑了觑母亲的脸色，见她并无愠色，便大着胆子撒娇道：“这回让我先挑成吗？”

曾氏对着幼女期许的眼神，半晌都不忍说出个“不”字。

身后不起眼的褐衣妇人上前一步，叹了口气道：“小娘子，老奴斗胆多一句嘴，有道是长幼有序，按规矩是该让二娘子先挑的……”

话音未落，三娘子一撩眼皮，从鼻子里哼出一声，抢白道：“我们母女说话，你一个奴婢插什么嘴，这又是哪门子规矩？”

“住嘴！怎么跟邱嬷嬷说话的！”曾氏横眉立目地呵斥道。

“我说错了吗？”三娘子眼眶微微发红，也不知是愤怒多点还是委屈多点，嘴上不依不饶，“我阿娘给你脸，叫你声嬷嬷，这就得意忘形了，也不撒泡尿照照自己是什么货色，下贱的奴婢！”

“好！好！”曾氏气得浑身发颤，扬手作势要打，“我让你读圣贤书，你却满口粗言秽语，好好的一个官家小娘子，去学那村夫野妇的下贱声口！既如此，我今日就亲手打死你，也好过他日让我丢尽颜面！”

邱嬷嬷“咚”的一声跪在地上，却也不去劝阻。三娘子抖成了一只鹌鹑，嘴上却还不服软，梗着脖子一边抽噎一边道：“贱奴贱奴贱奴！呜呜呜……你为了个贱奴打我……你就知道疼二娘子……你这个偏心眼……呜呜呜……”

三娘子一开始还只是做做样子，雷声大雨点小，哭着哭着真觉得委屈起来，直哭得泪眼模糊，天昏地暗，眼一闭心一横想：索性把我打死了，去疼你那便宜女儿吧。

曾氏看着哭得梨花带雨的女儿，到底没狠下心，颓唐地垂下手去，叹了口气对一旁的婢子道：“兰芷，扶三娘子回房。”又冷冷地对女儿道：“去把《孝经》抄十遍，抄不完不许出门。今日晚膳不必用了，在房里好好思过，想想什么叫作孝悌。”

说完硬硬心肠，转过身去扶起邱嬷嬷：“稚子不晓事，委屈嬷嬷了。”

“夫人折煞老奴了，”邱嬷嬷站起来，整了整衣裳，“是老奴忘形了。”

“嬷嬷说的什么话，我打小是你看着长大的，素来把你当家人一样看待。嫁入姜家这些年，多亏有你在身边指点迷津，你切莫与我见外。”

邱嬷嬷是从母家随她陪嫁过来的乳娘，出身官宦之家，能识文断字。邱家因牵扯进谋逆案被抄了家，女眷流徙千里。大赦天下后邱嬷嬷才得以返乡，辗转到曾家做了乳母，与曾氏几乎是无话不谈。

主仆两人一边你来我往地客套，一边往西边静室里去，这静室原是间耳房，因僻静做了行斋礼佛的所在。

“有夫人这话，老奴斗胆僭越一句，”邱嬷嬷放下门帘和厚厚的青布帷幔道，“三娘子生性刚强，加之年纪尚小，待大一点就能明白夫人的苦心了。这教养孩子就如同修剪树木，只有狠下心把横生的枝丫削去了，他日方能成材。”

“嬷嬷说的道理我何尝不知，”曾氏苦笑着往香炉里添了些檀香，“只是事事以别人的儿女为先，什么绫罗绸缎、金玉珠宝都巴巴地紧着人家，教亲生的儿女受委屈，我这做阿娘的，心里实在不好受。”

“夫人切莫作如此想。”邱嬷嬷皱了皱眉，她这主母有见地有城府，但是限于出身，差了几分高瞻远瞩的胸襟气概，对一个“利”字看得太重了些，“那些毕竟是身外之物，为了小郎君和小娘子的前程，当有所取舍……也就忍过这一时罢了。若连夫人都心有怨愤，只会教三娘子更难以自处。”

“嬷嬷说的极是。”曾氏落寞地道，“都怨我貌若无盐，嫁入这样的人家……又不得郎君青眼。郎君原也是指望不上的，如今就指着这一双儿女成材，八郎还小，看不出资质如何，三娘子……不是我自夸，这孩子聪敏颖悟是我平生仅见，又生得粉雕玉琢，若是托生在有几分底蕴的人家，便是钟、卫、裴、荀也嫁得。也不知将来姻缘着落在哪里，究竟是我这没用的阿娘害了她。”

邱嬷嬷心说为人父母的看自己孩儿，哪个不是聪明绝顶？这些年她冷眼看着，三娘子也就是寻常早慧。何况小时了了，大未必佳。将来能否有出息，一看家世，二看机缘，三看性情，才貌倒是其次了。

不过这话说出来想必也只是徒惹夫人不快，便违心地附和了几句。

曾氏想起一双儿女，眼里笼着柔和的光晕，旋即想起了什么，又聚起阴郁来，犹疑道：“嬷嬷，你觉不觉得，二娘子这病了一场，和以往不大一样了？”

“孩童没长性，此一时彼一时也是有的，依老奴看来，二娘子还是那个恭敬柔顺的样子。”邱嬷嬷安抚道。

“想是嬷嬷方才没看真切，”曾氏回想方才的情形，眉头越皱越深，“我总觉得她那脸上的神色有些异样，虽还是一般恭敬，但……”

但那骨子里的唯唯诺诺和惶恐卑怯已然一扫而空了。

邱嬷嬷敛容道：“夫人怎么待二娘子，阖家上下都看在眼里，断没有一个人能挑出一句不是来。即便二娘子将来大了，心野了，受了什么小人调唆，误解您的一片真心，那也是她不知礼数，不懂孝道，夫人问心无愧便是，思前想后倒给了旁人说头。”

“嬷嬷说的是。”曾氏被她疾言厉色地说了一通，脸上却毫无愠色，连眉头都舒展开了，“是我想岔了，多亏嬷嬷在旁提点。”

“乡野之人没什么见识，夫人若觉得还有只言片语可以入耳，权当笑话听一听。”邱嬷嬷爱怜地抚了抚曾氏的背脊，“夫人知书明礼，什么道理不懂，不嫌弃老奴倚老卖老，是怜悯我这个老寡妇。”

曾氏脸色稍霁，相信二娘子翻不出什么大浪，却仍然有些心神不宁，念了一回经方觉安稳些。

待邱嬷嬷离去，曾氏便着下人开小库房，取来宫里的赏赐，挑挑拣拣，选出最贵重的几样摆件和衣料，将其放在一边，分作两堆。那些是大郎和二娘子的，这于她已是根深蒂固的习惯。

然而想起女儿失望又愤懑的眼神，曾氏只觉阵阵揪心，忍不住趁着邱嬷嬷不在跟前的当儿叫来三娘子房里的秋兰，吩咐道：“三娘子夜里怕是要饿，你去厨房传些糕饼备着。”

挣扎了一会儿，终是从挑拣好的那两堆里取出一只镶水晶的错金鸟兽纹奁盒，并一匹连珠孔雀罗，让秋兰带去给三娘子。

钟荟之前以为，姜家虽没有旁的好处，至少不缺钱。现下对着小山似的绫罗绸缎和金玉器玩，她发现自己严重低估了姜家不缺钱的程度。

宫中按例赏的不过是些时兴花色的寻常宫缎宫纱并几盒香药香丸、面脂口脂，是钟荟司空见惯了的，且不如钟府得的精致。

婕妤娘娘私下里的赏赐就两个特点，一是贵，二是重，沉甸甸的分量十足，绝不拿空心玩意儿糊弄小孩子。其中最惹眼的是两尺来高用整块沉水香雕成的辟邪兽和一套九支镶红靺鞨的赤金莲花簪，除此以外，还有两匹巨鹿散花绫、两匹缠枝莲花纹锦缎、两匹筒中布、两匹罗縠、一些小杂件，俱是稀罕物。

“啧，看看这些料子，一匹怕是抵得上庄户人家几年的嚼用!”季嬷嬷睁大了眼，唯恐一错眼把宝光漏了去，“更不用提这些叫不上名儿的宝贝了！二娘子，夫人对您可真是没话说，您可得知恩图报啊!”

“嬷嬷这话说得倒有趣。”阿枣冷笑一声，“这些宝贝不是宫里的陛下和娘娘赏的吗？也不怕拜错了山头!”话落又小声自言自语，却是让所有人都听见了：“上赶着巴结就罢了，吃相还这么难看!”

季嬷嬷眼一瞪，就要跳起来发难，躺在床上的钟荟却笑道：“哪里来的那么多浑话，搅得我脑仁疼。”

她摸了摸盖在身上的朱红葡萄纹织锦被，料子倒是绝好，看成色大约是上贡的，但是被子里还是带着潮气。想起她前世的阿娘，每到岁寒时都要特地嘱咐仆妇勤翻晒被褥，每晚睡前反复熏暖。想来三娘子那外表平平无奇的被褥，内里也是温暖松软的吧，真正的慈母心肠也就在这些细微之处了。

不过饶是她也不得不承认，曾氏为了个虚无缥缈的贤名挺舍得下血本。

钟荟摩挲着一只银镏金香鸭，若有所思，仅那一面看不出什么来，但她凭直觉感到，曾氏胸中不见得有什么丘壑，也并非那超然物外、视金钱为粪土的人，这就有些费思量了。

钟荟思量了片刻没什么头绪，便决定犯不着为这伤神，吩咐蒲桃和阿枣把辟邪兽摆在案上，其余的小杂件和玩器略翻了翻便对季氏道：“我也不耐烦看了，嬷嬷与我收起来吧。”

继而命阿杏将水色的罗縠铺展开，抚了抚赞叹道：“这颜色清凉，夏日里做帐幔甚好，可惜只得了一匹。”又若有所思地拈起一段比了比，道：“拿来糊窗子吧。”

阿杏的眼睛都快直了：“这个拿来糊窗子?”小娘子莫不是病糊涂了吧!

钟荟抿嘴一笑：“啊，看我糊涂的，糊窗子莫如用纱，罗縠稍嫌密了些，怕不够透风，还是留着裁几件小衣吧。”

阿杏："……"

果然是病糊涂了！

钟荟将养了大半个月，到画帘半卷、东风和暖的时节，已经能让婢子搀扶着在院子里走两步了。

她这个小院虽然只有一进，然而院落宽敞，院中遍植桃杏兰桂，甚至不乏一些叫不上名字的奇花异草，若非要挑剔，那便是规整有余，画意不足，少了几分宛自天开的疏旷意趣。

这些天她想方设法逗着阿杏她们多说话，逐渐把姜府的情况探了个大概。

这身体的原主人名叫姜明月，小字阿婴。

姜家人口简单，姜老太爷膝下两子一女，俱是老妻曹氏所出，半个妾室也没有——倒不是鹣鲽情深，主要是因为穷。

姜老太爷大约也不是享福的命，好日子没过上多久，平日里看着挺健旺的一个老太爷，无灾无病地就那么没了。

姜婕妤闺名万儿，从小生得美貌无匹、光艳绝伦。元丰三年四月八日佛诞，天子在门楼上散花，也不知怎的，一眼望见人群中比花还娇艳的姜万儿。可惜没待他看个真切，姜万儿就转入人潮中，寻不见了，真个是翩若惊鸿，婉若游龙。

天子心猿意马，连礼佛的心思也没了，回宫就提起御笔，凭着那惊鸿一瞥的记忆画了幅小像，着人在九六城中寻访。说来也巧，姜万儿浴佛节后恰好出城去姑母家小住，让天子又辗转反侧地思慕了二旬。

许是因来之不易而格外珍惜，姜万儿入宫后便宠冠六宫，没几年便诞下五皇子，晋位为婕妤，成就了一段佳话——当然，姜家看来是佳话，别人就未必了。

姜万儿平步青云之后自然要照拂一下家里，尤其是阿兄阿弟的前程。姜家二郎乃是姜氏夫妇的老来子，姜万儿入宫时还在拖着鼻涕玩泥巴，于是这个前程就落在了长兄姜大郎身上。

彼时姜家大郎连个像样的大名都没有，他阿娘前脚生完他，后脚猪圈里一头母猪产崽，便把他唤作阿豚。

姜阿豚人生前二十年一门心思研究屠宰技术，毕生志向就是把祖业发扬光大，最大的野心不过是垄断西市屠宰市场，不想突然被天子点了尚书郎，他连尚书郎是个什么狼都不知道！

好在有人比他更蒙。朝中世族和寒门本来就斗得乌烟瘴气，没事还要把藩王勋戚拉出来遛遛，出了姜家这档子事，众人猛然发现，"克己复礼、静渊有谋"的天子竟然很有昏君潜质嘛。

世族率先翻脸，有道是“上品无寒门，下品无世族”，尚书郎是六品清资官，向来只有三品以上的世家子弟才能以此起家，你一个杀猪的，不能妄想染指他们的禁脔啊，这不是打他们的尊脸吗？

言官引经据典地把吏部尚书、尚书右仆射从头到脚骂了一遍，直把他们骂成亡国灭种的罪魁。一干官员表示很冤，这事完全是皇帝乾纲独断，压根儿没走正规流程！

中书监卫昭卫大人连劝谏都省了，直接拂袖而去，上了道折子乞骸骨。有了带头的，其他世族官员跟风而动，不是告老就是称病，朝堂竟空了一大半。

这件事闹得沸沸扬扬，钟家身为世家表率，虽处事圆融，在这种时候毋庸置疑是要站稳立场的。钟荟当时还小，只记得那几日她阿爷很闲，每天抓着她来回考校功课，烦人得很。

事情最后以天子下罪己诏，亲自登门把卫大人请回来告终。据说那日君臣执手流涕，互诉衷肠，冰释前嫌，甚是相得。

之后姜大郎的六品尚书郎变成了尚书仓部令史，卫大人见好就收，大度地捏着鼻子忍了。

尚书仓部令史虽是九品小官，但顶着阿豚名号也实在不像样，天子送佛送到西，买一送一地把兄弟俩的名字都改了，于是姜阿豚长到二十五岁上，摇身一变为姜景仁，字孟泽，成了姜家数代第一个有表字的人。

这就是姜明月神龙见首不见尾的阿爷——她醒来大半个月只闻其名未见其人，阖府上下没人知道他在哪儿，行踪很是缥缈。

姜景仁还是姜阿豚的时候已经娶妻生子，原配是金市西南角酤酒的陈家三娘。陈三娘嫁过来一年便生了长子姜昙生，五年后在生育姜明霜、姜明月这对双生女儿时难产而死。续弦曾氏的母家是弘农杨氏的旁支，在她母亲出嫁时已经式微。曾氏膝下的三娘子姜明淅六岁，八郎姜竺生尚在襁褓中。

姜大郎娶了两任妻子，嫡子嫡女不算多，勉强够用，庶子庶女就很可观了。

姜大郎大约是不敢浪费祖坟上好不容易冒出的青烟，兢兢业业地默默耕耘，开枝散叶，这些年陆陆续续纳了七八房妾室，加上没名分的美人、歌伎、美婢，少说也有二十来人。

曾氏把园子西北角的几个偏僻跨院收拾出来，编上甲乙丙丁戊己庚辛，眼不见为净地把那些莺莺燕燕统统打发了过去，避瘟病似的，和她那一双宝贝儿女躲得远远的。

姜景仁干脆在西北角开了一扇对街的小门，偶尔回府就直接扑进他的温柔乡，连路都不用绕。

姜明月至今没闹明白她究竟有几个庶弟庶妹，更别提齿序了。

总而言之，姜大郎就是个“粪土之墙不可圬”的典型，姜家怎么看都是史书上

“女富溢尤”的生动注脚。

若不是钟荟对姜家二郎姜景义有所耳闻，她也会这么认为。

比起姜大郎在朝野上下掀起的腥风血雨，姜二郎出仕时一派宁静祥和，连一朵水花都没有溅起，毕竟放着羽林郎不当，哭着喊着要去西北吃沙子的傻帽有什么好嫉恨的？

钟荟幼时常出入祖父的外书房，大人们非机要的谈话也不避着她，钟荟无意间听他们提到过姜二郎，她阿爷说过一句话：“此子神气殊异，似非池中物。”

钟荟记性比寻常人好，但并非真的过耳不忘，之所以把一句闲谈记到今日，乃是因为她阿爷秉性中正平和，极少发惊人语，更不会说过头话，他有此一言，这位姜二郎必定有值得称道之处，那么天子如此厚待姜家，也许并非只是姜婕妤一人的缘故了。

不过比之喝着西北风、腾天潜渊的二叔，钟荟眼下更在意的却是另外两桩事：一是她腊月里“不慎落水”，二是她从小养在济源表叔家的双生姐姐姜明霜。

前一桩如今是死无对证，当日在旁服侍的婢子被曾氏拖到二门外一顿笞杖，打了个半死，随后全家远远地发卖了。

后一桩她大致也能猜到，一个小小孩童，又不能作什么奸犯什么科，被送到别处养多半是生辰命格上犯了什么忌讳，不是妨克别人就是被别人妨克，这种事情并不少见，有些人家甚至会把出生在恶月恶日的孩子直接溺毙。

值得推敲的是姜明霜被送走的时机，不是甫一出生，而是平安无事地养到三岁，也没见她刑克六亲。

那是元丰九年，曾氏嫁到姜家第二年，也是三娘子出生的那年。

“嬷嬷，我阿姊为何去了表叔家呀？”这天用晚膳的时候钟荟向乳母季氏打探。

季嬷嬷从白釉挂绿彩的细瓷碗里舀了一勺白粥，嘬着嘴吹到微温，递到她嘴边，却不回答，只笑盈盈地问道：“小娘子怎么又想起问这个？”

“嬷嬷觉着我问不得吗？”钟荟微笑着望向她的眼睛，悠悠道，“我嫡亲的阿姊，自然是时时挂念的。”

季嬷嬷被这仿佛洞穿一切的眼神看得有点烦躁，二娘子从小没什么主心骨，对她这个乳母几乎言听计从，何曾和她犟过嘴？但是自从病好了却仿佛换了个人，几次三番拿话堵她，隐隐地用主仆尊卑来压她。

季嬷嬷在院子里向来说一不二，倒比姜明月更像正主，如何能受得半分气？

虽说前日夫人吩咐慢慢把大娘子妨克胞妹的缘故透露些与二娘子，但此时她被顶撞得血气上涌，不由自主地想为难二娘子一二，当下绷起脸来：“小娘子还小，有些事夫人不叫多问，您就别问了，总是为了您好。夫人这些年对您那真是没的说，亲生的阿娘也不过如此了。小娘子要感念夫人的恩德，时时牢记为人子女的道理，恭谨柔顺，听夫人的话才是。”

“我自然是要听母亲话的。”钟荟淡淡地道，“母亲既然说了不能问，我也不好叫嬷嬷难做。”

季嬷嬷没想到她这么轻易就俯首帖耳，得意之余又觉得一脚踩空，原本想着若是二娘子再缠着她问一问，她就装作勉为其难，半含半吐地说几句，没想到等了半晌也不见对方把台阶递过来，错过了这次，也不知这话头何时才能再被提起。

想起夫人的交代，她只好努努嘴，老了老脸皮道：“先头夫人去得早，您和大娘子从小没了亲娘，按理说姊妹俩是该一处亲近、互相帮扶的，奈何有个方外的高道算得大娘子的命格与您有妨克，若养在一处，必给您招灾招难。夫人不叫下人嚼舌根，也是怕您心里有疙瘩，坏了姊妹情分。娘子莫怨奴婢，不是奴婢有意瞒着您。”

“哦，知道了。”钟荟挥了挥手，示意她将剩下的小半碗粥端走，从阿枣手中接过杯子漱了漱口，含了片鸡舌香。

六合之外，圣人存而不论，钟荟对那些神鬼莫测的事有敬有畏，然而对这所谓“高道”的来历十分怀疑。

季嬷嬷凡事必称夫人，唯曾氏马首是瞻，既然迫不及待地把姜明霜“妨克”她的事透露出来，必然是出于曾氏的授意。

若只是想让她们姊妹天各一方，老死不相往来，那么大可不必多此一举，在她心里扎这么一根刺。钟荟估摸着，她不久就能见到这个传说中的阿姊了。

钟荟冷眼看了看满脸得色的季嬷嬷。姜明月自出生便没了娘，是乳母带大的，季氏虽然为人贪鄙，倚老卖老，但伺候还算尽心，钟荟本想看在姜明月的分上担待她一二，然而冥顽不灵至此，又有奴大欺主的苗头，这人便留不得了。

虽然不过相处半月，钟荟对院里的仆婢心下已有了一番计较。

阿杏年纪尚小，几乎不能顶什么事；阿枣掐尖要强，对这样的人许之以利还不如示以信重，若是能为与心气匹配，倒是堪为腹心。

唯独一个蒲桃，让人有些看不出深浅。

姜家原本是一贫彻骨的人家，家中自然没什么世仆老人，如今在家中伺候的不是宫里赐下的就是分批从人牙子手中买来的。蒲桃因遇上灾荒，被家人卖了，多年来伶仃一人，看似是曾氏安插进来的，细究起来历却是哪边都不靠。

钟荟若有所思的目光落在蒲桃身上，这个女孩身量颀长，长着一张圆脸蛋，品貌不出众，也不见伶俐，甚至还有些木讷。

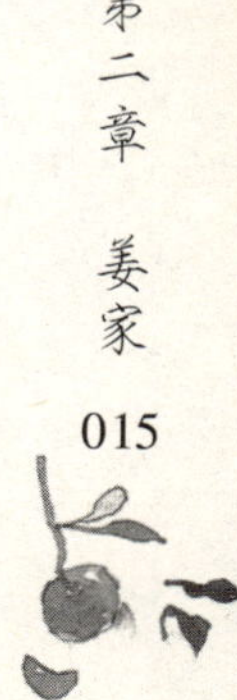

此时她正拿细绢擦拭屋子里的檀木妆镜，意识到小主人的目光，用手背把额前一缕碎发拨开，欠了欠身，微微一笑道："小娘子，可要吃果子?"

钟荟发现她的眉很淡，一双眼睛却黑白分明，很有神采。

"窖里藏久了，没啥好吃的。"钟荟放下手中的白玉连环，摇摇头道，"你得空把西厢的书房收拾收拾，懒怠了一冬，功课落下不少，回头夫子又得唠叨了。"

蒲桃的眼神忽然闪了一下，却并未流露出异色，应了一声便去忙了。

不多时，书房已收拾停当。

钟荟环顾四周，除了香炉、文房四宝和书卷外再没有旁的物件令人分心，整个书房素净得几乎有些"室如悬磬"的意味。

然而细微之处却足见蒲桃的细致：绯红的茱萸纹织锦帷幔换成了浅缥色绫绢，莲花香炉里熏了上好的沉水香，袅袅地氤氲出一室馥郁香气，炭盆里用的不是寻常的木炭，而是用炭屑匀和香料制成的。纤尘不染的书案上搁着笔墨纸砚并两卷书，正是她因病撂下的《诗经》。

应该有的样样妥帖，不该有的一概全无，这差事看着简单，要办得这样不显山不露水，又合她心意，没有点察言观色的本事是不成的——换阿杏多半错漏百出，换阿枣必然画蛇添足。

再者钟荟从未流露出对俗香的厌恶，蒲桃却逐渐将那些杂七杂八的香药香丸都收了起来，只留下三五种淡雅幽远的。

沉稳，识大体，有眼色，讷于言而敏于行，更难能可贵的是对院里那些粗使杂役也存着三分厚道。

这样的人若不能为己所用着实可惜，但是作为一个年仅八岁、踮脚还够不着窗户的小豆丁，要从掌家的主母手上抢人可不容易。

来日方长，总要叫你心甘情愿来投诚。钟荟一边琢磨着一边拾起笔，蘸饱墨，开始临摹起原身姜明月的"墨宝"来。

病了一场后性情有些改变还能说得过去，但是字迹若也天翻地覆就难以解释了，唯有先摹得与原身有八九成相似，再通过天长日久的"勤学苦练"慢慢演化成自己原来的手笔。

都说字如其人，然而从姜明月邋里邋遢、不修边幅的野路子字体来看，绝对想不到主人会是个明眸皓齿的小美人。

这大约是钟荟一生中临过的最坎坷的帖，就"曰归曰归，岁亦莫止"这么一行大字，写得险象环生、奇峰突起，前一个"归"字两边远得要害相思病，后一个却是亲密无间得恨不得穿一条裤子。

外面春寒料峭，钟荟愣是临出了一身汗。

第三章 祖母

这些时日曾氏依旧来得很勤，三娘子则是能躲则躲，实在躲不过便被她阿娘拽着来点个卯，恨不得把“不甘愿”三个字写成块牌匾顶在头上，看到钟荟大剌剌摆在几案上的沉水辟邪，那脸色便更雪上加霜了。

好在曾氏演起慈母的戏码来十分敬业，钟荟也乐得配合，两人心照不宣地无视了一旁眼睛不是眼睛、鼻子不是鼻子的三娘子，气氛居然十分融洽。

待钟荟把姜明月其貌不扬的字迹仿得有五六成相似时，她的病已经几乎痊愈了，饮馔也在寡淡的清粥小菜之外见着些许油腥。

这日钟荟醒得早，就着甜脆鹿脯腊和葵菹进了一小碗粱粟粥，尚觉意犹未尽，又要了一个髓饼。

上辈子她身子弱，食欲也欠佳，对着满盘珍馐觉得味同嚼蜡，用饭和用药差别不大，如今换了一具身躯，倒是从口腹之欲中发掘出莫大的乐趣，于她十分新奇。

用完早膳，阿杏熟稔地从绿沉色的小瓷罐里倒出一粒香丸，置于青瓷盘上端。

几个近身伺候的婢子都发现这二娘子病愈后添了许多匪夷所思的讲究，比如每回用完膳都得用加了茉莉花露的清水漱口，漱完还得在舌下含一片鸡舌香或是一粒小小的蜜香丸，还有什么肴馔配什么食器，什么颜色的上衣配什么颜色的下裳，搭什么首饰，事无巨细，都有定规。

蒲桃和阿枣还好，用点心思便一一记住了，只一个阿杏苦不堪言，不是忘了这个就是错了那个，好在钟荟也不爱为难下人。在她看来，笨拙一些没什么，可以慢慢调教，忠厚可靠却是调教不来的。

只不过梳头的活计是决计不敢交予阿杏了，否则还不等调教出来，她的一头青丝恐怕就得被那胖婢子薅秃了。

阿枣心灵手巧，于梳妆打扮颇有天分，钟荟不过点拨一二，便心领神会地把几种女童发髻梳得妥帖精细，甚至还能举一反三。今日她便别出心裁地把两条米粒大的珍珠穿成的链子编进了百花分髾髻中，留出一截垂于肩头。

钟荟捋了捋发梢，对着妆镜照了照，满意地赞叹道："亏你想得出，倒是别致得很。"

阿枣得了称赞大受鼓舞，益发摩拳擦掌地对着妆奁左挑右选，恨不得拿出看家本领，却听钟荟道："不过今日要去给老太太请安，还是换个简单的双丫髻妥当些。"

几个婢子都以为自己耳朵出了毛病，面面相觑，发现众人脸上都是同样的见了鬼的神色。

"小娘子，您要去……"阿杏最憋不住话，当下把一双小眼睛瞪得溜圆，"但您不是……"

钟荟心中冷笑，若不是那日有心问了阿杏一句，她还不知落水那日老祖母顶着寒风拄着拐杖便赶了过来，亲自送了支百年老参与她吊命。

隔日老祖母遣婢子来探视，却被季嬷嬷拦在门外，只推说怕打搅了娘子休息，连着几日都是如此，结果老太太便像季嬷嬷说的那样对孙女"不闻不问"了。

钟荟正要提点那不开窍的胖子两句，方才还在窗下教训小婢子的季嬷嬷便三步并作两步风风火火地赶了进来，一扯嗓子道："小娘子，去不得啊！奴婢原不该乱嚼舌根，但您这病才刚好，万一出去见了风可不得了……再者您哪次去那院儿不是哭着回来的，何必苦巴巴地去找气受呢？夫人一早免了您的晨昏定省，若老太太怪罪，还有夫人帮您担待着。"

"嬷嬷既知不该说，还说了那么一大篇，这不是明知故犯吗？"钟荟半开玩笑道，说罢甜甜一笑站起身，把目瞪口呆的季嬷嬷晾在一边，让阿枣将玉佩系在裙上，伸出比玉还白的手指，慢条斯理地顺了顺彩丝璎珞，方才转过头对阿杏道："在我院里当差，不需多机灵聪敏，紧要的是知道什么当说，什么不当说，什么当过问，什么不当过问。你年岁还小，规矩可以慢慢学，季嬷嬷是老人了，你可以向她求教求教何谓本分。"

阿杏还懵懵懂懂地一知半解，觉着自己仿佛被小娘子教训了，但话里话外又似乎有别的意思，心思如同锈了的铁轴一般艰难地转了转，发现自己并没有挨罚，便心宽地俯首应了声，不去多想了。

其他人却都听懂了二娘子指桑骂槐的弦外之音，季嬷嬷平日没少作威作福，这院里的婢子哪个没吃过她的排揎？阿枣争强好胜，尤其和她不对付，此时忍不住落井下石道："是啊是啊，阿杏你好好跟着季嬷嬷学学，切不可学那不识好歹的刁奴，仗着小娘子驭下宽仁，蹬鼻子上脸，倒对主人指手画脚起来。"

季嬷嬷仿佛被打了个大耳刮子，脸颊上火辣辣地疼，努了努嘴，到底不敢当着二娘子的面发作，只能恨恨地剜了阿枣一眼，怏怏地告退，去院里寻粗使婢子的晦气。

阿枣和季嬷嬷早就势同水火了，因姜明月一向偏袒乳母，十次里倒有八次叫她吃那老虔婆的亏，此时好不容易扬眉吐气，宛如凯旋的斗鸡，趾高气扬地跟着钟荟出了门。

老太太住的正院在西面，北靠后花园，院子有三进，正房面阔五间，庭院深深，雕梁画栋，那高翘的檐角远望十分气派。

钟荟初来乍到，免不了暗自赞叹一番，然而走到近前，却有一股难以名状却鲜活无比的气味扑面而来。

走在后面的蒲桃和阿枣十步之外便屏住了呼吸，唯独钟荟没有一点防备，被熏了个正着，顿时打了个趔趄，差点没栽倒在院门口，幸好被蒲桃眼明手快地扶住，阿枣赶紧从袖子里掏出个香囊置于她鼻前，救了她一命。

这老太太莫非是什么藏龙卧虎的高人？为何院里还设毒瘴？钟荟脸色发白，心中大骇，然而两个婢子虽面色凝重却殊无惧色，当是没有性命之忧。

"哎，运气真不好，偏赶上施肥的日子。"阿枣用袖子掩住口鼻，瓮声瓮气地小声抱怨。

钟十一娘不曾亲身见识过沤熟牛粪的生猛，然而于农书略有涉猎，知道所谓的肥是怎么回事，得知老太太不是在制毒，先放下了一半的心，凝神屏息，堪堪留一线气息通过。

有道是入鲍鱼之肆，久闻而不知其臭，钟荟不知熟牛粪与臭鲍鱼相比如何，不过刘向所言非虚，小心翼翼熬过最初的恶心，便不像初时那样难受了。

待续过命来，钟荟方才诧异，这都城里的宅子，又非田庄，为何有人在此耕种？

守院的婢子在前面引路，钟荟满腹狐疑，不动声色地打量这院子。

这院落布局与一般宅院并无不同，第二进的庭院中没栽什么花木，也未铺砖，横平竖直地划分成一块块的菜畦，只留一条细细的砖石路从中间穿过。

红褐色的泥土新翻过，两个身穿窄袖短褐衣的中年妇人正弯着腰往地里洒什么东西。

钟荟上辈子受不住车马劳顿，连自家田庄也不曾去过，只在书上见过这些情形，不由得备感新奇，正看得出神，只听蒲桃惊呼一声："娘子小心！"

她一抬头，只见一团黄不黄褐不褐的东西朝她猛扑过来。

这庭院一角用篱笆围了起来，养了两只下蛋的母鸡，其中一只身为鸡却居然有一副看家犬的习性，发现有不速之客踏足自己的地盘，怒而暴起，扇着翅膀就勇猛地飞过篱笆，朝她们扑来。

钟荟走在最前头，是首要的目标。阿枣已经蒙了，蒲桃与钟荟隔着三四步，急得脸都脱了色，却是有心无力。

钟荟都没看清来者是何方神圣，踉踉跄跄地往后退了几步，只见一对尖利的禽爪朝她脸上抓来，赶紧抬起胳膊抵挡，就在这当口，只听过厅外传来一声怒喝："死畜生！看我今儿个不把你炖了！"

说时迟那时快，一块土坷垃带着劲风呼啸而来，巧妙地避过芦花鸡，重重地砸在了钟荟的脑门上，立时把她砸得眼前金星直冒，仰面向后栽去。

早春衣裳厚实，原本钟荟抬手格挡一下，便是被那只悍勇的鸡挠一爪啄两下，多半也无事，孰料遭此飞来横祸。

好的不灵坏的灵，没想到纪嬷嬷生了一张铁口直断的乌鸦嘴，那一刹那钟荟感觉自己的小命怕是要交待在这里。

还好身后的阿枣总算机灵了一回，一个箭步扑上前来，堪堪在钟荟落地前垫在她身下。

院里劳作的仆妇们纷纷停下手里的活计，大呼小叫地围上来，七手八脚地将二娘子主仆二人从地上拉起来。

钟荟从未如此狼狈过，鬓发散乱，额前顶着个婴儿拳头大小的肿块，眼角噙着生生砸出来的泪水，脑袋上还沾了片枯叶。

马失前蹄的姜老太太脸上讪讪的，靠过来偷偷看了一眼孙女，见并未被自己砸死，一颗心便落回肚里，口里念念有词地叫骂着，举着拐杖颤巍巍地满院追打那只肇事的芦花肥母鸡。

"还愣着干吗？赶紧扶小娘子进屋里榻上躺着。"一个身着老绿素缎衣裳的老妇人吩咐道。她长着一张面团般的脸，皮光肉滑的，眼睛周围却密布着笑纹，眼下的几道阴骘纹很显眼。白发用一根素银簪子绾了个纂儿，看起来一团和气。虽做仆妇打扮，举止神情却更像家中长辈。

姜老太太贫苦了半辈子，不习惯呼奴使婢，总觉得让鲜花似的姑娘伺候她一个半截身子埋进黄土的老婆子太造孽。刚好有位寡居的远房表嫂，女儿远嫁后孑然一身，便进府与姜老太太做个伴，不但有个照应，也能陪她话话当年。

钟荟估摸着就是她了，笑盈盈地叫了声"三老太太"，便要行晚辈礼。

刘氏哪敢真让她行礼，她虽然顶着亲戚的名头，却是吃着姜家的盐米，拿着姜家的月例，小辈们碍着姜老太太的面子称她一声“老太太”，心里却不曾把她当正经长辈，像这样恭恭敬敬、郑重其事地行晚辈礼更是破天荒的第一遭。

她不由得拿眼仔细瞧了瞧姜二娘，只觉两三个月不见，这女娃娃眉间的卑怯、局促又傲慢的神色不知为何不见了，整个人看起来明朗又舒展，令人打心眼里喜欢，那亲昵中就多了几分真心实意。

钟荟却是无心栽柳地结了个善缘。在她看来，这两个老太太的身份半斤八两，谁也不比谁贵重多少，更谈不上亲疏远近，见这老人家慈眉善目的，便也报以笑容。

在榻上躺了一会儿，刘氏着人煮了个鸡蛋，剥开与她在额头上轻轻滚着消肿。姜老太太在院子里与芦花鸡大战了三百回合，也不知是否分出胜负，提着拐杖气咻咻地回屋了，钟荟这才得以好好端详原身的老祖母。

姜老太太精瘦而矍铄，长着一张下巴宽阔的长脸，咧开嘴露出一口龅牙。钟荟推测姜婕妤长得完全不像她阿娘。

虽说底子不咋样，老太太却很爱俏，脸色上浮着白花花一层厚厚的脂粉，行动间扑簌簌往下掉，两腮上还搽了两朵胭脂，脖颈却没周全一二，露出黑里透黄的底色。花白的头发里也不知垫了多少东西，梳成个高耸险峻的发髻，上面横七竖八地插了十来支嵌宝金钗和步摇，脖颈上压着个沉甸甸的金项圈，两个手腕上各套了几只玉镯和金镯，一身朱红小龙凤纹织锦衣裳，宫里娘娘穿着恐怕都稍嫌隆重。

难得这一身珠光宝气竟然压不住粗而短的浓眉下鹰隼般的眼睛，觑人时冒着点点精光。

钟荟上辈子认识的老妇人都是世家老太太，性情或许千差万别，但是做派都是如出一辙的娴雅端庄，还真没见过这样动如脱兔的老人家。

屋里的摆设与姜老太太的行头一脉相承，配色大开大合，能用金子的绝不将就银子，身处其中仿若置身豪强的藏宝库，难为她一个老人家住在里面不嫌晃眼。钟荟算是明白姜婕妤的喜好是打哪儿来的了。

“这呆子，怎么也不晓得躲，直挺挺地等着挨砸，你是不是傻？”姜老太太方才不小心砸伤了孙女，也不是不心疼不愧疚，只是因为抹不开面，只好把一张老脸板得越发僵硬。

钟荟心说：你那下子又狠又准，叫我如何躲得过。

“你使那么大力，叫她一个小孩子怎么躲得及？”刘氏白了老太太一眼，手里的鸡蛋滚凉了，又着人取了一个热的来，“看把这嫩生生的娃娃砸得哟！”

“嘿！这叫什么大力！”姜老太太完全搞错了重点，咧嘴一笑，露出一口龅牙，“我如果年轻十岁，扛着半头猪能走二里地！”

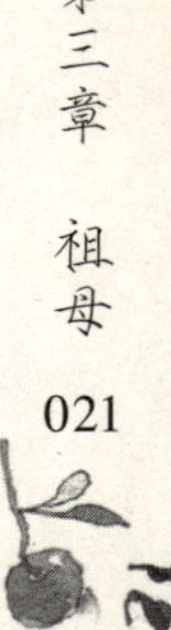

又展开双臂比画："这么长的大砍刀，我一只手就能举起来！"

钟荟不由得庆幸自己没早十年碰上这怪力乱神的老太太，否则脑门上非被砸出个窟窿不可。

姜老太太从案上拿起滚凉的鸡蛋，在衣襟上擦了两下，浑不在意地咬了起来，直看得钟荟目瞪口呆。

许是看到了钟荟的神情，姜老太太皱起眉头，从鼻子里冷哼了一声，嘴巴张了张，目光落在她额头的肿包上，到底把硬话就着鸡蛋一起吞了下去。

钟荟在榻上躺了会儿，感觉头不晕眼不花了，不敢拿乔，起身规规矩矩地在席子上跽坐着，与老太太叙起温凉来。

姜明月落水时，老太太巴巴地赶去送人参，随后她院里的下人连吃几回闭门羹，要说心里没有疙瘩是不可能的，不过此刻看到孙女脑袋上的疙瘩，便什么气都消了。

她想表现一下为人祖母的慈爱，无奈她打鸡骂狗杀猪样样精通，唯独不知道怎么慈祥，生疏地扯了扯嘴角，露出个不尴不尬、能止小儿夜啼的笑容，挑挑拣拣地撸下一对最厚最重的金镯子往钟荟手腕上一套，硬邦邦道："身上也没个黄物，怪道三灾八难的，缺什么去与你后娘要，别跟个锯嘴葫芦似的，她敢不给你我收拾她。"

这三灾八难里还有您老人家的一份功劳呢。钟荟哭笑不得："孙女屋里金玉首饰是尽有的，只没有老太太赏的这个……"她顿了顿，委实夸不出好看别致，只好实诚地道："重。"

姜老太太得意地嘬了嘬牙花道："这算什么，下回与你打一整套来。"

刘氏张罗着捧来了蜜枣汤，钟荟接过来捧在手中暖着。她的肩背正直，身姿却是舒展的，微微垂着头，后颈便露出一小截雪白的肌肤，无端显出少女般的纤细修长来。

虽换了个壳子，那一举手一投足的世家风度却仿佛刻进了神魂里，不经意便带了出来，很是能够唬人，外人看了绝对想象不出她独处时伸足箕踞、没个正形的模样。

姜老太太活了大半辈子，眼光是毒辣的，但毕竟不曾见过真正的世家做派，只道几个月不见小娃娃长开了点，样貌又生得好，就那么跪坐着呷汤也比旁人好看。又见她双颊丰润，唇红齿白，说起话来也比以前中听了，自觉她那支百年老山参厥功至伟，这些天材地宝确是有些门道的，非但能吊命医病，还能叫人开窍。

单手能提大砍刀的姜老太太第一次对天地造化充满敬畏之情，不过没能维持多久，嘴便瘪了下来，因为有下人来报：夫人来请安了。

"让我老婆子瞅瞅是谁来了？"姜老太太坐在榻上，一腿向前伸着，一腿屈起，伸着脖子眯着眼睛瞅了好半晌，一拍大腿做恍然大悟状，"哟！稀客！"

曾氏暗暗咬着后槽牙，面上却挂着得体的笑容，施了一礼道："阿家又说笑话了。"

曾氏初嫁入姜家时摽梅已过，不是天真懵懂、不谙世事的小娘子，脸上那块胎记也令她早早就饱尝世情冷暖和风刀霜剑，她自问比一般女子沉得住气，耐得住磋磨，然而每回一见姜老太太，她都发现自己还欠修行。

曾氏刚嫁进来时料想自己这张脸必不能讨得郎君欢心，打定主意好好侍奉舅姑，以期尽快在府中立足，便打起十二分的精神来，每日晨昏定省，殷勤侍奉。

原以为伸手不打笑脸人，婆母一个出身贫寒、见识短浅的市井老妇，想必也没有底气磋磨她一个官家媳妇，不料自打进门就没见着一天好脸色，微有闪失便是一顿劈头盖脸的呵斥，只差没抄起拐棍打她。

曾家虽算不上世家，但家底颇为殷实，祖上也陆陆续续出了几任小官，何曾见过这种阵仗，又因看准了姜大郎是个好性子，新婚燕尔颇有些旖旎氤氲的光景，白日吃了排揎，夜里回了院子脸上就带出些不豫来。

姜大郎是个实心人，见媳妇受了老娘的委屈，便想着和和稀泥，做个说客，哪知不说还好，一开口就把姜老太太那炮仗性子点着了。

原来姜老太太对低眉顺眼的曾氏并无不满，只是相信"三朝里的新妇，月子里的孩儿，不可使他弄惯"，按惯例杀杀她的威罢了。这下却是真动怒了，当下泼了一杯茶水，捡了一个摔不破的藤筐掼在地上。

自此以后，姜老太太就再也不要曾氏在跟前侍奉了，连晨昏定省都省了，曾氏乐得清闲了一阵子。等到新婚的热乎劲儿过去，姜大郎开始接二连三往屋里添新人的时候，她就乐不起来了。

曾氏再回过头来服软，讨好婆母，姜老太太却是油盐不进，只拿不阴不阳的村话挤对她，曾氏这才知道，敢情直眉瞪眼的呵斥还是自己人方有的待遇！

没有婆母撑腰，又失了夫君的爱重，那几年她在府中举步维艰，连年资老些的下人都能给她脸色看，直到忍辱负重地生下八郎，又步步为营地拉拢管事奴仆，她的日子才好过起来。

邱嬷嬷常常劝解曾氏，老太太虽只是个无权无势的老妇人，但一喜一怒都牵着宫里那位。何况老太太这人嘴硬心软面又酸，一根肠子通到底，其实并非难以取悦之人，持身也正，即使在曾氏最狼狈的时候也未落井下石——婆母要磋磨一个不得夫君喜爱又没有娘家依靠的媳妇，手段简直无穷无尽。

曾氏明知她说得对，可就是没法捏着鼻子去日复一日地捂那块又臭又硬的茅坑石头。

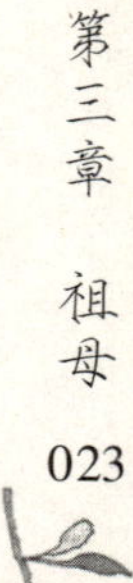

走投无路时为了怀上身子，她不惜颜面扫地，像个争宠的妾室一样使计灌醉那扫一眼都令她万分鄙夷的男人；为了博个贤名，她不得不压抑着腐心切齿的憎恶，对继子继女笑脸相迎、虚与委蛇；为了子女的前程，她每次入宫都殚精竭虑，跪碎了膝盖，还唯恐惹那性情乖戾的小姑不快。再让她做小伏低地讨好一个下贱的市井老泼妇，恕她做不到。

艰难的时候将脸面扔在脚底下踩也没求得援手，顺遂起来自是不必再俯就了。曾氏自觉这是给自己保留的最后一丝颜面，其实终究只是柿子拣软的捏——不过是笃定老太太性子鲁直，把她得罪得再狠也不会背地里使黑手下绊子。

钟荟对里面的弯弯绕绕、情理曲折一概不知，只打听出老太太不知因何缘故很不待见这曾氏，她之所以一病愈就来拜见老太太，一是因着原身感念老祖母的爱护之意，二来也是存着给自己找个靠山的心思——继母不像个好人，阿爷连半点影子都没见着，二叔长年驻守边关且是隔了房的，长兄只比她大三岁，听下人们话里话外的意思还很顽劣，矮子里拔将军，便只剩下姜老太太了。

曾氏等闲是不会踏足这院里的，钟荟闭着眼睛也知道她是为了自己而来的，季嬷嬷这耳报神倒是当得尽忠守职。

钟荟避席向继母行礼，一抬头额上的红肿便落在曾氏眼里。

“你这额头上是谁弄的？疼不疼？给阿娘瞧瞧！”话落急切地揽住钟荟的双肩，半屈着膝，凑近了仔细检视伤处，那动作神情自然又亲昵，丝毫没有破绽，最难得的是眼眶竟微微泛红，把个焦急到泫然欲泣的慈母形象演绎得活灵活现，连钟荟都差点信以为真了。

然而曾氏不问是哪里弄的却问是谁弄的，就有些着相了。也难怪她慌得乱了阵脚，一个是严防死守的原配嫡女，一个是针锋相对的婆母，竟然趁她不备暗度陈仓地合纵连横起来，这可如何得了！

姜老太太正欲开口，却见小孙女朝她眨了眨眼，朱唇一启，瞎话滔滔不绝地涌出来：“回母亲的话，方才女儿走在路上见枝头两只雀儿打架，看得出神，不慎跌了一跤，磕在道旁一块石头上了。是女儿不小心，倒叫老太太、三老太太和母亲受了惊吓。已滚过两枚鸡蛋，不太疼了。”

“下回可得多加小心。”曾氏嗔怪道。

她执掌中馈，这府里每个角落都有她的耳目，对方才院里发生的事了若指掌，原以为按着姜二娘的性子，就算没有当面将实情和盘托出，也要扭捏造作地掉两滴眼泪，必会惹得老太太不喜，没想到她却拿自己作伐，卖了个人情。

曾氏不是姜老太太，可不信一根老山参就能叫人脱胎换骨，她的目光逡巡了一圈，落在垂手伫立在一旁的蒲桃身上，陡然变得有些凌厉起来：“你们这些奴婢是怎么伺候的？二娘子年纪小不小心，你们的眼睛是干什么用的？”

蒲桃和阿枣立即跪下来不住地磕头。

曾氏指着蒲桃斥责道：“你原是我屋里的，看你规行矩步又稳重少言，以为是个能担事的，方才把你与了二娘子，不承想连主人都看顾不好。我看你也不用在二娘子跟前伺候了，去扫园子吧。”竟是要当场将她降为粗使奴婢。

钟荟瞥了一眼匍匐在地上的蒲桃，那脊背有些单薄，两块肩胛骨隔着衣裳微微凸起，似乎在微不可察地战栗。

苦肉计吗？钟荟有些拿不准，却还是膝行上前，顿首求情道：“母亲莫要撵走蒲桃和阿枣，女儿院里统共就这么几个稍微合意的人，若是全都撵走了，女儿可就得自个儿端茶倒水了。”说完抬起袖子捂着眼睛呜呜地哭了起来——她没有曾氏那样的功力，无法将眼泪招之即来挥之即去，可不敢拿大。

曾氏要发落的本来只有蒲桃一个，钟荟却偏偏把阿枣一起捎带上，这么一搅和，倒好像后母寻着由头刻薄女儿的奴婢了。

曾氏皱了皱眉，嘴唇翕动了下，还待说什么，老太太却看戏不嫌台高地搓起火来：“哎哟！你这是做什么？要打要杀也别在这屋里，我老婆子年纪大了，见不得这些个。大郎媳妇儿啊，不是我说你，这后娘不比亲娘，手伸得太长，落了话柄，可就污了你那贤名儿啦！”

大家族女眷多了，难免有些唇枪舌剑、暗潮汹涌，钟荟也不是没见过，只不过这么摆明车马干仗的却是第一回见，不由得暗暗叹为观止。

“既然二娘子替你们求情，那就罚两个月的月例，小惩大诫便是。”曾氏脸色已经有些发白，额角青筋隐隐浮现，勉强压抑着在体内乱窜的怒气，“欣慰”地笑道：“我们阿婴到底长大了，懂事了不少。阿娘唯恐那些奴婢欺你年幼，若是她们胆敢不尽心伺候，你不要怕，尽管来告诉阿娘，阿娘与你换几个好的。”

“是女儿不中用，令母亲担忧了。”钟荟从善如流，“若她们淘气，我便向祖母和母亲讨人，定不与你们客气。”

钟荟又做张做智地往外张望了会儿，忽闪着大眼睛诧异道：“对了，三妹妹怎么不曾一起来？”

曾氏眼睛里的寒芒一时没收住，比平常多了几分锐利，在姜二娘稚嫩的脸庞上刮过，对方却只是瞪着一双状似懵懂的杏眼，偏着头看她，仿佛真的在疑惑她的三妹妹为何不来登登这“香”飘万里的三宝殿。

“你三妹妹的鼻子是放在香炉上的，哪稀罕踏我这臭老婆子的贱地。”姜老太太悠悠地接过话头。

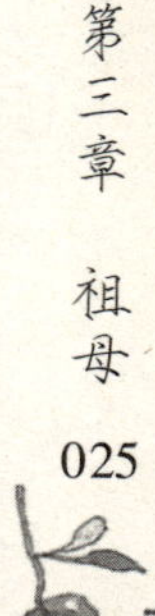

曾氏仿佛被当胸塞了一大块胶牙饧，五脏六腑都粘在了一块儿，难为她还能面不改色地欲盖弥彰："阿家这就是说笑了，谁不知您这院子是最最贵重的宝地。她镇日吵着要来，我就怕太闹腾，扰了您的清静哪。"

钟荟愣是没看出姜老太太有什么清静可扰。

曾氏顿了顿，又转头和蔼地对钟荟解释道："你三妹妹前日染了风寒，在屋子里休息呢。"

一直默默在一旁端茶递水的三老太太刘氏慢条斯理地对老太太道："也难怪人家娇滴滴的小娘子嫌弃，连我这乡下老婆子闻着都觉得呛人。您也真是的，这府上金山银山的，吃用不完，还巴巴地自己土里刨食。知道的说您不会享福，不知道的看了还道儿子和媳妇短了您的吃食哩！"

这话听着像是劝解，却非但把三娘子装病的罪名给坐实了，还在曾氏脑袋上扣了一顶"不孝"的大帽子。

看不出来，这三老太太也是个妙人。钟荟心道。

姜老太太也很上道："老阿姊，我老婆子也劝你一句，自个儿多少也留住一些，免得在儿女项下取气。"

钟荟决定添一把柴，酬谢方才曾氏的挖坑之谊："三妹妹病了？前日还好好的，莫不是叫我过了病气？"

"有你什么事儿啊！"曾氏还没说什么，姜老太太先抢着抱起不平来，"你这三妹十日里倒有八日病着。我说她阿娘，身子骨弱就叫她好好歇着养着，莫成日里逼着她念书习字。这女子最紧要的一个是在家孝顺长辈，出嫁侍奉舅姑，连事理都不明白，读再多书也是读到狗肚子里。"

曾氏被她们几个你一言我一句地怼得脸上红一阵白一阵，到底隐忍不发，草草地告辞了。

出了老太太的院子，钟荟摸了摸脑门上的疙瘩，心里莫名有些沧桑，前世被家人们如珠似宝地捧在手心里呵护了一世，油皮都不曾擦破一块，如今叫人在脑门上砸了个大包不说，还得和居心叵测的继母周旋。

她抚了抚日渐圆润的腮帮子愤愤地想：一会儿得好好补补，也不知午膳准备了什么菜式。

第四章 兄长

人生莫如闲。钟荟重活一世后算是对此深有体会。

上辈子的钟十一娘没好好享受过闲暇光阴，但凡不是病得下不来床，就要死撑着爬起来挥毫泼墨，鼓琴读书。倒不是她有时时刻刻砥砺琢磨自己的觉悟，实在是因了和卫七娘较劲的缘故。

每每提起卫家七娘子，钟荟就要凭空生出几许既生瑜何生亮的嗟叹。

卫七与她并称京都双姝，要说风雅渊薮，卫七离她足有一射之地，然而论博观深沉，却又略胜她一筹——钟荟生性有些祖传的不着四六，固然是文采风流，做起正经学问来总是难以沉心静气。

钟卫通家故谊，她和卫七又是同岁，长辈们无事便要拿这两人来比比。

“你看那卫七娘，声容吐属多么端雅，何尝如你这般手脚不停，似个猢狲……”

“你这篇文章写得文辞枝蔓，辞气板滞，看看人家卫七娘的手笔，多么典丽精粹……”

“卫七娘已将施、孟、梁丘诸学都学通了，你连经文尚且读得磕磕绊绊……”

“哎呀，看看卫家小娘子这乌油油的头发，咱们十一娘也不知怎的，发色黄不说，还稀拉拉的总不见长……”说这话的还是她亲娘。

最让钟荟气不过的是，卫七顶着一副祖荫的绝世好相貌，偏要和她个黄毛药罐子抢才名，这是何苦来哉？怨归怨，却是不甘心将京都第一才女的头衔拱手让人，拼着吐出两口鲜血也要争这一口闲气。

外间无人知晓，这钟十一娘的才学倒有一大半是被卫七娘逼出来的。

如今一抔黄土，万事皆休，世上再也没有钟十一娘其人了，她也不必再与卫七娘较劲了，心头却有些空荡荡的，仿佛一腔不足为人道的志向都无处着落。

也不知此生是否还有机会见着亦敌亦友了一辈子的卫七。说是一辈子，这一辈子着实不算长，且于她是一辈子，于卫七却只是个开端罢了。

钟荟这么一想，有些没滋没味起来，着人搬了一张竹榻置于廊庑下，榻上搁了一条又长又阔的食案，招招手示意阿杏过来。

“昨日的裹蒸用着不错，你去小厨房瞧瞧可还有，撒些香药、松子和胡桃仁。”钟荟一边盘算一边吩咐道，“再拣新鲜的果子取几样来，不拘哪种，只是不要窖里的。等等，还有，温一碗酪浆，多放些石蜜，记得用银碗装。”

“胡桃……果子……”阿杏翻着眼睛翕动嘴唇，半晌露出个为难又谄媚的笑，本来就小的眼睛被脸上横肉一挤，成了一条缝，“娘子慢些说，奴婢记不住。”

“……”

“还是我去吧，”蒲桃正掀帘子从厅事里走出来，把胳膊上搭着的鹿皮递给阿杏，笑着道，“把这铺上，竹簟寒凉，莫将娘子冻着了。”

钟荟总觉得自打那天她在夫人面前求情之后，蒲桃就有些不一样了，似乎展颜的时候也多了些，也不知是不是她的错觉。

蒲桃去了不多时，便提了个五层的食盒回来。

“枇杷从南边运过来后有些时日了，奴婢见皮已有些发黑，便没有拿来。”蒲桃一边打开食盒，将吃食一样样摆在案上，一边说道，“这些青枣倒还新鲜。”

白瓷碟中盛着去核切片的青枣，五色琉璃盘上摆着雪白的笼饼，酪浆盛于镂银碗中，上面还撒了各色果干，越窑青瓷盘中点缀着几只拇指大小的裹蒸，已经剥去了竹箨，蒸熟的精浙米泛出莹亮的紫绀色泽来，一旁几个褐釉小钵中分别盛着香药、松子和胡桃碎。

蒲桃把最后一个镂银小盅放下，掀开嵌水晶珠的小盖，内里还嵌着个白瓷盅：“昨晚的七宝羹还剩了一盅，奴婢见您喜欢吃，便也一起取了来。”

钟荟顿时食指大动，旋即又有些凄凉，什么时候连隔夜羹汤也能叫她垂涎三尺了？

三世长者知被服，五世长者知饮食。姜家的饮馔不算差，食材中不乏一些难得的水陆奇珍，然而与列鼎而食的人家比起来，厨子的手艺就有些平庸了。

但凡世家大族都有些传世的名馔佳肴，他们四处网罗名厨，不惜千金地将其收入府中，以便宴客时惊艳四座，博得交口称赞。

颍川荀氏于此一道最为精专，一日万钱，食必尽四方珍异。府上有个吴地来的厨子，做的鲈鱼莼菜羹堪称一绝，以钟荟前世的胃口都觉甘美异常。

每年秋风起时，荀府便大开赏菊宴，届时京师辐辏，嘉宾盈门，宴上的一篓篓膏蟹都是从江南运来的，年年都要跑死几匹快马。

钟荟只在荀家尝到过这么肥腴的螃蟹，钟老太爷觉得暴殄天物有伤天和，所以钟家虽有"变一瓜为数十种，治一菜为数十味"的巧厨子，却凭空变不出肥螃蟹来。

钟荟回过神来有些骇然，也不知怎么的，近来思绪总是跟拉磨的驴一样，不知不觉就绕着吃食打转。

变作姜二娘后，钟荟终于得偿所愿地"偷得浮生半日闲"，感到世上绝无更美妙的滋味，想来平地登仙也不过如此了：她镇日闲闲地斜倚着，想起来便翻一页闲书，拨弄两下琴弦，写几笔字。有时连这些都懒得做，只是望着天边流云或是绵绵细雨就倏忽过了半日——也不是什么都不做，二娘子的嘴还是很忙的，小厨房每日绞尽脑汁地翻着花样置备时令果子和糕饼，直把个厨娘愁得头发都挠秃了一块。

就这样偷了半日，又偷了半日，再偷了半日，钟荟揉着连日来使得有些过度的腮帮子，终于闲得受不住了，可见人都是有些贱的，才女亦不能免俗。

于是翌日照例去继母院里请安的时候，钟荟便让三娘子吃了一惊。

"阿姊，你真要回来与我一道读书？平素你不是最厌恶读书做学问吗？"三娘子紧蹙眉头，绷出老学究般的正经来，钟荟不由越俎代庖地忧心她小小年纪就生出皱纹来。

"臭丫头，倒编派起你阿姊来了！"曾氏那日在老太太屋里接二连三受挫，也不知邱嬷嬷是如何劝解的，一转脸又挂上了天衣无缝的慈母面容，一丝忍辱负重的勉强都见不着。

若不是城府突飞猛进，便是在憋坏。钟荟有了这个念头，益发觉得继母身上有几分成竹在胸的气定神闲。

"阿婴是不是闷坏了？"曾氏和蔼地执起她的手，将她拉到身前，"阿娘看着气色倒好多了，天也渐渐暖和了，白日莫拘在院子里，去园子里玩玩，跑动跑动。回去上学倒不急在一时，毕竟将养好身子最紧要，落下病根是一辈子的事。若是怕夫子怪罪，阿娘去替你说道。"

钟荟摇摇头道："这些时日女儿因病不能外出，反倒因祸得福，因着百无聊赖，便只能读书解闷，虽因天资驽钝，一知半解，却也获益匪浅，反躬自省，惊觉自己蒙昧愚鲁，想来皆因不学的缘故。女儿读到圣人之言：'人皆知以食愈饥，莫知……莫知……'"

"莫知以学愈愚，是亚圣孟子所言。"三娘子得意地抢白道。

"对！对！就是这句！三妹妹果然是饱读诗书。"钟荟赞叹着，脸上露出七分钦

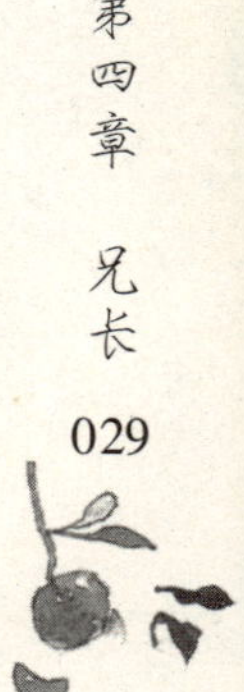

羡三分落寞来，“若是有朝一日我也能像三妹妹那样出口成章就好了。”

三娘子被她捧得极为舒坦，忍不住有些怜悯她，然而又鄙夷地想，笨得连句话都说不利索，能学出什么花来，便索性卖她个假人情。

“阿娘，既然阿姊见贤思齐，有心上进用功，那就让她与我一起读书吧。”三娘子抱着曾氏的胳膊，埋头在她怀里蹭来蹭去，“好不好嘛，我也想同阿姊一起上学。”

见贤思齐不是这么用的呀。她这三妹妹挺会往自己脸上贴金。

曾氏把姊妹俩的一举一动都看在眼里，摸了摸三娘子的后脑勺，在心里叹了口气：女儿毕竟还小，轻而易举就被人牵着鼻子走，而那个不久前被她引得团团转的女孩，曾几何时已成了知晓谋算人心的牵绳之人了。

她是吃了什么十全大补药？曾氏近来每次见到二娘子都从心底里涌出不安来，百年的人参固然不能叫人脱胎换骨，那么区区一个奴婢就可以吗？

曾氏压下心中的重重疑虑，小心翼翼地将目光里的一丝凛冽收敛得一干二净，对二娘子道：“你一心好学，阿娘自是高兴还来不及，只是担心你的身子。你须得与阿娘在此保证，若是疲累切不可强撑，否则阿娘必不依的。”

“阿婴知道母亲疼我。”钟荟有心也学三娘子撒撒娇，把戏演得真一些，到底身子僵着死活做不出来，只得作罢了。

钟荟把正事敲定，又在继母屋里坐了会儿，东拉西扯地叙了些闲话。曾氏和钟荟各怀心思，都有些心不在焉。曾氏满腹狐疑，钟荟则在冥思苦想今日的晚膳该要些什么点心，只有三娘子是真心实意的高兴。

这个年纪的小孩大约都有些不自量力的好为人师，三娘子信誓旦旦地对钟荟道：“阿姊你放心，有听不懂的便来问我，妹妹必不藏私。”

“那就多谢三妹妹了。”钟荟学那些酸儒假模假式地作了个揖，倒把在场的人都逗笑了。

稚子总是有几分可怜可爱的，但即便有一段同路，终究是要分道扬镳的。钟荟望着三娘子林檎果般红扑扑的脸蛋，有些遗憾地想。

钟荟第一天回去上学，特地起了个大早。她一向的伴读是阿柰与阿枣，因阿柰被发卖了，便由阿杏顶了缺。

蒲桃将前一天夜里收拾停当的书囊与食盒交予阿杏，又将装着桃笙、锦褥的竹笥托付给阿枣，忧心忡忡地叮咛道：“你们得好生看顾娘子，出入及时添减衣裳，饮食须得温热，但也不可过烫。”

又对钟荟道：“娘子莫靠近水边，若有哪里感觉不适，切不可逞强，莫怕夫子责怪。”

“你已经念叨过许多遍啦!”钟荟笑着道,“不过去园子里上会儿课,午时便回来了,不晓得的还道我们要探龙潭虎穴呢!这秦夫子莫不是会吃人?”

阿杏和阿枣都凑趣地笑起来。

“娘子莫取笑奴婢。”蒲桃双颊泛红,一板一眼地道,“若不是走不开,奴婢说什么也要在娘子跟前伺候的。”

“行了,我的好阿姊!”阿枣半真半假地娇嗔道,“偏你是个能人,咱俩都是废物不成?”

这话就有些冲了,然而蒲桃脸上非但不见愠色,连一丝尴尬也无,反而顺着话头道:“你能,你能,瞧把你能的,别又当了肉垫子,回来哎哟哎哟地喊疼,还劳累我们夜里起来给你上药油。”

“我那是舍身护主!”阿枣一扬下巴,豪迈慷慨地对钟荟道,“小娘子别怕,下回再有什么事儿奴婢还给您垫在身下。”

“还是别了,”钟荟连连摆手道,“我可没有第二对松石耳环赏你,再来几回,我这奁盒得空了。”

“看不出来娘子小小年纪就知道心疼嫁妆了!”阿枣促狭地笑道。

“你这刁奴!我告诉老太太和夫人去!”钟荟这些时日对她们荤素不忌的浑话已经习以为常了,一开始还免不了一惊一乍,恼羞成怒,如今不但可以泰然处之,甚而同流合污也不在话下。

主仆几人都是爱笑爱闹的年纪,一会儿说一会儿笑,推推搡搡地便出门了。

这还是钟荟第一次来到后花园。

此园原名凤麟,以崎岖峥嵘、曲径通幽著称,园中本有不可胜数的修竹、老木、怪藤、丑树。不过这一任主人显然无法欣赏“林木萧森”的山情野性,自接手后便大刀阔斧地加以改造,先是将那些“看着就鬼里鬼气”的高林巨树、悬葛垂萝尽数挖的挖砍的砍,接着将东北面耗费许多人力物力堆筑的土山削平,开辟成一片果园,划作四四方方的小圃数个,栽植桃、李、梨、杏、栗、枣等果木。

“这般看着才清爽齐整,结了果子,家中分不完,还能拿出去卖了赚几个钱。”勤俭持家的姜老太太如是说。

原先的亭台馆阁早在永兴中周诩为乱时便被付之一炬,如今的亭台楼阁自然都是近年营造的。

俗话说“七分主人三分匠”,姜家能请得动的自然不是什么身怀绝技的匠作,不过姜老太太丝毫不受制于时俗,自有一套既天马行空又格外实用的原则,凉台燠馆、风亭月榭一应俱全,乍一看居然颇有几分大巧若拙的禅意。

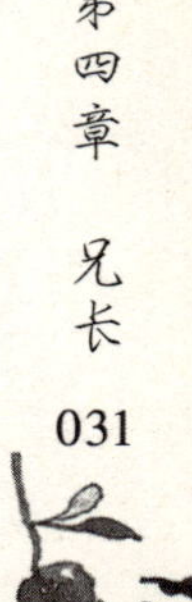

出了院子往北，入了园子，循着青石小径走二十来步，经过一座曲桥，便来到了琅嬛阁。

琅嬛阁四面环水，是座两层的楼阁，上层藏书，下层便是秦夫子传道授业的所在。

钟荟到得很早，不过还有人比她更早，一走进屋子里，便看到一个身穿半旧雪青缎子袷袍的小小背影端坐在一张几案前，身旁站着个穿青布衣裳的小书童。

钟荟正纳闷是谁来得比她还早，便见那人急急忙忙站起来，也不知是生得笨拙还是跪坐久了腿麻，起身时磕着了几案，搁在砚上的笔滚落下来，他下意识地去接，袍子下摆上便沾了几点墨迹。

“二……二妹妹见……见笑了。”那人好不容易把笔重新搁回去，小心翼翼扶稳了，方才转过身来，未开口先红了脸，低着头声若蚊蚋地对钟荟道。

钟荟目力不错，只打量了面前这个清秀的少年一眼，便注意到他的袍子洗得有些发白了，下摆短了一截，肩上还开了线，露出里头的丝绵絮来。

府上管她叫妹妹的除了她一母同胞的嫡兄姜昙生，便是庶兄姜悔了。关于她嫡兄的丰功伟绩，钟荟最近陆续听了不少，一见这身着旧衣破衫、说话磕磕巴巴的少年，便知定然不是那人憎狗嫌的姜昙生。

“阿兄到得真早。”钟荟笑眯眯地行了个礼，“有些日子不见，阿兄近来可好？”

姜悔本以为这脾气古怪又冷傲的嫡妹会像往常一样对他视而不见，不承想却一本正经地与他说起话来，紧张得手脚都不知该如何放了，憋了半天把脸憋红了，含含糊糊地“嗯”了一声，愣是没憋出一句像样的话来。

钟荟从没见过有人能被一句寒暄活活憋死，心里纳闷道：这是什么毛病？难道我看起来像会吃人的？

姜悔对旁人的目光尤为敏感，分辨出嫡妹眼中的一丝诧异来，挫败像潮水一般把他的心高高卷起，又重重抛下，少年一颗敏感多思的心像破陶碗一样碎成八瓣，侧耳能听到那哐啷当的一声响。

这是嫡妹第一回朝他笑，他神仙座下仙童一般的妹妹主动问他“近来可好”，他却连笑一笑，回一句“很好”都做不到，更何况于情于理都该是他这做兄长的先关心一下大病初愈的妹妹。

乳母说得没错，他生来就是讨债鬼，上不得台面，不但害得父亲孝期生子，差点把官位都丢了，还连累姨母被发卖异乡。

垂头看到衣袍上的墨迹，一发自惭形秽起来。

钟荟感觉她若是再不说些什么，这羞愤欲绝的少年就要刨个坑把自己埋了，虽十分莫名其妙，也只好看在他生得修眉俊眼的分上解个围：“阿兄可用过早膳？阿杏你快把蒸饼取出来，我和阿兄一道吃。”

说罢也不待他回答，便自卖自夸起来：“这蒸饼是我院里独有的，阿兄在别处吃不到，外边看着寻常，内里却是藏了乾坤呢！”

姜悔受宠若惊，想就蒸饼和其他糕饼发表点什么意见，好显得自己知情识趣又满腹经纶，无奈舌头似打了结一般。

钟荟一见他为难的脸色便知道又来了，心道这小孩子家家心事怎么那么重呢？赶紧塞了一双包银的乌木筷子到他手中，催促道：“阿兄赶紧趁热尝尝。”

姜悔大约也意识到自己这样扭扭捏捏的徒惹人厌烦，便不作声了，默默地垂下眼，拈起筷子，夹起比铜钱稍大一圈的小蒸饼，小心翼翼送到嘴边，近乎虔诚地咬了一口。

姜悔后来享用过无数山珍海味，却都如过眼云烟，唯独这口包了桂花糖红豆馅的蒸饼的滋味，叫他不知不觉地记了一辈子。

咀嚼回味良久，抬头望见嫡妹期待的眼睛，他觉得身上陡然一轻，好像自出生以来就压在他幼小的肩头，难以名状却又让他不堪重负的东西，都融化在那口又暖又甜的善意里了。

钟荟眼看着那郑重其事的架势，几乎要怀疑他吃的不是点心，而是平地飞升的仙丹，刚想说点什么，便见那少年抬起脸来，眼睛里的神采令人忍俊不禁，又莫名有些动容。

“好吃。”他露出一个有些生疏的笑容，越发显得俊秀了，“二妹妹的蒸饼果然大有乾坤。”

说罢羞涩地抿抿嘴低下头，似乎仍不习惯一下子说那么多话，却也不像原先那样拘谨了。

钟荟心里偷乐起来，孩子就是孩子，就是得拿点心来哄，一哄一个准。

“阿兄喜欢便多吃几个。”她有些得意，便大方地把绿琉璃碟往姜悔跟前推了推。

姜悔其实不爱吃点心，这馅于他而言太甜了些，然而这孩子心性比常人坚定，因着嫡妹盛情难却，忍着恶心还是坚持不懈一个不剩地吃完了，直把自己齁得几欲呕吐，又不敢叫仆人倒水，以己度人，只怕伤了妹妹的心。

钟荟眼瞅着那瘦得竹竿似的少年一次又一次把筷子伸向她的早膳，感觉心头在滴血，终于后知后觉地意识到，这孩子是真的不通人情世故，把她的虚客套落到了实处。

正在懊恼间，有只纤瘦的手覆上她头顶，手的主人发现她似乎并没有异议，便大着胆子压下来，在她头顶上来回摸了几下，末了还意犹未尽地捏了捏她的丫髻。

钟荟的懊恼瞬间化作悲愤，这小崽子非但吃光了她的饼，竟还趁她不备摸了她脑袋！她京城第一才女钟十一娘的脑袋是能随便摸的吗?!

正要义正词严地与他论论理，却听身后传来“唰”的一声响，有人掀帘而入。

“哟嗬！我还道是谁呢！”只听一把破锣般的粗嗄嗓子道，“原来是爬床婢生下的小丧门星和我的草包妹妹！”

钟荟长那么大，被骂过猢狲、倔驴、懒骨头、黄毛怪、大狐狸生的小狐狸，却从没有人骂她草包，心道她这个嫡兄胆儿可真肥。

一回头，发现人更肥，小山似的盘踞在门口，生生叫屋里暗了许多。

这少年郎到了一定的年纪，吹了气似的抽条生发，不啻于一场博戏。姜昙生与姜悔相差一年，年幼时颇为肖似，然而揭盅一瞧，一个抽成一株迎风伫立的青竹，另一个则吹成了一坨油光水滑的发面团。

钟荟觉着这个裹在层层锦绣里的嫡兄，被一左一右两名衣服鲜丽的美婢簇拥着，活像过年时插满花朵、彩树，撒了各色干果的酥山。想起乳香浓郁、入口甜滑的油酥，竟然在这节骨眼上不争气地咽了口唾沫。

姜悔听到“爬床婢”几个字，耳边轰的一声，后面的话都听不见了，他的脸一下子变得煞白，方才吃下去的糖蜜豆馅在肚子里翻江倒海。

“哦？我是草包，阿兄想必是满腹经纶了。”钟荟轻轻一笑，也不见羞恼，“妹妹倒要讨教讨教，才高八斗、学富五车的阿兄是能吟诗作赋呢，还是能通涉经史？”

姜昙生从小猫嫌狗不待见，阿爷不管教，继母一味要星星不给月亮地溺爱，老太太倒是想管，拐杖还没挨上他身，这崽子就哎哟哎哟地鬼哭狼嚎，稍稍骂上几句吧，他不疼不痒，全当过耳的微风。毕竟隔了辈，老太太怕管得狠了，嫡长孙与自己生分，便也睁只眼闭只眼了。

他的确是既不能吟诗作赋又不能通涉经史，甚至连自己的大名都时常写错。但是那又怎么样？他阿爷当年大字不识，还不是做了官儿？

反正阿娘说了，他是姜家嫡长子，宫里的姑姑受宠，五皇子又得天子的青眼，无论如何都会照拂他，将来一个清贵的前程是没跑的，读书识字、舞文弄墨不过是个可有可无的添头，酬酢周旋时能行几句旧令、吟几首歪诗应景便罢了。且夫子也夸赞他天资卓绝，若是肯放些心思必然事半功倍。

钟荟今日见了嫡兄，方知她的继母当真是好手段。

原配夫人留下的三个孩子，长女被远远送到表亲家，这么多年也就是年节时派个仆人去问一问，也不知长成什么样。

次女扔进锦绣堆里，固然是锦衣玉食供着，近旁服侍的奴婢不是身在曹营心在汉，便是不晓事的孩童，养成了一副菟丝花般懦弱卑怯的性子。

对付承嗣的嫡长子的手段就更一目了然了，只“捧杀”二字，任你是千里骐骥、干将莫邪，也都变作驽马、凡铁，更何况这嫡兄也不像什么异质良材，若继续放任他这么无法无天下去，异日难保不闯出祸端来。

足见曾氏只知蝇营狗苟，在名利里陷得太深，格局着实狭小了些——也不看看姜家是什么光景，眼下固然是炙手可热，但能守着姜婕好一座宝矿挖一辈子吗？不想着敦促一干子女读书上进，笃爱和睦，他日齐心协力地光耀门楣，却在这一亩三分地里倒转腾挪，争那仨瓜俩枣，实在是因小失大、目光短浅。

姜昙生先头冷不丁见着他一母同胞的嫡妹“自甘堕落”地和那婢生子言笑晏晏，心里硌硬得很，便拿话刺他们一刺，刺完也就罢了，正歪着脑袋眯着一对小眼睛上下打量阿枣，不想她姜明月今日吃错了什么药，竟针尖对麦芒地顶撞起兄长来。

向来只有他怼人家，没有人家怼他的道理。有生以来第一次被人用话堵住，姜昙生直噎得嘴角抽搐，一张胖脸随之颤动，任谁都能看出他胸中汹涌奔腾的怒气。

钟荟心说：会羞恼便是还知道廉耻，还有的救。既占了姜明月的身躯，将来一荣俱荣，一损俱损，少不得在其位谋其政，想方设法地把嫡兄扳回正道上来。

姜昙生抄起姜悔案上的砚台，兜头将墨汁朝着庶弟泼去，泼完往地上一抛，石砚磕在砖石上，顿时断成了两截。

幸好姜悔及时闭眼，墨没溅到他眼中，却把他半张脸染黑了。他下意识地抬起袖子，却终是舍不得弄脏衣服，眨巴几下眼睛，任由墨汁像泪水一样顺着脸颊流下来，嘴唇哆嗦了几下，终究没说什么。他的小书童还算眼明手快，取了帕子替他擦拭。

“说不过就动手，阿兄当真好本事！”钟荟看不过姜昙生这嚣张跋扈的德行。

姜大郎将手上沾的墨抹在衣襟上，银白光明锦的边缘上留下几道触目惊心的指印。他还觉得不解气，顺势一脚踢翻了姜悔的书案，书卷文房落了一地倒也罢了，姜明月的漆画宫闱宴乐图食盒也惨遭池鱼之殃，摔了个死无全尸，琉璃碟子更是粉身碎骨。这碟子偏是她最喜欢的那一套中的一个，如今配不齐一套，剩下的几只都没用了。

是可忍，孰不可忍！

都道钟十一娘好性子，其实人生在世谁没点脾气？皆因无人触她逆鳞罢了。眼下这有眼不识泰山的胖子不但触她逆鳞，简直是要爬到她头上掰下她的角，再在上面做个窝安家落户。

钟荟端起竟陵钟氏嫡女的架子，微微挑眉，带着十分的鄙夷，用眼角余光冷冷地扫了姜昙生一眼，仿佛在看一堆渣滓：“妹妹前日读史，书上说帝武乙为革囊盛血，仰而射之，命曰‘射天’，心里很是疑惑，不信天下会有这等不知天高地厚的狂

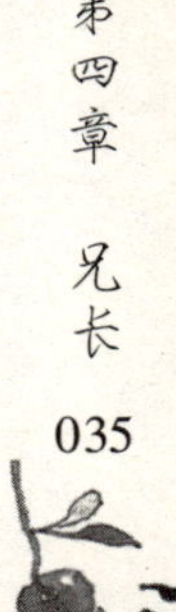

妄之人，今日方知阿兄也有射天之才。昔者甘罗十二拜上卿，阿兄年方十三，便暴虐侈傲、欺侮手足至此。也不知为非作歹是否排资论辈，否则以阿兄天纵奇才，定然是强人堆里的甘罗、元嘉。”

姜昙生一听“书上说”三个字一个头就变两个大，后面一席话一知半解、似懂非懂，待听见“强人”二字，终于回过味来不是什么好话，他二妹似乎在拐着弯儿地骂他。

钟荟自诩长于口舌辩给，唇枪舌剑不会输与任何人，且料想他一个高高壮壮的半大少年郎总不会出息到对年幼妹妹动手吧。

不过她显然是高估了姜大郎的操守，低估了他的出息。

独具一格的姜大郎心无芥蒂地揪起二妹的衣襟往上一拽，钟荟就被拽得双脚离地，衣领卡着喉咙，一张难以置信的小脸因窒息而涨得通红。

姜昙生一手握拳，在她眼前挥了挥，咬牙切齿地威胁道：“别以为你是我妹妹，我就不敢打你，再有下回，本公子的拳头可不长眼。”说完把她往旁边一搡，松开了手。

钟荟踉跄着后退了几步，呛得一阵猛咳。

这一下不但钟荟猝不及防，连阿枣和阿杏也措手不及，她们心里十分不待见姜昙生，尤其是阿枣，被那壮硕的胖子拿油腻腻的眼风上下刮了几遍，既羞愤又恼怒，巴不得小娘子刻薄刻薄他解气。

阿杏一向比人慢半拍，阿枣却已经冲上前去，先把二娘子扶稳，一下一下地抚着她的背给她顺气，又检查她的脖颈，姜昙生那一下并未使出十成力气，然而孩童皮肤幼嫩，勒出的一道红痕便有点触目惊心。

阿枣出门时还拍着胸脯向蒲桃打包票，没想到出门就被打嘴，还不知老太太和夫人知道了要怎么问责，满腹怨气全着落在姜昙生身上，当即柳眉倒竖地脆生生对姜昙生道：“小郎君好大出息！连一母同胞的妹妹都欺负。您扪心自问，可对得起先夫人在天之灵？”

姜昙生早就留意二娘子身边有个婢子模样生得好，方才还觑了她半晌，觉着这小美人发起火来也别有风情，心里像被小猫挠了挠，只在听到“先夫人”几个字的时候脸色微变，只一瞬便又登徒子似的涎皮赖脸起来。

正要占几句嘴上的便宜，冷不防被人当腰一撞，脚下一个趔趄，又被跌在地上的食盒绊了一下，重重地摔在了地上。胖子跌起跤来分外隆重，弄出山崩地裂的动静，听着就挺疼，当下哎哟哎哟地干号起来。

却说姜悔几次三番受辱，每每隐忍不发，打落牙齿和血吞，因他们一个长一个幼，一个嫡一个庶，身份有如天渊之别——这是他想当然，要钟荟说，姜家的嫡子和庶子不过是五十步笑百步，一样拿不出手。

连好意请他吃蒸饼的嫡妹受欺负，他也不敢出头，只是袖手旁观，他知道那是可鄙的，然而面对嫡兄时的怯懦和服从却已根深蒂固了。直到看到阿枣上前与姜昙生对峙，他才发现自己连个奴婢都不如，愧疚之下，便有了方才那一出。

待姜昙生看清始作俑者是谁，也不“哎哟”了，脸倏地往下一沉，指着姜悔道："打！给我往死里打！"

可惜姜昙生没料到上个学如此凶险，来时只带了两个花容月貌的小婢子，红袖添香、素手研墨在行，做打手就有些勉强了。两人你看着我，我看着你，不知如何进退，竟然呆立着不动。

姜昙生只好亲自动手，以双臂撑地，无奈身躯过于沉重，半天也没能支棱起来，便恨声骂那两个美人："你们瞎的吗？还不扶本公子起来！"

两人被骂已是十分委屈，撇着嘴，泪水在眼眶中打转。她们何曾做过如此粗重的活，又拉又拽，好半天才把姜昙生从地上拉起来。

"没用的东西！"姜昙生过河拆桥，把美人甲往旁边一推，又在美人乙膝窝里踹了一脚，捋起袖子便朝姜悔冲过去，揪着衣襟将姜悔掀翻在地上，左一拳又一脚地踢打起来。

姜悔也不还手，只躬着身子护着头脸。

他破天荒地逞了一回英雄，早已耗尽了本就不多的勇气。他不后悔，甚至有几分快意，但快意完了却又后怕起来。

他和姜昙生不比寻常兄弟，姜昙生最多被数落几句，等待他的却不知是什么样的惩罚。板子笞杖他不怕，咬咬牙挺过去便是了，但他有个致命的软肋。

钟荟本就一脑门官司，偏偏姜悔还来添乱，差点没把她愁死。

钟大才女自问即便称不上算无遗策，至少也有些运筹帷幄的能耐，今日却有些托大了，只想着下一剂猛药，激一激那不成器的嫡兄，谁知他的羞耻心藏得太深，没激出来，却放出了一只逮人就咬的疯狗来。

这已经不能叫作顽劣了，该叫刻毒才是。

她和阿枣、阿杏上前拽住姜昙生。有她们冲在前头，姜悔的小书童也大着胆子上前搀扶自己的主人。姜悔嘴角破了个口子，右边脸颊肿起一块，青青紫紫的，和着没擦干净的墨，煞是精彩纷呈。

好在姜昙生看着肥硕，身子却有些虚，挣脱了几下挣不开，也就作罢了，破风箱般呼哧呼哧喘着气，脸上横肉一颤一颤的："今日暂且饶你一回。"

姜悔松了一口气，开始收拾起衣袍上沾的灰来。

"不过死罪可免，活罪难逃。"姜昙生慢吞吞地道，"从明日开始，这琅嬛阁再不许你踏足一步。”

姜悔的软肋他太清楚了，姜昙生眯着小眼睛，欣赏了一会儿姜悔脸上的无助和恐惧。

“我话还没说完呢。”姜昙生脸上的神情让钟荟想起幼时养过的猫，那畜生也是带着这样漠然的恶意把逮到的耗子抓了放、放了抓，“你跪下来给我磕三个响头，我便准你继续上学。”

钟荟挑了挑眉，刚要开口，便见一身狼狈的少年二话不说，一撩袍摆，麻溜儿地跪了下来，并以迅雷不及掩耳之势“咚咚咚”磕了三个响头，抬起头时额上红了一片。

姜昙生拊掌大笑，满身肥肉颤颤巍巍，音调一拔高便有破声，实在惨不忍闻："哈哈哈，好一条乖顺的狗儿，可惜本公子又改主意了，这学啊……你还是上不成了。”

姜悔咬了咬下唇，旋即又松开，脸上有一种诡异的宁静祥和，掩盖住他四肢百骸中正在酝酿的一场风暴，不过酝酿到一半就被二娘子打断了。

“你差不多行了，那么大个人了，别说顶门立户，成天价地欺负兄弟姊妹，瞧你这出息！我这做妹妹的都替你臊得慌。”钟荟总算意识到和嫡兄这种脑子天生缺几根筋的人是不能绵里藏针的，骂他就得用大白话。

反正已经撕破脸了，她横竖占着个“年纪小”，索性闹大了，撕掳到长辈面前也不吃亏。

“阿兄阿姊们今日到得真早。”身着月白色织成夹襦，外罩天青色锦缎半袖的三娘子的话好似一盆凉水，泼在姜昙生熊熊燃烧的怒火上。

放眼整个姜府，也就是正院那对母女，能叫姜昙生稍稍假以辞色了。

姜明淅原本该与年岁相当的四郎姜忱一拨，下晌由秦夫子另开一堂课讲《孝经》，因着入春以来四郎突然发起疹子，也不知过不过人，便把课停了。三娘子不愿落下功课，曾氏便让夫子通融通融，让她旁听兄姊们的课。

三娘子眼角微红，脸颊上还印着一道褶子，她方才已经觉察出屋子里的气氛有些古怪，不过并未放在心上，她这嫡兄三天两头地寻衅滋事，逮着机会就要为难姜悔那窝囊废，哪天没古怪才是真古怪呢。

叫她在意的是自己今天起晚了，以勤补拙的姜悔就罢了，竟然叫懒出了名的姜昙生和姜明月越过了自己去。

春困秋乏，姜明淅又是长身体的年纪，渴睡是再自然不过的事情，然而曾氏在读书一事上从不因她是孩童而容情，日日严加督促，久而久之三娘子便将这些规矩都视作金科玉律，还举一反三地为自己另加了许多额外的桎梏，比如按时到还不算，必得早于其他兄弟姊妹心里才过得去——只除了姜悔，那傻帽恨不能住在琅嬛阁，若要和他比，夜里就不用睡了。

“阿兄，”她老大不高兴地唤了姜昙生一声，顿了顿，似乎又想起什么，对一旁的钟荟道，“阿姊你也来啦。”

说罢带着两个小婢子快步走到自己的书案前，经过一身狼狈的姜悔身旁时连个眼风都吝于给他，直把庶兄当成了墙柱子。

别看姜昙生不待见一母同胞的姜明月和姜明霜，在继母所出的三妹姜明淅面前却颇有几分兄长的样子，当下收敛起悍气，向二娘子扔了一把“改日算账”的眼刀，走到三娘子身旁：“三妹来啦，阿兄前日在金市西南角的文玩铺子里寻摸到一幅你上回说的那什么……卫什么的画儿，回头你替阿兄掌掌眼。”

三娘子手里捧着个黄铜镏金的小袖炉，不错眼地看着两个婢子训练有素地将毡席等物铺设在她案前，眼睛都没抬一下：“卫安期的画？怎么会大剌剌放在朝街的铺子里出售！阿兄别又像上回似的叫人骗了，花数万钱买回来一把赝品汉剑。”

“上次是萧家那……那狗崽子勾着外人坑你阿兄。”姜昙生想起那萧九郎将自己当猴儿耍，气不打一处来，“哪日叫本公子逮着他，必揭了那小白脸的皮。”

姜明淅背着他翻了翻白眼，并不搭腔，心里腻味得很，这嫡兄长得像猪，其实比猪还蠢，成日里斗鸡走狗地混迹在市井之间，伸着他那颗冤大头任人宰割，叫她很是看不上。

姜昙生眼高于顶，觉得阖府只有继母曾氏和三娘子两个明白人配和他说话。

只是他这三妹妹不怎么爱说话，只爱读书上进。姜明淅急不可耐地叫婢子将书本、文房取出来摆好，又催促她们速速研墨，自己则正襟危坐，翻开一本《论语》，嘴唇翕动，默声诵读起来。

姜昙生无趣地撇撇嘴，也纡尊降贵地将巍峨的身躯挪动到自己的书案前。他的几案与众不同，比旁人的都要大一圈，且比寻常几案高，方便将两腿伸向前去。

两个美人终于不用勉为其难地充当打手，对得以重操旧业很是庆幸，动作比往常更利索上三分，行云流水地从紫竹笥中取出姜昙生的象牙簟和狐腋毡垫，铺好后在案上加了翠蓝的绨锦，将一方纯银参带台砚置于其上。

几案旁还搁了个红泥小炭炉，美人甲整理完书卷纸笔等物，便旁若无人地煮起茶来——这是南人带过来的风尚，时下正风靡京都。美人乙便拎着袖子、翘着兰花指研起墨来，身姿十分赏心悦目。

阿杏和阿枣已收拢起食盒与琉璃碟的尸骸，将几案拾掇停当。钟荟便对姜悔道：“时辰尚早，阿兄回去换身衣裳吧。”

姜悔心里苦笑，这几日阴雨连绵，他只有三套换洗衣裳，两套尚在院子里廊下晾着，剩下一套此时就穿在身上，回去也没什么可换的，平白落乳母几个白眼罢了，然而其中困窘与尴尬不足为人道，便只是感激地笑了笑道：“有劳二妹妹关心，不妨事的。”

“也是，来来回回的也着实麻烦。”钟荟想他必然有什么难处，不便刨根问底，只命两个婢子将几案往姜悔那边挪近些，“阿兄的砚碎了，今日将就着用我的吧。”

姜悔低头看了看推到他跟前的砚台，下意识地就想推辞。

“一会儿夫子来了若是见阿兄没了砚台必定要问的。”钟荟知他面薄，压低声音劝道。

到时候保不齐姜昙生会添油加醋说些什么——这话钟荟没说出口，但是他们俩心照不宣。

“可是二妹妹你……”

“我大病初愈，又是女孩子，夫子不会难为我的。”钟荟摆摆手，挤挤眼睛，轻描淡写地道，“再说我本就不耐烦写字，带着这些只是装装相的。”

最重要的是，她是曾夫人“千娇万宠”的二娘子，区区一个仰人鼻息的西席能奈她何？其中的道理姜悔显然是懂的，便也不再推辞了，想说些感激报答的话，又觉得己身微贱，言辞太轻，话说出口，风一吹便飘散得无影无踪，倒不如妥帖地收藏在心底。

第五章 装病

过了不到一刻钟，秦老夫子便到了。

夫子姓秦名守基，字子文，当年乃是前朝太学生，如今则是个皓首苍颜的老鳏夫。

姜家是靠女子发迹的，真正鸿名重誉的明经宿儒断然不会自贬身价来这种人家当西席。

这位秦老夫子的体面既值得怀疑，学问更是稀松，能够在诸般人选中脱颖而出，实是托了年纪的福。

姜家从上到下略通文墨的也就曾氏一个女流，遴选西席这样的重任自然不能让娘子出头露面，而姜景仁选人一不问德行，二不考学问，端看头上须发白不白，脸上褶子多不多。

因为后花园中住着他的一众爱妾美婢，免不了瓜田李下之嫌，再怎么严防死守也未必不会闹出事端。年高虽未必有德，至少在作案工具上先天不足，便相当于在源头上防患于未然了。

如此甄选出来的秦夫子好不好色不得而知，却另有一癖，他是刘伶、杜康的知己，常常因此误事，前几任东家就是忍受不了才将其辞退的。

秦守基初来乍到，也知道收敛，只在腹中酒虫闹得实在不像样时浅尝辄止，故而至今不曾闹出什么乱子来。姜家束脩给得大方，学生又寥寥无几，平日很是轻省，除了姜昙生这个镇日惹事的惹祸精有几分棘手，秦夫子对如今的日子很是满意。

他双手背在身后，肩背微微伛偻，脖颈向前凸出，数不清有几层的眼皮盖着一双混浊昏黄的老眼，许是在酒坛子里泡的时间长了，秦夫子的眼神实在不怎么灵便，经过姜悔身旁时没看见他案头别致的蕉叶青瓷四足砚，甚至没留意少年脸上的青肿痕迹。

“夫子!”钟荟一颗悬着的心才放下来，便听姜昙生唱曲般抑扬顿挫地道，“有人不孝不悌、殴打兄长，你说该怎么罚他是好?”

好你个倒霉孩子姜昙生，钟荟愤愤地想，本想高抬贵手，放你一马，竟还先下手为强，告起刁状来了，那便怨不得我了，心念电转，转睫之间便定下一计来。

秦夫子一听那公鸭嗓子出声，背上立时起了一层白毛汗，恨不能抄起板子将那没事找事的胖子摁在地上揍开花。

不过主持中馈、手握束脩的曾夫人既然交代过切勿对姜昙生“严加苛责”，他也只能耐着性子做出诲人不倦的嘴脸，清了清嗓子，明知故问道：“哦?这是何故?”

“姜悔竖子，对我这个嫡兄怀恨在心，不但口出恶言，还将我推倒在地!”姜昙生端的是唱作俱佳，倒像是曾氏的血脉，只不过精明城府未学得半分。

“噫!”秦夫子瞟了一眼垂眸端坐的姜悔，心中略感意外，歪着头半眯着眼，一边做出侧耳倾听的模样，一边频频点头附和道，“竟有此事！岂有此理!”

“还远远不止！姜悔还教唆二妹妹顶撞兄长，离间我兄妹情谊，其心可诛!”姜昙生一边装模作样地一唱三叹，一边扭过头对着后面的二娘子挤眉弄眼。

钟荟若无其事地报以甜甜的微笑，她笑起来嘴角一边高一边低，两边酒窝一个深一个浅，微弯的杏眼里满是戏谑，为那张美得几乎有些乏味的脸平添了一分邪气，倒比往日灵动了不少。

姜昙生一时间有些晃神。

哼，他很快转过念来：今日先治一治那不识好歹的婢生子，有你吃苦头的时候。

“姜悔，你果真如此悖逆?”秦夫子捋了捋乱糟糟的山羊胡道，“可有什么要分辩的吗?”

“学生无可辩驳，请夫子责罚。”姜悔垂着头，如往常般沉静似水。

秦夫子心里暗叹一声，他的学问虽平庸，却也看得出姜悔是难得的可造之材，称得上才风秀逸、天资清劭，更难能可贵的是小小年纪便勤勉谨重，只可惜被出身拖累了。

姜昙生的话他自然是一个字也不信的，若叫他自行挑生徒，十个姜昙生加十个姜明淅捆在一起换一个姜悔他也不愿意。

不过只略扫了那花团锦簇、珠光宝气的姜昙生一眼，秦夫子那一点为人师表的惜才之心就如风里微灯、草头悬露般消失殆尽了。

贵贱穷通，荣枯夭寿，都是每个人各自的缘法，这世道谁还比谁容易呢?莫说旁人，就眼前这恣意妄为的姜昙生，说不定比姜悔还可怜。

神不知鬼不觉又将心肠锤炼过一遍的秦夫子便道："老夫虽不才，却自问对你悉心教导，未敢有一日懈怠，你圣贤书也诵了不少时日，为何行此悖逆之事？"

"夫子你有所不知啊，"姜昙生的话像一条毒蛇，见空子便钻，"他从根子上就坏透了，生来就是个脏心烂肺的混蛋，悖礼犯义的无耻之徒说的就是这种人。莫说圣贤书，就是圣人从土里钻出来亲自教他，那也还是个无可救药的孽障。"

"小郎君慎言！慎言！"秦夫子摇着头轻声斥责道。

"小子失言，小子失言。"姜昙生一脸泼皮无赖相地对着头上脚下分别拱了拱手，"孔圣人、孟圣人莫怪罪。"

"那小郎君倒是说说，该如何惩戒令弟呢？"秦夫子老得都快成精了，自然不会叫个小子当枪使，捋着胡子反将一军。

"这……"姜昙生为难地用白玉笔管挠挠头，心里把这老东西的祖宗十八代咒得几乎要从土里爬出来与他搏命，"本来这种不孝不悌的丧家东西不配坐在这里聆听圣人教诲，活该打一顿撵出去，不过为兄大人有大量，在这与你向老……夫子求个情从轻发落。我看去外面跪足三个时辰，回去把《孝经》抄个五十……不……一百遍也就算了，夫子你意下如何？"

"嗯，嗯，"秦夫子煞有介事地点着头道，"小郎君果真是君子端方、孝友之至。就按小郎君说的办吧，姜悔，你且去屋外廊下跪着吧。"

钟荟觉得她日后见着"君子端方"这几个字都得绕道走了。

姜昙生又着腿箕坐着，揉了揉方才磕疼的尾骨，犹觉便宜了那下贱的婢生子，不太甘心，然而方才被人夸了"端方君子"，饶是他有城墙拐角那么厚的脸皮，也不好意思立即出尔反尔，食言而肥。

何况姜悔这小子，看着瘦得只剩一根筋，其实经打又耐踹，寻常学堂板子根本唬不住他。他平生怕的就只有一样——没有学上。可天晓得姜昙生比他还怕，若没有姜悔，那些汉隶章草的大字谁来替他代抄？那些骈四俪六的文章谁来替他捉刀？

说起来当初还是他逮着这鬼鬼祟祟的小子贴着墙根偷听他们读书，才生出一计，央求曾氏让姜悔"陪伴"他一起读书。

"没有旁的枝节老夫便开讲了，"秦夫子提心吊胆地觑着姜昙生的脸色，待姜悔太平无事地走出屋子，方才吐出一口长气，千回百转地咳了一通，摇头晃脑地道，"上回讲到……"

"夫子且慢。"一个细而清脆的童声将他打断。

又有什么事儿啊？秦夫子都快给这帮祖宗跪下了。昨日刚领了束脩，他只想早点把今日的课讲完，回去和刘伯伦叙叙旧。

"学生方才顶撞了兄长，理应一块儿受罚。"只见姜明月直起身，不紧不慢地道。

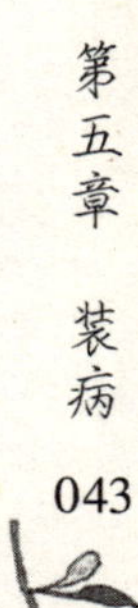

秦守基无奈地瞅瞅这粉妆玉砌的小娘子，这还是他第一回正眼打量姜明月。也实在怪不得他，姜明月十回里能来三四回就不错了，下雨天怕淋，大晴天怕晒，风大一些也不行——会将发髻吹乱。上课时不是趴在书案上睡觉，就是对着手镜左照右照，描眉画眼抹口脂，偶尔涂几笔字，能叫人恨不得自戳双目，实在是一只大大的人形绣花枕头。

如今这只枕头不肯好好当她的摆设，居然混到人堆里来裹乱，偏又是一个他得罪不起的，秦夫子怄得胡子都颤抖起来："小娘子知道悔改已是十分可贵，有道是'幼者必愚，愚者妄行'，你年幼无知，想来你阿兄也不会怪罪于你。"

姜昙生一听就不干了，正愁没机会连你一起发落呢，这不是一来瞌睡就有人送枕头吗："为兄虽胸襟广阔，不会与你一个小小女流之辈计较，但你既然知道错，也断没有逃脱责罚的道理。"

"知错能改，善莫大焉。依老夫之愚见，小娘子既有心悔改，便把《女诫》诵读十遍吧。"秦夫子赶紧道。姜明月可不是爷不疼娘不爱的姜悔，若是将她罚狠了，曾氏指不定要拿他这老匹夫祭她的贤名。

"那怎么成？"姜昙生急不可耐地道，"这样高高举起轻轻落下，倒叫人说我包庇嫡亲的姊妹。不成不成，你也得去跪……念在你年纪小，就跪两个时辰吧，再把《女诫》抄上二十遍，快去快去。"

钟荟就等着他这句话，不等秦夫子开口便应了个是，生怕他们反悔，一阵风似的刮到门外去了。

琅嬛阁在湖心，四周水面平远开阔，阁前一座木廊曲桥蜿蜒到对岸。

钟荟一出门便看到廊下跪得笔直的身影。小书童抱着个蒲团垂首立于他身侧，不知在他耳边说着什么。那孩子与阿杏年岁相当，生得瘦小羸弱，一张其貌不扬的苦瓜脸皱成一团，比先前更添了几分丧气。

"阿兄，"钟荟轻手轻脚地走到他身后道，"我来与你做伴啦。"

姜悔吓了一跳，忙侧过头，脸上先是闪过诧异，慢慢地凝聚成羞惭，也不知怨姜昙生多一些还是恨自己多一些："是我对不住妹妹，反叫你受我连累。"

"阿兄不必自责，是我自个儿要来的。"钟荟俏皮地皱了皱鼻子，"听夫子讲课多闷啊，浑不如在此吹吹风赏赏景自在。"

阿杏跟在她身后，怀里抱着竹筌和毛毡，见主人光顾着聊天，半天没发下指示，便直眉睖眼地发问："小娘子，您要跪在哪儿啊？奴婢等您示下，好给您铺垫子。"

"谁说我要跪的？"钟荟一脸莫名其妙，"此刻他们都在里面，跪给谁看去？阿兄也起来歇歇吧，木板子下就是水，阴寒之气冒上来，跪久了要伤腿脚的。"

小书童仿佛找到了知己，差点热泪盈眶："小娘子说的极是，郎君您就算要跪，好歹也垫些东西啊，落下病根可怎生是好啊？"

姜悔皱了皱眉，显是不敢苟同，温和地道："'君子戒慎乎其所不睹'，我既然领了罚，即便没人看见也不能作假。"

一回味这话倒像是在苛责嫡妹，脸又是一红，赶紧找补道："我……我不是说二妹妹你，你本就不该受罚的。"

"不以暗昧废礼，阿兄有卫大夫伯玉之风。"钟荟无法，便叫阿杏在旁铺上垫子，盘腿坐在姜悔身旁，"圣人说，身体发肤，受之父母。做君子固然好，做个老寒腿的君子可就不美了，还请阿兄顾惜身体。"

小书童长得虽然獐头鼠目，却有几分眼力见儿，忙把蒲团递上去，姜悔这回终于未再推辞。

钟荟坐了会儿便无聊起来，没话找话道："阿兄真觉得自己合该受罚吗？"

"我殴打兄长，自然是该罚的。"姜悔端着一张一本正经的小脸，毫不犹豫地回答。

"可是姜昙生羞辱泼墨在先，要罚也该一起罚，怎么偏就他一个没事？"钟荟噘了噘嘴，那不忿虽泰半是装出来的，却也有几分真心实意，"还把我的食盒踢翻了，害我饿肚子！"

姜悔哑口无言，他并非逆来顺受之人，也曾在无数次被欺辱后的夜里辗转难眠，叩问苍天何以不公至此，令一人为圭璋，一人为土芥！然而胸中的块垒凝成了利刃，除了将自己割得支离破碎外百无一用，日子要过下去，便只能慢慢地用血肉将它磨平——其实也不难，每当渴望什么、钦羡什么的时候，只须告诉自己，他配不上。

"阿兄何必处处姑息忍让呢？"钟荟拧着眉纳闷道。

姜悔不知该不该对这个仿若今日才相识的嫡妹和盘托出，未免有些交浅言深之感，沉默良久还是道："我原本是不配与你们一道在这琅嬛阁读书的，是托了兄长的福。一日我在阁外……玩耍，遇到了兄长，他问我想不想与他一起读书，我虽自惭天资驽钝，却也心向往之，阿兄便替我求了夫人。"

"哼，他才没那个好心。"钟荟嗤笑一声，道，"阿兄也不必替他文过饰非，必是为了让你替他捉刀替笔吧。"

"无论是为了什么，总是兄长的恩德，我不该忘恩负义的。"姜悔语声渐低。他并不觉得为二娘子出头是错，可是顶撞兄长确是不该。

钟荟对这个低眉顺眼的庶兄有些恨铁不成钢起来，姜家又不是出不起束脩，落个苛待庶子的名声难道好听？

"阿兄为何不去与老太太、夫人提？三弟和四弟不是也已开蒙了吗？"钟荟时常听三娘子抱怨那个榆木脑袋的庶弟。

"我……与他们不一样。"姜悔苦笑了一下，"二妹妹或许有所不知，我是元丰五年七月里生的。"

钟荟一脸困惑："那又如何?"

姜悔顿了顿，艰难地一个字一个字道："祖父是元丰四年五月里仙逝的。"

钟荟恍然大悟，一时竟不知道该说什么。姜悔本来就占了个庶，于前程已有诸多妨碍，本朝以孝立国，他出生就带了孝期所孕的污点，即便天纵其才也难以为世所容，难怪姜昙生如此肆无忌惮了。

姜景仁无才学傍身，原本还可以拿孝行做做文章，如今姜悔这庶子分明就是块名为"孝期行淫"的拦路石，大剌剌戳在他的宦途上，姜婕妤纵然有再大能耐也不能只手遮天，言官的唾沫星子就能将他们一家淹死。

钟荟心情复杂地看着这个朗月清风般的少年。她是局外人，尚且叹一声稚子何辜，老太太呢？曾氏呢？命途中与他擦身而过的每一个人呢？

姜悔却笑了，先是浅浅淡淡的，接着缓缓绽开，像雨滴落在平湖上荡起的一圈圈涟漪。他原以为小嫡妹得知真相后会像旁人一样对他既怜悯又避之唯恐不及，然而这孩子的眼中却只有义愤填膺，活似老天欠了她五百钱。

原来他的不甘也是有人懂得的，即便只是个八岁的孩童。

"二妹妹不必伤怀。"姜悔举头望了望被栏杆和廊檐割裂出的一小片逼仄天空，"我读书非是妄想钻营仕途，只期望能追观上古及贤大夫，观始卒之端，览无外之境……读书实在是绝好的。"

钟荟望着庶兄略显稚气的脸庞，不由得有些意外，设身处地，她是断然做不到如此豁达的。一个十来岁的少年郎，要经受多少冷眼才能磨砺出这样淡宕的心境?

钟荟心里有些不是滋味，起身走到湖边凭栏远眺，可惜今年开春晚，放眼望去仍是一片萧索，实在没什么景致可言。

阿枣见她闷闷不乐，很上道地从袖子里掏出一个油纸包。钟荟接过来打开一看，是个油酥饼，笑着骂了声："好你个阿枣，竟敢背着你家娘子私藏点心！"便小口小口地吃起来，不时从饼上拈了少许碎屑抛进水中。

湖里只有几茎残荷和一片黄绿的浮萍，水面上几只水黾来回划动，带出淡淡水纹。

把吃剩的饼都捻碎喂了鱼虫，她估摸着时辰差不多了，便从袖子里掏出绣帕擦干净手，回到廊下直直跪好。

不一会儿，姜昙生身边的美人甲果然轻轻掀开门帘往外张望，见两人规规矩矩跪着，方才放心地回去禀告姜昙生。

姜昙生心道果然是两个不知变通的傻子，不过还是吩咐婢子去杀个回马枪。钟荟早料到有这一出，侧耳倾听门帘动静，待第二次平静下来，方才扶着阿枣的胳膊起身，也不知道那姜昙生疑心病为何那么重，一个时辰中如是反复了五六回。

不知不觉过了一个时辰，一堂课讲完，秦夫子正要掀帘子出去看看两个受罚的学生，以免再闹什么幺蛾子，便听到阿枣吊着尖细的嗓子惊呼："小娘子！小娘子！您怎么了？大事不好了！小娘子晕过去了！"

到了晌午，阖府都知道二娘子不知怎么惹着了大郎姜昙生这霸王，叫他罚在寒风里跪了两个时辰，把个大病初愈、弱不禁风的小娘子给跪晕了过去。

阿杏和阿枣自己都是孩子，抬也不是，背也不是，幸好有三娘子带来的两个婢子搭把手，好歹把主人挪到了背风的地方。

姜悔见二娘子突然眼一闭，歪倒在地，吓得三魂去了两魂，跪久了腿麻，磕磕绊绊地扑上前去，便见他二妹调皮地朝他挤挤眼，抬起一根手指放在嘴前轻轻"嘘"了一声。

姜昙生听到外间动静，心里有些惊惶，这事怎么说都算他以大欺小，闹到长辈跟前他必定要吃挂落儿的，但他面上犹自虚张声势。两个美婢见三娘子主仆忙不迭地出去了，便也想去瞧瞧热闹，美人甲向姜昙生讨示下："郎君，咱们也出去瞧瞧吧，别真惹出什么大事来。"

姜昙生恨恨地啐了一口："瞧什么瞧！八成是那小丫头片子诈人呢！"可到底不踏实，又对美人乙道："你去外面盯着，有什么蹊跷赶紧来禀报本公子。"

阿枣把披风、毡毯等御寒之物一股脑地堆在钟荟身上，阿杏一边掐她人中一边做张做智地哭天抢地："哎呀，我的小娘子，您醒醒啊！莫丢下奴婢啊！咱们小娘子身娇肉贵，是个顶顶金贵的人啊！怎能如此作践哪！"

钟荟被她粗手笨脚掐得几乎真的晕死过去，心里第一万遍发狠要将这胖婢子撵出去。幸好曾氏的如意院距琅嬛阁不远，继母闻讯很快就带着两个中年嬷嬷赶来，总算把"昏迷"的二娘子抬回了自己的院子。

曾氏方才便伸手探过二娘子的额头，触手温凉，便知她是装病，钟荟也不怕她知道，更不怕她多事揭穿自己，谁叫她们不是亲母女呢？若是亲娘，早一个巴掌招呼上去了。

况且姜昙生才是真正让曾氏如临大敌的人，现下他嫡亲妹妹要泼他一盆脏水，曾氏想必愿意助她一臂之力。

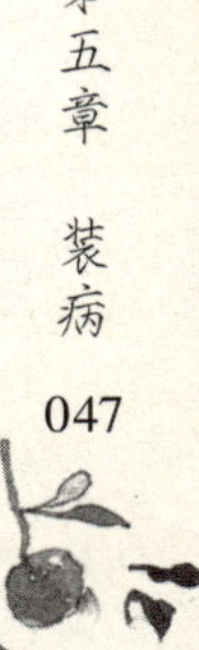

早有仆人领命套了车去城东医馆请大夫。

一行人抬着二娘子浩浩荡荡回去，蒲桃正趁着日头好在庭院中翻晒冬衣。

近来连日阴雨，那些皮裘和夹着厚厚丝绵的衣裙、帔子放得都快发霉了。这些衣裳大都金贵，有些还缝着宝石金珠，季嬷嬷手脚不干不净，蒲桃不敢放她一个人办这差事，又不能交代给那两个小的，是以自己留在院里照看着。

曾氏一马当先走在前头，一见蒲桃和季嬷嬷，着急道："你们快来帮忙，二娘子晕过去了，赶紧伺候她回屋里躺下，搬动时小心别磕着碰着。"

蒲桃闻言，赶紧抛下手里的一件白外红里的夹襦，紧抿着嘴唇，和大呼小叫的季嬷嬷一同急急忙忙穿过一庭院的锦绮，待看到头歪在一边"人事不省"的二娘子，耳边轰隆一声，眼前先黑了黑。

没想到二娘子晨间活蹦乱跳地出了门，不过两个时辰便横着叫人抬了回来。难怪一早起来眼皮直跳，到底应在这上头，早知如此，晒什么劳什子衣裳，无论如何也得跟了去。

当着曾氏的面不好多言，蒲桃便睨了那两个小的一眼，阿枣低着头把脸埋在胸口不敢看她，阿杏则一边抬着袖子不住抹眼，一边抽抽噎噎，瞅着曾氏主仆不注意，方才露出一对陷在肉里的小眼睛，朝蒲桃眨巴眨巴地使了个眼色。

蒲桃是何等的千伶百俐，当下会意，知是她们主仆几个做的一场戏，虽然放下了一颗悬着的心，却也怨她们不懂事，娘子年幼玩心重，做下人的不知规劝，还跟着瞎胡闹怎么成?

钟荟闭着眼睛在床上躺了会儿，左等右等还不见大夫来，曾氏像生了根似的坐在胡床上，好整以暇地守在她床榻边，时不时地还要"忧心忡忡"地拿绢帕擦拭擦拭她的额角，袖子轻轻扫过钟荟的鼻端，袖子里大约藏了香囊等物，一阵香风扑鼻而来。钟荟再也装不下去了，打了个喷嚏，嘤嘤醒转过来，揉揉眼睛，迷迷瞪瞪地四下打量一回："咦？我不是该在琅嬛阁罚跪吗？母亲您怎么来了？"

曾氏抚着胸口直念"南无阿弥陀佛"，欣喜地道："总算是醒了，阿婴你可把阿娘吓坏了。秦夫子也是，你阿兄年幼无知，秦夫子怎么也由着他使性子!"

竟轻描淡写地以"年幼无知"为借口将姜昙生择了出去，若她真的是八岁的姜明月，必然因此对嫡兄心生怨怼。

"怨不得阿兄，是女儿口无遮拦，惹阿兄生气……"钟荟嘴上善解人意，脸上神色却隐隐藏着怨愤。

"好孩子，母亲知你懂事，回头我好好劝诫你阿兄，不让他再捉弄你。"曾氏慈爱地用手指梳着她的发丝，"晕倒"时阿枣便与她松开了发髻，此时青丝散乱地铺了一枕头。姜明月的头发又黑又油亮，发丝却细而密。

曾氏心下了然，眸光一闪，又略带无奈地叹了口气道："你阿兄的脾气你也是知道的，阿娘何尝不想严厉惩戒一二，奈何……总是叫你受委屈了。"

"母亲莫要如此说，母亲的难处阿婴懂得。"钟荟只想速速将曾氏打发了，好指使婢子偷偷去小厨房传膳。她一大早到现在只进了一只一点儿也不酥的隔夜冷酥饼，早已饿得眼冒金星了。

曾氏又翻来覆去地安慰了一会儿，话里话外无非就是她阿兄骄纵，难以约束，她这个为人后母的千难万难。一言以蔽之，你阿兄混账，然而这事没人为你出头了。

钟荟脸上的愤懑不甘越来越浓，曾氏看着煽的风点的火都起了效验，火候差不多了，便推说有旁的事要走，又嘱咐了季嬷嬷几句饮食起居上的小心，吩咐等大夫看过诊后去回她一声，方才"依依不舍"地离开了。

曾氏前脚离开，大夫后脚便到了，因是女眷，请来的这位比秦夫子还老，走两步路浑似要他的命，一路上把领命的奴仆急得火烧火燎。

老大夫颤颤巍巍地伸出一只布满寿斑的手，搭在二娘子腕上半晌，只觉脉搏稳健有力，心知又是个装病的，不觉有些气恼，这些富贵人家的小郎君、小娘子成日里就知道拿大夫消遣，不晓得他们悬壶济世很忙的吗？来时一段坑坑洼洼的烂路差点把他这把老骨头颠散了。

"小娘子是如何晕过去的？"横竖能领到诊金，不过腹诽几句便罢了，老大夫耐着性子问一旁下巴尖尖的俏丽小婢子。

"在园子里水边待了两个时辰。"阿枣担忧地问道，"三个月前还曾不慎落水，病了好些时日，大夫，我们娘子没事吧？"

"那就是旧疾未痊愈，又兼风寒侵体，老夫开个方子，抓几服药，服一个旬日，若还不见起色，老夫再来诊治。"说罢便摇摇头，自去堂屋写补身益气的方子去了。

钟荟将季嬷嬷支去厨房领膳，对蒲桃道："你去箱子中取二两银饼子来，劳烦大夫顺带去二兄院里走一遭。我离开时二兄还跪着，方才我就见他脸色不好，嘴唇泛白，这会儿应该回去了，叫大夫瞧一瞧放心些，若需药石，来回我便是……让阿杏领路，再叫阿枣去知会夫人一声。"该知道的人总是会知道的，难不成就许你挣贤名，不许我做好人？

钟荟自然知道与庶兄走得太近难免惹老太太不喜。不喜便不喜吧，她钟十一娘何曾看别人眼色行事了？只要里子还是这个，换十次壳也不能够。

蒲桃很是讶异，二娘子一向对这个庶兄视若无睹，不知今日在琅嬛阁发生了什么事，倒叫二郎入了她的眼。不过讶异归讶异，蒲桃却只是应了声，取了钥匙打开镶银紫檀木箱子，从姜明月这些年林林总总攒下的金银花锭、饼子中挑出一块，用青缎囊装了。

钟荟躺在床上看着她忙碌，心道蒲桃就是这点好，心里藏得住话，从不多嘴问东问西，想了想，又吩咐道："你再去一趟西厢，靠南墙从西往东数第二个架子，自上往下第三排，靠左第四册和第五册书，取了叫阿杏……等等……还是先取来与我，再拿支小笔，调些朱砂。”

蒲桃不过一时半刻便一一备齐。钟荟坐起身，用朱砂笔随意圈画了一些字句，递给蒲桃道：“装个匣子，一起交给二兄，还是你亲自去一趟吧。替我带句话，此书我读不太懂，劳烦二兄得空时将圈画之处与我疏一疏。”

钟荟没料错，姜悔在水边跪足了三个时辰，起身时腿脚几乎没了知觉，肚腹中一阵阵抽疼，青白着一张脸，勉强由小童阿宝搀扶着一瘸一拐地往回走，到半道上便忍不住扶着廊柱吐了一回。

姜悔回去便发起烧来，阿宝伸手一摸，竟烫得缩了回去，赶紧跑到院子里，点头哈腰，向姜悔的乳母谭氏小心央告：“谭嬷嬷，您行行好，去回禀夫人一声，与小郎君请个大夫吧。”

三郎姜恪的乳母杨氏在一旁说风凉话：“哟！病得多厉害呀？上回咱们三郎还是自个儿走去医馆的呢！”

乳母谭氏一听，火烧眉毛似的折身回屋，捋起袖子叉着腰，一脚踏在屋槛上，朝里面高声叫道：“什么身娇肉贵的人，一点子头疼脑热就要死不活了！请大夫？拿什么请大夫？你那涎皮赖脸的亲娘是给你留了金山还是银山哪？就知道爬床，怎么不知道择个吉日！”

其他庶子庶女大多随各自生母住在园子西北角，姜悔和三郎姜恪年岁稍长，生母又都不在这府中了，与父亲的婢妾混居一处自然多有不便，早几年曾氏便拨了前头一个堆杂物的小偏院安置他们。

这个小院子地处偏僻，庭院也狭小，姜悔住的还是坐南朝北的房子，原是储物的，窗户窄小，潮湿、阴冷又昏暗。

姜悔躺在冷硬的床铺上，手脚冰冷，脊背发麻，牙关不由自主地打起战来。屋子里虽有炭盆，却只有冷灰一堆。谭氏称开春府上便不再向各院供炭，姜悔知道是被她贪墨了，却也不多言语。

谭氏当年不明就里地跟了个没前程的主人，起先对襁褓中的婴儿的几分心疼怜悯，已经年累月地消磨在这死气沉沉的屋子里了，眼见着同一批入府的老妈子披金戴银，好不风光，久而久之，怨气便越来越深重，一张嘴也越发没了把门的。

有一刹那她恨不得二郎就此病死了，自己也好解脱出去，另拣一根高枝，不过到底是自己奶大的孩子，眼睁睁见他去死总是不落忍，终是耷拉着一张马脸，打了水，绞了凉帕子，覆在他额上。

老大夫得了个沉甸甸的缎囊，心里头的不情愿纾解了不少，脚下的步子都不那么蹒跚了，终于在谭嬷嬷骂骂咧咧地绞第四回帕子的时候赶到了姜悔院子里。

钟荟才“醒转”，饮食当然要清淡，就着几碟绿油油的小菜用了一小碗赤粱粥，费了许多口舌，听了一箩筐唠叨，季嬷嬷才给加了一勺子肉糜。

待阿杏将床上的食案撤去，便有婢子来报，三老太太刘氏来看望二娘子。

钟荟一扫脸上的惫懒，一双眼睛亮得灼人，她等的人总算来了。

钟荟近来每日往姜老太太处请安，与三老太太打过几回交道，又亲眼见她叫曾氏吃了暗亏，深知此人看着虽一团和气，却手腕灵活，又很得姜老太太信重，俨然是松柏院里的半个主人。

不过有的人就是有这种本事，即便心知她不是一盏省油的灯，面对面时总是不由自主放下戒心，生出亲近，春风化雨的三老太太刘氏无疑就是这样的人。

“小娘子可好些了？大夫来过了吗？怎么说的？”刘氏慈蔼地望着钟荟，平常的问候，从她口中絮絮地说出来，就别有一种熨帖的暖意。

钟荟脸颊白里透红，双目清澈透亮，哪里有半点病容。她在这盛情的关切下有些心虚，亡羊补牢地咳嗽了两声道：“就是在湖边吹了点风，倒兴师动众地劳动三老太太大老远地过来，阿婴太过意不去了。”

钟荟把一旁的蒲桃支开：“你去取些果子和蜜茶来。”

“小娘子和老身见外什么。”虽然早得了信，三老太太照例要揣着明白当糊涂地问一问缘由，“怎么好好地上着课呢，就晕在廊下了？你祖母听说后急得团团转，拿起拐杖就要来瞧你，我好说歹说，才答应了叫我先来看看。幸亏佛祖保佑，小娘子你吉人天相，没出什么事。阿弥陀佛，阿弥陀佛。”

小昙生，学着点，阿姊教教你如何告刁状。

她嘴角微不可察地一翘，继而垮下来，一垂眼，又长又密的眼睫羽扇般地盖住过于明亮的眸光，显得懂事又委屈，嗫嚅道：“没什么……前一回落水已是惹得祖母担忧，不孝孙女极是内疚自责，这回又……”言罢竟然掩面低泣起来，肩头轻轻耸动了一会儿，抬起脸时眼圈是红的，眼里蓄了一汪泪水，可见不是作伪。

钟荟生怕自己情不够真意不够切，特地让阿杏预先备下吴茱萸浸的汁水，抹了少许于指尖，遮脸时悄悄往眼下点了点。只是抹得似乎有些多……

“小娘子可是有什么难处？”三老太太见她欲言又止，泪水不住地往下淌，便开解道，“有幸得小娘子叫我一声三老太太，老身虽然惭愧得很，心里却是涎皮赖脸地把您当成自家的孩子，与我说说无妨的。”

“说出来怪丢人的，”钟荟好不容易把泪止住，用帕子拭着眼睛，“我使性子与阿兄怼了几句，叫夫子罚在廊下跪了……两个时辰……”

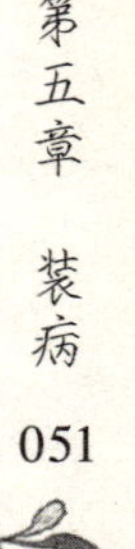

说完似乎委屈劲儿又上来了，忍不住抽噎了几声，又滚下一串泪珠来：“怪……怪我不好……”

三老太太刘氏心说，二娘子虽看着稳重懂事，到底还是个八岁的孩子，受了委屈焉能不伤心？原本存着试探的心，这下倒有几分真心实意的心疼了：“小娘子莫要伤心，老太太定会教训大郎，叫他与你赔罪。”

钟荟噙着泪轻轻摇摇头：“我并不是恼恨阿兄，哪有做妹妹的怨怪自己兄长，我只是担心……”

说罢打了个哭嗝，顿了顿：“我以前不知天高地厚，可是在床上静心躺了这么多时日，也想了许多。别人家的兄长如何我不知，但料想不是阿兄这样的……阿兄已经十三了，文不成武不就，虽跟着秦夫子念了几年书，正经作篇诗文恐怕连三妹妹都不如……三老太太，他打我骂我罚我跪，我都认了，可我不能眼睁睁地看着一母同胞的阿兄叫……毁了呀！”说到悲恸处，就势伏在枕上，嘤嘤嘤地半天不起来。

刘氏心里一震，再次对这个小娘子刮目相看，原以为她定会借机告状，添油加醋地数落兄长顽劣，没想到能想到这一层，倒是她看低了这孩子。

再开口时就多了几分郑重：“你祖母一向与我说起大郎时也是发愁，可又没法子可想，孙子毕竟隔了一层，总不好越过他爷娘师长去管教。”

“三老太太说的是。只是阿爷难得归家，要说师长……”她自己也苦笑着摇了摇头，“今日上课时阿兄的婢子在一旁煮茶焚香，还时不时与他说笑一二，夫子耳力目力想是不济了，竟丝毫未察觉。”

姜昙生院子里群莺乱飞的光景刘氏自然有所耳闻，这也是姜老太太最看不惯曾氏的地方，不能约束郎君也就罢了，给继子安排的伺候人竟是清一色的弱柳扶风、妖妖娆娆，旁人只道姜昙生看不上生得粗笨的。

刘氏沉吟片刻道：“此事别说老太太不好置喙，秦夫子一把年纪，若是平白无故将他撵走，怕也不太厚道。”

“阿婴绝不敢欺师悖祖。”钟荟忙不迭地否认，“夫子虽严厉不足，但授课极是耐心细致的，至于学问高低，恕阿婴眼拙看不出来，为我们几个年幼的开蒙总还是够的。只不过阿兄将来是要擎起门楣的人，夫子年高，精力恐怕是有所不逮。”

刘氏纵然心有七窍，这些事却是两眼一抹黑，一句话也插不上，只听着钟荟娓娓道来，频频点头。

“前日听夫子说起，外间也有儒者聚徒教授。他提到过一位什么北岭先生，据说是海内宗仰的大儒，学问很是了得，又不计荣利地传经育人，门徒有上百人，其中不乏贵游士子，阿兄将来想必是要出仕的……”

钟荟这一番话倒是没作假，这位北岭先生确实是位博学的鸿儒，不但于周孔究测精微，老庄之学也是造诣深邃，更重要的是他有教无类，只以传经为己任，若是姜昙生能拜入他门下，必定大有裨益。

只是有一点她倒是没提，这位夫子的脾气与他的学问一样大，学生稍有怠慢懈惰，便是一顿疾风骤雨的板子，纵是皇亲国戚、世家子弟也概莫能外。

而且这学馆设在去都城三十余里的山坳里，可谓叫天天不应，叫地地不灵，乃是高姓盛门发配纨绔子弟的首选之处。

“如此说来，这倒是绝好的一条道路！”刘氏欣喜道。

“我也就是说说罢了，阿兄是断无可能去的。”钟荟低落地道，“秦夫子说这北岭先生收徒不看束脩，规矩繁多，此乃其一。再者这学馆在山里，就算你是王孙也不能带奴婢伺候，一应起居都得自己动手，清苦得很，母亲那么疼阿兄，恐怕是舍不得他去的……”末了又叹了口气惋惜道：“若是能拜入这位先生门下，非但能砥砺其材，还能结交一二益友……”

钟荟见三老太太一脸若有所思相，知道自己话也说到了，恰好蒲桃端了吃食和茶水来，便见好就收了。

三老太太吃了一盏茶，用了些干果，便要起身告辞。钟荟着蒲桃捧来一个细细长长的木匣子，打开雕寿字纹的盖子，将一根素雅的琥珀簪子亲手交与刘氏，道：“这根簪子我年纪小压不住，放了有些时日，望三老太太莫嫌弃。”

刘氏自然百般推拒，钟荟只是坚持，最后刘氏推却不过只能收下，连连为难道：“小娘子折煞老身了。”

三老太太回松柏院复命，先拿了新得的琥珀簪子给老太太瞧，口里连称罪过。

姜老太太酸着脸道：“是她孝敬你的，你就收着吧。”终究忍不住翻了个白眼道：“这小没良心的，我老婆子白疼她了。”

刘氏笑得见眉不见眼：“我也说呢：‘有好东西不先紧着你祖母，回头怕要寻我晦气。’小娘子道：‘祖母房里好东西海了去了，哪里稀罕我这些物件，我不去着她讨要便是孝顺了。’您听听。”

老太太拍着桌子佯怒道：“好个小丫头片子！”又嘟囔道：“我哪里这么小气了，哪能为这个与你置气。”

两人说笑了一回，刘氏把方才二娘子说的那番话说与姜老太太听了，姜老太太静默了一会儿道：“这孩子心眼子倒挺多。”

刘氏拿人手短，免不了帮衬一二：“也是她亲娘去得早，要不这般年纪，正是无忧无虑的时候，哪用得着担这些糟心事儿呢？”

姜老太太乜了她一眼：“哟，得了好处等不及帮人说项啦！”

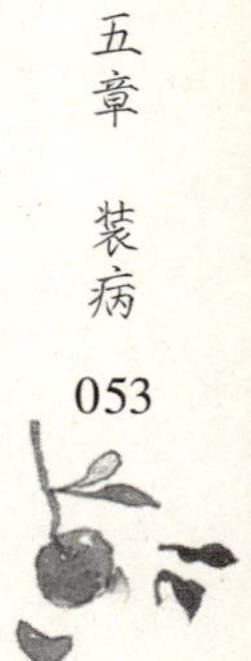

刘氏冷笑一声："您当我谁的好处都敢要的？也太瞧得起我刘阿巧了。"

姜老太太见她像是真动气了，赶紧放下身段道了不是。

"不是我说，"刘氏叹了口气道，"二娘子能说出今日这一番话来，也不枉我老婆子高看她一眼。况且二娘子生得着实出挑，那肌肤眉眼，竟是再不能够十全的了，再过个七八年，恐怕要将婕妤娘娘都比下去。你们姜家的门楣，指不定还要靠她一二——"

姜老太太听了这话脸却倏地一落："这话我却不乐意听了，难不成折了一个闺女进去还得再折一个孙女？我们万儿多好多齐整一个孩子，去那暗无天日的地方熬日子。"

"天子看重咱们娘娘，这是几辈子修来的福气啊。"刘氏也知道深宫内院的日子不好过，不过也只能宽慰姜老太太，"婕妤娘娘哪回见您不是喜笑颜开的。"

"我养大的孩子我能不知道她？"姜老太太摇着头道，"惯会得了便宜卖乖，若真过得顺遂，不知会怎样撒娇卖痴呢……唉，都是命，若当初没被天子相中，顺顺当当嫁了锦绣楼的少东家……"

"嘘！"刘氏吓得赶紧去捂她的嘴，"这话可不能瞎说！哪里还有什么锦绣楼，这传出去可是大罪！"

姜老太太不以为然道，"又没有旁人，从我口里出，入你的耳，能被哪个听去？"

"哎哟，我的老太太，您行行好吧！我还想多活几年见孙媳妇儿哪！"刘氏抓着胸口的衣襟道，"二娘子说的那山里的学馆……您到底拿什么主意？"

姜老太太盘算了片刻，两道浓眉皱成一团，一拍案桌，中气十足地朝屋外喊道："阿瓜！阿瓜死哪儿去啦？把阿豚那崽子给我找回来！"

"那二娘子……"刘氏摸了摸袖中的琥珀簪子道，"您舍不得送孩子去……，有人怕不这么想……"

"我还没死呢，看他们哪个敢卖女求荣！"姜老太太拍案道，过了会儿又悠悠地叹了口气，"心眼子只要用在正道上，多点也不是什么坏事，左右不过我这把老骨头在这世上赖活一日，便把一只眼睛看她一日罢了。"

第六章 训仆

姜景仁却不是轻而易举就能找到的，他虽名为阿豚，却活似狡兔，不知身在哪个销金窟里。

今上御极十五年，四海升平，物阜民康，洛京一派盛世气象，酒肆坊曲、秦楼楚馆不知凡几，除此之外尚有无数姊妹人家隐藏在里坊巷陌间。

奴仆阿瓜几乎将鞋底走穿，将双腿跑瘸，连姜阿豚的一根毛都没捞着，每晚蔫巴巴地回来硬着头皮找姜老太太复命，还得挨几下拐棍，实是天下第一苦不堪言的差事。

姜昙生那日见二娘子突然晕倒，也不是不着慌，真假先不论，他自己也知道这事说出来不地道，捅到长辈那边怕是落不着什么好。

他忐忑不安地回到自己院子，提心吊胆地缩头等了两天，只是被曾氏叫过去不痛不痒地训了一通话，罚抄了几遍书，禁了几天足，雷声大雨点小。

倒是姜老太太那边一反常态地悄无声息，叫姜昙生心里发虚。虚归虚，并不耽误他脚底抹油，如常上外头飞鹰走狗，好不自在快活。

这日天朗气清，惠风和畅，正是赏景寻芳的好时节。

钟荟昨夜做了许多纷繁的乱梦，恍惚回到某一年的仲夏，气候格外燠热，她苦夏得厉害，恹恹地躺在微微沁凉的象牙席上。

她前世的阿娘就坐在床边轻轻摇着羽扇，嘴里含糊地唱着什么歌谣。钟荟屏气凝神，却怎么也听不清词儿，人就在眼前，那声音却像隔了千山万水似的。

钟荟眼角的余光瞥见隔得远远的几案上有一座晶莹剔透的冰山，明明一丝风也没有，水晶帘子却叮当作响，心一落，便醒了。

其时天光已经大亮，钟荟发现被子裹得太多，焐出了一身汗。她望着花里胡哨的帐顶发了一会儿呆，用手背擦了擦微湿的眼角，张口唤人。

蒲桃打起帐幔，见她眼梢微红，便问道："小娘子可是做噩梦了？"

"是好梦。"钟荟喉咙有些干，涩涩地道，"出了一身汗，与我打水沐浴吧。"

蒲桃也不多问，先递了薄荷水与她润口。

沐浴更衣罢，不到一时小厨房送了早膳来。钟荟一瞅，又是稀粥并几样菜菹，两片薄得透明的肉脯根本无法果腹，纯粹是钓她馋虫的饵食，小脸不由得皱成一团，婢子们看着都感同身受地苦闷起来。

看来是不能再"病"下去了，钟荟苦大仇深地用罢早膳，去给老太太和曾夫人请了安。曾氏自然又是一番嘘寒问暖，包了几样上好的滋补药材与她。老太太则更直截了当，将每回见了二娘子都搞奇袭的芦花肥母鸡阿花用竹篮装了塞给她，又亲手拔了几棵水嫩的小青菜，让她回去炖了补身子。

别看姜老太太送起金子来大方，对她院里的两只芦花鸡却很着紧，每回都威胁要将脾气暴躁的阿花炖了，却直至今日方才付诸实施。

钟荟受宠若惊："这怎么使得？"

三老太太刘氏挽着篮子送她到门口，一边把被捆着双脚还要咯咯叫着往外挣的母鸡往篮子里塞，一边笑着道："不打紧，这畜生已经五日不下蛋了。"

"……"

回到自己院子里，钟荟对着篮子里的阿花大眼瞪小眼了一回。不打不相识，她与这只骁勇善战的鸡中黥布颇有些惺惺相惜，不太忍心就这么炖了，终是咽了口唾沫，叫粗使婆子用麻绳绑了一只脚，牵在墙角一棵最粗壮的桃树下听候发落。

钟荟在书房捏着鼻子抄了一遍《女诫》，抬头见窗外风清云淡，便撂了笔，带着两个小婢子去园子里闲逛。

主仆三人沿着回环的廊庑和曲折的小径散漫地走着，两个小婢子手上不得闲，一忽儿折柳，一忽儿扑蝶，见了花铃要拨一拨，见了新奇的草虫也要驻足观看一番。

钟十一娘自矜惯了，自不好那样不成体统地活蹦乱跳，只一边轻移莲步，一边留心园中的一草一木，但凡是能入馔的品种先在心中暗暗记了一笔，以便他日开花结果时拔得头筹。

一行人拾级而上，来到园中地势最高的揽月亭，钟荟指着东边道："那边一片藤萝长得倒好，待着了花，可摘一些来吃。"

"花也能吃吗？"阿杏微张着嘴惊奇道，"有什么好吃的？"

钟荟还没说什么，阿枣先揶揄道："没见识的乡巴佬，有的世家小娘子一年到头只吃花，吐出的气都是香的。”

钟荟前世还未病得那般沉时，每年春暖花开时节，闺中姊妹都要设百花宴款待手帕交，届时饮花露，食花馔，行花令，赋花诗，很是风雅。不过也只是偶尔为之，倒没听说过谁能一年到头靠啃花过活的。

这丫头真是好了不得的见识，钟荟折服。

“啧，那些贵人可真怪。”阿杏想象了一下，吐了吐舌头，“那我情愿顿顿吃麦饭哩!”

“咦?”阿枣眼尖，指着一处道，“那不是大郎君吗?”

钟荟顺着她水葱般的指尖望去，果不其然，掩映在藤萝下的肥躯可不就是她“禁足”中的大兄吗?

姜昙生自不把禁足当回事，睡到日上三竿，领着两个机灵的小奴就往东墙根去了。既然曾氏下了令，打门里过是不成的，不能扫了继母的脸面。

这一段院墙附近少有人迹，有藤蔓遮掩，墙顶上还有个豁口未来得及补上，十分适于攀爬。

他隔三岔五就遭禁足，身边的仆从早已习惯了，不用主人示下，其中一个小仆心里默道一声晦气，认命地弯下腰弓起背——谁叫他昨日赌输了，只好生受这苦刑。

姜昙生扶着另一名小仆的肩头，踏上一只脚，另一只脚方离地，脚下的小仆晃了晃，差点扑倒在地。小仆强提一口气，好不容易才稳住身形。

姜昙生竭力把手往上够，扒住墙头的豁口，有些时日没来，砖石上生了些青苔，手一滑，肥肉波浪般一涌，垫在身下的小仆后心又遭受一记重击。另一小仆赶紧托住姜昙生的尊臀一个劲将他往上推送，主仆三人齐齐挥汗发力，三张脸都憋成了猪肝色，眼看着就要成了。

偏偏这时背后传来个清朗的童音：“何人在此逾墙钻洞？欸，这不是我阿兄吗?”

姜昙生脚下的小仆一惊，先破了功，姜昙生没了支撑，另一小仆手脚细得麻秆似的，凭一己之力如何承托得住肥胖主人的分量，就势一倒，三人“哎哟哎哟”滚作了一团。

阿枣忍不住扑哧笑出声来，忙又用袖子掩住嘴，生怕被那霸王记恨了去。

姜昙生为了翻墙，特地穿了便于行动的窄袖裤褶，现在沾了一身的青苔和泥巴，十分不符合他“玉树临风”的人设，被那婢子一笑，更是既狼狈又恼怒，脸上阴恻恻的正要发作，打眼一瞧，见是上回在琅嬛阁顶撞他的美貌婢子，心里的火势瞬间熄了大半。

只见他露出个腻歪的笑容，掸掸衣襟上挂着的枯草，从袖筒里掏出一把折扇，往手心里点了点，向阿枣抛了个自以为风流倜傥的眼风过去。

阿枣受的惊吓不轻，抚着突突乱跳的心口，赶紧转过脸去。

姜昙生讨了个没趣，又贱兮兮地觉得那小美人辣得够劲，哼了一声，转而对嫡妹道："二妹妹病愈了？这园子里风大，你仔细着，别又晕了。"

"多谢阿兄挂心。"钟荟福了福身道，"往后阿兄不能再罚妹妹了，想必是无虞的。"

"不能？"姜昙生仿佛听了什么天大的笑话，对身边的小奴道，"你们听听！阿婴啊，别说阿兄没告诉你，我想什么时候罚你，就什么时候罚你，你就是晕一万回也不顶用，我照罚不误。上回听秦夫子讲什么'弄璋'和'弄瓦'，你倒说说看，是我这玉璋贵重，还是你这破瓦片值钱哪？"

钟荟兜着袖子望着他笑而不语。

姜昙生一见她这成竹在胸的模样就来气，指着她咬牙切齿地低声道："要是你敢把今日的事告诉老太太和夫人，看我怎么收拾你！"

钟荟老神在在地一笑："阿兄放心，妹妹绝不会坏了阿兄的好事。"她故意顿了顿，又缓缓地道："左右好日子也就剩这么几天了，您老人家抓紧时机松快松快吧。"

"你怎么……"姜昙生眼皮一跳，心里竟有些没底。

"我猜的。"眼看他的疯病又要发作，钟荟忙从袖中抽出手，指了指墙外，"时候不早了，阿兄玩得尽兴。"

说罢一甩袖子，头也不回地走了。

"小娘子，您说的是真的吗？"阿枣走出几步，谨慎地回头望了一眼，估摸着姜昙生他们听不到了，方才问道。

"吓吓他的。"钟荟狡黠地弯了弯眼睛道。

其实也有七八分准了，适才去给老太太请安时，刘氏又旁敲侧击地向钟荟打听北岭先生的事，老太太虽极力装作不在意，却竖着耳朵听得十分仔细。

纵然不能成，让姜昙生疑神疑鬼、寝食难安几日也是好的。

阿枣和阿杏俱是遗憾地叹了口气，姜公子在府中的人望可见一斑。

"小娘子，咱们还逛吗？"阿杏塌着一张扁脸问道。

钟荟突然想起还有一件事压在心头，低头看了看日影，道："时候还早，再逛会儿吧。"

阿杏迟钝又迷糊，跟在主人身后走了好一会儿，也咂摸不出不对劲儿来。

"小娘子，您怎么尽拣着池子边上走啊？出门时蒲桃姐才吩咐过咱们不让您靠近水边呢。"阿杏疑惑道。

"是吗？我倒没留心，多日没出来走动，边走边赏景，不知不觉便走到这儿来了。"钟荟嘴上这么说，脚下却不停歇，继续循着曲池边的小径往前走。

“小娘子……”阿杏无法，又不能上前拉住钟荟，只好拼命朝阿枣眨巴眼，见阿枣不理她，又去扯她袖子。

“哎呀!”阿枣被她不知轻重地一拽，差点被脚下一块半嵌在土中的白石绊一跤，恼怒地道，“就知道蒲桃说蒲桃说，自个儿好歹也长点心吧，改天被人卖了都不知道!”

“可是……”阿杏看谁都比自己有能耐，且蒲桃素日对她多有照拂，便自然地与她亲近起来，倒把一同进府的阿枣冷落了。

钟荟却从阿枣的话里听出些弦外之音，心知她最是掐尖要强，经不得激，便虎着脸对阿枣道：“蒲桃是一心为主，纵然管得多些，也不是什么错处。她大方稳重，行事又周全，你正该向她学学，收束收束性子。”

原先有阿柰在还显不出来，如今院子里的诸事隐隐有以蒲桃为先的意思，阿枣对此颇为不忿。她与蒲桃都是乙等婢子，且自认各方面都比蒲桃出众，蒲桃仅因比她年长两岁而占尽便宜。

如今听小娘子的意思，竟是更看重蒲桃，阿枣简直如同吞了个涩柿子，费了九牛二虎之力才把如鲠在喉的话咽了下去：“娘子教训的是。”

钟荟心道有长进，又不动声色搓了把火，一拍手欣然道：“你们能和和睦睦的我就放心了。那日去请安，母亲与我说：‘阿柰不在了，本该与你再补个人过来，一时却没有可意的人选。你院子里俱是乙等、丙等的奴婢，没个主事的，我看蒲桃是个好的，过段时日先提一等吧。’我怕你们心里不好过，故而未曾提及，如今看来却是多虑了。”

阿枣一听怔住了，她早把“甲等”当成自家囊中之物，如今却瞬间落空，化作了梦幻泡影，莽撞的老毛病犯起来，不管不顾地道：“常言道：‘奸臣口里也说忠。’她要是个好的，怎么早不病晚不病，偏咱们娘子落水那日病得下不来床。若不是阿柰替了她，被卖的可不就是她吗?”

话是冲着阿杏说的，却是讲给主人听的。

竟然还有这等内情，钟荟意外地挑挑眉，却不置可否，既然已经套出了她想知道的话，便好言安抚道：“你放心，我知你素日尽心尽责，这事一时还定不下来，改日我去同夫人求求情，看能不能破例多提一个。”

阿枣的心气这才平顺了一些，旋即又想起自己竟然得跟在蒲桃后面捡剩下的，心里埋怨起曾氏来，什么好事都紧着自己院里拨来那两个，先是阿柰，后是蒲桃。她可不是阿杏那呆子，真就信了曾氏是千古难遇的好后娘，世上哪有后娘一心为继子女好的。若曾氏真有人家讲的那么贤明，就该提了她这顶顶忠心顶顶勤快顶顶能干的阿枣。

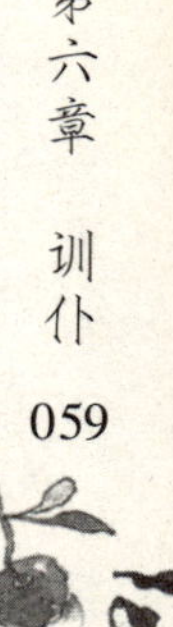

阿杏倒是无动于衷，她是个胸无大志、不知上进的，浑不能理解阿枣的鸿鹄之志，就一辈子当乙等又有什么关碍？提了甲等不是得担更多干系吗？为了多那点米粮不值当，不值当。

三人一行说一行走，就来到了月湖边。

说是湖，其实是个月牙形的小池塘，岸边横卧数石，台阶似的错落延伸到水中，更有几块半藏于水面下，充当了洲渚。钟荟想也没想就抬脚往水边走去，被惊慌失措的阿杏一把拽住："小娘子莫要过去那边！"

就是此处了，钟荟心道。

果然听阿杏接着道："上回就是在这里落的水，小娘子不记得啦？"

"上回是我不小心，"钟荟带了点颤音道，"这回有了防备必无碍的。不瞒你们说……前日我阿娘，就是先夫人，托梦与我，说那日我落水一病不起是因着一位姓袁的小娘子在……呃……泉下太寂寞，想找我做伴呢……一次不成，早晚还有下一次……除非亲到此处念经超度方能解厄……我心里也怕得很，你们可千万别走远哪！"

钟荟自己都快编不下去了，这种瞎话也只能拿来诓骗她们两个不谙世事的小丫头。

她趁着两个婢子战战兢兢、汗毛直立的当下到水边，口中念念有词，仿佛在念经，眼睛却不住地四处打量，见水中一块半露的石头似乎比别的都要平滑些。

她蹲下身用手摸了摸，果然似是有人刻意打磨过，前些日子有仆人在此落水想必也是因此缘故。

若是涂上油，再用什么法子把人引到这里，十有八九来者是会鞋底一滑落入水中的。不过这里水浅，离宅院又近，弄出点动静来立即就会有人赶来，园子那么大，若是她要戕害人性命，绝不会选这么一处地方。

倒是寒冬腊月的，多半能叫人病一场，曾氏为什么偏要她在那时候得病呢？为了阻止她进宫赴宴吗？姜明月又不是没进过宫赴过宴，那回的宫宴上有什么特别的人吗？

可惜钟荟那时候已经病得奄奄一息，家里人怕她伤怀，绝口不提当日种种人和事。

钟荟思量了一会儿，这回也不算白来，至少自己应无性命之忧，余下的事只有再做计较了。

又过了三五日，府上依旧波澜不兴。奴仆阿瓜身上拐棍抽出的痕迹肿了消，消了肿，姜景仁依旧不见踪影，老太太气得不行，每日多进了两碗干饭。

钟荟既已“痊愈”，便不能再缺课了。姜昙生着实耀武扬威了一番，若有尾巴，约莫能翘到天上去。

只是他的嫡妹再也没有如当日那样与他针锋相对，无论他如何挑衅都微笑以对，久而久之他也觉着没趣，不来理她，只管自己呷呷茶，嗅嗅香，摇摇绢扇子，摸摸香腕子，好不惬意。

姜悔却是缺了好几日的课。他这回病得颇重，当日若不是大夫及时赶到，即使有幸保住一条小命，多半也要烧成个傻子——这是妙手回春的老大夫的讲法。

乳母谭氏绝不敢苟同：“什么江湖郎中、赤脚大夫，混吃骗喝的，开的方子费钱且无用，还不是靠了我白天黑夜地照看你？”

二娘子院子里的大婢子蒲桃后来又带了药材、吃食来探望了一回，此后一个细眉细眼的圆脸胖女孩又来了两回，乳母谭氏的腰杆子便挺了起来，从怀里摸出一根银水很足的簪子给三郎的乳母杨氏瞧。

杨氏面上奉承：“阿姊算是苦尽甘来熬出头啦，发达了可要带携带携老妹妹我啊。”

私下里道：“呸，还真当攀上了高枝当凤凰了，念经念给泥佛土佛，二娘子自身尚且顾不得呢。”

谭氏得了体面，像一潭死水突然叫人晃了晃，侍奉起姜悔来劲头也足了。

姜悔大晚上的不睡觉，靠坐在床上，就着一点如豆的烛光读书，时不时握着拳放到嘴前咳嗽一阵，咳完继续没事人似的奋笔疾书。

不过两日，这少年郎已经瘦脱了形，一双眼珠子眍了进去。谭嬷嬷铁树开花般地心疼了一阵，破天荒地软了声气劝道：“小郎君早些歇息吧，这书横竖不长脚，明日再看也是一样的。”

姜悔当然知道乳母为何突然对自己假以辞色，起初也是意难平，很快，肚子里的圣贤书便齐齐发作，把那些不君子的想头都压了下去。他便宽容大度地在心中的账簿上将谭嬷嬷的债勾销了几笔，心平气和地道：“这书还须尽快还与二妹妹，嬷嬷先去歇着吧，叫阿宝掌灯就行了，我有数的。”

谭氏又唠叨了几句，转身去院子里支了个小炉子，给他煮了红糖鸡子羹，那是他年幼时最爱吃的。想到此节，谭氏突然鼻头一酸，掀起衣摆，掖了掖眼角，像是自言自语又像是在对谁解释：“这破炉子，熏得我眼睛疼。”

钟荟这日下学归来，守门的婢子告诉她：“娘子，二郎君来了有一刻钟了，在院子里等您哪。”

“季嬷嬷呢？怎么也不招呼阿兄去厅事坐会儿？”钟荟一边说一边往院子里走去，

便看到一身半旧软缎衣裳的姜悔正站在树下饶有兴味地看阿花头颈一伸一缩地啄谷子吃，他胳膊下夹着个木盒，正是当日装书的那个。

钟荟施了一礼道："阿兄清减了不少，病可好了？"

"多亏二妹妹为愚兄延医诊治。"姜悔深深地作了个揖，志志诚诚地道，"大恩不言谢。二妹妹若有用得着愚兄的地方，愚兄必当赴汤蹈火。"

"阿兄言重了，不过是举手之劳罢了。"钟荟连连道，只把这当了寻常客套，并未料到这千金一诺在数年后竟有兑现的一日。

钟荟客客气气地将姜悔请到书房，叫蒲桃端了清茶和果子设席款待，抱歉道："奴婢无状，叫阿兄干等了这许久。阿兄大病初愈，不好食油腻荤腥，下回一定要尝尝我这里的酪浆。"

"也是别处吃不到的吗？"姜悔整个人放松下来，竟也能打趣她一二了。

"那是自然。"钟荟皱了皱鼻子笑道，又指着他搁在案上的木盒，"这两卷书阿兄已经读完了吗？"

姜悔羞涩地点了点头，从案上捧起匣子，双手奉上，仿佛读书快也是见不得人的事："愚兄已将二妹妹圈画之处略作疏注，才疏学浅，语多不经，二妹妹还请海涵。"

钟荟翻开一看，书叶中夹着几张暗黄的麻纸，纸和墨都很粗陋，一笔簪花小楷却是俊秀飘逸、神形兼备，略欠缺些筋骨，想是病中乏力的缘故。钟家人爱书成痴，她不由深恨不能与前世的祖父一起观览品评。

再看疏注内容，越看越心惊，姜悔开蒙不过一年多，跟的又是秦夫子这庸师，府上藏书几乎摸不到边，走到今天这步泰半凭的是自己的悟性和韧性，虽然文辞还欠雕琢，但已如浑金璞玉般难掩光华。

"阿兄高才。妹妹这里藏书不丰，也没有什么珍本善本，阿兄拣看得上的拿去翻翻吧，放架子上积灰也是可惜。"钟荟自负聪敏，却也不得不承认，这位庶兄的天资恐怕不逊于自己，也不知道朽木姜景仁和那位孝期孕子的糊涂姨娘是如何生出如此出类拔萃的孩儿。

"多谢二妹妹。"姜悔是聪明人，自然知道疏注不过是嫡妹借书与自己的幌子，当下承了她的情，又挑了三五本书，如获至宝地抱在怀里带了回去。

季嬷嬷候在门外，见姜悔出来，一双三角眼滴溜溜地将他浑身上下打量了个遍，防贼似的。姜悔还未出院门，那妇人便掐着腰翻着白眼道："打秋风打到妹妹门上，没脸没皮。"故意嚷嚷得大声，巴不得让姜悔听到。

钟荟眉头一皱，掀了掀眼皮，朝阿枣使了个眼色。

阿枣被提等的事搅得心神不宁，巴不得燥燥脾胃泻泻邪火，当即上前一步，也掐着腰朝门外骂道："你说今儿个也不知怎么的了，这老鸹儿大白天就聒噪个不停。老东西！早晚叫人一箭射下来，揪了毛炙了，啊呸呸！"

钟荟听她骂得又尖又巧，忍不住一乐，笑着骂道："我看你比那老鸹儿还聒噪呢。"

季嬷嬷本来已经磨刀霍霍，听主人骂阿枣，又幸灾乐祸起来，得意扬扬地在衣摆上擦擦手，自说自话走进书房里，在距二娘子一步之遥的地方站定："小娘子，别怪老奴多嘴，您是玉叶金柯的贵重人儿，千万莫与二郎那等人多往来，惹得老太太和夫人不喜。"

她离得近，又弯着腰，呼出的气直喷在钟荟脸上，早晨大约吃了韭蒜之类辛物，那气味别提有多难闻了。

"嬷嬷这话我就不懂了。"钟荟未露出多少嫌恶之色，脸色却是冷肃了下来，"我自与我阿兄往来，难道夫人不希望我们手足和睦吗？"

"小娘子你年纪小，不知道啊。"季氏恨铁不成钢地跺了跺脚，"二郎他娘是个最最低贱不过的奴婢，且心术不正，在孝期里勾着郎君做成好事……"

"什么好事？嬷嬷的话我越发听不明白了……"钟荟前世活到十四岁，且广涉博猎，并不一味崇周南贬郑卫，枝节上虽懵懂，条干却是有些明白的，不至于像寻常闺阁一般听到只字片语就要寻死觅活。

不过如季氏这般，对个八岁女童说得如此直白，还是叫她大开眼界，恨不能把耳朵拆下来洗一洗。

蒲桃道："要死！这种混账话也是能入小娘子耳的吗？嬷嬷你也放尊重些吧！"

钟荟的脸一直红到了耳根，看起来简直要滴血。

季嬷嬷跋扈惯了的，白了阿枣一眼，脸上堆起讪讪的笑，伸手打自己的嘴："哎哟，看我这张没把门的老嘴，该打！该打！"还挤眉弄眼地上前拉起钟荟的手，作势往自己嘴上打，"小娘子打老奴两下解气。"

钟荟没见过如此不要脸的人，使劲抽出自己的手，退到三步开外，冷声对阿枣和蒲桃道："嬷嬷年纪大，你们去帮帮她吧。"

季嬷嬷一时反应不过来，张着嘴呆了会儿，阿枣上来拉她时方才回过神来，一屁股坐在地上，两腿乱蹬，口中呼天抢地："我老婆子老啦！不中用啦！被自个儿奶大的小娘子嫌弃啦！干脆打死我这老不死的东西得了！省得成天在这儿碍贵人的眼！我老婆子辜负了老太太和夫人的信重，趁早死了算啦！"

钟荟本来只是想略施薄惩，听她把曾氏这尊大佛抬出来，便对阿枣道："我乏了，你们去院子外面吧。"说完转身回房去了。

蒲桃还有些为难，阿枣闻言两眼放光，上前就是两个大耳刮子，震得自家的手掌发麻，又扬声叫来两个粗使婆子，连拉带拽地将捂着脸鬼哭狼嚎的季嬷嬷拖到院子外。

主人没有发令怎么打，打几下，打完怎么发落。蒲桃与季氏有些交情，自然下不去手，粗使仆役怕将来还得在季氏喉咙下取气，袖手在一旁看着。

季嬷嬷在院门口哭喊个不住，叫阿枣用破布堵了嘴。

阿枣畅快淋漓地狠狠扇了十来下，又朝她脸上啐了一口，方才揉着自己发红的手掌凯旋。

季氏丢了大脸，回屋呜呜咽咽哭了一场，一边哭一边倾诉自己当年如何如何整夜不休地抱着哭闹的二娘子，如何如何熬红眼睛为她缝衣裳纳鞋底，如何如何因着年老不中用遭嫌被弃。

蒲桃偷偷拿了一盒去肿化瘀的膏子与她，劝道："嬷嬷消停消停吧，你对小娘子说的那些话若是传到老太太和夫人耳朵里，你可讨得到好处?"

季氏想了想，也知道是自己理亏，只得住了嘴，心里把二娘子和阿枣一起恨上了，又念及自己尽忠一辈子，近来却是频遭冷遇，竟连二娘子的卧房、书房都不怎么进得去了。

看这光景，还不知何时就被撵出去了，难道要落个老无所依的下场吗?虽然这些年摸了一些鸡零狗碎的玩意儿，但偷偷拿出去变卖会被压价不说，得的钱还全贴了她那有了媳妇儿就忘了娘的不肖子，自己竟没留些个。她恨一回，怨一回，不由自主生出不该有的念头来。

二娘子不过几日又站到了风口浪尖，姜府上下都在传，二娘子小时看不出来，如今方知恶毒不下她阿兄，竟叫人把乳母架到院门口，打了二十笞杖——也有说三十的，也有说五十的，总之是见了血，把人打得气息奄奄，趴在地上半天爬不起来，下午晌就叫家人接回去，也不知眼下是死是活。

阿杏说得绘声绘色，钟荟闻言失笑，明明是季嬷嬷自觉没脸，告病出府躲风头了，也不知是谁传的谣，把她说得跟凶神恶煞似的。

翌日去请安，老太太倒是看热闹不嫌事大，直夸她打得好。钟荟一回想，便知她祖母还记着当日她的人被季氏拦在院门外的仇。

如意院那位就没那么容易打发了。

叙过寒暄，曾氏面色为难地开口道："季嬷嬷年纪大，人糊涂，若有什么不妥当之处，你在院中略施薄惩，也是应当应分的。然而她毕竟是你乳母，于情于理该留三分情面，你一个在室的小娘子，传出刻薄乳母的名声，可是好看相?"

曾氏叹口气，把钟荟揽到近前，抚着她的背道："你莫怪阿娘说重话，昨日那事，就算放到你三妹妹身上，我也还是要说的。”

“女儿何尝不知母亲的苦心。”二娘子柔顺地垂着首，“只是季嬷嬷她——”

“季嬷嬷有什么不是，你尽可以来找我，阿娘定会秉公处理。”曾氏将她的话打断，语气中已带上三分严厉，“闺阁小娘子如何能喊打喊杀的？何况还是哺育你长大的乳母。你啊，着实糊涂！”

阿枣重义气，见到是非在她眼前颠倒难受得紧，心一横眼一闭，也不管什么甲等乙等了，仗义执言道：“奴婢多句嘴，夫人您有所不知，也难怪咱们二娘子怄气，实是季嬷嬷口无遮拦，污了小娘子的耳朵……”

“论口无遮拦，你这奴婢也不遑多让！”曾氏斜睨她一眼，面沉似水地道，“是叫阿枣吧？这里没你说话的地方，看你们家娘子面上饶你一回，再有下次，我就不姑息了。”

阿枣无法，只好磕了个头站到一边。

“小婢子无礼，言语无状，女儿回去定好好管教，望母亲见谅。”钟荟说完稽首，袒护之意表露无遗。

阿枣心里一暖，心说不枉我拼着丢了甲等，替娘子说话。

钟荟接着道：“季嬷嬷昨日胡言乱语还在其次，不顾尊卑，议论主人才是女儿惩戒她的原因，是女儿矫枉过正，思虑不周。”

曾氏自然知道季嬷嬷当日说了什么，那妇人看着一脸精明相，没想到蠢笨如斯，然而这些年填了那么多财物下去，一时半会儿也寻不到可靠的人替她，只能姑且先用着了。

“如今罚也罚过了，纵有什么错处，你看在她没有功劳也有苦劳，担待她一回。”曾氏喝了口参茶，道，“你二兄那孩子，也着实可怜，罢了罢了。”

钟荟本来也没指望仅凭三言两语就将季嬷嬷发落了，这种积年的奴婢，没有真赃实犯的把柄是治不了罪的。

钟荟不过是“礼尚往来”——你用这刁奴硌硬我，我便教训你的人打你脸。曾氏与她对视一眼，立即就看懂了她的意思，几乎能称得上心有灵犀了。

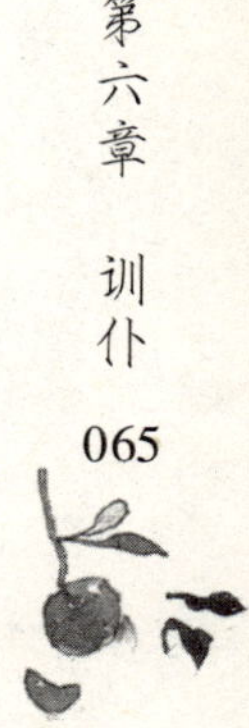

第七章 卫郎

催花雨一场接着一场，转眼到了三月头上，钟荟的小院里已染上了轻黄嫩粉的早春颜色。

三月三日大清早，钟荟就叫阿枣从床上连哄带骗地拽了起来。

她脸颊上带着薄红，揉了揉惺忪睡眼，声音比往常柔软了三分，嗔道："什么时辰就叫我了，天不是还未亮吗？"

"小娘子忘了今日是什么日子了？还早呢！恐怕全京城的女子都已经梳妆打扮停当了。"阿枣一边脆生生地往外蹦字，一边麻利地替二娘子换下小衣，"三娘子先前已遣人来催过一回了。"

钟荟这才想起来前些时日与嫡妹三娘子约好了上巳去南浮桥边祓禊。

三月初三按旧俗要去水边祓除鲜禊，祭祀先祖，不过如今祓禊不过是个由头，这一日已成了洛京官宦士绅子女嬉游作乐的佳节，届时方轨连轸，朱服耀路，极是热闹煊赫。

钟荟前世的阿娘怕人多声嚣累着她，很少让她凑这种热闹，多半和姊妹们在自家园子水边浮浮羽觞和绛枣便算过了节了。唯有十二岁那年，卫家七娘子相邀，将那水边的盛景描绘得活灵活现，将她说得意动。阿娘被她缠了好几日，才放她去玩了一回。她兴冲冲地出门，回来便发了一场大病。

不过出游便出游，为何天未破晓便要起床，钟荟晃了晃昏沉沉的脑袋，无论如何都想不通，打了个哈欠道："那也犯不着如此早啊，阿花还没打鸣哪。"

"小娘子说什么胡话，阿花是母的，如何会打鸣！"阿杏端着铜盆走进来，"咱们得赶紧了，去晚了道旁的好位子都叫人占了。”

这胖子平日最是懒怠，与钟荟臭味相投，今日竟也起了个大早，成了阿枣的帮凶。

“占什么位子？”钟荟一脸茫然，“不是已有下人半夜三更先驱车去洛水边张幔了吗？昨日在如意院还听母亲吩咐下人的呢。”

“不是那个！”阿枣三言两语之间已拧好帕子，往二娘子脸上招呼，“小娘子忘啦？去年咱们晚了一步，叫那沈家人挤在了后面，连卫六郎的影子都没看着。”

“卫六郎？”钟荟有些难以置信，挑了挑眉，差点把嘴里的青盐吞到肚里去，“所以咱们摸黑起了个大早，就为了去看他？”

“什么叫就为看他。”这回轮到阿杏不满意了，鼓着腮帮子道，“小娘子没听说过吗？洛京上巳老三样……”

“祓禊、流觞、浮绛枣嘛，我知道啊。”博闻强识的钟十一娘对京师风物掌故自然是一清二楚的。

“非也非也。”连一向正经的蒲桃也掩口一笑，脸上浮现出少见的羞怯来，“洛京上巳老三样，掷果，抛花，看卫郎。”

几个婢子就见二娘子坐在床沿上，微启双唇，杏目圆睁，呆滞了半晌说不出话来。

这小子行市倒好，钟荟酸叽叽地想。

要说这卫六郎，与钟荟也是总角时的交情，不过其时她只盯着卫七娘的一举一动、一颦一笑，眼里装不下别人，把这未语就带三分笑、与她说不到三句话就脸红的小男孩简单粗暴地当作“卫七娘那呆头呆脑的兄长”而忽视了。

他们是什么时候开始熟稔的呢？钟荟回忆了一下，大约是某个樱花将谢、梨花初发的日子，那一身白衣的小小少年攀到树上，折了一枝含苞待放的梨花递给了她。

钟荟当时气得七窍生烟，跺跺脚转身便走，一边走一边揪下枝上的花骨朵扔了一路：这卫七头发比她多，诗文比她作得好也就罢了，竟连兄长都比她的强！她的亲阿兄哪里会替她折花，哪里会温温柔柔地与她说话！她十个诨号里八个都是拜她阿兄所赐，他不但取笑她，还捏她脸，揪她的丫髻，真真人比人气死人。

然后卫七娘的阿兄似乎就常常与她们这些女孩子混作一堆玩儿——更多时候只是安安静静地缀在后面与人方便。

她们要玩投壶，他便从他阿爷书房里抱了个东汉的越窑青瓷瓶来；她们要扎彩灯，他便拿出嵌着绿松石的金柄小胡刀替她们削竹篾；她们要玩扮花神，他便用一包蜜渍枸橼将他三叔家四岁的十一郎拐过来，弯着眉眼看她们七手八脚地给堂弟梳

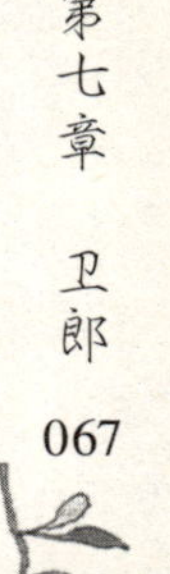

小辫儿穿花裙，拿鲜花插了他满头。

再大一些，他便不大能与她们一块儿玩了，钟荟那时还着实遗憾了一阵。

后来，两家大人便隐隐约约透露出结亲的意思。她年幼时的一点不足之症渐渐变成沉疴顽疾。

再后来，便没有后来了。

钟荟的穿着打扮向来是全权交代给阿枣的。今日这见卫郎的大日子，她自然在主人身上铆足了劲，精心挑选了一袭藤花色广袖绢衣、缀珍珠的叶绿罗裙。这衣裳的颜色挑人得很，若肤色差一分明净，便衬得引人发笑，然而二娘子生得白皙如玉，衬得一张小脸越发莹润。

阿枣仔细地给她系上绣木兰花的腰带，挂上青玉麒麟佩和香囊，又从奁盒里挑出一对白玉臂钏替她戴上，退后几步端详自己的杰作，露出欣慰的神色来，两眼放光、摩拳擦掌道："咱们小娘子真是好看得像仙子一样，可惜出门要戴幂篱，不然奴婢给您梳个又像云朵又像花的发髻，保管将全京城的小娘子都比下去。"

钟荟并没有心思将谁比下去，此时她更想钻回暖烘烘的被窝里睡个回笼觉。

这时有奴婢禀道："三娘子遣奴婢来请二娘子，说车驾已经在门外候着了。"

"急什么！投胎都没这么赶的！"阿枣不耐烦地道，在二娘子发髻上点缀了几朵翠钿，又插上一大一小两朵绢做的木兰花。

"人家也是奉命行事，做什么急眼。"蒲桃低声埋怨阿枣，吩咐那下人道，"一时半刻便好了，叫那姊妹去茶房歇会儿，吃杯茶。"又转头对阿杏道："你再去瞧瞧季嬷嬷准备好没有。"

阿杏"欸"了一声便蹦跳着出去了，不一时折返回来道："季嬷嬷说今晨起来在台阶上崴了，脚踝肿得跟馒头似的，不好随我们出去了。"

阿枣一翻白眼道："那老妇净误事！不知又闹什么幺蛾子！"

"你这张嘴啊！"蒲桃无奈地道，"小娘子出门，身边没个老成持重的嬷嬷不像话。奴婢看茶水上的赵嬷嬷性子利落，人也干净，要不叫她顶替一回，娘子您看如何？"

钟荟点点头道："你说好的定然错不了，叫她赶紧收拾收拾，咱们即刻出发，莫叫三娘子她们等急了。"

钟荟登上车时，三娘子已经在里面坐好了。她今日穿了一身鹅黄色，外罩白纱罗帔子，梳了个双平髻，眉心点缀一片金箔剪成的梅花钿，双颊匀了胭脂，姣妍得像朵初绽的迎春花。

“阿姊如何这么久，”三娘子嘟了嘟桃花瓣似的小嘴，娇声埋怨道，“叫妹妹好等。”

“对不住妹妹，阿姊起迟了。”钟荟有心逗逗她，抬了抬嘴角道，“昨夜读书读到三更。”

三娘子一听不得了，赶紧把膝上的幂篱搁在一旁，从小竹笥里翻出一卷《春秋公羊传》专心致志地读起来。

钟荟忍俊不禁地扑哧笑出了声，一心向学的三娘子不满地抬起头，拧眉道：“阿姊笑什么？”

“没什么，没什么。”钟荟摆摆手，好心劝道，“车上颠簸得厉害，莫看坏了眼睛。”

三娘子心说，要你假好心，就许你半夜三更刻苦用功，不许我分秒必争。嘴上应声“是”，抿了抿唇，并未将书卷放下。

钟荟便也不劝了，撩开车旁的青绸帷幔往外张望。婢子们说的一点儿也不假，天边金乌方破云而出，街上已是香车盈路，行人络绎，恐怕再晚上半个时辰，就要堵在巷口无法前行了。

即便早早出了门，这一路仍是走走停停，时不时有新的车驾汇入，遇到路窄或是坑洼的地方，便要停上一时半刻方能继续缓缓前行。好不容易靠近了通往洛水边的大路，道旁已经停了许多车驾，拉车的牛、马、羊等牲畜将路旁的青草都啃秃了。

晚来的车驾越来越多，挤在一处，将宽阔的大道占去大半。钟荟的车驾只能停在外围，再要往前就得下车步行了。

钟荟和三娘子戴上幂篱，带着奴婢仆从下了车。道旁已经站了不少大姑娘小媳妇，有的讲究一些，戴了幂篱，有的则露着脸。美丑妍媸都紧挨在一处，各色绫罗和粗布迎风招展，人人都伸长了脖颈翘首以盼，许多人臂弯里拎着装满鲜花和果子的小竹篮。

钟荟从袖中抽出帕子掩住口鼻，空气中混杂着脂粉、汗水和牛马羊身上的臭味，着实不怎么令人愉悦。

姜氏姊妹由婆子抱在怀里，在汹涌的人潮中慢慢穿行，一行人不时回顾，互相叮咛，以免走散。几个机灵的男仆先行探路，选定了一处视野好的落脚地停下。

不过片刻，便陆陆续续有王公贵族的车马过来，两旁的人自觉地往后退开，让出中央一条能容四马并驱通过的道来。

这些世家娘子们大多坐在车中，有织锦帷幔挡着，郎君们则大多鲜衣怒马，大大方方地任人观瞻。每过来一队人马，周围便有好事者评头论足，外行看的大多是这个儿郎生得俊，衣裳鲜丽，那匹马儿膘肥体壮，毛色滑亮，内行的则能从车驾排

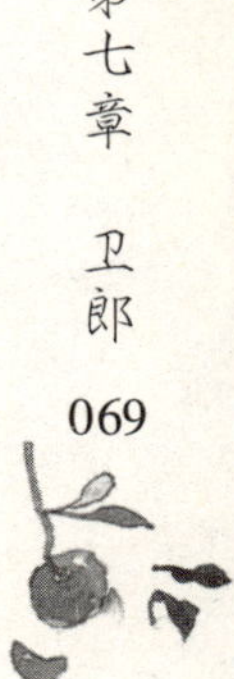

场、家族徽号上看出端倪，甚而对小郎君们的家世、官职和齿序如数家珍。

钟荟有幸紧挨着一位戴着幂篱的风鉴行家，她的衣饰乍一看不起眼，细看却不是凡品，听声音是个年轻女郎。

那女郎指着徐徐通过的一辆朱丝络网的车道："那车里坐的是荀家的女眷，前面那匹马上的是二房嫡三子。"见身旁一个将两腮抹得绯红的村妇犹豫地看着手中的花朵，那戴幂篱的女郎嗤笑一声道："荀家人都长着蛤蟆似的鼓突眼，这便要投？我劝你这花果还是省着些用吧！"

"裴家人这长相也怪，一房一个样，竟没有个定准。他们家长房的两个儿子长得倒不赖，可惜都娶了亲，二房三房俱无足观。想那裴太保弱冠时也是京都数得上的美人，真是一代不如一代了。"

一连过去几队车马，女郎只是一个劲摇头，竟连批语都欠奉。

钟荟杞人忧天地担心她摇头摇太猛，将自己晃晕过去，却见那女郎突然振奋地指着远处一个着紫衣骑枣红马的少年道："终于等来了个能入眼的！让本……娘子瞧瞧。这双桃花眼一看就是萧家人，婉转多情，眼珠子活，将来想必是个懂风月的。噫！生了双薄幸唇，不知要哭煞多少小娘子也！"低头掰了掰手指，胸有成竹地道："对了，必是萧家三房的九郎，年岁对得上。"

回头对那目瞪口呆的村妇道："这个你可以放心掷了，不过萧家盛产纨绔，看看得了，别太上心。"

萧家车马经过后，又是一系列乏善可陈的人家，便有人不耐烦起来："那卫家人何时才来啊?"

"卫家人自然是压轴的，急什么?"那女郎老神在在地朗声答道，"咦？怎么还不见钟家的车？哦，对了，他们家十一娘年前刚过世，想必是不会来了，可惜，钟家人也是生得好相貌，只是子嗣不丰，还有祖传的少白头，钟大人的独子也是芝兰玉树样的人物，今日无缘得见喽。"

钟荟正百无聊赖地从阿枣给她准备的小竹篮里掏果子出来吃，骤然听那女郎点评到了自家阿兄头上，差点噎住，紧接着一阵猛咳，直咳得面红耳赤。

"怎么？我说的可有半点虚假?"那女郎不满地瞥了一眼钟荟，又探头看看她手里的篮子，"莫再吃了！一篮果子叫你吃得都见底了，一会儿卫郎来了你拿什么掷他?"说完不见外地从篮子里拿出一个果子咬了一口道："说了这许多话口干舌燥的，咦?"她诧异地看了看手里的果子，又拿眼打量钟荟，也不知隔着两层皂纱能看出什么来。

就在此时，人潮中突然掀起一浪高似一浪的欢呼，那女郎惊喜叫道："卫六郎来了!"

钟荟透过薄纱幂篱向来路张望，便看到卫家的车马缓缓行来。她一眼就望见端坐在骏马上的卫家六郎。

卫珏一身飘逸的锦绣朱衣在晨风中飞扬，仿佛随时要凌风而去，益发显得丰神俊朗。

“卫家人相貌美还在其次，更难得的是那一举手一抬足间举世无双的风姿……”女郎啧啧称赞，后面的话已然淹没在声浪里。

人群炸了锅，“卫郎”“六郎”的呼声此起彼伏，香囊、果子和鲜花冰雹般地向卫家的车驾砸去。卫珏显是见惯了大场面的，脸色如常，甚至嘴角含笑，时不时侧过身与一旁并辔齐驱的人说两句话。

钟荟乍见故人，又被那群情激昂的气氛所感染，促狭之心陡起，从小竹篮里挑挑拣拣地掏出一个最小的花红果。

这还是前些日子宫里婕妤娘娘赐下的，这个季节没有花红，这几个是御花园温室里种的，钟荟还有些舍不得，攥在手中啃了一口，方才朝卫珏扔去，也没想着能砸中他，不过是凑个份子罢了——果然失了准头，那果子在空中划过道弧线，越过卫珏，朝他身旁骑白马的人飞去。

那人身量比卫珏矮小些，身着斗篷，头戴风帽，裹得严严实实，与卫珏一同出行，想来也是卫家嫡系。

只见他抬起左手，灵巧地将那啃了一口的花红接住，喜怒莫辨地朝钟荟的方向看过来，一边缓缓摘下风帽。

那少年正是雌雄莫辨的年纪，一双琉璃般的眼睛冷冷淡淡，仿佛屈子笔下的山鬼，美到了绝处，几乎生出几分凄清来。

钟荟感觉自己的心停跳了半拍，不由自主地屏住了呼吸——难怪此人要将自己裹得这般严实！

方才还吵吵嚷嚷、欢天喜地的人群忽然被施了定身法似的，陆陆续续静了下来，一时间竟然鸦雀无声，只闻布帛在风中猎猎作响，间或有一两声马嘶。

继而人群中爆发出沸反盈天的欢呼声，所有人都发了疯似的将篮子里剩下的花果和香囊兜头朝那少年掷去。

钟荟有心听听方才那女郎有什么话要说，回头却见她正拿帕子擦眼泪，捶胸顿足地哭喊道：“十一郎啊，阿姊是等不到你长大了，我怎么就不能晚生几年哪！”

钟荟抚了抚额，从今往后都人争看的卫郎怕是要换人了。想到此节，她忍不住望着卫六揶揄地一笑，恰好一阵风吹过，掀起幂篱前的轻纱，露出了她的半张脸。

卫六郎顺着堂弟的目光看过来，恰好将那笑容收在眼底，无端就想起了一个人。

众人尾随着卫家的车驾追了一路，直到卫家车马入了提前张设的步帐，凶巴巴的部曲出来撵人，人们方才意犹未尽地停住了脚步。

卫家在洛水边风光最盛之处圈下了一大块地盘，三面围了一人多高的紫锦防止窥伺，临水一面错落有致地布置了几个帷帐，卷起帘子便能对着悠悠洛水遥望圹圹北邙。

卫珏和十一郎卫琇下了马，带着仆从一前一后走进其中一个帷帐。帐内铺设着席簟和地衣，几案、香炉、茶具、棋枰、笔墨、琴书等物一应俱全。

“总算不辱使命地将你全须全尾地带到，若是叫人砸个鼻青脸肿，祖母必饶不了我。”卫六郎松了口气，坐下开始煮茶，“洛京三月三是否名不虚传?”

卫十一郎未让童仆帮忙，自己解下斗篷，一勾嘴角道：“着实长见识了。”

“先前与你说还不信。”卫六天生是操心的命，一唠叨起来没完没了，“怎么好好的突然解了帽子，为兄叫你吓得不轻。”

“戴着帽子碍事，看不清是谁扔的果子，没多想便解了，阿兄恕罪。”卫琇嘴上说着恕罪，却看不出半分自责，仿佛浑不知自己惹了多大麻烦，“那些人也是怪，都是两只眼睛一张嘴，有什么好看的。”

只见他盘腿而坐，随手取过案上的桐木琴搁在膝上，撩起袖子漫不经心地拨了拨弦，赞一声：“好琴。”略调了调弦，广袖一舒，一串流水般的琴音便从他指尖倾泻而出。

卫珏望着堂弟出尘的侧脸，心中微微叹息，一别经年，这孩子怎么只长个子不长心眼，外表看着也是个半大小子了，却仍是一团孩子气。

“难得回来一趟，这回多待些时日吧?”小陶炉上的水沸了，咕嘟嘟翻着鱼眼般的泡，卫珏从罐子里拈了一撮盐投入水中。

卫琇点点头，继续有一搭没一搭地抚着琴，也不成个调子，却别有一般风流：“阿爷年底回京述职，多半过完年随他一同回去，不知能不能赶上阿兄你的婚期。”

铜锅中的水沸了第二遍，如涌泉连珠，卫珏一边手持茶筅轻轻搅动，一边往中央投入碾成米粒大小的茶叶，闻言手一滞，茶筅从指尖滑脱，落入水中，直直地沉入水底，他的心也跟着一沉：“你听谁胡说，没影的事。”

“我原也是不信的，偏四兄他们说得有鼻子有眼。”卫琇开窍比他六兄晚了许多，至今对那些氤氲迷蒙的少年心事一知半解，情之一字于他而言就如那些志异中的神仙鬼怪，大约是有的，然而毕竟没有亲眼见过，横不知是圆是扁。

只是幼时常听大人们打趣，说他六兄与钟阿毛是“一对璧人”“天作之合”，听的次数多了，便入了心。此次一回京便得知钟十一娘离世，不久又听闻六兄与钟家二房十三娘议亲的消息，此时见他六兄落落寡欢，也感同身受地生出些懵懂的怅然来，心事一重，琴声便凝滞起来，不复适才的清越洒脱。他也不在意，将琴放回案上。

“莫说那些不开心的事了，来尝尝阿兄煮的茶汤。”卫珏脸上已看不出多余的情绪，神色如常地将茶碗在热水中烫了烫，然后耐心细致地用洁净吴绵擦干，盛了一碗茶汤递给他，动作行云流水，显是平日做惯了的。

卫琇接过茶碗，好奇地看了看那绿中带黄的混浊茶汤，见卫珏甘之如饴，便也学着他的样子喝了一口，顿时被那咸不咸苦不苦的汤水呛住，放下杯子咳了好一阵，一张欺霜赛雪的脸庞涨得通红，连眼角都染了红晕：“你们洛京人素日就喝这个？怎么入口的？好好的酪浆为何不喝？”

“什么你们洛京人？在豫州待了几年就不把自己当洛京人了？”卫六郎被他的窘迫模样逗乐了，拿麈尾敲敲他的脑袋，笑够了方才着人取了蜜水与他漱口，又命人将新制的蜜渍果干果脯取出来。

卫琇一见那些零嘴便两眼放光，在童仆端来的铜盆中潦草地浣了浣手，迫不及待地拈起一颗蜜渍梅子送入口中。

“你这嗜甜的毛病怎么还是没改，也不怕倒了牙。”卫珏无奈地摇摇头，“慢些食，又没人与你抢。”

“怎么没有？”卫琇话一出口便发觉说错了，钟阿毛就算活着，如今也已是及笄之年的大姑娘了，怎么还会与他抢这点吃食。

卫珏自己也是一怔，继而苦笑，他这是怎么了？分明不能提也不敢提，却又忍不住招着十一郎与他一同追忆，许是因为堂弟少小离京，错开了洛京这些年的许多场风雪，堂弟记忆中的钟十一娘便仍是那鲜活灵动的模样。

与堂弟一起回想当日种种，自己便能装作那些弥漫着苦涩药味的光阴是不存在的吧。

两人一时无言，茶汤沸过三遍，卫珏投入姜、枣、茱萸等物，蒸腾出微辛的茶香。

卫六郎定了定神，隔着这氤氲的水汽徐徐道：“当初三叔出任豫州刺史，一来是避嫌，二来也是因为天子迟迟不立储贰，社稷未安，人心未定，祖父有自己的考量。上月萧尚书上表请立太子，天子朝议时虽未置一词，退朝后与祖父、钟太傅等一干股肱商议，似是有所松动了。”

“阿兄与我说这些做什么，我又不懂。”卫琇垂眸看了看手里的茶碗，微微有些诧异，若是易地而处，他能将心悦的女子轻轻搁置，转头便若无其事地谈起朝堂风云吗？

卫珏却不明白他这些无谓的念头，自顾自地说道：“大皇子既占了嫡又占了长，既然君心已定，想来应该不会有什么变数，大皇子身边还缺一个伴读……”

“这些事祖父和伯父们做主便是了，我们远在豫州，纵然有心也是爱莫能助。”

卫琇挑了挑眉，全然不放在心上。

“我听祖父言语间流露出归田之意，想来就在这两三年了，届时你们必然是要回京的，倒不如早做准备。祖父近日来屡次提起你自小灵秀过人，”卫珏转了转手中的茶碗道，“阿兄也是望你心里有个数，你莫嫌我多言。”

“多谢阿兄挂怀。”卫琇淡淡一笑道，“阿兄无须担心，愚弟才薄质陋，酬对无方，实在不堪为皇子伴读。若祖父执意要选我，大不了我去求求他罢了，想来他也不会难为我。既然说到此处，愚弟也和阿兄透个底，我这人胸无大志，就想着游山玩水，去大漠看看长河落日，在蜀中听听两岸猿啼，闲云野鹤地度过此生便足矣，经济仕途实非吾志。便是祖父来问我，我也是这般作答。”

卫珏怔了怔，随即笑着摇了摇头道：“十一郎非我辈俗世中人，倒是阿兄着相了。”

卫家的小辈见了祖父都发怵，恨不能一声咳嗽都奉为圭臬，唯有卫琇打小不怕他，话还说不囫囵的时候就嘻嘻笑着爬上他膝头去揪他胡子。

“阿兄莫这么说，我能如此自在还不是仰仗着兄长们在上边顶着。”卫琇扬着下巴勾了勾嘴角，这神态原本有些轻佻，由他做来却是一派无忧无虑的少年意气。

却说众人看完了卫郎，上巳这一天的重头戏便结束了，意兴阑珊的人们坐车的坐车，步行的步行，四散往水边或是郊野行去，宴饮的宴饮，流觞的流觞，浮卵的浮卵，看百戏的看百戏，少不得交头接耳地交流一番感想心得。

钟荟听那风鉴世家男子的女郎一提，便想起那是卫家三房的十一郎卫琇。因他自小生得美，她们一群小娘子时常拿他扮花神娘娘。说起来挺丢人，钟荟小时候还抢过他的米糊糊，后来不怎么小了也还时常蹭他的蜜饯吃。

真是韶华易逝，岁月如梭，一转眼那孩子都那么大了啊！其实前世她也就比卫十一郎大了三岁，但是两辈子一加莫名多出来姜明月那八年，似乎就有些老了。

欣赏完京都形形色色的美男子，她们主仆一行也分作了三个对立阵营，以蒲桃为首的怀旧派支持卫六郎，人数占据绝对优势的喜新派对卫十一郎一见倾心，将卫六当作明日黄花，抛至脑后。最令人意想不到的是阿杏，这骨骼清奇的胖子叫那萧九郎的桃花眼勾了魂。

年事已高的二娘子自觉没脸加入那几个小丫头片子以京都美男子排名为主题的激烈论战，转而找三娘子看百戏去了。三娘子毕竟才六岁，不明就里地看了个热闹，认为美男子们全然不如孔夫子和孟夫子高明。

阿杏打嘴架从来不是旁人的对手，不一会儿也灰溜溜地加入她们的行列，嘴里还唧唧哝哝：“明明是萧郎最俊嘛！”

第八章 蒲桃

过了上巳，都人翘首以盼的东君终于姗姗来迟，春风仿佛一支丹青妙笔，将山色染青，将流水染绿，将洛京女儿的粉颊染成桃花般的轻红。

二娘子的院子也是暖景融融，那日所见所闻犹如一颗投入湖心的小石子，将波澜不兴的日子激起一圈小小的涟漪，随即复归平静。

不过也不是全然的风平浪静，翌日二娘子的小院里就出了件不大不小的事：乳母季嬷嬷打了茶水上的赵嬷嬷两个耳刮子，啐了她一口，附赠污言秽语若干；赵嬷嬷也是个泼辣货，虽后发制人，却不甘示弱，将季嬷嬷脸上抓出两道血痕，揪掉她两撮头发，并涌泉相报，回赠了若干不堪入耳之言。

当然，钟荟并未亲眼目睹，阿枣也不敢污了她家小娘子的耳朵，只将季嬷嬷如何先下手为强，赵嬷嬷又如何反败为胜，以及两人过了些什么招数，活灵活现地描绘了一番。

“这季嬷嬷和赵嬷嬷不是素来交好的么？”蒲桃彼时随着二娘子去琅嬛阁上课，错过了这场鏖战。

“喊，她自己拿乔，说什么崴了脚不能伺候娘子出门，见有人替了她，又眼红了呗。”阿枣一句话的工夫翻了好几个白眼，竟然也不耽误手里飞针走线。

此刻她正在替二娘子缝小衣，因为手巧，阿枣能者多劳，包揽了主人所有贴身的针线活计。

“那倒是我的不是了。”蒲桃似是有些懊悔，“昨日还是我和娘子提的，叫赵嬷嬷替她一回，没想到令她们生了嫌隙。”

“你就是滥好人。”阿枣哼了声，轻蔑地道，“让她们狗咬狗去。那些个老婆子个个一肚子心眼，都不是什么好东西……是不是娘子在唤我？”阿枣放下手中活计，侧耳听了听，扬声答道：“欸，来啦！”急急忙忙地朝二娘子书房里跑去。

钟荟搁下笔，揉了揉眼睛，她身前的黑檀书案上铺着几篇大字，半月形的纹石墨池已经快干了。

那些字丑得十分别具一格，一笔一画活像是蚯蚰爬过留下的痕迹，不过懂书的人便能看出那些字架子搭得极好。钟荟摇了摇头，心想，下笔一快就这样，不小心把上辈子的童子功带了出来。

阿枣心说娘子这笔字真是叫人不忍看，偏偏还乐此不疲，一两银子一沓的雪浪纸就这么造，她看着都有些心疼。

二娘子仿佛看穿了她的心思，揉揉手腕笑着道：“有些手酸，今日就写到这里吧。你去与我温一碗杏酪来，我歇一歇再看会儿书。对了，还有我那只白玉连环，也一同取来。”

阿枣领了吩咐出去，不过一刻钟便提着食盒回来，脸上的神色却有些焦急：“娘子，那白玉连环不见了。奴婢昨日出门前分明收起来的呀，就搁在那只紫檀小橱里的，怎么就不见了呢！”

“你别急。”二娘子倒是一点也不急，“我这院子里又没有外人来，兴许是你一心想着出去玩，没记清楚。”

“奴婢真的……”阿枣是个急性子，火烧火燎地想自证清白，就差没跳脚了，“奴婢记得真真的！梳头的时候您还把玩来着。临出门时奴婢见落在妆镜前，还特特地拿起来收进橱子里锁好方才出门。对了，阿杏也在。阿杏阿杏，你也看见了，对吧？”边说边拽阿杏的袖子，瞪着眼珠子死死地盯住她，仿佛对方敢说一个“不”字，立即就要用眼神将她脸皮剥下来。

阿杏被她盯得头皮发麻，结结巴巴地道：“嗯……嗯……好像是吧……我不太记得了……”

“怎会不记得呢?!”阿枣越发急了，用指甲掐她胳膊，“你仔细想想哪？”

“嗯？”钟荟放下茶碗奇道，“既然你记得这般清楚，那便是我们走后有人拿去了呗。阿杏你去将蒲桃叫进来，莫惊动了旁人。”

不一时蒲桃到了，一掀帘子就见阿枣哭丧着一张脸，二娘子却脸色如常，不像是才发落过人的模样。

“将帘子和帷幔放下。阿杏，你去门外守着，别叫人走近。”钟荟吩咐完，便三言两语将白玉连环失窃的事与蒲桃说了一遍，末了道，“昨日你们三个和赵嬷嬷是随我一同出去的，你去查查昨日留在院中的下人，有哪些进过我的屋子。”

蒲桃大吃一惊：“会不会是弄错了？”

阿枣又要跳脚，钟荟及时用眼神制止住她道："本来只是件小玩器，若是在外面丢了，也没什么打紧，只是锁在橱里突然不翼而飞总叫人心神不宁。"

"奴婢明白，这就去查。"蒲桃皱着眉头，咬了咬嘴唇，犹豫道，"这事要不要回禀老太太和夫人？"

钟荟为难地绞着手指，半晌拿不定主意，期期艾艾地望着蒲桃道："我也没经过这样的事，你说呢？"

"依奴婢之见，暂且先别回禀吧，万一是咱们的人弄错了，倒叫她们白担心一场。"蒲桃交叠着双手，右手食指轻轻地在手背上点着，若有所思地道，"先暗暗查访，免得弄得人心惶惶，今日可以找个别的由头将可疑之人羁留在院中，待夜里落锁后再搜屋子，小娘子您看如此可好？"

钟荟感激地点点头："再妥当不过了，还好有你在，否则我真是不知该如何是好了。"

"还有……"蒲桃似乎突然想到了什么，"这白玉连环虽是在娘子卧房里丢的，别处的东西难保没有缺漏，不如趁此机会将奁箱、库房都盘点一遍。"

她沉吟片刻，又愧疚地对阿枣道："我虽信你为人，但暂且要委屈你避避嫌，毕竟你是最后看见白玉连环的人。"

"你怀疑我?！小娘子也怀疑我吗？"阿枣猛地抬起头，悲愤地望向二娘子，见她并无异议，难以置信地睁大眼睛，嘴唇抖了抖，两颗豆大的泪珠毫无预兆地滚落下来，双手捂着脸奔了出去。

蒲桃叹了口气道："我又不是这个意思，这小丫头就是性子太急了。"说罢向二娘子行了个礼，也转身出去了。

与钟荟料想的一样，整件事查起来异常顺利。能出入她卧房而不令人瞩目的统共没几个人，蒲桃很快便将可疑之人罗列了出来。除了两个打扫屋子的粗使婢子，一个抱了被子出去晒的婆子，剩下嫌疑最大的就属季嬷嬷了。

那婆子奉了季氏的差遣，进去抱了床被子即刻便出来了，而那两个婢子同进同出，除非两人合谋共犯，否则绝无作案的时机。况且橱子是上了锁的，那白玉连环固然玲珑可爱，屋子里值钱的物件比比皆是，谁会特地去撬锁？那柜子上的锁一共有三把钥匙，蒲桃一把，阿枣一把，季嬷嬷一把，家贼是谁似乎已经昭然若揭了。

蒲桃也傻了眼："不会吧，季嬷嬷在府上这么多年了，犯得着偷这么个小玩意儿？"

"必是记恨我上回发落她！我一直念她是乳母，没有功劳也有苦劳，凡事姑息担待她，没想到她就是这么回报我的。小库里的物件可清点过了？你说得对，这么个小玩意儿怎能令她餍足！"钟荟愤愤地将手中的金连环往案上一敲，她有许多个连环，金的，银的，青玉的，墨玉的，紫玉的……只不过白的那个温润细巧，平常把玩得最多。

“奴婢不识字，若要盘点，恐怕还得劳驾娘子您。”蒲桃想了想道，“这库房原先是季嬷嬷和阿柰一同管着，因阿柰识文断字，有东西入库向来是由她登记在册的，季嬷嬷即便有那个心，想来应该也不敢动那些在册的东西。倒是后来婕妤娘娘赏的那批东西送来时，阿柰已经不在了，咱们几个又都不通文墨，因而还未登记在册。那尊沉香兽和一套水晶琉璃碗是日常在用着的，其余物件都单独装了个箱子收在库里，若有什么……应当就出在那箱东西上。奴婢当日清点过，名目虽想不起来，但大件小件的数目是记得的。”

钟荟对她的话不予置评，却好整以暇地凝视着她的眼睛笑道：“这还是我头一回听你说那么多话呢!”

蒲桃眸光一闪，抿抿嘴，状似羞惭地低下头：“小娘子惯会取笑人，奴婢不多嘴便是了。”

“我哪里敢笑你。”钟荟啧啧称奇道，“看不出来咱们院里还藏着个女陈平，着实有些大材小用呢。”

“小娘子说哪里的话，奴婢生得笨，所以凡事多留个心眼罢了。”蒲桃微微一笑，眼底却看不出丝毫波澜，恭恭敬敬地行了个礼，便转身出去了。

蒲桃料事如神，一清点，那口箱子里果然少了几样小物件。钟荟心中了然，吩咐下人将院门看紧。

季嬷嬷似乎也觉出了什么，到了申时，按捺不住，一瘸一拐地来找钟荟告假，撩起裤腿向钟荟展示她高高肿起的脚踝：“小娘子，老奴原本想着自己拿热巾子敷一敷，拿药油揉一揉便罢了，不承想今日起来肿得益发厉害。思来想去，还是求小娘子垂怜，差人送个信与老奴那不肖的儿子，令他接了老奴去医馆瞧一瞧，买几帖药来治一治。”

“嬷嬷伤成这样怎么好来回走动?”钟荟似不忍心看，将视线挪开，“我这儿有上好的药油，还是上回婕妤娘娘赐下的，可不强似医馆的药?”

季嬷嬷还待分辩，钟荟已经着阿杏去取药油，她只能把话咽了下去，惴惴不安地回下人房里躺着。

过了戌时，院门早已落了锁，同屋的赵嬷嬷已经打起了鼾，季嬷嬷仍然心乱如麻，辗转难眠。就在这时，蒲桃提着灯，带着两个粗壮的婆子，“砰”的一声推开了她的房门。

季嬷嬷诈尸一般从床上弹起来，脑后一阵发冷，三魂六魄仿佛争先恐后地想挣脱出她的身体，却无路可逃，最后在那方寸之地缩成一团。她的脚踝尖锐地抽疼了一下，这一抽好像将那团紧缩的神魂又抽回了四肢和脏腑中。

她的心开始狂跳起来：“你们做什么？半夜三更的！见我老婆子好欺负，都来踩一脚，是不是?!”她连滚带爬地站到床上，眼角余光瞥到赵轴儿那老东西也坐了起来，不怀好意地看着她笑。

“对不住，搅了两位嬷嬷的好眠。”蒲桃恭恭敬敬，满含歉意地道，“小娘子库里丢了几样东西，我奉了小娘子的命来找一找。两位嬷嬷是积年的老人了，想来是与你们没什么干系的，我们不过是例行公事，多有得罪了。”

赵嬷嬷闻言小声嘟囔了几句，把箱笼等家什从床底下拖出来，往屋子中间一放，没好气地道：“你们要搜就搜吧！我老婆子就这么些破衣烂衫，看你们能搜出什么来。”

那两个婆子也不客气，轻车熟路地把箱笼里的东西抖落到床上，仔细翻检了一遍，一无所获。

“多谢赵嬷嬷。”蒲桃客气地一福，转头对季嬷嬷道，“嬷嬷也与我们行个方便吧。”

“行什么方便？茅坑才给你行方便！”季嬷嬷嘴里唧唧哝哝地骂了许多难听话，蒲桃只当没听见，向那两个婆子使了个眼色。她们点点头，从她床下拽出几个半新不旧的竹箱笼。

“谁敢碰我的东西?！看我不剁了她的爪子！”季嬷嬷急得在床上跳脚，可惜她瘸了一只脚，没跳两下就一屁股坐在床上，哎哟哎哟地抱着脚呼痛。

两个婆子不理她，一人拎起一个箱子往地上抖，倒也没什么不能见人的，只有一些碎银子和一些绫罗绸缎的边角料。

“看来两位嬷嬷这里是没有的了。”蒲桃如释重负地道。

季嬷嬷后背上提着的一条筋骤然一松，整个人松弛下来，眼底闪过一丝喜色。

“床铺还没搜过哪！”其中一个婆子说道，倒也不怕得罪人，“这其他屋子可都是翻了个底朝天，啥也没找出来，怎么向二娘子交代啊？”

赵嬷嬷还没说什么话，季嬷嬷先跳起来了，把一双三角眼生生瞪成了菱形：“你们别欺人太甚！”

两个婆子对视了一眼，不去搜赵氏的床铺，倒径直朝她走过去，一左一右地竟是要上前把她从床上架开，季氏哪里肯依，索性四仰八叉地往床上一躺。

两个婆子如何看不出来猫腻，一人擒住她一条胳膊，一人拽住她一条腿，大力往床下拖。季氏负隅顽抗，肥短的身躯扭得像黄鳝一样，然而那两个仆妇是做惯了粗活的，养尊处优的季嬷嬷哪里是她们的对手。她们嘴上笑嘻嘻地说着劝解的话，三两下把她拖下床，一人制住她，另一人掀开她的被褥，将手探入席簟下摸索。

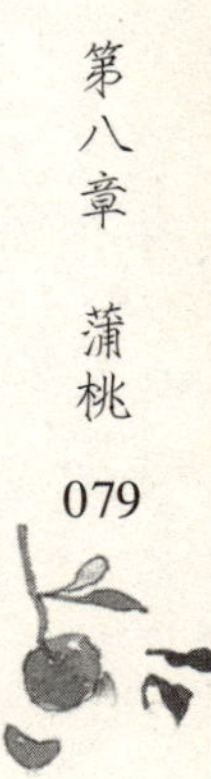

探到床头时，季氏突然像服了大力丸似的，不要命地挣开桎梏扑上前去，被那婆子扭住两条胳膊再一次拽了回去。

只听另一个婆子惊喜道："有了！"她从床板夹缝中摸出个里三层外三层包得严严实实的小布包，凑到灯光下打开一看，是一些小杂件，其中有几枚红玛瑙的小花钿，一个紫檀镶螺钿的粉盒，一串米粒大的珊瑚珠穿成的手串，还有绣《诗经》草木的宫帕几条，却没有白玉连环的踪迹。

"那几条宫帕我记得，是正月里婕妤娘娘赏的。"蒲桃既难以置信又失望地瞥了一眼季嬷嬷，对那搜检的婆子道，"其他物件原样包好，一会儿我拿去给小娘子过目。"

赃物就这么摊在了灯光下，丝毫不容辩驳。然而季嬷嬷感到无比愤怒，这是怎么了？为何人人都要与她作对，捉她痛脚，看她好戏？她不过是顺手拿了几件小东西，难道不是她该得的么？那样的东西成山成海，全堆在库房里积灰，八百年也不会有人想起来。她们为何要来揭她的底，为何不能睁只眼闭只眼，为何要将她一个本分的妇人诬作贼？还有没有天理了？

赵轴儿和那两个婆子脸上全都挂着黏糊糊的笑，还有蒲桃那小娼妇，板着一张脸，活像是纸糊出来烧给死人的童女，可那对招子里也盛满那种黏糊糊的笑。

季嬷嬷将勃然的怒意凝在手掌上，"啪"的一声扇在蒲桃脸上："好你个没良心的小娼妇！亏我老婆子瞎了眼，当你是个好的！"

这一下用了十成的力气，蒲桃被打得脸一偏，踉跄了两步，脸颊上像被火舔了一样。她被打了不哭也不闹，将油灯交给那翻检物品的婆子，脸隐藏在黑暗中，嘴角慢慢弯起，凝结成一个畅快的笑容："慢着，再看看仔细，免得有遗漏。"

那婆子一向在院子里做提水担柴之类的粗活，哪里见过这些新巧的玩意儿，蒲桃的话正说在了她心坎上。她爱不释手，这个摸一摸，那个蹭一蹭，将那檀木粉盒精巧的小机簧一拨，盒子咔的一声打开，里面装的却不是粉，而是一块成年男子拇指甲盖大小的红宝石，宛如鲜血凝成，在油灯下散发着柔和的光晕。只要不是瞎子，都看得出来这是价值连城的宝物，众人皆是倒抽了一口凉气。

"这不是我……"季嬷嬷惊恐地直摇头，"这怎么会在这里？"季嬷嬷号哭起来，眼泪鼻涕抹了一把又一把，一头粗黑的头发乱麻似的披散在两肩，活似《山海经》里的夜叉。

"嬷嬷你怎么这样糊涂啊！"蒲桃痛心疾首地道，"若只是那几件小玩意儿还不打紧，向小娘子求求情便罢了，这颗红宝石乃是去年娘子生辰时婕妤娘娘特地赏赐的，这么贵重的东西你怎么也敢去图谋呢？"

"不是我，真的不是我，那盒子明明是空的！是空的呀！"季嬷嬷不住地摇头，抖得像雪地里的鹌鹑，半晌仿佛想起了什么，也顾不得脚疼，一瘸一拐冲向一旁看好戏的赵氏，一把掐住她的脖子，喊道："是你！一定是你！你这脏心烂肺的老婊子！死娼妇！"

人绝望的时候气力也大，赵嬷嬷叫她掐得两眼翻白，险些背过气去，还好那两个婆子上来解了围。

"嬷嬷有什么冤屈，明儿去向夫人禀明吧，在这里哭闹像什么样子。"蒲桃皱了皱眉，冷冷道。住其他屋的下人已经在外面蠢蠢欲动，探头探脑，就差挤进来看热闹了。

蒲桃全然不理会季嬷嬷的哭骂，吩咐那两个婆子将季氏带到一间空屋子里关起来，只等着明日由主人发落，自己则将那堆赃物包好，提着灯回去向二娘子复命。

如水的夜色中，蒲桃向二娘子卧房里走去，门口的小明光织锦帷幔和湘妃竹帘子已经垂了下来，青琐窗里却漏出温暖的灯光，二娘子显然还没入睡。

蒲桃缓缓吐了口气，掀开帘子走了进去。

"查到了吗?"二娘子懒洋洋地倚着凭几，在灯下翻看一本闲书。

"嗯。"蒲桃露出恰到好处的失落和愤慨来，"没想到真的是季嬷嬷。"说完从怀中取出那个小布包，展开给二娘子看。

钟荟拣出那串红珊瑚珠子，嘟了嘟嘴道："怎么把这也拿走了，是我心爱之物呢。"又拿起一方绣帕："这帕子也雅致得很，她怎么就占为已有了，气死我了!"

"那您怎么丢了都没发现。"蒲桃忍不住一笑，又敛容道，"还是去要个能写会算的来，往后无论大小物件都得记在册上才行。"说着打开那只香粉盒子，露出盒内的红宝石。

钟荟"哎呀"一声惊呼起来，旋即愤愤道："没想到她的贼胆还挺大！明日我就去让老太太发落她!"

"奴婢多句嘴，老太太已经不理事很久了，如今府里的大事小情全是夫人在管着，越过她好像不太妥当……"蒲桃犹犹豫豫地道，"况且府里都知道老太太不喜欢季嬷嬷，您把她交给老太太发落，免不了叫人说您对乳母赶尽杀绝。"

"嗯，知道了。"钟荟若有所思地顿了顿，将手中书卷放下，坐直了身子，"我心里有数。"

蒲桃等着下文，二娘子却迟迟不开口，只静默地端坐着，煌煌的灯光将她镀上了一层金色，几乎显得有些妖异。她眼尾的睫毛长而翘，投下羽翼般的影子，让人辨不清眼中的神色。

蒲桃突然有些惴惴不安起来，但是已经到了这一步，再后悔已经来不及了，只

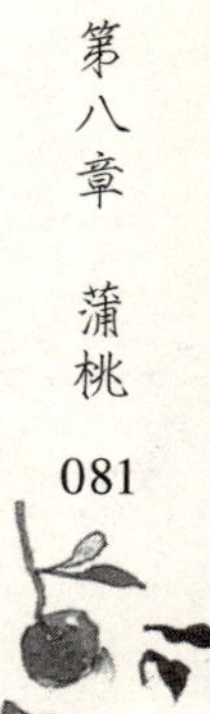

能按着既定的路往下走。

“对了，小娘子。”蒲桃定了定心神道，“奴婢没用，还是没能找回白玉连环。今日天晚了，许是方才黑灯瞎火的遗落在哪里，明日我再带人仔细找一遍。”

“不必麻烦了，不过是个拿来消遣的小东西罢了，不值当费那么大工夫。”钟荟大方地道，“何况再怎么找也是找不到的，多半已经被人扔了。若是我猜得没错，应该是在哪个水池子底下吧，你说我猜得对不对呢？蒲桃？”

“奴婢如何能知道，小娘子又拿奴婢逗乐子。”蒲桃脸色如常地回答道。

“也罢，那就问个你肯定知道的。”钟荟把手搁在案上，略微往前倾了倾身子，一手支颐，一派天真地望着她，“你为什么要将季嬷嬷赶尽杀绝呢，蒲桃？”

“这奴婢就更听不懂了。”蒲桃的声音里有一丝不易察觉的颤抖，钟荟将它轻轻捕捉住，仿佛扑了一只蝴蝶。

“你真当我是大傻子呢。”钟荟苦笑着摇了摇头，“原来在你心里你家娘子我就这么笨？季嬷嬷是什么样的人，你我都清楚，偷鸡摸狗是家常便饭，比鸡狗大的就有贼心没贼胆了，那颗红宝石绝无可能是她的手笔。我这房里人多手杂，可小库就你和季嬷嬷两人有机会进去，除非那颗宝石自己生了双翼飞出来，否则必然是你做的。”

蒲桃浑身战栗，张皇失措地跪倒在地：“奴婢不敢欺瞒娘子，季嬷嬷嚣张跋扈，奴婢与她素有仇怨，偶然发觉她屡次三番偷盗娘子的财物出去变卖，便瞅准了机会栽赃。奴婢一时激愤，实在是糊涂，求小娘子责罚。”说完连磕了几个头。

钟荟摇摇头叹道：“都这时候了，你还不愿与我开诚布公。若是阿枣一时想不开做出这等傻事，我还能信。你？你不是这样的人。你不想说，那我替你说吧，若是哪里说得不中，请你随时指正。”

蒲桃默不作声低垂着头，眼里泪光闪烁。

“从哪里开始说好呢？”钟荟以指尖点点嘴角，若有所思地道，“就从我腊月里落水一事说起吧。我落水时身边只有阿柰一人。阿杏回家了，阿枣被夫人院子里的邱嬷嬷叫去帮忙，你突然急病告假，阿柰才顶替了你。后来，我不慎失足落水，阿柰被卖，这些似乎都是巧合，对不对？”

“不过巧合多了，难免叫人生出些疑窦来。我忍不住想，若是那日你没病，以你谨慎持重的性子，想必我是不会落水的。”钟荟顿了顿，拨弄了一下手腕上的金钏儿，上面的一排小金铃发出清脆悦耳的声响。

她就在这余韵里用同样轻快的语气说道：“可若是那日我必须落水呢，那你岂不是恰巧躲过了一劫？那些时候我哪儿也不能去，只好整日整日在床上躺着。你知道，人闲得慌了就容易多想，于是我就顺着这个念头想下去，竟也是个合情合理的故事呢，我说来与你听听。

“有人要我寒冬腊月跌入水里病一场——不是要我的命，八成是为了叫我那段时日出不了门。至于为什么，我想她也不会告诉你，我也就不问了。

“这院子里，阿柰和你是她院子里拨来的，明摆着是她的人，季嬷嬷半明半暗——本来应该是全暗的，可惜她太蠢，又沉不住气，恨不得嚷嚷得全京城都知道她靠上了夫人这棵大树。三人里该选谁办这趟差呢？

“若我是她，第一不会选季嬷嬷，因为蠢人总是容易坏事；第二不会选你，因为你太聪明，聪明人会为自己打算，变数太多，我会选阿柰。可惜那人没我聪明，她选了你。”钟荟说到此处看了看蒲桃，可惜人家此时没什么心情捧场，她只好收起无处安放的虚荣心，接着往下讲。

“主人的吩咐你自然不敢不从。你领了这差事，心知自己是个弃子了，无论事成或事败，你总是难辞其咎的，不是被打就是被卖——后来阿柰果然被打了一顿卖了。”

“你不知道，小娘子。”蒲桃凄然道，“以我对她的了解，阿柰能不能活下去都难说，就算能捡条命，多半也说不了话了。”

钟荟有些意外，沉默了一会儿，方才问道：“若夫人宅心仁厚，难不成你就不找阿柰替你了吗？”

蒲桃咬着嘴唇思忖了半晌，还是犹犹豫豫地摇了摇头。

“听说阿柰与你相处得并不融洽，却同季嬷嬷走得很近。”钟荟继续道，“我猜你是先诱之以利，对季嬷嬷说，阿柰走了以后，至少有一段时间小库就只有你们两人管了，到时候你便睁一只眼闭一只眼，而我又是个糊涂的蠢蛋，她监守自盗是轻而易举的事。

“于是季嬷嬷便去对阿柰说，她不小心听到夫人对你委以重任，事成之后要提拔你。阿柰怕你越过她去，于是便想方设法让你病了——大约是在饮食上动的手脚。你什么都没有做，病都不须装，自有旁人替你筹谋，然而你还是择不出自己去。事发后夫人一边用着你，一边又防着你，还有季嬷嬷这个大隐患。蠢人真是很可怕的，你的把柄就抓在她手上，说不定什么时候就反手捅你一刀，你自然恨不得除之而后快。”

蒲桃的脸色一寸一寸地灰败下去，钟荟便知自己猜得八九不离十了。

“白玉连环的局做得很粗陋。”钟荟哀怨地望了她一眼，“你大概真觉得我很笨吧。”

“小娘子聪明绝顶。”蒲桃仿佛被抽掉了脊梁骨，一摊软泥般伏倒在地。

“为什么是白玉连环？因为它既不贵重，又是我经常把玩的，丢了立即能发现，

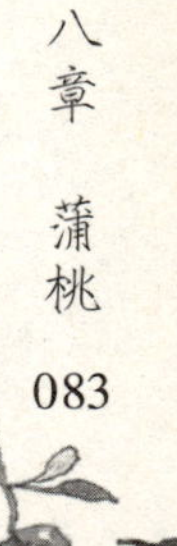

最适合作引子。太贵重的东西会惊动夫人，届时还没把季嬷嬷牵扯出来，你自己就先暴露了，就算没有真凭实据她也会怀疑你。你看，这就是她的不是了，疑人不用、用人不疑的道理都不懂，还不如我一个八岁的小孩子。

“上巳那天，是阿枣出发前亲手将白玉连环锁在橱子里的，这点不会有假，除非你将阿枣都收编了。若是你有这个本事，我当奴婢伺候你算了。”钟荟抬起袖子掩住嘴，斯斯文文地打了个无声的哈欠，揉揉干涩的眼睛继续道，“后来白玉连环不翼而飞，锁没有撬过的痕迹，钥匙只有三把，你和阿枣都与我在一起，那显而易见就是季嬷嬷做的了。可是你随我出门时，钥匙可以放在其他人身上呀。我猜是那个晒被子的婆子，她拿着钥匙，趁着取被子的当儿用钥匙打开橱门，取走了白玉连环，然后寻个机会扔了。若要万无一失，自然是扔水里最保险。

“那颗红宝石也简单，多半是赵嬷嬷藏的。她们同屋，要找个机会不难，报酬大约是把季嬷嬷赶走后帮扶她做管事嬷嬷吧？”钟荟跪坐得久了腿有些麻，换了个箕踞的姿势，顿觉舒服多了，只是气势难免有些减损，“你从来是半句话也不多的，那日却破天荒地提议让赵嬷嬷近身伺候，当时就叫我诧异了。”

“后来的事便不必赘述了。事发之后我说要将季嬷嬷交给老太太发落，你却执意劝我将她交给夫人。一是季嬷嬷手中有你的把柄，你怕她到时回过味来鱼死网破，对老太太和盘托出；二是老太太最是嘴硬心软，你怕最后高举轻放，打蛇不死，留下后患。”钟荟在心中梳理了一下来龙去脉，似乎没什么遗漏，便道，“我的推断可有错？”

“小娘子料事如神，奴婢五体投地。”蒲桃匍匐在钟荟面前，额头紧贴着地面，声音里带了哭腔，闷闷地道，“奴婢知错了，请娘子责罚。”

钟荟长长地叹了一口气：“我有一点不明白，你有算无遗策之能，为何留了白玉连环这么个难以自圆其说的破绽？若是我，就叫那婆子将白玉连环藏在阿枣房内，事情败露后便可说是季嬷嬷因记恨阿枣而刻意栽赃，这也能解释季嬷嬷为何单单要去偷那白玉连环。你没有这么做，是怕一计不成，连累了阿枣吗？”

蒲桃没有作答，只是一个劲地叩头告罪不迭。

“还是说，你故意留了这么个破绽，是把我目下的反应也算计了进去？”

蒲桃身形一滞，双肩耸动，静默了一会儿，再抬起头来，已然是满脸泪痕。

“你放心吧，我这人从不诛心，向来只计较别人做了些什么。你不忍心连累阿枣也好，你将我一起算进去也罢，结果都是一样的。你留了一分余地，我便也留一分余地给你。”

“奴婢真的知错了。”蒲桃膝行两步，匍匐在钟荟脚边哭求道，“小娘子要打要罚奴婢都甘愿领受，求小娘子让奴婢继续伺候您，哪怕是做个洒扫庭除的粗使奴婢，只求小娘子别赶奴婢走。”

钟荟的眉头一皱，复又舒展开：“我早说过了，我这人没什么鸿鹄之志，只求安稳地过过小日子，做我的下人不需运筹帷幄，更不需神机妙算，只求一个信得过。经此一事，我还能信你吗？”

钟荟看了一眼更漏，亥时已过，又说了这么久的话，八岁的身子有点支撑不住。她捏了捏眉心道：“念在我们主仆一场，我给你两条路选，一是你自己寻个理由自请出府，我给你些银钱，你出去嫁人也好，置办些田产也行，做些小本营生也罢，也算全你一个体面。”

蒲桃闻言膝行两步，匍匐在钟荟脚下，泣不成声地道：“奴婢辜负小娘子的信重，罪无可恕，但求小娘子顾念奴婢孤苦伶仃，在这世上没有父兄可以依靠。奴婢一个势单力孤的女子，实在难以顶门立户，求小娘子莫要赶我出去。”

“那就只剩下一条路，你自个儿去求夫人，从哪儿来回哪儿去，随她怎么安置你，我是不能再留你在这院中了。”钟荟的嗓音向来如山间清泉般悦耳，此时却带上了肃杀的冷意。

蒲桃果然号啕大哭起来，不住地磕头，她的额头隔着一层薄薄的地衣敲击在砖石地上，“砰砰”的声响令人头皮发麻：“求小娘子饶奴婢一命，奴婢来世当牛做马、结草衔环来报答您。”

“你上回说你幼时因灾荒逃难到京城，亲人在途中染疾而亡，是不是？”钟荟突然提起她的身世来。

蒲桃几乎把嘴唇咬破，一双眼睛已经肿得像桃子一般，深吸一口气，缓缓道：“奴婢不是有心欺瞒小娘子，奴婢的家乡遭遇兵祸，熟在地里的麦子叫反军割了，后来又是蝗灾水灾不断，然而奴婢的家人并未流亡北上，奴婢是抱着两岁的阿妹逃家的……娘子，您想必听过易子而食吧？奴婢那日夜半起身，经过我爷娘窗下，听他们一边哭一边商量着明日要将我两岁的四妹换东邻同岁的小娘子来食……我回屋就将阿妹背在背上，连夜逃了出去，后来便随着流民一起北上了。可怜我阿妹，还是没熬到最后……生生饿死在半途，死后还不得安生，待我发现时已只余骸骨……小娘子，您知道人肉是什么味道吗？”

说到此处蒲桃禁不住抽泣，紧紧捂着嘴，眼泪不停地从腮边滚落，再铁石心肠的人见了也要不落忍。

钟荟自然不是铁石心肠，听了这样惨烈的故事也觉揪心，沉默良久，她方才黯然道：“你说得这样凄惨，我差点就真信了。”

蒲桃的身形一僵，悲泣戛然而止，她慢慢地直起身，从容不迫地从袖中抽出一方素帕，慢条斯理地擦了擦眼泪道：“这故事是真的，只不过不是我的。小娘子，奴婢叫你坑得好苦，是谁说那吴茱萸不怎么厉害的?”她半真半假地抱怨了一句，又俏皮地一笑，道：“我是如何露出破绽的?”

钟荟这才发现，她其实是个很好看的小姑娘，只是因为平日木着一张脸，所以才显得呆板而乏味。钟荟满意地点点头：“我还是喜欢你这个样子，平日里太过拘谨了，说说笑笑的多好。”她指了指对面的小榻，又道：“跪久了伤膝盖，坐着说话吧。”

蒲桃也不推辞，那方素帕仿佛施了法术，将她方才脸上的诚惶诚恐与眼泪抹了个一干二净。她在坐榻上正坐，身姿优雅，俨然是一副世家做派。

“我第一次起疑是上个月在书房，我叫你替我取一册书。我记得当日对你说的是‘南边第二个架子最上一排第十七册，《白虎通义》首卷’，其实那本书是左起第十六册。你说你不识字，却取来了我要的书。”

“原来您那时就开始试探我了，倒是我疏忽大意了。”蒲桃以指尖轻点唇角，说不出的妩媚。

钟荟无可奈何地道：“我说过疑人不用，用人不疑。那日是我记错了，后来才想起前日曾从架子上抽过一册书。”见蒲桃笑得意味深长，懊恼道：“信不信由你吧!”

“或许是我刚好数错了呢?”

“我当然怕冤枉你，所以须得试你一试。婕妤娘娘赐的香药里有两种新合香，晚玉与琥珀光，装在一模一样的银匣子里。当然，盒子上是注了香名的。那日我叫你拿晚玉，你果然取来了对的那盒。晚玉与琥珀光两种香丸凭色形根本难以辨别，一个字都不识的奴婢又是如何仅凭气味分清楚上贡的香品？所以你是识字还是识香，抑或两者皆识?”

蒲桃抚了抚额角道：“是我棋差一着。你既然把这些抖搂，想必已经知道我是哪家人了吧。”

“今日方才知晓，我叫阿枣去打听了上巳那日进我房里取被子的婆子。她是乔家旧仆，数年前乔府被抄时没为官奴，后来宫中娘娘赐了一批仆人下来，她就在其中。一个人甘愿为你铤而走险，除了利便是忠了。”

“这回却是你料错了，”蒲桃眼里闪着促狭又不屑的光芒，“忠也须得以利邀买，这老妪的忠义要价可着实不低。”

钟荟一时语塞，随即又厚着脸皮释然了，她这不是才八岁么，天真一点也是理所当然的吧。

“我是乔家旁支庶女，平日里好事没我什么份，抄家流徙倒是没漏了我们。”蒲桃讲起别人的故事声泪俱下，说起自己的事却一脸漠然。

“既然你是乔氏之后，为何要隐瞒身份进入姜府，适才又不惜一番做作，执意要留在这里?”钟荟思来想去，姜家值得被人惦记的大概就是同宫里姜娘娘那层关系了。

“我若说没什么图谋你信吗?”蒲桃弯了弯细细长长的眼睛道。

“你试都没试过，焉知我不信?”钟荟道。

“无论你信与不信，我确实没什么图谋，只想叫自己的日子好过些罢了。”蒲桃说着站起身，拨了拨灯芯，满不在乎地道，“当初混在流民中回京，我不想给个能当我阿翁的半百老头做妾，便只剩下当奴婢了。世家那一套你也知道，用的全是世世代代的家奴，如我这样来路不明的根本连门边都摸不到，况且规矩多得烦死人，哪有在姜家舒坦。上回那样的小麻烦，与那高门大户中的阴私比起来着实不算什么。本来在曾氏手底下还有些不称意，自从来了这院里，我真是恨不得一辈子不挪地方才好呢。”

“你充当曾氏的耳目可能确实是不得已而为之。”不知是否是夜风太凉，钟荟觉得从骨子里生出一丝寒意来，“我落水那回，你选择袖手旁观，我险些丧命，阿柰生死不知。你虽不是主事之人，却也推波助澜，难辞其咎。而这回为了除去季嬷嬷，你不惜栽赃嫁祸，难道你就没有半分犹豫吗?”

“我还有旁的路可以走吗?”蒲桃撇了撇嘴角道，“我知你想说什么，我可以去禀告老太太，或者提醒你，对吗？小娘子，人走在岔路口，望着前方四通八达，总是错以为自己能选择走哪条路。其实不是的，是路在选你，你是什么样的人，就有什么样的路等着你。我的眼前只有这条路而已，遇上挡路的，除去便是了。”

蒲桃又轻笑一声，似惆怅又似解嘲地叹道：“我永远不会是蒲桃，就像你，永远成不了姜明月的，钟十一娘。”

钟荟如坠冰窖，她揭人老底揭得正津津有味，冷不丁被人长驱直入，端了帅帐。

钟荟好不容易才把一句“你如何得知”锁在齿关之内，硬是挤出个无辜又疑惑不解的笑容来：“欸？你在说什么?”

她绞尽脑汁地回想，到底是哪里露出了马脚。自知与姜明月相隔了风马牛的距离，可没道理让人知道自己姓钟啊。她确定自己前世与这位乔家娘子从未相识相交，至多也就是宴会上擦身而过的缘分。

蒲桃扑哧一笑，有一瞬间几乎有些像那个貌不惊人的小婢子蒲桃：“您是不是已经记不得自己八岁时是什么样了?”

钟荟心说我八岁时就这样。

蒲桃仿佛掌握了传说中的读心术，诧异道：“欸？八岁时就如此不可爱?”

钟荟仿佛被人塞了满口的雪，又冷又噎，心道你个蛇蝎心肠的歹毒女子倒好意思评判人可爱不可爱，情不自禁地翻了个白眼——这叫她前世的阿娘见了是要请动

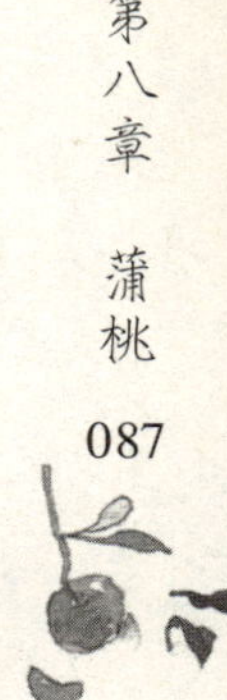

家法的，世家女子的白眼只能翻在心底，切不可露在人前。

“算了，告诉您吧，免得您辗转反侧，睡不好觉，耽误长个子。”蒲桃慷慨地道，“我与您曾有过一面之缘……不用想了，您不会记得的。您是钟大人的掌上明珠，高高在上的京都第一贵女，如何会留意我一介小小庶女。我确实识香，还不是一般识。我姨娘家里是开香铺的，她没什么心机手腕，姿色也是平平，不过倒是传了我一个特别灵的鼻子。我久仰钟十一娘独有的拾遗香，便借着那擦身而过的当儿记下了那种香味，回去还试着调配过，有九成相似呢。我倒要问问小娘子，您是如何误打误撞，将钟十一娘秘不外传的拾遗香合出来的?”

钟荟的冤屈简直无处可诉，真想学项王对天叹一声“非战之罪”，然后抹脖子一了百了。她已经算得谨慎了，昨日出门还特地换了寻常香品，谁想自家院子里藏龙卧虎呢?

然而要她亲口承认是断然不能够的，她打定了主意装傻充愣到底，只一味地打哈哈:“什么十一十二的，越说越玄乎，我都叫你说得头皮发麻啦!”

“我知您是不会认的。”蒲桃无奈地笑笑，“不过也不打紧，我不打算揭穿您，于我又无半点好处。”

钟荟心道你倒是会做顺水人情。本来她也没什么真凭实据，这种捕风捉影的猜测着实算不得什么把柄，只要自己咬死了不认，难道曾氏还能把她当妖孽烧了不成?

蒲桃晓之以理不成只得动之以情：“说到底，我与您并无仇怨，您当真不愿留我?”

“我可没有抱火卧薪的嗜好。”钟荟敬谢不敏。

“你倒不怕我回身就去找曾氏，将你的秘密告诉她?”蒲桃又道。

“秘密？我一个八岁的孩子哪来什么秘密。”钟荟眉毛一挑，一脸倨傲地道，“至于其他，你大可以试试看。要什么手段悉听尊便，想挟制我，你是痴心妄想。”

“没想到钟十一娘竟是个性情中人。”蒲桃深深地看了她一眼，“好在意气于我而言一钱不值，我不会与你争这口闲气。放心，既然你已厌我弃我，我留在这里便没什么前程可言了，明日我就自行求去。曾氏嘛……我看她年纪轻轻嘴边已生了饿纹，不像是个福泽深厚的主，我还是离她远些为好。”

钟荟说了半天的话，嗓子已有些哑，见案边有半碗凉透了的林檎麮茶，便拿起来润了润喉咙。

“小娘子莫喝凉的，奴婢去给您弄些热的来吧。”蒲桃不由自主地道，随即自嘲地一笑。

人是一种奇怪的东西，即使是剑拔弩张的时候，那些半真半假的情分还是会在不经意间一闪而过，就像三尺寒冰下的一尾活鱼，明知道抓不住，看着也能叫人心生欢喜。

“无妨。”钟荟摇摇头，一口冷茶入喉，激得她打了个冷战。

蒲桃站起身，毕恭毕敬地行了个大礼，垂首道：“时候不早了，小娘子早些歇息吧，奴婢去唤阿杏来伺候您。”

说罢转身向门外走去，走出几步似乎又想起了什么，停住脚步回眸一笑道：“除却第一口的恶心，其实也就和牛羊猪狗差不多，吃完犹嫌不够呢。”

第九章 阿爷

二娘子的院子里一下子少了几个人，先是季嬷嬷，据说要出府回家含饴弄孙，不过阖府的下人们都知道那不过是一层遮羞布罢了，是因为手脚不干净，偷了二娘子库里的东西，叫老太太撵了出去。

临走那日两个粗使婆子将她的铺盖包袱抖了又抖，查了又查，然后一路押到角门外。季氏头发一夜之间花白了许多，像一只斗败的鸡，一路上叫人指指戳戳，竟也没像往常一样跳脚骂回去。

接着是蒲桃，也不知说了什么，触怒了曾夫人，竟惹得这一向和善的贤妇人抓起一个茶碗砸向她，将额角砸出了一道血口子，然后撵去扫园子了。

再一个就不那么起眼了，是院子里做杂事的薛婆子。因老太太院里少个种地的婆子，便将她要了去。可二娘子是个锱铢必较的，后脚就从老太太手上讨了个得力的管事嬷嬷回去。

二娘子的院子里因此多出了几个缺额，府上心思活络的下人早已盯紧了这些个肥缺，便有许多人走阿枣和阿杏的路子，一时间两人倒颇有点炙手可热的意思。

“小娘子，写了这么多，您也歇会儿吧，别累着。”小婢子阿杏张大嘴打了个哈欠。

“我看是你闷得慌。”钟荟身前的书案上已经堆了厚厚一沓银光纸，可手中依旧运笔如飞，不知停歇，“去与阿花玩吧，我这里暂且不需人伺候。”

小婢子似乎颇为心动，朝外张望了一眼，迟疑片刻，还是摇摇头：“奴婢不闷，万一小娘子渴了饿了呢？奴婢可不能走开。”

说罢好奇地朝案上探探身，指着那纸上一行蟹爬般歪歪斜斜的墨迹问道："小娘子写的是啥呀?"

钟荟脸红了红，咳了两声，顺口胡诌道："此乃《诗经》第一篇《关雎》是也。'关关雎鸠，在河之洲；窈窕淑女，君子好逑。'"

其实上面写的是"冬月取小猪蹄数个约三斤晾干"。

阿杏嘴唇翕动，掰着指头数了半晌："不对啊小娘子，这纸上分明是十三个字，怎么您口里说出来的倒有十六个。"

钟荟不料这婢子还会数数，想了想敷衍道："哦，那就是'其为人也孝弟，而好犯上者，鲜矣'。"

"还是不对啊小娘子。"阿杏伸出一只肉乎乎的短手，在纸堆里扒拉一番，抽出一张，指着首行道："昨日您还说这句是'其为人也'如何如何，压根儿不一样嘛……"

那纸上赫然写道："净肉十斤去筋膜随缕打作大条。"

钟荟将腌鹿脯方一把夺过，倒提笔杆敲着她的脑门道："那就是'吾日三省吾身，为人谋而不忠乎'，哪儿来那么多废话!"

阿杏挨了几下，千年不遇地精明了一回，捂着额头委委屈屈地嘟哝道："小娘子莫欺负奴婢不识字……"

"你想学写字吗?"钟荟眼珠子转了转，有个能舞文弄墨的婢子也不错，横竖她还欠着秦夫子十九遍《女诫》呢，要靠她自己，恐怕明年都会不了账。

阿杏看着呆呆笨笨的，却很有几分山林野兽趋吉避凶的本能，在钟荟不怀好意的贼亮目光中摇了摇头。

"不求上进。"钟荟一哂，挑眉道，"机不可失，时不再来。你家娘子可是破天荒第一回收徒，过了这村就没这店啦!"

阿杏不知道何谓风流，只觉得小娘子歪嘴一笑煞是好看，竟然有点心动，不过只扫了一眼钟荟那丑得出类拔萃的墨宝，顿时坚定地连连摇头。她虽不识字也分得出好赖，比如案头上二郎写的那张就好看得紧。

钟荟正要教训那有眼不识泰山的婢子几句，就见阿枣提着裙子三步并作两步地朝厢房跑来，扶着门边抚着胸口，两眼翻白，上气不接下气地说："娘……娘子！郎……郎君回来啦!"

钟荟手里的笔一顿，愣了会儿，才反应过来她说的郎君是谁："父亲回来了?"

阿枣使劲点头："那还有假?! 一回府就去了老太太院子里，奴婢打听得真真儿的!"

姜昙生，你且自求多福吧。钟荟莞尔一笑，不慌不忙地搁下笔："难怪一大早槐树上那窝喜鹊叫个不停呢。”

却说老太太派出去搜捕儿子的仆役阿瓜日日走街串巷地搜捕姜景仁，把京城叫得出名的烟花之地都访了个遍，仍旧一无所获，反而倒贴了不少老婆本，接济了那些沦落风尘的可怜女子。

这日阿瓜走得累了，索性歇了心，在青阳门外找了个水引饼摊儿坐下，只等着太阳落山，回府领一通拐杖便是。

也是上天注定他时来运转，坐下还没有半个时辰，便看到一个宽袍广袖的公子飞也似的从对面小巷子里蹿出来，不是他家大郎又是哪个？

阿瓜几乎以为自己“相思成疾”，产生了幻觉，揉眼睛的当儿那姜景仁已一阵风般从他身边刮过。阿瓜赶紧拔腿去追，誓要把那要犯缉拿归案。

姜景仁这几日都宿在城南归化里一处不起眼的小宅院里。归化里靠近伊水，俗称“鱼鳖里”，住的多是南边来的乔民。他的新相好是个新寡的良家子，人称鳗四娘，是打吴郡迁来的。

姜景仁爱煞了她那吴侬软语的调子和盈盈一握的腰肢，正在兴头上。若不是今日服了寒食散，出来发散时叫阿瓜撞上，哪怕阿瓜把京都翻个底朝天，恐怕也寻他不到。

姜景仁服了药，又饮了热酒，此时正飘飘欲仙，浑浑噩噩，听闻老母急着叫他归家，也未抗拒，呆愣愣地由着阿瓜牵着他的衣带，套了一辆羊车，把他载回了姜府。

姜景仁坐在车上被寒风吹了一路，药性发散得差不多了，脸上还残留着一点如梦似幻的恍惚，倒也认得出亲娘，软软地倒头拜道：“不孝儿子久缺定省，望母亲恕罪。”

姜老太太怒极反笑，也不吭声，抄起拐杖就抽了姜景仁一个措手不及：“我打死你个小畜生！”

老太太的拐杖长三尺五寸，紫檀杖身乌油发亮，其上镶金错玉，豹形杖头以黄金铸就，乃是不世出的神兵，抽一下保你三天下不来床。

好在姜老太太暂且没有白发人送黑发人的打算，并未使出十成功力，听着呼呼作响，到挨上儿子皮肉时已是强弩之末。

可服寒食散之人皮肉比常人更娇嫩，衣裳新一分硬一些尚且要磨破，如何吃得消那龙精虎猛的老太太一杖。姜景仁背上如被火燎，痛得在地上滚了几圈，涕泪横流地呻吟起来。

“叫你胡闹！叫你厮混！”老太太心道我分明只打肉不打筋，又未使出十分气力，如何就痛得龇牙咧嘴，必是这贼杀才在装相，牙关一紧，又举起了拐杖。

三老太太刘氏看着大郎三十多的人被老母抽得满地打滚，着实不像样，上来拉住姜老太太，好言相劝道：“老阿姊，已经教训过就算啦，他有儿有女的人，好歹与他留些颜面。”又对姜景仁道：“大郎，快与你阿娘认个错！”

姜景仁滚远了些，从地上爬起来，耷拉着脑袋，没个正形地跪着，边抹泪边说道：“儿子知错了，母亲饶儿子一命吧，把儿子打死了就没人给您尽孝啦！”

姜老太太本来都准备就坡下驴了，一听这话又火冒三丈，到底舍不得再抽，放下拐杖捋起袖子，劈头盖脸地用巴掌扇了几下，想狠狠地骂几句，发现很难不捎带上这崽子他娘，只好意犹未尽地道：“杀千刀的贼崽子！”

“老阿姊，大郎这回定知道悔改的。”刘氏把她拽回榻上，把手按在她肩头温言道，“好啦好啦，把他打坏了还不是你最心疼，咱说正事，啊。”

刘氏遂对着姜景仁将山里学馆的事三言两语说了一回，只略去二娘子的建言不提。

“我不管你用什么法子，赶紧把我孙子送去。”姜老太太高声道，“他那后娘不安好心，早晚把我大孙子糟蹋了，这烂了心肝的——”

“阿娘，您为什么骂阿曾啊，她这些年也不容易，对阿陈的几个孩子也挺好——”姜大郎虽然一年到头难得去曾氏房里，听老母这么骂自己妻子，也有些不是滋味。

“哟呵！还敢跟你老娘犟嘴！敢情打不死你！”老太太说话间又要去抄拐杖。

姜大郎被抽怕了，连声讨饶，又有刘氏拉着，老太太愤愤地将拐杖用力往地上一掷。金豹杖头的眼珠子是两颗蓝宝石，镶得不甚牢固，一磕掉出了一粒。这豹子也是倒霉催的，每隔一段时日就得瞎一次。

“心盲眼瞎的畜生！”老太太气咻咻地道，“老娘怎么生出你这么个没心窍的糊涂东西！真真像足了那老死鬼！”

“阿娘……做什么又捎带上阿爷啊……”姜景仁带了哭腔道，“阿爷福也没享到一日……”

“哟！他福薄早死怨我喽！”姜老太太想起亡夫就没好气，“前脚卖了女儿，后脚就张罗着讨小老婆，活该他死得早。我跟你们讲，这一个人的福祚都是有数的，不知道积点阴德，成天价想着糟蹋人黄花大闺女，可不是伤了阴骘了？早八百年就跟那卖茄子的娼妇眉来眼去的，还寻思我不知道呢！老娘真是瞎了眼了，嫁给那死老鳖、色坯子，生下你这死崽子！”

一边骂一边又捻起拳捶了他几下：“叫你学那老贼讨小老婆！叫你没出息！怎么叫人抢去的不是你！我的乖女儿好万儿……我的好心肝肉肉儿……”

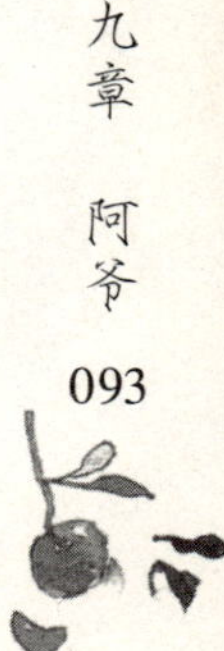

姜大郎心说人家皇帝老子抢我回去做什么，不过与他阿娘是没道理可以分说的，便识相地闭了嘴。

姜老太太又把那早八百年偶尔过路的卖茄子小媳妇儿骂了一通，许是骂累了，许是怕把姜大郎他阿爷骂活过来，硬邦邦地撂下一句话："反正你去找那什么东南西北先生，明日就把我大孙子送去学好去！"

姜景仁欲哭无泪："哪有那么快的，儿子这不是还得找人寻访寻访么——"

一看拐杖又悬在头顶了，独目的金豹子冷飕飕地盯着他，连忙道："明日、明日，就明日……"

姜景仁心里挂念着温香软玉的鳗四娘，恨不能两肋生出双翼飞回归化里，不过还是屈服在老太太黄金豹头杖的淫威下，老老实实留在松柏院用晚饭。

姜老太太刀子嘴豆腐心，特地叮嘱厨房加了姜大郎最爱吃的胡炮肉和风味羹。一顿饭下来，气也消了大半，又想着儿子这些年仕途不顺，与媳妇越发形同陌路，不看僧面看佛面，哪怕不喜曾氏，也是盼着儿孙们好的，破天荒地劝道："难得回家一趟，老老实实待上几天，也去瞅瞅你媳妇儿，别成天出去鬼混。"

自从老娘和媳妇闹了嫌隙，姜大郎一向里外不是人，难得老太太替曾氏说句话，他哪有不允的，连连称诺。

"今儿晚了，明日你再去瞧瞧二娘子，年前落了水，病到开春才算消停了，你这做人阿爷的可曾关心过她？"姜老太太不说不打紧，一说又气上了，"四郎前些日子疹子发得凶险，你这崽子恐怕还不晓得这事吧？还有二郎……"

"二郎？"姜景仁一脸迷茫，"不是在西北么？"

"说的不是你阿弟！"姜老太太刚用了一碗热汤饼，出了一头汗，脸上的胡粉掉了还未及补，一抹一条道道，"是你儿子！"

"哦。"姜景仁几乎忘了有这么个儿子，"他怎么了？"

"你这只管生不管养的崽子闯的祸！"姜老太太握着杖头往地砖上用力敲了两下，恨声道，"当初我就说不该让那小娼妇把孩子生下来，你们一个个不听。眼下生了，好了，一撒手不管他死活。那孩子也不知前世造了什么业障，摊上你们这些个爷娘！"

"儿子知错了。"姜景仁麻溜地跪了下来，这是他与老母多年相处总结出的经验：下跪一定要快，稍有耽搁就得挨揍。

三老太太刘氏冷眼旁观，心里默默摇了摇头，这姜大郎哪里是真心知错，当初因了性子黏糊，当断不断，留了娘胎里的姜悔一条性命，之后只管生不管养，还自觉尽了为人父的责任。

姜老太太看着儿子一脸油滑的讨好和敷衍，一瞬间感到衰弱无力，有心再举起拐杖抽打儿子几下，却是举不动了，只得一屁股坐在胡床上，挥挥手将他打发走了。

姜景仁一回府，曾氏就得了信，知他难得回来必是要在老太太院里用晚膳的，至于这回能待几日，回不回正院，却是不得而知了。即便是来，多半也就是看一眼三娘子和八郎便走。

尽管如此，曾氏还是换了件今春新裁的缠枝莲花纹织锦深衣，罩上空青色的半臂，叫婢女与她重新梳妆。这梳头婢是她出嫁时她阿娘特地拨给她的，手特别巧，会梳三十多种发式，还能随形取意，十指翻飞，片刻之间便绾出个堆云般的倾髻，最妙的是取了一绺发丝做了个贴鬓的小发环，将曾氏脸上的胎记掩去些许。

曾氏打量着妆镜中的容颜，微微侧过头，镜中便不见那骇人的胎记，只余一张妩媚的脸庞，可惜鸾镜朱颜未换，新人却已成了旧人。

她一边看着婢子为镜中的自己精心描眉，一边自嘲，女子盛妆却未必是为了心悦之人，一个儿子还是少了些。

姜景仁出了老太太的院子，一路慢慢踱着，越靠近如意院越磨蹭，鞋底好像和那段石板路害了相思病，无论如何都不愿意分离。

曾氏是端庄贤淑的官家女子，不是动辄拿擀面杖抽他的河东狮，可他却没来由地有些怵，难道这就是那帮子狐朋狗友所说的“近香情怯”？仔细一咂摸却又不像那么回事。

姜景仁就是带着这么一点困惑费解磨蹭到了如意院门口，被守门的下人热情地迎了进去。

“夫君回来啦。”曾氏嘴角噙着恰到好处的笑到屋外迎他，眼里却是冷的。

不过姜景仁毫无所觉，他压根儿没看灯下妻子那精心描摹的眉眼，飘忽的目光从她脸上迅速掠过，自顾自地往屋里走：“嗯，这些日子家里辛苦你了。”

“是妾应当应分的，当不得夫君一声辛苦。”曾氏跟上前去替他解下氅衣，离得近了难免闻到他身上沾的浓郁脂粉气，一低头轻蔑地撇了撇嘴角，抬头时又是软款温柔的模样。

姜景仁这些年来见惯了她冷若冰霜，不免有点受宠若惊，回味起新婚时琴瑟和鸣的光景，不免有些意动。曾氏的姿容算不得甚美，床笫之间也有些拘束，然而在外大鱼大肉的野食吃多了，偶尔也会怀念家常小菜的温馨落胃，忍不住捉住她放在自己领口解绳结的双手。

曾氏一惊，慌忙将手抽出来，自知失态，垂头低声嗔道：“叫下人们看了像什么话。”

“你们都听见了？夫人命你们退下。”姜景仁见她并未着恼，放下心来，嬉皮笑脸地将婢子们轰出去，微眯着眼睛往方才那梳头婢脸上一瞟，又意味深长地一笑，把她看得飞红了脸色，赶紧低头退了出去。

曾氏把这番眉眼官司看了个一清二楚，连她梳头婢的主意都打，这屠夫还真当她是死的么？

姜景仁目送那婢子离去，目光在她腰臀处停留了片刻，待她背影融入黑暗里，方才遗憾地回过头，大剌剌地往床上一坐，开始脱鞋。

“我叫下人来伺候你打水盥栉吧。”曾氏心里冷笑，脸上却不显，低头替他解衣带。

“不必了，今日乏得很。”姜景仁宽了外衣，解了下裳，一掀被子便往床上钻，一想怕曾氏嫌弃，特地解释了一句，“日间已沐浴过了，也没几个时辰。”

“那妾身打盆水来，与夫君浣浣足吧。”曾氏下颏一紧，笑容凝固在脸上，像个精雕细琢的面具。

“何须多事。”姜景仁有些不悦，伸手拉她的胳膊，使力一带，将她拽倒在床上，凑近她的脸道，“春宵苦短，娘子。”

姜景仁服食寒食散，呼吸之间有一股淡淡蒜味儿，隔得远时不觉得，此时面贴着面，再混合着他身上劣质脂粉的浓香，令曾氏几欲作呕。她胸中一阵郁气翻涌，鬼使神差地伸手将姜景仁一推，撇开脸道：“妾身今日身上不方便，夫君还是找他人伺候吧。”

姜景仁是凡事不多深思的性子，然而曾氏的推拒之意太过明显，又是在他情浓时毫无预兆地发作，饶是他心再大也猜出了几分。他想问一句“当真”，旋即又觉得无趣得很，刨根问底又能如何？闹一场叫彼此日后更难相见，倒不如囫囵过去了事。

便解嘲地哂笑一声，披衣下床，看了曾氏一眼道：“我走了，你早些歇息。”趿了鞋吊儿郎当、一步三晃地走了出去。

姜大郎一离开，邱嬷嬷就抱着八郎打东厢过来，对坐在榻上发怔的曾氏道：“八郎醒来便哭个不停，吃奶时消停了一会儿，吃饱了哭得越发起劲了，乳母怎么哄都不行，大约是想阿娘了。”

曾氏赶紧起身接过儿子，抱在怀里一边摇晃一边轻声细语地哄着，不过片刻哭声便渐轻了。这孩子也怪，素日与乳母在一起的时候多，却只与曾氏亲，夜哭只有亲娘能哄得住。

八郎抽噎了两声，在母亲怀中拱了拱，换了个舒适的姿势，眼皮慢慢耷拉下来。曾氏温柔似水地望着他慢慢合上眼，爱怜地轻轻贴着他的脸颊，轻声哼着家乡的童谣。

“三娘子睡着了吗?”曾氏哼唱了一会儿，停下来问道。

“戌正就睡下了，郎君来时都不晓得，否则必定嚷着要来找阿爷了。”邱氏笑道，“三娘子和郎君亲得很，不知怎的，八郎见了阿爷就哭呢。上回郎君抱他，将他尿了一身，还受了委屈似的哭个不住。”

“许是还小吧。”曾氏淡淡笑道，姜景仁上一回抱八郎，依稀是好几个月之前的事了。

“郎君新衣裳湿了个透，倒也不恼，还打趣说‘这小狗儿在阿爷身上做记号呢，有了他的味道，下回便不认生了’。”邱嬷嬷一边说一边留意曾氏脸色，未见她流露出厌烦，便试探道，“郎君是个好性子。”

“嗯。”曾氏不置可否地点点头，“我知他是个好性子。”

邱嬷嬷抚了抚八郎的襁褓道：“看咱们八郎生得多好看，长大定是个玉树临风的小郎君。阿爷阿娘什么时候给八郎生几个弟弟妹妹才好呢。”

“嬷嬷可是忘了？十三郎和九娘都已满周岁了。”曾氏半开玩笑道。

“这隔着肚皮的怎么能一样，娘子，您真想让咱们八郎日后孤掌难鸣，没个兄弟帮衬吗?”邱嬷嬷忍不住把话挑明了。

曾氏抬起脸，深深地看了邱嬷嬷一眼道：“嬷嬷，我嫌他脏。”

邱嬷嬷继续劝道：“哪有人能样样齐全的，大郎他……”

曾氏埋头嗅着八郎头顶心溢出的淡淡乳香，过了许久再抬头时眼眶已微红，她固执又倔强地道：“嬷嬷，我嫌他脏。”

邱嬷嬷叹了口气，拍拍她的背，终是未再多说什么。

姜大郎走出正院，在门口站了一会儿，竟不知今夜该去何处落脚。园子里姬妾扎堆，少不了有人翘首以盼，免不了有一番拉来扯去。他向来懒得分辨真情假意，也不管那些女子是图财还是图儿子，那种众星拱月的滋味着实不赖。

不过今日突然失了兴致，有那么一刹那他有些想念鳗四娘的小蛮腰和那个屋前栽着一棵歪脖椿树的小院子。或许是因为地方小，那儿的夜风似乎比这大宅院中暖一些。

然而只不过一抬脚的当儿，这念头便如击石之火星，转瞬便熄灭了。应承老母的事还未办妥，即便星夜赶回归化里，明日一大早还得再赶回来，实在折腾；再者更深夜半，那鳗四娘独守空闺便罢了，如若不然，他兴冲冲地赶去，不知算是捉奸还是被捉奸，该多败兴呐。

在曾氏院门口站一夜总不是个办法，姜景仁只得往园子里走去。是夜孤月当空，洒下一地霜华，姜景仁举目四望，他有华屋百间，层台累榭，四处都是高翘的檐角黑黢黢的剪影，却找不到一处容身之地。

药与酒都已褪了干净，他仿佛一个游魂，差点撑不起这副空空如也的皮囊，心力交瘁地往湖边一块大石头上一坐，深得岁月眷顾的脸上几乎显出老相来。

就在这时，不远处的芍药花丛中传来女子低泣的声音。姜大郎是惯熟风月的，竟从这压低的抽噎中听出了妩媚婉转的意味，登时来了精神，也不自伤了，循着声音找去，先落入眼帘的是一副瘦削窄小的美人肩。那女子春衫单薄，青绸腰带一束，纤腰不堪一握，比起鳗四娘来又有一种纤楚的风致。

“你是谁？为何更深夜半在此哭泣？”这似是质问，然而在姜大郎的舌尖上溜了一圈，就完全走味了，落在有心人的耳朵里简直是赤裸裸的撩拨。

女子一转身，果然是个眉眼纤秀的少女，虽无十分颜色，却更叫人生出怜惜来。

“郎君恕罪。”少女螓首低垂，紧紧捏着衣摆，惶恐地道，“奴婢是管园子的婢子，名叫蒲桃，不知郎君在此，望郎君垂怜……”

姜景仁垂怜得十分用心，第二日便起晚了，去姜老太太院里请安时，差不多已是用午膳的时辰。

他心知昨夜的事瞒不过他阿娘，必有一顿棍棒等着他领受。他硬着头皮走进院里，发现曾氏和嫡子嫡女们都在，先松了一口气，姜老太太再怎么怒意滔天，也不可能在媳妇儿面前落他脸。

他先给脸色阴沉沉的老母请过安，从妻子手中接过八郎逗弄了一会儿，将儿子惹得号啕大哭了一场，然后温柔地摸了摸三娘子的头顶心道：“阿圆又长高了些，像个小女郎喽。”说罢从袖中掏出个婴儿拳头大小的雕镂兰草的镏金小银球，拎着顶上一截金链子在女儿眼前晃来晃去：“你上回不是说想要个被中香炉么？阿爷叫人替你找来了。”

“阿爷最疼我！”三娘子眼睛一亮，小心翼翼地接过薰球，一边行礼一边得意地瞟了瞟二娘子。

钟荟对这种小孩子之间争宠的把戏全无兴趣，静静地站在一旁打量她久仰大名的阿爷。

饶是有卫家儿郎珠玉在前，她还是被这便宜阿爷晃了眼。若单论美貌，能与卫家人平分秋色的，钟荟两世为人还真只见过姜景仁这么一个。

她一向信奉美人在骨不在皮，不过皮相若是好看到姜景仁这般，少那么几根骨头似乎也无伤大雅了。看来天子并没有眼疾，看姜婕妤兄长的样貌，想必她也是当得起天姿国色的。

姜景仁连中衣都未着，一身浅栗色家常软罗单袍，因是来见尊亲，好歹将腰带系紧了些，只露出胸口处一小片白里透红的肌肤，那红晕一直延伸到脖颈和脸颊，一双眼眸雾蒙蒙如轻云蔽月。

他也不着冠，只戴了一条皂巾。那身衣裳虽是半旧的，缘边上却像女子似的绣了缠枝桃花，且十分轻软，小风一吹便飘飘扬扬。

钟荟一见他的衣着和脸色，便知他才服过寒食散。她前世的三表叔自诩名士风流，日日服食寒食散，也不知是发散得不好还是怎的，不过而立之年便身染恶疾，药石罔顾，浑身溃烂而亡。还是她阿翁颇有先见之明，斥服寒食散为悖礼伤教，一早就严禁家中子弟沾染。

钟荟心道，太好了，不但有个心怀叵测的后母虎视眈眈，还有个风流倜傥的阿爷随时可能撒手人寰。

姜景仁抬起头，冷不丁撞见老太太铁青的脸色，吓得后背一凉，赶紧正了正脸色，故作严厉地对长子斥道："你这孽障是越来越不成话了！家里费了那么多银钱替你延请西席，你还不发愤用功，成天瞎胡闹，就不能学点好吗！今日看在老太太分上暂且饶你一回，若再淘气，看我不打断你的腿！"

姜昙生低着头，做出虚心受教的样子，事实上每一团肥肉上都写满了不服，眼珠子往旁边一斜，心说那也得有好给我学啊。得空还恶狠狠地向二娘子扫去一道眼风。钟荟若无其事地回他一个明媚的笑容。

老太太唯恐生变，将学馆的事捂得严严实实，只等着姜景仁那边把事情说定，就将嫡长孙与束脩一起捆了押送上山。

姜景仁也知道自己在儿子面前没什么威信可言，不过是在老太太跟前虚应个故事，狠狠剜了姜昙生一眼便偃旗息鼓。

老太太脸色越发难看，单那两声咳嗽就比姜大郎刚才那番教训凶狠多了，枯瘦黝黑的手蠢蠢欲动，眼看着就要去抓那豹头拐杖。

姜景仁心里一慌，目光躲闪，四下里一瞟，终于落在了二娘子身上。

"阿爷。"钟荟捏着鼻子叫了一声，方才他们几个已经给姜大郎见过礼，她便觉得这额外的一声亏了。

姜大郎这才后知后觉地端详起这许久不见的二女儿，感觉有些陌生。

二娘子穿了一件淡粉色的散花绫单衫和沉绿罗裙，外罩一件缀珍珠的裲裆，单衫袖子按照如今时新的样子做得上窄下宽，双鬟髻顶上分别簪着一簇海棠花，圆润微丰的脸颊比那海棠花瓣还娇艳，水灵灵往那儿一站，像是画上走下来的仙童。

其实几个子女中就数次女长得最像他，只一双杏眼随了她阿娘陈氏。姜景仁搜肠刮肚一番，竟然想不起来上回仔细看她是什么时候，也不记得比起上回见她的时候是胖了还是瘦了，想来病了那么久应是瘦了吧。

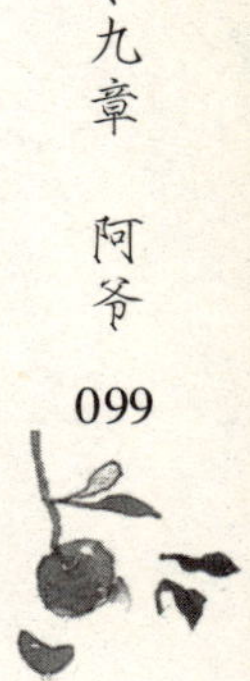

于是姜大郎便顶着一张和煦的粉面，摸了摸二娘子的发髻，关心道："病了许久都瘦了。"

钟荟低头看了一眼自己微凸的肚皮，实在无法自欺欺人——这个月阿枣已经替她改了两回腰带了，恐怕连她院子里的芦花肥母鸡阿花都能看出她胖了，可见这姜大郎对他次女有多不上心。原身真是爷不疼娘不爱，钟荟很有些替她不值。

三个嫡女中，姜大郎最宠的确实是三娘子。大女儿从小不在身边，谈不上有什么感情；三娘子年纪最小，刚出生那会儿他和曾氏感情正融洽，几乎是他抱在手里长大的，情分自然不一般。

至于二娘子，不如三娘子讨喜会来事，难得见一回还躲躲闪闪的，久而久之便不放在心上了。

每回在街市上看到胭脂水粉和绣帕簪环之类的女孩子玩意儿，他都会惦记着三女儿，偶尔想起便给二女儿和几个庶女捎带一份，更多时候是全然将她们忘了——大约也不是忘了，只是个个都有便显不出他对三娘子的钟爱来。作为一个常常不着家的阿爷，宠爱女儿的手段着实不太多。

姜大郎并不觉得把独一份的薰球偏给三娘子有什么不对，阿姊让着妹妹本就是天经地义的，况且曾氏要做贤妇，好东西向来紧着陈氏的几个孩子，已经叫三女儿受了不少委屈。

然而，他看着次女用那双肖似亡妻的眼睛饱含期待地望着他，突然有些心虚起来，不由自主往袖子里摸，仿佛心意够诚就能再摸出个薰球来似的。

那薰球全洛京中只有瑶山阁的匠人丁菊巧能做，中间有机环，放在被褥中炉体常平，近来在世家小娘子中蔚然成风，寻摸一个已是费了不少工夫，故而方才一见三女儿就忍不住拿出来献宝，如今上哪儿去寻第二个。

不过他这一番摸索也不是一无所获，竟给他掏出个挺精巧雅致的方胜香囊来，也记不得是哪个相好送他的，心道下回定要犒劳那兰心蕙质的女郎一二。

他拉起二娘子的左手，将那香囊放在她摊开的掌心，温柔地说道："这是阿爷送你的，拿去玩吧。"

"真的吗？"二娘子忽闪着水灵灵的大眼睛，一脸如获至宝的惊喜，仰头盯着她阿爷。

姜景仁被她看得越发良心不安，找补道："下回阿爷找更好玩的东西给你。"

"这个就很好了，阿爷送的便是最好的。"钟荟珍而重之、翻来覆去地欣赏一番，嘴角忍不住一翘，狐狸似的弯弯眼睛，朗声将那香囊上的字念了出来："今夕已欢别，合会在何时？"

在场众人都是一愣。只有二娘子一脸茫然地赞道："好诗。"

可不是好诗吗？文义浅白，雅俗共赏，连大字不识的姜老太太都知道是什么意思，一张脸顿时黑成了锅底。

香囊风波以姜老太太的宝杖又掉下几块金玉告终，因姜大郎还肩负着重要使命，不好直接打残了。于是姜大郎回屋叫仆人搽了些棒疮药便领着蒲桃去了曾氏院里。

曾氏以眼神作刀，在蒲桃脸上刮了好几个来回，当着姜景仁的面到底没说什么，冷笑像沉渣似的从心底泛起。

以为攀上了高枝就能逃出生天了吗？也不将眼睛睁睁大，菟丝花攀上一根细蒲苇，等姜景仁丢开手，往后还不是任由她这个主母揉圆搓扁？

曾氏应付此类事情极富经验，简直可以说这是她婚姻生活中的主旋律。她熟能生巧，三下五除二便叫人在园中南丙院里理出一间坐东朝西的空屋子，把蒲桃打发了过去。那院里住着两个顶泼辣的货，她只需作壁上观，就能叫蒲桃被啃得骨头都不剩。

蒲桃没有名分，不能呼奴使婢，只能自己伺候自己，那月例比她在二娘子院子里当乙等婢子时还低了少许。

姜景仁当晚开始就宿在了蒲桃屋里，翌日一大早住正屋的那只出头鸟就卷了铺盖，叫两个壮仆妇押着，搬去了甲三院。

姜景仁也没忘记正事，即便忘记那拐杖，祖宗也会提点他一二，况且他对自己的嫡长子寄予了厚望——没出息的爹对子女总是望得格外厚。

总之第二天一早，姜景仁便带着两个得力的家仆出门寻访北岭先生。

北岭先生这名号听着像是隐居山中的世外高人，姜景仁以为必定要耗费些时日，还特地在京城四大楼之一的望南楼设了一席，请那帮酒肉朋友帮忙出谋划策。

谁知席间才提起个话头，就有几人投箸停杯，腮帮子牙疼般地抽搐，一脸往事不堪回首。几个天涯沦落人唏嘘长叹一番，其中一位对姜景仁道：“孟泽兄与令郎究竟何仇何怨？”

姜景仁顿时有些狐疑，他很有自知之明地意识到，与他结交的都是些不成器的纨绔，可见那北岭先生徒有虚名。然而看他们心有余悸的模样，又似积威甚重，竟不知如何取舍了，只好作了个揖道：“犬子不成器，甫听闻北岭先生教徒有方，便想叫那不肖子投入他门下。”

方才开口那位是尚书右仆射的庶八子，生母是个舞姬，二十四岁以八品郎中起家，一直到三十多愣是没挪窝。只见他皱着一张脸，拿着一根牙箸有一搭没一搭地敲着碗沿道：“这北岭先生啊，一言难尽……”

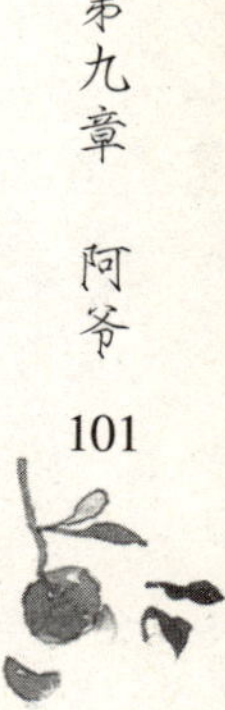

虽然狐朋狗友们再三向姜景仁保证，北岭先生什么破铜烂铁都收，越是破烂他越喜欢，姜景仁驱着马，拉着束脩，领着童仆，来到学馆山门口时，仍然惴惴不安、自惭形秽，生怕人家见了他这不成器的阿爷不愿要他儿子，到时候无法向姜老太太交代。

不过他白担心了一场，因为他连正主的面儿都没见着，接待他的是两个愁眉苦脸的弟子，一个长得像胡瓜，一个长得像菜瓜。

姜景仁怕被拒绝，带了整整一车的束脩，各色绫罗绸缎和米粮应有尽有，光卸货就费了大半个时辰。

两个弟子见惯了场面，熟门熟路地清点了一下，一言不发地将数目记到簿子上。

姜景仁一向敬畏读书人，正踌躇着不知该怎么开口，菜瓜问道："足下是自己拜师么?"

姜大郎赶紧诚惶诚恐地连连摇头："非也非也，是我那不肖子。"

两人默契地对视了一眼，摇了摇头，另一人道："我们学馆没什么旁的规矩，只一点，一旦拜入门下，什么时候出师便由先生说了算。"

姜大郎哪敢不应："明白，明白。"

"还有，无故不得出山，也不准家人探视。"菜瓜补充道。

"家师有些严厉，想必您已有所耳闻，令郎也许会受些皮肉之苦……"胡瓜接着道。

"要打要打，这不肖子就是欠教训！他肉多皮厚，先生尽管打来！"姜景仁咬牙切齿地道。

菜瓜瞥了他一眼道："家师无故不会责打弟子，足下请放心。"可不是嘛，反正想打时总能找到缘故的。

"此外令郎入山时不得带仆从奴婢。"胡瓜又补了一条。

他们你一言我一语，说是说"没有旁的规矩"，结果越说越多，直将姜大郎说得晕头转向，唯有连连称是。

最后菜瓜递给他一支笔，道："足下若无异议，便在此签字画押吧。"

姜大郎当了官才学认字，那些之乎者也的条条款款看得一知半解，匆匆一扫便签上大名，倒贴着一车束脩将儿子卖了。

姜景仁难得办成了一桩事，心里不无得意，回府也没歇歇脚，兴兴头头地前往老太太院里邀功。老太太没给儿子好脸色看，不过全程没有请出那拐杖祖宗，也实属难得了。

老太太照例敲打了他一番，末了嘱咐道：“你媳妇儿还不知道，你去同她说一声吧。”

曾氏这回被打了个措手不及，她一边听那将屠夫眉飞色舞地夸耀自己能干，一边暗暗地掐自己的手心，直掐得几乎渗出血来。这阵子因姜明月的院子里闹出不少幺蛾子，她把全副心神都灌注在那边，倒将姜昙生给忽略了，真真是本末倒置。

“这府中不是有现成的夫子么，当初也是为了替大郎开蒙才请来的，如此一来倒是白费工夫了。”曾氏为难道。

“不是还有二郎三郎他们么？秦夫子教谁不是教，横竖咱们家不会短了他那点束脩。”姜大郎不以为然道。

曾氏拧着眉，满脸忧心忡忡：“大郎打小没离过爷娘身边，没吃过什么苦头，听你说起来那学馆规矩又重，连个伺候的下人都不许带，吃住都简陋，他哪里过得惯?”

“别人都去得，怎么偏他去不得?”姜景仁正为自己顺利交差志得意满，哪里听得妇人来泼他冷水，脸色一沉，不痛快地道，“还真把自己当成王孙了，我像他那么大时每日摸着黑起来，什么事不得自己做？再者那学馆里世家贵公子多的是，人家都好好的，他一个下贱种子矫情个什么劲!”

“郎君怎么突然就要将咱们大郎送去那地方受罪?”曾氏眼眶已是泛红，掏出帕子掖了掖眼角哀怨地道，“想一出是一出的，也不与我打个商量……也对，大郎自有亲生的阿爷和阿婆替他打算，我这后娘再怎么掏心掏肺都是个假，你们防着我是对的。”

姜景仁心里泛起一阵腻味，不过还是好脾气地拢住她的双肩道：“你莫多想了，是我偶然听友人说起那先生学问了得，许多世家子弟都拜在他门下。眼看着大郎也大了，总是在家里和弟弟妹妹们一起读书哪有进益？结识几个同窗好友，将来出仕后也能相互帮衬一二。此前未说与你听也是因为八字还没一撇，这不是立即就来告诉你了吗？好了好了，不哭了，莫胡思乱想了。”

姜景仁耳根子一向软得很，这回却一反常态地固执己见，曾氏便知八成是松柏院那老货在作怪。曾氏心知木已成舟，再怎么悔恨也于事无补，再说下去徒惹他不快。

再者姜景仁虽然将那北岭先生吹嘘得神乎其神，但她是不信的，姜昙生已经十三岁了，如她所愿成了个烂泥糊不上墙的东西，难不成那学馆竟是神仙开的，还能点石成金，化朽木为栋梁吗？

她破涕为笑地轻轻推了姜景仁一把，嗔道：“子女们就在外边，做什么动手动脚的。”

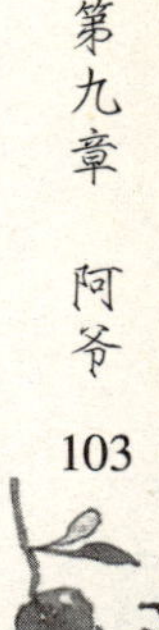

姜景仁见她消停了，心里松了一口气。夫妇俩叙着家常，不一会儿乳母抱了八郎过来，曾氏接过来抱在怀中，姜景仁就在一旁逗孩子玩，拿手指轻轻戳儿子的嘴角，引得他以为是吃食，雏鸟似的张着嘴来寻。

“莫戳他嘴角，要流涎水的！”曾氏皱着眉头将姜景仁的袖子扯开，“对了，还有一桩事一直石头似的压在我心上，大娘子养在济源，几年见不上一回，眼看着过不了几年就该议亲了，我想趁早将她接回家来亲自教养，夫君觉得如何？”

姜大郎几乎忘了自己还有个寄养在外的大女儿，愣了会儿神方道：“不是说她妨克二娘子么？”

“阿婴上回落水，说不得就是应了这关煞。”曾氏若有所思道，“不如这样，明日叫人带着两个小娘子的八字去重云观找那老真人再算上一卦，若是无虞便派人去济源。”

“还是娘子想得周到，”姜大郎自然没有不应承的，“阿曾，你真是我的贤内助。”

所有的人都心照不宣地瞒着正主，姜昙生一直到出发前一日才得知自己大难临头，撒泼打滚十八般武艺齐上阵，一直闹到大半夜，可惜没人在乎他的意见，连曾氏这活菩萨也不来搭救他一二。

临出发前，钟荟去长兄院中“话别”，见那胖子颓然地靠在榻上，脸上有一种行将就木的淡定，一旁的桌案上堆满了三娘子等人送的礼仪，不外乎麈尾、画扇、铜瓶、棋具等物。

姜昙生眼角余光瞥见二娘子，惊弓之鸟似的一跃而起，动作之敏捷让人几乎忘了他是个胖子。

“阿兄。”钟荟一脸真心实意，全然看不出她是来落井下石的，“妹妹恭喜你得入大儒门下。”

“哼！”姜昙生脸上的横肉颤了颤，歪着脖子没好气地道，“你也来看我的好戏！滚滚滚！本公子不稀罕你的东西！赶紧滚！”

“妹妹本来也没带什么。”钟荟扫了一眼几案上的器玩道，“横竖阿兄也带不去学馆。妹妹倒是想叫阿兄记得加餐饭，那学馆一日只有两顿饭，且都是麦饭蔬食，一旬只能吃一回肉，啧啧。”

姜昙生闻言身子一晃，白花花的肥肉禁不住抖出波纹来，脸色青一阵白一阵，恶声恶气地道：“又皮痒了是不是？别以为我不敢教训你！”

钟荟无奈地摇了摇头：“阿婆阿爷还指着你拜入名师门下能有所进益，要我说呀，不过是白瞎了那些束脩罢了。今日一别，还不知咱们兄妹何时再相见，妹妹也没旁的相送，就送句大实话给你吧，阿兄你啊，就是那朽木烂材，粪土之墙，一辈子无可救药了。”

姜昙生后来也觉得奇怪，那时候他把二妹视为仇雠，偏偏将她那番话记了一路，而曾氏的殷切叮咛全被他当成了耳旁风，想来激将法能奏效，多半是因为说中了事实吧。

送走了姜昙生，钟荟总算过了几天安生日子。

头几日秦夫子如惊弓之鸟，唯恐主家是因自己才学不济才将嫡长子送到外间学馆去，滴酒都不敢沾，夜夜奋志萤窗，埋头雪案，待过了一阵子发现自己的饭碗安然无恙，便又故态复萌起来。

钟荟跟着学了一段时间就发现，这位秦夫子实在是个空架子，凡事不求甚解，肚子里的墨水还不如酒水多，偏偏姜悔做学问极肯下苦功钻研，有疑惑不解之处必要刨根问底，姜昙生走后没了顾忌更是变本加厉，一来二去，秦夫子几乎有些招架不住了。

十回里总有六七回，那秦夫子自己一知半解，又不能失了为人师表的颜面，便云山雾罩地糊弄一通了事，听得钟荟直摇头。她下了学便以求教为名与庶兄推敲经义，见缝插针地点拨他一二，姜悔益发觉得这位据说不学无术的嫡妹每每在不经意间直切要害，与她一番探讨受益匪浅，比独自闭门造车强了不止一星半点。

老太太对兄妹俩的过从睁只眼闭只眼，曾夫人就更不好置喙了。

蒲桃搬入南丙院的事为府里上下人等提供了一时的谈资，她在姜大郎那群莺莺燕燕中姿色只能算中等，众人都以为姜大郎至多不过三五日便要撂开手，然而这回姜大郎却是出乎意料的长情，竟仿佛在那小院里扎了根，似模似样地过起了成双捉对的小日子来，坐则叠股，立则并肩，连口酒都要嘴对嘴地哺，旖旎之情难以备述。

那些见风就是雨的刁钻下人们便私下里传说这府里约莫是要出个小夫人了。

不过姜大郎后院里的风云传不到钟荟这种闺阁小娘子的耳朵里，她只知那乔家娘子到哪都不会叫自己吃亏。蒲桃在她手上没讨到便宜，一转身便叫她吃了个哑巴亏——婢子成了阿爷的房里人，她的闺誉还要不要了？得亏是姜家这种不讲究的门户，横竖虱多不怕痒，荒唐事不在乎多这一桩。

这日钟荟晨起盥栉已毕，穿了一身家常桃红色绮罗衣过松柏院请安，不期曾氏与三娘子也在。

姜老太太箕坐在榻上，曾氏和三娘子母女一人一席坐在她对面。钟荟略一扫老太太锅底似的脸色和绷紧的下颏，便知曾氏又在闹幺蛾子了。

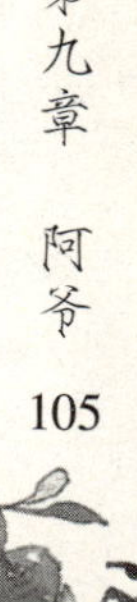

继母回头一见是她，赶忙满面喜色地招呼她过去，站起身揽着她的肩头对老太太笑道："正说着阿婴呢，可不就来了。"

钟荟上前笑盈盈地请了安，老太太见了二孙女，脸色稍微和缓了点，勉强从陈年锅底变作了新铸的锅底："来啦？今日这一身好看，头发也梳得新巧，就该穿些鲜亮的色儿，成天弄得一身孝似的，看着就丧气。"说完若有所指地扫了一眼着一身月白绫深衣的曾氏。

曾氏对这种程度的挤对已经可以做到心如止水，只当没听懂，伸手虚搭在二娘子头顶比了比，对一旁的邱嬷嬷道："我们二娘子今春长高了不少呢，素绚坊的裁缝何时来量下一季衣裳的尺寸？得叫她放些余量，免得拿回来便穿不下。"

邱嬷嬷便道："正巧今日两位小娘子都在，不如一会儿一道回如意院，开了库房，将夏季的料子挑一挑，过几日好叫裁缝上门。"

"也好，嬷嬷这么一说倒提醒了我。"曾氏轻轻抚了抚额头道，"前几日宫里赏了些新料子，还搁在东面耳房里呢。我记得里面有几匹颜色鲜嫩的宫纱，正好给她们姊妹做几件……也不知大娘子身量如何，只得等她到了再量过了。"

"想来不会和二娘子差得太远吧。"嬷嬷是肉里眼，睁大了也只有绿豆大小，一笑就眯成了一条缝，无论说什么话都像在道喜，"双生姊妹总是生得像。"

她们主仆两人一搭一唱，一脸你快来问，钟荟便从善如流地捧了个场："阿姊要回来了吗？"

三娘子一听不得了，一个姜明月就够讨嫌的了，还要再来一个分她的宠爱？立即面露不豫之色，咕哝道："她在表叔家不是待得好好的吗？回来做什么！"

曾氏恨铁不成钢地睨了女儿一眼，这是她替二娘子准备的词儿，怎么倒叫亲女儿给抢了。眼看着老太太脸上阴云密布，似要发作，她赶紧抢在前头道："你这孩子说什么傻话！你阿姊是姜家的女儿，这府上就是她家，如何回不得了？当初也是为了不得已的缘故才……"她说到此处一顿，不安地瞥了一眼二娘子，似乎不知从何说起。

来了，钟荟心说。

"你有什么话就直说吧，装腔作势的看着都累。"老太太拿拐杖磕了磕地面，她最不耐烦儿媳妇这吞吞吐吐的模样，难不成别人不晓得你在憋坏水吗？

垂首侍立在曾氏身后的邱嬷嬷闻言上前一步，行了个礼道："老太太，夫人，两位小娘子，主人说话本没有我一个老奴说话的分儿，不过我们夫人实在是难于启齿，奴婢愿效微劳……"

话音未落，便被曾氏呵斥住："老太太面前哪容得你大放厥词！先去外面跪着，回去定发落你！"

邱嬷嬷诚惶诚恐地跪下告了罪，退到院子里，老老实实地跪着。

有忠仆搭了台阶，曾氏岂有不下之理。她叹了口气对二娘子道："也不是阿娘刻意要瞒你，实是怕你知道了心存芥蒂，于你们姊妹之情有碍。"

"母亲但说无妨。"钟荟昂了昂头，故作稚气道，"我已经不是小孩子了。"

曾氏便吞吞吐吐，迂回婉转，却事无巨细地将那高道如何卜卦，又如何断言姜明霜八字妨克双生妹妹的事说了一回。

老太太听得七窍生烟，几次想出声打断，三老太太刘氏悄悄拽她袖子方才阻拦住。老太太回过神来，也想看看二孙女如何答对，于她而言手心手背都是肉，大孙女不在跟前岂有不心疼的。

钟荟似乎受了极大的震撼，若不是来得匆忙，没带上吴茱萸，恐怕她这时候已经涕泗滂沱了。只见她垂首静立了一会儿，接着缓慢而坚定地抬起头来道："若不是母亲和盘托出，恐怕女儿一辈子都得蒙在鼓里。"本来嘛，这种事情无论真假都没必要叫她知道，你非要说出来不是成心硌硬人吗？

曾氏脸僵了僵，定定神继续道："阿娘也是怕你阿姊回府之后下人们嚼舌根，传到你耳朵里反而伤了姊妹情分，不如先与你分说清楚。"说罢既爱怜又无奈地拉起她一只手，捧在掌心抚了抚，安慰道："阿娘前日已叫重云观的老仙人卜过一卦，你的关煞已平安无恙地度过，大娘子回来是无虞的了。但你心里有芥蒂也是难免的，待你阿姊回来，阿娘给她安排个离你远远的住处。你阿姊自小离家也是可怜，这次回来，在爷娘手底下待不了几年也该出阁了，你且忍耐一二，让她在老太太跟前尽尽孝，横竖越不过你去。"

钟荟杏目圆睁，一脸困惑："母亲说什么呢，阿姊是因了我才被送走的，我在这府上锦衣玉食的，阿姊却在济源乡间过着布衣蔬食的苦日子。"说到此处，她皱着眉揪了揪心口的衣裳："一想到此节我就难受得不知如何是好，哪里会有什么芥蒂？母亲也不必费事，另准备房舍，我那院子宽敞得很，一个人住着还嫌冷清呢。阿姊回来就让她住我那儿，我们正好做个伴儿。"

曾氏没料到一向恃宠而骄又最小心眼的姜明月会是这样的反应。今日她来这松柏院，一来是将卜卦一事告诉婆母，二来也是在这儿等着姜明月。八字相克的事此前已经叫季嬷嬷透露给了姜明月，想来姜明月是最不愿看到姜明霜回来的。如今当着婆母的面将此事突然揭出来，想来一个八岁的孩子也没那么深的城府掩饰自己的抵触，必然会叫老太太看出端倪，淡了对她的回护之心。

她频频拿眼看跪在院外的邱嬷嬷，可惜远水救不了近火，只好讪讪地道："阿婴如此深明大义是最好不过了。"

老太太欣慰地朝二孙女点点头，又扫了一眼曾氏和三娘子，冷哼一声道："有些

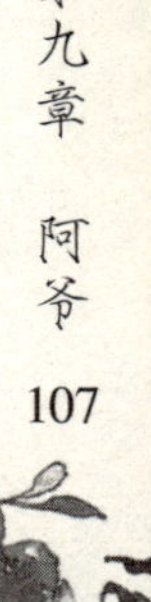

人自个儿小肚鸡肠吧，就以为旁人也跟她一样。咱们阿婴是个有肚量的好孩子，最紧要一个是心地纯良，来，到阿婆这里来。”她从手上褪下一对洁白细腻如羊脂的玉镯子，套在孙女的手腕上：“这是你姑姑新送来的，你拿去戴着玩……这崽子，与阿婆客气什么，你再推阿婆可要不高兴啦!”

三娘子在一旁看着，嘴一撇，眼泪在眼眶里打着转，眼看就要滚落下来了。三老太太刘氏看得有些不落忍，小娃娃知道什么好歹呢，可有这么个心术不正的阿娘，如何能受老太太待见呢?

第十章 赴会

兔走乌飞，转眼便到了仲春。昨夜下了一夜的雨，院子里倒红斜白一片。

秦夫子的从叔过寿，告了三日的假。钟荟晨起去给老太太和曾氏请了安，午后便无所事事。她午膳时因嘴馋多进了一些乳饼，此时有些积食，叫阿杏煮了杯酽茶，自己则换上外出穿着的裤褶和木屐。那木屐鞋面上用米粒大小的珍珠、玛瑙、孔雀石、绿鱼和青晶石绣成龟甲、忍冬，木底有齿，磕在湿漉漉的石板上咔嗒作响。钟荟就捧着茶碗在院子里四处走动消食。

消了不到半刻，又不由自主地溜达到书房，踮着脚从墙边架子上取下个大肚青瓷罐抱在怀里，打开细藤编的盖子，揭开蒙在罐口的湿布，从里面掏出个餢飳来。这还是寒食剩下的，因耐得住久放，阿杏便替她存了一罐子搁在书房，以备不时之需。

钟荟叼着饼又回到院子里，芦花肥鸡阿花正在草丛里扒拉虫子吃，一见她便扑腾起翅膀来。钟荟有心逗它，伸出脚引它来啄，就在它快要得逞时收回脚来，惹得那母鸡暴怒得咯咯叫个不停，钟荟一脸得意。

阿枣对主人的无聊行径颇感无力，好好的肥鸡不炖来吃，特特叫两个粗使奴仆用竹子编了篱笆，在院子西南墙根圈了块地方，还拿白石叠构了一座嶙峋的小山，当仙鹤似的养起来，每日费那么多谷子和瓜菜，也不知是个什么志趣。

她暗暗摇了摇头，没好气地翻着白眼叉着脚教训前些时日曾氏新拨来的婢子：“眼睛里没活是不是？花叶子落了一地等着谁来给你扫？还有墙根那堆鸡屎。欸?!皱什么鼻子，你那鼻子是有多金贵？”

蒲桃走后阿枣如愿以偿地提上了甲等，新拨来的两个原本是伺候姜昙生的，眼下主人都不在了，还不知何年何月才能从那学馆放回来，白养着也是费钱粮，正好二娘子这边的空缺还没着落，便将两个年纪大些的调了过来。

姜昙生虽说胡天胡地，年纪到底小了些，风月上还未十分开窍，仅限于摸摸小手捏捏香腮，因他生得蠢笨痴肥，那些小美人投怀送抱的心也淡，故而直到他被发配去山里，也没来得及闹出什么氤氲的故事。

那些个妩媚艳丽的美婢是曾氏花了不少工夫和银钱特地为继子搜罗过来的，大多是挑美貌伶俐的女童专门从小教养，其中不乏殊色绝丽的佳人，弦管笙歌都来得，还能吟几句格调难言的诗赋，如今反倒成了累赘。

按理说，这样的婢子不适合伺候未出阁的小娘子，曾氏也怕被人戳脊梁骨，本打算另外着人采买人口，然而她上回在姜老太太的院子里吃了闷亏，心里有一口郁气发不出来，便忍不住给继女添点堵。那日钟荟照例去如意院请安，曾氏直接就将人塞给她。

两个美人一个丰润娇艳似北地燕脂，一个纤柔软款如江南烟雨，样貌与阿枣相较也是伯仲之间，而且不似阿枣那样动辄叉腰翻白眼。

钟荟倒也来者不拒，平心静气地好言问她们名姓，得知丰满的那个叫荼靡，纤秀的那个叫紫风流。“不好不好。”钟荟皱着眉头道，“这些算什么名字，既不好记也不上口。”

她指着那丰满的道：“从今往后你叫白环饼。”又对那纤秀的道：“你就叫细环饼罢。”

主人给奴婢改名是天经地义的事，就如给牛马打上烙印，做下人的纵有万般不情愿也不好宣之于口。

钟荟领了两只饼回去后，直接将她们扔给了阿枣，也不说叫她们做什么，只吩咐阿枣教她们规矩。钟荟又从原先做粗活的小婢子里挑了个伶俐得体的提了上来，改名作林檎。

阿枣新近升了甲等，正愁没人给她作威作福，将那两个美人使唤得团团转，一会儿支使这个扫厕房，一会儿派遣那个挑水生火，活像个磋磨新媳妇的恶婆母。

那细环饼叫作紫风流的时候走起路来弱柳扶风，时不时地伤春悲秋，枝头上落下一朵花也要叹一声，老鸹儿叫得凄厉一些也要掉一回眼泪，可自从改名叫作细环饼后，仿佛自己都没脸矫情了，就算偶尔情怀来了，阿枣一声如雷贯耳的“细环饼”就能把她的诗情画意劈个支离破碎。

细环饼感慨了一下自己命途多舛，抄起比她人还高的竹枝笤帚，无情地唰唰唰扫起落花来。

钟荟逗了会儿阿花，肚腹里好受多了，看了看日影，盘算着该到吃果子的时候了，正要吩咐，便有曾氏院里的婢子来请。

晨间已经请过安了，这时候请她去便是有事了。钟荟低头看了一眼身上的裤褶，这是时下都中女子常见的出行装束，穿着见家中尊长也算不得失礼，只是那木屐有些不雅，便回屋换了一双五色云霞履。

到得如意院，曾氏却已在过厅中等她。

钟荟从未见曾氏这样，她正襟危坐，整个人绷得像一根弓弦，连一丝不苟的衣褶子里也透出如临大敌的气息。

“阿婴来了？”曾氏连母慈女孝的经典戏目都跳过了，从几案上拿起一封简帖递给她，“你看看这个。”

那简帖连钟荟这个现任暴发户看了都觉逼人，材料既非纸也非竹木，而是一整片半寸来厚的银板，雕镂上文字再填沉绿漆，一角还压着一枝惟妙惟肖的金海棠，显然是真金白银，钟荟拿在手上几乎有些吃力。且不提那精雕细琢的手工，光是那些金银就价值不菲了。

整个洛京敢这么造的只有一个人。

曾氏果然一脸凝重地问道：“你是如何结识常山公主殿下的？”

钟荟一头雾水，比孟姜女还冤：“女儿不认识那位公主殿下啊！”

“那她为何突然相邀？”曾氏显是不信，看那神情，钟荟简直以为自己和常山公主私订终身了。

还好她平日大门不出，二门不迈，曾氏想了想也觉自己的猜疑甚是无稽：“那想来是常山公主与婕妤娘娘的交情了。”

钟荟虽觉这事处处透着古怪，若是常山公主看婕妤娘娘的面子，没道理将帖子下给她一人，却也想不出旁的解释，只得暂且将满腹狐疑压下。

“既然有幸得公主折节下交，你这几日且好好准备，切记谨言慎行。”曾氏上下打量了她一番，“在家中虽可以少些讲究，可如此装束着实有点不成样子。阿娘也不多说了，你好自为之，出门在外切莫丢了我们姜家的脸面。”

钟荟有几次来向曾氏请安，因图方便也穿着裤褶，也不见她出言责怪，这回显然是在故意找碴了，不用说是因为常山公主只请了她，全未提及三娘子的缘故。

这事很快传到了三娘子姜明淅的耳朵里。彼时她正在后花园水阁中摹写一丛芍药，得了小婢子的禀报将画笔一扔，提起裙子三步并作两步，一口气跑到如意院。

曾氏正在廊下和邱嬷嬷坐在胡床上拣佛豆，见她惊慌失措的样子，皱了皱眉，不满道：“看看你，野成什么样子了？哪像个小娘子的样子！”

“阿娘！”三娘子一开口鼻尖就红了，硬撑着才憋住，没叫眼泪夺眶而出，“他们

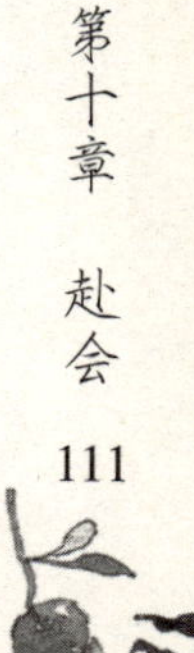

说的是真的吗？姜明月真的得了常山公主的邀请？”

“无礼！那是你阿姊，如何能直呼其名？”曾氏叹了口气，拍去手上沾的豆粉，站起身，掏出帕子替她揩了揩眼泪，“公主殿下是给你阿姊下了帖子。”

“只请了姜……她一个吗？”三娘子委屈地仰着小脸。

曾氏点点头，见泪水清泉似的从女儿眼中冒出来，止都止不住，赶忙劝道：“公主这回没邀你一块儿去，是因为你年纪小。花宴又不在城里，路途遥远，还要在外过夜，就算她请你，阿娘也不放心你去。”

“阿娘莫骗我了！”三娘子将她亲娘的口气学了个十足十，冷声冷气地道，“姜明月只不过比我大了不到两年，如何她就去得。我不管，我也要一起去！我若去不成，她也休想去！”

曾氏脸上露出为难的神色来，她不是没打过这主意，可毕竟常山公主这帖子明白无误是下给姜家二娘子的，贸贸然多加了一个人，若是惹得公主殿下不快反倒不美，于自己女儿的名声也有妨碍，便严词拒绝道：“莫胡闹，听阿娘的话，日后有的是机会。”

“我不管日后！就要这回的花宴！”三娘子是察言观色的一把好手，如何分辨不出她阿娘真情还是假意？一见有戏，便越发凄厉地苦求起来，“好阿娘！求求您！只要这回我去成了，往后什么宴会我都不去，好不好嘛——”

三娘子这倔脾气像极了她，若不遂三娘子心意，恐怕不知何时才能舒眉。然她幼时何尝有人如此疼她宠她？

曾氏如此一想，心里早已软了下来，无奈地搡了搡女儿，叹口气将她搂进怀里，用下巴使劲顶了顶她发心，嗔怪道：“你这孩子……”

曾氏提出要携嫡妹同往，钟荟倒并不意外，她也不怕得罪常山公主，这公主是个性子极跳脱的，凡事全凭兴之所至，据她对此人的了解，就算她把姜老太太和阿花带上，此人大约也不会有什么异议。

只是常山公主设宴，赴宴的不是宗室女便是世家娘子，以姜家的门第，去了还不知要受多少明里暗里的冷嘲热讽。她收了帖子，不得不去，且凭着前世的经历也能应付得来，姜明淅这不知天高地厚又处处掐尖要强的性子，少不得自讨没趣。

同为姜家人，她讨了没趣自己也不见得多有趣。不过这话她不便说，说了也没用。

常山公主的雅集在整个洛京都是数得上的嘉会。

公主府中栽有海棠万本，每到花开时节，便设赏花宴，宴请都中贵女。受邀之人无不是门第显赫，不过光是家世好还不成，人物也须得风雅；人物风雅也还不算，还得她看得顺眼。

钟荟上辈子前两条都满足，不幸她恰好属于常山公主看不顺眼那一类，故而从来无缘得见。钟荟的从妹十三娘倒是收到过几回帖子，不过她碍于堂姊与常山公主的过节，每每称病不往。

说起钟家十一娘与常山公主的孽缘，那真是罄竹难书，恐怕还得从常山公主其人说起。

常山公主是当今天子的第三女，为崔淑妃所出，在一众嫡庶帝女中最得宠爱，在宫中留到十二岁方才出宫，在有“王子坊”之称的寿丘里建了公主府。

这位公主最为人津津乐道的除了隋珠弹雀、蜡烛炊饭之类的穷奢极侈之外，还有她十几年如一日的好色。尽管她连驸马都没有半个，都人提起她来却总是心照不宣地神色暧昧，活似她已经养了几百个面首。

公主本人也冤得很：“爱美之心，人所同具，哪个不好色呢？连圣人都说‘食色性也’，我不过是比旁人实诚些罢了。”

常山公主自小见了美人便走不动路，多年前宫宴上对卫家六郎一见之下惊为天人，于是九六城里上至八十老翁下至黄口小儿皆知公主殿下痴恋卫家六郎。说来也怪，那些传她单恋一枝花和传她面首三千的恰是同一拨人，倒也没人发现有何不谐。

公主其时九岁，情窦开得有些早，认定了卫家那仙人似的小郎君就是她将来的驸马，可还没窃喜上几日，就听闻卫六郎和钟家十一娘青梅竹马，等年岁稍长就要定亲的。

看上的驸马成了别人家香囊里的东西，她如何不懊恼？她很好奇那钟十一娘是个怎样的人物——若是个堪配六郎的美人，那便罢了，如若不然……其实她也不能怎样，卫六郎他阿翁是个出了名的鬼见愁，连她阿爷都不敢得罪。若卫六郎是个平头百姓就好了，派一队侍卫就能将他抢回来。

要见钟十一娘不难，钟夫人三天两头地带她进宫陪钟太后说话。常山公主叫宫人留了心眼，一见钟十一娘入宫就来禀报，果然没多久就叫她等着了机会。她特地打扮得光彩照人，去寿成宫见小情敌。那钟家小娘子大约七八岁的年纪，穿一身绯红锦团花襦，一张脸简直还没有头发上簪的芍药花大，眉眼倒是长得很不赖，可又瘦又小，人不胜衣，头发稀黄，肤色苍白，一对眼珠比常人浅淡，却又亮得过分。

这日天气晴好，冬日的暖阳穿过直棂窗，将端坐在独榻上的钟十一娘笼罩在金色的光尘中，整个人看上去像要融化。

“大都好物不坚牢。”常山公主初见钟十一娘时，大约就是这么个心境。

之后有不少人故意打趣她，问她钟十一娘是媸是妍。她不知该如何用言语述说那种堵在心中的感觉，便童言无忌地道：“长得不赖，可看着不是个长寿的。”

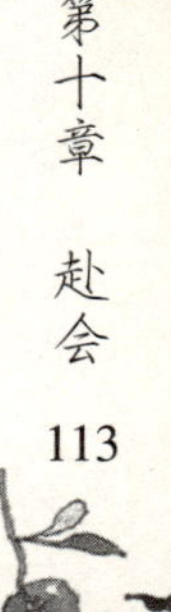

也不知是哪个多嘴多舌的有心人，将这话传到了钟夫人耳朵里。钟夫人只有这么一个宠得眼珠子似的女儿，生性又最是护短，若是公主当时已经出宫建府，怕是要当即带着部曲打上门去。

常山公主长那么大第一次挨了她阿爷一顿好骂，还被罚跪了两个时辰，太后几年都没给她好脸色看。常山公主自觉说的是实话，并非如旁人所说的生性恶毒，因妒生恨，故意诅咒人家小娘子，可偏偏没人信她。从此，她对那钟十一娘生了疙瘩，后来办雅集发帖子，总是有意无意地漏了钟十一娘，反正钟十一娘也不可能来赴会就是了。

谁知后来她那一句童言真成了谶语，钟十一娘未及笄便夭亡了。她还着实懊悔了一阵，生怕真是自己将她咒死了。

有那些个前因后果，钟荟其实是不大想去赴宴的，可若她临阵退缩，大约会与整个姜府为敌，不说别人，曾氏和三娘子就能生吞了她。

花宴定在初三日，虽与往年一样是海棠宴，地点却不是公主府，而是常山公主邙山中的庄园，或许是怕喜新厌故的贵女们腻味吧。

那庄园去城三十里，且有数十里崎岖山路，坐牛车得走上大半日。东道主也想到了此节，已预备下数十间客馆，并在简帖中提了一句。

曾氏又是一番杞人忧天，生怕主家备下的屋舍是有数的，她女儿去了没屋子住。还是邱嬷嬷镇定，对曾氏说，那是什么样的地方，难道连间空屋子都腾不出来吗？曾氏觉得邱嬷嬷的意见很是在理，旋即又开始后悔今春没与三娘子多裁几件新衣裳，多打几件新首饰，那宴会就在七日后，无论如何都赶不出来了。

方寸大乱的不止曾氏一个，钟荟的小院子也是人仰马翻，阿枣首当其冲，竟已经到了辗转反侧、寝食难安的地步。身为院子里唯一一个甲等婢子，又有那一颗杏和两个饼拖后腿，阿枣可谓忧心如焚。

老太太院里拨来的吕嬷嬷倒是个老成经事的，在阿枣为了出行殚精竭虑时，把个小院子管得井井有条，可在小娘子衣裳簪环之类的事情上就一窍不通了。

阿枣每日不到鸡鸣时分便从床上一跃而起，先提着灯去小库房里搜刮一番，将压箱底的珠宝首饰搬进东厢。地上已经堆了七八只打开的箱笼，榻上则铺满了各色绮罗衣裳。

她挑挑拣拣，拿起这件，又放下这件，本来那些衣裳每件看着都好好的，可一想起她家的娘子要赴公主的宴会，还要和全京顶顶尊贵的小娘子们应酬交际，她就觉着那些衣裳不是太艳俗就是太寡淡，生怕娘子出乖露丑，叫人笑话了去。

钟荟见她风风火火地上蹿下跳，神色活像一只奓毛的猫，好心劝慰她：“莫怕，你家娘子生得好，荆钗布裙也不掩国色。”

“娘子说得对！”阿杏附和完又邀功，“娘子，那五味梅条还剩下一罐，亏得奴婢去得早，后脚那宋姨娘院子里的阿帽就来讨甜酸蜜饯，好险！”

“做得好！”钟荟赞道，“你下晌再去一趟，盯着他们再烘些鹿脯和獐脯出来，还有截饼和枣糕，凡是耐得久放的都准备些，有备无患。”

阿枣简直生无可恋，舔了舔上火的嘴唇，撕下一块翘起的干皮，狠狠地嘬了嘬洇出的血，摇摇头扔下这两个无可救药的人，继续孤军奋战去了。

到了出发前一日，二娘子和阿杏主仆俩准备的吃食大约够整个姜家逃难到江东了，于是钟荟难得良心发现，去帮阿枣的忙。阿枣双眼熬得通红，整张脸泛出行将就木的铁青，说起话来已经气若游丝。

“我们至多在那儿宿上两三夜，日常穿的小衣带三套便够了。”钟荟一边盘算一边吩咐阿枣，“中衣……房子绵的一件，清河缣的一件，白绫绢的一件，薄红平纹绢的一件，浅黄云气纹绢的一件，缥色绫绢的一件，有这些便够了，什么外裳都能配得上。”

阿枣一下子找回了主心骨，和白环饼一起，依言将衣裳细心叠整齐，放进衣箱里。

“接着是外裳，春日的衣着颜色不宜太重，带一件朱红织金贵字纹锦的和一件宝蓝韬文锦的以备夜宴便够了，在灯下压得住。”钟荟扳着手指道，“带上这件竹青织竹叶纹春罗单衫，白罗縠的罩衣也带上，泛舟时可以穿。听闻公主庄园里多植杏、梨和海棠——”

“那这件绣海棠枝的不是刚好么？”白环饼抢着道。

钟荟摇了摇头：“那便过于刻意了，带这件绣白蝶的和这件卷草纹的，还有这件棋纹的，也有趣，刺绣太繁复的反而显不出轻盈自如来。再带几件斗篷，晚间游宴时可以挡风。再带上那雨中穿的蓑衣、斗笠和木屐。对了，再将新做的几套裤褶和胡服带上，说不定要骑马或登山，穿着方便。钗环首饰就少带些吧，将上回婕妤娘娘赏的那套红鞣鞨莲花簪和老太太给的那对羊脂玉镯子带上压阵便够了，其余就选那些新巧玲珑的带几样，到时折几枝鲜花簪头上最应时了。”

阿枣和白环饼两个听她说得头头是道，已是目瞪口呆。

“小娘子，你是如何知道这些事的？”阿枣对她家娘子的见识佩服得五体投地。

钟荟一慌，一得意又露出行迹来了，眼珠子一转道：“多读书自然就知道了。”

阿枣将信将疑，那些经儒写书难不成还管小娘子们赴宴穿什么衣裳？于是又将她挑剩下的衣裳钗环拣了一小半出来，另装了几个箱笼，预备到时带上。

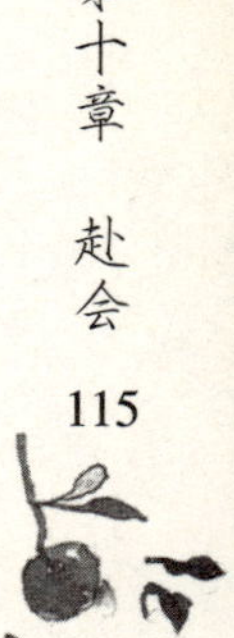

出发当日，铁面无私的阿枣一大早就将二娘子从被褥中拖了起来。钟荟盥洗时眼睛都没睁，平托起双臂，任由两个婢子替她换衣裳、盥洗、抹面脂。

因要坐上大半日的车，在钟荟的坚持下，阿枣只得替她梳了圆髻，一应簪钗都省了，只从院子里掐了一朵绯红色的蜀茶簪上。

钟荟穿了身没浆过的霜色罗绢襦，下着艾绿色水波纹绮罗裙，外罩月白轻绡衣，清简素雅得像三娘子附体。

阿枣想替她描眉点唇，可对着二娘子的脸半晌竟然找不到可以下手之处，只得将那盒御赐的眉黛收了起来，这还是年前宫里赏下的，愣是至今都没机会用上。

几个壮实有力的仆妇先将箱笼抬到角门外装车，钟荟就笃悠悠地用早膳。小厨房最近请了个扶风来的新厨子，一手胡菜做得绝好。一想到今日路途辛劳，钟荟便很是心疼自己，额外多要了半碗茶粥，临走还叫阿杏用蜡纸包了两个胡饼揣上。

一辆罩着青锦的画轮通幰牛车已经停在角门外，后面还有两辆供六个奴婢乘坐的軿车，两辆装满箱笼的辎车，除此之外还有两队仆役，一前一后骑马护卫。

以姜大郎的官职来说，他本人乘通幰车出行都是逾制的，遑论家中两个晚辈小娘子，不过都中浮竞成风，僭越逾度司空见惯，以姜婕妤的受宠程度，姜家这样已经算是克俭的了。

三娘子已经先到了，她梳着一对双鬟髻，簪了一对镶紫晶的金步摇，上着樱桃色的绣瑞香花单衫，露出海棠红的中衣领缘，下着一条织金松花绿的下裳，描了眉，搽了胭脂。她自己似乎也不太习惯这么盛装打扮，行礼时都有些僵硬。

两位小娘子第一次独自出远门，曾氏一直送到门外，反复吩咐车夫切勿将牛驱赶得太快，宁愿慢些也别颠坏了两个小娘子。目送着女儿上了车，她不由得红了眼眶，拉住邱嬷嬷的手嘱托道："嬷嬷，我将阿圆托付与你，你可千万要护她周全。"邱嬷嬷连连应承，叫曾氏尽管放心。

钟荟就没这待遇了，不过她也不是没人疼，昨日老太太特特把她叫去，塞了一支千叶绿牡丹簪子给她，那密密层层的花瓣都是磨得极薄的玉片，彼此之间以金丝勾连，风过时轻轻掀动，露出上百颗细小金珠制成的花蕊来，一看就是内造的宝贝。饶是她前世见过不少好东西，如此巧夺天工的也是屈指可数。

车驾离开姜府，出了里门，上了铜驼大街。

钟荟一上车便将车上的帷幔撩开些许，饶有趣味地往车外望。三娘子到底还是个六岁的孩子，虽极力克制，最终还是忍不住也捏着另一边的帷幔，轻轻拨开一条细缝。

清晨下过一场细雨，将沿途人家的屋瓦洗得青黑发亮，路旁植着杨柳，晴丝袅袅，如碧玉妆成。虽然还是清晨，道上却是车马络绎，行人如织。

钟荟一边看一边从桃竹小罐里掏五味梅条吃，恨不能再生出几对眼睛几张嘴来，三娘子却是看了会儿就腻了，便将带上车的一卷《诗经》翻开，沉心静气地默默背诵起来。

“难得出来玩一回，怎么还只顾低头看书呢？瞧瞧外面的风景多有意思啊。”钟荟有一搭没一搭地与她说话。

三娘子觉得与这只知吃喝玩乐的草包阿姊道不同不相为谋，顶着一张涂脂抹粉的小脸，一本正经地谴责道：“无非就是穿各色衣裳的男女老幼和高低大小不一的车马罢了，看了又有何益?”

钟荟从未与这么无趣的小孩打过交道，一听这话便息了与她交谈的心，决定一路装聋作哑。三娘子对她的识趣还算满意，又无声默诵起新学的诗来。对她来说，这次去常山公主的花宴可不是为了玩的，好不容易有机会与阀阅之女酬酢，她得做好万全的准备，非但不能露怯，还要一鸣惊人，叫她们对她刮目相看才行。

三娘子仿佛已经看到了自己以才学惊艳四座的情形，脸上不自觉地浮现出笑意。

牛车载着两位同车异梦的小娘子，不知不觉到了永宁寺外。这座寺庙是士人贵女游春的好去处，寺门旁的大青槐亭亭如华盖，堆雪般的槐花挂了满树。树下有个卖草编虫的摊儿，编好的虫子一串串挑在竹竿上。那摊主穿皂布短衫，头戴白巾，是个满脸褶儿的老翁，盘腿踞坐在地上，一边回客人的问话，一边手中编结不辍，槐花落了一肩都未发觉。

摊前有个穿青布短衣的总角小儿，挂在他阿娘身上又哭又闹，手不住地往她袖子里伸，像是在搜铜钱，那妇人一手揪着小童的后领子，一手往他臀上拍去。

钟荟极少见到如此鲜活的市井人情，看得津津有味，连梅条都忘了吃。

然后她突然想起自己也有一对那样的虫子，是卫七娘送的，一只蝈蝈儿，一只蛐蛐儿，不过非草非竹，是头发丝一样细的银丝编成的。那虫子的肚腹是空心的，十分轻巧，两只一起缀在簪头当步摇，走起路来一蹦一跳，就跟真的一样。

她隔房的十三妹看见了羡慕得紧，她还特地去问了卫七是哪儿买的，可那可恶的小娘子只是笑而不语，挠她胳肢窝都撬不开她的嘴，最后还是自己剜心挖肺似的慷慨解囊，把那只蝈蝈送给了十三娘。才送完立刻就后悔，可送出去的东西又不好讨回来，晚上偷偷闷在被子里哭了几回才算完。

不一会儿行至太仓，又转入四羊街，到承明门前停下，由家仆呈上过所，然后沿着官道一路向西北方向行去。

出了外城，行人车马开始稀落下来，去城越远，人烟越稀少，到后来便只有道旁夹植的榆柳可看，偶尔有人骑马而过，连个影都没看清，便行色匆匆地飞掠过去，

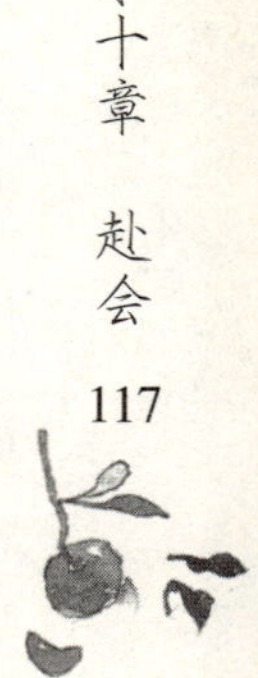

留下一串悠远空洞的铜铃声。

钟荟的眼皮越来越重，终于抱着个隐囊卧倒在了狐皮毡上。

牛车入了山，道路逐渐崎岖起来，颠啊颠的就把钟荟给颠醒了，醒过来发现三娘子也趴在小案上睡了过去，半张脸压在胳膊上，手里还捏着那卷书。钟荟叹了口气，把书从她手中抽出来，然后拿起一旁的披风盖在她身上。

钟荟活动了一下手脚，感觉腹中空空，想是睡了挺久，仿佛还见缝插针地做了个梦，梦里的事和人都跟真的一样，可她就是死活想不起来了。

她轻轻撩起帷幔一角，便有一股冷冷的山风漏进来。牛车在山间的羊肠小道上缓慢前行，忽上忽下，潺潺的水声忽近忽远。视野忽而开阔，忽而壅塞，开阔时远处山峦起伏横如眉黛，壅塞处只见水汽氤氲，山崖崔嵬，阳光从树叶的缝隙中洒落下来，仿佛片片金屑。

将近午时，牛车在一处栈桥前停下，三娘子也醒了，用手背擦了擦流了一脸的口水，迷茫地瞪了二娘子片刻，然后“哎呀”一声猛地坐起身来，掀开帷幔看了看外面的天色，眼泪都快下来了：“我还有好多没记住呢，到明天如何来得及，你……你怎么不叫醒我呀!”

果然不是根根歹竹能出好笋的，姜家这片竹林里就出了姜悔这么一根。钟荟全然不想搭理这不可理喻的小娘子。

恰好这时车队在一处阁道前停下，邱嬷嬷提了两人的食盒上来，姊妹俩便在车上草草用了午膳。

姜家一行抵达常山公主庄园时已暮色四合，从半山回望洛京，仿佛有星辉落下，将万家灯火一一点亮。

庄园依山而建，各处馆阁错落散布在山间，由栈道和石阶相连。到了这里，牛车便无法继续前行了。车驾还未停稳，早有主家的仆人迎出门外，看过姜家仆从呈上的名帖，将车驾导引入大门。钟荟和三娘子下了牛车，各坐一抬平肩舆上山，其余仆从则步行紧随其后。

天边最后一丝余晖尚未褪去，庄园内已是灯火辉煌，沿途每隔数十级台阶便有一人多高的铜筑鸾灯，最难得的是每一只都形态各异、栩栩如生。岔路口则设三十六头金枝铜灯，将四周映照得宛如白昼。

石阶两侧皆植芬芳馥郁的幽兰香草，阁道阑干上缀着千百只金铃，夜风拂过，细碎的铃声此起彼伏，远近相闻。

三娘子今岁元日随老太太和曾氏赴过宫宴，开过了眼界，然而仍旧暗暗咋舌，此处的奢华做派比起宫中有过之而无不及。她手心冒出一层汗，将脊背绷得笔直，生怕露怯，越发装得目无下尘。

钟荟也是初来乍到，却没有她那么曲折的心路，从早到晚颠了一路，她早已快散架了，唯愿公主准备的晚膳对得起她家的排场。

姜家姊妹是夜下榻之处叫作听泉馆，主屋三楹，面朝东南，院中一棵古槐足有半间屋那么大，岁久繁柯，花角荣落，是这山中原本就有的，这片馆舍便是绕着这古树顺山势而建。

肩舆在院落中停稳，便有两名身着青绫衣裙、头戴白帽的侍女迎上来行礼，扶姜氏姊妹下舆。其中一人道："今日天色已晚，两位女公子舟车劳顿，请暂且在敝处歇息，招待不周之处还望见谅。"

钟荟和姜明淅分别去各自房内盥洗更衣不提。

一名侍女在廊下候着，待她们收拾停当，便请道："前厅中已略备薄酒粗饭，请女公子随奴婢来。"

"有劳。"钟荟下午睡了一路，又洗去了一路风尘，此时毫无疲态，换上一件烟色绣山矾花的单衣，配丁香色罗裙，在竹灯笼的光晕中越发显得眉目娟秀，"今日还有旁的客人到吗?"

那侍女长着一张娇憨的圆脸，鼻子肉乎乎的，笑吟吟地答道："萧尚书家的女公子下榻在江离阁，秦刺史家的三位女公子在烟霞馆。武元乡公主、卫侍郎和裴黄门等各家女公子明日才到。"

钟荟一听那武元乡公主的名号便头大，此女是汝南王的三女，城中出了名的刺头，无事尚且要招惹些事出来，姜家这样的门第不成了她的活靶子才怪，明日恐怕不能善了。

"久闻卫家姐姐才气纵横，不知来的是哪一位?"三娘子好奇地问道。

"是排行十二的女公子。"侍女欠了欠身答道。

"不是卫七娘啊……"三娘子不免有些失望，忍不住自言自语道。

常山公主本人虽不着调，府上的下人倒是很有规矩，只作没听见，脸上丝毫不现异色，连笑容也没有稍减半分。

钟荟听她并未提到钟家有人来，先松了口气，接着又有些遗憾，最后才想起来，她家在室的堂姊妹们都在替她服大功呢，哪里会来赴宴呢？要时时记着自己是已死之身，也不是件十分容易的事啊。

"其他客人明日才从城里过来，岂不是要傍晚才能到?"三娘子抿了抿嘴，忽闪着一双圆圆的眼睛问道。

侍女微微一笑，道："想是今日已经入山了。"

今夜除她们以外只有两家小娘子下榻此处，一是尚书右仆射萧简的孙女，一是冀州刺史秦青之女，其余各家在邙山中都有自己的庄园别墅。钟荟知她作为下人不便说得太明，免得有心人听起来觉得意有所指，便对三娘子道："那些小娘子自然住在自家庄园中，明日便能见到了。你这孩子就是沉不住气，莫再缠着这位姐姐问东问西了。"

三娘子见嫡姊当着主家下人的面数落她，落她的脸，心里很是不悦，不由噘起了嘴，嘟囔道："我问问又怎么了，还不是你先问的。"

钟荟恨不能将她这张嘴堵上，这还没见着正主呢，明日还不知要说出多少自作聪明的傻话来，真是后悔应承下这趟吃力不讨好的差事。

三娘子虽然不服气，到底一路上没再多问什么，侍女将两人带到前厅入席，便有仆役十多人鱼贯而入，执壶的执壶，捧盘的捧盘，各色肴馔流水似的呈上来。先是七八碟时令鲜果和糕点，其中有一碟蒸糕做得绝好，刻成海棠花的形状，还以金桂点了蕊，香糯甜软，食之齿颊留芬。

"这海棠糕做得真是惟妙惟肖。"钟荟问身旁捧盘的侍女，"颜色是以玫瑰花汁染的吗？闻这香气不像是中原产的玫瑰，是西域来的吗？"

"女公子说得没错，确实是用西域上贡的玫瑰蜜膏做的。"那侍女笑答，见她将两枚糕都吃完了，对传膳的侍女使了个眼色，不一会儿便有人又送了一碟子来。

两名仆役连食案捧了整只的豚炙上来，钟荟赞赏道："真个是色同琥珀真金。"

一人拿锋利的银刀将豚炙片成均匀的薄片，装在银盘中呈上来。钟荟以银箸拈起一片，蘸了蘸紫琉璃碟中的八和齑，优雅地送入口中，几乎看不见咀嚼的动作便已吞入腹中，赞叹道："状若凌雪，入口则消，是果木熏炙的罢？有股子清香呢。"

那侍女露出讶异之色，道："确实是柰木烤制的。"

姜明淅到了这里方知何谓食不厌精、脍不厌细，乍一看也没什么燕髀猩唇、玄豹之胎之类的稀罕物，可就是将寻常的菜色和食材做得滋味无穷。她内心越是震撼，面上就越要矜持，因而对二娘子那一惊一乍的行径十分嗤之以鼻，见那侍女反而赞二娘子有见识，不屑地哼了一声，忍不住道："家姊只知饮食，旁的事皆不上心。"

"五世长者知饮食。"钟荟这一餐饭吃得畅快非常，人也变得格外大度，不与她一般见识，笑眯眯道，"我这是班门弄斧，贻笑大方了。"

"女公子见识广博，叫奴大开眼界。"那侍女忙客气道，"粗茶淡饭，不堪款待贵客，还请担待。"

用完晚膳，侍女将两人送回各自卧房，就回仆役房去了。

那两个侍女走到外院，忍不住交头接耳起来。

圆脸的侍女以手掩口，凑到另一名侍女的耳边小声道："这姊妹俩差别可真大。"

"可不是。"另一名侍女道，"说起来那姜家二娘子的生母原是酤酒的，那三娘子的阿娘倒还沾点世家的边，如今一看，像是颠了个个儿呢。”

“那姜二娘长得可真好，简直像个玉做的小人。”那圆脸侍女又道，“那妹妹原也生得很美，可处处与自家姊妹争锋，做派实在叫人看不上，对了，方才她还将那蘸豚炙的八和齑当菜吃呢!”

“不然呢，若不是生得好，殿下怎会搭理姜家这种门第?”另一名侍女笑着道，“听说殿下原本只请了姜二娘一人，没想到买一斤猪肉还饶了八两下水。”

“要死，编派殿下又编派客人，叫殿下知道看不赏你一顿笞杖吃!”圆脸侍女往手上呵了口气，去挠同伴的胳肢窝。

“我才不怕呢，殿下见我生得美便舍不得打我，说不得倒反过来打你个告刁状的蒜头鼻!”那刁钻的侍女捏着常山公主般的声口道，“貌美的告貌丑的，本公主不用问就知道，定是丑人多作怪，拖出去打十笞杖。等等，竟敢长了一只蒜头鼻? 再加五杖!”

那圆脸侍女作势要揪那刁钻侍女的耳朵，两人压低了声音嘻嘻笑着打闹成一团。

“一斤好猪肉”沐浴完了正在更衣，没来由打了个喷嚏，倒把两个婢子吓了一跳，赶紧替她裹上衣裳，催她去床上躺下。

钟荟想了想道：“替我取件斗篷披上，我去瞧瞧三妹妹。”

出门在外，旁人才不会管你排行，做了姜家的女儿，无论多不情愿，该担的挑子总是撂不下的。钟荟裹了裹身上的夹绵斗篷，一想到要一辈子和姜明淅这种蠢货共用一张脸面，就有点悲从中来。

三娘子屋里的灯果然还亮着，钟荟走进去发现她和衣坐在床上，身后靠着个隐囊，正在挑灯夜读。她见嫡姐进来，只掀了掀眼皮“嗯”了一声，以示她发现了一个活物。

“三妹妹怎么还在读书呢?”钟荟走上前去，不见外地使唤姜明淅的婢子秋兰替她搬个胡床来。

“阿姊怎么也还不就寝?”三娘子反问道，“若是无事就早些歇息吧，我还有五篇诗未诵完呢。”言下之意就是你这闲人别碍着我做正经事。

钟荟慎重考虑了一下，自己大概没有勇气再死一次，只能继续和姜明淅做一辈子姊妹，沧桑地捏了捏眉心道：“三妹妹，你明白自己是来赴花宴的，不是来当五经博士的吧?”

三娘子何曾吃过草包姜明月的挖苦，加上方才在用膳时叫她压了一头，心里正窝着火呢，把圣人的《诗经》往被褥上使劲一拍，沉着脸道：“阿姊，方才用晚膳时我当着外人的面不好下你脸面。圣人有言，食不言，寝不语。你我在外面，一言一

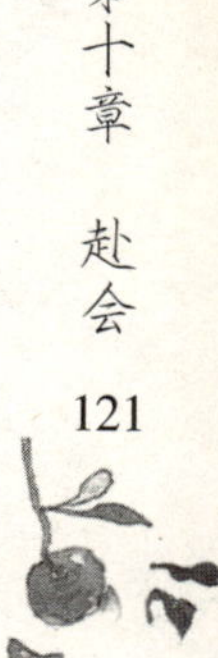

行关乎咱们姜家的颜面，出门前阿娘叮嘱我们谨言慎行，你怎么才出门就忘了？明日与宗室和世家的姐姐们往来酬酢，你若还是这样子，不是叫人笑话咱们姜家没规矩么？”

怎么听她如此说来，姜家竟然很有规矩么？钟荟将嘴牢牢抿住，她觉得此刻若是不慎张了嘴，下巴恐怕得掉到脚面上。

“妹妹如此顶撞阿姊，这又是哪里的规矩？”钟荟其实想笑，不过还是勉强冷着一张脸训斥道，“我念你年纪小，在家中不与你计较，可出门在外却不能纵容你。你有句话没说错，你我在外面，一言一行关乎咱们姜家的颜面，你忘了出门前阿婆怎么叮嘱我们的？少说傻话，少做傻事。阿姊劝你一句，莫成天想着一鸣惊人，难道你熬夜诵几首诗，就能抵得过人家勤学苦读十余年？”

“阿婆那话说的分明是你。”三娘子其实有些没底气，嘴上犹要逞强，“你自个儿不学无术，不会酬答，就想着在宴会上吃好吃的，又怕我得了人家的赏识，把你比下去，打量我不知道你那点小心思！”

钟荟确实只想着在宴会上吃好吃的，然而她自觉这愿望十分纯粹和真诚，并没有什么羞于见人的，同样三娘子一心想要跻身世家贵女之列，也没什么见不得人的，只不过前一个愿望必然能实现，后一个愿望则必然要落空。

两姊妹相顾无言，心有灵犀地觉得对方夏虫不可语于冰。钟荟心知再怎么劝也没用，便作罢了，只等着明日替她善后便是。

第十一章 花宴

钟荟是在啁啾鸟鸣和淙淙水声中醒来的，晨间微带青色的日光从窗前五色琉璃屏中透过，在地衣上映出一片柔和浅淡的五色光影。

她环顾四周，此刻在日光下看屋中陈设，又与灯下不同。这客房不大，可一应用具陈设皆非俗品，单是那张通体柏木做的脚床子，随便放在哪个大户人家的正房里都尽够了，常山公主却随随便便搁在山间庄园的客房里。

阿枣天蒙蒙亮时已经起身在外间候着，还将阿杏也从睡梦中拽了起来，与她同甘共苦。两个婢子一听屋里的动静，知道是二娘子醒了，赶紧捧了盥栉用具和衣裳走进来。

钟荟昨夜选定了那身茜色绣白蝶的越罗衫，茶白回文绮下裾，加了件烟雾般的轻容纱帔子，织成腰带上系了青玉螭虎穿花佩，手腕上戴的是老太太给的白玉镯子，墨发上簪了一朵院子里现摘的含苞待放的白芍，白芍上还带着清晨的露水。

梳妆停当，她便带着阿杏和阿枣前去前厅坐等姜明淅。

三娘子昨夜苦读到亥时，晨起时哈欠连天，此时眼皮还有些微肿发红，婢子替她用胡粉遮了遮，又上了些胭脂，将眉尾描长了些，眉心贴了金桃花钿。

今日第一回在一众贵女前亮相，主仆几个都是铆足了劲打扮，三娘子身上穿的是这一季新裁的银红织金霞光锦长襦和翠色织成海棠蛱蝶裙裾，通身上下找不到一道褶子，显是新浆过的。她头上簪了曾氏从自己奁盒中挑出来的麒麟凤凰簪，上面镶的蓝宝石足有李子核大小，只是式样有些老气，与三娘子稚气未脱的面容并不相称。

阿枣拿眼一瞧，又扫了一眼自家粉黛未施、轻盈柔软的二娘子，顿时从心底涌出自豪来。

姜明淅一见钟荟穿得家常，头上连一星半点的珠翠都见不着，又是不满又是窃喜，最后还是良知与公心占了上风，蹙着细长眉道：“阿姊穿这身去觐见公主殿下？未免也太失礼了吧。”

“无妨，妹妹这一身抵得过我两身了，公主殿下最是宽宏，想来也不会计较这些细枝末节的。”钟荟不以为然地笑着，拨了拨手中的小碗，用小银匙舀了一口酪浆送入嘴里，指着面前食案上的几碟点心和鲜果道，“要不要先用些点心垫垫肚子？”

姜明淅昨夜睡得晚，晨起只喝过一杯茶水，此时已是饥肠辘辘，可一想到嘴上抹了口脂，便忍住饿摇摇头：“一会儿还要宴饮，阿姊你也少吃点吧。”

不一时昨夜那圆脸侍女便来通禀，道肩舆已经备下，公主殿下请两位小娘子前往凌风台叙话。

两人坐上肩舆，三娘子昨夜在灯火下并未看得分明，今日才得以细细打量那四人抬的肩舆，不由得暗暗倒抽了一口凉气。那雕镂龙凤填金漆黑檀四柱上张挂两层幔帐，内层轻纱垂下，外层的织成帷幔则挂在银钩上。三娘子一见那织成帷幔就觉心头一跳，看了一眼抬舆的仆役，见没人留意她，偷偷拉了帷幔定睛一看，果然是与她裙子上一模一样的海棠蛱蝶，只不过经丝是缃色的。

这裙裾料子是宫中赏的，曾氏新春特地叫人替她裁了裙子以备入宫和见客时穿着，已是自己最拿得出手的衣裳，如今却与人家肩舆上的帷幔一样，三娘子顿时羞得无地自容，悄悄扯着衣摆，恨不得将它拉到脚后跟，把那丢人现眼的裙子牢牢盖住。

钟荟并未留心帐幔料子是否与妹妹的裙子一样，沿途风光就叫她目不暇接了，钟家的花园虽不乏泉石之美，可人力哪里能与造化之功相比。晨雾缭绕山间，远处的青翠山岚如同笼着数重轻纱，近在眼前的草木虫鸟却又毫发毕现，草尖上的悬露倒映出一整片天地来，便是技艺最精湛的画工也难以描摹十之一二。

钟荟不由得深深吸了一口气，清冽山风和着兰草芬芳，灌满了她的肺腑。

我活着呢，这念头突然重重地撞进她的心扉。

凌风台在庄园最高处，乘着肩舆足足行了半个时辰，钟荟之前很有先见之明地进了些点心果腹，三娘子就没那么走运了，腹中空空不算，一路上提心吊胆，生怕叫人看出裙子上的乾坤，肠子竟然不合时宜地翻搅起来。

姜明淅捂着肚腹，不敢露出行迹，若是叫不安好心的姜明月看出端倪，怕会以此为借口将她遣回客馆“歇息”。她只好怀着满腹与年龄不相称的心事，咬紧牙关忍了一路。

见到凌风台的时候，钟荟恍然大悟，常山公主为何大费周章将人抬到此处，若是她坐拥这片胜景，恐怕要在此地结庐而居，再也不肯下山了。

那高台前凌悬崖，后倚楼阁，木梁悬空直插入峭壁中，以此为基构台其上，地面和栏杆皆为香木，台上支起了白纱帐，帐外立着几名侍女，四周云雾缭绕，几乎分不清何处是纱，何处是雾，数名妙龄少女三三两两坐于帐中，弈棋的弈棋，抚琴的抚琴，焚香的焚香，看不清面目，那身姿已如世外仙姝。

姜明淅已经看呆了，钟荟却免不了在心里暗暗发笑：这台起于云根处，白纱帐便设得多余，可谓是屋下架屋，床上施床，还遮挡视野，而那精雕细琢的栏杆更是俗不可耐，画蛇添足，若是她，这栏杆大可以拔除，那么宽阔个台子，难道还怕掉下去？就算不幸失足，那也是死得其所，为风雅而死，岂不是最风雅的死法？要论装腔作势，若钟十一娘认第二，放眼整个洛京无人敢认第一。

帐外的侍女将姜氏姊妹领入帐中，少女们语声渐悄，含笑望着她们。

已有不少客人到了，占据主人席的女郎年龄稍长，生得朱唇皓齿，眼若晨星，眉峰高挑，为她的面容增添了几分凌厉，虽着了一身家常的赤金色宝花罗单衣，那久居人上的气度却不容置疑，显是常山公主本人了。

钟荟和三娘子上前行了礼，常山公主坐在独榻上纹丝不动地受了她们的礼，颇有皇家威仪地点点头道："二位不必多礼，今日在我这园子里没有君臣之分，唯有宾主之谊。"

她一边说一边将目光落在盛装的三娘子脸上，挑了挑眉，又去细看二娘子，只一眼，便将手中的牙骨晓日春山绘扇一收，笑逐颜开地站起身来，一咧嘴露出一排整齐的白牙，满面春风地上前挽起钟荟的胳膊，对诸人道："这两位是姜婕妤娘家的二娘子和三娘子，我说姜家出美人吧，你们瞧瞧。"

方才她一本正经的时候还挺能唬人，可惜一见美人便原形毕露，钟荟心头立即涌起一股似曾相识的感觉，突然福至心灵：这不是上巳那天品评男子的女郎么？当日与她略说过几句话，想是从那宫里出来的花红果上猜到了她的身份。

在场的少女见公主起身相迎，便不好再坐着了，也纷纷站起来，钟荟略扫了一眼，就看到了几个熟人。

与钟荟最相熟的是卫家十二娘，她才貌不如卫七娘那般出众，性子也有些羞涩怯懦，放在人堆里却已是出类拔萃。她得知两人身份，脸上微露讶色，又忍不住好奇地朝她们望，钟荟对上她的目光，朝她笑了笑，卫十二娘因家教使然没挪开眼睛，犹疑地欠了欠身，脸颊上却慢慢升起红晕，渐渐蔓延到耳朵根。

而那武元乡公主着一身桃红绣银瑞香花广袖罗衫，樱草色蜀罗下裙，她的生母是胡姬，生得肌肤胜雪，高鼻深目，别有一番与众不同的美态。她微眯着一双深邃美目，正好整以暇地打量姜明淅，钟荟一见她那神情就知道准没好事。

不过还不等那刺头发难，一名身着紫衣的娇小少女先开口了："可是姜令史家的小娘子？"

在场诸位小娘子或年幼或从其他州郡而来，本对姜家门第不甚了解，而她刻意点出姜家姊妹俩父亲的官职，要说不是别有用心，钟荟是不信的。

那少女大约十来岁，生得杏脸桃腮，眉心一点朱砂痣，桃花眼中七分天真三分妩媚，一笑便是两个深深的梨窝，说起话来却藏钩带刺："真真是名不虚传，莫说我们这些蒲柳之姿，恐怕连卫家阿姊都叫比下去喽。"

常山公主有些不悦地斜睨她一眼，可一见眉间那点俏色，心肠已软下三分，然而一回头冷不丁看到姜二娘那不可方物的小脸蛋，又觉得不能放任这么个小美人叫人欺负了去。她沉下脸道："少说两句显不出你伶俐是不是？姜家妹妹年纪小，又是初来乍到，我可不许你欺负她们。"又对姜家姊妹道："这是萧尚书家的十娘。"接着向她们介绍在场诸人。

姜家姊妹上前与她们一一见礼，序了年齿，以姊妹相称，秦刺史家的四娘子与钟荟年龄相当，只稍长了月余，方才出言不逊的萧十娘十岁，其余诸人皆在十岁以上，最年长的是公主殿下本人，年前已行过了及笄礼。

三娘子是所有人中最年幼的，一时间成了众人的焦点。她突然多了这些个尊贵的阿姊，个个姿容不俗，令人倾心，这个问她师从，那个问她在读些什么书。

姜明淅受宠若惊，心潮澎湃，连帷幔做的裙子都抛在脑后顾不上遮了，绞尽脑汁斟酌如何作答才能不着痕迹地展示自己的才学器局，就在这时腹中突然一紧又一松，来不及控制事态，"咕噜噜"一串肠鸣声便发了出来。

三娘子求仁得仁，果然一鸣惊人了。

帐中一瞬间鸦雀无声，落针可闻，萧十娘将绘扇往上挪了挪，遮住嘴，可眼睛里的笑意藏也藏不住，卫十二娘低垂着头，露出红红的耳朵尖，简直叫人怀疑方才那声音是她发出来的。更多小娘子只作没听见，愣怔片刻过后，便又如常谈笑起来。

对待不雅的人和事，世家女子自有一套约定俗成的应付手段，那就是听不见，看不见，只当不存在。

姜明淅一时间倒有些侥幸起来，说不定离得远，她们没注意到？略微松了一口气，在袖中捏紧的拳头缓缓松开，便听那长得像胡女的高挑粉衣少女"扑哧"一声笑了出来："姜家妹妹说什么？我没听清，可否再说一遍？"

三娘子那副肠胃却是个通敌叛国的蟊贼，当即应命，一阵搅动抽搐，又发出一长串"咕噜"声，比之先前更悠然更嘹亮。

那武元乡公主乐得拊掌大笑，直笑得前仰后合。

姜明淅像叫人当头泼了盆冷水，熊熊燃烧的上进之心被浇得湿冷一片。她咬着唇，睁着眼不叫眼中蓄着的泪滚落下来，可越是这样越是控制不住地眨了眨眼，两串泪珠扑簌簌掉了下来。

她从小到大没遭遇过如此奇耻大辱，阿娘又不在身边，只一个顶不了事还与她颇有龃龉的嫡姊，说不定还在看她好戏，可心里这么想着，身子还是不由自主地往二娘子身边靠了靠。

钟荟作为她阿姊，断然不能看着妹妹哭而自己置身事外。她从袖子里拿出帕子递与三娘子，拍了拍她的胳膊劝慰道："好了好了，莫哭了，多大点事，不就是饿了吗。"又抬头冷冷地与那武元乡公主对视了一眼，道："人食五谷，谁的肚子还没叫过呢，责人斯无难，快将眼泪擦擦。"

前世的她算是洛京第一风雅人物了吧，有阵子她阿娘听信庸医谗言，换了个莫名其妙的新药方，那不堪的几日她真是至今不愿回首。

钟荟的话音不高，可在场的人都听见了，几个年纪小城府浅的暗暗交换诧异的眼神，萧十娘的桃花眼中则流露出玩味之意，谁都知道武元乡公主司徒香是个逮谁咬谁的疯狗，常人见了她都绕道走，多看一眼尚且要被惦记上，这么明火执仗地怼回去，这屠户家的娘子胆气大约是比别个壮些。

三娘子从嫡姊手中接过帕子，小心掖了掖腮边和眼角的泪，心里却将钟荟一起埋怨上了：站着说话不腰疼，横竖丢脸的不是你。

钟荟连姜明淅肚子里有几根肠子都一清二楚，如何猜不出这小白眼狼的想法，不过她本来也没指望姜明淅领情。

常山公主本来看那姜三娘小小年纪没长开，傅粉涂朱，打扮得老气横秋，又拿腔拿调的，全不见幼童该有的稚拙可爱，并不十分看得上眼，然而此刻姜三娘遭逢意外，虚架子端不住了，梨花带雨的反倒有几分可怜，惜花之心顿起，对那武元乡公主也颇有微词，后悔不该色令智昏，因那贵女中难得一见的胡姬面容而将这惹祸精放进门。

常山公主朝那武元乡公主瞥了一眼，目光中暗含告诫，武元乡公主一脸不忿地挑了挑眉，嗤了一声，终究忌惮常山公主的地位身份，没再继续火上浇油，和姜家姊妹这梁子却已经暗中结下了，狠狠地剜了钟荟一眼。

常山公主蔼然对姜三娘道："是因急着出门所以没来得及用早膳吗？"唤了侍女过来，吩咐道："带姜家小娘子去后头阁子里用些好克化的汤羹点心。"看了看姜三娘那满是脂粉的脸，又嘱咐道："将脸好生洗一洗，你本生得肤若凝脂，无须涂脂抹粉的，以后莫再敷粉了，免得伤了皮肤。"

众人一看这光景，就知道公主殿下怜香惜玉的老毛病又犯了，有几个促狭的已

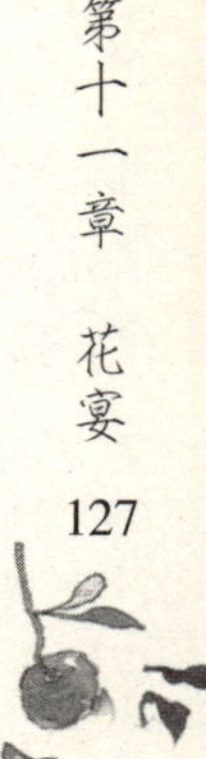

经掩口轻笑起来。

三娘子叫侍女领走了，钟荟便落了单。适才姜家姊妹与武元乡公主的过节，在场的小娘子都看在眼里，本来众人也是看在常山公主的面子上与姜家姊妹说几句场面话，如今更不可能明知故犯地去触怒那蛮不讲理的武元乡公主。

卫十二娘倒是一脸不安地频频回顾，嘴唇翕动了几回，她设身处地觉得姜家娘子心里不好受，想要起身安慰钟荟几句，可终究鼓不起勇气，还是作罢了。

钟荟也落得清静，索性出了纱帐倚在栏杆上看风景。常山公主还算仗义，管杀也管埋，和难得回京的秦四娘寒暄了几句，便来外面寻她。

“你还认得我么?”公主侧着身子斜斜靠在栏杆上，“想是认不出来了，上回隔着幂篱呢，上巳咱们一起看过卫郎，想起来了么?”

“殿下龙章凤姿，如何认不得。”钟荟打趣道，“殿下还吃了我好几个果子呢。”

“咦?看不出来你这孩子如此小心眼。”常山公主上下打量了她两眼，“你怎么就知道吃。说起来你是不是比上回又肥了不少?不能仗着脸小藏得住肉就无休无止地吃，小心长成个肥婆嫁不出去。看看你的腰，啧，连腰都没了。”

钟荟认为自己这顶多算珠圆玉润，与肥根本不沾边，整个姜家能称得上肥的活物只有她院里的阿花和姜昙生。她前世长一两肉就能从她阿娘手上换一两真金，心底里从来都觉得长肉是件多多益善的好事，只有不够，哪有嫌多的。

如今竟有那不长眼的将她与姜昙生相提并论，她感觉受到了奇耻大辱，偏偏地位悬殊，不能堵回去，只好憋屈地咕哝道：“这不是打好了底子好抽条么。”你倒是瘦得跟我家老太太的拐杖似的，也没见你嫁出去过。

公主恨铁不成钢地拍了拍栏杆，正要好好给这冥顽不灵的小娘子盥洗盥洗神志，就见萧十娘迈着轻盈的莲步急急向她们走来：“公主殿下，原来您躲在这儿逍遥呢，秦四娘叫裴五娘杀得毫无招架之力，找你去救场呢!”说着一边扯她袖子一边对钟荟抱歉道：“对不住啦，姜家小娘子，公主殿下借咱们一用。”

常山公主倒是没忘了钟荟，回顾道：“你会弈棋么?一块儿来吧。”

钟荟左右无事，便跟着进去了。

帐中楸木棋枰上摆着一局残棋，棋枰一边是执白的裴家五娘子，另一边是先手执黑的秦四娘，其余各家娘子都围在一旁观战，历来男子征战沙场，而这方寸之间女子杀伐果决却不输须眉。

钟荟见此刻棋盘一边寥寥数子，布局伊始，而另半边黑白双方数条大龙已绞杀得难分难解，再定睛一看，后行的白棋似懒懒散散贴着黑的棋筋，却始终长出一气，借着对角星位座子稳稳罩着黑龙，不出三手之内当有厉害手段。观战众人也不讲究什么观棋不语了，都七嘴八舌地替那秦四娘出谋划策，裴五娘以一己之力大战群雄，竟然仍旧牢牢占住上风。

秦四娘一见常山公主，赶紧起身相让，抚着额头道："好殿下，您总算来了！"

常山公主也不推让，在棋枰前坐定，扫了一眼棋局，皱着眉头道："你们这么多人就被打成这样？"说着执起一颗黑玉棋子，对陷于胶着的大龙看都没看，便拍在对面九五路上。

围观众人不得其解，裴五娘心下却是一惊，三九路上一枚拆边的白子是局势精要所在，因战况激烈而无暇照顾，此刻被黑子当头一镇，再看竟似做了白送一手的交换，而此黑子居然又是引征的妙手，混战中的黑棋非但两边行走无恙，一条十五枚子的黑龙只消再补一手便能逃出生天。非得在此处屠龙不可，白棋固然痛快，此刻落了后手，于全局却是大损。只此一手，眼见已满盘皆输的黑势竟扭转乾坤，不过落后一先而已。

钟荟讶异之下想起当今天子也极好弈棋，想来公主受宠也不是没有原因的。

钟家善书，卫家擅琴，可论弈棋，谁也比不上裴家人专精，这回来的是裴家二房的五娘和五房的九娘，裴五娘显是个中好手，不过常山公主的棋力竟然也不弱，且她落子速度极快，倒是裴五娘常常执子犹豫再三，深思熟虑后方才轻轻落下。

裴家九娘原本坐在堂姊身旁观棋，时间久了便耐不住性子，如坐针毡起来。裴五娘便笑着合拢扇子敲敲堂妹的脑袋道："这就坐不住了？难怪学了七年棋都毫无进益，今日阿姊也不拘着你，自个儿去玩吧。"

钟荟闻听此言略感意外，那裴九娘不过十一二岁，竟已学棋七年。棋与琴书不同，虽是雅事，却终究并非君子六艺，在这上头倾注如此多的心血，不用说也知道是为了取悦谁了。

裴九娘却是如蒙大赦，起身给公主行了个礼，就扯着萧十娘去寻僻静的地方说话去了。

萧家的门第比起裴家差了一筹，不过裴九娘与萧十娘打小就是闺中密友，见面有说不完的悄悄话。

"你这支五兵簪是新打的么？没见你戴过，真好看。"萧十娘望着裴九娘发上的金簪道。

"还是今春送来的新样子，说是新的，其实无非就是那些个花样颠来倒去地用，换汤不换药，匠气重得很，随便戴着玩吧。"她不无得意地抚了抚堆云般的发髻，"倒是你这根步摇式样新鲜，竟看不出是哪个匠作的手笔呢！"

"是我阿兄画的样子，然后找匠人照着图打的。"萧十娘轻描淡写道，"不是什么

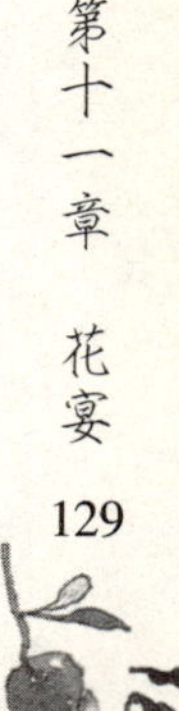

贵重东西，也就是图个心意了。”

“你阿兄真有心，心思也巧，我竟没见过这么好看的。”裴九娘眸中似有波光流转，白皙的脸颊浮起红晕，她欲盖弥彰地打开扇子扇了扇风道，“今日有些热呢。”

萧十娘将那步摇摘下来，塞进裴九娘的手中道：“阿姊既然喜欢，就送给你吧。”

“这是你阿兄专为你画的，我怎么好夺人所爱。”萧十娘连连推拒。

“你我还分什么彼此。”萧十娘将她手指合拢，幽幽地叹了口气，遗憾道，“本来我戴过的旧物送给阿姊不合宜，该叫我阿兄替你重新画个，可我阿兄已经拜入北岭先生门下，还不知何时才能回来。”

裴九娘听了此言一怔，眼中的光华顷刻黯淡下来，急切的声音里带了哭腔：“为何啊？不是前些日子还在说九郎要入我们家的家学吗?”

萧十娘的眼中有恨意一闪而过，像一簇火苗，瞬间又湮灭，化作超出她年龄的淡漠：“我家的情况你又不是不知……本来都说定了的，谁知那日她与阿爷不知说了什么，阿爷转头就将阿兄捆在柱子上拿鞭子抽了一顿，一直到离家那日脸颊上一道血杠子还未消下去……”萧十娘说着说着红了眼眶，声音哽咽起来。

“也不能任由她这么欺凌你们啊!”裴九娘已经揪紧了袖子，指甲掐着手心也觉不出疼，心里一阵阵刺痛，“说起来还是你们的亲姨母，难道一点情分都不顾吗?”

萧十娘凄楚地一笑：“阿爷耳根子软，她说什么都信……我阿兄离家也好，山里再怎么苦，也好过三天两头挨鞭子……只盼着将来能娶个会疼人的好嫂嫂。”一边说一边意味深长地看着裴九娘，眼里满是戏谑。

“说什么浑话!”裴九娘被她看得一脸红霞，羞愤地撇开脸，将手背贴着脸颊，“你嫂嫂会不会疼人与我何干!”

“那我再也不当着你的面提我阿兄的事便是了。”萧十娘点到即止，也不敢十分逼迫她，便岔开话题道，“殿下也不知怎么想的，连那样的人家都往来，倒不怕自降身份。”

裴九娘也很气愤：“早知殿下请了那家人，我便称病不来了。”

裴家人可以如此任性，萧十娘却是不敢耍性子的，不过她还是附和道：“是啊，早知如此无论如何我都不会来的，不过还好有你在，那两个……莫搭理她们便是。”

“难不成就忍了这口气么？与这样的人为伍，咱们恐怕都要成为京中的笑柄了!”裴九娘越想越来气，“她常山公主要讨宫里那位的欢心，凭什么拿我们这些正经人家的女子作筏子!”

“阿姊莫动气。”萧十娘忽闪了一下眼睛道，“你且等着，总要给她们点教训，叫她们知道何处才是自己该待的地方。”

常山公主和裴五娘下了半局棋，日头升得有些高了，云雾散去，那凌风台便不再宜人了。公主着人将棋局封存，连着棋枰一块儿搬到漱玉泉边去，自己则领着各家小娘子乘肩舆前往泉边的飞鸿阁用午膳。

飞鸿阁起于高台，青琐绮疏，雕梁粉壁，泉水从阁旁山崖倾泻而下，积于崖下一泓深潭中，从阁中俯瞰，宛如一块碧青玉石。

阁中已经备下坐榻与食案，宾主依次入席，便有身着青绫衣、身披青纱帔子、梳着回心髻的侍女捧着铜盆鱼贯而入。姜明淅用眼角余光瞥了瞥她左手边的萧十娘，学着她的样子在铜盆中盛着的兰汤里濯了濯手，然后从另一个侍女捧着的琉璃盘中拿起吴绵帕子将手擦干。

各家小娘子按部就班地用兰汤洗了手，那些青衣侍女便退了下去，换上一群身着白色纱衣、画着晓霞妆、眉间点着金海棠花的美貌侍女，将一道道酒肴呈上来，这些女郎身形几乎是一个模子里刻出来的，一个个体轻腰弱，钟荟简直怀疑是公主专门叫来让小娘子们吃不下饭的，不过若是打她的主意那可就失算了，这具身躯可才八岁，还有好多年的口福可享。

因席中都是少女，常山公主命人准备了山中泉水酿的梅酒和西域葡萄甜酒。常山公主自斟一杯葡萄酒，站起身祝道："今日诸位辱临寒舍，我心之喜无以言表，谨以此杯祝时重至，华再扬，短歌有咏，好乐无荒。"说罢如男子一般以袖掩杯一饮而尽，放下琉璃觞，吟唱起《鹿鸣》来。

席中诸女纷纷起身举杯相祝，不过喝多喝少都是量力而为，量浅的只抿了抿杯口，也有豪迈的一干为敬，只有那武元乡公主出了名的酒量浅酒品差，却偏偏最馋酒，将一觞葡萄酒一口喝干道："快哉，当浮一大白！"

浮你娘的胡奴蛋，常山公主在心里骂道。不过当着各世家的面还是得为宗室留点面子，只低声嘱咐身旁的侍女往武元乡公主的酒壶里多掺点蜜水。

三娘子已将脸上的脂粉洗得一干二净，眼睛因哭过还带着微肿，方才丢了大脸，此时还没怎么捡回来，恹恹的没什么兴致，食欲也不佳，对着面前满案海陆珍馐寻不到下箸处，牛乳髓饼太油腻，鲻鱼脍有一股腥味儿，貊炙更不行了，看着那死猪眼睛就吃不下饭。

钟荟见她无意现宝，倒是松了口气，至少可以安心用一餐饭，不用随时替她圆场，可惜有人偏不这么想。

"可是饭菜不合胃口吗？"姜明淅左手边的萧十娘状似好心地问她，"身子舒服些了么？"

姜明淅从心底升起暖意，感激地答道："劳萧家阿姊挂心，这会儿好多了。"

武元乡公主正嫌弃杯中酒寡淡无味，浑身不舒坦，竖着耳朵听着姜家姊妹这边的动静，专等着逮机会拿那两个宰猪丫头燥燥脾胃。

“哎，我说萧馒头，你倒和姜家娘子很谈得来嘛。”武元乡公主放下银箸阴阳怪气地道。

时人蒸馒头喜欢用朱砂点个红点，这花名刁钻得很，却又莫名贴切，常山公主忍不住笑了出来。

“殿下说笑了，”萧十娘的梨窝更深了些，眼神却变得更阴鸷起来，“姜妹妹家与我家有旧，照拂一下也是该当的。”

“哈哈哈哈。”武元乡公主借着三分酒意肆无忌惮地笑道，“难不成你们萧家也在金市上赁了铺子，卖馒头吗？”

钟荟心道这武元乡公主果真名不虚传，不但蛮横粗鲁，还是个敌我不分的蠢货。她放下银箸，抬起眼皮，凉飕飕地瞟了武元乡公主一眼，世家女因为可动用的面部表情有限，以眼神、眉毛和嘴角传达各种情绪乃是五经以外最要紧的课业。她那一眼颇得钟夫人真传，成功地将武元乡公主内心的火焰从一丈搓成了三丈。

原本互相低声交谈的小娘子们都安静下来，了解武元乡公主为人的见怪不怪，难得回京的秦家姊妹一脸不解，卫十二娘性子柔和，家教又严格，哪里听得这种话，脸涨得通红，紧紧捏着手中的银箸，像抓着一根救命稻草。

“那倒不尽然，非但是我，在座各位不也都与姜妹妹家有旧吗？”萧十娘低头掩口一笑，桃花眼娇媚无匹，“谁家也不是茹素的呀！”

她口吻似开玩笑，可说出的话字字戳人心肺，钟荟这冒牌姜家娘子听着都火冒三丈，更不用提实实在在的姜家人三娘子了，一天之内接连遭受如此打击，几乎让这六岁的孩子无法承受，有那么片刻她都后悔跟着姜明月来赴这劳什子宴会了。

对了，若不是姜明月收到公主的帖子，自己便不用受此屈辱。在凌风台上也是姜明月顶撞了武元乡公主才招惹了祸端。可一想姜明月是为自己出头，心里又怪不是滋味的。

“萧十！还有你，司徒香，给我住嘴！”饶是常山公主这样的好脾气也被惹恼了，谁都知道萧十娘与裴九娘如影之随形，响之效声，而宫里的裴淑媛又与姜婕好最不对付。

常山公主和她母妃向来对姜婕好和裴淑媛之间的暗流汹涌作壁上观，可姜家姊妹是她请来的座上宾，不看僧面看佛面，真当她是泥塑的吗？

虽然有常山公主发话，可三娘子还是羞耻得抬不起头来。她是屠户家的小娘子，无论她读多少经史，无论她有多少聪明才智，无论她在吃穿用度上如何以她们为模范，无论她做多少努力，她的出身都无法改变，那些世家小娘子与她有着云泥之别。

有那么一瞬间她甚至怨恨起她阿娘来，为什么好好的要嫁进姜家做继室。可她一会儿又不恨她阿娘了，此刻她只想立即离开这里，立即回到如意院，扑进她阿娘的怀里，蹭一蹭，诉一诉这天大的委屈。

逃离的念头像野草一样疯长起来，压都压不住，她不由自主地想站起身，却被姜明月一把按住肩头。她听到这被自己视为草包的阿姊在她耳边轻而严厉地道："你现在若是临阵而逃，此生每一日每一夜都会记着此刻的耻辱。"

然后她在一片模糊的泪光中看到她的草包阿姊不紧不慢地吃光盘子里最后一块髓饼，然后转过头对萧十娘道："我们姜家可不敢与贵府乱攀交情。"

"想来萧家娘子也知道，我们家的宅子是前朝中书监袁大人的老宅。"

有不知底细的小娘子听得一头雾水，不知这姜家小娘子为何突然提起袁家，更想不通那风马牛不相及的前朝中书监与她们有何干系。萧十娘却是脸色陡然一变。

钟芸看在眼里，心里冷笑一声，继续道："尊高祖时任司空，与袁大人同为股肱，又是至交好友，永兴中叛贼周诩为乱，袁大人带着全族数百口以身殉节，那袁家数房十几个在室的小娘子延颈就戮，而萧家阿姊却口厌肥甘，身安罗绮，贵为公主殿下座上宾，实在是令人唏嘘。说起来，今日有幸得与阿姊在此叙旧，也是多亏了当年萧太宰识时务呢。"

秦家两位小娘子从小在冀州长大，裴九娘还年幼，对这些世家之间弯弯绕绕的故事所知甚少，就算偶尔听见也不往心里去，都叫那姜二娘绕糊涂了。秦五娘小声问她阿姊："她前头说萧十娘的高祖父时任司空，怎么后头又变太宰了？"秦四娘不解地摇摇头。

卫十二娘和裴五娘快到议亲的年纪，于谱学一道研习有年，对萧家和袁家的那段故事都是了若指掌。当年袁大人怒斥周贼，触柱而亡，袁家惨遭夷族灭种，而萧十娘的高祖父司空萧同安却苟且富贵，摧眉折腰以事贼寇，卒赠太宰。据传当日围攻袁府的人中就有萧同安时任骑都尉的四子萧衡。

那场兵祸中，都中阀阅几无幸免，钟卫等家都元气大伤，唯独萧家不但安然无恙，还能安享荣华。萧家因这经历为人所不齿，萧家门第原本不下钟卫裴荀，如今却只能屈居二流，整个萧家在朝堂上能说上话的也就是萧十娘的祖父——尚书右仆射萧简，且晚辈中多飞鹰走犬、寻花问柳之徒，偌大的一个家族，竟已有了衰暮之象。

在乱世中，气节这东西不能太多，多了就如袁家那样，动辄夷族灭种，当年司徒家"欺人孤儿寡妇"，篡郗家天下，四大世家若是学那不食周粟的伯夷叔齐，如今的朝堂便也没他们什么事了。圣人不也说了吗？邦有道，不废；邦无道，免于刑戮。

可是气节也不能一点儿也没有，究竟该有多少，也没个定论，总之别人家都在死人的时候你就是凑份子也得死几个，不然像萧家这样，只能同自己玩了。

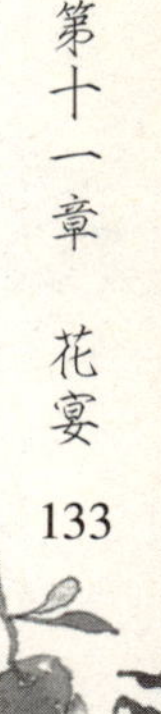

她前世的阿翁说过，若是不幸生于乱世，遭逢风尘之警，总是希望儿孙后辈能尽力自全的，这是一个长辈的私心，然而倘得苟安，也大可不必沾沾自喜，更不能耻笑那些殉国之士、死社稷之臣。

钟荟这番话长驱直入地掀开萧家绚烂华贵的朱紫外衣，将最不堪的老底暴露了出来，萧十娘仿佛裸裎于众人面前。如果说她适才对姜家姊妹只是鄙薄唾弃，那么现在已经说得上腐心切齿了。

“我不过无心打趣一句罢了，姜家小娘子嘴可真利，竟有劈筋断骨之能呢，真有家学渊源。”萧十娘紧锁双唇，微眯着一双桃花眼，嘴角却含笑，眉间那点朱砂越发红得妖异，“不过既然说到此处，敢问姜家娘子，尊祖又是何德何能，有何功业建树，令两位小娘子能够‘口厌肥甘，身安绮罗’，甚而登上公主之堂呢？”

钟荟几乎忍不住为萧十娘搅浑水的能耐叫好，她俯身从案上端起酒觞，抿了一口葡萄酒，微微一笑，慢条斯理道：“昔日家祖被褐怀玉钓于渭水之滨，归周西伯，佐武王伐纣，受封于齐营丘，因其俗，简其礼，通商工之业，便鱼盐之利，是为齐国。哎，我们这些不肖子孙也不求能光宗耀祖了，只求别为着五斗米向贼寇折腰，丢祖宗的脸面便是了。”

太不要脸了！在场的所有小娘子都在心里感慨，饶是卫十二娘这样仁厚的小娘子都忍不住对姜二娘的脸皮厚度产生了疑问，可是偏偏谁也说不出个不是来，毕竟姜家没有谱牒，姜大郎的父、祖都是屠夫，大约知道往上数三代都是杀猪的，可再久远一点的传承就是一片朦胧了。

姜明淅惊喜地瞪大了眼睛，难不成他们家的祖宗真是太公望？

钟荟得意地瞥了一眼张口结舌的萧十娘，你们萧家不也往自己脸上贴金，号称自己是萧何的后人吗？难不成就许你们将家谱一直修进人家祖坟里，不许他们姓姜的给自己找个拿得出手的祖宗？横竖他们可没有奴颜婢膝、背主投敌、丢祖宗脸，屠夫怎么了？人姜太公还在朝歌屠过牛呢。

萧十娘怎么说都是个世家女，平日里不过仗着自己口舌辩给，又生得娇俏可爱，占些口舌上的便宜，可遇到口齿比她更伶俐还这么没脸没皮的，就很不够看了，况且那姜二娘是屠户家的小娘子，自己却是自矜身份的世家贵女，与她打几句机锋尚可，真要唇枪舌剑地战起来就是掉身价的事。

这种时候世家风度全是累赘，浑不如一力降十会的莽夫来得痛快，说起来这席中不巧就有一个。

“说得好！”武元乡公主站起身，端着酒觞走到钟荟面前，“姜家妹妹好口齿，我敬你一杯。”说着突然发难，将杯中酒朝钟荟脸上泼来。

钟荟这些时日与姜昙生以及阿花那两只灵巧的胖子斗智斗勇地周旋，累积了不少实战经验。方才见那搅屎棍不怀好意地站起身就知道准没好事，时刻提防着她发难，连想都未及多想，身躯已经先行往旁边一让，同时抄起食案上放李子的盘子挡住头脸，但手上和衣襟上依旧溅上了一片触目惊心的酒液。

“司徒香你好大胆子！”常山公主心力交瘁，欲哭无泪，天晓得她真的只想找一群赏心悦目的美人下饭而已。

武元乡公主一击不中，气得七窍生烟，哪里听得进常山公主的话。她跋扈惯了，对仆役动辄打骂，从未遇到过敢跑的靶子，大感有失颜面，夺过姜明淅案上的汤碗再接再厉。

那可恶的姜二娘敏捷地跳到案上，灵巧地避开武元乡公主连汤带碗的攻击，白瓷碗砸在地上，“哐”的一声碎成了好几瓣，继而一股鲜美的气息随着热气蒸腾而起。钟荟抽了抽鼻子，心道：真真暴殄天物，可惜了这盅河豚羹。

小娘子们看呆了，似乎还有谁忍不住喝了一声彩，裴九娘暗自庆幸自己没有托病推辞，这场面比上元节宫里的百戏还好看，真是不虚此行。与她抱着同样念头的小娘子不在少数，大家面面相觑，一脸难以置信的忧虑，可眼角眉梢都蕴藏着一种隐秘的欢喜。

那武元乡公主恨得直跺脚，姜二娘却咧嘴一笑，冷不丁从一旁呆若木鸡的侍女手中抢过琉璃酒壶，然后一回身，将一整壶酒水浇了武元乡公主一头一脸，动作一气呵成，叫人目不暇接。

一旁的小娘子们纷纷倒抽了一口凉气，卫十二娘忍不住悄悄用右手掐了一下左手，方知不是身在梦中。

武元乡公主被浇了一头一脸紫红的酒水，酒水滴滴答答顺着头发流下来，脸上的神情似哭似笑，口中蹦出一长串气急败坏的胡语。席中的小娘子中没人懂胡语，可都感受到了武元乡公主那滔天的怒意。

钟荟自然不会傻愣着等武元乡公主发难，她往下一跳，提起碍事的裙摆，三步并作两步地往常山公主身后一躲，惊恐地喊道：“公主殿下救命！”

常山公主心说你还用我救吗？她算看出来了，这几个都不是省油的灯。她颇为感动地望了一眼卫十二娘，貌美温柔有才华，若天下美人都是这样该多和谐！

姜明淅双手冰凉，紧紧揪着裙摆，她虽然讨厌姜明月，可并不想看姜明月叫人抓起来治罪。殴打乡公主是个什么罪名？姜明淅心乱如麻，苦思冥想也想不出个所以然，秦夫子就算是圣人再世也不可能料到自己的学生如此出息，敢跟王女动手。三娘子以实在算不上丰富的人生经验揣测，大约是死罪可免、活罪难逃的档次。

钟荟却是一点也不担心，若是换在场任何一个人她还得掂量掂量，可对上这武元乡公主，当场占得便宜就是白饶。

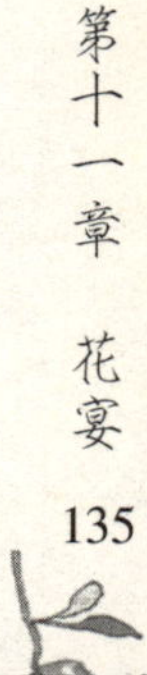

汝南王素有“瓦窑”之称，儿子只得四个，可女儿却生了十七个，长女嫁了门下侍郎裴元的嫡次子，二女嫁了并州刺史赵骏的嫡长子，三女司徒香和四女司徒馥两年前随沈侧妃入京，不用说也是到了议亲的年纪。

全京人都知道这武元乡公主最是蛮横。她固然是真蛮横，可一个王女在自家府邸中打骂下人，也未见将人打死打残，这名声就传得满城皆知，又是出于谁的授意呢？

钟荟从常山公主身后探出头来，朝骂骂咧咧的武元乡公主挤了挤眼睛。经此一役，这位武元乡公主在洛京怕是又要名声大噪了，姜家姊妹俩呢，光脚的不怕穿鞋的，反正本来就没有世家的婆母看得上。

她这么做，也算是帮未曾谋面的姑姑立了一功，若无意外，不出一月宫中当有赏赐下来。

“好了好了。”常山公主对气得跳脚怒骂的武元乡公主道，“虽然我说了在这庄园里毋庸拘礼，可玩闹也需有个限度，过犹不及，反伤了和气。今日之事，谁也不许再介怀了。”

又对姜家姊妹道：“也是我这做阿姊的没能约束妹妹，叫你们两位受了委屈。”

这话听着虽是在袒护姜家人，可话里的亲疏之别却是显而易见，钟荟闻弦歌而知雅意，能屈能伸地对武元乡公主行了个大礼道：“小民无状，还请乡公主恕罪。”

可惜武元乡公主仿佛全未听出堂姊的弦外之音，抑或是听出来了，只是常山公主并未立场坚定地站在她这一边，没能顺她的意。只见她横眉立目地指着姜二娘的鼻尖，对常山公主怒道：“连你都帮外人整治我！今日有她无我，有我无她！”

真是货比货得扔，常山公主看了看一派谦恭的姜家二娘子，再扫一眼气急败坏的自家堂妹，又暗自神伤了一回。她如何不知道自己那六叔近来很是碍她阿爷的眼，可小时候几个皇叔中就数六叔与她投缘，她弈棋、投壶乃至于樗蒲都是她六叔教的，故而明知她阿爷不喜，还是明里暗里帮六叔说了几箩子的好话，对这几个姿容出众的堂妹，也总想着照拂一二，可说到底她又不欠他们汝南王府一枚大子，多年前的情分也总有耗尽的时候。

“那阿姊就不留你了，妹妹请自便吧。”常山公主撂下一句硬话，便不去理她，吩咐侍女带姜家二娘子去换一身衣裳，又击了击掌，召了几名胡姬献乐舞，对其他宾客道了一声抱歉，竟是怏怏不乐地拂袖而去。

武元乡公主司徒香哭得如丧考妣，可惜她堂姊头也不回一下，反而越走越快。她骑虎难下，只得止住了啼哭，也愤然离席而去，当即叫下人收拾行装，打点车马，故意磨磨蹭蹭，可一直到不情不愿地“蹭别”庄园，也不见有人来留她。

钟荟虽不是这场风波的始作俑者，可我不杀伯仁，伯仁却因我而死，常山公主和武元乡公主姊妹失和、不欢而散毕竟是因了她的缘故。

钟荟跟着侍女去就近的馆舍更衣时心里还有些虚，人家好吃好喝地款待她，自己却将好好的筵席闹得鸡飞狗跳，弄得主人家连吃饭的兴致都无，似乎有些昧良心。

于是重新梳洗更衣时她就有点心不在焉，等公主派遣来的侍女替她换好了衣裳，梳好了头发，她对着铜镜一瞅，自己身穿青绫窄袖裤褶，头上梳了两个总角，用青绸带一束，活脱脱是个小书童的模样。

“眉毛还得加粗一些，她那双眉毛生得太女气。”镜子里不知何时多了个人影，头束林宗巾，身着白色纱袍，内衬皂缘中衣，手持犀角柄麈尾，端的是个潇洒倜傥的士族公子。

什么叫作生得太女气，难不成她一个女子生得女气还有错了！钟荟一见常山公主的嘴脸就知道自己方才实在是想多了。

“想不到公主殿下还有此等志趣。”钟荟干巴巴地笑了笑道。

常山公主用麈尾拍拍她的后脑勺，嬉笑道：“好你个小小童仆，胆敢妄议主人志趣！”又指挥那替钟荟描眉的侍女道：“右边再加一些，放点胆儿吧。欸，两边不一般高低了。真是，怎么笨成这样，还是我来吧。”

说着一把从诚惶诚恐的侍女手中夺过眉墨，三下五除二地将钟荟那两弯巧夺天工的远山眉变成了又粗又浓的两条卧蚕，将眉墨往妆台上一扔，一块上好的易水墨断成三截。她眼都不眨一下，拍拍手道：“成了，我带你去个好地方。对了，一会儿在外面记得称呼我公子，可千万别说漏了嘴。你先叫一声试试。”

“下午晌不是还有雅集么，公……子？您和裴家五娘子的棋局还未分出胜负哪。”更何况哪有人请客设宴却将宾客抛下，自己溜出去玩的啊！

“无妨。”常山公主得意扬扬，将手中麈尾摇得跟狗尾巴似的，“说起来还多亏你们这么一闹，将本公……子怄得不轻，连待客的兴致都没了。难不成你还惦记着雅集？那有什么好玩的，今日本公子带你去开开眼。”一行说一行拽着钟荟往外走。门外已备下肩舆两抬，沿着一条避人耳目的小径将两人送到西门口，然后两人换了马车，转上一条栈桥。

“公……子，咱们这是去哪儿啊？”钟荟也被那神神道道的公主勾起了兴致。

“哎呀，一个小童哪那么多话，反了天了你！”说完又拿麈尾敲了她一记后脑勺，“到了就知道了。”

还演上瘾了！钟荟摸了摸后脑勺，大逆不道地瞪了她一眼。

马车不如牛车稳，但行得比牛车快，常山公主一个劲地催那车夫，山路本就崎岖，如此一来更是颠簸。那马车在崇福寺前堪堪停稳，钟荟便支撑不住，跳下车扶着寺外的菩提树吐了一场。常山公主十分不仗义地蹿开八丈远，捏着鼻子叫侍女从车上去取茉莉水与她，让她漱了八遍口，又从袖子中掏出个薰球远远地扔给她。那薰球与姜景仁给三娘子的差不多，只不过更小巧也更精致。

京中贵女将调香制香当作一桩雅事，每家都有几个压箱底的香方，比如钟荟前世自己调的“拾遗”，她堂妹十三娘的“素书”，卫七娘的“杜衡”。常山公主也不例外，薰球中此刻燃着的就是她自制的香。这香也是不同凡响得很，名为“郎艳独绝”，据说能叫人想起宛如林下之松风、晨间之清露般的美男子。

钟荟颇为嫌弃地接住薰球，并不想沾染上常山公主那红尘滚滚的气息，打算瞅着机会往水里浸一浸把那炭火弄灭了。

第十二章 卫琇

崇福寺有三绝，其一是寺中去地千丈的九重浮屠，据说曾有个一百五十岁的西域沙门游历到此，称此塔之恢宏精丽，极佛境界都难以得见。

其二是寺中出产的果子，据说枣子生得有柰大，柰生得如同小瓜。也不知是那些果树听多了经文成了精，还是寺中的土地肥沃。

其三则是后门外的王二郎汤饼摊儿。卫中书年轻时曾偶然光顾，赞那汤饼“弱如春绵，白若秋绢”。其时卫昭卫大人年方弱冠，风姿卓绝，是当年都中无数女郎的春闺梦里人，于是那汤饼摊儿又被唤作“卫郎汤饼”。

卫大人以散骑侍郎起家，不过两年即擢至中书通事舍人，那汤饼摊儿也跟着鸡犬升天，长了行市，巧的是那摊子本就支在一棵梧桐树下，便得了个“凤仪汤饼”的美名，据说至今卫家人光顾王二郎汤饼摊都可以免费多加两片肉。

那王二郎也是个活络的，趁着生意红火赚了个盆满钵满，即刻趁热打铁，号召几个儿子、侄子、外甥，在城中香火最旺的永宁寺、景明寺和报德寺等几座寺庙门口也支起了摊儿卖汤饼。不过据货比三家的食客说，只有崇福寺这家最是地道，原汁原味，当得起卫中书的盛赞，于是每日总有那么几个闲得发慌的老饕慕名而来。

常山公主究竟是冲着哪一绝来的呢？钟荟瞥了她一眼，那答案简直呼之欲出，九层浮屠塔、成精的果子和王二郎汤饼都没那么大脸面，能叫公主殿下兴师动众地赶到此地。只要是这人兴致勃勃地赶到某一处，方圆十丈之内必有美人出没。

“你应当未曾来过这崇福寺吧？”常山公主指着那高耸的浮屠塔道，“此塔很是值得一观，寺里还有一棵好几十年的薝卜。”

钟荟似笑非笑地觑她：“公子今日是来观塔赏花的吗？”

常山公主倒也不恼，咧嘴一笑，露出一排明晃晃的白牙："崇福寺三绝听说过么？其实还有一绝，乃是寺中虚云禅师一月一度的清言会。这位禅师不但精研佛理，于老庄一道也独有见解，可惜生来眼盲，着实令人扼腕。今日多亏了本公子，你也可一饱耳福啦。"

能令公主殿下扼腕叹息的必定不是寻常盲和尚，这虚云禅师想来是个难得一见的俊俏盲和尚了。

钟荟对这位荤素不忌的公主殿下甚是叹服，仰头望着那浮屠塔，在心里虔诚地道了声阿弥陀佛，以示并未与之同流合污。

九层塔身每一角上都挂着石瓮子大小的金铎，风一过，扉上的金铃声与寺僧早课的梵音相和，饶是不信神佛的钟荟也起了敬畏之心，也只有常山公主这样色欲熏心的天潢贵胄，才能在如此清心寡欲的氛围中与佛祖抢人。

清言会设在崇福寺北边的讲堂，庭院以茶花树作藩篱，一泓曲水亘于堂前，山石松柏间有一脉清泉注入池中，池上架了座玲珑的木桥，是个清幽的所在。

不过今日适逢其会，讲经堂中门庭若市，钟荟和常山公主来得晚，非但堂中座无虚席，庭院里也已是人头攒动。

常山公主这条母白龙看来很有些门路，引路的小沙弥带着她们直接从东边的一条丛竹掩映的石板小路绕过庭院之后，两人便看到一扇窄小的侧门。

此时第一番刚结束，主客双方已经离开谈座，退入谈助席中，众人正三五成群地评点和争辩方才主客双方的言论，堂中甚是喧嚣吵嚷。

小沙弥从腰间掏出钥匙小心翼翼打开锁，推开木门将她们让了进去，原来那门前竖着四扇摩耶夫人梦象受孕木画屏风，专用来掩护迟到的贵客出入。常山公主轻车熟路，带着钟荟猫着腰从那屏风后穿过，正打算趁乱神不知鬼不觉地找个角落坐下来，只听隔着五六颗人头传来一声惊雷般的叫喊："苏兄!"

"太常大人的三子胡毋基。"常山公主快速地轻声道。

钟荟循声望去，只见一位头大肩窄身条细的青年男子正一边扯着大嗓门喊"酥胸"，一边往人群中挤，待来到她们跟前时，这位公子头顶上的蝉翼笼冠已经歪在了一边。他生着一对别开生面的八字眉，脸颊和前额上生着许多粉刺，看起来十分倒霉相。

钟荟十分感佩地将这位久仰大名的胡毋公子端详了一番。

胡毋基是太常胡毋林大人的嫡三子，年方二八，乃洛京出了名的谈痴，哪里有清言会、谈玄会哪里就有他。不过叫钟荟折服的是，这位其貌不扬的公子大约是世上唯一一个能叫她前世阿兄闻风丧胆的人物。

钟荟阿兄钟蔚十三岁时跟着他阿爷旁听高僧竺道潜与名士殷鉴的清言会，爱现眼的毛病发作，从旁听席中跳出来，先是将崇有派的殷鉴驳得只能吹胡子干瞪眼，然后又反过来执其理，将竺道潜也逼得头顶油光直冒。他还嫌不过瘾，索性自为主客，引经据典，洋洋洒洒万余言不带停顿，几乎将崇有与贵无两派的谈证和义理都穷尽了。

她阿兄一战成名后，便叫那胡毋基盯上了，此人不但三天两头登门造访，一堵到人就与他翻来覆去地切磋那些车轱辘话，可以从清晨谈到三更，连钟蔚这张能将死人说活的嘴皮子也拿他没辙。

凡是能叫钟蔚吃瘪的人和物，统统都是钟荟天然的盟友，她对这胡毋公子很有好感。

常山公主清了清嗓子，装模作样地对那一身绮罗看起来却十分落魄的青年作了个揖："胡毋兄别来无恙。"

"苏兄！"胡毋公子仿佛见着了失散已久的亲人，若不是常山公主躲得快，恐怕就叫他把手抓住了，"三月前一别后，我托人带了几封书信到扶风，可俱如石沉大海，你可曾收到过？"

"啊，仿佛是不曾。"常山公主脸不红心不跳，"我回家乡未逗留多少时日，便去了江左游历，后来又辗转来到洛京，想来是不巧错过了。"

扶风苏氏是常山公主之母崔淑妃母家的姻亲，族中有几支至今仍居扶风，她在洛京厮混时常常假托一位一表三千里的表兄之名，这位名叫苏哲的表兄从小到大连公主表妹的面都未曾见过，却替她当了无数回冤大头，时常收到各种莫名其妙的书信和土产。

"无妨，信中那些见解粗陋得很，既然苏兄身在京中，我们便可时时当面切磋。不知苏兄下榻何处？此次又预备在京中——"

"今日我来得晚，错过了谈端，未知形势如何了？"常山公主赶紧截断他话头。

胡毋基一提起自己关心的话题便将之前的话茬忘了个一干二净，愣是用一对不称手的八字眉演绎出眉飞色舞的效果来："一番将将结束，下一番估摸着要换人。今日这场的题目是圣人无情，第一番裴思真主圣人无情，刘士居言圣人有情。裴思真词锋甚是犀利，不过圣人无情乃是时下显学常论，只能说是无功无过的老生常谈了……"

胡毋公子像爆豆一样噼里啪啦地侃侃而谈，唾沫星子飞了满天，常山公主嫌弃地拿麈尾遮住了脸。胡毋基全不看别人脸色，只顾自己将第一番的唇枪舌剑事无巨细地复述了一遍，也不知那么弯弯绕绕的一大篇他是怎么记住的，号称耳闻则诵的钟十一娘实在是自愧弗如。

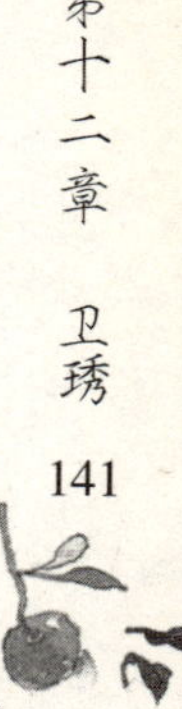

常山公主对这些丝毫不感兴趣，只关心那俊俏的盲和尚何时登场。

不多时堂中有小沙弥摇了摇金铃，人群逐渐安静下来，都翘首以盼。

第二番果然换了人，为主的是个须发花白的老先生，穿一身绛色纹织锦袍，后背有些佝偻，气势上便输了一头。他挥了挥斑竹柄麈尾道：“圣人为人伦之至，则天之德，得时在位，而未有心于喜怒……”

胡毋基听了片刻便失望地摇了摇头：“盛名之下，其实难副。这王道渊妄称名士，不想也是个拾人牙慧的，去年白马寺钟子毓就是执此论将何同叔难得毫无招架之力。”

常山公主用麈尾掩着嘴，微微侧头，小声对钟荟道：“你看见没有，那王老先生门牙上有一片菜叶子。”

钟荟一看果真如此，不由莞尔。

那位王姓老名士拉拉杂杂说了一大堆。此番向王老名士问难的是素有才名的荀家二房嫡长子荀岳，他说到激动处眼睛圆睁，原本在男子中就显得尖细的嗓音拔得更高。

“荀士衡立论虽高，然而韵音辞令上终究是差了一些，听他问难总是像在与人吵架，于风度略有所损。”胡毋基的评价切中肯綮，钟荟虽是第一回亲眼目睹清言会的盛况，也知道他说得很在点子上。

“啧啧，看他那对鼓突眼，整个荀家算是无出其右了。”常山公主也有意见要发表，“真担心他再这么瞪下去眼眶就接不住眼珠子了。”

钟荟前世的阿翁与荀家老太爷很有些不对付，她也忍不住刻薄一二：“造化孕物都是配套着来的，有大号的眼珠自然有宽广的眼眶与之匹配，您何曾见过河豚叫自己毒死的？”

常山公主忍不住笑出声来。

偏偏谈座上两人舌战正酣，众人俱是凝神屏息，不发一言，荀岳说完一大篇，正停下来喘气的当儿，常山公主那“扑哧”一声笑便显得掷地有声。

“区区所言很好笑吗？”荀岳脸色一沉，用玳瑁柄麈尾点着常山公主的方向尖声道，“这位公子想必是有高论赐教了。”

“高论不敢当。”常山公主面不改色，将袍袖一振，麈尾一挥，以一种讨打的口吻道，“你这话中的可笑之处，便是我这年仅八岁的童仆也知道，阿龙，你来与荀公子说道说道吧。”

钟荟不打算纵容这荒淫无道的公主逞凶，更不乐意被随便安了个畜生的名字，当即面无表情地拆主人的台：“回公子的话，小的半句话都听不懂。”

“本公子要你何用！”常山公主气得拿麈尾拍了她两下，只得捋袖子亲自出马，“荀公子难道忘了，颜子非圣，贤人以情当理，如何能证圣人有情？”

钟荟惊讶地挑了挑眉，难为常山公主一边操心人家眼珠子，一边还能分出神来听他们正经谈论。那常山公主的嘴皮子功夫也很是了得，虽然掉书袋不如她阿兄钟蔚，可善于譬喻，将玄之又玄的见解说得深入浅出、妙趣横生。

常山公主一起头便收不住，索性站起身挤到前排，站在荀岳对面与他你一言我一语地辩起来，喧宾夺主得十分彻底，直到常山公主将荀岳驳得一脑门汗，二番结束，那王老名士门牙上的菜叶子始终没能再见天日。

常山公主对手下败将荀岳作了个揖道：“区区不才，承蒙荀公子相让。”

围观众人都对这位面如傅粉、唇若涂朱的陌生小郎君很是好奇，胡毋基与有荣焉，一遍遍不厌其烦地对周围人道：“这位乃是扶风苏氏的公子，名晢，字玄明，在族中排行第十六……”

常山公主帮素未谋面的远房表兄扬名立万之后便功成身退，回到钟荟身边道：“王道渊和荀士衡都是出了名的废话篓子，任他们这么掰扯下去恐怕到太阳落山都没完，禅师再不登场咱们该赶不上夜宴了……欸，来了来了！”

“啊？不过尔尔嘛……”钟荟踮着脚伸长脖子一看，不免有些失望，那禅师确实眉清目秀，可也仅此而已，在她看来并没有什么过人之处，心下暗暗比较了一番，无论姿容还是态度都比卫六差远了。

“这你就不懂了，像卫氏那种人家，美人如云那叫意料之中，偏偏是那蓬门荜户、草庐茅茨间偶尔出一个美人，就像是瓦砾粪土中间开出一朵照殿红来，最是意外之喜。”常山公主耐心解释道，“这么说吧，那凤仪汤饼就真是世间至味？值当那么多王孙贵族巴巴地从洛京城里赶来吃那一口？他们府上的汤饼做得不精吗？肉不够多么？不过是图那个野食野趣罢了。”

虚云禅师坐了许久，对面的坐榻仍旧空着。就在众人纷纷揣测谁人能叫禅师久候时，那四扇木画屏风后走出两个人。

走在前头的卫六郎一身素纱禅衣，头戴漆纱笼小冠，手持紫玉柄麈尾，他身后是一位胡服少年郎，这回倒是没遮脸，钟荟一眼便认出了卫十一郎。

这样的场合无论老幼都是褒衣博带，唯恐袖子不够宽广，显不出翩翩风度，偏那少年一身胡服，手中也无麈尾，十分特立独行，简直像是来砸虚云禅师场子的。然而行止之间，这窄袖玄衣的少年郎却比在场所有的人都当得起“飘逸”二字。

“真如幽夜之逸光。”常山公主一见之下便将那野趣十足的禅师忘了个干净。

卫六郎出现在清言会上并没有什么不寻常之处，挥麈谈玄本就是贵游子弟的一大雅好，甚而像胡毋基这般将之当作毕生之志的也不在少数。清谈出众已成了独辟蹊径的进身之阶，以此闻名于世而受征辟的屡见不鲜，比如那大名鼎鼎的“三语掾”太子洗马曹仲卿，就因“将无同”三字名扬天下，平步青云。

不过钟荟亲眼见到卫六郎翩然地向虚云禅师行了一礼，接着在对面客席落座时，她仍然有些许恍惚。在她的记忆中，卫六始终是个腼腆害羞、寡言少语的半大少年郎，很难想象他似聒噪的钟蔚一般摇唇鼓舌，侃侃而谈。

然后她忽然意识到，撇开上巳那日在人群中那远远的一瞥不提，其实他们已有两三年未见了。

“不佞愚见，圣人茂于人者，神明也，同于人者，五情也。圣人虽茂于神明，而五情禀之自然。神明茂，故能体冲和以通无；五情同，故不能无哀乐以应物。”卫六郎谦和有礼地问难，语调平静和缓。

“小僧窃以为，圣人与天地合德，与至道同体，其动止乃天道自然，而无休戚喜怒于其中，故圣人与自然为一，则纯理任性而无情。”虚云禅师当仁不让。

两人你一个“不佞”、我一个“贫僧”，这个行礼，那个作揖，不像在打嘴仗，倒像在请客吃饭。钟荟这才知道，卫六郎就是卫六郎，即便与人唇枪舌剑，也可以不带一丝烟火气，与她那个咄咄逼人、尖酸刻薄的阿兄全不是同一个品种。

“卫遥集平允宽和的风度真是叫人倾倒。”胡毋基对着常山公主啧啧称赞道，“难得的是温雅得体的辞令与淡宕平缓的音韵丝毫不损其词锋之犀利、见解之独到。钟子毓固然辩才无匹，可毕竟有些恃才傲物，过于锋芒毕露了。你看那卫六郎，每每留有一线余地，并不将那禅师逼至绝境，可高下胜败昭昭乎若揭日月而行，胜也胜得叫人折服。”

常山公主眼睛盯着助谈席上的卫十一郎，对卫六郎和虚云禅师那两朵明日黄花兴趣缺缺，偶尔施舍上一两眼已算是仁至义尽了。

卫十一郎身为谈助之一，却是心不在焉，神游天外。他本来趁着天好打算骑着马去游一游城南的愿会寺，途中想起孝行里闻名遐迩的裹蒸，便拐了个弯，一不小心迎面遇上他堂兄，三两下就被忽悠来充数，非但没吃上他阿兄言之凿凿的“阿翁赞过的汤饼”，连“柰那么大的枣”也没见着半个。

豫州士人清谈之风远不如洛京那么盛，卫十一郎还从未出席过清言会，一开始也有几分好奇，可听了小半个时辰，发现他堂兄与虚云禅师你来我往，越发玄虚，听其言虽美，责其实却如兔角龟毛，与其说是阐明义理、探幽寻微，倒不如说是为辩而辩，为争而争。卫琇没了兴致，往外一张望，天光有些冷下来，心里越发焦急，生怕再晚他阿翁赞过的汤饼就要收摊了。

正巧另有一人与他所见略同。

钟荟扯了扯常山公主的袖子，将她粘在卫十一郎俏脸上的目光硬是剥了下来：

"公子，我想去尝尝那凤仪汤饼。"

"好好听，别多事。"常山公主不耐烦地道，"你这孩子怎么如此不懂事，难得本公子发善心带你来长点见识。这场清谈乃是旷世的盛会，必能流芳百世，你能亲眼目睹两位大家的风姿，聆听其高谈阔论，真是三生有幸哪！"

钟荟言简意赅地答道："多谢公子的大恩大德，小的没齿难忘，可是小的饿了。"

常山公主气不打一处来，拿麈尾往她头上连拍了三记泄愤："你午膳吃了多少东西以为本公子没看到吗？"

钟荟想了想，她总计吃了八样果子，六碟糕饼，三样肉膳，两种水族，外加一荤一素两道羹汤，才两个时辰便喊饿是有些说不过去，只好实话实说："小的馋了。"

常山公主被这如此坦荡又厚颜无耻的回答噎了个半死，饶是她巧舌如簧，也拿这没脸没皮的小娘子没辙。

钟荟看公主的脸色不好看，连忙顺着她的心意道："看那卫郎长得这样好，想必同名的汤饼也是格外标致的，小的去替公子掌掌眼。"

"那你自个儿去西门外吃去吧，莫走远了，叫拐子背走了本公子可不背这锅，只当你是自己走丢的。"末了看了看她那身童仆装扮和两道勾搭到一起的粗眉，觉得自己的担心也是多余，大方地一挥麈尾，眼不见心不烦，"去吧去吧。"

钟荟前脚刚绕到掩人耳目的屏风后头原路返回，卫六郎和虚云禅师的三番也已到了关键之处，两人俱是口干舌燥，便停下来喝茶休憩，顺便整理思绪。

卫六郎扫了一眼谈助席上心神不宁的堂弟，心知他是为了什么坐立不安，微微一笑道："觉着无趣吗？此番结束后阿兄还要与禅师聊一会儿，你也很多年没来这崇福寺了，四处逛逛吧。那凤仪汤饼很好找，在西门外一棵百年梧桐树下，出门便能看到了。"

卫十一郎不好意思地起身向他阿兄和虚云禅师施了一礼，道："抱歉，失陪了。"嘴上说着抱歉，脚却已经毫不含糊地挪动起来，仿佛生怕他阿兄后悔似的。

卫六郎看着他急急忙忙的背影，摇了摇头，无奈地对虚云禅师道："这孩子让我们家里给惯得无法无天，倒叫高僧见笑了。"

虚云禅师答道："卫居士与令弟情谊深厚，着实令人感佩。"

修长双腿已粗具规模的少年郎与八岁的肥短身躯不可同日而语，钟荟早走了半刻钟，却叫卫十一郎后来居上，先一步抵达了凤仪汤饼摊。

摊主王二郎和他娘子有旁的事离开，因天色向晚，客人不多，便只留了十四五岁的小儿子守着摊儿。

那绿豆眼朝天鼻一脸麻子的小摊主指了指坐在草棚下胡床上等着汤饼出锅的卫

十一郎，瓮声瓮气地对钟荟道："对不住，最后一碗汤饼叫那位客人要去了。"

钟荟一听脸便垮了下来，愤愤地看了一眼捷足先登的卫十一郎，觉得那张俊脸上写满了扬扬得意，讨人嫌得很。

就在她以小人之心揣度人家的时候，谦谦君子卫十一郎却对那小摊主道："我一个人也吃不了这许多，劳烦您匀半碗给这位小郎君罢。"

不知为何，钟荟觉得那张脸比方才还要讨厌上三分，不过面上却是感激不尽，虚情假意地行了礼又道了谢。

草棚四面透风，里面原本挤了七八张胡床，因快到日暮时分，那心急的小摊主便将胡床都收了起来，只留两张在外面并排放着。钟荟刚刚受了人恩惠，不好意思将那胡床拖远，只得在卫十一郎身旁坐了下来。

好在卫十一郎也没有找小孩搭话的志趣，两人眼睛都看着支在炉子上的大锅，巴巴地等着汤饼出锅。

那小摊主果然将一份汤饼分作了两半，用陶碗盛了端过来："小心烫。"

钟荟接了过来，却突然想起了什么，对那摊主道："听说你们这摊子有个不成文的规矩，卫家人来吃可以多加两片肉是不是?"下巴往卫十一郎那边点点道："这不就是卫家人么，怎么不见多两片肉。"

小摊主吸溜了一下鼻子，有些蒙了，他阿爷似乎是定了这么个规矩，可从未见过真有活生生的卫家人来讨这两片肉的，犹疑道："阿爷阿娘不在，我做不得主。"该给便罢了，若是不该给，在他手上给了出去，他那母夜叉似的阿娘回来一数少了两片肉，怕是要从他身上活剐两片下来。

"哈。"钟荟摇了摇头，似笑非笑地看了那小摊主一眼，"你们挂人家卫郎的名号做了这么多年生意，赚的钱不知能买多少头猪了，连两片肉都舍不得，真真不要脸。叫什么凤仪汤饼，我看叫忘恩汤负义饼还差不多。"

十几岁的少年人脸皮薄，最经不得激，那小摊主当即拼着被他阿娘活剐，一挺胸道："你这小郎莫乱说话，哪个说不给了。"说着就回转身去往其中一个陶碗中加了两片肉，重新端了过来。

卫十一郎觉得为了肉的多寡与人理论十分难为情，可心里又有些暖。他在豫州待久了，与洛京有些格格不入，总以为京都人情淡漠，没想到这位作童仆打扮的小郎君却是如此古道热肠。

他向摊主道了一声惭愧，正要去接，却被一双小而白的手抢了先。

钟荟理直气壮地接过那碗多两片肉的汤饼便吃了起来，卫十一郎这豫州来的乡巴佬哪里见识过大都会的世情冷暖，呆呆地捧着小摊主塞进他手中的陶碗，张口结舌道："你……"

钟荟瞥了他一眼道："我怎么了？这两片肉又不是打你碗里来的，你不还是这么多吗？我凭本事多吃两片与你有何干系？"

卫十一郎似乎被她这番歪理说服了，默默地捧起碗吃起饼来，他吃东西很斯文，不声不响，不吸溜也不咂巴嘴，动作优雅好看，速度却不慢。

钟荟埋头吃了一气，额头上冒起汗来。她也顾不得讲究，用袖子一抹额头，把眉墨抹得到处都是，半张脸都花了。

吃完饼要付钱的时候，她一掏袖子就呆住了，这才想起自己换了衣裳，身上半个钱都没有。

现世报来得太快，叫钟荟措手不及。

适才为两片肉得罪了人家，现在再要找补未免太丢人，不如就坐在这儿磨蹭着，常山公主知道她在此处，不见人回去总是会遣人来寻的。

可惜她等得，那饥肠辘辘的小摊主却等不得了，时不时地乜着眼睛往他们碗里瞅，把锅中煮饼的汤头哗啦往地上一泼，然后丁零当啷重手重脚地收拾起碗勺来。

钟荟只作看不见，把硕果仅存的一片汤饼用勺舀起来，用牙咬下一点尖，然后又放回汤里，过了半晌再捞起来咬一点。

卫十一郎吃得没她快，却挺有眼色，见那小摊主急着收摊，不愿意耽搁人家，速速将剩下的饼和肉吃完，然后搁下竹筷，用修长的手指执着汤匙，斯文地喝了两口汤，意犹未尽地将陶碗搁在身边一个充作食案的树桩上。

那小摊主哪里看不出这狡童是成心拖延，方才脑袋发昏着了这小儿的道，叫他骗得两片肉，他已是后悔不迭，此时更是咬牙切齿，一见贵客吃完了，便拿大铜勺敲敲锅沿道："收摊了收摊了！"

钟荟无法，只得道："催什么，哪有这样赶客的，都说店大了欺客，你这摊儿这么小，这不良习气倒学了个十成十！"

一边说一边装模作样地在袖子里掏来掏去，指望神佛在自己地界上显个灵，即使掏不出钱，掏出个能抵钱的物件也好。可惜袖管里莫说财货，连个线头都没有。

钟荟将全身都掏遍了，佛祖不曾为这临时抱佛脚的俗人显灵，她只得不情不愿地从怀中掏出一个小小的蜡纸包来。这纸包里是她秘制的五味梅条，虽很可口，但拿来当钱用想来是不行的。她瞥了瞥眼观鼻鼻观心的卫十一郎，心里便生了一计。她将蜡纸包打开，故意在卫琇跟前晃了晃，自言自语道："吃完咸的就想吃甜的呢。"

卫十一郎果然掀了掀眼皮，眼神悠悠飘了过来。

钟荟窃喜，这孩子打小嗜甜，拿果脯蜜饯一拐一个准，趁热打铁道："这是小仆自家做的，卫公子要是不嫌弃，请尝一尝。"边说边热情地将那包吃食往卫琇面前递了递。

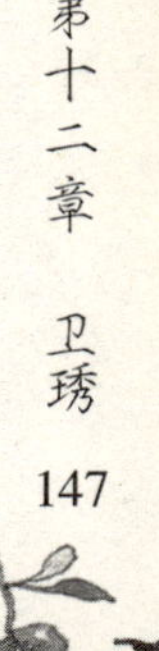

卫琇一脸受宠若惊："可以吗？小郎君盛情，在下就却之不恭了。"说完掏出帕子拭了拭手，拈起一块用紫苏叶裹着的梅条，先观赏了一番，道："观其色闻其味已是不同凡响了，府上的果脯做得好生精致。"

那批梅条是钟荟从小厨房要了腌过的梅子重新制的，梅子要挑大小均一，熟度刚好的，两缸腌梅子中只拣出了两小罐，用橘汁、橘皮、白梅、安石榴、桂花、蜜和匀腌制四十九日，然后在文火上慢慢炖到汁水收干，再小心剔去梅核，切成一指宽的细条，每条用紫苏叶裹好。这么两小罐吃食前前后后花了阿杏和阿枣好几日工夫。钟荟一条条数着吃，如今也只剩下这一小包了，吃完就得等收了今年的新梅之后才能再做了。

卫十一郎拈起梅条咬了一口，钟荟觉得简直像是咬掉了自己一截手指。

"果然美味非常。"卫琇忍不住赞叹，透亮的眼睛映着天边晚霞，似有光华流转。

他将剩下半截梅条放入口中细细品味一番道："有橘子的清甜，还有一缕白梅香，可惜尚有几味未曾辨别出来。"说完瞟了一眼钟荟手中剩下的梅条。

钟荟忍痛识趣地将纸包递上前去，颇富心机地将蜡纸掩上一些："卫公子喜欢真是小仆天大的荣幸，公子不必客气，这里还有。"

卫十一郎嘴上客套着，白玉般的手已经伸了过来，又拈了一条送入口中："嗯，还有桂花的香气，似乎还别有一味，却是尝不出来了。"

钟荟偷偷数了数，蜡纸包中只剩下四条了，赶紧将纸包往回收，道："还有蜜和安石榴。"

"真的？"卫琇皱着眉，以一种探究学问的语气道，"我倒未曾品出安石榴的味道。"说着仗着手长，往钟荟这边一探，灵巧地取出一条，道："啊，果然是安石榴，不过这蜜是槐花蜜还是茉莉花蜜呢？"

钟荟眼睁睁地看着他一条接一条地将自己珍贵的梅条吃了个干净，然后用帕子擦擦指尖，心满意足地弯了眉眼道："实在不好意思，一不小心将小郎君的梅脯吃完了。"

就知道这卫十一郎不是善茬！钟荟在心中哀叹，都说三岁看老，这小儿有生以来第一回开口说话就叫她吃了瘪，去几年豫州怎么可能就转了性呢？

不过如今她有求于人，也只有低眉顺眼地吞下这口郁气了。

"卫公子喜欢就好。"钟荟硬挤出个勉强的笑容，干巴巴地道。

小摊主已经将锅碗瓢盆都收拾完了，见他们还在慢吞吞地品尝什么劳什子梅条，气不打一处来，忍不住又将锅沿敲得当当响。他们倒是吃了咸的吃甜的，顺心畅意得不得了，他肚腹里还空得咕咕作响哩！

钟荟自觉交情套得差不多了，对那没眼色的摊主道："晓得了晓得了。"说完故意当着卫琇的面掏了掏袖子，盯着他的脸，皱着眉头道：“哎呀，方才走得急了，竟然没带钱。”

卫十一郎嘴角一翘，却并不接话。

钟荟只好老着脸皮道：“卫公子可否先借小的两个钱把账会了？”那包精细的梅条怎么都值这半碗汤饼钱了，何况市面上根本没得卖。

卫琇却浑似忘了梅条的交情，诧异地道：“借？小郎君打算何时还我？”

钟荟一愣，这所谓的借不过就是虚客套，他不是应该投桃报李，干干脆脆把账会了，再道一声这点小钱不必介怀吗？

虽然和预想的不一样，见识过大风大浪的钟十一娘还是沉着冷静地道：“卫公子不必担忧，小仆明日一回城定然立即将这汤饼钱奉还。”

“如此甚好。”卫琇点点头道，“不借。”

“你……”在这佛门里，因果来得也比别处快，钟荟“你”了半天说不出句整话。

“在下怎么了？”卫琇低头弹了弹衣襟，然后抬起眼无辜地笑道，“既然是在下的钱，借与不借不都是我说了算吗？对了，那梅条确实可口，多谢了。”说完站起身便要走。

钟荟一咬牙，捋起袖子，偷偷解开绑在手臂内侧的小布包上的暗扣，往眼下一抹。那布包拿吴茱萸浸过，是赴宴之前绑上的，没想到却在这里派上了用场。也是她该有此劫，记得带吃食，记得带作案工具，偏偏就不记得带钱。

卫十一郎这孩子虽然有些蔫坏和小气，但是有个最致命的弱点，就是心肠软。幼时钟荟见他好玩常常逗他，千方百计地从他手里骗蜜饯吃，无论说什么他都捂紧了不给，可她只消皱着眉头捧着心做泫然欲泣状道：“阿姊方才喝了药，嘴里苦得很。”他必定将蜜饯乖乖掏出来，屡试不爽。

钟荟每每得了手都要揉着他的头顶笑话他一番，可下一次故技重施他仍然会就范。

卫十一郎有了前车之鉴长了些心眼，见那小童用袖子捂着眼睛呜呜哭，还怀疑他是不是装的，可下一刻就看到泪珠从那双杏眼中一颗接一颗涌出来。

钟荟一边哭一边用袖子抹眼睛，她不愿轻易动用吴茱萸就是因着用量太难控制，一不小心点多了就止也止不住，叫她抹花的眉墨雪上加霜，被湿袖子擦得到处都是，半张脸都是黑乎乎的一片，越发显得可怜起来。

卫十一郎先前也没怎么注意她的脸，这时才后知后觉地发现“小郎君”原来是个小娘子扮的。他有两个嫡亲的兄长，三个阿姊，可一个妹妹也没有，因四五岁时跟着阿爷去了豫州赴任，和堂妹们也没什么相处的机会，完全不知道如何应付这种

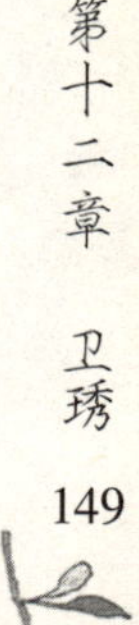

场面，手忙脚乱地掏出帕子递给钟荟道：“莫哭了，我逗你玩呢，不过一碗饼钱罢了，如何会要你还。”

钟荟止住了哭声，接过那帕子，擦了擦眼泪，不过吴茱萸的效力还未过去，还是有眼泪源源不断地涌出来，连带着鼻尖都红了。

卫琇望着那一脸脏兮兮黑乎乎连眉目都看不太清楚的小娘子，觉得有些逗趣，忍不住弯了嘴角，可往腰间一摸，那笑就凝固在了脸上。

钟荟立时察觉出了不对劲，警觉地盯着他，她脸上黑，眼珠子便尤为黑白分明，看得卫十一郎心惊胆寒：“你该不会也没带钱吧。”

“我出门时分明带着钱袋子。”卫十一郎站起身，一边在腰带中翻找一边疑惑地道，“还在景明寺门口买了个油饼……”

方才还可怜巴巴的小娘子说翻脸就翻脸，嫌弃地看了他一眼，摇了摇头道：“景明寺一带最多窃贼，你这钱袋子大剌剌吊在腰上不是去给人送菜吗？长点心吧卫公子，这可是京城。”

那小摊主一直留意着他们这边一举一动，闻言急急地跑上前来，看了看相貌堂堂的卫十一郎，又看了一眼身着仆役青衣的钟荟，两人通身上下都没什么金玉之类的值钱物件，不过那胡服少年容貌气度看起来终究更富贵一些，便柿子拣软的捏，朝钟荟扑过去。

钟荟见他来者不善，赶紧脚底抹油，哧溜往后一躲，没叫那气急败坏的小摊主逮个正着。

小摊主先前听说那少年是卫家的小郎君，故而有几分怯意，未敢肆意盯着他看，然而此刻再一打眼，那身胡服也不是什么刺绣、织成、锦缎之类的贵重料子，又想起方才两人有说有笑、眉来眼去的，说不定根本就是搭伙来吃白食的。

本来嘛，卫郎脸上又没写字，那矮个小子说是就是了？就凭生了一张好皮相？西市上杀猪的还长得人模狗样呢，难不成个个都是卫家人？一想到被糊弄去的两片肉，新仇旧恨一齐涌上心头，那三分猜疑顿时变作十分肯定。他一把拽住卫十一郎的胳膊道：“我看你根本就是个骗子，卫家郎君哪有穿成你这寒酸样的！没钱还来吃汤饼，是打定了主意吃白食的吧！”

钟荟白瞎了一回眼，还搭上了仅剩的一包五味梅条，结果竹篮打水一场空，对卫十一郎心怀愤懑，此时看戏不嫌台高，躲在后边搓火：“寒酸？你睁大眼仔细瞧瞧，他这身衣裳是上好的越罗制的，断个袖子就能将你这小摊儿连锅碗带人一齐买下来了。”

那小摊主一听，心道：好哇，这是生怕我不知道你俩是同伙么？一激动，吹出两个鼻涕泡泡。他用手背擦了擦鼻子，往裤腿上一抹，一边悍然扯住卫十一郎那价值连城的衣裳，几乎真要将它扯成断袖，一边还要顾着躲在后头的小同伙。

钟荟顿时既恶心又嫌弃："哎呀，你方才下汤饼时该不会没洗过手吧。说你是黑摊儿真真一点不假，早知这么脏倒贴钱请我吃我都不要。"

小摊主恼羞成怒，想去抓那坏嘴的小童，可又怕放跑了手里这个，只好下了死力拿卫十一郎泄愤。他这双手可以连着大铜锅端起整一锅汤水，几乎将卫十一郎的小胳膊掐断。

难为卫琇疼得嘴唇发白还维持着花容月貌，精雕细琢的五官没一处变形，只抽了口冷气对钟荟道："劳驾您少说两句吧！"又对那小摊主道："今日实是钱袋遭窃，并不是有意的。你且先将我放开，我哪里都不去，就同你在此等候家人来会账。"

见那卫家小儿断袖是件可乐的事，可断臂就不好玩了，钟荟收拾起姗姗来迟的良心，对那摊主正色道："你信也好不信也罢，他真是卫家人，你若是把他胳膊拧坏了，一会儿他家人来了看此事怎么善了。"

这西门只是个偏门，不是出入崇福寺的必经之道，这时候已近黄昏，更是人迹罕至，然而卫郎汤饼的这番动静还是引来了不少围观之人，他们交头接耳，时不时还对着卫十一郎等人指指戳戳。

有个同在崇福寺西门摆摊卖酪浆枣茶的大娘一见卫十一郎那花容月貌，平常那一碗酪浆兑半碗水还要卖三个钱的冷硬心肠顿时软成一潭春水，上前道："王小麻子，这小郎君生得一表人才，哪里会赖你的饼钱，我看八成是真有难处。你粗手笨脚的，别把人金贵的小郎君弄伤了，一会儿小郎君家人来了定不肯罢休。"一边劝解，一边上去掰小摊主的手，趁乱顺便在卫琇手背上摸了一把，心里赞叹，真个比她家的酪浆还白滑柔嫩。

围观者中便有那无赖汉哄笑起来："钱五娘，你这老寡妇想汉想疯了吧，也不看看人家小郎君毛长没长齐！"

卫十一郎何曾叫人这样既动手又动口地轻薄过，全身的血气都往脸上涌，连带耳朵都红得像煮熟了的虾。钟荟有些不忍心看，捂住了眼，心里默念几声阿弥陀佛，求佛祖庇佑这可怜见儿的小郎君，然后趁着众人忙着围观卫十一郎的当儿，猫下腰，偷偷从草棚中溜了出去。

其实在她刚刚抬脚开溜的时候卫琇就已经发现了，不过他倒没打算难为这不仗义的小娘子，何况还吃了人家的梅条，一想到此处，那梅条酸甜的余味就在舌尖上打转起来，一分神，又被那好心劝架的钱五娘寻到可乘之机薅了一把。

钟荟突围成功，见没人留意她，转身拔腿就往寺中跑，一口气爬了十几级石阶，这才放慢了脚步，一边走一边频频回望西门外的小草棚，马后炮地担心这卫小郎吃亏，一不留神没看前面，撞上了一个人的后背，身形一晃，差点仰面从石阶上栽下

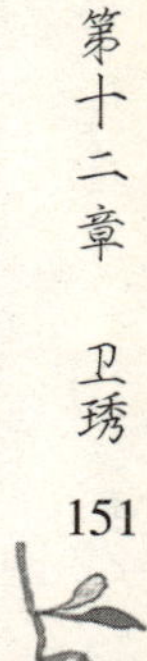

来，幸好后头有人眼明手快地将她扶住，温和地道：“小心。”

叫她撞上的是个满脸横肉的彪形大汉，比起姜大郎更像是杀猪的。此人转过头瞪了她一眼，声如洪钟地骂道：“小贼皮，没生招子吗？”

钟荟这欺软怕硬的没敢瞪回去，心有余悸地站定，向那扶她的好心人行礼道谢，一抬头便被吓了一跳。

眼前这个身着碧纱袍、戴着诸葛巾的束发少年郎，分明是她的堂妹十三娘。

钟荟下意识地就想躲，闪念之间想起十三娘并不认得她现在这副尊容，方才放下心来，唯恐被识破的惊惶替之以遇见亲人的喜不自禁。

十三娘见这脸上脏兮兮的小童直勾勾地盯着她瞧，疑心是自己女扮男装叫人识破了，草草回了一礼，低下头加紧脚步继续往前走。

这是钟荟死而复生以来第一次见到上辈子的亲人，且是堂姊妹中与她最亲密的十三娘，然而最初的欣喜过后，她立即意识到十三娘本该在钟府替她服大功，出现在这崇福寺着实蹊跷，不由得跟了上去。

十三娘钟芊爬到石阶顶端，右转沿着一条小径穿过一片栽着桧树的密林。钟荟怕被她发现，一直待她的背影消失在林中，方才跟了上去，若即若离地远远缀着。

穿过林子，眼前是一座花木扶疏的深深禅院，院门外有几丛修竹香草，低矮的院墙内探出几枝白茶，碧玉般的叶片上伏着一只黑色甲虫，已将叶片边缘啃出了个缺口。

十三娘在院外站住。钟荟便蹲下身子，躲在小路尽头处的一块磐石背后，透过石上一株瑞香花叶间的缝隙向外张望。

十三娘定定地看着那叶子上的小虫出神，一直到叶子被啃去半边，方才举足上前，屈起纤细的手指叩了叩门扉。

片刻后那木门吱呀一声打开，门内走出个小沙弥，双手合十向十三娘行了个礼道：“敢问居士有何贵干？此处乃是敝寺禅房，恕不接待外客。”

十三娘回了一礼道：“劳驾小师父与卫家六公子通传一声，钟十三郎在此恭候，若他拒不见我，我便在此一直等着。”

没想到她这个不声不响的堂妹竟有如此胆量，竟在服丧期间从钟府偷跑出来，跋涉几十里路来到这山间的崇福寺见一个外男。

盲禅师的屋子里空空如也，只沿墙设香案一条，僧床一张。

卫珏与虚云禅师席地而坐，手中捧着一碗苦得难以入口的粗茶，两人不复清谈时口若悬河的模样，相对着枯坐良久而不发一语。

虚云禅师叹了口气，抿了口茶，道：“卫居士，术业有专攻，您叫一个和尚算卦，这不是为难小僧吗？”

“禅师别道门入佛门不过短短两年，难道就将毕生绝学忘得一干二净了？”卫六郎微微一笑，轻快地道，“幸而当日在荆州有过一面之缘，不佞才知名满天下的无为真人竟然成了大名鼎鼎的虚云禅师。”

这半路转行的僧人被人拆穿了也不见异色，背叛师门的决心十分坚定，打着模棱两可的偈语道：“小僧劝居士一句，‘如河驶流，往而不返’，您又何必执着于这击石火、闪电光？”

“人生在世，总有些放不下的人和事。”卫六郎皱着眉头将一口苦茶咽下，一根茶叶柄梗在喉咙口，“纵使出尘绝俗如大师，不也因执着于几寸青丝而久久不能释怀吗？”

那盲和尚冷不丁被捉住了痛脚，高深莫测的嘴脸几乎绷不住，心道这卫遥集看着倒是人模狗样的像个君子，没想到心肠如此之黑，连他因早秃不得不改弦易辙当和尚的事也探查得一清二楚，只得不情不愿地从怀中摸出三枚铜钱往蒲席上一撒，然后以食指指尖一枚枚地摸索，口头上仍在虚张声势：“合会有离，生者有死——”

正说着，只见门口跑来一个小沙弥，对卫珏和虚云禅师行了礼道：“门外有一位自称钟十三郎的居士求见卫居士。”

钟家排行十三的小郎君还在啃手指，卫六郎不用想也知道门外的是谁，叹了口气对虚云禅师道：“是在下执迷不悟，妄想窥伺天道，还请禅师见谅。”说着便起身告辞。

“卫居士，您那位友人已登极乐，还请莫要再自苦了。”虚云禅师双手合十，原本紧闭的双目微微睁开，在缭绕的烟雾中，这道心不坚的盲和尚似在用悲悯的目光凝视他。

佛祖没有显灵，救卫十一郎于水火的是王小摊主的亲娘。那妇人看了二十多年卫郎，从腰围两尺五的窈窕少女到腰围五尺二的五个孩子的娘，一年都未拉下，一见卫十一郎就知道是真凤了。她三步并作两步，上前来一把揪住小儿子的耳朵将他拎开，抄起钟荟方才坐过的胡床就往他臀上砸：“你眼睛生着是用来出气的吗？真佛来了你还不烧香！这家都叫你个贼崽子败光啦！”

王小郎见了他阿娘大气不敢出一声，抱着脑袋满地绕圈，眼泪鼻涕混在一起流个不停。

卖酪浆的钱五娘一手叉腰，在一旁说风凉话：“我说王小麻子他娘，你这是打板子呢还是掐灰呢，都没挨上他臀尖。王小麻子，你也甭装相了，方才揪着人家小郎君要打要杀的时候怎么那么有能耐啊？”

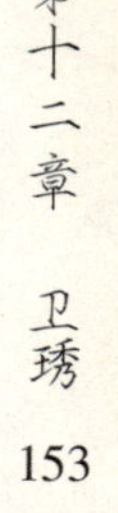

王大娘腮帮子一紧，扔了个白眼给那钱寡妇，骂道："我自打我自家孩儿，要你这白天夜里想汉想得嘴里闲出鸟的骚浪贱货多管闲事!"

卫十一郎自出生以来耳边只闻风雅正声，对这些市井中的粗俗话语听不大明白，不过也知道不是什么好话，适才好不容易冷却下来的脸颊和耳朵又轰地一下烧了起来。

王大娘被那钱寡妇一激，把气都撒在了儿子身上，王小郎如是挨了有生以来最刻骨铭心的一顿毒打。

那妇人一边打一边觑着那卫家小郎，见他一脸不落忍，知道火候差不多了，咒骂两声，把那胡床摆好，用裙摆仔细揩抹干净，然后一边点头哈腰赔礼道歉，一边请那卫家小郎君上座。又从碗碟架子下取出个陶罐子，舀了自家吃的酪浆捧给他："奴这没眼色的傻儿子多有得罪，奴回去定好好治他。小郎君大人有大量，求您饶恕了他这一回。"

卫琇揉了揉酸痛的胳膊，估计是被掐青了，对那胡搅蛮缠的小摊主也不是真不恼，可自己吃了白食也是不争的事实，便宽宏大量地道："实是我没带钱，怨不得令郎，待稍后见了家人必如数奉还。"

围观众人闻见那玉人一般的小郎君果真是卫家人，方才那些嘴上没把门的都成了缩头的鹌鹑，此刻又见这卫小郎如此有雅量，俱都啧啧称赞起来："这世家公子就是不一样，没想到小小年纪就有这样的肚量，将来必定不可限量，卫家恐怕又要出一只凤凰了。"

王大娘赶紧诚惶诚恐地摆手："卫公子不与这贼崽子计较已是天大的气量了，怎么还能要钱。您只要不嫌弃，不单是这崇福寺，咱家全洛京的摊子都任你吃。"

卫琇默默地扫了一眼正"呼哧呼哧"揩鼻涕往旁边甩的王小郎，心道这如何能不嫌弃。

钱自是要给的，他那碗连同那坑蒙拐骗的小娘子那碗，翌日就遣了下人来回几十里山路专程送来，自不必提。

此刻他只想尽早脱身去寻他六兄，便也没有多推却，彬彬有礼地道了谢，便放下陶碗站起身道别，围观的人群自动让出了一条道来，卫琇朝他们点了点头，浅笑了一下。他脸上还带着羞赧的轻红，这一笑将许多人看得呆住了，半晌回不过神来。

卫十一郎估摸着他六兄还在与虚云禅师谈天，沿着沙弥指的石阶拾级而上，再沿着小径穿过一小片茂密的柏树林，便看到了背对林子而立的颀长身影。

他加快脚步，正要开口唤他六兄时，冷不丁从旁边一块大石头背后伸出一只手来，一把将他扯住拽到石头后面。

卫琇被拽得摔了个屁股墩儿，尚且来不及惊呼，便叫一只手隔着帕子捂住了口鼻。

“嘘！”一张黑一道白一道的小脸出现在他眼前，“莫叫嚷。”

不是那忘恩负义的小娘子又是谁？

“若是叫你兄长发现你躲在这儿偷听他和别家小娘子说话，你就是浑身长嘴也说不清了。”钟荟压低了声音在他耳边道，温热的呼吸近在咫尺，“所以一会儿我放开手了你别动也别吭声，知道吗？”

卫琇且来不及细想这古里古怪的小娘子为何会躲在此地偷窥他六兄，先想起捂在他嘴上那块半湿帕子的来历，背上起了一层密密麻麻的鸡皮疙瘩，赶紧点头。钟荟便缓缓松开了手。

卫十一郎这才放开胆子吸了口气，晚风夹杂着松柏的清香和泥土略带腥味的气息。两人肩并肩蹲着，虽然那小娘子看身量不过是个七八岁的孩子，卫琇这正人君子仍旧有些不好意思。人家年幼不懂得避嫌，他却已经十二了，便轻轻挪动双脚往旁边避让了一些。

钟荟哪里知道这卫家柳下惠的心思，在她心里卫十一郎还是当年那个小崽子，和自家弟弟差不多，那时候他的头发又软又细，摸起来像丝缎一样顺滑，她看着那油光水滑的脑袋，竭力克制才没上前温故知新地薅上一把。

他们矮着身子等了半晌，林子外那两个人却像石雕似的不言不动。

钟荟不瞎也不傻，一直知道她的堂妹钟芊心悦卫家六郎，而她不巧是他们姻缘之路上一块病恹恹的绊脚石。

虽然幼时两家大人有过戏言，但是钟荟从未与卫珏正经议过亲，倒是卫夫人一直属意十三娘，钟荟还未一病不起时两人已经在谈婚论嫁了。

若是钟荟的病得早一些，没有那些无聊的大人架秧子起哄，说不定卫珏也不会起那样的心思。又或者她一直苟延残喘下去，久而久之便也不过是个缠绵病榻、人老珠黄的妻姊而已。

可惜她偏偏死得那么不合时宜，死成了一道横亘在两人之间的天堑。

活人怎么与死人较量呢？

十三娘冒了极大的风险一个人从家中偷偷溜出来，又长途跋涉地来到这山寺，连如何回家，会不会沦落到在外过夜都没想过，她只知道卫珏今日在崇福寺清谈，错过了这一回还不知何时才能相见。

她有满腹的话要对他说，这些话日日将她煎熬着，再不说出来就要将她熬干了。可真见到朝思暮想的郎君站在她面前，却一句话都说不出了。

一身素白禅衣的卫珏在一丈之外站着，天边晚照将他镀上一层暖色，掀动他衣袂的风却一阵冷似一阵。

钟十一娘的几个姊妹中，就属十三娘与她最肖似，卫珏的目光近乎贪婪地掠过钟芊的脸庞，旋即收了回来，垂眸规矩地行了个礼："女公子有何见教？"

那刻意的疏离像一根冰凌扎进钟芊的眼里，直直插到她心上，叫她浑身的血都冷了下来。

"我知道我样样都不如阿姊，"她凄然一笑道，"也不如她讨人喜欢。"

卫六郎微不可察地皱了皱眉道："斯人已逝，若女公子顾念手足之情，便不该说这样的话，如若令姊泉下有知……"

钟荟心道若她泉下有知自然是十分苟同，必须点头称是。不过钟十三娘这话只说对了一半，她确实不如自己讨喜，可要说样样不如就有点扯了。

兄弟姊妹和同龄朋友之间暗暗较劲是常事，但是也有很多心机和窍门。钟荟就很懂得灵活机变，作赋不如卫七娘，便转而专攻诗歌，弈棋不如她阿兄钟蔚，便另辟蹊径，苦练樗蒲，投壶的准头不如九娘子，便暗暗琢磨出徒手抓苍蝇的绝活，虽说事后被她阿娘痛打了一顿，还勒令洗了无数遍手，但至少在宫宴上一鸣惊人了啊。

可十三娘这孩子，说好听点叫刚强，说不好听就是轴，凡事太较真，一条道走到黑，就因阿翁说了一句她的字缺少筋骨，她就擅自将手腕上的沙袋加重了一倍，差点落下病根。

钟十三娘说起来也是倒霉，因着比堂姊钟荟小了半年，从学爬学走学说话开始，什么都叫她占了先机。钟荟一早才名远播，又有徒手抓苍蝇这等旁门左道加持，纵使钟芊将琴棋书画、诗词歌赋练得出神入化，外人也只知钟家十一娘，提起十三娘，只当作十一娘那面目模糊的堂妹——其实她连容貌都生得比钟荟更出色一些。

"我虽样样不如阿姊。"钟芊仿佛用尽了浑身的力气哽咽道，"可唯独对公子的心意是阿姊比不上的。"

卫十一郎听到这里惊讶地挑了挑眉，洛京的民风真是一言难尽，非但市井中的大娘可以随意对小郎君动手动脚，连世家女子也将心意挂在嘴上，又想到自己莫名其妙地上了贼船，听了一耳朵他六兄的桃花债，想倒也倒不出来了。

太史公说"凡事易坏而难成矣"，果真不假，邂逅这小娘子不过短短一两个时辰，他就从一个坦坦荡荡、事无不可对人言的谦谦君子，堕落成了个心怀鬼胎、偷听他兄长私密事的戚戚小人。

卫珏对钟十三娘的话置若罔闻，于是那沉甸甸的情谊便重重砸了下来，在她心上砸出个空空的大窟窿。

"女公子请慎言，天色不早了，还请早些回府，免得令尊令堂担心。"卫珏说完转身便要走。

"卫珏！"钟芊的声音颤抖起来，"你就如此嫌恶我吗？阿姊她根本无意于你，你难道要念她一辈子吗？”她一边说一边从中衣领子中扯出一条五彩丝绳，绳上悬着个银色的物件，在夕阳中闪着微光。

“你看，她那时连你手指上的伤都未曾注意到，还将你做的东西随随便便送给别人，她就是这么没心没肺的……”

钟荟气得肝疼，这死丫头真是一只没心没肺的白眼狼。纵使当时不知道那只蝈蝈儿是卫珏亲手做的，她送出去时也心疼得像剁掉一只手，后来猜到了不也没找她要回来吗？

不过这倒怨不得她堂妹，全怪她疼在心里，面上还要故作大方，看起来可不就是随随便便将那物件与了人吗？

“谁稀罕你们的定情信物！”十三娘恨恨地将那只蝈蝈儿往卫六郎身上一掷。那蝈蝈儿在他身上弹了一下又落到地上，钟芊还不解气，又上前踩了一脚，赌气道：“你放心，你既无意，我也不会纠缠于你，回去我就求阿爷阿娘将亲事作罢！”

卫十一郎听到此处颇有些不解，心道：她这么说到底是想嫁还是不想嫁啊？

钟荟却是对十三娘这口是心非的别扭毛病一清二楚。

都说她十一娘从小受宠，其实要论娇生惯养，她这隔房妹妹有过之而无不及。钟芊打小要什么东西只需用手一指，便有仆役和大人巴巴地取来送到她手上，久而久之，用手指便成了使眼色，再到后来连眼色也不愿使了，要你来猜她的心意，若是你不幸没猜中，轻则生闷气，重则连日冷战。

比如当初她看到钟荟那对银丝编的草虫，也不说想要，只是欣羡地看了几眼，酸溜溜地道：“卫七娘与阿姊的交情果然是独一份的。”那几日便对堂姊不理不睬，直到顺了她的意方才展颜。

钟荟已经习以为常，偶尔还觉得有个堂妹闹闹小脾气能为她古井无波的日子平添些许趣味。

然而卫六郎不是钟家人，对这样的趣味敬谢不敏，若要问他的意见，钟十三娘是这世上他第一不想娶之人。

十一娘在世时，堂姊妹俩总是形影不离。她们容貌生得肖似，也许是朝夕相处的时间久了，十三娘的言谈举止也总是有她十一姊的影子。卫珏单是站在这里望着她，便已是揪心，遑论日日相对了。

可他也明白，按他阿翁的意思，钟卫两家联姻是势在必行的事，小辈中年岁和家世最适合的便是他和十三娘，父母之命又如何由得他置喙？若是真如十三娘所言，钟家毁约……

卫珏一瞬间升起些阴暗的希冀来，随即又意识到自己的卑鄙，无论他多不喜钟十三娘，也不该叫一个豆蔻之年的小娘子来承受这些。

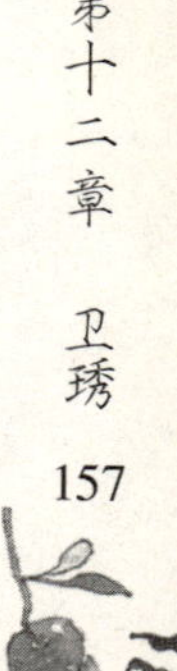

“父母之命，媒妁之言。”卫六郎沉声道，“你我在此谈论这些本就不合宜，今日在下只当不曾见过女公子，恕在下先行告辞了。”说完施了一礼，望了望地上那只被踩扁的蝈蝈儿，决然拂袖而去。

卫十一郎又蒙了，他六兄这又是什么意思，到底是想娶还是不想娶？怎么就不能直截了当地掰扯清楚呢？

“我宁愿死的是我！”钟十三娘望着卫珏的背影发狠道，“我宁愿和阿姊换一换，我宁愿病的是我，死的也是我，能叫你念一辈子，死又有什么？”

她个子较钟十一娘更娇小，身上那身衣服也不知是从哪儿弄来的，并不合身，衣袍盖住了脚面，垂手而立时宽大的袖子直垂到腿弯处，发髻是她自己匆忙之间梳就的，风尘仆仆赶了一天的路，已经有些松了，几缕发丝从鬓边滑了下来，被风拂起，复又落下，那侧影便显得格外凄惶落魄。

钟荟心头有些苦涩，又觉得好笑，小孩子总是爱把话说到绝处，动辄轻言生死。

她这死过一回的老手却没那么大方。其实病痛还在其次，到最后那些时日她几乎已经觉不出痛了，手脚都仿佛不是自己的。每日睁开眼睛总是想，是今日吗？喝药的时候也在想，是今日吗？昏昏沉沉睡去的时候想，干脆就一觉睡过去别醒了吧。旋即又后悔，在心里向漫天神佛求告，求了佛祖求菩萨，求了菩萨求神仙，求了神仙求祖宗，求他们让她再见一见翌日的太阳。到后来，她的眼前只余模糊的一片，连日夜都难以分清了。

可她仍旧怕死怕得不行，宁愿这样不知白天黑夜地赖活着，她怕彼岸没有嫌弃她头发黄的阿娘，没有四处显摆她一笔好字的阿爷，没有作弄她揪她发髻的阿兄，没有背着她爷娘偷偷给她舀蜜吃的阿翁，也没有一个为她折花的翩翩少年郎。

许是她贪生怕死到了极点，打动了老天，这才网开一面让她又活了一次吧。

她这做阿姊的，真恨不得从石头背后走出去，拧一拧这口无遮拦的死丫头的耳朵，再给她两个大耳刮子将她打醒。

不过她也只能想想罢了，以她如今的小身板，跳出去还指不定谁打谁呢。

卫琇蹲得腿有些发麻，悄悄换了个姿势，心道难怪六兄不愿娶这钟十三娘，听她说出的这番话便知这小娘子神志不太清醒。他六兄心悦的是钟阿毛，又不是哪个得病哪个要死便爱哪个。

他不经意间瞥了一眼身旁的小娘子，见她耷拉着脸，眼睛亮得瘆人，也不知在想什么。卫琇杞人忧天地操起闲心来，也不知道这么小的孩子听了这些要死要活的痴话会不会当真，就此有样学样，误入歧途，可就不妙了。

卫六郎听了钟十三娘的话，脚步一滞，身形颤了颤，也不知是怒还是悲，终究没说什么，也没回头。

通往这禅房的道路只有这一条，卫珏自然仍从来路返回。

钟荟倒还好，反正卫六郎认不出她，顶多当是顽童淘气。卫琇就没那么镇定了，他做贼心虚地将身子蜷缩成一团，屏息凝神。他堂兄从旁经过时衣摆从他脸侧的花丛拂过，还若有似无地向他们躲藏的地方瞥了一眼，吓得他一颗心差点从嗓子眼里跳出来，好在卫六郎并未停下脚步，径直往林子另一端去了。

钟十三娘一动不动地在原地站了许久，待卫珏走远了，慢慢蹲了下来，抱着双膝，将脸伏在手臂上，肩背一起一伏，像是在哭。

她不走，钟荟和卫琇也不敢轻举妄动，只得等她酣畅淋漓地哭完离去，才扶着石头站起身来伸展四肢。两人蹲了许久，都是腰酸腿麻，钟荟一瘸一拐地走出林子，将那被十三娘一脚踩扁的蝈蝈儿拾了起来，坐在道旁一块石头上，掏出那条擦过涕泪又捂过卫琇嘴的帕子，细细将上面沾的尘土擦去。

看得出来十三娘对这蝈蝈儿很是珍爱，必是时时拂拭摩挲，过了那么多年仍旧是锃亮如新的模样，只是那编织的肌理缝隙终究有些发黑了，如同她收在奁盒中的那只蛐蛐儿一样。

卫十一郎动了动发麻的腿，拖着脚走到她身边。

钟荟这才想起十三娘将这银蝈蝈儿扔还给了卫六郎，虽说他没捡回去，也算是卫珏的东西，眼下物主的兄弟近在眼前，她就这么当作无主之物拾回去不太好，可见到自己的旧物又不舍得放手，便厚着脸皮向他讨要道："这个可以给我吗？"

"阿兄离开时没拾走，想来是用不着了，你喜欢就留着吧。"卫琇无端觉得她那模样有些可怜，和方才一把鼻涕一把泪时的可怜不太一样，更像是一只无家可归的猫犬。

"多谢卫公子。"钟荟一笑露出一颗虎牙，她笑起来嘴有些歪，但并不难看，还让卫琇有一种莫名的熟悉感。

卫琇慷他人之慨本就不太好意思，受了她的谢，便觉得该做点什么，看了看那被踩扁的蝈蝈道："可惜踩坏了，我替你修一修吧。"

钟荟最熟悉的卫六郎和卫七娘都生着一双巧手，想当然地以为卫十一郎也不会差到哪里，便放心地将扁扁的虫尸放在他的掌心。

卫十一郎接过来一看立即就后悔了，他六兄为了哄意中人高兴也真是费尽心机，也不知道是哪里学的这一手绝技。卫琇横看竖看愣是不知道从哪儿下手，扯了扯其中一条虫腿，明明没用多大的劲儿，不知怎么那条腿就叫他扯了下来。

钟荟忍不住发出"嗞"的一声痛呼，活似自己的腿叫人扯了下来。方才还千恩万谢，立时换了一副嘴脸，拧着眉头，斜睨着他道："你到底行不行啊？"

卫琇脸一红，讪讪道："也不是……行的行的，你且别打搅我。"说着从旁边树

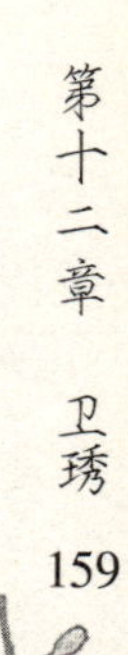

从里找了一根细细的枝条，也不问问虫子的意见，就从尾端收线的小圈中捅了进去，笨手笨脚地把踩瘪的肚腹往外挑。

许是卫六郎做的虫子过于逼真，钟荟简直感同身受，又是“嘶”的一声，卫十一郎本来就没把握，被她这么一惊一乍地搅和，手一抖，直接将那蝈蝈儿捅了个对穿。

钟荟急忙连树枝带蝈蝈儿一起夺了过来，再也信不过这小祖宗了：“多谢卫公子，我还是带回去自个儿修吧。”

卫琇虽有些挫败，可心里也是暗暗松了口气，抬头看看天，暮色已有些深，倦鸟纷纷投林归巢，他便从善如流地道：“天色不早了，小郎君是与家人一起来的吗？约好在哪里见面了吗？在下送你一程吧。”

她这身仆役装束就是个幌子，卫十一郎凭那一口字正腔圆的雅言就知道她是富贵人家的孩子，也只有卫郎汤饼摊那有眼不识泰山的小摊主会把她当成真的童仆了。

钟荟被他这么一说，才想起常山公主，一拍脑袋道：“糟了！”又对卫琇道：“公子可知道何处有净水？我得把脸洗干净。”

第十三章 博戏

钟荟回到举办清言会的讲堂时，常山公主正百无聊赖地一边揪院里的茶花叶，一边数着从空中飞过的归巢燕，一株好好的茶花快叫她揪秃了。她一见钟荟便跳脚道："你去哪儿了？害我好找！下回再也不带你出来玩了！"

她带出来的侍卫也不多，前后派了两拨人去找钟荟，把汤饼摊儿翻了个底朝天，就差将那王小摊主吊起来动私刑了。

在回去见公主前将脸洗干净大约是钟荟这辈子做过的最英明的决定，她先前在汤饼摊上哭过一场，此时眼圈还有些微红，知错能改地低着头，白生生的小脸看起来楚楚可怜。常山公主一见那小模样心里已原谅了七八分，埋怨了两句便领着她去东门坐马车去了。

钟荟一口咬定自己从那卫郎汤饼摊溜出来后在寺里迷路了，和来寻她的侍卫刚好走岔了，直到方才才好不容易找回来。

"看着挺机灵一个小娘子，怎么也不知道问路呢？"常山公主将信将疑，靠在包着软垫的马车厢壁上，"这下子是铁定赶不上开席了，也不知道那些下人能不能应付得过去，你啊，把我害苦啦！"

"对不住，小的连累了公子。"钟荟低垂着眼帘，恹恹地答道。

常山公主看出她兴致不高，来时虽然晕得七荤八素，可至少神色是欢欣的。她本着以美人之忧为己忧的精神关心道："怎么了？是卫郎汤饼不好吃么？我就说吧，你们姜府又不是没汤饼。"

"滋味倒是不错，可惜那小摊主脏兮兮的，擤了鼻涕也不洗手。"钟荟想起来还有点反胃，撇撇嘴道。

“哎呀呀。”公主嫌弃得鼻子都皱起来了，“光听你在这儿说我就恶心得要吐了，你怎么还吃得下去!”

“不单是我，卫十一郎也吃得挺开心。”钟荟忍不住酸了她一句。

常山公主仿佛浑然不觉，用麈尾拍拍隐囊道：“他去吃汤饼了么？难怪不见了。那想来这汤饼是有些过人之处了。”

钟荟与这心眼偏到龟兹国的公主殿下简直话不投机半句多，索性合上眼皮抱着隐囊往身后软垫上一靠装睡着了。

常山公主奔波了大半日，亲身上阵，舌战丑八怪荀凸眼，末了又心力交瘁地找那多事的姜二娘，也是疲累不堪，不一会儿脑袋便像阿花啄谷子似的一点一点，呼吸也沉重起来。

钟荟反而睡不着了，因着无论如何都赶不上夜宴开席，常山公主索性吩咐舆人将车赶得慢些，以免这小娘子把鼻涕味儿的汤饼吐得到处都是。

宿鸟的啁啾和虫鸣声渐渐稀落，暮色中的空山静得像一轴画卷，慢慢铺展的马蹄声和车轮声中间杂着声声铜铃叮当，悠远而空寂。

钟荟将下颏抵在怀中的隐囊上，左手伸进右边袖管里轻轻抚了抚她那失而复得的蝈蝈儿，虫子身上冰凉冰凉，银丝很细，肌理便也格外细密，指尖滑过有一种温柔的感觉。

她无端就想起了入山时在牛车上做的那个梦。

那是在她祖父的内书房里，大约是暮秋时节，院子里银杏叶铺了一地，廊庑上也落了几片，风过时便一圈圈打着旋。

她和卫琈隔着一架绣岩桂的纱屏坐着，在针线稀疏的地方便能隐隐约约看到他颀长而挺拔的身影。她记得梦中的卫琈对她道：“小十一，你只消说一个‘是’字，我明日便亲去射两只雁，上门来求娶你。”

那大致是前生卫琈最后一次来见她的情形，却并非她亲眼所见。

那日卫琈为了见她一面在钟老太爷书房外跪了两个时辰。两家虽是通家之好，年岁大了也要避嫌，他又在与十三娘议亲，在他们这样的人家，做这等事简直就和疯了差不多。

好在钟老太爷年轻时也疯过，叹了口气遣人来问孙女见不见，钟荟合眼躺在床上静默了许久，终于还是对她阿娘点了点头。

彼时钟荟已经下不了床了，晨间喝的一碗药吐掉了大半碗。不过哪怕她立时死了，卫琈也不能进她的闺房。

钟夫人便哭着吩咐一个壮实的仆妇将她背起来。她在床上躺得久了，四肢细弱无力，想用胳膊勾住那仆妇的肩颈，可怎么也使不上力气，人软绵绵地直往下溜。

她两个贴身服侍的婢子只得一人一边，分别托着她一条腿，那模样想也知道有多可笑。她一乐，喉头一甜，眼前黑了一黑，再睁开眼时自己又躺回了床上，她阿娘在床边捂着嘴不住地淌眼泪。

最后还是叫身量与她差不多的婢子穿了她的衣裙，梳了她常梳的发髻，插戴了她的簪子，系上她的环佩，隔着那扇纱屏，替她泣不成声地听完了卫珏那席话。

卫珏和卫琇将来时坐的牛车换了快马，当夜披星戴月回了卫府。

刚下马便有外书房的仆人来请六郎。

卫六郎一边往书房中走一边解下氅衣，对着卫昭行了一礼道："阿翁怎么这个时辰还未歇息？"

卫老太爷披着件铁灰色的家常软罗袍子，正坐在书案前挥毫，屋内缭绕着微苦的药味。他闻言顿了顿笔，抬起头对孙子笑道："年纪大了，入睡越发难了，今日的清言会如何？"

卫珏略微斟酌了片刻答道："孙儿与虚云禅师一番谈论，顿觉豁然开朗，实是获益匪浅。"

卫老太爷不置可否地点了点头道："清谈小道尔。虚谈废务，浮文妨要，不必太当回事。不过你年资尚浅，能挣个博通典籍、善于谈论的名声也是有益无害。"

"孙儿谨遵阿翁教诲。"卫珏敛容沉声答道。

"你是否也觉得阿翁沽名钓誉，欺世盗名？"卫老太爷年轻时有"九皋鸣鹤，空谷白驹"之令誉，如今虽已年过花甲，须发皆白，眼角嘴边生了许多细纹，可仍旧称得上清癯俊逸，笑起来依稀可见当年风姿。

卫珏垂首道："孙儿不敢。"

卫老太爷摇头笑道："不敢？你这做兄长的胆气还不如你十一弟，你信不信他当着我的面敢说这话？"

卫六郎一听祖父提起这排行十一的幼弟，紧绷的双颊便放松了些许："十一郎向来口无遮拦，若是冲撞了阿翁，还请阿翁别与他一般见识。"

"你知道护着幼弟，这很好。"卫昭点点头道。

卫老太爷写完一幅字搁下笔，卫珏见砚池里的墨有些浅了，便自然地走上前跪坐下来，执着袖子替他祖父研墨。他阿翁素来严厉，极少称赞人，卫珏垂眸端坐着，静静等着他的"然而"。

"然而，由着他胡闹并非护他。"卫老太爷果然道，他收起了方才和煦的笑容，双颊和下颏显出凌厉的线条。

"十一郎他志不在宦途。"卫珏在祖父面前几乎称得上言听计从，哪怕对自己与

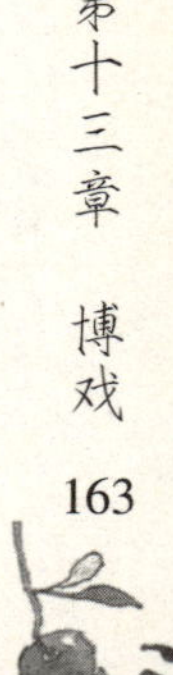

钟十三娘的婚事极其不满，也未曾忤逆过祖父的决定，可此时却情不自禁地替堂弟辩解起来，他放下墨条深深地伏倒在地，“这孩子性子倔，他认准的事谁也拗不过他，若是不情不愿地进宫，还不知要捅出多少娄子。上头几个兄弟未尝不堪为皇子侍读，阿翁为何偏要逼他去呢？”

“逼？”卫老太爷并未如卫珏所料勃然大怒，反而拊掌而笑，“阿难，今日阿翁总算是从你这嘴里听到了一句实话。没错，是阿翁在逼你们，是卫氏墓冢中的枯骨在逼你们，你们这些馔玉着锦的小儿郎，身寄虎吻、危同朝露而毫不自知！没错，卫氏眼下势焰熏天，轩盖不绝，岂不闻‘常者皆尽，高者必堕’？要怪便怪你们的父辈都是些软骨头的庸才，撑不起我卫氏门楣！”

卫昭收了脸上的笑意，言辞越发峻切：“‘未离乳臭，已得华资；甫识一丁，即为名士。’你们以为自己仰仗的是什么？既以我卫氏枯骨骄人，便休要妄想置身事外！”

卫老太爷说到此处胸闷气急，剧烈咳嗽起来。

卫珏忙膝行上前，再次伏倒在地：“孙儿错了，请阿翁责罚，但求阿翁顾惜身体，莫为不肖儿孙动气。”

“阿难，”卫昭长长叹了口气道，“你自小聪颖懂事，你父亲和叔父他们连守成都勉强，卫家这副担子，不久就要落到你和十一郎肩上。阿翁老了，看顾不了你们多久啦。”

卫珏心里堵得慌，阿翁的最后一句叹息比任何打骂责罚都更叫他难受：“孙儿再去劝劝十一郎。”

卫老太爷摆摆手道：“不必，你去劝也无用，阿翁自会同他说的。还有一事，我和你阿爷阿娘已交代过了，待钟家十三娘服完丧，就早些过定吧。”

卫珏一颗心直直地往下落，仿佛永远触不到底，可他还是恭谨地答道：“是，全凭阿翁做主。”

卫老太爷满意地点点头，站起身走到他跟前将他扶起来：“阿翁何尝不知你的心意？十一娘是个好孩子，可惜福泽不深厚。怪只怪阿翁当初因一己之私心撮合你们俩。”

卫六郎诧异地抬起头望着他祖父，他早就听闻十一娘神形都极为肖似她早逝的祖母，而那位钟老夫人与他阿翁相识于髫龄，似乎还有些捕风捉影的传闻，可这还是第一回听他祖父亲口提起。

卫昭棱角分明的面容有一瞬间的柔和，深潭般的双眼因那温柔而显得年轻起来，不过刹那之间，短暂消失的几十年光阴便又回到了卫中书的脸上。

公主在马车上睡得天昏地暗，直到车驾在门外停下才悠悠醒转过来，一醒便发现因睡姿不正扭了脖颈，脑袋没法正过来，只能往左边歪着，十分有碍自己和旁人的观瞻。

两人下了车分别坐上两抬肩舆回自己的馆舍梳洗更衣。钟荟一进院子阿枣便火急火燎地冲了上来，后面跟着腮帮子鼓鼓囊囊的阿杏。

“小娘子您去哪儿了？哎哟，可把奴婢急死了！”阿枣等不及那肩舆停稳就将她半抱半拖地弄了下来，先从头到脚来回看了几遍，见她并未缺胳膊少腿，只是穿得有些不成体统，一颗心才放回了肚子里，回头白了阿杏一眼：“吃吃吃，就知道吃！小娘子不见了你还有心思吃！”

阿杏被她挤对惯了，只当耳旁风，用食指掏了掏发痒的耳朵，将腮帮子里裹着的吃食三两下嚼吧嚼吧咽了下去，变戏法似的从身后捧出个小小的竹蒸笼来，一脸憨厚地对主人表忠心：“小娘子，您该饿坏了吧？奴婢给您留了米糕，一会儿筵席上得喝酒，您先垫垫肚子。”

“知我者莫若阿杏也。”钟荟一下午只吃了半碗汤饼，正饿得慌，等不及打水濯手，一低头就叼了块糕在嘴里。

“我的小娘子呀，您怎么还顾得上吃！半个时辰前三娘子就去赴宴了，公主殿下怪罪下来可怎生是好！”阿枣说着将碍手碍脚的阿杏搡到一边，“您怎么穿成这样？这是去了哪儿啊？奴婢四处寻你寻不着，跟这儿的人打听又没人告诉我。对了，听三娘子屋里的秋兰说，您将公主的阿妹打跑了，是不是真的啊？吓死奴婢了！”

阿枣这张嘴就跟连弩似的，连气都不带喘一口，钟荟一时间不知道该先回答她哪个问题。还未来得及开口，阿枣又自顾自道：“对了对了，奴婢有事要跟您禀报。下晌那些个小娘子在溪水边玩耍，反正就是弹琴作诗那一套吧，咱们三娘子好像是赛输了，叫那些小娘子挤对了两句，回来就大哭了一场。秋兰劝了又劝，拿热巾子敷了半日，卫家娘子又遣人来请，这才不情不愿地换了衣裳去吃筵席呐！”

她作为姜家的奴婢有些不忿，可看到三娘子吃瘪又有些莫名的快意，一时间不知道该如何收拾脸上的神情。

阿杏将竹蒸笼里剩下的一块米糕塞进嘴里，在一旁含糊地道：“阿枣姊姊，小娘子是坐着公主殿下家的舆车回来的，这身衣裳也不是咱们带来的，公主殿下肯定知道的嘛。”

这胖婢子颇有点大智若愚的意思，偶尔开起窍来真能吓人一跳，只是时灵时不灵，不好对她寄予太高的期待。果然，她的聪明像瓦上霜一样保持不住，下一刻便叫那米糕噎住了，一边拍胸脯一边不住打嗝。

阿枣对天翻了个白眼，支使这蠢货去打水，自己手脚麻利地解开二娘子脑袋上

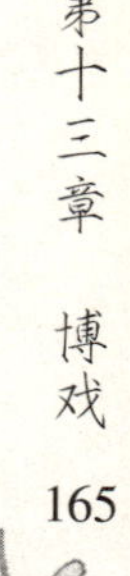

的总角，拿犀角梳替她梳头发。钟荟摸了摸自己的头发，想起卫十一郎看起来手感上佳的脑袋，颇有些遗憾。

因是夜宴，装束便要隆重些。阿枣早已经开了箱笼，将带来的两身衣裳铺在榻上，只等二娘子回来挑选。钟荟挑了那身朱红织金贵字纹锦的广袖衫，下着赤金织成园景图下裙，嵌红宝石的金丝凤头履。

阿枣用素金折股钗绾出个分髾髻。钟荟又从姜婕妤赏的那套红靺鞨莲花簪中选了一对簪身刻龙牙蕙草的凤穿牡丹簪和一朵金蕊宫纱照殿红簪斜斜插上，略点上一些朱红口脂，对着铜镜看了看，自觉不算失礼，便吩咐阿杏去与叫等候在院外的人备舆。

夜宴设在甘露堂，此处不仅是整个庄园的中心，也是最恢宏奢华的所在，四面回廊环绕，堂前有一天然池沼，池中央竖一株一丈来高的珊瑚树，四周草木丰饶，水汽氤氲，池畔珍禽水鸟栖居，为院中灯火惊扰，不时嘶鸣着展翅盘旋，穿梭于火树银花之间。钟荟从回廊经过时还看到了一对稀罕的白孔雀。

钟荟步入堂中，饶是她见多了富贵，也不由得倒抽了一口凉气。甘露堂以白玉为阶，黄金涂柱，四壁彩绘云气仙灵，绕壁的黄金釭上装饰明珠翠羽，四角半人高的金狻猊香炉中都燃了那要命的“郎艳独绝”香，满屋子香雾缭绕，浑不似在人间。

常山公主已经先她一步入了主人席，背后一架十六扇云母屏风在煌煌灯火中仿若云山，可惜她的脖子还未正过来，只得侧着身子坐着，勉强拿正脸对着尊贵的宾客们。

钟荟甫一进屋，小娘子们便不自觉地停下了交谈，或诧异或戒备的目光齐刷刷地向她射来。她这身穿着虽说侈丽，可在精心装扮的世家女中绝不算出众，至多只能说中规中矩，能叫她们如此瞩目还是因了午间的那场风波。

各家小娘子早就得到了武元乡公主愤然离去的消息，常山公主又弃宴而去，听说气得不轻，一下午闭门不出，雅集都未露面，连晚宴都姗姗来迟。她们原想这惹是生非的姜家二娘应是后怕了，想必是缩在客馆中不敢再出来抛头露脸了。

谁知她竟又大摇大摆地出现在晚宴上，脸上没有一点不自在，大大方方地向公主行了礼，又向在座的各家小娘子团团问候了一圈，然后在姜三娘身旁落了座。立即就有训练有素的侍女将一道道肴馔呈了上来，又替她斟了果酒。

钟荟将广袖一撩，执起牙箸，心无旁骛地用了几道点心，又喝了几口酒润了润喉，然后才扭过头去看眼睛红肿的三娘子。

三娘子为了赴这一趟雅集也是不容易，在家中缠着曾氏哭，好不容易遂了意真来了此处，却发现与她料想的全然不同。

午宴中她阿姊去换个衣裳就不知所终，她心里忐忑不安，可又没人可以仰仗，想一走了之，又怕叫人耻笑她不知礼数，只得随着别家的小娘子们在溪水边集会。

一开始她也不过是不声不响地在一旁看裴五娘和秦四娘弈棋。上午那局残局下完，那萧十娘就嚷着要命题赋诗，秦二娘最年长，又谦虚地自称不擅诗赋，揽了评判一职，卫十二娘见姜三娘一人落单，便好心来问她是否会作诗，姜明淅自恃才高，见那题目不过是寻常的时景风物，也有些技痒，就应承了下来。

没想到那些世家小娘子个个才思敏捷，情趣高雅，自己的得意之作拿出来一比，简直被衬得拙劣鄙俗，一无是处。秦二娘与人为善，并未说什么令她难堪的话，只将她的诗念了出来，先夸了她几句，然后又公允地点了点不足之处，卫十二娘也在一旁赞她小小年纪有此功底已是难能可贵。

可另几家的小娘子就没那么厚道了，首先发难的就是萧十娘。她本来就看不上姜家姊妹，又在午宴上被二娘子揭了老底，有现成的机会如何不刺三娘子几句？其余小娘子嘴上虽不说什么，可眼里全是鄙薄，萧十娘说出的不过是她们的心里话罢了："嫫母傅粉涂朱，只益之陋矣。屠酤儿也学人附庸风雅，真真笑死人。"

三娘子也想学她阿姊顶撞回去，可胆魄这东西不是想有就能有的，她涨红了脸嗫嚅了半晌，到底在这些高高在上的世家女面前不敢造次。她一露怯，萧十娘愈加得寸进尺了，对那裴九娘道："阿姊可曾听过沐猴而冠的故事？今日才知非但猴儿知道学人样儿，猪狗也襟裾呢。"

姜明淅再也绷不住了，放声哭起来，还是卫十二娘好心带她去洗了脸，又叫人将她送回客馆休息，夜宴开席前还特地遣人来问姜家姊妹，叫她们一同前去甘露堂。

钟荟一见三娘子心事重重地拿筷箸拨弄盘中胡炮肉的模样，便知道这孩子又在和自己过不去。

"又叫人挤对了？"钟荟小声问道，其实她觉得叫姜明淅早些在外碰些钉子也未尝不是好事，说不定还能改改她这眼高手低的毛病。

姜明淅垂着眼睫默不作声，半晌才点了点头。

"说你什么了？"钟荟问话的当儿上了一碟牛心炙，她先夹了薄薄的一片放入口中，"片得有些薄了，欠一点嚼劲。"

三娘子本来好不容易鼓足了勇气想和她阿姊说道说道，可一见钟荟这没心肝的模样又将到了嘴边的话吞了回去："没什么。"

"你不说我也知道。"钟荟笑了笑道，"无非就是沐猴而冠、附庸风雅之类。"

三娘子诧异地抬起脸，狐疑地看着她阿姊，有点疑心她方才是不是躲在哪里偷偷看自己的好戏。

"风雅？"钟荟笑着往交头接耳的萧十娘和裴五娘那儿扫了一眼，"你阿姊我就是风雅。"

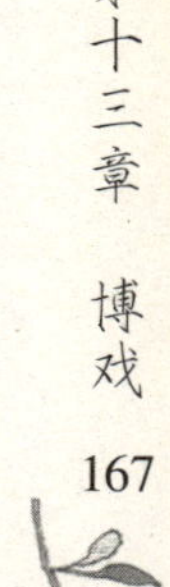

姜明淅对钟荟莫名的自信高山仰止，同时又有些不可言说的期待，也许是经了午宴的事，她有点摸不着这草包阿姊的底了，可惴惴不安地等了半晌，见钟荟把一碟子牛心炙吃完又拿起勺子去吃驼蹄羹，不由得大失所望，默默叹了口气，心道自己一定是傻了才去指望这草包阿姊。

常山公主歪着脖子，仍旧身残志坚地打量在场的美人，容貌最出众的自然是卫十二娘和姜家姊妹，可惜姜家姊妹年岁毕竟小了些，还未长开，姜三娘一张小脸又总是苦大仇深。

菜肴上了大半，小娘子们有些已经搁下了牙箸，有的托着腮百无聊赖地欣赏乐舞，有的则在有一搭没一搭地闲谈，只有那姜二娘锲而不舍，一道不漏地吃着，也不知她小小的个子那肚腹是怎么长的，活似个无底洞。

常山公主心里来气，觉得这金玉其外的小娘子简直自甘堕落，多好的皮囊也经不住这么天长日久地糟蹋啊，于是挥手叫来个侍女，附耳吩咐了两句，不一会儿舞乐便撤了下去，一排侍女捧着投壶、弹棋、双陆等博戏之具徐徐而入。

裴九娘兴奋地拊掌对萧十娘道："有樗蒲！我记得阿萧你最会玩这个！"

很多人家视樗蒲为洪水猛兽，生怕子弟沉迷，小娘子们平日鲜有机会光明正大地玩，可谁不喜欢呢，精神俱是为之一振。

相比樗蒲，从射礼演化而来的投壶就显得高雅得体多了，是小娘子们日常宴饮常玩的游戏，在场有不少人都是个中好手，以此暖场是再合适不过的了。

常山公主吩咐那名执壶的红衣侍女站上前来。钟荟一见那壶又是一惊，公主吃穿用度之奢侈她这两日也算见识得不少了，可拿稀世青铜罍作游戏之具，大约也只有这位殿下能做得出来了。

"这壶的样子真是古怪。"萧十娘对裴九娘道，"壶耳这么小，要投出骁箭怕是不易了。"

裴九娘讶异地睁大眼睛，挑挑眉道："唉？十娘你竟认不出来吗？这是罍啊，我阿翁也收藏了一尊。"

那尊青铜罍是她阿翁的宝贝疙瘩，早晚都要亲自抱着，拿薄如蝉翼的葛布拂拭，他们这些小辈莫说碰了，连多看一眼都不成，只有逢年过节祭祖时方能观瞻一二。她心下暗暗一比，她阿翁那尊不但比常山公主这尊小了一圈，花纹也远没有那么灵动。

公主这尊罍身满布饕餮纹，下腹近圈足又饰以蕉叶，两边壶耳各挂了四枚铜环，顶端还各立了一只玄鸟，又古朴又别致。

裴九娘的话音不算大，但是在场的人却全听到了。

钟荟饶有兴味地瞅了一眼萧十娘，恰好对方一抬眼，她便向萧十娘挤挤眼，右边嘴角往上挑了挑，接着神情忽地一变，转眼间便换上了一副大惊小怪的嘴脸，道：“原来这就是罍啊！公主殿下又叫我长了一回见识。不过裴姊姊，你有所不知，萧姊姊家可不缺这宝贝。”

其他小娘子们一听她开口就知来者不善，纷纷凝神屏息地盯着她，生怕错过了什么精彩戏码。

“哦？”萧十娘桃花眼微眯，嘴角挂着轻蔑又充满戒备的笑，凌厉的眼风向她扫过来，“我自己家的事情竟还不如你一个……外人清楚。”

“姊姊们也知道，”钟荟环顾一圈，朝脸上挂着真心实意的愁容的卫十二娘感激地点了点头，慢悠悠地道，“我阿婆总是说袁家一门英烈，旁人不记得也就罢了，我们现住着袁氏的宅子，也算是受人之恩，不说报答，至少不能把人忘了，所以咱们家里人都对袁家的旧事格外上心些。”

萧十娘一听她又提袁家，不由得头皮发麻，哪壶不开提哪壶，提完一壶又一壶，这还有完没完了？她生怕姜二娘又说出什么叫她难堪的话来，赶紧松开拧着的眉头，弯眉笑眼，活泼轻快地道：“姜家妹妹看来是极好讲古，不过咱们可不管什么罍啊壶的，等不及要投投看了，莫如一会儿歇息的时候再讲？”

钟荟立即耷拉下眉眼，可怜巴巴地对众人道：“对不住各位姊姊，是妹妹多嘴，耽误了大家玩耍。”

就是怕你不多嘴啊！小娘子们被她吊起了胃口，都想知道下文，也有素来看那牙尖嘴利的萧十娘不顺眼的，盼着姜二娘故技重施，让她再吃一回瘪。

“姜家妹妹说的哪里话，时辰尚早，哪里就急得连几句话都听不完了。”不想率先出声的却是裴五娘，她为夜宴换了一身宝蓝蒲桃纹锦掐腰衫，缓鬓倾髻，簪着白玉插梳和一对金云头三连钗。她生得下颏丰润，眉目端丽，在众人中虽不算格外出挑，也是丰腴白皙、秀色天成。

“阿姊……”一旁的裴九娘大惊失色地扯了扯她阿姊的袖子，她和萧十娘小姊妹之间暗地里度长絜大无伤大雅，可裴五娘这样当众下她面子就是另一码事了。

裴五娘恼怒地一挥手，将袖子从妹妹手中抽出来，回头没好气地瞪了她一眼，压低声音道：“闭嘴，回去再同你分说。”

裴九娘想到萧九郎，心头一阵阵发紧，不由得忧心忡忡地觑萧十娘的脸色。萧十娘难掩眉间愁绪和低落，但仍是努力扯了扯嘴角，给她一个慰藉的笑容，又对她轻轻摇了摇头。

钟荟冷眼旁观，觉得裴家姊妹甚是有趣。裴淑媛和姜婕妤的过节人尽皆知，裴五娘不与堂妹同仇敌忾，却站出来打本该是同一阵营的萧十娘的脸，于情于理都说不过去，那么必然是有隐情了。

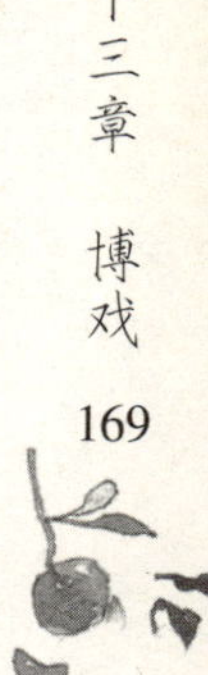

不过撇开动机不提，裴五娘既然适时替钟荟铺好了台阶，她自然是要承裴五娘的情顺着下的。

“既然裴姊姊这么说，那妹妹就从命了。”钟荟不等萧十娘有机会插嘴，紧接着道，“当日袁府被贼人攻破，家中世代相传的古器珍玩都被洗劫一空，其中就有一尊西周青铜罍，相传正是西汉时梁平王与祖母争的那只。后来周贼为笼络人心，将袁家那些宝贝分赏给了变节的重臣……萧姊姊，那只梁王罍不正是赏给了因围剿袁氏而立下汗马功劳的尊高祖大人了吗？你竟说家中没这物件，究竟是不小心遗失了呢，还是怕树大招风、怀璧其罪，叫人觊觎，像袁大人似的引来杀身之祸呢？我看姊姊你大可放一百个心，袁大人以峭直见诛，说那铜罍不祥不过是无知之人牵强附会之词，贵府想来是无虞的。”

“姜家娘子无凭无据的莫信口开河！”萧十娘气得脸色煞白，眉间一点朱砂显得越发赤红。这些祖上的旧闻她家长辈自然不会提起，她和她阿兄在父亲祖父跟前不受宠，就算家中真的藏了那所谓的梁王罍，他们也无缘得见。姜二娘说的这些话真假莫测，可梁王罍不过是个由头，无论真假他们萧家失节却是铁证如山。

打蛇就得打七寸，可像姜家二娘子这样揪着不放、一个劲打的也着实凶残了点。

卫十二娘这滥好人又开始可怜起脸色苍白的萧十娘来。

一向怜香惜玉的常山公主却没有如同往常一样充当和事佬。

她在车上扭了脖颈已是不悦，一回庄园便听下人禀报武元乡公主负气出走，更是心情不佳，问及下晌客人们的雅集，自然有人回禀萧十娘辱骂姜三娘之事，如今见萧十娘落了下风便摆出可怜相来，已是懒得管了。再美的皮相也得有骨头撑，堂堂萧氏嫡女的气度胸襟还不如屠户出身的姜二娘，连带着觉得那点朱砂痣都没那么好看了。

“这梁王罍的故事我倒也有所耳闻。”裴五娘长得珠圆玉润，细眉修目，看着是个温和的人，说起话来却全然不是如此，“听闻此罍双耳八环，通体饕餮纹，最独特之处便是耳上铸有玄鸟。家父雅好古器，前阵子听闻有大家子弟意欲将此罍脱手，想去求购却叫人捷足先登，不想有缘在此得见，实是三生有幸。”

钟荟不由得深深看了裴五娘一眼，这小娘子说瞎话的本事与她不相上下，这梁王罍本就是子虚乌有的事，亏她还能接上茬说得头头是道。

钟老太爷收藏了不少青铜器，她也算是半个鉴识行家，常山公主这尊略带褐色，是受地气浸润的痕迹，一看就不是传世之物，必定出自高阜古冢，如何会是梁王罍，那裴五娘的父亲既然热衷此道，她必然也是心知肚明的。

常山公主听这一对临时结成的盟友一搭一唱地胡诌八扯，终于坐不住了，收起折扇，往案上“啪”地一放，面无表情地对那裴五娘道：“裴家妹妹弄错了，我这不是什么稀罕的梁王罍，是金市地摊上花两吊钱淘来的赝品。”说着站起身走到另一名手捧金盘的侍女跟前，解下腰间的碧玉双龙佩，“当”地往上一扔，又道：“想必妹妹们都坐得累了，不如起来松散松散，这玉佩和那青铜罍算我与大家添的彩头。”

钟芸着实佩服这常山公主败家的手笔，这青铜罍一看便知不是赝品，就算是赝品，做得如此逼真也不是两吊钱能买得来的，她竟然随随便便就拿来当了彩头，不知道她阿爷知道了作何感想。不过这器物倒是十分雅致，据传入土年久的古青铜器受土气既深，以之养花，有开速而谢迟之效，且花色鲜明如枝头，钟芸也忍不住有些意动。

裴五娘也是一惊，不由得坐直了身子，可惜自家姊妹俩投壶的本领稀松平常，这价值连城的宝罍想是与自己无缘了。

其余小娘子中有此见识和眼力的只有卫十二娘，不过她与家中兄弟姊妹玩时技艺不凡，可只要有外人在便发挥不出十之一二，虽然看那古罍拙朴可爱，却想都没有想过自己能将它赢回去。

其他人听常山公主亲口承认那青铜罍是赝品，都将目光投向金盘上那块碧绿通透的双龙佩。

萧十娘见无人注意自己，不由得松了一口气，悄悄往后靠了靠。

小娘子们纷纷起身离席，跃跃欲试，却一个也不好意思争先。常山公主便道：“便以年齿为序吧，先投最平常的，五步以外三投两不中便出局，胜出的留到下一轮。我就不凑这个热闹了，免得叫你们说我小气，舍不得彩头。”

余下的人中最年长的是秦二娘，她爽快地朝公主行了一礼，对众人道：“那我就多谢妹妹们相让了。”

常山公主奉上箭矢道：“枉矢哨壶，请以乐宾。”

秦二娘行了礼，从公主手中接过涂金雀翎竹箭，站到距那捧壶侍女五步之外，一回身，也不见她瞄准，第一支箭矢在空中划过一道优美的弧线，箭身连罍口都没有擦，直直落在罍中。

秦二娘投壶的本领炉火纯青，第一支箭矢入壶之后难度大增，这些箭矢是竹制的，比之棘箭更具弹性，第二支箭矢无论碰上壶身还是第一支箭矢都会弹开，第三支自然是难上加难，可秦二娘似乎不费吹灰之力，接二连三地将三支箭矢投入装着豆子的青铜罍中。

接着是卫十二娘，她以眼角的余光一瞥，见所有人都目不转睛地注视着她，心便如擂鼓般狂跳起来。她嘴唇翕动，仿佛是在念什么保佑命中的咒语，接着深吸了一口气，捏着箭身轻轻向前比画了一下，越发觉得这陌生的青铜罍与自家的陶壶、瓷壶、铜壶没一个相同，心里一慌，胳膊还没用上劲，手先一松，那箭矢才飞出去

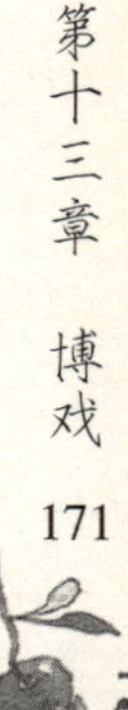

便后继无力，向下栽去，掉落之处距那捧壶侍女尚有一步的距离。

第一支未中，卫十一娘愈加没底，投第二矢时怕重蹈覆辙，特地将去了镞又磨钝的箭头往上抬了抬，手臂和手腕一齐发力，可惜矫枉过正，那箭矢“嗖”地一下径直朝那侍女的面门飞去。侍女惊得抱着那笨重的青铜罍跳将起来，连连往后退，情急之下大声疾呼“哎哟，我的娘呀”，连乡音都露了出来。

小娘子们一开始还碍于情面死命憋着笑，不知谁先破了功，“扑哧”一下笑出声来，这下子谁也憋不住了，这个过给那个，都笑得前仰后合，卫十二娘的脸烧成了七月的晚霞。

钟荟揣摩卫家人的脸皮薄大约也是家传的，那十一郎吃白食叫人逮住时也是如此，连耳朵尖都红得仿佛要滴血。

常山公主自己也笑得花枝乱颤，一边笑一边还要托着脑袋，免得牵扯到脖颈，笑够了就装模作样地虎着脸对小娘子们道：“成何体统，成何体统!”又假装成好人对羞得无地自容的卫十二娘道：“十二娘你莫怕，我替你教训这些个促狭鬼!”

卫十二娘三投两不中，第三支已不必投了，不过她有一股世家女子的韧劲，仍然从公主手中接过最后一支箭矢，瞄准片刻，一运手腕便投了出去，她自觉丢脸丢到了极致，破罐子破摔反而没了包袱，第三支箭矢稳稳当当地落入罍中，她和那捧壶的倒霉侍女俱是松了一口气。

钟荟带头喝起彩来，卫十二娘羞涩地垂下长睫，抿嘴浅浅一笑，迫不及待地退到了一边，暗自庆幸自己下一番不用再受此折磨，可以优哉游哉地观看旁人各展神通。

接下去的裴五娘和秦四娘俱是三投两中，险险进入下一番。裴九娘第一投不巧碰到罍口弹落在地上，第二投勉强擦着罍口中了，第三投又落了空，失望地退到卫十二娘身边。倒是秦五娘，小小年纪，技巧娴熟不输她二姊，三投三中，干脆利落，很是出人意表。她年岁小，又在外州长大，忍不住昂首冲着两个阿姊得意地咧嘴一笑。

轮到萧十娘的时候，她不着痕迹地朝着裴九娘的方向看了一眼，第一矢和第三矢皆是击在罍腹弹落，只有第二矢命中。她状似失望地叹了口气，摇摇头走到裴九娘身旁。

裴九娘自然地勾住她的胳膊亲昵地道：“你莫伤心，方才那第二矢投得真好。”

钟荟心道，可不是，萧十娘未中的两矢都击在罍腹同一只饕餮的眼睛上，第二矢又中得十分漂亮，技艺恐怕不下秦氏姊妹。她为了顺裴九娘的心意故意屡投不中，却要在场的明眼人都知道自己是刻意相让，却是将好友置于何地？

常山公主在美人面前只能算半个明眼人，然而看到萧十娘此举也是暗暗摇头，这小娘子心思活络，太爱使小聪明，不免失之坦荡磊落。

接下去就轮到姜家姊妹俩了，钟荟气定神闲地走上前去，接过箭矢，敛容答谢，活动了一下腕子，轻轻巧巧地将第一矢投了出去，擦着罍口弹到那侍女的胸口，然后落在了地上。

三娘子本来见她一脸胸有成竹还颇为期待，这下子大失所望。她这草包阿姊读书不行，投壶上倒颇有天分，属于手上生来有准头的那类人，没想到偏了那许多，真真是个没用的窝里横。

钟荟的投壶技艺可是她投遍京城无敌手的九姊亲自传授的，只是她换了一具身躯后，身量变矮了许多，臂力和腕力都与从前大不相同，这第一矢只是用来探路，压根儿就没指望一击得中。

有了第一矢打底，第二矢的胜算就大多了。她深吸了一口气，然后缓缓地吐出来，随着呼吸的节奏运起手臂，那箭矢从手中脱出，在罍口上蹭了一下，险险地打了个旋，箭尾往下倾，眼看着就要落到外面去了，不知怎么又悠悠晃了回去，“啪嗒”一声掉落在罍中。

常山公主长出了一口气，埋怨地看了一眼姜家二娘，怎么投个壶也格外比人家多些幺蛾子，第二矢中得如此艰难，第三矢有先前的一支碍事，恐怕是没什么希望了。正想着，那可恶的小娘子已经将第三支箭矢投了出去，那最后一支箭矢划过半月般的圆融弧线，从高处擦着第二支的箭羽落入壶中。

三娘子这两日累积了不少出乖露丑的经验，又有卫十二娘的覆辙在前，倒不怎么怯场了，不过终究是年幼个矮力量不足，三矢中只中了一矢，遗憾地出局了。

第二番仍是三投两中为胜，只是距离从五步增加到十步，裴五娘率先败下阵来，秦家二娘又是三投三中轻松过关，四娘不幸只投中一矢，五娘则是三投两中。

钟荟还未上场，所有的人都觉得此次的彩头已是秦家姊妹囊中之物了，那姜家二娘适才胜得如此艰难，从五步到十步难了不止一倍，能投中一支已算侥幸了，可是这小娘子也不知有何方妖孽暗中襄助，一支比一支出手快，一次比一次游刃有余，胜也胜得一次比一次漂亮，竟是三矢连中，最后一矢尤其利落，劈开两支斜斜交叉的箭矢，楞是从中间挤了进去，连秦五娘都忍不住叫了声好，几乎放下了门第之见，向她投来惺惺相惜的目光。

“几位技艺卓绝，真是叫我大开眼界。”常山公主赞叹道，“不过如此比下去，恐怕到天亮都决不出个胜负来，这第三番我们不如再增些花样。”说完对身旁侍女吩咐了两句，一会儿便有人抬了一座小屏风置于中间。

不过是增设一架屏风遮挡视线和箭矢轨迹而已，精于此道者并不将之放在眼里，

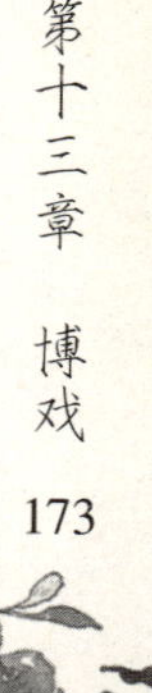

秦家姊妹也流露出轻视之意。

“这样小小一座屏风自然难不倒你们，所以规则也需变一变，此番不再以三投两中为胜，三投中需有一莲花骁，一狼壶，余下一投入壶即可，但要用红绡蒙上双目。”

钟荟简直服了这位异想天开的公主殿下，您怎么还不上天哪？就是她前世的九姊在这里，恐怕也只有五六成把握。

不过既然公主有令，她们岂敢不从命？

秦二娘先投一矢，箭矢在青铜罍口圆转一圈落入壶中，是一记十分标准的狼壶。莲花骁需要极高超的技巧，即使没有屏风，在熟悉的壶具上施展，也很难成功。秦二娘竭尽所能，只投出了个“带剑”，箭矢直接从壶耳穿入，呈佩剑状挂起，这也已是相当不易。最后用红绡障目的一投击中罍腹弹落。算下来三投中只得中一投。秦五娘则是未中一投，眼前蒙上红绡后那箭矢直接偏了尺许。

钟荟的莲花骁和狼壶皆是未成，可红绡蒙眼时也不知哪里来的运气，叫她歪打正着投了进去。如此她与秦二娘都是三投一中，难分胜负了。

常山公主摸着下颏思忖了片刻道：“两位既然打成了平手，依我看这彩头就分作两半，红绡障目毕竟还是简单的投掷，不如秦二娘的狼壶精妙卓绝，故而算秦二娘略胜一筹。”说完叫人将那放在金盘上的碧玉双龙佩端过来送给秦二娘，又对钟荟道：“这青铜罍太重了些，明日我叫人直接送到府上。”

不知底细的小娘子都想，常山公主到底还是偏袒家世显赫的秦家娘子，把那价值连城的碧玉双龙佩给了她，而那姜家二娘却竹篮打水一场空，只得了一件赝品，拿回去大约只能插插花。裴五娘想不到公主竟然如此看重这姜家二娘子，若有所思地将她从头到脚又打量了一番。

钟荟眉眼弯弯，爱不释手地将自己赢来的宝贝“赝品”摸了又摸，俨然是个没见过世面的守财奴。

裴九娘方才见那屠户家的小娘子出尽风头，心里已是疙疙瘩瘩，此时见她那喜不自禁的模样便越发觉得扎眼，却不敢直撄其锋，生怕也像萧十娘一样叫她逮着咬，于是用扇子掩着嘴偏过头，小声对一旁的萧十娘道：“不过是个赝品罢了，看她乐得，当稀世珍宝呢，眼皮子真是够浅的。”

萧十娘也附和道：“到底是没什么根基的人家。”

“一会儿玩樗蒲就看你的了。”裴九娘见常山公主的侍女在张罗博具，对好友道，“可惜我是不成了，我阿翁明令禁止咱们家子弟沾染这个，我阿娘也说小娘子呼卢喝雉的不雅相。”

萧十娘脸上闪过一丝尴尬，旋即又恢复如常，道：“阿姊一会儿看上什么彩头尽管与我说，妹妹尽力帮你赢回来。”

裴家娘子的曾祖父裴太保出了名地对樗蒲深恶痛绝，非但斥之为“牧猪奴戏”，把沉湎于此的子弟用鞭子抽了一顿，将家中原有的樗蒲之具付之于一炬，还把禁樗蒲一条明明白白写进了家训里。

裴五娘和裴九娘不敢违背祖训，每每集宴只能旁观他人博戏来过过干瘾。

常山公主这样的玩主自然精于此道，府中侍女也训练有素，很快便将赌具张罗好了。

上好紫檀枰上铺了紫毡，边缘绣灵芝卷草，以金丝勾勒出绮纹。杯以昆山摇木斫成，矢以蓝田石制，含精玉润，马则以犀角象牙精雕细琢而成，单是这器具就叫人叹为观止了。

公主向身边侍女点了点头，便有数名身着应景紫衣的侍女鱼贯而入，每人手上都捧着一个一尺多宽的金盘，盘中放置着预备好的彩头，各种奇珍异宝在煌如白昼的灯火下浮翠流丹，叫人目不暇接。

钟荟略扫了一眼，就看到一株尺半来高红似鲜血的珊瑚，一只东汉越窑青瓷罐，一对赤金嵌蓝宝石花头桥梁簪，另有几个侍女怀中各抱着几匹各色绫罗绸缎。

“今日设此五木之戏不过聊以娱宾，不腆之仪权当为妹妹们助兴了。”常山公主视金钱如粪土，目光从那东汉瓷罐上掠过，仿佛那只是她家的咸菜缸子——事实差不多也是如此。

钟荟总算知道为什么洛京的世家小娘子挤破了头要当这常山公主的座上宾，这根本就是发家致富的康庄之衢啊，与她一比，自己前世的花宴雅集简直穷酸得叫人掬一把辛酸泪。

年岁较长的小娘子们不是第一回赴常山公主的花宴，见识过她一掷千金的手笔，而初来乍到的几位就暗暗啧啧惊叹了。

姜家三娘叫那璀璨夺目的珠宝晃得眼花缭乱，却舍不得挪开眼睛。萧十娘不动声色地攥紧了袖口，然而灼灼的眼神泄露了她的渴望。

秦四娘出生外州，偶尔进京一次也就是四处走走亲戚，还是第一回见识宗室的奢侈无度，将一双小鹿似的眼睛瞪得滚圆。

姜家二娘实在是个异类，侍女们捧出这些珍宝时她也显出了惊异之色，不过随即只略扫了一眼，拿捏着分寸流露出合度的艳羡和觊觎。事实上她对那些珍玩只不过粗粗扫了一眼，目光便飘飘忽忽地落在了萧十娘身上。

萧十娘身着一袭紫色凤凰朱雀纹蜀锦衫，双蟠髻上簪着一对摩羯衔花簪，项上璎珞上坠着明珠、玉雕瓜果和金锁，双腕各戴一只卷草纹金跳脱，乍一看甚是雍容华贵，可那凤凰朱雀纹已是两年前时兴过的花样，那彩丝璎珞和衔花簪倒是别出心裁，没有一般金银和珠翠铺子的匠气，颇有士人的雅趣，可既没有大颗宝石压场，璎珞上的紫玉坠子质地也不算上佳。

看来萧家捉襟见肘的传闻并非空穴来风。钟荟方才投壶赢了常山公主的青铜罍，那些珍玩中也并没有令她动心之物，原本打算见好就收，就此藏锋，可既然萧十娘如此势在必得，她就只能略尽绵薄之力，好将萧十娘的美梦戳成泡影。

第一局的彩头是一对极尽工巧的簇六雪华金簪，外加两匹销金彩缎。裴家两位娘子碍于祖训不得下场，秦五娘和姜三娘年岁最小，从未玩过樗蒲，第一局便在一旁观摩。

樗蒲有许多种玩法，最简单的仅以掷出的采数决胜负，复杂的则变化多端，各地都有所不同。

她们此次玩的是洛京一带的五木戏，与冀州的略有不同。常山公主命两名侍女一边演示规则一边略作讲解，秦二娘和秦四娘很快便触类旁通，心领神会。侍女便重新将细矢排成一列，分为三聚。

博戏仍旧以年齿为序，不过此次却是自幼及长，钟荟便占得了先机。

三娘子这番讲解听下来只记得一半，扯了扯她二姊的袖子，担心地问道："阿姊你第一次玩，规则弄明白了么？"虽然适才投壶时钟荟蒙眼投中那一回显得神乎其技，可姜明淅如何不知她斤两？觉得八成是瞎猫逮着了死耗子。

"没怎么明白。"钟荟起了坏心，朝她咧嘴一笑道，"先玩了再说呗，若是运气好赢了，那对簪子咱们刚好一人一只分了。"

姜明淅心说想得倒美，同时又升起几分希冀。

钟荟将五木投入杯中，一边毫无章法地使劲乱摇一气，一边念念有词道："佛祖菩萨各路神仙保佑信女掷得一卢。"想了想大约觉得这么漫天要价有些惭愧，又补充道："没有卢，雉也可。"

常山公主心说你到底是哪家的信女，佛祖和神仙肯搭理你才怪。

那姜二娘将五木哗啦往枰上一撒，赫然是三黑两雉，竟真的掷出了个稚采。萧十娘正有些警觉地打量了她一眼，便听她傻愣愣地问那侍女："这位姊姊，我这算是个什么采啊？"

那侍女掩口轻轻一笑道："恭喜女公子，是个稚采。"

"哦！那敢情好！"钟荟欢呼一声，喜滋滋地朝天对着显灵的神佛拜了拜，从枰上拈起一根细矢跃跃欲试地问道，"敢问姊姊，这稚采该走几步呀？"

常山公主实在看不下去，一把将那细矢从姜二娘手中夺了去："你拿矢做什么，用马走啊，十四步，不能往那儿走，那是坑……哎，闹了半天，敢情你是第一回玩？真是新出山的老虎会吃人。"

秦四娘遗憾地嘟着嘴埋怨她二姊："看吧，姜家妹妹也是第一回玩，你偏不让我上场。"

萧十娘深觉自己杯弓蛇影，草木皆兵了，松了一口气，待姜二娘磕磕绊绊把那马移动到正确的棋位上，沉着地从侍女手中接过昆山摇木杯，手腕娴熟地转动起来，一边仔细观察杯中五木的状态，然后突然将杯一倾，竟也掷出了个稚采。

接连两人掷出同样的贵采，各家小娘子还是头一回见，都惊讶地睁大了眼睛。

萧十娘微微一笑，执起自己的一马，将姜二娘方才的那只马撞下枰并取而代之。

姜二娘登时委屈地朝常山公主望了一眼，控诉道："萧家姊姊，方才妹妹言语上多有得罪，可你也不能撅蹄子踹我的马呀！"

常山公主对她这张嘴是又爱又恨，忍俊不禁地轻笑出声，随即又亡羊补牢地摇了摇扇子，沉下脸咳嗽两声道："怎么说话的，你萧姊姊也掷了稚，自然可以将你的马打落，适才说玩法时你都不听的吗？"

那姜二娘倒也是个能屈能伸的，当下笑嘻嘻地对萧十娘作了个揖道："对不住，我错怪萧姊姊啦，你撅你撅，随便撅。"秦四娘忍不住扑哧一声，钟荟循声望去，朝她眨了眨眼。

萧十娘明知她是仗着年幼占嘴上便宜，可伸手不打笑脸人，当着众人面与她较真反倒显得自己斤斤计较，只得掐了掐手心，先将这暗亏记在账上。

秦家两姊妹分别掷出两犊三白的犊采和一犊一稚三白的开采，秦二娘将自己的马移动了十步，秦三娘的采数虽有十二点，却因是杂采，遇上"关"而不得过，卫十二娘运气不佳，掷得了两黑两犊一白的秃采，只前进了四步。

钟荟轮到第二回，庇佑她的神佛大约是和稚杠上了，一掷一个准。

"对不住萧姊姊啦。"她一边说一边取下萧十娘的马递给她，将自己的马端端正正摆好。

萧十娘咬了咬唇，心里默念着稚，可只得了一个塞采，还不巧落在了堑里。

从这一轮开始姜二娘简直是如有神助，一路过关斩将，三只马不多时便都到达了终点，一举夺得了此局的彩头。萧十娘比她差了一马，秦家姊妹都剩了两只马未走完。卫十二娘最凄凉，一只马叫人打回原点三次，因输得实在可怜，催动了常山公主的怜香惜玉之情，竟因祸得福得了一匹额外的轻容纱，红着脸领了。

钟荟旗开得胜，心情上佳，将那对簪子递给三娘子，趾高气扬地道："如何？我说了能赢吧！这对都送与你吧。"

姜明淅双眼倏地一亮，却拉不下脸来承她草包阿姊的恩惠，并不怎么坚定地推却道："无功不受禄。这是阿姊得的，阿姊自己留着吧。"

"不喜欢吗？"钟荟转了转眼珠子，冲着剩余的那些彩头一点，道："那你告诉阿姊看上什么了，阿姊去替你赢回来，那株珊瑚树如何？”

在场众人都叫这姜二娘气吞山河之势震慑住了。裴九娘鄙夷地努努唇，在萧十娘耳畔道：“我真瞧不上她盛气凌人的劲头，不过是侥幸赢了一局罢了，十娘你千万莫再输与她了啊！”

可惜姜家二娘今夜似乎赌星高照，一口气顺风顺水地连赢了三局，果然将那珊瑚树也收入囊中，连常山公主也是瞠目结舌。这些年她开了那么多场赌局，还从未见过一个新手频频掷出卢和稚的，运气虽重要，可摇杯掷木都有一定的窍门，每一副器具都有极细微的差别，像她六叔那样的绝顶高手上手一掂便知道该如何控制速度和方向，掷出贵采的机会便远远过于常人，这姜二娘要不就是扮猪吃老虎，要不就是运气实在太好。

不过她很快就否定了自己的第一个猜测，因为从第四局开始，局势急转直下，方才眷顾姜二娘的赌星大约是个水性杨花的，刹那间翻脸不认人，反去照亮她的对头萧十娘去了。

裴九娘与堂姊在一旁观战，见那姜二娘连输几局，不由得小声得意道：“其进锐者，其退速也，那姜二娘的好运气也是到头了，还是阿萧有几分真本事。”

“博戏算哪门子的本事。”裴五娘扯着堂妹的胳膊退到远离人群的角落里，面如沉水地教训道，“你看重那萧九郎也是因他这些下流‘本事’么？”

裴九娘见不得光的心事叫她五姊道破，耳边“轰”的一声，赌局的热闹似乎都隔远了，后背发冷。她这五姊虽然只比她年长三岁，可素来雷厉风行又铁面无私。裴九娘心中涌出阵阵恐惧，可那恐惧中分明又夹杂着丝丝甜蜜与一种殉道般的狂喜。

“阿姊别胡说，我哪里看重他了！”裴九娘低着头捏着裙摆上挂着的麒麟香囊，小声矢口否认道。

“没有就好。”裴五娘轻轻冷笑道，“若是你敢背着长辈和兄姊做出什么糊涂事来，我必去禀告阿翁和叔父叔母。你猜他们是否看得上萧家那破落户？”

裴九娘一张脸瞬间脱了色，直到这一刻之前，她一直怀揣着不切实际的奢望，幻想着某一日萧家突然重振门庭，或是萧九郎因着某种机缘巧合建功立业、平步青云，如此他们便可终成眷属。

然而五娘的问话将她的幻梦击得粉碎，在她阿翁和爷娘的眼中，在所有人的眼中，萧家不过是个日薄西山的破落户，萧尚书老了，小辈皆是飞鹰走狗之辈，偌大一个家族后继无人。在她心里，九郎自是不同的，然而他因继母的缘故为父亲所不喜，在萧尚书跟前也不受宠，小小年纪便传出了不肖之名。她阿翁念在萧简识时务，将其视为朋党，勉强答应接纳萧家子弟入裴家家学，也算借了一棵大树与他们乘凉，可若是他们不知感恩，得寸进尺地妄想他们裴家的好果子，想也知道会是如何震怒。

这些裴九娘其实一向心知肚明，只是自欺欺人罢了。

谁都是这么过来的，年少情动就如发痘子，发作时固然要死要活、心痒难耐，熬过以后再往回看，那些痴狂之态便是可笑之至。

裴五娘也不知她的话叫裴九娘触动了什么心事，神情软和了些，抬起手爱怜地将裴九娘一缕松散的鬓发捋到耳后，叹了口气道："阿媛，阿姊方才说萧家有子弟变卖祖传的古物，并不是捏造的。你也不是孩童了，什么该做，什么不该做，心里要有数。撇开家世不说，那萧十娘也不是值得相交之辈，往后还是远着她些吧。"

裴九娘闻言又是一惊，萧家真已到了如此空虚的地步吗？不是说百足之虫，死而不僵吗？

"家里人都是一心只想看你好的，阿姊不会编谎话来诳你，萧家人早几年还不敢直接在洛京卖，都在南边找中人出手，近两年连脸面都不顾了，京中几家大古玩铺子已是直接派人上萧家收货了。"

裴九娘蹙着眉向萧十娘望了一眼，那双萧家人独有的桃花眼叫她眼睛一疼，泪便涌了出来。贫寒又如何？绫罗珠翠她都可以不要，跟着萧九郎，哪怕是布衣蔬食又如何？且她有丰厚嫁资妆奁，日后离了京城，寻个山清水秀的地方买个田庄，不也能过得顺心如意？她一会儿觉得前途光明，一会儿又醒悟过来那些不过是海市蜃楼，眼泪止不住地往外涌。

裴五娘赶紧侧身挡住她，从袖中掏出素帕替她拭泪，一手抚着她的背道："莫哭了，阿姊知你伤心，过去就好了，过去就好了。"

萧十娘鸿运当头，双颊因兴奋而泛红，双眸在灯下闪着光，连旁观的好友何时离开都未发觉。风水轮流转，姜家二娘则是一脸凄风苦雨，只见她拧着双眉，紧抿着嘴唇，死死盯着紫枰。

萧十娘得意地一笑，一锤定音地掷出了个犊采，在姜二娘一声懊恼的啧啧声中将最后一只马送到了终点。

至此常山公主备下的彩头已经全叫人赢走了，说起来姜二娘也是收获颇丰，一起头便连赢了三局，不过由奢入俭难也是人之常情，随后几局接连一败涂地就不甘心了，见那侍女已经在常山公主示意下收起器具，她似是傻了眼："这就完了？"又拿水灵灵的大眼睛可怜巴巴地瞅着常山公主。

秦二娘赢了一对水晶镯子，已是心满意足，看着姜二娘笑笑，并不言语，心道这姜家二娘也是贪得无厌，已经赢了这许多了，怎么还不餍足呢？难道合该她赢不成？那些一局未赢过的小娘子们还未说什么呢！

尤其是卫十二娘，这小娘子也不知是中了什么邪，莫说赢，整整七局只走完两只马。

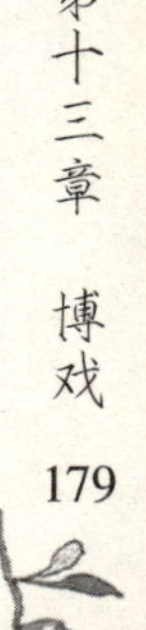

萧十娘好不容易时来运转，其实也颇意犹未尽，她觑了觑常山公主的脸色，含讽带刺地道："怎么，姜家妹妹还嫌赢得不够多吗？"

常山公主心里也暗骂这小丫头恃宠而骄，奈何叫她泪汪汪地瞅得浑身不自在，叹了口气叫来个侍女问了问时辰，对众人道："时辰尚早，不如这样，我再为诸位添点彩头，今夜索性玩个尽兴。"说着便要吩咐下人去取财物。

"殿下盛情叫我们如何敢当，"萧十娘上前一步，"如何能叫殿下一人出彩头，我们岂不是做着只赚不赔、无本万利的买卖？"说到"买卖"二字，她还特地瞥了姜二娘一眼，道："姜家妹妹，你说是不是？"

"萧姊姊所言确实在理。"姜二娘似乎连想都未想便一头栽进她的套里，"一个劲地要殿下的东西我也怪不好意思的，那萧姊姊你说该如何是好呢？"

常山公主向来手面阔，从未计较过得失，叫她们一说才恍然大悟，原来自己一直充当着只出不进的冤大头，想起来着实有些辛酸。

"依我之愚见，"萧十娘对方才一同博戏的小娘子们抱歉地笑笑道，"想接着玩的便押上自己的财物，不能再叫殿下破费了。"

秦四娘方才最后一局差一点就赢了，却以两步之差惜败萧十娘，闻言偷偷翻了个白眼，心道你赢了这一大堆好东西充什么好人，叫我们这些一局未赢的人倒贴吗？毫不犹豫地道："玩这樗蒲怪累的，我就不凑这个热闹了。"

秦家另外两位小娘子和姜三娘也紧随其后，表示已过足了瘾。

倒是卫十二娘听了萧十娘那番话很是惭愧，人家好歹还是赢了才得东西，她从头输到底还赚了公主好几匹纱缎。她轻声细语道："我身上没什么贵重之物，只有一幅前朝钟尚书的帖子，也东施效颦地添个彩头，公主殿下若是不嫌弃，便也与我们同乐吧。"她还是头一回一口气说这么长一串话，见众人都在看她，不好意思地垂下了头。

常山公主受宠若惊，感动得几乎热泪盈眶，连连摆手道："十二娘切莫与我见外，我不过是略尽地主之谊罢了，钟尚书的手书万金难求，怎么好拿来当彩头。"

钟荟只想引那萧十娘上钩，没想到却叫卫十二娘节外生枝，只得道："卫姊姊，您拿这么稀罕的东西做彩头，咱们又没有价值相当的物件拿出来，万一我将你那帖子赢走了，多过意不去啊。"

常山公主听了又是一阵酸涩，这白眼狼搬走她家的东西眼睛都不眨一下，怎么轮到卫十二娘就知道"过意不去"了？

萧十娘本来已将那帖子视若囊中之物，叫姜二娘坏了好事，却也只好表态道："姜妹妹说的是，卫姊姊还是将帖子收好吧。"

卫十二娘见她们都如此说，只得作罢："那我便看着妹妹们玩吧。"

如此一来便只剩下萧十娘和钟荟两人了，第一局钟荟拿出了初局赢来的那对金簪，萧十娘则挑挑拣拣地选了一只金博山小香炉。

姜明淅当着众人的面不好说什么，可心里暗暗发急，她阿姊显然不是萧十娘的对手，先前赢了三局已是万中无一的侥幸，如今还不肯收手，怕是要将赢回来的东西输干净才罢休。

三娘子猜中了一半，姜二娘果然屡战屡败，将先前赢得的簪子和珊瑚树都输给了萧十娘，可她输红了眼，将公主出的彩头输完了还不罢休，竟从手腕上捋下那对姜老太太给的羊脂白玉手镯，往一名侍女手托的金盘上一搁，意气用事地冲着萧十娘道："再来一局!"

那对镯子一看就是好东西，通体洁白油润，没有一点瑕疵，难得还能凑成一对，恐怕宫中都找不出第二对来。萧十娘看得眼睛都有些直了，秦二娘也是一震，这姜家娘子到底年纪小，行事莽撞，顾前不顾后。秦四娘更是倒抽了一口凉气，心说姜二娘这要是输了，回去如何向家里长辈交代呢?

三娘子一见她草包阿姊撩袖子便知大事不妙，可想要出言阻止已经来不及了，且她年幼言轻，谁也不把她的意见当回事，急得眼泪都快出来了。

"姜家妹妹，不过是游戏而已，输了便输了。"萧十娘难掩得色，不过场面话还是得说，"若是再赢你的物件，姊姊都觉得胜之不武了。"

"萧姊姊不必多说，输了只怪我运气不好，绝不会埋怨旁人。"姜二娘果然道，"你赶紧掷吧!"

萧十娘一脸无奈地摇了摇头，不再多言，手底下却毫不留情，一掷得稚。

姜二娘眼里满是抑制不住的焦急烦闷，时不时从袖中掏出帕子掖一掖额头上的细汗，摇杯掷木时已经全不见了方才的气定神闲，甚至失态地大声呼起"卢卢卢"来。

这运势也真是难言，方才几人一起玩时，姜二娘还时不时掷出个贵采，可现在活似卫十二娘附体，竟一连掷了几个两点的枭采，三下五除二便将那对镯子也输了出去，登时傻了眼。

这下子萧十娘都觉得该见好就收，再玩下去就成了欺负人了，可姜二娘犹不死心，急赤白脸地扯住她道："萧姊姊莫走!"一咬牙将发髻上的簪子、翠钿全摘了下来，又不顾三娘子抗议，从她头上拔了一支金凤牡丹步摇下来，扔在金盘上道："我还有注呢，你再陪我玩一局!"言罢不由分说地摇起杯来。

卫十二娘看得心惊肉跳，心道这姜家小娘子第一回玩樗蒲，瘾头竟如此之大。

裴家姊妹早就悄悄回到场中观战，裴九娘悄悄对她阿姊道："怪道我们家要禁樗蒲，看这姜家二娘的样子，简直魔怔了一样。"裴五娘却不搭腔，回想了一下这两日

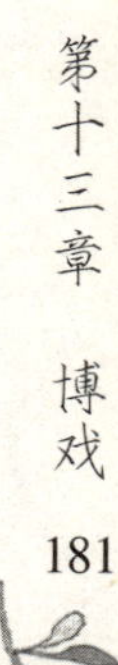

姜家二娘的言行，她真会如此容易着萧十娘的道吗？

常山公主也觉出了不对劲，她和姜二娘不算熟识，可相处两日，又一同去了一回崇福寺，见识过这小娘子好吃懒做、胸无大志的德行。她在宫中长大，性子虽跳脱，但看人向来是很准的。

就在围观诸人揣测姜二娘究竟是真傻还是装傻时，局中风向悄悄发生了变化。

姜二娘先是以三步之差险胜了一局，接着几局两人胜负参半，萧十娘已不复适才的游刃有余，身体微微向前倾，姜二娘每次掷出高采、贵采，萧十娘的眉头都不由自主地一动。

然而无论她再怎么小心谨慎，那邪乎的姜二娘竟然步步为营，势如破竹，非但将输去的采头赢了回来，还将萧十娘先前赢来的一只东汉越窑瓷罐也夺了去。

不知不觉已是更深夜半，可在场的小娘子们全神贯注，竟似感觉不到时间流逝，直到悬在头顶的一盏铜凤灯熄灭，侍女上前添灯油，常山公主才发现已是子时了。

萧十娘双目充血，一瞬不瞬地盯着紫枰，姜二娘却是一局比一局淡然，最后萧十娘把先前赢来的一匣东珠也输掉了，不由自主地摸了摸项上的璎珞，终究没有魄力像姜二娘那样将自己身家押上。

姜二娘揉了揉眼睛，含糊地对着萧十娘道："有些乏了，萧姊姊，咱们最后玩一局吧。"

萧十娘骑虎难下，舍不得出彩头，可又不甘心地想扳回一城。

"公主殿下和诸位姊姊们约莫也困了，咱们速战速决，直接掷采决胜负如何？"姜二娘弯起眼睛，那双本来天真无邪的杏眼便平添了一丝狡黠，"我把先前赢来的东西全押上，再加这对羊脂白玉镯子和两支鞣鞨莲花簪，还有我妹妹头上那只金步摇。"

三娘子闻言不自觉地捂住自己的簪子，努了努嘴，在她阿姊的淫威下到底没敢说什么。

"妹妹说什么笑话。"萧十娘愤然道，"我去哪里寻那么多宝贝与你一搏？"

"我不要姊姊的爱物。"钟荟笑得像是志怪中的山精鬼魅，指着萧十娘的脸道，"我要你这张脸。你若是赢了，便把这些全拿走；你若输了，与我妹妹行个大礼赔不是。你赌不赌？"

围观众人恍然大悟，原来这姜二娘却是真傻，非但傻，还傻得别具一格。

萧十娘明知自己该一口拒绝，可目光不由自主地落在那尊东汉瓷罐上。她原打算将这只瓷罐交给她阿兄，让他献给祖父，可方才为什么要贪心不足呢？萧十娘凄然一笑，她的清高又值什么呢？

她默不作声地拿起摇木杯，转动已经有些酸痛的手腕，心里不住地默念"卢"，然后往枰上一撒，三黑两稚，是个稚采。她长出了一口气，腿一软，瘫倒在地。

常山公主神色复杂地看着姜二娘，虽然私心里希望她能赢，可就算是六叔也不可能每掷得卢，她的赢面实在是微乎其微。罢了，若是她哭鼻子，大不了自己再出一回血，开了库，挑几样好玩的东西送她吧。

那姜二娘却丝毫不见惧色，若是忽略她那肥短的身躯，那摇杯的模样几乎算得上风流飘逸。

只见她举重若轻地将那木杯一转，倏地一倾，四块樗木落下，赫然是四个黑，还有一块落到枰上犹在转个不住。

第十四章 明霜

牛车在公主庄园外栈桥上缓缓前行，惹动了桥上数百只金铃，此起彼伏的细密铃声仿佛一群无忧无虑的小娘子嬉笑拌嘴。

姜三娘坐在车厢里，两腿前伸，膝上照例摊着一本书，可目光却在嫡姊的脸上盘桓。铃声渐悄时，她总算鼓足了勇气，问道："阿姊，你是不是一早知道能赢?"

钟荟软绵绵地靠在隐囊上，以手掩口打了个哈欠，又擦了擦眼角不由自主涌出的眼泪，懒懒地道："那我哪知道，你阿姊又不是神仙。"

三娘子憋了一夜，忍到牛车离了庄园才道出了心中疑问，一听她这敷衍了事的回答又惊又怒："不知道你还将姑姑赏的簪子拿去赌?!"

"这不是赢了吗，别这么一惊一乍的。"钟荟笑嘻嘻地吓唬她，"小心惊了牛，把咱们摔下山去。"

"那若是输了呢?"三娘子觉得她这胆大包天的草包阿姊真是不可理喻，"你如何敢将那么多实实在在的珍宝押上，就赌萧十娘赔个礼道个歉？就算赢了又如何，她又不是心甘情愿的……赢来的那些也就罢了，你将姑姑赐的和老太太给的首饰也拿去赌，输了怎么办?"

昨夜萧十娘与她下跪叩首赔罪时，她心里有些快意，可更多的是张皇无措，还有些没来由的失落和伤心，心里仿佛有什么东西轰然倒塌，个中滋味之纷繁复杂，不是年仅六岁的她能分辨清楚的。

钟荟有些怀念来时路上那个对她不理不睬的三娘子了。

昨日玩到深夜，散席时她特地向卫十二娘借了钟尚书的手书回去摹写，直到更漏将尽时分才合了会儿眼，一大早又起来与公主辞别，眼下困得睁眼都能睡着，偏偏她这妹妹不依不饶，不是三言两语就能打发的。

她只得强打起精神，收起一脸玩世不恭，正色对姜明淅道：“这场博戏输赢本无所谓，萧十娘答应与我赌就已是输了。她已经告诉所有的人，她萧家人的脸面就值这些。至于是否真心实意，想那么多做甚？再不甘愿，她也只得向你下跪磕头，往后若是再相逢，见了我们即便不绕道走，也没脸再含沙射影地挑衅。不单是她，全京城的世家小娘子再惹我们姜家人……”

“我们姜家人”几个字脱口而出时，她不由自主地顿了顿，愣怔了片刻。她已经不自觉地将自己视为姜家人了？是从何时开始的？

“她们惹是生非之前都得掂量掂量。”她接着说道，“至于这些财货，不过一堆死宝罢了，我们家如今最不差的就是钱，拿钱挣脸多上算啊，这回就算赌输了阿婆和姑姑也不会怪罪的。”

姜三娘听了一耳朵的歪理邪说，低着头摆弄着衣摆沉思了许久，终于还是别扭地道：“我原想着只要自己肯下苦功，便能叫那些世家娘子们刮目相看，可来了才知自己不过是一只井底之蛙，人外有人，天外有天，恐怕一辈子都难与她们比肩了……”她心里空落落地难受，可又不愿将这软弱示人，尤其是她向来瞧不起的姜明月。

钟荟点点头赞同道：“没错，千金之裘，非一狐之腋，世家几代人的积淀，若是叫人轻而易举便赶上，那岂不是成了笑话吗。”

姜明淅不由气结，她说这自暴自弃的话并非真心自觉不如人，不过是想得些安慰罢了，没想到这草包姜明月如此不上道。

“若你读书只是为了叫人对你另眼相待，那还是省些力气，少费点事吧。”那可恶的姜二娘又冷冷道，“就算你读出个花来，在她们眼里也还是屠户家的小娘子。人心长在人家腔子里，爱如何想你便如何想你，难不成你还能将她们的心掏出来，拿笔写上你的好？”

姜三娘自晓事以来，曾氏便竭尽所能教她诗书礼仪，为的是有朝一日出人头地，展翅高飞，飞出姜家这草窝。曾氏虽未向女儿坦露过自己心底的想法，可姜明淅隐约能感到她阿娘的期盼，那期盼中隐含了太多的不甘和遗憾。如今有个人明明白白地告诉她此路不通，她一时之间觉得难以取舍，仿佛行到了一片浓雾笼罩的地界。

然而曾氏的那一套毕竟根深蒂固地长进了她的血肉心脉中，她在雾中徘徊了片刻，终于还是回到了阿娘为她描绘的那条光明开阔的坦途上。

钟荟难得正经说几句话，见她低着头沉默不语，也不知她有没有听进去：“别给自己找不痛快，做些自己真心喜爱的事，莫负了这大好年华。若真喜欢读书，便放下急功近利之心……”说着说着语声渐低，终于支撑不住，睡了过去。

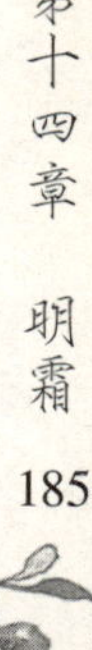

回了姜府，钟荟先将从公主庄园中带回的鲜果等分了分给各房送了去，然后带上自己赢回来的珊瑚树去给老太太请安。

姜老太太因上回孙女送给三老太太的那支玳瑁簪子耿耿于怀了许久，没事便要小心眼地拿出来酸几句，如今才算顺了意，坐在胡床上捧着那株珊瑚树看了又看，摸摸这根枝丫，又屈指弹弹那根，口是心非地道："人平安回来就好了，带这劳什子做什么，你阿婆又不是没见过珊瑚树。"

"阿婆不稀罕我可就拿回去喽。"钟荟撇了撇嘴，作势要去拿。

姜老太太赶紧把那宝贝往怀里一搂，在孙女脑袋上削了一记："哪个说不要了，小气吧啦的臭丫头，哪有与了人的东西往回要的！"

三老太太对姜老太太笑道："孙女儿想着你，回了府连气还没喘上一口，就巴巴地来给你送东西，还拿什么乔呢！"她也得了二娘子两匹宫缎，更不吝于投桃报李，说些好话，揶揄完老太太又正色对二娘子道："小娘子，别看你阿婆嘴上不说，自打你们走了之后，一天到晚拽着我来回道：'这两个小丫头第一回出远门，万一有个头疼脑热可怎么办。'一会儿又说：'阿婴好性子，万一叫人欺负了去可咋办。'晚上翻来翻去跟车轱辘似的，三更半夜还'唉唉'地叹气。"

钟荟仔细一看，老太太眼下青影果然有些重，眼神也有些疲累憔悴，心里一阵暖，又有些心疼，上前握住老太太的手："都怪孙女不孝，只顾着自己玩，叫阿婆担心。"说完将公主庄园里的所见所闻绘声绘色地讲给姜老太太听。

祖孙俩加上一个凑趣的三老太太，说了会儿话便到了晚膳时分，姜老太太早吩咐自己院子里的小厨房备了丰盛的饭食留钟荟用晚膳。姜老太太一边从自己食案上取了钟荟素日爱吃的肴馔往她案上堆，一边埋怨道："才去了两三日便瘦了一圈，脸色也黄了，在公主家里饿着了吗？这哪是去玩，简直是去遭罪。"

"哪有这回事，阿婆是心疼才觉着我瘦了。"钟荟笑道，"公主家的饭食可好吃了，特别是貊炙，比咱们家新来的厨子做得还好。我特地讨了方子，下回亲手做给阿婆吃。"

姜老太太叫她哄得极是熨帖，比平日多用了小半碗粱米饭。

两个小娘子路途劳顿，曾氏便免了她们第二日的课。钟荟补了半日的觉，终于将耗费的精神养回来一些，用过午膳靠在榻上看了会儿杂书，估摸着该下学了，便将那日熬夜临的帖子用柏木匣子装好，去寻庶兄姜悔。

姜悔原本以为翌日上学才能见到二妹，一回自己院子便见她在此等候，不自觉地微笑起来，旋即想起自己这逼仄的小院里也没个能待客的地方，只得吩咐小童从自己屋里搬出仅有的一张杂木坐榻，置于屋前廊下，请嫡妹坐下，自己则站在一旁。

钟荟打开匣子，献宝似的将书帖取出来给她庶兄：“卫家十二娘收藏了前朝钟尚书的书帖，这是伺候公主殿下笔墨的女官摹写的，有七八分形似，然而女子的腕力终有不逮。我听那些小娘子说钟氏书体沉浑厚实，想到阿兄正在习书，便向公主讨了一幅来。”

她这具身体才八岁，虽然这些日子勤加练习，可腕力最是需要日复一日、年复一年地下死功夫，不可能一蹴而就，所以那幅字终究是少了几分雄浑，多了几分圆滑和机巧，她自己不甚满意，可目前也只能达到如此境地了。

姜悔一见那书帖，神魂都叫吸了进去，连妹妹的话都未听清，将双手在衣摆上揩了又揩，诚惶诚恐地接过来，如获至宝地捧在手上，简直不知该如何是好。钟荟见了直想笑：“这又不是真迹，阿兄尽管拿来拓写，沾上墨迹也无妨，若是因过于爱惜而束之高阁，反倒成了无用之物了。”

好事不出门，坏事传千里。姜家姊妹俩在公主庄园中的所作所为避不开有心人的耳目，不出几日，全洛京的世家都知道了姜家二娘这一号人物。据说这年仅八岁的小娘子非但和武元乡公主干仗，将武元乡公主打回了家，还一掷千金地与人赌博，逼迫萧家十娘子下跪认错。

钟荟没有料错，没过几日姜婕妤的赏赐就下来了，连个由头都不寻，甚至不屑等到端午，大剌剌地叫宫人抬了几箱子时新料子和器玩，一路招摇过市地送到姜府，摆明了是夸她那嚣张的侄女做得好。

姜婕妤初进宫时惹出一场轩然大波，后来又有兄长姜大郎出仕时的马失前蹄，近几年来倒是一直不露圭角，几乎让人忘了她这呼风唤雨的祸国妖妃出身。

朝中风平浪静了许久，言官们闲得都快打瞌睡了，正愁没人给他们燥脾胃，姜婕妤此举简直正好撞在他们笔尖上，弹劾的折子顿时飞满了天。

这一弹劾不打紧，天子又大张旗鼓地赐了两箱珍玩下来，指明赏给“贞静娴淑”的姜家女眷。

赏赐到姜府的那一日，姜家大娘子、姜明月的双生姊姊姜明霜，也悄然从济源回到了阔别多年的洛京。

钟荟第一次见到她此生的双生姊姊时，只觉得那是个让人一见之下便心生欢喜的小娘子。她院里的芦花母鸡阿花比主人有眼光，在停止下蛋两个多月后，破天荒地在这一日破晓时分下了一个硕大无匹的双黄蛋。

大娘子姜明霜抵达时，钟荟正站在老太太院子里的大槐树下，手里捧着个细竹

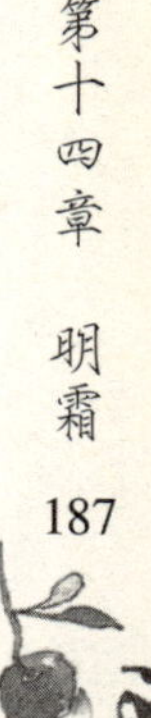

筐，仰头看阿枣摘槐花，听到脚步声转过头来，便看到引路的仆妇身后跟着一行四人，一个身着酱色布衣的中年妇人手挽着个肤色黝黑的小娘子，右手边是个十一二岁的少年郎，身后还跟着个仆妇装束的嬷嬷。

那中年妇人生着容长脸，头发绾成个圆髻，看起来干净又爽利。她的穿着打扮还不如姜家的仆妇，可眉间只有些拘谨，并无卑怯之色。

钟荟略一想便猜到了来人大约是表叔母苏氏，上前道："这位是表叔母吧？"

那引路的仆妇向二娘子行了个礼，笑道："可不是。"又不无得意地对那妇人道："这是我们家二娘子。"

"二娘见过表叔母、表哥。"钟荟上前笑盈盈地见了礼。

"哟，好齐整的毛妞！阿年，表妹叫你了，咋不吭气？"妇人拍了拍那小郎道。

这小郎长得与他阿娘很像，还未褪去孩童的圆润，腮帮子有些微微鼓起。他一抬头，只觉得眼前那穿金戴银的小女童好看得晃眼，简直比他们那儿白云观里的仙童像还好看，不好意思地搔了搔头，嗫嚅了半天，那"表妹"二字就是说不出口。

"逊逑！"表婶的雅言说得磕磕绊绊，一不小心骂人的土话脱口而出，也不知那二娘子听懂了不曾，自己也觉抱歉，尴尬地将手在衣摆上蹭了蹭，从衣襟里掏出个莲花纹的小金饼子，拉起钟荟的手往里塞，"阿婶木啥好物，你莫嫌弃。"

钟荟见她通身上下没什么金银玉器，只有一根绾发的素银双股簪，这金饼子想来已是极重的礼了，推辞了一番接了下来。

那饼子大约半两重，一看便是无名小铺子打的，钟荟不露声色地抚了抚那粗糙稚拙的莲花纹样，小心翼翼地收进腰间的木香花刺绣香囊里。

妇人方才一见姜家二娘那通身的打扮便知道自己备的礼太薄了，姜二娘头上戴的那支金簪起码二三两重，别提那上面还镶着好大一块绿宝石。她一早说了姜家是大户，半两拿不出手，索性添足一两，可她那抠抠索索的男人死活舍不得，道姜家娃儿多，一人一两莫不是要把家底送干净，如今后悔也来不及了，只能在心里将那上不得台面的男人骂了个半死。她眼下见那姜二娘并未露出嫌恶轻蔑，反而郑重其事地收起来，这才暗暗松了口气，一把揽过姜明霜道："大娘，这是你阿妹啊！"

钟荟已经上前执起姜明霜的手微笑道："阿姊，你总算回来啦。"

姜明霜先前一直在好奇地打量这个仙子似的双生妹妹，她们眉眼生得其实不怎么相似，然而双生姊妹间大约有些说不上来的缘分吧，一见之下就觉得亲切，也报之以微笑道："你就是我那一胎生的妹妹莫？"

少女生着一张讨喜的圆脸，乌油油的头发梳成双丫髻，鬓发一丝不乱，拿桂花油仔细抿在耳后，发髻上插着一支榴花金簪，身上穿了一件银红七巧云纹蜀锦单襦衫，一条翠色罗裙，衣裳上的褶痕又直又深，显然是下车前新换上的。

三老太太听到院子里的动静迎了出来，一见那妇人先是一喜："阿珍你也来了！"那名唤阿珍的表婶与三老太太刘氏也是沾亲带故，赶紧上前来，把手在衣摆上擦了擦，握住三老太太的手道："老阿婶，您还和十几年前一个样！"

"老喽。"三老太太眼旁的褶子里都盛满了笑意，对姜明霜道，"大娘子，你已经不认得我这老婆子了吧？"

珍表婶赶紧拉了拉她道："娘子，这是你三婶婆。"

姜明霜一看就没学过正经的礼仪，胡乱行了个礼，脆生生地道："三婶婆。"

"老太太已经盼了好久了，赶紧进屋说话吧。"三老太太一边说一边将众人迎入堂屋中。

姜老太太见苏氏母子与大孙女同来，也是喜不自胜，不等大孙女行过大礼便将她从地上拉起来，上下打量一番，对苏氏道："这些年多亏了阿珍你，将我们大娘养得这样好！"说完吩咐下人去请曾氏和各院的小郎君小娘子们。

"阿婶说的什么话，是这娃儿自己招人待见。"说着慈爱地抚了抚大娘子的脑袋，姜明霜自然地在她怀里蹭了蹭，感情显是很好。

姜老太太见大孙女大方又和气，愈加满意，对那表侄孙招招手："这是阿年吧，一眨眼这么大了，你丁点大的时候阿婆抱过你，还记得莫？到阿婆这里来吃果子，莫拘束，就将这里当自个儿家。阿年他阿娘，难得来一回，多住些时日，赶明儿我叫人带你们在京城里四处玩一玩。"

那名叫阿年的小郎一听，眼睛登时一亮，十分向往。

"还不谢谢婶婆，这逊述一见贵人就跟哑巴似的！"苏氏往儿子后脑勺上拍了一下，推辞道，"阿婶，侄女儿把大娘送到就放心了，家里还有一堆事要操持，他阿爷一个人怕是顾不过来，咱们这就回了。"

阿年有些失落地垂下头，不过这孩子被教养得很不错，既不吵也不闹。

姜老太太板起脸道："这样我可不高兴了，尽和你阿婶见外！"

可她好话歹话说了一箩筐，苏氏就是不松口，只咬定了家里有事，此次带上阿年也只不过叫他来认认亲，顺便来京城开开眼，回去便要跟个从京城回乡的年老账房先生学算账。

钟荟不由得佩服老太太的眼力，当年曾氏原想将大娘子送到城外的菊水庵寄养，是姜老太太看重那表叔表婶一家老实厚道，坚持将大娘子送去的。

姜明霜像是一株自如生长、未经过风霜的小树，浑身上下充盈着勃勃的生机，清澈的眼神中不见一丝阴霾，轻快的步履让人想起山林间的小鹿。她的雅言说得只比表婶苏氏好那么一点，一开口就是浓重的济源乡音，钟荟有时甚至听不清楚她在说些什么，但是那清脆的嗓音像山泉一样悦耳，让人不由自主地心生好感。

不一会儿曾氏和几个嫡庶子女也到了，钟荟见庶兄姜悔也在来人之中，不由得有些诧异地望向姜老太太，只见她神色如常。

众人又是一番见礼和寒暄。

苏氏没料到姜家子女如此众多，惊出了一身冷汗，紧张地默默数着在场小郎君和小娘子们的人头，因着心里慌乱，数来数去没数清，只得硬着头皮，挨个给向她行礼的孩子发金饼子，好在那饼子一个不多一个不少，三岁的六娘子是在场孩子中最小的，发到她刚好是最后一个。

三娘子见那表婶和表哥身着寒酸的布衣，心中已是不屑，将那小而粗陋的金饼子拿在手里，嫌弃地撇了撇嘴，正要说点什么，她阿娘暗暗捏了捏她的手，只得将到了嘴边的话咽了下去，不经意一抬眼，只见姜老太太正皱着眉目光炯炯地看着她，吓得赶紧转过脸去。

曾氏脸上挂着关切又温和的笑对姜明霜招手，姜明霜带着些疑虑看了看表婶，见表婶对她点点头，这才朝着后母走过去。她在济源乡间听过许多后娘苛待继子女的故事，觉得眼前这个笑容慈蔼、举止优雅的年轻妇人与那些故事里张牙舞爪的妖魔似的后娘很是不一样。

曾氏揽着她的肩打量个不住，口中连连道："我们家大娘总算回来了。"她目光落在大娘子的衣裳上，她这后母当得十分尽心尽责，每一季都会叫人往济源送些新料子，姜大娘这身簇新的蜀锦衣裳却是用好多年前的老料子裁的。她在心中暗暗冷笑，她这婆母一向对苏氏赞不绝口，成天夸她能干又本分，怕是想不到她竟是个背地里贪墨她孙女财货的假好人吧！

苏氏似是猜到了她心中所想，红着脸道："大妹，这身料子还是前年春天你叫人送来的，小娃娃个子蹿得快，又成天价在泥里滚，别糟蹋了好料子，我就自说自话给大娘省了下来，将来好做嫁妆。"说着从怀里掏出一块皱巴巴的黄麻布，双手捧着交到曾氏跟前："大妹，你这些年叫人送来的衣料物件咱们都找识字的先生记下来了，有些个也不知是啥东西，都画了圈圈，你得空好生对一对。"

曾氏原本想着如何将这妇人虚伪的面目揭开，给婆母好生看看，没想到她还真是个光风霁月的蠢货，只得将那块破旧的麻布一推道："阿嫂说的什么话，难道我们还信不过亲眷？我已叫人收拾了客房，你和侄子在我们家多住些时日，也陪陪我们老太太。"

苏氏与曾氏不熟悉，倒不好意思像方才那样坚辞，只得住了一晚，第二日一大早便带着儿子向老太太和曾氏辞行。

曾氏若有所思地打量了那腼腆的少年郎两眼，对苏氏道："阿嫂家里有事忙，我便也不与你客套了。阿年难得来一次，连京城都没去过，不如让他在我们家待些时日。咱们家有现成的夫子，让他和二郎、三郎他们一块儿读书，学记账也不急在这一时。”

苏氏犹豫了半晌，听说能跟着姜家小郎君一起听儒经先生讲课，不由得有些心动，又见儿子一脸渴望，便老了老脸皮，一咬牙允了。

如意院的蔷薇开了满架，和煦暖阳缓缓将花间晨露熏蒸出一院甜香，然而厅室紧闭的门户将那甜得有些发腻的气息同阳光一起隔绝在了外面。

大娘子的乳母蔡嬷嬷跪在冰冷坚硬的砖石地面上，曾氏的怒意仿佛凝成了冰凌，高悬在她头顶，蔡氏觉得自己如同身处严冬，不由自主地瑟瑟哆嗦起来。

“我叫你好生看着大娘子，去济源之前你是怎么应承我的？”曾氏冷眼看着那妇人粗而歪斜的头缝和肩上的白屑，心中的厌恶无以复加。

蔡氏的男人是曾家的舆人，当年夫妇俩是一起陪嫁过来的。这蔡氏一张嘴惯会邀功表忠，做了一分能说成十分。那时曾氏还是个二十不到的新嫁娘，便以为这看起来憨头憨脑的奴婢是个忠的。

大娘子原先有个乳母，是她生母陈氏生产前自己寻来的人。那妇人一家子都在城里，听说要去济源自然不乐意，偏巧其时蔡氏刚生的儿子夭折了，曾氏就叫她顶了那乳母的位置，原想着自己手上的人，又素来忠心耿耿，是再合适不过的人选。

曾氏逢年过节派人去济源总会私下里给蔡氏带话，那妇人从来一副俯首帖耳的顺从样，拣曾氏爱听的话报回来：大娘子知道了为啥叫家里远远打发走，恨得砸了个盆儿；大娘子见了夫人送来的新料子高兴得什么似的；大娘子得知妹妹进宫吃席气得两顿饭没吃——总之大娘子把那同胞姊妹当仇人记恨，把曾夫人这后母当活菩萨供着。

蔡氏原先还想凭着自己三寸不烂之舌糊弄主母，可阔别多年，这曾氏早不是当初的吴下阿蒙了，她心知遮掩不过去，只得豁了出去，把头磕得砰砰响：“我的好夫人，奴婢实在木办法啊，苏氏趁着奴婢病了，非把大娘抱她屋里去养。这说起来她是主我是仆，有我说一个‘不’字的地方莫？”她在济源待了许多年，说起话来也带了济源口音。

“还狡辩！”曾氏把邱嬷嬷才端来的一碗热酪浆连碗砸在了蔡氏头脸上，“这些年我哪个大节不派人去济源？总有几十趟了吧？一回两回你想不起来回禀我还说得过去，几十回都想不起来吗！”

也不知是否是因为水土不服，那蔡氏一到济源就病倒了，乡里有个略懂些医术的老道人，看过后说怕是时疫，说不定要过给旁人，吓得苏氏赶紧将姜大娘抱到了自己房里。她犹放不下心，夫妇俩一商量，马表叔赶着骡子拉的板车连夜行了二十

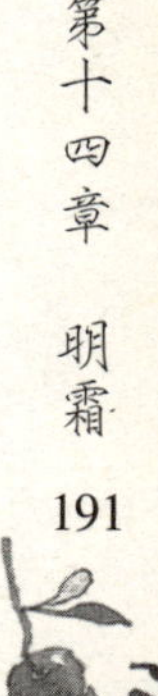

里路，将妻儿和那金贵的姜家女娃娃送到了丈母娘家。苏氏带着两个孩子在娘家躲了三个多月，那蔡氏总算痊愈了。

乡下孩童到姜大娘那岁数早该离乳了，乳母蔡氏的奶水也在养病期间没了，这乳母便形同虚设。

苏氏在阿年之后生过个女儿，没满周岁便夭折了，那几个月已将姜大娘当成了自己的孩儿，无论如何舍不得放手了。那蔡氏本来就是个怠惰奸猾的，自当了大娘子的乳母没一夜睡好，白日里还要叫苏氏支使着做些晒谷之类的杂活，正苦不堪言呢，巴不得将这麻烦脱手。两人一拍即合，都心照不宣地“忘了”与曾氏派来的下人提一嘴。

蔡氏这些年在济源过得如鱼得水，虽说日子比城里清苦些，吃食没那么精细，可自从姜大娘脱了手活儿就极轻省了。

苏氏不是正经主人，凡事都睁只眼闭只眼，她闲得没事便与村里的妇人赌赌钱，嚼嚼舌根子，还给自己找了两个新相好，比那臭脚的车夫汉子体贴百倍，那滋味别提有多美了。

谁想那曾氏吃错了什么药，竟要把姜大娘接回去。

蔡氏讪讪道：“奴婢该死，奴婢怕夫人操心忧虑，故意报喜不报忧，夫人责罚奴婢吧。”一边说一边扇起自己巴掌来，倒也舍得下本，没几下脸颊就高高肿起一片。

邱嬷嬷赶紧上来拉住她的手，对曾氏劝道：“夫人，大娘子刚回来，不好立时三刻地发落她房里的下人，叫人看了说不过去。”

曾氏如何不知道，只不过咽不下这口气罢了，烦躁地朝那蔡氏挥挥手道：“少给我在这儿装相，今日且饶过你，回去该怎么做不用我教了吧？赶紧滚！”

邱嬷嬷见那蔡氏捂着脸颊退远了，方才对曾氏道：“夫人，您把那年小郎君留下有何打算？”

“婆母不是待见那一家子吗？”曾氏道，“他们表兄妹几个好多年没来往了，情分淡了如何是好，我是替他们着想。”

“二娘子……”邱嬷嬷眉心一跳。

“我原想着那丫头虽然笨头笨脑，胜在够听话，想替她寻一门好亲事。”曾氏冷哼一声道，“谁知她近来越发不听话了，罢了，不能用便换一个，一抬嫁妆打发了，看她在济源那浅滩里能扑腾出什么风浪来。”

钟荟的小院子里多了个大娘子，似乎连那树梢头的桃花都开得更绚烂了些。

姜明霜被送去济源的时候带了一个嬷嬷两个婢子，可一到济源才发现马表叔家的小院就那么三两间屋。表叔表婶没料到一个小女娃排场竟跟宫里娘娘一般大，也是傻了眼，思来想去打算将主屋腾出来，带着四岁的儿子阿年去猪圈旁的茅屋应付些时日。送大娘子一行前去的管事仆役看着不成话，只得将那两个婢子带了回去。过了两三年，新屋子总算盖起来了，可苏氏一合计，大娘子也不闹人，越大越省心，两张嘴经年累月下来得叫姜家多费多少米粮啊，便没有开口要人。

回了姜府，大娘子身边没个伺候人就说不过去了，可各院的下人数目都是定了的，一时半会儿去采买人也来不及，钟荟便叫手脚麻利又爱说爱笑的白环饼先去伺候，曾氏这贤后母又从自己院子里拨了个十三四岁名唤阿翠的婢子过来。

阿枣和细环饼等下人一开始还五十步笑百步地挤眉弄眼暗暗取笑大娘子的满口乡音，不过相处了短短几日之后便喜欢上了这爽朗又实在的小娘子。

钟荟原本觉得自己假扮孩童算得上游刃有余，尤其是克服了最初的自我唾弃后，如今向老太太撒起娇来可谓得心应手。可见了大娘子后才知道，她平日里假扮出来的天真无邪简直惨不忍睹，得亏姜老太太牙口好才能克化得下去。

姜家上下都为大娘子的回归感到由衷的欢喜，连阿花都被一把谷子轻易攻陷——要知道钟荟才离开短短三日，这白眼鸡就故态复萌，一见她就扑腾上来啄个不住。

怏怏不乐的大约只有如意院那几个和大娘子本人了。

姜明霜自记事起就没离开过济源，除了上一年四月初八去县城金佛寺看五色香汤浴佛。前阵子听说姜家要接她回来，她连想都未及细想，先着慌起来，直到表婶和表兄答应送她回京，这才生出些许期待。然而这期待与她阿年表兄没什么不同，只是想着能坐上有木头车厢的牛车出远门便没来由地开心。

自打定下出发的日子，商议旅途细节便成了表兄妹俩每日最重要的事。

他们将道听途说的京城见闻和自己天马行空的想象糅在一块儿，七手八脚搓成个有鼻子有眼的白日梦——百戏是一定要看的，年表兄想看跳丸弄剑，姜大娘则想骑大象，他们因此还吵了一架，最后这做表兄的让了表妹，抱憾得半夜没睡着。

姜大娘提议抽一日坐飞凫游洛水，年表哥建言顺便去爬一爬邙山，这一顺便把中间的洛京城顺没了。菩提寺那棵传说中的五色神木也是不容错过的，最好还能摘几片叶子带回来送人。听说没月没星的黑天里朝着树根尿一泡能保夏日不生痱子，这使命就落到了年表哥肩上。还有东邻的阿豹说的那个放两年都不会坏、舔一口就管饱的裹蒸，虽说不知哪里能买到，但必定得去尝尝。

“去京城”是乡间孩童遥不可及的美梦，要是谁能去上一趟，回去准能夸耀个一年，姜大娘心驰神往的时候几乎忘了，她这一去就不会再回济源了。

初入姜府时姜明霜叫那煊赫富贵震慑了一下，见到那些邃宇绮窗、兰室罗幕暗暗咋舌，不过并未如曾氏所愿生出嫉妒之心来，甚至连艳羡都几近于无，这些雕梁

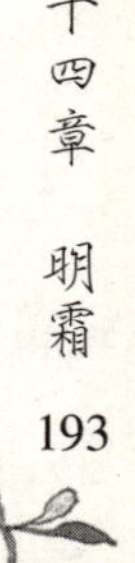

画栋、飞檐翘角、奇花异木，于她而言更像是个光怪陆离的梦境，做梦的时候固然觉得新奇有趣，可毕竟是与她真实的世界毫无瓜葛的东西，谁也不愿在梦境里待一辈子啊。

谁都觉得她刑克亲人而被送去济源是倒了八辈子血霉，能回来是否极泰来，连视她为亲女的表婶说不定都是如此想的，尽管临别时表婶眼泪淌得把衣襟都沾湿了，可还是真心实意地笑着。

他们自行其是地把她送走，又莫名其妙地将她接回，谁都没问过她本人的意见。

整个姜家大约只有钟荟能体会她这名不正言不顺的思乡之情。

一日早晨，钟荟见那孩子坐在屋前台阶上，托着腮望着一株桃树发怔，便知道这孩子是想家了，她自己初来乍到时也是如此，常常不由自主地就开始走神，做梦都想着回家。

她微微叹了口气，走过去在姜明霜身旁坐了下来："阿姊是想表叔和表叔母了吗?"

姜明霜不由自主地点点头，又赶紧摇头，来时她表婶叮嘱了一路，姜家才是她自己的家，回了家千万不要念叨着济源，叫家里人听了心里不爽利。

钟荟犹豫了一会儿，轻轻地伸出手盖在双生姊姊黑面馒头似的小手上："我原先一个人住这院子里闷得慌，阿姊能回来陪我真是太好了。"

两人低头看了看一黑一白的叠在一块儿的两只手，都忍不住笑了起来。姜明霜来了姜家几日，一直觉得脚底下虚飘飘的，仿佛踩在云上，直到此刻才踏踏实实地落到了地面上。

第十五章 鹩哥

兔走乌飞，转眼到了暮春。

大娘子一回府，曾氏便趁机与姜景仁商议道：“大娘和二娘已经八岁了，眼看着过两三年就要开始说人家了，二娘还算识得几个字，可女红针凿一概不会，大娘在济源就更不必说了。妾合计着，不如请个知书达礼的女先生到府中教她们几个，总比有一搭没一搭地跟着嬷嬷们学的好。”

姜景仁对内宅这些事只有一种答复：“娘子思虑得周全，你拿主意就好了，莫忘了与阿娘说一声。”

曾氏便去回禀了老太太，托了她舅母李氏，不久便物色了个姓吴的女先生，入府教小娘子们礼仪、抚琴和女红。

姜大娘在济源跟着表婶学过纺绩织布，刺绣这样的精细活是一窍不通，钟荟前世心血来潮，学过一阵刺绣，她阿娘还特地去向钟太后要了个绣娘，不过没多久便因太耗神丢下了，眼下就和初学差不多。

姊妹俩多了许多功课，每日鸡鸣便要起来，先去与老太太和曾氏请安，然后同三娘子她们一块儿在如意院里学女红和琴艺，用完午膳还得去琅嬛阁跟着秦夫子读书。

秦夫子先探了探大娘子和年小郎的底，他们俩跟着乡里那老道人学过几日，不只会写自己的名字，还会背两句“道可道，非常道”。秦夫子懒得为两个人另开一堂课，横竖明年五郎和四娘子也该开蒙了，到时再将大娘子安插进去岂不省心省力？便捋了捋白须，睁眼瞎一般夸道：“小郎君和小娘子勤于学问，功底扎实，且随老朽学着，若有不甚明了之处问老朽便是。”

大娘子和阿年懵懵懂懂地入了座，秦夫子一开讲他们便发现自己如坠云雾，压根儿没有一处明了。

钟荟如何看不出秦夫子这昭昭的偷懒懈怠之心，只得在下学后拣浅显的篇目与他们讲几句。

年表兄和大娘子都不是读书的料，把两人的悟性全拧出来大约还不够姜悔喝一壶的，往往是钟荟讲得口干舌燥，一抬眼便发现两人微张着嘴迷迷糊糊。

钟荟没什么锲而不舍的精神，久而久之也就不强求了。若无意外，年表兄将来就是个殷实的田舍翁，能看懂账册便足矣。依照姜家的门楣，姜大娘将来嫁的大约也不会是什么诗礼之家，学识才情还未必能锦上添花，譬如不幸嫁了屠夫的曾氏，幼时那些比着世家来的教养只能平添烦忧罢了。

这一日秦夫子约了友人饮酒，找了个借口提前放学，姊妹俩和年表兄便商量着去后花园鸣凤楼后面的小林子里抓鹩哥儿，还拉上了二郎姜悔。

三娘子一脸心无旁骛地收拾笔砚书卷，其实竖着耳朵留意他们这边的风吹草动。

“三妹要与咱们一块儿去捉鹩哥儿莫?”大娘子看得出这个小她两岁的继妹不喜欢她，不过自家姊妹不能计较太多，见她磨蹭了半天还不走，怕她是想去抹不开面，便好意问道。

三娘子其实有些心动，可又不想承认自己稀罕与这些乡巴佬一块儿玩，正踟蹰间，二娘子也无可无不可地附和道：“是啊，想去就一起去吧。”

“谁要去!”三娘子心中蹿起一股无名火，硬邦邦地道，“我没空，你们玩你们的吧，我得回去练琴呢!”

她也说不上来自己生的是哪门子气，姜明霜没回来前她就不怎么待见二姊，除了上课两人几乎从不玩在一块儿，可见那两个姊姊没几日便如影随形，好得跟一个人似的，她又莫名酸了起来，仿佛自己的物件叫人抢走了。

“三表妹咋了?”年表兄怔怔地望着三娘子故意挺得笔直的小小背影道。他有点怵这个冷清高傲从不给他正眼的小表妹，同时又很佩服她脑瓜子灵光，小小年纪能将一大篇之乎者也一字不落地背下来。

姜悔怕他多想，赶紧道：“三妹妹向来是这样的，表兄莫往心里去。”

大娘子为人宽厚，但并不傻，知她是不待见自己和年表兄，无奈地笑了笑。

“小孩子闹别扭，别理她便是，”钟荟抱着臂挑了挑眉道，“咱们玩咱们的。”

年表兄虽然读书不行，却很会玩，在乡间就是孩子王，击壤投壶这些城里的游戏上手就会，凫水爬树、上房揭瓦更是打小无师自通，绕树转了一匝，便看准了个大碗似的鸟窝，抱着树噌噌往上蹿了几尺，然后长臂一舒，灵巧地抓住一根较矮的枝丫，借力往上一跃，另一只手勾住更高的枝丫，如此反复几回，树下几人便只能看到他两条细长的腿在半空中晃荡。

姜明霜虽是小娘子，也是打小野惯的，见表兄爬树也是心痒难耐。她大约早有预谋，今日特地穿了裤褶，将衣裳往裤腰里一扎，爬上了旁边的一棵树，坐在高高的枝丫上朝树下的阿兄和阿妹挥手。

钟芸和姜悔自小在宅门中长大，端的是四体不勤、五谷不分，只有望洋兴叹的份。

不多时年表兄便从树上爬了下来，从衣襟里小心翼翼地掏出一只刚长出羽毛的雏鸟，用双手捧着。钟芸忍不住伸出手指摸了摸它头顶的绒毛，温情脉脉地道："跟我念，关关雎鸠，在河之洲。"

那雏鸟在窝里睡得好好的，突然遭此无妄之灾，脾气并不比阿花好多少，冲她张了张鸟喙，从喉咙里发出一声与它幼小身躯极不相符的粗嘎叫声。

"表兄你没认错吗？"钟芸嫌弃地收回手，忽闪着大眼睛望着年表兄道，"这莫不是一只老鸹儿吧？"

阿年还未来得及回答，大娘子先扑哧一笑，指着那雏鸟的喙和爪子道："傻阿妹，老鸹儿的爪子和嘴都是墨黑的，你看这只，黄的不是？"

"表妹，才逮来的鹩哥儿还不会学话。"阿年的眼睛细细的，平日看起来就像犯困，一笑更是成了细细一条线，显得脾气很好，"得拿剪子剪了舌尖，再拿香灰敷上捻，一个月捻一回，捻上四五回才能教说话。"他说话间已从大娘子手中接过平日做针线用的黄铜小剪子，一手去掰鸟嘴。

钟芸看得头皮发麻，赶紧上前阻拦："不成不成，那多造孽啊！我不要了，表兄你将它放回窝里吧。"

"都是这样的，舌头上的壳子脱了说话才利索。"大娘子和阿年都笑着道，"不是你说要养一只会说人话的鹩哥儿吗？"

钟芸确实是养腻了阿花那只没灵性的扁毛畜生，很想换换口味。她清白分明的眼珠子一转，想出个两全其美的对策来："咱们去西市上买一只得了。"

"外头卖的会说话的也都是捻过舌头的。"大娘子笑着道，"还不知道学过什么话，哪有自己从小养的好？"

"那些剪都剪了，横竖不是咱们剪的。"钟芸的善心十分狭隘，大概只能惠及目力所及之处，拉着姜悔寻求支援，"二兄你说是不是？"

姜悔斟酌了一番后问阿年："表弟以前可曾驯过鹩哥儿？"

年表兄顿时叫姜悔问住了，他确实从未料理过鹩哥儿，剪舌捻舌都是听大孩子们讲的，不好意思地摇了摇头道："我倒木剪过，听他们讲起来怪容易的。"

"我听人说调教鹩哥儿的人有一套专门的法子，驯得好的鸟儿能将男女老少高低各异的声音学得惟妙惟肖。"姜悔说起话来不急不缓，温和又有条理，叫人心悦诚服，"若是舌头剪得不好，非但不能说话，那鸟儿还会因痛楚绝饮食而亡。"

阿年听他一说才知道有这么些门道，只得悻悻地将雏鸟重新揣进怀里，爬上树轻手轻脚地将其放回鸟窝里。

第二日恰逢假日，兄弟姊妹四人按照前一日的约定，一大早换上了外出的行装在角门内会合，坐上牛车去西市买鸟。

阿年前些日子已经在洛京城里逛过几回，虽未得偿所愿在月黑风高之夜对着菩提寺的五色神木做不敬之事，不过在二表妹的带领下着实饱了一番口福，这西市也逛了个遍。他极擅记路，一回生二回熟，路头比钟荟和姜悔这两个土生土长的洛京人还熟，在七拐八弯迷宫似的街市上也未失了方向，带着他们游刃有余地穿梭于琳琅满目的货摊和铺子之间，不费吹灰之力就找到了卖鸟的铺子。

大娘子在乡间抛头露脸惯了，横不能理解幂篱这种半遮半掩、除了碍事全无用处的东西，方才在人群中挤来挤去的时候早摘了。钟荟有了上回在崇福寺的经验，羞耻心已经十分稀薄，便也摘了拿在手里。

一行人有说有笑地往铺子里走，早有个机灵的少年伙计迎了上来，不着痕迹地将那两姊妹富丽的衣着打扮尽收眼底，满面堆笑道："两位小娘子喜欢什么样的鸟儿？是看毛色的还是听声儿的？铺子里都是些个子小的，仙鹤、孔雀咱们郊外的园子里头也有，端看两位要什么。"

"鹩哥儿有吗？"钟荟一边问一边打量着门口挂着的金丝鸟笼，"要会说话的。"

"自然自然，里边儿请。"那小伙计忙将他们往里让，"巧得很，店里正巧有个客人也是来买鹩哥儿呢。"

铺子里头果然有人背对他们站着，那身着胡服的背影看着莫名有几分眼熟，此人闻声转过身来，正巧对上钟荟的目光，惊讶地挑了挑眉，然后眼睛一弯，笑道："是你啊，欠在下的两个钱带了吗？"

钟荟对这种显然把她当小孩逗的行径十分不齿，心道想当年你还得唤我一声姊姊，不过一想，上一世卫十一郎似乎从未叫过她阿姊，张口闭口都是"钟阿毛"，十分目无尊长。

这孩子到两岁半上还不会说话，然而不鸣则已，开口就是整句，结结实实地把钟荟给坑了："阿毛抢我糊糊。"这倒也没冤枉她，但这事都过了三个月了，也不知道多大的仇怨，叫他憋了三个月就憋出这么一句。

其余几人第一次见到卫琇，毫无防备地被他那一笑晃了眼，在这鸟毛四处飞扬的昏暗小铺子里结结实实地感受了一把何谓蓬荜生辉。

年表兄恍惚间甚至感到有一股夹着夏日清晨山林气息的清风从堂间吹过，屋子里的鸟屎气味瞬间都没那么浓烈熏人了。

钟荟一看到兄姊们脸上流露出常山公主般的神情，顿时一个头变作两个大。

姜悔不愧是读过圣贤书的，最快回过神来，上前一步将两个妹妹挡在身后，向这一看便知出自膏腴之族的少年郎行了一礼，不卑不亢地道："这位公子，家妹从未独自出过门，您恐怕是认错人了。"

钟荟这才想起自己这回并未乔装，穿的是自己的衣裳，望着她庶兄瘦削却挺拔的背影，顿感扬眉吐气，真想叫钟蔚那厮来看看，什么才是为人兄长该有的样子。

卫琇也立即意识到了自己失态，他这一套近乎，说不定于人家小娘子的闺誉有损，连忙收起那因亲切而略显轻佻的笑容，正色对姜悔施了一礼道："惭愧，确是在下认错了，望足下与女公子见谅。"

姜悔松了口气，心想自己大约是草木皆兵了，皆因前日听他乳母谭嬷嬷说近来洛京城中屡有孩童走失，丢的都是十来岁的美貌女童，他二妹虽小了一些，可架不住她格外貌美啊。然而眼前的少年郎目光清朗，神色坦荡，怎么看都不像个登徒子，且姿容如此出众，自己不叫人拐去就不错了，大约是真的认错了人。

可没想到这小郎君顿了顿，又对着姜悔和年表兄问道："在下卫琇，在家中排行十一，敢问两位兄台高姓大名？"

姜悔放下的心又提了起来，这分明就是不好打探小娘子的名姓，另辟蹊径地从兄长处下手呢！

然而对方已经自报家门，他也不能失礼，只得僵着脸不情不愿地道："在下姜悔，在家中行二。这是在下表兄马融。"阿年一年到头难得听到几回自己的大名，竟未发觉是在唤他，半晌才回过神来，学着他们的样儿行了个画虎不成反类犬的礼。

姜明霜在一旁悄悄扯扯年表兄的衣摆，小声用济源话问他："欸，就是那个卫十一郎莫？"阿年恍然大悟，与表妹交换了个心照不宣的眼神："难怪这么俊！"

钟荟这些日子一个不防就被这两个人灌一耳朵济源话，眼下能听个八九不离十，心道卫十一郎什么时候都成了闻名遐迩的洛京名胜了？

卫琇听闻他们是姜家人，略一想便猜到大约是宫中姜婕妤的亲眷。他离京多年，只大概知道姜家的发迹史，见这清秀俊逸的少年郎气度不俗、谈吐温雅，心下有些诧异，不过卫家人素来好涵养，他的面上并未流露出一丝一毫，依旧一派温文和煦。

姜悔只猜对了一半，卫十一郎确实是不怀好意、居心叵测，不过觊觎的不是他家宝贝二妹，而是他二妹的宝贝蜜饯。

钟荟看着庶兄一脸戒备，忍俊不禁道："阿兄，无妨，妹妹和卫公子有过一面之

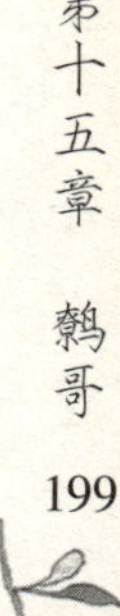

缘，确实欠了人家钱。”

忍不住又含沙射影地刺了卫十一郎一下：“公子记性真好，上回多亏公子仗义疏财。”

她从袖子里掏出钱袋，摸出块半两重的素银饼子，大大方方地递给他，用公事公办、银货两讫的口吻道：“公子收好，不必找了。”言语间浓郁的市侩气简直打消了姜悔对他好妹妹与外男私相授受的疑虑。

卫十一郎一脸当之无愧地接过来，全没有要找钱的意思，转手就给了招呼他的老店主，指着一只单脚用麻绳拴在架子上的鹩哥儿道：“这只看起来不错，会说些什么？”

钟荟也不懂挑鸟儿有什么门道，乍一看觉得一排五六只鹩哥儿中就属这只毛色最稀拉干枯，圆溜溜的眼珠子也有些无精打采，心说这卫家小子眼可真瘸。

卫十一郎仿佛看穿了她的心思，对着姜悔解释道：“雌鸟比雄鸟更擅学人言，声音也清脆。”

“卫公子真是行家，”掌柜先前只从衣着气度判断出卫琇家世不一般，没想到如此不一般，半躬着身子，一脸为难地道：“倒不是小的不愿卖，可这鸟儿上回叫个客人教了几句玩笑话……”

“是何玩笑话？很难听么？”卫琇兴致盎然地问道。

“那倒也不是……”掌柜的肠胃仿佛不适。

卫琇随手拿起架子上的小竹勺，从食皿里舀了些黍米，逗着那鸟道：“叫来听听，叫了与你黍米吃。”

那鹩哥腹中墨水远多过姜大娘和年表兄，十分锦心绣口：“桃之夭夭！灼灼其华！养怡之福！可得永年！阳春布德泽！延寿千万岁……”

“这不是说得挺好么？”卫十一郎大惑不解。

那鹩哥儿越说越欢，寓意吉祥的诗句念完了不算，开始显摆起百鸟鸣来，学完画眉学黄鹂，学完黄鹂学绣眼，啁啁啾啾个没完，急得那店主一个劲拿袖子揩脑门上的汗。

钟荟心里冷笑，这老翁装得倒挺像，什么玩笑话，压根儿就是托词，八成嫌卫十一郎出的价低，又碍于他身份不敢讲价，故而寻个莫须有的由头把这奇货可居的鸟儿留下来，等旁的买家出好价。

纵然卫琇在人情世故上有些迟钝，此时也回过味来了，从自己钱袋子里掏出个约莫二两的金饼子来，递给那店家道：“恕我眼拙，先时未曾看出这鹩哥儿如此稀罕，老人家见笑了。”

那店主直想哭，见那黄澄澄的金子又想笑，扯出个比哭还难看的笑容，抖抖索索接过那块烫手的金子，觉得自己百口莫辩：“公子，小的真不敢诓你，那鹩哥……若是那鹩哥说什么浑话，您尽管叫人拿来换。”

一边说一边将绑住鹩哥儿腿的麻绳解下来，小心地抓着鸟儿的翅膀塞进个紫竹鸟笼里，恭敬地递给卫琇，想了想还是不放心，叮嘱道：“公子，若这鸟儿乱说嘴，您可得拿来换哪。”

卫十一郎买到了心仪的鹩哥也不走，也不嫌这铺子里气味不佳，自顾自东瞧瞧西瞅瞅。

钟荟艳羡地看了看那只其貌不扬但满腹经纶的内秀鹩哥儿，对店家道：“同这只一样能说人言又能学各种鸟叫的还有吗？”

店家无奈地一摊手：“小娘子，不怕您笑话，这只鹩哥儿也算是敝店的镇店之宝，不防叫个……贵客教了些浑话，污了声口。老朽敢跟您道，莫说全洛京，就是整个大靖，都未必找得出第二只来。”

钟荟心道二两金子就能镇住你这店，哄黄口小儿呢。只得在余下的几只毛色漆黑油亮的雄鹩哥里挑挑拣拣，可见识了这镇店之宝的本领，其余的就难以入眼了。

卫十一郎见那小娘子一脸沮丧，忍不住翘起了嘴角：“上回不小心将你的蝈蝈儿弄坏了，这只鹩哥儿就当卫某与女公子赔礼道歉，还请不要嫌弃。”

钟荟狐疑地打量着他那张无懈可击的俊脸。

卫十一郎便对姜悔道：“劳烦姜兄替令妹收下吧。”

姜明霜看不懂了，扳着手指合计了半天：“起初咱们二娘欠那卫小郎君两个钱，还了他一个银饼子，卫小郎君拿这银饼子买鹩哥儿，又贴了二两金子进去，结果把这鹩哥儿送与二娘，他这是赔了多少啊？”

“二两金子莫？”年表兄不太确定，“这银饼子是二娘的，不对不对，二娘把银子给了卫小郎君，便是卫小郎君的了——”

姜悔听不下去了，插嘴道：“卫公子这礼太贵重了，若是公子不吝割爱，不如转售与我们。”

卫十一郎想了想，非亲非故的，送礼给人家小娘子也是不妥，便点头答应了。

姜悔说得大义凛然，然而他一穷二白，最后慷的还是他二妹的慨，一只鸟花了二两足金。钟荟有些肉痛，不过一想这鹩哥儿的不凡，便觉得这二两金子花得也算值了。

钟荟喜滋滋地回了自己院子，叫阿枣将鸟笼挂在廊下，学着卫十一郎的样子拿小竹勺舀了黍米逗它说话：“乖鸟儿，念首诗，念得好与你黍米吃。”

那镇店之宝倒也没什么架子，立在横杆上扑腾了两下翅膀，伸伸脖子，煞有介事地清了清嗓子，听声口仿佛是个年轻女郎：“卫十一郎！举世无双！卫十一郎！国

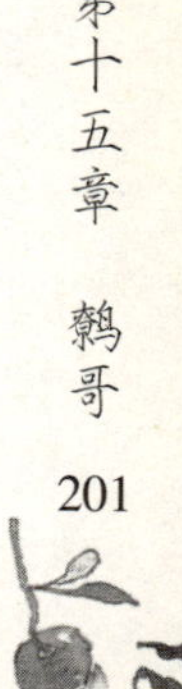

色天香！老女不嫁，踏地唤天！卫十一郎！我欲与君相知。”说到此处，惟妙惟肖地叹了口气：“唉！”

钟荟隐约知道那无良贵客是谁了。

时近端阳，暖风里带着开败荼蘼的气息，陈酒一般，熏得人昏昏欲睡。

前日表婶苏氏托了入京办事的同乡带了土产过访姜府，并捎话给年表兄，责其尽早归家。年表兄得了母命，也不好意思再叨扰，执意要回去，姜老太太挽留不过，只得叫仆役套了车送年表兄回济源去。

姜大娘自小与年表兄一起长大，几乎是形影不离，自是万分不舍，好在近来两位先生那里的功课十分重，仪礼、诵经、习字、抚琴、绣花，满满当当地从日出排到日落，倒没什么空闲去理那些离愁别绪了。

因着临近端午，吴先生新近教了她们制长命缕之法，以便届时做来分送尊长和亲朋。吴先生做事很是一丝不苟，嫌恶市售的五色丝色泽不佳，带着一干女弟子从练染开始就亲力亲为。这活听起来不难，做起来却是工序繁杂，光是将素丝染成青、朱、白、玄、黄五色便花了好几日，极是考验耐心。

钟荟惯会偷懒，抚琴读书还罢了，女红是绝耐不下性子脚踏实地去学的，更不愿将手染得五彩斑斓，姜大娘便自觉地将妹妹那份也包揽了。

这日傍晚，姜大娘在院中理丝，钟荟取了桐木小琴放在膝头，弹吴先生教的新曲《碣石调·幽兰》。她有前世的功底在，学起来得心应手，不过在刻意掩饰下，她的指法远不如兢兢业业的三娘子流畅熟练。姜大娘听着那时断时续、磕磕绊绊的琴声，很是为她捏一把汗。

四月末的天气已经有些燠热，钟荟抚了一曲手心已经出了一层薄汗，便放下琴站起身来，叫阿杏去小厨房要冰镇过的瓜果，自己拿起搁在一旁的织成团扇晃着，去驯那廊庑下的鹩哥儿。

钟荟取名字乏善可陈，那芦花鸡叫阿花，便将这鹩哥儿唤作二花，与它二两金子加半两银子的高贵身世很不相称，不过这雌鹩哥的毛色有些杂，也算是另一重意义上的实至名归。

二花自打在此地安家落户，便未学会什么新词。钟荟驯了三五日就没了耐心，觉得院子里有个活物成天扯着嗓子抒发恨嫁之情十分有伤风化，想将它放了，由它祸害别人家小娘子去，可姜大娘因着那二两金子死活不让。她只好迂回行事，某一日清晨喂它黍米和清水时假作忘了将笼门关上，不想那鸟儿物似主人形，直到她们下学回来仍旧在那笼子里啄黍米吃。

毕竟是二两金子换来的，钟荟也下不了第二回决心，只当这鸟儿与她有缘，便勉为其难地留下来，心道自己使出浑身解数，难不成还不能叫这鸟儿慕化？

“好二花，同我念，”钟荟一开始总是循循善诱的，“蒹葭苍苍，白露为霜。”

鹩哥儿近来黍米可着劲儿吃，一身杂毛像涂了油似的，它将圆眼一睁，冥顽不灵地道：“阿婆不嫁女！哪得孙儿抱！卫十一郎！思君令人老！”

钟荟打开门揪着鹩哥儿的翅膀将它拖出来，拿手掌轻轻拍了拍它的脑袋：“不许再叫卫十一郎，听见没？再叫将你的毛羽揪下来，叫一声揪一根！”

鹩哥儿滴溜溜地转了转小眼珠子，打量了主人两眼，似将她的外强中干看了个对穿：“卫十一郎！卫十一郎！”

大娘子与阿枣对视了一眼，笑着摇了摇头：“这鸟儿贼得很，阿妹你拔一根试试来。”

“不信治不了你了。”钟荟朝着阿杏一伸手，那圆脸婢子便心领神会地捧上小陶罐装的胶牙饧并一双牙箸。

钟荟拿起一根牙箸，叫阿杏将罐盖子掀开，拿牙箸往里搅了搅，沾了花生大小的一块饧，往那鹩哥儿的嘴里捅，将它鸟喙粘住：“这下子看你如何叫！”

那鹩哥儿本是以喉咙发声，嘴叫人堵了也没有大碍，不过既然如愿以偿吃到了饧糖，也就鸣金收兵了。钟荟自觉驯鸟颇有天赋，得意地接过阿杏手里的糖罐子，拿另一根干净牙箸搅了一大坨饧塞进自己嘴里，冷不防左边后槽牙传来一丝痛意，起先针扎似的，不多时便连成一片，排山倒海似的袭来，活似有人在她耳朵里擂鼓，连带着半边脸颊都一跳一跳痛起来。钟荟放下筷子，偷偷捂住脸颊，尽量不动声色，免得叫大娘子和阿枣看出端倪。

阿枣和大娘子对待她贪食的态度很一致，不过她们更担心她将肚腹撑坏了。阿枣还有另一重隐忧，怕她把自己吃成第二个姜昙生——龋齿这种富贵病她们凭空设想不出来。

钟荟也是纳闷，她平日早晚拿青竹盐里里外外擦涂牙齿，吃完甜的总不忘漱口，无论如何也不该轻易长了虫牙啊。左思右想，大约是原主留下的沉疴顽疾，不巧在她接手后发作了出来，也不知她这身躯换过牙齿不曾，这牙一旦开始坏起来就收不住势，早晚要烂到根，只得忍痛拔去。

她不敢叫嫡姊和阿枣知晓，偷偷叫阿杏去小厨房装了一锦囊黎椒，痛得忍不住时便背着人嚼一粒，谁知那吃里扒外的胖子转身就将她出卖了，伙同大娘子和阿枣将她藏的饧和蜜饯罐子统统搜走。

阿枣还放出狠话来，院子里谁若是偷偷给二娘子塞甜食吃，便是与她阿枣过不去。下人们都知道得罪阿枣姊姊比得罪二娘子严重多了，无论钟荟如何威逼利诱，

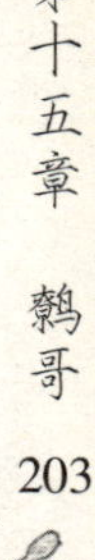

那一杏二饼一概摇头，只有大娘子姜明霜最心软，偷偷告诉她米饭多嚼嚼有稍许甜味。

两三日以后二娘子那颗坏牙终于消停了下来，不过她的蜜饯和饴饧罐子一去不复返，叫阿枣收在橱子里，外面加了两道锁严防死守，连累那鹩哥儿也没有了饧吃，叫了几百遍“卫十一郎”以示不悦。

到了节前收到姜婕妤传召时，二娘子原本圆乎乎的下颏已经隐隐显露出纤秀的轮廓来。

往年的端午姜婕妤并未召见过家人，多是赏赐些金珠器玩和长命缕、艾酒、香药等应节之物。今年之所以例外，一来是天子新宠的美人于充容出生荆楚，提议在芳林园赛飞凫，天子也叫她勾起了玩心，索性叫了散乐百戏，设宴款待宗亲和臣僚。姜婕妤许久不见家人也甚是思念，便禀了天子和皇后，传召女眷入宫赴宴。二来也是有叫大娘子认认亲的意思，不比二娘子和三娘子，姜大娘与这个婕妤姑姑几乎是素未谋面。

难得入宫一回自是不能怠慢的。赴宫宴不能穿得太简素，然而在五月初的骄阳下观龙舟，穿得太厚重着实遭罪。

钟荟绾了个随云髻，簪了上回姜婕妤新赐的碧玉莲花簪，身穿水红暗花吴纱衣，下着玉色含春罗裙，在臂上系了刺着纹绣的五色缕，不算失礼，却也毫无夺目之处。

大娘子第一回入宫全无主意，便任由曾氏调拨来的那个婢子随心所欲地施为。钟荟装扮停当，去大娘子屋里一瞧，叫她吓了一跳。大娘子回到姜家后已将肤色养回来一些，不过离白皙还差着不下百里，那婢子急于求成，不知给她上了几斤胡粉，眉墨、胭脂和口脂不要钱似的往她脸上尽情挥洒。

“好看莫?”大娘子咧着张血盆大口冲二妹笑，活像传说中拿小孩下酒的妖怪。钟荟定睛一看，她还穿了一身翠绿的织锦衣裳，片刻便捂得额头出汗了，将她煞白中透出铁青的脸色衬得格外骇人。

钟荟扫了那婢子一眼，无从判断她是刻意为之还是真的不长眼，还未予以置评，阿枣第一个看不下去，不由分说地打了一盆水来，只差没将大娘子的头脸摁进盆里去了。

大娘子的眉眼其实生得很耐看，圆圆的脸蛋和鼻头肖似已故的生母陈氏，嘴生得与姜大郎有些像，唇瓣饱满微厚，嘴角上扬，随时都带着三分笑意。

“大娘子生得有福气。”阿枣一边替她重新描眉一边由衷地称赞道。这大娘子虽没有十分的容色，可生得喜眉喜眼，很能得人眼缘。听说先头的陈娘子也是白皮色，想来假以时日也能慢慢养回来。

阿枣替大娘子绾发的当儿，钟芸已替她挑了一身端庄富丽的茜色织金绫衫。大娘子总共没有几身衣裳，都是最近叫裁缝现赶出来的，自然来不及点缀那些费工费时的刺绣花样，反而合了她拙朴大方的相貌和性子。

经过主仆俩妙手回春的整治，姜大娘对着铜镜一照，忍不住倒抽了口冷气："这还是我莫？咋一点儿也不像？"一边不好意思地涨红了脸，一边又对着自己倩影端详个不住。

姜家女眷分了两辆牛车，曾氏和姜老太太坐一辆，三个小娘子乘另一辆紧随其后。三娘子穿了一身朱红孔雀轻罗单衫，胸前挂着编成星月图案的五色缕，双鬟髻上簪了两朵攒珠花，垂下两条金流苏，随着行止摇动款摆，很是别致。

三娘子见了两个姊姊，撇着嘴行了个礼，上了车也不拿正眼瞧人，将嘴抿得紧紧的，目光时不时扫过大娘子，又落在二娘子身上，然后再不屑地撇开眼。

"三妹头发上的花儿真好看。"大娘子觉着车厢里气氛尴尬，便没话找话，"心思恁巧。"

"不过是寻常珠花罢了，"三娘子不屑地道，"阿姊你第一回入宫不知道，一会儿进了宫可别这么一惊一乍的，白白惹人笑话我们姜家人没见识。"

大娘子讪讪地闭上了嘴，不再自讨没趣了。

第十六章 入宫

婕妤姜万儿的凝闲殿毗邻波光潋滟的濯龙池，宫室巍峨，玉井绮栏，瓦面上涂了胡桃油，在朝阳下光耀夺目，令人无法逼视。

姜家一行人跟随引路的宫人沿着纹石砌就的台阶往上走。姜老太太年轻时过度操劳，老了腰腿便不甚利索，加之为了入宫用力打扮了一番，身上挂了好几斤黄金，走了几步脚下就蹒跚起来。钟荟和大娘子见了赶紧上前，一左一右地搀扶祖母，三娘子牵着她阿娘的手，轻轻哼了一声，不屑地撇了撇嘴。

钟荟对凝闲殿的奢不可逾早有耳闻，然而百闻不如一见，置身其中才知姜婕妤这"盛宠"的分量。

这凝闲殿的窗牖、栏槛，乃至于椽梁都以檀香木制成，椽头饰以金兽头，室内并未燃香，然而远远就能闻到兰麝的馥郁气息，应是以麝香涂壁的缘故。

宫女打起珍珠帘，帘下坠的赤金铃发出清朗朗的声响，与窗前的玉珂、檐下的金铃之声相和，胜似弦管丝竹。

姜婕妤听到动静，早已迫不及待地从坐榻上起身，穿过重重碧油帐迎上前来。

"阿娘，"姜婕妤一把扶住正要往下跪的姜老太太，"我说过多少回了，与自家女儿做什么这样见外。"又对曾氏道："阿嫂无须多礼。"嘴上客套着，可受起她的跪拜却是心安理得、毫不含糊。

随曾氏行过礼，钟荟才得以好整以暇地打量她这个威名远扬的姑姑。

姜婕妤身量不高，但骨肉匀停，着了一身樱草色广袖罗衣、绣银色行云纹彤色罗裙，鸦羽般的青丝随意绾成个堕马髻，簪了一支金海水蛟龙纹如意簪，算是应景。

这身装束几近于敷衍，上衣和下裙的颜色式样都不相配，几乎像是随手抓起两件就拿来蔽体，然而一旦见了她的面容，便无人会去在意那些衣裳了，甚至不会去在意她的眉眼，就如对着一株盛放的牡丹，没有人会去关心每片花瓣的形状。

若这世上真有一顾倾人城的美人，钟荟两生所见，大约也只有姜婕妤和卫家人了。卫家人精雕细琢的眉眼与世代钟鸣鼎食养出的风姿如隔云端，琉璃般脆弱易碎，而姜婕妤的美则蕴满了尘世的喧嚣热烈，拿一分出来便能绘一卷锦绣盛世。

姜婕妤未施粉黛，算起来她已经不年轻了，比起那些自小养尊处优的世家女，她的衰老也来得快一些，眼角眉梢已能看出几缕细纹，然而她的举手投足轻盈而欢悦，一颦一笑中有一种孩童般的稚气，叫人与她待在一块儿，觉着自己也年轻起来。然而这天真卡着分寸，多一分便显做作，少一分则是世故，旁人等闲学不来。这样的人如何能不受宠呢？

"好孩子，来给姑姑瞅瞅。"姜婕妤笑盈盈地执起大娘子的手，"这些年叫你受苦了。"

大娘子赶紧连连摆手道："不苦不苦，侄女儿在济源过得很好，表叔和表婶可疼我了，年表兄什么都让着我。"

姜婕妤点点头："表兄一家都是厚道人，也是咱们大娘的福气和造化了。"说着目光似有若无地往大嫂脸上一瞟。

曾氏心头一凛，双肩不由自主地微微耸起，不过她这难伺候的小姑子高高举起轻轻放下，并未穷追不舍，只略刺了她一下，便示意宫人捧了与大娘子的见面礼来：檀木的匣子，凤纹织锦缎上卧着一柄一尺来长的红玉如意，那玉通透明净，色泽红得似血又似残阳。三娘子看了艳羡不已，好在姜明月也没份，她的气才平顺了一些。

姜婕妤夸了大娘子几句，又对二娘子和三娘子招招手，将她们叫到身前，随口问了问她们的课业，最后将目光落在二娘子脸上，眼里流露出赞赏："几日未见，咱们家二娘出落得越发好看了。"

钟荟笑嘻嘻地将那赞誉照单全收，然后如数奉还："阿婆也说我与姑姑小时候长得像，若是长大后有姑姑一半好看就好了。"

"瞧这张小嘴甜的！"姜婕妤笑着作势拧了拧她的脸颊，"我小时候可没那么好看，你这双眼睛生得好，与大嫂一模一样，叫人一看就想起她来。"说话间就红了眼眶："那时候你阿娘刚嫁进我们家，我们好得像自家姊妹一样，没想到……"

曾氏这继任的大嫂脸上挂着僵硬的笑容，在一旁插不上话。

姜婕妤绝口不提钟荟赴常山公主花宴时的丰功伟绩，只说了些当年还未入宫时的趣事，吩咐宫人取了果子、糕点、茗茶和酪浆来与小娘子们吃，自己则从案上拿起镂缠枝莲花纹金盘子装的一碟白色梅花形糕点："阿娘你也用些点心，这槐花糕我特地叫他们蒸得松软些，极好克化的。一会儿宫宴上繁文缛节多，待吃到嘴时饭食

都冷了。阿嫂你也用些吧。”

曾氏受宠若惊地拜谢道：“多谢娘娘关心。”

姜婕妤微微皱眉道：“阿嫂说的什么话，都是一家人，多这些礼反而生分。”

钟荟一眼就盯上了案上一碟浇着蜜糖的乳饼，就着宫人端上来的兰汤洗净手，正要对其下手，叫她阿姊眼明手快地拦住：“阿妹你莫吃这个，一会儿虫牙又得疼了。”

姜婕妤温和地捋了捋大娘子的后脑勺：“大娘真有做姊姊的样子，见你们两姊妹这么和睦姑姑就放心了，那些乱七八糟的话不必去理会。”

姜明霜深以为然地点点头。这阵子她乳母常对她说些有的没的，明里暗里地捎带上二娘子。她本与那妇人不甚亲近，如今见这妇人搬弄是非更是颇觉腻味，只是她性子温和，并不去反驳，只由着这妇人去说，自己不去听便罢了。

姜万儿见二娘子可怜巴巴地瞅着那碟乳饼，忍俊不禁地拿起碟子递过去：“看把她馋得，今日在姑姑这里破例给你吃一块，一会儿拿清水多漱漱。”

“还是姑姑疼我!”钟荟千恩万谢地接过来，珍惜地咬下一小块。那乳饼拿冰镇过，毫无腥膻之气，沁凉绵软如雪，入口即融。再看案上的另几碟点心，看外形便让人垂涎不已。她前世常入宫陪伴太后，却没见过这些吃食。

“好吃吗?”姜万儿见她吃得香甜，自己也忍不住拈起一块，不过咬了一小口便搁下了，用帕子擦擦手道，“这还是我带进宫的方子，当年锦绣楼最出名的点心。”

姜老太太和曾氏一听“锦绣楼”三个字都是大愕，只几个小娘子不明就里。

姜老太太先如临大敌地四下里张望了一回，再警惕地打量了一下那几个规规矩矩垂手而立的宫人，压低声音对女儿道：“傻丫头，怎么什么话都敢往外说。”

“没妨碍的。”姜万儿像是叫她们的仓皇逗乐了，一笑露出两个酒窝，看起来更似个顽皮的少女了，“天子也不避讳，我有时候还亲手做给他吃呢。”

姜婕妤又与她们话了会儿家常，估摸着时辰差不多了，便对曾氏道：“阿嫂先带着几个侄女去芳林园看他们赛龙舟吧，这时候出发，到那儿差不多该开始了。阿娘年纪大了，还是莫去凑这些个热闹了，与我在此说会儿闲话吧。”说完吩咐宫人去预备车驾。

“姑姑不与我们一起去看赛龙舟吗?”三娘子扬起眉毛问道。

姜婕妤摸了摸她的头顶道：“姑姑不爱看这些，你们去玩吧。”

曾氏知道小姑子是特意将她们母女几个支开，必是有什么她听不得的话要同姜老太太说，心里又是不悦，与女儿说话时语气里便带了些出来：“走吧，别吵着你姑姑。”

三娘子本就不明白巴巴地入宫来看一帮子人划船有什么意思，眼下叫自己亲娘泼了冷水，越发觉得无趣起来，心不甘情不愿地拖着脚缀在后头，看两个阿姊凑在一块儿的后脑勺格外扎眼。

姜婕妤听到外面羊车的金铃声响起来，挪动了一下腿脚，换了个舒适些的姿势，有眼色的宫人便端了隐囊和凭几来。

“与我取唾壶来。”姜万儿抚了抚胸口，强压下喉咙口汹涌的恶心，“早知道方才就不贪那一口乳饼了，怀五郎的时候明明吃什么都无碍，这回不知道怎么了，竟见不得一点荤腥。”

“你……这丫头，不早告诉我！”姜老太太既喜且忧，喜的是又要添个外孙，忧的是宝贝女儿又得上鬼门关外走一遭，“多早晚怀上的？”

“还不到两个月，阿娘你自个儿知道便罢了，等坐稳了再往外说吧。”姜万儿慵懒地倚在凭几上，抬手拢了拢鬓发，袖子往下一落，露出一截白腻的皓腕，“不承想这一胎怀得这么苦。五郎在我肚子里时那么乖，如今上房揭瓦，没一刻消停。”低头爱怜地看看仍旧平坦的小腹道：“这一个出世了还不知要怎样闹腾呢！”

“那可说不准。”姜老太太终于还是被欢喜冲昏了头脑，眉飞色舞地道，“当初怀你三个月的时候喝清水都吐，到最后肚子里的货哗啦啦全吐光了。我就想，干脆把这小畜生吐出来算了——”

“阿娘，你别吐啊吐的，我现如今听不得这个……”姜婕妤说着便俯下身来，就着宫人手中的唾壶吐了两口酸水。

姜老太太忙替她抚背顺气：“谁知道你生下来这么乖，从小到大没叫咱们操过半分心，如今全家都靠着你帮扶。阿娘在家里享着福，一想到你孤孤单单地在这宫里，心里就难过。”意识到自己一时说漏了嘴，不该说的话脱口而出，忙去觑一旁的宫人。

“阿娘又拣我不爱听的说。”姜婕妤一挑眉，叹了口气道，“不用怕，这些人都是信得过的。我都说了多少回了，这宫里日子好过得很，天子对我好，五郎虽然贪玩些，但知道孝顺我这个阿娘，如今又添了这个小的来陪我，还有什么不满意的呢？”想了想又道：“若是个闺女就好了。”

“胡说八道，小皇子就不好吗？长大了还能与阿兄相互帮衬。”姜老太太虎着脸教训女儿，心道寻常人家都指着媳妇多生儿子，何况那太后呢？

姜婕妤笑了笑，也不与母亲争辩，端起茶碗润了润嘴唇道：“我看二娘这孩子，神气仿佛和以前不太一样了。我记得她上一年进宫时还靠在阿嫂身边畏畏缩缩的，与她说话都不敢看我眼睛。”

姜老太太不无得意：“我正要同你说这事呢，二娘上回在后花园里玩掉进池子里，我就将你送我的那棵老人参给了她，这不是，病好了，人也开了窍。”

"小孩子没定性，此一时彼一时，突然开窍也是有的。"姜婕妤若有所思地道，"她那回也是蹊跷，早不落水晚不落水，偏偏要进宫前落水。"

姜老太太眼皮一跳，她不是没怀疑过曾氏，可听女儿说起来还是有些惊心，她固然是不喜欢曾氏，可要说她会心思歹毒到戕害继女，又不太敢相信。

"我不是怀疑阿嫂要害死二娘。"姜婕妤见她阿娘的脸色泛青，赶紧道，"她这人我知道，器量是小了点，歪心思也有，但不是什么做大事的人，要她下手害人性命是不敢的，况且也犯不着，一个女儿碍得着她什么？咱们家还差这几抬嫁妆吗？不过这时机着实巧了些，那回司州长史郭平的家眷入京，郭平与咱们家二郎交好，郭夫人有与我们家结亲的意思，我见他们家的四郎一表人才，年岁也相当，便想着二娘进宫时顺便相看一下。谁知重阳时与阿嫂透了个口风，年底就出了这档子事。他们难得进京一回，下一次还不知得过几年，这事儿就算完了。"

"哼！"姜老太太愤愤地将拐杖往金砖地面上一捅，险些将那砖石敲裂，"就知道这当后娘的没安好心，没想到竟如此见不得人好！坏我孙女儿的姻缘！这毒妇！"

"阿娘莫气恼。"姜婕妤劝道，"这门亲事说坏不坏，说好也不算好，高不成低不就的。原先我想二娘子人不聪明，性子也怯懦，咱们这门户在京城也不十分好说人家，倒不如寻个巴结着我们的人家，以后也不必在刁钻婆母的喉咙下取气。上回公主宴席上传出来那些话我还将信将疑，怕是旁的小娘子编出来坏我们家女孩儿的名声，可今日我仔细一瞧，倒有几分真了。这样的小娘子，样貌又生得这样好，远远嫁去司州岂不是可惜？"

姜老太太听得有些糊涂："不是说咱们这门户在京城地界上不好说人家吗？怎么又要你二侄女儿留在京里嫁人了？"

"阿娘，"姜婕妤双目灼亮，双颊微红，压低声音道，"世家在乎家世，但不是还有天家么？我与你在这儿透个底，你出去可谁都不许说，那两位这两年斗得乌眼鸡似的，其实天子属意的是……"她拉过姜老太太的手，在她手心里画了两道："这个。"

二皇子安平王司徒钧的母家是京兆韦氏，虽是诗礼之家，不过算不得甲族，而大皇子为先皇后荀氏所出，按理说占嫡又占长，无须多么天资明睿，是个中人之材也足矣。可这大皇子也不知是不是在娘胎里受了惊吓，父母都是有智算的人物，他既不肖父也不似母，答一句话要想上半天，一个字一个字地往外蹦，若只是慢半拍还罢了，偏偏说出的话也是不着四六，就差没闹出祖上那位废太子"何不食肉糜"的笑话。但凡他有几分守成之才，天子也不至于迟迟不立储君了。

社稷未定，待杨皇后诞下的三皇子豫章王司徒铮逐渐长大，显露出过人的聪慧时，人心便浮动起来。如今三皇子博识弘雅的令名传遍朝野，尚书左仆射萧简更是向天子进言，称大皇子“恐难了陛下家事”。

姜老太太一个出身市井的老妇人本来也不懂这些庙堂之事，因女儿成了宫妃才关心起来，不过是偶尔逮着大儿子问上几句，与姜万儿无关的都当耳旁风过了。

她思来想去，也只记得某次入宫时曾在园子里远远看见过二皇子一眼，似乎是个齐整的孩子，可她仍是不情愿自家孙女入宫。先帝太子薨了之后几个皇子争储位那几年的腥风血雨九六城里上了些年纪的百姓都还历历在目，何况她虽说不出“齐大非偶”几个字，却也知道什么壶合什么盖，天家这盖子实在是大得没边了，一个婕妤女儿就够她提心吊胆的了，哪敢肖想那凤位啊。

然而姜万儿一开口，老太太就知道是自作多情了。

“眼下都盯着那两位，倒把正主给冷落了。”姜婕妤看了看用凤仙花汁染成水红色的指甲，盘算道，“眼下这时机正好，我看韦贵人也有这个意思，趁早把这事定下来，一个侧妃之位是没跑的。也得亏韦贵人那儿香火不旺，若是像三皇子那样紧俏，指不定还轮不着咱们家呢。二皇子今年都十四了。”她说到此处顿了顿，对一脸困惑的老母耐心解释道：“皇子十五加了元服就要之国，想来这场热闹年底前也该有个分晓了。”

“那不还是小妾！”姜老太太一听“侧妃”二字就明白了，皱着眉头拉长了脸，“要我说下面这些个丫头，还是找些知根知底的人家，门槛用不着太高，最紧要的是郎君本分，婆母厚道。我看着阿年倒是个好孩子，你马表兄和表嫂都是有经纬的，现如今家里牛羊成群，良田也有上百亩，大娘子是你那阿嫂自小养大的，将来亲上加亲再好不过，她们姊妹俩也不能差太远——”

姜婕妤忍不住扑哧一笑，将姜老太太的话生生打断：“阿娘呀，都道抬头嫁女低头娶妇，你倒好，这头都低到泥里去了！莫说我们愿不愿嫁，他们敢与咱们攀亲家吗？表兄表嫂那百亩良田和牛羊哪儿来的？是他们地里刨出来的还是做人家做出来的？”

老太太叫女儿笑得有些下不来台，差点忍不住要发作，好在还有几分清明，知道眼前的女儿今非昔比，已成了宫里的娘娘，不是她想教训就能教训的，憋了又憋，努努嘴道：“都是亲戚还计较这些。你表兄家不比别个，原先咱家没发迹，他们也没少帮衬过咱们。是，你如今是宫里的贵人娘娘，自然看不上你表兄家了。这女子嫁人是一辈子的事，阿娘吃的盐米到底比你多些，不会看错人。你那表侄子待人诚心又肯上进，大娘真能嫁过去还是福气呢。好万儿，听阿娘的话，咱们穷日子苦日子也不是过不来，莫要再拿女娃儿去填。”

姜婕妤知道老母秉性固执，一向都是顺着她说话，今日也不知怎么了，突然一股委屈涌上来，双眉一蹙，腾地站起身道：“阿娘把我当什么人了，成天算计着卖你那两个宝贝孙女的是我吗？先前想着给二娘说好人家的不是我这姑姑？二皇子天潢贵胄，人材又好，韦贵人不嫌弃咱们屠户出身，难不成你们还委屈上了？侧妃是小妾，我这婕妤岂不是连小妾都排不上号？合着大娘二娘是您心尖上的人，我这女儿嫁出去就跟泼出去的水似的，合该自身自灭！也对，五郎又不姓姜，你们如何会替个外人打算！"

她越说越来气，一张粉面涨得通红，用手捂着小腹道："你防贼似的防着亲闺女，防得住你那好媳妇儿吗？打量我不知道她的心思？阿娘，我把话跟您撂这儿，能给二皇子做小还算好的，落到三皇子手里可不是好耍的！"

一旁的宫人听她说得豁了边，赶紧上前俯首劝道："还请娘娘保重身子。"有些不满地看着姜老太太，终是不敢抱怨什么，只和颜悦色地规劝道："老夫人莫要与咱们娘娘置气，她正怀着身子，您多担待一些。"姜婕妤最是护短，她们母女之间岂有隔夜仇，这位老夫人她们可得罪不起。

姜婕妤也察觉了自己的失态，就坡下驴地重又坐下来，从宫人手中接过帕子掖了掖微湿的眼角，垮着双肩，眉眼低垂，叹了口气道："阿娘，当年陛下遣人来接我进宫，我死活不肯，才进宫时日日哭个不住，陛下对我说了一番话，我如今也拿来劝你：牡丹就该开在御苑里。二娘长大了必是天姿国色，比我只会好不会差，如此样貌，等闲人家容不下也护不住。"

天子其实说了不止这些，那日他的耐心终于叫她耗尽，不愿再与她虚与委蛇，用力捏住她的下颏道："你知道何谓祸水吗？长成你这样，只能白白给别人家招祸。对了，锦绣楼那竖子已叫我的侍卫杀了，这洛京城里从此以后再也没有锦绣楼了，你死了这条心吧。"

姜万儿轻快地笑了笑，将那不堪的回忆像浮尘一般抖落，她从来不是多执着和念旧的人，记忆中锦绣楼的顾郎已经模糊了，从他那儿学得的好手艺如今用来邀宠倒是十分趁手，哪怕掖庭进了新的美人，陛下还愿意隔三岔五地来她这里坐一坐，那些花样百出的吃食也算功不可没。

姜老太太的目光在女儿脸上打了会儿转，这是她的万儿无疑，可又有哪里不太像她珍藏在心里的那个娇俏爱笑的小女郎。她揉了揉眼睛，沉默地举首望了望那雕镂莲荷的涂金斗八藻井，又望了望绘七彩云纹的墙壁上镶着的黄金钉，不知第几回在心里感叹，这皇宫可真大啊。

而她姜曹氏的天地只有西市到通商里那么大，即便后来天意弄人，叫她跳出了老天爷一开始给她划定的框子，她还是固执地在将一切亲眼目睹和道听途说的人和事往里生搬硬套。

可这皇宫太大了，将人的心也撑大了，再也塞不进她那井口那么大的天地里了。

她不明白的东西越来越多，汇聚成一片混沌，黑暗而无边，亦步亦趋地吞噬着她所剩无几的日子。她第一次真真切切地感到自己老了，莫说提着几十斤的砍刀去追贼，一根骂过无数人和畜生的舌头也僵在嘴里没力气动了。

芳林园在宫城北面，因原野作苑，填流泉为沼。时近巳中，烈日当空，一丝风也无，碧海水平如镜、波澜不兴，水面上暑气翻涌，远处的景致都在热气中扭曲了形状，矗立水中的灵芝钓台前的石刻玄龟似乎都要热化了。

池畔施设了各色帐幔，帐中搁着的冰山不一时便化成了水，帐内如同蒸笼一般热得待不住人。公卿和宗室家的夫人和小娘子大多在帐外，三五成群地轻声交谈，或是摇着团扇，或是拿帕子掖掖额头和鼻尖上冒出的细汗，时不时似有意若无意地往对岸衣冠楚楚的郎君们那里瞟一眼。尽管那些大家女子说起话来声音都不大，可人一多，入耳便是一片嘈杂的嗡嗡声，与聒噪的蝉鸣声交相呼应，无端叫人心烦意乱。

曾氏与姜家三姊妹跟随凝闲殿的宫人行至池边，姜大娘手搭凉棚往对面停着的五六艘飞凫张望。那些船只都涂以彩漆，船首船尾雕出龙形，船身则以金漆勾勒出龙鳞，在烈日下闪着耀目的金光，赛舟的船夫皆是从虎贲、羽林和北军五校中遴选的，身着朱红裤褶，头戴武冠，身形挺拔矫健，与文士君子迥异其趣，便有不少小娘子的目光在他们身上停驻。

姜大娘看得津津有味，却不知远处有人亦在看她。

碧海东岸羲和岭上望仙阁中，几个十多岁的少年郎正倚着朱栏眺望池畔的衣香鬓影。

“那是谁家的小娘子，竟黑得像块炭，可真稀罕！”说话的少年郎大约十三四岁，生得朱唇皓齿，着一身丁香色的绢纱袍，头戴进贤冠，手执玉柄麈尾，凌空点点远处。

一旁稍长些的紫衣少年瞪着一双微突的圆眼循着他指点的方向张望了半晌，微张的嘴角渗出少许涎水来，一脸呆相地慢吞吞道：“真个挺黑，阿晏快来看！”说罢像是说了什么了不得的笑话，自己笑得打战，鼻腔里发出“哼哧哼哧”的声响。

卫十一郎装作没听见，专心致志地往酪浆里加玫瑰蜜。他入宫伴大皇子读书已经有些时日，起初也是抱着既来之则安之的念头，既然推脱不开，便将这差事当好，也算给家里添一分助力。然而不过一旬他就认清了现实，这位大皇子的心窍靠人力是凿不开的了，倒不是他不肯下功夫，实在是天资差三皇子太多，宵衣旰食也望尘莫及。

大皇子性子敦厚仁和，实在是个很不错的人，也是个值得相交的朋友，可实在

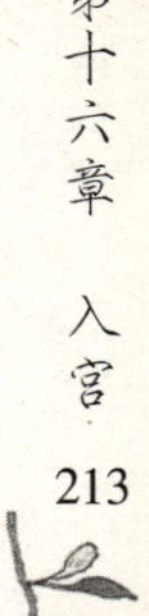

不是个合格的储君。他阿翁和阿爷站在大皇子身后自然有其考量，他这做小辈的不该置喙，可卫十一郎一想到将来社稷江山要交到这样的君主手上，心头仍是五味杂陈。

“阿晏！阿晏！”大皇子天生不会看人眼色，贵为皇子固然是一重原因，更多的却是因了驽钝。

卫十一郎暗暗叹了口气，无奈地放下盛酪浆的小银盏走上前去。他碍于皇子的面子只得敷衍一二，心里默念着非礼勿视，往大皇子手指的方向虚虚望了一眼，算是交差。

左手边的红衣少年方才一直懒懒靠着栏杆默不作声，此时微眯着眼睛瞟了一眼卫琇的侧脸，露出个嘲讽的微笑，整了整头顶上的远游冠，对方才发现那黑肤小娘子的少年道：“二兄的口味还真是与众不同，要我说黑炭身边那个还有点意思。”说着懒洋洋地拿折扇指了指。

大皇子好不容易止住傻笑，又叫他勾得前仰后合，上气不接下气地道：“三……三弟说话真逗，又……又不是吃食……”

大皇子对这个三弟当然谈不上亲近，可平日一直是礼让的，故而兄弟两人并不如外间揣测的那样剑拔弩张，反倒是朝堂中对立的两党争得不可开交，大有不共戴天之势。

卫琇微不可察地皱了皱眉，他与三皇子司徒铮接触不多，偶尔有交集，司徒铮对他也是礼遇有加，然而他总是觉得这少年皇子身上有一种让他不舒服的东西。

他不自觉地朝三皇子指点的地方看去，冷不防见着个熟悉的身影，一瞬间将司徒铮忘在了脑后，心里哭笑不得，怎么哪儿都有她？

三皇子司徒铮那一眼其实并未看得真切，只觉得那小娘子似乎是个美人坯子，然而此刻觉出卫琇神色异样，他倒真有些上心了，身子往前探，目不转睛地盯着那小娘子看了一回，思忖了片刻，对随侍的小黄门道：“你去打听一下，着水红色纱衣那位是哪家小娘子。”那口吻漫不经心得仿佛吩咐下人去买个胡饼。

卫琇心底里有些不安，还夹杂着一丝没来由的恼怒，未及思虑便已脱口而出：“殿下此举恐怕不妥。”

三皇子闻言面不改色，嘴角带着浅笑，深深地看了卫琇一眼，隐有赞许之意。他比卫琇年长两岁，身量比他高了寸许，此刻居高临下地打量着他，目光中满是玩味，仿佛在端详一件器皿：“莫非卫公子认得那小娘子？那倒省了这趟麻烦了。”说着朝那内侍挥挥手，示意他暂且停住脚步。

卫十一郎叫他看毛了。他素来待人接物谦退温和，看上去毫无气性，简直像是面捏的，这还是他第一次在诸位皇子面前流露出不悦来。此刻他不再似面人了，更像一座冰雕，他的眼珠子极黑，几乎看不出瞳仁，内中有难掩的锋芒。

“回禀殿下，恕卫某无可奉告。”他冷声道，毫不顾及皇子的颜面。

只听啪嗒一声响，大皇子惊得将手中的扇子掉在了地上。二皇子抚了抚下巴，重新审视起这卫家小郎君来，自打卫琇入宫那日起，他就开始留意卫琇——即使没有那张脸，单凭姓卫便叫人难以忽视了。

然而在二皇子看来，除了那副得天独厚的好皮囊，这卫家小儿也没什么独特之处，卫昭在一干子弟中偏偏选中卫琇，想来是对其寄予厚望的，这就令他颇为不解了。

有卫氏的底子在，卫十一郎天资灵秀自是不必说，博学洽闻的令誉也是实至名归，然而这少年天性中似乎有一种闲云野鹤的与世无争，少了几分烟火气，不该置于庙堂之高，而应栖于林泉之间。

如今看来他非但有气性，那气性还不是一般大，与他祖父卫昭比，怕也是有过之而无不及。

“呵，卫公子真是有乃祖之风。”三皇子出了名的礼贤下士、宽宏大量，被驳了面子也不恼，反而如获至宝一般道，“假以时日必为国士，实乃我社稷之福。‘济济多士，文王以宁’，我大靖何其幸也。”又转向大皇子，拖长了声音道：“阿兄，愚弟说得对不对？”

大皇子很是冥思苦想了一番，其实他听过就忘了，压根儿不记得他三弟说了什么话，只得胡乱点了点头。

“殿下谬赞，卫某愧不敢当。”卫琇依旧神色冷淡，对三皇子那番盛赞无动于衷。

三皇子大度地一笑，转过头暗暗对一旁候命的小内侍使了个眼色。那孩子不过十来岁，生得秀眉明目，苍白而羸弱，像一道细细的影子贴着墙根悄无声息地退了出去。

在卫琇入宫前，他六兄特意叮嘱他要对三皇子司徒铮敬而远之，切勿与三皇子走得太近，也别与三皇子生了龃龉。六兄的告诫似乎不全因朝中局势，更多是对那少年皇子本人的提防。如今卫琇明火执仗地下了司徒铮面子，与其说忧惧祸及己身，倒不如说是有愧于失信兄长。

方才司徒铮的内侍悄然离去并未瞒过卫琇的眼睛——他若是不在意时，整个九六城都能从他眼里漏过去，而他若是留了心眼，却又颇有些明察秋毫的意思。

他入宫后听到些关于三皇子的传言，虽是道听途说，很像是大皇子一党中的有心人造的谣言，可他仍有些担心那与他不止一面之缘的姜家小娘子。

这么想着，他的目光又不经意地落在了池畔那个水红色的身影上。从高处俯瞰，她比近在咫尺时又矮小了些，一个不留神便失落在五彩斑斓的人群中，或是浓绿深

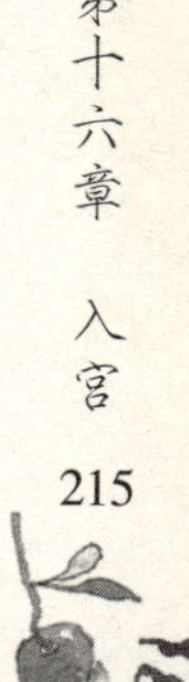

青的树影间，从层层叠叠的树叶缝隙中露出一片衣角或些微光亮——那是她发上的金簪。

他饶有趣味地望着，每一次用目光将她搜寻出来都有少许欣喜，几乎把这当成了游戏——正人君子卫琇似乎全然忘了圣人“非礼勿视”的教诲。

直到龙舟赛快要开始，那浑身机灵劲的小小身影游鱼般从人群之间穿梭而过，带着两个姊妹占据了一个绝好的观赛位置，彻底被后来的人影遮挡住，卫琇方才意兴阑珊地收回了目光。

他对着几位皇子行了个礼，道了句失陪，便折回阁中，继续心无旁骛地料理他那碗酪浆去了。

五艘龙舟彼此紧挨着排成一行，对岸之人挥旗示意，舟棹便如利刃一般，破开倒映在池水中的天空，水花仿若从白云的影子中开出的朝颜，此开彼谢，旋绽旋灭。

舟人们奋力挥动着手臂，偾张的肌肉在胡服下若隐若现，凝滞的水被舟棹高高挑起，飞溅的水珠与汗珠汇聚到一起，复又纷然落下。他们口中齐声呼喊着“何在”，间杂着激越的水声，有着歌谣般的韵律。

钟荟前世没见过多少大场面，一时间叫那声势震慑住了，那龙舟花花绿绿的甚是艳俗，那些舟人竭力挥棹时青筋暴起、面目扭曲，可却别有一种近乎野蛮的美。

大娘子没她那么多心思，只是单纯爱看热闹，嘴唇微翕，一双眼睛睁得溜圆。虽然那一排龙舟看起来都差不多，舟中之人的眉眼也看不太分明，她却打从一开始就希望从这岸数起第三艘能拔得头筹，暗暗地捏紧拳头，在心里为那条青龙助威。

那艘龙舟真的率先抵达终点，大娘子忍不住欢欣地喝了一声彩，一旁的三娘子便从鼻子里哼了一声，好在周围人声鼎沸，大娘子并未听见。

三娘子对这些个热闹向来是兴致寥寥，全然不能理解一群汗流浃背的男子划船有何好看，还不如百戏呢，虽说喧嚷吵闹，至少多些名目，这种把戏也就唬唬姜明霜这种小地方来的村姑了。她轻蔑地撇撇嘴，转而打量起池畔形形色色的贵女来。

这一看不打紧，冷不防与个故人四目相对，说起来这故人也不算太故，相识还是在常山公主的庄园里。

萧十娘也是一愣，心道晦气，赶紧转过脸去。三娘子想起当日离开庄园时姜明月说过的话，心里有些得意，暂且中止了她与二姊单方面的冷战，扯扯钟荟的衣摆，朝萧十娘的方向努了努嘴：“阿姊，你看那是谁！”

钟荟顺着她的目光望过去，只见萧十娘着一身水色纱衣，孤零零一个人站在池边，一直与她形影不离的裴九娘不见了踪影。她四下里环顾一圈，便看到一袭杏红衫子的裴九娘，正与裴家其他几位小娘子交谈，距那萧十娘不过十来步，要说没看到彼此是不可能的。

小姊妹断交了吗？钟荟沉吟着，无意识地拿折扇点点嘴角，若只是小娘子之间的恩怨便罢了，若是裴、萧两姓之间的嫌隙，就很值得玩味了。可惜姜大郎官职太低，离中枢大概有洛京到吴越那么远，等朝堂上的风刮到他那儿黄花菜都凉了，姜老太太对天家的认识还停留在一个婆母许多小妾的层面上，想来姜婕妤也不会与姜老太太多说什么。

前世因她身子骨弱，爷娘怕她多思多虑太耗神，一向报喜不报忧，外间的棘手和凶险从来不让她知晓。她阿翁和阿爷素来处事圆融，然而以钟家在朝中的分量，在这场储位之争中恐怕很难置身事外。她阿翁数年前托病致仕，天子仍令每岁入朝，以备顾问，更数度驾临钟府以问国策。在这关键的时刻，钟家必是两党争相拉拢的砝码，可历来拥立之事就如履冰临渊，一个不慎便会满盘皆输，当年乔氏覆灭便是前车之鉴。

姜家就更复杂了，姜婕妤所出的五皇子今年九岁，姜家门第又低，储位怎么都轮不到他头上，然而姜婕妤受宠是人尽皆知的事，她轻飘飘吹个枕边风有时候比朝中重臣说干几升口水还管用。五皇子也颇受他阿爷的及乌之爱，周岁便封了琅琊王，将来无论留于京师还是出任都督，都是一大助力，何况还有个得他阿爷另眼相看的二郎姜景义。

这些道理钟荟一个十多岁的小娘子明白，别人自然也懂得，在有心人眼中，姜家恐怕早已是一块大肥肉了。

论近水楼台，消息灵通，恐怕谁也比不上姜婕妤。钟太后虽尊贵，毕竟不是天子的生母，这些年眼看着忘性越来越大，清醒的日子越来越少，着实指望不上什么了。

她想得出神，不知不觉那龙舟已经赛完一回停泊在了岸边，接着便是池中九华台上演的百戏了。钟老太爷爱热闹，每回做寿都要请百戏班子入府，夏育扛鼎、背负灵岳之类的套路她都记熟了，不过百戏班子几乎每年都会增加一两种新戏压轴，还是有些许值得期待的。

她一一向看得瞠目结舌的大娘子解释："这叫桂树白雪，那胡女将手中的树苗栽入盆中，不一时便会长成大树，开满桂花，半空中还会飘下雪来，不过是障眼法罢了，都是假的。"

桂树白雪因为诗意又风雅，是三娘子最爱的戏目，她看得正来劲，叫二姊这么平铺直叙地一说，简直是败兴，恼火地瞪了二姊一眼。

演到跳丸弄剑一幕时，有个容貌昳丽的青衣宫人走上前来询问道："请问三位可是姜家女公子？三公主殿下有请。"

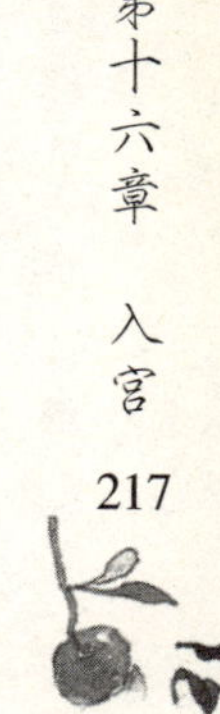

第十七章 司徒铮

钟荟对陪伴她们前来的凝闲殿宫人道："劳烦姊姊回禀婕妤娘娘，我们去与公主请个安。"如此也是以防万一，即便有什么蹊跷和变故，姜婕妤心里也有个数。

那青衣宫人将她们引至离碧海两射之地的花荫下，耳畔的人声已经很远了，一条蜿蜒的园径前停着三抬不起眼的青油帐小肩舆，与常山公主平日的作风可谓大相径庭。

她们乘坐肩舆穿过小半个芳林园。钟荟年幼时隔三岔五在宫中小住一段时日，对园中的亭台楼榭、池沼林泉都还有印象，一路留了心，知道她们是在往园子东北角去，那儿有个名为鸳鸯的池子，比碧海小了许多，四周零星散布着几座楼阁殿台。

行至靠近鸳鸯池南岸的一处水殿前，肩舆停了下来。钟荟顿生疑窦，公主即便不在碧海附近观赏百戏，也该在她母妃崔淑妃的承福殿里，如何会在这偏僻水殿中见她们？

若不是那宫人带了常山公主的印信，钟荟几乎以为她们是叫人骗了。

大娘子和三娘子本来看戏看得好好的，突然叫人打断，又抬到这人迹罕至的地方来，俱都有些沮丧。

三娘子更是颇有微词，趁那青衣宫人入内通禀的当儿，小声对二娘子埋怨道："这三公主殿下也真是的，想一出是一出，倒不如你一个人来，反正她想见的也是你。"

钟荟正要说她两句，大娘子却道："三妹妹，咱们姊妹几个在一块儿才好互相照拂，你说是不是？百戏下回还能看，没要紧的。"

三娘子暗暗翻了个白眼，心道就你会做好人，酸溜溜地道："谁说我是为了看百戏了？那有什么可稀罕的，我去岁进宫就看过，早看腻了。我是怕姑姑的人一会儿找不到我们——”

她眼角的余光瞥见那青衣宫人折返回来，赶紧闭上了嘴。

“叫诸位女公子久候，请随奴婢来。”

这座水殿与众不同，乃是以两艘大船为脚，再于其上构建营造，风起时船随风动，人在殿中也能感觉到。钟荟多年前曾伴钟太后在此消夏，不期遇上一场风雨，身在其中就如地动，那滋味她一直记到了如今。

好在今日水波不兴，船停得稳稳当当，殿中陈设富丽堂皇，处处显出皇家气象。地上原先铺的锦褥已换成紫竹簟象牙席，精白纱帐角上坠着五色流苏，悬着玉铃和嵌宝小圆镜。

常山公主长身玉立，手中拿着一把铜剪刀，正修剪一枝白色的锦葵，身前的大金瓶里已经插了许多石榴和栀子，间以菖蒲和艾叶，紫红、白色、榴红和沉绿堆了满眼，与方才的五彩龙舟有着异曲同工之妙。

她身着一袭缃色缭绫衫，上面捻金丝绣出了龟甲纹，走近了才发现每块龟甲中间的刺绣暗藏玄机，竟都是毒虫的纹样，别出心裁的公主殿下就从那堆蝎子、蛇、蜈蚣、蟾蜍、壁虎中间抬起脸来，咧嘴对她们一行人笑道：“快请坐。”

三人上前行了礼，常山公主连道免礼，先上上下下将钟荟端详一番，眉开眼笑道：“你近来似乎清减了。”当即从发上拔下一支栩栩如生的碧玉蛇形簪子赏赐予她，钟荟毛骨悚然地以两指捏着蛇尾。

常山公主殷切寄语道：“再接再厉，过两年你也能生出如我一般的水蛇腰来。”

公主殿下的腰确实细，腰带一掐看起来不盈一握，不过浑身上下没什么起伏和曲折，如她为人一般峭直坦荡。钟荟打量了她一眼，感到她们对“水蛇腰”的理解很有分歧，只得抚了抚额，谢了恩。

“这位是贵府大娘子吧？”

姜明霜上前大大方方行了一礼道：“民女姜明霜见过公主殿下。”

她跟着女先生学了一段时日的礼仪，又在入宫之前临时抱佛脚，恶补了一番，酬对已经像模像样了。

“是霜雪的霜么？”常山公主知道姜二娘有个双生姊姊，听说从小不在洛京还颇为遗憾，一个姜二娘便颇为打眼了，若是两个摆在一块儿交相辉映，还不知有多赏心悦目。可如今一见全不是这么回事，说起来这小娘子的眉目还是有些可圈可点之处，只是肤色黝黑，也不知是天生如此，还是晒多了日头，偏偏名字里还带个“霜”字，若是长大了白不回来，岂不是成了笑柄？

钟荟一见她这神色，便知这位又在操心别家小娘子的容貌了，无可奈何地苦笑

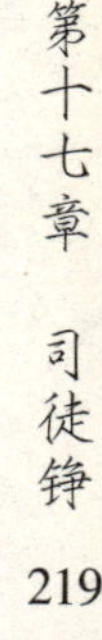

了一下。

失望归失望，常山公主还是叫宫人奉上了见面礼，是一支花丝楼阁金簪，十分纤细精巧，是她比着姜二娘的模样挑的。

三娘子见两位阿姊都得了公主赏赐的簪子，而自己却遭冷落，心下更觉没趣，越发后悔做了这趟陪客。

常山公主随心所欲惯了，能想到为人准备见面礼已是很不容易，如何会去在意臣工家一个小娘子的心情。她吩咐下人取了瓜果蜜饯和茶水糕饼来，叫姜家大娘和三娘取来吃，自己则拉着姜二娘去屏风后面的七宝帐中坐。

“我方才与四妹、五妹还有几个堂姊妹在清凉台上观百戏，司徒香也在。”常山公主摇着一把绣菖蒲的斑竹团扇道，“她吩咐侍女去打探你们姊妹三人的行踪，碰巧叫我听到了，一想也是许久未见你，索性请了你们过来，我自己也好趁机躲个清静。”

“多谢公主盛情相邀。”钟荟赶忙行礼道谢，比收到那支毒蛇簪时诚恳多了。

上回她顶撞武元乡公主，之所以能占上风，口舌辩给是一方面，主要是因了主人常山公主的庇护，且赴宴的都是年岁相当的世家小娘子。今日这样大庭广众的场合，若是武元乡公主有心刁难，当着一众宗室和世家贵妇的面，常山公主即便有心也是爱莫能助，以姜家姊妹的家世，只好先生受着，吃了眼前亏，事后再去向姜婕妤告状申冤，从别处找补回来。

常山公主对她的知情识趣很满意，她对这小娘子与别个不同，起初固然是因钟荟姿容过人，深交后更多是喜钟荟小小年纪警敏灵秀，脾性也与自己很是对路。

然而一码归一码，欣赏不等于姑息养奸，常山公主顺手拿团扇格开姜二娘伸向案上一碟芙蓉糕的手，板着脸训道：“好大的胆子！在我眼皮子底下还敢偷吃！”

钟荟只得讪讪地收回手，退而求其次，拿起玉盏盛的酪浆饮了一口，差点吐了出来——这赶尽杀绝的公主连酪浆都未加糖，能将人的牙齿酸倒一排。

钟荟正要抗议，只听屏风外有些响动，似乎有人打翻了杯盏。

常山公主待要吩咐一旁的宫人去看看，便有一个少年郎的声音响起：“本王并不知三姊在此待客，故而未曾叫人通禀，还请二位小娘子见谅。”

公主蹙了蹙眉，姜家姊妹两个八岁，一个六岁，虽说男女七岁不同席，可其实也没什么好避忌的，只是她这三弟素来心思缜密，且不说他如何找到这偏僻的水殿来，未经通禀便径直入内，实在是一反常态。

“是我三弟。”她对钟荟解释道，“我去外间看看。”钟荟不放心一双姊妹，也跟了出去，大娘子还好，三娘子脸嫩心思重，怕是要多想。况且她也想再去会会这位令誉流于天下的三皇子。司徒铮也算是她上辈子的故人了，他们那时候年岁差不多，钟荟在寿安宫小住时常能见到他，他们似乎还曾一起在御花园中捉过蟋蟀粘过蝉，勉强算是臭味相投。不过如今回想起来，他当年做的一些事直叫人不寒而栗。

司徒铮会将蟋蟀、蚱蜢和其他草虫的腿一条条拉去，将翅膀扯下来，然后放在瓦片上用火炙烤。钟荟叔伯兄弟姊妹不少，知道孩童蒙昧之时常有一些残忍冷漠的举动，让她介怀的是司徒铮的神情，他静静地望着那些只剩躯干的虫子在火上笨拙地扭动和挣扎，然后逐渐变成红色，眼里不是一般孩童的好奇和漠然。她那时还小，只觉得脊背升起一股凉意。

有一回四公主养的猫不见了，那是一只灰白相间的小猫，才三个多月大，胖而喜人，两腮圆润，并不像一般的猫那样凹陷下去。重华殿的宫人找了许久，连一根猫毛都没找着。四公主伤心痛哭了一回，此事便不了了之。

那阵子宫中陆续有豢养的猫狗丢失，钟荟无端对司徒铮起了疑心。不久后钟太后养在寿安宫里的一只黑猫丢了，和其他死不见尸的猫狗不同，宫人们很快找到了它的尸身。

直至今日她还记得那只猫的惨状，那时候司徒铮就在几步开外打量着她，目光如同穿过黑猫前额的那根长钉，让她无法动弹。

就像此时一样。

钟荟全身的血液不自觉地汇聚到双腿，分明是闷热无风的五月，她却如坠冰窖，丝丝寒意如同无数条小蛇，顺着她的脊背往上爬。

她刻意掩埋在记忆深处的一幕幕在他的注视下重新鲜活起来——草虫在烈焰炙烤下抽搐，仿佛在用已不存在的腿跳跃，一半炙成了红色，另一半依旧青翠如新竹；山雀腹上的绒毛被拔去，毛孔中渗出细小的血珠，刀尖划开柔软的肚腹，“呲啦”一声有如裂帛，泉水将血迹冲刷干净，露出跳动的心脏；还有那只黑猫，黄色的眼睛里还留着临死时的恐惧，半干的血中依稀能分辨出半截小鱼干，那是钟荟前一日喂它吃的。

“你乖乖待在这里，千万别走丢了啊。”她左手托着鱼干，用右手捋捋它柔软的脑袋，猫的舌头舔在手心湿热而微痒。

“是啊。”司徒铮伸出手缓缓抚过猫的脊背，又用手指挠挠它的下巴，“若是丢了，十一娘会伤心的。”

数年不见，司徒铮变化很大，身量长开了，当年稚气的脸现出了清晰的棱角，总是停留在嘴角的嘲讽收了起来，眼神中让人心悸的东西沉到了底下。他的眉眼肖似天子，脸略长，生得有些平淡，然而风度翩然，言谈举止令人如沐春风，如果是初见，钟荟说不定也会叫他那温润如玉的外表蒙骗了过去。

“愚弟不请自来，还望阿姊恕罪。”司徒铮收回目光，向常山公主行过礼，微微一笑道。他的声音不像一般少年人那样清而薄，而是带着一丝喑哑滞涩，像刀尖在瓷器上刮擦。

“三弟好灵通的消息，阿姊躲到这儿也叫你找出来了。”常山公主嬉皮笑脸地道，“你小子找我准没好事。怎么，皇后娘娘宫里又缺沾饼酱了？进门也不吭一声，惊扰了我客人你该当何罪？”

“唐突几位妹妹了。”三皇子半开玩笑似的作个揖，“还请原宥。”

三皇子那话是对她们姊妹三人说的，可目光却始终在二娘子的脸上盘桓。他不待她们回答，便又转而对公主道：“阿姊却是小人之心了，愚弟镇日赚你好东西，近日得了一副犀角磨的棋子，想着投桃报李一回。既然在待客，愚弟便先告辞了，棋子回头叫下人送去淑妃娘娘宫里。”

大娘子在乡间时与邻人家的孩童阿兄阿妹一气乱叫也是有的，只觉这皇子没什么架子，端的平易近人。

三娘子脸红了红，若是寻常少年郎张口就管陌生小娘子叫“妹妹”着实轻薄，然而三皇子贵为华胄，这声“妹妹”还是有些叫人受宠若惊的。

钟荟好不容易将那些带着血块和残肢的回忆甩开，定了定神，与两个姊妹一起行礼，恭送三皇子离去。

常山公主本就疑心司徒铮的来意，方才见他目不转睛地盯着姜二娘看，心里有些不舒服。她自小仗义，不拘小节，又是尽人皆知的善财童子，弟弟妹妹们都喜欢当她的尾巴，只有三皇子是个例外，他哪怕与他们玩在一起，也叫人觉不出亲近之意来。

她曾一度怀疑这个弟弟和大皇子一样不聪明，见旁人笑，他便也笑，见旁人蹙眉，他也蹙眉，仿佛不比照着别人来，他便不知该哭还是该笑似的。

倒是这四五年因着他开始学弈棋，两姊弟走动频繁了些，她也逐渐发现，这个弟弟非但不傻，还有些异乎常人的聪明。初时他承她让数子仍然毫无招架之力，如今已隐隐有了青出于蓝的架势，而他行为举止中的那丝古怪与笨拙也逐渐消弭于无形。

在所有弟妹中，司徒铮最晓事明理，最知体情察意，然而常山公主与他相处时一直觉得有如芒刺在背，还不如与司徒香那个一点就着的炮仗在一块儿自在。

她有心提醒姜二娘几句，可又不知如何启齿，难不成说“我三弟似乎对你不怀好意，你下回躲着他点”。常山公主几次话到嘴边又咽了回去，直至带着姜氏三姊妹前去清凉殿赴宫宴，也没说出个所以然来。

清凉殿南临碧海，檐角翼张，崇门丰室，绕殿植着数百株栀子花，从待放的花蕾中渗出一缕缕甜香。日影西斜，水面上起了习习凉风，缓缓将燠热与如火的晚霞一同吹熄。清凉殿四周的灯已亮起来了，无数烛火将陆陆续续到来的贵妇和小娘子映得满面红光，她们发上的簪钗和织金绣彩的华服在灯下流光溢彩。

常山公主的车辇抵达时，殿前已聚集了不少人，趁着还未开宴赏景寒暄。

“我阿娘在那边。”常山公主带着她们往池畔走，“我带你们去见见她。”

众人大多见过常山公主，纷纷向她行礼，若是不相熟的人家，公主便矜持地点点头，若是知己的夫人和娘子，便停下来叙几句寒温，顺便将姜家三姊妹介绍给她们认识。

闻知姜家姊妹的身份，有人流露出诧异，也有人若无其事地谈笑风生。钟荟见了不少上辈子熟识的夫人和小娘子，如今换了个壳子装作与她们初次相见，感觉实在有些微妙。

“卫家姊姊！”三娘子在人群中看到了卫十二娘，惊喜地叫出声来，又不无得意地对困惑的大娘子道，“上回我们去公主家的园子赴宴，卫家姊姊很照拂我。”

卫十二娘闻声转过头来，朝她们抿嘴一笑。她今日着了碧蓝含春轻罗单衫，月白素绫裙，如一泓清泉般沁凉怡人。她和卫家几房的小娘子们在一块儿，陪伴她们的是个四十许的贵妇。钟荟定睛一看，原来是卫六郎的母亲盛氏。

卫十二娘似乎有些怵她的大叔母，望了望盛氏，踌躇着不知该如何开口。

常山公主和姜氏姊妹不一会儿便穿过人群来到了卫家女眷的面前。

“这几位是姜婕妤的侄女。”常山公主与卫夫人见过礼，向她介绍姜家三姊妹，又对姜二娘她们道，“这位是卫侍郎的夫人。”

三人自是上前见礼。

卫夫人一挑柳眉，下颏微抬，含糊地点了点头，算是给了常山公主颜面，然后转过脸与公主攀谈起来，直接将她们三人无视了。

钟荟两世的八字大约都与这位夫人不太合，上辈子钟荟还没病蔫蔫的时候卫夫人就对她这儿媳妇热门人选很不满意，但碍于两家的情面还掩饰一二，如今这嫌弃之情简直呼之欲出。

卫夫人出自汝南盛氏，最是高标自持，如此做派钟荟一点也不觉得意外，若是对她笑脸相迎才是真的一反常态。

“七娘子没随您一起来吗？”常山公主也拿这卫盛氏没法子，宗室的面子在卫家跟前分量没那么重。

不待卫夫人回答，旁边一个五六岁的小娘子抢先道：“七姊在家中绣嫁妆呢！”

钟荟算了算卫家小娘子的齿序，这个白面团子似的小娘子似乎是四房的嫡女。卫夫人冷若冰霜的脸难得露出些许笑意：“就你这丫头嘴快。”

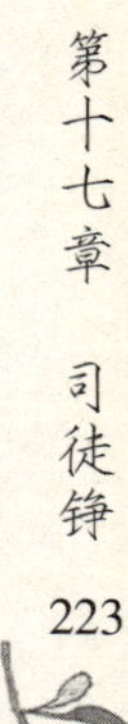

卫十二娘趁着叔母与公主寒暄的当儿，悄悄靠了上来。姜大娘是第一回见到卫十二娘，两人互相见过礼。三娘子自晓事起就对卫家七娘子颇为憧憬，对她的终身大事也异常关注，压低声音迫不及待地向卫十二娘打听："姊姊，贵府的七姊姊许的是哪户人家啊?"

"你这孩子，怎么口无遮拦的，什么都问。"钟荟假意训斥了两句，其实耳朵竖得比谁都长。

卫十二娘也不卖关子，用扇子掩着口道："是荀家二公子，才刚走过纳采。"话落怯生生地望了盛夫人一眼，她叔母正往她这儿瞧，肃着脸，眼神凌厉，卫十二娘吓得赶紧低下头来。

钟荟识趣地道："姊姊放心，我们不会出去乱说嘴的。"卫家与荀家结亲也是情理之中，不过她阿兄钟蔚恐怕要难过上一阵子了。既然卫七娘没嫁进钟家，那十三娘和卫珏的亲事多半是定了。她一时间有些五味杂陈，大约是同情她阿兄一片痴心付之东流更多些吧，不过撇开兄妹之谊，摸着良心说一句，钟蔚若是改不了嘴欠的毛病，姻缘怕是老大难。

卫十二娘得了姜家姊妹守密的诺言，松了一口气，与姜二娘交流了一番养鹩哥儿的心得。

那边厢常山公主与卫夫人聊了几句，发现与这惜字如金的冷美人谈天着实无趣，自己口干舌燥地说了一通，她只淡淡答那么三两个字，她心底暗暗同情卫六郎父子，寻个机会道了声失陪。

崔淑妃搀扶着钟太后在池畔看风景。老太后抖抖索索地伸出手，指着池子里一对交颈的紫鸳鸯道："那是去岁陛下赏给我们家的水鸭子吗?"

"太后，咱们这是在芳林园，是宫中，不是在钟府。"崔淑妃无奈地笑道，"那是紫鸳鸯，从灵昆苑里捉来的。"

"哦。"钟太后点点头，片刻后又问道，"这水鸭子的色儿倒新鲜。"

钟荟鼻子一酸，睁大眼睛把在眼眶中打转的眼泪憋了回去，两年多未见，这位姑祖母比记忆中更显老态，原本斑白的头发已经如霜雪一般，脸上也新添了许多皱纹。钟荟先时只听说她常忘事，未曾想到已经昏聩到了这般地步。

常山公主笑吟吟地上前对长辈行礼，钟太后盯着孙女看了半晌："这是谁家的孩子，生得这般齐整?"崔淑妃已是见怪不怪了，大声道："这是三娘，阿姮!"

"是阿姮啊，好，好。"钟太后一边点头，一边颤巍巍地上前拉起常山公主的手，紧紧攥在手心里，用拇指摩挲她的手背，一时又糊涂起来，"阿毛啊，你许久没来看阿婆啦。"

钟荟一个不察，没憋住，眼泪夺眶而出。

“你怎么哭了？”常山公主不经意一瞥，刚巧看到姜二娘在掉眼泪，莫名其妙地问道。

钟荟本想趁着其他人没看见把泪擦掉，才从袖子里掏出帕子，这下好了，众人都盯着她看。她急中生智，捂住腮帮子哼哼道：“哎哟——”

“又闹牙虫了吗？”大娘子一见妹妹这样子，也顾不上太后和淑妃等人在场，忧心忡忡地上前来替她擦眼泪，“疼得厉害吗？”

常山公主无奈地点点姜二娘的脑袋道：“你啊你，叫你少吃点甜食吧，要是把牙掉光了，成个瘪嘴小老妪该如何是好！”

崔淑妃方才已经注意到这个漂亮的小娘子，她一向喜欢生得可爱的孩童，笑着对女儿道：“这些个仙人似的小娘子又是你上哪儿拐来的？”

崔淑妃生育过两个孩子，除了三公主，还有四皇子悼王，可惜悼王两岁时不幸夭折了。她今日穿了一身绛红色绣金博山轻罗衣，身量较一般女子颀长，面容白皙，眉眼灵动。常山公主的长相取了父母的长处，不过母女俩的神情态度倒是很相似。

姜家姊妹赶紧上前向钟太后和崔淑妃行礼，一旁的宫人捧上了见面礼。天家和世族贵妇人出门时必定会随身带些礼物，预备着随时赏赐和馈赠，方才她们邂逅的卫夫人自然也不例外，只是卫夫人实在看不上姜家姊妹，连逢场作戏都省却了。

钟太后糊涂的时候多，自己已经不能理事，便由陪侍的女官做主，赏了那姊妹三人一人一个沉甸甸的织成香囊，里边装着錾菖蒲花金饼子、翠钿和珍珠等物。崔淑妃赏的则是三块系着五色丝线的白玉佩，只是雕镂的图案略有不同，姜大娘得的是翔凤牡丹，钟荟的是草虫瓜实，三娘子则得了个摩羯衔花纹样的，她其实更喜欢大姊那块，只不过当着太后和淑妃娘娘的面不好开口与大姊换。

崔淑妃和常山公主母女向钟太后解释了半天，这老太太总算弄明白这几个是姜婕妤家娘家的小娘子，若有所思地点点头：“阿姜是去年入宫的吧？难为三郎惦记了这些时日。”两人对视一眼，无奈地摇了摇头，叹了口气，随她去了。

不一时皇后身边的宫人前来请太后入席，钟太后赶紧再度攥住三公主的手，努努嘴，孩童一般埋怨道：“也不知道来看看阿婆，这回不许来了就回去，在我宫里多住几日，陪阿婆说说话。”三公主知道这是又把她当成钟阿毛了，她脱身不得，只得轻轻拍拍祖母的手背，顺着钟太后说道：“好，好，我不走。”

殿中灯火通明，上首立着十二扇描金青山绿水图檀香木画屏，梁上垂下五彩纱帷以应时节，四周缘墙摆着十多座一人多高的冰山，金博山炉缭绕着艾叶和香兰的气息。

姜家女眷的座席与太后等人不在一块儿，入了大殿便分道扬镳了。三娘子一回头，只见二娘仍旧捂着脸，呆愣愣地望着公主一行人，大眼睛水盈盈，在灯烛下愈

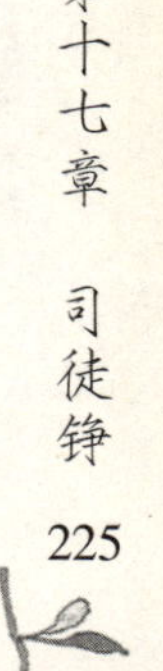

加动人。

姜明淅也逐渐到了在乎容貌的年纪，能分辨出美丑妍媸来，看着二姊的好皮相有些闷闷的不甘心，旋即幸灾乐祸地想，草包姜明月，叫你贪吃，疼死活该，看你今日怎么吃。

清凉殿的宫人将她们领到安排好的座席处，姜老太太和曾氏已经在了。曾氏一见她们立即站起身来，先看了女儿一眼，接着抚了抚大娘子和二娘子的肩膀道："我不过前去同杨家表姊说了几句话，转身回来你们就不见了，怎么也不说一声，害阿娘提心吊胆了半日。"

大娘子闻言很惭愧，她最怕麻烦旁人，忙不迭地道歉。钟荟对继母的惺惺作态颇感腻味，上前道："不孝女儿叫母亲担忧了，三公主殿下差人来传我们过去，在她那儿说了会儿话，不想就这个时辰了。"

"又不是丫头们自己乱跑的。"姜老太太也道，"难不成公主叫去还能不去？人都已经回来了，做什么吹胡子瞪眼的，要教训孩子也等吃好饭！喊，这不是败她们胃口吗。"说罢催促孙女们入席，让大娘子和二娘子一左一右地坐在她身边。

曾氏咬了咬腮边的软肉，努力攒出个笑容，辩解道："哪儿的话，我这为人母亲的关心则乱，怎么是教训她们。"转头对女儿道："三娘也坐下来吧，一会儿该开宴了。"

三娘子依言在曾氏身旁坐定，将面前的食案往母亲身边挪了挪，从袖子里掏出钟太后和崔淑妃赏赐的香囊和玉佩给她看。曾氏将三娘子的手一推，板着脸低声训斥道："娘娘赏你便收好，拿出来现什么，落在旁人眼中像什么样子！"

姜明淅叫她阿娘泼了冷水，不服气地撇着嘴，望着斜下方地衣上的茱萸纹，原本迫不及待地想告诉她阿娘自己在水殿里偶遇三皇子的事，现在也不乐意说了。

众人依次入席，钟太后坐在上首中间，左右两边分别是杨皇后和韦贵人。韦贵人身着杏黄衫子，望仙髻上簪了大朵的绢纱黄牡丹，不时低头与钟太后耳语几句，她出身诗礼大族，一举一动十分端雅，侧身时发上的金凤步摇几乎纹丝不动。

杨皇后比韦贵人还年轻几岁，着一身朱红绣云气纹的广袖衫，骨架纤秀，楚楚动人，然而过于娇小秀美，作为母仪天下的皇后就少了些雍容华贵的气度。

杨皇后端起金觞起身祝酒，朱唇一启，嗓音却意外地有些低沉，与她的纤秀外表十分违和，却为她整个人增添了几许威严。姜家女眷坐得远，话音传到她们耳边已经很轻了。大娘子侧着头，身子微微往前倾。钟荟并未如她一样凝神谛听，左右不过是些老套的场面话罢了。她还记得当初荀皇后在世时的光景，那是何等的气度高华，年幼的钟十一娘第一回发现，一个女子即便相貌平平，也可以风华绝代。

钟荟望着杨皇后一翕一合的红唇出了会儿神，有那么一刹那杨皇后似乎与她对视了一眼，眨眼之间又错开了视线，仿佛那只是她的错觉。

不一会儿宫人流水似的端了各色肴馔上来。宫宴上的吃食乏善可陈，热菜端上来时都已没了热气，点心也远没有姜婕妤凝闲殿小厨房里的精致，不过钟荟还是吃得很专注，她在常山公主那儿只吃了几口酸酪浆，此时已是腹中空空。

大娘子就贴心多了，她从盘子里取了个角黍，灵巧地抽开五色丝线系成的绳结，三下五除二剥去外面裹着的竹箬，仔细地挑出里面不好克化的胡桃，然后用银箸夹了放在姜老太太的碟子里："阿婆您吃。"

姜老太太笑得见牙不见眼，拍拍只顾自己埋头吃的二孙女："看你大姊多乖多孝顺，你这丫头就只顾着自己，也不学点好！"

钟荟弯弯眼睛，探身对大娘子笑道："阿姊偏心，只给阿婆剥，我也要！"话音刚落，头顶便叫姜老太太没轻没重地削了一下。

大娘子是个实心眼，当即又给两个妹妹一人剥了一个。钟荟不敢再逗她了，从自己盘子里夹了块凉糕给她："阿姊你别忙活了，自个儿也吃吧。"

三娘子没料到自己也有份，咬着筷箸愣了愣神，咕哝了一声，小口小口地将那只角黍吃了。

钟荟因还在"闹虫牙"，为免叫人生疑，不好吃得太多，尤其是那些浇了蜜、和了糖的糕饼，只能浅尝辄止。

宫宴上的其余菜肴皆不出彩，只一道鱼脍是用碧海中现捞出的活鱼片的，御厨的刀功了得，切得薄如纸片，入口鲜甜，肥腴而不腻，她忍不住多下了几次箸。

到得七八分饱，钟荟便搁下了银箸，偶尔端起五色琉璃杯，啜一口加了银丹草和蜜的冰镇过的淡酒，闲闲地欣赏起舞乐来。

宫中的伎乐是一等一的好，方才一个奏箜篌的红衣女乐尤其出众，看着不过十一二岁的年纪，技艺已不下几位名家。

这样的宴席上最能见出家世高低，尽管姜婕妤在后宫中如日中天，然而姜家大郎官职低，她们只能坐在偏远的角落。钟荟环顾左右，周围几乎没什么熟面孔，也不见曾氏与人攀谈。

三娘子对吃食和舞乐都不甚感兴趣，只能不停地饮酪浆和蜜水，过了会儿便觉腹胀，想挨到宫宴结束。她时不时地往上首张望，只见杨皇后正兴致盎然地观赏胡舞，还不自觉地以扇击掌，打着节拍，显是兴味正浓，一时半会儿怕是完不了。

姜明淅只得老实对她阿娘交代，曾氏气恼地剜了女儿一眼道："出门前阿娘怎么同你说的？你全当了耳旁风！"然而训斥完了还是得解决问题，曾氏只得向侍宴的宫人询问了清凉殿厕房的位置，与老太太说了一声，便牵着女儿贴着墙根悄悄走出大殿。

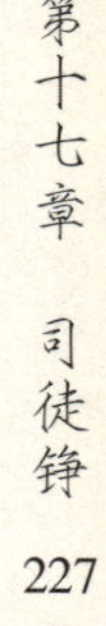

从厕房出来，三娘子无意间低头看了看，胸前挂着的五色缕不知何时不见了，顿时急得哭起来，那是她最得意的作品，上面缀了最珍爱的紫玉双鱼佩，编了几缕发丝进去，还用捻金线绣上了名字。

曾氏问清楚缘由，连连责怪她不小心，只是东西丢了也就罢了，上面偏还绣了闺名，虽说女儿只有六岁，可若是叫有心人捡去，借题发挥，做篇文章出来，可怎么办？

“你好好想想，是何时不见的？”曾氏没好气地问道。

三娘子咬着拇指指甲，苦思冥想了一阵：“看百戏的时候还在的……公主派宫人来传话，我们就跟着那宫人一直走……好像上肩舆的时候就不在了……不对，又似乎还在的……阿娘，我们要不要去求三公主殿下帮忙？”

“那就先去那儿找找，若是没有再做计较，犯不着为这点小事惊动公主和婕妤娘娘，你啊！要阿娘说几遍才知道……”曾氏向殿门口的宫人借了个灯笼，牵着女儿，一面唠叨，一面沿着她们下晌走过的那条路搜寻。

母女俩沿着小径走着，远处突然传来一阵唰啦啦的枝叶响动声。三娘子还记得这条小径走到尽头往右拐就是她们白天乘舆的地方，那儿有座掩映在竹林里的小凉亭，那声音似乎就是从竹林里传出来的。

她不由得顿住脚步，抬头轻声道：“阿娘，你听到什么声音了吗？”

曾氏示意女儿不要出声，警惕地弄熄了灯笼，拉着女儿往旁边的花丛间一躲，在宫中走动最怕撞上不该看不该听的，谨慎一些总是不为过。

母女俩凝神屏息从花叶缝隙中往外张望。是夜月华如水，将那白石铺就的小径映得雪亮，响声很快停止了，竹林复归平静，许久之后，一个人影转到小径上，那人身量不高，但气度不凡，闲庭信步似的往她们这边走来。

三娘子借着月光看清了来人的面容，顿时惊喜地睁大了眼睛，那正是今天在水殿中见过的三皇子。

她正想告诉曾氏，一声“阿娘”还未出口，自己先捂住了嘴，因为三皇子走近的时候，她闻到了一股浓重的血腥气。

一片青灰色的云将月亮遮蔽，夏虫的鸣声戛然而止，天地间好像一下子静了。

姜明淅捂着嘴屏住呼吸，数着自己闷雷般的心跳。佛经上说，一刹那者为一念，二十念为一瞬，二十瞬为一弹指，如此算来三皇子司徒铮从她藏身的花丛边经过，大约也只是弹指之间的事，然而三娘子从未感觉一弹指是如此漫长。

姜明淅并不清楚弥漫在夜色中的血腥气意味着什么，只是不由自主地颤抖起来，把嘴捂得严丝合缝，仿佛连喘气都是件危险的事。她想躲进曾氏的怀里，可又怕弄出响动叫外面的三皇子发现，犹豫之间，耳边突然哗啦一声响，她吓得赶紧闭上了眼。

曾氏将女儿护在怀中，用手遮住女儿的眼睛，她浑身发冷，手心里全是汗，遮月的云翳飘走了，刹那间又是清辉遍地。一只手将枝叶拂开，那是一只少女的手，柔而无骨，几乎看不出指节，手指白净修长，莹润的指甲在月光下泛着珍珠般的光泽，若是将半干的血迹洗去，想必是一只极美的手。

随即，一张年轻的面庞探了过来。一个十多岁的少年郎，嘴角还带着温和的笑意，曾氏却不能自已地打起摆子来。那少年郎垂眸看了一眼曾氏怀中的三娘子，接着把目光转向曾氏，在她脸侧的胎记上停留了片刻，眼里现出了然的神色。他微微点了点头，无声地对她比了个口型，然后慢条斯理地整了整衣襟，转身走了。

曾氏死死地盯着消失在小径尽头的那少年的背影，整个人脱力地往地上一坐，大口喘着粗气，仿佛溺水之人终于将头探出水面。

“阿娘，”三娘子再三确认司徒铮已经离开，方才压低声音惊恐地道，“他认出我们了吗？糟了，他下午晌在公主那儿见过我，一定是认出来了……三皇子为什么会在这里啊？他身上怎么有一股子……”

话还未说完就被她阿娘捂住了嘴。

曾氏心烦意乱，轻声呵斥道：“莫要乱说！方才你什么都没看见，记住了吗？”见女儿懵懂而郑重地点了头，她才放开手，扳着三娘子的双肩，直直地盯着三娘子的眼睛道：“今天的事谁也不许说，明白吗？不管是你阿婆、阿爷、姑姑，还是阿兄阿姊，谁来问都不许提一个字，懂吗？”

姜明淅一直觉得自己的阿娘无所不能，碰上任何事都能游刃有余、临危不惧，如今才知道她也有如此害怕的时候，和一般妇人并无不同，心里既难受又失落。

回清凉殿的路上，曾氏一手提着已经熄灭的灯笼，一手紧紧攥着女儿的小手，两个人都是满腹心事，默默无言。几年前她曾在杨皇后宫中见过三皇子一次，因她出自杨氏旁支，杨皇后便对三皇子道：“论起来，姜夫人还是你的表姨母呢。”三皇子那时才八九岁，已是风采昂昂，闻言彬彬有礼地向她行礼：“见过表姨母。”曾氏受宠若惊，将他从头到脚夸赞了一番。

曾氏想到此节打了个寒战，她总算后知后觉地回过神来，适才三皇子朝她比的就是“表姨母”这三个字。他的确是识破了自己的身份，想必也认出了下午晌才见过的三娘子，她心里留存的最后一丝侥幸也荡然无存。不过细究起来，那声称呼颇有些意味深长，似是威胁，又似在套近乎，他难道不怕自己将今日所见告诉姜家人，抑或是因自己的身份而有恃无恐？

近两年来三皇子的嘉言懿行不绝于耳，俨然与占着嫡长却愚笨不堪的大皇子分庭抗礼，杨家也跟着水涨船高，一扫衰颓的气象，连带着她母亲在夫家的腰杆子都直了许多，曾氏私心里是希望将来三皇子能登极的。

也许是心里装着事，回去的路程似乎比来时短了许多，不知不觉中已回到了火

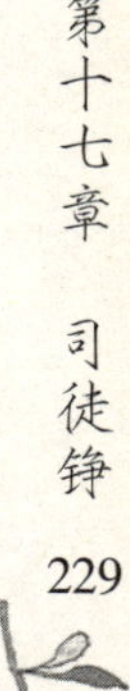

树银花的清凉殿，宛若白昼的灯火和殿中嗡嗡的欢声笑语让三娘子凝重的脸色重新活泛起来。曾氏唯恐女儿露馅，用力捏了捏她的手，三娘子抬头轻轻道："阿娘我知道了。"曾氏长出了一口气，快步朝家人的方向走去。

"怎么解个手去了这么久？"姜老太太看了看儿媳妇煞白泛青的脸，狐疑道，"出啥事了？"

"没事。"曾氏用力咬了咬嘴唇，总算有了些血色，"厕房不好找，耽搁了一会儿。"

老太太知道问不出什么，见她们全须全尾地回来便作罢了。

钟荟也看出曾氏和三娘子的反常，不由得将妹妹上下打量了一番，目光落到她胸前时突然想起了什么，诧异道："你的五色缕呢？"

她不过随口问一句，没想到三娘子心里有鬼，捧着茶碗的手一哆嗦，将半杯热茶倾在了裙子上。钟荟掏出帕子与三娘子擦，顺着水渍一看，发现三娘子腰间挂的织成香囊丝绳上缠了半片枯叶。她不解地抚了抚下巴，留心打量，又找出些别的蛛丝马迹，三娘子的裙摆下缘有些脏污，她趁着妹妹不注意用手一摸，略微有些湿，还摸到了一根断草茎。

这清凉殿她来过不知几回了，大殿到厕房之间一路都有木廊，根本没地方沾上草茎或是露水。钟荟百思不得其解，只得暂且抛诸脑后，思绪重新叫乐声吸引了过去，弹箜篌的似乎换了个人，技巧和意境都与方才的少女差了一大截。

夜宴一直到两更天才散，钟太后早就回宫歇息了，杨皇后也有些困乏，命人备辇回平乐宫。

辇车刚入宫门，还未行至正殿，有个黄门低着头急步迎上前来，是永安宫的管事太监李富。他一向老成持重，此刻脚步急促，气喘如牛，必是出了什么了不得的事。

杨皇后心一沉，眉头一跳，赶紧叫停辇，揭开销金彩缎车帷，探出身子道："出什么事了？"

李富凑上前去附耳说了几句，杨皇后每听一句脸色便差一分，听到最后姣好面容已经乌云密布。她揪着衣摆，压低了声音，却压不住勃然的怒意，愤恨道："去把那小畜生给我叫过来！"

不一时，三皇子司徒铮到了，他才沐浴过兰汤，中衣外披了件素纱衣，没梳髻，长发就那么披散着，微湿的发尾在纱衣上拖出泪迹般的水痕。他走近的时候，杨皇后闻到了淡淡的酒气和兰香。

"阿娘这时候叫我来有什么事吗？"司徒铮若无其事地道，他眼睛里有些微蒙眬的睡意，这让他看起来更像个孩子。

杨皇后无端想起多年前他在襁褓中的模样，心一软，随即清醒过来，抄起榻边一柄玉如意朝他身上砸去，呵斥道："给我跪下！"

宫人们早已叫她支走了，轩敞的屋宇显得空旷寂寥，玉如意砸在司徒铮的左肩上，然后落到地上断成两截，地上铺了回纹锦的地衣，响声有些闷。司徒铮略觉遗憾，他最喜美玉断在金砖地上那清越的响声。

三皇子顺从地跪了下来，揉了揉左肩，仰头委屈地望着杨皇后道："儿子不孝，又惹得阿娘生气。"

杨皇后望着儿子仰起的脸，若不是知道她生的是个什么样的怪物，她大约真会叫他这无辜的模样骗过去。她垂下手，无力地道："说吧，是不是你？"

"阿娘说的什么？儿子不明白。"司徒铮仍是一脸困惑。

杨皇后懒得与他虚与委蛇，直截了当地问道："仙居亭旁的竹林，那个女乐是不是你杀的？开膛破肚，砍去右手，除了你，还有哪个畜生做得出这样的事！"

"原来是这事。"三皇子抬起袖子掩着嘴轻轻打了个哈欠，"阿娘既已知道了，何须特地将我叫来？"

"你……"杨皇后怒不可遏地扑上来，捏着拳在他身上乱捶一气，声嘶力竭道，"你究竟为什么啊?!"

"她的手生得美，"三皇子待母亲打累了停歇下来，才缓缓地道，"儿子见了想要得紧。不过砍了下来才发现，还是拨弦的时候更美些，且她挣得太用力，姿态狰狞，指甲也断了半截，儿子知错，已将那死物扔了。"

说这话时他嘴角翘起，微微眯缝着眼，带着几分慵懒和残忍欣赏着他阿娘脸上的惊恐，似乎觉得很有趣。

杨皇后双肩往下塌着，腰微微弓起，看起来疲惫又虚弱，方才的怒火仿佛烧光了她的力气，烧断了她的脊梁，堂堂大靖皇后，此时看起来像个卑微的乞丐。

"我那时候就该掐死你。"她一开口才发现自己声音嘶哑，想叫宫人去沏茶，却发现身边的人都叫她支开了。

司徒铮与母亲对视了一会儿，轻笑了一声道："阿娘当真这么想？四弟死了难道不称您和外祖的心意么？"

"你……"

"源浊则流浊。"三皇子不屑地笑了笑，"您的血脉您不清楚么？我竟不知阿娘生了一副菩萨心肠。"

杨皇后半晌说不出只字片语，喃喃地自言自语咒骂："孽障……孽障……我是造了什么孽……"然后把脸埋在手中呜呜咽咽哭了起来。

第十八章 弈棋

宫宴散时已是更深夜半，若是此时回去，到家怕得天亮了，姜家女眷便在凝闲殿留宿一夜，第二日早晨去与姜婕妤辞行。

姜婕妤因有孕在身不能熬夜，杨皇后体谅她，亥时不到就叫她回去歇息。她在宫宴上用了些不落胃的吃食，又饮了一小杯冷酒，回去就吐了一场，半夜又因心悸难眠，披衣起身在院子里走了一圈方才重新躺下，此时无精打采地歪在榻上，眼下两片浓重的青影，脸色也较平日晦暗了不少。

姜老太太一见女儿这憔悴的模样，心肝都揪成了一团："怎的脸色差成这样！夜里睡不踏实吗?"

"就您大惊小怪。"姜婕妤强打精神，从榻上坐起身，一边拉着她阿娘的胳膊请她入座，一边笑道，"大约是昨夜饮了少许酒，夜里心跳得有些快，不妨事的。"

姜老太太一听她有了身子还喝冷酒，登时就拉下了脸，可曾氏还不知姜婕妤有孕，当着儿媳的面不能提，只得责怪道，"昨日还说胃肚里不舒服，转头又饮冷酒，那么大个人了，也不知道顾惜身子!"说完捞起她一只手，照着手心重重拍了两下。

姜婕妤呼着痛缩回手，笑着招呼嫂子曾氏和几个小娘子坐，吩咐宫人道："你去把陛下今早赏的那筐荔枝取来，正巧几个侄女在，一块儿尝尝鲜。"

那宫人应了一声，不一时端了一大盘荔枝来，用硕大的海水纹金盘托着，底下垫了冰，荔枝嫣红的外壳上凝结了一层水汽，有几枚还带着碧绿的叶片。钟荟顿时有些把持不住，拿袖子掩着嘴咳嗽了两声，趁人不备咽了口口水，可还是叫有心人听到了极轻的"咕嘟"一声。

"咱们二娘等不得了。"姜婕妤忍不住笑起来，从盘子里拈了一颗荔枝，手指在中缝处一捏，剥出剔透晶莹的果肉，置于玉色叶形琉璃碟上递给钟荟。

三娘子见姑姑又偏心，樱桃小口一噘，揭发道："姑姑，二姊她长虫牙，昨日还疼哭了呢。"

姜婕妤见三娘子一本正经地呷醋，觉得那气得鼓囊囊的小脸甚是有趣，忍不住在她脸颊上掐了一把，替她和大娘子一人剥了一颗，她这才心满意足地消停了。

宫人绞了湿帕子递过来，姜婕妤接过擦了擦手，那宫人笑着劝道："这些粗活让奴婢做就好，颜色染在指甲缝里洗不去呢。"

曾氏听出言外之意，连忙道："你们这些孩子，要吃便自己剥，怎么好劳驾娘娘千金之躯。"

"嫂子别与我见外，这些孩子一个个都讨人喜欢得紧，我自己没有闺女，可稀罕她们了。"姜婕妤说着瞟了曾氏一眼，她的脸色不比自己好多少，从方才起就一直心不在焉，显是有什么心事。

"承蒙娘娘厚爱，是这些孩子的福气。"曾氏欠身道。

"阿昆呢？这都什么时辰了，还不见他人影？"姜婕妤问另一名宫人。

那宫人微微一笑回禀道："五皇子昨夜饮了几杯酒，与兄长们打双陆，一直玩到夜漏尽时，现下怕是还未起身呢。"

"这猴子！"姜婕妤对儿子的疼爱之情溢于言表，"昨日叫他等阿婆、舅母和妹妹们来了再去园子里玩，前脚答应得好好的，后脚就跟着他三叔家的几个堂兄开溜了。"

"哪个小郎不爱玩不爱闹？不爱动的是傻子。"姜老太太赶忙袒护外孙，"咱们又不是外人，整这些虚文做什么，你这当娘的也别拘着孩子……欸，这不是来了吗！"

五皇子司徒锴着一身绯绫常衫、玄色下裳，因年幼还未戴冠，乌黑的头发随意绾了个髻，插了一支犀角簪。他比姜家大娘和二娘大一岁，生得极像母亲，眉目仿佛会说话，又长又翘的睫毛一扇，就像在人心里挠痒痒。

钟荟前世在宫中小住时，与凝闲殿几乎没什么往来，五皇子那时也小，很少往园子里去，这还是她第一回见到这个传说中好看得没边没沿的小皇子——如今是她的表兄了。

同样是极好看的孩子，她免不了拿五皇子和卫琇比较，论眉眼倒是不分伯仲，不过比起那一脸精明相的表兄，还是呆头呆脑的卫十一郎更对她胃口。

姜老太太在家每每提起这个外孙，脸上都像刷了一层蜜，笑意藏也藏不住地埋怨："这孩子贼精贼精，真个是头发都空心。"

司徒锴揉着惺忪的睡眼走过来，先规规矩矩地向长辈行了礼，然后往姜老太太怀里一扑："阿婆你总算来了，我天天数着日子盼您老人家。"

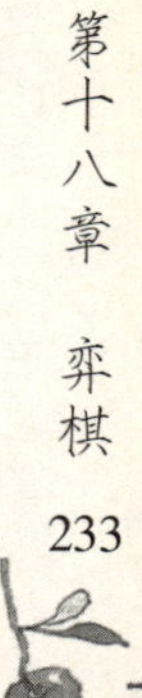

“多大个人了，还和外祖母腻腻歪歪，不嫌丢人！”姜婕妤笑着嗔怪，“昨日说要等阿婆来，结果呢？人跑哪儿去了？”

“这真可怪不得我。”五皇子笑嘻嘻地往他阿娘那儿飞了个眼风，“三叔家的二堂兄死活拽我去，我拼了命抵抗，可他人高马大，又比我健壮，我能奈何？”

姜老太太闻言用手量了量他的胳膊：“真个瘦了，这阵子又没正经吃饭吧？不多吃点怎么壮实得起来！”

“想您想瘦的，吃什么都不管用。”五皇子甜言蜜语张口就来，把姜老太太直说得心花怒放，嘴合都合不拢。

“行了行了，阿婆都叫你的迷魂汤给灌晕了。”姜婕妤将儿子一把拉过来，往几个小娘子那儿一搡，“这是你大妹妹，还没见过吧？”

司徒错立即亲热地道：“大妹妹何时回洛京的？城里各处都逛过了吗？”

大娘子并不认为他只是客套，认认真真扳着手指一五一十将去过的地方数给他听：“去过金市、建中寺和瑶光寺，对了，还去了永桥和桥南的鱼鳖市，四夷馆一带新鲜玩意儿可多了。”

“啧啧。”司徒错委屈地对姜婕妤道，“阿娘，你听听，大妹妹才回京几日，去过的地方都比我多了。”

“成天就想着往外跑，这皇城里还不够你折腾吗？”姜婕妤拿手指戳他脑袋，“出去一趟劳师动众的，又是侍卫随从，又是车马步障，烦都叫你烦死了。”

“那样出门有什么好玩？”五皇子不快地嘟囔，“换一身衣裳，带两个侍卫，出去又没人认得我，阿兄他们都这么办的，哪有什么麻烦，不就是阿娘您一句话的事情。”

姜老太太见外孙委屈，心又酸又胀，就要劝女儿，姜婕妤抢先道：“不行就是不行，你少仗着外祖母宠你，趁机在这儿作怪。”

曾氏也劝道：“千金之子，坐不垂堂，娘娘也是担心您。”

姜婕妤望了望曾氏，她这嫂子还是有几分见识的，不过总是生怕旁人看不出她有见识，说出的话有时只能徒增尴尬。

五皇子知道眼下此事没个商量的余地，只待日后从长计议，于是将郁郁之色一扫，对着那盘荔枝道：“我就说呢，昨日阿爷赐的荔枝怎么遍寻不到，原来是叫阿娘藏起来了，您好偏心眼！”

方才的宫人也凑趣道：“五皇子昨日差点将这凝闲殿翻了个个儿，拽着奴婢盘问了好一会儿。”

“你们主仆都防贼似的防我，若早说是给阿婆、舅母和妹妹们留的，我哪里还会惦记！”五皇子嘴上这么说，一点也不妨碍他朝盘子伸手。

“叫你找着了还有剩的吗?”姜婕妤一把夺过他手中一条挂着五六颗果实的细枝,“去年吃得鼻子淌血忘了?”

姜老太太不乐意了:“这也不许,那也不许,不能出去玩也就罢了,连吃几颗果子都不许,你索性把他从头到脚绑起来算了。阿昆来,阿婆剥给你吃。”

众人又说笑了一回,姜老太太估摸着时候差不多了,再不回去恐怕女儿又得留她们用午膳了,便起身道:“时候不早了,咱们也该回了,大郎还在家里等着呢。”

“难得来一回,就不能多陪陪我吗?”姜婕妤怏怏不乐地道,“阿嫂,有件事我正好与你打个商量,我和阿昆在这宫里闷得慌,想叫几个侄女留下住段时日,陪我说说话,阿昆也热闹些,省得这猴子三天两头闹着出宫,闹得我脑仁疼。”

曾氏一愣,往年天子去行宫避暑,都是姜婕妤伴驾,这是失宠了吗?看光景又不像,她有些拿不准了。不过一想起昨夜的遭遇,三娘子是断断不能留下的,见婆母沉吟,她便先一步道:“难为娘娘不嫌弃,大娘和二娘我是放心的,只是三娘年幼又不懂事,留在这里恐怕只能给娘娘添麻烦。”

“阿嫂又说这见外的话,三娘哪里不懂事了,我看好得很。”姜婕妤以为她是嘴上客气,“也不必担心拉下功课,我这里也有识文断字的女官,不说有什么大才,教几个小娘子写写画画还是能胜任的。孩子们大了,在宫里学些仪礼规矩,将来也只有好处。”

没想到曾氏听了这些话也不为所动,一味坚辞,三娘子见两个姊姊都能留在宫中,心里也很羡慕,可刚巴巴地往她阿娘那儿看了一眼,就叫阿娘用眼神瞪了回来。三娘子这时才想起昨夜那诡异的经历,身上一阵冷意,想留下的心也就淡了。

姜老太太知道女儿想留的是二娘子,大娘子、三娘子本就是添头。若依她的本心,是必定要带着孙女们离开这是非之地的,然而看了看脸黄黄的女儿和活络得叫人心疼的外孙,终于没有出言反对。

曾氏的一反常态叫钟荟心生不安,联想到昨夜三娘子裙上沾的露水和草茎,心里模模糊糊有了个猜测。

送姜老太太等人出去的时候,她寻了个机会将三娘子拉到殿旁一棵梧桐树下,开门见山地问道:“昨夜你见到什么了?”

三娘子一惊,旋即皱眉道:“什么也没见到,阿姊你瞎问什么呢!”边说边望着几步外的曾氏。

钟荟本来也没指望问出什么,一见三娘子这心虚的模样就知道定有蹊跷了。

“不肯说便罢了。”她叹了口气,见三娘子小脸有些苍白,忍不住多了句嘴,“回去好好歇息,小孩子家家别想那么多,有什么事也不是你的事。走吧,阿婆她们在等你呢。”说完转身举步往前走。

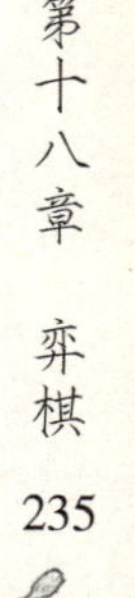

三娘子愣怔着在树下站了片刻，疾走两步追上二姊，一咬牙轻声道："你们……躲着点三皇子。"

三娘子说完这话便不理二姊了，拎起裙摆头也不回地跑到曾氏身边，一直到坐上牛车才将窗幔撩开一条细缝，朝两个姊姊望过去。牛蹄在砖石地上敲出嗒嗒的声响，姊姊们的身影越来越小，越来越模糊，逐渐看不见了。

姜明淅暗暗叹了口气，转过身坐好，不一会儿心中又隐约不安起来，也不知道姜明月这草包听清楚没有，会不会放在心上。她想起昨日对母亲的承诺，心虚地偷偷觑了一眼正靠着隐囊闭目养神的曾氏，心想，她方才对二娘子说的话，应该算不上食言吧？

就算没有姜明淅的警告，钟荟也知道三皇子不是善茬。她怕姜明霜心思外露，藏不住事，只对姜明霜说怕热，两人便在凝闲殿待着不出去，日常就是陪着姜婕妤说话解闷，至多在夕阳西下时去毗邻的濯龙池畔走走。

就这么安安生生过了三五日，姜婕妤倒是不乐意了："你们这两个丫头，倒比我这个半老妇人还沉心静气，镇日闷在这屋里绣花写字有什么意思？"

钟荟和大娘子都道不嫌闷，姜婕妤还是不依，差了宫人将五皇子司徒锴叫来，吩咐道："难得今日有点风，天气较前日凉爽了些，你带两位表妹去园子里松散松散。顺带去瞧瞧宜风观前的藤萝着花不曾，若是有半开的，摘一篮子回来，晚上叫小厨房做藤萝霜饼吃。"

司徒锴显然常叫他阿娘支使做这做那，虽贵为皇子也毫无怨言，找宫人要了个竹篮子搭在胳膊上，领着两个表妹出了门。

兄妹三人分坐两辆羊车，行至千秋楼附近，迎面来了一乘罩着绛纱帐幔的肩舆。五皇子赶紧叫舆人停下，那肩舆也停了下来，车上之人撩开帷幔，露出一张平淡却叫人移不开眼睛的脸，浅笑着道："我道是谁，原来是五弟，这是往何处去呢？"

钟荟一听此人说话，心一下子蹦到了嗓子眼，真是怕什么来什么，皇宫那么大，偏偏好巧不巧地与三皇子狭路相逢。

五皇子下了羊车，行了个礼，答道："去园子里走走，阿兄这是回万春宫吗？"

司徒铮点点头："我约了三姊弈棋，二兄和四妹也来。在这儿遇上你也是巧了，何不一块儿去玩？再差个人去请大兄、二兄和卫家公子，一起热闹热闹。"说罢便转头吩咐小黄门去给大皇子和卫十一郎送口信。

"本不该扫阿兄的兴，只是先答应了陪舅家两位表妹逛园子，怕得拂了阿兄盛意了，你们玩得尽兴。"五皇子拜辞道。

司徒铮扫了一眼后面那辆羊车，两重青纱车幔中依稀能分辨出影影绰绰的人影。他觉得仿佛有人在他五脏六腑中点了一把火，脊椎一阵酥麻，不由自主地一颤，舒服得想叹出声来，清了清嗓子道："既是五弟舅家表妹，也是我们的表妹，不必见外，两位表妹若是不介意便一同前往，五弟意下如何？"

五皇子一个半大小子，陪两个牙还没换齐的小娘子逛园子有什么趣味可言？心里当即有些动摇，只是母命在身，回去了不好交代，便走到表妹们的车前，小声道："要不你们与我同去吧，都是自家兄弟姊妹，没那么多讲究。"又对二娘子道："三姊一向与你交好，昨日还与我提到你。她这几日就要回府了，于情于理也是要去打个照面的。"

两姊妹原本商量好了，让五皇子去玩，她们回凝闲殿，不过大娘子一听这话犹豫起来，拿眼去看二娘子："阿妹，你说吧，我都听你的……"

钟荟沉吟了片刻，她对三皇子自然是避之唯恐不及，可实在没什么理由拒绝，毕竟她们才八岁，人家已经说了把你当表妹了，再抬出男女大防这种冠冕堂皇的理由倒像在拿乔。

她点点头道："阿兄说得在理，咱们是该去向淑妃娘娘、公主殿下请个安。"

司徒锴赞许地朝这上道的表妹一笑："明日若是天气好，阿兄带你们去碧海泛舟，端午的飞凫还留了两只在宫里呢。"

司徒锴上了车，命舆人驾车跟在三皇子的肩舆之后，行了不到半里路，二娘子突然捂着肚子弓着背"哎哟哎哟"呼起痛来。

大娘子叫她吓得不轻："阿妹你怎么了？"

钟荟知道自己几斤几两，大约勉强够糊弄大娘子，哆嗦着嘴唇虚弱道："不知怎么的，肚腹里突然一阵绞痛……"

"叫你早寝切莫吃那么多凉糯米糕，偏不听！"大娘子又气又急，济源话都蹦了出来，"真叫阔里没泛说。"

"阿姊，咱们先回姑姑殿里吧，回去你再教训我成吗？疼——"钟荟揪紧了眉头，往自己腿上狠掐了一把，龇牙咧嘴的模样倒有七八分真了。

大娘子一想也是，自己真是急糊涂了，赶紧对那舆人道："劳驾停一停。"

那舆人闻言拉住缰绳，大娘子不待车停稳便身手矫健地跳下了车，跑到不明所以的五皇子车前，大剌剌地撩开他的车帷，一点也不见外地将脑袋探了进去："表兄，阿妹肚子痛，咱们就先回去了。"

五皇子心道带小孩子出门就是麻烦，脸上却没有显出不耐烦，一脸情真意切的忧心："腹痛可大可小，我这就陪你们回去，传个医官来瞧瞧。"

大娘子连连摆手："表兄你管自己去玩吧，不用理咱们。二娘早上吃了冷食闹肚子，没大要紧，回娘娘那儿喝碗热茶歇下就没事了。"

三皇子听到动静也下了舆，问清楚缘由后笑着道："愚兄这儿恰好有个宫人粗通医理，随身也带了一些消食和胃的丸药，不如先让她看看？”之后便对那年轻宫女低声嘱咐几句，从袖中掏出个织锦香囊递与她。

那宫人领了命，走到车前道一声失礼，登上了车，钟荟只得伸出胳膊由她号脉。宫人将纤纤玉指搭在钟荟腕上，片刻后道：“小娘子应是有些积食，奴婢这里有一味丸药，和温水服下，很快便无碍了。”说罢将三皇子交给她的香囊打开，露出一条挂着紫玉双鱼佩的五色缕，正是三娘子丢失的那条。

钟荟一惊，不自觉地伸手去夺，那宫人迅速收回手，往旁边一让，微笑着道：“奴婢这就伺候女公子服药。”顿了顿又问道：“女公子眼下觉得好些了吗？”

钟荟从那笑里看出一丝轻蔑、讥嘲和不善来，面无表情地瞟了那宫人一眼。她长这么大，没受过谁的胁迫，若在平时绝不肯服软，可一想到那日姜明淅吞吞吐吐告诫她要提防三皇子的模样，瞬间仿佛叫人戳中了软肋——司徒铮是个疯子，难保他会拿那条绣有三娘子名讳的五色缕做出什么事来。

她心道，罢了，有五皇子和常山公主在，即便是鸿门宴也能全身而退，司徒铮想来也没疯到这个田地。

到得万春宫，几人先去向杨皇后请安。杨皇后照例赏了姜氏姊妹一些金玉器玩，说了几句场面话，然后将二娘子上下打量了一番，对身旁的年长女官夸赞道：“你可曾见过这么好看的小娘子？怕是把阿姜都比下去喽！”

众宫人捧皇后娘娘的场，都道姜家小娘子好样貌，像从画上走下来的一样。钟荟便一脸羞涩地垂着头不作声。

杨皇后近看就没那么年轻了，上眼睑在眼尾处耷拉下来，眼角有细纹，眼下有些浮肿，厚厚一层胡粉难掩疲惫的脸色，华贵绮丽的文绣、繁复的绫罗更衬托出她的憔悴，那种倦态似乎已经刻入了骨髓，不是一朝一夕造成的。

钟荟从她的眼神中看到了审视、戒备和深深的忌惮。这倒不足为奇，在许多世家准岳母眼中，如今的三皇子恐怕不啻于一块吱吱冒油的大肥肉——大皇子连话都说不清楚、二皇子默默无闻、五皇子母亲出身陋族，对有意与天家结亲的人家来说，三皇子无疑是最佳女婿人选。

奇就奇在，钟荟从杨后脸上还读出了一丝怜悯和不忍，仿佛在看个行将就木之人，都说知子莫若母，这就叫人不寒而栗了。

万春宫正殿前有一爿荷塘，临水所建的轻云阁是景致最胜之处，更有徐徐清风将荷香递入幽室，三皇子的雅集就设于此处。

阁内陈设素雅，琴书画具围棋一应俱全，一枝梧桐探到了青琐窗内。

“阿兄这里着实清雅。”五皇子摸摸下巴，觉得这地方寡淡得像僧房似的，壁上没彩画就罢了，好歹弄瓶花吧？他的眼光随了母亲和外祖母，今日身着朱色衫子、赤金下裾，打扮得活像一只雉鸡，亏得一张脸生得绝才能压住。

四人坐下喝了一杯荷瓣清露烹的茶，常山公主、四公主和二皇子也到了。

“欸，你们也在？”常山公主一踏入阁中便惊喜道，“前日和五弟说起你们俩，道你们整日窝在凝闲殿，大门不出，二门不迈，再不出来我就找上门来啦。”

常山公主反客为主，兴高采烈地将姜家姊妹引荐给四公主和二皇子。

四皇女清河公主大约十来岁，也是韦贵人所出，生着一张秀美的鹅蛋脸，美眸顾盼神飞，一身的书卷气，与跳脱的三公主截然不同，赏赐给姜氏姊妹的见面礼是一人一套文房。

韦贵人向儿子透露过娶姜氏女为侧妃的意思，二皇子在打量两姊妹时便带上了更多考量的意味，他一眼认出了姜大娘就是端午那日遥遥望见的“黑炭”小娘子，近看眉眼倒十分俏丽。

入夏之后小娘子们的衣袖一日短似一日，衣领也不像春季时遮得那样严实了，大娘子脖颈和手腕的一小截肌肤比长年露在外面的脸白上许多，二皇子便知她的深肤色是日头底下晒出来的，若假以时日养回来，想来应该会很美，而且这个小娘子身上有一种璞玉般天真稚拙的美，是精致文雅的京都女子中难得一见的。

至于姜二娘，连眼高于顶的二皇子也不得不承认，确是天人之姿，叫人忍不住期待她长大成人后的模样。

不过于他而言，姿色从来都是锦上添花的东西，若说一开始还有几分动心，看到司徒铮盯着姜二娘的眼神时，他已将仅有的一丝念头也打消了——这世上从来不缺美色，犯不着为了个侧妃与将来极有希望继承大统的三弟生出龃龉。

常山公主接过侍女捧来的沉绿釉茶碗，略微沾了一沾便龇着牙道：“三弟大热天的将我们叫来，就请我们喝这个？”

三皇子笑而不语，也不分辩，优雅地端起自己的茶碗津津有味饮了一口茶。五皇子闻言却好似沉冤得雪：“我就说吧！又涩又苦，阿兄还不许我加石蜜！”

四公主双手捧着茶碗一本正经道：“若是加了石蜜便品不出荷露清香了，阿兄这茶就是格外地比别处香。我也叫人收了清晨的荷露，却总是烹不出这个味道。”

“说破了其实也不费事。”三皇子笑了笑，若无其事地扫了姜二娘一眼，见她一张小脸木木的，全然不为所动，心中略有不快，“将茶叶置于细葛布缝的袋子中，每日露水下降时置于半开的莲花花蕊，将花瓣小心用草绳捆扎好，破晓前再解开花瓣将茶取出，置于极微弱的银丝炭火上，除去沾上的夜露和水汽，如是反复七七四十九日便成了。不单是莲花，其余香花也能依法炮制。今年莲花开得晚，这一批茶才十来日，风味算不得上佳。”

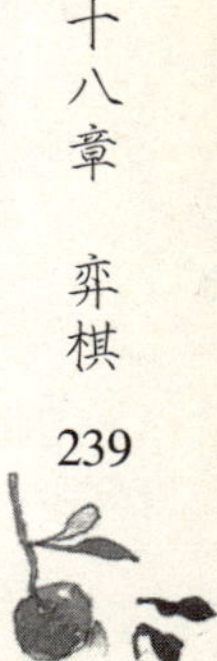

大娘子暗暗咋舌，与妹妹咬着耳朵道："乖乖，这还叫不费事！不知哪个闲得发慌，想出这种折腾人的法子。"

钟荟心虚地笑了笑，干干地道："就是。"说起来惭愧，那位闲得发慌、不事生产、骄奢淫逸的奇人正是她钟十一娘，这以花气熏茶的法子就是她挖空心思首创出来，又教给当时的玩伴司徒铮发扬光大的。

即便熏满七七四十九日也不能叫常山公主对这苦茶肃然起敬，她颇为不解风情地将杯子推开八丈远，向宫女要了一碗酪浆。有了阿姊壮胆，五皇子也愤然要了一碗，报复似的往酪浆里足足加了五六勺蜜。

就在这当儿，大皇子和卫琇到了。

大皇子着一身浮夸的绛紫色满绣银莲花轻罗衣，左脸颊上因天热上火闷出了个面疱，一双荀氏祖传的鼓突眼十分引人瞩目。

平心而论，大皇子长相虽不出众，却也绝算不上丑陋，只可惜近来有卫十一郎相伴左右，生生将他的相貌平平衬成了惨不忍睹。

卫十一郎着了一身茶白的吴绵衫子，通身上下无纹无绣。同样是从外面进来，大皇子一脸油汗，仿佛撒上调料就能架到火上烤，而卫琇则诠释了何谓玉骨冰肌，叫人不禁怀疑是否连毒日头都叫他的容貌感化了。

常山公主悲天悯人地避开视线，以免不小心看见自己的大兄弟——此时多看他一眼仿佛都是件极为残忍的事。

偏偏大皇子自己毫无所觉，"咦"了一声，伸出胖乎乎的手，指了指姜明霜，回头对卫琇道："这不是……端午那日咱们在楼上偷看的黑炭吗？"

钟荟知道大皇子并无恶意，只是说话不打心里过，握了握阿姊的手安慰阿姊。大娘子望着钟荟的眼睛笑了笑，轻轻摇了摇头，以示自己并未放在心上。

姜明霜回洛京之后不止一次叫人取笑过肤色黑，一刹那的尴尬之后很快便释然了，心想这些个贵人公子们自个儿生得白，尤其是那卫家小郎君，简直白到了个尽处，也难怪看旁人都黑成炭了，其实她在济源乡间还算白的呢。

二皇子想起那日还是他挑的头，目光有些闪烁，还心虚地蹭了蹭鼻子，钟荟看在眼里，便猜到他也有份，她又瞥了一眼三皇子，只见他镇定自若，一派光风霁月——不过这位不能以常理推测就是了。

倒是卫十一郎与之同流合污令人颇感意外。钟荟挑了挑眉，嘴角挂着嘲讽的微笑，心道这卫家小子看起来道貌岸然，不承想也会在楼上偷看小娘子，竟还学登徒子品头论足，真是长行市了，啧啧。

卫琇鬼使神差地对上姜二娘的目光，瞬间读懂了那小破孩子的鄙夷，感觉自己一世清名毁于一旦，跳进黄河都洗不清了，登时涨红了脸，恨不得脱下鞋塞住大皇子那张惹是生非的嘴。

二皇子握拳放在嘴前咳嗽两声，打起圆场来：“阿兄，阿琇，你们来得可真晚，我们都等了半日了。”

“是啊，须得罚你们饮三碗苦茶。”五皇子也笑着附和道，手却不自觉地揪紧了膝头的衣裾。因为姜家的门第，母亲和他受尽了明里暗里的冷嘲热讽，如今大皇子竟公然拿他舅家表妹取乐，然而因为长幼嫡庶尊卑，他只能忍气吞声地笑脸相迎，恼火和憋屈自不必说。

“你这小子倒是不与阿兄见外。”三皇子用折扇敲敲弟弟的头顶，“你知道荷露多难得吗？十天半个月也就积了一罐子，你倒好，慷他人之慨。”

众人都取笑三皇子抠门，二皇子道：“这就是三姊的不是了，成天见你俩对弈，也不将漫天撒钱的派头熏陶他一二。”

玩笑一回，方才的尴尬就这么轻轻揭过了。钟荟暗暗叹了口气，也就是大娘子性子好，若换了旁的小娘子，即便不哭着跑出去，也要不悦上半天。

二皇子也对这小娘子的器量颇为惊异，再看向她笑意盈盈的黝黑脸蛋时，便少了几分弹斤估两，多了些许沉吟和肃然。

常山公主笑容可掬，正忙着大饱眼福，难得姜二娘和卫十一郎都在场，简直像春花共秋月同辉一般稀罕，若不是二皇子提醒，她几乎忘了自己是来弈棋的。

三皇子司徒铮也将折扇往手掌心一敲，道：“看我，只顾着闲谈，将正事都忘了。”忙吩咐宫人将楸木棋枰搬过来。

常山公主和三皇子面对面在棋枰两边坐定，大皇子突然灵光一现，搔了搔耳朵，得意扬扬地对众人炫耀：“阿琇棋艺很是了得，前日还下赢了殿中郎裴广呢。”

钟荟在心里不以为然地“嘁”了一声，卫十一郎是你家的吗？他棋艺高与你何干？

卫琇脑袋“哄”地一下涨了起来，适才那事好容易揭过去，他正缩在角落里心无旁骛地低调做人，谁知坐榻还未热乎起来，又叫那傻皇子坑了一回，刹那间前功尽弃，所有的人都齐刷刷转头看向他。

“殿下说笑了。”卫十一郎只好耐心解释，“那日承裴大人相让，实属侥幸，安敢妄言擅弈。”

只听个文弱的声音道：“久闻卫公子襟怀冲淡，今日一见，果真名不虚传，想必棋艺也是卓绝。”说话的却是四公主，只见她双颊飞红，一双善睐的明眸正睐着卫十一郎。

无奈卫琇大约是属榆木的，只懊恼地想，这下可好了，越描越黑，直接从“了得”变成了“卓绝”，这位清河公主真是信口开河，不知她的“想必”是从何处想

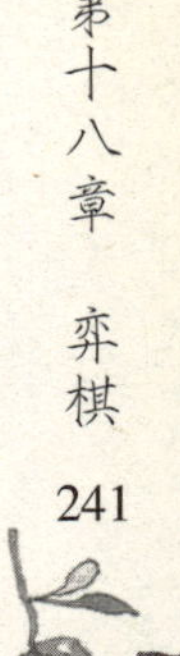

来的。

醉翁之意不在酒的常山公主一听，却是正中下怀。这些年只要她一回宫，司徒铮便来找她对弈，两人下过的棋局不能说上千，至少也成百了，棋路棋风早已摸得熟透，趣味着实有限。她立即站起身，将座位让了出来："裴中郎棋艺炉火纯青众所周知，没想到卫公子小小年纪竟有如此造诣，我合该退位让贤才是。"

常山公主那点小算盘在钟荟眼里简直一览无余，不就是想借机光明正大地看个够么？她似笑非笑地瞟了公主一眼，公主对上她的目光也不躲闪，还恬不知耻地朝她挤了挤眼。

卫琇这回没推辞，爽快地坐了下来，心道你们都不信我棋臭，那下给你们看看便是了。

三皇子风度翩翩地作了个揖道："请贤弟不吝赐教。"说完拈起一颗象牙磨成的白子稳稳落在棋盘上。

三皇子起手将棋子拍在了天元，微带狡黠的目光羽毛般轻轻掠过卫十一郎的脸。

他忍不住暗自嗟叹，真是个独得造化眷顾的少年啊，微微上翘的凤眼，高直而不突兀的鼻梁，线条冷峻的唇，优美的脖颈，挺直的肩背，浑身上下简直无一处不是美不胜收。

卫琇不以为意，拈起一颗墨玉棋子，中规中矩地挂了一个角。他的手纤长白皙，指节分明，骨相极美，执棋时有一种浑然天成的优雅。

那掩藏在衣物下的风光又不知是何等销魂蚀骨，司徒铮心不在焉地依样挂了一角。他的思绪随目光一同蜿蜒，在那玉雕般的手腕上停留片刻，然后循着衣裳的起伏勾勒出精巧的锁骨，略显单薄的胸膛，纤秀的腰线，笔直的双腿……

他曾听闻异域的蛮人将捕获的美丽野兽和少女剖开肚腹，切开头颅，放干血液，掏空五脏六腑和脑髓，塞上干草和防腐的药物，然后再仔细缝合起来，经年累月仍然栩栩如生。

"蛮人就是蛮人，毕竟粗枝大叶了些。"将这些奇闻逸事述说给他听的人道，"依我看应该填入最上等的丝绵和最馥郁的香料，用琉璃或是水晶珠当作眼睛，再以最华美的绫罗绸缎将其包裹，再装点上金玉。"

司徒铮鄙夷地想，五十步笑百步罢了，都是一样的俗不可耐，庸人总是妄想将美好之物长久留存，却不知光华湮灭、琉璃破碎才是它们理所应当的归宿。

司徒铮望了望卫琇透亮的眼睛，水晶和琉璃这些呆板的死物如何能及得上半分？他要亲自压弯卫琇的脊梁，摧折卫琇的傲骨，击碎卫琇的神魂，吹熄卫琇眼中的光彩，叫卫琇匍匐在他脚下痛哭和哀告，这情景光是想一想便叫人狂喜和战栗了。

卫琇莫名觉得身上发凉，仿佛叫毒蛇猛兽盯住了后背，不自觉地拉扯了一下衣襟，将原本就十分规矩的中衣领子又合拢了些，越发密不透风，叫旁人看了都替他觉得热。他定了定神，从沉檀木棋罐中又摸出一颗墨玉，不忙反击，再挂一角。

三皇子用食指骨节轻轻蹭了蹭下唇，不紧不慢地又落下一子。

接着便是分投，以含笼制虚的道理将棋子布在宽广处，这般十来手之后，双方各自为营，扎下了根据地。

“阿姊，”在一旁观棋的五皇子不解地问常山公主，“阿兄这路数我看不懂了。”

“观棋不语。”常山公主摸摸幼弟的脑袋笑道，这孩子生得着实好，她对他有无边的慈爱和耐心，“你看这棋路四四方方，正中天元是唯一的一点，布局之后便应入腹正面相争，而三弟起手那枚白子早已当道扎阵，黑子眼下是处处掣肘，不得善法了。”

四公主棋艺不精，听了三姊的解释才恍然大悟，不由得皱了皱眉，攥了攥青玉团扇柄，越俎代庖地替卫十一郎操起闲心来，不过是消遣罢了，何必对人家小郎君如此穷追猛打？

卫琇略一沉吟，自顾自飞向一块白营侵分了上去，三皇子却既不守也不反击，也径自飞向一块黑阵。卫琇再靠，逼迫白棋应一手，谁知司徒铮仍是不应，也依样画葫芦地一靠。

司徒铮朝对手露出个温和的浅笑：“阿晏小心了……抱歉，我能随阿兄称呼你阿晏吗？”

卫琇掀了掀眼皮，不置可否，同样一个称呼，从大皇子和二皇子的嘴里说出来并无不妥，可在司徒铮唇齿间一滚，不知怎么就叫他浑身不舒服起来。

钟荟摇了摇扇子，若有所思地看着棋枰上的局势，她前世的阿翁曾说过，以棋观人常是八九不离十——他自己是个出了名的臭棋篓子，道理倒是一套又一套的。卫十一郎的棋风中正平和，还有几分不以为然的随性；而司徒铮则剑走偏锋，凌厉诡谲，十分邪性。

司徒铮刚好一抬眼，便看到姜家那绝色的小娘子正若有所思地打量着自己，那审慎的神色出现在一个八岁的孩子脸上很是古怪，这点古怪又提起了他的兴致，将牵绊在卫十一郎身上的心思分了一些给她。

钟荟一惊，赶紧收回目光，垂下眼帘。凭着她前世对这位皇子的了解，表现得越是无趣和乏味越是安全，姜二娘这张脸生得实在太惹眼，只能用空洞呆滞的眼神和木讷的神情弥补弥补。

三皇子见那小娘子瞬间又换上了一副呆若木鸡的面孔，觉得甚是有趣，有心欲擒故纵，便佯装意兴阑珊，将目光重又投回棋局上。

棋枰上黑子强攻，势成骑虎，卫十一郎不得不攻下白阵，自己的一块黑阵自然

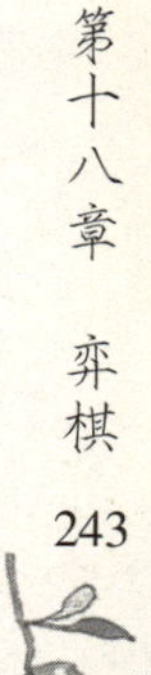

也覆灭了，他接着打入另一边扩大势力，三皇子重施故技，仍然亦步亦趋地紧跟对手，如此行了近百手，一方是坐枯禅，另一方却是坐收渔翁之利。

行至将半再看，全局竟是左右同形，只有天元一枚白子霸占着要点。棋路终是奇数，占得先机的一方始终能多落得一子，黑棋眼见是要输了。

常山公主惋惜地摇了摇头："三弟，你这可是胜之不武。"

司徒铮轻笑一声道："阿姊，观棋不语。"

大皇子对这些耗神的玩意儿向来一窍不通，在一旁如坐针毡，无聊得直打哈欠："我说阿弟、阿琇，你们还要下多久？我肚子都饿扁了。"

三皇子问了宫人时辰，与卫琇商量暂且将棋局封存，叫宫人抬到飞鸾台去，用毕午膳再战。卫琇早已饿了，自然无有不应。

司徒铮便饱含歉意地对众人道："是我疏忽了，有劳各位随我移步元武观用些粗茶淡饭。"

"饭淡一些倒无妨。"五皇子迫不及待地站起身来，打趣道，"阿兄这里的粗茶我是领受够了，一会儿可得饮他几杯好酒。"

"我这里旁的没有，好酒是尽够的。"司徒铮笑道，"上回从三姊那儿赢了十坛上好的秦州春酒，今日正好请你们尝尝。"

常山公主一脸往事不堪回首。

"这回可不许喝多了。"二皇子拍了拍幼弟的肩膀，"上回端午宴你自个儿贪杯喝倒了，倒叫我挨了你阿娘好一顿排揎。"

元武观与轻云阁毗邻，众人一路说笑着，不一会儿便到了。

因姜氏姊妹也算亲眷，便没有按男女分席。常山公主不由分说地挨着姜二娘坐了下来，坦坦荡荡地道："我得看着你点，免得你又多吃。"

四公主坐在常山公主另一边，闻言笑着对姜二娘道："姜家小娘子莫见怪，三姊就是这脾气。也是你生得美，像我这样貌若无盐的，她就懒得管了。"说着用眼角的余光瞥了对面的卫琇一眼。

"殿下端丽绝伦，我们这些蒲柳如何能相提并论。"钟荟回想了一下，不记得自己何时得罪过这位公主殿下，这刺生得好生莫名。

"谁叫你怎么吃都不胖，羡煞旁人了。"常山公主也很莫名，她这四妹虽说性子有些清冷孤傲，但一向与人为善，难道是天气热肝火旺？一个是亲妹妹，一个是全洛京城最美的小娘子，常山公主只能和和稀泥了。

钟荟想不通便不去想，专心用起膳来。

秦州春酒名不虚传，果然十分甘醇。

酒过三巡，席间众人都有些微醺的醉意，钟荟错估了这具身躯的酒量，不过饮了一碗底的酒，头已经有些昏昏沉沉。

常山公主与二皇子一唱一和，摇头晃脑打着节拍唱起鸡鸣歌来。五皇子出了名地量浅又贪杯，早已经离了座席，跟着胡女跳起舞来，他身段灵活，姿态妖娆，竟比那舞姬跳得还好看，大娘子忍不住鼓起掌来，二皇子笑得打跌，再唱不下去了。

四公主捂着嘴轻声笑着，双颊酡红，带着三分迷离觑着卫琇。

卫琇则是一脸清明，他向来滴酒不沾，无论什么宴席都不能叫他破例。

钟荟将手肘撑在案上，托着腮，神思还算清明，只是眼神有些呆滞。这时有个宫人端了风味羹来，不知怎的手上一滑，将小半盏汤羹泼在了钟荟裙裾上。钟荟抬头一看，对上那侍女惊恐的眼神。

她不动声色地瞟了三皇子一眼，见他正在与二皇子交谈，并未留意这起小小的事故，便对那吓得脸色苍白的侍女比了个“无妨”的口型，站起身小声道：“劳驾姊姊带我去一下厕房。”

那宫人脸上恢复了些血色，感激地看了她一眼，欠了欠身，走在前面引路。她们沿着一条曲折的小径走了一段，宫人回首朝元武观的方向望了一眼，估摸着没人能看见她们了，这才扑通一声跪了下来，颤声道：“求小娘子救救我阿姊。”

钟荟叫她吓了一跳：“你好好说，向我下跪有什么用啊。”

那宫人张皇失措，说话颠三倒四，钟荟好不容易才将事情的来龙去脉理清楚。原来这宫人的姊姊也是万春宫的宫人，方才领了三皇子的吩咐将棋局封存起来，可是将棋枰搬运到飞鸾台的途中脚下一绊，摔了一跤，棋子撒了一地，无论如何不能复原了，只得出此下策，也是死马当成活马医。

“如实禀告殿下便是了。”钟荟觉得她们平白无故找上自己很莫名，“殿下素来宽仁，想必不会为难你阿姊的。”

那宫人支支吾吾半天说不出话，眼里蓄了一包泪，又往地下一跪，不住地道：“求小娘子发发善心，救救我阿姊。”

钟荟无可奈何，道：“你要我如何帮你？”

宫人道：“三公主殿下有过目不忘的本事，说不定还记得。”

“那你不直接找她……”钟荟恍然大悟，“你原本想拿羹泼她，不慎错手泼到了我？难怪……”

宫人一脸尴尬，赶忙向钟荟磕了两个头。钟荟一想，也算是举手之劳，先去厕房中换了一条裙子，然后和那宫人折返回去找常山公主，才走到廊下便望见常山公主殿下趴在案上，醉得不省人事。

钟荟爱莫能助地道：“不是我不想帮你，你也看到了。”

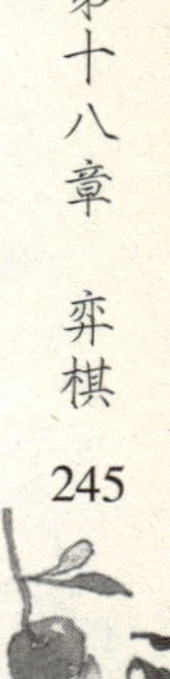

那宫人绝望之余将钟荟当成了救命稻草，如何肯放手，大约也是欺她好说话，拽着她的袖子，死活不让她走，泪珠一串串地往下滚，嘴里连连恳求她救命。钟荟看宫人这模样不像是装的，仿佛她阿姊真会因这件小事而丧命。

她不知怎的，想起了钟太后宫里那只黑猫，有些恻然，无奈道：“罢了，我试试看吧。”

那宫人心里着急，一路健步如飞，可怜钟荟一个胖嘟嘟的短腿小娘子，在大太阳底下疾走狂奔，到得飞鸾台时已经满头热汗，上气不接下气了。

绣银色卷草纹的青纱帐中设了几张坐榻，正中摆着方才那张楸木棋枰，两名十三四岁的少女一人抱着一个棋罐，正在犹豫不决地往上摆放棋子。其中一个长得与哀求钟荟帮忙的宫人有六七成相似，双眼肿得像小桃子一样，脸上还带着泪痕。

“你怎么才来呀！”那女子一见来人便“砰”地放下棋罐，诧异地打量了钟荟一眼，气急败坏地将妹妹一把拉到帐外，低声数落道，“不是叫你去找三公主吗，怎么带了这位小娘子来？”

“我有什么法子。”年幼的那个委屈道，“公主殿下喝醉了酒不省人事，姜家小娘子说她兴许记得。人家好心答应帮忙，阿姊你一会儿可别乱说话，寒了她的心。”

“你以为谁都有那本事……”年长的宫人惨然一笑，绝望地道，“你记着，殿下问起责来，你千万莫出头，只作不知道此事知道吗？”

“阿姊……”那年幼的宫人忽闪着两只大眼睛道，“好好与殿下认个错，没准儿……没准儿……”

年长的宫人顿了顿，虚虚地拢了拢妹妹的发髻：“你还记得和阿姊差不多时候进宫的玉竹姊姊吗？”

那年幼的宫人一听这名字便打起战，惊恐地失声痛哭起来。

“进去吧，别叫那小娘子等。”年长的宫人拍拍妹妹的背，“你且仔细谨慎地当你的差，什么事都别往身上揽，明白吗？”

钟荟将两个棋罐置于左右两边，左手执黑，右手执白，先将一粒白子落在天元上，然后凭着方才的记忆自己同自己对弈起来，走上十几手便闭上眼冥想片刻。她一闭上眼睛，那三名宫人就一脸忧惧地面面相觑。

她前世不止一次复过盘，然而都是自己下的棋局，方才旁观时她走了几次神，有几步便走得犹疑，好在司徒铮几乎每一步都在模仿卫琇，棋局几乎全然对称，复起来简单了许多。她落下最后一颗子，掏出帕子擦了擦额头上的汗，拍拍手道：“好了。”

那几个宫人对着半满的棋盘端详了半晌。将钟荟带来的那名小宫人道：“这就好了？”

那姊姊也狐疑道："奴婢看着怎么不太像。"

钟荟气得脑袋直冒烟，吃席吃到一半叫人拉了来，到了就被驱使着白干活，连一杯润口的凉水都没得喝，竟然还挑三拣四："我可不敢保证无误。"

年幼的宫人这才回过神来，拉着她阿姊往地上一跪，叩了个头道："女公子大恩大德，奴婢没齿难忘。"

钟荟估摸着自己离席也有小半个时辰了，也不知道司徒铮会不会留意，忙将这宫人没完没了的谢恩打断："举手之劳，不必介怀，请姊姊带我回元武观吧。"她还有好几道菜肴没吃上呢。

两人一路无言快步往回赶，走到距元武观几十步的蔷薇花丛附近，迎面遇上了三皇子。

"你先退下吧，我和姜家这位小娘子说几句话。"司徒铮一脸和煦地瞟了那小宫人一眼，看着她惊兔一般仓皇离去，然后悠悠地回过头来，微微侧着脑袋，对如临大敌的姜二娘道："表妹怕我，为什么？"

钟荟不自觉地往后退了一步，后背抵到了花枝，叫上面的刺扎了一下，不由自主地一缩。

司徒铮不慌不忙地上前一步，他醉酒不上面，脸比平时更苍白些，眼睛里血丝密布，灼热的目光中仿佛住着一头凶兽。

他兜着袖子静静地望着她，似乎在欣赏她的畏惧。

钟荟觉得嗓子眼发干，她咳了两声，清了清嗓子，一开口仍有些嘶哑："殿下说的话奴家听不懂。"

司徒铮又往前逼近两步。

钟荟已经能闻见他身上的酒气混合着白檀的气息，不由得皱了皱眉头，下意识地想避让，然而退无可退。也许是叫这气味激起了怒意，钟荟反而不怕了，仰起头淡淡地看着他："殿下醉了。"

她话音刚落，司徒铮还来不及作答，便听身后一个清澈干净的声音道："还请殿下自重。"

"阿琇？"司徒铮退后一步，转过身，一脸无辜地抚了抚额道，"我在逗小表妹玩呢，你想到哪儿去了？"

卫琇脸一红，是他小人之心了吗？也是，姜二娘不过是个孩童，三皇子这么一说，倒显得他心思龌龊了。

司徒铮见卫十一郎面露愧色，心里一哂，又转过身来，冷不防伸手捏了捏钟荟的丫髻，逗小孩似的对她道："做什么老躲着表兄？难不成表兄会吃了你吗？"

说完伸出舌尖轻轻舔了舔嘴唇，从袖子里掏出个香囊，换上一副一本正经的神

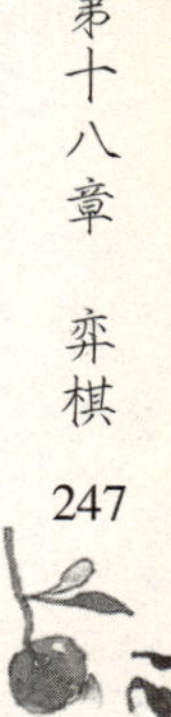

情，只有那血红的眼睛中依然有几分癫狂："那日在碧海边碰巧拾到令妹的玉佩，就此完璧归赵了。"

钟荟忍着心底的寒意去接那香囊，司徒铮一伸手，若有意似无意地触了触她的手指。钟荟脑袋里像叫人灌了一把火药，劈手将那香囊夺了过来，飞快地打开袋口，将三娘子的五色缕取出来，回身把香囊挂在树枝上，然后敛容对司徒铮行了个礼："多谢殿下。"

"不必如此多礼，殿下来殿下去的多生分。"司徒铮以一种兄长般的口吻道，"你们是五弟的表妹，便也是我的表妹，都是一家人，合该时常走动走动。"

钟荟虚应了一声，不过任谁都能从她脸上的神情看出来，她是一点也不想与这拐了弯的表兄走动。

司徒铮不以为忤，转而和颜悦色地对卫琇道："阿琇你怎么也出来了？"

卫十一郎正反省自己的为人，突然叫他这么一问，不知该如何回答，脸更红了。

他与姜二娘偶遇过两回，在这宫中见到觉得很亲切，难免多留意一些，方才见她和司徒铮一前一后离席，好半晌没回来，不免有些担心，故而才出来看一看。然而无论是提防三皇子还是操心别家小娘子，这些心思都不好叫旁人知道。

他沉默半晌，脸色越来越尴尬，简直在心里坐实了自己就是个猥琐小人。

钟荟瞎话张口就来，见这孩子连现编个借口都不会，好心替他解围："卫公子是出来走走消食吗？"

卫十一郎点点头含糊地应了一声。

司徒铮笑道："也不知他们那些醉鬼闹成什么样了，咱们也回去吧。"

待常山公主等人酒醒得差不多，众人又去飞鸾台消磨了两个时辰。

那局棋卫琇到底还是输了，不过他脸上没什么失落和懊恼的神色，清河公主见了不由得对二皇子道："卫家公子真是好涵养。"

二皇子不作答，反而意味深长地盯着妹妹的双眼看了好半晌，直看得她脸上飞起红霞，羞赧地低下头去。

二皇子在心里叹了口气，他如何看不出妹妹芳心暗许，不由得头大起来，怎么偏偏又是卫家。当年他三姊心悦卫六郎，整个洛京城都知道，若是卫家有意叫子弟尚主，怎会毫无表示？卫六郎到底还是与钟家娘子定下了亲事。

此事若是两情相悦还能计较一下，可卫十一郎分明对他四妹妹无意，莫说另眼相待，连看都没看在眼里，只望他四妹妹只是一时的小女儿心思，否则也像常山公主一样蹉跎成个老姑娘可如何是好。

夕阳西斜时，客人们陆续起身向三皇子辞别，司徒铮照例殷勤挽留了一番无果，只得将他们送至万春宫门外，约定得空再聚。

五皇子和姜氏姊妹最后离去，司徒铮望着两辆羊车慢慢远去，逐渐没了踪影。他在原地站了一会儿，若有所思地抚了抚唇，忍俊不禁地勾起嘴角，一甩袖子转身向宫门走去，对迈着碎步跟在他身后的黄门扔下一句：“带今日那两个宫女来见我。”

万春宫有个不成文的规矩，只有其中的宫人才知道，除非天子在，杨皇后从不与三皇子一同用膳。

今日也不例外，杨皇后叫宫人将食案摆在院中的藤萝花架下。此时天边的晚霞逐渐褪成浅红，微风送来阵阵凉意，时不时有一两朵白色的藤花坠落下来，发出叹息般的轻响。

杨皇后独自一人坐在院中，觉得十分舒适惬意，眉间的竖纹也浅淡得几乎看不出了，可就在这时候，她看见院门口站着个人。

“你怎么来了？”杨皇后搁下青玉箸，疲惫地捏了捏眉心，毫不掩饰话音里的不悦。

“阿娘这里儿子来不得吗？”三皇子笑着走进来，规矩地行了个礼。

杨皇后直截了当地道：“别与我拐弯抹角，有什么事直说。”

司徒铮不以为意地笑道：“遵命，儿子欲娶姜二娘为侧妃。”

“胡闹！”杨皇后猛地一拍食案，将案上一只琉璃盏震得颤了颤，“你是嫌自己不够招眼，想叫言官参一本婚宦失类吗？那屠户家的女儿竟是狐狸精变的吗？小小年纪便狐媚至此！”

“阿娘——”司徒铮拖长了声音道，“你究竟是怕她狐媚我，还是怕我动姜家人坏了你们的大计？您和外祖若想让我俯首当你们的狗儿，那最好将狗儿喂喂饱。我敬您是我母后，特来知会您一声，姜二娘是我的，卫十一郎也是我的，你们不送来，我便自己去取。”

东都岁时记

写离声——著

浙江文艺出版社
Zhejiang Literature & Art Publishing House

目录

第十九章 新年

大暑时节，腐草为萤，大雨时至，气候酷热湿闷难当。

这日朝会之后，中书监卫昭卫大人走出昭阳殿，举目望了一眼天空，远处的云层越积越厚，头顶却是一片湛蓝。

他收回目光，整了整头上的三梁进贤冠。

“敢请卫大人留步。”

卫昭停住脚步，回身一看，是侍中钟禅。

他年届不惑，鬓若刀裁，眉如墨画，肖似其父钟熹，只一双眼睛与他故去的母亲一模一样。卫昭愣怔片刻，回过神来，向他温和一笑道：“钟侍中有何事？”那口吻更像是家中长辈，而非同僚之间。

钟禅疾走几步赶上前来，毕恭毕敬地行了个礼，从袖中取出一只雕得栩栩如生的鲤鱼木匣，双手捧着呈给卫昭：“家父命仆带一封书信与卫大人。”

卫昭有些诧异地接过来：“尊府无恙？”

“承蒙大人垂问，家父近来甚是康健，闲来无事便挥毫作画、鼓琴读书。”钟禅拜谢道。

卫昭沉吟片刻，若有所思地望着钟禅道：“钟大人年轻有为，尊府是有福之人。”

“卫大人过誉。”钟禅再拜，意味深长地道，“重云如盖，大雨将至，敢请大人小心前路。”

钟禅目送卫昭上了牛车。他方才因疾行出了一身汗，皂缘中衣贴在后背上十分难受。他将绛纱官服的衣带和衣领松开了些，从袖中取出绢帕按了按额头和鬓边的汗，然后顺着廊庑慢慢往自己的车驾走去。

卫昭靠在车厢上闭目沉思了一会儿，然后打开鲤鱼匣，取出缣帛，缓缓展开，入眼便是钟熹那云舒霞卷的字迹：

六月廿七日，熹白：彦伯无恙。岁月不居，时节如流。六十之年，倏忽已至。每念昔日秉烛同游，朗夜泛舟，怡然长笑，如在耳畔。奈何节同时异，物是人非，仆归田园，君羁尘网，未知拾瑶草之约何日可践？行矣，自爱！熹白。

卫昭将书信读了几遍，长叹一声，将缣帛按原样叠好收回匣中。

钟荟和姜明霜在宫中住了二十来日，她们后来没再见过三皇子，倒是有一回跟着姜婕妤去韦贵人的嘉福殿做客时遇到了二皇子。

二皇子待人一向亲切温和，与姊妹俩叙了几句家常，似乎对济源的风物和人情尤为感兴趣，姜大娘仿佛遇见了知音，绘声绘色地讲了许多乡土逸事与他听。

姜婕妤心思何其玲珑，看在眼中，心下便已了然。

韦贵人赏赐给两姊妹的见面礼也分出了厚薄来，除了两人都有的香囊、珍珠钗和衣料之外，大娘子还独得了一对金花果如意簪。

大娘子发觉自己比妹妹多得了一对簪子，百思不得其解，又十分过意不去，想将簪子分一支给妹妹，又怕伤了她的面子。

钟荟当然知道那两支簪子意味着什么，看着无知无觉、一脸天真懵懂的大娘子，心里很不是滋味。

以她们姊妹的出身，做皇子正妃是不够格的，姜明霜才八岁，莫说情窦未开，恐怕连做梦都没想过男女之事，然而她一生的归宿却已定下了。韦贵人和姜婕妤彼此心照不宣，二皇子想来也是心知肚明，唯有大娘子蒙在鼓里，没人问她愿意不愿意。

钟荟前世的阿娘是天子盖了印的京都第一妒妇，街头巷尾都传钟侍中府上连一只母蚊子都飞不进，钟大人只得一子一女，女儿还夭折了，夫妇俩只守着钟蔚这根独苗过日子。旁人都笑她阿爷惧内，她却知道爷娘鹣鲽情深，不全是因她阿娘勇悍非常。

小时候她以为天下的夫妇都是像她阿爷阿娘这般，长大一些才知道她阿爷这样的男子竟是稀世罕有，放眼相熟的几户人家，也就只有她阿翁和阿爷两个。钟夫人在女儿刚出世时就放出话来，女儿将来择婿首要的一条就是不能纳妾，不只如此，连房里人都不能有。卫夫人不想要她做儿媳妇，却想要钟蔚给她做女婿，想来也有这方面的缘故。

钟芸几次想把韦贵人和二皇子的打算告诉大娘子，话到嘴边每每作罢，纵使大娘子百般不愿，此事也无可转圜，且让她再过几年无忧无虑的日子吧。

不过离开二旬，钟芸的小院子已经换了模样，婢女们都换上了湖绿的轻纱衣裳。

原先盛放的荼蘼已经无踪无影，墙角的木槿和蔷薇开得正热闹，廊前大缸里已经开出了莲花，还是大娘子离开前埋的藕芽。

阿花这回长进了些，见了钟芸没扑上前来，萎蔫地窝在自己的地盘上，大约是叫酷暑消磨了斗志，吕嬷嬷好心用竹竿和茅草替它搭了个遮风挡雨又蔽日的凉棚。

一成不变的大约只有鹩哥儿二花了。钟芸离去前特地嘱咐了阿杏，切莫放松了对它的调教，阿杏很是恪尽职守，每日抱着胶牙饧罐驯鸟，结果鸟没驯成，自己又胖了一圈，二花见了主人张口第一句话仍是“卫十一郎举世无双”。

钟芸回屋盥洗了一番，与大娘子坐在廊下乘凉，顺便叫来阿枣和阿杏，问了问府中的大事小情。

这段时日府中太平无事，能称得上新闻的大约就是蒲桃有孕了。

这也不是什么奇事，姜大郎自从将蒲桃收房之后，一月中泰半时日都宿在府中。按理说父亲房里人的事不该传到她耳朵里，不过蒲桃是从她院里出去的，阿枣自觉有必要将细节知会二娘子。

“哎呀，听说为了这事儿，郎君和夫人结结实实闹了一场。”阿枣声情并茂地道，“那日针线上的冯嬷嬷打如意院墙根下过，先听见一阵‘哐啷哐啷’摔盆打碗的声响，接着就听郎君怒道：‘合着我抬个姨娘都要看你脸色！’夫人也不怯场，高声回嘴道：‘你抬别人我管不着，抬她就是不行！姜阿豚，你看我好欺负是不是！一个两个都来踩我脸！’”

“后来呢？”大娘子听得聚精会神。

“只听‘噗噗’两声棍子打在肉上的响儿，接着便有人‘嘤嘤嘤’哭起来。那人细声细气，一边哭一边唧唧哝哝地说，也不知说了些什么。立时传出好大一声脆响‘啪——’就跟拍裂了个大菜瓜似的。夫人‘哇’的一声号起来：‘好你个屠夫，竟为了个……那什么打我！’”

大娘子怎么也想象不出来那个风流倜傥、花枝招展的美人阿爷会打人，更想象不出那做派优雅的继母像个村妇一样同夫婿闹，呆愣了半晌，张了张嘴，实在不知该如何置评了。

钟芸却掩着嘴笑起来，点了点阿枣的脑袋道，转头对大姊道：“你听她们胡乱嚼舌根，冯嬷嬷那张嘴最是没边没沿，上回编派我打残乳母的就是她。”

曾氏虽然并未撒泼，也未挨打，但也叫这事怄得够呛。

姜大郎确是动了抬姨娘的心思，不过没敢找曾氏去说，先去找姜老太太院里的

三老太太吹了吹风，托她与老母说项。姜老太太叫他气个半死，一口回绝："自个儿怕做丑人倒将老娘推出去打头阵，我生块猪肉都强过这白眼狼！且不说能不能全须全尾地生出来，那么个阿娘能生出什么好的来！你去同他讲，咱们姜家孩子多的是，不缺她肚里这个。"

于是，蒲桃抬姨娘的事就这么不了了之了。

太平无事的时光总是过得特别快，寒来暑往，转眼间已到了十月初。

姜婕妤已经坐稳了胎，大大方方地挺着肚子在闲凝殿中待产。姜老太太又领着几个小娘子入宫看望了她一回，送了她厚厚一沓平安符。

姜婕妤哭笑不得地数着："永宁寺、建中寺、白云观、瑶光寺、清风观、景乐寺、愿会寺……阿娘您还愿时可有得折腾了。"

天子子嗣不丰，宠妃有孕也是喜不自胜，自然要赏赐。

姜婕妤将那些财帛珍宝一概都推了，只向天子要个邙山间的小庄园送给老母亲。

天子体谅她的一片孝心，当即亲自仔细斟酌，为她选定了一个。

那园子原是个隐居山间的逸士所建，虽占地不广，却很有风致，园中还有一眼天然的温泉，那构园之人于园中错落有致地凿出几个池子来。

天子责人前去修缮整理了一番，新增了几座亭台馆阁，然后大笔一挥，下旨赐给了姜老太太。

女儿有孕，得赏赐的却是她这个老婆子，姜老太太又羞又愧，恨不能立即进宫，将这份大礼还给女儿。

"这是婕妤娘娘的一片孝心。"三老太太劝道，"您若是推三阻四的，她能高兴吗？"

二娘子也道："阿婆腿脚上有年轻时落下的旧伤，秋冬时节以温泉水调理将养是大有裨益的。再说了，咱们也想沾沾光，孙女长那么大，还没见过会冒热气的泉水呢！"

姜老太太听她们说得在理，也不再扭捏了，当即拍板，待她入宫谢完恩回来，便带着孙子孙女们见识见识那冒热气的泉水去。

姜老太太上回入宫是一个多月前，那时凝闲殿前的枫叶还带些黄，如今已经红似火了，日子太好过，一天天浑浑噩噩的，只有草木变化和发作的老寒腿提醒她，年关又快到了。

这是个大晴天，日头照在涂了胡桃油的瓦片上，反射出道道金光。老太太只觉煞是好看，不由得盯着多看了会儿，心里琢磨，这涂一遍得费多少斛油哇，小门小户怕是够吃一年了。她心里不赞同女儿这样造，耷拉着嘴角摇了摇头，将手心搓搓热，往脸上用力抹了两把，由着殿里的宫人搀扶她上台阶。

姜婕妤知道老母这日进宫，早在殿中等着了。好巧不巧，天子有些时日没来看她，这天下了早朝想起她来，便转道过来瞧瞧。他听闻姜老太太要来，也不介意，只道："你母亲也不是外人，难得入宫一趟，怎好叫她回避？"

姜老太太不防天子也在，进了殿傻了眼，见一旁的宫人跪了才后知后觉地跟着跪下行大礼。

天子忙叫她起身，与她寒暄几句，还特地问候了一下她的老寒腿，然后笑着对姜婕妤道："今早刚巧收到西北传来的捷报，你家二郎平叛有功，封赏随后便到，先说与你们知道，让你和老夫人高兴高兴。"

姜婕妤闻言大喜："当真？"

"还能有假？"天子笑着道，避过脸去咳嗽两声，声音里隐隐有些怒意，"羌虏杀我秦州刺史，关中驻军不能遣救，严彤那老东西尸位素餐，叫羌贼打得溃不成军，多亏了二郎骁勇善战，收三千残兵，大破两万叛军，将贼人斩于马下。"又对老太太道："姜老夫人，你生了个好儿子！"

姜老太太对打仗的事一窍不通，天子的话也听不太明白，只听到三千对两万，想也知道当时的情形有多凶险，又是骄傲又是后怕，在心里将二儿子狠狠骂了一回，放着好好的太平日子不过，偏要去刀尖上滚，一把年纪媳妇儿还没娶上，还害得老娘成天提着心吊着胆，简直是个比大郎还不如的业障！

"我阿娘还生了个好女儿呢！"姜婕妤打趣道。

天子朗声大笑，又咳喘了一阵，将耳朵贴在姜婕妤鼓鼓的肚皮上道："都说外甥肖舅，万儿替我多生几个儿子，个个都像阿舅那般英勇。这孩子真是阿爷的福星。你说说，想要寡人赏你们什么？"

姜婕妤害羞地将天子的脑袋轻轻一推："陛下就会寻妾的开心。阿弟去西北那么些年，妾也怪想念他的，旁的赏赐就不要了，陛下征阿弟回京过个年如何？"

天子微皱眉头想了想："秦凉局势还有些不稳，须得二郎替寡人守着，旁人我实在不放心，年关怕是来不及了。不过我答应你，待西北安定了便叫二郎回京，如何？"

话都说到这份儿上了，还能如何？姜婕妤和老太太虽失望，面上不能带出半点，自然是千恩万谢。

天子说完正事，稍坐了片刻，对姜万儿道："时候不早了，寡人先回宫去了。"

走出两步似又想起了什么，停住脚步转身道："对了，上回的丹丸还有吗？记得早晚服用，没了我再着人送来。寡人这几日服着觉得身轻体健，确有立竿见影之效，天枢真人诚不欺我。"

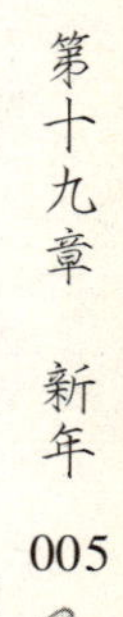

恭送完天子，姜婕妤遣开宫人，拉着老太太到锦帐中坐下，朱红朱雀纹织锦中夹了丝绵，将帐子三面捂得密不透风，帐前竖了云母屏风，帐中燃了暖炉。

老太太穿着夹绵衣裳，坐了不一会儿便热出一脑门汗，拿袖子擦个不停，可姜婕妤似乎格外怕冷，身上裹着狐裘，手里还捧着个铜镏金的小手炉。姜老太太觉着有些不对，细细打量了女儿一番，觉得气色比上回差了些，眼下有青影，脸也肿得厉害。按说这个月份是最舒服的，如何比刚有孕时还憔悴？姜老太太不由得着急起来，出其不意地上前摸了摸女儿的手，果然有些凉。

姜婕妤有些尴尬，迅速抽回手道："腰背有些疼，昨晚上没睡好，今晨太医来请过平安脉了，孩子很好，您莫要大惊小怪的。"

姜老太太不顾女儿躲闪，又摸了摸她额头，这才略微放心了些："没事就好，有什么事你也莫瞒着阿娘。"

姜婕妤只好指天誓日地再三向她保证，老太太这才松了一口气，神神道道地靠上去，掩着嘴小声道："万儿，方才我眼瞅着，天子的脸色怎么不太好……才说了几句就咳了好几回，这该不会有什么吧？"

"阿娘你莫胡说！"姜万儿大惊失色，"一会儿出了宫可千万不能提这话啊！说出去可是大祸临头的事！"

姜老太太脸色一凛，不由自主揪住了裙摆。

姜万儿深深地望了望母亲，犹豫了半晌，这才压低嗓音，战战兢兢地道："阿娘，我怕得紧，没有旁的人好说了，今日我同你说的话，你可千万不能对谁讲。前儿日陛下宿在我这儿，半夜里咳得厉害，我叫他咳醒了，迷迷糊糊地睁开眼睛一瞧，那中衣上竟有血……"

"莫不是痨病！"姜老太太一个激灵，悚然道，"哎呀，这可不得了！当年你表舅婆就是这么去的哇！你听过不？风痨臌膈，阎王请的上客——"话音未落叫姜万儿一把捂住了嘴。

"我方才说什么了？"姜婕妤没好气地瞪着眼睛道。

姜老太太连忙摇头表示她再也不敢胡吣了，姜万儿这才慢慢松开手，声如蚊蚋地道："陛下一向对求仙问道、炼丹服药这些事深恶痛绝，可从今年入秋以来一反常态。他赐了丹丸要我服，我服了一粒，一晚上没能合眼，哪里敢再碰？"

"要不你劝劝天子？"老太太也是一筹莫展。

"陛下哪里听得进劝！"姜婕妤"嘁"了一声道，"韦贵人不过旁敲侧击了那么一句，叫陛下狠狠数落了一顿，连带着二皇子也吃了挂落，我哪敢撞上去寻晦气。"

老太太冥思苦想也没啥别的建议，只得默不作声。

"对了，阿娘，"姜婕妤又道，"上回同你说过那事，你道怎的？二皇子瞧上的却是咱们家大娘子……这缘分的事儿真是说不清楚。”

姜老太太也是不解，虽说手心手背都是肉，可她私心里是偏袒二孙女一些的，何况任谁都能瞧出来二娘子生得比姊姊好，性子也不差，人又机灵。把最宝贝的孙女给人做妾她不乐意，可人家反过来看不上二娘子，她也不乐意。

姜老太太入宫时兴高采烈，回府时心事重重，兼之在姜婕妤殿中捂了汗，出去冷风一吹，当夜就发起寒热来。

病来如山倒，病去如抽丝。人年纪大了更难痊愈，庄园之行就这么耽搁下来了。

最失望的当属三娘子，上回在常山公主庄园，听说别家小娘子在邙山中都有自家的园子，她当时就有些自惭形秽，如今好不容易扬眉吐气一回，却因祖母的病不能如意，烦闷之余便寄望于神佛，无比虔诚地抄起经来。

姜老太太瞧着那些字纸又好气又好笑，到底叫三老太太开箱子取了个金奔马给孙女送了去。

三娘子得了鼓舞，抄得越发起劲，佛祖大约念她没有功劳也有苦劳，终于大发慈悲遂了她的愿，到了腊月上旬，老太太的风寒总算痊愈了，将养一阵刚好过年，过完年便能成行了。

老太太养病这段时日，二郎姜景义的封赏也下来了。钟荟这位素未谋面的二叔在西北的一场羌胡叛乱中一战成名，获封平虏将军，领西羌校尉。姜二郎年方弱冠，凭实打实的军功获封，叫兄长也得了不少体面。

姜大郎常年混迹六九城闾巷之间，结交了不少狐朋狗友，天子的旨意一下，这些酒肉朋友纷纷登门拜贺，撺掇着他大摆筵席。姜大郎一向好面子，欣然允诺，一时间倒有些宾客阗门的光景。那些不三不四的宾客们酒足饭饱便不吝恭维之辞，直道：“贵府将星高照，怕是要出个卫仲卿。”

姜景仁叫他们说得也有些飘飘然，直到吃了姜老太太一顿拐杖才消停下来。

不过姜二郎一介武夫，无关大局，还不能叫正经世家放在眼里，他们自有真正的大事要操心。

天子的病很快就纸包不住火了，只要长眼睛的都能看出他的形容一天比一天枯槁，尤其是入了腊月以后，有时连朝会都缺席。

请立储君的折子上了一道又一道，天子反复斟酌了数年，终于在元丰十五年腊月己巳下诏立大皇子司徒钧为太子，以侍中钟禅为太子少傅。

三九天日落早，崇福寺晚课的钟声才敲过，暮色已沉沉地坠了下来，将群山笼罩在一片青灰的死气下。

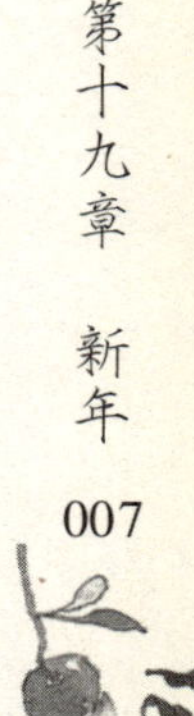

“阿兄终究选了一条最稳妥的路，可惜。”汝南王司徒徽喝了口茶，皱起眉连连摇头，也不知是嫌弃茶还是嫌弃他的皇帝兄长，“不知又有多少黔首要遭池鱼之殃。”

虚云禅师闭着眼睛三心二意地敲木鱼，听到此处忍不住刺他一句：“殿下真是爱民如子。”

“可不是？”司徒徽望了眼窗外的天色抱怨道，“你这地方冻得人骨头缝里都发冷，连个炭盆都不点，莫非当了假和尚人也清心寡欲起来了？”

虚云禅师叫他一语道破，木鱼敲不下去了，微有恼意：“殿下怎知我不是真和尚？”

司徒徽轻笑一声，放下茶碗站起身道：“无为真人如何能屈居此深山野寺，跟我回去吧。这局棋你我旁观太久，差不多是时候了。”

因天子疾笃，洛京城这一年的元旦笼上了一层愁云惨雾，君臣共聚一堂的元旦大朝会取消了，嫔妃世妇觐见太后、皇后的中宫朝会亦然，各家各户也不好大张旗鼓地贺春，连爆竹声似乎都比往年暗哑寂寥些。

除夕风大雪紧，到拂晓还未停，雪片像柳絮一般在风里打着旋，北风在廊庑上呼啸而过，檐角的铜铃在风中乱颤，敲击着檐头，似乎随时要挣脱铁链，乘风而去。

屋里点了炭盆，一室温暖如春。窗上糊了窗纸，又垂挂着夹絮的紫绨帷幔，将冷青色的天光牢牢挡在外面。钟荟猫在暖烘烘的被窝里，侧耳听了会儿呼哨般的风声，恍然想起来，自己成为姜明月已经快一年了，除了钟太后以外，仍是没寻着机会与前世的家人见面。

忽听门帘响动，一阵风卷着蹦蹦跳跳的大娘子灌进了屋里。

“阿妹起床啦！都什么时候了！”大娘子穿了朱红金博山纹织锦夹绵新衣，披着狐裘，发上和睫毛上落的雪，在温暖的空气里迅速融化，晨露一般缀着，让她显得格外鲜妍。

短短几个月前还有人笑话她是黑炭，而如今在火苗映衬下，那张小脸蛋已经称得上白皙莹润了。钟荟由衷夸赞道：“阿姊，你真好看。”

姜明霜近来三天两头地叫人夸好看，仍是有些不自在，害羞地用手背蹭了蹭鼻尖，一笑露出两个深深的酒窝：“莫扯东扯西，快起来快起来！二兄和三妹他们起得早，这会儿说不定已经到阿婆院里了。”

钟荟裹紧被子，无赖地往帐子里侧滚了滚：“难得今日没课，我可要多睡一会儿。”

“你再不起来我可要掀被子了。”大娘子一边说一边将手伸进二娘子的被窝里掐她腰，挠她痒痒。

钟荟又冷又痒，咯咯笑着搬救兵：“阿杏救我!”

阿杏非但见死不救，反而往手心里哈了两口气，扑上来助大娘子一臂之力。

钟荟连连告饶，终于吃受不住，一掀被子坐了起来。

正巧这时阿枣掀门帘进来，手里抱着好大一捆梅枝，吃力地往地上一放，揉揉胳膊笑道：“走到门外就听见你们笑，我就说呢，今儿个娘子醒得倒早，原来是大娘子的功劳。”

“啧！这么大一捆！阿枣姊姊是去折花还是砍柴啊？”钟荟瞅了瞅地上的梅枝揶揄道。

“娘子这不是明知故问嘛。”阿枣没好气地道，“奴婢哪次折的花不叫你嫌弃？这枝太死板，那枝花太密，索性折一捆来，让您自个儿挑吧。”说着抖抖身上的雪，把厚绵披风脱了下来挂在熏笼上，在白环饼端来的铜盆中浣了浣手，走到炭盆前蹲下将手烘暖，然后与阿杏一同伺候二娘子更衣。

姜明霜对这个妹妹臭讲究的毛病见怪不怪了，一团和气地道：“阿妹挑剩下的给我吧，我瞧着每枝都挺好的，你上回送我那只花瓶还没用过呢。”

“那怎么成?”钟荟由着阿枣替她披上绯红织成上襦，“一会儿我替阿姊挑几枝有韵格的，你说的是那只青釉弦纹瓶吧？那是夏日用的，这个时节显轻浮了。”随口对阿枣嘱咐道：“一会儿你去库里取一只铜瓶与阿姊送去，要细颈的。”

“这也就是为了大娘子您。”阿枣笑着对姜明霜道，“今儿一堆的事，大冷天的还要去开库，若是换了旁的谁，咱们娘子就是拿鞭子抽，奴婢也不乐意去。”

主仆几人笑闹了一会儿，二娘子也梳妆停当了，姊妹两人手挽着手走到屋外。

其时旭日初升，风偃雪霁，草木和屋瓦上覆了厚厚一层雪，钟荟和大娘子站在廊下，宛如身在琉璃壶中。

细环饼指挥两个身强力壮的婆子清扫中庭一尺来厚的积雪，自己则手持木棍敲击廊檐下倒挂的冰溜，敲断的冰溜落在积雪中，发出“扑嚓”一声响。这活儿做起来让人上瘾，细环饼从不假手于人——她已从阿枣手下熬出头了，如今在这小院子里也算个小小的头目。

下人们将鸟笼挂在避风处，笼子上盖了厚厚的丝绵罩子。钟荟将罩子掀开一角，将顺手拿的一枝梅花伸进鸟笼，戳了戳缩成一团的二花，奇道：“噫，你这扁毛畜牲竟也怕冷?”

二花扑棱起来，带起一股充满鸟味儿的热烘烘的风，精神抖擞地道：“姜阿豚！你看我好欺负是不是!”

大娘子乐不可支，笑得前仰后合：“这鹩哥儿好玩儿，几句贺新春的吉利话教了十多日都学不会，不三不四的混账话倒是听一遍就记得烂熟!”

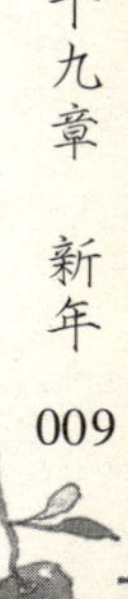

“不三不四的混账！混账！”二花“从善如流”，惟妙惟肖地学道。

“叫你胡吣！”钟荟挥起梅枝将那鸟笼抽得团团转。

二花亢奋地在横木上跳来跳去，骂骂咧咧地恭送两姊妹出了院门：“不见卫郎！乃见狂且！不见卫郎！乃见狡童！”

一路上有下人或在扫雪，或往路面上撒盐，扫开的雪里混了泥土，变成难看的灰黄，堆在道路两侧，大约有两尺来厚。不时有细枝被积雪压断，发出轻轻一声脆响，继之以“扑簌簌”的落雪声。

钟荟和大娘子提着裙子小心翼翼地慢慢往前走，时不时往手上哈口气，呼出的白气像烟一样袅袅散开，钟荟往年极少在这么冷的气候中走出屋子，觉得此情此景甚是有趣。

姜老太太的院子里人已差不多聚齐了，正厅里点了好几个火盆，老太太照例在里面埋了几个甘薯，姊妹俩走到门口便闻到一股暖融融的甜香。

钟荟走到门口往屋里略扫了一眼，曾氏挨着姜景仁坐着，怀里抱着粉团子一样的八郎，另一边则是一身桃粉的三娘子，庶子庶女和他们各自的生母在后头排了一溜儿，至于那些没有妾室名分又没诞下过子女的后房美人们，就没有资格出现在这里了。

钟荟数了数，她的庶兄弟姊妹竟有十二个之多。姜大郎生得粉面朱唇，选美人的眼光也着实不赖，故而这些庶子女样貌都不错，只是没有正经夫人的教养，看起来大多有些躲闪和畏缩。

钟荟一眼就看到了身着靛蓝海水纹织锦夹绵袍的姜悔。嫡兄一走，他就仿佛一棵长在阴暗角落里的小树突然见了阳光，从头到脚都舒展开了，越发落落大方起来。这半年来他又长高了不少，脱去了孩童的稚气，俨然是个翩翩少年郎了。

一年到头姜家人难得有聚得这样齐的时候，只缺了在西北戍边的二叔姜景义和嫡长兄姜昙生。

姜老太太思孙心切，腊月里便命儿子姜景仁去学馆打探消息，看能否通融一二，让姜昙生回家过个年。那北岭先生的苦瓜高足却道：“足下要领令郎回去也成，不过领回去就别再送来了。”姜大郎只得作罢，还是儿子的前程要紧些。

“大娘和二娘来啦，快到阿婆这里来烤烤火，一路走过来有没有冻着？”姜老太太大病初愈，精神头还有些差。她裹了件厚厚的绛红满绣龙凤夹襦，背靠着凭几和隐囊，两腿前伸箕坐于铺了白貂皮褥子的大榻上，膝上盖着一条锦褥，脚边有一只炭盆，手旁还放了一个熏笼。

人到齐了，三老太太便开始张罗着按老家的习俗祭祖。姜老太太一边叩拜一边向姜家的列祖列宗拉拉杂杂提出许多要求：“保佑一家老幼无病无灾；保佑二郎早日平安归来，早日讨媳妇儿，要性子和善、模样周正、孝顺舅姑的；保佑万儿母子平安，最好再生个儿子；保佑大郎升个官儿，不用升太高，老婆子也不叫你们为难，升一级就够了；保佑大孙子昙生读书开窍……求列位祖宗保佑保佑，保佑得好明年再加个大猪头。”

姜老太太贿赂完祖宗，便有下人端了椒柏酒上来，众人依年齿从幼及长，依次饮过，又有下人捧了五辛盘上来，给众人都分食了一些，柏子仁和细辛等物磨的粉味道着实怪异，年幼些的弟妹们都是龇牙咧嘴。十郎皱着眉头伸着舌头“呸呸”往外吐，叫他生母在臀上狠狠拍了一下，“哇”的一声哭了起来。这下子不得了，几个差不多年岁的孩童也跟着号哭起来，屋里顿时乱成了一锅粥。

“莫哭莫哭，胶牙饧来咯！”三老太太乐呵呵地哄道，大一些的孩童一听有饧吃止住了哭声，不晓事的还在自顾自哭着，刘氏便拿银箸搅了一团饧塞进哭得最凶的七娘子的嘴里。那小娘子霎时住了嘴，一双乌黑的眼睛睁得溜圆，大家都忍不住笑了起来。

祭完祖，孩子们便嚷嚷着要去打粪堆，钟荟听了很是诧异，原先在钟家是没有此种风俗的，想来是不够风雅的缘故，姜家众人却是一脸习以为常。三娘子虽不情愿地皱着张小脸，也还是认命地从三老太太手中接过绑了钱串的竹竿，跟着阿兄阿姊们走到院后的猪圈前，绕着粪堆边转圈边投打，口呼：“如愿，如愿……”

后来每每回顾这一岁发生的事情，钟荟总是情不自禁地想，究竟是姜家祖宗看在大猪头的份上保佑子孙，还是这粪堆收了钱后大显神通呢？

正月初七，姜家老少正聚在一起食七彩羹，宫中有内侍来报信，姜婕妤于昨夜诞下一位小皇子，为这阴云密布的新岁增添了一丝喜意。

天子在病中听闻麟儿降生，喜不自禁，当即下旨晋姜婕妤为夫人，位比三公，把姜万儿本人都唬了一跳，心道这天子莫不是病糊涂了？

自然有言官上疏劝谏，据说天子勃然大怒：“怎么，你们就见不得寡人高兴？”在病榻边为天子读折子的裴中郎惨遭殃及，叫陛下扔出的唾盂砸了一脸。

姜万儿就是天子的一片逆鳞，从此无人敢再置喙封夫人之事。

姜大郎上回吃了老母亲的教训，这回没敢再理狐朋狗友的撺掇，一家人关起门来庆祝了一回。姜大郎虽有些浑，却也懂得树大招风的道理，阿弟才立功封将军不久，阿妹又晋为夫人，姜家这阵子也太顺当了些。

热闹到正月十五，姜家祖孙几个便开始筹备庄园之行。

姜老太太十多年未出过城，虽说只是去一趟城郊，也有数不清的杂事。

天子在赐下园子之前已着人修缮整顿过，然而房舍中的器用摆设乃至一帷一帐都得重新添置、施设起来，加之雪时断时续地下了月余，园中积雪怕有一尺来厚，也须耗费时间清理，顺便将枯枝朽叶扫除干净。

姜老太太不过是上下嘴皮子一碰的事儿，大小事情都落在儿媳曾氏的肩上。得亏她自小跟着世家出身的母亲杨氏学习理家，井井有条地将采买、清扫、布置的一干事务分派下去，又点了个能干的仆人充当园中管事，令她早早带了一众仆妇先往庄园去料理诸事。

如此也是脚不沾地忙到了二月中旬，曾氏累得眼下乌青，显见瘦了一大圈，这才巨细靡遗地安排妥当了。

出门一趟不容易，既然免不了旅途劳顿，姜老太太便打定了主意要好好住上十天半个月。

曾氏要当家，府里少不了她，自然是去不了的。姜大郎虽说位卑职轻，几乎称得上可有可无，日常到底要去官府点个卯，也去不成。何况他也放不下娇妾美婢，自从蒲桃有了身孕，这一直叫她独霸的雨露总算可以分出些惠及旁人。

只是一群老弱妇孺出远门总教人不放心，虽说有奴仆护院，毕竟不是家人。素来凡事不上心的姜大郎这一遭也不知吃错了什么仙丹妙药，竟与老母商量，叫二儿姜悔陪同前往。

姜老太太对这个孙子心底里始终是疙疙瘩瘩的，沉吟半晌，从鼻子里百转千回地“哼”了一声，算是默许了。

三老太太对姜阿豚这个晚辈还是颇为疼爱的，待他走了之后，忍不住欣慰道：“大郎到底是个孝顺孩子。”

老太太翻了个白眼道：“你啊，就别替他弥缝了，我生的孩儿我不知道？这要是他自个儿的主意啊，我把这拐杖当甘蔗嚼下去。”

钟荟听闻庶兄要同行，意外之余很是欢欣，想到他院子里捉襟见肘的情形，收拾行装时特地将许多用具多备了一份，又叫人送了二十斤上好的房子绵并一件灰兔皮裘衣。这裘衣是阿枣用二娘子上年穿过一两回的裘衣改的，能御寒，穿着也不打眼。

阖府都知道二娘子与庶兄关系融洽，初时也有人侧目，随着姜悔在老太太和郎君夫人跟前露脸多了，那些不怀好意的风言风语也逐渐偃息下来。

姜悔大大方方地收了嫡妹的礼，转头叫人送了一大坛乳母谭氏制的蜜渍香橼过去。谭氏祖上是南人，家里亲戚原在吴郡经营腌菜蜜饯铺子，这方子与北地的很有些不同。

钟荟尝过后觉得滋味甚好，分了些与大娘子。廊下二花适时唤起“卫十一郎”来，钟荟便想起那回在皇后宫中卫琇仗义解围的事，遂大方地匀出两罐子来，修书一封，叫人送去卫府与十二娘。

她与卫十二娘在公主庄园相识，端午又在宫中重逢，七夕还一块儿外出游玩了一回，也算是投契，时不时有书信往来。卫家人都知道十一郎喜食蜜饯果脯，十二娘与他又亲近，收到好吃的总不会短了他的。

二月十五，天朗气清，风和日丽。姜老太太领着孙子孙女们浩浩荡荡地出发了。

接连几日气候晴暖，城中已是冰消雪融的景象，残雪覆不住的地方便露出青黑的屋瓦来，树枝上的雪水滴落下来，隐隐有嫩黄的草芽探出头来，倒比天地同色、苍茫一片时更有画意。

入了山道路湿滑泥泞，舆人不敢掉以轻心，控着缰绳缓缓前行，一直到夕阳西斜才到达姜家庄园。

这座园子位于涵月峰的半山腰，因地势高，仍是冰天雪地的冬景。

姜家祖孙下了车，刘氏搀扶老太太上了肩舆，因他们下榻的院落不远，其余人便步行紧随其后。

钟荟在落日余晖中打量这个园子。此地的气派规模与常山公主的庄园自然难以一较，不过胜在山水秀丽，兼之构园之人心思巧妙，亭台楼阁错落有致，石路崎岖似壅复通，可谓移步换景。

园中有澄澈小湖名镜，此时还结着厚厚的冰，湖畔有一株老梅峭然孑立，迎霜傲雪，老枝横斜疏瘦，可堪入画。

“当年天上一飘大雪就发愁，一会儿怕冻坏了鸡啊鹅啊，一会儿又怕余粮撑不过年关，没想到我这半截埋进黄土里的老婆子，倒学起富贵人家大冬天的看景来了。”姜老太太唏嘘感叹道。

“多亏了婕妤娘娘和老太太的福，我这老婆子也跟着来开开眼界。”三老太太恭维道，“这神仙住的地界怕也不过如此了。”

三娘子一哂，暗笑这两个老太太没见过世面，她原先对这庄园抱了很高的期待，不承想到了实地一看，却比姜府的后花园也大不了多少。小便小一些吧，还散发着一股子破落寒酸味儿。莫说雕梁画栋了，稍好些的也就在梁柱上涂了一层青色的漆，有些干脆就露着旧旧的木头原色。房顶上覆了雪，看不大出来，可瞅一眼低矮的檐头便知道宏丽不到哪儿去。

三娘子心中很是失望，用鹿皮小胡靴的鞋头在雪地上蹭出个小窝来，对着二姊嘟囔道：“赶了这么远的路就为这么个地方，莫如待在家里呢。”

她料想见识过常山公主庄园盛况的二娘子理当与她同仇敌忾，没想到这好赖不分的草包却道：“我觉着挺好啊。”

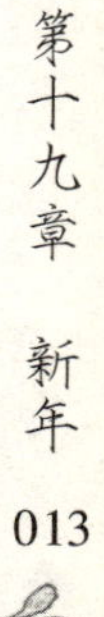

姜明霜看得眼都直了，闻言也点头附和："真个好看得紧。"

三娘子嘁了一声道："那是你没去过三公主殿下的园子，少说也有十个那么大，那才叫天上宫阙一般呢。咱们家这个和那一比就跟个麻雀窝似的。"

钟荟深觉多说无益，没好气地隔着兜帽往她头顶上抓了一把，三娘子抗议了两声，便不再抱怨了。

园子里房舍不多，三姊妹便同住一个院子，老太太和三老太太一个院子，姜悔则独住一座小些的庭院，每个院子都带了温泉池子。

姜老太太累了一天，早已疲累不堪，稍许用了几口白膏粥和菜脯就歇息了。

姊妹几个却是歇息片刻便兴致勃勃地相约去洗温泉浴。

钟家的庄园里也有温泉眼，钟夫人生育她后没休养好，落下了病根，是以每年秋冬都会去山中的庄园里调养。钟荟早些年身子还算健旺时总是随行，可谓轻车熟路。

其余两人是有生以来第一遭，既好奇又踌躇。两人见了冰天雪地里冒热气的水潭子都叹为观止，连姜明淅这见过大世面的小娘子都没说出什么不屑一顾的酸话来。

三人由各自的婢子伺候着脱了外衣，只着中衣下了水，久违的舒适感受席卷了钟荟全身，大娘子舒坦得忍不住哆嗦了一下，三娘子也欲盖弥彰地道："呼，和在浴桶中也就是仿佛嘛!"可她脸上的神情却全然不是这么回事。

如何会仿佛呢？这一夜月明星稀，银光遍洒在远近起伏的山峦上，近处的草木银装素裹，在月下晕着冷冷微光，远处松林影影绰绰，四周万籁俱寂，唯闻声声雪落。

常言道欢时易过，十来日的光阴眨眼间便从指缝中溜走，到了起程回家的日子，家中派出的牛车星夜赶路，一早就到了庄园门外。

仆妇们前一夜已将行装准备停当。阿枣眼看着天色快大亮了，她家小娘子的床榻上还毫无动静，只得轻轻撩开帐幔道："小娘子，该起了。"

二娘子含含糊糊地"嗯"了一声，身子却一动不动，阿枣定睛一瞧，只见她双颊绯红，嘴唇却发白，心中不由得咯噔一下，伸手一摸她的额头，果然热得烫手，赶紧叫阿杏去禀告老太太。

姜老太太一听孙女染了风寒，心急火燎地拄着拐杖便要来看她，叫大娘子好说歹说地拦住了。

二娘子病成这样，自然是没法上路的，不一会儿她终于清醒过来，就着阿枣的手喝了口热茶，虚弱地对三老太太和大娘子道："大约是昨夜沐完浴后吹风着凉了，不妨事，喝碗汤药发发汗，睡一晚便好了。"

姜老太太便执意要多待两日，等她痊愈再回去。

“家里的车都到了，那么多人都得安排住处，收拾好的行装又得重新摊开，多费事啊。”钟荟对着大娘子道，“况且定好了这两日要进宫去看姑姑和小皇子，怎么好为我一个人耽搁呢。留一驾车在这儿便是了，我住上一两晚，身上好些便回来。”

“那我留在这儿陪你。”姜明霜拉着她的手道。

钟荟摇摇头：“阿姊替我抱抱小皇子。”

说着又对刘氏道：“三老太太替我劝劝阿婆吧，若是留在这里，叫我过了风寒，岂不是我的不孝？”

姜老太太一开始死活不依，经三老太太一番劝解，不得不承认孙女说得有理，兼之姜悔自告奋勇留下陪着妹妹，最终留下一大半的护院，又命下人快马加鞭去洛京城的医馆请大夫，自己带着两个孙女先打道回府了。

第二十章 宫变

显阳殿里灯影幢幢，守夜的宫人在御帐外昏昏欲睡，窗外突然传来夜枭凄厉的叫声，刀锋似的破开深浓的夜色。

天子寝疾，睡眠很浅，被这叫声惊醒，躬着身子剧烈地咳了一会儿，然后仰天躺着，急促地喘着气，胸口发出呼哧呼哧的痰音。

“陛下怎么了？”杨皇后一身紫棠色梅花纹的织锦衣裳，步态雍容，走近时环佩轻摇，没有发出丁点声响，仿若一阵夜风，悄无声息地来到天子的床榻边。

天子吃力地将头转向外侧，掀动重如千钧的眼皮。杨皇后将织成帷幔撩起，挂于金帐钩上。天子便透过里层绛红的纱帐静静打量了皇后一会儿，突然又猛咳了几声，用手肘将上半身略微撑起。皇后见状，赶紧上去搀扶着他坐起来，娴熟地从榻边拿起唾壶递到他嘴前，片刻后用丝绵帕子擦去他嘴角残留的血丝。

皇帝喘了几声，逐渐平静下来，如释重负地躺回床上，从帐子中伸出一只枯枝般的手，握住杨皇后的手道：“这些日子你衣不解带地伺候寡人，苦了你了。这些事叫宫人做就是了，何必亲力亲为。”

杨皇后垂眸看了看他们交叠的手，沉默片刻，然后轻轻将手抽出来，回身端起药碗，探入帐中，搀他坐起来喝药：“妾不能以身代陛下，只好略尽绵薄之力。”说完对守夜的宫人道：“你们退到殿外去吧，陛下这里有我照看着。”

天子喝完药躺回床上，却不闭上眼睛，只一动不动怔怔地望着黑乎乎的帐顶，他原本生得还算英武周正，如今一张脸瘦脱了形，两颊和眼睛深深凹陷下去，看着暮气沉沉，在昏黄的灯光里有些瘆人。

“皇后，咱们成婚多少年了？十二……还是十三？”就在杨皇后恍惚间怀疑他是否还活着时，他突然转了转眼珠，看着她问道。

“十四年了。”杨皇后镇定地答道，“阿铮过年都已十三岁了。”

“是啊。”皇帝顿了顿道，“我遣阿铮之国，你不会怪我吧？”

杨皇后敷衍地扯了扯嘴角，毫无波澜地道：“庙堂社稷之事，妾安敢置喙。”

“说到底你还是怨寡人。”天子轻笑了一声，“任舒呢？叫你们杀了，还是反了？”

“任大人虽出身寒庶，却深明大义，忠心不贰，何反之有？”杨皇后也附和般地笑起来，笑声回荡在空荡荡的大殿中。她笑了几声便觉无趣，戛然收住了。

“好，好，连寡人的中护军都能叫你们笼络去，看不出……杨国丈有几分本事！”天子语声急促，咳喘又发作起来，胸口剧烈起伏，张着嘴大口喘着气，像一条离水的鱼。他伸手在床上摸索了半晌，却找不到什么可以往外掷的东西，只得作罢了。

“请陛下顾惜身体。”杨皇后面无表情地道。

远处响起一阵甲胄与佩剑相碰的声音，在空寂的大殿中有些惊心。

殿中郎裴广和萧炎疾步走上前去，向天子行了个礼。裴广道：“启禀陛下，太子意欲谋反，于东宫起事，任大人已将其生擒，请陛下发落。太尉荀康、中书监卫昭欲行伊、霍之事，请陛下下诏讨逆。”

“裴广！”天子怒极反笑，又扫了一眼敛容站在裴广身后的萧炎，“你是？我没见过你。”

“臣殿中郎萧炎拜见陛下。”萧炎沉声道，“仆原在殿外当差，荀中郎潜图不轨，事发身死，仆权代其职。”

“那死老魅，子孙后辈也都是鼠窃狗偷之辈！”天子咒骂了几声，顿了顿，又对杨皇后道，“阿铮那逆子呢？怎么，敢做这颠倒伦常之事，不敢来见寡人？哈哈，真是夜里不能说鬼，这不是寡人的好儿子吗？”

“阿爷。”三皇子司徒铮身披火狐裘衣，步履轻快地走到床边，行了个规规矩矩的君臣之礼，“未曾想到阿兄行此篡逆之事，还请阿爷顾惜御体，若是将自己气死了，实乃社稷之大不幸。”

天子竭尽全力撑起半个身子，向司徒铮脸上狠狠啐了一口，颤抖着手指着他的鼻子道：“你阿兄又何尝亏待过你？寡人又何尝亏待过你？你不满五岁，寡人便为你择名师、选良友，教你以义方，使弗纳于邪，你……你……你这杀害兄弟的孽畜！”

杨皇后眉头一跳，身子颤了颤。

三皇子站起身，拢了拢裘衣，朗声笑道：“原来阿爷早知道了，那儿子也不与您拐弯抹角了，请阿爷下诏废太子、太子妃为庶人，押送至金墉城。荀康、卫昭专权擅事，图谋不轨，请阿爷诏令北军中侯杨武大人发北军五营禁兵，与殿中宿卫同去

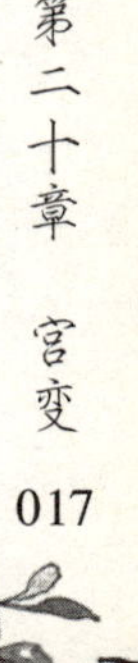

讨逆。”

二月的子夜依旧春寒料峭，滴水成冰，卫府值夜的阍人从小陶炉上提起铜吊子，给自己和同伴各斟了一碗酒，骂道：“真他娘的冷。”这酒又薄又浑，与酸米泔差不多，只能暖暖身子而已。

“老弟再忍忍，不到一个时辰就换班了。”另一名阍人接过热酒喝了一口，觑了觑眼睛，用手背揉了一气。

“咋了？”

“不知道咋的，这眼皮跳个不住。”揉眼的阍人顿了顿又道，“欸，你觉不觉着今儿有点邪乎？前边儿巷子里那群野狗嚎半日了，叫得人瘆得——”

“嘘——”同伴打断了他，侧着头，将手拢着耳朵仔细听了半晌，小声道，“那是什么声儿？”

“小子故意唬我呢！”那阍人嬉笑着用手肘捅了捅同伴的肋骨，随即怔了怔，焦急道，“快上门楼！”

那是大队人马行进的脚步声，闷闷的，如滚地雷一般由远及近，少说也有几百号人。

北军中侯杨武命部下领五百甲士前去围荀府，自己则带着剩下的兵马，与殿中郎裴广领的三百宿卫会合，将卫府围得水泄不通。

杨武在门外高声喊道：“中书监卫昭专权擅事，安官贪禄，以私毁公，与太子共谋篡弑！臣杨武奉诏讨逆，尔等速速开门，若不束手就擒，辄以军法从事！”

话音甫落，他脸上阴鸷之色一闪，一挥手，便有数十名军士抱着粗木朝着卫府的朱红大门撞去，其余士众则架起人梯，往墙垣上攀爬。守在周围几处高阁上的弩士一听喊杀声起，纷纷引弓，火箭从四面八方齐发，卫府中不多时便有多处被点燃。

卫家人从睡梦中惊醒，匆匆忙忙披衣下地，推门而出见四处火光冲天，都知大祸临头，一时间人仰马翻，妇孺的哭声与叫喊声此起彼伏。

卫家男丁迅速集结起数百名被甲执锐的部曲严阵以待，守在墙垣上的弩手居高临下朝墙外放箭，霎时有不少人中箭栽倒，墙根堆积起不少尸体。卫府的院墙虽比一般门户高些，但毕竟不是什么高垒深壁，禁军兵士训练有素，前赴后继地踩着尸体往上攀，墙上守卫很快便招架不住，不时有人被长枪戳中，栽倒下来。

卫昭亲自指挥部曲防御，他身披铠甲，手执长刀，依稀是当年驰骋疆场时的勃发英姿。

卫家几乎所有的子孙都站在了他的背后，大儿子已届不惑之年，孙儿十郎才过完十三岁的生辰。

卫昭转身望了一眼，咬紧的牙关松了松，穷途末路的悲意几乎要喷薄而出。他竭尽全力地将其压在心口，敛容沉声对三郎卫琛和六郎卫珏道：“你们带一队部曲去内院，守着阿婆、阿娘、姨母和姊妹们，若是……你们知道该怎么办。”

“阿翁——”卫珏哑声唤道。

“莫多说了。”卫昭手背朝着他轻轻挥了挥，就像小时候打发他自个儿去玩一样，“你是卫家人，莫叫阿翁瞧不起。”

大门终于不堪撞击，向内打开，手持刀刃的甲士像潮水一样冲杀进来，部曲一边迎敌，一边掩护主人，卫家子弟多任文官，虽曾学过骑射，何尝见过这等阵仗，二房长孙卫珉几乎拿不住手中的刀。

“卫昭！你妄行过任，以贱陵贵，图谋废立，今日死有余辜!”杨武高声道，复又假惺惺地叹了口气，“卫大人，莫要负隅顽抗，我看在两家世交的情分上，还能留你们一具全尸。”

卫昭瞪着血红的双眼，指着杨武怒道：“我卫昭忝居高位，战战兢兢，卑身贱体，夙兴夜寐，虽无雄毅之略，赫赫之功，自问无愧天地，无愧吾君！尔等宵小，谗言以邪，朋党比周，矫诏诬陷戕害朝廷重臣，千刀万剐不足以谢罪!”

“不见棺材不落泪!”杨武脸上现出狠戾之色，从牙缝中挤出两个字，“放箭!”

“遥集兄，别来无恙?”殿中郎裴广将佩剑收回剑鞘中，好整以暇地打量卫珏，“啊，瞧我这话问的。”

卫珏坐在院中，靠着一棵梨树，他将胸口的箭拔出来扔在一旁，便有血汩汩地流出来，茶白的袍子已经染成了深红色，分不清哪些血是自己的，哪些是被他杀死之人的，哪些是部曲的，哪些又是亲人的。

火光映红了天空，浓烟像黑云一样升腾起来，四周遍地横尸，时不时传来梁柱在火中坍塌的轰然声响。卫珏望了望烟柱，眼前已经有些模糊了，然而他还是小心地将视线避开堂屋，生怕看到悬在房梁上的阿娘、叔母和姊妹们。他终究是个懦弱的人，难堪大任，他的祖父错看了他。

那副担子压得他喘不过气来，现在可以卸下肩歇一歇了。

是在这棵树下吗？那时他们多大呢？卫珏目光涣散，脑袋发沉，无论如何也想不起来，只得不去计较了。

他只记得自己在树下弹琴，小十一撑着下巴在一旁听。

她听了片刻便失了耐心，站起身用脚尖踢了会儿小石子，又折了柳条来撩拨琴弦。

“不是你吵着要我教你的吗？”他说着一手将柳梢按住，另一手轻轻一勾。

“我才不信这是《广陵散》。”小十一将柳条拽了回去，往地上抽打了几下，搅得尘土飞扬，“一股子老叟味儿，怎么会是嵇中散那样的人物弹的《广陵散》？”

“那就不得而知了。”他笑着道，“我阿爷去会稽一带寻访了三载才寻回此谱。阿翁道此曲不祥，将谱烧了，我还是偷偷同阿爷学的呢。”

“哦。”小十一道，“那你再弹一遍我仔细听听。”

其实他和小十一从未独处过，可见记忆是作不得数的东西，然而卫珏记得清清楚楚，那日梨花开得正好，风一过便撒下一蓬碎雪般的花瓣来，小十一便摇头晃脑地将它们抖落。

可惜今年等不到梨花开了。

将近寅时，浓墨般的夜色渐渐淡了，姜二娘下榻的屋子里点着灯，偶尔发出噼啪一声。烛焰一跳，阿枣的心也跟着重重一跳。

“阿枣姊姊，三平说望见城里烧起来了！”阿杏端着铜水盆走进门来。

“哪个三平？哪儿烧起来了？”阿枣心不在焉地问道。

“护院三平呀，瘦高个，脸长得像茄子那个。”阿杏在自己脸前比画了下，“说是烧得厉害，连天都烧红了！那黑烟！哗！”

“哪家走水了吧。”阿枣漠不关心地道，“天干物燥，没啥稀罕的。”

“小娘子好些了吗？”阿杏一边道一边将铜盆递过去。

阿枣站起身来接过盆，手刚触到冰冷的铜盆便一哆嗦。她大半夜未合眼，背上寒意阵阵，守着火盆也不顶事：“才刚折腾了一会儿，说了许多胡话，一个劲儿冒冷汗。”

“那可咋办！”阿杏舔了舔因缺觉少眠而干裂的嘴唇，焦急道，“药也喝了好几碗了，怎么还不见好，我去把大夫叫来看看？”

“有什么用？”阿枣白眼都翻不动了，有气无力地道，“来了几回了，每回都说再煎一服药。尽是瞎折腾人，小娘子已经得了风寒，半夜三更地将她从被窝里拖出来喝药，怕是烧得更厉害！二郎还在外边吗？”

阿杏叹了口气道：“还在厅事里坐着呢，脸色青青的，瞅着瘆人。”

“咱们小娘子一向待他好，看来是没白费。”阿枣道，“吕嬷嬷这会儿差不多该起了，你去她屋里说一声，往厨房传些热乎点心和汤羹给二郎。别一个还没好，另一个又倒下。”

“我去吧，吕嬷嬷丑正才睡下。她上了年纪，怕受不住。”阿杏揉揉眼睛，眨巴了几下道。

阿枣点了点头："索性多要一些，咱们也吃些，暖暖身子。"说着去揭敷在二娘子额头上的帕子，才一揭开便有一股热气冒出来。阿枣赶紧将帕子投进凉水盆里，漂了几下，拿指尖拎起来，忍着刺骨的寒冷拧干，叠好了盖在主人的额头上，用手掌轻轻摁了摁，毫无预兆地涌出眼泪来，喃喃道："小娘子，求求您快些好起来吧。"

钟荟感觉自己飘到了半空中，她俯视着这一幕，很想说点什么安慰阿枣，却发不出一点声音来。接着她有些恍惚起来，阿枣连同庄园的屋子仿佛水中倒影，晃了晃，随即消散了。远处的虚空中突然传来一阵徐缓的琴音，她侧耳倾听，觉得这曲子有些耳熟，不由自主地循着琴声飘去。

眼前慢慢浮现出个宅院的样子。她四下里环顾了一眼，立即认出这是卫家的正院，那棵梨树少说也有七八十年，枝丫张牙舞爪的，很好认。她霎时放了心，脚落到了地面上。

"十一娘来了。"卫七娘不知从哪里跑出来，转眼间就到了钟荟跟前。她看起来也就八九岁的模样，乌油油的长发梳成双鬟髻，穿着一件鹅黄色的衫子，衫子外罩着一层雾一样的轻纱，胸前的璎珞上挂着那块白玉如意。

钟荟由她牵起自己的手，笑着道："前日我遇见你家十二娘了，她生得与你很像。"

"那不就是嘛。"卫七娘笑着指了指坐在台阶上的小娘子。卫十二娘着了一件樱粉色的绫绢上襦和一条月白裙子，正羞怯地望着钟荟笑，细声细气地道："钟姊姊。"

"你不是想学《广陵散》吗？"卫七娘压低声音道，"趁着阿翁去宫里还未回来，叫六兄教你。"

钟荟想起卫六郎与钟十三娘议亲，心下正踌躇着要不要避嫌，卫七娘已经拉着她走到了树下："仔细学啊。"

卫珏垂着眼帘，专心致志地抚着琴，落下的梨花在他身边铺了一地。

琴音有些悲怆，钟荟无端觉得心里有些发堵。

一曲弹毕，卫珏在悠长的余韵中仰起脸朝她笑了笑："学会了吗？"

"一遍哪能学会。"钟荟闷闷地道，"你再弹一遍，慢一些。"

卫六郎看了看天色道："来不及了，回去吧，小十一。"

身后七娘和十二娘也道："快回去吧。"

钟荟一回头，不知何时卫家众人都到了，满院子的人，卫老太爷、卫珏的阿爷阿娘，二房、四房、三房……怎么不见卫十一郎呢？她有些纳闷，正要开口问，又听卫珏道："小十一，你好好的。"

那声音里的惆怅如有实质地堵在她胸中，她只觉得一阵天旋地转，耳边一声鹤唳划破长空，再睁眼时已回到了邙山的庄园中，正好端端地躺在自己的床上，天光已经大亮了。

“小娘子，谢天谢地，您总算是醒了！阿弥陀佛阿弥陀佛！”吕嬷嬷抚着胸口道，“想吃些什么？奴婢去给您弄！”

钟荟怔了一会儿，轻轻摇了摇头，心里空落落的，只有一个念头盘踞着——卫家出事了。

姜家守夜的阍人子时不到便在门房里打起瞌睡来，最早发觉外头有异的反倒是蒲桃。

肚子里的孩子月份大了，晚上便常常要起夜。这夜子时，她照例被尿憋醒了，扬声唤醒睡在床边榻上的阿鹃。这小婢子是她有孕后姜大郎从外边采买的，没从公中走，也没受过什么调教，服侍起人来十分凑合。

蒲桃基本上亲力亲为，套上外衣和裙子，披上棉披风，由阿鹃搀扶着出了院子，南丙院与相邻的南乙院共用一个厕房，每次都得走长长一段路。

阿鹃借着夜色掩护把白眼翻到了天上，这位半仆不主的忒把自己当个人物，还不肯在木桶上凑合，嫌摆在屋里熏人。

出完恭回来，两人还没走到院门口，就听见了外面锵锵的金戈声和厮杀声，大约隔了几条街，听得并不十分真切。蒲桃立在当地仔细听了一会儿，似是从西北方向传来的。

她当机立断对阿鹃道：“快去喊郎君起来！”

阿鹃推脱：“郎君在陈娘子房里，娘子干脆要了奴婢的命算了。”

蒲桃“啪”地甩了她一个耳光：“不去我现下就要了你的命！”说着抱着肚子急急回院子里去了。

不一时哈欠连天的姜大郎来了，他睡眼惺忪，外间的声音听在耳朵里，却没往心里去，只隐约觉得有些不对。蒲桃拽着他的袖子三言两语一说，他顿时慌了神：“这可如何是好？”

蒲桃知他向来没什么主意，本来就没指望他什么，一边思索一边道：“大半夜的城里杀起来，多半是宫里出了变故。郎君您先命管事将家丁护院都叫起来，每个门外都派人守着，虽然看着不像是冲咱们家来的，可也得防着有人浑水摸鱼；往每个院里派护卫，人手肯定不够，让夫人、小娘子和小郎君们都去老太太院里，院门外再加一重守卫；再一个，万一有贼人趁机摸进来，多半是求财，须嘱咐家人，切不可贪恋金银财帛。”

“要不要备车？”姜大郎道，“看情形不对还能往外逃。”

蒲桃沉吟片刻道：“备几辆马车也成，但此刻城门、宫门多半都上钥了，出去也只能像没头苍蝇似的乱窜，还未必有府中安全。”

姜大郎连连点头，此时还不忘诉诉衷情：“我姜景仁得了你真可谓夫复何求。”

“都什么时候了还说这些个有的没的！”蒲桃柳眉一拧，“快去！”

姜景仁毕竟也是在朝为官的人，有了蒲桃这根主心骨，便将事项一一分派下去，待一切都安排妥当了，便去了老太太院里。

阖家老小连同姜大郎那些莺莺燕燕全都焦急不安地守在堂屋里，孩子们大多不明所以，睡眼蒙眬地依偎在各自母亲怀里。

姜大郎一跨进屋里，那些个后房女子便围了上来，七嘴八舌地叫着“郎君”，这个扯着他袖子问“如何是好”，那个扒拉他腰带道“妾好生害怕”，唯独蒲桃安安静静垂首坐在角落里一言不发，手里紧紧攥着一根削尖的竹竿。

姜大郎应接不暇，坐在一旁的曾氏见不得这情形，气不打一处来，往案头上一拍：“都给我退下去，成什么话！谁再吭一声就滚回自己院子里去！”

主母发了话，没人敢再吱声了，曾氏这才抚了抚膝头裙裾上的褶皱，站起身走到夫婿跟前。

姜大郎讪讪地道：“阿娘呢？”

曾氏道：“婆母在房里，老人家年纪大，又是大病初愈，我叫下人替她更了衣，现下和衣躺着。大娘、三娘和八郎也在里头。”

姜大郎点点头，不知道该说些什么，沉默了会儿道：“你自己也当心着点。”说完进屋去了。

一进屋却见姜老太太已经下了地，一边拄着拐杖转悠来转悠去，一边吩咐刘氏和两个孙女将屋子里的金银细软和古董分门别类地拿棉布包裹起来。

“阿娘您这是在做什么？”姜大郎哭笑不得，“大半夜的，快去床上歇息歇息。”

“你懂什么！”老太太瞪着眼道，“叫贼人抢了去可咋办？”说完低声吩咐三老太太：“你悄悄儿的，找俩靠得住的下人，这一包拿根绳子吊在井里，这一包埋猪圈里，坑要刨得深些，还有这一包，藏厕房里……”

姜大郎待要再说些什么，身后大女儿悄悄扯了扯他衣裳，轻轻道：“阿爷，随阿婆吧，有事儿忙免得她担心。”

老太太把能忙的事都忙完了，实在找不到什么供她折腾，往铺着水貂垫子的榻上一坐，哇一声哭起来：“大郎，万儿咋办，我两个外孙儿咋办哪！”

“阿妹吉人天相，不会有事的。”姜大郎拍着老母的后背连连安慰。

大娘子也道：“阿婆莫担心，若是姑姑有事儿，咱们家也不会那么太平啊。”

姜老太太一听觉得有道理，方才止住了号啕大哭。

姜大郎和女儿才松了一口气，便有个下人上气不接下气地冲进来：“郎君！大事不好了！门外来了一队人马！一个个都拿着刀哪！”

姜大郎赶紧跑出去，惊慌失措地问道：“来的是些什么人？有多少？”

“黑灯瞎火的，奴也数不清啊，看这阵势，总有百来号人吧，门撞得哐当哐当的！”

他话还没说完，又一个小仆役连滚带爬地跑进来，语无伦次地道：“郎……郎君！贼人从西墙爬进来了！见人就砍，拿着火把到处点！阿黑，记得莫？高高壮壮那个，人愣愣傻傻的，这里有粒痦子，脑壳都叫掀飞啦，白花花的脑浆喷得到处都是，吓死人！方才眼看就抵不住了，这会儿怕已经进得府里来啦！”

这下人嗓门大，又受了惊吓，扯着喉咙高声喊，里边老太太、刘氏和大娘子等人也听得一清二楚，都大惊失色。老太太在房里坐不住了，叫刘氏搀她去堂屋里，大娘子等人也跟着出了屋子。

堂屋里已经哀鸿遍野，别看姜大郎后房这些女人平日斗得乌眼鸡似的，大难临头倒生出几分同病相怜来，把着臂挨着肩哭作一团，反正受宠与否，逃难时多半是不会带上她们这些人的。

院外果然传来乱哄哄的声音，脚步声、兵刃相撞声夹杂着痛呼哀号，姜家那些看家护院的仆人与世家大族能当私兵用的部曲根本是两码事，何况还有十几个青壮年被姜老太太留在了庄园里，如今将厨子、伙夫、杂役、花匠全算上，也就几十号人，大多还是老弱残兵，还没什么像样的武器，花锄、菜刀、木棍，逮着什么拿什么。

“郎君你快拿个主意吧！”曾氏见姜大郎只顾一筹莫展地原地转圈子，既着急又上火，将八郎和三娘子紧紧搂在怀里。

姜景仁一咬牙，对曾氏道：“后门有车马，趁贼人还在院外，先逃出去再做计较！”

“家里的车马载不下这么多人。”曾氏扫了一眼姜大郎的姬妾们，“孩子是郎君的骨血，离乳的能带几个带几个，没离乳的……没有乳母坐的地方了。”

主母话音甫落，姬妾们的哭声嘹亮起来，方才的惺惺相惜之情荡然无存，俱都争先恐后地拉扯姜大郎，求他带上自己的孩子。

姜大郎自身难保，哪有暇怜香惜玉，平日里不分嫡庶一样抱在怀里摇着哄着的孩儿，这时候也不得不分出厚薄来了。姬妾们这时候顾不得好看，一个个涕泗滂沱，鼻红眼肿，鬓乱钗横。他看在眼里越发心烦意乱，狠狠心将袖子往外拽。

姬妾们哪里肯放他走，纷乱中有人发狠道：“将我们扔下就罢了！郎君自个儿的孩儿也抛了！你好狠的心！要死一块儿死！”

顿时有不少人附和，纷纷叫道：“休想扔下我们独活！”将姜大郎和曾氏等人扯住，尊卑全不顾了，这个拽胳膊，那个抱腰。另有自己孩子原本能排得上号的，见此情形自然焦急，与另一拨人厮打起来，她们的哭喊叫骂声和孩童声嘶力竭的哭声响成一片，几乎将外面的打杀声都盖住了。

曾氏胳膊都叫她们掐麻了，一边护着一双子女一边往外挣脱，犹如陷在淤泥之中，怎么也甩不脱，只得朝着夫君的方向怒骂："看看你惹的这些债！"

话才出口就淹没在了声浪里。

姜老太太一直面沉似水地在一旁冷冷地看着这些人作怪，此时忍无可忍，抄起拐杖狠狠朝墙角的陶花缸砸去。众人只听"哐啷"一声巨响，都怔在了原地，忘了你推我搡了。

老太太余威犹在，拐杖一指，前边自动分开一条道来。

她径直走到儿子跟前，狠狠剜了他一眼："贼人还没杀到跟前呢，自己倒乱起来了！"忍了又忍实在憋不住，骂道："瞧你这熊样！"

"阿娘……"姜大郎像个做错了事的孩童嗫嚅道。

"孩子都带上，没离乳的乳母一起上车。"姜老太太不去看儿子。

没孩子的姬妾眼看又要闹起来，姜老太太拿拐杖往地上一杵："嚷什么！我老婆子留下！"

姬妾们顿时哑然，姜大郎大惊失色："阿娘，您怎么好留这里！"

"活到这岁数也够本了，哪里来的地沟老鼠，叫他们认识认识我姜曹氏！"老太太冷笑道，"你们莫废话，赶紧走！"

姜大郎无论如何不肯依，拉扯推搡之间，"砰"一声巨响，院门已经被撞开了，一群人高声叫嚷着往里冲，守在院中的下人在白刃之前哪里还顾得上主人，都作鸟兽散了，几个跑得稍慢落在后面的被刀斧砍中，仆倒在地。

屋子里的人纷纷瑟缩着往里边挤，堂屋的木门叫人一脚踹开，一个手持利刃的男人一马当先，长驱直入，身后呼啦啦跟着四五个高矮不一、状貌各异的壮汉，每个人手里都提着柴刀、斧子等利器，头脸、衣裳上都是血。曾氏紧紧搂着三娘子和八郎，老太太则把大娘子抱在怀里。

姬妾们吓得大气不敢出，捂着孩子的嘴，恨不能钻进地缝里去。

那些歹人一见屋子里那么花容月貌的美娇娘，眼都发直了。

姜大郎借着油灯灯光打量来人，只见领头那人生着个橄榄似的两头尖的脑袋，阔鼻子，绿豆眼，两条弯弯细细的眉毛像是画出来的一般贴在脸上。

姜大郎顿时转忧为喜："赵四郎！阿海！你可见到贼兵？"

"这不是油耗子小四吗！"姜老太太也恍然大悟，难怪看着这般眼熟，不过她可不像儿子那么天真，这人目露凶光，一看就是来者不善。

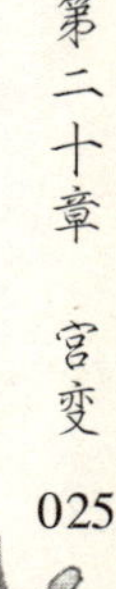

“这是要做甚！”姜老太太暗暗攥住拐杖，诘问道。

赵四郎嘿嘿一笑，伸出大拇指往鼻下蹭蹭，一脸皮笑肉不笑：“阿豚兄，老婶婶，这下子认得我赵老四了？”一仰头朝身后道：“都伸长了耳朵听听！我赵四和姜府的交情是不是吹的？”

身后同伙发出一片嘘声。

姜大郎虽后知后觉，到此刻也知道不对了。

这赵四原是姜家住通商里时的西邻，当年姜赵两家都在西市上摆摊儿，姜家杀猪，赵家卖油，这赵四郎与姜大郎同年同月生，小时候玩在一块儿，好得能穿一条裤子，直到后来姜家靠着闺女发达了，搬去了康安里。

赵家前头三个儿子都是老实人，偏赵四郎不学好，成了九六城里的混混，带着一帮不三不四的人干些坑蒙拐骗、逾墙挖壁的勾当。

姜大郎再怎么浑，好赖也是个官儿，起先还一同出去吃吃酒斗斗鸡，渐渐地就疏于往来了。赵四郎上门来找过他一回，叫阍人堵在外头，大门都没得入，倒吃了好一顿挖苦，不免怀恨在心。

前些时日姜二郎拜将军，姜万儿又晋位夫人，姜景仁大摆宴席，自然没请赵四郎，倒请了隔壁香药吴家当经途尉的三儿子。吴三郎吃了酒席回来连吹了三日牛皮，赵四郎那新仇旧恨都叫他勾了起来，每天夜里辗转反侧，死活咽不下这口气。一夜灵光乍现，便寻思着叫上几个人，趁月黑风高之夜潜入姜家弄些金银财帛花销花销，谁知老天有眼，助他一臂之力，要不怎生那么巧，城里偏就兵荒马乱起来了！

赵四郎也是个胆大包天的，当即纠集了平日里一同偷鸡摸狗的闲汉，一开始不过十来个人，这个带那个，渐渐聚起二十来人，索性一不做二不休，干他一票大的。

“阿豚兄啊，”赵四郎又道，“你这份家业可真了不得！怪道九六城里都说万儿妹子长了个金屄呢！我这乡巴佬走进来差点迷了路！”

后头有人起哄道：“你兄弟就没请你开开眼？”

“是啊！”赵四郎眼睛一瞪，冷不丁往案上砍了一刀。

襁褓里的十郎吓得哇的一声啼哭起来，他生母周氏赶紧抖抖索索地捂住孩子的嘴，在他耳边嘘嘘地哄着。

赵四郎仰天大笑一通，笑够了才从牙缝里一个字一个字地往外挤：“我这兄弟是人贵眼也贵，哪里看得上我哟！兄弟，没事儿！你想不起来赵老四，赵老四念旧情，日日夜夜想着你，自家兄弟，不同你客套，也来沾沾你的光，啊？！”

姜大郎原先以为杀进来的是军士，难免吓得两股战栗，眼下闹明白了是赵四郎纠集的一帮乌合之众。穿开裆裤时就一起在泥里滚，谁怕谁啊！

姜大郎将精铁长刀从镶金嵌玉的刀鞘中抽出，往胸前一横，上前一步将妻儿老小护住。这刀是姜二郎第一次上战场时从寇边的羌胡首领那儿缴获的，那寒铁冷光闪闪，凝着一层森然的杀意。他好歹是屠户出身，这刀虽不如杀猪刀使起来趁手，杀他两个人总还使得。

不过不到万不得已，他也不想和他们硬碰硬，刀剑无眼，他这儿都是妇孺，难免有个损伤。

他示过了威，倒提着刀，拱拱手道："四郎，你我兄弟一场，犯不着闹成这样。兄弟们不过求财罢了，我折了这么多下人，也不与你们计较，金银器物，你们看上什么尽管拿去。"

赵四郎的跟班听他这么一说，都有些迟疑，他们本来就是想趁乱劫些财帛，与姜家并无仇怨，杀几个奴婢是一回事，杀宫里娘娘的亲眷就是另一回事了。

"哟！我这兄弟真阔气！"赵四郎狠狠地往地上啐了一口，"呸！谁信谁是猪！现下说得好听，转头去报官谁拦得住！咱们一个也跑不了！索性一不做二不休——"

他话说到一半，冷不丁举起刀就往姜大郎面门砍来。两人幼时整日打闹，赵四郎从小就爱使些趁人不备的阴招，姜大郎早有戒备，左手握住刀把，反手一挡，"锵"的一声，将赵四郎的砍刀磕出个豁口。

奈何他多年不杀猪，又沉迷酒色和五石散，体魄大不如前，差点拿不稳刀。赵四郎第二次举刀劈过来，他只能用刀背勉强扛住，虎口当即震裂，手腕几乎没了知觉。

领头的一动，同伙们也纷纷提着刀枪棍棒拥上前来，其中一人前去襄助赵四郎。姜大郎腹背受敌，一时间左支右绌，疲于应对，一个不留神，手臂上便挂了彩。

另三人不怀好意地对视一眼，便狞笑着朝女眷们扑过去，顿时尖叫声、哭声大作。曾氏何曾见过这种阵仗，吓得两股打战，只知紧紧搂着号啕大哭的一双子女缩在墙角，一手捂住八郎的眼睛，一手握着姜大郎先前与她防身的匕首，大气也不敢出一声。

那三个贼人像赶羊似的将哭叫奔逃的姬妾们驱逼至屋子一角，其中一个脸紫鼻歪口斜，头发乱蓬蓬的，光是看一眼都叫人反胃。只见他往胯下掏摸了一把，挑茄子似的将那些娇妾美婢打量了一番，竟拿不定主意先从哪一个下手："娘的，这有钱人家的娘们儿就是跟窑子里的货不一样，个个细皮嫩肉、娇滴滴的，阿兄今儿个拼着被榨成人干也要把你们疼个遍！"

另两个却是轻车熟路，果断地拽住两名美貌的姬妾拖到墙角，摁在地上，一边撕衣裳、扯腰带，一边回头对同伙道："闫老三，你看着她们，且让兄弟们先松快松快！"

名叫闫老三的歪瓜裂枣被人捷足先登，愤愤地啐了一口，却一向窝囊惯了，不

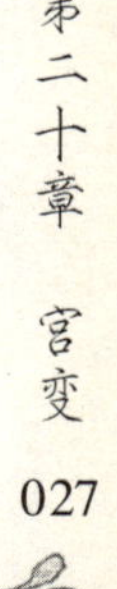

敢违抗同伙。

可怜两个美妾骇得失声尖叫。其中一个名叫芝兰的素来泼辣，手脚并用，又是踢又是抓。那贼人骂了声脏话，照着她脸上反手一个耳光，把她打得耳朵里嗡嗡作响，脸偏到一边，霎时肿起五根指头印来。

贼人见她老实了，一把扯下自己的裤子欲行非礼，刚俯下身去，后脑勺上突然传来一记钝痛，眼前金星直冒，身子往前一栽，叫芝兰趁机当胸一脚踹翻在地。电光火石之间，那贼人脸上又挨了一杖，鼻梁骨咔嚓一声断了，鼻子里淌出血来，还没看清偷袭之人，就已经栽倒在地上，昏死过去。

却是姜老太太趁着闫老三色眯眯地盯着一众美姬上下打量之际，用拐杖将那贼人击昏过去。

另一个贼人见同伙不知死活，却丝毫不放在心上，以膝盖抵住不停挣扎的女子，朝闫老三吼一声："把那老货收拾了！"

姜老太太大病一场，伤了元气，又使出浑身力气举杖击打贼人，此刻已经精疲力竭，险些支撑不住，软倒在地上。刘氏和大娘子赶紧将她搀到一边。闫老三满心满眼都是美貌女子，哪里料到这风烛残年的老妪有这等胆气和力气，惊得目瞪口呆，听那贼人一喊方才回过神来，挥舞着柴刀就朝姜老太太扑去。

老太太想举杖格挡，却是心有余而力不足，心想这条老命看来就交待在这里了。那贼人却停在几尺开外，持刀的手无力地垂下来。

蒲桃将插在闫三腹中的竹竿搅了搅，用力往外一拔，不等他捂住伤口，又往他肚子上扎了第二下，朝着人群大声喊道："还愣着做什么？横竖都是死，先拉两个垫背的！"

其余人手中也都攥着些聊胜于无的防身之具——剪子、金簪、门闩、棍棒等，不一而足。此时见一个孕妇悍不畏死地与贼拼命，胆大的便咬咬牙冲上前去。

毕竟小命比女色重要，剩下那名贼人此时也知不妙，麻溜地提起裤子，正要从旁边地上拾起斧子，地上那名女子却突然紧紧箍住他双腿，将他拽倒在地，其他人大受鼓舞，一窝蜂拥了上去。

蒲桃不动声色地往后退了两步，沉声指挥道："徐阿田，拿剪子戳他眼！陈二水，拿花瓶敲他脸！"女人们你一剪子我一棍子地将那贼人几乎戳烂，骂娘声渐渐听不见了。

"废物！"赵四郎咬牙切齿地骂道，手上挥刀不停，说话间又与姜大郎过了几招，"几个娘们儿都对付不了！"他对围攻姜大郎的同伴道："你去，老的小的下过崽的都杀了，留几个上等货，一会儿扛肩上带走，或卖或自己受用都使得。"

此人是个身长九尺、髯须如戟的壮汉，方才缠斗时已叫姜大郎吃了不少亏，与方才那三个不可同日而语。

众人听见贼首的话都吓得魂飞魄散，本来都是些弱质女流，方才不过是凭着借来的胆气热血上头，一见那贼人形状气早泄了。

姜大郎被围攻了半日，早已是强弩之末，两人都没学过什么正经武艺，都是胡打一气拼蛮力，那赵四郎瞅着一个空子，将砍刀从姜景仁腰侧横劈过来。

姜大郎眼看着来不及躲了，慌乱之间竟闭上了眼睛，只听“噔”一声响，他的腰却没如料想中断成两截。

却是挺着大肚子的蒲桃闪到他身前，挥起一只铜花瓶替他挡了致命的一击。蒲桃被刀上的劲力带得往后坐倒在地，腿间一股热液涌了出来，裙子很快湿了一片。

“蒲桃！”姜大郎死里逃生，万分庆幸，知恩图报地关心道，“你还好吧？”

“没事……”蒲桃捂着小腹，心里涌起极深极幽暗的恐惧。

姜大郎一瞥之下，看到她脸色不对，一不留神，左肩上立即挨了一下，血喷溅出来，刀也脱了手。

赵四郎狞笑着再一次举起刀：“姜阿豚，我这就送你……”

话未说完，他的脸上突然现出难以置信的神色，手无力地垂了下来，刀直直落在青石地面上，弹出几尺远。

赵四郎大惑不解地低下头，似乎在找着什么，姜大郎顺着他的目光一看，只见一支箭镞从他胸口伸了出来。

另一名贼人正要向姜老太太挥刀，也被箭射了个对穿。

两名被甲执锐的羽林郎快步走上前来，几乎没有任何停顿，手起刀落，那两个中箭的贼人还未回过神来，已经身首异处。

姜大郎赶紧蹲下身扶住蒲桃，一摸她额头，满手都是冷汗：“你怎么了？”

“郎君，我要生了……”蒲桃颤抖着声音道，“孩子，孩子……”

“你且忍耐一会儿。”姜大郎小声道，“救兵来了，定会无事的。”

一个面白无须、作内侍打扮的年轻男子上前一步，作了个揖道：“姜大人，姜老太太，你们受惊了。不必担忧，潜入贵府的贼人已经悉数剿灭，各门外都已派遣禁军把守，可保安全无虞。”

姜大郎赶紧迭声道谢，那内侍摆摆手道：“举手之劳，何足挂齿。”又扫了一眼女眷道：“奴奉皇后之命，请贵府二娘子进宫一叙，请问哪一位是二娘子？”

众人面面相觑，姜老太太问道：“敢问官长，皇后娘娘召我们家二娘子什么事儿啊？”

那内侍笑着道：“奴只管传令，旁的事都不知道，还请列位帮个忙，好叫奴回宫复命。”

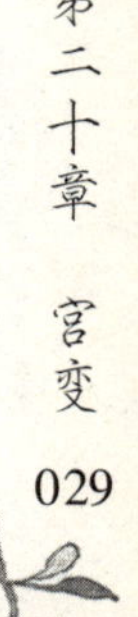

哪有三更半夜跑人家家里要孩子的！纵然是皇后也没这个道理！姜老太太倔脾气上来，梗着脖子道："官长啥都不说，民妇岂敢叫你把孩子带走！"

那内侍不见愠色，微微一笑，朝身旁一名手持弓箭的羽林郎挥了挥手。那弓箭手立即引弓搭箭，只听"嗖"的一声，一支羽箭险险擦着姜老太太的耳朵飞过，深深没入她身后的墙壁中。

"老太太，这回您可以说了吗？"内侍环顾四周，目光落在缩在墙角的曾氏身上，眼风在她脸侧的胎记上扫了一眼，脸上闪过恍然的神色，对着八郎挑了挑下巴，"这位想必是小公子了。"话音未落，方才那名弓箭手便将箭镞指向八郎。

曾氏的声音立时变了调子："我说！"

第二十一章 脱逃

姜悔一夜未眠，支撑到寅时二娘子的烧退了，七上八下的心才落回了原位，先时因焦急不觉疲惫，心里一松懈，倦意便如暴涨的潮水般袭来。

阿杏见他脸上青白一片，毫无血色，赶紧劝他回去休息。姜悔回屋躺了一个时辰不到，又被小童阿宝晃醒，道庄园管事田吉有事禀告。

田吉四十有余，为人沉稳精干，姜悔知道他不是个无事生非的人，不敢怠慢，赶紧披衣起身。

田吉三言两语把事情与姜悔交代了，原来昨夜不止一个下人望见洛京城中起火，烧了大半夜才止，更有下人道康安里的方向似乎也着了起来。

原本他们商定好了待二娘子病势好转就打道回府，田吉生性谨慎，便想着带两个护院回城打探一下消息再决定何时起程。

这庄园里正经主人只有姜悔和二娘子两人，姜二娘不过是个不到十岁的小娘子，还病得不省人事，能拿主意的便只剩下姜悔一人。虽说他是个身份尴尬的庶子，在姜府时连家中下人都很少拿正眼瞧他，可现下遇上事了也只有找他拿主意。

若只是因物候干燥而失火，断没有城中几处起火的道理，八成是出了大事。姜悔拧眉沉吟片刻道：“园子里事情既多且杂，没个老成持重的人照应着不成，田叔你还是留下照看着二妹，我带两个人下山走一趟。”

少年语调温和谦逊，却显出与年龄不相符的沉着冷静来。田吉与姜悔打了几日交道，知他年纪虽小，却是个心里有成算的。他左思右想，手下竟没个能担事的得用人，只得应允了，横竖栖霞院里那小娘子才是正主。姜老太太离开时千叮咛万嘱咐，只叫他照看好姜二娘，却只字不提姜悔，说到底他就是个爷不疼娘不爱的婢生子，跑这趟腿也不算太折辱他。如此一想，当即打定了主意，遣人去备马。

姜悔不敢耽搁，草草洗漱一番便要上路，临出门时突然想起什么，转头对田吉道：“这园子去城不远，又在入山的必经之路上。邙山中有许多世家大族的庄园，若有兵祸，难保不波及这里。以防万一，还请田叔先把二妹移到梅馆里。”

这园子的前一任主人不知是仇家太多还是遭遇过什么横祸，在好端端一片逸世隐居的园子里大费周章地挖了一条只容一人弯腰躬身通过的密道，从菜窖一直通到山阴的一片密林里。姜家的下人在整修打扫时发现了这条密道，几个小娘子觉着新鲜，还缠着兄长带他们探过一探。

田吉讶异于这位小郎君的缜密，捶捶脑门道：“瞧奴这记性！还是小郎君想得周到。”

钟荟直到将近卯时才有好转迹象，滚烫的额头逐渐变凉，不再一个劲往外冒虚汗，呼吸渐沉，睡了过去，紧蹙的眉头略微舒展，脸上却始终笼着一层忧色。

阿枣熬了大半夜，直到支撑不住才去外间耳房里歇着，田吉遣人来传话时阿杏和吕嬷嬷在床边守着。两人听说要挪地方，且是二郎的主意，都觉甚是诧异。吕嬷嬷到底上了年纪，比起糊里糊涂的阿杏多了几分见识，联想到下人们的传言，略一迟疑便起身动手收拾箱笼，并对阿杏道：“去叫你阿枣姊姊起来。”

阿杏嘴唇翕张，犹疑地看了床上的小娘子一眼，应了一声后便去找阿枣了。

吕嬷嬷竭力将手脚放轻，可钟荟睡得浅，不一会儿还是醒了。吕嬷嬷将她兄长吩咐挪院子的事与她说了，却将城里几处地方着火的事隐去不提，免得主人还未痊愈又提心吊胆。

钟荟闻言不置可否地点点头，她略一想那处馆舍的方位就明白了庶兄的意图。姜悔平时最是谨慎稳重，此时不顾她病重，执意要他们即刻搬地方，必是发生了什么事。

方才的梦境历历在目，那曲悲凉的《广陵散》仍旧萦绕在她心头，她胸口像压了块沉甸甸的石头，一个字也吐不出来。

姜悔不曾学过骑马，只得乘一辆既轻便又不甚打眼的马车，带了小童阿宝和两个护院，沿着蜿蜒盘旋的山道往都城方向赶。

行至去城三四里，东方天际已经露出鱼肚白来，姜悔忽然觉得不对劲起来。按常理推断，此时的城外官道不该是如今这寂静冷清的样子，附近的农户樵夫若是要挑菜担柴进城赶早市售卖，这时候早该上路了。再一想，上回出城时，沿途不时能见到酪浆枣茶摊子、客店、饼家，这回不是没了踪影就是闭门塞户。

离城越近，姜悔的一颗心也越发往下沉。他吩咐舆人放慢速度，希冀能遇到一两个知情之人，可沿途只碰上几个同样一头雾水往城里去的行人和远道而来的客商。

直至城楼的轮廓在晨雾中若隐若现，姜悔才欣喜地发现不远处的道旁有家客店竟开着门。他赶紧唤下人们停下，小声吩咐几句，一行人便进店探听消息。

客店小而简陋，是供无力在城中投宿的远客歇脚之处，门口支了个摊子兼卖些煎饼、胡饼、汤饼等吃食。里面一个大约三五步就能跨过的小院里牵着几匹供租赁的枯瘦骡马。穷客若是不舍得买现成吃食，也可以购买柴薪，借用客店的厨房炊具自己烹煮食物。往里一瞥便能见到几个满面风霜、着粗布衣衫的客人蹲在庭中吃面饼。

姜悔让舆人在客店门前停下，吩咐阿宝前去打听消息，顺便买几个煎饼。

在摊前揉面的店家娘子赶紧放下手中活计，拿湿巾帕揩揩手，迎了上来。他们的青布幰车虽然不华贵，可那娘子送往迎来的客人多了，扫一眼马匹和奴仆的衣饰便知是富贵人家。

阿宝装作远行客，一开腔便是西北口音浓重的官话，他要了十个煎饼，状似不经意地道："敢问姊姊，往广莫门可是走这条道？"

店家娘子诧异道："你们要进城？"

"是啊，我家公子来京城探亲，姜娘娘家您知道吗？"阿宝一脸鸡犬升天的得意劲儿。

店家娘子听闻姜娘娘名号，一瞬间似是怔住了，咽了口唾沫。

阿宝转了转眼珠子又道："可方才在路上听人说昨夜城里着火，是什么事啊？"边说边掏钱会账，特地多点了几个钱。

店家见他出手阔绰，欲言又止一番，终是低声道："昨儿夜里城里戒严了，城门到现在还闭着哪，只能进不能出，进一个人要查验半天，还不知啥时候能出来。外头好多拿刀拿枪的兵爷来来回回，才骑马过去一拨。我这店里有几位卖皮子的客人，同你们一般从西北来的，想了半天，愣是没敢进城。我劝你们也在我店里歇歇脚。不是我诳你，这方圆十里之内怕只有我这地儿还开门迎客了。得亏你们赶得巧，前脚才走了一拨客人，要不今夜可找不到地方住。"

阿宝顿时急了："这耽搁了我家郎君访亲可如何是好？昨夜到底出了什么事？阿姊行行好，说与小弟知道，也好叫咱们心里有个底。"一边说一边暗暗将个银饼子从下面递过去。

那店家娘子接过银子，勉强掩饰住喜色，凑近过来，手往天上指了指道："那家的事儿。"说完掂了掂沉得压手的银子，许是觉得自己这回答有些敷衍，便将早上几个军士前来吃饼时偷听到的谈话透露了一些："荀府和卫府烧了一夜，荀家死了二十多个男丁，卫家更作孽，叫人灭了满门，几百条人命哪！对了，你们不是本地人，大约没见过卫家人，可惜哪……"

小童心尖一颤："那姜家没出事儿吧？"

"那倒是不曾听说。"店家娘子摇摇头道，"眼下城里兵荒马乱的，谁知道变完天是个什么光景，你们哪，还是别上赶着往前凑啦。我与你说的这些话你可莫要到处说嘴，不然得坑害死我。"

小童殷勤道了谢，接过饼返回车上，附在姜悔耳边将探得的消息说了。姜悔脸色一凛，连忙吩咐舆人掉转车头，赶紧回庄园。正在此时，只听前方传来一阵"嘚嘚"的急促马蹄声，尘土飞扬，一队疾驰的兵士转眼到了跟前，将他们的马车团团围住。

姜家两名护院方欲上前交涉，立时被几把寒光闪闪的刀刃隔开。领头之人一句话都不说，抽刀懒洋洋地挑开青布车帷，见是个十多岁的俊美少年，顿时一扫方才的吊儿郎当，将刀刃往前一送架在姜悔脖子上，立目呵斥道："车中何人？"

"回官长的话，小民……小民……乃是冯翊郡临晋人士，前来京城探……探……探亲……"姜悔佝偻着身子，声音打战，带着哭腔结结巴巴道。他第一次叫人拿刀架在脖子上，要说毫不畏惧是不可能的，不过那怯懦失态多半是装的。他一夜未眠，脸色青白，嘴唇脱色，倒是将那畏缩之态演得惟妙惟肖，如何还有平日青竹苍松般的气度？

来人是奉命搜捕卫琇的宿卫，见这少年被吓得面无人色，适才那一瞬间闪过的疑虑已是消除了大半。他前夜曾参与围攻卫府之战，卫家即便是妇孺，赴死时也没有如此失态的。这奴颜婢膝的少年郎实在不像传闻中世无其二的卫家十一郎，形容又与画像相去甚远，便将刀收入鞘中，挥挥手示意他们赶紧走，之后带着部下们去搜查客店了。

先前阿宝说荀、卫两家出事，姜悔还有些将信将疑，以为是以讹传讹，眼下却是不得不信。

那队宿卫一走，阿宝赶紧放下车帷。姜悔长出了一口气，绷紧的肩背放松下来，这才发现中衣后背已被冷汗浸得透湿。身后飘来方才那侍卫的声音："不是卫家小子，带人去客店里搜。"

姜悔不敢再耽搁，生怕途中再生变数，命舆人迅速驱车回庄园。

他紧紧攥着衣裾，直到马车转入山道，并不见有人追来，这才放下心来，整理起乱麻般的思绪。他只是一介小小庶子，又无师长引导，庙堂之事只能凭着自己读史得来的领悟揣测一二，如挑灯夜行，堪堪强过瞑目不见而已。

荀家是太子的舅家，荀家遭难，是否意味着太子也出事了？卫家也是太子一系么？然而若是因太子而受牵连，缘何下场比荀氏更惨？姑姑和五皇子又是什么立场？还有那军士搜查的卫家人又是谁？姜悔深恨自己所知太少，想了半天也没个头绪。

马车行至半途，山道变得险恶狭窄起来。舆人见空山寂静，并无半个人影，又急于兼程赶路，未将速度放慢多少，冷不防有单人匹马从斧削般的峭壁背后突然转出。舆人大惊失色，猛地勒紧缰绳，却来不及收势，好在那骑马之人机警，右手一拉缰绳，从马车与崖壁之间的狭缝中堪堪擦过。不料崖边有一堆落岩，待那人看清时已经来不及控缰躲避，可怜那匹黑色大马右前足陷在石堆中，当即折断了腿。马上之人当机立断跳下马背，仍是因向前的冲势重重摔在地上。

这一切发生在须臾之间，姜悔只觉车厢一阵颠簸，险些把头撞了，勉强稳住身形，便听后方传来一声长长的马嘶。舆人方才情急之下将马头向悬崖边偏去，眼看着就要连人带车摔下去，几乎能听见崖下阵阵松涛和泉水激石的轰鸣声，顿时脑海中一片空白，只知死命拽住缰绳，手心磨出了血，终是在距悬崖一步之遥处堪堪停了下来。

姜悔心有余悸地下了车，立即回身向那摔倒在地的骑马者跑去，只见那人已站起了身，正背对着他弯下腰检查马儿的伤势，看身形是个纤瘦的少年，穿一身玄色胡服，头发用一根象牙素簪绾了个简单无华的髻。姜悔隐约觉得那背影有些似曾相识。少年察觉背后来人，转过身，显露出一张玉雕般的秀美面容来，赫然是曾与他有过一面之缘的卫家十一郎。

姜悔悚然一惊，此时也顾不得失礼不失礼了，急趋上前道：“卫公子往何处去？”

卫琇一愣，回忆片刻才想起是姜二娘的兄长，露出恍然的神情，行了个礼道：“原来是姜兄，方才冲撞了足下，还请海涵。不佞正要回城，姜兄可是从城中来？”

姜悔见他眉宇间有几分不安忧虑，却无悲意，想来还不知卫家的祸事，又看他只身匹马，连个童仆也没带，想是偷偷从家里跑出来的，一时间既为他庆幸又为他悲戚，翕了翕唇，实在不知道该如何开口，只含糊地点点头，看了一眼受伤的马道：“连累卫公子宝骏受伤，是区区之过，敝舍距此约二里路，若卫公子不嫌弃，还请随我前去略作休整，换匹马再上路。”

卫琇适才摔得一身狼狈，马又折了腿，便也不推拒了，作了个揖道：“多谢姜兄慷慨相助，不胜叨扰。”

前阵子大皇子偶染风寒，暂停了课业，他这伴读也无所事事，便请命回了卫府。卫琇在宫中拘束了好一阵，好容易逮着机会出宫，自然想松散松散筋骨，可他祖父却不作如此想，一得知他回家的消息，就将他叫到书房耳提面命，张口闭口是经世济国、辅佐君王的大道理，话里话外夹带的不外乎是权位倾轧、门户私计。

卫十一郎吃软不吃硬，卫昭当初为了让这孙儿乖乖就范，不惜装病使苦肉计，几乎是连哄带骗，待木已成舟、无可反悔了，才原形毕露。

卫琇万事不关心，对那些蝇营狗苟的事情最是反感，进宫已非本心所愿，难得

回家一次，祖父不叙亲情，却满口朝堂的钩心斗角，他失望之余流露出不耐来。卫昭目光如炬，一眼便看出孙儿的敷衍，当即厉声说了几句重话，卫琇气性上来顶撞了一句，结果领了一通家法。

卫昭亲自行的笞杖，毕竟心疼这孙儿，下手留了情，没将他打实了，趴在床上将养了数日便又活蹦乱跳。

卫琇心里对祖父有怨，便趁着卫昭上朝，牵了匹马偷溜了出去。他往常这样的事没少做，长辈兄姊一向惯着他，管事也睁只眼闭着眼，一路顺顺当当地出了城，一时间却不知向何处去，不知怎的，突然惦念起崇福寺门口的凤仪汤饼来，索性去寺里赁下一间精舍小住几日。

崇福寺建在半山腰，从寺中望不见洛京城，然而寺中人来人往，香火很旺，前夜城中几处失火的消息很快便传开了。卫琇从昨夜起便心神不宁，一听城中有事心便是一坠，连早膳都未来得及用，便骑着马急急往城里赶。他自恃骑术高明，一路快马加鞭，险路上也只是略微勒一勒缰绳，却不承想在此撞上了姜悔一行人。

姜悔命一个护院在此看守伤马，待他们回庄园后再派人来救治伤马。卫琇随他上了车。马车车厢只能容纳两人，阿宝便下车骑马，留下姜悔和卫琇两人大眼瞪小眼。他们萍水相逢，连相识都算不上，在狭小的车厢中促膝坐着，难免觉得尴尬。

卫琇有心攀谈几句，可他从来不擅酬酢交际，心里又牵挂着家人的安危，实在没法凭空扯出话题来；姜悔则满心煎熬，相识一场，他自是不能装作毫不知情地眼看着卫十一郎回城送死，他心上如压了千钧之石，几乎喘不过气来，彷徨了许久，把眼一闭、心一横道：“卫公子节哀。”

姜悔说得又轻又疾，仿佛那说出口的话语是利刃箭矢，说完也不敢去看卫琇的脸，径自低着头，仿佛卫家人罹难是自己的过错。

卫琇长久不发一言，姜悔说的话他一个字也不信，却知道是真的。

他双眼中的神采明明灭灭，起先仿佛青蘋之末的微风，逐渐凝聚成一场摧枯拉朽的风暴，燃起了一场燎原的大火，将他的喜乐与悲伤都烧了个干净，无可遏制的怒意却随业火愈烧愈烈，直将他的目光都烧成了段段灰烬。

他恨姜悔，若是没遇上姜悔该多好，若姜悔佯装不知，任自己回城该多好，说不定此时他已经在泉下与家人团聚了。

他也恨他的亲人们——令他负气出走的祖父，镇日为他求情的六兄，总是偷偷塞蜜饯给他的十二姊，老爱摸他头顶的四兄，开春就要出嫁的七姊，爱琴成痴的二叔，将他当成孩童的三婶，还有为了他在京逗留的父母……

他将这些抛下他的亲人腐心切齿地挨个恨了一遍，回过头来最恨的却是自己。

为何活下来的偏偏是他这个百无一用的废物?!

马车进了姜家的庄园，在门里停了下来，阿宝下了马，上前撩开车帷。

卫琇木然地跟着姜悔下了车，木然地踏在残雪斑驳的地面上，这是个难得的晴和日子，天气暖得几乎不像是二月里。

卫琇突然想起去年的上巳，也是如此风和日丽的物候，他初来乍到，与六兄缓缓打着马从洛水边过，人群仰起的笑脸像一簇簇初绽的桃花。

洛京繁花似锦，连风和轻尘都染着一层桃花色，而今这座古老的城池终于褪去那层歌舞升平的面纱，露出底下的血与玄铁来。

卫琇仿佛看到了在洛水边大放厥词的少年："我这人胸无大志，就想着游山玩水，去大漠看看长河落日，在蜀中听听两岸猿啼，闲云野鹤地度过此生便足矣。"那不谙世事的狂傲少年，嘴脸多么可笑，又如此可恨。

日头升得很高了，流金般的阳光洒了他一头一脸，落在他肩头，冷得像冰，沉得像土，卫琇便将那个可笑又可恨的自己，埋葬在了这冻土一般的阳光里。

庄园管事田吉听闻姜悔已回庄园，立刻赶了过来，却见二郎身旁站着个玉人般的少年郎，不由得吃了一惊。为免节外生枝，姜悔将他姓氏身份隐去不提，只把车马几乎相撞、马匹折腿的经过简单说了。田吉有眼色知分寸，不会在外人面前下主人家的面子，不该他置喙的一句也不多问。

若依姜悔的本心，自然是想留卫琇在此暂避几日，可他却不能置家人尤其是二妹的安危于不顾，踌躇了半晌，终于还是命田吉去备马。

他自觉有负道义，几乎不敢去看对方，卫十一郎却一脸平静地淡淡道："大恩不言谢。姜兄的恩德在下铭记在心，若幸得脱难苟活，后会之日可期，先在此别过，姜兄保重。"说完郑重其事地行了个大礼，从下人手中接过缰绳，竟是要立即上马起程。

姜悔听了那不卑不亢的一番话，越发羞惭，心下感慨道：君子无终食之间违仁，造次必于是，颠沛必于是。卫十一郎不愧其俊乂之名，只可惜造化弄人，命途多舛至此！他深吸了一口气，小心翼翼地收起怜悯的心思，问道："请恕在下多言，眼下不是回城之机，公子有何打算？"

卫琇一瞬间有些茫然，似乎根本未曾考虑过这个问题，竟不知如何作答。

姜悔接着道："莫如在寒舍小憩片刻……"

"多谢姜兄盛情。"卫琇似乎想报之以微笑，可扯了扯嘴角，那笑意还未凝聚就已散了："得蒙赐马已是惭愧，安敢再三叨扰？"搜查他的人此刻还未深入山中，然而迟早是要访到此处的，他多逗留一刻，姜悔等人就多一分危险。

更何况他并不需要旁人的善意，心中仿佛筑起了一道墙，将周遭的一切隔绝在外，无论善恶都无法触及他，他甚至没想过安危和生死。卫琇抬眼看了看天，似要穿过重纱般的薄云将那九霄云外的神祇看个分明，他们会让他死吗？卫琇低头一哂，他们怎么会这般仁慈。

他是不能死的，一个“卫”字便像重重枷锁，将他牢牢禁锢在这人世间，他唯有背负着千钧重担踽踽独行。

姜悔也知留下他有节外生枝之虞，行礼道：“既如此，公子千万珍重。”

卫十一郎跨上马，正要走，却有一个奴仆飞奔过来，气喘吁吁地向田吉禀道：“山道上有一群骑马穿铠甲的兵丁，不知是不是冲咱们园子里来！”田吉命护院轮流守在园中最高的揽月阁中，时时刻刻留意着外头，一有风吹草动便向他禀报。

田吉忙追问：“离这儿多远？”

奴仆答道：“约莫只有四五里了。”

田吉大骇，待要请姜悔的示下，却见姜悔一个箭步冲到那少年的马前，拽住辔道：“公子留步。”既已知道追兵就在外面，他如何能将卫琇推出去送死？

卫琇想那些兵士与自己多半脱不了干系，生怕连累旁人，益发急着要上路。姜悔惜卫十一郎是个温润如玉的君子，实在不忍他就此殒命，几乎是连拉带拽地迫着卫十一郎下了马，低声对他道：“园中有地道通往山后，还请公子随我来。”

阿宝缀在两人身后，寻机凑上前去，附耳问主人道：“小郎君，来的是咱们在山下遇上的那些凶神恶煞的军爷？是来抓卫公子的吗？”他方才一直不离姜悔左右，是知道卫琇身份的。

姜悔原本想当然地以为那些人是来搜捕卫十一郎的，阿宝这么一说，却反而将他点醒了，山道上那队人马未必就是方才在山下盘查他们的人，谁也不知道他们有何目的，即便是来搜捕卫琇，突然间闯入十多个人强马壮的军士，难保不会殃及池鱼。想到二娘子，他心中有些不安起来，对阿宝吩咐道：“你赶紧去请二娘子，叫你阿枣姊姊收拾些干粮和银子。”

钟荟心知有事，支撑着起了床，身上没什么力气，下地时腿脚还软绵绵的。阿宝在院门外一个劲地催促，她便叫阿枣依姜悔的遗嘱收拾包袱，自己将过肩的长发草草地束起，穿上夹襦，披上狐裘，传肩舆是来不及了，只得由婢子搀扶着。

院子里的人事还得有人照应着，阿枣和阿杏两人带一个留一个，钟荟不免有些为难，阿枣却道：“娘子还是带阿杏去吧，奴婢留在这里照看着。”

阿杏原本已做好了被留下的准备，她很有自知之明，晓得阿枣伺候主人比自己更加尽心得力，不料万事都要争个先的阿枣却如此说，瞬间红了眼眶。阿枣却将一个包袱往她怀里一搡道：“婆婆妈妈的做甚！不过是去地窖里躲个一时片刻，还指不定有事没事呢，你阿枣姊姊死不了！看顾好小娘子，不然回来我扒了你的皮！”

姜悔见了妹妹，将他下山打探到的消息、半途中机缘巧合遇上卫琇的事简略与她说了。钟荟虽有预感，闻言还是怔住了。阿杏见她脸色苍白，神情恍惚，身子摇摇欲坠，赶紧将她扶住，只听二娘子口中喃喃道："为何……为何……"阿杏看她两眼发直，魔怔了一般，心里道一声罪过，用力掐她的人中和虎口。

钟荟只觉一股锥心刺骨的痛，疼得她弓起背来，眼泪霎时夺眶而出，止也止不住。她推开阿杏扶她的手，走到姜悔跟前，拉着他的袖子连连问道："十一郎呢？阿兄，卫琇在哪里？"姜悔知道二妹与卫家十二娘有些交情，却不知卫家出事对她的震动如此之大，赶紧安抚她道："卫公子已经等候在地窖里了，阿妹你放心。"

"我们家还好吗？阿婆、大姊她们无事吧？"钟荟又问道，"城中还有旁的人家出事么？"

姜悔叫她吓怕了，哄着她道："家里人都平安无事，只是城中戒严，外头有些乱。阿妹你莫要怕，阿兄不过是草木皆兵、杞人忧天罢了。乖，把眼泪擦一擦。"

钟荟用力咬了咬唇，觉得神思清明了些，她又不是真的八岁孩童，如何听不出姜悔在哄她？却不说穿，只是听话地收了泪，从袖子里抽出帕子揩了揩眼睛，顺从地跟着庶兄下了地窖。

地窖里阴冷而昏暗，走在最后的阿宝将窖门关上后，姜悔和阿宝手中的灯笼便是唯一的光亮。

钟荟借着这缕微弱的灯光见到了卫琇，数月不见，他似乎长高了些，越发清瘦了。她看不清他脸上的神情，只听他低低地道："女公子无恙？"

那声音陌生而疏离，钟荟几乎以为他像姜明月一样，躯壳叫别的魂灵占了。阿晏的声音不该是这样的啊，他小时候的嗓音甜得宛如新莺出谷。他们这些大孩子拿吃的哄着他用吴语唱《子夜四时歌》，他自小聪慧无双，一句也不懂，却能将数千字的唱词背得一字不差。钟荟还记得他没心没肺地懒懒唱着"鲜云媚朱景，芳风散林花"，仿佛真能将沉睡的东君唤醒。

这一世两人重逢时，他已是个半大的少年郎，声音自是与儿时不同了，那春泉激石般的灵动洒脱，那刻入骨子里的无忧无虑却是如出一辙，如今他一开口，那些全都没有了。

他的嗓音仍旧悦耳动听，没有这个年纪的少年人常见的喑哑和粗嗄，甘甜得像蜜浆，醇美得像春醴，可只剩下个完美无缺的空壳子，如果声音也有灵魂，他声音里的灵魂大约已随亲人们去了。

钟荟心头隐隐作痛，默然地向他行了礼。

姜悔满怀歉意地对妹妹道："事急从权，无须太多避忌。"又转头对卫琇施了一礼，道："若有万一，还请卫公子对舍妹略加照拂。"

钟荟回过神来，着急道："阿兄不同我们一起吗？"

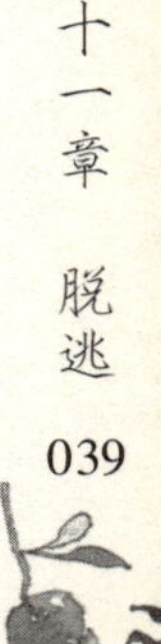

姜悔笑着摇摇头道："我留在这里照看着，人多事杂，田叔一个人怕应付不过来。"

他虽是个不受待见的庶子，关键时刻却还是姜家的儿郎，主人全开溜了，遇事叫下人顶着算怎么回事？他是做不出来的。

钟荟知道她这二兄一脑子的圣贤君子，外头看着软弱可欺，内里却很倔强，便道："我也是姜家人，我也留下来陪阿兄。"

"莫胡闹。"姜悔佯装生气地揪了揪她自己匆忙之间绾出的歪斜发髻，"事不宜迟，你和卫公子快进去吧。你们往里走一段，若是无事，我稍后便来找你们，若是过了一炷香的时间我还不来，你们便尽快从地道穿到后山去，往密林里逃。"

卫琇向姜悔颔首致谢，便躬身进了地道，姜悔随后将妹妹连推带搡地塞了进去，最后是抱着包袱的阿杏。姜悔将手中的灯笼递给阿杏，叮嘱道："千万照顾好小娘子。"

说完立刻拉下门闸，便有一道石门将密道口封住，看起来与墙壁并无二致。

姜悔与阿宝两人搬了几筐菜蔬堆在门前，这才放心地顺着地窖口的梯子爬上去。才打开窖门爬到地面上，便有下人上气不接下气地跑到院子里喊道："小郎君！小郎君！他们要抓二娘子！还把田叔打伤了，拦都拦不住！"

姜悔闻言赶紧冲了出去，不等他跑到门口，那些兵士已经到了眼前。他们有的持刀，有的背着弓箭，神情峻刻，步履整肃，装束与山下搜查卫十一郎的那批有些不同，无奈姜悔无法从衣着铠甲上辨别出究竟是哪路人马。

其中却有一位二十来岁的年轻人，面白无须，一双细细长长的狐狸眼很是柔媚，他未着铠甲，手中也无寸铁，作宫中内侍打扮，在一众兵士中宛如鹤立鸡群，十分打眼。

"这位就是姜公子吧？多有得罪了。"此人一开口，声音也与外貌一般温柔，却不似大多黄门那样尖细，即使是这种关头，也叫人生出如沐春风之感，若不是他身边的兵士手里拖曳着受伤的田吉，姜悔怕是要错将他的歉意当了真。

田吉脸色惨白，虚汗直冒，股上有一处箭伤，箭矢已拔了出来，留着个血洞，汩汩地往外淌血，将厚厚的冬裤褶都染成了暗褐色。那兵士却视若无睹，一味逼迫他拖动着双腿前行。

"田叔！"姜悔看了一眼田吉腿上触目惊心的伤口，直视那白脸内侍，怒道，"你是何人？为何擅闯我庄园？杀伤我奴仆？"兔子急了也咬人，何况是个血气正盛的少年郎。

那内侍不愠不怒地拱拱手道："在下奉中宫娘娘的口谕，前来请贵府二娘子去宫中坐一坐，还请小公子体谅当差人的不易，莫要为难在下。"

姜悔初出茅庐，一时语塞，愣了愣方道：“你先将我家下人放开。”

内侍轻轻一挥手，那兵士便将田吉往前一推。田吉伤腿无法支撑，往前一扑，单膝跪在地上，顿时泪流不止。姜悔赶紧上前扶住他，前边的阍人和护院伤的伤，残的残，且叫那些兵士绑起来穿成了一串，他只得叫阿宝和方才通风报信的小仆用门板将田吉抬回屋里上药包扎。

“这下子小公子可以好好回答在下了吗？”内侍理了理衣领，好整以暇地问道，他微微侧着头，眼神几乎有些天真。

姜悔抿了抿唇道：“我二妹不在此处，晨间已坐车回城去了。”

“既然小公子不愿行方便，那就休怪在下冒犯了。”内侍脸色一沉，对身后的兵士道，“搜！”

兵士们训练有素，闻令立即分成三两人一组，散往各间院落、馆阁中搜查起来，另有一队人快马从后门出去，追索姜二娘的踪迹。

搜查之人很细致，厨房、库房、厕房都未放过，连修篁院里一口干涸的八角井也有人吊了绳索下去查探了一番。好在那密道的暗门十分隐蔽，又是好几十年前砌造的，经土气侵蚀浸润，表面看起来已与石壁融为一体。

那些人搜了足足大半个时辰，却没有姜二娘的影子，只抓获一个老嬷嬷和几个小婢子。无论如何威逼胁迫，几个年纪小的只知摇头痛哭。那些兵士都是老手了，看样子就知这些粗使婢子是真不知情，便盯着那尖脸的大婢子和老嬷嬷审。两人却是三缄其口，那大婢子尤其硬气，叫他们拔了两片指甲，疼晕了过去，浇醒后仍旧咬着牙不开口。

长官有令，不得害人性命，他们又急于复命，见实在审不出什么，只得作罢了。

内侍的脸色越发阴沉得吓人，不复适才的成竹在胸，他兀自思忖，满是寒意的目光在姜悔青涩的脸上来回打量。姜悔硬着头皮迎上那淬了毒一般的注视，愣是没有露出破绽。

那内侍终是挑了挑细长的眉，冷冷地对姜悔道：“小公子好大本事，看来是不愿将令妹请出来了。在下无法向中宫复命，只得劳驾小公子随我走一趟，亲自向皇后娘娘解释解释，令妹一个大活人究竟去了哪里。”说完不待他回答，命人将他双手用皮带缚了扔到马上，自己与他同乘一匹马，留下五六人继续掘地三尺地搜查，带着其余兵士扬长而去了。

密道很窄，只能容一个成年人躬身通过，卫琇也需要低头弯腰才能在其中行走。三人带的蜡烛不多，一早将灯笼灭了，默不作声地摸索着石壁往里走了约莫半里，然后坐下等姜悔。一炷香的时间很快过去，钟荟心急如焚，明知该果断离去，身子

却像变成了磐石一般动弹不得。卫琇也不催促她，又陪着她等了一会儿。

阿杏见自家娘子迟迟不说话，最后终于忍不住轻声试探道："小娘子，咱们……"

"我知道，阿兄大约来不了了。"钟荟低着头道，话一出口回声阵阵，仿佛暗处藏着无数人在附和。她禁不住颤抖起来，阿杏腾出一只手来揽住她，轻轻拍拍她的背。

密道里寂静无声，卫琇清楚地听见姜二娘的呼吸变得急促，想说些能安慰人的话，搜肠刮肚后却什么也说不出来。没人比他更明白这种时候旁人是无能为力的。

"走吧。"钟荟使劲掐了掐手心，勉强镇定下来，留在此处也是徒劳无益，折返回去更是枉费了兄长一片苦心。

卫琇本以为姜二娘难免要伤心痛哭一番，不想她如此沉着和决然，说不上心里是什么滋味，闷闷地应了一声。

他走在最前面，阿杏殿后，将姜二娘护在中间。密道里有些坑坑洼洼，卫琇怕姜二娘走不稳，摸索着将自己一边衣带递过去。"牵着我的衣带，脚下小心。"他想了想又道，"你兄长许是一时脱不开身，未必有事。"

卫十一郎的话并不能叫她放下心来，却叫她一下子惊醒过来，钟、卫两家的孩子自小一起长大，情分不比寻常，卫琇几乎算是她半个弟弟。他才失去了家人，此时却还反过来安慰自己，这如何对得起七娘子和六郎等人的在天之灵？

卫家只剩下十一郎了，钟荟想到此处心里便似针扎一般。她打定了主意，无论如何也要尽力护他周全，浑然忘了自己变成了不满十岁的小娘子，头顶还不到十一郎的肩膀高。

钟荟道了声谢，伸手去抓他的衣带，不小心碰到了他凉凉的手指。她自己倒不觉得有什么，卫琇却立即缩回手去，低声向她道歉。钟荟一手牵着他衣带，一手挽着阿杏的手，三人一时间无话，自顾自埋头走着。

幽深的密道仿佛没有尽头，洞口的一点微光如星辰般遥不可及。他们不知自己走了多久，阿杏心宽体胖、好吃懒做，眼下苦不堪言，钟荟更不必说，一向能躺着就不会坐着，加上病还未痊愈，不一会儿双腿便如灌了铅一般。

卫琇体谅她们年幼体弱，走一段便回头问一声累不累，阿杏每回都满怀期待，可钟荟总是咬咬牙说无妨。若是有人发现密道，他们无异于瓮中之鳖，只有尽快出去才算是暂时脱离了险境。

当那洞口的光轮变作中秋满月般大小时，钟荟已经累得气喘吁吁。卫十一郎没再问她意见，自己做主道："我们在此歇息片刻，吃点东西再走。"

阿杏如蒙大赦地一屁股坐下来，倒叫嶙峋的岩石硌得痛叫出声来。她揉了揉痛处，从包袱里摸索出水囊和干粮，几个人分着胡乱吃了一些后继续赶路。

接近洞口的一段通道越发狭窄，三人只得跪下来手脚并用地往前爬，到最后甚至需匍匐前进。那洞口十分窄小，腰圆膀粗的阿杏险些就卡在洞中出不去，多亏了先出去的卫十一郎从腰间抽出一柄短刀，将洞口周围一块松动的岩石撬了下来，阿杏死命提气收腹，恨不能将自己像春饼似的卷起来，这才勉强钻了出去，但还是将衣裳刮破了几处。

这洞穴凿在山崖上，上不着天下不着地，从外边看仿佛一个山中野兽的巢穴，谁也想不到内里另有乾坤。洞口有方寸落脚之地，三个人站在一处着实有些挤。

卫琇往山崖下看了一眼，对两个小娘子道："前方似有水声，我去探探路，兴许能找到樵夫猎户走的小径。"便以手攀着崖壁上突出的岩石，脚尖抵住凹陷处借力，三下两下便轻捷地下到一处缓坡上，不一会儿背影便没入了苍翠的林子里。

此时日头已经有些偏西，她们身在背阴处，时不时从林间吹来的山风已经带了些寒意。钟荟咳嗽了几声，阿杏这才后知后觉地将捆扎成一团的狐裘解开，与她披上，一边拿胖手笨拙地抚着凌乱的皮毛，一边啧啧惋惜道："这么好的皮子，就这么糟蹋了。"

钟荟却没心思在意物件，方才急着赶路还不觉得，此刻静下心来，重重的忧虑便攫住了她的全副心思。荀、卫两家几乎夷族灭嗣，想来东宫也是凶多吉少。比起姜家，她此时更担心的是钟家，虽则钟家与太子一系并无密切往来，与三皇子党也是井水不犯河水，她父亲却是新任的太子少傅，难保不受牵连。

约莫半个多时辰之后，卫琇回来了。

"林间有条小径通往溪边，应是人踩踏出来的，沿着水流走想必会有人迹。天色不早了，若是找不到栖身之所，今夜就得在山野中露宿了。依在下之见，莫如即刻起程。"卫琇道。

钟荟没什么异议，点点头便吩咐阿杏收拾包袱，如果姜悔他们出事，密道附近便不再安全。阿杏一听可能要在山中露宿，从小到大听过的鬼怪传说全数涌上心头，吓得手脚比平日麻利了不少。

他们所在的崖壁很陡峭，距离下方的缓坡约有十五六尺，卫琇自小跟从名师学习射御，应付起来游刃有余，阿杏时常要奉主人之命摘榆钱槐花之属，练就了一身可圈可点的攀爬功夫，虽姿态不甚雅观，却也顺利下到了坡上，最后只剩下一个两世为人、四体不勤的钟荟。

她倒是颇有胆识，无奈本事不济，尝试了两次，找不到手脚可以着力之处，手臂已经酸软脱力。

卫琇实在无法，只得将男女大防暂且抛至脑后，返回去将她背了下来。

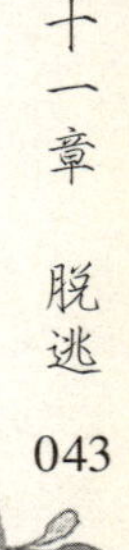

钟荟的芯子毕竟是个及笄之年的少女，纵然把卫琇当弟弟，也还是羞赧得无地自容，奈何形势比人强，一时半会儿生不出翅膀飞下去，只得闭上眼心一横，往卫十一郎背上一趴，横竖自己小时候也抱过他，这回权当他涌泉相报了。

这一趴不打紧，卫十一郎脚下一个踉跄，差点没叫她压趴下，立即意识到自己托大了。也怪不得他，早春衣裳厚实宽大，偏姜二娘骨架小能藏肉，任谁也想不到这外表娇小的小娘子如此不可貌相。

卫十一郎骑虎难下，只得道："多有冒犯，还请女公子搂住在下脖子，切莫松手。"说完强提一口气开始顺着崖壁往下爬，钟荟怕死得很，压根儿不用他提醒，手臂牢牢卡住他脖颈，勒得卫琇险些背过气去。卫琇无奈，道："劳驾女公子略微松开些。"

卫琇一脚终于触到地面时，感觉自己五脏六腑都已移了位，喉咙更是像被火烧过一样，忍不住捂着嘴干咳起来。

三人靠坐在一块大石头上休息了片刻，待卫琇因咳嗽涨红的脸恢复如常，便向着林子里走去。

卫十一郎走在最前边，不时用短刀削去繁密的枝丫或是挑开蛛网，偶尔回头与她们交谈几句，还一板一眼地教她们如何通过草木的长势和日影来辨别方向。

钟荟字斟句酌，生怕说错话触动他的伤心事，阿杏却最是粗枝大叶，仿佛天生缺根弦，大剌剌地道："没想到您一个大家公子还懂这些，是哪儿学来的啊？"

"一时得意忘形，见笑了。"卫琇顿了顿，淡淡道，"家中二叔素负向禽志，时常带着我们堂兄弟几人游山玩水，故而学了些皮毛。"

钟荟闻言心往下一落。她趁着坐下休息时不安地偷觑卫十一郎，却见他容色如常，眼底看不见一丝波澜。先前在密道中就隐约觉得卫琇有些不对劲，只是急于逃命，自顾不暇，一时没来得及细想，此时才恍然大悟，他实在是太平静了，说起已故家人的种种，脸上竟没有显出一丝悲意，即使通透豁达如她阿翁，在挚爱辞世时也曾一反常态的阴郁暴躁，甚至屡屡迁怒身边的人。

钟荟难以想象一夕家破人亡有多痛，更无法想象一个舞勺之年的少年郎如何将足以压垮任何人的痛楚压抑在心底。她望着他挺拔而略显单薄的背影，只感到莫可名状的孤独。

他们在日暮时分走出了那片林子，前方果然是一条清浅的溪涧。他们便继续顺着流水往下游走，可惜运气仿佛抛弃了他们，目力所及之处莫说村落，连半间茅屋草庐的踪影都无。

山中的夜色来得比预料中更快，简直叫人猝不及防，流霞迅速褪成了泛黄纸笺般的颜色，重云一瞬间暗了下来，山色从空青翻作暮紫，仿佛只在转瞬之间。金乌已坠，星月未升，似乎连宿鸟都叫这死寂的空山震慑住，不敢漏出一声鸣叫。

三人起初还偶尔交谈一两句，到后来连说话的力气都不剩了，拖着几乎已经丧失了知觉的双腿前行，翻过一个山头，却发现面前又是一片黑黢黢的密林。

这一刹那的绝望难以言喻，一向缺心少肺的阿杏第一个忍不住崩溃了，毫无预兆地“哇”的一声号啕大哭起来。

钟荟有气无力地抚了抚哭得快背过气去的阿杏，一句安慰的话都说不出来。她也很想哭，只是连哭的气力都没了。

“眼看着天黑了，今夜只能在林中暂歇，等天亮再起程。连累二位露宿山林中，是卫某之过。”卫琇抱歉道。

阿杏叫他这么一说倒不好意思再哭了，赶紧用衣袖胡乱往脸上抹了两把，道：“怎么好怨卫公子呢?”

打定了主意幕天席地过一夜，三人反而安心了些，走进林子里找了块平整的空地落脚，从周围收集了些枯枝，阿杏从包袱中取出火石、火绒和取灯等物生了个火堆，又拿出鹿脯和干面饼分给两人。卫琇道了谢，取出帕子垫着鹿脯，将其撕下一半，再将剩下的一半收好。他们不知还要在野外耗上多少时日，林间虽有獐兔，他却没有弓矢，何况带着两个手无缚鸡之力的小娘子，还要躲避官兵追捕，实在不方便狩猎，只得能省一点是一点了。

这时月亮升了起来，清辉洒落人间，将远山近树描摹勾勒得分明，天幕低垂，点缀着寥寥数颗寒星，如黑釉碗底落了几片银屑。

阿杏将落在树底下的枯朽松针和柏叶归拢起来，又把包袱皮展开铺于其上，充作二娘子今夜的临时卧榻。钟荟用狐裘将自己裹紧，躺了下来，只觉地气阴寒，后背硌得生疼，实在称不上舒适。然而经过一天的艰难跋涉，身体早已疲惫不堪，脑海中一个个纷乱的念头闪过，还未来得及捕捉，便昏昏沉沉地睡了过去。

卫琇和阿杏商定了轮流守夜，阿杏守前半夜，卫琇便靠着一棵松树闭目养神。

不到半个时辰，卫十一郎的耳边传来一阵如雷的鼾声，他并未睡着，睁开眼睛一看，只见阿杏已经歪倒在火堆旁酣睡了过去。

他又把目光转向蜷缩成一团的姜二娘，她已经离那落叶铺就的‘床铺’有好几尺远了，大约是因为冷，不断往火堆旁凑，就卫琇看着她这当儿又翻了个身，离火堆更近了，火光将她的脸庞映照得纤毫毕现，几乎烧着她的眉毛。

卫琇忍不住皱了皱眉，若非他睡不着，恐怕这小娘子早晚滚进火堆里去。他不满地扫了一眼睡得昏天黑地的阿杏，心道真是上梁不正下梁歪，主人自己不着调，难怪找的奴婢也不靠谱。

他不能任由这小娘子把自己烤了，无可奈何地将她往远离火堆的方向推了推，

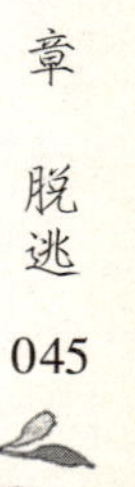

然而姜二娘稳如磐石，轻易推她不动。卫琇叹了口气，弯下腰拽着她两条胳膊往外拖。

待要将手抽回时，姜二娘却翻了个身，顺势将他的一条胳膊搂在怀里，含糊地叫了声阿娘。卫琇借着火光看到她双眉紧蹙，眼睫蝶翅似的颤动，似乎睡得很不安稳，不敢贸贸然把手抽出去，只得就势箕坐在地上，盼着她换个睡姿，让他解脱出来。

可姜二娘似乎并没有把胳膊还给他的意思，又唤了几声阿娘，似乎还说了声别的，不巧阿杏正巧打了个响彻云霄的鼾，把姜二娘的胡话盖住了。过了许久，她大约终于觉得这姿势有些别扭，放开卫琇的胳膊，转而将狐裘的一角紧紧抱在怀里。

卫琇如释重负，站起身往火堆里填了一把柴。他感到眼眶酸胀，浑身的骨头都在隐隐作痛，却是毫无睡意，他害怕睡着以后会出现在他梦中的东西。

就在这时候，远处的树丛里发出一阵窸窸窣窣的声响，卫琇警觉地将短刀从刀鞘中拔出来，紧紧握在手中，极慢地站起身，动了动因久坐有些发麻的双腿。

那声音越来越响，越来越近，十步开外，两只碧绿的眼睛浮现在夜色中。

是狼。

狼缓缓地从藏身的树丛中走了出来，一瞬不动地打量着猎物，它通体莹白，在月光下如冰雪般皎洁。

卫琇想起他阿翁的卧房里铺着一张雪白的狼皮，是他阿翁当年在边疆领兵时猎得的。他领着一队精兵将为患牧民的狼群剿杀干净，亲手一箭射穿了头狼的眼睛。

那年他阿翁十九岁。

卫琇将刀换到左手，冷冷地盯着那头孤狼，慢慢向它逼近。

狼本已沉下后腿，蓄势待发，似是突然觉察到了危险，谨慎地往后退了一步。一人一狼四目相对了许久，那头狼终于还是转身走了。

第二十二章 樵夫

姜悔跨坐在马背上，口中塞着麻布，双手被紧紧缚住，生着一双狐狸眼的内侍手握缰绳坐在他身后，扬鞭策马往洛京城飞驰而去。

姜悔自晓事以来便知道自己是个见不得光的婢生子，这辈子大约无缘仕途，可他无论如何也没料到，自己会以这样一种屈辱的姿态进入只存在于他想象中的宫城。

一行人抵达万春宫时已近未时，晴空如洗，不见片云，玉明殿重檐巍峨，丹陛在阳光下灼烁耀目。姜悔被那内侍押着拾级而上，仿佛行走在云霞之上，视线尽头是朵朵金色仰莲——那是涂了金的柱础。尽管前途未卜，心中忐忑，这恢宏的景象仍然令姜悔的呼吸一窒。

殿中自檀木横梁上垂下一道道帷幔，一重织锦，一重轻纱，深深浅浅的绯色，重帷深处是一座明黄的纱帐。姜悔一步步往前走着，仿佛越过一朵牡丹的层层花瓣，往花蕊中走去。

纱帐低低挽在雕摩羯衔花的金帐钩上，里面坐着个盛装的人，面容隐在纱帐之后，只能看到一层层满是文绣的衣裾堆云一般铺撒在整块白狐皮缝成的地衣上。

莫非这就是皇后娘娘吗？姜悔正思忖着，冷不防那内侍在他身后低低道了声“跪下”，他只觉膝窝里吃痛，来不及思索，已经身不由己地跪倒在地。

帐中之人懒懒地站起身向他走来，丝绸摩挲地面发出沙沙的声响，入目是一双缀着宝石的聚云履和绣着云气纹的裙裾。此人一开口却出乎他的意料，竟是个嗓音略带沙哑的少年：“让我看看，你给我弄来的是个什么货色。”

那内侍赶紧诚惶诚恐地谢罪：“奴婢办事不力，请殿下责罚。”

少年嘻嘻一笑道：“知道错就好，自去下面领罚吧。”

姜悔不知他口中的“下面”是哪里，听得有些不明就里，却抑制不住地从心底涌出难以名状的寒意。

那内侍恭敬地唱了声喏便膝行退下了，空旷的大殿里便只剩下他们两人。少年手里拿着一柄象牙骨绘扇，扇面上画的是斫琴图，他就用这把扇子轻轻挑起姜悔的下颏。

姜悔忍不住抬眼，顺着炫目的绫罗和金玉往上望去，只见那不过是个与他年岁相当的少年，五官生得平平无奇，甚至称得上乏味，然而一双眼睛里却有一种令人毛骨悚然的东西。

姜悔从小到大最不缺的就是旁人的恶意，其中又以嫡兄姜昙生为首，隔三岔五的欺辱不止一次叫他绝望，甚至生出过一些令人不齿的念头，可把十个张牙舞爪、欺男霸女的姜昙生捆在一块儿，也及不上眼前这少年一个眼神瘆人。

三皇子司徒铮静静端详了他片刻，眼中慢慢浮现出一丝赞赏之意。姜悔的眉目虽不如姜妃和五皇子那般绝美，却自有一种读书人没来由的清高，看在有心人眼里，有一种别样的清隽动人。

“你就是姜景仁父孝中与婢子苟合生出的那个孩子？”司徒铮收起扇子道，“你知道我是谁吗？”

姜悔脸上屈辱之色一闪而过，他默不作声，心中却早已猜到了少年的身份，打着皇后娘娘的幌子去抓人，眼前这位多半是三皇子了。

“你知道，”司徒铮沙沙地轻笑了一声，瞟了一眼姜悔的眼睛，“从你的眼神就看得出来。真是没想到，姜阿豚那个蠢物，生的子女倒是一个赛一个的灵秀。你们家也是有趣，屠夫生出的女儿活似大家闺秀，庶子又像个经生儒士。有人不喜美人太聪明，我却独爱聪慧的美人，你们兄妹春花秋月各擅胜场，甚好。听说是你将她藏了起来？这却是你小人之心了，我已经叫人拟旨，不日将册封她为侧妃，将她请进宫来却是因为思之太切，已到了废寝忘食、辗转反侧的地步。”

司徒铮说到此处顿了顿，伸出一根手指顺着姜悔的脸侧不快不慢地轻轻划过：“不过既然你二妹不知所终，也只好权且拿你替她，来个屋乌之爱了。”

姜悔一时没明白他的意思，微露困惑。

司徒铮用扇子掩着嘴扑哧一笑：“就是你想的意思。”

姜悔一下子睁大了眼睛，脸上的血色尽数褪去。司徒铮对他的反应极是满意，和颜悦色地道：“你也读过书，想必知道‘率土之滨，莫非王臣’的道理。你二妹早晚是要入宫的，你们若是乖乖听话，说不定我一高兴，就把你姑姑和两个表弟放出来了。”

窗外一阵风吹来，帷幔轻轻拂动，越发像一朵颤巍巍绽开的牡丹。姜悔突然觉得此情此景甚是荒谬，简直想发笑，仿佛有人将他满腹的圣贤书付之一炬。他毕竟是个满腔热血的少年人，也曾在旁人看不见的角落里踌躇满志，偷偷发着修身治国平天下的幻梦，而今这美梦化作了泡影，难道普天之下的学子学成文武，就是为了货与如此肮脏无耻之人吗？

司徒铮见他垂着头不说话，以为他在犹豫，走过去一手轻轻搭在他肩头，笑着劝道："天下再没有人比我更明白你的不甘了，分明天资卓绝，却因为出身的缘故只能一辈子仰人鼻息，真叫人心痛。"

姜悔缓缓闭上眼睛，复又睁开，他将肩头那只白皙的手甩脱，朗声道："小民不学，只知匹夫不可夺志，请殿下赐小民一死。"

司徒铮眯缝着眼睛打量了他一会儿，非但不怒，反而拊掌笑道："有趣，甚是有趣，没想到姜家还藏了这么个宝贝！"说完凑到姜悔耳畔，毒蛇吐芯一般道："你知道吗？死是最容易的。"

他话音刚落，有内侍进来，站在十步之外跪下禀道："启禀殿下，皇后娘娘请您前往圣寿堂议事。"

"知道了。"司徒铮有些扫兴，不耐地挥了挥衣袖，"你回去告诉母后，请她稍待片刻。"

"殿下……"那传话的内侍迟疑道，"事关重大，娘娘请您务必即刻前去，杨大人已等候多时了。"

司徒铮收起了嘴角的笑意，举足向那内侍走去，脸上仿佛笼罩着一层寒霜："听不见我的话吗？看来你这对耳朵生着也是多余。"说完从腰间抽出一把短匕，那内侍吓得面如金纸，不住地磕头告罪，却不敢躲闪，司徒铮勾了勾嘴角，手起刀落，便将那内侍的左耳齐根削了下来。那内侍捂着血流不止的伤口不住哀号，痛得在地上打滚。

司徒铮也不去看他，一回身，见姜悔吓得脸色惨白，笑着走上前去把那沾血的刀刃在他脸上蹭了蹭，头也不回地道："来人，找个盒子将这无用之物装起来给皇后娘娘和杨大人送去，记得回禀她，她的人弄脏了我的衣裳，仪容不整，不敢去见母后与外祖，还请他们稍等片刻，待我沐浴更衣完毕再前去行礼。"

姜悔脸上一抹触目惊心的血迹，为那俊美的脸庞添上些妖异之色。司徒铮微微侧头欣赏了片刻，方才对赶来伺候的小宫人道："把姜公子带下去，好生伺候着，待我处理完正事再来与他谈心。"

那小宫人大约比姜悔还小一些，低着头应了，来扶姜悔时手还在颤抖。她将姜悔带到万春宫一处偏殿中。姜悔试着与她攀谈，然而大多时候她只是低着头绞动着手指不发一言，对姜悔的问话充耳不闻。

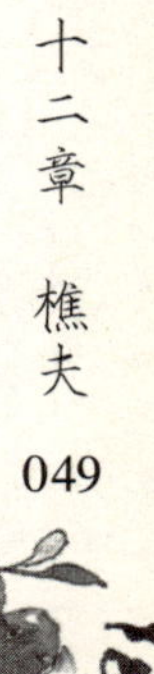

那宫人收拾出一间厢房，又从库房中抱出被褥毡毯等物铺设好，行了一礼道：“请公子在此歇息，酉时初刻奴婢拿晚膳来。”

“有劳。”姜悔锲而不舍地道，“我名叫姜悔，你叫什么名字？”

小宫人仿佛惊弓之鸟，快步退到门口，倚着门边站了一会儿，抿了抿唇，用几不可闻的声音道：“阿春。”

元丰十六年二月庚辰，天子下诏将太子司徒锋及太子妃徐氏废为庶人，软禁于金墉城，册立三皇子司徒铮为太子，大赦天下；封国丈杨安为太原郡公，拜车骑将军、散骑常侍、中书监、录尚书事，都督中外诸军事，假黄钺，开府仪同三司。

赵王司徒宪平叛有功，拜镇南将军，使持节都督豫州诸军事。

北军中候杨武，中护军任舒，殿中郎裴广、萧炎等人亦各有进封。

太尉荀康与中书监卫昭与太子结党篡逆，女眷流徙三千里，罪及出嫁女。钟禅身为太子少傅，不能规劝太子，免官削爵，交廷尉论罪。

与此同时，又有一道旨意征平虏将军姜景义回京，迁尚书郎，加散骑常侍。

三日后，天子赐庶人司徒锋和徐氏金屑酒。

姜夫人及其所出的五皇子、七皇子仍然软禁在寝殿中，姜府各道门外有军士把守。

至此，这场史称“丁亥之乱”的宫变似乎是尘埃落定了。

三人在林中过了一夜。翌日清晨，钟荟从睡梦中醒来，发现身上盖着卫琇的氅衣；阿杏四仰八叉地躺在地上，微张着嘴呼呼大睡，嘴角边留着一条涎水淌过的痕迹；卫琇则抱着臂靠着一棵三人合抱的古槐坐着，静静垂眸望着火堆出神，熹微的晨光穿过树顶，勾勒出他秀致的侧脸，益发显得清逸脱俗。

钟荟不禁一怔，旋即感觉嗓子有些干疼，忍不住咳嗽了一声。卫琇闻声转过头来，露出个淡淡的微笑，指了指架在火堆上烘着的狐裘道：“山中露重，在下见女公子的狐裘露湿了，便擅自替你换了，多有冒犯。”

“多谢卫公子。”钟荟坐起身，见他眼下青影有些重，担心地问道，“昨夜没睡好吗？”

“后半夜睡了两个时辰，多谢女公子垂问，无碍的。”卫琇说着伸手摸了摸狐裘，发现已经干了，便小心地将它从树枝搭成的架子上取了下来。

钟荟这才想起自己身上还盖着人家的氅衣，忙拎起来抖了抖上面沾的枯枝朽叶，双手捧还给他。卫琇伸手去接，钟荟低头一看，他的手似乎冻得有些发青了，赶紧道：“公子快穿上吧，一会儿得着凉了。”

卫琇其实一夜未合眼，后背上寒意阵阵，便从善如流地披上氅衣，系上带子。衣服上尚带着余温，一股和着淡淡馨香的暖意将他包裹了起来，将彻骨的寒冷驱散了些许。

不一时阿杏也醒了，打了个哈欠，揉了揉惺忪睡眼，呆呆地四处张望了一番，看到卫琇时显然唬了一跳，这才将昨日那一番不寻常的经历记了起来。

身在野外，一切都得从简，钟荟那套比郊祭还烦琐的起居规矩自是不能贯彻，只能凑合着用清水草草洗漱了一番，将头发绾成个男子般的发髻。

三人用了些干粮便急着起程，跋涉了一整天，终于赶在日落前找到了栖身之所。那是一座建在半山腰上的茅屋，大约是附近村庄中猎户或樵夫上山时歇脚的地方。屋子很小，没有窗户，四周一圈鹿柴，柴扉摇摇欲坠。

卫十一郎让两个小娘子在附近的树丛中等候，自己先去查探了一番，确认屋里空无一人，三人方才进屋安顿下来。

屋角堆着些柴火，中间房梁上吊着个黑乎乎的陶锅，卫琇摸了摸陶锅的边沿，指尖上沾了厚厚一层灰。墙角放着一口大水缸，里面蓄着小半缸水，水面上飘着些小虫和细灰，水缸和墙角之间已经结了蛛网，无论这茅屋的主人是谁，应是有一段时间没来过了。

三人心下稍安，春寒料峭，露宿野地的滋味委实不好受，若是不幸引来了野兽，还有性命之忧。

水缸里的水是不能用了，好在来时路过一条浅溪，距离此处不远，只需穿过一片灌木林就到了。

卫琇解下麻绳上挂着的陶锅去溪边洗，顺便打了些水回来，钟荟和阿杏趁着这当儿架起柴火生了一堆火，把倚在墙边的几捆茅草铺在地上。阿杏躺下试了试，满意道："这比昨日可舒服多了，奴婢的腰一直疼到现在呢。"

说话间卫琇提着锅子回来了。他们将半锅水烧开，投了几块已经干硬得难以下咽的面饼和肉脯进去，不一会儿食物的香味便随着热腾腾的水汽弥漫开了。

阿杏不禁咽了口唾沫，连着两日拿冷食充饥，这杂面汤不啻珍馐佳肴。卫琇和钟荟却因心里压着事，没什么胃口，不过热汤喝进肚里也觉落胃熨帖，连带身上都暖和了不少。

阿杏喝完汤，将碗底的饼渣和肉末舔得干干净净，从钟荟和卫琇手中接过碗兴高采烈地道："奴婢来时见林子里长着些山菌野菜，明日去采些来煮汤，可鲜了。"

听她的意思，是打定了主意要在此地安营扎寨，过起日子了，饶是钟荟知道她心宽也哭笑不得，无奈地摇了摇头，转而对卫琇道："不知卫公子有何打算？"

卫琇望了望姜二娘，她此时审慎的眼神与稚气的脸有些不相称，叫人不由自主

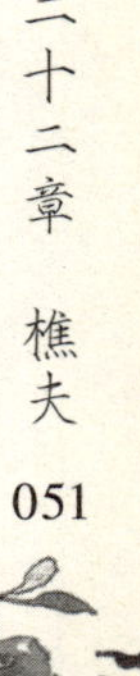

地产生一种错觉，仿佛她不是一个懵懂无知的孩童，而是个可以结伴同行的友人。

他沉吟了片刻道：“宫中有变，或是改立太子，或是新皇登基，不日便该有分晓了，在下以为不如在此暂歇。翻过两个山头便有村落，过两三日去打探一下消息，再作计较。”

钟荟思忖片刻，点点头，此处离洛京不远，宫中若有废立，不出几日当有诏令传至，再心急也是无济于事，一动不如一静，好不容易找到容身之处，总好过在山中乱转。

“公子是否想过，若是……回不了洛京呢？”她迟疑了一会儿，还是问了出来。

“回不去便罢了。”卫琇用树枝拨了拨火堆道。

另外半句话他虽未说出口，钟荟却瞬间明白了，她急着回家，是因为城中有她牵挂的家人，钟家和姜家诸人都生死未卜，而对卫琇来说，回洛京也罢，去别处也罢，四海之内已经没有他的家了。

卫琇见她脸色凝重，眼中似有悲恸之色，反而笑了笑，宽慰她道：“在下有一舅父在齐郡为官，若是不能回京，便去青州，女公子无须担心。”

钟荟一想便明白了，卫琇的母亲出自河间毕氏，外祖几年前已经过世，母亲只有一位胞弟，任齐郡太守，他去投奔舅父也是理所当然，便不再多问了。

卫琇却是撒了个谎，他确实要去青州，却不是去投靠舅父，而是冲着齐王去的，齐王妃卫滢是他隔房的姑母。

宣帝当年专宠田夫人，有意传位于其所出的幼子，诏书都已拟好，终因一干重臣极力劝谏而作罢，立了嫡子为太子，是为景帝。与大位擦肩而过的那位便是老齐王——如今这位齐王的祖父。

老齐王为人庸懦，虽有万般不甘，却不敢有所作为，幽愤成疾，年纪轻轻便在封地郁郁而终。他的儿孙却都不是省油的灯，他们卧薪尝胆，暗暗经营自己的势力，面上却不显山不露水。

当今早疑心齐王有不臣之心，无奈对方滑不溜手，至今仍未抓住他的把柄，不敢轻举妄动。齐王祖孙三代经营，在青徐一带的势力盘根错节，可谓牵一发而动全身。世人都谓天子忌惮汝南王司徒徽，却不知那只是个幌子，在西北那么些年，兵权说收便收，汝南王只能双手将兵符捧上去。

这些事卫十一郎自然不会与姜二娘和盘托出，因缘际会，萍水相逢，姜悔于他有恩，他便要尽力护她周全，将她全须全尾地送回去，仅此而已。

阿杏的心大约是个漏斗，什么事也装不住，吃饱喝足了困意上来，眼看着倒头便要睡，钟荟赶紧将她推醒。阿杏这才想起她家小娘子的嘱咐，对卫琇道：“劳烦卫公子回避片刻，咱们家小娘子要洗洗那个那个……”

卫琇有何不明白的？尴尬地欠了欠身，便逃也似的夺门而出，不过那婢子是个天生的大嗓门，即便他无意偷听，那语声仍旧不屈不挠地往他耳朵里钻。

“哎哟……小娘子你捅奴婢做甚，奴婢又没把那两个字说出口……哎哟哎哟……小娘子饶命！奴婢再也不敢了！”那婢子一边笑一边哀号。

姜二娘不知低低说了句什么，阿杏又带了哭腔道：“小娘子，您怎么不同奴婢说啊，奴婢可以背您啊，这好好的一双脚磨成这样，往后叫郎君嫌弃可如何是好！”

卫琇心道，这婢子倒是未雨绸缪。随即有些动容，两日相处下来，这姜家小娘子着实出乎他的意料，一个八九岁的小女童，突逢巨变，离开家和亲人，在这荒山野岭中辛苦跋涉，可从头至尾没有哭过一回，也没有叫过一声苦，甚至还时常反过来操心他，仿佛把自己当成了他的姊姊。

卫十一郎正感佩，阿杏的声音又飘了过来：“没味道啊，哪里臭了，奴婢闻闻看，挺香啊，跟鱼鲊似的……哎哟，娘子莫掐莫掐……好好好，咱们洗咱们洗，奴婢去烧水……”

过了小半个时辰，只听阿杏扯着嗓子喊道：“卫公子，咱们完事了，您请进来吧！”

卫琇回到屋里，觉得有些口渴，去找水喝，发现吃得苦耐得劳的姜家小娘子江山易改本性难移，一有机会便要“骄奢淫逸”一把，满满两个水囊只剩下小半囊水，不知拿去洗了什么。

卫十一郎倒没有怪罪她的意思。姜二娘自己似乎很心虚，裹着狐裘抱着膝坐在火堆边，时不时偷偷地觑他，一双眼睛在火光下显得格外亮，那乖巧的模样让他想起四叔家的十四妹，心里蓦地一软，旋即想起十四妹已经死了。

尽管茅屋主人多日未至，三人为防万一，还是在每日破晓前收起行囊，将屋子里的物什归置原位，仔细清理留下的痕迹，赶在天亮前离开。白天他们躲避在密林中，日落后再回到茅屋中过夜。

如此过了两日，他们带来的食物几乎告罄了，钟荟和阿杏在山林中采集些刚冒出头的嫩蕨菜和野山菌，卫琇则削了一根木棍，将短刀用草绳缚于其上，去溪边叉鱼，起初一无所获，逐渐摸索到窍门，当天夜里三人便喝上了山菌炖的鲤鱼汤。

“要是有盐就好了……”阿杏咂巴着嘴叹道。

“明日我去北边山坳里的村子探探消息，顺便拿银子换几身粗布衣裳和盐米。”卫琇轻轻搁下碗道。

钟荟注意到他右手食指上有一道深深的伤口，是刮鱼鳞时不小心被刀划破的，虎口也磨破了，手掌起了茧，手背和手腕在荆棘丛中刮蹭出不少细小的伤口，看着

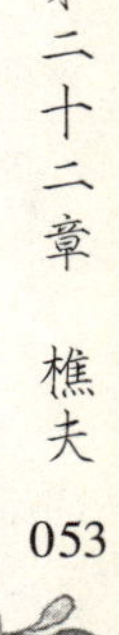

有些触目惊心。

卫十一郎这双手生得白皙修长，一看就是养尊处优的世家贵公子的手，这样的手应该拈花抚琴执笔，从今往后却要披荆斩棘，钟荟看着看着，鼻根处便有些酸胀起来。

“不妥。”钟荟装作犯困，揉了揉眼睛道，“卫公子前去太冒险了。”

“对啊，万一来抓公子的人没死心，叫人给认出来可就糟了。”阿杏也附和道，“还是奴婢去吧。”

“你一个小娘子，翻山越岭岂不是更危险？”卫琇皱了皱眉，并不赞成。

“不妨事不妨事。”阿杏受宠若惊地摆摆手，“不过两个山头罢了，日落前就能回来。奴婢长得不起眼，穿得也不起眼，只有奴婢去最合适，公子还是留在这儿照看我们家小娘子吧。”

钟荟和卫琇思忖了半晌，眼下的确没有更好的办法，只得无奈点头。

第二日清晨阿杏出发前，卫琇将自己的短刀给她防身，钟荟将他们仅剩的两张面饼和脯腊给她带上，再三叮咛道：“若有危险赶紧跑，打探不到消息也无妨，务必平安归来。”

两人一直等到夕阳西下，却始终不见阿杏的身影。天边的彤云暗淡下来，山色逐渐深浓，慢慢化作黛色的剪影。钟荟坐在林子边缘的大石头上，睁大眼睛一瞬不瞬地望着山下，可阿杏仍旧无影无踪。

“起风了，回屋去吧。”卫琇在她身后道。让一个小娘子代他去涉险，他心里本就不好受，此时更不知如何安慰姜二娘。

钟荟轻轻点点头，转过脸扯扯嘴角道：“那丫头笨得很，指不定迷了道。”说完站起身拂了拂裙摆上的尘土，转身跟着卫琇回屋里去了。

阿杏走失了，两人都食不甘味，卫琇胡乱煮了一锅杂菜羹，两人对付着填饱了肚子。外面山风呼啸，卷着寒鸦声从茅草的缝隙中灌进来，将柴扉吹得吱嘎作响，火焰在风中狂摇乱摆。

到了该就寝的时辰，钟荟和衣躺在草堆上，将狐裘盖在身上，心绪不宁，毫无睡意，眼皮一个劲地跳，十分恼人。她用手心将眼睛压住，不知过了多久，身体的疲惫终于还是占了上风，神思恍惚之间，只觉得耳边一阵窸窸窣窣的声音，她想睁开眼看看究竟是什么，奈何眼皮太沉。那响声持续了一会儿，似乎停了下来，她的心弦一松，接着便觉得颈侧有些痒，还有一股难以言喻的凉意。她还没想明白就里，身体已经先一步警觉起来，不由自主地抬手一摸，触手软而凉滑，刹那间睡意烟消云散，“啊”的一声失声尖叫起来。

卫琇此时正醒着，闻声立即坐了起来。自卫家出事以来，他没有一夜睡得安稳，总是在身心累到极限时才能合一会儿眼，睡眠于他而言不再是黑甜乡，只意味着无穷无尽的梦魇。

“蛇！蛇！”钟荟从小最怕长虫，瞬间起了一层密密麻麻的鸡皮疙瘩。那条蛇早被她甩落到地上，可她仍旧一边哭喊着一边狂奔，一见卫十一郎仿佛找到了救命稻草，惊鹿似的蹿到他身后。

卫琇定睛一看，不过是一条约莫半指粗的草蛇，松了一口气道：“莫怕，是无毒的草蛇，你瞧，那蛇头是圆的。”说着拿起靠在墙边的棍子，小心翼翼走过去，突然举棍照着七寸猛地一击，那条蛇痛苦地抽搐一下便瘫在地上不动了。

钟荟才不管它有毒无毒，那盘旋蜿蜒之态只要想一想便头皮发麻了，哪里敢去瞧。

卫琇把死蛇挑在木棍上，转身对姜二娘晃了晃：“你看，已叫我打死了。”

“莫给我看！我见不得这个！”钟荟像是突然踩了烙铁，捂着眼睛跳脚道，“快扔出去！”

“扔掉多可惜。”卫琇道，“听闻蛇肉煮羹鲜美异常，你昨日不是还说鲤鱼有土腥味儿吗？明日可以换换口味了。”

这一说不打紧，钟荟仿佛感觉那蛇在自己喉咙口扭来扭去，当即干呕了两下。只听卫琇促狭道：“已经扔出去了。”

钟荟将信将疑，把眼睛张开一条细细的缝，四下望了望，见那死蛇果然不在屋里，这才惊魂稍定，随即又想起方才颈侧被蛇爬过，手还摸上了蛇躯，赶紧取了清水来回洗，直把那一片肌肤搓红了还不罢休。

卫琇见她慌乱中鞋都没顾上穿，只着一双绣着兰花的足衣站在冰凉的地面上，也未披狐裘，忙道：“赶紧睡下吧，莫染上风寒。”

钟荟想到她方才躺的地方和狐裘上都被蛇爬过便不情愿躺回去，好在卫琇十分善解人意地道：“我和你换个地方吧。”说完解下自己的鹤氅递给她，又道：“若不嫌弃，可以盖我的衣裳。”

钟荟道了谢躺下来，问道：“这么冷的天为何会有蛇？”

卫琇想了想道：“大约巢穴在附近，许是我们这几日生火将地气熏暖了，故而违时出洞。”

他这么一说，钟荟又毛骨悚然起来，颤声道：“巢穴？难不成还不止一条？”

“莫担心，一个洞中只有一条蛇。”卫琇随口胡诌哄她。

钟荟又不是真的孩童，哪有那么容易相信：“这却是于理不合，你定是在哄骗我。即便如此，你如何知道附近只有一个蛇洞？”

这话问得缜密，卫琇无言以对，只好道：“你放心睡吧，我在一旁守着。”

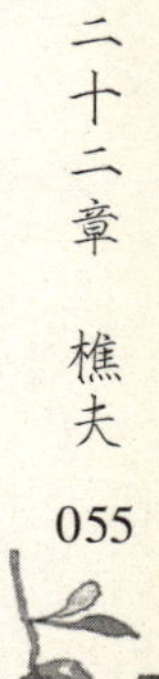

“那怎么行!”钟荟立即道。

让卫琇整夜守着自己着实过意不去，可一想到暗处潜伏着一窝居心险恶的蛇，她又不敢放卫琇去屋子对角睡，左右为难了半晌，终于还是厚着脸皮道：“不然你把铺盖挪近一些吧。”

卫琇哭笑不得地将他的狐裘和下面垫的茅草拖到屋子中央，离她所在的墙角约六七尺，钟荟尴尬地红着脸道：“劳驾再近些……”卫琇又往她那儿挪了一两尺，拿眼神问她。钟荟觍着脸道：“再稍稍近一些……”卫琇只好再往她那儿靠了靠。如是反复了几回，两人相距约莫三尺，钟荟也不好意思再叫他靠近了，翻了个身蜷起腿，面朝里侧躺好，把身上盖的氅衣裹裹紧，轻轻打了个哈欠，闭上眼睛，不一会儿呼吸便沉了起来。

卫琇睁着眼睛躺了一会儿，鼻端萦绕着一缕淡淡的香气，带点甜，不似他所熟知的任何香药，疑惑地思索了半晌，突然意识到姜二娘在山野中待了那么多日，什么熏香都该散没了。

钟荟担忧阿杏，半夜里又受了惊吹了风，上回病了一场本就没调养好，到了黎明时分只觉喉咙燥热干疼，浑身的骨头缝又酸又胀，手脚冰凉，后背发寒，心里便有一种不祥的预感。

卫琇叫她翻身的响动惊醒，睁开眼借着火光一看，只见姜二娘面色带着不正常的潮红。他心里一惊，道声得罪，用手背蜻蜓点水似的贴了贴她额头，只觉烫得吓人。

钟荟吃力地睁开眼，清了清干涩的喉咙道：“阿杏回来了吗？天亮了？咱们该去林子里了……”说着便要起身。

卫琇情急之下按住她肩头：“你病了，今日就在此处好好歇息，哪儿也不去，我替你煎药。”好在阿枣做事周全，将她的风寒药也装了几服在包袱里。

“可是万一叫人发现如何是好……”钟荟有气无力地道。

半晌无人应答，钟荟一看，卫琇已经提着陶锅出去打水了。

两人流年不利，背字走得很彻底，说万一就来一万，约莫正午时分，卫琇把药煎好了，去附近的林子里采野菌。钟荟刚喝完药，碗还没来得及搁下来，只听门扉一阵响动。

她以为是卫琇回来了，一抬头却发现推门而入的是个背着竹篓的白发老翁，看样貌约有六七十岁。他身形矮小，背有些佝偻，穿着一身脏得看不清颜色的粗布衣裳，见到钟荟一愣，随即咧嘴笑起来。

钟荟心中警觉，暗暗将卫琇留给她防身的短匕攥在手里。那人眼睛往她脸上瞟了瞟，又往屋子里四下打量了一番，目光在两张铺盖上停了一会儿，突然咧嘴笑道："小娘子莫怕，老头不是坏人。"一手往北面指了指，又道："我是山那头村子里的郎中，这是我盖的屋子。"

说完将背篓放下来，掏了一把杂草似的东西给她瞧："喏，不骗你。还没吃过饭吧？你等着，老头回村子里去给你拿些蒸饼，你莫走开啊。"

钟荟心不断往下沉，却甜甜一笑，故意娇声娇气地道："谢谢阿翁，我在这儿等着阿翁，哪儿也不去。"

那人眼中精光闪闪，虽极力掩饰还是流露出些许惊喜，临走前似是不太放心，一步三回头地叮嘱道："小娘子莫要乱跑啊！"

那人离去不久，卫琇抱着一堆野菜回来了。钟荟把方才的事三言两语告诉了他："他不问我是谁，也不问我从何而来，却迫不及待地取信于我，几次三番叮嘱我在此处等他回来，恐怕……"

卫琇脸色越来越凝重："恐怕他知道你是谁，又发觉屋子里不止一个床铺，想回去通风报信，找人来将我们一网打尽。"

他越想越后怕，还好是个年迈力衰的老翁，若是壮年人，说不定已经直接将姜二娘掳走了。

还有一句话卫琇并未说出口，阿杏不知所终，第二日便有不速之客前来，这时机未免也太巧了。说到底，阿杏还是个没经过事的孩子，若是露出马脚，叫人看出端倪，扣住了逼问，将他们的行踪和盘托出也不足为奇。平日里的忠心是一回事，真到了性命攸关的时刻，能够舍身为主的又有几个？

这道理钟荟也懂，只是心里不太好受，更难受的是还因此连累了卫十一郎。

"终究只是我们的臆测罢了。"卫琇安慰她道，"也许情势没那么坏。"

"我们的行踪已叫人发现，以防万一，还是尽快离开此地吧。"钟荟摇摇头道。

"你的身子撑得住吗？"卫琇问道。

"不妨事。"钟荟摆摆手，宽慰地朝卫十一郎笑道。

那采药的老翁并未回村，下了山坡便拐了个弯，径直往东南山上寻他在林中砍柴的侄子去了。那樵夫听老叔把事情一说，兴奋得眼珠子都快弹出来了："真是他们要找的那个？老叔莫不是错看了吧！"

"哪能错！年岁样貌都对得上，只看那身丝绸衣裳，啧！"老翁咽了口唾沫道，"也不知那么小个的女娃能犯什么事儿，叫官差满山找她。"

"那谁管，十两金子到手，你老头儿就是咱们家的大功臣！"樵夫柴也不砍了，放下斧子搓搓手，突然又想到了什么，一瞪眼虎着脸叮嘱道，"你先回村子里去，我去捉人。这事一个也不许告诉，特别是西家那个。"

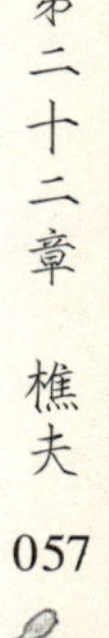

"我老头儿又不是傻的，能叫那破落户坏咱好事！对了，看那屋子里像是还有别人。"老翁道，"说不定他们找的另外那个小郎君也在一处。求菩萨保佑，二十两金子全进咱们口袋就好啦！"

"嘁！想得美！"侄子嗤笑着嘲讽道，随即自己也忍不住憧憬了一下，"那嘴都得笑歪啦！"

卫琇和钟荟卷起包袱便匆匆离开了茅屋，他们没有走往常那条通往溪边的小径，而是绕到屋后，爬上山坡，为避人耳目专往人迹罕至的地方走。

在林中穿行了大半个时辰，树木越来越高大，枝叶几乎将天空遮蔽了，抬头只能看到割成小块的天空，像是有人撒了一堆苍青色的碎瓷片。

方才喝下的药似乎毫无效力，钟荟只觉后背虚寒，浑身无力，显然是烧还未退，她的双腿几乎已经没什么知觉了，只是凭着本能拖动着，前几日脚上蹭破的伤口磨着鞋子也觉不出疼。卫琇走一段便回头看她一眼，她总是强打精神，尽力让脚步显得不那么虚浮。

卫琇走着走着，突然停住了脚步。钟荟脑袋里昏沉沉的，冷不防撞上了他的后背，摸摸鼻子，不明就里地道："怎么了？"

"嘘——"卫十一郎转过头小声道，"那边有异动，跟紧我，匕首拿在手里。"说完牵着她的袖子轻手轻脚地闪到一棵粗壮的栎树后面躲了起来。

钟荟心如擂鼓，凝神屏息地一听，果然听到不远处传来"啪嚓啪嚓"的细枝断裂声和"沙沙"的枝叶响动声，不知是人还是野兽。

"小娘子，莫再躲了，出来吧，我已经看见你啦！"是个中年男子的声音，微带笑意，听着很憨厚，可在这幽暗的密林里犹如鬼魅般瘆人。

钟荟知他在诈自己，越发用力屏住呼吸。卫琇凝神细听，分辨出来者只有一人，心中稍定。不过此人脚步声沉实有力，当是个魁梧健壮的男子，以力相搏是没有胜算的，但卫十一郎习武多年，未必不能巧取，只是身边带着个小娘子，难免要分神看顾。正盘算着，只觉耳畔一热，却是姜二娘附在他耳边轻声道："你从后面偷袭他有几成胜算？"

卫琇想了想，用手比了个"八"。

"真厉害！"钟荟轻轻赞叹了一声，狡黠地朝他一笑，将匕首塞到他手中，突然从树后蹿了出去。

卫琇下意识便想追出去，钟荟把手背到身后，朝他比了个"八"。此时他若冲出去，他们两人便都暴露了，那人八成带着利器，若是正面迎击，他的力量肯定敌不过一个壮年男子，沉心静气地等待机会从背后偷袭才有一线生机。

卫琇心里明白，可明白是一回事，克制住自己却是另一回事，他几乎将嘴唇咬出血，才勉强逼着自己留在原地。

那樵夫本来也躲在暗处，见钟荟一露脸不由得喜出望外，忙从躲藏的树丛中钻了出来。他背着手，将斧头藏在身后，和颜悦色得像个邻家的阿叔：“小娘子，阿叔叫我来送蒸饼，我到那茅屋一瞧，人不见了，原来躲在这儿。你莫怕，咱就住山那边的村子里，跟我回村去，吃口热汤饼歇一歇，明儿个咱送你回家去。”

“当真吗?”钟荟眨了眨眼睛，倒退了两步，“你莫不是在骗我吧!”

“不骗你，咱是老实本分人。”那人逼近两步，“乖，这林子哪是人待的，夜里叫狼叼了去!”

“是吗?”钟荟突然转过身，一个矮身从两棵矮乔木中间的狭缝中钻了过去。

樵夫愤愤地咒骂了一声，朝地上啐了一口，提起斧子去追她。此处草木繁茂，横生的枝叶交错勾连，钟荟仗着自己身形矮小灵活，专拣那枝叶茂密处钻，竟将樵夫甩开了一大截。

那人急于追赶，不防额头重重撞在一根侧生的粗枝上，恼羞成怒，骂骂咧咧，不管不顾地抄起斧头劈砍一气，将拦路的枝丫削了个干净。

钟荟两辈子身手没这么灵活过，许是情势越危急越能逼出人的潜能，原先骨头都快散架了，这时却轻盈灵巧得像一只野兔。

樵夫火冒三丈，气得几乎仰倒，他觉得自己就像拉磨的驴，那十两金子就是挂在头顶的白菜，光在眼前晃荡着，就是吃不进嘴里。

卫琇静静伏在树后，将呼吸调得轻而绵长，一双凤眼冷冷地盯着那樵夫的一举一动。他只有一次机会，必须一击即中，否则他和姜二娘都得把命交待在这里。待那樵夫毫无防备地亮出后背，他才像黑夜中一缕微风般悄无声息地潜了上去。

那樵夫一门心思去追他的十两金子，猛然觉得后脑勺吃痛，顿时眼冒金星，脚下一滞。卫琇一击得中，不等他回过神来，毫不迟疑地朝他脚下扫去，那人空有蛮力，却没什么打斗的经验，只顾捂着后脑勺抽冷气，哪里顾得上躲，叫卫琇扫了个正着，登时跪倒在地。

卫琇趁机用左手三指捏住他肩头骨缝，右手将他手臂一托，樵夫只觉一阵锥心刺骨的痛，右肩已被卸下，手臂软得活似水引饼，哪里还握得住斧头，斧头扑通一声落在了泥地上。

那人本是个砍柴为生的升斗小民，只因见财起意，以为对方不过是个手无缚鸡之力的小娘子，合该他们叔侄俩白捡那十两金子，谁知道金子没赚到，快把命赔上了，越想越怕，涕泗横流地恳求：“饶命饶命……”

卫琇却不给他丝毫喘息的机会，樵夫只觉得喉间一凉，刀刃已经架在了脖子上，他方才追赶的小娘子却不紧不慢地折了回来。

“是谁叫你来抓我的？”只见那小娘子弯下腰捶捶腿，坐在盘根错节的大树根上，用手扇了扇脸，从袖子里掏出帕子擦了擦额头上的汗，“快说，不然割了你脖子。”

卫十一郎与她很有默契，她话音甫落，他手上一紧，那刀刃便割出了一条浅浅的口子。

樵夫觉得自己今天一定是撞上鬼了，惊恐地道：“是是是……小……小的没说瞎话，真是附近村子里的，就北边那山坳，翻两座山就到了。前……前几日有一帮子骑马的官爷到咱们村里搜人，没搜着，拿了两张画像叫咱们认，说要是谁在山里见着这两个人，抓……抓了去报官，一个能换十两金子。我阿叔，就……就是那个老郎中，今日上山采药，去那小屋里瞅瞅，不巧……不巧……”

“你是否见过一个十来岁的小娘子？脸圆圆的，眼睛小小的？”钟荟得知不是阿杏将他们的行踪透露出去，觉得甚是欣慰。

“没……没见过。”那樵夫哆嗦着道。

钟荟又问了问缉捕他们的官差有多少人，是什么样的形貌，是何时到他们村子的，把能想到的问题都问完之后倒拿这樵夫有些犯难了。他们的行踪叫他发现了，放他回去肯定是不成的，又不能带着上路，这么个身强力壮、人高马大的壮年男子，铁定瞅着机会把他们换了金子。

“还有旁的要问吗？”卫琇一直默不作声，此时突然开口问道。

那樵夫大吃一惊，没想到袭击他的竟是个声音听起来斯斯文文的少年郎，一时间愤怒憋屈难以言表。

钟荟想了想，似乎把该问的都问完了，便摇摇头。

“到后面来。”卫琇温和地道，“把眼睛闭上。”

钟荟意识到他要做什么，骇然地睁大了眼睛，只觉眼前一暗，卫琇的手已经轻轻盖住了她的眼睛。

匕首锋利至极，那樵夫来不及吭一声，喉咙已经被划开，血“哧”的一声喷溅出来，轻而薄，像红绸一样从他眼前飞过。

只听“扑通”一声闷响，像是一袋麦子倒在地上，钟荟浑身发冷，只有卫琇用手覆住的地方能感觉到他手心的温暖。

“我们走吧。”卫琇说道，一手捂着她的眼睛，一手牵着她的袖子，引着她向前走，走出十来步才放开手。

“害怕吗？”卫琇问道。

钟荟摇了摇头，又点点头，她只是个闺阁女子，见一个大活人死在眼前如何不怕。

卫琇突然拍了拍她后脑勺，道：“知道怕就老实些，以后别自作主张去冒险了，我来想办法。”

钟荟不说话，扯扯嘴角，露出个比哭还难看的笑容。

那是某一年的元日，卫琇那时大概只有凭几那么高，头上梳着总角，穿着一身捻金番缎的袍子，似模似样地披着火狐裘，打扮得像画上的仙童，跟着父母来给他阿翁拜年。

走到钟老太爷的院门口，他指着门上挂的死鸡问道：“这是何物?”得知是磔杀的鸡，“哇”的一声哭起鼻子来：“咱们过年，鸡也过年，为何要杀它?”回去后竟整一年没吃鸡。

这呆话叫他们两家人笑了许多年，钟荟那时也在场，每回见了卫琇总要打趣他：“阿晏，你今年还吃鸡吗?”

连钟家的奴仆提起卫家十一郎来都道：“卫家小公子心肠软得很，竟是个菩萨托生的。”虽听着像是褒赞，却总是带着那么一丝微妙。小郎君性子过于仁慈，总叫人疑心他软弱。

这些琐细的前尘往事像一场无声的雪，纷纷扬扬、飘飘洒洒，不知不觉中将她心底铺成一片苍茫。

杀了樵夫，那采药老翁一夜等不到他侄子回去，早晚要带人来附近寻。卫琇和钟荟不敢在原地耽搁，不停地往前赶。直到霜寒月冷的时分，钟荟已是步履蹒跚，一个不留神被树根绊了一跤，跌倒在地，竟爬不起来了。

卫琇伸手探了探她额头，似乎比白天更烫了。他扶她坐到虬曲的老树根上，从包袱中拿出水囊来喂了她一些，又将帕子用凉水濡湿，贴在她额上。

眼看着没法赶路，他们只得找了一块空地，生了一堆篝火，将附近采到的山菌穿在树枝上烤了烤，分着吃了些，预备歇息到黎明再走。

是夜露寒月冷，卫琇怕姜二娘席地而卧，病情雪上加霜，只得把她抱在自己怀中，自己则倚着树休息。他此时也已筋疲力尽，不知不觉昏昏欲睡，也不知过了多久，半梦半醒之间，他仿佛突然从高处坠落，心一阵狂跳，下意识地睁开了眼睛。

山中万籁俱寂，只有穿林而过的风摇动着树叶，发出呓语般的轻响。

姜二娘睡得正熟，不知怎么整个人滑了下去，脑袋搁在他腿上，把他一条腿压麻了。卫琇摸了摸她额头，仍旧热得灼手，正要伸手去够水囊，忽闻远处传来一阵雀鸟扇翅的声音，紧接着便是一声声散落在夜色中的急促鸟鸣声。

卫琇心中升起一种不祥的预感，赶紧将钟荟晃醒，又将火堆弄熄，循着方才惊鸟飞起的方向一望，幢幢黑影中似有点点微光摇曳。

“有人来了。”卫琇小声道。

“是那村子里的人?”钟荟蒙眬的睡意一瞬间吓得无影无踪。

卫琇心往下一沉，这样悄无声息地潜入林中，火光又往各处散开，分明是合围伏击的手段，普通村民哪有这么训练有素。他怕吓着姜二娘，只是摇了摇头道："这就难说了。不必担心，从那火光看起来，他们离我们尚远，更深夜半的，在林子里找人没那么容易，咱们赶紧离开这里便是。"

两人不敢迟疑，赶紧朝林子深处疾走，钟荟脚步虚浮，气喘吁吁，卫琇顾不得男女有别，紧紧抓着她的手在黑黢黢的树木间穿梭。

他们一路逃亡，已近强弩之末，如何跑得过追兵？火光越来越近，越来越亮。钟荟不敢回头看，从她耳边呼啸而过的风中仿佛夹杂着千军万马的脚步声，一时之间分不清是幻觉还是真的，腿不由自主地软了下来，一回味，竟是疲累多过惊惧。她已经精疲力竭了，再逃下去只会连累卫十一郎而已。

那些追兵未必知道他们两人在一处，倒不如赌一赌，留在此处做个幌子，说不定他们捉了她便回去邀功复命，还能给卫琇挣一点逃命的时间。

打定了主意，她便挣脱了卫琇的手，停下脚步，垂着两手，深深吸了口气道："我一步也走不动了，你自己逃吧，莫管我。"她虽不明白那些官兵捉她一个不满十岁的毛孩子做什么，但想必要个死人也没什么用处，而卫琇作为卫家唯一一个幸存下来的男丁可就难说了，那诛他阖族的人如何肯放过他？

卫琇何尝不知道这些，可他此时什么也来不及想，不与她多说什么，转过身蹲下，将她两条胳膊拽到自己肩上，把她两股往上一托，背到背上，沉声道："搂住我，小心掉下去。"

钟荟早知这孩子倔，却不知他能倔成这样，想了想，对付这种孩子不能硬碰硬，得以理服人，便道："卫公子，你背着我是逃不掉的，何况我病成这样，再这么风餐露宿的早晚也是个死。那些人捉我不是冲着我姑姑就是冲着我二叔，总是要活口才有用，不会害我性命的。"

"病成这样就别说话了。"卫琇吃力地道，他已是在勉力支撑，双腿直打战，背上的小娘子还喋喋不休，简直是雪上加霜。他以前总是习惯以己度人，把人往好处想，可一夕之间天翻地覆，蒙蔽他双眼的那层温情的轻纱也烟消云散了，他从未将这个世界和人心看得那样清楚，许多本来不愿或不屑深思的事情一目了然。回想当日在宫中司徒铮看向姜二娘的眼神，那些看似捕风捉影的传闻，城中走失的孩童……一块块碎片拼缀出一个无比丑陋险恶的真相。

他不能把这些告诉一个小娘子，光是想一想便叫人齿冷骨寒，如何说得出口？

钟荟又听到了身后的脚步声，这回肯定不是幻觉了，离他们至多不过几丈远。她叹了口气道："放我下来吧，卫公子，你这样……"你这样叫我如何对得起七娘子和六郎他们的在天之灵呢？

卫琇充耳不闻，只是一味地咬着唇往前跑，嘴里充满了血的腥甜。然而他很快便发现自己无路可走了，一簇簇火光从四面八方向他们围拢过来，将他们映照得无处遁形，开弓拉弦的声音此起彼伏。

一个人影从树后踱了出来，只见一身宫中宿卫的打扮，手按在腰间的刀鞘上，扫了两人一眼，借着火把的光亮打量了两人一番，目露欣喜道："两位还是别再作困兽之斗了，请随在下走一趟吧。"

第二十三章 终曲

司徒铮似乎很忙，只在第二天日暮时分来去偏殿看过姜悔一回，只待了一刻钟不到便叫皇后娘娘派来的内侍叫走了。

姜悔在宫中心惊胆战地过了几日，负责照顾他的起居的仍是那个叫作阿春的小宫人。

司徒铮每日命人送来的膳食极为精致，这么好吃好喝地供着，姜悔越发觉得自己仿佛待宰的牲畜，既忧且惧，坐立难安，如何吃得下去？心一横，便打算索性绝食，将自己饿死便罢了，好过受那等屈辱。

那小宫人不住地将雕花牙箸往姜悔手中塞，他接过又搁下，如此反复数回，阿春无法可想，扑通一声跪在地上开始向他磕头。姜悔起先硬硬心肠只是不理，她便"咚咚"地把额头磕出了血，姜悔不是个狠心之人，明知她是在胁迫自己，也只得拈起箸吃了几口。

这小宫人便似找到了不二的法门，每次只拿下跪磕头逼他就范，不过她似乎也知道自己这么做不太地道，姜悔问她话时也不像起初那样避之唯恐不及，偶尔也会说上那么几句。

有一回她监督他用完膳，正收拾碗碟和残羹冷炙，突然小声问道："姜公子可是姜娘娘的家人？"

姜悔点点头道："姜夫人是我姑姑，小娘子见过她吗？她还好吗？"

那宫人却是咬着唇低下头一言不发，迅速提起食盒，转身走了。

第五日黄昏，姜悔估摸着差不多快到用晚膳的时候了，听到门外响起脚步声，放下手中的书卷望去，果然见阿春朝他走来。可到跟前一瞧，他却觉出不对劲来，只见她手中空空，并不像往常那样提着食盒，一抬头，眼眶发红，似乎刚刚哭过。

姜悔一转念便明白过来了，心狠狠地一颤，随即又觉如释重负，悬在头顶的那把铡刀终是落下来了："是今日吗？"

阿春几乎将又白又细的手指绞成了麻花，冷不丁一颗眼泪落下来，雨滴似的，在地上洇出一个小小的圆。

姜悔暗暗叹息，给三皇子这样的人当差也着实不容易，这小娘子比他二妹大不了多少，也不知道阿婴现下在哪里，是否平安。

他将衣裾上的褶皱捋捋平，站起身道："走吧，去迟了殿下会怪罪，怕要带累你。"

小宫人几乎将脸埋到了胸口，声如蚊蚋地道："对不住……对不住……"

这几日姜悔翻来覆去地想象过无数回，司徒铮说的"下面"是怎样的景象，可他无论如何也没想到，三皇子寝殿下的这间密室，竟是如此平淡无奇，甚至素净得有些不起眼。

室内暖气熏人，正中央是一袭织暗云纹的素白锦障，帐中是一张黑檀眠床，象牙簟上铺着白狐褥和锦被，墙角一只金博山香炉中一缕白檀的幽香袅袅升起，除此以外再无他物。

没有炮烙、汤镬、斧钺，连枷锁、铁链都没有，他想象中那些不着边际、奇技淫巧的残酷刑具更是无处可寻，他一刹那几乎有些怀疑自己是否错怪了三皇子。

三皇子司徒铮倚在床上，望着一脸困惑的姜悔，慢悠悠地坐起身道："我特地叫人为你准备的蚕室如何？"

姜悔霎时如坠冰窖，冷得几乎要打起哆嗦来。

司徒铮站起身踱了两步，对他耳垂轻轻吹了口气道："看来你已知道蚕室是做什么用的了，倒少费我一番口舌。说起来有趣，一个男人砍去手脚仍叫作男人，可少了那物便当不成了。他们把这叫作'去势'，真真没道理，难不成一个人的'势'竟系于那藏污纳垢、丑陋不堪的赘物中吗？姜公子，你以为如何？"

姜悔脸色煞白，嘴唇像冻住了一般，什么话都说不出来。

"不过，倒也并非全然是无稽之谈。"司徒铮从腰间抽出一把镶满金玉的短刀把玩着，"阉了的猪、骟了的马就是顺从听话，这去势之人也格外好调教呢！不过……"

他顿了顿，突然扑哧一笑："姜公子想必还未尝过床笫之欢吧？这未免太遗憾了。我不是那等不近人情之人。"话音刚落，朝贴着墙根垂首站着的阿春道："上前来。"

阿春低着头慢慢朝姜悔走去，她浑身发颤，步子细碎，走得极慢，短短几步路，竟怎么也走不完。

“磨蹭什么？你们这几日不是相谈甚欢吗？”司徒铮往阿春后背上重重一推，阿春一个踉跄，踩住了下裾，身子一歪，倒在姜悔身上，“你不是爱慕姜公子吗？如此良机还不好好把握？”

“姜公子……”阿春低低地唤了一声，慢慢抬起手解开腰带，轻轻褪下外裳和中衣，露出里面胭脂红的轻纱小衣来。

“姜公子缘何闭着眼睛？”司徒铮威胁道，“莫非是嫌弃这宫人陋颜粗质、不堪入目？那便杀了换一个如何？”

姜悔闻言只得睁开眼睛，只见胭脂红的纱衣一角绣着一簇小小的丁香，里头初雪般的秀色若隐若现，他眼睛仿佛被火灼了一下，脸红到了脖子根，忍不住要挪开眼，却又怕司徒铮发难。

“奴婢为公子宽衣。”阿春脸带轻红，双目中水光潋滟，颤抖着双手抚上姜悔的衣襟。

姜悔赶紧揪住自己的腰带，直直地看进她的眼睛里，目光中满是痛苦惋惜之色：“小娘子，你就如此自轻自贱吗？”

阿春被他的目光看得低下头来，将朱唇咬出一线浅浅的血痕，复又仰起脸，冲着他烂漫一笑，突然舒展玉臂勾住他的脖子，踮起脚吻住他。

姜悔被这突如其来的缠绵缱绻一吻震住，惊骇之中又掺杂着一丝难以名状的感觉，来不及细想，阿春已经放开了他，淘气似的用舌尖在他嘴角舔了舔，道：“姜公子，奴婢心悦你。”

话音未落，阿春猛地将他一推，突然回身将看得正津津有味的司徒铮扑倒在地，对姜悔道：“宫人都叫他支开了，公子快逃！”

多年以后，当姜悔不再是那个软弱可欺的少年时，他曾无数次在梦里回到那天夜晚，阿春扑向司徒铮，阿春叫他快走，阿春和司徒铮扭打在一起，阿春被司徒铮掐住脖颈压在地上，她的脸憋得通红，秀丽的五官因为痛苦而扭曲，眼珠子像是要从眼眶中迸出来，她说不出话，只用那骇人的眼睛示意他快走。

他怎么能走呢？他一个箭步冲到墙角，扛起两尺高的金博山香炉。香炉很沉，他单薄的身躯几乎不堪重负，然而他还是勉力支撑，一寸寸地挪动。他用尽浑身的力气将香炉举过头顶，重重砸在司徒铮头上，香灰撒了一地。他趁司徒铮软瘫倒在地，失去知觉的当儿，抽出司徒铮手中的匕首，照着司徒铮心口猛扎下去。

他会扯过织锦帐幔，擦一擦脸上和手上的血迹，向躺在地上大口喘着气的阿春伸出手。他会替她披上衣裳，掩住那簇胭脂地上的丁香花，然后带着她离开这血腥的魔窟。

她必然会问他："公子方才为什么不走？"他会望着她的眼睛回答："怎么能扔下你一个人逃走？"

怎么能扔下她一个人逃走呢？姜悔无数次问自己。然而那时他只是个吓坏了的懦弱少年，可怖的命运和突如其来的陌生情欲都叫他惊惶失措。

他甚至无暇考虑能否逃出这禁卫重重的宫殿，更没想过那道台阶的顶上等待他的是什么，他脑海中一片空白，唯一的念头就是从这梦魇中醒来。

姜悔慌不择路地冲上台阶，一道木门严丝合缝地封住了密室出口，他情急之下，不顾一切地用拳头砸，用手肘顶，许是歪打正着，触到了机簧，那门竟然朝上弹开了。

司徒铮站起身正了正头顶的远游冠，面无表情地扫了一眼昏死过去的小宫女，摸了摸脸颊，方才被她咬伤的地方渗出血来，齿痕肿了起来。一想到明日他外祖杨安和皇后又要因此啰唆，他的目光变得阴鸷起来，举起一足在她手腕上用力蹍了蹍，凹凸不平的木屐底将那雪白纤细的腕子蹍得血肉模糊。司徒铮稍觉解气，这才不慌不忙地去追赶他的小猎物。

就在司徒铮踏上第三级台阶时，那失去知觉的小宫人却不知何时醒转过来，突然从后面抱住他的双腿。司徒铮失去平衡，扑倒在地，额头在台阶上磕出一道口子，血汩汩地从伤口里冒出来，流进了他的眼睛里。

司徒铮屡次遭那小宫人的暗算，不由得勃然大怒，癫狂似的用力蹬腿，那双看起来脆弱不堪的手臂此时却像铁铸的一般，任他怎么挣扎，就是牢牢箍住他不放。

他突然心生一计，反手朝身后用力挥动匕首，佯作不小心脱手。匕首磕在金砖地上，发出清脆的声响，蹦了几下后落在卧榻边。那宫人果然松开手，回身去捡。司徒铮趁她不备，迅速转过身，一脚将她踹倒，用前臂勒住她的咽喉，拖着她挪到卧榻边，捡起匕首朝她身上扎去。

阿春感觉腹上传来撕裂般的剧痛，眼泪控制不住地流下来。她阿姊常说她眼泪多，可连她自己也不知道自己有那么多眼泪。她分明想笑，可泪水却自顾自地流个不停，像雨幕一般遮住她的眼睛。

眼前的一切，连同三皇子的面目，都变得模糊起来。她曾经那么怕他，连他当着她的面将阿姊折磨至死，她也没想过替阿姊报仇，而今她仍旧没能报仇，但这不可一世的邪神被她弄伤了，伤口中流出的血与她阿姊的并无什么不同。她没能杀了他，只是因她力气太小，又太笨拙，她做不到的事终会有别人做成的，这念头叫她安心。

姜公子能逃得掉吗？多好的少年郎啊，他的身上总是有一股淡淡的松墨香，叫她阿春的时候声音那么好听。

阿春叹了口气，眼神涣散起来，她突然不觉得痛了，四肢百骸中流动着一股暖意，就像小时候躺在阿姊的怀里，听阿姊轻轻哼着老家的歌谣。

"阿姊……"她轻轻呢喃了一声，终于睡着了。

"背主的贱婢！"司徒铮狠狠地骂了一声，泄愤地在尸体脸上划了几刀，"什么东西，也把自己当人，凭你也配！"

司徒铮将沾血的匕首在她纱衣上擦了擦，收回鞘中。锦步障和床褥上都溅上了血迹，特地为姜悔准备的匕首也叫这奴婢玷污了。不过夜还很长，比起无边的欢愉，这些小小的不快他尚能忍受。

密室的暗门通到司徒铮的寝殿，偌大的地方不见一个人，只有缘墙放置的几盏七枝灯烛火摇曳，幔帐、屏风、香炉投下黑黢黢的影子。姜悔惊慌凌乱的脚步声在寂静的大殿中发出空洞的回声，他一瞥之下，琉璃屏风后似乎有人影晃动，定睛一看，又鬼魅一般没了踪影。

殿里的宫人内侍虽都叫司徒铮支开了，但是门外必有侍卫把守。姜悔在空无一人的大殿中奔跑着，滚烫的头脑逐渐冷却下来，他这才意识到自己根本无路可逃。

身后木屐"嗒嗒"叩着金砖地，不紧不慢，一下又一下，深深的绝望像河谷中暴涨的河水般漫过姜悔的头顶。

"姜公子喜欢这样的游戏吗？本来陪你玩玩也无妨，不过方才耽搁了不少时候，明日一早我还得上朝，只怕得拂了你的雅兴了。"说罢司徒铮一扬声向门外叫道，"来人——"

便有一人应声而入，不费吹灰之力便把姜悔双手扭到背后，正是前日将姜悔捉来的那个狐狸眼的内侍。

"把姜公子带下去。"司徒铮吩咐道。

那人却纹丝不动。

司徒铮眯起眼，冷笑着打量他道："怎么，你也要反？敢与我作对，下面那个就是你的下场。"

"这回恐怕要叫殿下失望了。"那内侍毕恭毕敬地答道。

司徒铮正要发作，却见一个黑衣人从他背后走了出来。此人头发高高束起，以黑纱遮面，虽然穿着一身男子的胡服，但其身形玲珑有致，一看便知是个女子。

"把姜公子带到凝闲殿交给姜夫人。"女子对那狐狸眼的内侍道。

司徒铮闻声一愣，随即露出个孩童般天真无邪的笑容："淑妃娘娘，深夜辱临敝殿，不知有何事？"

崔淑妃大大方方摘下面纱，她已经不年轻了，眼角有显眼的细纹，脂粉未施，颧骨和两腮上散落着一些细细的斑点，依旧是个百里挑一的美人。她拔出腰间的佩剑道：“司徒铮，锐儿是不是你杀的？”

“锐儿？”司徒铮冥思苦想了一番，恍然大悟道，“哦，原来说的是四弟。那时我年幼，下手没什么轻重，与他闹着玩，谁知他那么不经掐，脖颈比猫还细，真是对不住了。”

“住口！”崔淑妃难以自持地颤抖起来，“我将你这畜生千刀万剐！”话音未落便提剑向司徒铮刺来。

司徒铮惊异地发现崔淑妃的身手出乎他的意料，也不知为了今日苦练了多少年。司徒铮以博学宏识、精通文义获得天下文士经儒的推重，平时不以射御为务，勉强以匕首格挡了几下，竟渐渐落了下风。

兵刃相抗的打斗声在空荡荡的殿中回响，却不见侍卫和宫人前来营救。司徒铮情知不妙，仍是高声呼喊侍卫，崔淑妃冷笑道：“你叫来的恐怕只有鬼魂。”

司徒铮一边躲闪一边道：“我是当今太子，你若杀了我，我阿娘和外祖不会放过你！”

崔淑妃仿佛听了个天大的笑话：“你阿娘这时恐怕已被押起来听候发落了，至于你外祖，恐怕也是自顾不暇。过了今夜，这世上怕是再也没有权倾朝野的杨家了。”

“这老蠢物果真不中用。”司徒铮脸色如常，似乎只是有些遗憾，“是二兄？”他说完便摇摇头否定了自己的猜测，“二兄没那么狠，是阿爷？”

崔淑妃嘴角挂着嘲讽的笑，把剑往前一送，在他肩头刺出个血洞。

司徒铮心里将皇后与杨安又骂了一通，他一早说了该斩草除根，立即送他阿爷归西，可杨安那死老魅偏畏惧人言，当断不断，活该有此下场。只是自己死不算，还要连累于他。

他疼得脸色苍白，下意识捂住伤口，血从他指缝里渗了出来，咬着牙道：“就算阿爷怪我，我也是他的血脉，你杀了我，在他跟前也讨不着好。”

崔淑妃怒从心起，一挑眉，又向他股上刺出个血洞。

司徒铮身子一歪，跪倒在地，因疼痛而不自觉地往外淌眼泪，崔淑妃的剑随后便送到，架在了他的脖子上。

这十年来，她做梦都想着手刃仇人，可真到了下手的关头，她的手却颤抖起来。

司徒铮敏锐地捕捉到她的迟疑，仰起一张满是泪水的脸，惊恐万分地痛苦哀求道：“阿娘……阿娘……我知道错了……”

崔淑妃一震，心中抽痛起来，执剑的手不由得一松。

司徒铮瞅准时机，用尽全力朝她腕上劈去，长剑锵一声掉落在地，崔淑妃来不及反应，司徒铮的匕首已经扎进了她的心口。

“我学得像不像？”司徒铮一扫方才脸上的惊恐和愧悔，捏着嗓子奶声奶气地道，“阿娘……阿娘……痛……痛……四弟临死前就是这么叫的呢。”

崔淑妃控制不住，失声痛哭起来。那时候她的锐儿才学会开口叫阿娘，他自小就不是个好看的孩子，一点也不像他阿姊，与小他半岁的五皇子一比更是寒碜，连她这做阿娘的看了都有些泄气。她嫌弃他眼睛小，肤色黑，耳朵招风，直到他叫人从濯龙池里捞上来，小小的身躯泡得肿胀变形，再也没什么可嫌弃的了。

“不像。”远处一个冷冷的声音道，随即一支羽箭破空而来，嘶鸣着没入司徒铮的眉心。

“阿娘！”常山公主朝着倒在血泊中的崔淑妃跑去，握住她的手，“阿娘你为何瞒着我？为何瞒着我?！你忍一忍，医官很快就来了。”

“你阿弟……”崔淑妃气若游丝地道。

“阿娘放心，阿弟的仇已经报了。”常山公主忍住泪，用力握了握她的手。

崔淑妃摇摇头，朝司徒铮看了一眼：“那是……你阿弟……”

“我没有这样的阿弟。”常山公主垂下眼帘，两行珠泪顺着脸颊滚落下来。

马车在山路上行进，厚厚的青毡布将车厢遮得严严实实，狭小的车厢里漆黑一片，钟荟和卫琇被缚住了手脚，只能从外面的鸟叫声判断大约已经天亮了。

他们似乎在下坡，钟荟的身子不由自主地往前倾，失去平衡，压在了卫琇身上，脑门重重撞在了他嘴唇上。

她尴尬不已，急着爬起来，一时忘了自己手脚不能动弹，胡乱使劲，偏偏这时马车又重重颠簸了一下，她非但没能爬起来，反而与卫十一郎贴得更近了。

卫琇冷不丁被她撞了一下，嘴唇连带齿根都有些发麻，鼻根和眼眶霎时酸胀起来。捉住他们的那队宿卫显然不会替他们操心什么男女授受不亲，有马车坐已是不易了。这还是因姜二娘病重，他们怕她死在半途，回去不好交差，才从附近乡绅的园子里弄来的，为此耽搁了不少时间。

那些人似乎并不怕他们合谋串供，也不怕他们呼救，没堵上他们的嘴，只就地取材，解下他们俩的腰带，将他们手脚捆住扔上车。不过两人一路上都沉默着，人为刀俎，我为鱼肉，到了这步田地，其实也没什么好说的了。

“你还好吗？”过了好一会儿卫琇才轻声问道。

钟荟从他的声音里听出了无尽的歉意，仿佛她沦落到如此境地全是他的错，顿时觉得有人在她心上狠狠地揪了一把。

她待要说点什么，车外毫无预兆地传来一声凄厉的马嘶，紧接着便是接二连三重物倒地的沉闷声响。只听有人大喝一声："有埋伏！"一时间抽刀声、拉弦声夹杂着凌乱的马蹄声四起，可以想见外面是怎样一番人仰马翻的光景。

行进中的马车骤然停了下来，车帷猛地叫人拉开，阳光顿时从缝隙中灌入车厢中，两人都忍不住眯起了眼睛。

"待在里面莫动！"有人朝车厢里低吼了一声，听声音似乎是昨夜领兵捉拿他们的宿卫头领。他的语声中充满威胁之意，不过还是能从中辨别出一丝微不可察的慌乱。

不等两人看清楚周遭的情形，车帷又落了下来，眼前又是一片漆黑。

一众宿卫在山中没日没夜地搜寻了几日，眼看还有几里路就能出这邙山，没想到一进这山谷便遭遇了伏击。对方占据了形胜之地，潜藏在两边的山林里居高临下放冷箭，打了他们一个措手不及，不多时便折损了过半。

眼看着招架不住，那头领只好一声令下："撤！"宿卫们闻令掉转马头，扬鞭疾驰而去。他们撤退时仍未忘记自己的使命，将钟荟和卫琇所在的马车护在中间。

然而这一撤正中了伏兵的下怀，不过退后半里，一大群黑衣人从前方山坡的一片密林中策马冲杀下来，宿卫们大惊失色，慌忙转身，却见身后又有一队人马杀过来。

那宿卫头领眼见无处可逃，唯有破釜沉舟，以命相搏，愤愤地朝地上啐出一口带血的唾沫，扬声道："我等奉太子殿下之命捉拿要犯，何人胆敢在此设伏阻挠？"

钟荟正满怀希望，想着是不是来营救他们的人，却听一人冷笑一声，道："与死人有什么可交代的！给我杀，莫留活口！"

钟荟差点哭出来，真是屋漏偏逢连夜雨，先前那伙人还只是把他们绑回去，这拨人倒好，一上来便要他们的命。

经过方才好一番颠簸，眼下钟荟的头脸正紧挨着卫琇的背，此人一出声，她便感觉到卫琇的身子明显一僵，于是她小声问道："这人你认识？"

卫琇答非所问："你的牙怎么样？"

钟荟一愣："欸？"随即明白了他的意思，费劲地扭了扭身子，脸顺着他的背往下，摸索到手的位置，然后开始用牙啃咬布条打成的死结，费了九牛二虎之力，憋出了一身汗，终于把那绳结扯松了一些："你试试看能不能挣脱出来？"

卫琇使劲扭动手腕，好在他们的衣带都是光滑的丝绸，竟然真的叫他挣脱开了。两人解开了手脚的束缚，将车帷撩开一条细缝，往外一看，只见绑他们的那伙宿卫只剩下十来骑，将马车护在中间，四周一群黑衣甲士将他们团团围住，那身装束既不似官兵又不像平民，可拼杀起来却透着十足的狠戾，竟有些像死士。

就在这时，持刀守在他们车前的两名宿卫身中多刀，倒在了血泊里，驾车的宿

卫也中箭栽倒下来，缰绳从手中滑脱，本来就受了惊吓的马失了控制，长嘶一声，扬起蹄子狂奔起来。

头领左支右绌，手臂和后背都受了刀伤，见那惊马拉着车从他身侧狂奔而过，直向山道下冲去，却是无计可施。

当即有数名黑衣人挽弓朝马车射箭，车厢后部顿时钉了多支箭矢。好在这车厢用料实在，木板够厚，力量最大的箭矢也没能穿透，只隐隐露出稍许箭镞。

黑衣人见跑了正主，一时间无心恋战，转头来追马车。

钟荟和卫琇在车里颠得七荤八素，卫琇一手扒住车窗，一手把钟荟抱在怀里，总算没从疾驰的马车中颠出去。

那马儿已然癫狂，前方一个急转弯，来不及收势，一头朝着山崖下扎了下去。

钟荟忍不住闭上眼睛，只觉一阵天旋地转，从卫琇怀里摔了出去，一条胳膊却仍被他牢牢拽着。两人像沸水中的面片似的来回翻滚，身体各处在车厢壁上撞了好几下，钟荟右肩撞得最重，几乎疼晕过去。她咝咝抽着冷气，心道这回怕是要粉身碎骨。

然而马车却停了下来，卡在崖畔横生的两棵树中间，那匹马吊在半空中，仍不知悔改，发疯一样嘶叫着扭动身躯。支撑他们的两棵树本就扎根不深，被车马的分量一坠，已有些松动了，那马儿一挣扎，更是雪上加霜。

钟荟昨夜叫人捉住时已经认命了，这时却有些不甘心起来。她重活一世，还没见着爷娘阿翁和阿兄，就这么死了未免太可气，更何况身边还有卫十一郎。她使劲咬了咬下嘴唇，甩了甩晕乎乎的脑袋道："咱们得从这里爬出去。"

卫琇默不作声地点点头，前有悬崖，后有追兵，无论怎么看都是个死局，然而他不是坐以待毙之人，尤其是方才听到那人的声音之后，更是生出了求生的意志。仇雠近在咫尺，自己却无能为力，这种感觉像虫蚁一样啃啮着他的心，他有生以来从未如此渴望活下去。

两人手牵着手，小心翼翼地向车门口挪动，卫琇先试着将半边身子探出车厢外，踩在下方一棵小树上，一手扒住山岩。他用力踩了踩脚下的树，确认它能支撑两人的分量，然后回头示意钟荟跟上。

"抓住我的手，无论如何都别放开。"卫琇叮嘱道。

钟荟深吸一口气，一小步一小步横着迈出车厢。在她离开车厢的一刹那，马车失去平衡，其中一棵树再也支撑不住，连根拔起，带着车马一起栽了下去。

钟荟忍不住倒抽了一口冷气，劫后余生的庆幸感油然而生，忍不住对卫十一郎笑了笑，几乎忘了他们此时上不着天下不着地，不远处还有一大队人马穷追不舍。

追兵的马蹄声越来越清晰，如在耳畔。

他们所在之处正是山崖上的一处新月一般的凹陷，站在崖边往下看刚好有块凸起的岩石遮挡住视线。钟荟和卫琇凝神屏息，不敢发出一点声响。

黑衣人的首领下了马，往山下一看，远远望见谷底马车的残骸。他点了几个部下，冷冷道：“你们几个下到谷底去察看，若是死了，把尸骨带上来，若是还活着，即便把这山翻过来也要把他找出来。不必留活口，格杀勿论。”

卫琇和钟荟一前一后紧挨着站在细弱的树干上，凌空蹈虚一般，脚下是飒飒万壑松涛和泠泠击石泉水。

在这生死存亡的一线间，钟荟竟生出些不合时宜的萧然快意来，两世为人，一直囿于方寸之地，却在逃难途中见识了天地造化的雄奇和瑰伟，纵使上天注定她殒命此地，也不算太吃亏了。

只是可惜了卫琇，钟荟不由抬头望了一眼他的后脑勺，上面挂了些蛛丝和枯叶。他们连日来风吹日晒，蓬头垢面，衣衫褴褛自不必说，恐怕连洛京城中的乞丐也比此时的他俩体面些。她看着一身落拓的卫十一郎，仿佛看着美玉落入泥淖，痛惜哀婉难以言说。

钟荟人站在这半空中一动不动，心思却没闲着，其中关节不难想通，活捉他们的那个宿卫首领方才说他是奉“太子”之命，这太子显然不是大皇子，二皇子没有母家可以依仗，在朝中根基浅薄，五皇子也没什么犯上作乱的条件，更不会没事捉她逗闷子，那么多半是三皇子了。他眼下还是太子，可见当今还活着，八成是叫他们软禁起来了——本就没多少天好活，没得白白背上个弑父篡位的骂名。不过依照司徒铮狠辣的行事手段，大皇子大约是凶多吉少了，钟荟想起那笨嘴拙舌的驽钝少年，不免在心中叹息一声。

后一队人马为何要杀卫琇灭口？卫家横遭夷族之祸，能扣上的罪名无非谋逆，卫琇一个十多岁的叛臣之后，手上无一兵一卒，能翻出什么大浪来？说得直截了当些，即便卫琇侥幸逃脱，恐怕他这辈子都回不了京城，藏头露尾、求个苟且偷安已是万幸，更何况司徒铮捉他回去总不见得是出于爱才之心，要征他做官。那么何须出动死士，冒着违逆司徒铮的风险非要置卫琇于死地？

除非此人知道司徒铮在太子之位上坐不长，卫家的冤屈即将平反，新君必会对卫家唯一的子孙恩宠有加，以示优容和安抚。而追杀他们之人必与卫家灭门一事脱不了干系，即便不是主谋，至少也是重要从犯，从卫琇适才的反应来看，极有可能还是卫家的故旧。

想到此处，钟荟觉得不寒而栗，有那么一瞬间她甚至怀疑过自己的阿翁和阿爷，随即才想起她阿爷任太子少傅，阿翁与卫昭更是识于总角之年的知交挚友，于情于理都不会害卫家，这才松了一口气。

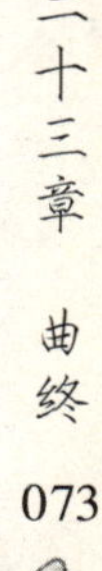

卫家在洛京的故旧一个巴掌数得出来，答案已经呼之欲出了。

若是能熬过这一关就好了，可这山上山下就那么巴掌大的地方，藏人之处更是寥寥无几，那些黑衣甲士人多势众，早晚会找到他们。

才想到这里，便听下方车马坠落处有兵士喊道："他们在上面！"话音甫落，山谷中的甲士纷纷从背上摘下弓朝他们射起箭来。

钟荟心道，真是好的不灵坏的灵，除非他们背上生出双翼或者突然天降神兵，否则恐怕只能葬身此地了。

他们自然生不出双翼来，不过也许是他们时运低迷得连老天爷都看不下去了，老天爷竟然破天荒地发了一通慈悲，平地刮起一阵大风，横着将那些呼啸而来的箭矢吹得偏了准头。

这么邪乎的妖风老天爷也拿不出第二股来，两人已做好了赴死的准备，可他们左等右等却没等来第二场箭雨，头顶上方却逐渐响起兵刃相接的交战声。

这也奇了，一个两个都往这山里来，活似赶庙会。两人屏住呼吸听了一会儿，约莫过了一炷香的时间，打斗声渐息，看来是分出了胜负。

钟荟经过这么多波折已然不敢抱什么幻想，却听一个熟悉的中气十足的声音响彻云霄："小娘子——你在哪里啊——"

"阿杏！是阿杏！"钟荟难以置信，几乎喜极而泣，阿杏失踪多日，她嘴上虽说定是迷了道，可不过是自欺欺人罢了。她一激动，忘了自己如履薄冰的处境，差点从树上栽下去，好在卫琇脑袋后仿佛生了眼睛一般，及时伸手将她揽住。

"你先留在这里，我上去看一看情形。"卫琇比她谨慎，听那声音虽是阿杏无误，但难保不是遭人胁迫，诱他们现身。

卫琇扒着山岩小心翼翼地爬了上去，只见阿杏站在崖边踮着脚手搭凉棚往山谷中张望，见了他惊喜地跑上前来，一迭声道："卫公子！卫公子！您还活着太好了！咱们家小娘子呢？"卫琇点点头，眼风却扫向她身后之人。

"哎呀。"阿杏拍拍脑袋道，回望身后一眼道，"卫公子莫担心，王公子和禅师都是好人，多亏他们救了奴婢。"

是不是好人姑且不论，就算是恶人他们现在也无路可选。卫琇和阿杏将钟荟从崖下拉了上来，阿杏一和她打上照面，眼泪就珠子似的往下滚。钟荟知道自己的尊容有些寒碜，拍拍她的后背道："莫哭莫哭，这不是否极泰来了嘛。"边说边往阿杏身后望去，看是哪路神仙搭救了他们。

只见崖边停着一抬漆金镂莲花的肩舆，四周围着两重莲纹织锦帷幔，舆上坐着一个身着袈裟的年轻僧人，合着双目，嘴唇轻轻翕动，似乎在念经。

这僧人看起来十分面善，钟荟和卫琇回忆了片刻，双双恍然大悟对视一眼，不就是数月之前在崇福寺清言会上有过一面之缘的俊俏禅师吗？而舆旁的枣红马上端坐着的一个衣饰华贵、气度不凡的中年男子，想必就是阿杏口中的王公子了。

他身着鹤纹袍，头戴一顶黑漆纱笼冠，松松地笼着手中的马缰，显得气定神闲、很是惬意，若不是他手中提着那柄剑正往下滴血，身旁又有三名杀气腾腾的侍卫，单看那神气，简直像是在游山玩水。

地上横七竖八地躺着十多个黑衣人的尸身，大多是一刀或一剑毙命。卫琇和钟荟俱是吃了一惊，他们方才在山崖下听见厮杀声，只道来者必然有不少人马，没想到却是以寡敌众。那些黑衣人中也不乏高手，可见这几个人武艺何等高强。

武艺卓绝，人品风流，精研佛理，与京师内外的僧道时有往来，钟荟脑海中便浮现出一个人来，卫琇几乎与她同时意识到此人的身份，两人心照不宣，都不说破，只作不知。

那中年男子打量了两人一番，和煦地微笑道："卫小公子，姜小娘子，在下来得迟了些，叫你们受惊了。"

两人跪下行大礼，都道："叩谢义士救命之恩。"

"区区在附近有一座小田庄，两位连日奔波，想来已很疲惫，若是不嫌弃，不如去敝舍歇息两日。"男子彬彬有礼道，却不显得过分殷勤，更没有丝毫胁迫之意。

钟荟方才心神紧绷，尚不觉如何，现下死里逃生，心弦一松，才发现自己头重脚轻，已有些飘飘然了。卫琇本想立即回家看看，见她脸容憔悴、眼窝深陷，心里一软，不忍心再叫她劳累，便向那男子诚恳道了谢。

几人交谈了一会儿，方才在山谷中围剿黑衣人的两名侍卫也策马返回了。那锦衣男子便叫人牵来一匹马，抱歉道："禅师眼疾，不便骑马，非常之时，委屈两位。"

"无妨。"钟荟摆摆手道，她前世六七岁时学过骑马，如今早忘干净了，阿杏也是一窍不通，这一路都是坐侍卫的马来的，面前都是陌生男子，只有卫十一郎算熟人，只有和他共乘一匹马了。

这些天他们日日相对，卫琇于坐怀不乱一道上颇有心得，率先翻身上了马。钟荟更是连脸都没红一下，让阿杏搀扶她跨坐在后面。卫琇的衣带被第一批宿卫挪作他用，钟荟只得揪住他腰两侧的衣裳，以免从马上摔下去。

不管前路如何，他们此时不必急着逃命了，卫琇怕马上颠簸，钟荟体力难支，便把速度放慢了一些，一行人越发像是在游山玩水。

虚云禅师只在方才与他们见礼时寒暄了几句，后来便一言不发，又闭着眼睛念他的经文去了。

车马行至一段平缓的上坡路，钟荟在轻轻颠簸的马背上昏昏欲睡，揪着卫琇衣裳的手不知不觉松开了，从他腰侧滑落了下来。

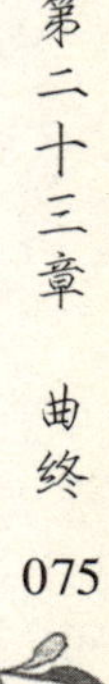

卫琇吓了一跳，忙拉住她的胳膊，让她环住自己的腰。钟荟猛地惊醒过来，才发现自己在马背上睡过去了，赶紧用力在大腿上掐了一把。不过她实在是太困倦，没多久胳膊又往下滑了。

卫琇没法子，只得下马将她换到身前。钟荟揉了揉惺忪睡眼，四下里望了望，突然觉得眼角的余光中有一抹黑影，待要看个分明，熟悉的弓弦声响起，一支箭已经离弦向卫琇飞去。

几名侍卫离他们有些距离，再快的马也没有箭快，无论如何也来不及救了。

钟荟来不及思索，鬼使神差地张开双臂挡住了身后的卫琇。

箭镞没入肩头时她听到了裂帛一般的声响，剧痛只持续了一瞬，片刻后她就感觉不到痛了，卫琇的声音好像离得很远，来来回回就那么一句话："你怎么不躲啊！"

她也不知道自己为什么不但没躲反而挡在卫琇身前，大约是病糊涂了，反正神思清明的时候是做不出这等事的。她心想，罢了罢了，这辈子本来就是白赚的，能换阿晏一命也不亏了，只是到了泉下得叫六郎和七娘子请她吃顿好的……

子时刚过，显阳殿里灯火通明。朱漆辇车停在丹陛前，姜万儿提着色织银裙裾拾阶而上，沉重的殿门缓缓打开，随之透出的光亮在深浓的夜色中仿佛一个光明煊赫的许诺。姜万儿不由得想起多年前第一次来到这显阳殿时的情形，微微眯起了眼睛。

内侍和宫人跪伏在御床前大气不敢出一声，姜万儿耳畔只有更漏一声又一声，单调而乏味，不时湮没在御床上破风箱似的气喘声中。

屋子里弥漫着一种死气，姜万儿抽了抽鼻子，轻而易举地从浓郁的沉水、白檀和汤药味中辨别出了这种气味，当年姜老太爷弥留之际也是这气味——九五至尊与一个风烛残年的老屠夫死时都是一个味儿，姜万儿觉得有些好笑。

显阳殿的内侍来传她觐见时她很焦急，生怕赶不上那最后一面。有些话她藏在肚子里许多年，只能在这一刻毫无顾忌地一吐为快，然而真到了此时，她望着纱帷中影影绰绰的男人，突然觉得没意思起来，若不是有旁人在，她恐怕会转身一走了之。

"陛下。"她还是走过去握住天子垂在床沿的一只手，"万儿来看您了。"

天子用枯柴般的手无力地回握了她一下，煌煌火光下枯皮上褐色的斑点无处遁形。他使劲将眼皮撑开，脖子僵硬突兀地扭过来，吃力地咽了口唾沫，从喉咙里发出一声含糊的"万儿"，又抬起一只手挥了挥。

相处多年，姜万儿对天子的每个眼神和表情都了若指掌，立即明白了他的意思，对跪在地上的宫人们道："你们先退下吧。"

宫人们陆陆续续退到殿外，只留了个贴身伺候的黄门侍立在五步之外。

姜万儿将天子的手放回床上，把丝绵锦被拉高些掖好。到了这时候，嘘寒问暖都显得多余且虚情假意，平日伶牙俐齿的姜万儿竟一时间哑口无言，百无聊赖地枯坐着。

天子盯着她呼哧呼哧喘气，良久才开口："万儿啊，你还恨我吗？"

姜万儿眼神一闪，下意识地就要避重就轻地圆过去，猛然想起已无此必要，自嘲地笑了笑，瞥了瞥宝帐上长长的七色流苏："陛下不如把这话问问杨庶人。"

天子也跟着笑了笑，眼神有些狠戾，孩童般倔强地回嘴："她和那逆子罪有应得，我没亏待过他们。"

"那锋儿呢？四皇子呢？崔淑妃呢？他们也罪有应得吗？"姜万儿温柔地笑了笑，眼角像一把锐利的弯刀，轻易就将床上之人割得体无完肤，"你明知当年四皇子是因何而死，这么多年却坐视杨氏母子坐大，是早就谋划好这一天了吗？可怜锋儿那个傻子，听说饮下金屑酒后疼得满地打滚，还不忘哭着要见阿爷一面，陛下，他到死都不信你要他死。"

天子一怔，眼睛里淌出两行浊泪："孤……孤……"

"也对，害死他的是司徒铮，陛下只是少了个傻儿子。妾有什么好恨的？陛下连自己的骨肉和先皇后母族都能毫不留情地铲除，万儿母子何德何能受陛下眷顾厚待，阖宫上下唯独妾没资格说一声恨陛下。"她行了个深深的稽首礼道："妾告退。"

她说完站起身，经过那年轻内侍身边时五指一松，掌中落下一块古拙润腻的汉玉，被他轻巧地接住。姜万儿回眸向他一笑，头也不回地转身迤逦而去。

元丰十六年二月晦日，万春宫玉明殿大火，三皇子司徒铮在矫诏登上太子之位短短三日之后葬身火海。是夜，皇后杨氏在寝宫中投缳自尽。司隶校尉裴栩率兵围攻杨府，逆贼杨安当场伏诛。北军中候杨武欲矫诏发五营兵马攻入城中，为射水校尉卢宣所杀。卢宣率五营将士与中护军任舒所将左右厩驺、虎贲、羽林、都候、剑戟士合兵一处，与赵王司徒宪所领国兵及外营兵马战于孟津。

十日后，平虏将军姜景义领一万精兵驰援京师，大破赵王军，将司徒宪斩于马下。

这场动荡终于结束了。

太尉杨安矫诏废立，戕害宰辅，坐谋逆，夷三族。数百口槛车押赴市曹斩首，观者如堵。是日，洛京城中阴雨连绵，风雨声仿佛亡魂的低泣，杨家人的血和着雨水流向四方，将金市周围的泥土都染上一股血腥味。

三月癸丑，城中弥漫的血气还未散去，天子驾崩，谥孝明。太子司徒钧在灵柩前即皇帝位，大赦，改元咸宁。

短短十几日，曾经赫赫扬扬的卫、荀、杨氏大世族尽皆倾颓，然而废墟之上又有后来者筑起更宏丽的广厦楼宇，盛衰荣辱的无常却才是寻常。

卫氏谋逆一案得以昭雪，新君下诏追赠卫昭假黄钺、琅琊郡公，谥成。

卫府的宅院在大火中面目全非，几场春雨过后，蒙茸细草从焦土和颓垣断壁的缝隙中钻出来，远远望去仿佛一袭褴褛的衣裳，徒劳无益地要将那满目疮痍掩盖。

这场火烧到事发翌日的清晨，火熄灰冷之后，士卒以草席将卫家人的尸首卷了草草丢在城外乱葬岗上，直到杨氏逆党伏诛，钟老太爷才得以遣人收殓。大多尸骨已经残破不堪，辨不出面目，钟家奴仆只得将这些尸骨分在数百口棺柩中停殡待葬。

堂屋也在火中坍塌了，钟老太爷叫人在堂前支起个巨大的青油布帐，数百口棺木一排排紧挨着停在帐中，写着丧者名字的明旌密密麻麻插满了堂前。

卫家无人，守灵的都是钟家子弟。钟老太爷遣人向卫氏的故交旧友报了丧，零零星星有人前来吊唁，有念着旧情来的，也有看钟家的面子来的。

只是钟家的面子也不如从前好使了，杨逆伏诛的第二日钟禅就回了府，先帝下诏赏赐财帛安抚了一番，却对何时起复只字未提，便有那心思敏锐的闻弦歌知雅意，暗道钟家怕是要不行了，若是因为向钟家示好惹上一身腥可就不美了。

钟禅如今赋闲在家，刚好将卫家的丧事操持得井井有条。

卫琇回家时正是小殓第二日。

因事出非常，棺木都已上了钉，灵堂里不分昼夜焚着香，可仍然难以掩盖那股令人不悦的气味。卫琇行尸走肉一般踏过焦土，走向灵堂。

正在灵前操持丧事的钟禅看见他立即迎了出来。

“大恩不言谢。钟公请受小子一拜。”卫琇跪下，以额触地，重重地磕了三个头。

钟禅将他扶起来，叹了口气道：“去给你阿翁他们磕个头吧……”

卫琇走到祖父的棺柩边跪下，轻轻抚了抚边缘，张了张嘴，没能叫出声来，他实在没法把这冷冰冰的阴沉木与记忆中鲜活的面容联系起来。

钟禅在灵前跪下，拈了一支香拜了拜：“明公，十一郎平安回来了。”

卫琇顺着他的目光往灵位上望去，那一个个熟悉的名字重重地从他眼里砸进他心里，一下下把那层外壳砸成了齑粉。

痛楚一下子从四面八方往他心里钻，他仿佛终于意识到面前的是什么，开始用手指去抠棺上的钉子，抠得指尖鲜血淋漓，却仿佛浑然觉察不到痛：“阿翁，孙儿知错了，孙儿真的知错了……阿爷阿娘……你们别丢下我……”

钟禅想上前去劝，钟老太爷不知何时走到他身边，摇摇头轻声道：“让他去罢，旁人帮不了他。”

不多时有下人禀道：“裴太保前来致奠。”

卫琇脊背一僵，重新跪直了，手不由自主地握成拳，复又松开，转身站起来，迎上前时脸上只余得体的哀戚与感激。

裴霄与他阿翁是同辈人，年轻时也是闻名京都的美人，如今依然风采斐然。当年齐名的三位俊杰，卫昭已成一把枯骨，钟熹鼎盛之年痛失所爱，鸾只凤单，只剩下裴霄春风得意，即便一脸沉素，仍旧掩不住意气风发——在这场一波三折的变故中，裴氏不啻为最大的赢家。

致奠完毕，裴霄一脸沉痛地对卫琇道：“我与尊祖相交多年，又同朝为官，虽于朝政见解略有不同，却甚是投契，见此横祸痛彻心扉。”说到此处他似情难自已，蹙着眉头揪住自己的衣襟，顿了顿道：“犬子当日与逆党虚与委蛇实乃情非得已，还请卫小公子见谅。”

卫琇拜送答谢，眼眶发红，但面色如常：“能得裴公相送，家祖在天有灵定然欣慰。”

裴霄静默片刻，叹了口气，拍了拍卫琇单薄的肩头：“若有什么难处，尽管来找我，虽则力微言轻，若有能帮上的必定全力以赴。”

卫琇再拜答谢，恭敬地将裴霄送出门外，转身往回走，走到二门时终于抑制不住，浑身颤抖起来。

“你须得学会控制它。”钟熹不知何时出现在他身后，“日后与裴家人相见的时日多着呢。”

太难了，卫琇心道。

“是难。”钟熹似乎听到了他心底的声音，深深地往灵堂中成排的棺柩望了一眼，“再难也得撑下去，由不得你。”

钟熹背着手上前一步问道：“你有何打算？”

“回禀明公，此间事毕后，琇欲往齐郡。”卫琇恭谨行礼道。

钟熹沉默不语地打量了他一会儿，那双苍老的眼睛仿佛能看到心底，对他那点心思洞若观火。

良久，他面沉似水道：“你有何所图，我大致能猜到。齐王我见过数回，虽无深交，却不算一无所知。我就直截了当地同你说，此人狠戾刻深，不是明主。你头顶着卫氏一族的冠冕，在豫州又有你阿爷打下的根基，若是为他所用，必是所向披靡的一把利刃，假以时日挥向京师，恐怕山河都要为之战栗。可是你想想，你阿翁愿意看见你成为别人的一把刀，将他心心念念的江山劈裂吗？”

卫琇如梦初醒，跪下稽首，敛容道：“明公之恩，琇唯有来世结草衔环以报。”

钟熹眼中流露出欣慰，弯腰将他从地上扶起，缓颊道："阿晏，你小时候叫我一声阿翁，我把你当自家的孩儿，在此与你唠叨几句，你莫要见怪。"

卫十一郎一怔，上一回听到自己的小字是他与阿翁赌气溜出府那一日，其实隔得并不久，却仿佛有永远那么远。

第二十四章 余波

阳春三月，和软的微风如轻纱拂面，姜老太太院子里的大槐树翳翳郁郁，已经打起了骨朵，穗子似的花枝从浓绿的叶子中间垂下，宛如攒成一串串的珍珠。姜悔打树下走过，仿佛已经闻到了花开时清冽的甜味。

这是他第二回独自来见祖母，上一回是从宫里回来，他因二娘子的事来请罪，姜老太太没见他，他在院子里跪了两个时辰，是三老太太刘氏出来将他劝了回去。

姜悔走到屋槛前，里边传来两声苍老的咳嗽，听着中气不足。又有一个慈蔼的声音道：“是二郎来了？快进来吧。”

他深吸了一口气，再慢慢吐出来，一手撩起门前挂的毡帷，一手提着下裾跨了过去。姜老太太本来斜靠在卧榻上，见庶孙入内便坐直了身子，拐杖搁在身侧。姜悔忍不住瞥了那金光闪闪的豹子一眼。

按说经过玉明殿一事，这府中应当没什么能叫姜悔感到害怕的了，可他面对着一脸憔悴病容的老祖母仍然有些发怵。

其实姜老太太从来没打骂过他，大多时候她只是当他不存在，哪怕是阖家团聚的场合，她的目光也极少落到他身上。姜悔知道祖母素来不喜自己，也不凑上去找不自在，说起来两人一年到头也见不着几面。

眼下却是避无可避，姜悔恭恭敬敬地行了礼问了安，祖孙俩大眼瞪小眼，都找不出什么话。好在有个刘氏打圆场，搬来坐榻，张罗吃食，又亲热殷勤地致问道：“小郎君身子可好些了？前几日在园子里赶巧碰上你乳母，道你夜里睡不安稳，我瞧着今日这脸色倒比上回来好看多了，老太太您瞧是不是？”

姜老太太一脸矜持地点点头，回声似的说：“是好些了。”说完便继续沉默。

刘氏向她抛了个眼色过去，姜老太太只作没看见，低头拔指甲盖旁边的倒刺。刘氏不依不饶地拿手肘捅了捅她左胁，这回老太太不能再装作不知道了，清了清嗓子，僵板着一张千沟万壑的黑黄马脸，突兀地对庶孙道："你是个好孩子。"这口吻横不像在夸人。

姜悔一愣，无法相信自己的耳朵，可眼睛已经酸了。他从小对家人的冷漠习以为常，以为自己早已不在乎了，可此时才知道其实不然，这句话仿佛在他心上开了个小口，积压了十几年的委屈喷涌而出，让他几乎坐不稳。

三老太太又捅了捅，这下有点重，老太太叫她捅得肋骨直疼，嗔怪地斜她一眼，抿了抿嘴，口鼻两旁的竖纹像两条深沟，扭捏了半晌才道："是阿婆不好，阿婆与你赔不是。"说完既心虚又尴尬地把眼睛往旁边瞟，只不看庶孙的脸。

这回刘氏心满意足不去捅她了，她知道姜老太太面薄，能说出这两句话已属不易，这么些年何曾见她认过一回错？

姜悔忙诚惶诚恐地跪到地上："阿婆折煞孙儿了。"

既然已经把老脸抹开了，老太太便也不摆那骄矜的架子了，直来直去地道："我想着你大兄去学馆也有小一年了，也不知在那里过得如何。你二妹说你好读书写字，家里的夫子要给他们几个小的开蒙，时常顾不过来也是有的，倒不如去学馆与你大兄做个伴，你乐不乐意？"见孙子脸色有些为难，又道，"昙生这孩子是有些爱淘气，你莫怕，回头我叫你阿爷去与先生说清楚，他要敢欺负你，叫先生与他笞杖吃。"

姜悔有些踟蹰，与祖母的关系才略微缓和就忤逆她着实有些不识抬举，可他的机会稍纵即逝，唯有此时坦承自己的愿望。他暗暗下定了决心，鼓起勇气开口道："请阿婆恕孙儿不孝。"

姜老太太莫名其妙地看了看刘氏，刘氏小声道："他不愿意去。"老太太顿时拉长了脸，眼见要发怒，三老太太忙抢先道："二郎有什么旁的志向，与你阿婆说来听听。"

"不孝孙儿愿随二叔前往凉州。"话一出口，姜悔顿觉一阵轻松，背上冒出一层冷汗。

不说这话还好，说了姜老太太更是气不打一处来，怎么一个两个都要往那鸟不拉屎的地方跑。她睨视着伏倒在地的庶孙，凌厉的眼神刀子似的在他脊背上来回磨了几下，当年二儿子嚷着要从军也就罢了，自小就是个舞刀弄棒、上房揭瓦的魔王，眼前这个算什么？看那身板儿跟小鸡崽子似的，凑个什么热闹？终于忍无可忍地呵斥道："瞎胡闹！不许去！"说着便要跳起来。

三老太太好不容易将她摁住，对姜悔好言劝道："你年纪小不晓得，这兵营里哪是好耍的？你阿婆是为了你好，听话，啊？"

姜悔不吭声，却仍是跪地不起。姜老太太气得牙根发痒，手不由自主地朝拐杖摸去，可转念一想，她打小没疼过这孩子——没疼过，便也没资格打。姜老太太最不擅长以理服人，只得咬牙切齿地对门外院子里干杂活的婆子嚷道："叫狗子给我滚过来！"

姜景义得老母传唤，不敢掉以轻心，飞速滚了过来，才跨进屋里就叫一只横空飞来的银碗当胸砸中，还没来得及开口问清缘由，老太太的拐杖已经到了眼前。姜二郎虽有一身出神入化的武艺，奈何不能与老母动手，只得左躲右闪，若是叫那洛京城中的小娘子大婆姨们见识玉面将军眼下这副缩头缩颈的狼狈相，不知还会不会将他放在心尖上肖想。

姜景义在孟津一战中受了伤，老太太手下留情，没有打个畅快，哼哧哼哧喘了半晌。他更不敢造次，在一旁赔着笑，待老太太呼吸顺畅了些，拐杖也离了手，这才不着痕迹地瞥了跪在地上的侄子一眼，道："阿娘做什么动恁大肝火？谁惹您生气了？儿子去教训他，也叫他认得认得咱家风华绝代的老太太。"

"还不是叫你气的！"被他那么一打趣，老太太嘴上不依不饶，眉头却已松了下来，"成天与那起老兵油子厮混在一块儿，学得一口浑话！也不快给我寻个媳妇儿来！你老娘没几年好活，棺材盖儿都盖一半啦！"

"哪能呢，瞧您这精神抖擞的，少说还得活个百来年！"姜景义拍着胸脯信口开河，活似地府是他开的。

老人家没有不盼着寿数长的，虽知儿子是哄自己开心，老太太也觉熨帖。姜景义见火候差不多了，才对跪倒在地的侄儿道："二郎这是怎么了？地上怪凉的，你前些时日还伤过膝盖，这么跪着小心落下病来。"

他这么说不过是夸大其词，姜老太太一听当了真，又想起姜悔的膝盖是那日来请罪时伤的，越发惭愧起来。三老太太哪里看不出来，赶紧上前去扶姜悔，他却岿然不动，道："孙儿心意已决，求阿婆成全。"非但不起身，还咚咚叩起头来。

姜景义把事情的来龙去脉问了个清楚。这些年来他一直在西北，与家中这些子侄不怎么熟悉，不过这些天相处下来，姜悔这孩子他还是很喜欢的。带兵打仗光靠勇武是不成的，这孩子生得聪慧，悟性绝佳，更难得的是心性坚韧不拔，是个难得的可造之材。

他最近关在院子里养伤，闷得快生霉了，这孩子倒是时常来作陪。他也乐得给姜悔讲讲西北的风土人情，有时讲得兴起，难免信马由缰地吹嘘一下自己在战场上的雄姿。姜悔通常默不作声地仔细听着，偶尔就那排兵布阵问两句，每每切中要害，令他暗暗称奇。这样的人他如何不想收入麾下？此刻听姜悔自己提出来，心里像有几百只猴子挠着一般痒。

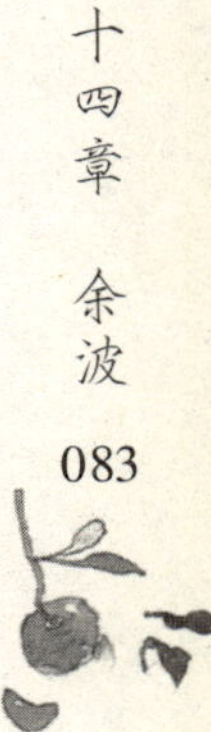

何况司徒氏以孝治国，姜悔这出身就是把万卷书读破读穿也出不了仕，就算靠着救助卫家十一郎那段渊源勉强谋得一官半职，将来的仕途也必定磕磕绊绊。他要出人头地，唯有在沙场上建功立业，实实在在拼杀出来的功勋才堵得住朝野的悠悠众口。

不过姜老太太正在气头上，这些道理眼下说不通，只能徐徐图之，便一脸遗憾道："不是二叔不想帮你，兵者，国之大事。能进我平虏军的无不是骁勇善战、百里挑一的勇士。你虽是我的侄儿，却不能为你破例，开方便之门。你若是执意要从军，下回募兵时便来一试。"说到此处，瞟了一眼老太太山雨欲来的脸，连忙话锋一转，道："不过可惜，今早我进宫面见天子，已将虎符交还，到明年募兵时不知这平虏军是谁来领了。"

姜老太太闻言喜出望外："这么说你不回西北啦？留在京城讨媳妇儿了？"

"嗯……"姜景义摸了摸鼻子，含糊地答了一声。

姜悔望了望二叔，嘴角忍不住翘起来。姜景义心虚地四下里乱瞟，冷不防对上姜悔的笑脸，朝他眨了眨眼。姜老太太刚得了天大的喜讯，哪里还顾得上他们叔侄俩的眉眼官司。

姜老太太着实欢喜了一阵，脸上又闪过一丝阴霾，问姜悔道："今儿个那卫家小子又来找你了吗？"

姜悔应了声"是"。

姜老太太努了努嘴。姜二娘回府之后一直不提那箭伤是怎么来的，只说不凑巧中了流矢，直到卫十一郎上门请罪，自己把姜二娘以身挡箭一事和盘托出，姜老太太才得知实情。

她知道卫十一郎孤苦无依，也觉不落忍，可仍然忍不住将孙女的伤算在他头上，再也不肯见他。卫十一郎便以拜访姜悔为借口，仍旧日日来府里询问姜二娘的情况。姜老太太明知其故，却也拉不下脸来把如此好看的少年郎拒之门外。

"医官来过了吗？怎么说？"姜老太太又问道。这话她每日都要问一遍，妄想着能得到不一样的答案，可每日都得失望一回。

姜悔垂下眼帘，轻轻地摇了摇头。二娘子左肩伤得太重，即便有王公子的胡药，这病根也落下了，这条胳膊使不上力气，没法骑马，也不能提重物，到了阴雨天怕还会作痛。

连着几日晴好，太阳仿佛发了狠，要把前些时日亏欠洛京城的春光补回来，物候霎时一新，城中百姓一夜醒来，梅柳已经渡江而来了。

兜了个大圈子，钟荟仿佛又回到了一年前初来乍到时的光景。

卫琇每日来寻姜悔，钟荟得知他这段时日暂住钟家，便旁敲侧击地向她二兄打听钟府的情况，一来二去倒叫姜悔怀疑她对卫十一郎上了心，用一通云山雾罩的圣人言规劝她迷途知返。

当日以为自己必死无疑，钟荟还庆幸未与前世的家人相认，可自从在鬼门关走了一遭，发现竟然捡回一条命来，她又懊悔自己当初瞻前顾后，暗暗打定主意，伤好之后即便是逾墙挖壁或者堵上门去，也要见前世家人们一面。

她肩上的伤口已经开始愈合了，白天疼夜里痒，又不能挠，实在忍不住了便用指尖隔着中衣轻轻蹭一蹭。这度得掌握好，不能太重，重了疼死人；也不能太轻，轻了更痒。钟荟好不容易摸索出个恰到好处的力度，仍旧时常马失前蹄，有时候手一抖，就要龇牙咧嘴好一会儿，总而言之滋味销魂，倒不如刚中箭那几日，反正大部分时候都晕着，也不甚难挨。

姜太妃仍然每日从宫里遣了女医官过来替她查看伤口，顺便换药，药是汝南王府上送来的胡药，据称是西羌一个名不见经传的小族世代相传的秘药。

汝南王有个姬妾就是来自西羌的胡女，这位胡姬还有个女儿——正是在常山公主府上与钟荟不打不相识的武元乡公主。钟荟泼了她一头汤，她阿娘的药却救了自己一命，每每想到此节，钟荟就觉得缘分这东西着实奇妙。

钟荟和卫琇都知道那位“王公子”是实打实的王孙公子，也只有阿杏一直蒙在鼓里。

“小娘子，该换药了。”阿杏怀中抱着个青瓷罐子，引了一位不苟言笑的中年女子入内，正是宫里那位医官。

钟荟顿时像吞了黄连似的，脸皱成了一团，苦哈哈地向医官行了礼。医官向阿杏点点头，阿杏便熟练地拿出个填了丝绵的布包塞到钟荟口中，这是防止她因受不住痛而咬伤舌头或是磕坏牙齿。

接着阿杏又将她的中衣解开，稍微褪下，露出肩头，把裹在上面的吉贝布解开。医官检查了一下伤口长势，然后从布包里拿出一把小银刀，在烛焰上烧了烧，开始挖除伤口上的腐肉和脓血。不消片刻，钟荟的冷汗便将衣裳都濡湿了。

终于清理完伤口，医官小心地用纯银扁勺从小瓷盒里挖了胡药敷到伤口上，用干净湿布擦去伤口周围的汗，再用新的吉贝布包扎起来，今日的刑就算受完了。

钟荟泪眼婆娑，直勾勾地盯着案几上的青瓷罐子。阿杏哪里不知道她心中所想，赶紧取出布包，打开罐子，舀了一大勺蜜送到她嘴里——因为不自量力地替人挡箭，姜老太太一怒之下禁了她的零嘴，只有换药时可以破例给点甜头。

医官完成了使命便收拾东西，告辞回宫去了，没有半刻延挨。待医官一走，钟荟便对着阿杏招招手，将她叫到床边，循循善诱地问道：“小杏儿，你说实话，你家

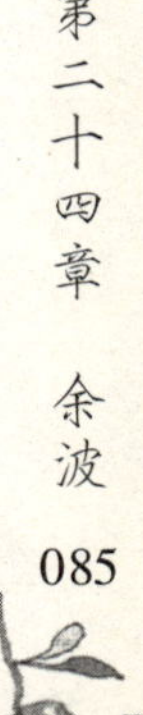

娘子这胳膊是不是好不了了?”

阿杏平生最不会撒谎，支支吾吾地道：“怎……怎么会……小娘子您吉人天相……”

钟荟好不容易把阿枣支走，怎么能放过如此良机，幽幽地叹了口气道：“你们莫要瞒我啦，那日沈医官在窗下与阿枣说话，我差不多全听见了，莫如把实情都说与我知道，也好早做准备哪。”这当然是在诈阿杏，她若真听见了，眼下还问阿杏做什么?

阿杏却是慌了阵脚，压根儿没细究，竹筒倒豆子似的一五一十全交代了。

听说自己从此肩不能挑手不能提，钟荟笑道：“仿佛有东西要我提似的，这不是有你们嘛。”

阿杏泪汪汪地道：“用膳也不能左右开弓了……”出事前某日钟荟突发奇想，要练习以左手执箸——她是习惯甜食和咸食各用一副箸的，如此一来便可以省下换箸的麻烦。

“没什么大不了的。”钟荟安慰她道。

阿杏想了想，又呜呜咽咽道：“听说也不能骑马，还不能用左手写字了……”她一直觉得自家小娘子这本事特别厉害。

钟荟有些汗颜：“这也没什么大不了的，我又不爱骑马，马又脏又臭，毛还扎人……左手写字就更没用啦，上回反着写字叫秦夫子看到还批了我一顿哪!”

阿杏见钟荟这么嬉皮笑脸的，也不由释然了一些，止住了哭。天下的惨事大致如此，若是本人轻描淡写，一笑了之，旁人便也会生出错觉，仿佛事情并没有那么严重。

钟荟心里像坠了一块铅，沉甸甸的，左手虽不如右手中用，到底也是两手都齐全灵便的好，不过木已成舟，再哭哭啼啼也只是给自己和旁人平添许多无谓无益的愁绪罢了。

阿杏不是个心里能藏事的人，一不做二不休，不但把她的伤情和盘托出，还把卫家小郎君如何来请罪，如何许诺满孝后来求娶她的来龙去脉都说得一清二楚。

“郎君听了可高兴，不过老太太不答应，二郎和小二郎也说咱们姜家不是那起子斜……斜……”自打姜景义回来，府中诸人便称姜悔为小二郎以示区别。

“挟恩图报?”钟荟问道。

“仿佛是这词儿……哎，我也不记得什么斜的直的了，总是就是推了。”阿杏一脸遗憾道。

虽说钟荟也没想嫁卫琇，可仔细咀嚼这话里的意思，总有那么一点不是滋味，合着都觉得她嫁卫琇是赚他便宜吗?

刚想到此处，只听廊下的二花扯嗓子号道：“卫十一郎！我欲与君相知！”又听阿枣答道：“相知倒是相知了，可惜咱们小娘子没这个福分，哎！”

钟荟简直觉得自己死里逃生就是为了回来叫这些吃里扒外的婢子气死的。不过她一见阿枣缠着细纱布的手指就什么脾气也没了。阿枣一向得意自己手生得美，凤仙花开的时节每日要将指甲染上百八十遍，院子里的凤仙花大半遭了她毒手，今年的花儿大约能寿终正寝了。

三皇子母子相继殒身，第二日守在姜府周围的兵丁便撤走了。杨氏一族被诛，风云变幻的朝局终于云开雾散，阖府上下都松了口气，唯独曾氏仿佛被人抽走了脊梁骨，一夜之间生出许多华发，仿佛一下子老了十岁。

这日晌午，三娘子带着婢子出门，刚巧碰上打外边回来的曾氏。

姜明淅虽然自觉并无不可告人之事，可对着母亲那张似笑非笑的脸，仍然忍不住心虚地垂下了眼帘。

曾氏乜斜了她一眼，嘴角一扬，语带讥嘲：“又去看你阿姊吗？”转头对随侍一旁的邱嬷嬷道：“嬷嬷你看我捧在手心里养出来的女儿，眼里是否还有我这阿娘？”

三娘子抿抿嘴点了点头，眼睛里隐隐蓄起了泪。

邱嬷嬷暗自叹息，自杨家倒了之后，她这主母仿佛突然没了主心骨，言行越发乖张起来。她不想蹚这浑水，也不知该怎么接话，只好和稀泥道：“娘子说的什么话，三娘子自然是最孝顺您的。”

“嬷嬷，”三娘子硬是将眼泪憋了回去，对邱嬷嬷道，“劳驾回避片刻，我与阿娘说几句话。”又将自己的婢子遣开，然后走上前去轻轻拽住曾氏的袖子，口吻中带着些撒娇的意味，乞求道：“阿娘，您莫要再恼女儿了……”

曾氏用力一挣，将她的手甩开，冷笑一声道：“你自去寻你的阿婆阿爷阿姊，奔你的前程去，杨家没了，你阿娘不中用了，只会拖你后腿！”

三娘子鼻子一酸，嘴角不由自主地往下撇，眼前已经开始模糊了，硬是把眼泪留在眼眶里，委屈道：“阿娘，那日贼人闯进咱们府里来，是阿婆和阿爷拼命护着咱们，杨家人又在哪里？阿娘，您和我，还有阿弟，咱们终究都是姜家人啊！”说着又上去拽她袖子。

曾氏又一甩袖子，见挣脱不开，用手将女儿攥紧的五指一根根掰开，厉声道：“我只当没养过你这白眼狼！”邱嬷嬷远远听到主母声音越来越高，赶紧跑回来将曾氏劝回屋里。

三娘子在廊庑边上怔怔地坐了一会儿，掏出帕子把泪拭去，叫婢子绞了湿凉的帕子在眼皮上敷了一会儿，这才往两位阿姊的院子里去了。

三娘子到时钟荟刚换好药，大娘子正在钟荟床前弹琴，一见她便起身道："三妹可来了，快弹一曲给咱们听听！"

姜明霜知道妹妹左手使不上力气，以后琴艺上怕是不能有什么进益，便也下定了决心不再学琴，免得让妹妹伤怀。姜明霜素来极爱抚琴，每日都要额外练上半个时辰，突然撂开手，钟荟如何猜不到原因，便劝她道："我自己弹不好，岂不更指望着阿姊练成绝技后弹与我听？"大娘子见她真的毫无芥蒂，这才重新拾起来，不过半个月疏于练习，终究是生疏了。

三娘子见大姊退位让贤，也不客套，当仁不让地坐下来抚了一曲，虽然匠气有些重，如此小的年纪能有如此造诣也是不易了，可见是苦练过的。她见姜明霜眼中流露出钦佩，得意又骄矜地道："大姊，你弹成这样琴会哭的！"

"有你这么说话的吗？"钟荟嗔怪道，又将她叫到身边，附耳道，"东西带来了吗？"

姜明淅警觉地回头望了望大姊，见她又心无旁骛地抚上了，这才从怀里掏出一小包枣脯，飞速地塞进二姊的被窝里，低声抱怨道："若是叫阿婆知道了，非骂我不可！"

钟荟嘻嘻笑着捏了捏她脸颊，三娘子眼睛红红的，显是才哭过，不过这孩子面皮薄心又重，她便只作不知。曾氏引以为傲的弘农杨氏血脉如今成了耻辱，想必这滋味不好受，三皇子一党篡权夺位那几日曾氏的所作所为她也有所耳闻，只觉曾氏沦落至眼下的境地完全是咎由自取，可姜明淅却实在可怜。她这么想着，不由自主伸手捋了捋三娘子的后脑勺，三娘子一愣，毫无预兆地伏在她腿上哭了起来。

花事一场接着一场，倏忽已入暖风熏人的四月。

这阵子卫家公子时常登门造访，姜景仁与有荣焉，得知庶子的小院里连个待客的地方都没有，便慷慨地将自己的外书房借了他——横竖这书房只是个摆设，一年到头也用不上几回。

这一日，卫琇在姜家外书房落了座，从小童阿宝手中接过冰镇过的酪碗，与姜悔聊了会儿诗赋，接着道："愚弟不日将入钟氏家学，不知姜兄是否愿意同往？"

姜悔觉得全身的血都往头上涌，象牙般白皙的脸庞霎时变作红玉，一双秀目比平时更亮了三分，一时间手足无措，不知该说什么好。

他虽有志从戎，但骨子里还是个读书人，钟氏家学对他来说不啻于可望而不可即的仙山瑶台——钟熹本人就是海内宗仰的名儒，才学冠于当世，平生极是爱才，深信有教无类，家学中除了钟家子孙外，贵游子弟有之，寒门士子亦有之，但凡自恃才学兼优的都可投自己的文赋一试。

只不过这家学中连同钟家子弟在内不过三十来人，能够如愿以偿的不过是凤毛麟角，时人将得入钟氏家学称为“登龙门”，可见其不易。

姜悔自然也曾在夜深人静之时痴心妄想过，可太阳一晒便同朝露一样化为虚有——钟氏家学不拒寒素，但却不收德行有亏者，姜悔出身便带了污点，他起先不知自己的德行是如何亏的，可既然人人都如此说，久而久之他自己便也当真了。

他的狂喜和脸上的红晕一起渐渐褪去，很快便清醒过来。卫琇自然是好意，可他欣然接受难道不是挟恩图报吗？卫十一郎开口，钟家不会拒绝，可他如何自处？恐怕于卫琇的名声也有妨碍，卫琇要凭一己之力撑起卫氏门楣，一言一行都有无数双眼睛盯着，实在不能行差踏错，惹人非议。

卫琇算是姜悔有生以来第一个朋友，他如何能将卫琇置于这等尴尬的境地？便道：“承蒙足下抬举，只是姜某已与叔父约定，一年之后便要投入其帐下，只能辜负足下的好意了，着实惭愧。”

卫琇方才见他欲言又止的模样，心下已是了然，沉吟片刻道：“钟公爱才之心尽人皆知，入钟氏家学必能得其亲自点拨。以姜兄的悟性，一年时间必能有所小成。愚弟骑射功夫稀松，然若蒙姜兄不弃，与姜兄做个平日里切磋对练的同伴，尚能勉力一试。”

见他仍旧面有难色，又道：“不怕姜兄见笑，前日愚弟自作主张，将兄之赋文呈与钟公一览，今日正是奉了钟公之嘱托前来相邀。若是兄执意不允，愚弟恐难复命了。”

姜悔听他把话说到这种地步，再推辞倒成了矫情，便行了个大礼，道：“足下的恩德某没齿难忘。”

“姜兄言重了，兄以才学见重于钟公，愚弟不过举荐微劳，安敢居功？”卫琇浅浅一笑，略有些促狭地道，“实不相瞒，自钟大人与夫人南下，钟公正缺个消闲的差事。姜兄能得一良师，钟公又能以传经授业为乐，实是两全其美的好事。”

“钟大人与夫人离京了吗？要去多久？”姜悔诧异道。因二娘子时不时向他打探钟家人的近况，他也不由自主地留心起来。

钟禅是在杨安篡政时被矫诏革职的。逆党得诛，按理说他早该官复原职，可圣心难测，天子晾了他几日，弥留之际却下了一道诏书，将他外放广州。新皇登基后便着他前往番禺赴任，前些时日刚起程。

卫琇不好在背后道人是非，只道：“钟大人迁广州刺史，去了有十来日了，归期未定，想来至少也要三五年吧。”

姜悔了然地点点头，官员外任，何时能够回京，天子说了算，莫说几年，一辈子回不来也是有的。一朝天子一朝臣，想当日若是大皇子即位，钟禅作为太子少傅

必然是执钧之士，可世事如白云苍狗，朝夕之间天翻地覆，钟家如今门庭冷落，实在惹人唏嘘。

姜悔送走了卫琇，想起今日还未去探望过二娘子，便直接去了她的院子。照例问了问二妹的伤势，扯了会儿闲篇，将卫十一郎邀他入钟氏家学之事说了。钟荟自然是喜出望外，阿翁和阿爷的性子她是最了解了，若姜悔自身才学平庸，他们断不会只看卫琇的面子破格收下他。

"我早说了阿兄你才华过人，必定不会一直埋没的，看，叫我说准了吧？"钟荟兴高采烈道。

"哪有这回事，都是托赖卫公子大力举荐。"姜悔忙摆摆手谦逊道。

"阿兄莫要妄自菲薄。"钟荟笑道，"阿妹虽不学无术，却也分得清好赖。钟氏家学久负盛名，断不会自砸招牌，定是你得了钟老太爷和钟大人的青眼。"

姜悔心下纳罕，他这二妹倒是和卫十一郎所见略同，听她越夸越没边，忙红着脸扯开话题，将钟大人与夫人去外州赴任一事说了。

钟荟脸上的喜色一瞬间消失殆尽。姜悔见她像要哭出来了，忙关切道："是伤口疼吗？"

钟荟摇摇头，眼神依旧有些发直，半晌叹了口气。他们原先都以为先帝对三皇子宠爱有加，却都猜错了，他对二皇子的舐犊之情才是真的殷切。因君王一念，她父母便要在那湿热瘴疠之地待上数年，再想想曾经盛极一时、如今庭生荒草的荀、卫两家，只觉浑身发冷，仿佛血都凝成了冰。

钟荟心中忧愤，伤情时有反复，到了五月头上才完全愈合，能下地活动了。

姜老太太见她能跑能跳，越发不给她好脸色看。钟荟赔了无数个笑脸，才算把她的气顺了过来。

这日钟荟与大娘子去给老太太、曾氏请了安，时辰尚早，大娘子便提议去园子里逛逛。钟荟早惦记着园子里的桃子熟了不曾，自然无有不应。

两人带着婢子看完桃子，沿着七拐八弯的曲廊转悠了一会儿，不知不觉到了园子西北角的一处院落前。院门半掩着，可以望见里面墙根处盛放的锦葵和夜合。那庭院不大，却打理得很有画意，姊妹俩不由得驻足看了一会儿。

钟荟好奇地问阿枣："这小院子倒风雅，是谁住在此处？"

阿枣露出有些莫测的神情，压低声音道："是白姨娘。"

钟荟愣了好一会儿才想起原来是蒲桃，良久对大娘子道："阿姊你先回吧，我进去看看她。"

她们主仆的事姜明霜略有耳闻，点点头道："你仔细着伤，莫在外头待太久。"

当日贼人潜入姜府，蒲桃护主有功，随后便提了姨娘，却也因此动了胎气，产下个不足八月的男婴。曾氏以蒲桃亏了身子为由将孩子抱回自己院里养，逾月便夭折了。

钟荟回来之后一直躺在院子里养伤，蒲桃着人来送过些温补的药材，两人一直没见过面。

钟荟和阿枣推门而入，一个伶俐的小婢子迎上前来，殷勤地将她们请进屋去。

蒲桃身着一件雪青色的软罗衣裳，妇人髻上簪了一根素银簪子，胸前璎珞上挂着珍珠串和白玉坠。大约是因生产时亏了血气，还未恢复，脸色白惨惨的，比起上回见她又消瘦了一些。

见到钟荟主仆，蒲桃搁下笔道："小娘子清减了。"

钟荟向她笑了笑，探身过去看她案上的花样子——绵纸上有一株形神兼备的菖蒲，有叶无花，只差最后一片叶子便画完了。

"画得真好！"钟荟由衷地赞叹道，"没想到你还有这一手绝技。"

蒲桃淡淡一笑："不过是画着玩，消磨时间罢了。"

又对在旁待命的小婢子道："带你阿枣姊姊去西厢吃果子吧。"

阿枣对蒲桃始终是疙疙瘩瘩的，既鄙夷她自甘堕落，见她形貌憔悴，又念及昔日的情分，有些可怜她，紧紧抿着嘴不答话。

钟荟也道："去吧，我与白姨娘说会儿话。"

"你有什么打算？"钟荟开门见山地问道。

"我拿他去博前程的时候，没怎么想过他的安危。"蒲桃答非所问地道，"生下他时也未觉怎样，那么小一个，皱巴巴的，很是难看。"

钟荟这才意识到她话中的"他"指的是那早夭的孩子。

"我只给他缝过一件衣裳，是为了拿给大郎看。他在的时候我也不爱抱他，他只认乳母，我一抱便哭。"蒲桃自嘲地笑了笑，道，"我当日不顾他死活去博富贵，如今又要拿他作伐，与曾氏斗，你说他前世做了多大的孽，才托生到我肚子里？"

钟荟默然地看着她眼睛里慢慢沁出水光来，叹了口气道："你莫说赌气话，好好将养身子，自苦又有何益呢？"

蒲桃扑哧一笑，静静地盯着钟荟的脸看了会儿道："你看，你终究与我不是一路人。若是换作我，巴不得你和曾氏斗得死去活来，哪里会劝。"

钟荟翕了翕唇，蒲桃抬起一手制止她："我知你在想什么，即便曾氏没把孩子抱走，他也不一定能养住。我知道，可我不认，我就要把我孩子的一条命栽到她头上，我要她不得好死。"

她含着笑，轻柔地吐出那几个字，脸上也不见什么戾气，仿佛在开玩笑，可钟荟知道她心意已决，只好道："你要对付曾氏，我不拦你，也不会帮你，只作壁上

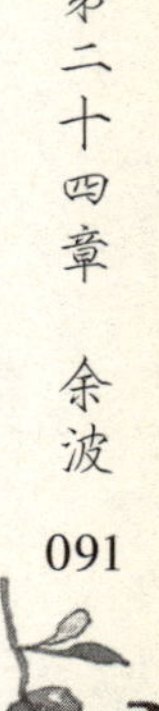

观，但是三娘子和八郎是我手足，若牵扯到他们身上……”

“有你这句话便够了。”蒲桃道，“我只要她一个人偿债，与旁人无涉。”

钟荟无言地点点头，两人相对着静坐了一会儿，蒲桃在那株菖蒲上添了几笔，双手拎起来晃了几下，待墨迹干了捧给钟荟道：“我这里也没什么能入你眼的物件，你若不嫌弃，这幅画便拿去吧，叫阿枣绣衣裙上应个景。以前做女孩儿时姊妹们常叫我描花样子，如今那些人也不知道流落到哪儿去了。”

荆门渡外，平野苍茫，江流初纵，水天一色。

一叶扁舟破开如镜的水面，一人立在船尾，目送楚蜀群山渐渐远去。他年近不惑，脸上已生出些细纹，但却有一双极年轻的眼睛。

汝南王司徒徽叫舟人停了棹，任小舟在秋水中随波逐流，仿佛漂浮在画卷中。

“外面风凉，酒温好了，进来暖暖身子。”虚云禅师紧了紧夹棉的僧袍，见司徒徽不动，又道，“一把年纪了，还把自己当二十啷当岁的年轻人呢？一会儿染了风寒，莫怪我没提醒你。”

司徒徽笑着低声骂了一句，弓身进了船舱里，解下鹤氅，从禅师手中接过一个缺了口的粗陶碗，一仰头，一口热酒入喉，皱着眉道：“好赖也在崇福寺捞了几年香火钱，怎么比当道士那会儿还穷酸？”

“罪过罪过，香火是佛祖的，与我何干，阿弥陀佛。”虚云禅师笑道。

“你这假和尚还当上瘾了。”船舱狭小局促，司徒徽便佻仾不羁地盘腿而坐，“酒倒没少喝，臊也不臊？”

“这能算酒？聊以驱寒罢了。”司徒徽脸不红心不跳地喝了一口，被辣得龇牙咧嘴。

“再这么下去，我俩怕是等不到京城就叫这劣酒毒死了。”司徒徽一边抱怨一边毫不含糊地示意禅师满上，“不过毒死了也好，是社稷之福。”

“你倒颇有自知之明。”禅师揶揄道。

“我没什么旁的，只剩这点好处了。”司徒徽摇摇头，“不过有这也够了，已经强过我二兄一大截了。他设了那么个局，将荀、卫、杨三家一锅烩了，还搭上两个亲儿子，恐怕到死还在自欺欺人，见己之不明可见一斑，可怜啊可怜。”

“当日你如何知道是先帝做的局？”禅师饶有兴味地问道，“得意了一年半了，还不说与我知道？”

“说破了便不稀罕了。”司徒徽一笑，眼角细纹里盛满了孩童般的笑意，让人不由得跟着欢喜起来，“罢了罢了，告诉你吧。

“我这个二兄啊，为了江山社稷夙兴夜寐。他借杨安这把刀除了荀、卫二氏，必定寻了冠冕堂皇的理由安自己的心，什么‘权不两措，政不二门’‘荀、卫贪秉朝政，假公济私’……这样的借口我能替他寻出一堆来，若我说他是为报一己私怨，恐怕他会从皇陵里跳出来掐我脖子。

“可事实就是如此。他母亲原是个名不见经传的小宫人，这出身就如隐疾一般折磨了他一世。当年还是庶皇子时求娶卫氏女不得，娶了个荀氏女却能文能武，样样压他一头，你道当初大皇子在行宫烧成个傻子，最高兴的是谁？他能放心托孤荀、卫？我把头割下来与你玩。”

“如此说来，姜夫人所出的五皇子岂不是与先帝身世更相似？五皇子与今上年齿差得也不多，缘何不选五皇子呢？”虚云禅师不解地问道。

“他能把姜万儿和司徒锴宠上天，可他瞧不起他们。”司徒徽道，“二皇子才是他心肝肉，韦氏虽不甚显赫，但诗礼传家，积淀不下钟、卫，若是让他自己挑个阿娘，他挑的大约就是韦氏那样的。自己的娘不能挑，看着儿子过过干瘾也是好的，权当重活一遍了。”

见虚云禅师一脸困惑，汝南王得意地晃了晃脑袋，道：“这本事我这样妻妾成群的风流公子能学得，清心寡欲的和尚却是学不得的。”

“说起韦氏，倒不知你和那位出了名守文奉法、进善信道的韦大人是何时搅和在一处的？”虚云禅师酸溜溜地道。

“韦太宰是个刚直方正的君子，如何会与我这不学无术的酒色之徒同流合污？”司徒徽悠然自得道，“他们这些博学宏识的君子就是如此，总觉得咱们这些不入流的人无足挂齿，要用时便用，用完了弃之如敝屣，就没想过沾上手会甩不脱！

“你看，人就是这样，一叶障目，以己度人，韦重阳是如此，卫昭也是如此。卫昭当年恃才傲物，说裴霄‘案牍小才’时，只怕未曾想过有朝一日裴霄会因此而落井下石、赶尽杀绝。”

“你这番诡辩，倒将我绕进去了。”虚云禅师无奈地笑道，“只是我仍有一事不明，当日你本可以袖手旁观，却为何出手救那卫家小公子？”

“可以说是为了与卫家、姜家结个善缘，日后也许人家会与我个方便。不过若实话实说，或者是因为那时身边恰好有个和尚，做点善事应个景，又或者仅仅是贪恋那一念之间决人生死的快意，谁知道呢？事后总能拿出个合情合理的说法搪塞自己。人这种东西啊，总不愿承认自己不过是欲念驱使下四处乱撞的无头苍蝇。”

“那你呢？”虚云禅师突然抬起头来，空洞的眼神对着他的脸，仿佛在用一双盲眼觑他。

“我自然也是概莫能外，不能免俗。”汝南王将碗中残酒一饮而尽，把陶碗往江水里一抛，拎起氅衣走到船头，“我要这大好河山！”

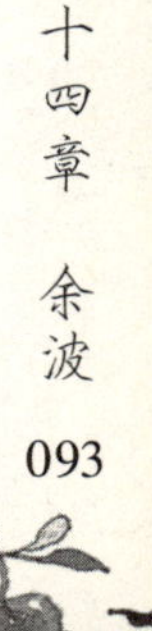

第二十五章 相认

咸宁五年九月初九重阳，风轻云淡，秋高气爽，正是登高的好时节。

明净秋山沐浴在晨曦中，山中秋气更比洛京城飒然，山风已带上了轻寒。

景致最佳胜处莫过于玉笔峰寿安寺一带，三四里山道绵延盘旋而上，道旁遍生枫树，落叶铺了一地的赤金酡红，远看宛如九天之上落下的一幅华锦。

此地去都城有些路，即便天未亮便起程的都中士女不在少数，此时也多半在路上耗着。山道上车马行人寥寥无几，两个褒衣博带的年轻公子骑马缓缓而行，马蹄踏着秋叶发出簌簌轻响。

两人都生得朱唇皓齿，光彩照人，不过神韵却大不相同。其中一人身着松绿罗锦袍，衬得他肌肤胜雪，眉眼又生得过分精致，以至于略带女子气，然而举手投足间却是大大咧咧，不拘小节，甚而有些许鲁莽。

另一人着一身紫色的绫袍，若单论容貌，其实比那同伴略逊一筹，只是那对婉转含情、顾盼神飞的桃花眼生得实在太妙，为他平添了几分难以言说的风致，叫人挪不开眼去。

行了约莫一个时辰，那绿袍公子指着前方道："九郎你瞧，前边儿有个茶摊，时候还早，上山也没甚好看的，咱们何不停下歇息一会儿?"

萧九郎顺着姜昙生所指方向张望了一眼，果然见岔出的一条小道边有那心眼子活的山民用竹竿和油布支起个临时的棚子卖茶水和果子。

骑马行了几里路，他也有些渴了，便从善如流道："也好，且去喝碗茶坐一坐。"

两人将马拴在一旁的老榆树上。摊主是个面色黑红、身条精壮的中年汉子，面前立着两个带盖子的大木桶。他见两个衣冠楚楚的年轻公子下马，热情地掀开桶盖请他们挑选。

一桶是黑乎乎的漂着几片干枣的蜜枣茶，另一桶则是连酒味都闻不大出来的菊花酒，两人不约而同地选了那看起来干净澄澈些的兑水菊花酒。

那摊主见他们衣饰华贵，便操着一口古怪的土话兜售起野果来。那些果子非李非杏，三五个一堆搁在一块大石头上，下面垫着几片叶子。两人见那果子色泽红艳，娇俏可爱，还沾着晨露，便一样要了几个。

两人付了钱，捧了粗陶酒碗，挑了一块平整些的岩石坐下。这茶摊选在一处山崖上，视野开阔，往下望去便是入山的必经之路，打那儿经过的车马行人一览无余，而他们自己却掩在山石背后，不易发觉。

萧九郎和姜昙生一边慢慢啜饮，一边闲适地望着上山的游人，酒碗见底了也没人说要走。那摊主心中打着自个儿的小算盘，也没问他们要不要，强买强卖地又给满上了几回。

太阳逐渐升高，路上的车马也越来越密，不一时便有些摩肩接踵的意思。今日几乎半个洛京城都出动了，世家贵女大多坐牛车入山，也有那不拘一格的穿着裤褶、戴着幂篱，如男子一般骑在马上。

更有一些普通人家的女儿，没那么多讲究，好几个人凑钱租一辆拉货的露车上山。那些女孩儿平日都习于劳作，不像许多世家女一般窈窕纤弱，脸颊红扑扑的，鬓上簪着自己扎的绢花，别有一种健硕的美。

她们也不惧于旁人的目光，拿好奇又炽热的眼神打量从身旁经过的郎君们，尤其是那些被服绫罗、骑着骏马的士族公子。若发现模样俊朗、风度翩然的，便交头接耳地哄笑一阵，脸带红霞地向他们挥帕子，或是从袖兜里掏出香囊朝他们掷去。

两人看着此情此景觉得甚是有趣，尤其是姜昙生，简直看得入了神，嘴唇微翕，眼里流露出不加掩饰的向往。

他专注地看了一会儿，突然蓦地叹了口气，低头掰着手指默数了一会儿，追悔莫及道："咱们这五六年算是虚度了，那地方浑不是人待的，莫说女子，连一头清秀些的母猪也见不着。"

"也就前两年苦些。"萧九郎笑着道，"若不是先生拿笞杖抽打着赶我下山，我倒是宁愿待在学馆里。"

两人相识那么多年，萧九郎极少提及家中事，不过姜昙生对萧家事略有耳闻，知道他的难处。依照北岭学馆的规矩，第三年开始逢年过节可以获准回城，与家人团聚，然而萧九郎一年到头却只在除夕夜回萧家一趟，元旦日祭了祖，晌午便又返回北岭。

姜昙生不欲提这些使他不快，便扯开话题道："只可惜那些世族小娘子的牛车都

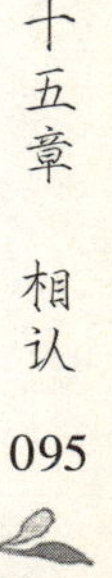

遮得严严实实，连个影儿也见不着。”

“枉你读了一肚子圣贤书，却连非礼勿视的道理都不懂得，若是叫先生知道，必定抽烂你的腚。”萧九郎边说便粲然一笑，眼睛弯弯有如新月。

姜昙生想起初入学馆时那暗无天日的时光，牙根子直发酸。说起来他能那么早学成归来多亏那一身不经打的细皮嫩肉——说胖子肉多抗打的不是没胖过就是没挨过打，那时的姜昙生像个皮薄馅多的大包子，简直吹弹可破。

北岭先生凡事都讲求连坐，常常是一溜儿小郎君趴在地上露出一排齐齐的光腚，先生打起笞杖来雨露均施，轻重缓急都一样，每次都是姜昙生最先发红，最先起杠子，最先破皮。

他没有旁的办法，夹着尾巴做人也没用，每隔三五日总要连坐那么几次，唯有悬梁刺股、囊萤苦读，只求早日刑满开释，这么一来倒成了同期里最先叫北岭先生点头放归的。

“唉！唉！”姜昙生突然兴奋地叫起来，“快瞧！那辆马车真够寸的，轮子陷到沟里去了，哈哈！”

萧九郎对他的操行已经习以为常了，轻轻摇摇头，朝那辆倒霉的牛车看过去。那是一辆盖着银红织锦车帷的通幰车，金漆车辕在阳光下闪着耀眼的光芒，一看便知是富贵人家女眷乘的车子。

舆人下来查看了一番，躬身隔着帷幔对着车内之人说了些什么，片刻之后只见那帷幔一动，一只纤纤玉手将车帷撩开，紧接着一个戴着幂篱的红衣女子探身下了车，随即又有一个着鹅黄纱衣的女子紧随其后。

两人看身形都是豆蔻年华的少女，着红衣那人身量略高些，身姿极窈窕，一条宽腰带掐出弱如春柳的腰肢。她背对着他们，似乎正弯下腰看那舆人捣鼓车轮。

“啧啧。”姜昙生道，“瞧那小腰细的，真怕风一吹把它给折断咯！单一个背影就如此有味道，还不知脸蛋儿俏成啥样呢！”

“说不定貌若无盐呢？”萧九郎抱着臂，以食指抚了抚手肘，笑道。

“这你得信我，别看我在那和尚庙里待了好几年，可底子还在，看那女子的身姿步态便知是一等一的绝色佳人，不信你等着。”

那女子似乎也嫌那幂篱垂到地上碍事，便摘下来拿在手中，那一头堆云般的青丝又叫姜昙生赞叹了一番。恰好身后那黄衣女子似与她说了什么，那红衣少女不经意地转过身，抬手将鬓边的一缕发丝别到耳后，浅浅一笑。萧九郎只觉天地间倏地失了色，眼中只剩下一抹颜色亮得灼眼，便是那少女的浅笑。

只是很快姜昙生煞风景的哀号便将他从恍惚梦境中叫醒了：“不许看不许看！那是我妹妹！”

品头论足品到嫡亲妹妹头上，姜昙生脸色一阵青一阵白，活似吞了个蛞蝓，看样子都快哭出来了。

萧九郎一勾嘴角，将酒碗搁下，一言不发地解了缰绳，翻身上马，一夹马腹便朝着那牛车的方向绝尘而去，只剩下目瞪口呆的姜昙生。姜昙生半晌才回过神来，低声骂了一句，也拍马追了上去。

姜昙生急着去追萧九郎，策马冲出一射之地才想起来方才添的几碗酒还未付钱，忙勒住缰绳，回头一看，那摊主正气喘吁吁地一边用土话骂骂咧咧一边远远地追过来。

姜昙生听不懂他骂些什么词儿，连忙骑马迎上去，从钱袋里数出几个铜钱，想了想又加上两枚，与摊主诚恳道了歉，解释实是有急事，并非有意赖账。那摊主见他额外多给了十铢，便也消了气。

如此一来一回地耽搁了半晌，再回头去追时，萧九郎已经跑得没影儿了。姜昙生在心里将那萧家小子好一顿骂，虽说他们在山里清心寡欲过了几年，萧九郎乍一看像是个人模狗样的正人君子，可他还记得进学馆前那小子斗鸡走狗的德行——与金市上的古董王联手做局坑他也不是一回两回了。

刚进学馆时，姜昙生还不知道收敛，见萧九郎也在，自然是仇人相见，分外眼红，不管三七二十一，冲上去就与他扭打在一起，为此挨了有生以来第一顿笞杖，打完就叫同门孤立了起来，因为他们都连坐了。

哪怕北岭先生三令五申不许拉帮结派、党同伐异，可那个年岁的小儿郎几个听得进去？明着不行就来暗的，姜昙生常常是出门去一趟厕房，回来就发现床褥上叫人倒了水，十顿饭菜里有八顿能吃出小石子，还有两顿是虫子，衣裳里飞出马蜂、鞋履里爬出蜈蚣之类就更不必说了。

姜昙生自小在姜家呼风唤雨、众星拱月，还是第一回尝到世态炎凉。那些淘气的手段也就罢了，更让他难受的是孤独，初来那阵子，他每晚都得闷在被子里哭一回，哭累了才睡过去。

所以萧九郎主动与他一笑泯恩仇时，他是打心眼里感激的——后来才知道又被耍弄了一回，那帮人根本就唯萧九马首是瞻，使的坏心眼全是出自他的授意。只不过姜昙生知道的时候事情已经过去好几年了，两人已是沆瀣一气的狐朋狗友，连他自己都不屑翻那旧账，只好笑着摇摇头，捶那竖子两拳了事。

两人虽算得上患难见真情的朋友，可姜昙生心里自有一番计较，萧九郎这样的人，与他称兄道弟可以，可绝不是个好妹夫的人选，十来岁就知道趴在墙头偷看人家小娘子梳妆的能是什么好东西？看他那双招蜂引蝶的桃花眼，就不像个踏实过日子的。姜昙生与萧九郎虽是一丘之貉，可他祸害人家姊妹可以，轮到旁人祸害自家

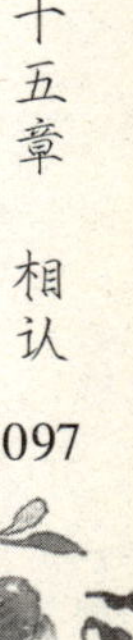

姊妹就不乐意了。

何况萧家这几年虽起来了，萧九郎却有个全洛京闻名的厉害后娘。阿婴那品貌，难道还愁嫁？何苦嫁进那样的高门世家受磋磨？舅姑要折腾媳妇儿，手段可多着呢！

姜昙生一边催马向前，一边飞快地盘算着，打定了主意要将萧九郎的妄想趁早掐死，须死得透透的。

可怜当兄长的操碎了心，当妹妹的却不能明白他的苦心。姜大郎终于赶到时，萧九郎已经和姜家的下人一起将卡在岩缝里的车轮拔了出来，眼下正在检查那车辕和车轼是否完好。姜二娘已经将幂篱戴回头上，正和大娘子一起看萧九郎用灵巧的手指拨动辐条，与他大约也就相隔五六尺远。

萧九郎神采飞扬，时不时有意无意地向姜二娘望一眼，眼神仿佛带着钩子，就差没把那幂篱上的轻纱撩起来了。一旦姜二娘有所察觉，萧九郎便立即一脸羞涩地垂下眼帘，那神情简直像个刚出嫁的小媳妇。

姜昙生哪里不知道他那套把戏？看着毫无防备的妹妹，简直气得七窍生烟，赶紧牵着马快步走过去。

大娘子先发现了兄长，高兴地向他挥手："阿兄！还以为你一早出门，这会儿该到山顶了呢！"姜明霜晓事后第一回见长兄是他去了学馆三年后第一次回家过年，她很难将眼前这个说话逗趣、脾气温和的阿兄与传闻中恶劣霸道的少年郎联系在一起。

钟荟一听也转过头，一见他先忍不住掩着嘴笑起来。姜昙生回府已经两个多月了，她每次不经意看到他都有些错愕，也许是那肥硕的胖子模样在她脑海中太过根深蒂固，她总觉得透过那个修长匀称的美人壳子，与她说话的仍是那个眼睛被肉挤成一条缝的胖子。

姜昙生一见二妹这没心没肺、乐不可支的模样，越发恼火，背着手挺起胸，拿出一副为人兄长的严厉模样教训道："你们俩真是！不好好在车里待着，下来做什么？万一遇到歹人如何是好？"他一边重重地咬着"歹人"二字的读音，一边若有所指地拿眼睛瞟那萧九郎，可不就是遇到登徒子了吗？

他一边说一边牵着马走过去，直挺挺地往那儿一站，硬生生将两拨人阻隔开来，又训斥那些袖手旁观的舆人、护院和婢子道："这种脏活怎么好劳动萧公子！"

"举手之劳，姜兄不必介怀。"萧九郎站起身，掏出帕子擦擦手，装出一副谦谦君子的模样道。

他嫌人高马大的姜昙生挡在中间碍事，不露声色地绕过姜昙生，对两姊妹道："牛车无碍，只是车辕擦着岩石的地方有几道深痕，小心驭使便是。"

姊妹俩向萧九郎行礼道谢："多谢萧公子相助。"

因姜明霜过了年便要入宫，姜太妃特地从宫中遣了老宫人来教授礼仪。老太太想着一个也是教，几个也是教，莫如让姊妹几个都沾沾光，甭管将来能不能用上，有一技傍身总是好的，除了三个嫡女外，还有满十岁的四娘和五娘也跟着一起学。故而姊妹俩的举手投足与世家淑媛也无甚差别，尤其钟荟还有前世的底子在。

钟荟身姿优美端庄，没有一点媚态，不过落在萧九郎眼里，只觉那一欠身一屈膝都妩媚动人，他只暗恨那幂篱的绛纱质地太厚，颜色又太深，叫他无法一睹芳容。他心猿意马，脸上却是一派光风霁月："区区与姜兄是多年挚友，情同手足，两位女公子也不必见外。区区在族中排行第九，两位叫我声九郎就是了。"

姜昙生不好当面揭穿他那张道貌岸然的狐狸皮，心里憋着火："不成不成，那多失礼！不成体统！绝对不行！"一边说一边把他往拴在一旁的马身上搡："好了好了，招呼也打了，忙也帮了，咱们还约了小六他们呢，赶紧走吧！"

萧九郎只作耳背听不见，站得跟个木桩子一样，任那姜昙生怎么推搡拖曳就是立定了不动："这一路上人马喧杂，万一再有个什么意外如何是好？不如咱们一道走，也好有个照应，反正都是同路，又不耽搁什么，如此一来你这做兄长的也好放心。一会儿与小六他们分说缘由，莫非他们还会因你看护姊妹责怪于你？"

姜昙生要心眼从来不是萧九郎的对手，叫他拿话这么一架，不上不下，若是执意将姊妹撇下，倒像是他这做阿兄的不称职了，只好绷着脸点点头，催促妹妹和仆从们赶紧回各自的车里去。

萧九郎的目光追随着姜二娘的背影，直到她弯腰进了车里，放下车帷，这才依依不舍地收了回来。姜昙生愤恨不已，拿马鞭对折着往他后腰上抽了一下方才解气些。

刚巧一辆露车从他们身旁经过，车板上挤着六七个小娘子，年幼的只有十二三，年长的也不过十七八，见了这两个神仙似的郎君纷纷掏出香囊，摘下铜花钿，朝他们掷过去。有个鹅蛋脸的女孩儿一时找不到香囊，情急之下将银丝臂钏朝萧九郎抛了过去。

萧九郎不自觉接住。从十来岁开始，每逢上巳、重阳这样的日子，他和家中兄弟出门总能收获不少香囊和帕子。他打眼一看，那臂钏的主人生得俏丽可人，是满车小娘子中最出众的一个，不由得朝她微微一笑，眸光像秋日的湖水般潋滟，顿时叫一车小娘子红了脸。

萧九郎得意地朝姜昙生一瞥，发现他心里认定的未来大舅子正恶狠狠地瞪着自己，脸上阴云密布，心一紧，赶紧拉下脸来，微皱眉头，大义凛然地将那银臂钏扔回那露车里。

姜昙生冷哼一声，一夹马腹，将他扔在后头。

萧九郎心有余悸，再也不敢伸手去接小娘子们扔过来的物件，又有些埋怨姜昙

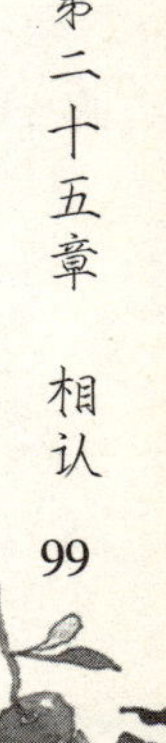

生小题大做，不过是消遣罢了，难不成他还能与那些布衣家的女子有什么？不过他望了望姜家那驾金镂银饰的牛车，又觉得心中如饮了蜜酒一般甜丝丝醺醺然，若有此佳人相守相伴，牺牲些可有可无的乐子算得了什么呢？

姜家二娘子艳名远播，有“洛阳牡丹”之称，传说美貌更胜姜太妃当年。他想借着与姜昙生的交情一睹真容，可谁知那姜胖子防他跟防贼似的。萧九郎其实一直有些不以为然，总觉得盛名之下，其实难副，今日一见，方知是真国色，也难怪姜大郎捂得那样紧，真真奇货可居。

萧九郎在车外出神，却不知车里姊妹俩也在消遣他。

“阿妹……”大娘子拿帕子掩着嘴，吃吃笑着道，“方才那萧家小郎君一直在看你哪……”

“阿姊你是不是等不及想出门了？要不我帮你同阿婆、姑姑敲敲边鼓，将婚期往前挪挪？”钟荟嬉皮笑脸道。

姜明霜脸上飞起红霞，二话不说就扑上去掐妹妹的腰。她一向手重，钟荟又痒又痛，连连告饶：“莫掐了莫掐了，阿姊饶命！青了青了！哎呀，胳膊……胳膊压到了……”

大娘子见她皱着眉头直喊胳膊疼，赶紧停住手：“是碰到旧伤了吗？”

钟荟一脸痛苦地哎哟个不停，突然绷不住笑出声来：“下回进宫同姊夫参你一本！”

“莫要乱叫。”大娘子依旧在笑，可眼神有些落寞，“莫说我还没进宫，即便……也只是充仪……”

“阿姊，你真的乐意嫁进宫吗？”这问题钟荟问过大娘子好几回了，可每次还是忍不住又问一遍。当今后宫不算庞大，可有名分没名分的也有十来人。

凤位肥水不流外人田，皇后是韦太后的侄女，此外定下明年春天与大娘子同时入宫的还有萧家十娘子。当年常山长公主海棠宴上钟荟与她针锋相对的情形还历历在目，依她那睚眦必报的性子，进了宫多半要给大娘子下绊子，偏她封号是修容，比姜明霜还高上那么些，与德妃裴氏又是闺中好友。

“嗯……”大娘子低着头摆弄着腰带上的五彩流苏道。

钟荟在心底长长叹了口气，她不知道心悦一个人是什么滋味，可看着姜明霜那赤手空拳去闯刀山火海的决心，她觉得还是一辈子也别懂的好。

“莫想了，走一步看一步吧。”大娘子长长呼出一口气，拍拍二妹的手背，故作轻松地安慰她道，“咱们姊妹在一块儿的日子不多了，开心些，一会儿长公主见你哭丧着脸又该唠叨你了。”

寿安寺是一座尼姑庵，男客不得入内。到了寺门附近的岔路口，萧九郎勒住缰绳，将马停下，在车外与姜家姊妹道了别，怅然若失地望着牛车远去。

常山长公主前两日就先入了山，庄园距离寿安寺只有六七里山路，故而比她们早到了好一会儿。她仍旧是那挥金如土的做派，几乎将大半个尼姑庵都包了下来，随处都能看到长公主府侍女打扮的年轻女子。

钟荟这些年没少出入长公主府，在寺门口迎客的侍女一眼便认出了姜府的牛车，侍女扶着姜氏姊妹下了车，笑吟吟地道："殿下已等候二位多时了。"

寿安寺很小，一瞥之下几乎就能整个收入眼底，寺中央一座七层浮屠小巧玲珑，比不得崇福寺的恢宏壮观。

多年前这里只不过是一座隐于山中的名不见经传的小伽蓝。先帝荀皇后某一年秋天登玉笔峰，途经寿安寺时突逢山雨，入内避雨时发现满寺菊花灿然成锦，当即提笔赋了首咏菊诗，这里才成为都中贵女趋之若鹜的赏秋胜地。

寺中粉壁上还留着荀皇后当年题的诗，墨迹自然不是旧的，有专人每隔一段时日便用沉绿漆细细描一遍，大约是不久前才描过，经过时隐约能闻见新漆的气味。斯人已逝，荀氏也已成过去，而昔年的手书仍然岁岁常新，年复一年地迎着无数冶游客。

比起外头山道上车马络绎、行人如织的喧嚣景象，寺中倒反而清静许多。姜家姊妹俩跟随知客尼沿着石阶往上走，两旁皆种白菊，除了常见的白凤、白鲛绡之外还有截肪玉、银凤玉等珍品，更有几种钟荟叫不上名来的。

石阶尽头是一座掩映在枫树下的禅院，门外落了一地红叶，也没人去打扫，如同铺了一层织金地衣。

离院落大约十来步，便有悠悠琴声穿过竹篱墙飘来，似与梵钟相和。

钟荟无端觉得那曲调有些似曾相识，仿佛多年前曾在哪里听过，她冥思苦想一番无果，便只好抛至脑后了。

大娘子是个不折不扣的琴痴，不由自主地停住脚步，侧耳倾听半晌，向那侍女问道："敢问姊姊，抚琴的是何人？"

"回禀女公子，大约是清河长公主殿下。"那侍女答道。

"难怪了。"姜明霜恍然大悟地点点头，真心实意地赞叹道，"殿下的琴艺又有进益，这曲子倒是从未听过。"

清河长公主排行第四，是当今唯一的胞妹，原本在先帝诸位公主中有些默默无闻，既不如二公主美艳，又不如五公主悍勇，更不如三公主特立独行又受宠，不过今上御极后地位自然是水涨船高，不可同日而语。

都说天家公主不愁嫁，这位长公主年已及笄，驸马人选至今未定，都中年岁相

宜的世家子弟间已是暗潮汹涌——本朝没有驸马不能执钧当轴的规矩，若是有幸尚主，青云直上指日可待。

洛京士庶简直将清河长公主的婚事当成自家事来操心，街谈巷议之下，连原本自觉希望渺茫的寒门士子也不由得心生微澜，天子这两年屡次拔擢寒素，说不定选驸马时也来个不拘一格、青眼相加呢？

朝秦暮楚的洛京百姓大多已经忘了，还有一位长公主，今年已二十一了，仍未把自己嫁出去，夜夜枕冷衾寒，并无传说中的面首暖床。

那禅院外头看着不起眼，院墙和门扉都是竹片编的，不同于一般北方宅院的厚重，倒有些江南的风韵。她们轻轻推门而入，里面却是曲径通幽、别有洞天，数间精洁的屋舍在葱茏草木间若隐若现，叫人难以一窥全貌。

竹墙围了三面，另一面却是依着天然的峭壁，一道山泉顺崖壁蜿蜒而下，注入五尺见方的弦月形小池中，池边一丛疏淡的绿菊色如碧玉，此外再无别的花卉。

钟荟正在端详那株珍贵的青心玉，却见一个身着朱红色斑纹锦衣裳的少女提着裙子疾步向她走来，木屐磕着地上的青石板，声音颇为悦耳，可入钟荟的耳朵里就像催命钟一般："你们怎么这时候才来？叫我好等！"

武元乡公主一把将钟荟袖子拽住，满怀希冀地盯着她双眼问道："西北有消息吗？"她母亲是胡人，一双眼睛比中原女子大一些，深邃一些，浅淡一些，像盛在金杯中的琥珀酒，眸光一闪便漾起浅浅金色。

她这么直勾勾地一看，钟荟觉得自己像是叫一头母花豹盯上了，心虚道："最近未曾收到西北的书信……"见她一脸要吃人的神情，赶紧找补："恐怕正在路上，大约不出几日就到了。"

司徒香这才松开手，失望地垂下眼睛，抚了抚脸颊，悠悠地叹了口气，她的睫毛比中原女子更长更翘，脸颊上有一层细细的金色绒毛，看起来像个可口的桃子。

钟荟仿若劫后余生，将皱巴巴的袖子捋捋平，心里道了声孽债。想当年她和司徒香还结下过不大不小的梁子，以为日后相见即便不至于大打出手，少说也得恶语相向，谁知她二叔姜景仁当年领兵回京，骑着马招摇过市，司徒香一见之下芳心暗许——其实不能算暗许，不出半月她自己已吆喝得洛京城里尽人皆知了。

司徒香人不坏，就是有点傻，也不知道那心眼子比筛孔还多的汝南王如何生得出这样的女儿。若单论相貌、品性、家世，配她二叔这大龄光棍尽够了，只是牵一发而动全身，姜景义若是娶了司徒香，整个姜家，连同宫中的姜太妃母子、远在封地的司徒锴，与汝南王府便再也撇不清了。

当年姜景义前脚交了兵符，后脚西北的胡人就乱了起来，天子先后派了三个将领前去平叛，统统铩羽而返，最后只得把姜二郎这把藏起的良弓又请了出来，但隔日就下了一道诏书，遣了他五弟琅玡王司徒锴之国。君臣之间已有了嫌隙，姜家这几年又树大招风，姜明霜入宫算是安抚手握重兵、镇守边疆的姜景义，反过来也是安天子和韦太后的心。这个节骨眼上再与出镇荆州的汝南王扯上关系？那可真是嫌命太长了。

这其中的关窍钟荟明白，姜景义明白，汝南王更是一清二楚，唯独司徒香不明白，她白得像牛乳一般的脸颊上泛起桃红，扭扭捏捏地从袖子里掏出个粗制滥造的香囊："记得替我交给他啊……"

钟荟接过来一看上边的图案甚是纳闷："这只鸡是何意？"

司徒香脸涨得通红："你眼瘸吗？这是鸿雁！鸿雁！"

钟荟无言以对，只得默默将那只酷似阿花表亲的鸿雁收起来，反正不管是鸡还是雁，它都无缘飞去西北传情，等待它的宿命是在暗无天日的木箱子里与诸多鸡零狗碎一起慢慢终老：镶了银圈和松石的虎牙、永宁寺求来的平安符、一绺栗色的头发……本来按她二叔授意，是该付诸一炬的，可钟荟对着一个怀春小娘子的心意实在下不去手。

司徒香又拉着她絮絮叨叨说了好一会儿话，常山长公主等了许久不见人进来，遣了侍女来问，司徒香这才意犹未尽地住了嘴。

屋子里施了罗帷和锦帐，帐前一张十四扇织成屏风，一看便是宫中匠作的手笔，长公主叫人在屋子四角各置了一个纯金银凿镂香炉，里头燃着青木香。

清河长公主端坐帐中，旁若无人地抚着琴，见姜家姊妹进来也未抬头，只微微颔首，嘴角几不可察地翘了翘，也不知算不算笑。

她生得清丽，着一身素净的月白宝光绫衣裳、青碧色罗裙，薄施粉黛淡匀胭脂，眉心一点银钿，看起来不似金尊玉贵的天家公主，倒像是误入凡尘的神女。

常山长公主却是站起身，满面笑容地迎上前来，先拉起姜明霜的手夸赞道："第一回见你穿鹅黄，很衬肌肤，这璎珞也很别致。"

大娘子与长公主也算常来常往了，仍旧叫她夸得很不好意思，红着脸道："长公主谬赞，衣裳是二娘替我选的。"

同姜明霜寒暄了几句，常山长公主这才掐了掐姜二娘的脸颊道："你这白眼狼，不下帖子请你就从来想不到来看我！"

钟荟连连告罪，长公主又将她上上下下打量了一番，见她一身半新不旧的大红双丝罗衣，头发还像女童似的绾成双挂髻，发上的红宝石金簪和手腕上的金跳脱是西市上金银铺子的货色，还都是前几年的款式，不满地教训道："打扮起别人来倒是有模有样，自己如何穿得跟个烧火婢子似的？小时候倒还知道打扮，倒是越大越不修边幅起来，真真白瞎了你这张脸！"

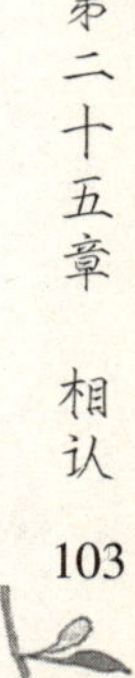

钟荟晃了晃手腕上足有五两重的金跳脱道："那是您府上，放眼整个洛京城，还有哪家的烧火婢如此阔气？"

清河长公主冷冷淡淡地向她瞟了一眼，鄙夷地扯了扯嘴角，手底的琴声突然激昂起来，只见她勾剔抹挑一气呵成，指法令人眼花缭乱，琴声如百尺飞泉、万斛倾珠。

正在叙旧的几人不由得被琴声吸引，停止了交谈，都专心致志地听清河长公主抚琴。

清河长公主一曲奏毕，余韵绕梁，姜明霜已然听呆了，半晌找不出什么词去赞她，只能道："殿下技艺超绝。"

常山长公主却道："有些浮躁了，琴之道在宣和情志，若没有淡宕的心境，即便技艺臻于化境，却仍然入不了一流。"

也就是这位敢说这话了，清河长公主眼中微有不豫之色，咬了咬唇，笑道："阿姊说的是，妹妹受教了。"

姜家姊妹忙上前见礼，清河长公主矜持地与姜明霜叙了叙寒温，却把姜二娘晾在一旁，末了仿佛突然发现这么个大活人似的，笑着道："常听阿姊称赞姜家二娘子琴心高旷，有林下之风，不知今日是否有幸一闻？"

果然在这儿等着呢，钟荟心道。说起来冤得很，她至今也不知自己何时得罪了这位金枝玉叶，其实清河长公主在先帝诸女中算是难得的好性子——常山长公主对丑人毫无耐心，比不得清河长公主一视同仁，知书达礼。

自司徒锴之国后，姜太妃时常召姜家姊妹三人入宫做伴，彼时清河长公主还未出宫建府，也是时常往来酬酢的，虽说不上相交莫逆，却也相处得甚是愉快，可约莫一年前，这位长公主却似变了个人，对她们姊妹突然冷淡起来。

连司徒香这种漏光大眼都看出不对劲了。她这堂姊是有些清高，不过也正因为清高，从来不屑与人论什么短长。如今她地位超然，按说更犯不着与个臣工家的小娘子过不去，可她偏偏每回见了姜明月都要找点不痛快。

姜明霜总是把什么事都往自己身上揽，认定了是因自己要入宫才惹得清河长公主不高兴，这才带累妹妹受迁怒。

"承蒙殿下抬举，民女献丑了。"钟荟心知躲不过，也不推诿，大大方方地在案前坐下，左手轻轻搭在十徽处，用右手勾了勾弦，怡然自得地弹起《绿衣调》来。

清河长公主脸色顿时有些发绿，《绿衣调》是五六岁的孩童初学琴时的入门曲，几乎全是右手指法，左手只需按按弦，而学琴到了一定境界，几乎是靠左手见高下的。她令姜二娘弹琴，自然是存了较量之心，姜二娘拿《绿衣调》糊弄她简直就是当面讥嘲。

“姜明月。”她冷冷地将琴音打断，“你这是何意?”

“殿下恕罪。”钟荟无可奈何，低声下气地赔不是，“民女不学无术，只会弹这么一首曲子。”

常山长公主偏偏一本正经地火上浇油：“越是简单的曲子越见功底，你不必妄自菲薄。”说完还趁着旁人不注意朝姜二娘挤眉弄眼。

“殿下说笑了，民女实在是小时候叫先生训怕了，见了琴便发怵，故而学完这一首便搁下了，横竖民女生得蠢笨，再怎么勤学苦练也无济于事。”

钟荟气得直咬牙，不就是上回请司徒香过姜府，没给你下帖子吗，至于这么落井下石?

外人不知道姜二娘受伤的事，姜明霜却是知道底细的，《绿衣调》是姜二娘能弹的唯一一首琴曲了。

姜明霜眼中噙着泪，上前一步道：“请殿下恕罪，民女身体不适，就此告退了。”说罢屈膝对着几位天家贵女一一行了礼，拉着目瞪口呆的妹妹小声道：“咱们走!”

钟荟左手使不上力，只能任由她牵着走，清河长公主涨红了脸，不知道是愤怒多些还是羞愧多一些。

其实她原先并不讨厌姜家二娘子，甚至还有些喜欢姜二娘，喜欢姜二娘口舌便给、说话讨喜，也喜欢姜二娘身上鲜活的市井习气，直到那一日在钟家花园中偶然见到卫琇与姜明月说话时的模样。

卫十一郎待谁都温文尔雅，与清河长公主交谈时也带着彬彬有礼的笑意，却让她觉得遥不可及，仿佛有一座冰砌的高墙将所有人都隔绝在外——而姜明月在墙里。

清河长公主的失望难以言喻，她以为她的卫十一郎是不同的，然而他终究是个被美色障目的人罢了，与世间万千俗男子并无不同。

明知道不对，她还是忍不住迁怒于姜明月。

姜明霜是个脾气好到让人恨铁不成钢的滥好人，刚回姜府那阵子，即便是奴婢也能挤对她两句，三娘子挑她的刺她更是不放在心上，最多笑眯眯地自己开解几句。

钟荟这么些年没见她与人红过脸，不承想不鸣则已，初出茅庐就开罪了天子唯一的胞妹，也是她未来的小姑子——全是为了护着二妹，钟荟自然是领情的，然而受用之余，不免更加担心她的将来。

依钟荟之见，姜明霜这直来直去的性子，嫁到人口复杂些的大家族都叫她放心不下，莫说入宫了。姜明霜这么铁了心要进宫，一来是被司徒钧灌了迷魂汤，二来恐怕也是为了自己的缘故——姜家势必是要送个嫡女进宫的，曾氏无论如何也不会让自己女儿走这条路，那就只有从她们姊妹中选了，得知大娘子对司徒钧有心时，她自己不也松了一口气吗?

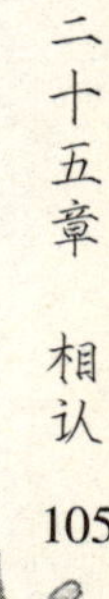

“阿姊，”钟荟被满心激愤、臂力过人的姜明霜一路拽到院子里，估摸着屋子里的人听不见她们说话了，这才小声劝道，“让她说几句罢了，何苦为这点小事将人得罪死了……”

“也不是一回两回了，要是看着她这么一而再再而三地欺侮你，这声阿姊我岂不是白受你的？”大娘子义愤填膺，饱满的胸膛起起伏伏。

“长公主身份尊贵，叫她说两句又不值什么，我脸皮厚你还不知道吗？还怕人说？”钟荟一边抚她背替她顺气，一边好言相劝。

清河长公主虽说已经出了宫，可谁都知道天子疼这个妹妹，清河长公主说一句好话比韦太后还管用。故而发现这位要命的祖宗看自己不顺眼时，钟荟便打定了主意一味伏低做小、曲意逢迎，不是都说伸手不打笑脸人吗？

小娘子之间又没什么深仇大恨，无非就是那些小心思。她知道清河长公主是个恃才傲物的清高才女，便把自己往俗气艳丽的路数打扮，可谁知这么一来清河长公主越发不豫，钟荟只得另辟蹊径，素面朝天，穿旧衣裳出门，以今日的遭遇看来也是收效甚微。

姜明霜冷静下来，也知道自己有些小题大做，外人并不知道二娘子手伤的事，清河长公主自然也无从得知，方才清河长公主也不过是仗着身份压一压二娘子，甚至说不上刁难，可是如今妹妹的手伤就是她的痛处，不管有意还是无心，谁戳她肺管子她就得炸，哪怕是天王老子也不成。

“哪个怕她了！今儿就算她阿兄在这儿，我也照样这么着！”大娘子梗着脖子红着脸道。其实她小时候养在济源时在邻里间是出了名的脾气倔，有什么不顺意可以三更半夜号上两三个时辰，表姊说是因为她乳母生病那阵子她喝过驴奶的缘故。

“阿姊你这可是恃宠而骄，要不得要不得。”钟荟见她气消得差不多了，免不了又打趣她两句，叫她不知轻重地掐了两下。

有脾气也未必是坏事，与其叫人觉得你柔顺可欺，谁都能踩上两脚，还不如明火执仗地骂回去，说不定还能吓退几个比较𡲢的。

姊妹俩出了禅院，正要顺着石阶往下走，身后却有个熟悉的声音道：“这就要走啦？好不容易见一回，话还没说上两句呢！”却是常山长公主追出来了。

长公主亲自出马，姜家姊妹自然不好拿乔，只是这时折返回去，见到清河长公主未免尴尬，好在常山长公主也不耐烦当这个和事佬，如男子一样伸了伸腿脚道：“闷在里头怪无聊的，正好出来走走。”

钟荟还记着她方才那一手落井下石，也不接话，光皮笑肉不笑地乜斜她。美人薄怒就跟胡饼撒了孜然一样，风味更与平日不同，长公主叫她这么带嗔地看了一眼便认了栽，摇摇头，伸手向院落里一指，对近身伺候的侍婢道：“一会儿同住持说一声，将里头那株青心玉挖出来，给你姜姊姊府上送去。”

姜二娘不屑地勾了勾嘴角，显然是在说一株花就想打发我吗？

常山长公主在心里暗骂自己，叫你嘴贱招惹这丫头，吃了那么多回教训还不知她是蚊子投胎的吗？咬咬牙道：“回去拿东汉越窑青瓷罐栽上再送去，对，新得的那只，绳纹带开片的。”

“哎呀，又叫殿下您破费，多不好意思。”钟荟这才展颜，露出个如三春阳光般明媚的笑容，亲切地问候道，“崔太妃的身子好些了吗？有些日子没进宫了，下回瞧瞧她去。”

美人总算肯对自己假以辞色了，常山长公主心里别提有多美，把先前的怨愤忘了个一干二净：“还算健旺，只不能劳累，前日她还同我说起过你，想是惦记你家的藤花蜜了。”见姜二娘额头上沁出薄汗，颠颠儿地从袖中掏出洒金扇子替她扇风。

“幸好窖里还藏了两罐子，今年园子里新收的槐蜜也好，下回带些给她尝尝。”钟荟笑道。

姜明霜见常山长公主有些欲言又止，知道她有话要同妹妹讲，便体贴地装作停下赏花，落在两人后头，与她们拉开十来步的距离。

常山长公主感激地向她点点头，这姜家大娘模样虽比不上妹妹，性子可比妹妹好太多了。

“这琴曲是怎么回事？”不着边际地扯了几句风花雪月，长公主总算切入正题，“几年前我明明听你弹过《幽兰碣石调》，司徒婵同你争锋是她不对，可她身份摆在那儿，连我都要让她三分，你何苦为了一时意气将她往死里得罪呢？”

钟荟不知怎么与她解释，只得一口咬定：“真是撂下许多年，旁的曲子早忘光了。”

“那真是可惜了。”常山长公主惋惜地感叹道，“多少人学了几十年的琴也没你这悟性。我一直好奇你这琴是跟哪个大家学的，倒有些卫家的影子，莫非有什么师承？”

“是家里请的女先生，不是什么大家。”钟荟心里一虚，她五岁时同卫七娘、卫六郎一起学琴，是卫昭手把手领进门的。

说起卫家，不免又想起那一家子风流秀逸的人物，两人俱是默然。

过了一会儿，常山长公主突然没头没脑地道：“我记得听你提过，你二兄数年前曾入钟氏家学附读过一年，是自己上门投文的吗？”

钟荟点点头，随即有些纳闷：“殿下问这个做什么？”

常山长公主脸一红，咳了两声，心虚地把眼睛往旁边瞟：“替一位表亲打听打听……”

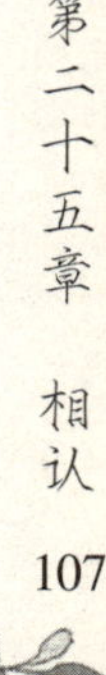

"表亲?"钟荟如何看不出她的反常?当即毫不留情地将她戳穿,"莫非是殿下那位远在江南的表兄苏哲苏郎君?"

常山长公主顶着这位苏表兄的名头招摇撞骗已成惯犯,叫姜二娘说破了也不恼,笑嘻嘻地装模作样道:"哎呀,叫你猜中了,的确是这位表兄,他仰慕钟公高才,不远千里来京拜师,这不是托我打听打听消息嘛。"

"殿下这位苏表兄这回又看上了哪位小郎君了?"钟荟没好气地道,钟氏家学里大半是钟家子弟,都是钟荟的堂弟,十一到十五岁不等,一水儿的青葱少年郎,无论哪个叫这色眯眯的长公主荼毒了都够糟心的。

"这是说的什么话,把苏表兄当什么人了!"长公主叫屈道。

钟荟冷哼一声,歪着头眯缝着眼睛睐她,显是糊弄不过去。

"好吧好吧。"常山长公主只得缴械投降,"是钟蔚……你做什么这副鬼样子?"

钟荟一脸惊恐:"你看上他什么了?"

"谁说我……苏表兄看上他了!"长公主矢口否认。

钟荟的神情越发像是见了鬼,她发现常山长公主竟然脸红了,这简直比她看上钟蔚还叫人惊恐。

不过初时的震惊过后,她就慢慢觉出这事儿的好处来了,常山长公主和钟蔚都是老大难,能一次解决自然是最省心了,免得去祸害旁人。不过想起自家阿兄的德行,她对长公主仍是有些过意不去。

她从五六岁上就暗暗认定了这阿兄八成是娶不上媳妇儿的,哪家的小娘子能受得了这么浑的人啊?那真是尖酸刻薄到了骨子里,十丈开外都能闻到那股子酸气,连他亲娘钟夫人都说了,大约是她怀钟蔚时吐得厉害,吃了太多酸梅子和腌酸菜,这才生出这么个酸不拉唧的东西。

钟荟就像是西市上的奸商,好不容易碰上个眼瘸的冤大头,只盼望着尽快把这桩生意敲定了,好把那筐烂茄子尽快脱手。

不过方才收了人家的东汉瓷罐和绿菊,她此时还剩一点尚未泯灭的良知,旁敲侧击道:"听我二兄说,这钟家公子一把年纪未娶妻室,怕不是有什么隐疾?"

"那不能够吧……"常山长公主回忆道,"我……苏表兄上回在清言会上见着他,四肢健全,活蹦乱跳的,不像是个疾患。"

"哎呀,那可更不妙了。"钟荟大惊失色道,"若是身子没毛病,那八成是人品有问题,要不怎么二十三了还没说亲呢?"

常山长公主似乎被她说服了,沉吟了片刻,突然收起扇子,往手心上重重一敲:"那就更要想办法混进钟家去一探究竟了!这事儿你只作不知,莫对旁人说起啊!不然坏了苏表兄的名节我可不饶你!"

“那也不是不成。”钟荟狡黠地笑道，“不过苏表兄得带上我。”

“胡说八道，小孩子凑什么热闹!”长公主一口回绝，“苏表兄又不是去玩儿的!”

“我给苏表兄当书童。”钟荟顿了顿威胁道，“你说钟家人要是知道苏表兄是个女郎，他们会怎么样?”

“好你个……你个快及笄的小娘子天天往外跑，如何同家里交代?”常山长公主假意替她考虑。

“长公主府下的帖子，民女是生了十个八个脑袋吗?敢不从?”钟荟一句话就将路堵死了。

自与阿翁阿兄相认后，每次回钟家都得绞尽脑汁，有这么个大好机会摆在眼前，如何能放过?再者有钟蔚的好戏不看，岂不是白长了这么大的眼睛?

钟荟从死而复生开始便在盘算着寻机与前世家人相认，只是苦于不得其门而入，直到姜悔前去钟家读书，这才寻得了契机。

钟荟没让姜悔直接带信，虽然他的人品信得过，可借尸还魂这种事毕竟荒诞不经，知道的人越少越好，何况言辞难以尽意，单凭一封书信取信于他阿翁也难了些。钟老太爷尽管生性洒脱，本质上还是个儒生，钟荟也拿不准他对那些个怪力乱神是什么态度。

好在传递消息不是非得靠书信，钟荟思来想去，最后缝了个书囊送给姜悔，中间绣了一小幅松鹤图——寓意很寻常的吉祥图案，只是那鹤丑得不同凡响，头大身小，只有一条腿，两只眼睛还生在一边，饶是姜悔收到这么个礼物也默然良久，没能昧着良心夸出什么来。

钟荟太了解她这二兄了，她熬夜绣的书囊他一定会用，别说是一只瘸腿鹤，就是绣个姜昙生上去他也照背不误，若是换了旁人，她还真没那么笃定。

果然，姜悔去钟家第三天，钟家十五娘就下帖子请她去赏荷花了——这只鹤就算化成灰钟熹也认得，孙女十一娘六岁时给他做的第一件绣活就是这么个玩意儿，现如今还在他书房里搁着呢。

钟荟去见她阿翁的时候心中略微有些忐忑，大致上还是有恃无恐的，谁叫她阿翁脾气好又疼她呢，小时候她一犯事拔腿就往阿翁的书房跑，闯了再大的祸也没事，他能以十五娘的名义下帖子请她过府，至少已是信了一半了。

钟熹见了她果然和颜悦色的，钟荟便放下心来，将自己如何起死回生，如何成了姜家二娘子的来龙去脉说了一遍，末了生怕口说无凭，又提笔写了几个字。

她这些年来一直在摹写姜二娘原身的笔法，字迹与前世有些不同，然而钟熹是

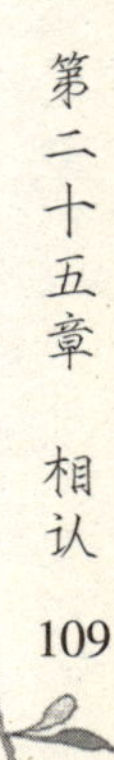

书法大家，自然能从笔意中看出端倪。

钟熹捧着绢纸端详了半天，渐渐红了眼眶，末了缓缓道："是咱们家十一娘的字……"

钟荟心中大恸，一声"阿翁"还未唤出口，钟老太爷冷哼一声，撂下纸，从案旁提起笞杖便打。

钟荟从未见她阿翁动过这么大肝火，登时傻了眼，躲都不晓得躲，结结实实挨了两下子，背上火辣辣地疼，眼泪当即就下来了。

"知道疼了？"钟熹一肚子的怒气未消，只是举起的笞杖迟迟不忍落下来，拿袖子揩了揩眼角的泪，"你身上这点疼何曾及得上你爷娘心疼之万一？"

这一句话仿佛鞭子抽在她脸上，比挨了一百下笞杖还疼，多少情非得已的理由都成了借口，钟荟愧悔难当，耷拉着脑袋，跪在地上久久不起。

钟熹见她如此，反倒没了脾气，背着手踱了几步，瞥见案上的书袋，又不痛快起来，心道当初说得好听，什么普天之下独一份，只绣给阿翁一个人的，转头就给旁人也做了一只，真真是只白眼狼！

当日下午就去家学里溜达了一圈，以书袋太丑、影响仪容、有碍观瞻为由罚姜悔抄了三遍《尔雅》，这才稍稍解气。

钟荟丝毫不怀疑常山长公主为了美色赴汤蹈火的决心，平心而论，钟蔚只要能忍住不出声，那张脸还是能看看的。

只是钟氏家学若是那么容易进，也就没有"登龙门"之说了。

常山长公主是出了名的不务正业，一半时间用来看美人，另一半时间用来骄奢淫逸，小时候在宫里跟着女官正经读过几年书，也是多亏了她阿娘崔淑妃逼着，十多岁出宫建府之后就彻底放任自流了——不是没有负责管教的女官，只是天子都放话不用拘着她了，下面的人自然是睁只眼闭只眼。

正经做学问不比还能耍耍小聪明的清言会，常山长公主也很清楚自己的斤两，当即以重金聘请了两位德高望重的名儒。外面秋光晴明，她一反常态，也不设宴，也不冶游，镇日关起门来读圣贤书。

钟荟耐心等了两个月都没动静，正想着要不要替常山长公主捉个刀——按理说是不成的，即便文章做得再好，当面一考校就全穿帮了，不过她去和祖父通融通融，兴许能将标准放宽些。

就在她摇摆不定的当儿，长公主府的下人来送帖子了，帖子上押了朵金海棠——这是她们约定的暗号，代表成事了。

长公主邀她去府上小住几日，连个理由都不需要找，这就是地位悬殊的便利了，不过钟荟还是得去禀明曾氏和姜老太太。

常山长公主与姜家姊妹是常来常往的，姜老太太也很爱她大方爽朗的性子，只是听说孙女要去长公主府住，心里有些舍不得，拉着钟荟絮絮叨叨了半日：“你阿姊过了年就要出门子了，接着就得轮到你，在家里也待不上几日啦，怎么还往外头跑啊!”

当年府上遭贼人偷袭，姜老太太勉力相抗，拉伤了筋骨，这些年身子大不如前了，头发也斑白了，人一老，自然越发渴望子孙在跟前陪伴。钟荟看着她这模样也心酸，奈何分身乏术，阿翁那头尽孝的机会就更少了，只得笑着宽慰她：“我不嫁了，就在家里陪着阿婆。”

姜老太太一听这还得了，当即跳了起来，虎着脸教训道：“休得胡说八道，花朵似的闺女不嫁人留着陪我这死老婆子，叫人戳我脊梁骨吗?”

钟荟说这话倒不全是哄姜老太太，她对嫁人着实没什么期待，一来姜家的门第高不成低不就，若是留在洛京嫁人，只有别人挑她的份，没有她挑别人的理；若是远嫁到别处去，又要和家人天各一方，何况这世间的男子像她阿翁阿爷这么专情的终究是异类，倒是像姜景仁这样的铺天盖地，一想到要与某个面目模糊、妻妾成群的男子共度余生，把大半辈子耗在与舅姑、妯娌、妾室周旋，安排庶子庶女的起居、婚姻、前程上，她就有一股子说不出的腻味。

年纪大了特别容易较真，钟荟和三老太太刘氏好说歹说劝了半天，钟荟满口答应一定把自己嫁出去，老太太这才将此事放下，又开始念叨窝在西北，讨不上媳妇儿不算，还拐带走她一个孙子的姜二郎。

曾氏就不像姜老太太那么好说话了。

钟荟才走到如意院门外，就听里面接连传来瓷器碎裂的声响、高高低低的呵斥咒骂声和孩子的哭声，忍不住皱了皱眉：曾氏又在朝八郎发作了。她在门口站了一会儿，等婢子进去报信，训斥声戛然而止，八郎还在哇哇哭个不住。

“二娘子请进吧，夫人和三娘子、小郎君在厅事里。”那通传的婢子一脸尴尬，微微偏着头，钟荟往她脸上一瞥，便看到一条一指来宽的血杠子。

钟荟收回目光，目不斜视地跟着婢子穿过院落，跨过过厅，经过内院，步入厅事中。

曾氏面无表情地端坐在独榻上，八郎鹌鹑似的缩着脖颈立在一旁，清秀的小脸上泪痕叠着泪痕，显然是迫于母亲的威严强忍着不哭，实在忍不住了抽噎两下，曾氏便狠狠地剜他一眼。三娘子姜明淅眼圈微红，一脸疲惫地揽着弟弟的肩，轻轻拍他的背，见二姊进屋，轻轻朝她点点头。曾氏察觉女儿的动静，便像看仇人一般冷笑着斜睨了三娘子一眼。

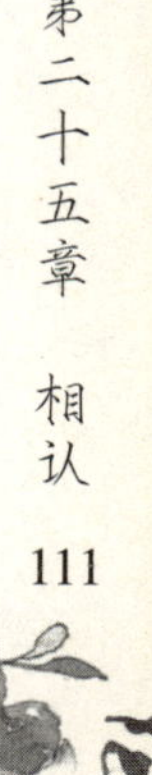

钟荟只作什么都看不见，向曾氏行了礼，又同三娘子和八郎打了招呼。

钟荟初至姜府时曾氏还是个风韵犹存的少妇，不过五六年的光景已经面目全非，老态尽显，她脖子前倾，肩背已有些佝偻，两鬓斑白，肌肤黯淡无光，嘴边两道深纹如同刀刻，眼睛里布满了血丝。杨家覆灭固然是一重打击，可也不至于叫人变得如此喜怒无常，想来其中定有蒲桃的手笔。

曾氏捋了捋鬓发，又垂眸看了看手指，冷冷淡淡地道："你来有什么事?"姜昙生从学馆回来不久便被中正定为资品三品，姜明霜过了年便要入宫当娘娘，当年她因道士的一句"凤凰命"千方百计将姜明霜送到济源去，没想到兜兜转转还是进了宫，至于这个姜明月，生得这样妖妖娆娆，将来去祸害哪家却由不得她做主了。她一见到这几个陈氏留下的孽种心里就烦闷难当，连面子情都懒得维系了。

钟荟一句多余的话都没有，平铺直叙地说明来意。曾氏掀起眼皮看她一眼，似笑非笑地道："你今年都十四了吧，眼看着就要及笄的小娘子，三天两头抛头露面在外头晃荡也就罢了，如今连家都不着了，叫人家怎么说我们姜家女孩儿？你不顾惜自己的名节，也要顾着姊妹，莫说你底下还有那么多妹妹，光说你阿姊吧，明年就要入宫了，你叫她怎么立足?"

"既然母亲这么说，我便如是回禀长公主。"钟荟懒得与她理论，有一回长公主下帖子请她们姊妹，叫曾氏扣下，没几日姜太妃便将曾氏召进宫训了一顿，闹了好大一个没脸。

曾氏一听果然软了下来，哼了一声道："你要去便去吧，还来问我做什么！你只记着在外头别丢你父兄祖母的脸！"说完便不耐烦地将她打发走，又开始考校八郎的功课。

八郎刚满八岁，正在学《孟子》，曾氏便抽了《梁惠王上》让他背诵。他资质平平，比不得三娘子幼时早慧，又叫他阿娘打怕了，一篇文章背得磕磕绊绊，解释章句更是语无伦次、词不达意。曾氏先时还耐心纠正，错处越来越多，便暴躁起来，抄起戒尺劈头盖脸地打下去："像谁不好，像你那没出息的阿爷！我看你不是读书的料，干脆子承父业，去杀猪吧！"

三娘子以身护着弟弟，不免也挨了几下，顾不上疼，低声劝解道："阿弟还小，慢慢教，越打越学不进去……再说阿爷如今在朝为官，您莫说这些话，万一叫人听见了……"

"哈！那算个什么官哪？六品下才！为了他女儿进宫，面子上好看些罢了！"

第二十六章 月观音

风入梧桐，秋露沁寒，已是月上中天的时分，洛京彝华楼里却是春暖香融，与一墙之隔的浓郁夜色宛若两重天地。

彝华楼虽名为楼，其实是个三进的宅院。姜昙生一干人也曾来过几回，不过一直都在外院——他们这群小郎君中虽不乏家世显赫者，奈何自身并无一官半职，而这洛京第一销金窟最是个将人分作三六九等的势利所在，六品以上清流才可入第二进。

前日萧九郎被定为二品，录为六品秘书郎，姜昙生和其余两人门第比萧家差些，有三品也有四品，吏部的任命还未下来，不过也算是有了眉目。几位小郎君顿觉扬眉吐气、脸上有光，本来就对这彝华楼内院的风光觊觎已久，便怂恿萧九郎赶紧将他新得的权位善加利用起来。

萧九郎也存了显摆的心，当即定下日子，来一次聚饮，到场的几人都是素来玩在一起的，除了姜昙生便是太常胡毋大人的庶幼子胡毋奎以及雍州别驾钱大人的嫡三子钱桐。

彝华楼原与锦绣楼齐名，当年锦绣楼因某些不可说的因由一夕之间人去楼空，京都便只剩下彝华楼一枝独秀。当年锦绣楼是正儿八经的食肆酒楼，玉馔珍馐和春醴佳酿名满天下；而彝华楼的好处则在暗处——临街的楼阁是寻常食肆，不过请了些歌姬乐人奏些时调，唱几支小曲，入得二进才能有幸见识到此地的精髓。

姜昙生久闻其名而不得一顾，又怕东张西望显得没见识，恨不能周身长出几百只眼睛来，生怕漏过什么去，胡毋奎和钱桐显然也是如此想，三人目不斜视、昂首阔步，谁看了也猜不到他们这是去喝花酒。

把守院门的阍人自然没见过萧九郎，不过他很有几分本事，毫不费力地将萧九郎认了出来，活似见过萧九郎百八十回，上前恭敬地行了礼，又向随行的客人一一问安，这做派很有世家大族的几分讲究，与外间那些满脸堆着假笑的奴仆不可同日而语，却又比眼高于顶的世族仆役多了几分和善亲切，只叫你觉得自己就是今夜最尊贵最紧要的客人。

姜昙生一行人感受了一把宾至如归，都有些飘飘然，不由得对那门里的天地越发向往起来。

可门一打开，里头却并没有料想中的阆苑瑶台，几间不起眼的屋子围着一个小小的院落，中庭孤零零地栽着一株桂树，廊庑上风灯摇曳，连那光都是幽冷疏淡的，与这院子里的寒酸气一脉相承，若不是屋内隐隐有管弦丝竹之声逸入夜色，姜昙生简直要怀疑他是误入了哪户人家的内宅。

若是换作从前，他必定要忍不住发问了，不过他这几年城府见深，此时还算沉得住气，心道说不定屋子里面另有乾坤，只是与身旁的胡毋奎交换了个眼色。

正纳闷着，西厢的门吱呀一声开了，一个着红衣的婢子笑吟吟地打起帘子迎他们入内。萧九郎很是熟练地在那婢子手腕上轻轻一捏，嘴角含笑，桃花眼往她脸上悠悠一瞟，老神在在地举步走了进去，其余小郎君赶紧跟上。

一进门姜昙生更蒙了，这哪是酒楼歌肆，分明与他家中姊妹的闺房没什么两样，窗前立着花鸟画屏，案上搁着一张素琴，红纱帐里沉香袅袅，隐隐约约能看见枕边摊着一卷书册，没有半分香艳旖旎可言。这也着实怪不得姜昙生，他进山前年纪小，姜老太太对童仆下了死令，没人敢招他往烟花之地去，斗个鸡飞个鹰也就顶了天了，后来在山中耽搁了几年大好光阴，见识实在算不得广博，哪里懂得这窃玉偷香的趣味？

萧九郎见他一脸困惑，不由得叫他的不解风情逗乐了："呆子，这就看不懂了？一会儿就知道这里的好处了。"他说得笃定，其实自己心里也在打鼓。

萧家儿郎的风流薄幸在洛京的纨绔中是出了名的。萧家有个不成文的规矩，家中子弟到了十三四岁上开始知人事了，便有兄长领着去"长见识"，萧九郎十三岁时跟着三房的七兄来过蕣华楼，只可惜当时年纪小，心绪过于澎湃，蕣华楼的绿酒劲头又太足，还未切入正题便趴在案上醉过去了，故而对里头的门道其实一窍不通。

不过这些不必让其他人知道，萧九郎比上不足比下有余，有这些个没见过世面的乡巴佬一衬托，心下不免有些得意，胸有成竹地招呼他们落座，对那侍女吩咐了几句，不时便有几个侍女捧了食案入内，又有几名容色寻常的乐姬奏些时调。

每上一道菜，萧九郎便拈着牙箸一边指点一边道："据传蕣华楼的厨子是当年锦绣楼出来的，这道白梅鲈鱼羹是锦绣楼的名馔，鹅炙也做得极好，你们尝尝。"

胡毋奎先时叫他捏手腕子那一手震住，已然将他当作风月老手，此时见他如数家珍，更是佩服得五体投地，激动不已地端起金卮，手一抖，差点将酒洒了一地："能结识萧兄实是小弟三生有幸，先干为敬！"

姜昙生和钱桐也都叫侍女斟满酒去敬萧九郎。酒过三巡，萧九郎还在喋喋不休地数菜名，他们就有些不耐烦了。

肴馔自然是甘美非常，丝竹也颇有动人处，只是他们几个心猿意马，心思都不在吃喝上，偶尔风吹帘动，几双眼睛便齐刷刷地往门口瞟。

萧九郎其实也不知道接下去该怎么做，好在那红衣侍女有眼色，见几位小郎君俱是面酣耳热，频频往外张望，便善解人意地对萧九郎道："小郎君们对酒食还满意吗？要不要叫几个姊妹来作陪？"

几名乐姬闻言轻轻起身离席，不一会儿便有十来个绿鬓朱颜的美貌少女鱼贯而入，如一股暖风带起一室春意，娉娉婷婷地站成一溜，丰腴的有之，袅娜的有之，妖冶的有之，秀丽的有之，明媚的有之，娇怯的亦有之。只听"啪嗒"一声脆响，胡毋奎看得太出神，将牙箸掉在了金砖地上。

一个娇小的红衣少女掩着袖子笑出声来，那声音婉转如雏莺，萧九郎不由抬眼看了看她，那少女毫不惧人，也拿一对明亮的杏眸望他。萧熠心中不免一动，桃花眼中不知不觉就波光流转起来。

萧熠正醺醺然，冷不防眼角余光瞥到姜昙生似乎正用冷眼瞅着他，酒意顿时叫他吓退了三分，这才想起自己在蕣华楼设宴的本意——一来是得了前程，酬答朋友之谊；二来也是借机向未来的大舅子表示自己守身如玉的决心。

萧熠心道好险，赶紧将目光收了回来，不苟言笑地坐正身子。

钱桐偷偷拿手肘捅了捅胡毋奎，胡毋奎恍然大悟，笨拙地奉承道："咱们几人皆是白身，只有萧兄官居六品，理当萧兄先挑。"

萧九郎正等着他这句话，大义凛然地摆摆手道："胡毋兄的好意萧某心领了，不过萧某心有所属，实不能从命。"说完一脸赤诚地去看姜昙生。

姜昙生暗暗哼了一声，心道算你识相，拿手指着方才与萧熠眉来眼去的红衣少女道："你，请回吧，这儿用不着你伺候了。"适才那少女一进门他就觉得有些面善，仔细一想，眼睛生得与家中二妹有些相似，立时觉得无比糟心，几乎没了寻欢作乐的兴致。待那少女莫名其妙地出了门，他这才随便指了个丰腴艳丽的女郎，胡毋奎和钱桐也依样行之。

几人一开始还有些羞涩，几杯酒下肚壮了壮色胆，屋子里的气氛便暧昧旖旎起来，侍奉姜昙生的女子便劝他去厢房"歇息"。整个院子只他们一拨客人，房舍却有好几间，用来做什么不言而喻。

不过北岭先生的余威尚在，三人有贼心没贼胆，到底不敢做出进一步的举动，又饮了几巡酒，交亥时便商量着回家。

正是夜酣人散的时分，此时还不离去的客人，多半是留下过夜了，各府的马车都在旁边的巷子中等候，四人先派了各自的童仆去传车马，自己则慢慢往外踱，行至门外，却见几名锦衣华服的男子正朝一辆皂轮油幢牛车走去。

为首之人头戴蝉翼笼冠，身披鹤氅，面容尚隐在门柱的暗影中，那身姿已叫人呼吸一滞。

萧九郎有一种错觉，仿佛门外人马的喧嚣嘈杂一时间都静了下来——也许并非错觉，那男子一出现，连他们几个都不由自主忘了交谈。

这排场除了卫家那小子不作他想，萧熠不豫地撇撇嘴，怎么偏偏碰上他？大好的夜晚如此收尾，实在败兴。

萧九郎尽管从小受继母的弹压，可在同辈人当中仍旧算是翘楚——不过得除去卫家十一郎。说起来卫琇比他还小一岁，可已经在朝为官三载了。

本朝一流世家子弟计资定品一般都是二品，一品是圣人品，按常理是虚置的，卫琇是唯一例外。因破格定了一品，起家官职自然也要相应破格，于是乎他又成了本朝第一个以五品散骑侍郎起家的人，直接将“员外”二字摘了，任期满一年便迁了中书通事舍人。

当年他祖父卫昭以弱冠之年入有“凤凰池”之称的中书省，至今仍是传奇，而卫琇只有十六岁。

“裴兄请留步。”卫琇向一个着大茱萸纹紫锦袍的中年人揖了揖，又与其他几位中书省的同僚道别，笑着道，“良宵苦短，诸公不必相送，在下先行一步。”几步之遥便是人间极乐温柔乡，几人何尝想站在这儿吹冷风，不过谁也不敢把他的客套话当真，都站在原地不动，只盼着这小祖宗赶紧上车走人。

卫琇却仿佛听到了他们的心声，故意与他们过不去，往萧熠一行人的方向望了一眼，对同伴道：“在下去与朋友打个招呼。”

说完便不紧不慢地踱到姜昙生跟前，行了个礼道：“姜兄，许久不见。”

姜昙生和卫琇只有过一面之缘，适才见他走过来还以为是冲着萧熠来的，压根儿没想到他会特地过来同自己寒暄，顿时目瞪口呆，手脚都不知怎么摆了。

“老太太无恙？令尊令堂无恙？”卫琇顿了顿又道，“前日收到子默的书信，提及足下回府之事，在下正想着冒昧拜访，不想在此巧遇。”

姜昙生这才回过神来，想起二弟姜悔去西北之前曾在钟氏家学附读，与卫十一郎有同窗之谊，听说交谊甚笃，想来是因此才对自己高看一眼的吧。他知道自己的斤两，更清楚自己与那上进的庶弟实在不好比，生怕卫琇误会了什么，越发羞惭，硬着头皮与卫琇酬答了几句，直到卫琇转身离去才长出了一口气。

“那就是卫十一郎吗？”待卫家的车走远，胡毋奎才小声问道，“乖乖！常听人说卫郎姿容绝世，我还将信将疑。哎哟，我的娘，他一开口我骨头都酥了，生了这副模样，难怪瞧不上月观音……”

“怎么又扯上月观音了？干她什么事？”萧熠见了卫琇之后一直怏怏不乐，一听月观音的名号顿时来了兴致。这月观音原本叫作兰月，是蕣华楼的宝贝——姜家二娘子虽艳名在外，毕竟是养在深闺的小娘子，传得神乎其神也没几个人亲眼见过，而这月观音已经连着三年佛诞节扮观音娘娘了，是许多人都见过的。若问洛京百姓心目中的京都第一美人是谁，恐怕十个有八个都说是月观音。

胡毋奎在这四人中年纪最小，兼且生得其貌不扬，在其他人跟前一向只有鞍前马后的份，眼下见三人洗耳恭听，忍不住卖起关子来：“这说来可就话长了……”

姜昙生眼睛一瞪，拿扇子照他脑门上一敲：“少废话，赶紧说！”

胡毋奎委屈地搓搓脑门道：“这月观音你们都知道了，自小养在蕣华楼，衣锦馔玉的，衣食起居怕比那世家闺秀只有好没有差，又延请了先生学琴瑟棋书，大约也是生来聪慧过人，就无有不精的……”

这铺垫忒冗长了，连好性子的钱桐都耐不住了：“月观音的事儿咱们都知晓，就说她和卫十一那段故事吧！”

“莫要急，来龙去脉要说清。”胡毋奎偷偷觑了觑萧九郎的脸色，发现他并无恼意，说书一般娓娓道来，“那时候月观音还叫兰月，一应教养都比着大家闺秀来，也和闺秀一样地大门不出二门不迈，莫说送往迎来，你要是入不得三进，连块衣角都见不着。”

“这也不过是娼妓人家吊人胃口、自抬身价的寻常手段罢了。”钱桐不以为然地道。

“谁说不是呢？”胡毋奎道，“不过兰月长到十三四岁上，蕣华楼放出话来，将来得由她自己挑选恩客。当然，入不了三进的就甭肖想了。”

“这小算盘倒是打得不错。”姜昙生回过味儿来了，冷笑道，“能入三进的哪个不是达官贵人，闭着眼睛随便挑，横竖蕣华楼亏不了！”

“姜兄真知灼见！”胡毋奎恭维道，“就是这个理儿。不过这三进与二进还不同，不单看官位品秩，坊间传闻蕣华楼主人手上有份名单，总共大概就那么二十来人，每年不过新添一二人，也不知是按什么排的，你若不在这名单上，即便是皇亲国戚或者位列三公，人家也照样将你拦在门外。”

萧九郎眉心一动，随即不屑地一笑，他也听过类似传闻，不过一家妓馆罢了，在不在名单上又如何？

“你们想想，那些位高权重的大人们大多人到中年，恐怕给兰月当阿爷都嫌老，唯独这卫郎以十六岁之龄晋身中书通事舍人，青春年少，容止无双，妻妾全无，又洁身自好。年轻小娘子哪有不慕少艾的，那兰月早上了心，等到他终于来了，隔着纱屏打量他，那真叫一见倾心，当即叫人撤去屏风，叫侍女抱了琴瑟来，自己取了瑟，将那张琴放在卫十一面前，楚楚道：‘久闻卫公子琴艺堪比伯牙叔夜，不知奴今日可否有幸以瑟相和，共奏一曲《凤求凰》?’哎哟，那宛转低回的情态真是叫人筋骨酥麻，是个男子都拒绝不了。”

“这卫十一郎惯会拿腔作势，又自恃门第，哪里看得上娼门女子，必是一口回绝了。”萧九郎冷笑道。

“那倒也没有。”胡毋奎摇摇头道，“当时他不是才入中书省吗？那天是他上峰邢峻组的局。那位邢大人是风月场上的不败将军，虽对那兰月觊觎已久，却也有成人之美的肚量，见卫琇不接茬，以为是他年纪小脸皮薄的缘故，当即拊掌大笑，调侃道：‘佳人相邀，子都焉能不从！’”

钱桐听他说得绘声绘色，不禁疑惑道：“胡毋兄言之凿凿，倒仿佛亲眼所见亲耳所闻……”

姜昙生正听得津津有味，也给钱桐脑门上来了一下：“要你多嘴！阿奎你且说下去！”

“我不在场，可我韦表兄在啊，是他亲口说与我听的！”胡毋奎不愤地道，“你莫要再打断我，说到哪儿了？对了，卫十一郎，这卫十一郎也是又狂又刁钻，站起身对他上峰拱拱手道：‘既然邢公开口，某不敢藏拙，这《凤求凰》却是不曾学过，只好别奏一曲，献丑了。’说着也不管那兰月，自顾自地弹起《绿衣调》来。”

“这里头又有什么故事?”姜昙生不解道，“《绿衣调》不是悼念亡妻的吗?”

“嘿！你们不知道，这位邢大人当时刚死了妻室，才不到半年。”胡毋奎摇着扇子得意道，“韦表兄说那邢大人当即震怒，摔了个杯子，短短一首曲子还未听完就拂袖离席，在座诸人大气也不敢出，那卫家小子却泰然自若，只管弹琴，你们说是不是狂得没边儿了?”

“他就不怕上峰当夜回去纳双小鞋与他?”姜昙生听得兴味盎然，幸灾乐祸地道，“若是我第二日就告病不出，横竖躲在家里，他能奈我何?”

“若是躲起来就不是卫十一郎了。”胡毋奎钦慕之意溢于言表，“他就跟没事人似的——也是听我韦表兄说的，他们同在中书省嘛——倒是那位邢大人没几日就迁湘州刺史，应付流民叛乱去了。

“韦表兄后来说起，想来他一个初上任的舍人也没有那么大的能耐将上峰弄走，也不知是真的胆大轻狂还是有先见之明。”胡毋奎说到此处有些口干，清了清嗓子，赞叹道，“总之胆气和眼光必居其一吧。”

姜昙生和钱桐似乎都叫那卫十一郎的嚣张折服了，只有萧九郎不以为然：“不过借面吊丧之徒罢了，惯会以家世骄人，不过仗着他家那种情形……天子抚恤眷顾罢了。”

连姜昙生这样胸有漏斗的人都听出那言外的酸意了，心道那样的眷顾不要也罢，谁乐意拿全家上百条人命换天子另眼相待啊，不过他与萧九郎是多年朋友，犯不着为个非亲非故的卫十一驳萧九郎脸面，笑嘻嘻地打圆场：“你自己生得这般招人，倒说人家徒有其表!”

“卫琇倒并非徒有其表。”胡毋奎认真地摇摇头，“我三兄去听过他与钟蔚的清谈，钟蔚那嘴皮子你们也知道，能把死人骂得从棺材里跳出来，可卫十一居然丝毫不落下风，有一回合还将钟蔚驳到哑口无言，也是前无古人了。”

胡毋奎的三兄胡毋基是洛京出了名的谈痴，旁的不好说，清谈一道却是绝对的权威。萧熠一时也词穷，想了想才找补道：“谁不知道钟蔚和他是至交，没准是故意抬他呢……罢了，谁耐烦提他，那月观音后来如何了?”

“哦，对!”胡毋奎这才想起自己要讲的是月观音的韵事，不知不觉歪到天边去了，“卫十一郎对那兰月不假辞色，那兰月面子上大约有些挂不住，不知是借酒浇愁浇多了还是索性自暴自弃，没几日就传出来被一个二进都没资格入的寒士破了身。”

姜昙生心道，这种捡漏的好事怎么轮不到我？萧熠却是个天生怜香惜玉的情种，听到此处唏嘘不已：“如此作践自己，想必后来吃了不少苦头。”

“是啊。”胡毋奎也叹道，“天下没有不透风的墙，卫十一看不上她的事儿没多久就传遍了，原本觊觎她的那些人都笑她虚凰妄求真凤，活该碰一鼻子灰。出了这档子事又已非完璧，蕣华楼便将她贱卖了，也不挑客人，给够钱就让接，四时八节的叫她上街抛头露面，就是为了赚那‘京都第一美人’的名头，好抬高身价。”

“真是红颜薄命……”钱桐惋惜道。

“唉。”一段香艳的故事讲到最后却是这么个凄凉的收场，胡毋奎也不太好受，“这月观音也是痴情种子，到了这般田地仍旧对卫琇念念不忘，好不容易盼到他来，不管不顾地堵他的路，你们道那卫郎如何?”

“冷冷地将她拂开?”钱桐道，“还是狠狠地将她叱退?”

胡毋奎摇摇头：“那倒没有，卫十一只是一脸莫名地退开两丈远，道：‘我不曾见过你，为何挡我去路?’”

“这……他是真认不出来还是这么说叫兰月死心?”姜昙生道。

“这就不得而知了，若是后者还好些。不过据我韦表兄说，看他那神情不似作伪，大约是真的没认出来。”

几人听罢都不知该作何感想，既怜那月观音一片痴心错付，又欣羡卫十一郎的艳福，更恨他不解风情、暴殄天物，个个恨不得以身替他。

“娘的，旱的旱死，涝的涝死！”姜昙生沉默良久，被冷风吹得打了个哆嗦，愤然道，“你方才说给钱就行？多少钱？”

钟荟去常山长公主府小住只带了两个箱笼，一个装了换洗的小衣、中衣和绣帕，另一个有前一个两倍大，鼓鼓囊囊地塞满了蜜饯和脯腊——长公主下帖子的时候就特地叮嘱了，一应衣食起居之物都已备妥，言下之意就是你那些又丑又穷酸的衣裳器物一律不准带，带来也是自取其辱。

钟荟带的是阿杏，这婢子虽没啥用，好处是嘴紧，也不像阿枣那样有事没事就“犯颜直谏”。主仆俩轻装上阵，牛车刚出了姜府，钟荟便把此次的任务派给阿杏：“我时不时要跟公主出去办正经事，我外出的时候你就乖乖待在长公主府，同阿织姊姊她们一起玩，明白吗？”

在长公主府好吃好喝，还不用干活，阿杏求之不得，自然无不应承。

钟荟一想到第二天便可以见到阿翁和阿兄他们，兴奋得辗转到后半夜才睡过去，第二日便换上长公主早已备好的青绨裤褶，坐上一辆不起眼的青帷小安车，从角门出去兜了个圈子，往钟府去了。

按照司徒姮的本意，上课时钟荟该随侍左右，红袖添香，随时给她斟茶倒水。不过因钟荟脸上涂了黄粉，又将眉毛画得一边高一边低，常山长公主深觉让她在眼前晃荡有些伤眼，加上忙着看钟蔚，顾不上她，便放她去园子里玩了。

钟荟小时候顽劣得很，常在下人眼皮底下到处钻，对钟府的地形又了若指掌，接连避过几拨钟家仆人的耳目，被内书房外的阍人拦下盘问也不慌，只说是新来附读的苏公子的家仆，奉主人之命来给钟老太爷传话。

入了钟氏的家学与钟熹便有师徒名分，钟家的下人虽觉这新学生冒失了些，却也不好阻拦，盘问一番，又验过她所持的苏哲的名刺，便将她放了进去。

这么轻而易举就得逞，钟荟忍不住得意地弯起嘴角。

上回来是几个月之前，那时院中的梧桐还是一树碧玉，亭亭如盖，如今已经是黄叶飘零的深秋景象，这株梧桐树自她年幼时就在了，看着十分亲切，钟荟忍不住上前伸手摩挲了一下树干，才收回手，便听到竹帘掀动的声响。

她回身一看，只见一个身着绯绫袍的年轻人从门里走出来，钟荟一愣，随即恨不得找个洞钻起来，这不是卫琇吗！

算起来钟荟已经有三四年没见过卫琇了。说来也奇怪，小时候她难得出一回门，仿佛到哪儿都能见到他，而年岁渐长，四时八节出外游玩的时候逐渐多了，偏偏九六城这么巴掌大的地方一次也没遇见过。

她已经很难将眼前这个身姿修长挺拔的男子与记忆中的少年郎联系起来了，眉目依稀能看出小时候的影子，只是眉宇间的稚气已荡然无存。如今的卫琇锋芒毕露，仿佛一把出鞘的宝剑，一举手一投足，不经意间俱是风华。

钟芸突然就觉得无法逼视，脸颊微微有些发烫，又怕叫他认出来还得费劲解释，连忙低下头，仿佛突然对自己的鞋尖生出无边的兴趣。

卫琇从她身边经过时脚步似乎微微顿了顿，一阵风吹来，他的衣袂翩然欲飞，几乎拂到她脸上，不过只一瞬便若无其事地与她擦肩而过了。

钟芸松了一口气，这才想起来自己的模样也和小时候大相径庭了，又打扮成这样，卫十一郎那样粗枝大叶的性子如何能认得出来？不由暗笑自己杯弓蛇影，便把这意外的邂逅抛至脑后，迈着轻快雀跃的脚步朝祖父的书房走去。

钟熹年轻时便是放诞的名士做派，单看这书房的陈设便知他与严苛古板沾不上边。这里的窗户开得比一般房舍大，窗前没有栽竹木花卉，日光毫无阻挡地透过素白轻容纱照进屋里，温暖又敞亮。

钟芸走进去的时候，祖父正背对着她斜斜地歪在窗边竹榻上，一手托腮，一手握着一卷《东南地理志》，正读得出神——她一个人时坐没坐相、躺没躺相的毛病，根子就在这里了。

钟芸促狭之心陡起，也不出声，蹑手蹑脚地走到阿翁背后，猛然将书卷从他手里抽了出来，不等他恼火，甜甜地叫了声“阿翁”。

祖孙相认之后只见过寥寥数回，钟熹蓦地听到这声音还觉得有些陌生，愣怔了片刻才明白过来，既惊且喜，连忙坐起身道：“是阿毛来啦！”又忍不住埋怨：“隔了这么久才来看阿翁，真是没良心！噫！都说女大十八变，人家都是越变越漂亮，你怎么倒比上回丑了？”

钟熹总是躺着看书，年轻时眼神就不太好，如今年纪大了更是远近都看不分明，能看出孙女的变化也是难为他了。

小娘子哪个喜欢听人说自己丑的，钟芸当即不太乐意，拿手指蹭了蹭脸上的黄粉给祖父看：“是画上去的呀，喏！”

钟熹打量了一眼她身上的童仆装束问道：“这回想的什么法子？能待久一些吗？”

钟芸毫不犹豫地将常山长公主卖了个底儿掉，只将常山长公主看上钟蔚那一节隐去。钟熹对这位长公主的不着调有所耳闻，他自己也不是个墨守成规的人，有些想法可以称得上惊世骇俗，并不觉得女子就得囿于方寸后宅天地，一生相夫教子。

他对常山长公主女扮男装一事没什么看法，若有所思地道：“她投的文我看了，学问底子有些浅，按你阿兄的意思原是不打算收的，不过我看她行文洒脱风流，且时有奇思妙论，足见高情胜趣与开阔胸襟，故而破格将她录取。”

钟荟心道您还真是误会太深，司徒姮能看上钟蔚这种人，情趣大约高不到哪儿去，胸襟倒是比江海还宽广，不过这话就不必对她阿翁讲了。

“那个……”钟荟又硬着头皮小心翼翼问道，“阿爷阿娘最近有寄书信给我吗?”

钟熹笑道：“怎么没有？阿翁一封封都替你收着呢!”一边说一边弯腰从案下拖出个大竹筒，笑眯眯地打开，只见里面十来只鲤鱼匣摞得整整齐齐。

钟荟心虚地取出一只——那匣子大约是定制的，比一般匣子厚得多，不大像鲤鱼，倒有点像河豚。她解开缚住盒子的彩丝带，从案上取了未开锋的小银刀剔去封蜡，将鲤鱼分成两半，从鱼肚子里取出两封帛纸信笺来。

她先展开比较薄的那封，果然是她阿爷的字迹，信中照例给她描摹了一番番禺的风物、地貌和人情：最近去了哪里游山玩水，又品尝到什么北方从未见过的蔬果，声情并茂地讲述了树上刚采摘下的荔枝多么可口，末了叮嘱她好好孝顺姜家长辈，若有机会便过钟府陪陪阿翁，替他们尽尽孝。

钟荟将她阿爷的书信来回读了两遍，依着原来的折痕悉心叠好收回匣子里，这才战战兢兢地展开另一封——钟夫人没有钟禅的好脾气，她的信从头到尾就一个主旨，引经据典、换着花样数落她，汹涌的怒气从她那力透纸背的行草中喷薄欲出。

好不容易读到纸尾落款，钟荟仿佛挨了几十个耳光。她的如意算盘打得挺好，阿爷阿娘既然一时半会儿在广州回不来，先让阿翁做个中人，写封书信把她的事告知爷娘，待回京时想必他们也该消气了。

钟熹一向宠这孙女，打也打过了，想她已经得了教训，便修书一封，将这离奇的事与儿子说了。

钟禅收到信一读，心道坏了，老爷子该不会思念儿孙太切，空虚寂寞，服上寒食散了吧？叫来钟夫人一合计，越发觉得就是这么回事，赶紧写了两封信，一封给父亲，满纸的养生之道，旁敲侧击地痛陈寒食散的危害，另一封给儿子钟蔚，将他痛骂一顿，又勒令他看紧祖父。

钟熹哭笑不得，第二次便附上钟荟的手书，加上路上的时间，来来回回解释了有大半年，儿子媳妇总算信了，钟禅还好，初时的几封书信多有谴责之意，后来大约见夫人骂得够狠，自己乐得做好人，便心安理得地与女儿拉起家常来。

钟夫人却是意气难平，大约也是因岭南气候燥热的缘故，火气总也浇不灭，雷打不动地每月修书两封骂这白眼狼，钟夫人年轻时便是名满洛京的大才女，骂起人来酣畅淋漓，文气贯通，文采斐然，封封不带重样的。

“你阿娘在信里说什么了?”钟熹见她蔫头耷脑的模样，幸灾乐祸道，“还在气头上吗？”

“阿爷说随信捎了菠萝果脯和荔枝干来，您见着了吗？”钟荟答非所问。

“似乎是有，阿翁不知道你何时来，那些东西又不耐放，就分与你堂弟堂妹了。”钟熹佯装捋胡子，偷偷拿手指抹了抹沾上的糖霜。

那么大年纪还栽赃给孙子孙女，羞不羞啊，钟荟心知肚明却不拆穿他。他们祖孙私下里向来不拘礼，钟荟换了个壳子也不把自己当外人，在书房里溜达了一圈，一边在书架上寻觅一边道：“您这儿有什么新近得的好书吗？”

“上回借去的还没还呢，这就又来薅了！靠北边儿的架子，五六排都是你喜欢的。”钟熹一脸无可奈何，“等等，小心你的胳膊，要哪本？阿翁来替你取。”

钟荟接过书，两眼放光地摩挲着。

钟熹目光落到她的左手上，有些黯然：“还是使不上力吗？前些天下雨疼不疼？”

“早不疼啦，您别担心。”钟荟没心没肺地笑道，“要是您真心疼我，下回阿爷给我的果脯您就别再全给昧下了，啊？”

钟熹却没被她的插科打诨带偏，仍然揪着她的伤不放：“若是能找到那胡医……”

“您也说了只是年轻时候见过人家一回，这都过去多少年了。”钟荟用左手拽着祖父的胳膊摇了摇，“您瞧，这不是好好的嘛，多活络。”

“阿翁如今也年轻着呢。”钟熹笑道，随即又叹了口气，“方才见到阿晏了吧？”

“嗯，长高了不少，已经是大人模样了。”钟荟有些尴尬，卫十一郎出了丧期又上姜府求娶过她一回，眼下阿翁突然提起卫琇总教人觉得话里有话。

钟熹见孙女对他的暗示视而不见，只得把话挑明：“阿晏是个好孩子……你们打小认识，我和你爷娘都把他当自家孩子，若是……”

“阿翁您莫说了。”钟荟赶紧道，“我把他当阿弟。”旋即想起方才见到的卫琇比她高出一个头还有余，说这话似乎有些大言不惭，脸不由自主一红。

落在钟熹眼中便是小儿女情态了，心道有戏，正要再劝两句，孙女却一脸决然道：“阿翁，这话您不必再提了。我就同您直说了吧，您也知道他如今的处境有多难，人前看着风光，其实多少双眼睛都盯着他，擎等着找他错处呢！光一个‘失婚非类’就能叫有心人做出无数篇文章了。阿翁，您既把他当自家孩子，就好生劝劝他，叫他选一条好走些的路吧。”

她如何不知道嫁给卫琇的好处？且不说别的，嫁给他不但可以留在京城，还能常回钟家走动，可她怎么能为了自己的一点私心让他举步维艰呢？那是阿晏啊。

孙女把话说到这地步，钟熹也束手无策，只得放下不提。

钟荟与钟熹拉了会儿家常，估摸着常山长公主一堂课该结束了，便辞别了祖父往回走，一出院门却见东南十来步开外的小池子边站着个熟悉的身影。

卫琇听到脚步声转过身来，一见是她便笑了：“好久不见了，方才就觉得面善，果然是你。”

既然叫人家逮住了，不上去见个礼便说不过去，钟荟只得往池子旁走去，在两丈开外站定，装模作样地拧眉打量他一会儿，做恍然大悟状：“原来是卫公子，适才没认出您来，真是抱歉。”

卫琇也不戳穿她，也不问她如何会在钟家，为何打扮成书童模样，只好整以暇地含笑望着她，钟荟叫他那仿佛洞悉一切的眼神看得心里发毛，浑身不自在，眼睛一闭，将常山长公主又卖了一次。

“原来如此。”卫琇点点头，“今日正逢休沐，我来看望钟公，不意在此相遇，实是意外之喜。”

钟荟是惊多过喜，不过故人相逢总是打心眼里高兴的，两人寒暄了几句近况，一时无话。这水池很小，是钟熹平日洗笔用的，池水漆黑如墨，已是深秋时节，池边一株秋海棠花叶凋零，一阵风过，一朵半枯的海棠花扑簌簌落入水中，往水下一沉，复又浮起，带起一圈圈涟漪。

钟荟不经意一回眸，见卫琇正望着她，眼睛也如那墨色池水一般，在秋日微茫的晨光中潋滟着，她的心突然就像那朵秋海棠一样动了动。

卫琇抬头望了望天空中的流云：“今年的秋天很晴暖。”

钟荟点点头，目光不由落在他随风轻动的衣袂上，突然想起以前见他似乎总是一身利落轻便的胡服，原来他换上宽袍广袖如此有风致。

她不敢再看下去，赶紧向他行礼道别：“长公主还在等着我呢，先告辞了。”

卫琇也回了一礼，待她转身走出几步，突然叫住她，钟荟疑惑地回过头来。

卫琇嘴角微弯，一派光风霁月地道：“钟氏家学没有只能带书童的规矩，横加束缚，压迫膻中穴，容易气滞血淤，于身体有碍。”

钟荟愣了愣，猛地反应过来膻中穴在哪里，浑身的血都往脸上涌，连耳朵带脖子都红成一片，二话不说，拔腿就跑。

钟荟跑出八丈远，在冷风里吹了吹，头脑清明了些，再回想起方才那一幕，突然疑心是不是自己听错了，随即又否定了这念头，“膻中穴”三个字清清楚楚、明明白白，不可能有歧义，可卫琇的神情分明那么坦荡，抑或他自己也没有深想，只是脱口而出的一句寻常关心罢了？

钟荟越想越觉得自己是以小人之心度君子之腹——这也难怪，实在是卫琇其人太过清微淡远，这话若是旁人说来，不用说一定被当成轻薄的登徒子，可从那么出尘的一个人口中说出来，只教人怀疑是自己心思龌龊，这才曲解了他无邪的本意。

如此一想，钟荟不由得惭愧和忐忑起来，自己方才那么小题大做，不知会不会伤了他的心，同时在她心底深处难以察觉的所在，一根绷紧的弦也松了下来。

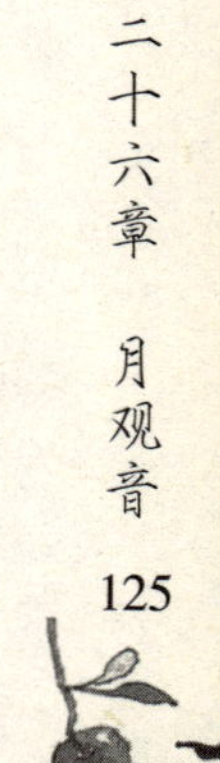

第二十七章 讲学

钟氏家学设在茅茨堂，堂屋面阔五楹，十分轩敞，取的是“慕唐虞之茅茨，思夏后之卑室”之意，又表明了谦退的治学态度，不过钟蔚和谦退是八竿子打不着的。

他是个天生的刻薄坯子。

钟蔚出自钟鸣鼎食之家，往上数三代司徒氏给他家人提鞋都不配，兼之生而早慧，确有几分真才实学，模样又生得十分对得起爷娘，那种睥睨天下的傲气便深入骨髓。他不但天赋过人，而且对自己够狠——小时候主要是为了与集万千宠爱于一身的病秧子妹妹争宠，狠着狠着便成了习惯，悬梁刺股也甘之若饴了。

得天独厚的天资加上勤奋刻苦，自然是少年得志，十五岁时便已成为名噪京都的名士，朝廷三征五辟，被他阿翁和阿爷强压了三年，十八岁时以员外散骑侍郎起家，即便为了避他阿爷之嫌不能入中书省，一年后入门下省几乎是板上钉钉的事，谁知就遇上了杨氏叛乱那档子事。

先帝屏着最后一口气将钟禅外放广州，把他几位叔父明升实贬，显然是打压钟家，为了给儿子铺路。钟熹不是卫昭，向来圆融处世，深知嫡长孙是个容易祸从口出的刺头，便索性让钟蔚自请在尚书省仪曹挂了个闲职，缩起脑袋做人，又怕他闲得发慌，镇日赴清言会大放厥词得罪人，思虑再三，还是把家学交与他打点——横竖都是自家人，不会与他一般见识。

钟蔚眼高于顶，旁人家世、天赋、才学、相貌、刻苦但凡有一样不足，他便对其嗤之以鼻，能入他法眼的屈指可数。此外，他也受了祖父钟熹和父母的影响，对男女一视同仁，并不因为对方是女流之辈而放宽标准。

这么些年能叫他觉得朝夕相对也不厌烦的大约只有卫七娘，不过那时候卫六郎与钟十三娘先一步议亲，他和卫七便不可能了，何况卫七娘对他也没意思——是个正常人，都不会想与这么挑剔又难相处的人过一辈子。

常山长公主司徒姮不愧凤子龙孙，眼光不能拿常人的标准来衡量，此刻她正支颐望着正襟危坐、双眉微蹙、显得十分不好相与的钟蔚，打心里觉得这两个月的苦读真是值了。

钟蔚虽看六合之内万事万物都不顺眼，到底不是天生地育的，对骨肉至亲还算网开一面，加上这些学生确实无可挑剔，饶是他也觉得在此明经育人是件难得的赏心差事。

钟家的规矩看着松散，可学问一道上却极为谨严，家中子弟无论智愚一律四岁开蒙，十岁之前必须熟通五经——就是打也得打通，所以家学里的本族子弟无论资质如何，根基都打得很稳固，而那些以文赋敲开钟家大门的文士就更是天赋异禀了。

只除了新来的这位苏姓郎君，学问底子比洛水底下的淤泥还稀烂就不必说了，还再三对他这个先生胡搅蛮缠——你说往东，他偏要说，往西未尝不可，不是殊途同归吗？

偏偏此人不学无术，却有几分捷才，工于狡辩，轻易与他掰扯不清楚。一上午两人你来我往辩了几个回合，钟蔚觉得上蹿的邪火已经有点压不住了。

这日钟蔚顺带着将五帝提了一嘴，一脸讥诮地道："本来如此浅显的东西是不必提的，不过你们中有人底子太薄，就劳驾各位担待些了，不过……"他话锋一转，若有所指地睨着司徒姮道："圣人言：'见贤思齐焉，见不贤而内自省也。'故而也不算全无益处。"又拿腔拿调地将书翻过一页道："这一节谁有什么疑问吗？若是没有……"

"钟先生，弟子有！"常山长公主不见外地道。

钟蔚挑了挑眉，这姓苏的小子脸皮是铁铸的吗？适才那番话就是为了臊得他不敢再造次，没想到毫无用处，他连为人师表的体面都不打算要了，只作没听见："那我继续往下讲。"

"先生先生！弟子有疑问！"司徒姮拔高了嗓门道，她为了学男子的声气不得不压低声音，显得十分怪异。

其他学生都看向钟先生，他只得清清嗓子道："你说吧。"

"弟子有一事求教，缘何这五帝却有六人？"司徒姮掰着手指道。

钟蔚死命憋着笑，伸手点了点诸弟子中最年幼的钟九郎："小九，你来说说。"

钟九郎才十一岁，闻言向司徒姮作了个揖，脆生生地道："德合五帝座星者为帝，故六人而为五。"

钟蔚撩了撩眼皮，大约觉得这位苏郎已经蠢笨无知到了值得怜悯的地步，难得耐下性子温言道："明白了吗？"

司徒姮朝钟九郎眨了眨右眼，这孩子生得眉清目秀、肌肤白皙，跟个瓷娃娃似的，一见就令人心生欢喜。

钟蔚见他连个十来岁的孩童都不如，竟然不以为耻，还有心思挤眉弄眼，简直叹为观止。

司徒姮却仿佛打定了主意要继续替他拓宽眼界，挠了挠下巴道："依弟子看，这不过是汉儒穿凿附会之词罢了，于理不通，《古文尚书》去燧人而以伏羲、神农、黄帝为三皇，更以少昊、颛顼、帝喾、尧、舜为五帝，亦是为弥其缝补其阙而已。"

钟蔚感觉手心有些发痒，差点当堂捋袖子，今天不把这竖子辩趴下看来是不能了局了，侍立一旁的书童十分有眼色——伺候这种人实在是没点眼色不行——见主人上唇微微弓起，是要大动干戈的兆头，赶紧捧了茶碗上去与他润喉。

钟蔚用双手端起茶碗，优雅地抿了一口茶，正要摆开阵势，冷不丁瞥到一颗脑袋从门边探出来，虽然这人一身书童装扮，眉毛一边粗一边细，一边高一边低，脸上还不知抹了什么，不过他还是一眼认出了是换了壳子的亲妹妹，顿时一惊，一口茶水正要入喉，在半途遭遇不测，将他呛了个死去活来。

常山长公主打足十分精神盯住钟蔚——要考察一个美人，失态的时候最能见出真章，打嗝、喷嚏、呛咳、崴脚、眼里进了沙子……若是这种时候还能保持住风度，那无疑是形神俱美的了，钟蔚的表现她很满意。

钟蔚好不容易止住了咳嗽，谎称有要事，吩咐学生们将方才讲的篇目再从头到尾读一遍，尤其是某些根基浅薄的弟子，更要以勤补拙，免得他日出去贻笑大方，丢了先生的脸面。

说完朝常山长公主扔了个"日后再同你会账"的眼神，趾高气昂地踱到门口，冷不丁一回头，见学生们都老老实实地埋首于卷中，心道孺子可教，微微有些得意——能遇到他这样博览洽闻、才气纵横的座师，又如此倾囊相授、诲人不倦，也是他们的造化了。

钟蔚出了门，果然见妹妹在那儿鬼鬼祟祟、探头探脑，伸出两根手指拎起她的袖子，一脸嫌弃地将她拽到一边："你是跟着谁来的？"

妹妹能死而复生，钟蔚自然是高兴的，可是高兴完了心里又难免疙疙瘩瘩，毕竟换了别人家小娘子的皮囊，又生得那样美艳，心里虽知道是自己姊妹，相处起来总是有些束手束脚的别扭。

此时她装扮成书童，脸上也抹得惨不忍睹，倒比正常装束显得可亲些，一时手痒，故态复萌地揪了揪她的发髻，第一回觉得妹妹换了壳子也有好处，比如头发的手感就比原先好多了。

钟荟本来就没打算瞒着他，把常山长公主女扮男装投文的事情一五一十交代了，只隐去她的真实动机不提。

钟蔚本就对这个劣迹斑斑的长公主没什么好感，不过他看不顺眼的东西多了去了，人家贪花好色是人家的志向，毕竟与他井水不犯河水，可眼下居然犯到他弟子头上来了，是可忍孰不可忍！

“哼。”钟蔚挑挑眉，愤然道，“料我不知道她打什么主意呢！”

“哦？”钟荟兴味盎然地道，“愿闻其详？”

“去去去，一边儿去，小孩子家家问那么多做什么。”钟蔚心里一直把妹妹当孩童，这种污糟事儿怎么好跟个小娘子说，越发怨那没事找事的长公主，没好气地道，“你也是的，爷娘阿兄一日不盯着，你便和这种人混到一处去了，莫非近墨者黑的道理都不懂？”

钟荟本来还想发发慈悲提点他一二，教他这么平白无故数落一番，这点善念转眼间烟消云散，只等着隔岸观火。

钟蔚难得寻着机会重温一下为人兄长的作威作福之乐，甚是得趣，不怀好意地道：“对了，下回给阿娘写信时我得同她说说，阿兄的话你听不进去，阿娘说的话总能叫你长点心吧。”

钟荟一想到她阿娘头皮就有些发麻，不由得缩了缩脖子。钟夫人厌恶常山长公主是尽人皆知的事，若是叫她知道自己女儿投敌叛变，下一封信恐怕连那胖鲤鱼匣都装不下了。

司徒姮怎么就偏偏看上了钟蔚呢，想来这情路少不了一番波折坎坷。钟荟暗暗叹了口气，少不得要她在中间斡旋斡旋了。

钟蔚见钟荟神色凝重，以为她知错了，稍觉欣慰，又揪了揪她的发髻叮嘱道：“你若是诚心悔过反省，对那……长公主敬而远之，阿兄也不是非要告诉阿娘的。既来之则安之，来都来了，你也不要四处闲晃了，索性也进来一起听，这些年课业荒废了吧？”

“哪里荒废了，一直在跟着夫子上课呢！”钟荟嘟囔道。

“嘁，姜家能请到什么好先生，莫不服气，阿兄回头考校考校你。”钟蔚不屑地道。虽然他的话切中事实，可钟荟还是有些不悦。

钟蔚将妹妹数落了一顿，总算找回些当年做兄长的感觉，神清气爽地往回走，一迈进茅茨堂便看到常山长公主一手托腮，另一手拿着书闲闲晃着，显是将书当成了扇子，正笑嘻嘻地和邻座的钟芸说话。

钟蔚心中警钟大作，钟芸今年十五，排行第七，是三房嫡次子，生得面如冠玉，

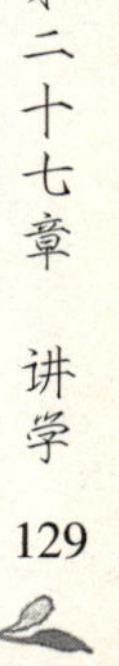

在一干学生中容止最为出众，他可不相信这位长公主突然转性，一心向学，八成就是冲着七郎来的。

常山长公主一抬头，就见心上人咬牙切齿、直勾勾地盯着她，一副要将她生吞活剥的凶狠模样，司徒姮心里就像饮了蜜一样甜，不由娇羞地低下头。

钟蔚一见她那粉面含春的妖娆样子，心里更认定了她企图染指小堂弟，气得七窍生烟，恨不能立即将她踢出去。

不过钟氏家族还没有将学生踢出去的先例——这不等于承认自己看走眼吗？何况司徒姮虽屡屡生事，打的却是探讨学问的幌子，若是因此将她赶走，倒显得他心胸狭隘、容不下异见了，事关家族声誉，还是得沉着冷静、从长计议。

钟蔚忧心忡忡，一堂课上得漫不经心，倒有半堂课在望着常山长公主出神，生怕她在自己眼皮底下暗度陈仓，将他们钟家的好苗子勾歪了。

常山长公主不意旗开得胜，第一天就收到如此成效，满心喜悦抑制不住地流露在脸上，时不时伸出纤纤玉指将上翘的嘴角往下压，眼里却是笑意流淌，显得格外清亮。

钟蔚看了心惊肉跳，饶是他也不得不承认，这位长公主生得着实可圈可点。他恨不得在一无所觉的钟七郎周围筑起一道堤坝，将这红颜祸水阻挡在外。

钟蔚从小有个毛病，心里一有事夜里便睡不安稳，一不安稳就要踢被子。清晨迷迷糊糊醒来，只觉浑身发寒，仿佛从冰窖里打捞出来，喉咙里却像塞了一团热炭，又燥又干又烫，显然是风寒侵体之征。

他身子骨不算皮实，不过和妹妹从娘胎里带出来的弱症不同，他这弱不禁风完全是自己作出来的——端的是四体不勤，从院子里走到茅茨堂那几步路都要坐肩舆，出门从来不骑马，坐牛车都要抱怨颠簸。

他还不以为耻，觉得那些精于骑射、力能扛鼎的都是莽夫，不比塞外那些茹毛饮血的蛮人开化多少。

常山长公主初战告捷，正斗志昂扬地打算再接再厉，一举将钟蔚拿下，第二日起了个大早，将自己收拾得山清水秀、风流倜傥，一踏进茅茨堂却傻了眼，上席上坐的不是她芝兰玉树的“驸马”，却是个须髯半白的老翁。

钟蔚一病不起，便由家中一位远房族叔顶上了。这位老先生穷经皓首，学问十分了得，若不是钟蔚一病不起，轻易还请不动他。

学生们都十分珍惜这难能可贵的机会，唯独常山长公主怏怏不乐——她本来就对经学没什么兴趣，即便这老先生舌灿莲花也没用，再高妙的学问也不能叫这冥顽不灵的长公主忽视他那一脸褶子。

百无聊赖地挨到下学，常山长公主干脆称自己身体不适，告了假，回府醉生梦死去了，只等着钟蔚养好病卷土重来。

钟荟一方面估摸着自己兄长这一病没个十天半月好不了，一方面也惦念姜家老太太和姊妹，便辞别长公主回了姜家。

回去时大娘子和三娘子正坐在廊庑下做绣活。姜明霜见二妹只两日便打道回府，吃了一惊，手一抖，把针扎在了左手拇指上。三娘子从袖子里掏出丝帕给她擦血，皱着眉头道："阿姊你怎么总是一惊一乍的，入了宫还这么沉不住气可怎么办哪，扎了自己还罢了，若是扎了天子可如何是好？"

又抬头对二娘子道："阿姊，怎么才两天就回府了？莫不是长公主找着新欢了？"

钟荟提着裙子快步跑上前，二话不说就笑着扯她脸："叫你贫！"三娘子下巴尖尖，脸颊却还有孩童的饱满圆润，手感十分美妙，她又常管不住自己这张嘴，每当她出言不逊时，两个姊姊便趁机揉捏一番过过手瘾。

笑闹了一阵，钟荟便吩咐阿杏将长公主府上搜刮来的稀罕玩意儿拿出来让两个姊妹挑，又将剩下的分作几份，命白环饼等几个婢子给庶弟庶妹们送去。

"今日怎么得闲了？"钟荟在细环饼搬来的胡床上坐下，顿了顿道，"母亲身子好些了吗？"

"这不是见缝插针地来帮她绣嫁妆吗，就靠她自己这笨手笨脚的，折腾到明年都弄不完。"三娘子斜睨了大姊一眼，叹了口气，"阿娘还是老样子，一到将入睡的时分便头疼欲裂，一合眼就魇住，总是闹到半夜三更。"一说起曾氏，三娘子脸上的笑意便褪得一干二净，露出与年龄不相符的凝重忧虑来。

"这两日大夫来看过吗？"钟荟又问道。

"怎么没有？医馆的大夫是每天来的。"三娘子放下手中的绣绷，一枝活灵活现的牡丹已见雏形，她疲惫地揉了揉眼睛道，"姑姑昨日又遣了一个新的医官来，可还是什么都瞧不出来，最后还是写了个安神的方子。"

"上回不是听你说华阳真人的符水有些效验吗？"大娘子插嘴道。

"倒是能纾解一二。"三娘子郁郁道，"前阵子华阳真人云游去了，前日才回青云观。阿娘得了信就巴巴地叫人去请，这会儿正在院里叙话呢，不然我哪儿出得来啊。"

"真是苦了你了。"姜明霜将手里的针往绣布上一插，站起身搂了搂三妹的肩膀。姜明淅虽然一脸嫌弃，嘴角却上扬了少许。

曾氏的病来得蹊跷，也不见什么旁的病兆，只是夜夜不能安寝，厉害时不管不顾地拿头往墙上撞，几个婆子都拉不住她，下人们都在背地里偷偷地传，说主母这不是凡病，却是叫鬼魅邪祟缠上了。

曾氏起先只是夜里发作，白天只是精神头有点差。渐渐地，青天白日一个恍惚便能魇住，不发病时也是心烦意乱，一面对女儿动辄斥骂，一面却越发依赖女儿，片刻离了眼前便要破口大骂。

可怜三娘子正是活泼好动的年纪，却要镇日拘在院子里伺候一个喜怒无常的病人。大娘子和钟荟对视一眼，都不知道该怎么劝慰她，三娘子也不指望她们能有什么法子，只不过找个人诉诉苦，心里不那么堵得难受便罢了。这是她的阿娘，小时候将她捧在手心里疼的，眼下生了病，她如何能推托呢？

几人都有些兴味索然，姜明霜正绞尽脑汁地找话，挂在廊顶上的鹩哥儿却善解人意地替她解了围：“卫十一郎，举世无双！既见君子！云胡不喜？”

“这鸟儿越来越不成话了！”钟荟腾地一下站起身，拾起靠在墙根的竹竿，毫不客气地用力往笼子底下捅了捅，“再胡吣将你拔光了毛扔进沸汤里煮！”

鹩哥儿这些年每日被一群小婢子好吃好喝伺候着，也养出了几分宁折不弯的气性，扑腾着翅膀冲着主人撒起泼来：“子兮子兮！如此良人何！卫十一郎！贱妾茕茕守空房！”

“好你个扁毛畜生，今日非把你拔秃了不可！”钟荟撩起袖子，拖了胡床到鸟笼下，便要往上爬。

三娘子不明就里地拿手肘捅捅大姊，小声道：“这是怎么了？突然和一只鸟儿过不去？”

姜明霜也困惑地摇摇头：“谁知道呢，来来回回这车轱辘话听了多少年了，平常都随它去的，不知今日怎么了。”

钟荟在家里待了两日，除了帮着大娘子赶绣活，便是坚持不懈地调教二花，拿绳子捆、拿胶牙饧粘嘴、把脑袋摁到水碗里……什么法子都用上了仍旧收效甚微。

到了第三日，常山长公主派人下帖子来了，照例压了一朵金海棠，钟荟不禁纳罕，看来这些年钟蔚也不是毫无长进，起码身子骨比以前健旺了，这才两天风寒就好了？

钟荟照旧提前一日先下榻常山长公主府，这回她想起卫十一郎的忠告，特地向阿枣借了一身半新的衣裳。

得知她要着女装，司徒姮自然没什么意见，倒是长公主府上替她梳妆的侍女松了口气。

长公主时常贪图方便自在，女扮男装地出外晃荡，她的侍女也是驾轻就熟，谁知姜家这位小娘子年纪不大，看着身姿也袅袅纤纤的，可褪下中衣却端的是玲珑有致。

这侍女一向经手的是长公主那样一马平川的辽阔旷野，并不十分擅长应对巍峨起伏的崇山峻岭，缠裹得松些便要露馅，勒得紧些吧，对着这凝脂一样的肌肤又实在下不去手，生怕将小娘子勒坏了。上回折腾了半晌，最后还是小娘子自个儿发话，叫她只管用力勒。

为了方便劳作的缘故，婢子的衣裳没有那么多累赘，袖子紧窄，衣裾垂到脚踝，不像主家娘子衣裳那样绮丽飘逸。阿枣的身量比钟荟略矮些，上襦还罢了，下裾就明显短了一截，行止之间系在里头的素绢丝裤都露出了一截。

常山长公主一见就不能忍："这穿的什么东西，也太丑了！"赶紧吩咐侍女从库房找来一套簇新的侍婢衣裳，勒令姜二娘赶紧回去换。

这一身长短倒是正合适，只是常山长公主的喜好着实令人不敢恭维，轻粉的绫绢上襦领子开得低，露出三寸许绣金海棠的嫣红缎子中衣领缘，宽大的袖子几乎垂到脚面，石榴色罗裙逶迤至地，罩了三四层轻容纱帔子，轻若无物，云霞似的。最古怪的是绣带不系在腰间，却穿到胸前打个结，长长的两条从中间垂下——据说是南边传过来的风尚。

长公主府的侍婢一向是这么穿的，钟荟看旁人觉得赏心悦目，可自己作如此打扮就别提多别扭了。正要换回原先那身，长公主便遣人来催了，钟荟无法，只得将阿枣那身相形之下朴实无华甚至寒酸的衣裳扎成一包，随身带着，只等着到了钟府再找机会换上。

"这才像话嘛。"常山长公主端详了她一会儿，满意地抚了抚下颏，转身上了牛车。这车外头看起来十分不起眼，既没有长公主府的徽记，也没有那些繁缛的金银饰物，青毡车帷罩得严严实实，不过那青毡里头却有一层织金紫鸾鹊锦，车内满铺着厚厚的白貂褥子，隐囊、香炉、茶食一应俱全，甚至还有一张固定在车厢底部的小案。

"喜欢吗？上回那辆车硌得人骨头疼。"常山长公主从手边的竹筒中取出一只白玉杯，提起金壶，斟了半杯酒递给她，"西域来的，你尝尝。"

"谁大清早的喝酒啊？"钟荟嘴上虽抱怨着，却也叫那充盈着玫瑰气息的酒香勾起了馋虫，口是心非地接了过来，入喉清冽微苦，回味起来却有一缕甘甜，忍不住又要了一杯。

"钟先生不是染了风寒吗？怎么才两日就痊愈了？"钟荟舒服地靠着隐囊，陷在软软的貂褥中，有点明白钟蔚所说的"近墨者黑"是什么意思了。

"我几时说他痊愈了？"常山长公主诧异道。

"那我们今日去钟家做什么？"难道是移情别恋了？这才几天哪！钟荟几乎有些怜悯钟蔚了，虽说他人品不值一提，可叫人如此弃之如敝屣也太惨了。

"哎呀，难道钟先生病了我就不能去上学了？"司徒姮悠然地抿了一小口酒，身

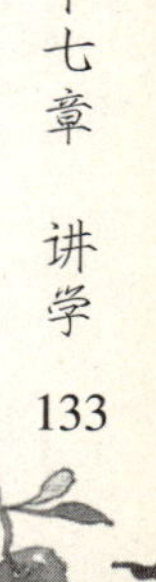

子随着车一起晃荡了一下，“似我这样一心向学的人，如何能因此荒废课业呢?”

钟荟一见她这得意的神色就知道是故意卖关子逗自己去问，钟荟偏不愿顺她的意，干脆闭上眼睛往车厢上一靠，不搭理她了。

司徒姮觉得无趣，轻轻戳戳钟荟的胳膊道：“欸，今日来了个新先生，听说学识很渊博。”

就知道！钟荟冷笑着睨了她一眼，学识渊博与否不得而知，想必长得不赖，也不知她是从哪里得来的消息。

换衣裳耽搁了一会儿，她们出门便晚了些。到得钟府，钟荟本想先去看看阿翁，顺便将这身难以名状的衣裳换下，却叫长公主一把扯住：“莫要乱走，你还得替我研墨哪！上回沾了一手墨，回去几日都洗不掉，讨厌死了。”

钟荟拗不过她，只得跟着去了。

她们抵达茅茨堂时其他人都已经到了，钟荟隔着稀疏的竹帘望见里头一个颀长的身影，衣着面目还未看得分明，便从心底生出一种不祥的预感，当即就想开溜。常山长公主却似早有防备，四两拨千斤地将她胸前的绣带一把扯住，掀帘子进去，惊讶道：“哎呀，钟先生来了啊!”

钟荟这才注意到她阿兄竟也露脸了——是真的只露出一张脸，余下的部分紧紧裹在一堆织锦和白色毛皮中，脸侧长长的出风随着呼吸轻摇款摆。

他显然还在病中，脸颊上带着淡淡潮红，酸气有所减弱，看起来倒比平日温润软和了不少，有些贵公子的模样了。

钟蔚扫了妹妹一眼，在她那身莫可名状的衣裳上停留了片刻，不赞许地皱了皱眉头，视线拐了个弯儿绕过满面春风、双颊红润的常山长公主，抬起下颏，微微垂下眼帘，显然是将长公主当成了不可雕的朽木，一个眼神也吝给。

常山长公主却没有会意，钟蔚突然出现是意外之喜，她正忙着大饱眼福，一会儿看看卫琇，一会儿看看钟蔚，只觉得各有各的神韵和风情，恨不得生出八只眼睛——卫琇的姿容自然更胜一筹，不过常山长公主私心里还是更偏袒“驸马”一些，只觉得那讨债一般的神情有一种别开生面的生动可爱。

钟荟觉得自己和卫琇的八字大约犯冲，要不怎么每回见他都那么狼狈不堪呢?也是她大意了，早该想到常山长公主所说的“先生”可能是卫十一郎。

卫琇念及她阿翁阿爷当年收葬卫家人之情，这些年同钟府来往频繁，与钟蔚也是同窗兼挚友，逢休沐日来替他上几堂课倒也不甚奇怪。钟荟借着身形高挑的长公主掩护，偷偷望了望卫琇，见他目光虚虚落在前方，并不在看她，一颗七上八下的心才回到了原位。

常山长公主一边端详着上首两个美人，一边缓缓入了座。

钟荟躬身取了个蒲团，侧对着卫琇在案边跪坐下来，来了个眼不见为净。随即想起自己身为侍女的职责，七手八脚地从竹笥中一一取出书卷、墨池等物，置于案上，撩起袖子，一边缓缓研墨，一边在心中默念起《太上老君说常清静经》来。

她脸上仍旧抹了土黄的胡粉，不过这么一垂首便露出一段白腻的脖颈，卫琇的目光蜻蜓点水般一触，连忙慌张地挪开，片刻之后忍不住又飘了过来。

钟蔚虚弱地咳嗽两声，瓮声瓮气地道："卫舍人家学渊博，修身积学，通明典义，今日诸位有幸下席受业，须倾耳注目，切勿偷懒懈怠。"说到最后几个字照例若有所指地瞟了司徒姮一眼。

卫琇向钟蔚轻轻点了点头，谦逊道："钟兄过誉，卫某才学浅薄，不敢侈言传道。鄙族世传三家《诗》，与钟氏所传《毛诗》有出入抵牾之处，溯本求源，寻幽探微，庶几有所裨益。"

钟蔚道："卫兄不必过谦。"他待人待己都极为苛刻，不过若是有人真入得了他的眼，他的心胸倒是比谁都开阔。卫琇在清言会上数次将他驳到词穷，两人在场上唇枪舌剑，谁也不让寸步，下了场却是推心置腹的至交好友，并无半点嫉妒之心。

卫家覆灭之后，卫琇在钟氏家学中附读数年，钟蔚虽自视甚高，对卫琇的才学气度却是由衷认可的。

卫家家学渊源，一族圭璋，且传承又与钟氏有所不同，尤其世传齐、鲁、韩三家《诗》，与钟氏所传的古文《毛诗》多有出入，正可以相互发明。

钟蔚其实早有请卫琇来讲学之意，只是那是别人家传的学问，若是老着脸皮伸手去讨要，即便他看在两家情分上允了，说不定心里不甘愿，倒是留下了芥蒂，如今他自己主动提出逢休沐日来讲学，简直正中钟蔚的下怀，令钟蔚喜出望外，故而连病都顾不上，裹成个毛团子，亲自来替他撑场。

在座学生中除了常山长公主都是有志于经学的，闻言都是一脸喜色，卫家十一郎的才名数年前已闻于洛京士林，许多人都期冀着能一睹风华，如今也算是一偿夙愿了。

钟荟当年好歹也是洛京第一才女，听到此处也兴奋起来，倒把那莫名其妙的尴尬和羞惭暂且撂下，心里的《清静经》也不念了，竖起耳朵，微微偏过脸去望着卫十一郎，眼中如同其他学子一样，充盈着好奇和求知的渴望。

卫琇冷不防叫她这么直直地一望，心跳到了嗓子眼，脸颊开始发烫，又怕叫她看出端倪，强自定了定神，垂眸翻开书卷，缓缓道："今日就从《汉广》开始讲吧。南有乔木，不可休息。汉有游女，不可求思。汉之广矣，不可泳思。江之永矣，不可方思……在座诸位精通《毛诗》，想必对《诗序》了若指掌，哪位愿为卫某阐明其义？"

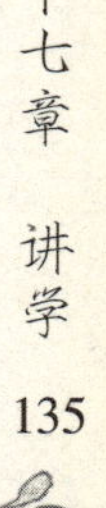

卫琇所指的是《小序》，在座诸位弟子自然是熟读成诵的，都有些跃跃欲试，只是生怕显得飞扬浮躁，班门弄斧，徒惹夜郎之诮。

卫十一郎明白他们的谨慎，温和道："不必顾虑，畅所欲言便是。"

钟七郎略有迟疑地望了望坐在卫琇身旁的钟蔚，见堂兄对他点头，这才朗声道："《汉广》一诗小序言：'德广所及也。文王之道被于南国，美化行乎江汉之域，无思犯礼，求而不可得也。'汉广乃是汉水之名，《书》曰：'嶓冢导漾，东流为汉。'此诗谓男无思犯礼，女求而不可得。"

卫琇微微颔首，眼中流露出赞许和欣赏，钟家子弟的功底无可挑剔，他随意所指，便能一字无差地背诵出来，显然已将《诗序》与笺义烂熟于心。

"南有乔木，不可休息。汉有游女，不可求思。韩《诗》作'休思'，齐与毛同，作'休息'。"卫琇接着道，"在下以为，'游'与'求'合韵，此'息'或为'思'字之误，见乔木而言休息于其上，是以意推之。

"《诗序》之言甚是分明，想必没有疑义。《汉广》与《桃夭》同为文王之化，后妃所赞，经陈江汉，是取远近积渐之义。诸位自幼学毛诗，日久年深，可谓根深蒂固，然窃以为，奉一家一论为圭臬，难免落入狭隘偏僻之窠臼，并不十分可取。"

学生们不由面面相觑，然后齐刷刷地去看坐在卫十一郎身旁的钟蔚，他们先生向来主张的是"攻乎异端，斯害也已"，不知听闻此种大逆不道之论是会大发雷霆呢，还是大发雷霆呢？

钟蔚如何看不出来这些学生幸灾乐祸的神色？他方才好不容易将一个喷嚏憋了回去，鼻尖又有些发痒，可是挠痒痒势必就得将手从狐裘中伸出来，单是想一想便退缩了，此时心里正不爽利着，当即圆睁双目，雨露均沾地将他们一个个都瞪得低下了头。

钟蔚在心中一叹，无端升起一种曲高和寡、知音难觅的苍凉之感，他若是个党同伐异、泥于一家之言的人，如何会让卫十一郎来讲学呢？只是怕弟子们根荄不深时所学过于庞杂，难免迷踪失路，舍本逐末，怎么这些小白眼狼就不能理解他的一片苦心呢？

鼻尖越发痒了，他挨不过，只得从衣襟中伸出一根手指蹭了蹭，便听"扑哧"一声轻笑，循声一瞧，果然见司徒姮用扇子掩着口鼻，眼睛弯成了新月。

天寒地冻的，用什么扇子，看着都冷得慌，真是附庸风雅、俗不可耐！钟蔚心道，全然不顾此时才九月末。他因喜静懒动，格外畏寒，这几日又病着，房中已早早生起炭盆了。

卫十一郎风度翩然，嗓音如同清泉漱玉，讲学时更是有一种别样的儒雅风流，端的是赏心悦目。常山长公主做梦都不会想到，有朝一日她会放着这样的风景不看，反而津津有味地盯着一个病恹恹的男子挠鼻子。

"列位先读《序》，后读本诗，难免先入为主。"卫琇又将在座的弟子挨个看了一眼，目光最后落到姜二娘身上，"敢问这位小娘子，此前是否读过《汉广》之序？"

钟荟先前正听得入神，被他出其不意地一问，不由自主想点头，蓦地想起自己眼下扮着苏家的婢女，点到半路硬是拗成了摇头。

《汉广》一诗在民间广为传唱，听过本诗并不稀奇，可诗序和笺注却不是一个婢子会了解的，按姜家的门第和积蕴，原先的姜二娘只怕也是闻所未闻。

"那便好。"卫琇将《汉广》全诗缓缓诵了一遍，微笑着看向她，问道，"劳驾小娘子告诉在下，此诗是何意？"

钟荟这些年装傻充愣颇有心得，毫不犹豫地道："说的是南边儿有棵大树，不能爬上去休息，大约是树太高吧；汉水边儿有出游的女子，不可以求得，想必生得十分美貌；这江太宽广，游不过去；水流又很长，撑船也过不去；后边儿是啥？记不得了……总之，是这位男子看上了诗里的'游女'吧。"

座中几个年纪较幼的学生忍不住笑出声来。

钟荟脸微微一红道："奴婢不识字，惹得公子们笑话。"

"多谢。你说得很好，用语虽浅白，解得并无差错，正与《韩诗序》所见略同：'汉广，悦人也。'"卫琇淡淡向座中扫了一眼，笑得最欢的钟九郎立马红了脸，羞惭地低下头。

卫琇也不多加苛责，顿了顿，继续道："《诗序》于每篇皆得作者之本义，《雅》《颂》或者有据可考，《风》乃民间歌谣，本无作者可名，作者之本义又从何得知呢？"

"卫先生的意思是……《诗序》皆不可信？"有人突然发问。

这话有些火药味，且显然是曲解了卫琇的意思。钟荟双眉一蹙，朝发难之人望过去，只见是个身着布衣、束发未冠的男子，生得相貌堂堂，不过一脸孤傲，又胡搅蛮缠地挑衅阿晏，她看着便来气，只觉此人獐头鼠目、面目可憎。

钟蔚一看，是一位名唤祁源的寒门弟子，年方弱冠，已附学七年，是一干外姓弟子中的翘楚，只是为人有些孤高简傲，大约是因为出身的缘故，与周围这些膏粱子弟相处起来，总是不知如何把握分寸。钟熹虽有惜才之心，却也担忧他性情偏激，故而一直未举荐他出仕，想多磨磨他的性子。

钟蔚却没他阿翁那样的好性子，卫十一郎看在两家交情的份上来讲学，自己的弟子无礼打断他，这算是什么事？当即沉下脸道："卫舍人这番讲解见微知著，发人深省，你却只得出这么个论断？且卫君在此讲学，便是诸位之师，'宦学事师，非礼

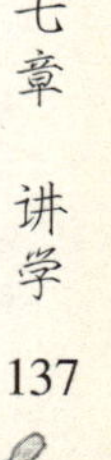

不亲'，你入我钟氏家学七年，连尊师重道之理都不知？还做什么学问？"

他病中气息更比平时微弱，这一番话落在祁源身上却是重逾千钧，每抛出一句便叫祁源的脸红上一分。

卫琇却是容色如常，不见喜愠，待钟蔚教训完弟子方道："钟兄不必怪罪于高足，是我阐发不明，才致高足误解。"

言罢转向祁源，耐心又和善地道："《诗序》中多提纲挈领、微言大义者，亦不乏牵强附会、荒诞不经之词，可信与否，须得自行判断，唯有多学多思，博采众长，兼收并蓄，方能避免一叶障目，自然能得出自己的论断，这也是你们钟先生今日命我来讲学的深心了。"

钟荟不禁莞尔，那么多年了这小子还是如此蔫坏，分明是在撮火，却讲得那样冠冕堂皇，再看她阿兄，看向祁源的眼神果然更加不善了。

卫琇将这一笑收入眼底，仿佛有一阵春风扑入襟怀，灌满心口，整个人晕乎乎的，活似叫钟蔚过了风寒，道："诗有作义，亦有诵义，作义多不可考，诵义却随时而新，亦无所谓断章取义。我以何义诵之，即为何义耳。譬如我在此时此地、此情此景之下诵《汉广》，是为何义，我心中自然知晓。"

说罢顿了一顿，启唇诵道：

"南有乔木，不可休息。汉有游女，不可求思。汉之广矣，不可泳思。江之永矣，不可方思。

"翘翘错薪，言刈其楚。之子于归，言秣其马。汉之广矣，不可泳思。江之永矣，不可方思。

"翘翘错薪，言刈其蒌。之子于归，言秣其驹。汉之广矣，不可泳思。江之永矣，不可方思。"

钟荟四岁开始学《诗》，《汉广》本诗、《诗序》和《郑笺》乃至两汉和当世名儒的疏义皆倒背如流，自然也像卫琇说的那样先入为主，以为这诗说的是女子因其贞洁，男子无思犯礼，游女尚且不可求，在室之贵女便更不必说了。

可卫琇如此徐缓轻柔仿若呓语一般诵来，萦绕着一缕极淡的哀思，她突然就明白了何谓哀而不伤。

"不可求思"，非求而不得，却落在"不可"，固然因其不可求而怅然，也因其不可求而无怨无憾，不及家世身份，不问是否"宜其室家"，只是一片挚诚而纯然的恋慕之心。

钟荟突然就有些惆怅，能叫阿晏倾心的女子不知是何等人物，想必得如世外仙姝一般清雅绝俗吧。

卫琇诵完诗，深深望了钟荟一眼，那目光仿佛渡过深广悠长的汉水而来，只是钟荟垂眉敛目，一无所觉。

卫十一郎讲得深入浅出，将三家经儒之论与《毛诗》对照发明，却只点到即止，并不断言孰是孰非。弟子们第一次发现自小熟读的“诗三百”另辟蹊径地解读也未尝不可，更有殊途同归处，闻之令人会心。

一上午的课不知不觉结束，诸生仍觉意犹未尽，不过再高妙的学问也不能叫人平地登仙，饭还是得吃的。

钟蔚命童仆去厨房传饭，自己强撑了半日已是筋疲力尽，没什么胃口，同卫十一郎说了几句话，便打算回房去补补觉，才迈出院门，却被妹妹叫住了。

他脚步一顿，转过身去，一见她这身衣服便想起来这笔账还没算，挑挑眉便要数落，钟荟警觉地往后张望了一眼，见常山长公主正在和钟七郎说笑，并未留意她，拍拍手里的包袱，抢先道：“快借个地方给我换身衣裳！”

钟蔚想了想道：“你这副尊容到我院子里多有不便，这里到客房路程也差不多，且人多眼杂的，不如我带你回自己院子吧。”

钟荟一想，自己也有多年没回去看过了，叫他这么一提也有些心痒：“也行，换完衣裳正好去看看阿翁。”钟荟的院子名为“十亩之间”，不与其他堂姊妹在一处，却是从爷娘的正院辟出的一块。两个院子中间有一扇小门相通，从后门出去，穿过后花园中的小径便是钟熹的内书房。

钟蔚坐着肩舆，钟荟只能跟在后头用脚走，就这样钟蔚还是一脸不耐烦，因为他回去绕了路。

行到院子附近，钟蔚命童仆停下等候，纡尊降贵地下了肩舆，对妹妹道：“阿爷阿娘走了之后奴仆每日晨间打扫一遍，这时候里头应该无人。”边说边从袖子里掏出一串钥匙，从里头挑出一把递与她，又道，“你自个儿开门进去吧，莫待太久。”

钟荟接过钥匙握在掌心，摩挲着檀木牌上“十亩之间”几个小字，这还是她小时候自己刻的呢！心中不由涌起万般感慨，走到门前又有些近乡情怯，盘桓了一会儿，终是深吸了一口气，推开了门。

钟蔚解决了多事的妹妹，立马坐回肩舆上，两个院子离得近，不到一盏茶的时间便到了。他叫童仆解下狐裘，又命人打了热水来，仔细盥洗了一番，然后换上一套干净的中衣，钻入熏得暖融融的被褥中，舒服地叹了一口气，翻了几个身，在两腿间夹了一只软枕，怀里抱了一只手炉，眼皮慢慢发沉。

就在沉入梦乡的那一刹那，突然有个念头从他脑海中一掠而过，几年前卫琇在这里读书，有时候读得晚了便留宿府中，阿娘怜他年幼失怙，要将他安置在左近好随时照应，便将钟荟的屋子收拾出来让他住了。

他方才留卫琇在府上过夜，似乎还没叫仆人安排客房，若是……钟蔚心中一凛，

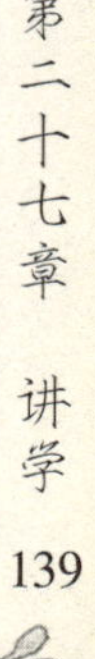

当即就想爬起来，无奈被褥太过松软轻暖，他又太疲累，实在是一根手指都抬不起来。

他心道，罢了罢了，哪能那么巧，再说阿毛那么机灵，总有办法圆的，自己操个什么心啊。

钟荟慢慢走过前院，穿过过厅，跨入内院，时隔多年后终于再一次站在从小生长的地方。

院子仿佛还是她离开那日的模样，里头空无一人，寂静得宛若一段凝固的梦，只是庭中那株白梅比那时粗了些，是时光留下的唯一痕迹。

钟荟走到房门口，发现门口挂了厚厚的缃色夹丝绵小交龙锦帷幔，不是她熟悉的颜色和花色，大约是后来换上的，门帷容易脏污褪色，每一季都需换新，这没什么稀奇的。

她轻轻掀起织锦帷幔，胸中已经酝酿了一腔泪意，跨过屋槛一瞧，顿时傻了眼——她的琉璃屏、沉香木书案、案头的金狻猊香炉、玄鸟兽面青铜尊、雕郑交甫故事的妆镜、墙角的纯银七枝灯……还有床头她阿爷特地叫人定做的矮书架，方便她躺在床上随手取书的，如今全都无影无踪……

也是，她都死了那么多年了，这些物什想必早已经收到库房里去了，留在那里非但积灰，还叫人触景伤情。道理虽明白，心头还是有点人走茶凉的凄凉之感，本来以为等待她的是物是人非，哪知道物也非了。

她无力地往床上一坐，紧接着发现，连床都不是她原先那张了，原本那张檀木床围着四时山居图床屏，床脚雕镂同心梅。如今这张却是柏木制成，通体没有纹饰，只在角上包了银片，床脚也是直的，胭脂色织锦床幔和茜纱也换成了石青和素白。床边没有围屏，只在床前置了一张六扇素纱屏，屏上画了寥寥几笔山水，没有着色，枯笔作骨，润以淡墨，倒是很别致，也不知是哪位的手笔。

钟荟方才忙着黯然神伤，这会儿四下里一环顾，发现一应陈设器具都素净雅致，已经全没了小娘子闺房的模样，反而和钟蔚的屋子如出一辙，像是年轻男子的卧房。

她死后院子空出来挪作他用倒是想得通，可这院子紧挨着他爷娘的住处，住在这里的必是极亲近的人，她除了钟蔚又没有旁的兄弟。且分明是空置的屋子，缘何床上却铺着被褥？她将手探进被窝摸了摸，被子蓬松柔软，还有些许暖意，显是新晒过的。

没人住的屋子晒什么被褥？难道是阿爷阿娘南下之后下人们实在闲得慌？钟荟百思不得其解，心里埋怨起钟蔚来，他这主人自然是知情的，却不把话说清楚，若不是见他病得气若游丝，真要以为是他促狭使坏呢。

钟芸不敢再耽搁，周遭全然陌生的环境让她感觉不安。她起身将带来的包裹打开，取出阿枣的衣裳摊在床上，用手捋了两下。这不过聊胜于无罢了，姜家仆婢的衣裳都是丝绸的，一折一道褶子，不过比起身上不伦不类的装束，她倒宁愿穿这身皱巴巴短一截的旧衣裳。

钟芸背对着屏风开始解衣裳，孰料那绣带是织银丝的，不像寻常的丝缎那般滑，兼之早上在茅茨堂门口叫常山长公主用力拽了拽，将活结拽成了死结，这时候死活解不开。钟芸左手又不灵便，只能吃力地用嘴叼着绣带一头，单靠一只右手与这劳什子绣带奋战。

足足耗了一炷香的时间，仍然是劳而无功，钟芸两世都没短过银子，便想着直接拿剪子剪断了事。只是这屋子已不是她的屋子，翻箱倒柜地找终究不太得体。她叹了口气，心里道了一声得罪，四下里找了一圈，最后在靠墙的小橱里找到了一把铜剪刀，总算将那绣带剪断，赶紧绕到屏风背后更衣去了。

卫琇的午膳是钟蔚命下人单独为他准备的，设在毗邻茅茨堂的秋水阁。

卫琇昨夜照例睡不踏实，讲了两个时辰的课已经有些累了，还得费神去揣摩小娘子的心思，生怕一个不慎又被当成了轻狂之徒，可谓心力交瘁，着实没什么胃口，又不好辜负人家的盛情款待，便挑了几样清淡的菜用了些，又饮了一小碗羹，然后搁下了牙箸。

侍馔的钟家童仆连忙端来梅汤与他漱口，另一人又捧了兰汤和簇新的吴绵帕子来。

卫琇在兰汤里洗了洗手，接过帕子擦干，捏了捏眉心，管事仆人便殷勤道："时候还早，下午的课还有一个时辰，卫公子要不要回房歇息会儿？我们家老太爷一早吩咐过，将您原先住的屋子收拾出来了。"

"有劳费心。"卫琇身心俱疲，也不客套推辞了，"我的书童回家取换洗衣裳去了，不知回来不曾？"

"卫公子不必挂心，您且休息，等贵府的那位小兄弟回来，奴将他和箱笼一起送到您院中去，您看这样行吗？"

钟家用的都是世仆，又是惯常伺候钟蔚的，自然样样安排得周到妥帖，卫琇点了点头道："那就劳烦你了。"

下了阁便有肩舆等待，管事跟在舆后，将卫十一郎送到十亩之间门口，正要取下挂在腰间的钥匙开门，手轻轻一推，门却开了。

"想是打扫的婢仆忘了锁门，真是……让卫公子见笑了。"管事有些赧颜，恭敬地行了个礼道，"卫公子早些歇息，还是老规矩，院中没有旁的闲人扰您清静。若需

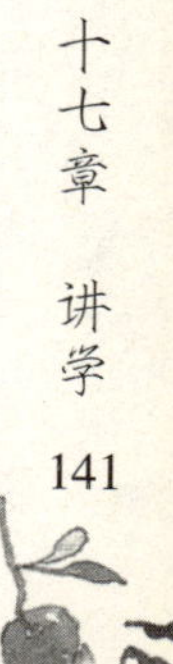

要奴婢伺候，便摇一摇廊庑下的金铃，下人房里自然听得见。”

卫琇向他道了谢，熟门熟路地走进院子里，他今天为着讲学需要久坐的缘故，着的是一双软底锦履，一路走过没什么声响。

卫琇上一回住在这里是夏日，房门口悬着竹帘，而今秋气渐重，帘子已换作锦幔。卫琇行止文雅，动作轻缓，掀开幔帐侧身而过，几乎没什么声响，只有绫罗下裾擦着织锦地衣发出若有似无的沙沙声。

钟荟此刻正背对着纱屏聚精会神地宽衣解带，衣物相互摩擦本就有窸窸窣窣的响动，便没有留意身后的动静。常山长公主家的衣裳极尽繁缛之能事，在各种意想不到的地方加了绊带，钟荟费了九牛二虎之力方才把最后一条中衣带子解开。丝缎衣裳没了束缚，从肩头滑下，堆落在脚踝处。

卫琇正要穿过房梁上垂下的最后一重帷幔，恍惚间听到一声轻响，似花落又似花开，伴着这声音似乎还有一缕淡淡幽香，不由得顿住脚步，不经意一低头，发现脚下踩着半截茜色衣带，上面绣着小朵木槿花，正是方才上课时姜二娘身上那一条。

他蓦地抬起头，望向十步之外的屏风。这屏上的山水还是他画的，两三年前有一夜因逢大雨留宿钟府，他在雨声中难以入眠，便随手画来解闷。这是他当年和爷娘兄弟常去游玩的豫州山间景致，闭着眼睛都能将每一道山川的轮廓勾勒出来——那纱屏上分明多了几道难以言说的线条。

他的双目还未将那云山雾霭之间隐隐绰绰的起伏和缠绵描摹得分明，他的心已经明白了那是什么。

卫琇觉得自己仿佛裂成了两半，半个他仍旧克己而清明，羞惭得恨不得自戳双目，另外半个已经沉沦在了襄王一梦中。

他不由自主往前走了一步，她离得那么近，只要他佯作不知，走到那屏风里，她便只有嫁给他了，没有人会知道他曾有过的这些卑鄙龌龊和算计，连她也不会知道。

只是他不能，她在重山之外、云水之间，不属于他。

何况他也舍不得以势相逼，令她做身不由己之事。

卫琇退后两步，望了望地上的半截绣带，耗尽了浑身的气力，方才忍住，没将它捡起来收进怀中，转过身悄无声息地走了出去。

是夜，卫十一郎回到房中，那半截衣带果然已经不见了。

他躺在床上便后悔起来，当时就该偷偷捡走，至少还能留个念想。他这些年本来睡眠就浅，这么一懊悔更加难以入眠，突然兴起个念头，下床点了油灯，在房里四处转悠起来——她在此更衣，仓促之间说不定会遗落什么。

卫十一郎托着灯盏把榻上案下房间四个角落都找了一遍，却是半个花钿都没找着，最后忍不住探身去床底下也找了一遍，直起腰时自己也哑然失笑，他这是怎么了？

卫琇叹了口气，将灯放回案头，重新躺回床上，辗转反侧之间只觉鼻端一缕甜香若隐若现、时有时无，与白日的暗香有些仿佛，却又不完全相同，怔怔地寻了一会儿，转念一想已经过去好几个时辰，怎么可能还留着她的香气？

一翻身后腰却被什么硬物硌了一下，卫琇探手一摸，此物和角黍差不多大小，对着油灯一看，却是个小小的三角蜡纸包。

卫琇坐起身打开一看，顿时哭笑不得，原来是一包梅条。他已经用青盐刷过牙，可还是忍不住拈了一块放入嘴里，有股淡淡的白梅香，却没放紫苏，大约是换了方子。

他已经有多年没有吃过这些小食，他爷娘担心了许多年的嗜甜毛病突然就不见了，一切的欢愉于他而言都是不该的。

见她也是不该的，然而他终究还是一次次放任自己靠近了。

第二十八章 家宴

当日下午的课上，卫先生总算不讲情诗了，而是挑了一首《旱麓》，条分缕析地将古今文的异同和汉儒的阐释清楚地讲了一遍，钟荟不由自主地松了一口气。

有时候凭空想起卫十一郎，浮现在脑海中的仍是当年俊秀的少年郎，上课时偶尔走个神，再抬起头来瞥见他玉树临风的模样简直要唬一跳。

不过那嗓音实在要人命，清朗中带点醇厚，即便讲的是正儿八经的王公大人之德，也如酥亦如春酒，一个不防便趁虚而入，直要从耳朵浸润到心里。

钟荟觉得耳朵有些发痒，毫不犹豫地伸手将整个耳朵揉了揉。大庭广众之下做这般不雅的举动，若是叫钟夫人知道必定要吃一场排揎，不过她素日都与姜老太太、大娘子这样不拘小节的人为伍，许多讲究早抛至脑后了。

卫十一郎讲课的声音突然顿了顿，钟荟抬头看他，只见他垂眸望着案上的书，似乎十分专注，不过嘴角却微微弯起。

《大雅》有什么好笑的？更莫名其妙的是他的脸，已经红了一下午了，方才是薄红，现在变成了绯红，难不成是午膳时饮了酒？这钟蔚也是越来越没谱了，请人家来上课灌什么酒！

卫家人的酒量都浅，且一喝就上脸。阿晏如今在中书省任职，是天子近臣，宴饮酬酢想来是少不了的，他又那么年轻，也不知能不能应付过来。倒是钟蔚，看着风一吹就倒，喝起酒来却活似个漏斗，几个堂兄弟都盼着他昏礼那日将他灌趴下一回。不过他若是尚主，大约没人敢灌吧，不能看钟蔚出丑真是莫大的遗憾。

钟荟随即便想起来，卫琇多半也是要尚主的。

尚主也好，起码不用醉得不省人事，她着实不能想象这样冰雪般洁清的人烂醉如泥的样子。

卫琇十五岁出丧后不久便行了冠礼，虽说《礼记》言“二十而冠”，但本朝士族子弟大多提早几年，加了冠便是成人了，可以出仕，也可以娶妻。他其实早可以成婚了，卫家阖族就剩他一个男丁，香火全指着他呢，况且清河长公主还比他年长一岁，今年都已经十九了——在本朝已经算是老姑娘了，也就是上头有个二十多还孑然一身的三姊，才不那么显眼罢了。

尚清河长公主的好处不言而喻，卫琇虽门第高华，可毕竟势单力孤，尚了天子唯一的嫡亲妹妹，何止多了一重保障。

钟荟不知不觉中漫无边际地神游起来，最后围绕卫琇的婚事打转，等到回过神来自己也赧然起来，心虚地呼出一口气，觉着有些口干舌燥，想起早上出门时随手抓起案上吃剩的半包“相煎何太急”塞怀里了，伸手一掏，这才意识到适才换了衣裳，大约是回十亩之间更衣时仓促之间落下了。

她不由得懊恼起来，这梅条是她今年初夏时收了新梅制的，和了早春的白梅酱、白梅蜜，熏蒸时燃的是梅枝，故而名之为“相煎何太急”。因是新创的方子，没敢多做，如今只剩下坛底浅浅的一层，到明年梅子能摘时还有大半年呢，真是吃一条少一条，一下子丢了半包如同剜了她一块肉似的。

钟荟袖中倒是揣着钥匙，不过既已知道那屋子住着人，眼下是无论如何也不敢回去找的。她有心想问问钟蔚如今那院子住的是何人，无奈抻长脖子等了半日，到夕阳西斜时也不见他露面，只好带着遗憾随常山长公主回府了。

第二日卫十一郎回中书省去了，钟蔚前一日带病操劳，自觉元气大损，又将病假加长了一旬，司徒姮便坦然地夫唱妇随，也回府一病不起，夜夜笙歌去了。司徒姮倒是有心留姜二娘与她同流合污，奈何这轮明月不愿照沟渠，一大早便带着阿杏回姜府去了。

主仆俩才走到院门口，姊姊姜明霜便迎了出来，满面喜色地道：“阿婆刚才还念叨你，要往长公主府送信呢，不想自己就回来了！”

“阿姊这么喜气洋洋的，是有什么好消息吗？”钟荟走上前去，自然地执起她的手。

“你猜！”大娘子本想卖个关子，到底自己一刻也憋不住了，“吏部的文书下来了，阿兄选为奉朝请。”

“这是天大的喜事啊！”钟荟一听也喜不自胜，姜昙生前些日子被定为资品三品，而奉朝请是从六品，姜昙生能从这样清贵的官职上起家实在是出人意表，这应是沾了大娘子的光。

倒不是说姜昙生本事有多不济——北岭学馆名不虚传，姜昙生即便不能说脱胎换骨，也算是焕然一新了，只是姜家的门第不上不下，虽然出了个太妃，出了个将军，眼看着又要出一个娘娘，看着也是赫赫扬扬的，可九六城里谁不记得他们家是屠户出身啊？

几年前天子提拔过姜景仁一回，找的幌子是孝行。姜大郎舍身护母，叫贼人砍伤，这些都是真事，九六城里都传遍了，天子当时就有心抬举他，只是那时春秋正富，羽翼未丰，政柄牢牢握在他外祖韦重阳和裴霄手上，便沉心静气地等了两年，待在这些无关大局的小事上能做点主了，这才将姜景仁从仓部令史拔擢为从五品虞曹尚书郎——无他，姜明霜要入宫，品级还不能太低，这都是韦太后和姜太妃商定好的，姜大郎头上顶着个九品官总不是事儿。

虞曹掌的是园囿田猎、肴膳杂味等事，姜景仁一见书卷文案便头疼，但是颇有几分吏能，实务上倒是上手得很快。上峰和同僚本来对他没存什么指望，见他做起事来有板有眼，反倒对他刮目相看。姜大郎叫人轻视惯了，偶尔得一分信重和赞许便如同久旱逢甘霖，越发铆足了劲，发奋起来，这两年在虞曹倒是如鱼得水。

钟荟由衷为姜昙生高兴，他们当年那些龃龉本就是不值一提的小事。姜昙生在山中待了数年，识书明理，早就不是当时那个蒙昧又骄横的傻胖子了，钟荟偶尔促狭起来提起往事，他总是一脸牙酸似的抽着冷气作揖告饶：“哎哟，我的好妹妹，那些事咱甭提了行不行？”

不过她更为姜明霜庆幸，无论如何，天子对她还是有几分真心眷顾的，若说擢升她阿爷是形势使然，不得已而为之，那么抬举她兄长便是明着为她撑腰了。萧十娘与她一同入宫，她的兄长萧熠不久前被选为六品秘书郎，与奉朝请虽有半品之差，其实同样是清资起家的虚职，并无多大差别。

姊妹俩一边说一边往院中走，后脚便有姜老太太院中的婆子来传信。婆子进门一见二娘子，拊掌道：“二娘子也在，老奴真是赶了巧儿了。老太太今日高兴，请郎君、夫人、小郎君、小娘子们晚间都去松柏院用膳，自家人先庆贺庆贺。老奴先恭喜两位小娘子啦！”

“辛苦嬷嬷，赶紧去房里喝碗茶，歇息一会儿。”姜明霜说着从袖中掏出个半两银饼子递上去。

那婆子赶紧推拒：“这怎么使得！”

“嬷嬷收下吧，一点点心意，回头给孙子买果子吃。”姜明霜笑着将银饼子塞进她手心里。

待那嬷嬷走了，钟荟纳闷道：“这嬷嬷看着面生，你怎么知道她有个孙子？”

“这有什么。”姜明霜拾起廊下小案上的绣绷道，“不过是偶尔听了一耳朵，留个心眼罢了，也就是你凡事不往心里去才觉得稀罕了。”

虽是赴家宴，逢这么大的喜事不能穿得太随便，姊妹俩都精心打扮了一番。

姜明霜着一身赤色回纹锦上襦，檀色织金罗裙，外罩一件朱红织成裲裆。她回京多年，白皙肤色早养了回来，出落得越发明丽，更难得的是相貌举止中一直有一股子大气端庄。

钟荟则选了一身杏红色绣花绫衫、竹青色瓜子罗裙，每道裙褶间都坠了米粒大小的碧玉珠和银丝线打的穗子，行动间若隐若现，碎光点点，煞是有趣——阿枣嫌弃裁缝送来的衣裳太呆板无趣，总喜欢加些别出心裁的点缀。钟荟穿着这身做客赴宴时常常被女眷们拽着逼问是哪家铺子定做的，钟荟说了后她们无论如何也不相信一个婢子有这样巧的心思。

姊妹俩到姜老太太院里时，人已经差不多到齐了，姊妹俩一进屋，众人都觉眼前仿佛一亮。

姜老太太坐在上首，着了一身绛红绣金牡丹的袢衣，浑身上下珠光宝气，恨不得把奁盒里的宝贝全堆上身。

“大娘二娘快过来!”老太太一见她们便眉开眼笑地招呼，她一手搂着八郎，一手抓着大孙子姜昙生的袖子。

姜昙生自打瘦了之后便显露出姜家人祖传的美貌来，往那儿一站，不开口时倒是很能唬人。姜老太太见孙子成材，老怀甚慰，笑得眼睛眯成了一条缝，落在一堆皱纹里找都找不见。

姜景仁和曾氏面向老太太坐着，身后是一串庶子庶女——这几年姜景仁的后房美人们又为他添了不少丁口，一眼望去乌压压一片，

三娘子靠曾氏站着，一手搭在母亲肩头。她着一身牙色半旧平纹锦衣裳，在这样喜庆的场合下就显得有些简素了。她身边的曾氏也是如出一辙的打扮，衣裳半新不旧，也没戴什么金玉首饰。

几日不见，继母越发憔悴，眼角往下垂，眼睛里血丝密布，虽竭力维持脸上的笑容，一个松懈嘴角便垮了下来。

曾氏右手边的姜景仁这些年却没怎么见老，因宦途有了起色，原本的些许畏缩之态也一扫而空，与曾氏并排坐着倒像差了一辈。

曾氏有些吃力地撑开眼皮打量了两个继女一眼，揉了揉额角，欠身对婆母道：“大娘二娘来了，媳妇这就吩咐下人摆膳。”边说边站起身来。

姜老太太人逢喜事，难得没有拿话刺她，和颜悦色地点点头。

钟荟见三娘子肩头下塌，一看便是强打精神，不由得多望了她一眼。三娘子对上二姊关切的眼神，无奈地轻轻摇了摇头。

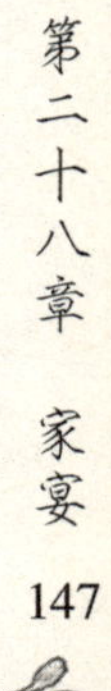

钟荟心下了然，不动声色地收回目光。她们姊妹几个这些年越发融洽，三娘子一得空便来找两个姊姊诉苦，不过当着母亲的面却不敢同她们多话，生怕母亲见了恼火，回去又要发作。两个姊姊知道她的难处，但凡曾氏在场，她们便对三娘子淡淡的，一句话也不与她多说。

姊妹俩向众人一一行了礼，笑盈盈地对着姜昙生道："恭喜大兄。"

姜昙生害羞地挠挠头道："托妹妹们的福。"又郑重其事地向她们回了一礼，又道："多谢两位妹妹。"

才学还是其次，他能说出这句话来，便是真的明事理了。

"自家人做什么学人家拜来拜去的，没完没了。"老太太嗔怪着把姊妹俩揽到身边。八郎偷眼看了看两个姊姊，他已经到了初识美丑的年纪，对这两个好看的姊姊很是好奇，但隐约觉得与她们亲近大约会惹得母亲不喜，便僵着身子不敢动弹。

奴婢们陆陆续续捧了食案和酒肴入内，姜老太太带头大快朵颐，众人一边说笑一边用膳，酒足饭饱时，便商量起宴请的事儿来。

"昙生定的是三品，选为奉朝请是天子对咱们家的眷顾。依儿子看，这回咱们就请些平日里常来常往的人家，莫要太铺张，免得招了那些闲人的眼，给咱们家使绊子……"姜景仁想了想建言道。

"你老娘不知道这个理么？"儿子难得开窍，说出这番话来，姜老太太心里很欣慰，只是对他凶惯了，仍旧乜着他没好气地道，"也用不着太缩头缩脑了，二娘三娘她们也大了，常来常往那几家平日想见就能见，难得办一场席……"突然想到当着孙女们的面议论她们的终身大事似乎不太妥当，便咳嗽了两声，对儿子使了个眼色。

姜景仁还在纳闷，他儿子已经领悟了祖母的意思，忙道："孙儿在学馆也结交了不少朋友，正想着找机会聚聚呢！"

姜家诸人就此商定了要设宴，可是这宴要怎么个设法，姜老太太是两眼一抹黑，只能指望着儿子。姜大郎平日出门应酬多是和同僚喝花酒，去人家家里赴宴，眼睛也只盯着歌姬、乐姬、舞姬、侍婢，连席上吃了什么都记不得，更不用提那些世家大族烦琐细致的进退送迎了。

姜昙生的同窗大多是二三流世家的子弟，既然是打着替两位小娘子相看女婿的主意，这宴席就不能太随便，没得叫人笑话姜家没规矩。

姜老太太一见姜大郎那抓耳挠腮、一筹莫展的德行就知道指望不上他，心中纵有一万个不情愿，也得以大局为重，搁下玉箸，清了清嗓子，努努嘴，转向曾氏道："大郎媳妇儿，你是富贵人家出身，这回请客不比从前，怠慢不得，还得你多费点心思操办啦！"

“瞧阿娘说的，多少年前的事儿了，媳妇也记不大清楚，如今的规矩风俗大约也与那时候不同了，只能尽力而为罢了。”曾氏欠了欠身道。

姜昙生谋得了不错的前程，姜明霜又要入宫，这对她所出的一双子女来说自然没有坏处。

八郎长那么大了依旧没有显出一星半点聪慧灵秀的迹象，相貌似她，心智却像极了他那蠢笨的阿爷，真是老天爷与她开的一个莫大玩笑。

上头有个出息些的兄长照拂着，将来谋个一官半职，就这么庸庸碌碌、风平浪静地过完此生吧——可她不甘心啊！

至于三娘子……曾氏带着些怨愤扫了婆母一眼，心道有那老货在，必定要抬一个压一个，有好亲事肯定先紧着二娘子。

想到此处她又面无表情地看了一眼衣着素净、神情淡漠的姜明淅，女儿如她所愿，长成了气质清华、兰心蕙质的少女，才貌不输等闲世家贵女，可不知怎的与她越来越离心，却和那当垆卖酒的下贱女人生的一双女儿越发亲近，可见姜家那一半污浊血脉终究是扎牢了根，任她怎么费尽心机也拔除不了。

大约也是嫌她这个阿娘不中用了吧，不能帮三娘子谋个好亲事，让三娘子只能跟在陈氏的两个女儿后面捡剩下的，如今连身子骨都不行了，成了三娘子的负累，若是杨家还在，何至于如此？

她原本是想把女儿嫁回杨家去的，就算嫁不到杨家的嫡系，杨家那时根深枝茂，旁支中也不乏殷实又清贵的人家。然而一夜之间全没了，连她阿娘也受了牵连，一大把年纪死在流徙途中，当年的承诺自然也无法兑现了。

不过姜明淅可以不待见这阿娘，自己却不得不为她尽力筹谋。曾氏自嘲地抬了抬嘴角，抚了抚衣摆，又道：“三个小娘子也大了，不如让她们帮媳妇儿打打下手，也算历练历练。”

曾氏并不打算真的教她们什么，她十来岁便随出身杨氏的母亲学执掌中馈，操持起这些事务来还算游刃有余，只是这些年一直英雄无用武之地。三娘子是她亲自悉心调教出来的，自然也得心应手，而姜明月却没人这么手把手地教，到时候派些无关紧要的事务给她，即便办得妥善也显不出什么能耐，若是错漏百出更好，届时让女儿弥缝补阙，正好在一众夫人娘子跟前露露脸。

姜老太太所谓的宴席不过是办些好酒好肉，请宾客们吃一顿，至多再请些乐人百戏之类的热闹热闹场面，酒足饭饱后大家伙各自散了就算完了。

曾氏眼中却全然不是这么回事，要办一场挑不出差错的宴会谈何容易！首先得拟定宾客的名单，请哪些人家，哪几房，只请男客还是捎上女眷，这都有讲究，把该请的漏了是大事，把不该请的请了来则后患无穷。

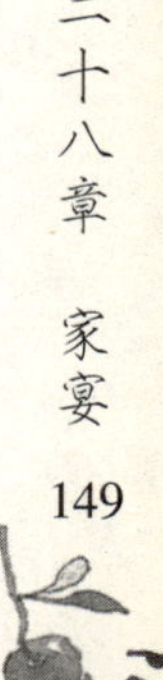

姜家的情况又格外复杂些，因姜太妃和姜二郎的缘故，与寒门、勋戚乃至于世家都搭上了那么点边。

这活计吃力不讨好，若是出了差错便是咎由自取，办得再妥当也就是落个无过，曾氏便二话不说扔给了姜景仁和姜昙生父子俩。

姜昙生那头倒容易些，就那么十来个时常往来的同窗好友，事先请到酒楼里喝了一回酒，把帖子散出去，再问候一声家中兄弟，众人当即心知肚明。

姜昙生一共三个嫡妹，大妹已定下来年春天入宫，剩下两个在室的，一个艳名在外，一个才名远播。

娶姜氏女的好处很明显——家财万贯，嫁资丰厚，姜景义手握重兵，算得上举足轻重的人物，异日姜家娘子若是得了天子的青眼，姜家的势头还能再往上；坏处也摆在明面上，屠户出身，娶来掉身价。

姜昙生什么也不必多说，有这心思的自然会将家中适龄的兄弟带上。

剩下一些可请可不请的，请了也未必会赴宴的，便叫奴仆送了帖子到府上。姜昙生想起那日在舜华楼偶遇卫十一郎的事，虽觉得他未必真的愿意折节下交，那番说辞多半是客套，不过还是准备了一份帖子送到卫府。

姜景仁这边则是一笔糊涂账，思忖了半日仍是拿不定主意——曾氏不愿担干系，却将利害与他陈说得清楚明白。

姜大郎不敢去求助曾氏，这几年她性情乖戾，早不耐烦扮什么贤内助，对彪悍的婆母还算假以辞色，这窝囊的夫婿何曾入过她眼？见面三句话便要夹枪带棒地冷嘲热讽。姜景仁调入虞曹后自觉终于要大展宏图，意气风发地与曾氏说他的抱负和远志，被她浇一头冷水。姜大郎对这个出身高贵的妻子向来有些怵，便敬而远之，不去触她霉头了。

蒲桃小睡醒来，便见姜大郎咬着笔杆，正对着案上空白的绵纸发呆。

“郎君有什么为难的事吗？”蒲桃一边披上外裳一边关切地问道，“是宴客的事？”

姜景仁随口与她说了，也不指望她能想出什么法子，蒲桃却道：“依奴婢看，不如先从简单的入手，那些平日里常往来的，夫人那里想必留着年节走礼的单子，您只管去要来，奴婢替您对照着看看，亲疏远近便一目了然。再是上峰和同僚——目下的和原先的得一碗水端平。剩下的便是泛泛之交了。郎君把这五六年收的帖子拿出来，有差不多的事儿请过您的，依样下帖子便是了。如此应当八九不离十了，再交与夫人查漏补缺，这便无有不妥……哎呀！”

蒲桃话还未说完，便叫姜景仁一把搂入怀中，心肝肉地唤着亲热了一通，末了将她圈在怀中，厮磨着她散乱的云鬓道："这回夫君又欠了你个天大的人情，如若没有你，这回还不知如何交差呢！唉，我真是无用……"

蒲桃低垂着眼帘挑了挑嘴角道："郎君莫要这么轻贱自个儿，您是在朝堂上为官做大事的人，这些微末小事本就不该……"说到此处突然顿住，游鱼一般从姜大郎怀中滑了出来，软软地跪倒在地，磕头道："奴失言了，求郎君责罚！"

姜景仁忙将她搀扶起来，顺势往床上一带，温言软语地道："你啊，就是胆子太小，你我私下里议论她两句，又没有旁人听见，怕什么！"

蒲桃凄然一笑："事到如今，奴还有什么可怕的，这贱命一条，原也不值什么……"身子一歪，中衣领子里滑出一枚錾莲花纹的小金锁来，是替婴儿保平安的。

姜景仁便如被火烫了似的缩回手，蓦地想起她这辈子都不能有孩子了，又想起她的孩儿当初怎么没的，过了良久叹息一声，抚了抚她消瘦的脊背道："是我对不住你，蒲桃。"

"奴哪里敢怪郎君，您也难，奴知道……"蒲桃边说边伸出纤柔的手臂环住他，"莫说这些不开心的了，郎君这几日当差还顺当吗？"

姜景仁一提到这个便来了劲头，近日曹中正为筹备天子畋猎忙得不可开交，每日从他手上过的大小事项至少有一二十桩，他都给办得妥妥当当，很得上峰的器重。他正苦于无人可以倾诉呢，便絮絮地将他办了哪些事，又得了何种奖语一一道来，在蒲桃饱含仰慕和深情的眼神中徜徉了半日，出门时几乎要疑心自己真是江山社稷的中流砥柱了。

定下宾客的名单是第一步，接下去便要排席位座次——官职、家世、年资、名望、亲疏，乃至于客人之间的爱恨情仇都得考虑进去，得亏曾氏从小受的是世家女的教养，换个寒庶出身的主母早失了头绪。

可这还只是个开端，场地要定夺；酒肴菜式要斟酌；迎宾、领客、侍宴等的奴仆需安排；食案器皿摆设都得开库清点拣选；博戏棋具等一干消遣之物得预备；乐舞也是少不得的，姜府未蓄养乐伎和歌舞姬，只能从外头找；给晚辈的见面礼，给小孩子的錾花金银饼子都得预备好；此外还得安排好供客人小憩和更衣的屋舍，供远客留宿的客房……这桩桩件件事靡巨细都得安排妥当。

几个小娘子奉了母命打下手，曾氏给几人分派了活计。大娘子镇日忙着做女红，偶尔来继母跟前应个卯，不过是个添头。剩下二娘子和三娘子两人，都叫曾氏支使得如同陀螺一般，不过两人分派到的任务却是迥然不同。

三娘子经手的是宴厅、客房的陈设、瓶花、书画、香品，宴上的食案、馔具、器皿……一言以蔽之，都是能凸显她不俗趣味和眼光的事项，到时候随便哪位夫人

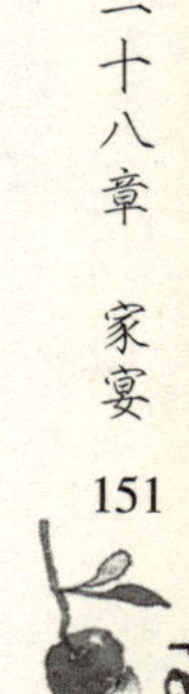

娘子提一句“这花选得别致”或是“这香很是不俗”，曾氏便能顺理成章地接口道：“是小女瞎折腾的，叫您见笑了。”

钟荟看了看自己手头的活——博戏之具，这是生怕相媳妇儿的未来舅姑不记得她当年凭着五木戏名扬京都的丰功伟绩呢；拿着清单去库房里盘点家什、器皿，监督奴婢们拂拭擦洗，也就是灰大点，脏活累活总得有人做嘛；可安置来客牛马，预备草料、厕房熏香这些事也要她亲力亲为，就有些过分了。钟荟有些怀念刚来那两年曾氏与她客客气气的岁月了。

虽有女儿和管事婆子帮忙，曾氏仍旧忙得脚不沾地，因白日多思耗神，夜里叫梦魇折磨得更加厉害，不出四五日双颊便凹陷了下去，脸色透着晦暗的铁青，到了宴会当日，敷了厚厚的胡粉仍遮不住一脸憔悴。

姜家摆宴选的是个吉日，秋高气和，碧空如洗。

今日是姜昙生的大日子，他不敢怠慢，早早叫仆人去蒲桃院子里唤了父亲姜景仁起身。破晓时分，父子俩已经开了正门迎客了。

姜昙生一身紫棠色团云锦袍，腰间束一条白玉带，往那儿一站，光彩照人，与当年那酥山一样的胖子判若两人，因肚子里装了几升墨水，比之身旁的父亲更有一股儒士的文气。

到了巳牌时分，宾客们陆陆续续来了，姜昙生一眼望见萧家的牛车，赶紧迎了上去。

萧九郎是独自前来赴宴的，他今日着了一身褒衣博带的玉白纱袍，外层的罗縠纱在晨风中飘然如烟气轻动，比平日更显风流俊朗。

他下了车，吩咐舆人和童仆跟着姜家仆人去停车，自己先上前与姜景仁见了礼。姜景仁见这年轻郎君姿容出众，恭敬知礼，脸上全无世家子弟的傲慢骄横，好感油然而生，心道，阿娘叫我着意留心后生才俊，这一个倒是堪配自家女儿，只不知是否已经婚配。

萧熠点到即止地给姜大郎留了个好印象，便亲昵地与姜昙生把着臂寒暄来，一时胡毋家的马车也到了，三人便在一处叙话。这时有仆人疾步趋上前来，既兴奋又惶恐地向姜昙生禀道：“小郎君，卫家公子来了！”

姜昙生惊讶得睁圆了眼，他确实给卫琇下了帖子，可压根儿没想过卫琇真的会出现。这不对啊，姜家唯一和他有交情的姜悔身在西北，不过人都已经到了门上了，多思也无益。

“赶紧去迎你的贵客吧。”萧熠笑着在目瞪口呆的姜昙生背上推了一把。他闻听此讯也是颇感诧异，当年卫琇我行我素，与那姜家的庶孽走得颇近，还因此招惹了不少非议，直到那庶子去了西北才逐渐消停下来。当时不乏一些不堪入耳的风言风语，如今看这卫十一郎的做派，倒似空穴来风、未必无因了，萧熠饶有趣味地忖道。

可转念一想又觉得不对，那庶子如今身在西北，即便爱屋及乌吧，回一封书信，带上贺仪，便是天大的脸面了，何至于巴巴地亲自上门来？

萧家和卫家没什么仇怨，不过当年卫琇的祖父卫昭瞧不上他祖父是众所周知的事，卫琇与萧熠同朝为官，只能算是点头之交。

萧熠一愣神，着一身苍青色罗衣的卫琇已翩然下了马车，似是在人群中认出了他，果然只淡淡地点了点头，脚步都未曾挪一挪，便回头专心与姜家父子交谈起来。

卫琇与姜景仁见过礼，便杵在那儿不知说什么好了，虽然面上一派镇定自若，可手心里已经沁出了汗。

姜景仁却是比他更手足无措，这小郎君年纪轻轻，品级却比他高，且人家是天子近臣，打个喷嚏都能上达天听，不出意外将来是奔着三公去的——而他们家两次不识好歹地把人家的求亲给拒了！

他忍不住皱了皱眉头，早知道就不该听她老娘的，一个只会杀猪的老太太懂什么，女儿阴差阳错地救他一命是难得的机缘造化，怎么就不能挟恩图报了？怎么就齐大非偶了？老话还说抬头嫁女呢。

卫十一郎见姜景仁皱眉，心头一跳，不由得心虚地低头打量了一下自己的衣裳，心道果然该回去换一身衣裳再来，这样不修边幅地跑上门来，实在是太失礼了。

今天他原本没打算来。

姜家设宴的事他早有耳闻。姜家沉寂多年，难得有此动作，都中早已传遍了——也是没办法的事，姜家出美人，出身又值得玩味，一举一动总是格外引人注目一些。

自数年前西北胡乱，姜二郎重掌兵权，姜家行事几乎算得上谨小慎微、如履薄冰，如今次这般大张旗鼓的宴客倒像是当年姜太妃盛宠时的做派。

卫琇略一留心姜家请了哪些人家，便闻弦歌而知雅意，明白这是有意给姜昙生兄妹几个择佳媳贤婿呢。

卫琇这几日走到哪儿都能听一耳朵“洛阳牡丹”，小心翼翼收藏在心尖上的人被这么轻嘴薄舌地议论，登时便是脸色一落。他位不算高，权却很重，平日哪怕温文和善也自有一种不怒自威的凛然，冷若冰霜时更叫人不寒而栗，对方都闹不明白哪里得罪了他，只能诚惶诚恐地赔着小心。

不过卫琇一边不痛快，一边不由自主地竖起耳朵留意着姜家的一举一动，请了哪些人家，都有哪些适龄的男子，又不免设身处地地着想，若他是姜家长辈，会给二娘子择个怎样的佳婿——自然不是他这样的，否则也不至于两次将他拒之门外了。

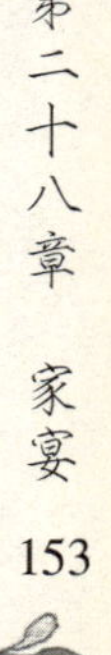

他没想过姜昙生会给他下帖子，大约也是无心和顺便吧，便将帖子随手压在砚池下，一开始就没打算去——去看姜家为她择婿吗？他没有这种折磨自己的癖好。

卫琇当即铺了绵纸，写了封礼数周全的回函，叫书童装入鲤鱼匣中封好，然后亲自去库房中挑了一尊白玉麒麟作为贺仪，只等着宴会当天派人送到姜府去，再随口寻个托词便是，这都是他的仆人做惯了的。

当日晌午，他算着时辰差不多了，便打发下人去姜家送礼，自己则坐在书房中发愣，手里握着书卷，目光来回在那半行字上转，半晌没翻过页去，待到他终于发现自己半行字也没看进去时，认命地将书往案上一撂，对书童道："替我备车，等等，还是备马吧。"说罢三步并作两步，匆匆出了书房，走到外院，连氅衣都忘了披，便翻身上马，去追那送贺仪的家仆去了。

卫府到姜府说近不近，说远不远，那仆人已经走了半刻钟，眼看着就快到了，只是卫府门前的道路被香车宝马堵了个水泄不通。卫琇借单骑轻捷之便，抄了几回近道，踢翻了一个卖菜挑子，赔了人两吊钱，总算在距姜家大门二十尺的地方截住了家仆。

因那尊玉麒麟极沉，卫家下人是套马车去的。舆人被突然蹿到眼前的主人吓得不轻，车中的奴仆贴身伺候卫琇多年，从来没见他神色如此慌张，差点以为他中了邪，没来得及张口问，便叫主人轰下了车。卫琇就这么穿着一身家常的半旧罗衣，坐着奴仆的青布小马车，来姜府做客了。

姜昙生见两人无话，赶紧上来解围道："卫公子，仆带您入内吧？"他清楚自己这阿爷，与狐朋狗友饮酒胡侃起来能说一宿，可在正经场面上酬答就不擅长了，而卫十一郎这样超然的家世地位，根本不需要没话找话，自然有人把话头递上去。

卫琇回过神，彬彬有礼地揖了揖道："毋庸劳师动众，今日是姜兄的大日子，招呼客人要紧。"

姜景仁见他再三推辞，一想作为主人不在门口迎客也不像话，便叫了个稳重有眼色的管事领他入内。

姜家今日这宴席照例是将男客和女客分开的，男客的宴厅设在外院正堂中。此时宴席还没开始，先到的客人们便在两侧厢房中歇息，用些茶水点心。

卫十一郎是贵客，管事将他带到东厢房，此时房中已到了十来人，大多是姜昙生在北岭学馆的同窗及其手足，萧熠也在其中，除此之外还有两三人曾见过卫琇。这几人连忙起身将他迎到上首，小心翼翼地与他见礼寒暄。

萧熠原本在一众前来赴宴的小郎君中门第最高，姿容风度也最出众，又在衣着上下了番功夫，站在人群中宛若鹤立鸡群，着实引人注目。

不过卫琇一来，就把他从天仙直接衬成了地仙。

卫十一郎真是如同传闻中一般张狂，穿着一身半新不旧的衣裳就来了，通身上下没什么纹绣，甚至还有些皱——那是方才骑马弄出来的。

可即便如此，他往那儿一立就是有一种凌风之致，浑然不似在乌烟瘴气的宦途上驰骋多年，倒像个纤尘不染的世外之人，连满肚子酸意的萧九郎也不得不承认，胡毋基那句“神清骨秀”的评语安在他身上还算实至名归。

不过这是很没道理的事。萧九郎风闻了不少卫琇在朝中的作为，手腕强硬比他祖父卫昭当年有过之而无不及，且长袖善舞远胜他祖父，与钟家的关系自不必提，周旋于剑拔弩张的裴霄和韦重阳之间竟然也游刃有余，更深得天子的信重，听闻有意将唯一的胞妹清河长公主许配于他。这样一个人自然与不谙世事、天真烂漫风马牛不相及——可见这竖子有多会装。

卫十一郎话不多，不过言辞谦逊，风度娴雅，与这些家世差他一大截的小郎君们交谈也不露出一丝轻视和倨傲，倒是郑重其事得有些莫名。他一边着意倾听他们的言谈，一边不动声色地打量他们的容貌和举止，将屋内诸人扫了一遍，最后把目光落在萧九郎身上。萧九郎在这些人当中实在是太显眼了，无论相貌、才学还是家世都比其他人高出一大截，只是萧家家风不正，子弟中多荒唐之辈。这萧九郎同他没什么交往，可萧九郎长房堂兄萧炎任殿中郎，与他抬头不见低头见，此人的风流成性在整个洛京都是首屈一指的。

卫琇望了望萧九郎那双桃花眼，只觉他一脸轻佻，私德八成不怎么样。随即想起那日在蕣华楼门口遇到姜昙生，萧九郎似乎也在，果然是个酒色之徒。

萧熠想起那清河长公主，却是黯然自伤起来——他也曾暗暗觊觎过这位贵不可当的长公主，无奈自己门庭终是差了一截，阿爷头上顶了个“庶”字就已经够尴尬的了，偏偏还不争气，文韬武略无一拿得出手，自己又被继母强压了数年，不肖的名声传了多年。若是能够尚主，又何至于要图谋一个屠户家的小娘子？

随即他又想起姜二娘那惊鸿一瞥的绝世颜色和身段来，又觉得这桩婚事也不差，面子上难堪些，里子里却全是实惠。

旁人也许不知，姜昙生私下里早与他交过底，他二妹最得祖母宠爱，姜太妃当年盛宠那些年陆陆续续赏下的财货田地都在姜老太太手里捏着，日后二孙女出嫁，私下贴补的恐怕比公中那份嫁资还多。他们家总共就三个嫡女，光公中那份就已经很可观了，这还没算姜太妃和二叔姜景义添的嫁妆呢！

萧九郎的父亲没出息，偏又自诩风流，不事生产，不通庶务，只知一个接一个地蓄婢纳妾养乐伎，成日饮酒作乐，靠着公中的钱帛和田地的那点出息哪里够用？便想方设法从萧九郎继母手指头缝里抠钱。吃人嘴软，拿了继室的嫁妆挥霍逍遥，便对她苛待一双儿女睁只眼闭只眼，甚至为了讨她欢心而责打儿子。

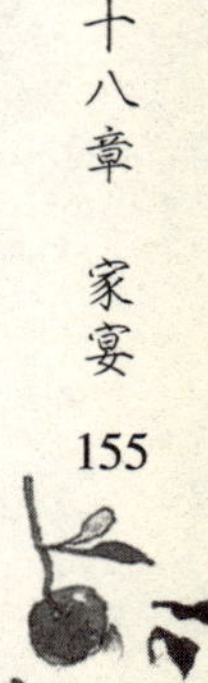

他们萧家在丁亥之乱中一举扭转颓势，一跃而跻身京师数得上的高门，只是他祖父在朝中依旧要仰仗裴霄鼻息。这些年萧家留下的窟窿太大，冰冻三尺非一日之寒，即便大肆敛财，手头也依旧很紧。他们这一房本不受宠，他这二品还是多亏了妹妹，若不是十娘入宫为妃，依他祖父这不见兔子不撒鹰的做派，如何肯舍财替他走通中正和吏部的关节？

娶了姜二娘，就相当于搬了一座金山回家，且这座金山还生得如此姣妍。想起初见她时的情形，萧九郎的心仿佛被幼鹿轻轻撞了一下，那些有条不紊的算计和权衡顿时七零八落。他晕乎乎地想，也罢，世上哪有十全十美的事情，门楣低些也不全是坏处——真尚了主怕是夫纲难振，纳妾自是不必想了，出门酬酢还得觑她脸色，这日子还有什么滋味？

不一时宾客到得差不多了，姜家的下人便来请诸位郎君移步宴厅，诸人便次第入了席。

姜家的肴馔与精益求精的世家大族相比略显粗糙，不过用料舍得下本，海陆珍馐应有尽有，又一掷千金地购了上百坛河东颐白，饶是萧熠这样的旧姓子弟也对姜家的泼天富贵有些咋舌。

只是席间的舞乐是外头请的班子，曲目难免流俗，比起萧熠阿爷在自己院中调教的那些，终究差了不止一星半点。

卫琇却是心不在焉、食不甘味，连入口的是荤是素、是甜是咸都分不清楚。每当有年轻郎君前来向他敬酒时，他便一边端起茶碗应付，一边暗暗思忖，姜家会把二娘许给这人吗？

众人都知道卫十一郎出外应酬极少饮酒，即便是御宴上，也只是浅尝辄止，所以见他以茶代酒也不以为忤，姜家父子自然不以为自己面子大得能叫卫琇破例，正要去敬他，却见他端起酒杯朝自己走来。

卫琇端起满满一杯酒，对姜景仁道：“恭喜足下，仆先干为敬。”便仰头将酒一口喝干，又叫仆人满上，再敬了姜昙生一杯。

姜昙生手里的酒杯都有些端不稳了，原本他觉得卫琇和自己二弟的传闻是无稽之谈，可卫琇如今跑自己跟前大献殷勤是什么意思？真不能怪姜昙生想多，单论容貌他比庶弟姜悔还胜一筹，且眉眼生得有些女气，当初在学馆还有好南风的同窗对他一个劲示好呢！

女客的宴席摆在后花园的桂月堂。

曾氏着一身绛紫色对雉纹织锦褂衣，脸上带着喜气洋洋的笑，早早与三个女儿站在门口迎客。无论关起门来如何，她在人前总还是强打精神，做出一副慈爱的模样。

后花园距姜家大门有些脚程，那些官宦人家的夫人娘子不乏身娇体弱的，曾氏想得周全，一早将府中的十来抬肩舆都换上了新的罗帷，来回将那些贵客接到桂月堂来。

曾氏正与北中郎将韩贲的夫人蔡氏叙着寒温，一抬肩舆在门前停下，一个遍身绮罗、曳珠顶翠的中年夫人从舆中探出身来，曾氏的胞姐方姨妈到了。

跟在舆后的两名婢子立即疾步上前，一个扶着她的手，另一个轻轻提起她的裙摆，无微不至地伺候她下了舆。

这位排场了得的夫人身着宝蓝色襄邑锦衣裳，浑身上下珠光宝气，在太阳底下动一动便是光芒四射，周围的夫人小娘子们原本衣着打扮也算体面，生生叫她衬得黯淡无光、灰头土脸。

只见她生得腰圆膀粗，极是富态，两腮鼓鼓囊囊，像是随时都塞着两个包子，偏生眉毛描得又弯又细——实是有眉无毛，原本生着的眉毛全剃去了。

她这张脸活似照着永宁寺南门外泥人摊上的泥娃娃长的，钟荟每一回见都得强忍着才能不笑出声来。这位姨妈如今虽是这副尊容，当年据说也是个罕有的美人，凭着美貌嫁了从事中郎方平。品级虽不见得比姜景仁高多少，但京兆方氏是正儿八经的旧姓世家，虽一直入不了一流，她夫婿也是庶子，可门楣比姜家不知高到哪儿去了。

当年两人的母亲杨氏为了促成这桩亲事，将压箱底的私房全贴进她嫁妆里，还挪用了小女儿的嫁资。两姊妹只差了两年，曾氏那时候也到了说亲的年纪，因此生生拖了几年，最后只能嫁到屠户人家做填房。故而姊妹俩的龃龉由来已久，不过只是曾氏这么以为，她阿姊并不放在心上，占了妹妹嫁妆也不觉亏心，没事还爱往姜家串门子，对曾氏指手画脚一番。

“呼——”方姨妈长出了一口气，从袖子里掏出帕子在亮铿铿的宽广四方额上掖了掖，又张开藕段似的五根手指，往脸上扇了扇，“多少年没坐过这么窄小的肩舆了！累得我够呛！”

钟荟心道那两个抬舆的下人才叫你累得够呛，嘴唇都发白了，正软软地靠着抬杆喘粗气呢。

曾氏脸上的笑容顿时一僵，皱着眉头对几个女儿道：“你们方姨妈来了，还不快过去！”说罢自己皮笑肉不笑地迎上前去，道：“阿姊这一向可好？阿眉呢？”

方姨妈浑似没听见妹妹的问话，先扶着曾氏的胳膊探身上前，打量曾氏脸侧的胎记，旁若无人地道：“咦？似乎淡了些吗？”

曾氏尴尬地将头往后仰，又一次问道：“阿眉没有同你一起来吗？”

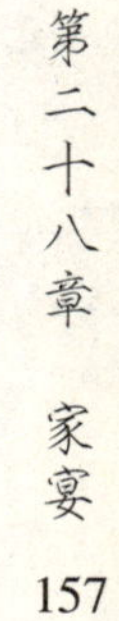

“哦，她前日染了风寒，在家里歇着呢。”方姨妈仍旧盯着她那块酱色的胎记，伸出手指蹭了蹭，恍然大悟道，“原来是粉搽得厚啊。哎，上回我替你求的方子到底用了不曾？”

曾氏支支吾吾地应了一声，招呼几个女儿道：“这些孩子，也没个眼色，杵在这儿做什么，还不来与姨妈见礼！”虽是责怪之语，因她含着笑说出来，倒显得母女之间亲密无间。

曾氏愿意逢场作戏，钟荟也不会在人前拆她台，若是她们之间的嫌隙闹得众人皆知，终究还是她吃的亏更大些，萧家三房就是活生生的例子，谁不知道那继室苛待亲姊的一双子女，可萧九郎用了不知多少年才摘掉不肖不孝的帽子，而萧十娘还未入宫，据说已经很不得韦太后的心了——韦太后出身于诗书大族，最是重礼。即便是为了大娘子的名声，钟荟也得忍着腻味将这出戏演完。

三姊妹谨遵母命，上前毕恭毕敬地向方姨妈行礼，方姨妈这才将胶在曾氏脸上的目光剥下，像是刚发现她们几人似的，先拉住姜明霜的手道：“大娘出落得越发标致了。”

“方姨妈谬赞。”大娘子叫她抹了一手的汗，脖子不由得一僵。这方姨妈原先对她们姊妹俩一向视而不见，自打她要入宫为妃的消息传开，每回来总要套套近乎，饶是大娘子为人厚道，也忍不住暗暗皱眉。

“哎，这鼻头还是圆了一些，上回我教你这么捏，照做了吗？”方姨妈一边说一边在她脸上比画，“咱们家阿眉小时候我每日替她这么捏，一日也不落，才生得如今这么秀致。”

接下去该轮到姜明淅了，二娘子没有远大的前程可指望，故而方姨妈一向不屑于在她身上花费什么唾沫。钟荟幸灾乐祸地冲三娘子眨眨眼，三娘子愤愤地在姊姊胳膊上掐了一下。

不过这回钟荟却是料错了，方姨妈居然对着她纡尊降贵地挤出个算得上亲切的笑容：“哟，二娘长这么大了，嗯，同咱们家阿眉长得倒有七八分相似，只是这嘴比她大了一圈。莫笑莫笑，一笑更显大，姨妈教你，这么着。”方姨妈说着将嘴缩起来，她的嘴本来就生得小，如此一来就像嵌在酪碗里的樱桃，钟荟眼看着就要绷不住了。

三娘子无奈地望了望天，上前替她解围：“姨妈赶紧进屋里去歇息吧，外头太阳大。”

方姨妈叫她这么一说，突然想起自己在日头底下站了这半晌，顿时一阵头晕眼花，赶紧抓着三娘子的手往屋里去了。

钟荟这才后知后觉地纳闷，这方姨妈平白无故地一反常态，对她假以辞色，是怎么回事？猛然想起这位姨妈膝下除了眉表姊以外还有个大她三年的表兄，去年似乎在与尹家三房的五娘子议亲，难道是亲事没说成，退而求其次，来打她的主意？

钟荟不寒而栗，她与这位便宜表兄素未谋面，方姨妈从小时候起便防贼似的防着她们姊妹几个。有这么个阿娘，那表兄就算是天仙她也敬谢不敏。

这却是钟荟自作多情了，方姨妈就这么个儿子，看得跟眼珠子一样紧，打定了主意要娶个高门媳妇儿，在妯娌跟前扬眉吐气一回，如何看得上屠户姜家。

不过也不算全不中，方姨妈确实替钟荟寻了个门当户对的亲事，乃是方家二房的侄儿。这位方姨妈的妯娌范氏原本也是官宦出身，只是她父亲在杨家谋逆案中被扫了个边儿，丢了官位，这几年门户越发破落了。这范家侄儿打小长在富贵乡里，生得俊朗不凡，一身公子气派，在方家家学里附读，时不时在花园庭院里走动，一来二去，不知怎的就和阿眉对上了眼。

东窗事发后方姨妈气得险些昏厥过去，好在他们还没来得及做出什么糊涂事来，可阿眉却是一不做二不休，干脆要死要活地闹着要嫁他，方姨妈只得将她锁在院子里，命几个婢子轮流不错眼地盯着她。

方姨妈把主意打到姜家头上，一来是绝了女儿的念头，二来也是用一桩实惠的亲事堵那竖子和妯娌的嘴，若是他们将这事说出去与外人知晓了，阿眉的闺誉就全完了。

方姨妈的小算盘打得啪啪响，却没料到姜二娘的行市竟然出奇地好，一场宴席从头到尾，总有十来个夫人拉着她的手问东问西，光是方姨妈认得的就有魏亭侯的夫人、金部尚书郎许季伦的夫人、黄门侍郎彭坚新过门的娘子，连城阳王的侧妃都笑着与她说了好一会儿话。方姨妈立时警觉起来，打定主意要先下手为强。

一时酒阑席散，曾氏安排婢子带几个神思倦怠的夫人去客房小憩，随后将兴味正浓的女眷们带到园子东北角的映雪阁，里头已经备下茶果点心和各种游戏之具。方姨妈寻了个机会将妹妹拉到屋外栏杆旁，开门见山地道："你们家那二娘还没许人家吧？我给她寻摸了一门好亲事。"接着挑挑拣拣地将那小郎君家里的情形说了，自然隐去与阿眉那段私情不提。

曾氏很了解自己这位阿姊，她没事才不会有这份保媒拉纤的闲心，其中定有什么隐情，退一步来说，单从明面上看这桩婚事也不算多好。不过曾氏并不道破，只道："她的亲事自有她阿婆做主，我说不上什么话。"

"你如何这么傻！"方姨妈恨铁不成钢地扯了扯曾氏袖子，"父母之命，媒妁之言，干那老妪何事？你只需将妹婿说动了，何愁成不了事？"

曾氏沉吟了半晌道："我且试试吧，不一定说得成，你莫放准话与他们家。"

虽然方姨妈急着要将事敲定，可曾氏只是一口咬准了拿不定主意，她只得讪讪

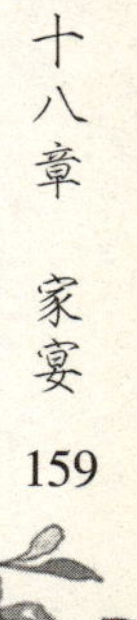

地放她去陪客了。

曾氏原本在外院设了舞乐和投壶、樗蒲、围棋、双陆等游戏之具，午后男宾若是不想去客房歇息便可聊以消遣。

姜老太太却是有不同见解，既然是给几个孙女相看，自然也要她们自个儿掌掌眼。她自己是市井出身，并不觉得小娘子在外男面前抛头露脸是什么大逆不道的事情。

曾氏拗不过婆母，只得用一人高的碧丝步障将园子分作两边，又在湖畔缓坡地势较高处设了个白纱帐，事先对亲女儿耳提面命，勒令她整个下午待在映雪阁中待客，切莫学那一双没规矩的双生姊妹丢人现眼。

三娘子正是开始对小郎君生出好奇的年纪，不过不涉男女之思，只是一派天真地想看看那些小郎君生得什么模样，但阿娘三令五申，也只能略感遗憾便抛至脑后了。

午宴席散，姜景仁引了已有家室的宾客在外院消遣，姜昙生便邀年轻小郎君们去园子里赏景。

萧熠午间多喝了几杯，已经有几分醉意，本想去客房睡一会儿，见好友神色有些异样，心道这所谓的逛园子大约有些蹊跷，按了按眉骨，打起精神欣然前往。

卫琇没什么赏景的兴致，他大大低估了那两杯河东颐白的威力，眼下头重脚轻，脑袋昏沉沉的，本来已经开口让姜家管事带他去客房，见萧九郎往园子里去，脚步立时拐了个弯，对那管事道了声抱歉，笑吟吟地对姜昙生道："在这儿吹了会儿风，倒是精神了些，在下也随姜兄一块去吧。"

他目中含水，眼神迷离，一张粉面红得像煮透的虾子，因有些醉意，笑起来便不知如何掌握嘴角上翘的幅度。姜昙生叫他这烂漫的一笑吓得险些魂飞魄散，病急乱投医地挽起萧九郎的胳膊。卫琇眼神黯了黯，不发一言地缀在他们身后。

小郎君们都有些微醺，有说有笑地往园子里走，跨入园门，远远望见湖边那座纱帐，顿时面面相觑，方才宴席上观姜家人的做派，都还中规中矩，虽说比起规矩谨严的世家大族松散些，可行事也还按部就班，此时才想起来，真不愧是姜屠户啊！虽说本朝男女大防没那么严苛，世家贵女外出冶游也不受什么约束，戴个聊胜于无的幂篱便能漫山遍野地游玩，不过在市集、寺庙、水畔、山间偶遇是一回事，这么大咧咧地让在室的小娘子自己相看夫婿，也太大胆了。

不过总归还隔着一层纱幔，他们虽知道闻名遐迩的"洛阳牡丹"就在帐中，说不定还在含羞带怯地眺望他们，可实在朦朦胧胧的，看不真切，连里头有几个小娘子都数不清。

钟荟手捧茶碗与姜明霜坐在帐中，阿杏和白环饼在一旁伺候着。大姊怕她脸嫩，一个人不好意思看，特地来陪她。钟荟虽然觉得于礼不合，但是对姜老太太的一片苦心极是感激。她其实压根儿不想出嫁，但是总不能在姜家留一辈子，如今能亲眼看一看将来可能共度一生的人，总好过盲婚哑嫁。

“他们来了！快看！”大娘子一个看客却比她这正主还起劲，兴奋地拉着她的袖子道，“咦，那不是九月九咱们在山里遇到的萧家公子吗？”

钟荟无奈地笑了笑，朝帐外望去，一眼便看见人群中的卫琇，手里的茶碗不知不觉倾向一边，茶水泼了一身，把相看的事情忘得一干二净。

随即她的眉头慢慢皱了起来，此时已是深秋，水边风寒，其他小郎君不是穿着厚袍子便是披着氅衣，卫琇却只穿了件单薄的罗衣，若是染了风寒如何是好？姜昙生这瘸眼呆胖子，那对招子生了出气的么？

姜昙生似有所感，当即打了个喷嚏。

钟荟灵机一动，对阿杏道：“你去阿兄院里，让他的奴婢拿两件氅衣给阿兄送去。”末了又道貌岸然地解释道，“那些公子金贵得很，若是哪个染了风寒咱们家还得担干系。”

阿杏哧哧一笑，怪里怪气地道了声是，钟荟猛然想起卫琇是认得阿杏的，他们一块儿逃过难，赶紧叫住她，支了细环饼去。

姜昙生院里的婢子不一会儿便送了两件大氅过去。姜昙生求之不得地接过来，一件披在身上，另一件顺手给了只穿了丝绵袍子的萧九郎。

钟荟在帐中看得一清二楚，立时腾地一下站起身来，两辈子第一次在心里骂了句市井粗话。

“再去取，取个十件来！”钟荟气鼓鼓地道，真是不信这个邪了，就算那胖子不长眼，人手一件阿晏总轮得上了吧？

帐中几人面面相觑，不知道二娘子这无名火是如何点起来的，不是让奴婢给兄长送件衣裳么？大郎已经穿上了啊。唯有阿杏咬着指甲，遥遥望着对岸琳琅满目的小郎君们，若有所思。

细环饼资历不如阿枣和阿杏那样老，不敢在小娘子跟前多嘴，只是为难地道：“小娘子，奴婢怕大郎那儿没那么多氅衣……”

“那就开箱子把裘衣拿出来，或者去针房取这季新做的。”钟荟对自己院中的下人一向和颜悦色，眼下脸上却没了笑影，卫琇离得远，她从高处望去，便觉得那瑟瑟秋风中茕茕孑立的身影越发单薄了。

阿杏见主人神色不对，忙轻轻推了细环饼一把：“自个儿想办法呗，这点子小事还要主人手把手地教你么？快去吧！”

细环饼低头赔了罪，慌忙依言去办了。

卫琇本来没觉着冷，他这些年无论寒暑，每日清晨穿一身单衣去苑中射箭，风雪不避，雷打不动，与钟蔚那副弱不禁风的小身板不可同日而语，等闲一点秋寒不能奈他何。且他不惯饮烈酒，午宴上那两杯颐白又喝得急，胸口如有一小团火在烧，可看到萧九郎一脸得色地披上那件氅衣，含情脉脉地朝对岸山坡上的白纱帐望去，仿佛有一场冷雨将他心中的火浇熄了，他突然觉得寒气侵人。

他不傻，他们在这湖边不过站了片刻，就有婢子从那帐中走出，随后便有人来送衣裳，出自谁的授意不言自明——姜大娘要入宫，想必不会做这等无谓事。

只因见萧熠的袍子比旁人薄一些，便宁愿冒着闺誉受损的风险给他送衣裳。卫琇只觉心口仿佛被人用针扎了一下，说不上是什么滋味，有些酸涩，又有些痛惜，似乎还有些怨望——可只那么一刹那便舍不得怨了。

心之所系，本就没什么道理。何况萧九郎光彩熠熠，饶是卫琇可劲儿吹毛求疵，也不得不承认他的才貌在这些少年郎中算得出类拔萃了。

卫琇旋即想到，萧熠和她兄长多年同窗，相交莫逆，想必是时常出入姜府的，他们想必早已相识了。观萧熠今日的态度，大约也有此意吧。而他一个外人，又有什么资格担心她心意错付呢？

卫琇怔怔地望着池畔的一棵桃树，深秋时节草木零落，自然是没有桃花的，姜家人便用深浅不一的薄红淡粉的罗绢、轻纱剪成花朵，再以银丝缚在枝头，远看也是灼灼爚爚，可毕竟是非时之物，走近了端详，便唯余尴尬了，就如他出现在此处，只是不合时宜。

他向纱帐望了望，觉得她那朦朦胧胧的茜色身影宛若开在云端的花。他也不知道自己是怎么做到的，可他仿佛总是能在人群中一眼看到她——前年的浴佛节，去年的元宵，今年的上巳……

卫琇向姜昙生施了个礼道："在下寒舍还有些杂务，先行告辞了。"又向众人作揖道别，便转身离开了。

钟荟在帐中不错眼地望着他，见他转身离去，大约是终于冷得受不住了，略微放下心来，吩咐阿杏去将细环饼叫回来。

姜昙生相送到门口，跟个小娘子防闲似的离他八丈远，一个眼神都不敢往他脸上瞟。

即便心上人心悦的是别人，卫琇也不敢怠慢姜昙生，唯恐礼数不够周全，见他落在后面，几次停下来等他，一边搜肠刮肚地找话与他攀谈。

到达姜府门口，两人都暗暗松了一口气。卫家的舆人牵了马车来，那青布马车只容一人，一望即知是下人车。卫琇有些赧然，对姜昙生解释道："今日出门太急……"

姜昙生本来就是粗枝大叶、凡事不深思的性子，今日叫这卫十一郎一刺激，勉为其难地多长了个心眼子——这横不是什么光彩的事，自然要避人耳目了。

卫琇见姜昙生不情不愿、敷衍了事的态度，显是不想同他多言，也不自讨无趣了，行了个礼，转身上了马车。

姜昙生这时候一颗吊在嗓子眼的心才落回腔子里，心道这卫十一郎毕竟还是个顾及颜面的人，自己凛然不可侵，他大约也不好意思以权势相逼。姜昙生不由得摸了摸自己光滑紧致的面皮，叹了口气，虽说顶着这副相貌有不少便利——小娘子们向他丢香囊抛媚眼就不提了，卖胡饼的阿婆也要多给他加一勺肉膏，然而招惹的是非也不少，可见世间事都是福祸相依的。

姜昙生擦擦额角的汗，回到园子里，便见自家的下人已经将小郎君们雅集的酒茶果食、琴棋书案以至于游戏之具都备好了，曲池边铺了绿锦，其上席簟、坐垫靡所不具。

送走了卫家这尊大佛，姜昙生立时又活泛起来，上蹿下跳，呼朋引类，命婢子取来羽觞，斟了酒放入池中，捋起袖子，拉着萧九郎和胡毋奎等人猜拳。

胡毋奎没有见过姜二娘，且家里年前已给他定好了亲事，今天纯是个陪客，是专来衬托萧九郎玉树临风的。这小公子比他兄长胡毋基生得还别出心裁，出门在外凡是有小娘子在场，大家都爱与他站在一处。

萧九郎却是醉翁之意不在酒，一心要在佳人面前好好表现，义正词严地与他们划清界限："呼呼喝喝的多不雅相，要玩你们玩吧。"说完过去取了琴，在湖边找了块平整的白石当作桌案，也不管地上没铺席垫，名士一般放诞不羁地席地而坐。

他不是姜昙生那糊涂蛋，因生在大家族，又自小在继母手底下讨生活，三四岁上已学会了察言观色，卫琇方才凝望纱帐的神情根本逃不过他的眼睛——原来这卫家小子看上了姜二娘，如此一来许多困惑便迎刃而解了。

不过卫十一郎是不可能娶姜家娘子的，而姜家的势焰虽不如先帝在世时，却也不会让嫡出的女儿当妾室。

自己认定的媳妇叫人瞧上，大抵不是什么好事，但那人是卫十一郎，就另当别论了。虽然他常腹诽卫琇装模作样、欺世盗名，可卫琇的觊觎像是给姜二娘盖了金印，将七分的可爱变作了十分，对世人飞短流长的顾虑也消减了几分，他只觉得方才喝下的酒在四肢百骸中涌动，叫他浑身的血都热了起来。

萧熠举目望了望姜二娘所在的纱帐，嘴角一挑，桃花眼微弯，志在必得地挥起弦来。

钟荟实在提不起什么兴致去看那些男子，不过姜老太太费了好大劲将他们弄到她眼前，她也不好不领情，便趴在案上支着下巴百无聊赖地看那些满身绫罗绸缎的

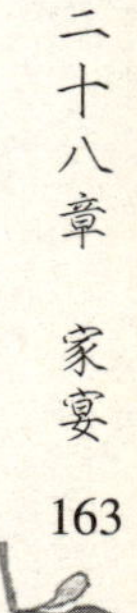

小郎君们四处晃悠。

大娘子却在身前的小几上铺开一卷绢纸，叫白环饼研墨，将那些小郎君的服饰、衣裳颜色、身高、体貌、风姿一丝不苟地记录下来，姜昙生那里也有一笔账，事后一对就知道谁是谁——身为大姊，关系到两个妹妹的终身大事，她绝不能掉以轻心。

姜明霜不是个天资聪慧过人的小娘子，但是做事一板一眼、有条不紊，钟荟探身去看，只见那绢纸上已经布满了密密麻麻的簪花小楷，除了萧九郎之外，每个小郎君都取了一目了然的代号，比如“朱衣大脑袋”“绿衣细长条”“黄衣黑皮”……下接一大串批语，彼此之间用笔直的朱线隔开。

每个名字旁还画了一朵桃花，有的三瓣，有的两瓣，只有萧九郎那朵桃花是齐全的。钟荟找了两圈，没看到卫琇的名字——当初卫琇第二次上门求娶，姜老太太若是点头了，也就没有今天这摊子事了。

远处响起琴声，姜明霜一个“丑”字写到一半，顿住了笔，出神地听了一会儿，待那行云流水的一曲终了，赞叹道：“没想到萧公子的琴艺也这么高超！”说完提起笔在萧九郎那一栏又添了几句，又在那朵桃花上加了一片花瓣。

“小娘子，这桃花哪有六瓣的啊！”阿杏也在一旁看着，乐不可支地笑起来。

“有些人桃花特别旺一些，五瓣开不下。”钟荟揶揄道。这个萧九郎生得好相貌，不过眼角眉梢风流过了头，便成了轻佻，看人一眼，眼波要荡上三荡，也不知怎会和姜昙生这样的呆子搅和在一处。

白环饼好奇地插嘴道：“小娘子，方才这是什么曲子呀？恁好听？”

钟荟觉得难以启齿：“不晓得。”

姜明霜却以袖掩口，笑着道：“傻丫头，这都听不出来，是《凤求凰》。”

两个婢子也红着脸笑起来。

萧九郎奏完一曲似乎还不过瘾，紧接着又开始弹奏起《硕人》来。

姜明霜这回不用婢子们发问，自觉解释道：“这是东汉氾英氾大家合着《诗经·卫风》中的《硕人》谱的曲。这诗唱的是齐公之女、卫公之妻庄姜，其中有几句专说庄姜的美貌——‘手如柔荑，肤如凝脂，领如蝤蛴，齿如瓠犀，螓首蛾眉，巧笑倩兮，美目盼兮’。”

“哦——”阿杏摇头晃脑地道，“奴婢知道了，萧家公子这是在拐着弯儿夸咱们小娘子美呢！”话音未落，脑袋上便叫钟荟的扇子削了一下。

萧九郎奏完两曲便点到即止，大方地将琴让给了司隶校尉范纯的庶三侄范俨。

难得来一回姜府，他有心与姜二娘来一番“巧遇”，不过众目睽睽之下，又有姜昙生那厮始终放了一只眼睛在自己身上，直到夜浓宾散，也没找到机会，只得打道回府了，不过来日方长，他已经与姜昙生透露了求娶之意，姜昙生自然会告知姜家长辈他愿意俯就，不怕姜家人不动心。

姜昙生不辱使命，当日夜里送完客，便把萧九郎属意二妹的事同他阿爷说了，又不偏不倚、一五一十地将萧家三房的情况交代了一遍，末了道："萧九这人同儿子相交多年，人没什么大毛病，也不在外头胡来，只是他那后娘为人那啥了一些，到时候妹妹嫁进门去，说起来又是高攀，婆母跟前恐怕没个人替她撑腰。"

姜景仁却是喜出望外，萧九郎是萧家嫡子，还有个嫡亲妹妹要入宫为妃，至于婆母凶悍嘛，自家女儿虽也心疼，可新媳妇总是要立立规矩、吃些苦头的，可比起好处来，那点微末的缺憾就不值一提了，若没那么个后娘，这桩亲事也轮不到他们家二娘啊，当下脚步就轻飘飘起来。

"阿爷，这事儿只是萧九私下同我提了一嘴，毕竟还得他家中大人做主，阿娘跟前……您暂且莫提起啊。"姜昙生见父亲满面喜色，忍不住提醒他。对曾氏这个继母，姜昙生心里始终是疙疙瘩瘩的，后来回过味儿来，他当然知道那些年曾氏的纵容和宠爱根本就是捧杀，可他年幼时对母亲的向往却是实实在在寄托在了那个温柔慈蔼的继母身上了，他只能不去多想，尽量远着些如意院。

姜景仁满口答应，走到正院附近，同儿子分道扬镳。曾氏为了姜昙生的宴会辛苦操持，甭管是安了什么心吧，他这做夫君的也要露个面，说她几句好话。

曾氏正寻思着什么时候找个机会将她阿姊托付的事与姜景仁提一提，不意那屠夫自己就来了，便三言两语地将那范家公子的情况说了说，最后道："二娘的亲事本不该我这继母置喙，不过阿姊热心，要保这个媒，毕竟是一番好意，我也不好寒了人家的心，郎君和老太太自己看着拿主意吧。"曾氏本来也是无可无不可，那范公子八成有什么隐情，能促成这桩婚事让姜明月不顺心，她便顺心一些，可这么一来就顺了她阿姊的心，又别有一种不顺心。

姜景仁听了不置可否，不怎么热心地点点头。

曾氏见他这模样便知八成有更好的人选，问他道："郎君莫不是相中了别家的公子？"

姜景仁正要点头，猛然想起儿子的嘱咐，连忙收住脑袋，道："这事儿我知晓了，待我明日回了阿娘再说。"

曾氏情知问不出什么来，也懒得搭理他，往榻上一歪，吩咐婢子将煎好的安神汤和符水端来。

姜景仁心里藏不住事，第二日起了个大早，迫不及待地把萧家九郎属意次女的事告诉了老母亲。

姜老太太起床气还未散尽，掀起眼皮扫了一眼喜形于色的大儿子，磨刀似的拿

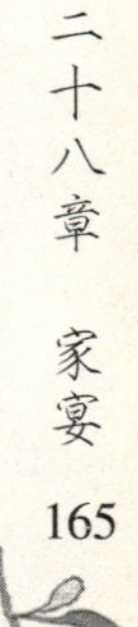

眼神在他脸皮上来回剜了两下。她这儿子近几年省心了不少，还以为多少长进了些，谁知心思仍旧比屋后那猪食槽还浅。

姜景仁不知自己是哪句话说错了，叫老母看得一阵心虚。

姜老太太拿拐杖杵了杵地面，哼了一声道："私底下说的，没个三媒六证的，空口无凭说个屁！"

"人家也不是这个意思。"姜景仁赶紧替他八字还没一撇的乘龙快婿弥缝起来，"这不提前私下里问一声，若是咱们家没这个意思，贸贸然请了媒人上门，不是闹得大家脸上都无光吗……"

"哼，那是不见兔子不撒鹰！我看他们家大人还不一定知道这事，八成是先来探咱们口风，得了个准话再去说通家里人。"姜老太太越说越胸闷，站起身往儿子耳朵上拧了一把，"这么大个人怎么只长年纪不长心眼呢？旁的不说，那时候卫家小子来求亲，找的大媒是钟家老太爷，虽说没往外头说嘴，礼数有没有半点不周全？"

"那您还不是没答应人家嘛……"姜大郎小声咕哝了一句，转念一想，对啊，他老娘连姓卫的都回绝了，那姓萧的当然更不放在眼里了，一时忍不住着急上火，壮着胆子劝道，"阿娘，您这个不好，那个不行，到底要给二娘找个啥样的？莫不是要来个下凡的神仙您才看得上？"

"你懂个屎！"姜老太太怒道，卫家小子不是不好，她在市井中什么形形色色的人没见过？一看便知这孩子是个重恩义的。话说回来，不重恩义也就不会来求亲了。可夫妻之间，最要不得的就是你欠我我欠你，一年两年能将就，十年八年能凑合，几十年呢？一辈子呢？天大的恩义总有磨光耗完的时候，到时候大恩反成大仇，要生出多少怨怼来！姜老太太用了半辈子才明白这道理，她不想让孙女再走自己的老路了。

不过这些同那榆木脑袋的大儿子横竖是说不清楚的，姜老太太也不想费这口舌。

姜大郎却急了，煮熟的鸭子都能飞走，何况萧九郎这放在水边的金鳖，他们家二娘不赶紧抓牢了，说不定下一刻就游走了，还不知便宜了哪家！

"是，二娘生得水灵，性子也好，可这小娘子留着留着就老啦！咱们家配萧家已经是高攀了，萧家公子有这意思是咱们二娘的福分，梦里都要笑醒了，您倒好，还在这挑三拣四的！"姜景仁摇摇头，赌气道，"行行行，您做主，全听您的，儿子这就去说，叫那萧家公子死了心。"说着说着气性上来了，果真抬腿就要往屋外走。

"滚回来！"姜老太太吼道，她中气大不如前了，不过余威尚在，姜景仁闻声立即乖顺地滚了回来。

"谁叫你立时回了？二娘又不是明日就急着出门子，京城里多的是平头正脸的小郎君，且慢慢相看，急个什么劲！萧家怎么了？萧家放个屁咱家就得巴巴地拿金碗去接?”姜老太太转了转眼珠子道，略微放缓声气道，“阿豚啊，这脸面是自个儿做的，不是旁人给的。阿婴长这么大，你这当阿爷的摸着良心想一想，有没有个做阿爷的样子？她今年十四了，在家再待上两年撑破天了，你现如今给她多做一分脸，她要是真的嫁进萧家，以后也能顺当一分，你就是不疼她，也想想阿陈吧!”

姜景仁讪讪道：“阿娘您说的什么话，自个儿的孩儿我怎么不疼了……”将老母的话咂摸了一遍，这意思是答应了？不由得又喜上眉梢。

“你先莫翘尾巴!”姜老太太黑着脸训道，“甭管那萧家小子是不是真有心，有旁的好孩子也相着，莫错过了。”

姜景仁经他阿娘这么一提醒，才想起曾氏昨夜说的范家公子，忙道：“阿曾她姊姊昨儿也提了个人，是她二房妯娌的侄子，如今在方家家学附读，听她阿姊说，小郎君的才貌是一等一的，文章也作得很好，常得先生的褒奖。”

姜老太太二话不说，扔过去一个白眼：“哟，那么好咋不留着给他们家那阿眉?”

“哦，也不是……”姜景仁挠了挠头道，“范家家世差了一点。本来挺好的，几年前他们家老太爷丢了官，眼下是个白身。阿曾那个阿姊嘛，您也知道的，这样的人家肯定看不上。”

“她看不上就塞给咱们咯!”姜老太太两根粗眉扬得八丈高，“他们家阿眉是金子打的还是天上掉下来的？还有那方氏，我不信她有那么好心!”话虽这么说，姜老太太本着宁可错杀不可放过的原则，撇着嘴，不情不愿地命令儿子寻个机会把那范家小子弄到家里来，给她过过眼。

第二十九章 梅条

姜家设宴挑了个休沐日，钟荟便错过了一次钟家的课，反正卫先生也没去授课就是了。如此一来，满打满算，她连着二十日都不能回钟家。

姜明霜忙着备嫁，钟荟前阵子又不在府上，女先生那里的课上得有一搭没一搭，平素只有三娘子带着几个庶妹撑撑场面。

钟荟因左手的伤，既不能抚琴又不方便做女红，索性觍着脸一旷到底。那女先生颇有微词，可转念一想，姜大娘一出阁，接着就是姜二娘，便也睁只眼闭只眼了。

钟荟和姜明霜每日清早过松柏院，一边陪着祖母聊聊天，一边做做针线。绣活钟荟是帮不上什么忙了，她绣一针人家能走两三针，只能替大姊描花样子。

钟荟数着日子盼下一个旬休，时间便过得特别慢，终于接到常山长公主府的帖子时，她恍惚觉得自己像是从秋天等到了冬天。

有了上一次的前车之鉴，钟荟这回有备而来，叫阿枣比着自己的身量裁了一身新的青绨衣裳，中间絮了丝绵。虽是按着下人衣裳的式样做的，阿枣实在见不得自家小娘子穿得那样简陋，还是在衣领上绣了一枝秀雅的梅花。

清晨梳妆时，钟荟在镜中看到襟前的花枝，情不自禁地弯起了嘴角，再往脸上抹黄粉时，不知不觉就有些下不去手，到底是抹得比以往薄了些。她对着镜子端详了半晌，忽然觉得脑袋上的双平髻不顺眼，让阿杏拆了用犀角梳子将满头青丝细细地梳过一遍，又重新绾了个双鬟髻。

她左照右照，用手托了托发鬟，仍是不太满意，不过也只能将就了，阿杏的手艺差强人意，和阿枣是没法比的。

钟荟准备停当，走到门口又折了回去，打开从姜府带来的奁盒，挑挑拣拣，犹豫了半天，最后取了一朵小小的珠花簪在发上，又照了一回镜子，这才出了门。

常山长公主已经在牛车上等候多时，见了钟荟道："叫我好等，又是在扒拉你那堆吃的吗？"

钟荟含着薄嗔看她一眼，没理会她的揶揄，暗暗摸了摸袖子里的三角蜡纸包，笑意不由自主地从嘴角弥漫开来。钟荟记得阿晏喜食蜜饯果脯，这"相煎何太急"剩得不多了，她想带给他尝尝，虽然不知道怎么才能不着痕迹地交到他手上，总归先带在身上吧。

"噫？怎么满面春风的，见到我这么欣喜？那怎么也不知道来我家看我！"常山长公主半真半嗔地埋怨了一句，又拿扇柄捅捅钟荟胳膊，"唉，那日宴席上有什么好玩的吗？"

钟荟用脚指头想也知道常山长公主所谓的"好玩的"是指什么："都是庸脂俗粉，与你那超凡脱俗的钟大仙子压根儿没法比。"

"那是自然。"常山长公主笑嘻嘻地照单全收，"他这一病病了将近一个月，倒唬了我一跳，还道他得了痨病呢！"

钟荟哼了一声，钟蔚这厮旁人不知道，她还不清楚吗？八成是嫌天气冷不愿出房门，借着养病窝在屋里躲懒呢。

两人一路说说笑笑，不知不觉到了茅茨堂。

卫琇还没来，在讲席上坐着的是钟蔚，只见他脸埋在厚厚的火狐裘中，正低头看着案上的帛书。屋子里点了两个炭盆，入内扑面而来一股暖意，弟子们大多只穿了单衣加外裳，钟蔚这身装束越发让人疑心他是不是真病得不轻。

她们两人是最后到的，钟蔚见人到齐了，便开始讲课。

钟荟耐着性子听着，时不时回头往门外瞟，那厚厚的毡帷却是一动也不动，她只得安慰自己道，阿晏家中就他一个，难得逢休沐日，府上总有一些事务要处理，大约会晚些来吧。

钟荟食不甘味地用了午膳，去内书房与她阿翁聊了会儿天，估摸着卫琇该来了吧，可回茅茨堂一看，还是钟蔚那张乏善可陈的讨债脸。

她只得继续惴惴不安地等着，时不时摸出蜡纸包看一看，凑近了闻一闻香味，抿着嘴笑一笑，却是一条也不舍得吃，又装回袖子，一时又绞尽脑汁地思忖起怎么把梅条给卫琇。经钟蔚的手是不行的，他必定疑神疑鬼，给她阿翁更不行，恐怕几歇就没影了。

就这样一直等到窗子里漏进来的光带了橘金色，卫十一郎也没出现，她不免又胡思乱想起来，莫不是上回在园子里吹了冷风着凉了？

钟荟有心向兄长打听，又不知怎么启齿，踟蹰之间，弟子们陆陆续续离开，钟蔚的书童已经把书囊收拾好了。

恰好这时常山长公主去了厕房，钟蔚便对她使了个眼色，独自走了出去，钟荟知他有话要交代，便跟了上去。

“上回忘了同你说一声。”钟蔚挑着下巴道，他这人越心虚神色越倨傲，钟荟一看便知定是做了什么亏心事，他果然继续道，“那什么，你那院子里有人住，你下回还是别随便进去了。”

钟荟正满心不悦，一听这茬便发作了：“你不早说！上回若是叫人撞见怎么办？你就这么坑害自个儿妹妹！我的物件都去哪儿了？阿爷阿娘怎么会随随便便把我院子给旁人住，定是你这害人精出的馊主意！”

钟蔚有些冤，又自命清高、不屑分辩，只是道：“你一走阿娘就把你的东西全搬自己房里去了。”

钟荟突然就哑了，眼眶逐渐红起来。

“好了好了，回都回来了，待阿爷阿娘回京，你多来看看就是了。”钟蔚一脸嫌弃地扔了块帕子给她，“阿娘不知道多疼你，哪怕是间空屋子，平白无故也舍不得给旁人住，阿晏不是外人，那时候家里才出了事，阿娘怕他想岔了，这才……”

钟荟一愣，猛然想起自己上回在那屋里换衣裳，脸顿时涨得通红，竟然忘了趁机问一问卫十一郎今日为何没来。

自打钟蔚回茅茨堂授课，常山长公主又变回了好学上进的弟子，照例每日寻衅滋事，挑着钟蔚打嘴仗，玩得不亦乐乎。

钟荟不胜其扰，时常去她阿翁那儿看书习字，中间回姜家过了几日，终于到了休沐日，可卫琇还是没来。

如此眼巴巴地等了三回，又失望了三回，钟荟的脖子都等长了半寸，终于不得不承认，卫琇大约是不会来了，可每当休沐日临近时，她还是会心神不宁、坐立不安，其实向她阿兄或者旁的弟子打听一下即可，可不知怎的，自己就是心虚得开不了口。

这一日又逢旬休，钟荟支着下巴心不在焉地望着茅茨堂窗外的一株红梅，横斜枯瘦的树枝上已经着了小而密的花苞，像是有人撒了一把相思豆。

望着望着，眼前像是蒙了一层白纱，钟荟以为是凝视太久眼花了，揉了揉眼睛，就听钟九郎小声惊呼道：“下雪了！”其他弟子闻声也向窗外望去。

钟荟这才后知后觉地发现，那层纱一般的白翳原来是空中飘飘扬扬的细雪。

紧接着只听门帷轻响，一股凉意侵入室内，钟荟回过头去，便看到了门口的卫琇，发上、肩头落了雪。

钟荟不由得望着他笑了，他去了哪里，为何去了那么久，突然就不重要了。

卫十一郎带着洛京的初雪回来了。

卫琇便叫她那粲然的一笑晃痛了眼，旋即也跟着笑起来，那双眼睛里的光亮骗不了人，她见到自己还是欣悦的，这便足矣。

这段时日他确实是忙，也确实是在有意避着她。

先是冬雷大作，劈倒了太庙的一株百年老槐，接着又传来京城、陇西地震的消息，二郡山崩地陷，毁坏村庄民宅无数。

屋漏偏逢连夜雨。九月青、徐、兖、豫才发了大水，流民还未安置好，如此一来更是雪上加霜。天子焦头烂额，赶紧下了罪己诏，一干近臣临餐忘食，夜不能寐，为了赈灾事宜吵得不可开交。

卫琇接连半个月宿在中书省，连卫府都没回过一趟，只来得及向钟蔚送了封信，便随着天子去祭告太庙了，祭完太庙又马不停蹄地前往北郊祭地，一直到这一日才回城。

他忙得衣不解带，便无暇去想究竟该不该再见她了，可每当能停下来略喘一口气的时候，她那含笑模样就会突然撞进他心里。

卫琇以为自己多少要犹豫挣扎一番，可只那么一瞬他便顺从了自己的心意。何必同自己过不去呢？他什么都不会做，只是远远看一眼——待她嫁作他人妇，连这一眼也成了奢望。

于是，他只是回府将朝服换下，便迫不及待地策马赶来了。

钟蔚发现卫十一郎眼睛一亮，拾掇起一身懒骨头，异常难得地亲自走过去将他迎进来，一边连弩似的问个不停：“不是说明日才能回来吗？怎么落了一身雪？没坐车么？咦，你那小书童呢？怎么也没个人伺候？”

卫琇只道：“嗯，我一个人骑马来的。”室内暖意熏人，雪很快融化成水，将他的氅衣洇湿了一片，头发上的水滴顺着脸侧滑落下来。

钟荟蓦地见到卫十一郎，像是叫人猛灌了一碗秦州春酒，一时间觉得三魂七魄都在打着旋，整个人有点不辨东西，半晌回过神来才发现，卫琇看起来风尘仆仆的，面容也瘦削憔悴了些许，眼下还有一抹淡淡的青影。

他一脸的水，也不晓得拿帕子去擦，只是望着某一处，目光怔怔的。他睫毛上也挂了细小的水滴，原本清亮的眼睛里便像起了一层薄雾。

钟蔚叫那常山长公主胡搅蛮缠了大半个月，一见卫十一郎就像见到了救星，恨不得立时撂挑子，可看他一脸懵懂，神思恍惚，大约是没睡饱，只得吩咐童仆带他回房休息。

卫琇却摆摆手，谢绝了他的好意：“无妨，因卫某的缘故已经耽误了好几堂课了，如何敢再懈怠。”似乎终于意识到自己一身狼狈，赧然道：“在下先回房换一身衣裳，劳驾稍等片刻。”

钟蔚这懒骨头能提那么一嘴也就算仁至义尽了，待卫十一郎换了一身衣裳回来，便迫不及待地退位让贤了。

卫琇换了一身烟灰色的广袖素葛衫，没有戴冠，只簪了一支象牙素簪，大约是因为平日伺候的童仆不在，那发髻绾得松散，微湿的发丝略有些凌乱。这一身家常装束分明比平日丰神俊朗的模样亲切随性了几分，可钟荟却只望了一眼便低下头不好意思再看了，饶是她再不愿意承认，阿晏已经是个成年男子了，不再是那个可以随意摸头的孩子了。

这突然意识到的男女之别让她一瞬间感到有些茫然无措，不自觉地将手伸进袖子里捏了捏那个蜡纸包——本来她是问心无愧的，请阿晏吃个梅条又有什么！可此刻“私相授受”四个大字重重砸在她头上，她突然就羞惭起来。

罢了，又不是多稀罕的东西，钟荟自嘲地笑了笑，阿晏那么大个人了，她如何就那么笃定他还如小时候那般嗜甜呢？

钟荟抬眼望了望窗外，雪似乎变大了，雪片在风中瑟缩着，翻卷着，无声地扑在窗棂上。

她将视线转回卫琇身上，尽管不能将预备了很久的东西交给他，还是感到难言的满足，像徜徉在光的河流中，外头的风雪只不过让此刻变得更暖些罢了。

卫琇翻开书案上的缣帛书册，开始讲《卷阿》，一开口，嗓音有些暗哑，便握着拳避过脸去轻咳了两下，钟荟只觉自己的心跟着颤了两颤。

弟子们发现卫先生提前回来，俱是喜出望外。钟先生学问好，治学也谨严，可这张嘴也是真不饶人，原先还好些，自打那扶风苏氏的小公子来了，他那脸皮便像上了浆似的，弟子们倒是有心作壁上观，奈何时常惨遭池鱼之殃。

卫先生多好，总是文质彬彬、风轻云淡的，从来不苛责非难，同弟子说话都客客气气，答疑解惑时也不厌其烦，从来不像钟先生那样，说一遍没听明白便要挖苦人。

钟蔚将那些弟子的喜不自禁看在眼里，不免又是一阵心酸，一抬头便看见那劳什子长公主正含笑望着她，便没好气地瞪了她一眼，突然灵光一现，终于想出了整治她的手段。

钟蔚心里发痒，像有猫爪子在挠，恨不得立时付诸行动，不过他还是耐着性子待卫琇将一首《卷阿》讲完，这才施施然地站起身，向卫琇行个礼告个罪，回自己院子里憋坏水去了。

心上人一走，常山长公主不一会儿便坐不住了，悄悄附在钟荟耳边道：“我出去逛逛。”便向卫琇告了个假，拿起伞，披上貂裘走了出去。

“诸位有何疑问吗？”卫琇照例停下来向学生们问道。

钟先生一走，弟子们显然松弛了许多，说话也没那么拘束了。钟九郎才十岁，性子又活泼开朗，乐呵呵地张口问道：“先生，这三百零五首诗您全都能如此信手拈来、侃侃而谈吗？”

有几个年幼的弟子便捂着嘴轻笑起来，将《诗》和《诗序》倒背如流没什么稀罕的，但是卫琇讲诗从来都是将三家经义阐释发明，再加上当世名儒的注疏，每一首动辄洋洋数千言，纵然是镇日手不释卷的经师大儒也不可能做到，何况他在中书省的事务也不轻省。

这孩子明显是在找茬啊，钟荟无奈地看了看堂弟红扑扑的小脸，真想狠狠地捏一把，随即又生起了促狭的念头，饶有兴味地支着下巴看卫琇如何应对。连与其他人格格不入、一直冷着脸低着头的外姓弟子祁源闻言也忍不住抬起头来。

卫琇向来清和平允，降身虚己，不爱炫耀学识，卖弄口舌，正要推说做不到，不经意瞥见姜二娘仰着脸期待地望着自己，不知怎的，一股热血往头上涌，点头道：“可以勉力一试。”

弟子们都兴奋起来，钟九郎接着道：“卫先生随便翻一页，看是哪首便讲哪首？”

卫琇噙着笑点点头，伸出修长的手指，随意将书册翻开，是《草虫》。卫琇将整首诗诵了一遍：“……未见君子，忧心惙惙。亦既见止，亦既觏止，我心则说……”

“《韩诗外传》载孔子曰：‘君子有三忧，弗知可无忧与？知而不学可无忧与？学而不行可无忧与？’其解不与《毛诗》同，系牵强附会之词。

“《鲁诗》将此诗解为‘诗人之好善道’。好善道不能甚，则百姓之亲之也，亦不能甚。‘未见君子’一句言诗人之好善道之甚也如此。’此说不足取信。

“《诗序》谓‘大夫妻能以礼自防也’，不免迂阔。以在下拙见，此诗文意浅白，不过言女子见其所期之人而心悦也。”

卫琇只是轻轻地一句带过，也不去看姜二娘，自知道了她心有所属，他选诗时便刻意避开了所有关涉男女之情的篇目，免得自己情难自抑，有感而发，又引申出什么傻话来。

“卫先生，您一走一个月，弟子们也是‘未见君子，忧心惙惙’呢！卫先生您那么厉害，再多给咱们讲一些行不行？”钟九郎觍着脸道，他是被堂兄们撺掇着当这个出头椽子的。

卫十一郎比钟家兄弟大不了几年，这几年又常在钟家出没，对他们来说就像自家兄长一样，他们常听祖父对卫琇赞不绝口，有心探探他的底，也是开个无伤大雅的玩笑。

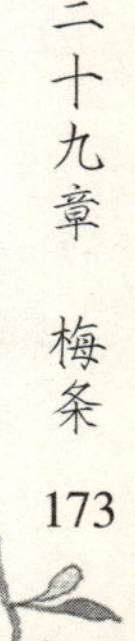

卫琇也不计较这些，抿唇微微一笑，又将书册随手一翻，却是《汝坟》："遵彼汝坟，伐其条枚。未见君子，惄如调饥。遵彼汝坟，伐其条肄。既见君子，不我遐弃……"便将这首诗也依样讲了一遍，末了道："此诗亦是女子思人之诗，言未见君子时便如忍饥挨饿一般。接着讲下一首吧。"

说着心虚似的，快速翻开一页，自己先无奈地笑了："风雨凄凄，鸡鸣喈喈。既见君子，云胡不夷？风雨潇潇，鸡鸣胶胶。既见君子，云胡不瘳？风雨如晦，鸡鸣不已。既见君子，云胡不喜？"

这下子弟子们忍不住哄笑起来。钟七郎这回等不得弟弟出头了，自己笑着打趣他："卫先生，您真不愧是君子，今日与'既见君子'似是有不解之缘哪！"

说者无心，听者有意，钟荟的脸悄然红了，目光却慢慢冷下来。未见君子，忧心惙惙；未见君子，惄如调饥；既见君子，云胡不喜？

她心中泉水一般不可抑制、汩汩涌出的欣喜，都是因为见到阿晏吧。

不能再自欺欺人下去了啊。

今夕何夕，见此邂逅。子夕子夕，如此邂逅何。

钟蔚急着要将自己的奸计付诸实施，忘了叫下人先去传肩舆，兴冲冲地撩起毡帷出了门，一股凛冽的寒风灌进口鼻，当即闷住了，差点出师未捷身先死。按着他平日里的做派，恐怕立时就要打退堂鼓，不过一想到能让那讨人嫌的长公主吃瘪，竟然奇迹般地坚持了下来，紧了紧身上的狐裘，低下头悍不畏死地走了出去。

他来上课只带了一个小书童，还坚持将书僮留在茅茨堂照看卫十一郎了——打肿脸充胖子的后果是眼下没人给他撑伞了。

昨夜下过雨，地上还有积水，雪积不起来。钟蔚走下廊庑，转出院门，一踏上湿漉漉的石板路脚下就开始打滑。他嫌木屐走路声音大，不方便随时逮弟子们一个措手不及，又嫌胡靴不雅，穿的是中看不中用的重台履，平时来回都乘舆也没什么不方便，谁知道破天荒地走一回路就遇上雨雪天。

钟蔚揪着一颗心，一步三滑地往前走了几十步，望着茫茫飘雪中的漫漫前路，觉得再这么走下去还没把常山长公主教训了，自己小命就先交待在这里了，当机立断地转过身去，就发现那罪魁祸首站在五步之外撑着伞笑眯眯地望着他，显然是在欣赏他的狼狈模样，也不知悄悄跟了他多久了。

司徒姮被发现了脸上没有半点愧色，反而迎上前来，把手举高了些，将钟蔚也罩在伞下，嬉皮笑脸道："钟先生，您要上哪儿？弟子送您去吧。"

钟蔚狐疑地瞟了她一眼，将身子往旁边让了让，两个男子离这么近都有些不尊重了，她身上如兰似桂的香气直往鼻子里钻，连微翘的睫毛都看得根根分明。

常山长公主身量比一般的女子高一些，本朝宗室女子从小习骑射，身姿便格外秀挺，她眉目其实生得很精致，那股英气并不在貌，而在神。

一想到她这么大把年纪也没成婚，想必是不胜寂寞的吧，钟蔚不由得有些唏嘘，可那片恻隐之心只维持了片刻，便叫常山长公主一句话给戳破了："钟先生，您看这天寒地冻的，弟子每日晨昏往来实在多有不便，落脚的客馆连个炭盆也不舍得多生，衾薄被冷的，不知贵府有无多的客房，能让弟子借宿一段时日？"她瞄了瞄钟蔚的脸色，赶紧又加上一句："咱们主仆俩的食宿费用自然由弟子一力承担，弟子虽家境贫寒，但凡钟先生开口，必然倾尽所有。"

钟蔚皮笑肉不笑地道："哦？什么时候扶风苏氏也算贫寒了？"

"弟子不过是庶而又庶的庶支。"司徒姮其实并不知道这位苏表兄家境如何，只不过从众多同辈的远亲中随便挑了个名字，连人家年岁几何都不知道，生怕说得多了露了馅，便含糊其词道，"家中只有祖上传下来的几亩薄田……"

钟蔚本想一口回绝，随即想起这样的风雪天自己妹妹也得跟着来回遭罪，终究是把个到了嘴边的"不"字强行咽下，哼了一声，不甘不愿地道："西边歇琴院有几间客房空着，你若不嫌简陋便住吧，我们家虽贫敝，不至于门下弟子留宿还要收钱。"

"歇琴院？"司徒姮想了想，似乎偏僻得很，前不着村后不着店的，离茅茨堂不近，与钟蔚的院子就更是天各一方了。她好不容易拿着天寒当借口留宿钟家，为的是近水楼台先得月，时不时来点花前月下的邂逅巧遇，一来就发配到边疆还有什么意义？

她赶紧一脸赤诚地道："不必那么麻烦，弟子住茅茨堂后面那片弟子房就行了。"

敢情都打探好了啊！弟子房是两三人一个小院子，为表一视同仁，也为了消除本家和外姓弟子之间的隔阂，钟家人只要在家学中读书，一律要搬到弟子房中去，同外姓弟子混居一处。其心昭昭啊！其心可诛！钟蔚冷笑道："不成，没空房了，你若不想住歇琴院便还是回客馆去吧。"

常山长公主见他说得斩钉截铁，知道没有转圜的余地，只得住了口——先住进来再徐徐图之吧。

卫琇再翻了一次书，这回总算没再出现什么"既见君子"，一首《灵台》讲完，也到了用午膳的时间。

下人们将弟子们的午膳分别用食盒盛了送到茅茨堂后的小厅事里，几个年幼的弟子下了课先跑到屋外去看雪，其余人也陆陆续续站起来，去廊庑下走动走动，透透气顺便活动筋骨，连着两个时辰正襟危坐是很累的。

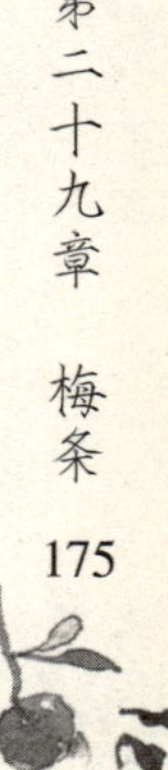

钟蔚留下的书童对卫琇道："请卫公子移驾秋水阁用膳。"

卫琇看了一眼正在低头收拾案上文房和书册的姜二娘，摇摇头道："我去后头同弟子们一起用一点就是了。"

钟蔚照例一早吩咐下人为卫十一郎特地预备了酒肴，书童要叫人去取，卫琇却道"不必麻烦"，便出了茅茨堂，穿过廊庑，绕到后头的小厅里，取了食盒在案前坐下。

陆续有弟子进屋用膳，卫琇等了一会儿，始终不见姜二娘的身影。他迟迟不动箸，在一旁侍奉的童仆便小心翼翼地问道："卫公子，是饭菜不合您的口味吗？奴叫人去厨房重新传膳？"

卫琇这才低头看了看打开的食盒，肴馔极为精致丰盛。钟老太爷自己就是个会享乐的，认为处富贵便该安于富贵，不逾度，不伤天和便是了，生而富贵却故作贫约，是矫揉造作，为其所不取。所以钟家多纵情任性的名士，倒是极少出纨绔，骄奢淫逸到钟蔚这种程度已经算是顶了天了。

"这便很好了。"卫琇一边说一边放下牙箸，站起身便向外面走去。那小书童不知道卫家公子葫芦里卖的什么药，但是他知道若是卫公子不好好用膳，自己必定要吃自家公子的挂落，只得将食盒盖好捧在怀里，跟在卫琇身后，以便卫琇要用时随时能拿出来。

大户人家的宅院格局都差不多，卫琇沿着回廊转了一圈便找到了下人休息的后罩房，果然见一身奴婢装束的姜二娘坐在一张对着门口的小胡床上，膝上放着个小小的竹食盒。卫琇站在廊庑，远远看着她用竹箸拨弄着食盒里的菜肴，却不往嘴里送。

姜二娘嘴角微微下撇，两道描成卧蚕的眉毛微蹙着，看起来本是极滑稽的，卫琇却笑不出来，除了流离奔逃那几日，哪回见她吃东西都是津津有味的，这必是嫌弃这饭食太过粗陋、难以入口了。她这些时日一直在钟家用午膳，一直用这些粗茶淡饭吗？难怪这回见她清减了许多。

他越看越觉得姜二娘瘦，下颏尖了，肩膀瘦削，眼睛都显得大了一圈，不由得朝她走去。

那书童在后头看着，觉察出不对来，这卫公子是中邪了吗？竟然往后罩房走！赶紧道："卫公子！那是下人待的贱地儿，您莫要再过去了！"

卫琇闻声回过头去，这才恍然发现那小书童也跟出来了，怀里还抱着他的食盒。卫琇置若罔闻，只是不容置疑地对他道："这个给我，你先回茅茨堂去吧。"说完接过食盒便朝姜二娘身边走去。

总是会有人拿贵贱说事的，看一眼便将人称出个三六九等，可是于他而言，地何尝有贵贱之分，他只想从没有她的地方去到有她的地方。

她若是嫁到萧家，可以想见会有多少闲人用目光肆无忌惮地称量她，可以想见会有多少流言蜚语——那些他舍不得让她承受的，她却要为了另一个人承受了。

钟家从不苛待下人，钟荟的食盒里有鱼有肉有菜蔬，只不过调味没有那么精细讲究罢了，她一直吃得挺香，茶饭不思还是因了卫琇的缘故。

她不经意间抬起头，便看见那累她食不甘味的罪魁祸首正站在面前，忍不住揉了揉眼，确定不是自己臆想出来的，吃惊地站了起来，膝上的食盒打翻在地，菜肴和麦饭撒了一地，肉汁都溅到了裤褶上。

钟荟慌慌张张地掏出帕子胡乱擦了一气，不一会儿便放弃了，实在是太过狼藉。她又羞又恼，又有些气不过，卫琇早晨出现时一身的水，可还是显得冰清玉洁，凭什么她就一身色香味俱全？

"卫公子怎么在这里？"她从屋里跨出去走到廊下，捋了捋鬓边的一缕散发，故作镇定地问道，"午膳用过了吗？"

"嗯，用完午膳出来走走，不想就走到这儿来了。"卫琇含着笑意道，"抱歉，害得你将食盒打翻了，这里刚巧多了一个。"说着便把食盒递了过去。

钟荟没有立时去接，折回屋里搬了两张胡床出来，两人找了个廊庑下避风的角落坐下。钟荟珍而重之地将食盒盖子打开，小心翼翼地夹起一小筷雕胡饭，仿佛那不是米粒，而是一簇珍珠。她将饭送入口中，然后囫囵咽了下去——当着卫琇的面不好意思咀嚼。

他们相距一丈多远，可已经近得叫人心悸了，钟荟越是强作镇定，越是控制不住拿箸的手，只得将箸满把攥在手心里，尴尬地朝他笑笑。

卫琇见她一脸不自在，想到大约是因自己在这里的缘故，便站起身道别："这里冷，你赶紧回屋里去吃吧，我先走了。"

钟荟不由自主地道："等等！"

卫琇既诧异又惊喜地回过头："怎么了？"

钟荟方才那声等等根本没从心里过，不知道如何接话，情急之下从袖子里掏出那包梅条，讪讪地递给他："今年新做的，刚巧带在身上，你尝尝看？"

蜡纸包还带着些许体温，因在袖子中藏得久，又时常摩挲，外头的纸有些皱巴巴的，握在手中像一颗缩紧的心。

廊外雨雪霏霏，卫琇心头却似有一只蝴蝶破茧而出，微微振了一下羽翅，他低头看着手心里的纸包，半晌才抬起头，笑着说出一句："多谢。"

钟荟把梅条给出去便有些后悔，她根子上大抵还是个规行矩步的世家女，这么明知故犯难免羞愧难当，可是送出去的东西再拿回来就更不像话了，只得微微垂下头，红着脸装作不在意地道："今年收了许多梅子，做了好几坛，大半年了还没吃完……不值当什么。"

卫琇心道，这是怕自己误会吧。他如何敢自作多情，因一包梅条而生出非分之想？他懂得她的顾虑，可她这样急于辩白和撇清，他仍旧有些失落。

"不打开尝尝吗？"钟荟见他收了梅条，握在手中，既不拆开，也不收进袖子里，便指了指那蜡纸包道。

既然已经做下逾礼之事，她自然期待他当着自己的面尝一尝，说一声好吃，或是露出个满足的表情，这些都能叫她偷偷地开心和回味上好几日了。

卫琇便小心翼翼地顺着折痕将蜡纸包拆开，往里头一看，不由得忍俊不禁。

这一个多月来，钟荟每日将这梅条藏在袖中，又时常攥在手心里，久而久之捂得发霉了，生出了白毛。

钟荟见他笑得可疑，忍不住上前一步，探过身去往那纸包里瞅。卫十一郎却将手往后一藏，笑着挑挑眉道："怎么，送出去的东西又舍不得了？"说着取出一根，用手指将长毛的地方挡住，舍生忘死地放进嘴里，斯文地咀嚼起来。

"好吃吗？"钟荟看他神色有些难以名状的古怪，忐忑不安地问道。

钟荟紧张地攥着袖子，微微仰头望着他。卫琇一低头便对上她不安的眼神，认真地回答道："人间至味。"

钟荟的双眼倏地亮了，双颊慢慢红起来，仿佛有一阵春风拂过，吹开了一朵海棠花。卫琇看在眼里，只觉一瞬间呼吸有些不畅，赶紧挪开目光，尴尬地清了清嗓子，道："加了白梅吗？味道很是芬芳清雅。"

这话夸到点子上了，钟荟顿时觉得熨帖："是加了白梅，以梅枝熏制的。"

院子里那几个都是牛嚼牡丹的货色，连梅子、李子、杏子都分不大清楚。姜明霜和姜老太太只担心她长虫牙；姜明淅近来知道爱漂亮了，每天拿软尺量腰身，超过二尺五就不吃东西，这些东西多看一眼都觉罪孽深重，遑论入口了；她阿翁倒是年纪越大越嗜甜，可是也太不讲究了，什么东西只要拌上蜜就觉得美味至极。

费尽心思捣鼓出来的吃食兴冲冲地拿给家人，他们却只是不咸不淡地说声"还不错"，实在是很扫兴也很寂寞的。

还是阿晏有眼光啊，钟荟惆怅地想。只是这样的时光不知还剩几何，白梅不久之后便可以摘了，然而还得等半年才能采新梅，也不知到了那时候，他们两人还能不能像此刻这样站在一处说话，更不用说私相授受了。

"很费工夫和心思吧？"卫琇低头看了看梅条，仿佛真的只是对那梅条感兴趣。

"随便做着玩的，也说不上麻烦，只是梅子结在初夏，白梅开在隆冬，中间得等上半年。"钟荟忍不住微微得意，随即又不好意思起来，用脚尖在地上蹭了蹭，"卫公子若是喜欢，回头我把方子写下与你。”

“有这些便很好了。”卫琇晃了晃手里的蜡纸包道，“我原也不太吃蜜饯。”

饮食是中馈里的重要一环，尤其是一些讲究的旧家世族，女子出嫁前母亲都会准备一本压箱底的食谱给她带去婆家。过了门未必要亲自洗手做羹汤，总得有几样拿得出手的肴馔。这梅条就很好，精巧又风雅，将来用来宴客或是孝敬舅姑都好，若是将方子送了他，便成了卫家之物，不能再作他用了。

可话一出口他便发觉说错了，姜二娘脸上露出失落的神情来。卫琇忙又取出一条吃下，改口道：“这梅条太可口，我怕有了方子会忍不住吃太多。”

钟荟不禁莞尔：“偶尔吃些无妨的，家人怕甜，我已经减了石蜜的分量。”

卫琇心道，原来是蜜糖放得少，难怪长毛了。他默默地将剩下的半包梅条按原样包起来。他从小到大没吃过霉变的东西，方才已经吃了五六条了，也不知会有什么后果。

钟荟以为他是舍不得一下子全吃完，忙道：“我家中还有许多，下回再给你带，难得卫公子喜欢，再吃些吧。”

卫琇不忍心拂了她的好意，只得惴惴不安地吃了一条又一条，一整包发霉的梅条都进了肚子里，他趁着姜二娘不注意，将包梅条的蜡纸收进袖子里。

钟荟盯着卫十一郎吃完梅条，过了一番眼瘾。

她何尝不知道这是饮鸩止渴，刀尖舔蜜？多看一眼，别离时便多一分不舍。她心里想着再看一眼，却是看了一眼又一眼，每看一眼，便仿佛有人撒了一把沙在她心里，令她涩涩作痛。

与卫琇道了别，离上课还有大半个时辰，常山长公主大约又去四处勘察地形了，钟荟便去书房找他阿翁打秋风。

她将她阿翁新近收来的玩器古董和竹简帛书都检阅了一遍，没找着什么特别想要的，便从架子上取了一册古谱，箕踞在白貂褥子上，面前搁了一张棋枰，有一搭没一搭地打谱，心思却已经飘到九霄云外去了。

今日孙女一来，钟熹便看出她心不在焉，不过这孩子愿意说的时候不用他问，竹筒倒豆子似的便全说了，可要是她不愿倾吐，谁也休想撬开她的嘴，他只能耐心地在一旁等着，不时将她放错的棋子摆回正确的地方。

“阿翁……”钟荟突然郑重地唤了一声，像是下了莫大的决心。

钟熹等了半天没等着下文，只得问道：“怎么了？”

“没什么。”钟荟笑了笑，摇摇头，有什么好问的呢，若是她死皮赖脸地去提，卫十一郎自然是会娶她的——她救过他一命嘛。可她并非真的屠户女儿，上辈子她生于世家，长于世家，比谁都清楚她和卫琇的天渊之别。

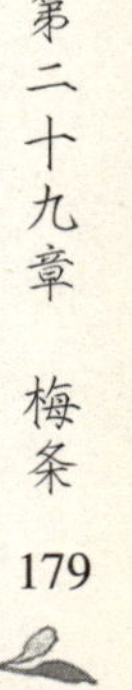

“是在姜家遇上什么事了吗？”钟熹见孙女神色异样，终是放心不下。

钟荟挤出个笑容道：“无事，老太太他们都很好。”

“上回你姜家阿兄设宴……”钟熹面有难色地旁敲侧击道。这些话本该由她阿娘与她商量的，无奈儿媳还在番禺，一时半会儿回不来，只得由他这个做阿翁的勉为其难地越俎代庖一次了。姜家显然已经开始替孙女物色夫婿了，若是此事不问，待亲事定下了，便没有转圜的余地了，他们心里再急，毕竟孙女如今已是姜家女儿，父母之命，媒妁之言，他们是全然不能置喙的。

“阿翁——”钟荟红了脸，嗔怪地看了他一眼。

钟熹也有些难堪，无奈地捏了捏眉心道：“阿翁也不同你绕弯子了，那日来的有哪些人家，是哪房的公子，你让阿翁心里有个底。你眼下在姜家，婚事有长辈做主，阿翁和你爷娘鞭长莫及，可好歹能叫人去外头打听打听家中情况、人品如何。”

“阿翁，我不想嫁人……”钟荟拿棋子敲了敲棋枰，闷闷地道。

“莫说这种孩子气的话啦。”钟熹心疼地摸摸叫她敲出来的小坑，“即便你阿娘允了，你姜家阿婆和父母呢？他们能答应你在家里留一辈子吗？”

钟荟一想起姜老太太那气急败坏的模样便默不作声地摇摇头。

她原先对出嫁没什么期待，可也知道拖不了几年便要出阁的，左右不过矮子里拔将军，挑个性子温良、人品可靠又门当户对的人过日子罢了。然而如今她心里放进了个阿晏，一想到要与旁人共度余生，光是展望一下便觉不寒而栗了。

她心道，索性去当个女冠算了。可又怕说出来伤了长辈的心，只得替钟熹研了墨，把那日在姜家花园里相看的公子一个个同她阿翁交代了。

她说一个，钟熹便用笔记下来，末了突然没头没脑地道：“你这些时日经常出入茅茨堂，应该见过祁源了吧？”

钟荟半晌没反应过来这祁源是何方神圣。

钟熹一见孙女这模样便知那弟子没入她的眼，只得道：“寒门子弟，身量挺高的，才学也很不错，平日里有点沉默寡言，想起来了吗？”

钟荟在记忆中搜了一圈，依稀有这么个人，再一想，那回为难阿晏的不就是此人吗？

钟熹见孙女脸上终于有些反应了，忙问道：“你觉得他如何？”

钟荟愤愤地一挑眉：“不如何！”

说得如此斩钉截铁，看来这个是没戏了，钟熹在心里叹了叹。这祁源的父亲原是钟家门客，虽出身寒素，却博闻强记，才学兼人，可惜早年随钟熹外放巴蜀时染上时疫而亡，留下孤儿寡母，钟老太爷一直命家人照拂着。这孩子天赋不下其父，也很刻苦，性子孤傲些，心性却不错。

钟熹原本想着，若是两个孩子有缘，便让儿子将他认作义子，为他谋个官身，再去姜家将孙女求娶回来，不过看阿毛这样子，看来是行不通的了。

钟荟看着时辰差不多了，便匆匆向祖父行礼道别，披上蓑衣，戴上斗笠，急急忙忙地跑回茅茨堂去了。

一进屋却不见卫十一郎的踪影，讲席上分明是他一脸不耐烦的阿兄。

钟蔚脸上还有枕头压出的红痕，起床气简直扑面而来："卫先生身体不适，回房休息了，下午还是由我授课。"

卫琇从小到大身子骨一直不错，将那长霉的梅条送入口中时虽也有些忐忑不安，终究是有点掉以轻心——大约会有些不适，横竖是死不了的。

半个时辰之后，他虚弱无力地躺在床上，发现自己严重低估了那蓬白毛的威力。

初时他只觉隐隐有些反胃，饮了两碗热茶将那恶心的感觉压了下去，想好歹支撑着把下晌的课讲完，可不一会儿腹中便开始翻江倒海。慢慢地，胸闷气急、头晕眼花起来，他不敢再强撑，便向弟子们致了歉，又叫书童去请钟蔚，这才回了十亩之间。

钟蔚正在小睡，冷不丁叫人从暖融融的被褥中拖出来，还没来得及发作，便听说卫琇病了。他认识卫十一郎这些年还没怎么见卫琇病过，赶紧叫小童替他更衣，迫不及待地出了门——与其说是关心好友，莫如说是去看新鲜。

赶到十亩之间，钟蔚才发现情况比他想象的严重，上午分别时卫琇还只是略有些憔悴，眼下已经面无人色了，也不知这两个时辰里发生了何事。钟蔚立即命人去同安里的医馆请大夫，又叫了当年伺候钟荟的老嬷嬷前来伺候。

这位冯姓嬷嬷略通医理，经验老到，询问了卫琇的症状，便猜大约是误食了什么毒物，当即叫人调了一碗浓盐水，让他饮下催吐。

卫琇一回城便马不停蹄地来了钟府，后来又将午膳给了姜二娘，一上午粒米未进，腹中只有那发霉的梅条，尽数吐了出来，拿兰汤漱了几遍口，合着双目靠在床上歇息了一会儿，那股恶心的感觉才慢慢平复下去。

客人在钟家中毒，冯嬷嬷不敢声张，悄悄地先把自家小郎君叫到屋外同他说了。

钟蔚一听不得了，谁吃了熊心豹子胆，敢在他钟家向卫十一郎下毒手，当即召来手下得力的部曲，命部曲将当日经手过卫琇饮食的下人全控制起来，预备一个个仔细盘问。

钟蔚硬着头皮回到卫琇床前，满面愧色地同他把事情说了一遍，末了道："全怪我约束下人无方，竟在眼皮底下出了这种事，一定严查到底，给你一个交代。"

卫琇不好意思告诉别人自己吃了发霉的梅条，本想把这事搪塞过去，可眼看着钟蔚要兴师动众，只得红着脸承认道："是我自己不小心吃了发霉的蜜饯。"

巧舌如簧的钟子毓第一次尝到了语塞的滋味，有心刻薄他两句，见他脸色灰败，受足了教训，倒也不忍心多说什么，挥了挥手，回茅茨堂上课去了。

也不知是那"相煎何太急"着实厉害，还是卫琇这段时日夙兴夜寐、四处奔波本来就亏了身子，不多时便发起寒热来，好在去医馆接人的下人也回来了，大夫诊视一番，开了个方子，着童仆抓了药来。

钟荟做梦也想不到自己是始作俑者，祸根是那包情意绵绵的梅条。她一听说卫琇身体不适便坐不住了，小声同常山长公主道："我出去走走。"便出了茅茨堂，往十亩之间行去。

外头下着雪，下人们大多待在屋里不出来，钟荟一路走到十亩之间院门口也没碰上几个人。她穿着一身不起眼的婢子衣裳，还戴了斗笠披了蓑衣，即便有人觉着有些眼生，上来问一句，她只需报上苏公子的名号，随口胡诌个理由，下人们便也知道是外姓弟子的婢子奉命来办事，不多过问了。

院门虚掩着，钟荟在门口站了会儿，不知该不该进去。她占着身份之便，若是里头的下人盘问，只需说是苏公子派她来探先生的病便是了，可见了卫琇她又怎么解释呢？

正踌躇间，有个小童一手撑着伞，一手提着一串药包急匆匆地走过来，莫名其妙地打量了她一眼，问道："你是谁？有事吗？"

钟荟认出来他是钟蔚身边的童仆阿方，想来是兄长遣来照顾阿晏的，忙往旁边让了让，道："无事无事。"

阿方便推开院门走了进去，回身又狐疑地望了她一眼，这才将门掩上。

卫琇正靠在床上闭目养神，听见门口响起脚步声，睁开眼一看，是方才出去抓药的小童回来了。

冯嬷嬷接过药包去外头茶房里煎药了，阿方打了一盆热水来替卫琇擦额头上的冷汗，想起门外站着的那个陌生婢子，对卫琇道："卫公子，奴回来时见门口站着个小娘子，您认识吗？"

卫琇一怔，猛地坐起身，捞起榻上的大氅往身上胡乱一裹便跑了出去。阿方在后头目瞪口呆，心道，不是说卫公子病得不轻吗？看这动作分明矫健利索得很嘛！呆了半晌才转身拿起伞跟了上去。

卫琇三步并作两步地冲到院门口，推门一看，却不见半个人影，只有雪片在斜风中翻飞。他仍旧不甘心，往横在院门外的道路两旁张望了一下，往左边追了过去，走到尽头的转角，果然看到一个女子的背影，蓑衣下沿露出一片青色的裙角。

卫琇一颗心剧烈地跳起来，他往前疾走几步，想叫住她，开了口却发现没能发出声音来，站定了，深深地吸了一口气，这才道："请等一等！"

那人闻声停下脚步，转过身来，却是个陌生的婢子，大约是钟府的下人。那婢子冷不防看见一个衣衫不整、披头散发的人，先唬了一跳，定睛一看，却是时常出入钟家的卫公子，脸上的笑意藏都藏不住，道："卫公子叫奴婢有何事？"

"无事。"卫琇看清了眼前人，眼神黯淡下来，脸上的笑意却还来不及褪去，连那婢子都觉出了他的尴尬，低头告了个罪，匆匆离开了。

卫琇低低地道了声抱歉，后知后觉地发现自己浑身冰冷。他急着追出来，自然没顾上穿戴雨具，脚上穿的还是室内的丝履，走几步路便被雪水浸透了，脚趾已经冻得失去了知觉。

卫琇低头看了看自己的一身狼狈，心道，原来只是一场误会罢了，只怪自己听风就是雨，到底还是心存妄念啊。

风雪越来越大，仿佛一场白色的风沙，天地间的色彩被慢慢抹去，道旁的草木上已经覆了一层薄薄的白色，雪片前赴后继地往他脸上扑来，视野很快变得一片模糊。

卫琇迎着风雪伫立了一会儿，终于回过神来，正打算往回走，突然发觉似乎有什么将风雪隔在了外面。

他蓦地回过身，便看见她右手执伞，高高地举在他的头顶。

"卫公子，快回屋里去吧。"钟荟不闪不避地望着一脸茫然的卫琇，不问他为何会在这里，只是微微一笑，露出浅浅的酒窝。

卫十一郎觑了觑眼睛，仿佛在黑夜中待久的人乍见天光，良久方才慢慢地睁大眼睛。

他的眼尾深而长，眼形比一般人修长些，平素又总是波澜不惊的模样，此时一睁大，便显得圆了些，依稀有些小时候的影子。钟荟抿了抿唇，脸颊上的笑窝更深了。

卫琇望了她一会儿，也笑起来，他也不问她为何会在这里，只是理所当然地从她手里接过伞，往她那边偏了偏，看了看她肩头的雪和微红的指尖道："冷吗？"

钟荟搓了搓手，往手心里哈了口气，望着他摇摇头道："你呢？"

卫琇也摇摇头。

"雪越下越大了，不知什么时候停。"钟荟望了望伞外道，"若是下到半夜，大约会积起来吧。"

"积起来也是很好的。"卫琇便笑着道。

那笑容浅浅的，像冰天雪地中一脉细细的泉流，里头却藏着整个春天。

钟荟望着那样的笑容，觉得确实如他所言，风也很好，雪也很好，有他同行，

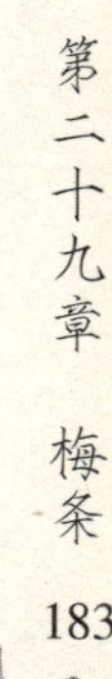

连那晦暗而渺茫的前路，似乎也是很好的。

卫琇一夜未眠。屋子里点了盏烛灯，烛芯偶尔发出噼啪声，烛焰一跳，他的心也跟着轻轻一动。

帷幔和屏风的影子投在对面的墙壁上，拉得很长，随着烛火摇曳，显得很不真实。卫琇想起白天的事，一时困惑茫然，一时又万分肯定，两种念头不断交替地占据他的脑海，夹杂着不安的喜悦快要从心里漫溢出来了。

卫琇知道自己病了，他后背发寒，手脚冰凉，不管怎么裹紧被子，始终不能让四肢暖和起来，仿佛身体里的所有温度都汇聚到了心头一点。

他已经十分困倦，却始终不敢闭上眼睛，仿佛身在一场易碎的梦中，非得睁着眼，清清楚楚地看着周遭的世界，它才不会化作泡影。他想一直支撑到天明，入宫前再去见一见她，看一看她的笑脸，在醒来前把这海市蜃楼般的梦境夯实了，他才能继续往前走下去。

屋子里一点点亮了起来，粉壁上黑黢黢的影子渐次淡下去，在微明的天光里褪成一种带点青蓝的灰色。

卫琇望着那些影子，眼皮逐渐发沉，随即身躯也慢慢沉重起来，与其说他是困得睡过去了，倒不如说是体力不支，晕了过去。

第三十章 坦白

这场病来势汹汹，前些时日卫琇仗着自己风华正茂、年富力强透支和亏空的精力，似乎要连本带利还回去了。

或许是心里多了个念想，卫琇倒也没觉着多难受，反倒偷得几日空闲，能够静静躺着，心无旁骛地回味心上人的一颦一笑。

他这一病却苦了钟蔚。钟蔚讲了一上午的课，大晌午的也不得休息，扒了两口饭便赶去十亩之间探卫琇的病，将延医请药、饮食起居等一应事宜安排妥当，又马不停蹄地赶回茅茨堂继续讲授下午的课。这也就罢了，还得分神留心着常山长公主的动静。

常山长公主一贯雷厉风行，得了“驸马”的首肯，当夜回了长公主府便命人收拾出十几箱衣物和器玩，连夜装了三辆安车，第二日大清早便拉到了钟府。

钟蔚看着这位金枝玉叶铺张的排场，想起那日她哭穷的情形，气得脸都绿了，演戏也不知道演得像样些，这也太敷衍了事了，不是当他瞎便是当他傻。

这却是冤枉了司徒姮，她已经精简再精简，搬到钟府来的这些物件都是一日也不能或缺的，何况这里头不止她一人的东西，姜二娘明面上只是个小婢子，可亏待谁也不能亏待大美人啊。

钟蔚见不惯她这副德行，可人家姓司徒，打不得，赶不走，骂倒可以随便骂，可人家那副脸皮固若金汤、刀枪不入，挨了骂不痛不痒，看她神色竟还挺高兴似的。

于是钟蔚只能眼不见为净。他对司徒家的人向来没什么好感，卫家出事之后便更加腻味了，在他眼里常山长公主自然也是一丘之貉。虽说始作俑者是她阿爷，按理说不该迁怒于她，可若是人的感情都能算得那样清楚，世上也就没有那么多的恩怨了。

长公主依旧糟心自不必多言，更叫钟蔚觉着不安的却是他妹妹阿毛。

兄妹俩从小到大一见面就斗嘴，很少能心平气和说几句话，不过无论嘴上怎么贬损，钟蔚心底深处还是很为自己妹妹骄傲的，虽说有几分才学还值得商榷，至少脑筋是清楚的——放眼大靖，能得他如此评价的人十根手指数得过来。

可是这几日他惊恐地发现，钟阿毛的举止有些一言难尽。也不知是不是叫他一语成谶，真的近墨者黑，神情举止都同那长公主越来越相似。钟蔚上课时偶尔瞥她一眼，有时候失魂落魄，有时候又低头傻笑，课后找机会考校她，当日讲了些什么全然不知。

他还在十亩之间门外碰上过她两回，一回是午间，一回是黄昏，也没走得太近。她只是望着檐角出神，也不知在想什么，问她来做什么，支支吾吾的，也说不出个所以然来。

昨日还破天荒地给他送吃的。那胡天胡地的长公主还带了个厨娘来。歇琴院里没有厨房和灶头，便在茶水房里支了个红泥小火炉，拿混了沉水的香炭饼当柴烧，每日开小灶弄些个汤汤水水。

钟阿毛也同她沆瀣一气，突发奇想，要煮什么白梅粥，把园子里一株不远千里从玉笥山上挖来的绿萼白梅几乎薅秃了，煮了一陶罐粥出来。阿翁那里孝敬了一些，他也有份倒是始料未及。

他尝了尝觉得尚能入口，便分了两顿将那罐粥全数吃了，差点没撑破肚子。他已经这么给脸了，没想到钟阿毛毫不领情，翻了个白眼道："谁叫你全吃完的？"不是你叫我吃的吗?!

钟蔚心力交瘁，觉得这些人大约是智识所限，行事没什么分寸章法，他这样深明博察的人中精粹既然得天地造化所钟，大抵是要多担待些的。

卫琇那些年冬练三九夏练三伏的底子还在，又急着想见姜二娘，三日后便差不多好了，这痊愈的速度连每日来问诊的大夫都有些吃惊。

卫十一郎走出院门的第一件事便是去茅茨堂找姜二娘，却没见到人，迂回地找人打听了一番，才知她前一日离开了钟府，大约是有事回姜家去了。

卫琇满腔的期待不上不下、没着没落地梗着，却也只能暂且按捺——值此多事之秋，久缺侍觐难免生变，如今既已病愈，自然不能再怠惰了，何况他几日没回家，府中那一摊子事情也撂下了。

卫琇想到这些事情便觉身处淤泥之中，整个人都感觉滞重起来，然而再艰难困苦，也没有人可以替代他，这是他不可推诿的责任。他早已过了随心适性的年纪，也没什么不甘和委屈，当即盥栉更衣，换了朝服，入宫面见天子去了。

最近天灾人祸一桩接着一桩，朝会也从原先的三五日一次变成了一两日一次。

卫琇回了趟自己家，到得宫城已交巳时。这时候大朝会已经散了，天子多半是在宣德殿，不是在与近臣议事，便是在批阅奏表、处理政事。

卫琇便径直前往宣德殿。

前些天接连下了几场大雪，草木、屋瓦都覆了厚厚一层雪，更显得宫室光明，阙庭神丽，宛如琉璃仙境一般。

卫十一郎走到殿前，往上望了一眼，丹陛有专门的杂役清扫，看不见丁点残雪，在白茫茫的天地中红得触目惊心，他正了正头顶的三梁冠，神色淡漠地拾级而上。

小朝会刚结束，司徒钧方才被他外祖韦重阳和裴霄来来回回的车轱辘话搅得心烦意乱，昨日收到凉州捷报的欢欣之情也被冲淡了不少。他觉得困顿不堪，可一看案头堆积如山的奏表，只得揉了揉眼睛提起笔。

才写下两个字，便有内侍入内禀报，卫琇在殿外求见。司徒钧没想到卫琇这么快便痊愈了，有些吃惊，皱了皱眉，复又松开，立即宣他入内。

卫琇步态端雅地走上前去，行了个礼道："臣偎慵堕懒，妄居斯任，不能为陛下分忧，请陛下降罪。"

司徒钧赶紧站起身，绕到案前将他虚虚扶起，不管心里究竟如何想，至少面上是既意外又欢喜："卫卿为我大靖社稷夕寐宵兴，鞠躬尽瘁，以至于积劳成疾，何罪之有？"

两人礼尚往来地客套了一番，寒暄得差不多了，司徒钧便切入正题："今日卿来得巧，孤恰有一事相托。"

"陛下言重，臣敢不效命。"卫琇立即道，心中却开始思量起来。

"卫卿不必担忧，是好事。"司徒钧笑了笑，转身从案上取了凉州的捷报递给他。

天子春秋正富，眉心却已经有了淡淡的纹路，只有微笑时才令人恍然记起，这九五至尊也不过是个二十来岁的年轻郎君。

他御极数年，朝政却始终被韦重阳和裴霄牢牢把持着。韦重阳是个君子，清白忠勤，正身奉公，政务上却一窍不通；裴霄资才卓茂，有能为有手腕，可惜恋栈擅权，营于私家。

司徒钧有时候会暗自怀疑，是不是天不祚靖，这几年天灾人祸不断，阿爷去世时交到他手上好端端的江山，何以变成这般千疮百孔的模样？他自问蚤朝晏退，中夜抚枕，不敢有一日懈怠，可那些仿佛都是无用功。他何尝不想一展抱负？可有权臣在侧，若带缧索，若关桎梏，谈何令行禁止？

卫琇接过来一目十行地览毕，欣喜道："恭喜陛下。"

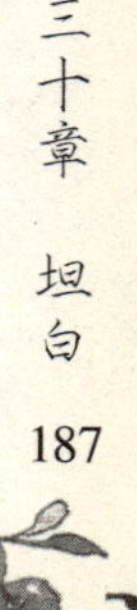

司徒钧将捷报收回，轻轻搁在案上：“戍边将士为保我大靖江山舍生忘死，数年不得与家人团聚，年关将至，孤想聊备牛酒，请卿代孤前往武威犒师，卿意下如何？”

武威去洛京数千里，一来一回，加上犒军的时间，少说也得两三个月，卫琇愣了愣，这片刻的迟疑没有逃过司徒钧的眼睛。司徒钧又道：“凉州苦寒之地，此去千里，路途艰难，实为不情之请，卫卿若有难处……”

卫琇心中一凛，赶紧道：“敢不效死。”犒军不过是个幌子，姜景义一去数年，未曾回过京师，始终是司徒钧的一块心病，天子这是怕他趁着天高皇帝远坐大，借着犒师的名义派卫琇去凉州打探打探。

卫琇不得不去，一来天子这些年来虽对他恩遇有加，却始终按兵不动，如今天子羽翼渐丰，终于要培植自己的心腹了；二来姜景义是二娘子的叔父，若姜景义真有别的心思，有他在其中斡旋，说不定还有转圜的余地。

司徒钧满意地点点头道：“有劳卫卿。”又若有所思地打量了他一眼，开玩笑似的道：“孤若是没记错，卫卿今年应该有十八岁了吧？虽说大丈夫不患无妻，不过孤等着吃你这杯喜酒等了好几年了。”

“陛下说笑了。”卫琇淡淡道。

司徒钧顿了顿又道：“卫卿有属意的淑媛吗？”

司徒钧十五六岁时便少年老成，登基数年周旋于一干老狐狸中，从不会无的放矢，无端提起卫琇的婚姻之事，断不会是随口扯闲篇。

卫琇刹那间转过数个念头，脑海中逐渐浮现出一个女子模模糊糊的面容。这些年来隐隐约约也有些传言飘到他耳边，不过他对那位备受瞩目的长公主没什么想法，更不在乎她钟情于自己的流言是真是假。

卫琇拿不准司徒钧是在试探他还是真的有意将胞妹许配于他，不过结果都是一样：“庶政陵迟，黎民未乂，臣不敢耽于儿女婉娈之私。”

“卫卿心怀天下，孤甚为感佩。不过婚姻乃人伦之重，正所谓‘上以事宗庙而下以继后世’。卫卿有子都之貌，宋玉之才，恐怕是挑花了眼，故而至今难以定夺吧。”司徒钧仍带着说笑似的口吻，不过笑意不达眼底。

事君多年，卫琇有时候仍旧诧异于司徒氏的厚颜。当年他家的事明眼人一看便知是谁的手笔，即便司徒钧当时年纪小，可想必那么多年也该回过味来了，如何能这样泰然自若、大言不惭地说出“事宗庙”“继后世”这种话？

卫琇撩起眼皮看了司徒钧一眼，淡淡地道：“有劳陛下挂心了。”

司徒钧脸上的笑容顿时有些尴尬，讪讪地道：“卫卿多礼。”司徒钧打量了卫琇两眼，发现他病了一场瘦了些许，脸色有些苍白，不过于姿容却无丝毫减损，闲闲地往那儿一站便是丰神如玉，将旁人都衬得粗颜陋质、不堪入目，更罕见的是那种刻入骨髓的优雅淡然，还有那与生俱来的处变不惊。

司徒钧回忆了一下，似乎从未见他失态过，即便是卫氏夷族之后不久见到他，他仍旧是这样淡淡的——所有的哀戚仿佛都锁进了那对双眼中。司徒钧甚至怀疑世上没有什么事能令他惊惧和动容，也难怪自己的妹妹一见之下眼里便再也装不进别人。

不过司徒钧一看卫琇方才那冷淡的应对便知他并无此意，再说下去不过是自讨无趣罢了。司徒钧自然也有点怨他不识抬举，不过心里再不舒坦，也不能宣之于口——他是臣子，不是司徒家的奴仆，更何况他还姓卫。

司徒铮便轻轻揭过这话题，绕回到犒师之事，议了议具体细节，将行期定在十日之后。

卫琇退下之后，司徒钧看了会儿奏表，瞥一眼更漏，不知不觉中已经午时。他搁下笔捏了捏眉心，一旁的小黄门便适时地走上前来躬身问道："陛下要传膳吗？"

话音刚落，便有承光宫的宫人来请，道清河长公主入宫来了，中宫请天子前去一同用膳。

来得正巧，司徒钧心道。他本来就想找个机会宣妹妹进宫，开诚布公地与她说一说卫琇的事，趁早打消了她的念头，也好及早物色旁的驸马人选。虽说他找不出第二个卫十一郎来，年岁家世合适、才学品貌堪配的倒也不乏其人。

司徒钧一边登上金根车，一边寻思着一会儿如何开口，不知不觉便到了承光宫前。

清河长公主正在殿中与皇后絮絮地说着话，她们是隔房的表姊妹，幼时常一起玩的，姑嫂之间见了面总有说不完的话。

司徒婵着了一身梅红色广袖襄邑锦衣裳，韦氏则是一身素白，两人亲昵地连榻而坐，一旁的大铜瓶中斜插着一枝蜡梅。因这日天气晴和，宫人将窗帷撩了起来，阳光滤过糊在窗上的素色窗纸，两人的脸庞被柔和的光笼着，她们眉眼本就有几分神似，此时靠坐在一处，便如画一般静谧而美好。

司徒钧在门外遥遥地望着这一幕，不觉露出笑容，阻止了要入内通禀的宫人，背着手慢慢踱了进去。

韦氏听到脚步声，抬头发现了司徒铮，小声同司徒婵说了句什么，姑嫂两人微笑着起身行礼。

司徒钧快步走过去扶韦氏坐下，道："你我之间无须多礼。今日好些了吗？还犯恶心吗？"

清河长公主在一旁看着，掩着嘴笑起来，韦氏红着脸嗔怪地望了一眼司徒钧。

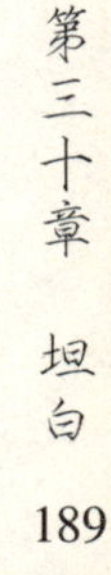

韦氏外柔内刚，看着贞静娴淑，执掌起后宫之事却游刃有余。两人少年夫妻，司徒钧对她虽是爱重多于恋慕，却是琴瑟和鸣，清河长公主看在眼里，不免自伤身世，有些黯然。

"妾去小厨房看看七宝羹炖好了没有。"韦氏说着便站起身。

"孤说过多少回了，那些事叫宫人做便是，何苦亲力亲为。"司徒钧皱了皱眉，不自觉想去握她手，突然想到妹妹在一旁，又将手收了回来，只是劝道，"有了身子更该小心。"

两人成婚数年，唯一的遗憾便是韦氏至今未诞下子嗣。入宫第一年韦氏小产过一回，半年后第二胎又滑落，遵医嘱调理了两年，这一胎便格外小心。她嗔怪道："哪里就这么娇贵了，沈医官也说了日常行止是无妨的，还劝妾时常走动走动呢。"

司徒钧也知道她这是找个借口让他们兄妹俩单独说会儿话，便不再多说了，只吩咐宫人谨慎小心地伺候着，又遣退了身边其他宫人和内侍。

清河长公主看着皇后出了殿外，这才期期艾艾地道："阿兄……卫公子今日入宫觐见了？"

"你的消息倒是灵通……"司徒钧见她一张脸涨得通红，不忍心再揶揄她了。他们兄妹自小亲近，妹妹自小因寡言腼腆，在阿爷跟前不甚受宠，他这做兄长的难免多疼惜她一些。

司徒婵倾慕卫家十一郎已经许多年了，那时候卫昭还在，且他显然没有让孙子尚主的意思，司徒钧不过是个不起眼的皇子，纵然心疼妹妹也束手无策。如今司徒钧已然站在了庙堂最高处，可仍旧无法让妹妹一偿夙愿。

"他的病痊愈了？他还好吗？"清河长公主满怀憧憬地看着兄长，漆黑的眼睛亮晶晶的。

司徒钧对着妹妹心中有愧，更恼怒于自己的无能，口吻不知不觉冷硬起来："你不用多想了，卫十一郎不会尚主的。"

清河长公主出其不意地叫他点破心事，羞红了脸，下意识便矢口否认："您说什么呢，我哪里想过……"

"没想过最好。"司徒钧犀利地看了她一眼。

司徒婵这才回过味来，也顾不上害羞了，膝行两步，像小时候讨吃食玩具似的抓住她阿兄的衣袖摇了摇，仰起脸问道："为何啊？"

司徒钧见她眼泪在眼眶里打转，心里一软，恨不得立时答应她。他富有四海，无论什么稀世珍宝，只要她想要都能给她寻来，即便是天上的月亮，也能想办法去摘一摘，可卫十一郎不是个物件，他总不能拿刀架在卫琇脖子上逼卫琇尚主吧。

何况他有意用卫琇——卫琇的出身得天独厚，却又势单力孤。有卫氏冠冕在，要扶植卫琇很容易，并且卫琇背后没有可以倚仗的家族，便只能为他所用。若是卫琇愿意尚主，自然皆大欢喜，若是不愿意，他也不会因这点事将卫琇弃之不用——比起尚主与否，他更担心的是卫琇会娶裴氏女。

“没有为何，今日阿兄已经旁敲侧击过了，他没这个意思。”司徒钧叹了口气道。

“为何啊？”长公主放开了兄长的袖子，转而揪自己的衣摆，“会不会是他没明白阿兄您的意思？”

司徒钧冷笑了一声道：“卫稚舒何等玲珑的心肠，什么时候连一句话都听不懂了？难道非要把话挑明了让他当面扔回阿兄脸上你才甘心？”

司徒婵怔怔地松开兄长的袖子，一眨眼，两行眼泪顺着清秀的脸颊滑落下来。她翕了翕唇，没说出话来，转而揪起自己衣摆来，把上面一朵刺绣山茶揪成了一团。

司徒钧轻轻拍拍她的胳膊，劝道：“阿婵，你贵为长公主，又是孤唯一的同胞妹妹，天下英伟男子多的是，洛京的世家公子你尽可以随便挑，何苦与自己为难。听阿兄的话，把卫十一郎忘了吧。”

清河长公主从袖子里掏出帕子，低着头默不作声地揩眼泪。司徒钧当她是听进去了，心道小娘子面皮薄，做兄长的不好说太多，一会儿让皇后再劝劝，便扯开话题道：“你这次入宫阿娘还不知道吧？用完午膳孤和你一起去看看她。”

一日早晨，钟荟刚到茅茨堂，正要将常山长公主的文房摊开，长公主府突然来人传口信，说是姜家老太太遣了下人叫孙女速速归家。

那下人语焉不详，也没说究竟所为何事，钟荟以为家中出了急事，衣服都无暇换，即刻向钟家借了辆马车，冒着风雪急急赶回了姜府。下了车逮着个婆子便问：“家里无事吧？老太太无事吧？”

那婆子直摇头，钟荟仍旧放心不下，连自己院子都没回，径直往祖母的松柏院奔去。看门的婆子眼神不好，没认出身着奴婢青衣的二娘子，还没来得及将钟荟拦了下来，她已经一阵风似的刮了进去。

三老太太刘氏闻声迎出来，见她这副冒冒失失的模样，笑着道：“二娘来啦，你阿婆正在里头等你呢，赶紧进去吧。”定睛一看，又奇道：“哟，怎么穿了这么身衣裳？”

钟荟看她神色如常，料想祖母没事，这才放下心来，扶着廊庑的木柱喘了几口气，纳闷地跟着刘氏进了门。

姜老太太正支使婆子往炭盆里放白薯，气色看起来不错，一见孙女便板起脸梗着脖子骂道：“小没良心的，你阿婆快进棺材了还镇日不着家，得亏是个闺女，要是个小子，腿早叫我打折了！”

钟荟才不把她的话当真，快步走过去，觍着脸挤到祖母榻上："阿婆找我回来什么事？哎呀，阿婆今日怎么打扮得这么好看？"

姜老太太叫她的花言巧语一蒙蔽，把断腿的事抛到了九霄云外，想笑又不肯笑出来，把嘴绷成一条线，翻了个白眼道："还不是为了你这小白眼狼劳心！"

钟荟打量了一下祖母的打扮，银红大明光纹锦缎褂衣，金银织成下裾，头上横七竖八地插了十几支簪钗，每支上都镶着指甲盖大小的各色宝石，胳膊上也不知套了多少金镯子，动一动便丁零当啷地一阵响，脸上还抹了胡粉涂了胭脂。

姜老太太年纪大了，开始嫌这些金器累赘，只在见客时盛装打扮，而能叫她把看家本领施展出来的，据钟荟所知，整个洛京只有一个人——方家姨妈。

果然，不多时便有婆子进来禀报方姨妈到了，姜老太太赶紧把孙女拽起来，塞到一架六扇朱色花鸟木屏风背后，指着屏风上一个小洞道："你方家姨妈带人来相看，一会儿给我把眼睛瞪大咯！"

钟荟凑近了往姜老太太所指的地方一看，果不其然，那木屏风上有个红豆大的小洞，是木板原有的蛀孔，取材时未加注意，制成了屏风才发觉。那画匠便别出心裁地在此处画了一只蛱蝶，那孔洞远看起来便像是蝶翅上的花纹，轻易发现不了，用在此等不甚磊落的情境下再合适不过了。

不过时俗相看夫婿时让在室的小娘子躲在屏风后窥伺不是什么稀奇事，但凡开明些又心疼女儿的人家，不舍得让孩子盲婚哑嫁，还有借着去寺庙进香、游玩相看的。

先帝长女兰陵长公主选驸马时更是只隔了聊胜于无的半透紫纱帷，令二三十名备选的郎君在帷外自陈，并抚琴、啸歌、吟咏、舞剑、骑射，各显神通——长公主果然因此选得佳婿，至今琴瑟和鸣，于是此法便成了公主选婿的成例，沿用了下来。只是断在了常山长公主手里，也怪不得她，接连登场的十几个恰好都其貌不扬，偏偏又好卖弄技艺，又冗长又乏味，常山长公主闲极无聊，坐在纱帷里打起了瞌睡，索性身子一歪，倒在席子上打了个盹，究竟也没相看出个什么名堂。而轮到清河长公主的时候，她阿兄才提了个话头，便叫她一口回绝了。

钟荟本来就没有相看的心思，何况早上离开钟府时卫十一郎还病着，也不知道这时候怎么样了，若早知道祖母打的是这么个主意，她无论如何也要赖在钟府，不回来了。

叫她纳闷的是，来人居然是方姨妈介绍的——竟然连方姨妈那里来的人都不放过，可见老太太是多么急着想将她嫁出去。

若说姜老太太对曾氏只是不喜，那对儿媳妇的这位胞姊简直可以说深恶痛绝。这位姨妈确实不讨喜，而且钟荟暗暗怀疑，姜老太太与方姨妈之间大约还多了一层说不清道不明的相互忌惮。

她们两人都爱盛装华服，不过方曾氏的奢侈逾度是她世家出身的阿娘自小一掷千金惯出来的，眼光与只知道宝石越大越好的屠户家老太太不可同日而语。只是姜老太太的宝石又大又多，方曾氏拍马也赶不上，便每每吹毛求疵，贬低姜老太太的眼光格调来找补。

正想着，从门口传来方姨妈那极容易辨认的笑声——以她的体魄而言，那笑声算是非常轻盈了，似乎还带着点回声，堪称悦耳。钟荟每回听见这笑声，脑海里浮现出的总是个不识愁滋味的年轻女郎。

不过也只是片刻那错觉便消失得了无踪影了，方姨妈全然不顾身后闷闷不乐的少年郎和一脸郁色的妹妹，颠颠儿地快步走到姜老太太跟前，凑近她耳朵大声喊道："姜老太太，您这一向可好啊？"

"好，好，我听得见，阿曾她阿姊，你还是这么兴兴头头的。"姜老太太往旁边避了避，心道本来没聋都叫你吼聋了。

"哟，您这身衣裳新做的呀？好看得紧！"方氏拊掌道，"咦？让我仔细瞅瞅，这桥梁簪怎么能同螭虎穿花钗戴一块儿，碧玉和蓝宝石凑一起也不合适呢……哎！吓人！这冬日的衣裳怎么绣的是菊花？错得离谱啦！"

说着把着姜老太太的手臂，一脸推心置腹地道："老太太，我跟您说，外头那些个裁缝和绣娘啊，活儿粗糙，态度还敷衍，若是碰上懂行的主顾还好些，若是碰上您这样的外行人，可不就糊弄过去了？"

一边说一边撩起姜老太太的衣摆，指着上面的刺绣菊花道："啧啧！您瞅瞅这针脚！粗得能嵌一排米粒儿进去了！我也是同他们打交道烦了，只得在家里养了两个女裁缝并四个蜀地来的绣娘，只做我和阿眉两人的四季衣裳。回头我看看，若是她们有空，就遣她们到您府上来，给您好好做一身，下回您见客啊，入宫啊，都能体面些。哦，不对！险些忘了，前日梁州刺史送给我家老太爷一箱子上好皮子，她们这几日都在赶制裘衣呢，做完裘衣又得赶春衣，哎呀，看来是得等到四月里了……"

曾氏在后头看着婆母的脸都快发青了，连忙上去扯了扯她阿姊的衣袖道："好了好了，一说起衣裳钗镮就没完没了的，都快把正事忘啦！"

方曾氏犹有些不过瘾，觑了觑姜老太太，将大半身子罩在她阴影里的小郎君向前揽了揽："老太太，这是范家表侄儿，来给您请安啦。"

范家小郎君闻言上前端正地行了个礼，道："范四郎见过姜老太太。"

姜老太太赶紧放下私怨，往前抻长了脖子，眯着眼睛端详了一会儿。

那范四郎着一身竹青色绨锦夹丝绵袍子，生得面容白皙，眉清目秀——姜家出美人，范四郎的样貌同几个孙子比差了一截，不过有一股子读书人的文质彬彬。

姜老太太不由得想起远在凉州的姜悔，心里一阵发软，不由道："哟，好生齐整的孩子！"朝立在一旁的三老太太眨了两下眼，刘氏便会意地从左边袖口里掏出个锦囊递过去。

老太太事先准备了一轻一重两份见面礼，分别收在刘氏两个袖子里，左袖的锦囊里是一只白如羊脂的玉奔马，右袖的锦囊里则是一枚普通的二两金饼子。两人商定好了，若是第一眼看着就不行，老太太便眨一下眼，刘氏就呈上右袖里的金饼子；如若初看下来还算满意，便眨两下眼，刘氏则呈上左袖里的玉马。

"第一回见，阿婆这里也没什么好东西，你且拿着，随便玩玩。"姜老太太和颜悦色地向他道。

范四郎咬了咬下唇，犹豫了一下，看了方曾氏一眼，将那沉甸甸的锦囊接过来，大方又得体地道了谢。

姜老太太瞥了一眼支在墙角的木屏风，范四郎看在眼里，也顺着她的目光看过去。那架屏风插板的下缘距地面大约有一尺来高的距离，他一眼便看到了屏风下露出来的青色裙裾，神色有些复杂。

姜老太太又装模作样地问了问范四郎年岁几何，家里都有些谁，其实那些她早查探得一清二楚了。

因惦记着孙女还在屏风后头，怕她站久了累着，姜老太太一会儿便装作精神不济地揉了揉额头，方曾氏这回倒是千年不遇地有眼色——其实也不是有眼色，实是怕待得久了，那小贼皮露出马脚来。

姜老太太照例要客套一番，留两人用午膳，方曾氏连连推说家中有事，便带着范四郎告辞了。

出了姜府，方曾氏便不用再装下去了，她对那勾引自家宝贝女儿的下流坯子恨得咬牙切齿，恨不能生啖其肉，哪里肯搭理他，两人便分坐两辆牛车回了方家。

范四郎的正经姑姑，方家二房的娘子范氏正翘首盼范四郎回来，见了他忙拉到屋里，合上门帷。

范四郎把姜老太太给他的见面礼往案上不轻不重地一拍，低着头看着右前方的地面不吭声。

范氏打开锦囊，见那玉马雕工细腻，洁白无瑕，一看就是宫里出来的好东西。饶是她见惯富贵也不由咋舌，这姜家的豪奢果真名不虚传，这样的东西随随便便拿来送人，不过想来也是对范四郎满意的缘故，忍不住露出喜色："这回去姜家怎么样？见到他们家二娘子了吗？"

范四郎不吭声，只是摇摇头。

范氏以为侄子是害臊，笑着道："他们家二娘子从小就是个美人坯子，五六年前我见过她一回，真个像仙童一样，那样的容貌长大了也歪不到哪里去，你莫担心。"范氏又朝某个方向瞥了一眼，道："三房那个同她一比就跟野草似的。姑姑替你好生打听过了，那小娘子规行矩步的，是个好孩子，不像有的人，小小年纪烟视媚行，一看就不是个正经……"

范四郎闻言忍不住冷哼一声，道："您既看不上阿眉，那姜二娘同她还是表姊妹呢！屠户家有什么规矩！不过是有几个钱罢了。咱们范家虽破落，也不至于堕落到娶个屠夫的女儿！"

"好，你有骨气！那你今日去姜家做什么！"范氏没好气地道。

"若不是阿眉她阿娘逼着我……"自己认定的岳母费尽心机要他娶别家女儿，把他当污泥似的恨不能立即甩脱，范四郎羞愤难当，"我不比谁差，靠自己也能挣出前程来……总之，除了阿眉我谁也不娶！"

范氏差点叫他气得仰倒，恨不得掀开他天灵盖看看里头装的是糨糊还是豆渣，这姜家女是那么好娶的吗？她费了那么大的劲周旋，人家才肯相看一下，这小子倒好，全然不明白她的苦心。

方曾氏和范家小郎君前脚跨出门，姜老太太便迫不及待地绕到屏风后头。三老太太刘氏见状借口去厨房传午膳，避了出去，免得有她在场，二娘子不好意思说真话。

姜老太太将孙女叫出来："阿婴啊，你看那范家小子怎么样？"一边道一边觑着孙女脸色。

钟荟脸不红心不跳，方才压根儿就没往那洞里看，她已经明白了自己的心意，不管同阿晏有无可能，心安理得地嫁旁人是做不到了。只是祖母为自己的婚事这样辛苦奔忙，她感到很是愧疚，抱歉地道："对不住，阿婆，我不想嫁那范家公子，也不想嫁旁人。"

姜老太太是过来人，目光如炬地仔细打量了她一番，道："阿婴啊，你老老实实告诉阿婆，是不是心里有人了？咱们不兴学那些大户人家酸不拉叽的，这没什么好遮遮掩掩的。"

钟荟低下头，脸涨得通红。

姜老太太看着她粉红的耳朵，叹了口气："是哪家的孩子？"

钟荟拿鞋底在地上蹭了又蹭，"卫琇"两个字怎么都说不出口。

"是那日你阿兄请客时来的公子里头的？"姜老太太只得自己猜，"是那萧家小子吗？"

钟荟一阵莫名，旋即想起祖母说的是萧九郎，赶紧把头摇得像拨浪鼓似的。

姜老太太心里盘算起来，那日到家里来做客的十几个小郎君就数萧九郎才貌最出众了，如果不是他……她猛地想起什么，心里不由咯噔一下：对啊，那天卫十一郎也来了！

老太太小心问道："是卫家小子？"

钟荟没料到祖母那么快便猜中，头快埋到领子里去了，微露的耳尖红得快赶上老太太簪子上的红宝石了。

果然！老太太抚了抚额头，又往嘴上抹了一把，早知道这样，当初那卫家小子来求亲时答应下来就好了嘛！可那时候孙女分明拒绝得斩钉截铁嘛！

她皱着眉头问道："你认定了他，他呢？他怎么想你知道吗？"

钟荟一愣，是啊，自己并不知道阿晏是如何打算的，他心里应该是有她的吧，否则那日也不会失魂落魄地奔出来找她了，可他们到底也没有约定什么——私订终身这种事，单是想一想她都恨不得刨个坑将自己埋了。她不知道如何将这复杂的情况向祖母解释清楚，只得含糊地摇摇头。

"那咱们管咱们相看着，又不耽误什么！"姜老太太恨铁不成钢地白了孙女一眼，平日看起来挺机灵个孩子，怎么遇上这种事就跟块木头似的！

钟荟急得手足无措："阿婆，这不行！"

"那他不来提亲呢？他娶了别人呢？哦，八字都没一撇哪，你说不相就不相啦，到时候两头落空你怎么着？"姜老太太没好气地道。

"那就等他娶了旁人再说。"钟荟抿了抿唇道，这念头一起，她的心就像被针扎了一下。她"咚"的一声跪倒在冷硬的砖石地上，磕了个头道："阿婆，阿婴求您了。"

钟荟见祖母不点头，连着又磕了几个头，她肌肤柔嫩，心里一急也顾不上轻重，额上立时红了一片。

姜老太太见她这失魂落魄的模样，心里像吞了黄连一样，一把将她拽起来搂在怀里："行吧行吧，你自己莫后悔！"

钟荟松了一口气，后知后觉地觉出疼来，摸了摸红肿的额头，喜不自胜地道："阿婆您记着同阿爷也说一声啊。"

"知道了，"姜老太太愤愤地往她胳膊上掐了一把，"你阿爷这几日不在家里，等他回来我就同他说。"

卫琇出了宣德殿，回中书省处理完积压了几日的文书诏令，披着斜阳离开了宫城。

已是残阳欲下、华灯初上的时分，一缕缕炊烟从大街小巷的宅邸屋舍中升腾起来，汇聚到空中，成为笼罩洛京城的红尘烟火，温暖了冬日的黄昏。

皂轮牛车在御道上不快不慢地前行，车轮偶尔轧过小石子或是砖石路上的缝隙便颠簸一下，车上覆了青油幢，里头光线幽暗，加之铺了厚实柔软的白狐皮褥子，那颠簸也很轻柔，叫人越发昏昏欲睡。

卫琇身子还未完全复原，又操劳了大半日，难免困倦，捏了捏眉心。这时耳畔传来此起彼伏的叫卖声，听起来有些远，卫琇便知道，牛车已行至金市旁的昌平街了。

他撩开窗前的帷幔往外张望了一会儿，命舆人将牛车停在路边，披上狐裘下了车，往金市南边的梅四娘脯腊蜜饯铺子走去。

已经到了快关门歇夜的时候，梅四娘正支使着两个小伙计将铺子门口的几个黑陶缸子往铺子里搬，半扇门板已经上了门框，另外半扇正扛在她手里。

梅四娘大约五十来岁的年纪，因常年劳作腰身粗壮，背板厚实，有块厚肉从后颈延伸到肩膀，看起来微微有些佝偻。

“大娘，劳驾稍等，我买几样东西，只需片刻。”卫十一郎对着那背影道。

梅四娘转过身，愣了愣，将门板放下，靠在墙上，在衣摆上揩了揩手，有些难以置信地道：“是卫家小郎君吗?”

卫琇朝她笑了笑，她竟然还认得出自己，令他颇感意外，上一回光顾这家铺子已是六七年前的事了。

“快请进快请进!”梅四娘赶紧往旁边退开几步，将卫十一郎让了进去，“您好些年没来了，我有时候想起来还觉得纳闷呢!”

自家里出了事，卫琇若非不得已，极少来这些人多热闹的地方，旁人小心翼翼又热情过度的目光总叫他觉得难堪。他不知道如何回答，便欠了欠身，默然走进铺子里，四下看了看，问道：“有什么新鲜的蜜饯和脯腊吗?”

梅四娘便将那些坛坛罐罐上的草盖子一个个掀开，搁在一边，一样样地给他介绍，热情地拿竹箸夹出来请他品尝：“这蜜渍梅条客人都说好，还有甜脆獐子脯、五味鹿脯、豉汁陈皮兔条……几样都是近日新做的，昨儿一大罐玫瑰蜜枣叫个客人全买去了，早知道您要来就给您留着了。”

“有白梅味儿的蜜饯吗?”卫琇问道。

“有！当然有!”梅四娘弯腰捧起个青瓷罐，揭开盖子给他瞧，“白梅花腌的杏脯，您看看喜欢不喜欢?”

卫琇尝了一颗，觉得不甚满意，那杏脯几乎没什么白梅的香气，味道比起姜二娘自己捣鼓的梅条差远了，便指着方才尝过觉得差强人意的几样，对梅四娘道：“柿干、林檎干、龙眼干、荔枝干、蜜渍樱桃、蜜渍李子、蜜渍玫瑰各与我包半斤，还有甜脆鹿脯、五味鹿脯、兔条各一斤，等等。”他寻思了一下，此去凉州至少两三个月，依她那镇日不停嘴的吃法，这些大约是不够的吧，便道，“方才那些蜜饯各一斤，脯腊各三斤，再加木瓜、枸橼、橄榄、益智、枣脯、柰脯，每样包一斤。”

眼看着要关门却做了一笔大生意，梅四娘不由得笑逐颜开，麻利地将卫琇要的蜜饯和脯腊一样样称出，称的时候故意多舀了一些，原本要一斤的便成了斤半，卫琇知道这些生意人的小心思，也不同她计较。

梅四娘算了算，报了个数目，卫琇便取出钱袋，梅四娘忙推辞道：“还是按老规矩记账就好。”

卫琇想了想，往后大抵是要时常光顾的，忍不住笑了，点点头道：“也好，那我便吩咐下人月末来会账。”

不知不觉买了二十多斤东西，梅四娘便叫一个伙计将这些吃食送到卫家停在金市外的牛车上。

姜府自然不缺吃的，不过那些都不是他送的。卫琇望了望车厢里堆得小山似的蜜饯脯腊，遗憾地想，这些市坊中的东西终究粗陋了些，只能待明年新果成熟时让家中下人挑最好的腌制了。

在西市上耽搁了一会儿，回卫府时天色已经黑了，露点未浓，露气已集，从车上下来，披着狐裘仍旧有些冷。

他的书童阿慵迎上来问道：“郎君回来啦，奴去传膳？”

“不必，方才在官署已经用了，你叫人将车中的东西搬到我房中去。”卫琇吩咐道。

阿慵将半个身子探进车里，抽鼻子嗅了嗅，诧异道：“这些吃食要放卧房吗？”

“嗯。”卫琇言简意赅地道。

阿慵便不吱声了，他的主人好说话又好伺候，只需照主人说的做便是了。

卫琇走出几步，突然站定了，转过身对阿慵道：“你先安排人去送个拜帖，一会儿我要去一趟裴府。”

卫琇一直觉得，砖木大约也是通人性的，走进一座宅邸，很容易便能感受到主人的兴盛或是衰败。

像裴氏这样人丁兴旺的家族，连寒鸦声似乎都比别处高兴一些，从庭院间穿行而过，恍惚能听到日间孩童洒下的一串串笑声——他家原先也是如此，现在自然不是了。

卫琇重建房舍时，一掷千金地购了许多古树来，到如今五六个年头，这些古树已是根深叶茂，郁郁葱葱，掩映着一处处似是而非的馆舍楼台，可他有时候茫然四顾，只觉仿佛身在寂寥空山之中。

卫琇到的时候裴霄正在打坐，他这些年开始崇信释道，在府中清幽处辟出了一间禅院，兼作内书房，地方不大，陈设却很雅致。

裴霄便在这里见了卫十一郎。

“稚舒来了，快请进!”裴霄听见脚步声慢慢地睁开眼，这些年他没怎么见老，眼神犀利不减当年，又因常年茹素和修禅，体态仍旧和四十来岁时一般清瘦挺拔。

卫琇上前恭敬地行了个礼，笑道：“裴公无恙?”

裴霄向他招招手，从案上捧起一幅墨迹未干的字递给他，慈蔼地笑着道：“你来看看我的拙作如何。”

卫琇双手接过一看，是一首五言乐府，沉吟片刻道：“裴公此诗，发端如仙人驾鹤，翩然而下，三四句纵笔直写，浩气流溢，炼字精警，笔势雄浑，稚舒才疏学浅，只觉一派磊落之气，安敢妄加评议?”

“你这孩子啊，越来越会说话了。”裴霄接过字放下，“老朽有几斤几两重自己还有几分明白。今日星夜来访，是有什么事吗?”

“裴公明察秋毫。”卫琇便将天子派他去西北犒师的事向裴霄说了一遍。

裴霄不置可否地背着手走了几步，然后回到案前坐下，用指节敲了敲书案道：“这是天子对你的信重，此番前去，务必谨慎小心。”

“稚舒谨遵裴公教诲。”卫琇欠了欠身道。

“今日你入宫觐见，天子说别的了吗?”裴霄顿了顿，又敲了敲书案问道。

卫琇脸上闪过一丝屈辱和难堪，转瞬即逝，不过还是叫裴霄尽收眼底。裴霄笑着道：“稚舒但说无妨。”

“是，”卫琇垂下眼帘道，“陛下似有让稚舒尚主之意。”

裴霄朗声笑道：“清河长公主才貌俱佳，与稚舒倒是佳偶天成，依老朽之见，也未尝不可啊。”

卫琇皱了皱眉头，屈辱之色越发难以抑制，一开口声音中有一丝微弱的颤抖：“稚舒绝无此意。”

“你这孩子啊，就是心眼太死。你姓卫，长公主虽是宗室，于你而言与寻常妻室并无不同，娶了是有益无害……”裴霄觑了觑他脸色，无奈地摇摇头，叹息道，“罢了罢了，老朽不多言了，你这性子真是像极了你阿翁。”便撇下此话不提，与他聊了会儿诗文。

卫琇略坐了一会儿，便起身告辞了。

裴霄若有所思地望着他的背影消失在院门外，对一旁伺候的下人道：“去把阿广叫来。”

裴家二房长孙裴广很快便到了禅院，向祖父行过礼，问道：“孙儿听下人说，卫十一郎方才来过？”

“将今日进宫的事同我说了，”裴霄点点头道：“你觉得他如何？”

“卫稚舒？”裴广皱了皱眉道，“阿翁想用他？可是当年之事……”

“卫琇是聪明人，当年的事冤有头债有主，你不过是奉命行事，且极力斡旋周全，只不过那杨武一心要赶尽杀绝，你为阻止他折了不少兵马，还身中数刀。不记得了？要阿翁再替你温习一遍吗？”

裴霄脸上仍然挂着笑，裴广却感到寒气爬上后背，赶紧跪下道：“多谢祖父教诲。”

裴霄拍了拍孙子的肩膀道：“邙山中的事也不必担心，有干系的人早就不能言语了。”

“当日阿武带人去追杀他，阿武他是见过的，如若那日叫他认出来了……”裴广虽不想惹得祖父不悦，还是忍不住道。

裴霄想起葬身邙山的孙子，黯然地揉了揉额角：“阿武做事一向小心，必不会露出真容叫他看出破绽。”

裴广待要再说什么，裴霄不耐烦地挥挥手道：“谨慎是好的，可过于谨小慎微便近乎懦弱了。卫家人我最清楚不过了，那时候他才几岁？十二？十三？哪里有那么深的城府。我试探过他许多次了，若他知道实情，必不能这般不动声色。何况如今卫家就剩他一个，孤掌难鸣，翻不出什么大浪来。倒是你平日还需对他多加留意，万一他有什么别的心思，哼……”

卫琇登上牛车，放下车帷，靠坐在车厢里，慢慢合上双眼，将手伸进衣袖，摸到一只小小的锦囊——里头装着两张包梅条的蜡纸。

卫琇将指尖从锦囊的小口中伸了进去，轻轻摩挲了一会儿，心里那股翻江倒海的恶心慢慢平复了下去。

第三十一章 桑中

钟荟同姜老太太和盘托出，心里的一块大石头终于落了地，离开时她担心祖母年纪大了容易忘事，又反复叮咛了几遍："阿婆莫忘了同阿爷说啊！"叫姜老太太结结实实拧了几下。

钟荟喜滋滋地回了自己的院子，大娘子自己的终身大事解决了，便镇日操心妹妹的婚事，今日范家公子来相看的事自然早已知晓了，一听到门扇的动静便提着裙子冒冒失失奔了出来："看得怎么样？"

冷不防看见她红肿的额头，"哎呀"一声道："怎么弄的？"

"没什么，走路没看清楚前面，撞柱子上了。"钟荟信口胡诌道。她心里高兴，深觉额头上那点疼不算什么。她倒不是成心要用苦肉计来逼迫姜老太太就范，只是情急之下慌不择路罢了。

"欸，那范家公子到底如何啦？"姜明霜拿手肘捅捅她，又问了一遍。

"不成。"钟荟摇摇头道。

"啊？"姜明霜有些失望，"我听婢子们说那公子生得很是俊朗，不用再想想吗？"

"嗯，不用想了。"钟荟说着便飞红了脸，抿着嘴开始傻笑。

姜明霜是过来人，一见她这模样还有什么不清楚的，眼珠子一转，突然伸手挠她胳肢窝，逮了她个措手不及："快说快说！那人是谁？"

钟荟特别怕痒，笑得上气不接下气，眼泪都憋出来了，一边躲一边告饶。大娘子却很有韧劲，紧紧拽住她的胳膊不放："不说，看我怎么治你！是萧九郎？"

怎么一个两个都觉得她看上了萧九郎，钟荟一边想一边摇头，姜明霜狐疑地盯着她看了会儿，见她神色不似作伪，倒纳闷起来，手上也不停，往妹妹腰间摸去：“究竟是谁嘛！”

廊檐下突然传来一个闷闷声音：“卫十一郎！卫十一郎！”入了冬之后，阿枣怕那鹩哥儿冻着，专门替它缝了个夹丝绵的罩子，将整个鸟笼罩得严严实实，那声音隔着罩子传出来便瓮声瓮气的，像人得了风寒似的。

钟荟一下子涨红了脸，杏眸里水光潋滟。

“卫家公子？真的是他呀？”大娘子一愣，手一松，便叫她趁机逃开了。姜明霜回过神来拔腿便往二娘子屋里追去，道：“啥时候的事呀，快点同我说说！”

钟荟被身手矫健的大姊摁倒在眠床上动弹不得，只得交代道：“就这阵子。”

姜明霜对妹妹的含糊其词很不满意，待要严刑逼供，却见阿枣掀开门帷走进来笑道：“大娘子，二娘子，大郎君来了。”

大娘子只得悻悻地罢手，咬牙切齿地道：“暂且放过你！”姊妹两人嘻嘻哈哈一边笑闹着一边往厅事里走。

姜昙生正站在厅事门外的廊庑下逗那只鹩哥儿。他个子生得高，脚下垫了一张胡床便轻而易举地将鸟笼罩子掀开了一个角，对着那鹩哥儿打呼哨，引它学那呼哨声。

那冥顽不灵的扁毛畜生很不受教，仍旧孜孜不倦地喊：“卫十一郎！卫十一郎！”

姜昙生发愁地挠挠脸颊，他这妹妹也真是的，院子里养这么只鸟，若是传出去，人家还道她对卫十一郎有什么想头哩！

“阿兄，你做什么折腾我的鸟儿！”钟荟气急败坏地道，“快把罩子放下来，把它冻病了怎么办？”

“欸？”姜昙生纳闷了，日常折腾它的不就是你吗？怎么还倒打一耙了！今日太阳打西边儿出来了，突然着紧起这鸟儿来了！不过这些话他是不敢说的，他一朝被蛇咬，到现在还有些怵这二妹。

姜明霜看着不明就里的阿兄，不无得意，捂着嘴哧哧笑了一阵，方才问道：“阿兄找我们俩有事吗？”

“哦，对！”姜昙生这才记起自己是来当氤氲使者的，笨手笨脚地从胡床上爬下来，转身回到厅事里，把方才放在案上的一只两尺来长一尺来宽的桐木匣子打开，“前日去逛市集，给你们姊妹几个淘了些小玩意儿。”

姊妹俩凑上去一看，里头是些香粉、丝帕、玉带钩、翠钿等小娘子喜欢的物件。

姜明霜拿起一个小巧的青瓷盒，先翻过来看了看盒底，又打开盖子一瞧，里头是凝脂一样的香膏。她将之凑近鼻端闻了闻，奇道：“咦？这茉莉花香膏不是贡品吗？”

钟荟揶揄地瞥了大姊一眼，怪腔怪调地拖长了声音道：“哦——是贡品啊——”

姜明霜这才发现自己说漏了嘴，红着脸要去撕妹妹的嘴。

“阿姊说是贡品那一定错不了的了，阿兄上哪儿淘来的？皇宫吗？”钟荟带着笑望向姜昙生，她才不信这阿兄没事会给她们淘这些东西——倒不是说姜胖子不疼妹妹，实在是天生少一根筋，根本想不到这么细致的事情上头去。

“唔……唔……”姜昙生急得抓耳挠腮，在心里把萧九郎骂了十七八遍，送什么不好，弄个贡品来，这不是存心坑他嘛！

他支支吾吾半天，说不出个所以然，只得含糊道：“管恁多做什么，你们拿去用就是了，贡品不是更好嘛！没准儿是哪个内侍宫女偷出来卖的呢？对！必定是这么回事了！”

“好了，阿兄回去了。”姜昙生急急忙忙地把盒子撂下便要走人，走出两步突然想到什么，对着二娘子招招手道，“阿婴啊，你过来一下，阿兄有个事儿同你说。”

“我听不得呀？”姜明霜佯装不悦地抗议，姜昙生又是一阵面红耳赤、手足无措。

“阿姊你别逗他啦！”钟荟一边嗔怪一边跟着姜昙生走出屋子，穿过庭院，出了院门。

姜昙生左右张望了一番，确认无人经过，才从怀里掏出一个锦囊装着的物件，递给二妹，心虚地道：“这是单给你的。”

“都是一样的姊妹，阿兄何故厚此薄彼？”钟荟撇撇嘴道。

姜昙生将袋口的抽绳解开，从里头取出一块小巧的白玉双鱼佩，将其摊在手心里。

双鱼佩本没什么稀罕，不过这一枚胜在雕工生动细腻，两条鱼姿态各不相同，栩栩如生，粟米大小的鳞片清晰可见，绝不是一般珠玉工匠的手笔。

钟荟袖着手不去接：“这难不成也是宫人偷出来卖的？”

姜昙生讪笑着道：“想必是吧……”便要往她手里塞。

钟荟决然地将东西推回去，斜了他一眼道：“阿兄，你莫同我打马虎眼，不管这是哪位托你送来的，怎么来的你还怎么还回去，我不会拿的。方才那些东西我也不要，旁的姊妹愿意收就让她们收着吧，只当是你送的了。”

姜昙生见她已经猜到了，索性道：“阿兄也不是有意瞒你……这玉佩是萧九郎亲手雕的。”

“我不管什么萧九郎萧八郎的，总之你把它还回去。”钟荟想了想，为免节外生枝，还是将话说开了的好，便道，“阿兄，我已经同阿婆说好了，什么范四郎、萧九郎都不嫁。”

姜昙生握着玉璧思忖了半晌，只得原样收回去：“行吧，我去回了他。”

钟荟打发了姜胖子，心满意足地回到院子里，突然想起了什么，将细环饼叫过来：“那罐‘相煎何太急’还剩多少？你替我都取出来包好，明日我要带到公主府去。”

细环饼领了命去了，不一会儿回来禀道：“小娘子，奴婢同您说件事儿，您莫要急躁……那梅条……长了毛……”

“啊？”钟荟没明白过来长毛是什么意思。

“也就是说……发霉了……”

钟荟这才明白过来，再一想，家里这些收在地窖里的尚且发了霉，给阿晏那包在她袖子里不离身地捂了一个多月，岂不是霉上加霉？

阿晏他全吃了……钟荟如遭雷劈，脑子里嗡嗡直响。

第二日，钟荟起了个大早，让婢子将昨天去梅四娘的铺子买来的一罐玫瑰蜜枣装上车，迫不及待地往长公主府去了。她得先到那里换衣裳，然后坐长公主府的车马去钟家。

折腾了一番终于到了钟府，一打听，卫十一郎却已经回家了，而下次的课在六日后。

有了上回的前车之鉴，钟荟对那蜜饯再不敢掉以轻心，简直到了杯弓蛇影的地步，矫枉过正地把罐子搁在回廊角落里，她仍然不放心，每日都得打开确认几次。

如此忐忑地挨了六日，终于又到了休沐日。

卫琇天未亮便起来了，盥洗更衣完毕，在窗前盯着那天空一点点亮起来——仿佛有他盯着，天空就能早些破晓似的。

不过他到了钟府却没有立即去找姜二娘，而是先去了钟熹的院子。

钟老太爷前日起夜着了凉，有些咳嗽。

卫琇将去凉州的事告知钟熹，末了郑重其事地跪下来行了个大礼道：“阿晏有个不情之请。”

钟荟卯时未到就醒了，在床上翻来覆去，好不容易挨到天色微亮，叫了阿杏来替她盥栉梳妆，在房中坐立不安地走了几个来回，还是忍不住掀开门帷，走到院子里。

昨日下了半夜的雪，庭中的草木银装素裹。此时离上课时间还有近一个时辰，常山长公主屋子里没有丁点动静，想是还没醒。

钟荟自己也不知道大清早地站在寒风里做什么，只是一颗心太雀跃，若是待在一处不动，好像随时要从嗓子眼里跳出来似的。

她绕着院子踱了一圈，鬼使神差地将院门一推，整个人都僵住了。

卫琇就站在门口，披着狐裘，怀里抱着个衣箱大小的藤箱，一脸茫然。

“卫公子什么时候来的？在这里等了很久吗？”钟荟红着脸道。

“不久，刚刚才到的，你起得真早。”卫十一郎这才回过神来，不好意思地笑了笑，用下颏指指怀里的箱子，解释道，“给你带了一点吃的。”

钟荟看了看那硕大的藤箱，觉得他们两人对“一点”的理解有些分歧。她上回只不过送了他一包梅条，还是长了毛的，他就回报了一大箱吃食，真可谓滴水之恩涌泉相报。可是这么多……他这是喂猪吗？

钟荟红着脸赧然道：“多谢卫公子。”说着便要去接。

卫琇轻轻一让：“太重了，若是方便的话我放进屋里去吧。”三十来斤的东西捧了半天也是挺累的。

钟荟便默默地把门口让了出来。

卫琇按着她的指示把箱子搁在堂屋里，然后立即退了出去，两人隔着两丈的距离站在围墙外，都不知道该说什么好。

“我要离开京城一段时日，去凉州。”良久，卫琇终于打破沉默，“大约两三个月才能回来，最近都不能来授课了。”

钟荟吃惊地抬起眼，旋即脸上现出不加掩饰的失落来，半晌才道：“卫公子一路上多加小心，西北苦寒，风雪又大，多带些厚衣裳。”

卫琇觉得有她这句话，就是掉进冰窟窿里也不会冷的，嘴角的笑意慢慢荡漾开：“嗯，你也保重，我很快就能回来。”

钟荟突然想起廊庑上那罐玫瑰蜜枣来，匆匆说了句“你等等”，便转身跑进院子里将罐子抱了出来，递给他道：“带在路上解闷吧。”私相授受这种事情，她一回生二回熟，颇有些心得了。

“是铺子里买的。”钟荟又补充道，“我查验过，是新鲜的。”

卫琇忍不住促狭地笑起来，神情终于有些像他这个年纪的小郎君了。

钟荟心里酸涩难言，没头没脑地道：“你怎么那么傻呀！”

“嗯，是傻。”卫琇珍重地抱着罐子，眉眼弯弯地道，“往后有劳你多担待了。”

钟荟过了很久才反应过来他话里的意思，心顿时狂跳起来。

“我方才去见了钟公，他近来身体有些不适，走之前怕是来不及了。”卫琇顿了顿道，“等我从西北回来……”

接下去的话钟荟已经听不清了，她觉得自己仿佛飘到了云上，周遭的天地仍旧是那个天地，可云、风、大地、草木、屋瓦上的积雪、雀鸟的啁啾……一切都像是全新的。

茅茨堂内，常山长公主用手肘顶了顶钟荟，悄声在她耳边道："你觉不觉得卫十一郎今日有些异样？"

今日天阴欲雪，钟蔚寻了个由头在自己院子里躲懒，常山长公主终于能分出心神泽惠旁的美男子了。

钟荟心知肚明，却佯装不知，托腮抿嘴一笑，反问道："哪儿异样了？"说完忍不住又偷觑了一眼讲席上身姿秀挺的卫琇，他恰好也正向她望来，四目相接，目光只是轻轻一触，便都羞涩地看向一旁，钟荟觉得心口里仿佛叫人浇了一瓢温热的蜜水。

司徒姮抚了抚下颏，若有所思地道："你看他眉间含春，眼带秋波，一看即知是久旱逢甘霖。哎，我方才见他好几次往弟子席上瞟，莫不是真如外间传言……"

说话间卫琇的眼风又开始飘忽了，常山长公主这回留了神，顺着他的目光一瞧，登时吃了不小的一惊："哎呀！"略假思索便露出了喜色。

司徒姮的思绪如风樯阵马，直接跳过了若干步骤——卫家凤凰与洛阳牡丹生出的孩儿还不知得美到何种地步，单是想一想就叫人振奋不已了。

"卫先生，学生不太明白《硕人》一诗的深意，还请先生指教一二。"钟九郎起身说完这话，朝一旁的堂兄们促狭地眨眨眼。

钟荟瞄了堂弟一眼，这孩子人小鬼大，肚子里的坏水全倒出来一个水缸也装不下，并且极擅见风使舵和看人下菜碟，在钟蔚跟前就像耗子见了猫似的，也就是看着卫琇温和可亲、从不摆师傅架子，蹬鼻子上脸，变着法子寻卫琇开心。

自从发现卫先生过目成诵的本领之后，一干弟子便把难倒卫先生当成了个大乐子，钟九郎甚至还拿出今年端阳宫中新赏下的字画当了彩头，若是谁能成事便能拿去。

一开始他们尽挑又长又生僻的篇目，卫先生不愧是卫先生，哪怕已经被欢喜的浪头打得不知今夕何夕，像《闷宫》这样的篇目也能信手拈来，童子功扎实得令人咂舌。

钟九郎一探即知此路不通，决定另辟蹊径，反而挑那些尤其脍炙人口的——这些篇目早叫人翻来覆去讲了无数遍，要讲出新意谈何容易，而他们这些弟子在洛京乃至整个大靖的儒生中都算得上翘楚，如何会满足于陈词滥调？

然而卫先生又一次叫他们大失所望了，他连《关雎》都能讲得独树一帜、不同凡响。弟子们多少有点认命了，这位谪仙人一般的卫先生当真无懈可击，此生怕是没机会看他出乖露丑了。

钟九郎虽淘气，却很有几分伶俐劲儿，难为了卫先生几回之后，他便发现了一桩趣事——先生只要一讲到涉及儿女之情的篇目就会面红耳赤。他便专拣那些诗篇来问，借机欣赏卫琇的羞窘，感到甚是得趣。

卫十一郎如何不知道他这点小心思，无奈地笑了笑，轻轻摇了摇头，开始解析《硕人》一诗，按惯例讲完《诗序》和三家之论，末了道："说几句题外话，此诗以赋笔描摹女子容颜之美，可谓细致入微，'巧笑倩兮，美目盼兮'一句尤为得其神韵风致，尽显其顾盼神飞之态。"说到此处顿了一顿，含笑往心上人所在之处望一眼。

得知佳人心悦自己，卫十一郎的目光便如脱去了重重桎梏，飞扬神采如乍泄春光，那一眼看得钟荟心尖酥麻一片，心道这"巧笑""美目"说的分明是你自己吧！

常山长公主看在眼里，竟然微微生出些许惆怅，心想也不知此生能否得钟蔚如此看自己一眼，不过也只是一闪念，旋即便释然了——"驸马"早晚是她的，管这么多做什么！

"诗言庄姜车服之盛，出身之贵，姿容之美，只是通篇以局外人之眼，观身外之事，无寸缕情思相系。"卫琇接着道，"氾大家所作琴曲亦是从《诗序》之'国人闵而忧之'发端，叙卫人悯庄姜贤而无子，忧庄公惑于嬖妾，自然非关恋慕。近人以此曲传情，实是以讹传讹，略有不妥。"

钟荟不由得想起那日姜家宴席上萧九郎的一番做作，若不是知道卫十一郎早已离开，她怕是得以为卫琇这番感想是针对萧九郎而发。

她不免又想起萧九郎托姜昙生送来的双鱼佩，心里有些不安，姜昙生去了北岭学馆几年，洗心革面得十分彻底，剥掉那层带刺的霸王外壳，内里居然是个面疙瘩，行事欠一分果断，遇事最好两边都不得罪。这黏糊的性子大约是随了他阿爷姜景仁，平日里还好，关键时候一个不慎便要坏事，尤其那萧九郎是他同窗兼多年好友。钟荟越想越不放心，心道还是得回去叮嘱他一番，让他务必快刀斩乱麻，免得留了隐患。

"卫先生，既然说到此处，实不相瞒，弟子久仰您琴艺出神入化，不知今日是否有幸得闻？"这回说话的却是那寒门弟子祁源。

钟荟对他上次刁难卫琇记忆犹新，一听他出声就有些不悦，不过人逢喜事，对周遭的人事也格外宽容一些，况且她也不曾听过阿晏抚琴，他这番说辞正中她下怀。

祁源此话一出，其他弟子皆随声附和。

琴是君子修身养性、宣和情志的，不是为了卖弄于人前，这些道理在座的弟子们也都懂，故而他们虽有此意却都不敢开口，只怕令先生不豫，但既然有祁源当了那出头的椽子，卫先生也并无愠怒之色，他们便放开了胆儿软磨硬泡起来，其中又以钟九郎蹦跶得最欢，撒娇卖痴地缠着先生要听琴。

卫十一郎问询似的向心上人望了一眼，见她不好意思地点点头，知道她也想听，便点头笑道："那卫某便献丑了。"

弟子们不意他答应得如此爽快，一时还有些难以置信，缓过劲来顿觉三生有幸。卫家人的琴与钟家人的书并称双绝，不过见过钟家人手书法帖的人不少，听过卫家人抚琴的却没有几个，尤其是卫氏一门几乎覆灭，除了几个出嫁女便只剩卫十一郎了，他又几乎从不在人前抚琴——他若是不情愿，连天子都不敢命他献艺。

卫琇又道："不过我未曾携自己的琴，不知谁能借我一张?"

弟子们面面相觑，他们素日也跟着钟先生学琴，琴是每个人都有的，其中也不乏名家所制的上品，不过一想到操琴的是卫十一郎，顿时觉得拿不出手了。

钟七郎沉吟片刻，对堂弟九郎道："小九，你去十三姊那儿一趟，借她的琴一用。"

钟九郎小声嘟囔道："十三姊未必肯借哪……"一看堂兄脸色，赶紧改口道："罢了，大不了我舍了这张老脸……"

卫琇听他故作老成之语，不禁莞尔，连忙道："不必麻烦，随便取一张来便是。"

钟七郎却笑着道："先生有所不知，十三姊那张琴名曰霜钟，是东汉张大家所斫之琴，庶不辱没先生的琴艺。"接着话锋突然一转："况且十三姊对那张琴宝贝得紧，咱们等闲摸不得，说来惭愧，如今也是借着卫先生的东风，让咱们也长长见识。"

卫琇听闻"霜钟"二字一怔，这张琴他幼时见过，若是记得没错，当是钟阿毛的爱物，如何到了别人手中？转念一想，大约是赠给了堂妹吧，这阿毛也是大方得出奇，若是换了他，心爱之物宁愿带入地下也不愿转手与人的。

钟荟听到"霜钟"之名，只觉恍如隔世——事实上也的确隔了世。

她幼时跟从卫昭学琴，出师后钟熹便替她四处寻访，用了两年时间觅得这张汉琴，她自是很珍视的。只是后来病势沉重，渐渐连坐起身都不成，遑论抚琴了。

她不愿这张好琴因随了个不中用的主人而只能挂在墙上蒙尘，更不愿它有朝一日跟着自己沉寂于冢墓中，便同阿翁交代，转赠给了琴艺高过她的十三妹。

钟九郎去了约莫一刻钟便回来了，一脸喜色地抱着那张霜钟琴，此行甚为顺利，他还没祭出老脸，只说是为了卫十一郎借的，他十三姊就允了。

卫琇走出屋子，在院子里舀了水浣了手细细擦拭干净，然后郑重地从钟九郎手中接过琴，将其置于案上，娴熟地挑勾调弦。

这张霜钟琴音色醇厚，余韵绕梁，饶是见过不少名琴的卫琇也忍不住暗暗赞叹，不由得有些明白钟十一娘忍痛割爱的衷肠，让这样的琴埋没于坟茔之中确实可惜了。

方才话头既引出了《硕人》，卫琇便从此曲开始。

这是钟荟第一次见卫琇抚琴，但见他手挥目送，容色淡淡，不像时下一些士子一般故作潇洒之态，却有一股浑然天成的风流。

弟子们起初还很兴奋，待那琴音一起，逐渐肃然，片刻之后便沉浸在琴意中浑然忘我了。

果然如卫琇所言，叹惋悲悯才是此曲原本的面目，萧九郎那日却将这首曲子扭捏造作为儿女间互诉款曲，两厢对比如隔霄壤。纵然工于技艺又如何？不过是错得更郑重其事罢了。

卫琇一曲奏毕，原本有心在临走前奏一曲《凤求凰》，想到这琴的来历，又觉有些不妥，想了想，还是选了《碣石调幽兰》。

抚罢两曲，学生们自然意犹未尽，不过卫琇已取出帕子拂拭琴弦，便是不打算再奏了，那些弟子虽顽皮，却都很有眼色。

卫琇将琴小心翼翼地捧起，交给钟九郎道："劳驾物归原主。"

又转头对其他弟子道："方才所讲的篇目诸位有何不明之处？"见无人吭声，便道，"如此我便接着讲《出其东门》。"

话音刚落，一阵风从门口灌入室内，祁源坐得离门口近，衣裳又单薄，忍不住打了个寒战，转头一看，原来是个婢子撩起了门帷。

随后便有一个衣饰华贵的女子走了进来，姿态万方地径直朝卫琇走去，在距他五步远处站定，然后回身往弟子席上打量了一番，目光落在姜二娘脸上，勾了勾嘴角，又重新看向卫琇，不轻不重、不疾不徐地道："卫先生何不讲《桑中》，岂不是更应景？"

钟荟心往下一落，屈辱和愤怒随之往上升，《桑中》一诗写的是男女幽会，谁都知道"桑间濮上"是什么含义。清河长公主这句话，不单羞辱了她，更是对卫琇的侮辱。

若清河长公主只是骂她，钟荟未必不能忍，人家是天潢贵胄嘛，叫长公主白说一句罢了，横竖又不会少块肉，让长公主把气出了也就罢了。这位长公主自恃身份，平素不屑与人争竞，算不得嚣张跋扈。

可清河长公主不该把阿晏牵带进去，事涉卫十一郎，钟荟早将什么审时度势、明哲保身都抛到了九霄云外，她被怒气冲得天灵盖几乎要往上掀，悍勇好斗不下阿花，当即腾地一下站起了身。她比清河长公主高了半个头，气势上便略胜一筹。

只见她略微侧着身子，居高临下将那长公主从上至下打量了一个来回，神气活脱脱是从她阿兄钟子毓脸上拓下来的，仿佛她眼中看到的不是什么玉叶金柯，而是木屐底下的污泥，除了讨嫌还是讨嫌。

任谁叫人这么一看，都要忍不住怀疑自己是不是真的那么不堪。若是换了武元乡公主司徒香，这时候大约已经动武了。

清河长公主倒还沉得住气，五官尚维持在原处，只是白皙的双颊不由自主泛了红，不过越是如此她的神情便越是冷傲，嘴角凝出个冷若冰霜的笑。姜二娘在她面前惯常伏低做小，如今仗着卫十一郎的几分情意，便自觉有了底气与她针锋相对，真真一副小人得志的嘴脸，卫琇这样的人竟看上这种女子，她真替他不值。

《桑中》一诗虽叙男女幽会之事，然而一派先民“男女及时”的率真任情，发乎情，思无邪，所谓的悖德之论不过是今人以己度人。钟荟转念间便有无数说辞可以将司徒婵驳得体无完肤，她正要开口，眼角余光突然瞥见卫琇向她走来。

座中的弟子们未曾见过清河长公主，方才见一个陌生女子不请自来，一入内便直奔着卫先生而去，且醋意冲天，语中带刺，都暗自揣测是不是先生在哪儿欠下的情债，睁大了眼睛等着好戏上演。

谁知苏公子的婢子却莫名其妙地站了起来，难不成苏公子同卫先生有什么瓜葛，自己不好出头，便派下人打头阵？

紧接着的一幕叫他们感觉自己大约是瞎了。

只见卫琇若无其事地绕过那呷醋女子，走到苏家婢子的身旁，与她几乎并肩，然后伸出一只手，绕过她左肩，轻轻覆于她右肩上，安抚似的往下压了压。

钟荟满腹的激扬高谈与怒气尽数蒸发殆尽，红晕从两层黄粉底下透出来。撇开多年前逃难时的经历不提，她和阿晏从未离得这么近过，近得能闻到他身上松杪积雪般冷冽的气息，说起来好笑，他们方才私相授受时也隔了两丈远。

卫琇微微低下头，侧过脸，认真地望着她的眼睛道：“无事。”

清河长公主看在眼中，眼泪不知不觉已经盈眶，她在泪眼婆娑中难以置信地直勾勾盯着卫十一郎，仿佛要以目光为刀，将他那张俊秀的面孔捅个对穿。

卫琇松开姜二娘肩头的手，上前一步将她大半个身子遮挡在身后，对清河长公主道：“女公子，你我并无师徒之谊，‘先生’二字卫某实不敢当。”

司徒婵本来就有些讷言，又欠缺急智，方才以《桑中》刺他已经算是超常发挥了。她在心里准备了一套说辞，翻来覆去演练过数遍，若是顺着她的思路下去，尚且可以辩一辩。

孰料卫琇压根儿不想与她辩，直接拿话一堵。司徒婵哑口无言，脑海中一片空白，半晌才转过弯来，强词夺理地要将话头往准备好的路线上拐带：“你我虽无师徒名分，卫公子既在此传道授业，想来也不介意为小女子解答一二疑问。”

“抱歉，在下介意。”卫琇撩了撩眼皮道，“此地乃钟氏家学，女公子若是有意来此求学，莫如前去投文，若识见与气度能入钟公法眼，卫某自然乐于答疑释惑。”

他平日温雅谦和，难得露出这样矜贵的神色，便有一种贵公子的疏慵和傲慢，仿佛天地间没有一件物事可得他一顾——简直叫人想把心都捧给他。

钟荟在一旁看得心旌摇荡，她几乎忘了，曾经的阿晏刻薄起人来也是很刁钻的。

弟子们从未见识过卫先生这一面，都有些不敢相信。

常山长公主身为司徒婵的阿姊，见了妹妹吃瘪也不心疼，反倒“扑哧”一声，不厚道地笑出声来。

清河长公主正憋着一口气没处撒，当即将怒火烧到了常山长公主身上——要不是有常山长公主推波助澜，平白无故地将那姜二娘带到钟家来，他们说不定也不会那么快成事了。想到此处，她不免斜了那骄奢淫逸的阿姊一眼：“我看钟氏家学也不过是徒有虚名罢了，什么不学无术的人也收进来。”

常山长公主不由得有些生气，她和这四妹妹虽说自小性情和喜好迥然相异，不过她年长了好几岁，小时候也是真心实意疼过这个妹妹的，然而转念一想，清河长公主说的倒也不假，便释然了。

这时门口又灌进一阵冷风，司徒姮唬了一跳，以为是钟蔚闻信赶来了，生怕她那四妹妹驴脾气发作，将她的身份给戳穿了。

转头一看却是个身着鹤纹道袍、头戴白玉莲花冠的年轻女郎，她正处在女子最好的年华，生得艳若桃李，却神色冷淡，还作了一身女冠打扮。

常山长公主死性不改，见了美人照例两眼发直、神魂颠倒，只觉有些面善，一时间未及细想来者何人，只听钟九郎小声道：“十三姊……”

常山长公主这才恍然大悟，再看向她时心境便大不相同，赏美的心思也淡了，唯余无尽的唏嘘。

钟十三娘却没理会阿弟，向卫十一郎淡淡扫了一眼，眉心微微一动，虽仍旧没什么表情，却叫旁人无端觉得悲恸不已。

她收回目光，径直走到清河长公主跟前，屈膝跪地，行了个规规矩矩的稽首礼，匍匐在地道：“民女拜见长公主殿下。”

嗓音暗哑粗嗄，如瓷片刮在瓦片上，与她的朱颜玉貌极不相称，倒像是个垂暮的老妪，闻之叫人毛骨悚然。

钟荟一听那声音眼泪就淌了下来，怕卫琇看出端倪，赶紧将脸别了开去，不过卫十一郎始终留了一线余光关注着她的一举一动，将她的神情看进了眼里，不由得有些诧异。

当年钟卫两家约为婚姻，卫珏出事时钟十三娘的嫁衣都已绣了一半了，家里长辈怕她哀毁过甚，一开始都瞒着她，又叫婢子们不错眼地日夜盯着她，以防万一。

可那么大的事如何瞒得住？没过几日，钟十三娘便不知从哪儿得知了实情。她知道了也不哭，也不吭声，只不动声色地继续绣她那身嫁衣，某一夜在守夜的两个婢子的茶汤里下了安神的药材，趁着她们打瞌睡的时候将几张胡床叠起，将嫁衣的腰带甩上房梁。

好在茶汤里下的终究也只是寻常的安神药，其中一个素来机警的婢子迷迷糊糊中听到小娘子屋子里有响动，使劲爬了起来，跑进房中往眠床上一摸，没摸到人，赶紧点起油灯四下里找，只是不见人影，不经意往头顶上一望，吓得一屁股摔在了地上——他们家小娘子正吊在房梁上，身上披着白天才绣完的嫁衣。

那婢子回过神来，赶紧一边扯着喉咙唤人，一边摇醒同伴，两人也来不及去叫旁人，将胡床叠在案上爬了上去，费了好大力气将只剩一口活气的十三娘扛了下来。

人救了回来，嗓子却坏了，颈上勒出了一道触目惊心的痕迹，一直留至今日。钟十三娘一回没死成，看着垂泪的双亲和阿翁也不忍心再来一回，便退而求其次，出家了。

钟熹和她父母拗不过她，只得在庄园后山上辟出一块地方盖了一座小道观，许她做了个带发修行的女冠，府中的院子仍给她留着。起初那几年她连年节都留在山中不回来，这些年逐渐好些，时常回来住住，陪陪长辈，不过也多是待在自己院中，钟家其他姊妹设宴待客，她也不出来应酬。

清河长公主与她是相识于幼时的知交，卫家出事后便不往来了。长公主今日突然递了帖子来拜访她，在她院中坐了会儿，两人不咸不淡地道了几句寒暄，钟九郎来借琴，司徒婵后脚便起身告辞了，无论如何也不要她相送。

钟芊多年前就知道她恋慕卫家十一郎，两人还遐想过往后做了妯娌如何常来常往，谁知弹指之间广厦倾颓，一切美梦都寂灭了，只是司徒婵仍旧抱着那梦的余烬不肯醒。

司徒婵赶紧将钟芊扶起来，脸上露出些丑态叫人撞破的羞惭，声如蚊蚋道："对不住。"

钟十一娘转头对卫十一郎深施一礼："长公主殿下是我的客人，叨扰了卫公子，很是抱歉。"

这句话像是一盆冷水照着司徒婵兜头泼下，她羞怒交加，可眼下显然势单力孤，连自家亲姊妹都不帮她，只得拂袖离去，却在门口迎面碰上了闻讯赶来的钟蔚。

钟蔚可没有卫琇和堂妹那么迂回婉转，施了个礼道："长公主亲举玉趾辱临寒舍，真令敝处蓬荜生辉。不佞听闻长公主有意入敝家家学，着实惶恐，只是殿下龙血凤髓，不佞拙目，恐不识妙语华章，还请天子降旨，敝姓阖族屈膝以待。"

说完也不看她脸色，傲慢地走进茅茨堂，先对着卫琇好一番赔礼道歉，然后叫了钟十三娘一起离去。

钟芊临走时忍不住又看了一眼卫十一郎，他与卫珏是堂兄弟，眉目总是有几分相像的。时至今日她终于明白，卫六郎当初看见自己，为何总是流露出悲苦的神色。

第三十二章 进香

将入腊月，京师接连几日风雪蔽日，才不过申时，看天色已仿佛黄昏。

承光宫已上了灯，皇后韦氏见清河长公主解去狐裘，只着了一身单衣，立即吩咐宫人搬了两个炭盆来点上。韦氏自己怀着身子，一时觉得寒意侵人，一时又觉得燥热难安，便很难判断旁人的冷热，心里想着热一些总比在自己这里冻着好。

“阿妹。”皇后状似不经意地拨弄了一下璎珞上垂下的彩丝穗子，“有一阵子没入宫陪阿嫂说话了，近来还好吗?”

司徒婵轻轻嗯了一声，往她隆起的腹部看了一眼：“小皇子这几日乖吗?”

虽然还不知道男女，韦氏听见“皇子”二字心里禁不住一喜，天子继位六年多，至今只郭才人诞下一位皇子，论心焦，整个后宫谁也比不上皇后。

不过她到底克制住了，没有喜形于色，只是温婉地笑了笑，轻轻抚着肚子道：“医官说怀相还好，只是这孩子皮得很，动起来没个消停。”

“好动才聪慧，将来必定如阿兄一般明睿英武。”清河长公主淡淡道。她恭维起人来总是透着那么几分若有意似无意的敷衍，此时心里有事，更是恨不能将“场面话”三字写在脸上。

韦氏深谙表妹的性子，也不与她计较这些，寒暄到了这里也就差不多了，是时候切入正题了。她屏退了宫人，往司徒婵那边倾了倾身子，道：“一晃许多年，想当初咱们一起梳着丫髻，在外祖别墅中折梅堆雪，那情形还历历在目呢。转眼我都已是二十多岁的妇人了，阿婵过年也十九了吧?”

来了，司徒婵心道。她们姑嫂虽相得，也不至于思念难耐到风雪天将她召进宫里来——不出几日便到腊日了，届时她是必定要入宫的，难道这几日都等不得吗?

必是钟家家学里的事传到了她阿兄的耳朵里，阿兄叫阿嫂出面敲打她呢。

当日钟十三娘一语道破她的身份，打开始就没打算给她留面子，即便钟家弟子没有搬弄是非的爱好，在场的下人也都看在眼里，随便哪个嘴碎的出去一说，朝夕之间便能传遍巷陌里闾——事涉天子唯一的胞妹和卫家十一郎，即便没有故事，洛京的百姓尚且要捕风捉影地编派出一些故事来，何况真有其事？

不出两日，清河长公主为了卫十一郎大闹钟府的新闻就传遍了洛京的大街小巷，每经一人之口便要添上若干枝节，到后来不但出现了许多个版本，且每一个人说起来俱是头头是道言之凿凿，个个宛如亲眼所见、亲耳所闻。

在洛京百姓最为喜闻乐见的版本中还出现了一位神秘“红颜”，据说是卫公子心许之人——只是关于这位“红颜”是男是女，是贵是贱，是圆是扁，就众说纷纭、莫衷一是了。

故事的一半甩甩袖去了西北，留在京都的清河长公主便只能一人挑起大梁，连长公主府的下人都在暗暗地传，司徒婵扫一眼他们心虚胆怯的模样便心知肚明了。她心中烦闷却无处可诉，只得装聋作哑，紧闭门户以求清静。

在卫十一郎的事上，司徒钧上回说得很明白了，一分余地也不给她留，故而她去钟府之事是瞒着兄长的。起先她也只是知道卫十一郎逢旬休在钟氏家学中讲课，又从母亲韦太后那儿听闻三姊常山长公主乔装打扮在钟家出没——司徒姮一向散漫惯了，也没怎么想着瞒住宫中诸人，反正也没人把她的所作所为当回事就是了。

司徒婵最忌惮的自然是姜二娘，不过对这爱美成痴的三姊也不得不提防着——她对卫琇的姿容时常赞不绝口，如今千方百计地混进钟家去，难保不是冲着卫十一郎。

清河长公主原本只想借着拜访钟十三娘的机会去探探虚实，直到发现那屠户女竟也在，一下子气愤填膺，便不管不顾地失了分寸。

韦氏觑了觑长公主的脸色，在心里斟酌了一番，道：“你阿兄的意思是等开春气候暖和些，就替你遴选驸马。要我说呢，你自个儿也可以着意留心起来，若有合适的俊彦，便告诉阿嫂，好叫你阿兄添入名单里去，也不必过于拘泥家世身份，只要持中守正、品貌出众，你阿兄同我必定尽心竭力、玉成良缘。”

“急什么？三姊比我大三年呢，连她都不急。”司徒婵佯装不知。

“三姊一向特立独行，连阿爷在世时都做不得她的主，遑论你阿兄……”韦氏说到此处突然停下来，按着肚子笑道，“又在踢我了。”

待腹中的孩子练完拳脚，韦氏方才轻轻将手搁在司徒婵手臂上，叹了口气，推心置腹地道：“阿婵，你我本就是表姊妹，如今又成了姑嫂，我不同你避实就虚，全大靖的小娘子里就数你最尊贵，惊才绝艳的儿郎不是尽着你挑，天下又不是只有卫十一郎一个男子，何苦为了他虚掷年华？若是有法可想，你阿兄必定会遂了你的心愿，可是你也清楚卫十一郎是什么样的人……”

“我知道了，阿嫂。”清河长公主扯了扯嘴角，她们劝来劝去不过那几句话罢了，都道卫十一郎宁折不弯，可她阿兄何曾为了她这妹妹折一折？

起初纵然有怨怼，日日朝夕相处，难道就不能日久生情吗？他能中意姜明月那样空有容色实则蠢笨不堪的屠户女，自己与她不啻霄壤，又有一腔挚诚的情谊，天长日久何愁打不动他？说到底只不过她阿兄有诸多顾忌罢了。

司徒婵心里有怨，连带着对面前这位善解人意、唯她阿兄马首是瞻的阿嫂也有些不满，想了想，蹙着眉道：“阿嫂，妹妹何尝不知您说的这些道理？不该有的念头我早放下了，只是……只是实在不忍心看他自甘堕落罢了。”

“这话怎么说？难道那些荒诞不经的传言竟是真的？”这两日韦氏也听了一耳朵关于卫十一郎的传闻，此时听长公主话里有话，胃口简直被吊上了天，连肚子里的胎儿都若有所感，停下手脚，一动不动地静待下文。

清河长公主并不知道外间是如何传的，再没眼色的人也不敢将传闻搬到她本人面前来讲，她也没兴趣知道，只接着道：“是姜太妃娘家二娘子，你也见过的。”

“哎呀！不是真的吧！”韦氏花容失色，若不是身子沉，恐怕要从榻上一跃而起。

“可不是。”司徒婵抚着手腕上的缠枝莲纹金跳脱道，“我亲眼见到的还能有假？阿嫂，若他钟情韦氏、裴氏、钟氏、萧氏甚至再次一等世家的女公子，我只会遥祝他欢喜顺意，可他偏要和那……那样的人搅和到一处……”

韦氏得知了内情，有些理解清河长公主的愤怒，不过她毕竟已嫁作人妇，看男女之事与在室的小娘子便有些不同，夫妇之间实在有些不足与外人道的玄奥，有时候非关家世的。

清河长公主把话说到了，见阿嫂沉吟，稍坐了一会儿便起身告辞了。

司徒婵缓缓走出大殿，心里满是凄楚，卫琇视她若无物，她却还要为他绸缪。其实他们都不懂，她并不是非嫁卫琇不可，只是不甘愿眼睁睁看着他受人蛊惑，铸成大错。直到此刻，她心底里其实并不以为卫琇会娶姜二娘，只是那种人家的女子不知有多少她难以想象的腌臜手段，卫十一郎同姜二娘沾上了边，如同一只脚踩在悬崖上，往前迈一步便是万劫不复。

韦皇后为了安胎一直待在承光宫，尤其是入了冬之后，连去庭院中透透气都有老宫人轮番劝谏，卫十一郎的秘辛简直如同往她寡淡无味的日子里撒了一把盐。韦氏满心都是卫十一与姜二娘的纠葛，迫不及待要同天子分享，可惜当夜天子一直在案前忙到半夜，宿在了宣德殿。韦氏憋了一天一夜，第二日晚膳时才将那了不得的新闻向天子和盘托出——措辞自然是很得体文雅的。

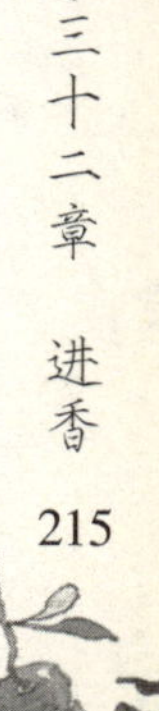

天子也是大为惊骇，不过卫琇娶姜家女总比与裴氏结亲好，且卫十一郎本就惹眼，士庶通婚必定掀起轩然大波，届时顺水推舟地卖个人情与他倒也甚是便宜。不过也只是白想想罢了，卫十一郎是个聪明人，想必不会为了区区一个女子将自己置于那样四面楚歌的境地。

却说那日姜昙生领了二妹的示下，总觉得后脖颈仿佛有一根筋让人提着，恨不得立时将那块烫手的双鱼佩甩回萧九郎怀里。

只是正要约萧熠出来仔细分说，便遇上京师连日风雪，直过了四五日才盼得晴霁。姜昙生不敢耽搁，立即叫人送了帖子去萧家，请萧九郎当日夜里去舜华楼一叙。

萧九郎接到帖子便有些犯嘀咕，自他透露出求娶姜二娘之意，两人出去饮酒便心照不宣地避开那些烟花之地，姜胖子连歌姬、乐姬生得眉清目秀些尚且要忌讳，如何主动邀他去舜华楼那种地方？

莫非又变换着法子试探他真心还是假意？萧九郎左思右想，不得其解，只能暂且放下，只等当面见了姜昙生之后再弄个明白。

大约盛寒长夜更容易叫人生出倚玉偎香的渴望，舜华楼的生意格外好。

入夜时分又飘起了雪，附近街巷中交错零落的车辙和屐齿印很快被雪遮盖了。

外头月隐星暗，雪片翻飞，室内客人寻欢觅艳，兴致高昂。

萧熠进了舜华楼，绕过朱阑回廊，轻车熟路地往里行至二进庭院，耳边不时飘来丝竹笙管和娇笑低唱，间或有一二绰约女郎轻移莲步，迎面走来，与他擦身而过时故意将轻纱帔子从他胸口轻轻拂过，回眸一望，留下残香一缕，真叫人恍若身坠云梦。

萧九郎进了预先订好的雅室，却见姜昙生已经先到了——这也很不寻常，他仿佛天生少一根准时赴约的弦，平素相约饮酒，几人中总是他来得最迟。

“九郎快来坐！今日咱们须得尽兴，喝他个不醉不归！”姜昙生见了萧熠赶紧站起身迎上来，语气格外热切，眼睛却总是往一边飘，似乎刻意躲着萧熠的目光。

萧九郎更觉诧异，姜胖子城府浅，喜怒哀乐都写在脸上，自从知道自己属意他妹妹，时不时要寻机摆一摆大舅子的谱，何尝如今日这般鞍前马后，殷勤里透着心虚？

正沉吟时，一旁伺候的侍女走上前来，伸出一双素手来解他胸前黑貂裘的束带，他这才回过神来，往后退了一步道：“我自己来。”遂解下裘衣交给她。

侍女小心抖了抖貂裘上的雪，拿去覆在竹熏笼上。

舜华楼二进的客人不多，萧九郎时常在这里与同僚或友人应酬，那侍女与他很是熟稔，平日见了面总免不了调笑几句，谁知他今日却一反常态，端出了拒人于千里之外的架势，着实很不寻常。

不过这里的女子惯会看人脸色，她略一思量便道："敢问这位公子，南边来的茶汤是否喝得惯？"

萧九郎满意地扫了她一眼，用公事公办的口吻道："先来一碗酪浆。"转头对姜昙生道："出了宫直接往这里来的，还没来得及用晚膳。"

姜昙生赶紧叫那婢子先去传些糕饼点心和热羹来。萧九郎也不客气，等点心和菜肴来了，一样尝了几口，先把肚子垫了个半饱，这才搁下牙箸。

那侍女便叫人将碗碟撤下，换了下酒菜上来，高执玉壶，将琥珀色的酒浆倾入红玉樽中。甘醇酒香与炉中袅袅升起的合欢香缭绕一处，俄顷充盈一室。

萧熠抢先一步端起酒樽敬姜昙生："先干为敬。"

两人仰头将一杯酒一饮而尽，萧九郎端详着樽底些许残酒问道："这是什么酒？似乎未曾尝过。"

那侍婢道："回公子的话，此酒名叫'九丹金液'，是前日才从秦州送来的。"

萧九郎点点头，不紧不慢地对姜昙生道："你兴致却好，寒冬腊月的如何突然想起邀我饮酒？托你的事儿办成了吗？"

姜昙生舔了舔唇上残酒，只道："不忙说这些，先饮酒！先饮酒！"

两人各怀心事，闷头饮下三杯，都有些微醺之意。姜昙生一边示意那侍婢斟满，一边向她道："将你们这里最俏的姊妹唤几个过来，能唱曲的更好。"

萧九郎赶紧道："这就不必了吧！"

"咱们两个大男人，冷冷清清地相对枯坐着灌酒汤有个什么劲？"姜昙生不由分说地催那侍女赶紧去。

不一时来了五六个容貌姝丽的女郎，姜昙生将她们挨个看过一遍，指着一个杏眼雪肤、檀口香腮的女郎对萧九郎道："这个生得不赖，今儿就让她伺候你如何？"

萧九郎不自觉地顺着他的手看过去，只见那女郎身着一袭玉绿色薄透纱衣，素色小衣的领口开得极低，显露出丰腴的轮廓和一片雪原般的肌肤。最妙的是心口处生了颗粟米粒大小的朱砂痣，这位女郎心思也巧，索性围着那颗红痣贴了五瓣金箔剪的梅花，随着呼吸轻轻起伏颤动，能将人的魂魄勾了去。

萧熠本就好风月，一双桃花眼借着酒意迷离起来。那女郎闻言向萧九郎望去，恰好对上他波光粼粼的眼神，娇怯地埋下头去。

姜昙生一向知道萧九郎是个招蜂引蝶的风流人物，自认是他大舅子那会儿每每见他眉目传情都看不过眼，脸子不知甩了几回，此时却唯恐他不入彀，横眉对那绿衣女郎道："还跟那儿杵着干啥？快去伺候公子呀！"说罢自己随意指了个粉衣女郎，挥手命其他人退去——这顿是他请，能省则省吧。

姜老太太对着几个孙女出手阔绰，叫她们可着劲儿花销，可一见这嫡长孙就将五指并得跟鹅掌似的，半个钱都不往下漏，还严禁旁人塞钱给他——生怕钱袋子一鼓他就要在外头胡来。姜昙生不得已，只能精打细算，一个钱掰成两半花，说起来也很凄凉，今日款待萧九郎的钱还是从胡毋奎处借来的。

那绿衣女郎得了令，赶紧迈着细碎的步子走过去，往萧熠身边一跪，将纱衣袖子挽入金臂钏里，柔弱无骨的双手攀上酒壶，往案上半满的酒樽里注入细细一脉酒液，然后翘着兰花指捧起酒樽端到他面前，仰起一张粉面，轻启檀口，却是一口婉转莺啼般的吴语："贱妾香玉，见过公子。"这女郎本就媚态天成，一开口越发显得娇软了。

萧九郎只觉胸中一股血气分作两股激流，一股冲上头顶，一股奔涌至某处，几乎难以自持，不由自主地接过她手中的酒樽。他手指触到沁凉的玉樽，心里陡然一惊，赶紧下了狠心用力咬了咬舌尖，这才恢复了些许清明。

萧九郎与姜昙生相识多年，早先也没想过有朝一日会娶他阿妹，两人在北岭学馆患难与共时正是血气方刚的年纪，红尘路遥，只有怀想一番，过过干瘾。夜深人静时他们躺在冷硬卧榻上夜谈，说不上三五句便要往女色上着落，姜昙生那时已知道他对吴侬软语最难以招架。

由不得他多想，这女子压根儿就是一样样比照着他的喜好找来的。

萧九郎咳嗽两声清了清嗓子，眉头一皱，将那玉樽重重地往檀木食案上一敲，发出"当"的一声响，对屋内一众乐姬、妓子和侍婢挥挥手，道："你们退下去吧，我们有话要说。"

他是官身，虽出仕不久，沉下脸来却自有一种不容置疑的威严，那些女子不敢造次，站起身垂着头，快步退了出去。

姜昙生磕磕巴巴地道："不……不……不合意？再换两个好的来！"

萧九郎待脚步声远去，这才微微眯起桃花眼，斜睨了姜昙生一会儿，然后突然把眼一瞪，怒道："好你个姜胖子，同我使起心眼子来了！"边说边拿起酒樽，将樽底一亮，道："说！你是不是在这酒里下了药？"

姜昙生心里有鬼，后背上汗如出浆，犹硬撑着佯装不知，叫萧九郎揪住了领子，这才委屈地努努嘴，遮遮掩掩地道："不是什么了不得的药……就是这楼里给客人助兴的寻常东西。"

姜昙生夹在妹妹和好友中间左右为难，绞尽脑汁想出这么个法子——若是萧九郎当着他的面鬼混，自然没脸再来求娶他家二娘了，如此一来他也不用开口得罪人。

谁知出师未捷便叫敌军识破，姜昙生破罐子破摔，从袖管里掏出萧九郎托他给妹妹的双鱼佩放在身前的几案上："我阿妹不肯收，你拿回去吧。"

“为何不收?”萧九郎惊讶地挑眉，旋即有些明白了，那姜二娘年岁小，大约猜到了这是外男的物件，因而不好意思收下，“是不是你说漏嘴了?”

“没有哇!”姜昙生哭着脸喊冤，“我只说是铺子里淘换来的，谁知她一看就猜到了!我早说了我这阿妹不好糊弄，你偏要……这叫什么事儿!”

“不收便罢了，也不是多要紧的事，是我思虑欠妥。”萧熠把玉佩拾起来，不以为然地纳入怀中，想了想道，“你不是说你阿妹贪嘴吗?我家中厨下有几种秘不外传的糕饼，下次你替我带些与她便是。”玉佩的事确实是他思虑不周，只想着私下里以信物定情，却没想过姜二娘与他那些红粉知己究竟不是一类人—— 一个在室的小娘子，年岁又小，不敢收外男的物件也不足为奇。

姜昙生咬了一下嘴唇，放开又咬了一下，犹豫再三，提起酒壶将两人的酒樽都满上，自己一仰头将酒一气灌入喉中，借着烈酒直往上冲的辛辣气息决然道：“我阿妹不肯嫁你。”

“什么?”萧九郎几乎以为自己听错了，盯着姜昙生一本正经的脸看了半晌，突然“扑哧”一声笑了出来——姜胖子这人也不知道如何生的，要说他笨吧，只要一见北岭先生的笞杖，诵起经来比谁都快；可要说他聪慧吧，却时常看不懂人眼色，连他阿妹真正的心意都弄不清楚。

依萧九郎看，这小娘子不是害臊便是拿乔——自然是害臊好一些，小小年纪便懂得拿乔，那心机城府未免也太深了，女子终究还是天真柔顺的好啊!不过他无论如何也不会相信，以姜二娘那样的身份地位，竟会拒绝这样一门亲事，无论是他还是萧氏，予她都是高攀了。

姜昙生一觑萧熠的脸色，便知他将自己的话当了耳旁风，急得抓耳挠腮，连连解释道：“是真的!你我那么多年朋友，难不成我还会诓骗你?唉……其实我阿妹也没那么好，镇日里没大没小，目无兄长，脾气又差，醋性又大，九六城里比她好的小娘子海了去了，凭你萧九郎的家世品貌，上御街吆喝上一声，她们顷刻能扑上来把你生吞活吃咯!”

萧九郎不接茬，心道，你倒是不诓我，可你傻啊。

不过傻也有傻的好处，他一转心思，拿出一副黯然神伤的模样道：“单听你在此处说，叫我如何能尽信?除非你妹妹亲口回绝我，不然我绝不能死心!”

姜昙生哪里肯应：“说什么哪!我阿妹一个没出嫁的小娘子，怎么好私会外男!”

萧熠打定了主意软磨硬泡：“眼看着就腊月了，年节里你们家女眷总要去寺庙祭拜进香的吧?有你这兄长在一旁陪着护着，难道我还能对你阿妹如何?”

来回说了几遍，姜昙生已经有些动摇了，脸上现出尴尬又为难的神色。

萧九郎眼瞅着有戏，便越发可怜地央告道：“思真，你就可怜我的一片痴心，成

全我一回吧。”

姜昙生看他那可怜巴巴的模样也实在硬不起心肠，咬咬牙道：“过几日我阿婆她们去广济寺进香……不过先说好了，我得在一旁看着！”

丁丑腊日，天气总算放晴了。

姜老太太早命人备好了迦叶佛香炉、金枝七色罗绡花束等物事，持斋数日，只等着哪日风偃雪霁便带着媳妇和孙女们前去广济寺礼佛。

广济寺靠近西市，占地很小，格局逼仄，也并非什么名寺，建寺几十年连个拿得出手的神迹异象都无。若说特色，大约也只有斋菜格外难吃这一项，又以寺尼自个儿磨的豆腐为个中魁首——老而多孔，还带一股莫可名状的腐臭味，活似几十年不曾洗过的破被絮，钟荟第一回吃时差点吐了出来。

前来礼佛的多是附近几个里坊的住户，大多是苦哈哈的没脚蟹，像姜家原先那样做点小本买卖的已经算是其中的大户了，总之达官贵人、豪富望族是见不到的。

只有姜家人来得颇勤，腊日前后的大祭更是一年不落，一来是姜老太太念旧，二来姜家原先就住在广济寺附近的通商里，回到此处也有那么一点衣锦还乡的意思。

姜老太太无意铺张，然而姜家发迹这么多年，他们家人眼中的“从简”在普通人家看来已是穷奢极欲了。何况姜家子孙多，仆从更众，虽是两三人挤一辆车，也总得有十几辆，这还没算上装香油和供品的露车和一队骑马的护卫。

赫赫扬扬的一大队人马将寺前的小巷子堵了个水泄不通，附近几个里坊的百姓全跑出来争相看热闹，世家大族多半会设步障，并令部曲清道，像姜家这样大大方方任人观瞻的豪富便显得十分难能可贵。

终于成行，姜老太太自是高兴，而长孙姜昙生自告奋勇陪同前往，更是叫她十分欣慰，不过车驾到了寺门口，她却觉出了些异样。

为了让姜家的牛车通过，寺尼们照例预先拆了两扇门板并一条屋槛，这一整日广济寺都不接纳旁的香客，不过这么劳师动众也是理所当然，姜老太太出手阔绰，添一次香油便抵得上广济寺几个月的香火钱，整座尼寺几乎是姜家在养着。

不同寻常之处却是，往年必定亲自出来迎接的住持法愿师太却不见人影，门口只站着两个面生的年轻知客尼。

姜老太太咬着耳朵将心里的嘀咕说给三老太太刘氏听，刘氏心下也暗暗觉出不对劲，不过她知道老太太与法愿师太交情匪浅，怕言多有失，只劝慰道：“师太年纪大了，这大冬天的，说不得有个什么头疼脑热的。”

老太太想着大约是这么回事，下了车扯住其中一个知客尼一问，果然答曰住持前日偶感风寒。

姜老太太便不吭声了，按部就班地带着一众跟班往佛殿里去。

广济寺供奉的是弥勒佛，姜老太太礼佛同祭告祖宗一般不讲究，随便磕了几个头，便同佛祖说起了体己话：“菩萨，求您保佑咱们家儿孙们平安康健，信女我老婆子就不必保佑了，寿数到了收了我去就是，头一个保佑二儿姜景义姜狗子和二孙姜悔平平安安，早日讨媳妇儿，保佑几个孙子孙女着落个好姻缘……”

姜老太太说到此处想起了亡夫。法愿师太同她说过，死了的人只要家人替他敬佛就能脱出地狱，升到个什么什么天上去享福。她实在觉得让姜老太爷这种人上天享福简直没天理，不过夫妻一场，到底不忍心他在地狱里熬煎，便以一种顺带的口吻道：“还有信女那早死的老头子姜大根，菩萨您要是不嫌麻烦就拉拔他一把；要是忙就算了，还是先紧着活人，阿弥陀佛。”接着便爬起身，吩咐媳妇和孙子孙女挨个拜过。

钟荟前世读过很多释家经卷，不过大体上是当作学问来研究的，要说多虔诚是没有的，往年轮到她拜佛时也就是过过场，求个阖家平安，连她自己都觉得这种敷衍了事的态度佛祖大约是没闲心理会的。

然而今日不知是叫祖母感染了还是怎的，竟也在心里认认真真地许愿，替两家家人求过平安，最后在心中默念道：“唯愿卫家阿晏从今往后一生喜乐顺遂，无灾无病。”

念到此处觉得自己这临时抱佛脚的信女有些厚颜无耻，生怕她的祝祷不够效验，又补上一句：“一切灾厄，信女愿以身替之。”

姜家人次第拜完，每个都拉拉杂杂同佛祖布置了若干任务，寺尼们又诵了两卷经文，差不多也到了该用午膳的时辰，姜家主仆一行人分作几拨，浩浩荡荡地前去用斋饭了。

姜家三姊妹、姜昙生和曾氏陪着姜老太太在一处用膳，方才在门外迎接的知客尼将她们引到一处僻静的院子。

众人四下里一环顾，倒也幽静整洁，不过往年礼完佛，住持总是将自己的院子预先腾出来供她们休憩，两相一对比，便分出了厚薄来。

几人正有些不明就里，寺尼已捧着食案将斋膳端了上来，只见七八个碗碟里大多是腌渍之物，黑黑黄黄的，叫人一看便没什么胃口，粱米粥用的不是今年新米，钟荟尝了一口便放下了汤匙——敢情往年那些叫她觉得难以下咽的斋菜还是矬子里的将军！

姜明霜算是一行人中除了老太太外最不讲究的了，尝了一箸腌芜菁，也叫那酸到发涩、咸到发苦的滋味伤得不轻，忍不住端起茶碗猛灌一气。

她们两姊妹都顾忌着祖母的情面没吭声，三娘子姜明淅连尝都没尝，拿银箸嫌恶地拨弄了一下黑不黑黄不黄的豆腐，当即直抒胸臆："这是给人吃的?"

"三娘!"曾氏拉下脸训斥道，"莫要无礼!"又对那知客尼道："小女无状，小师父请勿放在心上。"

三娘子往她阿娘案上一瞟，阿娘自己分明也是一口未动，便不以为然地撇了撇嘴。

姜明淅才抗议了一声便叫她阿娘给弹压住了，其他人更无言语，只拣稍微能下口的囫囵用了一些，唯独姜昙生浑然不觉地一箸接着一箸往嘴里送，一来是他在北岭学馆多年，对这样的伙食已经习以为常，二来他心中记挂着萧九郎的事，没心思在意入口的东西。

姜老太太一路车途劳顿，耗费了许多精神，用完午膳姜昙生便提议让祖母在寺中小憩一两个时辰再起程，诸人自然没什么异议。

老太太由着刘氏扶她进了屋，在眠床上合着眼睛躺了会儿，突然颠过身来对刘氏道："今儿的事透着古怪，你去悄悄找那知客尼打听打听，这法愿师太究竟怎么回事。"

曾氏夜里难以入眠，全靠白天补觉，三娘子便陪着她在院中的东厢歇下了。剩下一间西厢房里只有一张窄榻，大娘子二娘子姊妹两人躺着便太挤了，问那知客尼，一味笑着道："穷寺小庙，旁的房舍太简陋，还请两位居士担待。"

钟荟知道大娘子有午后小睡的习惯，便将厢房让给了她："反正我也不觉着困，正好四下里逛逛。"其实寒天腊月的一个小破庙有什么好逛的，她年年都来，差不多将寺里每一寸地都踏遍了。

姜昙生正在一旁竖着耳朵，正发愁怎么将二妹单独引出去，闻言立即顺杆子往上爬："阿兄陪你同去，你上回不是要采那什么劳什子梅花蕊吗？这广济寺后园子里不正有一棵百年老梅树吗?"

钟荟如何看不出他的殷勤一反常态，当即拆穿他："阿兄，那棵上百年的是杏树。"

"哎哎哎，管它梅花杏花，总之阿兄带你去瞅瞅。"姜昙生不由分说地怂恿她走。钟荟知道他是有话要同她单独说，估摸着八成是上回叫他还双鱼佩的事有了下文，便没再说什么，跟着他去了广济寺的后园。

说是花园，其实比姜家随便哪处庭院大不了多少，钟荟一跨过园门便看见了站在一棵歪脖子梅树下的萧九郎。

萧熠显是刻意打扮过，着一身飘飘欲仙的霜色莲纹锦袍，头顶高山冠，腰间束白玉带，身披火狐裘，往雪地里一站从头到脚都在发光。

钟荟难以置信地看了看姜昙生，见他一脸歉意和尴尬，还有什么不明白，当即狠狠地剜了他一眼，转身便要走。

姜昙生一把拉住妹妹的袖子，低声下气地劝道："阿妹，阿兄知错了，我同他掰扯了好几回，可他偏不信，要找你对证……"

钟荟气得七窍生烟，恨不得立时将这死胖子做成胡炮肉，她先前总觉得这阿兄虽有些糊涂，心肠还是比钟蔚那厮良善不少，可钟蔚断然不会这么坑她——说起来本朝防闲也不是那么严，在外头偶然邂逅，因相识说几句话，这都没什么，可今日姜家来礼佛是预先清了场的，萧九郎出现在此地若是叫旁人知道了，她一个私会外男的名声是跑不了了，若是有人拿此做文章，非但是她，姜明霜入了宫都抬不起头，姜明淅等姊妹的闺誉也要受影响。

姜昙生出身乍富之家，又天生缺一根筋，想不到这些弯弯绕绕也不奇怪，可萧熠是正儿八经的膏粱子弟，他这便是明知故犯了，也就是欺负姜家门楣低，若她还是姓钟，他是断断不敢如此行事的。

萧九郎平日里偏爱的是温婉柔媚的女子，不过因着对姜二娘心存爱慕，觉着她横眉立目的样子也别有一番风味，便倜傥地一笑，走上前来行礼道："区区见过姜家娘子。"

上回双鱼佩之事已叫钟荟有些反感，没想到他再一再二地使这些手段，钟荟哪里会给他好脸色看，当即转身一避，没受他的礼，冷冷地瞥他一眼，道："萧公子下回要见我兄长还是约在别处为好。"

"小娘子教训的是。"萧熠揖了揖，不以为然地眨了眨桃花眼道，"可否借一步说话？"

姜昙生怒道："萧延明！咱们怎么说的？"

"无妨。"却是他二妹先开口道，"刚巧我也有话要同萧公子说清楚。"

钟荟说完不容置疑地往园门处一指，对姜昙生说道："你先去外头等着。"

待姜昙生麻溜地滚了出去，钟荟方才转过身拿正脸对着萧九郎。

萧熠含情脉脉地向她望了一眼，顺便将她的姿容尽收眼底。端午初遇她时只是远远的惊鸿一瞥，待到得近处她早将幂篱戴了回去，此时毫无阻碍地近观，竟比他揣摩的还要美上三分。

姜二娘的容貌随了她姑姑姜万儿，都是冶艳的路数，这样的相貌美则美矣，却容易显得俗气，萧九郎幼时在宫中见过当时的姜婕妤，那位举世闻名的妖妃俗得理直气壮，坦坦荡荡，俗到了尽处反而显出一种近乎于雅的通透。

而姜二娘身上却有一种与她姑姑截然不同的气韵，那三春般艳丽的长相便有了"素以为绚兮"的味道。

钟荟毫无波澜地对萧熠道："萧公子，我一个屠户女儿没读过什么书，说话粗俗鲁直，若是有冒犯的地方，还劳驾您担待着些。家兄说话一向口无遮拦，兴许哪儿叫您误会了，总之我们姜家，包括我在内，没有半点高攀贵府的念头。”

萧九郎起初以为她方才那番嗔怒只是因为害羞，此时也有些困惑了，女子含羞的模样他见过总有几百回了，绝不是她这样，姜二娘双颊虽有些发红，可看向他的眼神冷清又坦荡，分明不见分毫情意，甚至还带着点……嫌恶？

萧熠想不通了，且不说她一个屠户女凭什么嫌弃自己正儿八经的世家子弟，上回在姜家花园里她不是还叫婢子来给他送衣裳的吗？那日的情形电光一般在萧九郎心里过了一遍，一个荒谬无比的念头突然浮现了出来：卫十一郎？

如此一来便说得通了，萧九郎重新把姜二娘审视了一遍，再开口便带上了一丝讽意：“萧某确曾动过此念，不过贵府若看不上我兰陵萧氏，萧某自不会强人所难。”

他心里到底有些不忿，顿了顿又道：“姜娘子，萧某虽不才，却自始至终一片赤诚，日月可鉴。小娘子涉世未深，不知人心险恶，萧某与令兄多年挚友，也将你当自家姊妹般看待，还望你莫要听信轻诺，做出日后追悔莫及之事。”

钟荟只觉这萧九郎不可理喻，冷冷道：“小女子的事自有自家父兄长辈操心，不劳萧公子费心了。”说完也不行礼，甚至连句告辞的客套话都没有，转身便往外走——这就是身为姜二娘的好处了，即便再无礼也没人会大惊小怪。

钟荟撂下几句话扭头便走，留下萧九郎一个人在原地羞恼不已，姜昙生却不好置好友于不顾，觍着脸赔着笑恭送走了怒气冲冲的二妹，然后安慰萧九郎道：“九郎啊，我二妹没规矩，平日就是这么个性子，你别同她一般见识。”

萧熠回过神来，拍拍姜昙生的肩膀，道：“思真，难道在你眼中我是如此心胸狭隘之人么？即便我与令妹无缘，你我之间切莫因此生出什么芥蒂。”

姜昙生自小到大没几个正经朋友，闻听此言不由得动容，越发因不能撮合好友与妹妹而惭愧自责起来。

钟荟经过萧九郎一事已然没了逛寺庙的兴致，回了禅院，在堂屋里坐了会儿，从怀里取出一小包卫十一郎送的蜜渍枸橼，精打细算地挑了两块最小的小口小口吃了，将剩下的仔细收好，然后向知客尼要了卷佛经来，一边读一边等老太太醒来。

刘氏不费吹灰之力便将今日姜家一行人受冷遇的因由打听了出来，其实她这一问正中了寺尼们的下怀，这一番旁敲侧击，就是为了让你们开口问啊。

刘氏踌躇再三，终于还是不添不减地将打听来的消息如实告知：“老太太，那知客尼说，这一两年里夫人陆陆续续给青云观送了不少财帛。”

“这有甚好稀奇的？”姜老太太一听就恼火地从床上坐起身，“咱们家每年不知往城里城外大大小小多少寺庙送香油钱，敢情只能往她这儿送钱？”

“法愿师太倒也不是这个意思。”三老太太斟酌着道，“实在是这回夫人出手也太阔绰了点，听说有这个数……”她说着伸出个巴掌。

“五万钱？”姜老太太这下子倒有些意外了，“多是多了点，不过华阳真人常来给阿曾治病，客气点也是应该的，咱们每年往这广济寺送的远不止这个数，法愿那老婆娘有什么好酸的？”

三老太太摇摇头：“不止。”

“啥？”姜老太太睁大眼睛，难以置信地道，“五十万吧？莫不是你弄错了吧？”

刘氏咽了口唾沫，硬硬头皮道：“比这还多，一百五十万，听说洛京城里都传遍了，传着传着走样也难说，不过一百来万大约是有的。”

好在姜老太太年轻时以杀猪为业，也算沐浴过腥风血雨，若是换了娇气些的老妇人，恐怕此时已经两眼一翻，晕死过去了。

姜老太太愣了好半天，这才咂咂嘴道：“她哪来那么多钱？”

从广济寺回了姜府，钟荟越想越气不过那又呆又蠢的姜胖子，就此轻饶了他实在憋屈，思忖片刻，叫来阿杏，如此如此地吩咐了一通。

阿杏领了命便去外院寻姜昙生的舆人：“小大郎叫我来问一声，你那车上有没有见着一块螭龙青玉佩？”

那舆人一听急了：“我这车上里里外外都打扫过几遍了，哪里来的什么玉佩？”又定睛一瞧，狐疑道：“我认得你，你不是二娘子院里的阿杏姑娘吗？大郎的事怎么叫你来问？”

“主人打发哪个下人来问话还用你操心？”阿杏虎着脸，放缓了口气又道，“大郎在咱们小娘子院子里说话，要拿那块玉佩给她瞧，一摸身上发觉不见了，叫自个儿奴婢赶紧回院里去找，又支使我来问。我看大郎君急得很，这玉佩想来是稀罕物事。你好好想想，要是没落在车上，还能在哪处？”

那舆人一听急蒙了，冥思苦想了一阵道：“肯定不在我这车上，大郎君前日去过莽华楼，说不得落在那里了呢？”

阿杏打听到了想要的消息，随便安慰了他几句，心满意足地回去找二娘子复命了。

转头姜昙生逛妓馆的事儿就传到了老太太耳朵里。姜老太太为了曾氏的事已是焦头烂额，一听长孙不学好，这还了得？当即将他叫来，抽了两拐杖，把他每月的花用又克扣去一大半，大约只够每日在街边吃碗热汤饼的。

姜老太太料理完孙子，又叫了大娘子和二娘子两个孙女来，屏退了其他下人，只留了刘氏在屋里，对她们道：“你们俩跟着先生读过书，会看账吗？”

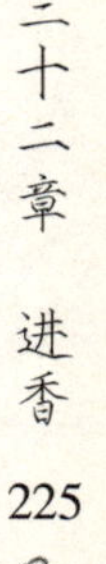

姜明霜想也不想便赧然道："简单明了的大致能看懂，不过孙女的算学实在不怎么样，要说理账还是三妹拿手些。"

二娘子却面露讶异，皱了皱眉道："家中账目有什么不清楚的吗?"

祖母才从广济寺回来，还没来得及好好歇息，总不会突发奇想，将她们叫来问这个，必定是家中的账目出了问题。曾氏这些年精神不济，可中馈还是牢牢把在手里，不让旁人染指，要说多么廉洁奉公钟荟是不信的，不过以常理推之，大约也就是私下里截留一些财帛，偏给三娘子和八郎。

继母厚此薄彼、偏袒亲生子女也无可厚非，反正姜家家大业大，上至老太太下至陈氏所出的三兄妹，虽心知肚明却也都懒得计较——三娘子和八郎有亲娘偏袒，她们三兄妹也有老太太心疼。

钟荟向来觉得曾氏这人虽心术不正，可是胆量有限，如今竟然惊动了老太太，那必定不是小数目了，这倒令她始料未及。

刘氏忍不住看了看两姊妹，心里暗叹，二娘这性子和眼力入宫还能应付得来，偏生天子看上的是一派天真的大娘，往后恐怕有得磋磨了。

姜老太太便叫刘氏将广济寺打听来的传言说了一遍。

姜大娘听了大惊失色："这不能吧!"

二娘子反而没什么诧异之色，沉默片刻后道："毕竟是传言，也未必做得准。"

"是这个话儿。"刘氏忙道，"老太太也怕错怪好人，思来想去，只能趁着年关把账目拿出来理一理。从外头找账房先生太打眼，咱们两个又是两眼一抹黑，所以想着叫两位小娘子帮忙瞅瞅。"

曾氏往年也一直在年末将账目送呈松柏院给婆母过目，不过也就是走个过场，老太太是从来不看的。

"阿婆也不想叫你们夹在中间难做，实在是没有旁的法子。"姜老太太道。

钟荟倒也不是怕事，只不过曾氏敢把账本送来松柏院，至少明面上已经抹平了，她们两个从未正经看过账本的小娘子如何能从经年的账房先生做平的账目中看出端倪来?

她便将自己的疑虑同祖母说了，想了想建言道："我记得年表兄同一个老账房先生学了几年，不如请他帮个忙，叫那账房先生来几日，只说大姊入宫前跟着他学一学，到时候人在府里，随时可以抽出空来将祖母这里的账看了。几百万钱的大数目不会凭空不见，若是那老先生看过没什么不妥，自然也就没问题；若是看出哪里有蹊跷，再顺藤摸瓜地查下去。"

姜老太太和刘氏对视一眼，一时半会儿也想不出更好的法子，便按二娘子说的去布置了。

萧熠在广济寺遭到姜二娘的冷待，当时是恼羞成怒居多，夜里他躺在床上难以成眠，姜二娘的姿容慢慢从静夜中浮现出来，扰得他心神不宁。

说来也怪，本来这桩亲事就是他一厢情愿，姜家娘子未曾给过他片言只语的许诺，甚至连个眼风都没有，可他心里酸涩难当，只觉那小娘子仗着自己生得好将自己的一片真心玩弄于股掌之间，一夕招来那卫家的狂蜂浪蝶，就拣了高枝而栖，把自己弃如敝屣了。

亏得我还替你守身如玉！萧九郎愤愤地怨着那狼心狗肺的意中人，不知不觉坠入了梦乡。

往日尚且要日思夜想，今日终于窥得佳人真容，姜二娘自然是要入梦来的。梦中的姜二娘温言款款，柔情似水，比白日里那冷言冷语的模样不知妩媚可爱多少，衣饰也较白日的清凉，只见她着一身玉色纱衣，心口上还有一点朱砂，正是当日萼华楼那吴越女子的装束。

萧熠迫不及待地将她抱了满怀，正要在梦里一偿夙愿，姜二娘突然仰起头，冲他娇羞一笑，露出一对小而深的笑窝，软绵绵地道："十一郎——"

萧九郎差点叫这一声"十一郎"吓得肝胆俱裂，再定睛一看，那姜二娘分明在五步开外，正柔情蜜意地依偎在卫琇怀中。那可恶的卫家小子双手环着美人的柳腰，将下巴搁在美人的玉肩上，正恬不知耻地往她耳朵上吹气。

姜二娘咯咯笑着将一对玉臂往上舒展，反手勾住卫十一郎的脖颈，这不要脸的竖子竟然就那么侧过头照着美人的檀口亲了下去！

萧熠看得怒不可遏，妒火中烧，待要发作，突然听得耳边有个婉转的女声道："九郎！九郎！"又恍惚觉得怀中似乎抱着什么绵软的物事，心中窃喜，赶紧低头一看，他怀里抱着的哪是什么姜二娘，压根儿就是没瘦下来的姜昙生！

萧熠立时吓得醒转过来，过了许久仍然有些惊魂未定。

"九郎！九郎！"那声音仍在兀自叫唤个不停。

萧九郎揉了揉眼睛，皱着眉头慢慢将眼前的人看清楚了，原来是他的贴身侍婢清婉，顿时有一种劫后余生之感，松了口气道："什么时辰了？出了什么事？"

"是夫人和十娘子……"清婉轻轻咬了咬朱唇为难地道，"似乎是郎君在外头举了债……跟夫人支取，夫人称没有，郎君不肯罢休，夫人……夫人便挪了十娘子的嫁妆……"

萧九郎的那点绮思一瞬间化为乌有，五脏六腑里全灌满了怒气，恨不能立即提刀冲去将那恶妇杀了，然后将这条贱命还给那生而不养养而不教的所谓父亲。然而他最终还是在原地等着沸腾的血慢慢冷下来——他也不记得这是第几回了。

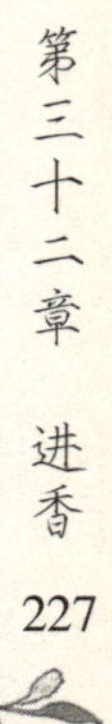

也好，也好，他本想等着妹妹入宫，他在祖父跟前说得上话一些再提姜二娘的事，如今正好借他阿爷的东风——没想到有朝一日这不成器的废物也能替他的姻缘出几分力。

萧熠当即起身盥洗，直奔他父亲萧谨的院子，无视满院子的美貌舞姬，毕恭毕敬地对那一脸愁容的父亲行了个礼道：“阿爷，儿子愿为您分忧。”

第三十三章 悔亲

过了腊日，年表兄便陪着账房老先生从济源起程了。

姜老太太等几个知情的人都没有走漏半点风声，曾氏前脚命人将一年的账目送到松柏院，年表兄他们的骡车后脚便到了姜府。木已成舟，曾氏纵有疑虑也是无计可施，不过她也不甚担心，那做账的管事是她心腹，早将账目平得滴水不漏。

且老太太请来那账房先生须发皆白，嘴里随时都仿佛含着一口水，说起话来含含糊糊，一口浓重的济源乡音——那种小地方来的，能算清楚一斗米两升麦就不错了。

年表兄此次前来一是为了将师父送来，二是顺便把年礼带来。他到姜府的当日，老太太把儿媳和几个孙子孙女都叫到了松柏院。

最高兴的莫过于姜明霜，阿年和她打小在济源一块儿长大，可自从她回了姜家，两人就没见过几回。头几年逢着大年节年表兄还跟着父母一块儿来姜府走走亲送送节礼，待过了几年姜家几个小娘子都大了，表叔母便不叫他来了，姜明霜也知道这是为了避嫌，只是心里难免遗憾。

两三年未见，年表兄又比上回长高了好几寸，已经全然是个大人模样了，他一张容长脸随了他阿娘，穿一件藏青色的平纹夹绵袍子，站在遍身绮罗、富贵逼人的亲戚跟前一点也不露怯。他眉目间有一种本分人特有的笃定和沉稳，很容易叫人生出信赖和好感。

姜明霜乍见年表兄变了模样，一时间感觉有些陌生疏离，不过他咧嘴一笑，用济源话叫了声“阿姜妹妹”，两人之间由时间筑就的隔阂刹那间便溃散了，大娘子觉得自己仿佛又回到了那段上山爬树、下河摸鱼的无忧无虑的岁月。

姜老太太看到喜爱的后生晚辈长大成人，一边欣慰一边感慨自己真是老了，亲自下了榻翻箱倒柜地寻出一对凤穿牡丹赤金手钏，不由分说地往他怀里塞：“给我孙媳妇儿的，又不是给你的，你这臭小子推什么！”

阿年哭笑不得，连连推拒：“阿婆，我还未讨媳妇儿呢！”

姜老太太只管一个劲地往里塞：“你这小子这许多年不来看阿婆，阿婆的物事也不要，莫不是嫌弃老婆子东西脏臭？”

大娘子和二娘子姊妹俩也帮着老太太劝他：“阿婆一片心意，年表兄就收下吧！”

姜明霜又打趣他：“表兄啥时候给我们寻个表嫂呀？”

年表兄的脸一下子红到了耳朵根，低着头不敢看姜明霜，讷讷的活似个新媳妇儿，姜大娘只当他脸嫩，仍旧不见外地笑他。

钟荟旁观者清，看在眼里只觉唏嘘，因是半个过来人，越发觉得年表兄这局促窘迫的模样有些可怜，便嬉皮笑脸地替他解围道：“年表兄这回又给咱们捎什么好吃的来了？上回表叔母带来的截饼好吃得紧，就是少了些，害我足足念想了大半年。”

“你这馋痨，镇日就知道吃！”姜老太太拿手指戳了戳孙女脑袋，佯怒道。

年表兄只要不对着姜大娘便是一派落落大方，脸上的红晕也慢慢退了下去，爽朗地笑着道：“阿婆莫说表妹，小娘子哪个不好吃来？我阿娘还生怕你们吃不惯，我回去同她一说不知有多高兴。”

他一边说一边将礼单交刘氏呈给老太太，他一手山清水秀的小楷如同其人一样周正，姜太太虽不识字，也是啧啧称赞，再一看那礼单似乎比去年又长了些，便嗔怪道：“做什么那么见外，你们庄户上才多少出息，自个儿省吃俭用的，今年年成又不好……”

年表兄便道：“不是什么稀罕东西，老太太和表兄弟、表妹们不嫌弃就好。”

拉了一会儿家常，姜老太太叫下人摆晚膳，一家人在松柏院用饭。姜昙生陪阿年饮酒，姜胖子能说会道，阿年虽沉默寡言，经商几年有不少见识，两人倒是相谈甚欢，姜昙生便拍着胸脯保证，下回一定要请阿年去全京城最好的酒肆畅饮一番。

第二日一早，年表兄便将行囊收拾停当，前去松柏院辞行了，姜老太太有意留他多住几日，他一味推说腊月里家中事情多，得回去帮着爷娘一起操持。

阿年临走前，老太太突然对两姊妹道：“大娘去送送你表兄吧，二娘过来，帮阿婆读一读你二叔捎来的信。”

姜明霜懵懵懂懂地应了声是，便跟在阿年身后走了出去。

两人一前一后走出老太太的屋子，穿过院子和过厅，走到外进庭院中的大槐树下，阿年突然停住脚步转过身来，笑了笑对姜大娘道：“这棵树我记得，那时候我和阿娘送你回家，开了一树的花，香得很。”

“是呀。”姜明霜也笑道，“那时候二妹在树下支使婢子爬树摘花，我当时就想，乖乖，这么好看的小娘子咋会是我双生妹妹，莫不是搞错了吧！”

“你也很好看。”阿年脱口而出，紧接着便发觉自己失言，尴尬地挠了挠脸颊，从怀里掏出个布包递给她，“阿娘说本来要亲手给你戴上的，不过年关事多，开了春也不知能不能寻到机会，就叫我先带来了，你看看喜不喜欢。”

姜明霜将外层的麻布展开，里头还有好几层丝绵，裹着一支红玉竹节簪。她在姜家这些年见惯了好东西，一看就能分辨出这簪子的成色和雕工都只能算平平，不过对马表叔家这样的庄户人家来说应该是传家宝了，便推辞道：“这我怎么能收！阿兄留着将来给嫂子吧！”

年表兄将双手往身后一背，不肯去接：“咱们知道你不缺这些个，就是一点心意，你收下吧，要不阿娘得难过了。”

姜明霜只得收进袖子里去。阿年又道：“阿娘还叫我带了一坛她自个儿腌的菘菜来，硬说谁做的腌菘菜都没她的好吃。皇宫里什么没有，她一个乡下妇人没什么见识，叫你见笑了。”

姜大娘仿佛到了这一刻才终于意识到，她明年开春就要入宫，他们这一别大约就是永远了，眼泪不由得在眼眶里打转。

“莫要哭，傻妹！”年表兄像小时候一样手忙脚乱地想拿袖子给她擦，手伸到一半讪讪地收了回来，“你这是去做娘娘，是好事，阿爷阿娘和我都替你高兴……好了，你回吧，莫要送了，表兄走了。”说完笨拙又突兀地转过身，逃也似的疾步出了院门。

腊日前后家家户户忙着祀先祖，祭百神，宫中的繁文缛节自然更多了，常山长公主好不容易挨到最后一场郊祭完毕，连口气都来不及喘，便下帖子叫了姜二娘一起去了钟府——腊日后不久就是年关了，此时加把劲说不得能在除夕前将“驸马”敲定了。

钟荟也觉得不能陪着阿翁过腊日很愧疚，接了帖子当日便打点起行装去了长公主府。

第二日清晨，两人到茅茨堂一看，好几名外姓子弟已经起程回乡过年去了，剩下的不是洛京人士便住得去城不远。

钟七郎见了常山长公主诧异道：“咦，苏兄不回扶风过年吗？”

司徒姮眼珠子一转，瞎话张口就来：“家严家慈有命，不学出个名堂来不许区区进家门。”

“贵族不愧扶风郡望，家风谨严，令在下感佩。”钟七郎嘴上说着感佩，那腔调却透着说不出的古怪。

常山长公主满心期待她的驸马驾到，没怎么留意他的神色，只心不在焉地客套：“哪里哪里，不敢当，足下过誉了。”

钟荟扫了堂弟一眼便知必定有事发生，正思忖着，钟蔚便到了，身后还跟着个约莫十四五岁的陌生少年郎。

司徒姮一见钟蔚双眼霎时一亮，仿佛有谁往里面投了两颗星子，随即便发现了他身后的少年，饶有趣味地“咦”了一声。

那少年生得甚是清俊，与钟九郎共处一室也不至于失色，且服饰讲究，举手投足也很端雅，一看即知出自名门世家。钟荟将他打量了一番，却猜不出那少年的身份。

常山长公主欣赏了一会儿美少年，把目光又转回了“驸马”脸上，毫不掩饰地朝他粲然一笑。钟蔚今日似乎兴致颇佳，居然没有横眉冷对，反而报之以微笑。

钟荟心道不好，她这兄长轻易不笑，一笑起来便如毒蛇昂首，山猫卷尾，绝不是好兆头。

在好友和兄长之间，钟荟没有半点徘徊和踌躇，当即扯扯常山长公主的袖子，递过去一个警示的眼神，哪知道这为美色所蒙蔽的长公主压根儿不看她。

钟蔚指了指司徒姮左手边的空位，对那小公子道：“你就坐那里吧。”

常山长公主一颗心都系在“驸马”身上，不过还是有旁的心匀给笋尖般鲜嫩的美少年，向少年揖揖手，道：“敢问小公子如何称呼？”

那少年似乎有些羞涩，也回了个礼：“在下苏斐。”

“哎呀，真巧。”司徒姮连忙套近乎，“区区也姓苏，咱们真是有缘……”话一出口隐隐觉得哪里不对劲，这姓苏的世家，整个大靖除了扶风苏氏似乎别无分店啊！

常山长公主不敢再问下去，却听钟蔚悠悠道：“可不是有缘吗？”说完冲那少年道：“这位苏公子同是扶风人士，你说巧不巧？”

苏小公子颇为不解，他左思右想，族中若是有这样姿容出众、气韵高华的年轻郎君，他没道理一无所知啊，便羞惭地问道：“敢问这位公子名讳？”

常山长公主只得冒着叫人戳穿的风险道：“在下苏哲，‘明星哲哲’之哲。”

那少年一张脸变得白中带青，也不知是吓的还是怒的，颤抖着声音道：“不可能！你不是苏哲！扶风苏氏只有一个苏哲，是我阿爷！”

方才看得如坠云雾的众弟子顿时一片哗然。

这场面实在是惨不忍睹，钟荟拿袖子捂住了脸，钟蔚却是老神在在，看看苏小公子，又瞟瞟常山长公主，抚了抚下颏，道：“想不到令郎已经这么大了，真是看不出来。”

常山长公主只知她有位名叫苏哲的远房表兄，哪知那位苏表兄比她大了近二十岁，连儿子都能娶媳妇了，而她至今蹉跎着，看上的“驸马”还不省心，成日里就想着给她挖坑，真真人比人，气死人。

“你究竟是何人？为何以我父亲名讳招摇撞骗？”那苏小公子自认已是大人了，突然多了个妙龄阿爷，一张小脸登时由青白转成通红，新仇旧恨一起涌上心头。

这几年他家时不时出些怪事，总有莫名其妙的陌生人往他家递书信和礼物，这也就罢了，更诡异的是前年四月里，有个摽梅之龄的女郎一路从洛京寻到他们府上，气势汹汹地指名道姓要找苏哲。阍人不放她入内，她就坐在门口朝着往来的行人哭诉，说那狼心狗肺的苏郎始乱终弃，许定了她终身，转头就不见了人。

好巧不巧，他阿爷那段时日离开过扶风，虽去的是雍州，可他阿娘不信啊。他阿娘虽也是世家出身，祖辈却是武将，当即从厨房提了菜刀剁在他阿爷书案上，差点将他阿爷一个文弱士子吓得一佛出世二佛升天。

鸡飞狗跳地闹了半日，最后同那女郎当面一对质，这才晓得弄错人了。

人家苦主就戳在眼前，若是换了一般的女郎，这时候恐怕已经捂着脸落荒而逃了，不过她若是一般女郎也就不会做出这等荒唐事了。

钟蔚估摸着她丢那么大个脸至少也得羞得无地自容吧，谁知人家只是略微红了红脸，朝那苏小公子深施一礼，诚恳道：“区区罪无可恕，还请小公子责罚。”

苏小公子方才的确是义愤填膺，想着这冒用人家名讳的无耻之徒必定要抵赖，谁知常山长公主就这么认了，又要自己责罚。他一个少年郎，此次来京还是第一次独自出远门，哪里知道使什么手段惩治一个比自己大好几岁的成年男子？倒是一下子手足无措起来。

常山长公主又道：“区区生于扶风……的郊野，出身寒素，幼时鄙家受过苏郎恩惠，又久仰苏郎之才名令名，平生最大憾事莫过于秦川之外无人识之，几年前来了洛京，便出此下策……”

她这番话破绽百出，压根儿就是欺负苏小公子年纪小、心思单纯。

那苏小公子听他一番话说得恳切挚诚，甚是入情，也无暇去想此人报恩如何报出个上门收情债的女郎来，大度地道：“既是如此，也算是情有可原，不过家父行善不是为了图回报，更不是沽名钓誉之辈，往后切莫如此行事了，且隐姓埋名终究是昧暗之行，不为君子所取。”

常山长公主道：“苏小公子小小年纪虚怀若谷，真有令尊之风，区区谨遵小公子教诲，定当洗心革面，刮肠洗胃，重新做人。”

苏小公子叫她架在高处，浑身不自在，轻轻道了声“不算什么”，便坐回了书案后头。

钟蔚一直抱着臂冷眼旁观，只等着长公主出丑，谁知她三言两语就将那苏家的傻孩子哄得晕头转向——巧舌如簧向来是他的专长，自己靠一根长舌颠倒乾坤的时候挺受用，可旁人这么着别提多讨厌了。

钟蔚看那没脸没皮的长公主越发不顺眼，阴沉着脸对弟子们道：“你们将我昨日讲的篇目再温习两遍。”

又微微抬起下颏，傲慢地朝常山长公主点了点：“你，给我出来！”

司徒姮殊无惧色，临走还得空朝姜二娘抛了个媚眼，颠颠儿地跟在钟蔚后头出了茅茨堂。

她见钟蔚不顾外头飘着柳絮般的雪片，一径下了台阶往前走，殷勤地道：“钟先生，外头雪大，您有什么话就在廊庑下说吧，若是染了风寒就不好了。”

钟蔚冷哼了一声，只作没听见，这时候知道溜须拍马了，太迟了！

常山长公主无可奈何地闭了嘴，跟着钟蔚穿过过厅，来到无人的庭院中。

钟蔚这才站定了，转过身，没好气地往她脸上瞟了一眼，道：“说吧，长公主殿下驾临寒舍究竟所为何事？”

“哎呀，钟先生已经知道了？”司徒姮活似看不懂脸色听不懂人话，反而眉开眼笑。

钟蔚不搭腔，等着她的下文，眼睛鼻子眉毛嘴无一不在表达嫌弃之情。

司徒姮看在眼中只觉一颗心都化成了满腔柔情，他知道自己身份，倒是省却了不少口舌，便直截了当地道：“为了你呀。”

“在下何曾得罪过长公主殿下？”话是这么说，钟蔚其实有点没底气，他在外头得罪过的人着实不少，随口说了什么刻薄话，传到她耳朵里也未可知。

“钟先生未曾得罪过我，钟先生好得很。”司徒姮知道他误解了，越发觉得“驸马”可爱得紧，“只是我有个不情之请。”

钟蔚挑了挑眉，不自觉地便要一口回绝，不过司徒姮没给他开口的机会，继续道：“我心悦钟先生，你当我驸马如何？”

“你……你……”钟蔚自打一岁上能说整句，长那么大还没结巴过，此时却是“你你你”了半天，死活憋不出旁的字来。他感觉自己好端端在路上走着，突然有人照着他后脑勺给了一记闷棍，不过震惊之余，似乎又有那么一丝羞涩和窃喜，毕竟他长那么大，这还是第一次有女郎说心悦自己。

钟蔚自己都还没将那一丝细弱的感觉分辨清楚，常山长公主就更不得而知了，她只看到钟蔚一脸惊恐万状，心道果然如此，苦涩地笑了笑，道：“尚主对你有百利而无一弊，你不必担心不得自在，成婚后你不必随我住长公主府，你想明经育人、著书立说或是观山玩水都随你。你若是想纳妾，我亦不会拦着你。”

司徒姮看了他一眼，见他仍旧在发怔，想了想又道：“钟刺史和夫人在岭南瘴疠之地待了那么多年，你我成婚是绝佳的机会，他们正可借此返京。”

钟蔚前一刻还有些头晕目眩飘飘然，她多说一句，他的血便冷一分，免不了又想起卫氏一门的惨烈下场，始作俑者正是她阿爷。

待她把话说完，钟蔚一挑嘴角，连嘲讽都不屑，一开口比那北风还肃杀萧索：“你们司徒家的人还真是一个样，就是不会把人当人。若是我自卖自身换得爷娘回京，你信不信他们回来第一件事先打断我这身贱骨头？”

说完潦草地行了个礼，道：“承蒙长公主殿下错爱，仆惶惧之至。福薄之身，不堪为配，还请殿下另择佳偶。”也不看她表情，转身便往茅茨堂走去，留下司徒姮一个人站在雪地里发愣。

钟荟左等右等，只等回个臭着一张脸的钟蔚，迟迟不见常山长公主的身影，便躬着身子悄悄走了出去，到庭院里一看，雪地上还留着一大一小两种脚印。常山长公主是往院外走的，院外小径上的雪叫婢子扫掉了，钟荟在附近转了转没找到人，这才往她们住的歇琴院寻去。

甫一推开院门便听到房中传来呜呜咽咽的哭声。钟荟小心翼翼地撩开门帷走进去，见司徒姮抱着膝缩在床上，连黑貂裘都没脱，把自己裹成一团，乍一看像个硕大的煤球。

她红红的眼睛肿成了桃子，头发湿漉漉地往下淌水，淌到脸上和涕泪混在一起，也不晓得擦。

钟荟叫她吓了一跳，钟荟料到了常山长公主大约要趁此机会把话说开，也料到了她的希望多半要落空，可万万没料到她会哭。这是常山长公主啊，不是应该甩甩袖子打道回府，开几坛好酒，找几个美人，醉生梦死一场，然后将钟蔚那厮忘得一干二净，继续穷奢极侈、兴风作浪么？

长公主是钟荟平生所见最干脆利落的女子，然而受了情伤的长公主黏糊糊软绵绵的，一点也看不出哪里脆了。

钟荟不知道如何应付这样的长公主，硬着头皮走上前去，挨着床沿坐下，从袖中掏出帕子递过去，抚了抚她的背问道：“这是怎么了啊？”

常山长公主顺势往她肩上软软一靠：“呜呜呜……”

“钟先生说什么不好听的了？”钟荟只得自己猜，“他这人说话就那样儿，未必真那么想，你们到底怎么说的啊？”

钟蔚这人嘴虽欠，不过一个如花似玉的女郎向她诉衷肠，心里不知该有多得意呢，即便拒绝应该也不至于狠狠削人家面子啊。

常山长公主好容易将哭嗝止住，抽抽搭搭地把两人的对话复述了一遍。钟荟一

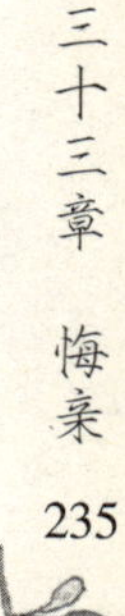

听便知道症结在哪儿了："钟先生那么……清高的一个人，你提他父母返京之事，这不是以利诱之嘛，他不勃然大怒才有鬼了。"

钟荟不由得暗暗叹息常山长公主看着大大咧咧，并非不通人情世故，这回大约真的是关心则乱，只想着给自己加点筹码好打动钟蔚，却是弄巧成拙了。

"除了利我还有什么啊……"司徒姮说完又号啕大哭起来，"他喜欢的是卫七娘那样的人，我有什么啊……"

钟荟想起泉下的好友，心里一阵钝痛，过了会儿才回过神来，握住司徒姮的手轻轻拍抚，安慰道："你有你的好，不用去比。"

常山长公主的哭声慢慢低了下来，时不时抽噎一两声，过了良久才吸溜了一下鼻子，道："你的肌肤真滑嫩……"

受了情伤的常山长公主判若两人，平日她除了贪花好色些没什么别的毛病，对姜大美人尤其千依百顺、体贴入微。谁知道一朝情场失意，能折腾出万般花样来。一时要钟荟解了发髻让她摸，一时要钟荟唱《子夜四时歌》哄她入睡，一时又不睡了，要钟荟换上不成体统的纱衣跳胡旋舞，但凡钟荟流露出半点不耐之色，她立时就能给你开闸放眼泪，收放自如，活似另一端连着洛水。

司徒姮的肝肠有没有寸断钟荟不知道，可钟荟鞍前马后老妈子似的伺候了半日，腿已经快断了，只好在心里把钟蔚那不积口德害她连坐的罪魁祸首骂了百八十遍。

好不容易一勺羹一箸菜，哼着《西洲曲》哄司徒姮用完晚膳，又给她读了两篇主旨可疑、格调暧昧、叫人十分怀疑出自她本人手笔的《玉山赋》和《子都赋》，司徒姮这才突然良心发现，道："你陪伴我大半日，一定也乏了，早些去歇息吧。"

钟荟如蒙大赦，生怕她翻悔，赶紧逃回自己屋子，吩咐阿杏伺候她沐浴更衣，然后钻进被窝里长舒了一口气。

白日里叫司徒姮一哭吓得不轻，哄她尚且来不及，哪有空细想，此时静静躺着，便觉得有些不对，钟蔚这人最是惫懒怕麻烦，若是看谁不顺眼，当面挖苦一番就算完了，这次为了让长公主丢丑竟然大费周章将人家苏小公子从扶风弄到家学来，这得费多少心力、笔墨和唇舌？

再一琢磨，他回茅茨堂之后便没个好脸色，按说才将自己嫌恶之人数落一番，以他一贯的性子该是志得意满、神清气爽才对。钟荟越想越觉可疑，不过夜幕低垂，这会儿没法去找她阿兄探底，又确实累得心力交瘁，不一会儿便睡了过去。

钟蔚这一夜却是心烦意乱、难以入眠，无端就想起常山长公主，那声"驸马"如同附骨之疽，甩也甩不掉。

于是钟蔚做了件事后回想起来完全捉摸不透的傻事——他从被窝里钻了出来，

重新穿上夹袍，裹上狐裘，套上厚厚的足衣，穿上风雪履，推开房门走了出去。

入夜时雪反倒停了，大约是心火旺，他倒没觉得怎么冷，在廊庑下徘徊了会儿，索性一不做二不休地回房取了琉璃风灯，推开院门走了出去。

出了院子也不知道往哪儿去，钟蔚任由思绪随风飘着，心不在焉地提灯慢慢沿着小径走着。他从未在冬夜里出过房门，望着四周清晖映雪的景象觉得有几分静趣，倒是起了游兴，也不急着回去了，遇上岔路便凭着心情随意一拐，不知不觉穿过了花园。

这时，方才勾着他一路往前走的月亮仿佛存心戏弄他一般，突然躲进了厚厚的云层里，刹那之间起风了。

寒风入襟，钟蔚忍不住打了个寒战，不免又后知后觉地发现自己腰酸腿疼、手脚冰冷，立马决定回屋去。他转过身去，打算沿着来时的小径折返，过了两三个路口便晕头转向，想不起来路了。

这时候他还不甚着慌——难道还能在自己家中迷了道不成？

一炷香之后，钟蔚便没那么笃定了，他本就有些不辨东西，这天寒地冻、月黑风高的，草木凋零，楼宇屋舍又铺了雪，每一处看起来都差不多，七拐八弯的小路岔道又多，钟蔚摸索了大半个时辰，足底大约已经磨出水泡来了，这才摸出了花园。

钟先生松了一口气，脚步也轻快起来，沿着那条看起来熟悉又亲切的小径走了一会儿，忽然觉出不对劲了——从花园出来走四五十步左手边便是他的院子了，可他适才少说也走了数百步，按理说早该到了。

钟蔚惊恐地停住脚步，提着风灯往四下里照了照，那琉璃灯灯焰如豆，似乎还未发出光来便被周遭的黑暗吞噬了。钟蔚聊胜于无地举起灯往四下里照了照，火苗突然一跳，钟蔚跟着唬了一跳——钟先生虽然明面上对鬼神之说嗤之以鼻，其实背地里深以为然。他打小怕黑，那么大了还得点着灯睡觉，加上他妹妹还魂之事，更叫他对这些神神鬼鬼的东西深信不疑。

钟蔚心里发毛，眼皮直跳，偏偏这时候身后的石板路上传来了木屐声，嗒，嗒，嗒，一下又一下，听起来无精打采的。钟蔚毛骨悚然，整个人僵直成了一根棍子，又不敢逃——志怪里哪个不是逃得越快死状越惨？

一踟蹰便坐失良机，片刻后那脚步声便已近在咫尺了，只听脑后一个熟悉的声音道："咦？钟先生？你怎么在此处？"

常山长公主哭了大半日，其实用完晚膳便犯困了，她是强撑着不睡的——为情所伤怎么能那么早睡呢？为了提神便出门吹冷风，她本来是打算去园子里找棵梅树，在树底下再哭一哭，不想才转过一个路口便看到个颀长的身影杵在路中间。

司徒姮有备而来，带了一盏大风灯，那灯芯比钟蔚的粗壮了许多，提灯一看便将那背影看了个七七八八——这不正是她朝思暮想的人吗？

两害相权，常山长公主总比女鬼好些，钟蔚悬着的心放了下来，转过身冷若冰霜道：“我如何不能在此处？”

司徒姮见他来者不善，心道难不成白日没骂够，半夜三更的特地再来骂过？正犹豫着避避风头还是干脆豁出去让他骂个爽利，就听钟蔚道：“你又为何在此处？”

“辗转难眠，故而出来走走……”常山长公主怅然道。

钟蔚哑口无言，不用问也知道她为何辗转难眠了——他不觉得自己那几句话有错，不过似乎说得太狠了些。

正想到此处，司徒姮便忍不住连打了两个哈欠，还拿手指搓了搓眼角，钟蔚那点内疚之情立即荡然无存。

常山长公主等了片刻，见他似乎没有接着骂自己的意思，有心和他多相处一会儿，可到底怕讨他嫌，便道：“钟先生，您早些回屋歇息，我先走了。”

“等等……”钟蔚往天上看了看，硬着头皮道，“这是哪里？”

常山长公主难以置信地道：“你……难道不认识回去的路了？”

钟蔚狠狠地瞪了她一眼，司徒姮立即识趣地噤声，使劲把笑憋回肚子里，清了清嗓子道：“钟先生，要不我送你回去吧？”

人在矮檐下，钟蔚有求于人，只得含糊地哼了一声，跟在她身后。

两人一前一后走了一段，司徒姮突然幽幽道：“钟先生，你有没有觉得脖颈后头有人在吹气呀？”

钟蔚毛骨悚然：“没有！”

“哦，没有就好，我小时候听乳母说，有一种女妖专在雪夜里出没，看上哪个俊俏郎君便悄悄绕到他后头往他领子里吹气，诱得人回头……”司徒姮顿了顿，声音突然往下一沉，“若是那人回了头……”

“别讲了！”钟蔚急着往前迈了几步，与她并肩。

司徒姮向来心宽，伤疤还没好痛已经忘了，乐不可支地道：“钟先生竟然怕这些！”

“休要胡说，谁怕了。”钟蔚逞强道。

“不怕吗？如此甚好。”常山长公主不怀好意地瞟了一眼他手中的琉璃灯，“先生听过灯鬼的传说吗？”

钟蔚哪里肯让她讲，赶紧道：“子不语怪力乱神，我平日里怎么教你的？”

常山长公主捂着嘴笑了一回，笑完了又惆怅起来：“钟先生，我明日收拾东西回去了？”

“嗯。”钟蔚在黑暗中看不到她的神色，不过那声音听起来十分可怜，便有些不落忍，“也不是非走不可……”

话音刚落，司徒姮便蹬鼻子上脸，欣喜道：“真的么？谢过钟先生了！”

钟蔚立时后悔，可为人师表又不能食言，只得吃了这个哑巴亏。

两人一边说一边走，很快行至花园里。

“前边雪地里有些滑，钟先生牵着我的袖子吧。”司徒姮好心道。

钟蔚不愿同她拉拉扯扯，将手藏在袖筒中：“适才我也这么走过来的，又不是七老八十……”

一句话还未说完，脚底一滑，仰面跌了下去。

常山长公主反应敏捷，当即拽住他胳膊，本来以她的身手拉住他不在话下，可不知怎的半途中突然改变心意，手上力道一松，反而就势和他一起倒了下去，一边往下栽一边调整了一下姿势，落地时半个身子正好覆在他身上。

钟蔚全身骨头差点散架，怀疑五脏六腑已经移位，好在常山长公主生得轻盈窈窕，没将“驸马”压死，否则还未成亲就得守寡。

今夜的月亮大约是个爱看热闹的促狭鬼，早不露脸晚不露脸，偏生这时候从云后探了出来。

钟蔚便顾不上疼了，白雪映着月光，将司徒姮的眉眼勾勒得分明，她的脸离得很近，几乎能感觉到轻轻暖暖的鼻息，钟蔚突然觉得无能为力，那冷硬的壳子裂开了一条细缝，流露出些许脆弱来。

常山长公主何许人也？给她一根杆子就能顺着爬上月亮去，她当机立断道：“对不住钟先生，我大概要轻薄你了。”说完不由分说，往他脸颊上嘬了一口。

钟蔚不知道自己是怎么回到院子里的，直到第二日早晨起床仍旧浑浑噩噩，既怕见到那个大逆不道的女登徒子，又急着想找她问个明白，到了茅茨堂一看，那肇事之人却始终不来，连与她狼狈为奸的妹妹也不见了。挨到午休时一打听，才知两人一大早就出了府。

午后钟九郎便遭了殃，因在课堂上无故嬉笑罚抄十遍经书，钟七郎连坐，弟子们纷纷揣测，钟先生这性子越来越乖戾，大约是久不成婚、阴阳失调的缘故，都暗暗在心里引以为鉴。

常山长公主一大早离开钟府并非始乱终弃，却是她母亲崔太妃有恙，急着入宫侍疾——崔太妃当年受伤之后身子一直有些弱，年年隆冬腊月总要抱恙。

司徒姮一走，钟荟也不便留在钟府，便先随常山长公主一起回了长公主府，在门上刚巧遇到了姜家的下人，正是老太太遣来唤她归家的。

自上次袁家公子相看一事，钟荟便有些杯弓蛇影，满腹狐疑地回了姜府，一走进松柏院，便见将老太太面色不豫地坐在上首，姜景仁、曾氏和姜昙生也在，姊妹

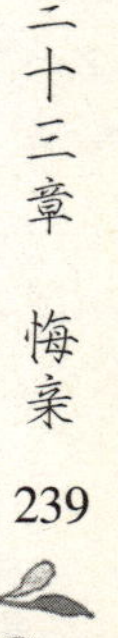

们却一个也不见。

钟荟见了这阵仗，心里涌出不安来，向长辈们一一行过礼，笑了笑，问祖母道："阿婆想孙女了？"

姜老太太不回答，却剜了大儿子一眼。

姜景仁脸上讪讪的，搓了搓手道："二娘啊，阿爷给你定了门好亲事。"

钟荟的脸一下子变得煞白，怀疑自己听错了，困惑地看向祖母，姜老太太叫孙女看得心虚，没好气地对姜大郎说："你做的好事，你说！"

"是萧家三房嫡长子，在家里排行第九。"姜景仁接着又道，"是昙生在学馆的同窗，前阵子已擢为员外散骑侍郎，以萧家的家世和他自己的才干，往后的前途是无可限量！对了，上回昙生摆酒他也来了，啧，那小公子真是一表人才，更难得的是那么高贵的出身一点不拿架子，世风日下，眼下真是难得看到如此识礼的小郎君。二娘你上回应该也见过了吧？你意下如何？"

"回父亲的话，女儿不愿意嫁这位萧公子。"钟荟不假思索道。

姜景仁这声"意下如何"不过是白问一句，哪里是真要问她意见，起先听老娘和儿子说二娘子不愿嫁萧九郎，他还不怎么放在心上，那卫家小子虽然有才有貌，可平心而论萧九郎也没差多少，料她也不会太失望，就算有那么点不情愿，哄一哄也就罢了，谁知道这女儿一上来就狠削自己面子。

姜景仁平日对这二女儿不闻不问，此时却拿出为父的威严来，板着脸训道："莫说别家女儿，就说你大姊和三妹，哪个像你这么没规没矩，顶撞长辈？我看就是阿婆和爷娘容你太过，尾巴都快翘上天了！"

姜昙生也皱着脸劝道："阿妹，阿兄和萧九郎认识许多年了，这小子看起来有点油，可心眼不坏。他先前也同阿兄保证过，要是能娶到你，这辈子都不纳妾，他已擢了员外散骑侍郎，不是入中书就是门下，到时候分出去过，绝不叫你受舅姑磋磨。"

"你听听！"姜景仁背对着姜老太太，故而没看到她越来越难看的脸色，只顾着训女，"还有什么不知足的？"

钟荟碍着父女名分不能发作，对姜昙生却没那么多顾忌，眼睛不是眼睛鼻子不是鼻子地道："要嫁你去嫁！"

姜昙生被她挤对惯了倒还没什么，姜景仁在一旁看不过眼，骂道："怎么跟你兄长说话的！"

说罢有些顾忌地瞥了一眼曾氏——二娘子和卫十一郎的事她并不知情。

姜景仁看着女儿那理直气壮的模样最终还是憋不住，道："我看在你阿婆分上不说你，你自己心里也该有点数！一个没出阁的小娘子成天价往外跑，跟外男不清不楚的，叫外头知道了你这张脸还要不要！”

曾氏闻言一惊，似笑非笑地翕了翕嘴，面上什么话都没说，心里却飞快盘算起来：姜二娘勾搭的不知是何许人，家世大抵是过得去的，否则那老婆子第一个不答应，不过肯定没法同萧家比就是了——放眼洛京，眼下有几户人家能同萧家比肩的？姜明月先前差点嫁进卫家，这回又有萧家求娶，难不成这行大运还能一而再再而三？

钟荟倒叫他说得蒙住了，差点顾不上生气，待要说点什么，姜老太太已经拍案而起，一来是怒儿子不把她的话当回事，二来是恨他当着曾氏这继母的面口无遮拦。

姜老太太捋起袖子一边朝儿子头脸招呼一边道：“你再骂一句试试！你骂谁不清不楚？谁不要脸？我怎么同你说的？你是怎么答应我的？你个鬼迷心窍不长进的东西！连老娘的话都当放屁了！你那么待见萧家，你咋不给萧家人舔臀眼去?!”

如此说倒是有些冤枉姜景仁，要认真论起来，他其实没多少钻营奉承的心思，萧家这门亲事完全是话赶话赶上了，待他发现时事情已经稀里糊涂成了。

那日他上峰纪陟突然邀他去蕣华楼喝酒，姜阿豚自然是受宠若惊、无有不应。到了约好的地方一瞧，席间除了一干与他上峰品级差不多的官员，竟然还有萧谨。萧谨领的虽然是个闲职，但论家世出身与他们这些人完全不是一路人，且此人出了名的风流蕴藉，琴棋、书画、乐舞、博戏、古董甚至斗鸡走狗无一不精，姜景仁也是好玩之徒，这些年虽然忙于公务，有所收敛，不过对这位大名鼎鼎的萧郎也是心向往之。

姜景仁不敢贴上去同他套近乎，只在众人推杯换盏时怯怯地举杯敬他一敬。酒酣耳热之际，不知怎么就聊起了子孙事，他上峰便对众人道：“要说儿孙福，咱们在座这些人里还数萧兄，在下这么说诸位别不服气，萧公子以秘书郎出仕，不出两个月便擢升员外散骑侍郎，诗书满腹且有捷才，御宴上一篇《雪赋》挥笔而就，整个洛京已经传为美谈。”

姜景仁这才后知后觉地意识到萧谨这位才名满洛京的儿子正是萧九郎。那日姜昙生说他有意求娶二娘子，可过了好些时日也不见有什么动静，姜景仁以为没戏，便将此事撂下了。

众人闻言纷纷恭维萧大人好福气，萧谨一向不怎么待见萧九郎这儿子，不过他能在外头给自己挣脸面，心里总还是有几分得意的，连道：“纪大人谬赞。”

那纪陟又接着道：“令郎还未定亲吧？”

萧谨道：“犬子不令，至今未曾觅得良缘。”

纪陟笑道：“如此仆今日倒要毛遂自荐，做一回伐柯人了。”

纪陟一手端着酒樽晃了晃，伸出小指点了点姜景仁道：“姜兄家的二娘子柔嘉端丽，清惠贞正，与令郎正是天造地设的一对。”

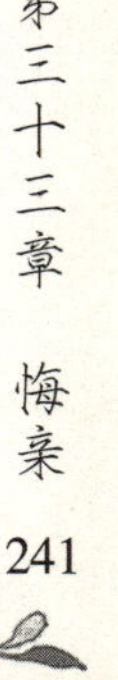

姜景仁立即诚惶诚恐道："小女粗颜陋质，笨拙木讷，哪里配得上萧公子，纪大人说笑了……"

却不料那萧谨饶有兴味地对姜景仁道："久闻令媛贞静贤淑，不肖犬子若能得如此嘉妇，是他三生之幸。"

纪陟拊掌对着众人大笑："这不就成了嘛！"

诸人纷纷举樽祝他这新上任的伐柯人旗开得胜，再祝萧、姜两人觅得嘉媳佳婿。姜景仁一早应承了老母不将二娘子许人，可眼下这氛围哪里说得出什么推脱之词，心里想着酒席上喝得醉醺醺，说出的话想来也做不得准，便也附和着囫囵应下了。

第二天日上三竿，蒲桃才将解宿醉的药汤端到他床前，便有童仆来禀，纪大人的车驾已到门外了——姜景仁也不知道这半路出家的伐柯人何以如此敬业，似乎是铁了心要促成这桩姻缘。

姜景仁连个醉意蒙眬的上峰都拒绝不了，更别提一个精神抖擞的上峰了，唯唯诺诺，只有点头的份，再加上心里本来就觊觎着萧家这桩亲事，便把远在凉州的卫十一郎抛到了九霄云外，一时间连老母的耳提面命都顾不上了。

不过到了眼前又是另一回事了，姜老太太是他的死穴，叫她一通骂，姜景仁的气焰一下子矮了一大截，低声下气地道："阿娘，儿子这不也是着急嘛，那……那人到如今也没个现成说法儿，萧家那么好的一门亲事过了这村就没这店了，到时候两头落空不亏大了么！再说了，萧家这两年起来了，正是如日中天的时候，二娘嫁过去是享现成福的，多实惠！"

钟荟自然不会天真到以为婚姻全是出自两情相悦，可她还是第一次听到有人不加掩饰地将"实惠"二字挂在嘴上。姜景仁兴许对女儿并非全无感情，不过恐怕也少得可怜——话说回来，她对这十天半个月见不上一回的便宜阿爷也谈不上有什么孺慕之情就是了。钟荟情知与姜阿豚这种一脑袋糨糊的人动之以情晓之以理都是白费唇舌，擒贼还得先擒王，便只对姜老太太胡搅蛮缠："阿婆，我不要嫁萧九郎，若是阿爷非要逼我，我便绞了头发去广济寺当比丘尼去！"

"不嫁不嫁，阿婆不点头，谁敢逼你嫁！"姜老太太对儿子喝道。

"这……这……"姜景仁焦急万分，"这我都已经答应下来了，上峰亲自上门保的媒，如何能当儿戏！我这官还做不做啦？"

姜老太太一时叫他问住了，儿子的宦途好不容易有些起色，这个节骨眼儿上驳了上峰的面子，万一那人是个小肚鸡肠的，不得给他小鞋穿？转念一想，阿豚没出息那么多年了也没见他少块肉，横竖不能为了自己发达卖闺女不是？重又坚定起来："我不管！这官要靠卖女儿才能坐稳，我劝你还是趁早拍屁股走人！"

曾氏拿袖子捂着嘴咳了两声，走上前去劝解道："郎君，依妾之见，眼下您同纪大人不过是私下里议定，还未纳采问名，您尽快去同他好好说，也算不上翻悔。虽说父母之命媒妁之言，可二娘嫁过去是一辈子的事儿，日子是她自己过的，须得她自个儿心甘情愿才好。”

这番话说得情真意切，若不是与这继母打过好几年交道，钟荟简直要听出几分真心来了。曾氏自然不希望二娘子嫁得太低，太低了将来三娘子不好说亲，可也不能太高，太高了她顺不过气来，又得连着好几夜难以成眠了。

姜景仁若有所思地点点头，倒不是他将曾氏的话听了进去，大约是蒲桃那碗醒酒汤终于起效了。姜阿豚一思量突然开了窍，若二娘子真有那大造化嫁给卫十一郎，那他就是卫琇的老泰山了啊。都说卫十一郎照着这个势头迟早是当中书令的，区区一个姓纪的能奈他何？

想到此节，姜阿豚觉得全身的血都噗噗地翻着泡，当即套了车直奔上峰家，在车上打了腹稿，只等着见了上峰把所有事儿都往老母头上推，反正本朝重孝道，老人家不答应将孙女嫁出去，他这做儿子的也是束手无策。

牛车行至铜驼街时，车外突然有人道：“车里坐的是姜兄吗？”

姜景仁觉得那声音听起来耳熟，忙命舆人控住缰绳，撩开车帷往外一瞧，是原先在仓部时的同僚。

那位同僚出身荥阳李氏，算是个二三流的世家子弟，原先在仓部时总拿鼻孔瞧他，如今却满脸堆笑地冲他长揖道：“贺喜贺喜！”

姜阿豚一脸困惑：“何喜之有？”

同僚故作亲昵道：“姜兄得了便宜还卖乖，整个九六城里谁不知道你要跟萧氏做亲家了！”

私下里议定是一回事，闹得满城皆知就是另一回事了。

姜阿豚想起猛于虎的老母，还是硬着头皮去了纪府，果然吃了上峰一顿排揎：“姜孟泽，你将我纪某的脸皮放在脚下踩，没事，我有这个肚量容你，可萧家是什么样的人家，岂是那么好打发的？孝道固然重要，却也不是一味地逆来顺受，那是愚孝，岂不闻圣人言：事父母几谏？”说完又拍拍他的肩膀道：“孟泽，我也是看重你的才干，想着这桩姻缘两全其美，固而乐见其成，不意倒是好心办坏事了，呵。”

姜景仁还能说什么？只得连连赔罪，翻悔的话只字不敢再提。

钟荟在松柏院等着姜景仁的消息，没想到等到日落时分，没把那惹是生非的阿爷等回来，却发现她和萧九郎定下亲事的事情已经传遍了京城。

谁家结亲都是慎之又慎，纳采之前一丁点消息也不往外走漏，如此即便出了什么岔子，于两家颜面也无妨碍。可姜景仁的上峰今日早上来做媒，半天时间消息就传遍，这根本就是萧九郎料她不答应亲事，故意断她后路。

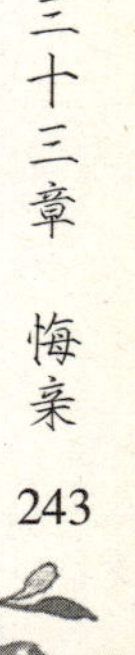

钟荟等不及第二天，和祖母告了个罪，只说去找常山长公主想想法子，套了辆轻便马车径直往钟府去了。

姜老太太虽然疼她，毕竟是个足不出户的老人家，姜景仁不听使唤，还躲在外头不回来，她一下子就没辙了。这样的事还是得找祖父和兄长商量。

到了钟家大门外，阍人一见姜家的马车没有盘问便放行了，显是早料到她会来。

钟荟一下车，便有婢子迎上来道："是姜家女公子吧？请随奴婢来。"

那婢子将她径直带往钟熹的书房，到了门口行了个礼便告退了。

钟荟自己掀了门帷走进祖父的书房，里头灯火通明，钟蔚也在，正坐在棋枰前专心致志地打着一本古谱，听见门口的动静抬起头冲她挑挑眉："你是挖了萧家的祖坟吗？"

钟荟回想了一下有些心虚，她没挖人家祖坟，可是当年在常山公主的庄园却是扒下了萧家祖宗一层脸皮。

"又欺负你阿妹！"钟老太爷从榻上坐起身，随手拿起手边的银鹤香宝子盖敲了敲孙子的头。

钟荟见他们神色并不凝重，心里一块大石头落了地，向祖父行了礼。

"你和萧九郎的亲事成不了。"钟熹开门见山地道。

钟蔚见妹妹一脸不解，恨铁不成钢地道："怎么换了个壳子芯子也变钝了？这次的事多半是萧家三房自作主张，如此大张旗鼓弄得尽人皆知，必是先行后闻，把那萧老头……"听祖父不悦地咳嗽两声方才改口道："那萧翁一起算计进去了。"

钟荟一叶障目，倒是没想到这一层，听阿兄这么一说方才恍然大悟，萧九郎先下手为强，把亲事昭告天下，原来不只为了防姜家有变。

"这也难怪你。"祖父明着仿佛是替她说话，其实是见缝插针地揶揄她，"关心则乱嘛，咱们家阿毛是大姑娘咯。"

钟蔚闻听此言倒是一扫惫懒之态，眨眨眼，兴味盎然地道："你两辈子加起来得有二十八了吧，啧啧，我叫你阿姊如何？"

钟荟想也不想便从棋枰上拈起一颗白玉棋子朝他砸过去。她是常年玩投壶的，手上准头很好，那棋子打中钟蔚的额角，顿时起了个淡淡的红印，钟熹对他们兄妹打打闹闹见怪不怪，又偏疼孙女，便只当作没看见。

钟蔚不好还手，只得揉揉额角，接着对妹妹道："你姜家二叔可是当朝让裴霄丢脸的人，就为这层面皮，裴姜两家这梁子也算结下了。萧简同裴霄这些年虽然貌合神离，不过眼下还不到撕破脸皮的时候。同姜氏结亲又引得裴霄起疑，又没什么实在的好处，萧简虽穷了点，人又浅薄，但是所图不小，还不至于把你那仨瓜俩枣的嫁妆看在眼里，倒是他那几个儿子散漫惯了，尤其是三房，估计这回是缺钱缺狠了。”

钟荟心道，什么叫仨瓜俩枣的嫁妆，我嫁妆说出来吓死你。

钟蔚瞥见妹妹的脸色“咦”了一声，道：“有很多吗?”

钟荟伸手比了个大致数目，钟蔚将她从头到脚打量了一番：“可以的啊钟阿毛，看不出来你还真是金子打的，难怪招小人惦记。”

钟熹也惊讶于姜家的家底之厚，有些孩子气地计较道：“那咱们家也得加些。”

钟蔚无奈地看了看祖父，接着道：“那个萧九郎……呵呵，前些日子弄得洛阳纸贵那篇大作你阿兄我也拜读了，算是有几分渲染文翰的小才吧，不过失之雕琢卖弄了，到底器局不够宏阔。”

钟荟和她阿兄难得有所见略同的时候，正要点头，便听钟蔚接着道：“竟然有人将他与我相提并论，这是得有多瞎?”

钟荟便默默地将正要弯下去的脖颈强行拗直了。

连钟熹也听不下去了，忍不住清了清嗓子将话岔开：“如今闹得满城风雨，以萧家的做派，若要悔婚，必定要寻你们家的不是，多半要拿你做文章，即便不是，遭萧家悔婚对你的闺誉亦是有损，日后你同阿晏怕是难上加难了……”

他说到此处顿了顿，面露难色，钟蔚便接着道：“阿翁和阿爷阿娘的意思是把你认回钟家，还魂之说虽然骇人听闻、匪夷所思一些，不过前朝也有先例，且永宁寺的住持与阿翁甚相投契，请他出面胡乱编一段什么前世今生的机缘……阿翁我知错了。”钟蔚揉了揉另一边的额角，接着道：“大不了再去向天子求个旨意，也不是什么难事，咱们家这点面子总还是有的。从钟家出嫁，你和卫十一郎门当户对、名正言顺，省去多少麻烦。”

钟荟抑制不住心动，这法子看起来两全其美，着实诱人——她可以不在乎自己的闺誉，但是阿晏不用再受到失婚非类的诟病。

不过沉吟片刻，她终究还是摇了摇头：“我占了姜家二娘子的身躯已是亏欠良多，这些年姜老太太和姜家兄弟姊妹将我当成真正的姜二娘，若是让他们知道真相该有多伤心啊，特别是老太太……”

钟蔚待要再劝，钟熹挥手阻止她道：“若非不得已阿翁和你爷娘也不会出此下策，罢了，如此行事确实太对不住姜家，你能这么想，阿翁很欣慰，此事不必再提了。”

如钟家人所料，萧简起先对这桩亲事一无所知，他这几日抱恙在家，消息不如往日灵通，又有儿子孙子刻意遮掩隐瞒，直到全城都知道兰陵萧氏与姜屠户成了亲家，这才风闻了消息，发现自己叫儿孙摆了一道。他来不及兴师问罪，先支撑起病骨直奔裴府，涕泪交加、指天誓日地剖白陈情一番，只说是不肖儿孙自行其是，恨不能把一颗红心剖出来给裴霄过目。好说歹说，裴霄那张活似刚从窖里取出来的老脸才缓和了些。

两人推心置腹，冰释前嫌，“恩爱”更胜往昔，萧简这才抹抹额头上的汗打道回府，腾出手来收拾那不省心的孙儿——那纨绔儿子已经无可救药，萧简压根儿不想理会。

萧简一见孙儿劈头盖脸便是一顿训斥：“我这些年如何栽培你，如何对你寄予厚望，你就自贬身价贴个屠户来报答我？不用矢口抵赖，往你阿爷身上推，我不知道是谁的主意？鼠目寸光、吃里扒外的东西！我们萧家短你吃穿了？我不管你使什么手段，明日就去给我把亲事退了！若是再让我听见有人把萧家和姜家相提并论，我萧家没你这个孙子！”

萧熠涨红了脸，双膝“扑通”往地上一跪，稽首哀求道：“求祖父成全！”

萧简怒极反笑，颤抖的手指几乎戳上他的鼻尖：“我还以为你是自作聪明，没想到是真糊涂！你看上那屠户女什么？美色？美色所值几何？哪里寻不到？我原以为你比你阿爷强些，原来也是块朽木！将你从秘书郎擢至员外散骑侍郎我花了多少力气？你以为是为什么？你不长眼睛？明年清河长公主选驸马，现如今你弄出这档子事，我替你煞费苦心筹谋的全成了泡影！”

萧九郎这才如梦方醒，半晌说不出一句话来。

不过人算不如天算，萧家还没筹谋出悔亲的法子来，倒是有人越俎代庖，给他们行了方便。

方姨妈是在同几个妯娌打双陆的时候得知消息的，听闻姜家把二娘子许给了萧九郎，将骰子往棋盘上一扔，连衣裳都不换就往姜家兴师问罪去了。

她向来很不把自己当外人，也不请人通传一声，直奔如意院，将正在补眠的曾氏摇醒。

曾氏好容易才合会儿眼，叫她这么一搅和心里别提多恼火，破天荒地没给她好脸色：“本来就是随便相看，什么时候就许给袁家了？她姜明月能嫁进萧家是她本事，横竖我这后娘插不上手，你去找她阿婆说理呀！”

不能除去袁家那小祸根固然是其一，不过最令方姨妈不愤的却是姜二娘竟然那么走运，能攀上萧家，且还是萧九郎——方姨妈年轻时是个佳人，如今身段是今非昔比了，可心底深处风花雪月依旧，萧九郎那篇《雪赋》翻来覆去读了无数遍，都已经能背诵了。

她的阿眉要容貌有容貌，要才情有才情，连萧家的边儿都摸不到，凭什么姜屠户家的草包能抱得才子归。

方姨妈原本还只是来找妹妹说说理，出口闷气，没想到连亲妹妹也给她脸色瞧，这是攀了高枝看不上方家了吗？

方姨妈气咻咻地往回走，坐在牛车上突然想起曾氏几年前同她说过姜二娘在邙山中走失的事儿，似乎还扯上了汝南王府——曾氏虽然同阿姊说不上亲密，可姜家以外能同她说句话的人着实不多，有些话也只有骨肉至亲之间才敢一吐为快。

虽说那时候姜二娘才十岁不到，可流落在外好几日，谁知道发生了些什么事？一般人家或许就囫囵过去了，萧家如何能咽下这样不明不白的哑巴亏？

方姨妈起先还有些犹豫，一回府就听婢子报告那袁小郎君今日又在院墙外探头探脑，小娘子知道了又落了一回眼泪，晚膳只用了两箸菘菜。自己过得不顺遂时也容易见不得旁人风光，方姨妈恶向胆边生。第二日打双陆时众人又说起萧姜两家结亲的新闻，她便乘机对几个妯娌和前来做客的宋家二房出了名的长舌娘子道："唉，我同你们说个事儿，你们可千万别告诉旁人……"

姜老太太怀疑自己真的是年纪大耳背了，对三老太太刘氏道："什么？阿婴那时候才九岁，不是没几天就全须全尾找回来了吗？"

刘氏叹口气道："谁说不是呢？也不知道是谁在外头乱嚼舌根子，坏咱们家女孩儿名声！"

"这怎么就坏了名声了？"姜老太太益发困惑，"才九岁的孩子能怎么着？敢情外头那些人不是吃盐米倒是吃屎长大的？"

话虽这么说，姜家二娘子的名声却是彻底败坏了，起先从方曾氏那儿传出的话还算接近事实真相，只说姜家二娘子当年不知因何缘故从自家庄园中走失，流落山中数日，最后是汝南王府送回来的。经几张口一传，就什么千奇百怪的版本都出现了。

有说是叫山贼掳去的——也不管这邙山距京城这么几步路，朝廷竟然放任山贼在其间游山玩水也不去围剿；也有说压根儿就是姜二娘同汝南王不清不楚——汝南王远在荆扬，暂且还未得知自己如此丧心病狂；还有说姜家如今那小娘子压根儿不是姜二娘，真正的姜二娘已经死在山中，现如今那个只是生得有八九成像，压根儿就是姜家买来充数的。

其中有一种说法让钟荟不得不在意——当日从姜家庄园掳走姜二娘的不是贼人，而是宫中侍卫，背后指使之人正是当年弑兄篡太子位、最后死于宫中一场大火的先帝三皇子。自三皇子和外戚杨氏身殒族除后又过了数年，有关这位皇子的一些传言也渐渐不胫而走，最骇人听闻的莫过于大火熄灭后侍卫从三皇子所居宫殿地下挖出了几十具幼童骸骨。据传，伺候他的宫人也供认不讳，这位克己复礼的天潢贵胄原

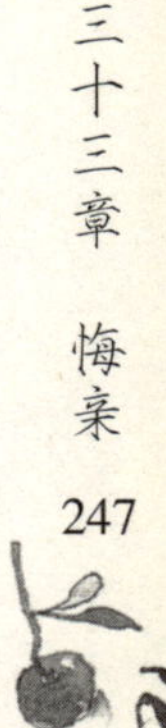

是个嗜杀成性的邪魔，那几年洛阳城中走失的幼童已然化作他的刀下鬼。

其他传闻大多荒诞不经，然而此种说法却是其心可诛，叫人不寒而栗——汝南王是没影的事，传话的人自己恐怕都不信，可司徒铮不同，非但淫虐幼女的声名在外，还是个谋逆的贼子，和他扯上关系，不但污了她的名声，还拖了整个姜家下水。

背后浑水摸鱼之人不难猜，始作俑者多半知道当年司徒铮搜捕她和卫十一郎的内情——除了裴家人不作他想。

钟荟想起当日在邙山中那个令阿晏闻之色变的声音，不由攥紧了手心，卫氏一门英华已零落成泥，那背信弃义之人却踩着他们的骸骨青云直上，世事之不公叫人齿冷。连她时隔多年想起来尚且心如刀绞，遑论忍辱吞声的卫十一郎了。

闺誉尽毁也不全然是坏事，至少同萧家的亲事是退定了，然而同样是退也有不同退法，一是等着姜家人自知理亏主动去提——这便是给女方留一分体面；若是女方不提，那便等外间的传言逐渐偃息，再私下里寻个令双方颜面都过得去的由头。

不过姜家的体面显然不在萧家人心上，消息传到姜府第二日，上回充当伐柯人的那位上峰纪陟便急着登门造访了。

姜景仁料到了他的来意，仍旧傻了眼——他脑袋虽不甚灵光，可也知道萧家此时急不可待地上门退亲，不啻当众扇了姜家两个大耳刮子，更坐实了女儿贞节有污的流言。姜阿豚心里自然怨愤，只是不好对着上峰发作，又不敢闹到萧家门上，只得吃下这哑巴亏。

姜昙生倒是比他阿爷多了几分气性。

纪陟的马车前脚刚到，萧九郎的童仆也到了姜家门上。姜昙生接过萧熠邀他去望南楼饮酒的帖子，冷冷一笑，当着那童仆的面将那绢帛撕成了两半，领了十来个身强体壮、人高马大的护院便跨马直奔萧府。

萧九郎听闻姜昙生气势汹汹地带了人闹到了门上，怕将事情闹大了，越发惹得祖父不悦，赶紧带了几个部曲亲自出门来迎，本想着说些赔罪的话平息姜昙生怒焰，接着叫上那几个朋友一同去酒楼喝上几杯，安抚一通便罢了——毕竟是姜昙生阿妹自己名声有瑕，她自家姨母言之凿凿地说出来的，又不是萧家往她身上泼脏水，娶不成姜二娘他心里也是抱憾不已的。

谁知道姜昙生全不是这么想的，压根儿没打算听他的分辩，揪住他衣襟，拳头便往他面门上砸去。萧九郎情急之下一偏头，那一拳便落在他脸颊上，顿时红肿一片，嘴唇被牙齿磕破，渗出了血。

萧熠对这意气用事的姜胖子也有些着恼，不过退亲这事终究是他们萧家做得不地道，且萧府大门对着东街，姜昙生闹出这么大动静，已经有不少行人驻足，一边围观一边窃窃私语。

事关萧氏颜面，萧九郎便决定不同那呆子一般见识，深深拜下道："思真兄，若是打我几下便能让你和贵府消气，你便打……"

话还没说完，姜昙生已经抱住他脖子将他拽倒在地，骑在他身上毫无章法地挥拳痛揍起来，一边打一边像乡野妇人号丧似的，声情并茂、抑扬顿挫道："萧家竖子！你当初好求歹求要娶我阿妹，如今拣了金枝高飞了你就来悔亲！你悔便悔吧，你还污她声名！我姜昙生从今往后同你恩断义绝！誓不两立！"

围观众人不料还有这样曲折的内情，窃窃私语道："还道是姜家贴着萧家，原来是萧家千方百计要娶姜家小娘子，这是为何啊？"便有人言之凿凿道："为那阿堵物呗，那萧家看着风光，其实是个空壳子，我同你们讲，萧家男人在外头连几万钱的嫖资都欠！"

"哎呀可不兴这样儿的。"有人哧哧笑着道，"你别是听错了，莫不是那些个姊妹看人生得俊自己倒贴的吧！"

有人发觉这话题不知不觉跑偏了，回头是岸道："哎，如此说来洛阳牡丹的事儿是萧家栽的赃？"

"这谁知道呢。"又有人胸有成竹道，"那些高门大户里腌臜事儿多着呢，八成都不干净！"

萧九郎没想到他会趁着自己低头作揖时发难，待想起还手时鼻梁上已经重重挨了一下，一阵剧痛几乎叫他淌下泪来，心道不好，恐怕鼻梁得歪斜了！

萧熠自诩风流倜傥，对自己的容貌不可谓不看重，当即动了真火，一边用劲扣住姜昙生手腕，一边扬声叫部曲。

姜昙生带来的护院也不能眼睁睁地看着主人吃亏，当即挡在姜昙生身前，两方人马顿时厮打在一起。双方都挂了彩折了手臂，最后惊动了京兆尹，看热闹的人方才带着明日下酒的谈资，意犹未尽地散了。

方姨妈近来因为姜二娘的事成了洛京城炙手可热的人物，平素与方家有往来的人家纷纷找各种借口请她，只为了能亲耳听她说一说第一手的消息。

方氏自出嫁以来难得成为众人的焦点，有些得意忘形，又时常出门，难免就放松了对女儿阿眉的管束。

这一日她同宋家二房的夫人打完双陆，回了府想着再去开解开解那死心眼的女儿，尽快趁热打铁，将那姓袁的竖子和姜二娘送作堆，以绝后患，才跨进阿眉的院子，却见婢子齐刷刷跪在地上哭成了一团——女儿竟然趁着她出门的当儿叫那袁家的孽畜拐跑了。

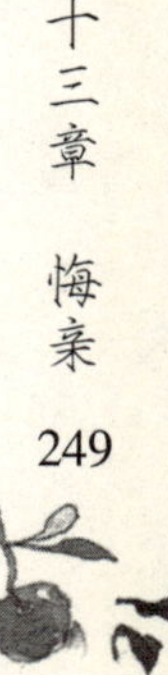

钟荟叫人退了亲，虽然十分不齿萧家的小人行径，倒也没觉得有什么意外，该吃吃该喝喝，只等着卫十一郎回京。

姜老太太早晚都要将萧家祖宗十八代咒个遍，比念佛还虔诚，不过二娘子不用嫁进那起子糟心的人家，也算是因祸得福了。

曾氏见不到下文却是急了，心急如焚地挨了两日，终于还是主动前去松柏院，将姜景仁和大娘子、三娘子都叫到老太太跟前，一副不商议出个结果绝不肯罢休的架势。

“既是要说二娘的事儿，怎么偏生把她给漏了？”姜老太太目光炯炯地看了一眼儿媳道，“自己家里人背着把她卖了，知道了不得心寒？”

曾氏知道婆母是因为她阿姊的事迁怒自己，只得生受了，尴尬地笑笑道：“媳妇只是怕眼下提起来她心里不爽利，既然阿家说无妨，那媳妇即刻吩咐下人去请二娘子吧。”

姜二娘不一时便到了，她面色白皙里透着红润，倒是比退亲前精神了不少。姜老太太招招手叫她坐到自个儿身边，道：“阿婴，你在一旁听着就是。”

说完扫了在场诸人一眼，鹰隼般的目光落在儿媳身上：“阿曾，这萧家退亲的事儿多亏你娘家阿姊出了大力，眼下二娘也到了，你有什么要说道的？”

曾氏被她阿姊狠狠坑了一把，只得低声下气地拜道：“媳妇替家姊向老太太赔不是。只是到了这步田地，萧家退亲的事儿闹得沸沸扬扬，实在是委屈了二娘。非但是二娘，大娘二月就要入宫，这节骨眼上生出这种事，恐怕也要受些牵连……媳妇左思右想，还是得赶紧给二娘定一门好亲事，如此一来谣言不攻自破。”

“好亲事？”姜老太太冷笑道，“是你那好阿姊硬塞给咱们的那个袁家小子？”

曾氏恨死方氏了，哪里肯给她作伐，顺着婆母的心意道：“那袁家公子哪里配得上咱们家二娘。”

“上下嘴皮子一碰，说得倒容易，一时半会儿哪里去找好亲事？”姜景仁没好气地道，“我早说了你那阿姊不是什么好货色，你倒好，什么事都同她说！本来好好的一门亲事就叫你们这两个蠢妇给搅和了！”

曾氏把冲到胸口的怒气强压下去，勉强笑道：“可不是不好找嘛，妾这两日也暗中托相熟的夫人娘子问过，可人家一听……妾想着，二娘这时候正打眼，亲事也不好说，倒不如避避风头，过个两三年，待事情过去了再议亲。”

“你倒说说怎么个避法？”姜老太太坐直了身子，眼神犀利地盯着儿媳，将曾氏看得头皮发麻。

“青云观的华阳真人同媳妇是知交，她上回见了咱们二娘子连夸她悟性上佳有道缘。不然媳妇去托托她，让二娘入她门下——”

姜老太太听到这里一张脸已经成了铁灰色，拿拐杖“咚”地杵了一下金砖地，打断了曾氏的话，转头对姜明霜道：“大娘，你说，怕不怕叫你二妹连累了你的前程？”

姜明霜叫继母的主意气得涨红了脸，脆生生道：“回阿婆的话，咱们姊妹俩本就是一胎双生，有什么连累不连累的，大不了不进宫了，怎么能叫二妹出家？”

姜大娘入宫是板上钉钉的事，曾氏不过是拿她做个冠冕堂皇的幌子罢了，二娘子名声毁了，受牵连的其实是三娘子姜明淅。曾氏这如意算盘打得不错，二娘子横竖嫁不了什么好人家了，若按她本心，最好是嫁入不怎么讲究的权戚勋贵家做个续弦，如此一来轮到三娘子议亲时也是个助力，可依她那婆母的脾气是必定不许的，她也就不去寻这晦气了。

与其嫁个低门小户，拖自己亲女儿的后腿，倒不如去做个女冠子全了名节，三娘子也不用排在她后头议亲了。

姜老太太对大娘子的话不置可否，又将低垂着头的三娘子上下打量了一番，道：“三娘呢？你怎么说？把头抬起来看着阿婆。”

姜明淅不安地觑了觑她阿娘，脸上现出为难的神色，良久才道：“阿婆，我不要二姊为了我去当女冠子，我也不稀罕嫁萧家这种高门，咱们不比谁差，凭什么要送上门让人挑挑拣拣？我情愿嫁得远远的，自由自在……”

婆母的讥讽和夫君的谴责都没有亲生女儿这几句话锥心，曾氏嘴边噙着笑，一字一顿道：“小孩子家，莫要乱说话！”

姜老太太因不喜曾氏的缘故，与三娘子也有些隔阂，听了这一番话倒对她有些刮目相看了——这孩子心高气傲的性子同曾氏其实有些像，不过对事倒比她那活了几十岁的阿娘明白些。

“三娘这不是说得挺对嘛！外头几句风言风语就寻死觅活，出家当女冠，真是出息大了！”老太太说着将孙女搂搂紧，“二娘你莫怕，阿婆还活着一天，没人敢把你赶出门去！咱们姜家还不至于连个女孩儿都养不起！”

“阿婆疼我。”钟荟鼻子有些发酸，既愧疚又感激，“都怪我不小心，带累了姊妹们。”

姜老太太又安慰了她几句，突然拍拍脑门对曾氏道：“你一提青云观，我倒想起一桩事儿来，早想把你叫过来问一问，这几日一忙倒忘了。”又转向几个孙女，道：“你们姊妹几个先回去，我有事同你们阿爷阿娘说。”

曾氏心里便是咯噔一下。

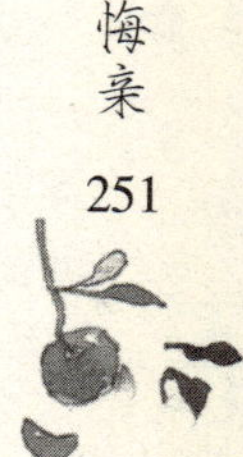

东都岁时记

写离声——著

浙江文艺出版社
Zhejiang Literature & Art Publishing House

目录

第三十四章 提亲

卫琇奉天子之命以犒军之名行刺探之实，原本心里有些忐忑，不知姜二叔会否因此事对他生出芥蒂——都说这位安西将军是武人中的异类，心比比干多一窍，在雍凉的羌胡中间是出了名的阴险狡诈、诡计多端。

卫十一郎那日领着大队人马抵达武威大营后安顿下来，刚同姜景义在帐中坐下，还在斟酌着怎么开口，便遭遇叛胡首领秃发孤麾下副将领了五百骑兵袭营。

大约是姜悔事先敲过边鼓，姜景义倒没把卫十一郎忘了，略扫一眼他略显纤瘦的身板和白皙的脸蛋，飞速下了个“累赘”的定论，命姜悔带一队精兵好生护着这位看起来很不中用的“天使”——姜悔虽不以骑射武艺见长，不过毕竟身经百战，护个人想来是游刃有余的。

不想卫琇却道：“将军能否借在下铠甲兵刃一用?”

姜景义狐疑地看了他一眼，将身上的犀甲和佩刀解下扔过去，自己换了明光铠，提了长枪，翻身上马，冲杀了过去。

姜二郎经年累月在枪林刀树中穿梭打滚，任凭你怎么巧舌如簧，不如与他并肩杀几个人奏效。

姜悔还是第一次见到卫琇杀人，第一次知道他那双挥弦的手运起刀来同样行云流水、毫无窒碍，仿佛上阵斩杀过千百人，抑或在心里演练过千百遍。

与袭营的敌军一交手，姜悔便发觉了不对，秃发孤手下的骑兵虽剽悍勇猛、力大无穷，但多以骑术和蛮力决胜，而其中几人的刀法分明是汉家路数，且放着粮草和帅帐不袭，一上来便直取卫十一郎，压根儿就是冲着他来的。

幸而卫琇似是早已料到此行凶险，带来的部曲中有几名深藏不露的高手，加上天子派遣的侍卫和姜悔的精兵，逐渐占了上风。他们原打算生擒两个活口，不过剩下几人眼看不敌，便毫不犹豫举刀抹了脖子。

姜景义虽然在西北当着土皇帝，可也只是图个自在，没想着要造反，若是卫琇在他地盘上出事，那就真是百口莫辩，再来几个人在朝堂上搓搓火，天子下个槛车押送回京的旨意，他是反还是不反？

放眼全大靖，敢豢养死士又养得起死士的就那么几户，始作俑者若不是与姜家有不共戴天之仇，便是唯恐天下不乱之辈。姜景义略一想便圈定了几个有嫌疑的，只是暂时鞭长莫及，先找那些狼狈为奸的羌胡发泄发泄。他将脸上的血一抹，带了姜悔和卫琇并精兵百骑反去袭了秃发孤的大营，非但烧了敌军的粮草，还杀了秃发孤的长子。

卫琇着实出了不少力，经此一役，姜景义便将这未来侄女婿当作自己人。

除夕之夜，有星无月。

卫琇命人将犒军的货帛、羊酒散了下去，与姜景义、姜悔、陇西太守冯定以及一干副将在主帐中应酬至夜深，待众人醉意蒙眬，纷纷搂了胡姬在怀，无暇他顾，卫琇和姜悔才脱出身来。

更深夜寒，将士们都回了营帐中，点点篝火熄了大半，朔风将冷灰卷至半空，漫天星辉便暗了一暗。

不一时姜景义也掀开帘走了出来，将一个牛皮酒囊朝着姜悔一抛："童子都尉，接着！"

姜悔一扬手在半空中接住酒囊，拧开盖子一仰头，烈酒入喉，仿佛一簇火一路烧进腹中，整个人都暖了起来。

姜家叔侄俩都是海量，卫琇是出了名的一杯倒，不能以酒驱寒，只得紧了紧身上的貂裘。洛京带来的冬衣防不住西北的酷寒，他入乡随俗地穿了胡人的皮衣和长靴，仍旧觉得冷意直往骨头缝里钻。

姜景义走到近处，小气吧啦地从姜悔手中拿回酒囊："今儿大过年的，你们两个站这儿吹冷风，寒碜不寒碜！"又慈爱地拍拍侄儿的肩头，语重心长地道："二叔给你找两个美人暖暖帐，免得你那花名还要带过年去，丢你二叔的脸。"

卫琇忍不住微微一笑，成天逮着姜悔童子长童子短的分明就是这姜二郎。

姜景义朝他挤挤眉，道："卫大人笑什么？抱歉，没你的份儿，我得把你完璧给我侄女儿送回去。"

自打从姜悔那儿得知卫琇要求娶二娘子，姜景义就没少打趣他。不过卫琇想到远方的心上人，仍是红了脸，好在借着夜色的掩护没叫人看出来。

姜景义同他们并肩站了片刻便觉得无聊了，抬头看了看垂至四野的星空，打了个哈欠，跺跺脚道：“冷得受不住了，离天亮还有两个时辰，咱们不如去袭个营吧。”

“二叔！”姜悔抱歉地看了一眼卫十一郎，这么不见外地把天子使臣当兵士用的也只有他这二叔了。

卫十一郎笑着道：“将军心怀江山社稷、天下苍生，连除夕夜也不忘建功立业，实在可钦可敬，在下回京必定禀明天子。”

“别跟你二叔打官腔。”姜景义随意将胳膊搭在卫琇肩上，“叫二叔。”

卫十一郎从善如流：“二叔。”

“欸，好孩子。”姜景仁满意地点点头，“好了，二叔先回去了，你们也莫仗着童子火力旺在外头待太久。”

说完便一步三晃悠地往一顶花里胡哨、灯火通明的大帐踱去，那帐子里安置着两名胡姬，据说是西羌某个小部落首领以秘药喂养的女奴，自小没有下过地，从未经过风吹日晒，有说不尽的妙处。

“二叔是不是走错地方了？”卫琇问出口便隐隐发觉不对，大约是没吃过猪肉的缘故，每每有猪从他眼前跑过时总是要慢上半拍才能反应过来。

姜悔清了清嗓子，实在不想同朋友议论二叔的风流韵事，便含糊其词道：“嗯，随他去吧，一会儿酒醒了自能找到路回去的。”

初来乍到时二叔的做派也曾叫他瞠目结舌，不过这些年已经习以为常了。姜景义与他见过的所有的将领都不同，姜景义就像是一匹头狼，仿佛生来就是为了征服——上阵杀敌，饮最烈的酒，睡最美的女人。

卫琇回过味来也是尴尬得无地自容，这时恰好有部曲来送信，倒是替他解了围。卫琇看了看信匣上的暗记，不由得皱起了眉头，急忙拆开，一目十行地阅至纸尾，脸色一瞬间变得煞白。

曾氏那日从松柏院中出来，便再也没提过将二娘子送去青云观的事。

阖府上下都道老太太体恤夫人这些年主持中馈，辛苦操劳，以致积劳成疾，故而将家务琐事接手过来，只叫夫人安心在如意院养病。

不过老太太毕竟年事已高，三老太太又是半个外人，几个小娘子早晚要出嫁，几人一商议，白姨娘识得几个字，又老实稳重、忠心可靠，便着她暂且帮着老太太一起管家，待二郎成婚后再移交给二夫人。

那日姜老太太将她们姊妹几个支走，钟荟便猜到是账目的事有了眉目，曾氏中饱私囊不算，还出去漫天撒，老太太并未将她的行径公之于众，已经是替她这主母留了脸面了，多半还是看在三娘子和八郎的分上忍下的。

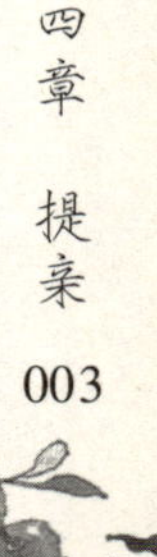

蒲桃这些年寂寂无声，也没有生下子嗣，看起来似乎不怎么受姜景仁的宠爱，可不鸣则已，一出手便直接夺了曾氏的中馈——莫说姜老太太这些年精力不济，即便是姜老太太年富力强之时也对执掌中馈一窍不通，她这辈子也就管过姜老太爷、一双儿子并院子里几个种菜的婆子，明眼人都看得出来，姜老太太不过是个幌子，在二郎娶妻之前，这位白姨娘才是真正的话事人。

白姨娘新官上任，遇上的第一桩事便是二娘子的终身大事——正月十六，卫琇来提亲了。

卫琇原本打算在西北过了人日再带着扈从和使臣回京，可收到姜家和萧家议亲的消息便一刻也等不了了——距这封书信写就时又过去十数日，若是萧家一鼓作气，到他回京时恐怕六礼都走一半了。

卫十一郎同下属扈从交代几句，不待天明便领着几名卫家部曲骑马上了路。他们来时坐的是马车，又拉拉杂杂带了许多财货和羊酒，路途上耗费了不少时间。返回时轻装简行，终于在正月十六黎明时分抵达了洛京城。

他走得急，因此也就没收到两日后从洛京寄来的另一封书信，直到回府才听书僮阿慵禀报，姜二娘幼时在邙山中走失的事闹得沸沸扬扬，萧家早已经将亲事退了。

卫琇这一路快马加鞭，星夜兼程，只在筋疲力尽时找个驿站沐浴洗漱，打一两个时辰盹，一听萧姜两家婚事没成，心里绷紧的弦一松，刹那间失去了支撑，眼前一黑，只觉一阵眩晕，扶着墙壁稳了稳神，吩咐阿慵道：“与我打一桶热水来，再叫人备车，去钟府。”

阿慵向来少言寡语，这也是卫琇只留他一个近身伺候的缘故，然而他看着主人此刻憔悴的模样终究憋不住道：“郎君，姜家娘子好好的，您脸色都发灰了，还是先回房歇一会儿吧。”

卫琇看了他一眼，摆摆手道：“无妨，端一碗参汤来便是。”

钟熹差点没认出卫十一郎来，叫他的模样唬了一跳，听他言简意赅地道明来意，心下唏嘘，连连劝他先好好睡上一觉，姜家的宅子又不长脚，求亲也不急在这一时半刻——别说一时半刻，以她眼下这名声，恐怕一年半载都无人问津。

卫琇却有旁的考量，人言可畏，也不知她如何难过，他早去一刻便能早一刻安她的心。他生怕钟熹因姜家许嫁萧氏之事对姜二娘心怀芥蒂，跪下稽首道：“屡次劳烦明公，小子愧甚，姜家娘子身不由己，此事皆因小子而起，还望明公成全。”

钟熹只得道：“阿晏无须见外，老朽即刻陪你走一趟便是了。”

卫琇和大媒钟老太爷一回生二回熟，到了姜府道明来意，连说辞都是现成的，倒是姜景仁差点叫那从天而降的喜讯砸晕过去，随即想到萧家之事，又开始战战兢兢，生怕他们因萧家之事怪罪于自家，一连将茶碗打翻了两回。

卫十一郎对这位将姜二娘另许他人的未来岳父提不起什么好感来，不过爱屋及乌，一想到姜景仁是心上人的阿爷，又多半是着了萧家的道，便也不多计较了，恭恭敬敬地道："不佞唯愿与令媛结为伉俪，若蒙姜侍郎眷顾，此生必不相负，违此言者，有如日。"

姜景仁心虚不已，连连道："公子言重。"

"稚舒是我看着长大的，"钟熹对姜景仁笑道，"他的品行姜侍郎大可不必担心，这孩子尤其重诺，说句玩笑话，即便是我自家孩子也能放心托付于他。"

姜景仁求之不得，哪里还有别的话？

钟老太爷一不做二不休："既如此，依老朽之见，宜早不宜迟，寻个吉日便先行纳采之礼吧。"钟熹精通易学，当即起卦卜算，下个月初二便是吉期，姜景仁对此一窍不通，只知一味点头，双方就这么定了下来。

卫十一郎走出姜家正院，仍旧有些恍惚，这就定了？

大媒完成了使命，便打道回府了，卫十一郎还要去松柏院拜见姜老太太。

姜老太太上回见着卫琇时他还是个半大少年郎，如今一看，已经成了个风度翩翩的俊秀郎君，那什么萧九郎、范四郎，同他一比简直就跟猪粪渣堆成的。

老太太越看越喜欢，一旁的刘氏哪里看不出来，把他从头到脚夸出遍身花来。

最疼爱的孙女觅得良人，姜老太太自然要有点表示，心里想着卫家是大户，什么好东西没见过，等闲货色人看不上眼，非拿出点压箱底的好东西镇住场子不可，奈何这卫十一郎来得匆忙，她也没空开了库慢慢挑，只记得前些年姜万儿赏过一件好宝贝，十分扎眼，寓意也吉祥得很，赶紧命人领了钥匙去小库房里取。

不一时，四个婆子涨红着脸将个硕大的乌木箱子抬进屋子里，搁在黑檀案上，差点将那几案压弯了。

姜老太太叫刘氏把箱子起开，见多识广的卫十一郎惊出了一身冷汗——那箱子里是一尊栩栩如生的玉蟾蜍，总共有好几十斤，用整块通体无瑕的碧玉雕成，最新奇的是那蟾蜍背上的癞斑都是用大大小小各色宝石、珍珠镶成，配上一对金光闪闪的大眼珠，真是叫人叹为观止。

姜老太太看了看卫琇的神色，心里有些得意："是万儿，就二娘她姑姑，画了图叫宫里的匠人打的，东西不值什么，就图个新奇好看。"

虽然好看值得商榷，但是要论新奇，卫十一郎平生所见无出其右，不过长者所赐，又是这么沉甸甸的一份心意，卫琇自然感激，礼数周全地道了谢。

姜老太太看他宠辱不惊，并没有叫这闪闪发光的宝物迷了眼，心道真不愧是见

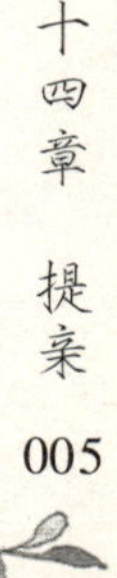

过世面的大家子弟，看他越发喜欢了，想起上回给那范家小子作见面礼的玉马，心里有些不爽利，白白便宜那起子脏心烂肺的，还不如扔水塘里听声响儿呢！

卫琇不是个嘴甜如蜜的人，大多时候是姜老太太说，他认真听着，偶尔答一两句话，每每都把老太太哄得很开心，不知不觉大半个时辰便过去了。

有婆子进来禀道："二娘子院子里的阿杏姑娘来给老太太送枣羹。"

刘氏这才看了一眼更漏，在老太太耳边悄悄说了一句话，老太太眯着眼睛笑骂道："这胳膊肘朝外拐的小白眼狼！"摇摇头："女大不中留。算啦算啦，我老婆子不做恶人，叫她进来吧。"

"阿杏姑娘么？"那婆子捂嘴笑道。

"还阿杏、阿桃呢！打量我傻嘛！今儿不叫她看上一眼她得怨我啦！"姜老太太白了那婆子一眼道。

那婆子应了一声，正要去通传，候在门口的钟荟已经迫不及待地掀开门帷走了进来，红着脸偷偷看一眼卫琇，屈膝施了一礼，低头赧然道："卫公子。"然后非礼勿视地靠到祖母身边去了。

姜老太太又好气又好笑，碍于卫琇在场不好多说什么，只得拧了拧孙女发烫的耳朵泄愤。

钟荟在院子里心神不宁地徘徊了半天，眼下真的见到了人却不好意思多看，方才匆匆扫过一眼，只觉他憔悴不堪，与离京时判若两人，眼睛不由得发酸。

卫琇更是目不斜视，两人活似两根咫尺天涯的木桩子，杵在那儿一言不发。姜老太太觉得她要是再不出声这两人大约能这么一声不吭地站到半夜，只好打了个哈欠。

卫琇立即道："叨扰了那么久老太太也乏了，小子就此告辞了。"

姜老太太便顺水推舟道："有空就来陪阿婆说说话，下回别再带什么东西了，自家人莫要那么见外。二娘啊，你去送送卫家郎君。"

钟荟求之不得，甜甜地"唉"了一声，那笑意掩都掩不住。

待两个孩子出了门，刘氏道："这大家子出来的小郎君就是和别个不一样。"

"那倒也不一定，萧家名头不也响亮得很，看看做的那些破事儿！"

"也是，那卫公子真是一等一的懂礼，卫家想来也是有规矩的人家……"刘氏有些犹豫道。

"我知道你担心什么。"姜老太太道，"硬是拦着那两个孩子，不让他们见就规矩啦？哦，咱们就不是屠户啦？一辈子长着呢，要是卫十一郎为这就看轻二娘，那就算我们祖孙都瞎了眼了。"

刘氏想了想姜老太太说得也在理，便不再多言，顺着她附和了两句。

“哎!”姜老太太突然敲敲脑袋,“瞧我这记性!咱们库里不是还有一棵金子打的桂花树吗?金叶子银桂花,树上还挂五彩水晶、仙桃、仙枣的那棵啊,想起来了么?同那虾蟆不正好一对儿嘛!摆一块儿多齐整多吉利!你可给我记着加进二娘的嫁妆里去,凑不成一对可就不美了。”

卫琇和钟荟为了安置这对宝贝专门在府中腾出了一间屋子,不过这就是后话了。

两人一前一后出了松柏院,钟荟单看他背影都觉得单薄了不少,心里酸胀,忍不住低低唤了一声:“卫公子。”

卫琇停下脚步转过身来,露出穿在狐裘中的牙色凤尾纹锦袍,宽大得不像是他自己的衣裳,他满脸倦容,只有点漆般的眼睛亮得惊人。

“阿晏,天清日晏的晏,是我的小字。”卫琇笑道,“以前家里人都这么叫,姜娘子若不嫌弃便……”

“阿晏。”钟荟弯了眉眼,终于将心上翻来覆去唤了无数遍的两个字说出了口。

两人并肩往前走,出了松柏院往左转是出府的路,往右转则是一条通往后花园的小径,两人很有默契,齐刷刷地往右边转。

这几日地气暖和,园中冰雪半消,露出凋零的草木和黑乎乎的片石寸土,只有几株经冬未凋的松柏,也叫不识风雅的园丁修剪得一身匠气,实在没什么景致可赏。

不过两人浑不在意,反正他们这时候眼里也看不到别的风景。

卫琇等了一会儿,见姜二娘似乎没有投桃报李的意思,心下微微遗憾,不过他们毕竟才刚议亲,小娘子的闺名不好随便告知外人,小字更是只有至亲之人才能知晓,便道:“你方才有话对我说吗?”

钟荟想了想,有些话说出口自己也觉得肉麻得很,似乎也没有再提的必要:“陇西这时候很冷吧?”

连她自己都知道,这是句十足的废话,卫琇却认真答道:“晴好无风时同京城也差不多,朔风起时便如刀剑,刮在脸上有些疼。去的时候未赶上好时节,听说草原春夏美如画卷,风过时草浪翻涌,点点牛羊如同海中的泡沫,想来是很有意思的。”

“真想亲眼看看。”钟荟有些遗憾地道,“我长那么大还没离开过洛京,真是一只井底之蛙。”

“那便一同去看。”卫琇侧过脸向她笑道。

“想去的地方实在太多了,楚蜀、吴越、青徐、岭南……若是一一看过来,恐怕一辈子都在路上了。”钟荟摇摇头,阿晏不像她是个无所事事的闲人,若非有使命在身,恐怕一日都离不了洛京。

“总有法子的。”卫琇道,这辈子看不完还有下辈子。

有一搭没一搭地聊了会儿,卫琇舍不得走,可又怕她与他独处太久长辈不放心,挣扎了一会儿还是向她告辞了，钟荟也想让他赶紧回府好好歇息，便道："我送你。"

两人顺着原路穿过花园折返回去，到了园门附近，卫琇施了一礼道："小娘子留步。"

钟荟望着他离去的背影，忍不住叫道："阿晏。"

卫琇回过身来，她又张口结舌不知该说什么，他们虽然定下了亲事，可见面的机会仍旧难得，这回分别了下回见面还不知是多久之后。卫十一郎见她傻站着说不出话，脸憋得通红，不由得笑了，往回走了几步，突然伸出手轻轻从她鬓边掠过，然后揉了揉她发顶。

送走卫琇，钟荟无精打采地回了自己的院子，姜明霜见了她奇道："咦，你头发上的梅花是园子里摘的吗？我怎么没见过这颜色的？"

钟荟回屋对着铜镜一照，发现鬓边多了一小簇梅花，少了一个翠钿，脸一红，心道这小子去了趟西北都学了些什么乱七八糟的东西！

卫十一郎第一次做那窃玉偷香之事，一颗心跳到了嗓子眼，把赃物紧紧攥在手心，上了犊车才敢摊开一再端详，去了趟武威倒也不算全无收获，至少跟姜二叔学的这一手就挺管用。

有了萧九郎那幺蛾子横插一杠的前车之鉴，钟荟和卫琇两人难免有些杯弓蛇影，好在二月初二的纳采礼没出什么岔子。

初春的清晨，余寒料峭，枝头新绿初发，阶前残雪未消，平日这时候钟荟八成还在赖床，这一日却破天荒地起了个大早，盥栉梳妆停当，在菱镜前坐着发了一会儿呆。

一时想起什么，走到床前打开枕畔的青瓷小盒，伸出手指拨了拨里头那簇枯萎的梅花，抿嘴窃喜一回，小心合上盖子放回原处，接着从案上拿起绣绷和针线，心不在焉地刺绣了几针。

阿枣和阿杏将她坐立不安的样子看在眼里，相视一笑，都无奈地摇摇头。

好在卫琇没让她等太久，他似乎比她还急，掐着钟熹平日起身的时辰遣了牛车去，接了钟熹，一道往姜家去了。

钟熹和卫琇分坐两辆牛车，后头跟着一众仆从和十来辆露车，满载着依礼须备的酒、羊、缯、钱、米等物。礼俗只是定了明目，实际去多少彩礼丰俭由人，并没有定数，卫琇放眼四周也没个参照——本来比着钟子毓的成例即可，奈何他蹉跎到如今也没娶亲，倒叫自己捷足先登。

他生怕去少了失礼于姜家，在管事拟出的礼单上又添了不少。

他们一行人的排场引得路人纷纷侧目。露车没遮没拦，那些堆成山一样的美酒绢帛，一看就是世家大族行纳采之礼。众人正好奇这是谁家结亲，细心之人便发现了车上卫氏的徽记，消息刹那间便如春风般传遍了闾巷。

那对喂得膘肥体壮、翎毛滑亮的大雁则有幸与卫琇同车——因为卫十一郎生怕它们在路途中出了意外，执意亲自盯着它们安全抵达姜府。

不过即便被赋予了美好的寓意，扁毛畜牲也还是畜牲，丝毫不给名满京都的卫氏雏凤脸面，牛车行至半途，便不分场合地行了不轨之事。

进了姜家大门，卫十一郎提着那装雁的笼子下车，脸色都有些发绿了。

钟熹亲自以伐柯人的身份来行纳采之礼，姜景仁简直受宠若惊，连卫琇都颇感意外——钟老太爷虽是大媒，谁还指望他事事亲力亲为？求婚时出一次面，后续的事情随便找个家中晚辈替他操持便是了。

大约是味由心生，卫琇总觉得自己与那对鸟儿共乘一车沾上了异味，浑身上下有股挥之不去的鸟味儿，办完了事儿也不敢来见娘子，急匆匆赶回去沐浴了。

钟荟翘首盼了半日终究没能见上一面，只能与姜老太太命人送来的那对肥雁大眼瞪小眼。阿枣在那两只雁的脚上牢牢绑上麻绳，与阿花拴在同一根竹竿上。阿花不待见钟荟，与这两位新客倒是相处融洽。

卫十一郎与姜二娘定亲的消息像生了翅膀似的，不到半日便飞遍了九六城内外。到了晚膳时分，酒肆乐坊中已经编出了曲子传唱这段奇闻。

姜二娘先结亲萧九郎，随即传出流落山野之事遭萧家退亲，谁都以为这朵含苞待放的洛阳牡丹八成要烂在枝头，谁知峰回路转，那姜二娘手腕了得，摇身一变，成了卫十一郎待过门的妻室。

一时间物议纷纷，舆论哗然，卫琇何许人也？洛京城上至八十老妪，下至髫龄稚女，无不将他目为下凡的神仙，肖想过他的妙龄女子不知凡几，他的一举一动牵动着无数颗芳心——如今尽数叫他剐成了碎片。

若那幸运至极的女子是玉叶金柯、名门淑媛便罢了，偏偏还是个空有美色、毫无才德的屠家女，非但如此，她还败坏了名声，不久前还曾许过别人——前几日他们如何惋惜萧九郎，如今便加了十倍为卫十一郎捶胸顿足。

谏官连日绕着赈灾的烂摊子打嘴仗，磨破了嘴皮子也没个结果，早盼着来点新闻燥脾胃了，当即奋笔疾书，只等着第二日上朝参他一本“高门降衡，灭祖辱亲”。

第二日上朝，那数典忘祖的卫十一郎恬不知耻，仿佛对四周的目光浑然不觉，一脸没事人似的走进殿中，若是仔细看，还能发现他嘴角带着一抹若有似无的浅笑，看起来心情相当愉悦。

裴霄见他进来，远远地朝他看了一眼，缓缓地摇了摇头，脸上露出些许失望又沉痛的神色。世家出身的臣僚，无论原先与卫琇相熟与否，都拿这样的眼神看他，仿佛他不是结了一门亲事，而是失足掉进了泥坑里。

卫琇敛起笑意，周身便笼罩着入定老僧般的平静，一双年轻的眼睛便如波澜不兴的古井深潭，若是他不愿意，谁也不能从其中看出丝毫端倪。

正如他所料，第一个发难的是御史中丞韦统。他和韦氏倒没什么私怨，不过韦氏一向最重阀阅，把士庶之别看得比天还大，于情于理都是要出声的："启禀陛下，仆欲奏劾中书舍人卫琇结婚非类，数典忘祖。卫舍人出自陈留卫氏，衣冠之族，胄实参华，曾祖楚，位登八命，祖昭，封琅玡郡公，父成，亦居清显。姜之姓族，士庶莫辨。卫姜联姻，实骇物听。"

谏议大夫罗琼也附和道："若此风弗剪，其源遂开，点世尘家，将被比屋。"

秘书郎桓淳见者有份地踩上一脚："臣风闻姜侍郎次女德行有亏，本不堪为配，何况士庶之隔，有如天渊。"

卫琇瞥了他一眼，桓、萧两家是世交，这桓淳与萧九郎过从甚密，见缝插针地诋毁姜二娘，即便不是萧九的授意，这笔账也得记到他头上。

臣子们七嘴八舌，你一言我一句，难为卫十一郎面不改色，八风不动，仿佛真是冷冰冰的玉石雕成的。

韦统末了总结道："故而臣等参议，请以此事免卫琇官。"

天子听完，面沉如水，问卫琇道："卫卿，你有什么要分辩的吗?"

"回陛下，韦中丞所言非虚，臣确已与姜侍郎之女约为婚姻，更无别辞，臣已上表，求陛下俯赐恩旨，早放归田。"卫琇平平淡淡道，"唯独一事，恕臣不敢苟同，内子秀外慧中，德行无亏，于卫某恩同再造，请陛下明鉴。"

说罢扫了一眼方才大放厥词的桓淳，道："若有人罗织构陷，辱她清名，卫某虽势单力微，亦不敢惜命。"

桓淳冷汗直冒，连道："不佞失言，还请卫舍人见谅。"他不过是浑水摸鱼地替萧九郎出出气，谁知道只是随口一句话就触了卫十一郎的逆鳞，虽说卫琇递了辞呈，可天子允不允还是两说，何况卫氏衣冠尚在，他何苦给自己找这么个家大业大的仇家?

韦统本以为卫琇会反唇相讥，至少要拖此前与姜家差点结亲的萧氏下水，没想到这么爽快地认下，还有备而来，先一步上了辞表，原本准备打一场硬仗，敌方一上阵便缴械投降，不战而胜的韦中丞倒有些不知所措了。

天子沉吟半晌，看了看卫琇镇定自若的脸庞，又扫了殿中的臣工们一眼，冷笑一声，道："卫舍人的家事容后再议，孤这里另有一桩棘手之事，关涉万千黎民百姓，望诸位与我分忧。张邵，你同他们说说!"

“是。”谏议大夫张邵道，“前日青冀凌汛，大水决堤，冲垮村庄民田无数，致流民数千为寇徐州，杀害北海太守左宪一门三十六口。”

他说到此处顿了顿，若有似无地往卫琇的方向望了一眼，朗声道：“臣奏劾青州刺史陶谟，尸位素餐，玩忽职守，赈灾不力，请罢谟官，槛车征还京师。”

此言一出，便如平地一声惊雷——这位谏议大夫出自寒门，平日沉默寡言，不朋不党，几乎与殿中的柱子融为一体，方才众人围攻卫琇时他也是冷眼旁观，不置一词，谁知一开口就差点把天捅出个窟窿。

青州刺史陶谟是裴霄的人。为了将左膀右臂安插到青徐，让卫琇的舅父毕澜腾出位置，裴霄当初也是处心积虑，费了好一番功夫的，谁知人算不如天算，上任不到一年，还未做出什么拿得出手的政绩，先遇上了天灾。

说完这番话，张邵望了卫琇一眼，卫十一郎便在众目睽睽下向他点了点头，仿佛生怕旁人看不出这是出自谁的授意。

这是摆明车马地向司徒钧投诚，短短一个多月前，他还是个谦卑恭谨、彬彬有礼的晚辈。

裴霄有生以来第一次拿正眼细细打量卫琇，仿佛第一天认识卫家这根独苗、仅存的硕果——是他掉以轻心，把一只藏起利爪的幼虎当成了猫儿。

裴霄定定地看着卫琇，仿佛要将卫琇盯出个洞来，卫琇则若无其事地迎着他的目光，微笑着点点头。

自然不会少了替裴霄打头阵的，立即有人跳出来为那倒霉催的青州刺史辩白，才说了两句，只听“啪”的一声脆响，天子用力将手中一块玉佩往案上一拍，斥道：“谁替那蠹虫说话，孤先将他斩了，以慰左太守一家在天之灵！”

裴霄审时度势，司徒钧这回是铁了心要折他一臂，司徒钧毕竟占了君的名分，又羽翼渐丰，还有个姓韦的老酸儒伺机寻他晦气，这次只能弃卒保车了。

陶谟的命途定了，青州却还有个烂摊子等着收拾，不说别的，光是那数千流民就够喝一壶的了，再加上这两年天灾不断，西北又有兵祸，国库早已空虚，司徒钧眼下连赈灾的钱粮都拨不出来，可怜他风华正茂的年纪，鬓边已经愁出了白发。

一提到钱，满朝臣子都像是临时害了肚子疼，一个个愁眉苦脸，忧国忧民的场面话一套接着一套——反正不用钱。

卫琇却上前一步奏道：“臣愿输米十万石、粟米二十万石、布二十万匹、帛十万匹，虽是杯水车薪，庶几可解陛下燃眉之急。”

司徒钧从御座上站起身来，感激道：“卫卿毁家纾难，大靖有此忠臣，是黎民社稷之幸！”

卫十一郎带了头，其他世家也得有点表示，一个中书通事舍人拿出这么多米粮

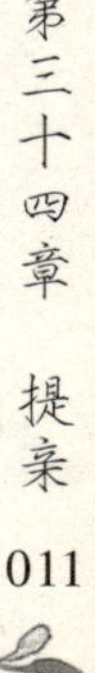

财帛来，八命三公总不好意思太寒碜吧，裴、萧、韦三家都结结实实出了一回血，别家还好，萧家人口多，子孙一个赛一个地能造，日子本来就过得紧巴巴。萧家诸人差点吐出一口血来——你卫十一郎倒是一人吃饱全家不饿，拖别人下水，你这是安的什么心！

迫在眉睫的赈灾问题解决了，天子接着问青州刺史的人选，韦重阳一系和裴霄一系都有荐举，韦重阳和裴霄袖着手不发一言，气定神闲地看着底下的人争得面红耳赤。

裴霄当初一力保荐的陶谟才被免了官，这节骨眼上他还不知收手，俨然已将政柄目为他们裴家的私物。司徒钧心中愤恨，手里握着半块玉佩，手心被裂口扎出了血还浑然不觉，他深而缓地吸了一口气，压了压怒火道："此事非同小可，两位说的都有道理，容孤再斟酌一番。"说罢命卫琇拟旨，命乐安太守陈琼暂代青州刺史一职。

下了朝，卫琇正要转身离开，司徒钧在后面叫住了他："卫卿请留步。"

卫琇随着司徒钧踱至宣德殿，司徒钧随口寒暄几句，又问了问凉州的风土人情，末了抬头望了他一眼，笑着道："稚舒是性情中人，姜家娘子能得你的青眼，也是福泽深厚之人。"

卫琇闻听此言心中有些不悦，谁都觉得姜二娘被他挑中是莫大的幸事，仿佛她是个什么物件，合该叫人称量挑拣，殊不知他才是那个三生有幸之人。

不过这些话不必同外人说道，即便说出来，司徒钧这样的人大约也是不会信的，多半还要费心揣摩衡量半日。

于是他便揖了揖道："臣替内子谢谢陛下。"

"婚期定了吗？"司徒钧关切地问道。

"回禀陛下，尚未行问名之礼。"卫琇答道。

司徒钧笑意更深，似打趣又似试探："稚舒恐怕已经等不及要将佳人迎娶回家了。"

卫琇垂眸一笑，像微风拂过水面带起的浅浅涟漪："让陛下见笑了。"

"礼本于昏，这本就是人伦之重，稚舒不必害臊。"司徒钧一本正经地揶揄道，"依孤之见，不如早择良辰吉日，稚舒了却这头一桩心事，孤才好'使卿劳'。"

他向卫琇迈了一步，拍拍卫琇肩头，叹了口气道："同你说句心里话，青州刺史之位孤只敢托付于你，不过这位子能留多久，孤也做不得主。"

"谢陛下抬爱。"卫琇长揖道，司徒钧倒是慷慨，一出手便是刺史之位，不枉他与裴霄撕破脸向司徒钧投诚。不过以他的年资要出任一方大员，实在有些不够格，到时候少不得还得以钱服人，大出一回血。卫琇心道，这姓司徒的大约是算筹托生的。

不过婚姻大事不可草率，他更不愿给姜二娘留下丝毫遗憾，总要准备个一年半载。卫琇盘算了一下，最快也得到十一二月了——能不能将那两个老家伙弹压十来个月，就看司徒钧的手段和诚意了。

卫琇在朝议时回护姜二娘那番话不知被哪个长舌的臣子添油加醋地宣扬了出去，这不啻在全城小娘子的受了重创的心上又狠狠拉了一刀。

有那心思敏锐些的，便留意到那句不同寻常的“恩同再造”，不一时便有个说法不胫而走——原来那姜家二娘子在邙山中走失，却在机缘巧合下救了卫十一郎。

小娘子们又扼腕叹息起来，这卫十一郎心眼太实了啊！救了命又怎的，非得以身相许吗？那姜二娘又不曾缺胳膊少腿，不是活蹦乱跳的嘛，还能出门勾搭这个引诱那个，要不是她自恃美貌，四处撒网留情，萧九郎那只金龟是怎么网上来的？腊月里还有人亲眼见到她和萧九郎在广济寺里拉拉扯扯呢！这样的女子哪里配得上芝兰玉树的卫十一郎，都怪苍天无眼，怎么偏是她那么好运气，在山里随便一转，就捡来一桩羡煞人的好姻缘。

阿枣将外间的传言掐头去尾地禀报给自家小娘子，单说卫公子如何怒斥那出言不逊的言官：“兀那竖子！再敢说我娘子一句不是，小心本公子将你打得牙齿零落，脸上开花！”

钟荟笑得花枝乱颤，这横不是阿晏能说出的话，不过知道他一心护着自己，心里别提有多暖了。虽然下人们都瞒着她，不过她想也知道外人大致会如何编派自己。她不是一个多忧多思性子的人，反正叫人在背后说几句又不会掉块肉，若是有人寻晦气寻到她跟前，大不了费点唇舌将人堵回去，别的不好说，她的嘴皮子是得了她阿兄钟子毓真传的，与人打嘴仗从未有过败绩。

这世上如此没眼色的除了方姨妈不作他想，不过眼下她女儿阿眉不知所终，她一边找女儿，一边还要与范氏干仗，忙得焦头烂额、不可开交，姜二娘就算嫁给天王老子她也没空搭理了。

萧九郎最近过得有些不如意。

本来他破格擢升，又以一篇《雪赋》享誉京城，正是春风得意的时候，然而从先斩后奏、自作主张地设计结亲姜家开始，情势便急转直下。

先是失了祖父的眷顾，紧接着叫那姜胖子带人上家门口打闹了一场，京兆尹见两家都不是他得罪得起的，便一味地和稀泥，最后不了了之。

姜昙生本就是没脸没皮的屠户出身，朝他脚边啐了口唾沫，拍拍屁股扬长而去，倒是他好好一个世家子弟，在大庭广众下被打得鼻青脸肿，还叫人扣上了一个贪图嫁资的屎盆子，摘也摘不去。

此事传到他祖父耳中，萧九郎自然又吃了一顿排揎，一张引以为傲的俊脸五彩缤纷，背上又挨了一顿笞杖，在床榻上足足趴了十来日，这才勉强能下地走动。

无论如何，姜家的亲事总算是顺顺当当地退了，萧熠松了一口气，虽说他对姜二娘有些未了的余情，可经姜昙生一顿狠揍，剩下的其实也没几分了。何况再怎么色令智昏，他也知道自己能有今日全靠着祖父的扶持，今后依旧要仰仗祖父的青眼——妹妹十娘虽说入宫在即，但将来能有多大造化还很难说。

经过一段时日的冷静，萧九郎再想起姜二娘时已经心平气和，随后便风闻了卫琇与她定亲的消息，心里原本那一缕淡淡的不甘顿时化作了铺天盖地的怨愤——既然卫琇能冒天下之大不韪娶她，可见他一开始并未错判，姜家这门亲事利多于弊。

萧九郎越想越觉懊悔，深恨祖父误他，竟至于寝食难安。长房的堂兄萧炎见他这模样，知他是为情思所扰，轻描淡写地道："大丈夫何患无妻，天底下何处找不到美貌女子，阿兄今夜带你去见识见识。"

萧炎当年在杨家篡逆一事中护驾有功，在同辈中也算佼佼者，堂兄弟俩原先并不亲厚，萧九郎出仕后与他同朝为官，时常一同出入，这才走得近了些。

萧九郎有些意外，不过还是欣然前往。

两人当日黄昏时分乘着马车出了府，萧熠起先不知道要往哪儿去，见马车兜兜转转，最后停在了蕣华楼门外，心里升起些异样的感觉，有些抗拒，又有些蠢蠢欲动。

"你还没入过三进吧？"萧炎斜睨着堂弟道，"今儿阿兄就让你开开眼。"

萧九郎嘴上奉承，心里却有些不以为然，入三进无非就是姿容再美一些，才情再高一些，不过一家妓馆罢了，还能翻出多少花样？然而他看着三进的重门缓缓向他打开，心里还是有些莫名的兴奋，这一回是托赖堂兄的关系才得以踏足此地，总有一日他萧熠会成为这里争相奉迎的贵宾，就像卫琇一样——不知从何时起，他凡事总要与卫十一郎比一比。

萧熠心里才转过这个念头，便远远望见卫琇从庭院最里头的一间屋子中走了出来，身后跟着一人，正是前几日在朝会上一鸣惊人、弹劾青州刺史的谏议大夫张邵。

卫琇冷冷地朝他们兄弟俩看过来，目光落在萧九郎脸上，微微抬起下颏，毫不掩饰地流露出轻蔑的神色，然后转过脸去对张邵道："季彦兄不必相送，卫某先行告辞了。"

张邵的脸颊如同火烧云一般："卫舍人大恩大德，张某与拙荆唯有来世再报。"

"季彦兄言重了，不过举手之劳，不足挂齿，你已经助我良多了。"卫琇说完便径直往前走，经过萧家兄弟身旁时脚步顿了顿。

萧炎先上前作了个揖，道：“卫舍人，真巧。”萧九郎虽心有不甘，也随着兄长行礼。

“萧中郎无恙。”卫琇向萧炎回了个礼，然后目不斜视地继续往前走，与萧九郎擦肩而过，连一个眼角的余光都吝于施舍，仿佛压根儿就没看见他。

萧九郎也不知道自己是魔怔了还是午后借酒浇愁时把自己浇傻了，一瞬间气血上涌，指着卫琇傲慢的背影，声音不高不低地对堂兄道：“有些人看着道貌岸然，其实一肚子男盗女娼，什么知恩图报，不过是欲盖弥彰，愚弟无知，差点叫人诓骗了去……”

萧炎虽然也看不惯卫琇，却不会当面同他撕破脸，踩了堂弟一脚，使了个眼色叫他闭嘴。

卫琇停住脚步，翩然转过身，看了萧九郎一眼道：“萧侍郎，这番话卫某记下了，想来你也不会忘记，依在下看，你大约要用余生来悔恨今日所言。”

第三十五章 尚主

人之耳目，喜新厌旧，这是天下之常情。

京城百姓见多识广，便尤其如此。天大的新闻嚼上几日也就没了滋味，卫十一郎与姜二娘的一段前尘往事传了数日便逐渐偃旗息鼓，就在这时，又一个惊雷落地：彝华楼头牌月观音从良嫁人了。娶她之人正是当日她为情所伤时趁火打劫破她身的那个寂寂无名的寒门士子——在青州刺史罢免一案中一鸣惊人的张邵。如今人家已不是当年吴下阿蒙，摇身一变，成了天子跟前的红人。

便有人说那月观音也是有大造化的人，因祸得福，以残花败柳之身成了官夫人，运气比那姜二娘有过之而无不及。

甭管那姜家发迹前家世多寒碜吧，姜家眼下有钱有势，田连阡陌，仆从如云，那姜二娘也是正儿八经的官家小娘子，这么一对比，卫姜联姻似乎也不是多大的事儿了。

更有人讥嘲那张邵到底是蓬门荜户出来的穷酸，不知礼数规矩为何物，娶一个人尽可夫的妓子为妻房，往后难不成要指望她与别的官家女眷往来酬酢吗？

张邵前阵子才戳了某些人的眼珠子，如今有了这把柄，自然少不了弹劾他的奏章。他本就是谏议大夫出身，深谙其中的门道，兵来将挡，水来土掩，无论旁人怎么说，他仍旧我行我素，转头便奏劾酒泉太守于法兴安官贪禄、不务公事，抗击羌虏不力，拔了裴霄揳在西北的一颗钉子。

他无家无业，父母双亡，光脚的不怕穿鞋的，谁都敢捅，与他在朝堂上正面交锋是讨不到什么便宜的，便有人图谋取他性命于暗巷，谁知派去的凶徒大多有去无回。一名部曲有幸捡回一条命，脸上叫人拿刀画了一只憨态可掬的胖王八，他哭着向主人禀报，那姓张的竖子身边竟有高手护卫。

张邵有恃无恐，遇刺一回隔日便奏劾一人，也有劾成的，也有不了了之的，弄得朝中风声鹤唳、鸡犬不宁。几次碰壁之后，便没人敢拿他的私事做文章了。

转眼到了二月中旬，崔淑妃的咳疾好转，常山长公主终于又有空闲惦记起自个儿的终身大事来。

卫琇起初去钟家授课是怀了不可告人的目的的，眼下目的达成了，他也没有过河拆桥，逢旬休仍旧兢兢业业地带生徒。

司徒姮知道钟荟同卫琇定了亲，设身处地一想，这丫头大约该相思成疾了，便好心下了帖子邀她同去。

钟荟虽然迫不及待想见阿晏，然而大娘子入宫在即，她们姊妹相处的时间过一天少一天，想着多陪陪阿姊，遂提笔复信婉拒了。

姊妹几个除了在松柏院陪老太太说话，便是趁着风和日丽时去城郭郊外游春。

离家之日尚远时，姜明霜数着日子盼着入宫与司徒钧时常相见，可真到了好事将近时，离愁别绪和忐忑不安却占据了上风。

姜明霜一向不是个高瞻远瞩的人，习惯走一步看一步，随遇而安，而此时她举目遥望时，只看到前路茫茫而晦暗，只有尽头处的一星微弱光芒给她些许慰藉——那是司徒钧的承诺。

然而无论她心里如何没底，那一天还是到了。

二月初九这一日，姜明霜醒得很早，她在床上坐了很久，一瞬不瞬地凝望着丁香色的织锦帐顶和四角垂着的彩丝香囊。每日睁开双眼，这是首先映入她眼帘的景象，从今往后再也见不到了，这念头叫她无比惆怅。

姜明霜不知不觉地叹了口气，旋即想起小时候表叔母曾经说过唉声叹气会让福气溜走，赶紧深吸了一口气，也不知那点福气有没有跑远，还能不能吸回来。

这一日从清晨开始便是阴雨连绵，院中花树萌生的嫩黄新芽似乎也因这愁云惨雾的天色黯淡无光。姜明霜站在廊下看着阴云密布的天空，越发惴惴不安了。

过了午时，宫里迎亲的车驾冒着雨到了。

一应礼节都有宫中派来的内侍和女官提点，姜明霜按部就班地任宫人替她梳妆，按品换上朝服。

姜明霜怔怔地望着妆镜里陌生的自己，扑了厚厚一层胡粉的脸白得惨然，眉却描得极黑，与她略带琥珀色的眼珠有些不相称。宫人用极细的笔蘸了朱红的口脂替她勾唇线，紫毫笔尖触到她的嘴唇时，姜明霜不由自主地剧烈颤抖起来。

宫人笑着道："还请娘子莫要动，奴婢没法儿画了。"

姜明霜越发不能自已。钟荟一直在旁默默地陪着她，此时连忙在她身边跪坐下来，紧紧握住她的手，一下又一下地轻轻拍她的背。钟荟很想说些前程似锦之类的吉利话安她的心，可终究什么也说不出来，只是不断轻声道："阿姊莫怕。"

姜明霜点点头，慢慢平静下来，对着铜镜用力笑了笑，道："总有这么一遭的。"也不知这话是对谁说的。

司徒钧和姜明霜不是正经夫妻，三媒六证和十里红妆自是没有的，只能从娘家带几车箱笼入宫。

将近黄昏，启程的吉时快到了，姜明霜去正院向祖母和父母辞行。

孙女出嫁是喜事，姜老太太盛装打扮，颊上抹了圆圆两团胭脂，沟沟壑壑越发明显，叫人看了忍俊不禁，可姜明霜却笑不出来，她跪下来朝着几个长辈分别磕了头。

曾氏嘱咐了几句谨言慎行、柔和嘉顺之类的场面话，姜景仁知道自己也该叮咛几句，可望着大娘子，脑海中突然一片空白。

长女自小离家，回来以后父女俩也没相处过几日，他对这个恬静温和、嘴边总带着笑意的女儿所知甚少。姜景仁那副为父的心肠难得动了动，可就像生锈的机簧一般不甚灵便。他有些生疏地摸了摸大女儿的头顶，翕了翕唇，笼统地道："入了宫要好好的。"

轮到姜老太太，她还没来得及开口，姜明霜先伏在她膝头哭了起来："阿婆，往后孙女不能在您跟前尽孝，您多保重啊。"

姜老太太一直不乐意孙女入宫，回想起当初女儿入宫那日的光景，心里越发不是滋味，可为了不叫孙女担心，只得强颜欢笑："傻丫头，难不成你还能在家里留一辈子？进了宫莫亏待自个儿，有什么难处就去找你姑姑。莫哭，得把脸上胡粉冲走了，一条条的多难看啊……"

大娘子用力点点头，接过宫人递过来的帕子，小心地擦了擦眼角，转而与弟妹们话别。她将八郎和几个庶弟庶妹的头挨个摸过去，仔细叮咛道："八郎夜里读书多点几盏油灯，莫把眼睛看坏了……十娘春日花发时节少去花园，免得又起疹子……十二郎莫淘气，惹得夫子生气又该罚你抄书了……"

比起钟荟和姜明淅，姜大娘更有做姊姊的自觉，弟妹们都和她亲，几个年幼的不明白什么是出嫁，只知道温柔可亲的大姊要离家，呜呜地哭作一团。姜明霜将他们一一哄得破涕为笑，然后拉住二娘子和三娘子的手道："你们俩都要好好的，二娘甜的少吃些，出嫁以后不能像在家里时那么懒怠了，别欺负人家卫公子，三娘……"

姜明霜想说几句体己话，猛然想起曾氏在场，生怕让三娘子为难，只得用力捏了捏她的手道："你也要乖乖的。"

钟荟眼泪在眼眶中打转，姜明淅用力抿了抿嘴唇，看了一眼旁边的宫人，附在大姊的耳边道："宫里不比自己家，人心隔肚皮，别对谁都掏心掏肺的，哪怕再亲近的人也得防着点。"

姜明霜拽着两个妹妹的手不舍得放，眼看着吉时快到了，那女官便催促道："娘子，时候不早了。"

大娘子只得依依不舍地松开手，由姜昙生背在背上往大门口走去。

兄妹俩相处的时日不多，不过姜明霜性子温柔体贴人，给他做的鞋袜比其他几个妹妹加起来还多。姜昙生舍不得妹妹，抽了抽鼻子道："要是有人欺负你，告诉阿兄。"说完自己也觉无力，若欺负她的人是天子呢，他这阿兄能做什么？

姜明霜却是"嗯"了一声，用脸蹭了蹭大兄的背脊，好像又回到了小时候，有时候她玩累了懒得走路，年表兄就会这么背着她回家。那时候年表兄自己也还是个孩子，人长得瘦，背也不宽阔，还很硌人，可叫人安心，她时常在一路颠簸中昏昏欲睡，醒来时已回到了家里。从今往后再也没有一个或厚实或单薄的背把她背回家了，姜明霜再天真也知道，皇宫不是个能称为家的地方。

姜昙生小心翼翼地把妹妹放到车上，姜明霜最后望了望那些熟悉的脸庞、房舍和一草一木，提着裙裾进了车厢。

舆人挥动鞭子，车轮转动起来，轧着姜府门前的石板路发出轰隆隆的声响。

姜家出了第二位娘娘，自然是观者如潮，巷口几乎叫人群堵得水泄不通，姜明霜只觉得耳边一片嘈杂，将铜铃声都盖住了，然而在这喧天的热闹中，她却感觉到前所未有的冷清。

行至铜驼街时，雨突然停了。

姜明霜下车时，只见云破天开，洗濯一新的巍峨宫城在阳光下流光璀璨，仿佛许她一个煌煌的未来。

光阴似水，不知不觉大娘子入宫已经近一个月了，萧十娘紧随其后，两人之间相隔了十来日。司徒钧的偏袒和眷顾，那些少年时缠缠绵绵的情愫，终究也只为她赢得这十来日的先机罢了。

姜明霜在三姊妹中是最不起眼的一个，像春雨般细润无声，她在的时候倒不觉得，一旦离开，院子里便好像空了一大半，不复往日的温馨热闹，连婢子们都有些无精打采。

钟荟将她临走前赶着替自己绣的十二扇四时花卉屏风摆在书案旁，不经意抬头一瞥，心里便是一阵空落落的惘然。那时大姊正在准备入宫的各项事宜，她自己的

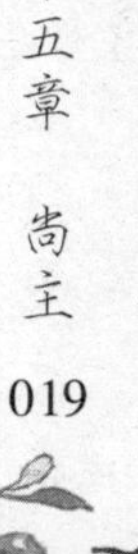

事尚且忙不过来，得知卫琇来求亲后，还是夜以继日见缝插针地赶出了这件礼物，她送给钟荟时尤觉怠慢："仓促之间赶出来的，做得有些粗糙，幅面又小，你别嫌弃。"

三娘子虽然嘴上不饶人，往日时常挑剔这个嫌弃那个，可大姊真的出了阁，她也是恹恹的，做什么都提不起劲。

曾氏被夺了中馈，府中原先那些耳目不如之前那么好使唤了，三娘子便多了不少可乘之机，得了空便来找钟荟，以帮她绣嫁妆为名行监督鞭策之实。

姊妹俩一边促膝做着绣活，一边有一搭没一搭地聊天，不知不觉又说起大姊来。

"也不知她这任人搓圆捏扁的性子入宫做什么去。"三娘子愤愤地往绷紧的缣帛上刺了一针，左手飞快地一拉，丝线穿过绣布，发出"刺啦"一声响。

钟荟自觉情窦已开，很是能理解大姊的心情，不过同三娘子这种乳臭未干的小丫头是解释不通的，只得安慰她道："大姊看着性子柔和，也不是没气性的人，真触了她逆鳞……"

"哎呀，得了吧！那逆鳞才几片？你一片，阿婆一片，表叔家几片，我也能算上吧，没了。"三娘子停下手中的活计，掰着手指数道，"你什么时候见她为自己出头了？任谁怎么挤对，她只会一味退让，受了欺负只知闷在被子里哭，也不知道天子待她好不好……"

钟荟也担心过无数回，回想天子同姜明霜在一起时的神情，大约对她是有几分真心喜爱的吧，姜明霜这样的女子谁会不喜欢呢？可仰仗天子的喜爱，说到底不过是听天由命。

"还有萧家那个不省心的。"提到萧十娘，姜明淅的憎恶之情溢于言表，"小时候就一肚子坏水，现如今不知阴险成什么样呢，我们家这个傻大姊都不够她塞牙缝的！"

三娘子这个窝里横小时候见识过萧十娘的厉害，一朝被蛇咬，至今还有些心有余悸。

一想到此节，钟荟便十分过意不去。若说当年常山长公主庄园中的口角只不过是小娘子之间无伤大雅的意气之争，那么她与萧家的亲事闹出的恩怨则让两家隐隐有了些势不两立的意味。萧十娘又是个睚眦必报的人，必定不会善罢甘休，若是在后宫中站稳了脚跟给姜大娘使绊子，简直是防不胜防。

且萧十娘幼时便是个美人坯子，这些年出落得越发风姿绰约，若单论容貌，姜明霜与她不相上下，可要说妩媚娇俏，端庄娴雅的姜大娘拍马也赶不上。姜明霜唯一可以仰仗的便是与天子早些相知相许，可这点朦胧的情谊又能维系多久呢？

也是天意弄人，姜明霜最是恬淡无争，偏生去了那是非之地，仿佛一株悄然盛放于山野间的林花叫人连根挖起，栽入金盆，移入华庭，做了一株供帝王赏乐的人间富贵花。旁人也只能唏嘘感慨一番罢了。

姊妹俩静默有时，三娘子突然探头过来往钟荟手里瞄了一眼，撇了撇嘴道：“啧，你这蹩脚的手艺真是糟蹋了那么好的花样子，这么寒碜的东西你好意思拿去给姊夫穿啊。”

“那有什么，穿不穿由他自己呗。”钟荟不以为然地道，“别一口一个姊夫，这不还没成亲嘛！”

“嘁。”姜明淅斜她一眼，“牙根都叫你给酸到啦！”

当日卫琇上门求亲，曾氏少不得在背后藏钩带刺地说了不少酸话，暗指二娘子轻狂浮浪，手段令人不齿，转头又讽刺亲女儿本事不济，样样都落于人后，连婚事都叫那酤酒女生出的贱种压了一头。

三娘子打小心高气傲，被自己阿娘这么一说，心里一时间也有些转不过弯来，不过她到底是读圣贤书长大的，自省起来格外苛刻，不知这是人之常情，直怪自己心胸狭隘、不悌不逊，实在是个戚戚小人。

且设身处地一想，即便二姊的际遇全给了她，她也没有当卫夫人的命——不说当日她根本不会替卫琇挡箭，光是外头纷至沓来的非议就能将她压垮了，更别提萧家搅出的那摊子浑水，姜明淅自问换了自己，是决计无法做到泰然处之的。

她阿娘说得轻巧，只看见二娘子嫁进高门的风光，却看不到背后的艰辛。姜明淅亲眼看见阴寒天气二娘子旧伤发作时疼得浑身打战、满头冷汗的模样，因为害怕疼起来不知不觉将牙齿咬坏，只能在嘴里塞上布包。与卫琇定亲后，二娘子更是走到哪里都有人指指戳戳、品头论足，分明对内情一无所知却头头是道地妄加评议，若是换了她，恐怕早气死了。

姜明淅有一个难得的优点，一旦想透彻了，心里便也释然了，与二姊相处起来又像往日一样从容了。

她倒是从容了，钟荟却暗自叫苦不迭。

姜明淅爱和旁人较劲，也爱和自己过不去，凡事都要逼着自己做到尽善尽美。她天资又聪颖，连女红都是姊妹几个当中最细致的。她才帮着姜明霜绣完嫁妆，后脚二姊又定了亲，那二姊夫大约是个急性子，恨不得今日提亲明日就把媳妇儿娶过门，眨眼之间就走完了六礼，把婚期定在了十月，压根儿不体谅她这能者多劳的妻妹。

钟荟则只拣着自己喜欢的东西下功夫，刺绣这种劳心费神又考验耐心的技艺向来是得过且过、应付了事，有了肩伤这现成借口，更是乐得让婢子代劳，一年到头也就是给老太太和钟老太太缝几件贴身衣裳尽尽孝心。

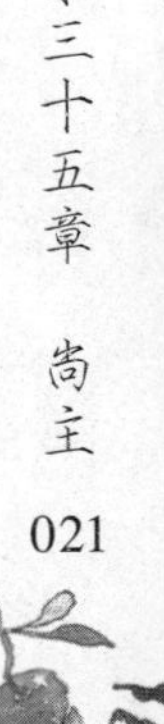

三娘子一听婚期便着急上火起来："这才剩几个月了，那么多事儿哪里来得及，不说别的，多少嫁妆要一针一线地绣出来，卫家不是一般门户……"

没想到她那草包二姊压根儿不把这些放在心上，轻描淡写道："这种事让阿枣她们代劳便好了，若是她们也来不及，上外头铺子里买些现成的不就是了。"

姜明淅对她这自暴自弃的阿姊惊为天人："就算别的都扔给旁人，可姊夫的贴身衣物总不能假手于人吧！"

"他穿了那么多年别人做的也没怎么样嘛。"不过话虽如此，钟荟叫她这么一说，也有些心动了，看着阿晏穿上自己亲手做的衣裳似乎也是美事一桩呢！

钟荟起先发了宏愿，立志要将阿晏从里到外、从头到脚一年四季的衣裳鞋袜全都包揽了，绣了半日便觉着做人还是不能好高骛远，做几身中衣几双罗袜也就罢了，到了太阳落山时，搓搓红肿的指肚，觉得几身和一身也没差多少，情谊到了便是。

眼下过去半个月了，她还在往第一只袜子上绣松枝，就这样慢工出细活还叫她妹妹嫌弃，这日子没法过了。

寒食一过，又到了一年上巳，钟荟与常山长公主一早约了去邙山庄园赏春祓禊，洛水边依旧游人如织，纵然没有卫郎看了，仍然有层出不穷的萧郎、裴郎，不过用常山长公主的话来说，这是时无英雄，使竖子成名，全洛京的菁华都在钟氏家学里了，她什么时候看不行，何苦去人堆里硬挤。

至于那号称风流才子的萧九郎，司徒姮义薄云天、同仇敌忾："相由心生，他做了那档子糟心事儿，我如今看他只觉尖嘴猴腮、面目可憎。"

钟荟很承她的情，不过还是一语道破："是因他鼻梁叫我阿兄打歪的缘故吧。"

好不容易出去放个风，钟荟大清早便坐着自家的马车，带着婢仆和护卫出城入山了。

常山长公主前一晚先到，已经等了她许久，一听下人禀报便坐着肩舆迎了出来，见面第一句话倒还像样："你和卫十一郎终于定下啦，恭喜恭喜！"

第二句就有些不成体统了："你们生的闺女可得给我当媳妇儿，可不能许了别家！"

钟荟红了脸："净说这些胡话！"

"这怎么是胡话呢？传宗接代才是正经事呢。"特别是你们这种罕见的美人。

钟荟见识短浅，不如司徒姮那样高瞻远瞩，对成婚的理解也不过是"与阿晏长相厮守"，至于怎么个厮守法，大致上想到耳鬓厮磨这一步已经快把自己羞死了，传宗接代如何操作更是一窍不通。反正到时候听阿晏的就是了。

她不想与司徒姮探讨这些，不求甚解地岔开话题："倒是一直想问你，书信里又不方便说，你同钟先生如何了？”

司徒姮嗯嗯啊啊了半天，含糊其词道：“快了快了。”

钟荟一想到钟蔚那婆婆妈妈的死样子，两人大概还有的磨，打定了主意过几日回家看看阿翁，顺便在他兄长跟前替司徒姮美言几句。

钟荟见了她阿翁，还未来得及开口叙叙寒温，钟熹便道：“你不来阿翁也得找人送信去姜家，有件事要告诉你，你阿兄要定亲了，尚常山长公主。想来不久宫里当有旨意，最迟五月末，你阿爷阿娘该从番禺启程了，若是路途顺当，应当能赶上你和阿晏的婚期。”

钟荟也不知道该震惊于钟蔚尚主还是欣喜于父母回京，脸上一片茫然，半晌才道：“尚长公主……阿娘知道吗？”

“此时应该尚未知晓呢，十多天前寄出的书信，眼下还在路上。”

“阿娘她对长公主不会有什么想法吧？”说起来钟夫人同司徒姮的恩怨还是因她而起的。

“都过去多少年了，那时候长公主还是个孩子呢，童言无忌，你阿娘哪里就真的同她计较了。”钟熹想起儿媳那一点就着的性子，也有些头疼，说出的话连自己都不怎么相信，“和你阿兄差不多年纪的人孩子都开蒙了，你阿娘想来也不会诸般挑剔的。”言下之意是钟蔚这样的能找到媳妇儿就谢天谢地了。

钟荟一想也是，她阿娘应该也盼着早日抱上孙子吧，她都活过来了，和常山长公主之间那点龃龉早该烟消云散了。

她恨不得立时将司徒姮抓来问问，可是这不求上进的长公主一朝驸马到手，便三天打鱼两天晒网，上课时来时不来，到了茅茨堂也不好好听课，一天到晚旁若无人地朝先生挤眉弄眼，着实有伤风化，钟蔚一怒之下将她赶回长公主府去了。

司徒姮一想，自己府中也该收拾收拾、整饬整饬，以便迎接驸马，便干脆回长公主府安心备嫁去了，倒弄得钟蔚每日心神不宁，生怕一个没看紧，他这好色的长公主就喜新厌旧，去轻薄旁的小郎君了。

兄长喜结良缘，做妹妹的总要当面祝贺一番，钟荟出了钟老太爷的书房，估摸着正好是午休时分，便去茅茨堂找他。

到得茅茨堂，钟荟里里外外找了一圈，却不见兄长的人影，一打听，原来是回院子里用午膳去了。

这也是钟蔚矫情臭讲究，卫琇就常和弟子们一同用膳，怎么偏偏就他钟子毓的肚肠金贵。

钟荟无法，只得去兄长院里找他，幸好她今日为图方便着了男装，只说是长公主府的下人来给驸马传话，一路上都畅通无碍——钟大郎定了终身，非但主人家松

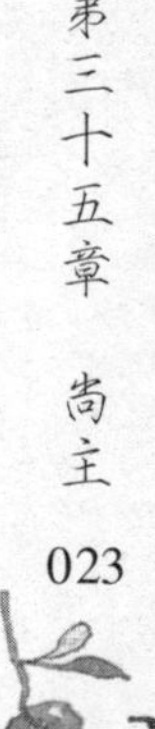

了一口气，连下人们都觉得有了盼头，只等着这位祖宗早日去折腾长公主府的下人。

院门关得严严实实，也不见阍人，想是临时有事走开了。

钟荟心里纳闷，伸手叩了叩门环，半晌门吱呀一声张开一条缝，钟蔚露出一只眼睛警惕地往外看了看，见是妹妹，当即一惊，想也不想便要把门关上。

钟荟眼明手快，赶紧伸出一只脚，整个人顺势往门上一靠，硬是闯了进去。

“不是说你一条胳膊残了吗？怎么还那么大劲？”钟蔚揉着被门撞疼的肩膀抱怨道。

钟荟正待臊他几句，猛然发现他竟破天荒地着了一身紧窄胡服，额发和鬓角微湿，显是出了汗。

钟荟狐疑地将他从头到脚打量了一遍，目光落在他背在身后的右手上：“光天化日的你躲在这里做什么见不得人的事？背后藏的是什么？”说着便拉住他胳膊往他身后绕。

钟蔚一边躲，一边欲盖弥彰道：“没什么没什么！多管闲事！去去去，一边去！”手不小心一松，只听哐啷一声响，钟荟往地上一瞅，奇道：“咦？你在练剑？”掐了自己一把，又道，“奇了怪了，我没在做梦吧？”

钟蔚被她当场捉住痛脚，恼羞成怒道：“练剑怎么了？偏偏我不能练？”

“对啊，没怎么，挺好的。”钟荟怪腔怪调幸灾乐祸地道，“你避人耳目做什么？好事该让大家伙知道知道嘛，阿翁啊，阿爷阿娘啊，七弟啊，九弟啊，还有……”

她摸了摸下颏道：“哎，你说要是长公主知道驸马为了讨她欢心私下里用功，她得乐成什么样？”

“说吧，”钟蔚太知道他妹妹是什么样的人品，认栽道，“你想怎么着？”

“老实交代你们俩的来龙去脉。”

钟蔚从鼻子里哼了一声，拾起剑作势要劈她：“我还是灭口吧！”

“咦，你打算拿什么灭口？你那把没开锋的小孩子玩意儿吗？好大出息啊钟子毓，是不是怕用真剑削了自己脚啊？妹妹我奉劝你一句，莫折腾了，常山长公主不嫌弃你，那是胸怀天下，为民除害。”

两人闹得鸡飞狗跳，钟蔚嘴上活似加了十七八道锁，钟荟涎皮赖脸、软磨硬泡，连阿兄都叫了好几声，愣是没从他嘴里掏出一个字来，常山长公主和驸马的故事，就此成了钟荟一生中最大的未解之谜。

洛京城里处处飞花，入目皆是嫣红生翠，一年中最美的时节里，常山长公主总算找到了归宿。

这位长公主的行市虽然远不如先帝在世时那么好，可她定亲的消息也在九六城里掀起了不小的波澜。

驸马出自冠盖之族钟氏，本人俊逸疏朗，气韵高华，是京都首屈一指的名士，两人家世身份旗鼓相当，很是门当户对——这些年走的下坡路也是异曲同工。

不过很多不明底细的小女郎对钟驸马存在不切实际的幻想，都觉得是那一把年纪的长公主占了便宜。

司徒姮过年已经二十二了，这些年来看过的美人如过江之鲫，可除了少不更事时嚷嚷过一阵要嫁卫家六郎，便再也没有兴起过招驸马的念头，天子前些年还会旁敲侧击一下，时间一长也就听之任之了，只有司徒姮的亲娘崔太妃始终记挂着这事，隔三岔五便要耳提面命一番。其实崔太妃都拿长公主没法子，她这女儿看着万事不关心，其实骨子里是极挑剔的。

崔太妃闻讯喜极而泣，连咳疾也顾不上了，当日便去白马寺还了愿。

天子也觉这桩婚事甚是称心如意，一来他同这三姊关系不错，也不忍心她一直这么孑然一身；再来钟禅是他阿爷为他物色的宰辅之材，阿爷临终前将钟禅外放广州，为的便是挫一挫钟禅的锐气，也免得钟禅在天子羽翼未丰时只手遮天。阿爷在病榻上亲口同他说过，裴霄徒有虚名，实为庸碌之辈，不足为惧，钟禅是个能臣，只是家世太显赫，既要用又得防。眼下钟蔚尚主，正是将钟禅召回帝京的契机。

天子和崔太妃各怀心思，都不想将司徒姮留到过年，一拍即合，立即下了道旨意召钟禅回京，将婚期定在了十一月初，比钟荟还早了十来日。

常山长公主后来居上，得意非常，自是要寻机显摆，于是时隔数年之后，钟荟又收到了那金雕银镂的海棠花宴帖——这时节海棠花都已经快凋谢了，司徒姮毫不掩饰自己的醉翁之意不在酒。

当年常来常往的小娘子，前些年入宫的入宫，嫁人的嫁人，孩子都已经开蒙了，即便拨冗前来，她们张口闭口夫君的仕途和考绩，妾室的作妖和淘气，要不就是儿女们多么千伶百俐，司徒姮一句嘴也插不上，好不容易将话题扳回风花雪月的康庄大道上，总有个没眼色的带着所有的人共沉沦：“欸，你们手上有没有过得去的蒙师？我家大儿眼看着就要开蒙了，现下还没着落呢，他父亲又镇日不得闲，不耐烦管这些细务……”

立即有人冷笑道：“宋夫人，你大儿两岁还未到，路且走不稳，你这阿娘倒是会未雨绸缪。你们别听她的，有好的先荐给我！”

这些夫人娘子们一提起子女开蒙，个个都有一肚子话，如此反复几回，司徒姮便觉这名存实亡的花宴甚是无趣。那新一茬的豆蔻美人倒是有不少，可她们喜爱的衣裳首饰、乐舞百戏乃至于少年郎都同她大相径庭，活似差了一辈——还真有好几个按辈分论得叫她姑母姨母，一场宴席下来只觉整个人都衰朽了。

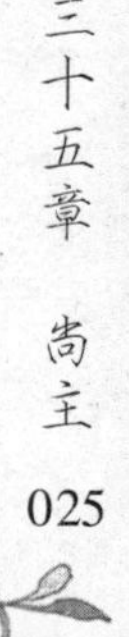

如今她有驸马傍身，再办起海棠宴来，心境便与形单影只时不可同日而语。以前听那些已婚妇人掰扯家长里短只觉俗不可耐，恨不能立时拿花露洗耳朵，如今却当作了金科玉律，巴不得一条条地拿笔记下来早晚奉读。

“上峰送的美人最是可憎！”甲夫人蹙着柳眉道。

席间几位夫人纷纷附和：“就是就是！打不得，骂不得，不知道的还以为她是主母呢！”

甲夫人又道：“我家那色坯还说什么长者赐不可辞，便是一块墨也要磨一磨以示承情，冷落了人家，回头上峰问起来不好交代云云。啊呸！合着纳妾还能算进考课里去？”

常山长公主心道，谁胆敢给我驸马塞美人，我便提着刀杀上门去。

钟荟倒是不怎么担心卫琇，以他的性子大约会直接给人冷脸。不过她在一旁听着，不由得想起她爷娘的一段往事来。

当年她阿爷刚入中书省时，有个没眼色的上峰便来过这么一出。那时候她阿爷阿娘才成婚，钟禅为人八面玲珑，不轻易得罪人，便想着先收下，随便找个偏僻的院子安置着，也不过是费点米粮罢了，哪知她阿娘是个眼里容不得沙子的人，最后还是钟老太爷做主，命人将他儿子无福消受的这份大礼送了回去。她阿娘醋癖的名声不胫而走，成了全洛京出了名的妒妇。

钟夫人好多年咽不下这口气，每回夫妇俩有什么口角，便要翻这笔陈年旧账，一翻旧账必定以钟禅滚去书房睡冷榻告终。

钟荟忍不住又腹诽她阿爷这事做得不地道——她阿爷什么都好，只是处事手段太过圆滑，总想着面面俱到、两全其美，有时候伤了亲近之人而不自知。

连着几日风和日丽，三月的广州仿若初夏，钟禅贪凉，早早换上了薄罗衣裳，正靠在竹榻上握着一卷前朝的札记闲闲看着，突然觉得鼻子发痒，忍不住打了个喷嚏。

钟夫人的琴声叫夫君打断，不悦地斜他一眼：“说过多少回了，早晚风凉，多披件衣裳，总是不听，冻死你算了！”

钟禅从榻上坐起身，拉着钟夫人的手，直直地望着妻子的眼睛道：“阿纨，若是哪天我先死了，你就赶紧改嫁吧，找个人替我好好疼你。”

“起开！”钟夫人将他的手一甩，“这话跟你那宝贝疙瘩好翠袖说去！”

“翠袖是何人？八百年前的事儿怎么还惦记着。章定国那老东西，自己收了个烫手山芋，不知怎么办，便来祸害我！阿纨莫气了，小心气坏了身子，我把心剜出来给你看……”

钟禅话说到一半，便叫一件外裳兜头罩住。他隔着衣裳犹自说个不停："就知道你心疼我，莫要担心，我身子骨可旺健了，方才定是女儿想我。"

"女儿要想也该先想我！"钟夫人不服气地道。

钟禅捏着夫人的肩膀哄道："好好好，夫人说的都对……"

话音刚落，竹帘外传来婢子的咳嗽声，因郎君和夫人鹣鲽情深，黏糊劲堪比胶牙饧，下人们都不敢贸贸然打扰，哪怕是大白天掀帘子前也要弄出点声响。

钟夫人红着脸将夫君推开，抚了抚肩头的褶皱。片刻之后，婢子撩起竹帘走进屋子，将一个双鱼匣呈上："郎君，夫人，家里来书信了。"

钟禅打开匣子，展开绢帛，扫了一眼字迹道："是阿爷寄来的。"

读着读着，笑意慢慢氤氲开："阿毛同阿晏定亲了。"

钟禅夫妇离京前，卫府正在修缮，卫琇在钟家住了些时日，钟夫人怜他失怙，钟禅则因他心性坚韧，对他颇为器重。

夫妇俩对于卫琇这个女婿没有什么不满意的，唯一的遗憾大约是乘龙快婿并不知道有他们这对岳父岳母。

女儿不能从自己家出阁，且他们做父母的困在这瘴疠之乡，连婚礼都不能出席，两人心中都有些酸楚。

又过了月余，司徒钧的旨意到了，钟夫人喜出望外："这么说咱们能看着阿毛出嫁了？"

钟禅觉得夫人这心未免有些太偏，即便儿子出世时他就在房门外候着，有时候仍然忍不住怀疑儿子是捡来的："阿乡尚常山长公主，你没什么意见？你不是不喜欢那长公主吗？"

"长公主同阿毛不是很亲近吗？"钟夫人毫无原则地道，"我女儿看上的人还能有错？不过你这么一说倒提醒了我，回了京咱们得请阿姮来家里坐坐，若是心里留下疙瘩就不好了。"

这还没怎么着呢，已经阿姮长阿姮短，叫那么亲热了！当然，钟禅只敢腹诽，宣之于口是决计不敢的。

"哎。"钟夫人又担忧道，"本朝没有驸马被休弃的先例吧？"

"这倒是没有……"钟禅皱着眉头想了想，不过难保他那惊才绝艳的儿子不会独树一帜，开了先河。

钟禅接了旨，将广州的事务交接完毕，夫妇俩便打点行装回京。他们要赶着回去走六礼，便只带了几个仆从和一队部曲，轻车简行，一路北上，剩下的几大车行李、器物和土仪则由管事安排着分批押运回京。

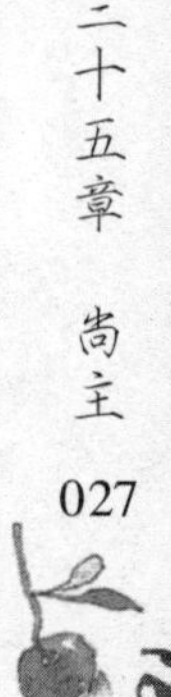

钟荟自打知道父母要回京，日日翘首以盼，生怕山长水远，一路上遇到什么难以预料的风波。

如此惴惴不安地等到八月头上，钟禅夫妇终于安然无恙地抵达洛京。夫妇俩下了车，尚且来不及栉沐，掸一掸尘襟，匆匆洗把脸，喝了碗酪浆，便急着叫人去姜府请女儿，用的还是侄女十五娘的名义。

本来是自己的女儿，如今要见上一面都名不正言不顺的，钟夫人心酸难言。钟禅轻拍她的手，安慰道："女儿能回来已经是万幸了，莫要担心，待她同阿晏成了亲便能时常走动了。"

钟夫人拿帕子掖了掖眼角，点点头："是我贪心不足。"

夫妇俩羁旅岭南多年，算起来钟荟已经七八年没见着爷娘，上回见面已是上辈子的事了。钟家人大多华发早生，钟禅鬓边已染白霜，她阿娘眼角也生出了细密的皱纹，加之岭南气候酷热，日头毒辣，夫妇俩的肤色比离京时暗了不少，钟荟心里一酸，眼泪不由自主盈满了眼眶。

钟老太爷将孙女认回后，每年都着画工描摹下她的画像寄往番禺。钟夫人对她如今的长相并不陌生，可是乍然见到换了形貌的女儿，仍然不由自主地生出怪异之感。

"阿毛?"她望着跪在面前泪眼蒙眬的小女郎，小心翼翼地轻轻唤了一声。

钟荟再也忍不住，膝行几步，伏在母亲膝头号啕大哭起来。

钟夫人仍旧怔怔的难以置信，试探着摸了摸她的头发："头发这么密，真是我的阿毛吗?"

钟禅哭笑不得："你是摸头发认女儿的吗?"话音甫落就被钟夫人扔过来的金簪砸中了脑门。

女儿大了，钟禅不好再像小时候那样摸她的头捏她的脸，且又换了副别家小娘子的身躯，连靠得近些都有些不自在，可怜钟大人一向胸有成竹、坦然自若，到了不惑之年却困惑起来，手脚都不知该往哪里放。

钟夫人将女儿揽在怀中，母女俩说了会儿体己话，钟荟的音容虽然都变了，可神气仍旧是当年的模样，那种疏离感慢慢褪去，委屈和不忿便从心底翻涌上来，突然扳住钟荟双肩，负气地将她往外一推，恨恨数落道："你这小白眼狼！也不知道来找阿娘！还不自量力地替人挡箭！"

"阿纨，好不容易见着女儿，有话好好说，骂她做什么呢?"钟禅赶紧劝解道。

"就你惯会做好人!"钟夫人顺手就将手边的绘扇朝夫君扔去，左右张望一番，没找着什么称手的家伙，便徒手照着钟荟身上重重拍了两下，"我还打呢!"

钟荟赶紧捂着左肩哎哟哎哟地呼痛："阿娘，女儿知错了，可那支箭我要是不挡，你女婿就没啦！”

钟禅看看夫人看看女儿，手心手背都是肉，最要紧的是，夫人眼下在气头上，现在打了个痛快，事后回想起来少不得要心疼，到时候遭殃的不还是自己？连忙舍身忘死地挡住夫人凌厉的掌风：“夫人要打就打……阿乡吧！”

“有我什么事啊！”在一旁袖着手看好戏的钟蔚蒙了，连坐也要讲点王法吧，池鱼被殃及也就算了，他一只过路的仙鹤，只不过在空中探着脖子看一眼热闹，竟然也会被牵连，这是什么世道！

钟禅巧舌如簧：“阿纨，阿毛没良心，活该受教训，可今时不同往日，她这身体发肤皆非受之你我，实在是打不得，阿乡是做兄长的，理当代妹妹受过。”

钟夫人深以为然，便就坡下驴，朝儿子招招手，深明大义地道：“大郎啊，既然你阿爷发话了，那就只好委屈你了，来吧。”

钟禅又进谗言：“阿乡这孩子皮糙肉厚，夫人且等着，我去取笞杖来，免得打疼了手。”

不一时钟禅便取了笞杖双手奉上：“不过阿乡身子骨弱，眼看着就要成亲了，夫人看在儿媳妇的面上，打五杖小惩大戒也就是了。”若是不小心打坏了可就砸在手里了。

钟夫人打了儿子几下，气差不多消了，便把父子俩晾在一旁，自己亲亲热热地扯着女儿去房中说体己话。

她撩了撩钟荟的鬓发，道：“这位姜家小娘子着实可怜，你要替她好好孝顺祖母和阿爷，友爱兄弟姊妹。”

这些话钟老太爷每回见了她都要叮咛一遍，钟荟郑重地点点头：“阿娘我省得。”

“姜娘子那后母着实可恨！”钟夫人义愤填膺，“亏她也是个做人阿娘的，对着一个七八岁的孩童也下得去手！”

钟荟叹了口气，并不是天底下每个母亲都能做到幼吾幼以及人之幼的。

“对了，你的身世……还没同阿晏提起过吧？”钟夫人沉吟片刻道，“你打算同他说吗？”

“若是他问起，我自然会把实情告诉他。”钟荟低下头道，“可是我不知道该怎么开口。”

钟夫人也觉得甚是苦恼，她为人坦荡磊落，自然觉着夫妻之间应该开诚布公，可女儿借尸还魂之事实在过于离奇。她左思右想，最后还是道：“要不然叫你阿爷或者阿翁同他说？存心隐瞒总是……阿娘不是要苛责你，你和阿晏很快就是一家人了，往后他就是你最亲近的人，即便能瞒他一辈子，你过得去自己这关吗？”

钟荟蹙着眉思忖了半晌，最后还是摇摇头道：“还是我自个儿同他说吧。您说得对，若是隐瞒真相嫁了他，我会心虚一辈子的。”

钟蔚莫名其妙挨了一通笞杖，有冤无处诉。他阿爷待妻女走远了，这才拍拍儿子的肩膀深表同情：“大郎啊，你别怪阿爷，方才阿爷是现身说法，教导你夫妻相处之道，再说你不日便要成婚，拜阁之日妇家亲宾杖打新婿，再疼也只能受着，这回全当是演练了。”

“什么杖打新婿？”钟蔚一听慌了神，几个姑姑出嫁时他年岁还小，已经记不太清了。

“原来你还不知道？当年我娶你阿娘，啧……”钟禅苦着一张脸，露出往事不堪回首的神情，“总而言之，你经过一遭便知道了，这滋味保管你永生难忘。”

钟蔚后来才知道自己又叫他阿爷给诓骗了，长公主下降自有一套礼仪，并无杖打新婿这种陋习，拜阁之日非但没有挨打，还得了岳母崔太妃不少赏赐。

长公主下降，一应舆服和礼制都由宗正和礼部商议拟订，这几年天灾不断，民生多艰，连帝后自己也节衣缩食，长公主的婚事也不好糜费纵奢，宗正准备的嫁妆对一个天家公主而言简直寒碜，好在司徒姮有食邑八千户，良田庄园无算，不在乎公中的那点杯水车薪。

天子不愿花钱，又不想叫人以为他怠慢了阿姊，便吩咐礼部在仪礼上下功夫，舍简就繁，在先帝二公主的成例上增添了一倍之多，自昼至曛没个消停。

常山长公主只想好好嫁个人，本就对这些繁文缛节深恶痛绝，更生怕将她那身娇体弱的驸马累坏了，在心里将礼部那些尸位素餐的老东西骂了数百遍。

好在驸马这些时日早晚舞剑射御不辍，临时抱佛脚卓有成效，一整日下来并未累垮，骑着高头大马，顺顺当当将她迎入青庐。

钟驸马身着玄色婚服，头戴进贤冠簪，腰束白玉带，比之平日更显丰神俊朗，司徒姮不由看呆了，忍不住将覆面的轻纱一摘，倒把宫中派来的女官吓了一跳。

司徒姮惯常见钟蔚总是扮作男子模样，这还是他第一回见长公主作女郎装扮，竟半晌说不出话来。

司徒姮今日着了从里到外一身白的婚服，金印紫绶，腰间佩着山玄玉，如云墨发梳成太平髻，簪金凤明珠步摇，一双含笑的美目在华灯下流光溢彩，玲珑双唇点了朱红口脂，钟蔚想起前些时日这张嘴对他所做之事，不由得口干舌燥。

在青庐中行了礼，钟蔚便被一群堂兄弟、表兄弟和狐朋狗友拖去饮宴。这些人到底顾念他一把年纪终于娶得如花美眷，新婚之夜没忍心将他灌趴下，早早将他推入洞房。

司徒姮沐浴完毕，换上了妃色越罗中衣，外头披了件轻纱帔子，脸上的胡粉和口脂被洗去后，因晚宴时饮过酒，双颊透着浅浅红晕，见他回屋，便张罗着同牢合卺。

两人饮过合卺酒，钟蔚借口沐浴，躲到净室中，掩上门，这才抚着心口长舒了一口气。他成婚前特地下了一番苦功，可到了真刀明枪上阵之时，却发现都是纸上谈兵，全无用处，光是与司徒姮肩并肩坐在一处，他的心都跳到嗓子眼了，这新婚之夜就露了怯，往后的日子可怎么过！

钟蔚磨磨蹭蹭洗了半日，水都快冷了，再待下去怕要着凉，只好用巾帕将身子擦干，惴惴不安地朝下望了一眼，心一横，披上中衣，一丝不苟地系好腰带，走回房中一看，长公主却已经倒在床上睡着了。

钟蔚有些失落，旋即又松了一口气，轻轻将她抱起，端端正正放在床上，把手脚都摆整齐，盖上衾被，然后自己小心翼翼地钻进被子里，与她并排仰天躺好，闭上了眼睛。

驸马操劳了一天，又饮了不少酒，不久便酣睡过去。

常山长公主睡至半夜，想翻个身，却动弹不得，她皱着眉头紧闭着双眼挣扎两下未果，蒙蒙眬眬间突然想起自己仿佛还有什么重要的事情未办，睡意一扫而空，抬手揉揉眼睛，又往腰腹间一摸，原来是驸马睡相不佳，将一条腿搁在了她肚子上。

常山长公主用手抬起他的腿，慢慢将身子挪了出去，揉揉酸疼的腰背，轻轻抚了抚驸马的脸，见他一动不动，显是睡熟了，胆儿便肥了起来，俯身在他唇上触了触，尤觉不过瘾，又伸舌头舔了舔，往下摸索到他的腰带，将活结解开，试探着摸了摸他的胸膛，不禁奇道："咦？"又顺势往下滑动，驸马的腰肢精瘦，裤腰有些松，长公主的纤纤玉手不费吹灰之力便得了逞。

"噫！"常山长公主不由得感叹。

驸马忍无可忍，再也装不下去了，此时若再不奋起，这辈子休想振起夫纲了！遂伸手揽住长公主的纤腰往下一带，顺势翻身将她覆住。

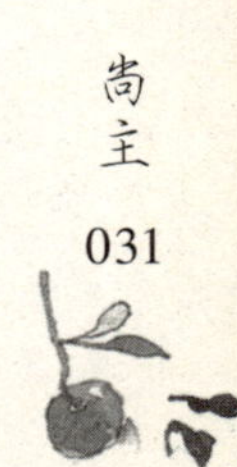

第三十六章 成亲

八月第一个休沐日，卫琇照例要去钟氏家学授课，钟荟前一日禀了姜老太太，只说是钟家小娘子邀她赴诗会，一大早便带着阿杏坐着牛车出了门。

到了钟府，钟荟先去向阿翁和爷娘请安。

“决定了?”钟夫人揽着女儿的肩问道。

钟荟默不作声地点点头，她心里没底，已然做好了最坏的打算，借尸还魂一事诡异非常，阿晏若是觉得惊惧可怖，也实在是无可厚非。

钟夫人捏捏女儿的手安慰道：“莫怕，凡事有阿娘呢。”

钟荟点点头，努力扯扯嘴角，露出个微笑。

卫十一郎的车驾刚到钟府，他下了车正打算往茅茨堂去，便有钟禅的下人来请：“卫公子，郎君请您过正院一叙。”

卫琇本来也要去见个礼，不疑有他，一路跟着下人进了钟家正院。

钟禅与他叙过温凉，又问了问婚礼筹备得如何，末了道：“不急着去茅茨堂，有人在十亩之间等你。”

卫琇听他这话说得没头没脑，兼之神色古怪，心中大惑不解，不过还是依言去了十亩之间。

十亩之间本就是从钟家正院中隔出的一隅，与钟氏夫妇的住处仅一墙之隔。钟禅夫妇一回京，卫琇便不好再将之当作临时下榻之处了，钟蔚替他在外院找了个清静的客院，已着下人将他房中的床榻陈设并一应箱笼器物都搬了过去。

院门虚掩着，卫十一郎轻轻推开门走进去，那朝思暮想的身影便撞进了他眼睛里。

钟荟站在院中的槐树下，手里拿着根树枝，正踮着脚百无聊赖地拨弄粘在树干上的蝉蜕，她听到门扉声转过身来，讪讪地将树枝扔在树根旁，故作轻松地笑了笑，唤他道："阿晏。"

卫琇不防会在这里看见她，心中那种莫名的熟悉感又涌了上来，尚且来不及发问，便听她继续道："在这里见到我觉得很诧异吧？"

卫琇点点头，双颊微红，其实这并不是他第一次在十亩之间见到她，不过上一回的事实在不好叫她知道。

钟荟深吸了一口气，又缓缓呼出来，稳了稳心神，决然道："有什么要问我吗？"阿晏自小灵慧机敏，要说他一点都没有察觉，钟荟其实是不信的。

卫十一郎深深看了她一眼，道："你想我问我便问，你若不想我问，一辈子不问也无妨。我只想叫你知道，无论你是谁，也无论你从哪里来，你都是我要娶的人。"

钟荟眼睛一酸，忍不住又一次自问：钟阿毛，你何德何能啊？

"这院子名叫十亩之间。"钟荟没头没脑地说道。

卫十一郎却听懂了，答案呼之欲出："十亩之间，桑者闲闲兮，行与子还兮。是个好名字。"

"是我六岁时取的，我阿娘说我是大姑娘了，该有自己的院子了，虽然院子还未辟出来，叫我先起个名儿，那日夫子刚好讲到这首诗。"钟荟摸了摸槐树粗糙的树干，仿佛在同一位旧友打招呼，"这棵树是我同阿爷一起栽的，到如今也有十五年了。"

卫琇本以为自己会大吃一惊，可真的从她口中得知真相，却仿佛本该如此，心里只有尘埃落定的踏实和安心。

自从第一次在崇福寺见到姜二娘，他便觉得这小娘子身上透着说不出的古怪。山中共患难时朝夕相对，那种似曾相识的感觉便越发强烈了，她舍身替自己挡箭时，他实在无法相信她只是个与自己非亲非故的九岁孩童。

万事开头难，迈出了第一步，后头的便顺理成章，钟荟三下五除二，一口气将自己的离奇经历平铺直叙地说了一遍，接着便低垂着头不去看卫琇，静静地等候着裁决，因着心中不安，不由自主地拿指尖往树皮的缝隙中抠。

"钟阿毛，"卫琇走上前来，轻轻将她的手拉开，用拇指指腹摩挲了一下她的指尖，突然促狭地笑了，"小时候不管大人们怎么威逼利诱，我就是不肯叫你阿姊，多有先见之明。"

"嗯，还是我们阿晏最聪明。"钟荟擂鼓般的心跳慢慢平复下来，也跟着笑了起来，踮起脚往他头上薅了一把，"我第一回见你就想这么做了。"

"钟阿毛，"卫十一郎任她过足手瘾，认真地看着她双眼道，"你给我当媳妇好不好？从今往后我再也不同你抢蜜饯，好吃的全都给你。”

“这话怎么听着那么耳熟……”钟荟微微蹙着眉，冥思苦想，“是不是你小时候说的？快说是不是！”

卫十一郎只是眉眼弯弯地望着她笑：“你说呢？”

常山长公主出降后便在钟府住下了，一点儿也没有要回长公主府的意思，钟家诸人期望落空，连下人们都怏怏不乐。

钟先生铁面无私，并不因新婚燕尔而对女弟子网开一面，拜阁之日去宫中见过崔太妃，回来便勒令常山长公主回家继续课业。司徒姮本就是不学无术之辈，驸马都到手了，哪里还耐烦去读书，两人镇日闹得鸡犬不宁，闹着闹着最后总是以滚上床收场。

他们其乐融融，钟夫人却有些苦恼，眼看着宝贝女儿就要出嫁了，做阿娘的放心不下，又抹不开面去问，便支使夫君道：“喂，阿晏也没个长辈提点提点，到时候……那什么能应付过来吗？”

“啊？”钟禅正捧着一帙书看得入神，心不在焉地道，“哦。”

“哦什么哦！”钟夫人恼了，使劲拿玉如意敲他，“快去教教阿晏哪！”

夫人有旨，钟禅不敢怠慢，可哪有做岳父的同女婿探讨这些事儿的！他背着手踱出院子，突然心生一计，叫来钟蔚道：“大郎啊，过几日阿晏和阿毛就要成婚了，阿晏家中这情况，上头也没个兄长，你去教教他那啥，啊？”

钟蔚心中酸涩，卫十一郎才是他爷娘亲生的吧！他成亲怎么不见有人教他，不还是靠着聪明才智和天赋异禀无师自通了嘛！

再说了，这无缘无故地找卫琇说这些多难堪啊！钟蔚面露难色，下意识便要拒绝，一个“不”字还没来得及说出口，钟禅吹胡子瞪眼道：“怎么？翅膀硬了，还是阿爷的话不好使了？”

钟蔚心里门儿清，他阿爷必是被他阿娘强按着头逼着来的，他自己觉得棘手，便拉他这儿子出来当垫背的。

不过钟禅都已经搬出了父子之道来压他，钟蔚便没辙了，只得命人将卫十一郎请到家中。

卫琇知道了钟荟的真实身份，钟子毓便成了他的大舅子，想来是要在成亲前耳提面命一番，卫十一郎不敢等闲视之，正襟危坐，洗耳恭听。

钟蔚连喝了两碗苦茶，望了望天，硬着头皮道：“还有五日便是你同阿毛的婚礼了，有什么不懂的吗？”

他说得隐晦，卫琇哪里反应得过来？只道他是关心婚礼筹备得怎样，赶紧恳切地答道："岳父岳母遣了贵府的管事和嬷嬷帮我操持，很是尽心，阿兄请勿担心。"

"咳咳。"钟蔚乜了他一眼，把心一横道，"不是那些个，我说的是周公之礼……"他只盼着卫琇说没什么不懂，他便能回去向爷娘交差了。

没想到卫琇一听却是正中下怀，他私底下也下过一番苦功，发愤研读了一阵《合阴阳》《素女经》之类，可翻来覆去地读，只觉云山雾罩，什么"下缺盆，过醴津，陵渤海，上恒山"，他统统都不知道在哪儿，正缺个过来人替他解惑。

他一张脸涨得通红，嘴上却不客气，低头长揖道："劳烦阿兄指教。"

钟蔚傻了眼，还真要他指教！好在钟先生传道授业是做惯了的，他思忖片刻，从案头抽出一张巴掌大的绢帛，执笔在墨池上掭了掭，草草勾了几笔，指点道："这阴阳之道，说难也不难，你看着，这儿有个……众妙之门，那什么的时候，把你的麈柄放进众妙之门里……"

"麈柄？"卫琇很是诧异，心道怎么还要用到工具，"材质有讲究吗？玉的还是象牙的？"

"你的，麈柄。"钟先生不耐烦地斜他一眼，拿笔杆含糊地往某处一指。

卫琇总算明白他说的是什么，脸红得像是抹了几斤胭脂。

钟蔚见他这模样不由得发起愁来，脸这么嫩到时候能成事么？叹了口气继续道："总而言之，就是把麈柄放进众妙之门里，接着……动一动就成了。"

"哦……"卫十一郎连连颔首，做出若有所悟的样子，半晌方才怯怯地问道，"谁动？怎么个动法，阿兄能否为稚舒指点迷津？"

"谁动都行，上上下下，左左右右，里里外外，深深浅浅……卫稚舒，你也老大不小一个人了，不会举一反三吗？怎么什么都要来问我！"钟蔚也涨红了老脸，敷衍了事地将那张绢帛塞给他，"到时候自然就明白了，回去自己再下点功夫，好了，去吧！"

钟先生对于不开窍的弟子向来没有半点耐心，不比卫先生循循善诱，不厌其烦。卫琇学得一知半解，被先生草草打发回去，时不时掏出那片绢帛端详揣摩，到了婚礼之日，早已将那寥寥几笔的众妙之门镌刻在心中。卫十一郎感觉自己有备无患，众妙之门即将为他打开。

咸宁六年十一月十一，令月吉辰，碧空如洗。

姜家不是第一回嫁女，可正儿八经、三媒六证的出嫁却是头一遭。

姜二娘觅得良缘，曾氏心里不爽利，兼之不理中馈，凡事有新上任的账房和蒲桃、刘氏盯着，操持继女的婚礼没多少油水可揩，她焉得尽心尽力？敷衍了事地露了几回脸，便推说精神不济，一撒手万事不管了。

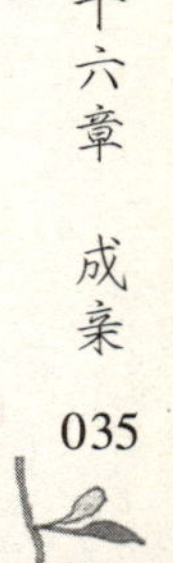

曾氏不使绊子已是万幸，姜老太太和二娘子本人都不曾指望她出力，好在蒲桃得力，处事周全，心思缜密，又不是掐尖要强、好大喜功的性子，将这场婚事安排得井井有条，上至管事下至婢仆们都交口称赞，连那些原先对她以妾室之身执掌中馈颇有微词的人都挑不出一个不是来。

老太太当日让蒲桃帮着理家，多半是为了惩戒曾氏，结果倒是无心栽柳，栽出个能人来，即便心里对这城府深不见底的文静女子仍旧怀有戒备，可对着蒲桃时也有了笑的模样，态度好了不是一星半点。

三娘子姜明淅也帮了不少忙，曾氏也知道婚丧嫁娶这些宅门中的大事最能磨炼人，女儿将来是要做主母的人，借此机会学着些也好，既没有摔盆打碗也没有横加干涉。

婚礼当日，姜家人忙得人仰马翻，钟荟这个新嫁娘却没有多少事，只需按部就班地按着既定的士婚礼仪来便是了。

婚礼吉时定在夕阳西下时分，新郎和迎亲的车驾要过了未时才到姜府。钟荟睡了个饱觉养足了精神，身着家常便服过松柏院陪老太太说话，姊妹们也都在，钟荟扫了一眼众人，唯独缺了大娘子，心里一处微微发酸。

姜明霜甫入宫，位分也不高，因天子眷顾，风头已经有些过盛，近日九六城里已在风传，先帝朝出了个姜万儿，如今怕是要出个姜千儿。加之皇后怀胎十月，生产时极为凶险，几乎拼了性命，最后生出的却是一名公主。在这个节骨眼上，姜明霜必得谨言慎行，免得叫人非议她轻狂无礼。

只是连妹妹的婚礼都没法出席，可以想见大姊有多难过。

姜老太太向来最疼这二孙女，这孙婿又是个色色齐全、样样称心的良人，与大娘子出阁时全然是两种心境，纵然有些不舍，眼角眉梢都是喜气。她掏出帕子掖了掖眼睛，紧紧抓着孙女的手千叮咛万嘱咐："总算成了人家啦，往后可要好好的，不兴淘气了，卫家小郎不容易，莫要欺负人家。"

"晓得啦，阿婆。"钟荟拿脸在祖母肩头蹭了蹭，"你们怎么都觉着我要欺负他，说不定是他反过来欺负我呢！阿婆您偏心！"

"得了便宜还卖乖！"姜老太太作势拍了她一下，数落道。一旁的姊妹们都凑趣地笑了起来。

正说笑着，有下人入内禀道："宫里有官长送赏赐来了。"

姜老太太赶紧牵着孙女出去拜迎，姜景仁和姜昙生已经换上官服在门口迎接，两名内侍指点着姜家下人把姜太妃的几箱沉甸甸的赏赐抬下车，向姜景仁作了个揖道："太妃娘娘近日头风发作，身子不甚爽利，不能亲自前来，特命奴为贵府二娘子添妆。"一边说一边将礼单呈上。

姜景仁草草扫了一眼，有九层金博山香炉一尊、十六扇云母屏峰一架、琥珀枕一对，并绫罗绸缎上百匹。他忍不住暗暗咋舌，他这妹妹家底也真是厚，如今先帝都不在了，一出手仍然如此阔绰，足见对这二侄女的看重，转念一想，大约也是因二娘子嫁入高门的缘故。

不一会儿，常山长公主府和姜充仪的赏赐也送到了钟荟院子里。

姜明霜行事不能太打眼，只两个三尺见方的黑檀木箱，里头装的却都是实打实的各色珠玉钗钿，其中最稀罕的是一块汉宫中流出的身毒国辟邪宝镜。钟荟见到大姊的这份大礼，便知她在宫中确实受宠。

司徒姮就更直截了当了，长公主府的下人呈上一个沉水香木雕海棠花匣子，打开里头只有一大一小两卷绢帛。钟荟先展开小的那卷，不由得吃了一惊，这败家的长公主竟然送了她一座依山傍水的庄园，绢帛上细致地描绘出园中的景致，亭台馆阁错落其间，从图中便能看出精丽和奢靡来。

这份礼实在是有些压手，这匣子里还有一卷大的，难不成一座园子还不够？钟荟狐疑地将绢帛取出来拿在手上，发现这一卷要沉了许多，中间有根黑檀的木轴。

置于案上展开一点，却是一幅绣像，绣工着实精致，但是画面叫人不敢恭维：最右是一对衣饰华贵的男女相对而坐，眉眼五官倒是栩栩如生，不过透着一股匠气，周围也不见泉石、花卉或是雅器，只一张屏风、一块席子。

司徒姮送她这样呆板无趣的绣像做什么？钟荟狐疑地又将卷轴拉开些，仍旧是那对男女，那男子一手捉住女子的手腕，另一手探入女子的衣襟，那女子脸上的红晕依稀可辨。

钟荟隐隐绰绰意识到了些什么，手却已经不听使唤地将卷轴又铺开一段，那男子的峨冠歪向一旁，从背后环住女子，再看那女子鬓乱钗斜，衣裳褪到了肩头，胸口竟有一只手——正连着那背后的男子，居然在行那不可言说之事！

“哎呀！”阿杏好奇地探头看了一眼，捂着嘴哧哧笑起来。

钟荟做贼心虚，赶紧手忙脚乱地将那轴绣像卷起来放回匣子里，往阿杏手上一塞，面红耳赤地道：“你且帮我收好，避着人些……”阿杏领了命，小心地捧着匣子，仿佛那是快烧红的烙铁。

钟荟同家人一起用了些清汤寡水的午膳，估摸着时辰差不多了，便由婢子们伺候着更衣梳妆。

其时士族嫁娶尚白，钟荟由婢子们伺候着，一层层地穿上龟背折纸梅花纹白绫中衣，含春内裳，凤穿祥云纹织锦外衣，下着缀满细密珍珠的白罗裙，外罩白罗縠，胸前金丝瓔珞上垂了七颗耀熠的明珠，正中的一颗足有拇指指甲盖大小。

出阁之日，仍是阿枣替她梳妆。钟荟出嫁，阿枣倒比她还激动，喜极而泣，过

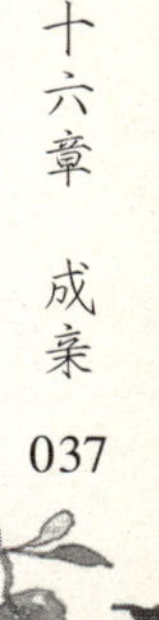

了许久方才平复下来，一边拿犀角梳替她细细地篦头发，一边抽着鼻子道：“小娘子，从今往后奴婢得唤您娘子啦!”

钟荟对阿杏等人笑道：“看你们阿枣姊姊，想嫁人都想哭了。”又对阿枣道：“莫急，赶明儿你家娘子就替你物色个良人去。”

阿枣羞恼地扭过脸道：“小娘子就会打趣奴婢！都要出嫁了还没个正经!”她梳妆的技艺已经炉火纯青，只见十指翻飞，须臾之间便将她的一头青丝绾作芙蓉归云髻，中间簪一朵白玉牡丹，两边依次插上成对的双凤衔花金钗和金镶水晶步摇簪，又点缀了若干珠花和金玉花钿。

二娘子本就生得眉目若画，此时傅上胡粉，描眉点唇，益发光艳明丽，不可方物。

钟荟梳妆更衣的时候，蒲桃、刘氏并几个管事已看着下人们将二娘子数不清的嫁妆和箱笼抬到门口装上了车。

不多时，钟荟隔着几道墙垣听到外头人声鼎沸，隆隆的车马声如同滚地闷雷，一颗心不由跃到了嗓子眼，她的郎君来了。

名满洛京的卫郎成婚，这是几十年难得一遇的盛事，金吾卫十数日前便严阵以待，婚礼当日整个九六城的黎庶百姓几乎倾巢而出，真个是“观者如堵”。

按礼制，他一个中书通事舍人新婚只能用二十乘从车，天子降下恩旨，特许他三公之制，卫琇对司徒钧的示好照单全收，毫不客气地带着五十乘从车迎接他娘子去了。

迎亲车驾所过之处，皆有部曲清道，施设步障，城中的高楼、台阁、寺塔早就叫有门路的人家占据了，余下未能占得先机的平头百姓只好抻长脖子踮起脚，恨不得以灼灼的目光把那锦缎步障烧出两个洞来，好将那俊美无俦的人中凤凰尽收眼底。

卫琇娶个媳妇儿不容易，部曲们十分卖力，金吾卫也很称职，一路上顺顺当当，连个香囊都没能近他身。

吉时一到，该登车了。

钟荟隔着纱縠偷偷觑了一眼卫十一郎，他身披鹤氅，着素白凤凰朱雀暗纹锦袍，腰束白玉蹀躞带，头戴进贤冠，绕过脸庞系于颏下的素丝冠带几乎与白皙面容融为一体。而此时她那丰神如玉的郎君正拿一双深潭般的眼睛怔怔望着她。

钟荟与他目光相接，旋即便羞涩地挪开目光，将头靠在姜昙生背上。

姜昙生年头上将大娘子背上车，年尾上又轮到了二妹。二娘子同卫琇定亲至今，他心里一直有些疙瘩，直至此刻看到卫十一郎眼睛好像粘在妹妹身上，一个眼神都没给他，这才弄清楚卫琇确实对自己没什么非分之想。压在心头的一块大石头总算轰一声滚走了，宽心之余不知怎么的有些凄凉之感。他摇摇头，暗暗咬了咬舌尖，心道：不成，看来得给自己找个媳妇了。

钟荟平常没少嫌弃姜胖子，不过真到了出阁的时候，她趴在兄长背上竟然也有些鼻酸。

“阿兄，”她轻轻叫了一声，“多谢。”

姜昙生呆了呆，瓮声瓮气地道：“说什么傻话，把你阿兄当外人！”

送迎的车驾抵达卫府，流连不去的夕阳正将最后一缕余晖洒在黑沉沉的屋瓦上。

正院前已经支起了轩敞的青庐，覆以青色襄邑锦帷幔，幔上垂着无数金铃，随着晚风轻轻晃动，宛如孩童的吟唱。

钟荟乘坐的画轮四望车尚未停稳，她还没来得及撩开帷幔，闹哄哄的催妆声已是不绝于耳：“新妇子，催出来！”卫家无人，催妆的大多是钟家人，她轻而易举便分辨出了钟家几个堂妹堂弟和叔婶的声音，她的新嫂子常山长公主自然也不会错过这场热闹。

钟荟不待他们多催，大大方方地撩开车帷，只听钟九郎怪腔怪调地高声道：“新妇子等不及啦——”人群笑作一团，七手八脚地将她和卫琇搡到一处，往青庐里拥去。卫琇趁乱将一个小纸包递到她手中，钟荟一摸，似乎是糕饼之类的东西，心里一暖，小心地揣到袖子里。

庐中以锦绣铺地，上面再加象牙席，两人各自入席，徐徐交拜。两人起了身，司礼的老嬷嬷笑道：“郎君可以揭起娘子的纱縠了。”

卫琇这才后知后觉地伸出手，大约是太过紧张，手一抖，将钟荟发上的金步摇一起拽了下来，观礼的亲朋哄堂大笑，卫琇双颊滚烫，连忙将步摇重新插回娘子头上。

礼成后本该拜见舅姑，卫琇父母已亡故，两人便对灵位行了礼，钟荟在心里道：“阿公，阿家，你们请放心。”

行了礼，卫琇被钟蔚等人拽去饮酒，钟荟则先回房盥栉，等着钟家兄弟们折腾够了，将她夫君放回来行同牢合卺之礼。

钟七郎和钟九郎虽然淘气，可卫先生平日那么和善，好不容易成个亲，他们也不忍心将他灌得不能人道，见他脸上已飞起红霞，眼神也有些迷离，便放他回去了。

钟家人都是海量，只知道卫琇的量浅，可究竟有多浅却拿捏不准，饶是他们手下留情，卫琇回房时脚步也已有些踉跄了。

钟荟沐浴完，换了身软缎衣裳，正盘坐在榻上吃卫十一郎方才偷偷塞给她的桂花糕，不意他竟回来得那么早，“哎呀”一声赶紧站起身走过去，欲盖弥彰地用指腹抹了抹嘴角：“阿晏，他们没折腾你吧？”

一边说一边去解他氅衣的系带，她从来没伺候过别人，做起这些事来有些生疏，加上紧张，倒把活结抽成了死结。

卫十一郎垂眸一笑，捉住她的双手，用下颏抵了抵她的头顶，柔声道：“娘子，我自己来。”他微带醉意，说起话来尾音拖得长，如同带着钩子似的，将钟荟钩得心尖一颤。

卫琇说要自己更衣，手却不动，兀自抓着她的手不放，直勾勾的眼神在她脸上逡巡。

钟荟叫他看得浑身不自在，用下巴朝着瓠形杯点了点，道：“方才没好好吃东西吧？空着肚腹饮酒多伤身啊，赶紧用膳吧。”说完，不由分说牵着他的衣带往案前走去。

卫琇顺从地坐下来，与她一起用了几箸肴馔。接着该行合卺之礼，他的唇才沾上酒浆，钟荟便将杯子夺过来一饮而尽，心里想着明日定要找钟子毓算账，明知道阿晏喝不了还灌他，这不是存心和她过不去么！

同牢合卺好歹是对付过去了，卫琇也不用人吩咐，自己去净房栉沐，出来时酒意褪去了一些，不过清醒时浑不如醉着，方才好歹还敢上去摸摸手蹭蹭脸，眼下想到那玄之又玄的众妙之门，整个人都僵直了。

两人身着寝衣相对坐着，扯了几句闲话，都有些不知所措。

也不知道坐了多久，雕镂彩饰的牢烛燃得只剩半支，钟荟腿都快坐麻了，卫十一郎嗅着鼻端一缕若有似无的幽香，终于按捺不住，小心翼翼地道：“要不咱们……敦个伦？”

钟荟初经人事，敦了一回便像叫人抽去骨头似的，软绵绵靠在卫琇身边，一个手指也懒得动弹。

“咦？”钟荟突然后知后觉地抽了抽鼻子，诧异道，“院子里种了石楠吗？”转念一想，不对啊，已是十一月了，哪里来的石楠花。

卫琇“嗯”了一声，身上却发起烫来，钟荟隐约明白些什么，不再提这茬了。

卫十一郎正是血气方刚的年纪，又食髓知味，敦一次自是不能餍足，然而见钟荟疲态尽显，昏昏欲睡，天人交战一番，终究还是怜惜战胜欲念，心道来日方长，人伦大道路曼曼其修远兮，不急于一时。

方才忘情之时不觉得，眼下不用看也知道床上一片狼藉，两人都是爱洁之人，又都脸嫩，也不好意思叫婢子进来伺候，钟荟挣扎要起来清理，卫琇眼明手快地将她摁回床上：“你且躺着，我去打水。”

说完翻身下床披上件外裳，点亮床旁立着的七盏铜灯，去净房打了水来，绞湿巾帕替她擦拭干净，再拿松软的吴绵掖干，从耳房中取了洁净的衾被来，将她整个裹住，打横抱到榻上，把濡湿的被褥换掉。

他做这些的时候，钟荟就侧躺在榻上静静望着他忙里忙外，心里有一种难言的满足。卫琇时不时转过头望她一眼，对她笑一笑，间或走过来将她伸到外头的胳膊塞回衾被中，揉一揉她头发："别贪一时凉快，染了风寒就难受了。"

卫琇做这些事娴熟又有条理，显是平日里做惯了的，钟荟不由得纳闷，阿晏一个自小衣锦馔玉、呼奴使婢的世家弟子，如何会做这些事情？

卫琇仿佛能探知她的心思，解释道："那段时日不喜旁人近身伺候，久而久之也就习惯自己动手了，如此倒是更自在些。"

他说得轻描淡写，钟荟心里却像是被刺扎了一下，"脱胎换骨"四字，说起来容易，他一步步走到如今，又岂止是刮骨剔肉。

卫琇见她神色怆然，知道是叫自己触动了伤心事，暗暗自责，引开话题道："想想明日去哪儿玩？天子批了三日假。"

钟荟掩嘴打了个哈欠，懒洋洋拖长了音调道："明日起来再想吧。"

卫琇此时已经将褥子齐齐整整地铺好，将她抱回床上，这才去净房将自己身上也擦洗了一遍，换上洁净的寝衣。

回房时钟荟已经把身子团作一团，抱着个枕头睡着了。卫十一郎轻轻掀开被子躺在她身边，一挨近她，方才浇了几瓢冷水才镇压下去的某处又开始躁动起来。

卫琇决定置之不理——就不信它能支撑到天明。他打定了主意，从背后环住钟荟的腰，嗅着她领后散发出的馨甜气息，慢慢合上眼睛。

半个时辰之后，卫十一郎懊恼地发现自己大约是个色中饿鬼，非但没有偃旗息鼓的征兆，反而越发斗志昂扬。

长夜不知还剩多少，灯油已经燃尽，四周黑影幢幢，唯有淡淡银霜透过窗纱。卫琇左右睡不着，便轻轻将钟荟翻了过来，借着这微弱的光亮端详她的睡颜。

钟荟睡得酣熟，嘴角带着一抹微笑，大约正做着什么美梦。这一刻太宁谧，卫琇不由得怀疑自己是否也身在梦中，凑近些闻了闻她鼻息，忍不住拿鼻尖与她蹭了蹭，又亲亲她嘴角。

钟荟皱了皱眉头，偏着脸躲了躲，突然又凑上前来，先伸出一条胳膊将他圈住，又高抬起一条腿压在他身上，整个人往他身上凑。

她平日必得抱着褥子或是隐囊入睡，眼下手脚无论怎么摆都觉别扭，皱了皱眉头睁开眼睛，一时间弄不清自己身在何处，半晌才回忆起当日的事，原来自己成了亲，方才还与阿晏行了周公之礼，眼下正与他同床共枕。她发觉腿下有什么硬物硌着，将手往下一捞，愣了愣，迷迷糊糊道："阿晏……怎么又要敦了？"

第二日两人便睡到了日上三竿，卫十一郎没再提过出门之事。

常山长公主的秘籍在新婚之夜虽然没什么用武之地，不过却指了一条登峰造极的不归路，卫琇和钟荟都是敏而好学之人，两人学而时习之，切磋琢磨，不亦说乎，最后总是钟荟先告饶："不来了不来了，都快叫你教穿了。"

到了第三日，却是不得不出门了。这一日要回姜家拜阁，两人起了个大早，钟荟叫阿杏和阿枣进来伺候她洗漱梳妆，卫琇则提着剑去了院外的小竹林。

钟荟出嫁时从姜家陪了几房下人，近身伺候的带了阿枣、阿杏和吕嬷嬷。

这两日两个婢子同钟荟都没打过几次照面，郎君娘子不叫她们进屋伺候，摆膳都在堂屋，铺床换被的事郎君一向亲力亲为，她们只需将换下的被褥收走便是。她们将嫁妆清点完入了库，便镇日无所事事，倒是前所未有的清闲。

不过三日，阿杏的脸又圆了一嘟噜，因当日在山中逃难时在郎君跟前混了个脸熟，这几日需要在郎君娘子跟前抛头露脸的事儿几乎都是她顶在前头。大约也是阿枣这丫头敏感多思心又重，故而有意避忌。

钟荟坐到妆镜前，阿枣像往日一样跪下替她梳发，悄悄朝她一打量，只觉嫁作人妇的娘子举手投足间多了几分妩媚的风致，竟有些不好意思再看："娘子今日回家，梳个什么发髻好呢?"

"随便梳个便是了，我还信不过你吗?"钟荟从镜中朝她眨眨眼。阿枣抿抿嘴，不好意思地朝她笑笑。她们主仆多年，相处的时间比亲姊妹还多，有些话不必说开，一个眼神彼此便明了了。

阿枣替她绾了个涵烟髻，簪了朵绢纱制的千瓣牡丹，点缀了几支白玉簪，无须赘饰，便已粲若桃李。

钟荟挑了一身梅红的衣裳来配，穿上身才发现腋下勒得有些紧，只得褪了下来，问两个婢子道："我这是又胖了吗？怎么入秋时新裁的衣裳便穿不下了。"

阿枣扑哧一笑，低头不语，阿杏却是个口无遮拦、百无禁忌的，大咧咧地道："没有，没有，胳膊比前几日还细了呢，就是胸脯大了不少!"

好巧不巧，卫琇刚好掀帘子入内，听到这最后一句，险些转过身夺门而逃。

洛京一带有"杖打新婿"的习俗，娘家人多势众些的，将新婿打哭的比比皆是。卫琇本来不甚了解，不过钟蔚因尚主躲过一劫，自然要在他面前显摆显摆。

卫琇做好了挨打的准备，还有备无患地在外袍和中衣之间穿了副轻薄的软甲。不过姜家上下没人敢动真格地打他，兄弟姊妹们一人拿根小竹棍，往他身上敷衍了事地拂一下便算是打过了，九郎手上略没轻重，打出"啪"的一声响，其实也不痛，一旁的乳母便将九郎狠狠瞪了一眼。

也得亏他娘子是从姜家出嫁，卫琇心里暗自庆幸，若是换了钟家那几个，今日多半要受些皮肉之苦。

姜老太太心里惦记二孙女，掰着手指盼她回门，早吩咐厨子备了她喜欢的菜肴点心。听说卫家的牛车已到了府门外，更是急不可耐地拄着拐杖迎出了院子。

钟荟一见到祖母便扑入她怀中，虽说分开不过三日，可她已不再是在祖母膝下承欢的小娘子了。

老太太见了作妇人装扮的孙女心里五味杂陈，将她拉近身前细细打量了半晌，捋着她的脸颊心疼地嗔道："瘦了！"

卫琇想起这几日的胡天胡地，也十分心虚惭愧，他好多次下定决心，可到最后总是把持不住，着实不像他平日的为人，倒仿佛回到了小时候，重又变作那个贪食蜜糖的稚童。

想到此处，他不由得侧过脸朝自己的"蜜糖"看了一眼，钟荟恰好也在觑他，目光相接，在长辈面前眉目传情，两人都不好意思地垂下头来。

姜老太太将他们这蜜里调油的黏糊劲看在眼里，无奈地对刘氏摇摇头："你瞅瞅他们俩！"

"咱们家二娘子嫁了人后越来越好看咯！"刘老太太照例凑趣，"真真是一对玉做的人儿！"

陪着老太太叙了会儿寒温，卫琇和姜景仁父子去外院饮酒用膳。

老太太待他走了，将下人支开，拉着二孙女绕到屏风后头，忧心忡忡地道："阿婴，你老实告诉阿婆，这几日夜里是不是没歇好？"

钟荟不防祖母问她这个，支支吾吾地敷衍："挺好的呀……"

老太太"啪"地照她手背上重重拍了一下："还诓骗阿婆！你俩处得好，阿婆心里也高兴，可那事儿……多了伤身，你可不能由着孙女婿胡来！"

钟荟哭笑不得，她能怎么说？总不能说自己也乐在其中吧，只得连连颔首应承，请祖母放心。

分别用完午膳，还不到回卫府的时候，钟荟带着卫琇随便在花园里逛了会儿，突然想起他还没去过自己的小院子，既然是拜阁，自然要拜访一下她的闺阁。

卫琇也对她这几年居住的地方有些好奇，欣然相从。钟荟一只脚刚跨进院门，猛地想起一事，心里大叫不妙，廊下便传来个聒噪的声音："卫十一郎！卫十一郎！女曰鸡鸣！士曰昧旦！卫十一郎！使我不能息兮！"

"二花！给我闭嘴！"钟荟面红耳赤，忙不迭地解释道，"这劳什子鸟就是那回

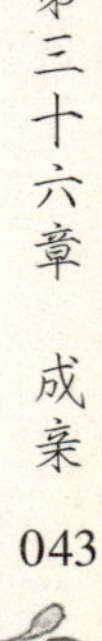

你……这不是我教的!”

“嗯，娘子说什么便是什么。”卫十一郎一副了然于胸的神情，憋着笑点点头，越发显得她欲盖弥彰。

卫琇的三天婚假一眨眼就过去了，第四日一早他便回了中书省，每日早出晚归，忙得如同陀螺一样，即便想纵欲也找不着机会，姜老太太担心的事迎刃而解。

天子从裴霄和韦重阳嘴边抢得一个青州刺史之位，足足等了大半年，终于等到了卫琇办完亲事，待他一销假，便将那惹人惦记的刺史位抛了过来。

卫琇以弱冠之龄出任一方大员，纵使他才乏兼人、手腕通天，也实在无法服人，最后果然如他所料，只得解开私囊，大大惠泽了罹灾的青州百姓一番，这才将朝野中的诋毁质疑之声压了下去。

第三十七章 过年

嫁入卫家几日，钟荟连正院的下人都没认全。如今卫琇忙于公务，她总算得了空，可以承担起主母的职责，将中馈理上一理了。

卫家的世仆几乎都葬身火海，如今这批下人，除了钟家拨来的几个管事，几乎都是卫琇后来采买的，无论心里对她的出身有什么看法，面上都是毕恭毕敬，进退合度。

钟荟与管事嬷嬷只是提了一句，不出一个时辰便有下人抬了账册送到了卫琇的内书房——两人爱读的书差不多，卫琇想着连榻共案挑灯读书也是赏心乐事，便没有另为夫人辟一间出来，结果那些书卷全成了摆设。

钟荟看见那张沉香木书案，脸先红了一红，赶紧扫除杂念，拿出本账册翻阅起来。她是最不耐烦管俗务的，捧着账册看了小半个时辰便昏昏欲睡，不过一想到阿晏公务那么繁重，回家还要过问这些庶务，便下定了决心要与他分担，叫阿枣煮了酽茶，连灌了几碗，强打精神看了一下午。

当年卫氏沦亡，先帝大约也有几分愧疚之意，平反后将卫昭追封为琅玡郡公，有意让卫十一郎袭爵，卫琇坚辞不受，便又赐了他许多田地部曲。钟荟算是见惯了富贵，算了算家底也微微有些心惊，家大业大又人丁单薄，要守住这份家业着实不容易。

不知不觉日头偏西，钟荟仍旧在内书房里埋头看账本，听到玉帘掀动之声，以为是婢子来问晚膳，头也不抬道："我不饿，等郎君回来一起用。"

只听一声轻笑："等我回来一同用功吗？"不用问也知道用的是什么功了。

钟荟惊喜地抬起头，揉揉坐得酸麻的双腿，站起身迎上前去，替他解氅衣系带。

卫琇便趁机将她整个人裹入大氅里，低头嗅她发香，揉她腰，又亲她额头和眼睑，腻歪了好一阵，这才将她松开，扫了一眼书案道："天色那么暗，怎么也不叫人点盏灯？"

"我看了一整日的账呢！"钟芸小孩子似的邀功，"今日怎么回来得那么早？"

"辛苦娘子，"卫琇随手拾起一本账翻了翻，"不过你今日的功夫怕是白费了。"随即把朝中之事简要同她说了说，末了道："娘子，咱们这两年的家计怕是要靠你的嫁妆了。"

"噫！"钟芸佯怒道，"卫阿晏！原来你是为了吃我嫁妆才娶我进门的！"

卫琇凑到她耳边磨了磨道："夫人息怒，我不吃嫁妆，吃你。"

两人冤冤相报地吃了一回，最后也闹不清到底谁吃谁，厨房备好的晚膳凉了又热，热了又凉。

夜里两人依偎在一起说体己话，钟芸有一搭没一搭地用手指绕卫琇的头发玩，有些心神不宁——卫琇过完年便要去青州赴任了，她自然是要随他一起去的，好不容易盼得爷娘回京，本想着时常走动，可他们却要走了，这一去少说也得两三年。

卫琇见她心事重重的模样，如何不知道她的所想，将她往怀里搂了搂，抚了抚她后脑勺道："你说咱们回你家住一阵，岳父岳母愿意吗？"

钟芸从他怀里钻出来，难以置信地睁大眼睛看着他："真的吗？"

"家里就我们两个，白日我不能陪着你，你一个人也怪冷清的，就是毕竟有些逾矩，不知……"卫琇絮絮说着，一下一下轻轻摩挲她的脊背。

"阿爷阿娘不知有多高兴呢！"钟芸喜不自胜，把头钻进他衣襟里用脸蹭他胸膛，呢喃道，"阿晏你怎么那么好。"

那么好自然要投桃报李一番，卫十一郎照单全收。

钟芸第二日一早便去了钟府，钟夫人正因女儿要去青州而发愁，听说她要回来住，当然是求之不得，连连对夫君道："若是能把阿乡打发到长公主府去便更好了。"

他们夫妇回到府中，钟蔚自然每日都要来正院请安，请安便罢了，偏他目光如炬，席簟歪了半寸啦，坐榻没摆正啦，成对的瓷花瓶里两束杜鹃朝一个方向歪啦，他都看不过眼，非得一一纠正，连他阿爷一簇白发里夹着一根黑发他都手痒难耐，非得撺掇着阿爷拔下才算完。

钟禅默然良久，也点头附和："夫人说的是，不过人生在世哪能万事顺心如意，好在有媳妇支应着，咱们也能轻省些。"

钟夫人感佩地抚着心口道："多亏了阿姮是个好孩子，换了别家小娘子怕是担待不了。"

常山长公主其实也忍不了他那些毛病，不过看在驸马的美色上容让几分罢了——哪有人每晚睡觉前举着灯将床褥衾被一寸寸查验过去的！

钟蔚院子里的规矩简直是罄竹难书，难为他那些下人一条条记得分明。司徒姮以不变应万变，对他那些臭毛病一概置之不理——褥子上有一条褶痕驸马不肯睡？直接就地正法，把被褥弄成腌菜一般皱，你爱睡不睡。

十亩之间与钟氏夫妇的院子紧挨着，钟荟嫁了人，住在此处便不太方便了。

钟夫人是过来人，自然明白他们小夫妻新婚绸缪，拨出个不大但清静的三进院子来，西边毗邻花园，后头是一小片竹林，周围没有旁的屋舍，平素无人会来打扰，只是离正院远了些。钟荟浑不在意，全当是强身健体了。

钟家诸人不明就里，只道郎君夫人和老太爷真个是看重卫十一郎，爱屋及乌，对他这新婚的夫人倒比几个亲侄女还亲善。

钟荟每日送走卫琇，陪母亲用过膳，下午或是弈棋或是读书，兴致来时便新创些菜式或是点心，亲自去厨下指点着下人做出来，晚上献宝似的捧给卫琇。

不觉已是十二月，早晚的风已经有些刺骨。往年入了冬，钟夫人都要去山中的温泉庄园住一段时日，她在生女儿时落了腰疼的病根，寒冬时节尤其难耐，每日在热泉中泡上半个或一个时辰可以纾解，再敷药便事半功倍。不过因着年后将与女儿分别，钟夫人今年便没提这茬，倒是钟荟想起来问她。

钟夫人有意隐瞒："在岭南待了几年好了许多，又换了新的药方，今年不怎么疼了。"

钟荟见阿娘眼神闪烁，一看即知是在哄骗她，便道："我倒还想着沾阿娘的光去泡泡热泉呢。"她这话倒也不算假，她的肩伤到了冬日也容易发作，尤其是近日阴雨绵绵，到了夜里便隐隐作痛起来，还得咬紧牙关忍着，免得叫卫琇发现。

钟夫人不免心动，可又不忍心叫他们小夫妻暂别，正犹豫间，钟荟又遗憾地道："成婚时阿嫂送了我一座带热泉的园子，我还没去看过呢，年后又得离京了，阿娘陪我去吧——"说着便去晃她胳膊。

钟夫人只得答应："好了好了，成亲了还跟个孩子似的贪玩，你先同阿晏商量，阿娘自是会陪你的。"

夜里钟荟同卫琇一说，他虽有些不舍，还是赞成道："这阵子多陪陪岳母，过几日我旬休便来陪你。你的肩伤以热泉养养也好。"

钟荟心虚道："早八百年都好全了。"

"哦？"卫十一郎伸出指尖一点，准确无误地触碰到她为箭镞所伤之处，轻轻摩挲着道，"那下回试试吟猿抱树如何？"

钟荟身子一僵，转过身背对着他，欲盖弥彰道："才不要，一看就累死了！"嫁

聪明人就这点不好，想隐瞒些什么他总能从蛛丝马迹中窥见端倪。

“阿毛，”卫琇从背后环住她的腰，将她整个人圈在怀里，握住她的手轻轻道，“我这条命是你的。”

钟夫人向来雷厉风行，第二日便令奴婢收拾好了行装。除了她们母女之外，同行的女眷还有二房的崔氏和崔氏的一双嫡女，以及三房的十五娘。

自然也少不了常山长公主，她对出外游玩最为热衷，且钟子毓最近越发丧心病狂，逼她去上课不算，躺在床上还要随时考校，简直将她烦透了，刚好借口侍奉舅姑，名正言顺地出去透口气。

钟荟还魂之事钟家只有老太爷和长房知晓，有二房三房的女眷同行，钟夫人不好随女儿去她家庄园住，好在常山长公主所赠的园子与钟家庄园离得不远，中间的山道不算崎岖，钟荟每日晨昏乘坐马车往来其间也不费事。

常山长公主对待美人一向慷慨，她送的庄园名唤玄洲，原是前朝一位风流郡王的别墅，占地虽不甚广，然而房廊蜿蜒，楼阁入画，处处透着一股子绮丽奢靡的气息。

园中最宜人之处当属钟荟所住的轻云馆，馆后有一处松林环抱的温泉池子，那位郡王也是个风雅之人，并未在池上架设屋篷。玄洲园本就占着高地，轻云馆又位于园中地势最高处，这池子看起来如同野外一般毫无遮挡，其实松林外头筑了高墙，墙外方圆十里的高树全都伐去，从外头是无法窥伺的。

钟荟第一次泡时心惊肉跳，入水时连外裳都不敢脱，慢慢地，胆子便大了起来，着了中衣便下水，还叫奴婢备了梅酒和点心置于池畔平坦光滑的大石头上，一边泡一边小酌，别提有多惬意了。

新月如眉，夜风送来松涛阵阵，钟荟手执白玉杯小口小口地啜饮，抬头望一眼月色，心道如此良辰若是阿晏在就好了，掰着手指一算，距旬休尚有六日，不由得遗憾地叹了口气，一看搁在石头上的银盘不知不觉已叫自己吃空了，便扬声喊道：“小杏儿，与你家娘子取些茉莉酥来，再来一碟甜脆獐脯！”

不一时她的吃食来了，不过托着银盘的却是卫琇，他无端出现在此处，身披白狐裘，笑吟吟地看着她，仿佛由这山光月色凝聚而成。

“怎么来了？不是还没到旬休吗？”钟荟晃了晃脑袋，觉得自己大约是梅酒喝多了。

卫琇笑而不语，只是搁下银盘，解下衣裳，涉水朝她走过来，那眼神却分明在回答她。

入了腊月连降几场大雪，九六城里银装素裹，转眼便到年关了，家家户户都在晾腊脯，宰年鸡，置年货，城中道路车水马龙，东西二市更是熙熙攘攘。

卫十一郎与钟家人的关系再密切，除夕、元旦也得回自己府上过。往年这个时候是他最难挨的一段时日，偌大个卫府就他一个主人，张灯结彩反而衬得他越发孤凄。且下人们怕他伤怀，个个都铆足了劲做出喜兴的样子，可对着他时越发小心翼翼，眼底里透出怜悯来。

从十多岁开始，过年只余苦涩一味，元旦于他而言便是对着家人们的灵位逐一叩首，忏悔一年光阴虚度，大仇依旧未能得报。

如今有了钟荟，一切都不一样了。

这是钟荟出嫁后第一次过年，她这个新上任的卫府主母免不了要往来酬酢。

好在卫府不比姜家，下人们训练有素，各司其职，加之有往年的成例可循，应付起来并不费力，何况她头顶屠户女的招牌，即便有什么疏忽失礼之处也是情有可原、理所当然，倒是做足十分反而惹人侧目，到时候吹毛求疵者纷至沓来，能将她的毛薅秃了。

钟荟深谙此情此理，乐得省心省力，凡事不求一鸣惊人，但求不出大纰漏。

只是仍旧有层出不穷的事。谁都知道卫十一郎少年英俊、深蒙圣眷，天子显然是想将他外放几年历练历练，再委以机衡之任，只是如今裴氏势大，天子富于春秋，卫琇年方弱冠，两人如蹈水火，万一时乖运蹇，翻覆只在须臾之间。

此时若不搭上这条线，待卫家凤凰展翅、翱翔于九天之上便再无机会了，可万一卫十一郎涅槃不成，同他祖父一样是个寂灭的命，那此时大献殷勤的难免弄巧成拙，叫裴霄记上一笔。

便有那心思活络的想着另辟蹊径从女眷入手，本来过年时谁都忙，并非设宴待客的好时机，钟荟却莫名收了一堆帖子，由头五花八门，有邀她赏梅的、观雪的、品香的、鉴茶的，某家夫人连新得了一只毛色雪白的猧子也要请刺史夫人莅临指教。

卫琇生怕夫人受这些琐事之累，反将正事耽误了，一早便对她道："那些应酬交际甚是无谓，你不用俯就那些人，不想理的推了便是。"

说罢，目光如炬地从一堆帖子中挑出一张，眼睛眨也不眨便扔进脚边的炭盆里烧了："呵，好大的脸。"

帛纸一挨火炭立时燃了起来，钟荟探头往火盆里看时只见到半个龙飞凤舞的"萧"字，忍不住笑起来："横竖闲着也是闲着，权当解闷了。对了，薛夫人家那猧子好玩得紧，雪球似的，打起小喷嚏来叫人心尖儿打战。已经说好了明年养了崽子留只长得最俊的，托人给我送到青州来。"钟荟眉飞色舞地道。

她眼角微弯，嘴边两点浅浅笑靥，卫十一郎也觉心尖打战，手臂一舒将她揽入怀里，豪迈地道："你喜欢这些？见你养的都是禽鸟，还以为你不喜走兽……我叫人去觅一只好的便是，何必跟人去讨，还得巴巴地等上一年。"

"噫！你倒是穷大方！不要白不要，品相好些的猧子动辄十万金，家里眼瞅着就要揭不开锅了，能省一点是一点吧。再说了见过那一只便看不上旁的了，特别是那一身油光水滑的皮毛，啧啧。"钟荟眼珠子一转又拿他开心，捋了捋他丝缎般的头发，"不过还是不如你。"

"好啊，竟把你家郎君同猧子比。"卫琇一个转身将她摁在案上呵她痒，"这回可是你招我的。"

钟荟死到临头兀自嘴贱："猧子哪能同咱们家阿晏比，至少也得找只貂来……哎呀……不敢了不敢了……郎君饶命……"

"这还有一大摊子事呢，明日得遣人去各家走礼了，礼单还未定下，又耽搁了半日……"钟荟抬起手，袖子往下一落，露出瓷白的胳膊。她理了理衣裳和鬓发，嗔怪地看了卫琇一眼，又道，"昨日还说趁着旬休帮我忙，尽拖后腿！"

卫琇贴着她耳朵不怀好意地说了句什么，气得钟荟脸一阵白一阵红，立时要同他翻脸。

卫琇赶紧做小伏低地给夫人赔罪，拿过礼单来酌情添减，钟荟十来岁时便帮着她阿娘理家，这些事情上手很快，卫琇过了一遍也就差不多了。

"忘了同你说一声，反正都已经撕破脸了，今年我就没拟裴家的单子。"这厢钟荟从净室中走出来，身上肌肤微红，眼睛里弥漫着水汽，套着宽大的吴绵寝衣，显得格外娇软，说出的话却是硬邦邦掷地有声，"他家的礼昨日送来了，如此一来咱们只进不出，白赚那死老魅一笔。天子也真是一毛不拔，连岁旦酒都比往年淡，莫不是兑了水。哎呀，简直穷疯了！"

卫琇闻言沉默良久，心道自己是该想法子赚些钱回来了。

除夕下了半夜雪，却无风，卫琇夜里照例醒来数次，摸索到身旁钟荟的手，将其拽住，听一会儿枯枝被积雪压断发出的细碎声响和扑簌落雪声，静谧安稳的感觉逐渐从心底漫上来，光一样驱散了梦魇，于是他慢慢平静下来，又睡了过去。

到了平旦时分却是睡不得了，远远近近的爆竹声此起彼伏。

钟荟皱了皱眉，在睡梦中嘟囔了一声，翻了个身，用衾被蒙住脑袋，显是打算不管不顾地睡他个天昏地暗。

卫琇从背后抱住她，吻吻她后颈，轻轻道："阿毛醒醒，过年了。"

钟荟横不能理解为何有人如此热衷早起，除非操劳半宿，卫琇平素不到卯正便起，去院外小竹林练会儿剑，接着沐浴更衣去官府，旬休日也不赖床，简直自律得不像个少年人。

钟荟将眼皮撑开一条细缝，见周围依旧黑沉沉的，不似已经天亮，恼怒地哼了一声，重新合上眼，嘴里喃喃地抱怨了一串。

卫十一郎一句也没听清，一边挠她的腰和腋窝，一边咬她的耳垂：“懒阿毛，快起床，再不起夫君可要敦……”

钟荟心中一凛，睡意全消，骨碌一下爬了起来。

郎君和娘子房里有了动静，下人们也开始忙碌起来，不一时两人盥洗梳妆毕，下人已将庭中积雪扫除，架起了晒干的竹子和茅草。卫琇一手挽着钟荟，从僮仆阿慵手中接过火把点燃茅草，竹堆不一会儿便噼啪作响。

火光将两人的面庞映亮，火苗越蹿越高，仿佛点燃了天空，那一隅便逐渐亮了起来。

卫琇牵着钟荟在庭前站了很久，直至爆竹声慢慢偃息，冲天的火焰低了下去。在新年第一缕晨光中，他一瞬不瞬地望着与自己并肩而立的妻子，仍旧有一种如梦似幻之感，不敢眨眼，也不敢放开她的手，仿佛连呼吸重一些都会将这一刻吹散。

钟荟掩着嘴打了个哈欠，慢慢靠在他肩上嘀咕道：“卫阿晏，你大黑天的拖我起床就是为了看这个吗？对了，我们姜家有个打粪堆的规矩，你肯定不知道。可有意思了，又灵验，一会儿我教你，就是有点臭，你得忍着……”

卫十一郎被她扑面而来的烟火气熏了个正着，笑着低头吻吻她的发顶心，终于不再杞人忧天地担心他的阿毛会如同仙女一般飞走了。

元旦有许多习俗和讲究，尤其是卫氏这样的世家，卫琇本来很不耐烦这些，不过今年有了钟荟相伴，那些仅为应景和寓意吉祥的程式似乎又有了非同一般的意义，如同小时候一样——那时候他曾发自肺腑地深信不疑，饮椒柏酒真能长命百岁，桃汤真能驱邪避秽，生吃鸡子便能百病不侵，没有胶牙饧粘着，牙齿真的会脱落。

卫十一郎怀着近乎赤子的虔诚替钟荟戴上自己亲手制的却鬼丸，御赐的那些都叫他偷偷倒进了水池子里——司徒钧赏的却鬼丸不招鬼便谢天谢地了。

却鬼丸说白了就是在蜡里混了雄黄，趁热搓成丸子。钟荟打开香囊瞅了瞅，卫十一郎生怕一颗效力不够，在里头足足装了九颗，颗颗鬼斧神工，大小形状都不同。

卫琇这双手也是神鬼莫测，要说他手笨吧，抚琴挥毫作画无一不精，做起某些事来更是灵巧得难以置信，但是你要说他巧吧，搓个丸子也能搓得惊天地泣鬼神，成婚翌日兴冲冲地替她画眉，一边描成地龙，一边画成个蛾子，还美其名曰尚古。

接着便是祭拜先祖了，卫琇带着钟荟走进祠堂，里头密密麻麻的一排排灵位，压得人喘不过气来，不时有熟悉的名字从眼前掠过，不过片刻，钟荟的视野中已是一片模糊，想起这些年来卫十一郎独自祭拜家人的情形，心揪成了一团。

两人先从列祖列宗开始拜起，到卫昭的灵位前，卫十一郎轻轻道："阿翁，我终于把阿毛娶回咱们家了。"说完给自己斟了一杯屠苏酒，一饮而尽，"三年之内，孙儿必定手刃仇雠。"

"阿翁，阿毛来看您了。"钟荟颤声道，深深稽首，抬头时已经泣不成声。

卫琇掏出帕子替她拭泪："莫哭了，大过年的，阿翁他们也不愿见你如此。"

到卫珏的灵位前，卫琇替钟荟把酒杯斟满："你同六兄说会儿话吧。"说着便退到十步之外。

钟荟将酒饮尽，怔怔地望着眼前模糊的两个字，无论如何也不能将一块木牌同记忆中的翩翩少年联系起来，终是一句话都说不出，掩口失声痛哭起来。

卫琇走上前来，抚了抚她的肩头，将一只酒杯放在卫六郎的灵位前，斟满酒，在钟荟身边跪下，默默磕了三个头。

祭过蚕神，迎了紫姑，到正月望夜，这年就算过完了。

卫琇已定下二月初启程前往青州赴任，年前任状下来后便派了一批奴婢部曲去青州的治所临淄，将官邸整饬收拾一番，一些大件的家什也以舟船运了过去。

眼看着行期将近，钟荟每日忙着支使下人将四季衣裳、玩器私物、书卷文房等清点收拾好，一一装进箱笼里贴上封条堆在库中，预备着临出发时装车带走。

此去山迢水远，加之水灾后入青徐这段路不太平，卫琇和钟荟一早打定主意行装尽量俭省，不过到了收拾打点时却发现要带的东西着实不少，几番取舍之后仍旧有十来车。

卫琇每日从中书省回到家中，两人便凑着头商量。

"吃的多带些，这一路少说也得走一个多月。"卫琇捏捏钟荟的鼻尖，顿了顿，揶揄道，"估摸着那车没到青州就空出来了。"

"卫十一!"钟荟摇摇头把他的手晃掉，"你吃的也不比我少!"

这就是睁着眼睛说瞎话了，卫琇这些年口腹之欲早淡了，不过他一贯秉持着夫人说什么都对的原则，一声不吭地咽了下去。

"财帛和器玩再减去些，还需加几辆车。"卫琇点点那清单，用朱笔勾去几项，以食指抚着下颏思忖道，"五六辆差不多了。"

"装什么?"钟荟纳闷道。

"空的。"卫琇神色古怪地道，"你到时候就知道了。"

卫琇除了领一州刺史之外，还加授镇东将军，使持节都督青徐二州军事。朝中不少人对他执掌州兵颇有微词，两朝老将龙骧将军洪定是个粗人，也不像御史一般引经据典，当庭作色，犯颜直谏，斥责天子胡闹，把重兵交予个乳臭未干、从未带过兵的小子。

卫琇面不改色、事不关己地作壁上观，自然有人替他骂回去。

果不其然，张邵跳了出来："洪将军您年届花甲，干饭都咽不下去，腰弓腿抖眼睛花，可也没见您打过几场胜仗，倒是会割关内胡民的人头充数。对了，我估摸着您年纪大记性不怎么样，我这都帮您记着呢，前年吃空饷的事儿，您屁股擦干净了吗？"

卫琇回家便一五一十地学给夫人听，钟荟笑得从榻上滚到铺地的火狐褥子上："这张季彦真真是个妙人儿……"

卫琇本想伸手捞她，一听这话不乐意了，半途中收回手，就势将她脸朝下摁进长长的狐毛里，骑在她股上，压得她不能动弹，接着扳起她一条腿，脱了她脚上的丝履和足衣，二话不说便挠她脚底心。

"卫阿晏你发什么疯！"钟荟两辈子都极怕痒，脚心更是她的死穴。她一边笑一边骂，到后来眼泪都快出来了，上气不接下气地告饶："好了……阿晏……好卿……卿卿卿……"

挠着挠着变了味儿，钟荟翻了个身，赶紧捂住衣襟惊恐道："莫扯莫扯，这衣裳含春罗的，又贵又不经扯……"

"赔你十件。"卫琇说着便去封她嘴。

钟荟连连推他脸，兀自说个不停："前日新裁的，才穿了两回……"

话音未落，只听"嗞啦"一声，钟荟拿这败家的郎君没法子，又不好真为这与他置气，只得软软地叹道："这个月都第六件了……"

卫琇不由得纳闷起来，虽说这些时日两人常拿家里穷来打趣，不过都是玩笑话，再怎么说卫氏连房广厦，良田万顷，即便这几年的大部分出息都要拿出来堵社稷的疮孔，可也没真到了揭不开锅的田地，何至于连一件衣裳也舍不得。

他心下困惑，手中的动作不由得停了下来，平复了一下呼吸，在她身边躺下，将她扒拉到怀里抱住："几件衣裳罢了，你在担心什吗？"

钟荟隔着中衣用手指在他胸膛上划了划："上回听我阿爷说，青州的事儿有些棘手，流民叛乱说是暂且压下了，究竟怎么个情形还是两说，而且还有个不省心的齐王……若是要趁乱图谋些什么，你这刺史第一个遭殃。州郡那点兵马顶什么事儿，能不能顺顺当当收到手里还是两说呢！且府库空虚，军饷发不出来怎么办？少不得还是得自己掏腰包养部曲，再招募些武勇。我的嫁资说起来丰厚，不过养起兵来也烧不了多少时日……"

卫琇听不下去了，将她搂在怀里轻轻抚着她的背，当初他不敢表明心迹，怕的就是有这么一天。无论上辈子还是这辈子，哪回见她不是一副没心没肺的模样，这么无忧无虑的小娘子，只因为嫁了他，便要操心忧虑起来了。再苦的时候他也没为自己心酸过，如今却觉眼眶发胀。

“唉，”钟荟从他怀里探出头来，仰头望着他道，“听说张季彦这人捷敏辩给，很有真才实学，不是个只知死读书的迂儒。你同他不是很有几分交情嘛，不如将其辟为别驾，天子将你架在火上烤，跟他要个人不难吧……啊——”

“张季彦这样的大才当我别驾太委屈了，还是留在朝中好，且别驾人选我已有了。”卫十一郎酸酸地道。不过张邵确实还是留在京城为好，虽说有旁的谏官可用，像他这么以一当十的还真不好找。

卫十一郎让夫人深深体会了一把何谓真才实学的妙人儿。他出了卧房，叫来阿慵，冷着脸吩咐道：“给张大夫府上的谢礼送出去了吗？若是没走远叫人快马去追回来。”

钟荟事后揉着酸胀的腿根和腰肢，总算回过味儿来，阿晏大约是吃醋了。

到了临出发前几日，卫琇的应酬多了起来，几乎每日都有人设宴替他饯行。卫琇将能推的都推了，不过总有一些推不掉或是不能推的，每每深更半夜回家，总是能见到卧房里亮着灯。

钟荟常常和衣靠在床头睡了过去，手里还握着书卷。卫琇走上前去，抽出她手中的书放在榻上，再轻手轻脚地替她宽衣解带，塞进被窝里盖好，吻一吻她额头，坐在床边端详她一会儿，然后才去沐浴更衣。

钟家的饯行宴两人是一同去的。

卫琇和钟荟一大早便去了钟府，先去拜见祖父。孙女失而复得，认回后也是聚少离多，钟熹自然是万分不舍，且卫琇此行艰险，又多了一重担忧。他对着两人反复叮咛，又不厌其烦地将朝中和青州的局势掰开揉碎讲了一遍，末了对卫琇自嘲道：“你们莫嫌阿翁烦人，年纪大了嘴也碎。切记万事小心，莫行险招，朝中有你阿舅照应着，不用担心家里，早些回来。”

钟荟潸然泪下，与卫琇一起跪下向祖父磕头，擦擦眼泪道：“方志上说青州的桃子肉厚汁甜，孙女去了给您做桃脯。”

钟夫人当着钟家诸人的面不好多言，宴罢让夫君陪着女婿说话，自己则拉着女儿回院子里，絮絮叨叨地叮咛嘱咐一番，紧紧搂着女儿落了一回泪：“好不容易一家团聚，你们又要走……真是别易会难……”

钟荟将眼泪都蹭在母亲衣襟上：“阿娘我不去了……”

“说的什么傻话！”钟夫人重重拍了一下她头顶，“给我带个外孙回来！”

钟禅尽管舍不得女儿，却也知道卫琇此行身不由己，多说无益，亲手替他斟了杯酒，祝道："愿子厉风规，归来振羽仪。"到底还是忍不住叹了口气，又道："我把阿毛托付给你了。"

"阿舅放心，稚舒一定护她周全。"卫琇将酒一饮而尽，深深稽首。

钟蔚初听说他们要去青州时便是心惊肉跳，他从自己的院子走到茅茨堂都嫌远，去城郊溜达一圈得鼓足三个月的勇气，跋山涉水光是想一想都头皮发麻，难得对卫十一郎和妹妹既钦佩又同情，千年难遇地发了善心，道："回头把我那车带回去，轮子包了犀牛皮，车厢也改过，出远门舒服些。"

他那没良心的妹妹顺口接道："说得好像你出过远门似的。"

常山长公主依依不舍地拉着她的手："莫忘了我，时常写信……本来你在洛京还能时常见到……"

偷偷瞥了一眼驸马，见他正和卫十一郎交谈，赶紧小声道："青齐男子多俊伟英朗，看到好的画个像随信寄来啊！"说着说着难以抑制对齐地美男子的向往之情，忍不住叹道："哎呀，你把我也带上算了！"

隔日夫妇俩又去姜家辞行。

姜景仁坐在上首，看着已为人妇的女儿，既欣慰又不舍，虽说一年到头也不见他惦记过二娘子几回，可在这洛京城里和远赴他乡终究是不一样的。他羞惭地嘱咐了几句，有些发怯地对女婿道："二娘……还请贤婿多担待些。"

曾氏说了几句场面话，目光却时不时往卫十一郎身上飘，心里一哂，情浓时再怎么着紧又如何，门不当户不对，以后有她熬日子的时候，她与姜景仁不也有过一段缱绻的时光？再看向继女，二娘子正好在望自家郎君，眼中的柔情蜜意浓得化不开，不由越发地鄙夷，鄙夷之外又有一分连她自己也察觉不到的同情。

姜老太太面酸，一向都是钟荟主动腻上去，如今分别在即却是顾不得了，一见她便扔了拐杖一把搂进怀里，恨不能将她搓下一层皮来："白眼狼！扔下阿婆走那么远！"

老太太的手已经有些哆嗦了，脸上的沟沟壑壑更深了，前些年还亮得慑人的眼珠子也浑浊了，里头好像总有些擦不干净的眼泪。

钟荟听她声音带了哭腔，自己也忍不住伏在她肩上落泪，怕勾得她更伤怀，一个劲用袖子揩脸上的泪水，像哄孩童似的轻轻拍她后背："阿婆，我去去就回。"

"说得好听！"老太太嘟囔着推了她一把，旋即用苍老粗糙、布满寿斑的手紧紧抓着她，哆哆嗦嗦，可就是不愿放开，嗫嚅半晌说不出话。不管年轻时多么彪悍，年纪大了也畏死，她担心自己不能活着等到孙女回来。

曾氏撇撇嘴，随口劝道："您外孙女婿有大前程，二娘也是个有福的，三娘，还

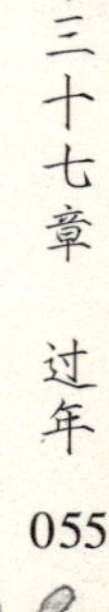

不快去劝劝阿婆!”

三娘子也觉得母亲这话冷淡，她大了，不再妄图弥合曾氏与二姊之间的裂痕，可心底深处总还希望一家人和和美美的，听到这话，心里一阵难受，倔强地抿抿嘴把头扭向一边。

钟荟上前拢住妹妹的肩头，像小时候那样捏捏她的腮帮子：“三娘也是大姑娘了，好好陪着阿婆和爷娘，也别老拘着自己在屋里看书，小娘子就该有小娘子的样子，多出去松散松散，阿姊到了青州给你们踅摸好吃的好玩的……”话音未落，啪嗒一声，姜明淅一滴豆大的眼泪滴在她手上。

四岁的十六郎一听有吃有玩，生怕二姊把自己漏了，结结巴巴道：“我……我也要!”其他年幼的庶弟庶妹们也嚷嚷起来，钟荟笑着一一答应了。

姜昙生这大舅子理当训示一番，不过有了萧九郎那一段故事，他在卫十一郎面前摆不起谱来，只能干巴巴地叮嘱几句寒温，倒是二娘子这做妹妹的反过来放心不下他：“阿兄，你可要照顾好阿婆啊，平年考绩可要拿甲等啊，还有你都老大不小啦，赶紧给我娶个阿嫂吧!”

姜昙生不好意思地挠了挠脑门，嗫嚅道：“晓得了……”一家人见他这扭捏的模样都忍不住笑起来。

黯然销魂者，唯别而已矣！再怎么不舍也终须一别。

二月初二是个吉日，卫琇和钟荟祭了路神，领着奴仆和部曲启程了。

第三十八章 夜袭

直至启程之日，钟荟才知道原来卫琇千挑万选物色来的别驾不是别人，正是当日在钟氏家学中顶撞他的寒门弟子祁源。

钟荟想起那日她不过叫了张邵的表字又夸了几句，便惹来无妄之灾，再也不敢以身试法——阿翁和爷娘曾经打算把她嫁给祁源的事儿还是带进棺材为妙。

数日后，钟荟总算明白卫琇为什么要将辎重减至最少，又额外准备几辆空车了。

原来官员赴任离任都是有送迎钱的，非但如此，像卫琇这样前途不可限量的冢宰之材，沿途不知有多少州郡长官和当地世族豪绅上赶着巴结，有些州郡索性设了送故主簿，专门接待来往的大员。

那些个地头蛇消息都灵通得很，往往是他们的车驾才近城郭，便有官员夹道相迎。

这些财货有的能收，有的烫手，有的则在两可之间，全靠卫琇分辨定夺，两人一路行一路打抽风，行到兖州地界，那几辆车便已经装满了。

钟荟自己出身高门华族，家里那些庄园宅邸自然不是靠先祖们一点点从土里刨出来的，可仍旧叫那些官员士绅的大手笔惊得张口结舌，对着几大车的民脂民膏手足无措："这也太……"

卫琇处之泰然，他在朝中如鱼得水，靠的是长袖善舞而不是两袖清风，和光同尘自是免不了的，只是叫她复杂的眼神看得有些丧气，刚想解释两句，钟荟便道："到了咱们手上总强似留在他们口袋里。"

卫琇背靠在铺满狐皮褥子的车厢上，搂住她肩头，钟荟便把头靠在他胸膛上。钟蔚这车的确既平稳又舒服，与骄奢淫逸的长公主不愧是一丘之貉。

两人正温存缱绻，头顶上突然响起个尖细的女声：“卫十一郎！得欢当作乐！遥遥春夜长！”

“哎呀，忘了把二花收进来了！”钟荟惊呼一声，赶紧弯腰解下系在小几案腿上的麻绳，收风筝线似的往木轴上卷，不一会儿便把二花从车窗外拽了进来，心疼地把它抱在腿上抚抚它的翎毛，“不会冻坏吧？”

卫琇自从受过那一对白大雁的磋磨，与禽鸟离得近了总有些发怵，不过夫人执意要带上二花解闷，他自是不能有半句怨言的——将鸟笼扔在露车上便是，横竖不碍着他什么。

谁知道这鸟比人还恋栈，自从离了姜家便有些恹恹的，钟荟趁着停车时叫婢子把鸟笼拿来查看，便见它耷拉着眼皮不理人，谷子也不吃，几个时辰只啄了几口清水。

钟荟担心得不行，这鹩哥儿与她做伴多年，且意义非常：“这是你送我的定情信物啊！”

卫琇默然，且不说那时候他俩有没有情，那二两金饼子分明是她自己掏的腰包——不过卫十一郎深得他泰山的真传，自然不会去扫夫人的兴，反正夫人说什么都是对的。

于是二花便公然登上了他们的车，卫琇眼瞅着这信物大约要跟他们一路，忖了忖进献谗言：“莫不是在鸟笼子里憋闷，想出去透透气？鸟儿嘛，总是喜欢在天上飞的。”

钟荟关心则乱，全然忘了二花是鸟笼子里住惯的，什么法子都要试一试，便采纳了卫琇的主意，在它腿上拴了一根长长的绳子，把它放到窗外去。

二花顶着寒风飞了一阵，回了温暖的车厢便不敢再拿乔，奴颜媚骨地说了一套吉利话，把食罐里的谷子吃得一粒也不剩。

“真的行！”钟荟对自家郎君佩服得五体投地，一激动忘了自己方才摸过鸟，捧着卫琇的脸死命亲了几口——真是捡到宝了，模样生得俊，打得一手好抽风，竟然还能医鸟！

他们这一路辎重甚盛又带着女眷，一天行几十里便找就近的驿亭传舍投宿，为免横生枝节，官员和豪绅的盛情相邀一概拒绝。

如此不紧不慢地走了二十多日，钟荟发现自己那神行万里、览遍九州的宏愿压根儿就是叶公好龙，舟车劳顿浑不如歪在榻上边吃果子边看方志游记舒坦，连她自己都免不了感慨，自己真不愧是钟子毓的亲妹妹。

不过她那点臭矫情很快便烟消云散了。

进入兖州地界，他们一路上遭遇的流民突然多了起来，有的是不成气候的小股，有的则是数百人的大队伍。

有的景象在史书上不过干巴巴的数笔，只有当那情景实实在在出现在眼前时，才知道字字都浸透着无数血泪，比如道殣相望，比如饿殍枕藉。

最叫她难过的是，有一车的吃食却不能拿出来分给那些行尸走肉般的乞活民，只能眼睁睁看着他们倒在路边。此行他们带了一百来个部曲，都是以一当十的精锐，可一旦那些饿红了眼的流民哄抢起来，要兵不血刃地护住主人是不可能的——到时候那些吃食救不了他们的命，反会变成他们的催命符。

卫琇预料到青州附近会有流民出没，但没想到兖州的情况已是如此恶劣，当即决定就近找大渡口转走水路入青州。

入青州这一段路途不太平，为免夜长梦多，卫琇一行人乘坐单舸赶路。

钟荟以前不是没坐过船，不过大江大河上行舟与乘着轻舟画舫游湖迥隔霄壤，前两日还算风平浪静，到了第三日早晨江上忽然起了风，一时间波响如雷，舟船便如风雨中的落叶般飘摇颠荡起来。

无风无浪时身在江船之中还有几分惬意，眼下这么一颠，钟荟觉得自己五脏六腑都搅成了一团，不出半个时辰便已脸色青白，趴在榻上奄奄一息。

两个贴身婢子也没好多少，阿枣更是面无人色，吐了好几回，只能回自己的舱房中躺着。阿杏稍好些，还能扶着舱壁踉踉跄跄走上几步，不过伺候人是不成的了。

卫琇身边清一色的小僮男仆，总不能靠岸去采买，只得自行肩负起了照顾夫人的重任。好在同行的船队中有个舟人带了个十三四岁的小女儿名唤阿萍，生得俏丽又伶俐，听闻主人家的娘子晕船，自告奋勇前来侍奉。卫琇着人查验过这对父女的身份，便叫她随时候命，在自己分不开身时前来支应片刻。

钟荟有气无力地躺在卧榻上，卫琇打来了水挨着榻边坐下，挽起袖子替她擦洗身子。

“你坐下歇歇，一天不洗也不碍什么。”钟荟抬手抚了抚他的脸侧，卫琇水性也说不上多好，脸色也有些发白。

卫琇伸手捋了捋她微湿的额发：“身上出了冷汗，擦洗一下睡得舒服。”不由分说便解开她的衣襟。

热巾帕往心口一捂，钟荟顿觉舒坦了不少，忍不住轻轻哼了一声，闭着眼睛问道：“那些部曲撑得住吗？”

“习武之人身子骨本就强健，这点风浪不算什么，且此次跟着我们东来的都是识水性的。”卫琇攥了攥她的手，“别怕，有我呢。”

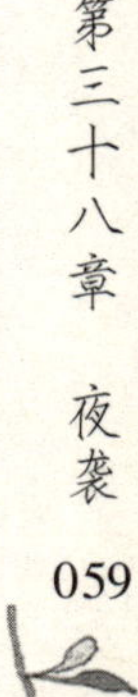

钟荟一想，也是，若个个都像她这样风一吹就倒，他们此次怕是凶多吉少了。

卫琇细致又耐心地替她擦洗了两遍，为她换上洁净的寝衣，回身从壶中倒了一碗姜汤，扶她起身饮下，搓热手心在她神阙和气海周围抚按了一阵，末了吻了吻她额头道："趁着白昼多睡会儿，今夜恐怕不太平。"

钟荟胸闷肢冷的症状缓解了不少，眼皮渐渐变沉，点点头对他道："你也睡会儿。"卫琇便替她合拢衣襟，系好衣带，挨着她躺下，将她抱在怀里，一下一下地拍她背，待怀中之人呼吸渐沉，月几不可闻的声音轻轻道："阿毛，抱歉。"

钟荟在睡眼蒙眬间听到了一个影子搂紧卫琇的腰喃喃道："阿晏，《子夜歌》……"她一有个头疼脑热的便要令卫十一郎唱歌抚琴，这恶习还是从常山长公主那儿沾染来的。

卫琇无可奈何，只得启唇在她耳边轻声唱："春风动春心，流目瞩山林……"

唱到"照灼兰光在，容冶春风生"，搭在腰际的手臂软软垂了下来，卫琇知她已经睡熟，轻轻将她手拿开放回床上，替她掖好被角，然后翻身下榻出了床舱。

祁源已在船尾等候良久，见到卫琇后施了个礼："弟子见过卫先生。"

他从起初将卫琇目为徒有其表的沽名钓誉之辈，到如今五体投地，甘愿追随，连自己都有些不解。他甚至连恩师钟禅的辟召都婉拒了——钟禅此次回京重入中枢，官复原职之余又加散骑常侍，谁都看得出天子有意重用，当钟禅的僚属自然强似跟着卫琇远赴青州。若要细究起来，大约也只有"对脾胃"三字能解释吧。

"仲泽不必拘礼，我不过暂代过几堂课罢了，不是你的正经师傅。"卫琇笑着道，他第一天见到祁源便觉祁源是可造之材，几番考察下来，可以说是洛京士子中的翘楚了，只不过有些恃才傲物和死心眼。

"是。"祁源揖了揖，顿了顿犹豫道，"夫人好些了吗？"

卫琇闻弦歌而知雅意，知他想说什么，道："我自有分寸。"仍旧和颜悦色，却是不容置疑的口吻。

"是弟子僭越了。"祁源不由得皱了皱眉头，这个卫稚舒浑身上下挑不出半点毛病，就是对这妻室着紧得不像话，明知今夜风波将起，仍然执意要亲自守着她，置自己的安危于不顾。

要做大事的人为儿女私情所羁绊，实在不是什么好事。祁源本想旁敲侧击地劝谏几句，没想到才露个话头就叫他一把掐去，祁源对那姜二娘便有些看不顺眼：不过生得美一些罢了，也不见得有什么其他过人之处，将郎君迷得神魂颠倒，真真是个不折不扣的红颜祸水。

到了晌午，风浪稍息，又见水阔孤帆的浩茫之景，钟荟倚着水窗歇了半日，眩晕之感减轻了一些，已能扶着舱壁起来走动几步了。

因着夫人身体不适，整个船队都放缓了速度，红日西沉入江之时正好行至一处葭苇繁茂的江汀，卫琇便下令维舟野岸，停泊过夜。

交丑之时，夜深人静，唯闻船唇啮浪的轻柔吞吐声。

卫琇去了祁源舟上议事未归，船家女阿萍奉命在舱内侍奉卫夫人。

阿萍双目紧闭，呼吸匀而浅，背靠舱壁箕坐着，离卫夫人的卧榻约五步远，月光从窗纱中漏进来洒在她年轻的脸庞上，使她的脸庞比白昼时更显光润。

突然，窗外传来一声鸱鸮的鸣叫，阿萍猛地睁开眼睛，舒展了一下手臂，又左右转了转脖颈，然后如夜行动物一般悄无声息地站起来往榻边走去。

阿萍一边道："娘子莫怕，是夜潮了。"一边从袖中摸出一把锃亮的匕首朝钟荟背上抵去，刃尖触到她的那一刹那便觉得不对，手上传来的感觉分明不是皮肉而是甲胄。

她心下大叫一声不好，待要反应却是来不及了，床上之人反手一刀，这个杀了不少人却还称不上老手的少女来不及喊出声来，头颅便滚落到了地上。

须臾之间，外头热闹起来，只听舟人相唤，甲板上仓皇的脚步声如擂鼓一般，钟荟迷迷糊糊之间微微动了动，卫琇用唇蹭了蹭她脸颊，用手捂住她眼睛，轻声道："是夜潮来了。"

钟荟安下心来，动了动腿脚接着睡。

说是夜潮，却不闻加缆扣舷之声，过了一会儿反倒是兵刃相接声和喊杀声四起，间之以扑通扑通的重物落水声。

钟荟虽在睡梦中，五感却不是全然封闭，不知不觉做起乱梦来，眼前仿佛是阿晏在与人缠斗，一时不敌，那寒光闪闪的剑锋已经递上前来，钟荟想扑上去挡，可两条腿仿佛被什么缠住，低头一看，原来是陷在了沼泽中，接着整个身子开始跟着往下沉，泥浆眼看着已没至口鼻。行将窒息之际，钟荟一个激灵醒了过来，耳边交战声比梦里更清晰，她探手一摸身旁，身边分明没有人，不由心中大骇，腾地坐起，两眼空洞而徒劳地盯着前方，凄然又惊惶地喊了声："阿晏——"声音颤得走了调。

卫琇此时身在舱外，伤口包扎到一半，一听里头动静便冲了进去，揽住钟荟一边拍抚一边道："我在这里，阿毛，我在这里……"

叫了三四遍，钟荟总算从梦魇中清醒过来，整个人一松，背上汗如出浆，软软靠在他胸口，安心不过片刻，突然意识到鼻端有股血腥气，惊恐道："你受伤了？"

"只是一点皮外伤，无碍的。"卫琇心知她要疑神疑鬼，将她手拿起来放到心口，"真的，不信你摸。"

钟荟爬起来摸索着点了灯查看他胳膊上两寸来长的一道刀伤，伤口很浅，也没伤及要害。她松了一口气，可看鲜血从伤口中淌出来，仍是心疼不已，赶紧从箱子里翻出伤药替他上药包扎。上药前先要将污血挤出来，她一边挤一边扑簌簌掉眼泪，卫琇的血没挤出多少，她的眼泪都快流干了。

她一边包扎一边愤愤地数落他："不是说护卫都是高手吗？你自己上前去做什么？"

卫琇低着头任她教训，见她说着说着又急哭起来，便用那只没受伤的手给她擦眼泪："我一早知道无虞才去的，如今有了你了，我哪里敢以身涉险。"

钟荟狠狠地瞪他："说的什么混账话！没我你也得好好爱惜自个儿！"

"夫人教训得是。"卫琇没想到弄巧成拙、火上浇油，赶紧连连赔不是。

说话间钟荟已将伤口包扎好，她骂归骂，刚刚渡过一次劫难正是绸缪情浓之时，不免耳鬓厮磨一番。

这一厮磨便苦了在船舱外等候的祁源，他遇袭时从船舱中爬出来顾不上披裘衣，又不知道上司何时召唤，眼下只能在湿寒的江风中打哆嗦。

他心里有怨气，便又怨上了姜二娘。起初船舱内无声无息，这女子没闹出什么幺蛾子来拖他们后腿，他还有些佩服，心道危急关头有如此定力，大约强似一般妇人，想来卫十一郎如此爱重她也不是毫无缘由的。

正如此想着，那姜二娘便在船舱中叫起来，卫十一郎正与他交代如何善后，一听她叫喊，扔下一句："我娘子醒了！"便急急忙忙地折身回舱房中去了。

祁源呆了半晌才想明白，敢情这位夫人不是镇定自若，压根儿是一直没醒！外头杀声震天，亏她能睡得那么死，这心得有多大？

祁源转念一想，这勉强也算是别具一格的过人之处吧，就在他大逆不道地腹诽卫夫人时，卫十一郎从船舱中走了出来，对他说道："带我去会会那些俘虏。"

祁源在前面带路，十几艘船挤在一块儿，两人从一艘跨到另一艘，越过五六艘，终于来到了关押俘虏的单舸上。舱房前后各有两名卫家部曲把守，他们身后的帘帷中传出嘈杂的声响。

其中一名部曲年约十七八岁，穿一身女装，头上的流云发髻虽有些散乱，可梳得十分精巧，一看就是钟荟身边那两个婢子的手笔，两道细细的眉毛弯如新月，上了胡粉的脸在月光下白惨惨的，偏那张嘴涂得猩红，一抹红痕拖出嘴角，看着瘆人。

祁源瞥了一眼他的脸便不忍心地挪开了目光。

卫琇也忍不住弯起嘴角："阿寺，你这身打扮倒别致得很。"

"哎哟，郎君您就别笑话奴了。"名唤阿寺的部曲苦着脸，忍不住控诉起来，"我说反正又不露脸，整那些劳什子做什么！可可可……阿枣姊姊非要给我弄，还把奴的眉毛给刮成这样式！那些个色料也不知道用啥做的，洗都洗不掉——”

“里头的贼人如何了?”祁源不耐烦听他连篇累牍地倒苦水。

“这不等郎君来了审吗?不过一帮子水匪罢了，再硬的硬茬我也有的是手段撬开他们的嘴。”阿寺被祁源打断，有些不快。他是卫家部曲，只听命于卫家人，对这个孤高冷傲的祁公子没什么好感。

祁源与阿寺这样的粗人向来是话不投机，听他爱搭不理的，便也冷下脸来不吭声了。

卫琇知道两人有些不对付，不过还没到需要他过问的地步，便道：“进去吧。”

阿寺赶紧道：“郎君，里头气味恐怕不太好。”

祁源想也没想便从袖中掏出一方素绢帕，对卫琇道：“先生用帕子捂住口鼻吧。”

“无妨，入内吧。”卫琇没伸手接。

祁源无法，只得抢先一步上前，掀开帘子为上司开道。卫琇紧随其后，躬身迈入舱房中。

阿寺不防被祁源捷足先登，朝着他背影翻了个白眼，小声骂了句马屁精，跟着卫琇走了进去。

方寸之地乌压压站了二十来个汉子，显而易见，他们都不怎么爱沐浴，身上汗臭、血腥味、葱蒜味以及种种莫可名状的气味混杂在一起，实在不是一句“气味不太好”可以涵盖的。不过卫琇也只是微微皱了皱眉头。

舱房内点了两盏油灯，地方小，足以将每个犄角旮旯照得分明。门帘一掀动，舱内的吵嚷声戛然而止，待那些人看清楚来人，不由得面面相觑。

卫琇不露声色地往人群里扫了一眼，这些人清一色都是男子，最年幼的看起来十五六岁，最年长的也不过三十出头，身上衣着都很不讲究，称得上褴褛，手脚都被麻绳缚住，彼此绑在一块儿，就像鱼鳖市上卖王八似的。

其中一个体格彪壮、须髯虬结的大汉仰天大笑几声，往嘴上摸了一把，水萝卜一般粗的手指往祁源脸上一指，一张口声如雷鸣：“卫大人，你审犯人还带个小倌儿做甚?壮胆啊?哟！后头还有个奶妈子！还不赶紧上来喂两口哪！把咱们官老爷饿着渴着罪过大啦!”

此话一出，一众匪徒爆发出一阵哄笑。卫琇不以为意，他比祁源年轻几岁，看起来又有些文弱，他们认错人也不奇怪。他不露声色地往人群里扫了一眼，注意到众匪中只有一个其貌不扬的瘦小中年人没笑，这个中年人神色凝重，正拿一双审慎的眼睛打量他。

祁源在那高壮匪徒张口时就想出言阻止，被卫琇拦住，眼下尴尬得恨不能转身奔出船舱，跳进黄河里洗洗。他不禁纳闷，这些人已经是刀俎上的鱼肉，死到临头

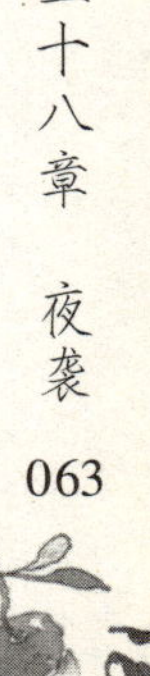

如何还笑得出来。

阿寺却是咽不下这口气，当即大步流星地走到那壮汉跟前，把刀柄往他脸上一抽。那汉子脸一偏，嘴里霎时涌出一股血腥气，朝地上啐了一口，吐出几颗牙来。

卫琇看了看那莽汉道："你就是牛水生？"

那莽汉眼底闪过一丝得意："爷爷的名字也是你这吃奶娃娃叫的？脑袋掉了碗大个疤，别以为爷爷怕了你！"这样的乌合之众不乏贪生怕死之辈，但挑头的数人必定是猖狂之徒，否则也不会做这等刀尖舔血的勾当。

他的同伙甚是捧场，又是一阵哄堂大笑。

卫琇不露愠色，只向阿寺递了个眼神。

阿寺当即会意，冷笑一声，从腰间抽出一把五寸来长、又细又薄的弯刀来。

起先那壮汉犹在嬉笑，慢慢地，那笑声发起抖来，逐渐变成嗞嗞的抽气声，接着是凄厉的哀号，到最后连那哀号都停息了下来，竟像婆娘似的淅淅沥沥抽泣起来，船舱中的血腥气越来越浓重，很快将其他气味掩盖过去。

其余水匪吓得双股战栗，更有甚者吓得失禁，阿寺像个技艺精湛的匠人，知道如何让人痛到极限却又不至于昏厥，还有闲心四处乱瞟，见他们吓得挪开视线，哼了一声道："劝你们睁大眼睛看仔细咯，看看一会儿爷爷怎么调理你们。"

那些乡巴佬哪里见过此等奇技淫巧，第一次知道原来杀人真不是头点地那么简单。

卫琇全程冷眼看着，阿寺将那壮汉开膛剖肚时也没皱一皱眉头，看着火候差不多了，便对阿寺挥了挥手，阿寺收放自如，在那受刑之人的喉间割了一刀。有了之前无数刀的衬托，这一刀简直算得上慈悲，众人都松了一口气。

阿寺在尸身上擦了擦弯刀上的血迹，收回腰间刀鞘中。

"这下可以聊聊了吧，牛水生？"卫琇望着那五官平淡的矮个中年男子道。

"卫大人好眼力。"那中年男子上前一步，朝着卫琇拱了拱手，"这回是牛某看走了眼，招了太岁，我认栽，要杀要剐悉听尊便。"这牛水生笃定卫琇不会杀他，乐得在一帮子蠢喽啰面前撑场面，实在刁滑。

卫琇不自觉地摩挲了一下剑柄，冷不丁碰到钟荟替他编的剑穗，心头一软，对眼前的事越发腻味，只想早些了结了好回她身边去，冷冷道："过奖了，足下手捏那么多条人命，豪气干云，令人钦佩。不过在尔等豪杰眼中生死固然是小事，只不知那些携家带口投奔你的兄弟愿不愿追随你到黄泉了。"

当即有人跳出来指着牛水生破口大骂道："老水牛！你自个儿寻死别拖兄弟们当垫背的！兄弟们把脑袋系裤腰上替你卖命，你呢？吃香的喝辣的，操那细皮嫩肉的小婊子！早说了那骚东西来路不明，兄弟们干一回杀掉了事，你偏要吃独食，还吃上瘾来了！这回的事不是那贱货调唆的我把脑袋给你当便壶！现如今惹出祸事来了吧！那婆娘呢？着了人家的道儿还要拿咱们的命去填！我呸！”说完朝着牛水生的面门啐了一口。

卫琇看了看牛水生，似是思忖了片刻，遗憾道：“可惜了足下这样的英杰，卫某只能留你个全尸聊表敬意。”说罢闲闲地抽出腰间佩剑，只见寒光一闪，众匪徒还未回过神来，那牛水生的心口已经被一剑贯穿，那花里胡哨的剑穗犹在晃荡。

卫琇收回剑，冷冷地对那些匪徒道：“卫某今日留你们性命，是仍旧把你们当作我大靖子民，若是有人甘愿为匪，该剿该斩，绝不姑息！”

那些水匪本就是见识短浅的乌合之众，牛水生被除掉后，剩下的那些都吓得心惊胆战、唯唯诺诺，不敢说一个不字，将剩下同党和家眷几何、藏身何处和盘托出，为了招安的头功差点当场大打出手。

卫琇说了几句场面话便踏着遍地血污出了船舱，祁源已经忍到了极限，一出舱房便扶着船舷往江里吐起来。

阿寺不屑地瞟了他一眼，向卫琇请示道：“那人单独关押在另一艘船上，郎君现在去审吗？”

卫琇点点头道：“带路。”又转头对祁源道：“仲泽今夜劳累了，早些回去歇息吧。”

祁源羞愧难当，行礼退下。

卫琇随着阿寺来到另一艘船上，撩起门帘走进去，里头只有一名男子，手脚捆得严严实实。

“郎君，这个是行家，咱们审了半日他也没吐一个字，他下颌骨叫我卸下了，不能说话，要装回去么？”阿寺禀报道。

“不必，”卫琇道，“他只需听我说便是。”

“我不管你主人是谁，”卫琇平铺直叙地道，“从今日起，你就是裴家的人。做了死士，失败了却不自裁，杀了同伴也要逃走，想必是有不能死的理由。不管那理由是什么，我都能掘地三尺地找出来，所以自己把故事编圆点。”

卫琇同阿寺交代了几句，便匆匆忙忙往钟荟那条船上赶，走到半路忽然意识到自己一身血污，连忙折回去命阿慵去备水。船上一切从简，他只能叫人在甲板上用油布拉了个围幛出来，站在里头拿水瓢舀了铜盆中的温水冲洗身子。

阿慵来来回回端了不知几回热水，卫琇仍然觉得周身萦绕着血腥的秽气。他不断徒劳地冲洗着，时不时用手揩去沿着脸侧湿发淌下的水，心一点点往下坠，他不知道该以何面目去见他的阿毛。

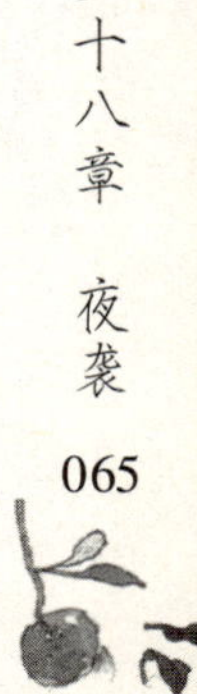

不觉已是月上中天的时分，卫琇估摸着钟荟应该已经睡着了，这才将头发和身子擦干回舱房。

房内没有灯光，窗户也合上了，一放下门帷四下里一片漆黑。

卫琇在逼仄的舱房中摸索着前行，感觉自己周身那股秽气越发重了，简直像是从他皮肤骨血中散发出来的。

他有些后悔今夜回到这里来，若是叫她看到自己现在的样子，她会怕还是会失望？卫琇不敢去想，在她面前维持那无懈可击的模样从来不是一种选择，可他此时已经有些心力交瘁了。

卫琇不由自主地往后退，心道还是去外头甲板上坐到天明吧。待旭日东升，让日光填补他的千疮百孔，驱散他脸上的疲惫和眼底的阴霾，他便又是她眼里心里记忆里那个干净而正派的卫十一郎了。

“阿晏?”本该熟睡之人却轻轻唤道，不似梦中的呢喃，显然一直醒着。

卫琇不敢往前，却又舍不得后退，进退维谷。

“外头很冷吧?”钟荟已经起身下了榻，弯腰在床头的矮几上摸索火绒，“快钻进来暖暖。哎，炭盆里的火什么时候熄了，窝在被子里倒没觉着冷……”

钟荟嘴里喋喋不休着，手上也不停歇，摸黑找到窗户边上，把窗前的木板挪开，月华和星光迫不及待地涌了进来，将她的脸庞映亮了。

卫琇在黑暗中贪婪地望着近在咫尺的妻子，只觉月下的她不可方物。

他还记得她上辈子的模样，那是他十一岁那年跟随叔父回京消夏。彼时她已经病得很重了，大夏天还穿着夹衣，脸色由记忆中的莹白变作蜡黄，许是躺多了，脸有些浮肿，伸出的手腕却细得像孩童一样。

他远远地看见她靠着一棵梧桐树上朝自己招手。她待他走近些，便将手里的蜡纸包往身后一藏：“阿姊配着药吃的，不能分你，没得过了病气给你。”

其实他已经是个大人了，哪里会去与她争吃食，数年不见，这钟阿毛也没什么长进，还是小气吧啦的，不过看她一脸病容，他没忍心与她计较，只矜持地点了点头，想问候一句别来无恙，旋即想起她显然是有恙，只得含糊叫了声“阿毛”。

钟荟便弯起眼睛笑着数落他：“连声阿姊都不叫!”

她有一双叫人难忘的眼睛，色泽比寻常人浅淡些，看人的时候总是带着三分笑意，叫你觉得天底下没什么大事，时隔数年，他就是从那双眼睛里一眼认出了她。

眼下她就站在窗边，用这样的眼睛看了他一眼，眉眼自是与往昔不同了，眼神却是如出一辙。

钟荟似乎并未察觉他的异样，视线在他身上只是一扫而过，一边继续四下找东西，一边自言自语地埋怨道：“阿萍那丫头，也不知道把燧石搁哪儿了。”

卫琇听到“阿萍”二字不由得心虚，这两日阿萍时不时前来伺候钟荟，那女子心术不正，身份可疑，但是伶牙俐齿，时常说些江上的趣闻给钟荟逗乐解闷，卫琇不知道怎么告诉她那人已经死了。

钟荟找了一大圈，突然拍拍额头：“瞧我这记性，连换过一艘船都忘了！不找了，再过几个时辰该天明了。”说完便钻回被窝里，对他招手，又道：“才下床一会儿就冷了，快过来给你娘子焐焐。”

卫琇还能说什么？只得乖乖走过去，刚挨着榻边坐下，钟荟便从身后环住他的腰，把脸贴在他背上，发现他背上湿冷，身上一股淡淡的皂角味儿，诧异地问道：“怎么大半夜的还沐浴浣发？”说完不由分说地解他衣裳：“水上不方便延医问药，染了风寒可不是闹着玩的。”

卫琇来不及说什么，便被她义正词严地三下五除二脱了衣裳。钟荟用扒下的中衣胡乱往他头发上抹了几把，将他塞进被窝里：“看你冷得像一只隔夜馒头似的，把手给我。”说完便把他手拽过来焐在怀里。

她的心口很暖，卫琇连忙将手抽了出来：“会冻着你的。”

“阿晏，”钟荟不屈不挠地伸出一条腿将他缠住，同时把脸埋进他赤裸的胸膛，“你躲着我做什么？”

还是叫她发现了，卫琇心里一惊，整个人僵住片刻，徒劳地挣了挣，只换来她得寸进尺，只能道：“我脏。”

钟荟不料等来这么个答案，只觉嘴里发苦，无论过去还是现在，阿晏留在她心底最难以磨灭的印象不是他的姿容，也不是他的风度，始终是他的干净，即便身陷囹圄，落入泥沼，钟荟自问两世为人从未见过比他更出尘的人——而他觉得自己脏。

“没什么大不了的。”钟荟抚着他的脊背，感觉着他的心跳，“正好我也不像你想的那样干净，一起在污泥里打滚便是了。”

卫琇犹豫了片刻，将她紧紧搂住，慢慢闭上眼睛。

一夜无梦，这是他自十四岁起第一次酣睡到天明。

有当地势力最大的水匪帮保驾护航，接下去的路途走得很顺当。

七日后，他们终于平安抵达青州。

《尚书·禹贡》载：“海岱惟青州。”此地依山傍水，沃野千里，负海之饶。不知是不是读过太多地理志的缘故，钟荟总觉得进入青州地界后，那迎面吹来的风仿佛也带着一抹青，而沿途草木田野更是翠色欲滴，仿佛比别处多了一分生机。

“按理说如此沃壤，即便年岁有丰凶，也不至于遭逢一两次天灾便捉襟见肘到这个地步吧？”钟荟叹了口气对卫琇道，“你这刺史听起来风光，实在是个顶顶吃力不讨好的差事。”

“好在此地名门望族热情好客，生怕咱们远道而来人手未曾带足，半道上送了份大礼来。”卫琇促狭地道。

当日卫琇虽然强买强卖，把那擒获的死士栽赃给了裴霄，但这事多半不是裴家的手笔。

据水匪交代，此次牛水生胆大包天截杀刺史是因了阿萍的蛊惑。这女子是一年多以前他们劫掠过路商船时捉住的，因她生得貌美又伶俐，牛水生见色起意，不顾同伙们的反对硬是留她在身边。

阿萍小小年纪却心狠手辣，初次杀人便比他们这些匪徒还利落，而且她智计百出，牛水生越来越器重她，不过半年便将她目为心腹，隐隐压了其余诸人一头。

那幕后之人一年多以前便处心积虑把自己的钉子揳进水匪中，而天子起意任命卫琇为青州刺史只是这大半年的事。显然，这局不是针对卫琇布的，裴霄再有能耐也不至于把手伸得这样长，连个水匪帮都能周全到。

“好在我夫君英明神武、洞若观火，一早将那些魑魅魍魉的伎俩识破了。”好话不要钱，钟荟乐得漫天撒。

卫琇却是个容易当真的性子，叫她夸得脸一红：“是他们露了太多破绽，不单是我，祁仲泽也看出来了。”

“这幕后之人恐怕也没指望那姓牛的匪徒能得手，成了最好，不能成也无所谓。”钟荟思忖了片刻，皱着眉头道，“投石问路罢了，好戏还在后头呢。唉，这不，迎出城门外来了。”

第三十九章 房氏

卫十一郎这刺史当得苦哈哈，刺史夫人也不轻省。

夫妇俩刚到临淄，才命下人将行李卸下车，箱笼尚未来得及打开，接风宴洗尘宴的帖子便如雪片般飞来。

“陈琼。”卫琇低头看着一封柬帖，“即便他不来请，我也要找上门去。”

“鸿门宴啊！”钟荟朝他晃了晃手中的帖子，“他夫人也给我下了帖子，啧，看来是要把咱们一网打尽呢。”

前青州刺史陶谟被革职时，天子命乐安郡太守陈琼暂行刺史之职。北海陈氏是青州首屈一指的世家大族，在“只知有齐王不知有刺史”的青齐，陈琼能稳居刺史大半年，他的族望可谓功不可没。至于卫琇这个顶着刺史名头的外来者如何将权柄夺回来，司徒钧是管不了那么多了，横竖他卫稚舒有能耐，那就能者多劳吧。

陈府的洗尘宴设在五日之后，其间不时有当地的士绅登门拜访，钟荟和卫琇两人一个忙里一个忙外，同在一座府邸中，白日里却难得碰上一面。

卫琇提前命家中下人在临淄城外贝丘一带置办了田庄，大部分的部曲和招抚收编的水匪都安置在那里。那些水匪真刀实枪地杀过人，可毕竟不是正规军，会骑射的很少。卫琇命阿寺马不停蹄地加紧操练，整饬军纪，然后再将他们打散了编入卫氏家兵中，如此一来，无论州郡兵能不能顺利收回来，起码他手里有支一千来人的私兵了。

钟荟离了洛京，总算有了些主母的样子，有模有样地操持起府内大大小小的事务来——京都带来的家什器具要开箱归置，一部分奴仆需要从当地采买，买来的人手要着人调教，她这边收到的拜帖请帖都得一一回复。

钟荟忙得一馈十起，不过三日下颏便尖了起来，脸也有些苍白，害得卫琇如临大敌，以为她是水土不服饮食不调，京城带来的大夫看了后兀自将信将疑，又命人去临淄城里请了当地的大夫看过，都说卫夫人身体无碍，卫琇这才稍稍放下心来。

刺史府自是不如京城卫府一般层台累榭、雕梁画栋，不过也算得上轩敞别致，屋舍井然，他们连主带仆加起来也没有多少人，大部分院落都空着。

正院虽然已经修葺一新，不过毕竟是上一任刺史陶谟日常起居之处，一砖一瓦、一草一木都留着旁人的痕迹。此外，钟荟也嫌那院落太深，庭中一棵两人合围的古樟枝柯繁茂，遮天蔽日，将窗前的光挡去大半，钟荟一迈入那栋房舍便觉黑黢黢的，阴森压抑。她同卫十一郎一商量，两人索性将正院锁了，只留了一间堂屋待客用，自己去住花园东南面一处临池的偏院。

小院子只有两进，颇得篱边清趣，庭中梨花胜雪，窗前竹影倩然，透着安逸。

卫琇先前看图纸时一眼相中这院子，见她果然挑了此处，忍不住因这份默契在心里暗暗雀跃。

前任陶刺史革职后这府邸空了大半年，花园疏于打理，草木恣意生长，处处荒草丛生、悬葛垂萝。卫琇按着钟荟的喜好亲手画了图纸，提前数月从京都调了构园营建的匠人和园丁，将原有的长松巨木和藤萝香草修整一番，又从江南移了数千本修篁来。

园子占地不广，不过卫琇花了心思，花间隐榭，水际安亭，钟荟步入其间只觉移步换景，玲珑趣致，颇有可观之处。

正是桃秾李艳的时节，园中莺啼恰恰，燕舞蝶忙，他们两人住着也不觉冷清。

屋前就是一泓曲水，两岸芳兰照影，水中莲叶田田，小的若青钱，大的也不过如碗口，池上架了一座小小的木台。

钟荟欣喜地指着那精巧的木台对卫琇道："夏夜在此纳凉一定甚是惬意，你抚琴，我……"

"吃果子。"卫琇在她后脑勺上摸了一把，顺口接道，"就知道你喜欢。"

钟荟本想说焚香烹茶，一时语塞，想了想似乎还是阿晏更懂她。

阿杏和阿枣都跟着她来了青州，吕嬷嬷年纪大了，钟荟看出她怀乡，便没有强求。

阿杏近日有些水土不服，阿枣一离了船又生龙活虎起来，镇日叉着腰训斥这个调教那个，看着倒比在京城时还容光焕发。

二花照例在廊庑下安了家，许是初来乍到似乎还有些羞怯，十来天没开嗓，一有风吹草动便奓起一身羽毛，在横木上不安地跳来跳去。钟荟怕它思乡，叫人弄了只毛茸茸的小鸡崽来，养在院子里与它做伴，因小鸡一身鹅黄色的绒毛，便唤作黄花。

差不多安顿下来，赴宴的日子也到了。

陈琼任乐安郡太守，府邸原在乐安，因暂代一州事务，在青州治所临淄又另置一宅，与刺史府只隔了两条街，接风宴就设在此处。

卫琇入城之日陈琼也在出郭相迎之列，钟荟那时候在马车上朝外看了一眼，只觉此人是个其貌不扬的中年男子，唯一出挑之处大约就是身形魁梧，比身旁的一众下属随从高了半个头有余。

“在全州八郡所有太守中，陈琼门第最高，人却最平庸。”卫琇有备而来，早在京中便将这些事打探得一清二楚。

“难怪天子会选他。”钟荟若有所思地点点头，“家世身份镇得住，才智平庸免得请神容易送神难，哼……”

她未说出口的那句话卫琇立即心领神会：司徒钧真是好算计。

“他若是算得准早八百年河清海晏了，还用得着你在这里替他们司徒家擦……那啥。这陈琼莫非是个扮猪吃老虎的？”钟荟皱皱鼻子不屑道，司徒对她来说也不过是一家一姓罢了，很难让她生出什么敬畏之感，夫妇俩私底下没少评议当朝天子。

“那倒不是。”卫琇每每见她一本正经刻薄人便想笑，忍不住刮了刮她鼻子，“陈琼不是什么深藏不露之辈，原先他在京城为官，岳父与他打过交道，泰山看人向来很准的。”

“好了好了，你在背后夸夸就行了，当着面可别说，不知把他得意成什么样。”钟荟笑着道，“不过旁的不好说，他挑女婿的眼光的确一流。”

卫琇仍旧不太适应夫人一天三顿变着法子夸他，脸霎时一红，怕她发现了又笑话自己，装模作样地握拳咳嗽两声，接着道：“陈琼这人庸懦，贵在有自知之明，没什么野心。他暂代刺史之位，一开始只是按部就班地安置流民，从朝廷拨下的钱粮中贪墨一部分中饱私囊，这都是惯常之举，凭陈氏在青州的根基和人望，只要不逾度，天子也是睁只眼闭只眼。

“不过大约半年之前，他的行事风格突然大变，去年秋季青兖一带蝗灾，天子又省吃俭用地挤出一笔钱粮发送下来……”卫琇说到此处看了一眼钟荟。

钟荟便会意道：“这笔钱没到灾民手里？难怪这一路走来途中那么多流民……陈家不是富得流油么？连这钱都敢贪，不怕夜半有冤鬼敲门么？”

卫琇意味深长地看了她一眼，蹭蹭她鼻尖：“我们家阿毛不也富得吱吱冒油么？”

“好啊，卫阿晏，长行市了，连你家夫人都敢取笑！”钟荟笑骂一声，往他胳膊上掐了一记，旋即反应过来，“哎呀，他要养兵？不对啊，他不是领着州郡兵么？难

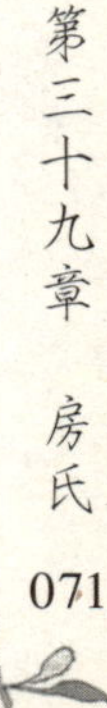

不成司徒……天子拖欠军饷了？”

“那倒不曾。”卫琇道，“自景帝罢州郡兵，如今青州兵不过区区两千四百人，实际可能两千都不到，且那些兵马是从陶谟手上接下的，他只领了半年，遇事能否如臂使指还是两说。你回想一下我们沿途遇上的流民，有没有什么异状？”

卫先生是个循循善诱的好师长，钟荟先前被流民的惨状所震慑，并未深想，此时经他一说，才发现了蹊跷之处：“照理说，天灾后存留下来的该是青壮年居多，可那些流民大多是老弱妇孺，这就说得通了。”

“话是这么说，”钟荟刚松开的眉头又蹙了起来，“可是他养兵做什么？谋反吗？”

钟荟自小读史，说起谋反来轻描淡写，饶是卫琇也有些无奈：“陈琼这等人，拥兵自重多半是为了自保。”

“齐国要乱。”钟荟当即明白过来。

卫琇既欣赏又自豪地看了她一眼：“非但如此，陈琼的嫡次子正与齐王膝下庶女云麓乡公主议亲，这位乡公主的同母兄长是齐王庶三子司徒迅。”

“看来这对兄妹很得宠。”钟荟当即会意，随手从卫琇肩头撩起一缕头发，一边思忖一边在指尖绕着，摇摇头道，“贪墨赈济钱粮，养私兵，联姻齐王，这桩桩件件都不是寻常事，一个素来庸懦之人即便想得到也下不定决心，他身边必是有什么人……谋士？不对，谋士不能代他下决定。”

她一边思索一边绕头发玩，卫琇叫她扯得头皮一紧，忍痛阿谀道：“我家娘子真是才智兼人，陈琼的原配夫人两年前去世，去年年初他刚娶了继室房氏。”

钟荟前世的谱学底子还在，略一想便道：“彭城房氏？”

“正是。”卫琇点点头，将她手里的发丝弄松散，“小心别勒痛手指。”

“你怀疑陈琼背后的人是她？”钟荟无奈地叹了口气，“那得好好摸摸她的底细了，今日我这担子可就重了，本想着吃吃喝喝随便对付过去的卫阿晏，你可得多唱两遍《子夜歌》给我听。”

“你哪回要听我不给你唱了。”卫琇申冤。

钟荟一想也是，盘算了半天，只觉卫琇事事妥帖周全，许多事连她自己都没想到卫琇便先一步做了，可不趁此良机提点要求又觉自己吃亏了，便道：“先给你记账上，日后想起来再同你说。”

说话间牛车已经进了陈府的大门，在庭园中停了下来。

钟荟由阿枣扶着下了车，陈太守与一名二十许的女子已经迎了出来，想来这女子应是房氏了。

钟荟吃了一惊，一来主母迎到外院压根不合规矩，何况还有外男在场；二来这房氏实在是美得叫人心惊，她两世见过不少美人，要说眉眼，房氏算不上最标致的，可若论风情万种，连姜万儿都得靠边站，萧十娘相比之下就像个三岁稚童一样不足观。

卫琇面上不显，只与陈琼寒暄谈笑，两下见了礼便对眼前这容貌昳丽的女子视若无睹，仿佛压根儿没发现她正肆无忌惮地盯着自己看。

钟荟发现房氏在看卫琇——与其说是发现，不如说是房氏的目光太过放肆，仿佛压根儿没打算遮遮掩掩，更没有丝毫顾忌，明明自己的夫君也在，她就是能看得兴味盎然、旁若无人。

钟荟不由得气急，阿晏生得好看，即便成了婚，每回上街都有大姑娘小媳妇追着他们牛车抛花掷果扔香囊，她早就见怪不怪了，横竖阿晏不会理睬，那些女子也不过图个乐子，一笑了之便罢了。

房氏不一样，钟荟从未见过这样的女子，她生着一双古怪的眼睛，眼角狭细，近眼尾处又有些圆，瞳仁在阳光下泛着点琥珀色，仿佛盛满了秘密和故事，觑人时眼神像猫一般。她的脸架子很小，脸颊如少女般圆润，下颏又带着几分凌厉，微带蜜色的细腻肌肤泛着莹润的光，像是搭上无数采珠人性命从海底深处探得的那颗金色龙王珠。

房氏的美就像一把在情欲的火海中千锤百炼的刀，而钟荟显然还徘徊在一知半解的边缘，房氏身上的风韵她说不清道不明，只是发自本能地心生警惕。

看人家夫君看得那样起劲，偏还是一副坦坦荡荡的嘴脸，那目光里活似能伸出手来，钟荟不由自主地上前一步挡住卫琇半个身子，房氏毫不介怀地微微一笑，却也不把目光挪开，一对眼珠子仍旧死死地粘在卫琇身上。

钟荟一腔怒气无处发泄，病急乱投医，以牙还牙地盯住陈太守——这陈琼面堂紫中带灰，眼白泛黄，眼皮耷拉，眼下皮肤松弛得像个布袋子，还生着一只鼻孔外张的大鼻头，两簇黑毛随着他说话的节奏若隐若现，实在没什么好看。钟荟越看越窝火，把这陈太守也记恨上了，不管好自家娘子，还长这么伤眼，看了更亏！

她恨不能立时扯匹布把卫琇从头到脚严严实实遮起来，若是能把他藏在家里，只让她一个人看到听到嗅到触碰到便更好了——阿晏是她的，只能是她一个人的。这念头一起，她的四肢百骸、五脏六腑到每一根头发丝都叫嚣着附议。旋即，她意识到自己在想什么，不由得惊骇起来——这样的心境于她而言太陌生太幽暗，原来她心里藏着个深不见底的黑洞，里头潜伏着难以名状的恐惧，伺机将她吞噬。

贪，嗔，痴，这三毒都叫她给占全了。

钟荟感到沮丧，不过来了一个房氏，她便惶惑不安至此，且不说房氏存着什么样的心思，难道她连阿晏都信不过么？这些道理她都明白，可难受和忐忑并不因此减少分毫。

“卫夫人请随我来。”房氏将卫琇看了个够，微不可察地咽了口唾沫，这才向着钟荟伸出手，毫不见外地勾住她的胳膊，亲昵得仿佛故交一般。

钟荟回过神来，在心里暗骂自己一声，她此次是来襄助阿晏的，正事儿还没办，倒先叫人扰乱了心神，遂咬了咬舌尖，强打起精神，同房氏谈笑风生起来。

女眷的宴席设在花园中的寻芳榭，房氏与钟荟一路说笑，真有些倾盖如故的意思，任谁也看不出来这是她俩第一回见。

房氏第一回设宴款待刺史夫人，邀请了一干淑媛贵妇作陪，钟荟远远便望见水榭中闲坐着几个珠围翠绕的年轻女子，坐在上首的是一位闺阁装束的小女郎，约莫十五六岁，身量比钟荟还高些，生得白皙丰腴，星眸琼鼻，举手投足间有一股贵气。

“那位着紫衣的是齐王殿下的掌上明珠云麓乡公主。”房氏拿团扇往水榭处指了指，“着黄衣的是我大儿媳，出自吴兴沈氏。”

钟荟便向那黄衣女子望了一眼，只见她浓眉粗目，神态端严，看起来比房氏还年长些，不似儿媳妇，倒像房氏的婆母。钟荟不动声色，房氏却不以为然地笑道：“说起来不怕卫夫人见笑，大郎媳妇比我这婆母还年长三岁呢。”

“着绿衣的是济南郡太守夫人，出自零陵冯氏。”房氏又道，“还有那着粉衣的，是齐相夫人戚氏。”她提到这位戚氏时略去了郡望不提，显然是寒门出身了。钟荟着意往那粉衣女子望了一眼。戚氏背向她们而坐，看不到面容，不过从背影看得出身段窈窕，秀颈纤长。

说话间两人到了水榭，众女子纷纷站起来向刺史夫人行礼，围着她奉承，只有云麓乡公主稳如磐石地在原地坐着，见了钟荟也只是微微颔首，闲闲地说一声：“久仰卫夫人之名，今日一见，果真名不虚传。”

闺阁女子闻名遐迩泰半不是什么好事，且她说话的声气不阴不阳的，简慢高傲之气倒与她远在京城的表姊清河长公主一脉相承，甚至有过之而无不及。

房氏赶紧替未来的二儿媳打圆场：“可不是，卫夫人贤德之名连我们这乡下地方也传遍了。”

好歹也是未来婆母，云麓乡公主总要给房氏三分薄面，不再多说什么，拿团扇一遮，侧过脸去与侍女小声吩咐起什么来。

济南郡太守夫人冯氏与房氏时常往来，很是熟稔，便打趣道：“都说你是青州第一美人，这回可要退位让贤啦!”

“哎哟，我的阿姊，您就别往我脸上贴金了，卫夫人与咱们这些村妇不啻霄壤，你也好意思拿来比，怪道人都笑你村呢。”房氏说着搡了冯氏一把，咯咯笑起来，那样的神情动作换个人来做只会叫人觉得粗鄙，可她做来偏偏就妩媚天成。

“陈夫人莫要妄自菲薄。”钟荟笑道，“咦，你这衣裳纹样好生别致，倒是从未见过呢。”

“这是仙……仙纹绫。”一直在一旁默默赔笑的戚氏突然开口道，“本地的样子，卫夫人没见过也不稀奇。”

她似乎是吴越一带的人，生得容貌婉丽，大约是不怎么会说官话，短短一句话说得磕磕绊绊，带着浓重的乡音。

钟荟朝她笑了笑：“啊！原来这就是上贡的仙纹绫呀！我原先在京城时听过，一直无缘得见。”

齐地的丝织很出名，自古有齐纨鲁素之谓，这仙纹绫她非但见过，还拿来裁过幔帐——卫府的库房里还堆着几十匹。

不过房氏穿上身却是僭越，此种绫缎一匹须耗费数月之工，历来是作为贡品的，不是她区区一个郡守家眷可以享用的。

这种事儿做了也就做了，大家都是心照不宣，这戚氏也不知是有意还是无意，又叫钟荟这么一点，房氏脸面上便不太好看了。

换了一般妇人大约已经羞得无地自容了，房氏的尴尬却是一闪而过，转眼间便又恢复如常，张罗着叫下人摆膳：“瞧我，尽顾着说话，叫卫夫人空着肚子听我唠叨这些鸡毛蒜皮。”

“是啊，偏你嘴碎！”冯氏揶揄道。

房氏的大儿媳看起来有些木讷，偶尔凑上来附和两句，都字斟句酌，透着一股审慎，可又不似寻常婆媳之间的拘谨，倒像是有所提防。钟荟微微纳闷，在心里暗暗记下，打算回去告诉阿晏。

不一会儿十几名下人将食案和肴馔端到水榭中。

“咱们这小地方没什么好东西，叫卫夫人见笑了。”每上来一道菜肴，房氏便向钟荟介绍，“这是鲊鱼，模样有些怪，不过很爽脆，加了姜醋，夫人尝尝看。”

钟荟手执牙箸，依言夹起一片状如凝血的东西放入口中：“果真很清爽，正宜佐粥。”

青州依山凭海，不乏海陆之珍，陈家这宴席也舍得下本，钟荟粗略一算，这筵席才吃了一半，大约已经值一两万钱了，更别提那些金盏银盘和琉璃瓷器，便是放在御宴上也尽够了，这陈氏还真是富得流油。

钟荟近来精打细算，尤其是见过城外流民惨状后，衣食上略微铺张些便觉良心有愧，如此良机哪能亏待自己，敞开肚皮将那些珍馐佳肴吃了个够，悄悄摸了摸圆鼓鼓的肚皮，这才搁下牙箸，紧蹙着双眉，凄凄切切地叹了口气。

刺史夫人怏怏不乐怎么成？房氏赶紧献殷勤道：“卫夫人怎么了？可是饭菜不合

口味?”

云麓乡公主忍不住扑哧笑出声来，这刺史夫人差点吃得盘干碗净了，这要是合口味岂不是得把盘子都吞下去?

钟荟好不容易酝酿出的悲戚差点叫她这一笑破了功，赶紧提一口气凝神屏息，然后百转千回地将这口气叹出来，幽幽地道：“陈夫人府上的肴馔精细可口之至，我……”说到此处掏出帕子抹了抹眼睛：“只是我一想起那些衣不蔽体、食不果腹的流民，便食不甘味、难以下咽了……”

此话一出，满座贵妇人面面相觑，都不知道该说什么好，她们平日待在深宅大院中，出门冶游都有仆役随从清道，虽也曾瞥见过那些衣衫褴褛、形容恐怖的流民，可毕竟是旁人的苦难，若是正好碰见，说一句天可怜见，施舍一些米粮便是仁至义尽了，要说切肤之痛，那是不会有的。

钟荟起初是做戏，说着说着想起当日所见情形，便真的恻然起来。房氏见她神情不似作伪，拿不准这卫夫人是真情还是假意，只得不痛不痒地开解道：“那些人确实可怜，卫夫人菩萨心肠，可钦可佩，不过咱们这些内宅夫人便是想做些什么也有心无力，只能叹一句人各有命了。”

“陈夫人说得在理，可是……”钟荟抽抽搭搭，“我和郎君也是到了此地亲眼目睹才知灾情严重，天子高居庙堂，单靠朝廷赈济总有照顾不到的地方。”

钟荟说到此处顿了顿，默默留意房氏的神色，听到“赈济”二字，房氏也只是微微动了动眉头，仍旧镇定自若。

“我想着，”钟荟绞着手里的帕子，突然从手腕上褪下一只赤金嵌红宝石的镯子，又一把捋下六七根簪钗，“这些都是身外之物，不如折价当了，拿来换了米粮赈济灾民，虽是杯水车薪，也算略尽绵薄之力了，如此一来我这心里也能稍安——”

“哦唷!”戚氏突然插嘴道，“这么好的东西拿去当了多可惜!”

“是啊，没得白白便宜了那起子黑心肠的奸商。”房氏瞟了戚氏一眼，接过话头，“卫夫人行此仁善之举，我们自然也不能袖手旁观，要我说，这些首饰簪钗您收回去，咱们一起凑些私房体己，换了米粮设个粥棚——”

钟荟赶紧道：“那怎么成!一事归一事，这些东西是我对青州百姓的一片心意，哪有收回去的道理!也不能为了我叫你们破费啊，对了!”

她欢欣地拊掌道：“这些首饰拿去当铺也是白白便宜旁人，不如作价给你们，如此便成全了我一份心了。”

众人自然一番推辞，钟荟只是坚持，她们见拗不过钟荟，只得道：“这些都是价值连城的宝贝，怎么好随便作价。”

钟荟道：“不计多少，你们随便出些便是了。”

房氏先认了一支白玉园景簪："村妇眼拙，也不知道这簪子价值几何？"

"您看着给便是了。"钟荟很是大方。

"二十万钱？"房氏试探道，这簪子雕工纹样虽新奇，可玉质也就平常，二十万钱能买一匣子了。

钟荟拿起簪子在手中摩挲一番，期期艾艾地道："陈夫人真是慷慨，我替百姓谢谢您……这簪子是我十岁生辰时宫里姑姑赏的，说起来也是……"

"哎呀，就说我眼拙嘛，太妃娘娘赏的必定不是俗物，难得卫夫人忍痛割爱，少说也得再加二十万钱。"房氏看了一眼钟荟，百来万对她来说九牛一毛，新任刺史的态度还不明朗，此时不宜撕破脸，就当投石问路了。

有她带头，其余贵妇也都认领了一两件，连乡公主都干干脆脆买下了那只赤金镯子。

钟荟每件都依依不舍地抚摸着说出一串了不起的身世来，闹得她们不得不加了价，最后重金买了一堆寻常首饰回去。

"我也真是厚颜了，竟如商贾一般售卖起旧物来……"钟荟在心里算了算今日的收获，觉得差不多了，便红着脸低头道。

众人都道这是义举，又是一番阿谀奉承："咱们也想施以援手，正愁寻不到门路呢，有刺史夫人牵头，敢不一呼百应？再说那些都是稀世珍宝，有钱还没地方买呢！"

"我那儿还有京城带来的几箱首饰和未穿过的衣裳，诸位若是不嫌弃，改日来寒舍一聚，有喜欢的便拿了去。"

众人一惊，这是一次不够还打算再二再三？这屠户女可真是手狠心辣面皮厚。

钟荟大肆敛财，其他人也没了胃口，意兴阑珊地用完午膳，房氏请众人移步另一处楼阁赏景。

略坐了一会儿，房氏突然拊了拊额，旁边一名侍女看在眼里，上前一步道："娘子，是头风又犯了么？"

"无妨。"房氏连连摆手。

"可是——"

房氏横眉立目将那侍女的话打断："莫要多嘴！没见我在待客么？真是没规矩！"可身子却晃了晃。

"不舒服便去歇歇吧，"冯氏小心地看了一眼刺史夫人，"想来卫夫人也不会计较。"

钟荟不知房氏葫芦里卖的什么药，不过既然冯氏指名道姓点到她，总要客气一声："是啊，陈夫人脸色不好，还是赶紧回房歇息吧，不用管咱们。"

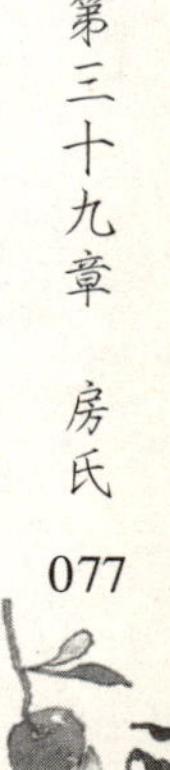

房氏便半推半就地由那侍女搀扶着离开了。

房氏饱含歉意地同诸位女眷道了声失陪，由婢子扶着出了晴霜阁，转过一丛白茶，那头风病立时痊愈，一路掩人耳目，迈着轻快的脚步向园子西南角行去。

临淄的宅邸是几十年前建的，一直是陈氏的产业，虽然主家只是偶尔有事时小住几日，也拨了一批下人看管打理。

陈琼夫妇年前搬到这里，府中处处井然，只园中这一处废院重门深锁，好不奇怪，叫来通晓掌故的老仆一问，那仆人吞吞吐吐、半遮半掩地说了，原来当年陈老太爷金屋藏娇，将一名外宅安置在此处，偶然叫陈老夫人撞破，将那女子生生逼得悬梁自尽，随后屋子里时常传出女子的抽噎声，陈家人便将这院子锁了起来。

鬼神之事房氏是半点也不信的，不过既然旁人都深信不疑，对这院子避之唯恐不及，于她倒是正中下怀。

主仆两人行至院外，房氏一眼看见挂在门上的锁已经不见了，低声道："哼，这就已经到了，瞧那猴急的样儿！"又扭头对身后的婢子吩咐："去请卫使君吧。"

说完自顾自一推门，生锈的门轴吱嘎一声响，她提起足尖迈过门槛，软底珠履悄无声息地落在青石板上，脚踝上的一串金铃发出细碎的声响。她半个身子刚进门，庭中闪出个人影来，急不可耐地拽着她胳膊将她拖了进去，随手把门一带，扣上门闩，粗暴地将她抵在门上，咬牙切齿道："你这妖孽！把我想死了！"

房氏咯咯笑着，软绵绵地推那人铁板似的胸膛："不想媳妇想阿娘，你这儿子真真奇怪。"

"你算哪门子阿娘！"男人粗嘎地笑了一声，去解她衣带。

"后娘就不算娘了么？"房氏嬉笑着乜他一眼，将半开的衣襟掩住，"蛮人和畜生才烝母报嫂，若是让咱们的云麓乡公主知道她要嫁的良人是个畜生，你说她会怎么想？"

陈二郎眼里闪过一丝犹疑，旋即大笑："做鬼都甘愿，畜生算什么！"

钟荟铆足了劲薅羊毛的时候，卫琇正在一水相隔的园子另一头与陈琼及一干陪客推杯换盏。

卫琇试探了一二，陈琼一味顾左右而言他，若不然就是拿些冠冕堂皇的套话搪塞。席间设了舞乐，乐姬是吴地来的，丝竹可称一时之选，即便在洛京也算难得了。

可惜阿毛不在，她是最精于此道的，吃喝玩乐似乎就没有她不精通的，卫琇如此一想，不禁有些晃神，嘴角微微弯起。

陈琼讲了个索然无味的俏皮话，引起满席捧场的假笑，只有卫刺史没笑。陈琼留意到他正对着快要见底的酒觞发怔，狠戾地对一旁侍酒的婢子斥道："使君的杯都空了，你这对眼睛生着也无用，不如剜了了事!”

那婢子正神游天外，借着近水楼台的机会偷眼欣赏享誉九州的卫郎，冷不丁听到主人斥责，吓得魂飞魄散，差点拿不住执壶，急忙去斟酒，可双手直哆嗦，倒将一半零陵清酒都洒在了卫琇衣袖上。

她倒有几分机灵，不待主人开口，先下跪告罪，偏巧这时又有婢子呈上一道八宝蟹肉羹，似是没留神她的动作，叫她手肘一撞，一个趔趄，手中银盘一倾，盘上的汤盅滑落到卫琇食案上，温热的汤汁泼得到处都是，卫琇衣襟上也溅到不少。

陈琼大惊失色，连连向卫琇道歉，将那两个婢子都叱骂一顿，命人拖下去打笞杖，又对身边一名青衣婢子吩咐道：“赶紧去伺候使君更衣。”

卫琇瞥了那低眉顺眼的婢子一眼，收回目光，好整以暇地看着陈太守做张做致，半晌才开口道：“小事而已，陈太守不必介怀。”说完站起身，整了整衣襟，向在座诸人道一声“失陪”，然后跟着那青衣婢子走出了宴厅。

刚走出庭院，迎面疾步走来一个白衣婢女，对着卫琇行了个礼，向那青衣婢子道：“夫人命你去西库里取两匣子零陵香送到三秋阁去。”

那青衣婢子抗议道：“郎君命我领贵客去更衣呢!”

白衣婢子怒目圆睁，语带威胁：“夫人叫你去你便去，郎君那头自有你的交代。怎么，难不成你连夫人之命都敢不听了?”

青衣婢子嚅了嚅嘴，敢怒不敢言，无可奈何地领了命离开了。

那白衣婢子转向卫琇，换了一副春风拂柳的柔顺嘴脸：“有劳尊驾随奴婢来，夫人已在等候了。”

这府中谁是话事之人一目了然。卫琇不置一词，点点头便跟着她往外走去。

两人朝着西南方向走，穿过一片桃林，人迹渐渐稀少起来，宴厅里的笙歌越来越远，穿梭往来的仆婢也渐渐踪迹难循。

“抱歉，劳使君走那么多路。”那白衣婢子指着园子西南隅一处不起眼的小院子道，“前头就到了。”

“无碍。”卫琇淡淡道了一声，越过她径直朝合上的院门走去。

这院子显然已经很久无人来过了，庭园中杂草丛生，廊庑台阶上遍布着灰尘和蛛网，几株兰花被荒草遮蔽了阳光，茎秆细弱，眼看着活不久了。

这房氏待客的地方倒是别出心裁。卫琇正要举步上前，突然听到内室中隐约传出断断续续的人声，夹杂着暧昧的喘息声，他皱了皱眉头，脚步一顿。

房氏时时刻刻留心着门外的风吹草动，卫琇推开院门时便有所察觉，陈二郎却耽溺于销魂滋味中，有人到了窗前都未发现。

“今日怎的心不在焉?”陈二郎抱怨道，“别是在惦记旁人吧?”

“你倒说说是哪个旁人呀？”房氏笑问。

“哼！还有哪个？”陈二郎冷笑道，“还不就是那姓卫的，料我不知道你那点歪心思！水性杨花的妖妇！”

房氏咯咯笑起来：“卫郎生得好，我肖想肖想怎的了？”

陈二郎见她大言不惭，心里越发怨愤，越要使出千般手段来叫她臣服：“生得好有什么用？中看不中用，生得好能这样……这样……叫你舒坦？”

房氏静静享受了一会儿，突然伸手打开面前的木窗。

卫琇听到动静，不由自主地循声望去，只见漆色斑驳的条条窗棂间现出一张艳丽的脸来，随着某种节奏颤动着。

房氏迷蒙着一双猫儿似的眼睛，咬了咬殷红的嘴唇，向他千娇百媚地一笑，然后伸出一根涂着鲜红蔻丹的纤纤玉指，慢慢放到唇间吮舔。

其中的意味不言而喻，卫琇微不可察地皱了皱眉，垂眸道：“既然夫人无暇相见，卫某改日再造访。”说完转身拂袖而去。

他的话音不高，房中两人却听得清楚分明。陈二郎身子一僵，浑身筛糠似的战栗起来，房氏不满地哼了一声，笑着娇嗔道：“瞧把你吓的，没用的软货！”说着回身将他一踹，随手从榻上捞起件罗衣往身上一裹，赤着双足追了出去。

“使君留步！”房氏未穿足衣，脚踝上的金铃没了束缚，往风里撒了一串欢快的叮铃声。

卫琇顿住脚步，转过身，面无表情地问道：“陈夫人有何见教？”

房氏的目光在他脸上逡巡了一会儿，有生以来头一回有点拿不准了，这位卫郎是真的不解风情，还是道貌岸然？以她多年来与无数男子周旋的经验，天底下没有不偷腥的猫，无论俊丑，到头来都是一副德行。

她很明白自己的优势，但凡男子遇到女子，尤其是有过肌肤之亲的美貌女子，难免心慈手软，戒备之心更是几近于无。她一个手无寸铁的弱女子与男儿拼杀，美色便是她的干将莫邪。

房氏难得被勾起了棋逢对手的战意，她本来也不过是见这新任刺史生得天人之姿，随手下点饵食，若他上钩，自然是两情相洽，也算为自己的图谋加一道保障，若他不上钩——岂有此理！情场就是她房红玉的战场，她从十四岁那年初出茅庐，至今还未失手过呢！

她不信这个邪，伸出玉臂虚虚地拢了拢凌乱松散的发髻，舔了舔嘴唇，慵懒地道：“抱歉，叫使君久等，儿女都是债，俗话说得真是没错。”

若是换了几年前不谙世事的那个卫十一郎，此时大约已经惊掉下巴了，这几年他见了不少形形色色的人和事，手上也握着洛京几个世家大族的阴私秘辛，这种事不能说司空见惯，可也不是绝无仅有，只是如此大言不惭的还真是平生仅见。

卫琇掀了掀眼皮，冷冷道："陈夫人大费周章请卫某前来原是为了倾授养儿之道。多谢夫人好意，恕卫某失陪了。"说罢便要拂袖离去。

房氏叫他那冷若冰霜、高高在上的模样勾得心痒，以退为进道："使君日理万机，贱妾岂敢以阃闱琐事污了使君视听，不过是……"

她说到此处停了停，尾音拖得婉转绵长："贱妾一介女流，不知以何取信于使君，只得将一条贱命呈上，留待使君裁决。"

她说得情真意切又低回婉转，若是换个头脑不太清楚的就飘飘然不知身在何方了，卫十一郎虽饮了三四觞零陵清酒，灵台仍很清明——神魂有钟阿毛镇守，什么魑魅魍魉都难以撼动他半分。

"夫人说笑了，陈夫人寿由天定，与卫某何涉。依我之见，夫人贤身贵体，龟龄鹤寿可期。"卫琇不去接她话茬。

这房氏刁滑得很，必是知道自己探过她的底细——她和继子苟且之事知道的人不多，可她的风流韵事一直没断过，有心人往青州城里随便一捞便是一箩筐安乐郡太守夫人的故事。

房氏胆大心细，最擅藏头露尾，耐得住等得起，连陈琼那老妒夫也捕捉不住风影，只能呷些疑神疑鬼的干醋而已。

她今日将卫琇约到此处，看起来是授之以柄，其实什么真凭实据也无，卫琇若将此事捅出去先不说能不能叫她喝一壶，自己就先惹得一身臊了，卫刺史的清名可比她的贞洁值钱多了，再说拿一个妇人的闺闱秘事做文章，卫十一郎还丢不起这个人。

风华正茂的陈夫人叫卫琇那一句"龟龄鹤寿"噎得不轻，难免想到自己年老色衰、鸡皮鹤发的模样，简直丧气，好不容易凝聚起来那一点氤氲气氛全叫他搅和了。

罢了罢了，房氏心道，本来也不是冲这个来的，倒是因那点争胜之心本末倒置了。

她将浑身上下的媚意一敛，拢了拢衣襟，把锁骨秀颈遮起，虽然仍旧谈不上多正经，可看着顺眼多了，卫琇的眉头略微舒展。

房氏将舌头捋捋直，微微偏头，睁圆眼睛，道："太守与妾对使君的忠心可昭日月，还望使君明鉴。"

这神情将阿毛使坏时的模样仿了个八九不离十，卫琇眉心一动，心里升起一股无名的怒意，冷冷道："拜夫人所赐，卫某和内子入青这一路倒是颇为跌宕，想必是夫人怕我们旅途乏味，特为解闷。有劳费心了，不过陈夫人这待客之道未免有些匪夷所思，若是我们夫妇命薄一些恐怕已经葬身鱼腹了。"

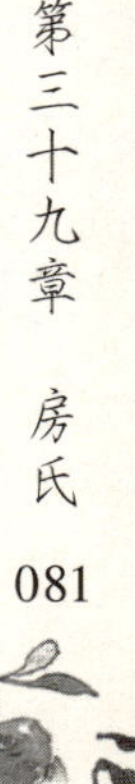

房氏心中不由得一哂，再怎么有能耐，到底还是年轻了些，经不起反复试探，原来那名卫夫人是他的软肋。姜氏确实是个我见犹怜的可人儿，只不过怎么看都还是个稚嫩生涩的小娘子，且聪明外露，不晓得藏锋，稍欠柔媚，真是白瞎了那副好皮相，若是这样的形貌给了她，还不知能做成多少事！

她小心翼翼地避开卫琇的逆鳞，轻笑两声："妾那点雕虫小技不过是班门弄斧、贻笑大方罢了，卫使君吉人天相，纵使滔天的风浪也能化险为夷。听闻使君初来乍到便降服为患一方的上千水匪，为朝廷立下大功劳，妾在此恭贺使君。"

卫琇心道难不成我自己命大没死成还得谢谢你？轻拂一下衣袖道："陈夫人有心了，可惜这是以讹传讹，不过几十流民罢了。卫某既任一方官长，修己安民、察其疾苦本就是分内事，有何功劳可言。"

倒是挺警觉，房氏窃笑，望了望那张俊俏的冷面："使君莫要妄自菲薄。"

卫琇对她的奉承不以为然，话锋一转："对了，说到黎庶的疾苦，卫某正好有一事求教，去年秋天青州蝗灾，陈太守上奏天子以闻，朝廷立即拨了钱粮赈灾，到眼下也有小半年了，何以青兖一带还有数千流民？"

"这些经世济国的大事使君还是与外子筹谋吧，妾一个妇道人家哪里懂这些事。"房氏惯爱用内宅夫人的身份当作挡箭牌，"妾只晓得打算家计而已。"

卫琇似早料到她会推诿，点点头："贵府家大业大，是得好好打算，不然一着不慎，满盘落索就可惜了。"

"久闻卫使君擅弈，妾于此道一无所知，还请不吝赐教。"房氏拨了拨鬓边的一绺散发道。

"卫某棋力不济，不敢忝为人师，不过依在下愚见，夫人此局与其说是弈棋，莫如说是樗蒲，掷出卢还是枭，全看运气和天意。夫人的运气卫某不好说，不过天意嘛，卫某还是略知一二的，夫人将全副身家压上，无异于燕巢幕上。"卫琇理了理衣襟，迂回了大半日，总算绕到了正题，襟前溅到的蟹羹都快干了。

"卫使君快人快语，妾也不同您兜圈子了。"房氏爽朗一笑，竟有几分林下之风，"天翻地覆之际，天意又能左右什么？使君年轻有为，风姿才干令妾折服，不过大厦将倾，使君凭一己之力能力挽狂澜吗？"

卫琇将她的话略一思量，听出了弦外之音："原来陈夫人的筹码下在了别的地方，不过若是夫人胜券在握，今日找卫某前来说这一番话岂不是多余？"

"卫使君真是一针见血。"房氏似乎发自肺腑地赞叹道，"不过既然是博戏，总有几分风险不是吗？陈氏与妾不过草芥飘萍，随波逐流罢了。"

卫琇冷冷道："陈夫人不必过谦，等闲风浪奈何不了贵府，不过手里捏着太多筹码，待巨浪滔天时反倒成了负累。"

要置身事外、明哲保身，还想把便宜占尽，世间哪有这样的好事？

“使君所言极是。”房氏柔媚一笑，“妾这不是正替自己找个明主当靠山吗？”

“他许诺你的条件，卫某未尝给不了。”卫琇只想把脏衣服换下，懒得理会她的戏言，单刀直入道。

房氏满含深意地看了他一眼，悠悠道：“那人许妾的，恐怕使君给不了。”

卫琇一时没明白过来：“夫人不妨说说看。”

“妾所求不多。”房氏走上前一步，仿佛突然之间叫人抽掉了一半骨头，带着三分哀怨七分柔情道，“使君能否许妾春风一度？”

她本来还打算用美色谋些便宜，不承想到了终了时反倒要拿便宜筹谋美色，说起来也怪吃亏的。

卫琇不料房氏说着正经事突然又转起那心思，简直气不打一处来，木着一张脸道：“卫某平生最忌旁人惦记内子的东西，我诚心与夫人为盟，若夫人一味以轻言相辱，卫某只能另谋他途。”

房氏心里像堵了块淤泥一样，世间男子都以当她入幕之宾为傲，怎么到卫刺史这里就成了侮辱了！

虽然房氏嘴上说得天花乱坠，但卫琇半句也不信，此人无利不起早，是个墙头草，若是自己露出些许败象，恐怕她第一个反咬一口啖他血肉。

不过此行也不算全无收获，好歹叫她将赈灾款吐了一小半出来，又把州郡兵收了回来——她必定是要做一番手脚的，也算聊胜于无了。

卫琇借地换了一身衣裳，回到宴厅时陈太守已经喝得醉眼迷蒙，陪客中干脆有人趴在案上呼呼大睡起来。卫琇心里厌烦，推说府中有事，又遣人去问夫人，钟荟早就不耐烦应付那些女子，正好房氏也回来了，赶紧起身告辞，去与卫琇会合。

夫妇俩登上牛车，行出陈府，总算能说上几句话了。

“怎么换了一身衣裳？”钟荟向来心大，换了往日还不一定能发现，这日难得机警。

“席间不小心洒了汤羹在衣襟上。”卫琇如实答道。

泼汤洒羹都是惯用伎俩，钟荟如何不知，一想到房氏回来的时机，柳眉一竖：“那姓房的找过你了？”她知道阿晏不会做什么，可一想到那搔首弄姿的妇人便浑身发毛。

卫琇心里坦荡，便把今日的来龙去脉报与夫人知晓。

钟荟听到房氏当卫琇的面私会继子一节已经火冒三丈，按捺着冲天的怒气听下去，那厚颜无耻的妇人竟开门见山地勾搭她夫君，半句也听不下去了，直接将他扑

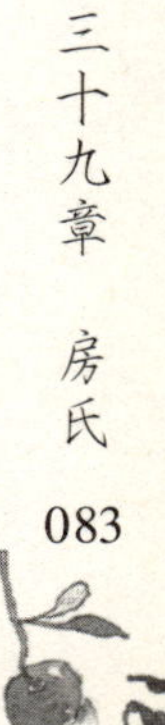

倒摁在车厢壁上，拿嘴堵了上去。

卫琇没想到她那么大反应，一时有些发蒙，回过神来钟荟已经解开了他的腰带。卫琇猜到她要做什么，不由得大吃一惊，压低声音道："我还未曾沐浴。"

"早上出门前才洗过。"钟荟不以为然道。

"回家只有两条街，很快便到了。"卫琇一边说一边努力把她往下扒拉。

钟荟一撩车帷，探出头对舆人道："阿田，绕着临淄城转一圈！"

"车厢狭窄，会硌疼你的。"卫琇坐起身劝道。

"哪来那么多话！"钟荟跨坐在卫琇腿上，将他再次往厢壁上一推，"我不管，现在就敦了你！"

第四十章 齐王妃

钟荟尝到了甜头，一鼓作气又设了两场花宴，下帖子将全青州有头有脸的贵妇名媛请到府上，光明正大地薅了一把又一把。

短短几日，刺史夫人穷凶极恶的名头便在青州世家女眷中间不胫而走。她们嘴上不说，却都心照不宣，这姜氏祖上不愧是穷家小户出身，吃相未免也太难看了，不免又叹惋卫使君出身华胄，却在娶妻一事上犯了糊涂，栽了个大跟头。

不过腹诽归腹诽，说到底也是一个愿打一个愿挨，卫刺史新官上任，有的是上赶着巴结又苦于没有门路的，卫夫人大肆敛财，虽说吃相有点不好看，但是此举倒省却了许多人的麻烦，甚是体贴周到。

至于赈济灾民，谁都没当真——刺史府外支起的粥棚不过是做做样子罢了，难不成还有人来查刺史夫人的账目？

等到一石石的粮食抬进卫府时，有些人开始回过味来了，这位新刺史与贪财好贿、中饱私囊的前任不同，若不是年轻气盛不知天高地厚，便是所图不小。

卫琇和钟荟不管旁人怎么揣测，手上有了钱，便开始紧锣密鼓地采购米粮。

前一年青齐屡遭天灾，官仓中本就没有多少存粮，蝗灾那会儿就告罄了，几大米商联手坐地起价，将粮价翻了一番有余。

陶谟虽贪鄙，倒也不全然是尸位素餐之辈，裴霄将他放在这个位子上，也是希图他能有所作为。只是那些大商贾背后不是世家便是王侯，利益盘根错节，牵一发而动全身，实在不是他办得动的。

陶谟持节都督青州，得杀无官位之人，再三斟酌后决定杀鸡儆猴，拿一个后台不那么硬的小米商开了刀，不料却引火烧身，直接叫人把他私吞赈灾款和贪赃纳贿的证据捅到了天子眼前。

有了陶谟的前车之鉴，钟荟也不与这些米商抬杠，随行就市地购入数百石以解燃眉之急，同时私下命部曲前往吴兴、会稽一带采买米粮，以舟船运至青州。上一年青兖歉收，江南却未曾逢灾。

数百石贵价陈米陆续煮成稠粥施给了灾民，江南的米粮也到了东莱港口，第一批便有十来艘大海船靠岸，卫府数百名部曲私卫齐齐上阵，指挥着船工将粮食卸下。第二日这批来自江南的稻米一部分出现在刺史府门口的粥棚，一部分流入了牛马市的一家新米铺。这铺子门面窄小，位置偏僻，十分不起眼，可瞎子都看得出来东家是谁。舂熟早稻要价比那些个陈米烂谷还低三成，不出半个时辰，闻讯赶来的临淄百姓便将铺子堵了个水泄不通。

城中最大粮商背后的靠山便是陈氏，如今陈家与刺史府勉强算盟友，遂按兵不动，刘、张这两个当地望姓却坐不住了，延挨了三五日，终于还是相约往刺史府兴师问罪。

卫琇以公务在身为由把他们在门外晾了足足一个时辰，这才请到外院厅事里，又让他们等了两炷香的时间，方才施施然现身。

刘全之和张隆这对出头鸟在来时的马车上大逆不道的话说了一箩筐，可当着卫使君的面却不敢造次，带着几分献媚讨好向他规规矩矩地行礼。

卫琇只是微微颔首，也不同两人寒暄，冷淡地瞥了他们一眼便径直走到上首坐了下来，命下人端了碗参汤来，旁若无人地饮了两口润了润喉，这才挑了挑眉，道："叫两位久等了，不知两位造访寒舍所为何事？"

刘全之和张隆都以眼神示意对方先开口，最后还是张隆败下阵来，硬着头皮作了个揖道："卫使君，仆等并非有意前来叨扰，无奈近日有一商贾贱价售粮，扰乱了米价。仆等唯恐有谷贱伤农之虞，故来报与使君知晓。"

"竟有这样的事？"卫琇蹙着眉道，"敢问是哪一间铺子？"

这还装呢，刘全之向张隆使了个眼色。

张隆不敢把话说得太过，斟酌着道："回禀使君，乃是西市东北角的一家小铺子，东家姓羊，是前日才开的……"

他话才说到一半，卫琇便笑着截断了话头，挥挥手道："我当是哪家，不瞒两位，那铺子是内子闹着玩的，不过区区几石米罢了，两位不必介怀。"

刘、张二人心道，几石卖空了再从后门抬几石进去，这几日都不知卖了几百石了，他们家的米铺里一粒米也没卖出去过。

张隆叫他这么一堵，一时不知该如何接茬，刘全之心里骂了句废物，自己上前深深一揖道："既是尊夫人的消遣，本不容仆等置喙，只是夫人大约不知本州年成不佳，定价实是有些随心。去岁蝗灾官府往各家粮商征粮赈济——虽说是分内之事，不过眼下入不敷出也是实情，恳请使君同夫人说说……”

卫琇沉吟片刻，以手指敲敲身前几案，叫来书僮吩咐道：“阿慵，你找人去请娘子示下，问问她能否看我的薄面，将铺子里的米价抬高一成。”

说罢回头向刘、张二人微微一笑，似乎有些不好意思：“叫两位见笑了。”

张隆一听只加一成，当即有话要说，即便卫家的米铺抬价一成，仍旧比别家贱了两成，且又是当年新米，他们囤的陈米要往外卖，至少得折掉两成半，生生剜下那么大块肉，如何能不痛？

刘全之却比他明白许多，这姓卫的摆明车马要以势压人，叫他们把吃下去的吐出来，他能留点余地、退上一步已是万幸了，他们难不成还能杀了刺史——倒也不是全无可能，只是陈氏显然不肯挑这个头，为了这点钱财谋害州牧实在不值得。

他赶紧伸腿踩了张隆一脚，觍颜道：“蛮妻幼子，任谁也奈何不得，仆也是深有体会。”

卫琇不置一词，似笑非笑地扫他一眼，突然敛起嘴角的笑意，垂眸专心致志地饮他的参汤。

刘全之不知自己的奉承怎么得罪了这小祖宗，不敢再说话，眼观鼻鼻观心，噤若寒蝉地杵在当地。

不一会儿阿慵迈着小步折返回来。

阿慵看了那两人一眼，道：“回禀郎君，娘子说了：‘不是我要当着外人的面下您的脸面。我虽是闲来无事闹着玩，却也不能朝令夕改、坐地起价，叫青州城的百姓骂我唯利是图也就罢了，若是累及郎君的官声岂不是我的大罪过？’”

卫琇默然半晌，似是十分动容，良久方道：“娘子事事替我着想，我也不能辜负于她，不过二位之言也很是在理。不如这样，那一分利便由卫某来出。”

刘全之瞪大了眼睛，花白的山羊胡一翘，赶紧道：“万万不可！万万不可！这如何使得！”

张隆也连连附和。

“两位不必同卫某见外，虽说内子无心，可说起来也是与民争利，惭愧惭愧。”卫琇话是这么说，面上却没有半点惭色。

刘、张二人诚惶诚恐地客套一番，告辞出来。张隆一登车便把着刘同之的胳膊迫不及待地问道：“姊夫，你说这姓卫的小儿说的话是当真的吗？”

刘同之简直服了这一脑壳水的小舅子，没好气道：“真！怎么不真！到时候你拿着账册去问他讨啊！”

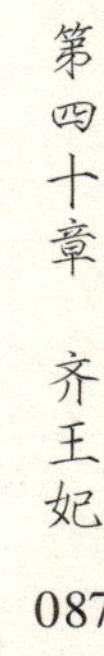

临淄城中的粮商熬了十来日，咬着牙不降价，只盼着卫家从江南运来的那十船米售罄，可惜不等第一批粮卖空，第二批船又出现在了东莱郡海岸。这卫刺史是铁了心要剐下他们一块肉来，可他偏又掐着分寸，叫你肉痛，又没痛到孤注一掷、揭竿而起的地步。

当地四大望族一向是以陈氏为首，刘、高、张几家去陈家游说了几回，撺掇陈琼拿出点魄力，给那卫氏小子一点颜色瞧瞧，陈琼却总是闪烁其词、百般推诿。一来二去那三家知道陈家无意与卫琇为敌，只得暂且咽下这口气，将粮价降了下来。

卫琇一边压低米价安置流民，一边屯田练兵，两旬之后，陈琼在房氏的授意之下将州郡兵权交接给卫琇，果不其然动了一番手脚。

青州兵素以悍勇无匹闻名天下，点兵之日，卫十一郎眼前的军队却是军容不整、萎靡不振——即便如此还缺员数百。

卫琇早有所料，也谈不上失望，他令一些显然失去战斗力的老弱残兵归田，在青州全境重新招募青壮武勇。前阵子钟荟倒卖粮食赚了不少钱帛，卫刺史不差钱，军饷给得比别处丰厚，不少游荡到外州的乞活民动了心，携老扶幼地来投奔，卫琇便将他们编入军户，分予田亩，以贝丘一带的卫家田庄为中心屯田，一直延伸到乐安沿海。

卫琇忙着练兵，每日天未亮便骑马出府，回来时总是披星戴月，钟荟心疼他在军营和刺史府之间来回辛苦奔波，劝他干脆宿在营中。卫琇嘴上应承，第二日依然如故，钟荟无可奈何，只得每日琢磨些吃食汤羹给他补身。

到了六月初，有人终于按捺不住了。

钟荟从卫琇手中接过齐王府的柬帖，银光纸上不过寥寥数语，她翻来覆去看了又看，仿佛要用目光生生将那字里行间的每一滴阴谋诡计都绞出来。

卫琇见她这如临大敌的模样，不由得一笑，将她手中的柬帖抽了出来，揽了揽她的肩头宽慰道："齐王妃是我堂姑母，她做寿，我于情于理是要去恭贺的。"

"我同你一起去，说起来咱们到青州这么久了也没去拜见过她，实在是有些失礼。"钟荟仍旧蹙着双眉，"你到临淄后弄出那么大动静，齐王一直按兵不动，如今有了堂姑母寿辰做由头才顺理成章地请你去，可见是个沉得住气的人。"

"娘子放心，他即便要发难也不会选在这个时候，这回多半只是先探探底罢了，我会多加小心的。天气热，你又向来懒怠出门，我一个人前去便是了。"

若真如他说的那般笃定，又如何会反复劝她不要去？钟荟说一不二："说了同你一块儿去，你的堂姑母也是我的堂姑母，无论如何也该去请个安的，何况是过寿？"

卫琇拗不过她，只得应允，用指腹轻轻抚了抚她的眉心道："再蹙着眉该皱出纹路来了。”

钟荟警觉地瞟了他一眼：“莫非皱出纹路你就嫌弃我了?”

自打上次陈府一事，阿毛就同以前有些不一样了，卫琇也说不上来是好是坏，一边担心她置气，一边又因祸得福地受用了几回，此时也是哭笑不得，忙不迭道：“如何会嫌弃，你就是一脸褶子我也喜欢。”

他说得极认真，这话听着很是顺耳，钟荟心里甜丝丝的，嘴上还要挤对一二：“待我一脸褶子的时候你也好不到哪里去，你还比我老几岁呢，卫阿晏。”

“娘子所言极是，届时娘子不嫌弃区区便是大恩大德了。”卫琇说着笑起来，将她一把搂了过去。

钟荟以为他居心不良，可他只是老老实实地把她抱在怀里，两人在榻上半坐半躺静静地依偎了一会儿，披散的长发不分彼此地纠缠在一起，不免就想起有朝一日两人鹤发鸡皮、垂垂老矣的模样，尚未经历的年华水一般从他们身旁流过，转睫之间似乎一辈子已经过去，两人都有些怅惘。

卫琇低下头，眉目在光晕里显得越发柔和，他用下颏温柔地抵了抵钟荟的肩头，似乎有满腹的话要倾诉，却不知从何说起，最后只是低低在她耳边唤了声“阿毛”。

齐王府在东安平，去临淄城不过二三十里。

寿宴当日一早，卫琇和钟荟便同乘一辆画轮通幰牛车出了门。

这些时日卫琇一直早出晚归，钟荟又忙着粥棚和米粮的事，算起来两人上次共乘一车还是去陈家赴宴的时候。

钟荟一登车便想起了上次归家途中自己的荒唐行径，脸先红到了耳朵根，偷觑卫琇一眼，见他果然憋着笑，不由得恼了：“你笑什么！不许笑!”

卫琇立即肃容正襟危坐，这要是把她惹得羞恼了，下回哪里还有这样的好事?

一进齐王府，钟荟便知道为何在青齐一带百姓只知有齐王不知刺史、郡守为何人了。

她自问见过几回世面，可齐王的排场仍旧叫她一震，相较之下，卫琇这刺史简直可以说寒碜。

齐王府虽名“府”，却俨然是一座小城池，窈窕连亘、层台累榭自不必说。入了大门是一条可供数车并驰的宽阔大道，两旁墙垣高耸，越过高墙隐约可见长松巨木间露出的飞檐翘角。

钟荟心里一动，常山长公主在钟荟眼中可算是穷奢极侈的大手笔了，可也还是往屋宇的工巧和华丽上做文章，府邸的格局大致上与旁的王孙宗室相差无几，这齐王府的布局却不似大家宅邸，让人不自觉地想起皇城来。

宴会设在后花园中，钟荟和卫琇进了内门，下了牛车，换乘齐王府的朱漆辇车，一路不知七拐八弯地经过多少富丽堂皇的宅院。

钟荟不免叹为观止："若是钟蔚误入此地，恐怕一个月都摸不出去。"

她无所顾忌地东张西望，一有感想便与卫琇窃窃私语，反正她是个没见识的屠户女，即便与夫君交头接耳，王府的下人也不会大惊小怪，随行迎客的仆人果然视若无睹，只是眼中闪过一丝轻蔑。

一入花园，钟荟更是吃了一惊，忍不住抓住卫琇的衣袖，凑到他耳边低声问道："东安平有山么？缘何我读的方志和舆图上都未提到过？"

"据我所知，这一带确无山脉。"卫琇也有些诧异，不过因他冷峻惯了，显得比钟荟镇定许多。

这么说来八成是人工堆砌出来的了，钟荟倒抽了一口冷气，在平地上叠石堆土，构成数百仞高的山丘，绵延起伏之势宛若天成，可想而知耗费了多少人力物力。

不一时辇车行至湖边，只见开阔的水面烟波浩渺，湖畔大片的蒹葭中不时有水鸟飞起，在空中划出曼丽的弧线。

"想来这湖也是人工开凿的了。"钟荟感叹道，如此不计成本的筑山穿池，大约只有皇家苑囿可以与之媲美了。

"这齐王殿下似乎格外偏爱黄色呢。"钟荟凑过头去，附在卫琇耳边轻声道。

非但辇车的帷幔是明黄，沿途馆阁的垂帷也多是各种深深浅浅的黄，就连庭台和水边的纱帐也用了鹅黄色。

卫琇点点头，转过脸咬着她的耳朵回了一个字："土。"

钟荟不由得恍然大悟，本朝为水德，而土克水，齐王如此明目张胆地尚黄，简直是把不臣之心昭告天下。

她后背升起一股凉意，她早知齐王蠢蠢欲动，却不知已经到了如此剑拔弩张的地步，齐王若要兴兵，只怕第一个就要拿刺史祭旗。

钟荟并不知道齐王的势力有多大，按理说王国兵只有五千，可齐王兵力肯定远超这个数，卫琇怕她忧心总是轻描淡写，钟荟先前暗暗揣测，齐王数代经营，三五万精兵是有的，看这眼下的光景恐怕远不止这个数了。

也难怪这几个月齐王敢放任他们大肆募兵屯田，战事一起，卫琇那点歪瓜裂枣的州郡兵无疑是螳臂当车，司徒钧这货根本就是把他们扔进了狼窝！

辇车行至池畔的芳春琴堂前停了下来，一名王府侍女迎到车前，躬身行了一礼道："王妃请卫使君和夫人入内叙话。"她偷觑一眼车中之人，当即目瞪口呆，险些失礼。

早听说这位刺史生得俊美，如今一见，单"俊美"两个字哪里能够尽述他的姿容仪态！这位卫使君的装束与王府里的几个小郎君差不多，同样是头戴玉冠，褒衣博带，可就是平白让人觉得，每道衣褶子里都透出倜傥风流来，至于眉眼面容，她只匆匆扫了一眼就差点丢了魂，哪里敢去看第二眼！

钟荟如何看不见那小侍女的神情，不过她是一只很明事理的醋坛子，呷醋也分对象，当下只是促狭地朝阿晏挤挤眼，拿帕子掩了口轻轻咳了两声。

那侍女这才回过神来，上前搀扶刺史夫人。卫琇摆摆手，道一声："我来。"自己先下了车，接着伸手让夫人扶着他的胳膊落到地上，轻轻抚了抚她的腰，夫人则回眸向他一笑，两人之间的默契像一堵墙，将不相干的人都隔在了外头。

侍女猝不及防地看到这一幕，顿时心肝乱颤，不自觉地捂了捂心口，不敢再多看，将两人领到堂中，通禀一声便退了出去，迫不及待地一溜烟跑到后院。

廊庑下早围了一堆等消息的小姊妹，一见她便叽叽喳喳道："阿芹，瞧见了么？那使君果真生得那样好？快同咱们说说！"

"哎哟，我的乖乖！"那名叫作阿芹的侍女仿佛惊魂未定，"这可真是，我长那么大就没见过那么好看的人！"阿芹大字不识一个，不知道怎么描述，翻来覆去也只说得出一个"好看"。

其他侍女纷纷露出遗憾又艳羡的神情。阿芹心中得意，卫十一郎之名如雷贯耳，得知他要来王府贺寿，她们这些奴婢也是群情鼎沸，天可怜见她为了争这亲眼一睹卫郎风采的差事费了多少心机和钱财！

突然，另一名侍女问道："难不成比那南阳寺的俊俏盲禅师还好看？"

阿芹夸大其词道："比那禅师好看一百一千倍！只怕仙人下凡也没卫使君好看！"

又有人问道："使君生得那样好看，做他娘子得多泄气哪，只怕连镜子都不敢照啦……"

"呵！"阿芹翻了个白眼，"你生得跟个炭条似的才这么想，使君夫人可是个顶顶好看的大美人儿！穿的衣裳戴的首饰都是咱们这地方没见过的款儿。你们是不晓得，使君看夫人那眼神，啧！就像天底下只有她一个人似的！"

"那比咱们府上三娘子呢？还有陈郡守夫人呢？"方才被称作炭条的深肤色侍女有些不服气。

阿芹想了想不能明着说主人家不如外人，只道："比郡守夫人还好看许多哪，且看着像是个正经人。"

这么说当然是在暗示郡守夫人不正经了，众人都心知肚明地哧哧轻笑起来，那郡守夫人见天儿地往王府跑，女眷跟前略露个脸，不是去园子里便是去外院，总不见得是来找郎君和小郎君议事的吧？齐王府的下人中早就传得沸沸扬扬了，只不过没人敢明着非议主人罢了。

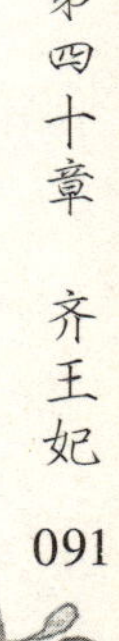

只有那炭条侍女不以为然："郡守夫人好歹是正经世家娘子，庶的那也是世家，听说使君夫人家里不过是宰猪的……"

寿宴开席还早，芳春琴堂距宴席所在的紫阁只有几步路，齐王妃和一众女眷便在此暂歇。

卫琇一个外男要避嫌，齐王妃便将他们夫妇俩请到外间厅事中相见。

芳春琴堂靠近湖畔，庭院中种了几丛秀雅的楠竹，此外再无旁的花草，在盛夏骄阳中翠色欲流，看着便觉沁凉。

守门的侍女胆子小，不敢明着去瞟卫使君，屈膝行了礼，撩起黄水晶帘子。

屋子里搁着冰山祛暑，钟荟一走进去便觉寒气袭人，忍不住打了个哆嗦。她畏暑，只着了一身单薄的蜀州春罗衣裳，外披轻若无物的雾縠纱衣，在外头犹嫌热，一进室内却仿佛坠入冰窖。

齐王妃端坐在上首独榻上，身边五六个侍女垂手而立，此外还有个面相有些刻薄的老嬷嬷。王妃一见两人进屋便将手中的夏季风物绘扇搁在身旁的金丝象牙簟席上，优雅地站起身迎了上来。

卫琇和钟荟向她行大礼："见过堂姑母。"

齐王妃将卫琇端详了一会儿，噙着泪嗔怪道："你这孩子，到青州这么些日子也不知道来看堂姑母。上回见你还没有这灯台高，一转眼都成家了，长成这么个芝兰玉树的模样，有堂叔年轻时的风姿……"

提起卫昭，免不了想起卫氏一族的悲惨下场，齐王妃黯然地落了一回泪，一旁的嬷嬷上前开解道："今日是王妃的好日子，莫要再伤怀了，一会儿小郎君小娘子们见了也担心。"

钟荟纳闷地瞥了那老嬷嬷一眼，一个下人在主人同客人谈话时插嘴已经很没规矩了，何况此人脸上没有丝毫谦卑之色，看这嬷嬷的年纪像是齐王妃的乳母，然而两人之间并没有多年相处的亲昵，那嬷嬷神情语气中透着敷衍和不耐，齐王妃待她也是冷冷淡淡的。

齐王妃闻言只是眼神闪了闪，面上看不出丝毫端倪，接过那嬷嬷递过来的帕子拭了拭泪，和颜悦色地向钟荟伸出手："这就是阿姜吧，快过来给堂姑母瞧瞧。"

钟荟依言走上前去。

齐王妃拉住她的手，觉出她手指冰凉，赶紧吩咐身旁侍女道："快去取件披风来，看把这孩子冻的，是我疏忽了。"

钟荟赶紧道了谢，落落大方地与她叙了几句温凉。

齐王妃心里对卫十一郎结的这门亲事颇有微词，卫氏阖族凋零，只剩下十一郎一人，理当找个强有力的岳家帮扶，姜家的权势富贵一靠宠妃，二靠边将，都是朝不保夕、难以倚仗的，若问她私心，自然是希望卫琇与钟氏、韦氏这样的家族联姻。

此时她见钟荟应对得体，态度端庄，不像小门小户养出的小娘子，倒比世家女还像世家女，心下不禁有些诧异。她第一眼只觉这姜家娘子容貌生得格外出众，此时才开始拿正眼瞧她。

与此同时，钟荟也在不动声色地打量这位堂姑母。齐王妃已年过四十，不过看起来好似三十许人。她生就一副卫家人的好相貌，可以想见年轻时是何等风华。

今日做寿，齐王妃特地着了一身红衣，戴了赤金嵌宝的簪钗和璎珞，可如此隆重的打扮丝毫无损她卫家人特有的骨清神隽。比起这个年纪的一般妇人，她的身形要消瘦纤长一些，不过面容和姿态都看不出一丝老相。

齐王妃是钟荟上辈子见惯了的那种世家妇人，慈眉善目，未语先带三分笑，同个杂役说话也是和和气气的，令人如沐春风，不过若你因此觉得她性子软和那就大错特错了，这样的女子外柔内刚，有城府，有自己的主意，她与你言笑晏晏未必是心里真的有多喜欢你。

“这孩子生得真是好，我一见就喜欢得紧。”齐王妃轻轻拍着钟荟的手背，一边说一边向身边的侍女示意。那侍女欠了欠身退到偏室中，不一会儿端了个龙牙卷草纹八角金盘来，盘上托着一对七宝池碧玉佩，玉质温润，色泽明丽，更难得的是罕见的雕工，宝池中莲叶田田，叶上一只蟾蜍作腾跃之势，栩栩如生。

钟荟最喜欢这些充满天然趣致的物件，露出恰到好处的惊喜，谢过齐王妃收了下来。

他们此次来贺寿，自然也不会空手而来，钟荟准备了一张长长的寿礼单子，除了一些充数的器玩摆件和药材，还不乏几样千里迢迢从洛京带来的好东西，其中最稀罕的莫过于一本千年灵芝和一架十六扇云母屏风。

夫妇俩陪着齐王妃聊了聊洛京那些故旧的现状，其实也没什么好聊的，当年四大世家如今只剩下钟、裴两家，齐王妃当年的手帕交不是在杨氏谋逆案中丧生便是流放边关，且齐王妃大约从什么地方得知了裴氏的所作所为，绝口不提裴家人，几人都小心翼翼地避开旧伤疤，实在没有多少话题可聊。

这时有下人在门口禀道：“郎君有请卫使君。”

齐王妃眯起眼睛望了望几案上的莲花漏刻，抱歉地笑了笑，道：“瞧我，一高兴尽拉着你们唠叨，连时辰都忘了。”

卫琇起身行礼：“侄子先告退，改日再来看望堂姑母。”

又对钟荟道：“我去拜见殿下，若有什么事可以差人来寻我。”

齐王妃见他如此着紧妻子，掩口笑起来：“阿姜在姑母这里，你还有什么不放

心的？”

一边说一边起身相送到门口，又道：“好不容易来了青州，时常来陪姑母说说话儿。今日事多，你的两个姊姊在后头待客不便相见，下回家里人聚一聚。”

卫琇再三保证：“侄子一定常来叨扰。”

齐王妃又反复叮咛：“切莫食言。”

齐王妃依依不舍地目送他出了门，这才回身挽起钟荟的胳膊道：“不瞒你说，阿晏在信中夸你聪慧绝伦，我还有些难以置信，如今一见才知你果然是个秀外慧中、才貌双全的好孩子。”

钟荟不知卫琇竟然在书信中说这些，红着脸道：“堂姑母过奖了，郎君是夸大其词。”

齐王妃又道：“听闻你有过目成诵之能，若是画呢？看两眼能依原样描出来么？”一边说一边走到案前拿起绘扇。

钟荟不知道她这没头没脑的话从何说起，想了想犹豫道：“大约可以一试。”

齐王妃展开绘扇摇了摇，笑着道：“不一会儿便开宴了，阿姜随我去见见姊妹们和别家的夫人娘子吧。”

两人穿过过厅和庭院，沿着廊庑走到内院厅室中。

屋里燃了淡淡的青木香，随处点缀着菖蒲、石榴和栀子等夏日花卉。

十来个华服女子三三两两或坐或站，有一搭没一搭地聊着天，见了来人纷纷抬起头或是转过脸。钟荟略扫了一眼，把那些或玩味或戒备的目光尽收眼底，毫不意外地在人群中发现了一个熟人。

房氏入乡随俗地着了一身浅黄绣玉兰花纱衣、藤黄色织金罗裙，按说这样的颜色肤色白皙的人穿了才好看，可衬着她蜜色的肌肤竟也有一种异乎寻常的美，不费吹灰之力便成了人群中最醒目的一个，叫人挪不开眼睛。

房氏笑盈盈地望着她，仿佛将觊觎她夫君的事忘了个一干二净，钟荟心中块垒难消，微微抬起下颏，面无表情地看了她一眼，然后不屑地移开了视线。

房氏不以为忤，笑意反而越发深了。

齐王妃将两个姿容出众、气质高华的年轻女郎揽到身前，年长那位约莫二十五六，宽大的衣袍也遮不住高高隆起的腹部，显是即将临盆了，年幼的大约二十岁上下，也作了妇人装扮，两人眉目都与王妃很相似，尤其是年长的那位，简直像是直接照着画像拓下来的。

齐王妃膝下没有儿子，生了三位乡公主，二女三岁时夭折了。钟荟猜到她们的身份，笑道：“这两位定是大表姊和三表姊了。”

“正是我那一双不成器的女儿。”齐王妃笑着道，又替钟荟引见齐王的侧妃刘氏和高氏。两位侧妃都来自青州当地世族，刘氏生得五大三粗，有些男相，高氏却比一般青州女子瘦小些，五官柔和秀丽。

两位侧妃各有见面礼赏赐，刘氏赏了一对五色纹玉环，高氏则赏了一对同心七宝钗。高氏正是齐王第三子司徒迅和云麓乡公主的生母，钟荟不免多看了两眼。

“这是大郎媳妇，二郎媳妇，四娘，六娘，七娘……五娘前日贪凉染了风寒，在自己院里歇着。”齐王妃顿了顿，给钟荟一个意味深长的眼神，“这是三郎媳妇阿崔，阿房你大约已经见过了……”

钟荟留意了一下司徒迅的妻室崔氏，那女子生着一张窄而尖的白皙脸庞，细眉细眼，眼角微微往下撇，显得很无辜。

齐王妃接着将其他几位郡守和王国卿相的夫人一一介绍给她。

钟荟与流辈序了年齿，寒暄了几句，出于礼节关心了一下齐王妃长女金南乡公主的身孕。齐王妃本来在一旁听着，偶尔叮嘱些饮食起居上的忌讳，突然话锋一转，对着钟荟问道：“阿姜打算何时为我卫家添个宁馨儿?”

齐王妃此言一出，屋子里嗡嗡的低语声顿时停了下来，金南乡公主见卫夫人一脸尴尬难堪，赶紧解围道：“阿娘说什么呢！阿妹年纪还小，太早生产容易亏了身子，孩子总会有的，不急在一时。”

其他人也纷纷劝道：“此事急不得，日夜盼着他不来，一旦撂下不去想了，说不定转头就有了。”

“阿姜年纪小，你表弟却不小了，同他差不多年岁的郎君都已经做了阿爷了。”齐王妃说着说着，口吻有些生硬起来。

钟荟委屈地低下头，拿出帕子掖掖眼睛，再抬头时已经泪盈于睫。

齐王妃见她这模样，叹了口气缓颊道：“好孩子，你莫怪姑母多事，十一郎的母亲和姑母们不在了，我是把他当自家孩子看待的……我也是打年轻时过来的，如何不知道你们的心思？只是十一郎不比别个……”

她有句话没说出口，在场众人却都心知肚明——卫氏的香火全靠卫十一郎一人传下去。

“阿姜啊，算姑母为了卫氏求你了。”齐王妃说着说着也是热泪盈眶，“你是个好孩子，姑母知你不是个善妒的，多半是怕屋里人淘气，姑母这里有可靠的人替你分忧，都是打小调教出来的，绝不会惹是生非。”

齐王妃此话一出，屋里一时间鸦雀无声，庭院中槐树上的夏蝉鸣声清晰可闻。

两位乡公主一脸羞窘，面面相觑，都不知该怎么把这场面圆过去。

“我……”钟荟难以置信地抬起头，嘴唇嗫动着，却说不出一句完整的话，一双杏眼睁得溜圆，泪水在眼眶里打转，将落未落，那可怜巴巴的模样就是铁石心肠的

人见了也要心生怜惜。

齐王妃的这副心肝大约不是人间之物，佳人梨花带雨，她也只当全未看见，兀自对着身边那位寸步不离的老嬷嬷道："嬷嬷去把她们带过来吧。"

又转头对钟荟道："阿姜莫忧心，姑母给你挑的人你尽可以放心，若是胆敢淘气，要打要杀要卖都在你的手里，姑母绝不置喙。"

今日几乎整个青州有头有脸的女眷都集于一堂，齐王妃当着众人的面如此说，若是卫夫人真拿那女子如何，不等于坐实了她善妒么？

钟荟腾地站起身，委屈道："堂姑母，您的好意侄媳心领了，这赏赐太重了，请恕侄媳不敢领。"说着说着眼眶又红了起来，拿帕子拭了拭，眼泪却越来越多，毫无预兆地滚下两串来。

隔岸观火的女眷们对这棒槌似的屠户女都有些佩服，她们大多出身世家，这类事司空见惯，难免感同身受，设身处地一想，换了自己大约是不敢这么抗言直辩的。

她们又不免在心里暗笑她傻，又不是五六岁的稚童，眼里这么揉不得沙子，难道就不能变通一下，先顺着长辈的意收下来，即便入了郎君的眼，也不过三五日的兴头，过了之后还不是当主母的说了算？心慈些的往偏院里一锁，好吃好喝地待着，若是狠得下心，报个病死也是易如反掌，何苦为这点小事拂逆了夫君的长辈亲眷？

齐王妃完全没料到钟荟会单刀直入地驳自己脸面，气得嘴唇发抖，半晌才道："好！好！十一郎真是给卫氏寻了个好冢妇！"

这话说得很重了，南金乡公主如坐针毡，随即生出了疑窦，阿娘出身卫氏，自小受的教养与兄弟们没有差别，眼界与一般内宅妇人不可同日而语，旁人兴许不清楚，她们姊妹和长兄从小由她亲自教导，最是了解她的心胸器局——她从小要他们务必将目光放远，免得囿于后宅的方寸天地。那些手段在她眼中根本不值一哂，即便担心卫氏的香火，何至于明着往堂侄房里塞人？

南金乡公主神色复杂地望了望母亲，心中的不安越发强烈，母亲近来突然一反常态，与她们姊妹在一块儿时都常发些不经癫狂之语，与她的秉性相去甚远。

她回想了一会儿，这种情况依稀是从卫家出事那段时日开始的，随后便是她阿娘的乳母坠车而亡，主仆两人情谊深厚，她阿娘接二连三地受打击，先是彻夜难眠，接着便性情大变，若不是哀毁过度，便是……而她阿爷似乎就是在那时遣了乳母张氏前来伺候。

那些本来看着并无不妥的寻常事一旦串在一起，桩桩件件都透着古怪，南金乡公主有孕在身，本就禁不住多思，这些事又关乎她父母，做女儿的夹在中间只觉茫然无措——若阿爷真的对阿娘做了什么，她又待如何？

南金乡公主疲累地捏了捏额角，酷似王妃的纤眉紧紧蹙了起来，低低叫了声：

"阿娘……"旁的话还来不及说，齐王妃便转头狠狠地瞪了她一眼。

说话间张嬷嬷已经折返了，身后跟着几个垂眉敛目的年轻女子，个个生得花容月貌，身着一模一样的青色纱衣。

钟荟眼泪还挂在脸上，往那些女子身上扫了一眼，兜着袖子傲然立着，脊背挺得笔直，冷冷一笑道："堂姑母心疼侄儿和侄媳，我们夫妇感激不尽，不过这份情谊咱们实是消受不起！"

张嬷嬷闻言暗暗垂下头，眼里闪过一丝莫名的笑意。

齐王妃气得脸色铁青，一拍几案便要站起身，起到一半却突然按住额头软倒下去，一旁的侍女眼明手快地将她扶住，几个女儿媳妇急忙围拢上去，一时间掐人中的，寻丸药的，张罗叫大夫的，禀报郎君的，乱成了一锅粥，一众看戏不怕台高的客人也不得不或真心或假意地上前关切询问。

齐王妃气息奄奄，脸色青白，由侍女扶着靠凭几坐下，颤抖着手从袖子里掏出个小匣子，三女儿饶丰乡公主熟练地打开，倒出数颗小指甲盖大小的丸药，侍候王妃服了下去，又接过侍女端来的茶汤喂她饮了两口。

齐王妃闭上眼睛缓了缓，片刻后又睁开，缓慢而虚弱地抬起手，指了指依然梗着脖子立在原地的钟荟，嘴唇一翕一张，显是气得连话都说不出来了。

饶丰乡公主气急败坏地对钟荟道："阿娘素来有心疾，再如何也是长辈，还请卫夫人担待担待吧！"

济南郡夫人宋氏是个口无遮拦的人，说话很少打心里过，又喜欢管闲事当和事佬，当即大大咧咧道："是啊，使君夫人，今日好歹是王妃殿下寿辰，做小辈的就顺了老人家的意思，不过几个低贱女子罢了，难不成还越得过你去？"又对身旁的刘氏道："刘侧妃您说是不是？"

刘氏显然不想蹚这浑水，只是矜持地点点头。

钟荟垂下头，紧紧抓着衣摆，流露出些许愧色："我……我……我也不是有意的……"

宋氏见她有悔意，觉得这八成托赖她这说客的功劳，热情地走上去挽住钟荟，浑然忘了这姜氏虽年轻，却是她夫君上峰的家眷，自说自话道："王妃哪里会与你计较，好好同她赔个不是，大喜的日子，莫要哭哭啼啼的。"

既然有人铺好了台阶，钟荟便顺着往下走，上前向齐王妃行大礼赔了不是。

齐王妃面上还有些不悦，只不过伸手不打笑脸人，再同她计较便显得太小气了，便颔首道："你知晓我的用心便好。"

众人松了一口气，你一言我一语地宽慰凑趣，气氛重新缓和下来。

齐王妃往那些排成一排垂首站着的美貌女子一指，微笑着对卫夫人道："自去挑两个吧。”

张嬷嬷立即扬声对那些女子道：“把脸抬起来让使君夫人瞧瞧。”

那些女子都知道她们此次前来是给卫夫人挑选的，叫她挑中的人有幸伺候惊才绝艳的卫使君，比被主人家随手送给某个脑满肠肥、形容猥琐的中年官员或巨贾不知强多少倍，俱都乖顺地抬起头来，个个桃腮微红，眸含春水，只除了一个，脸色苍白，眼神也有些惊惶，姿容比起其他人来要逊色少许。

钟荟面无表情，眉梢眼角却流露出不甘愿和忌惮，她挑牛马似的将这些女子来回打量了几遍，目光落在一个体态丰盈的女子身上，挑了挑下颏问道：“你叫什么名字?”

“回禀刺史夫人，”张嬷嬷满脸堆笑地道，“这些人都是哑巴。”

钟荟眉头一挑，看向这些女子的眼神便不由自主地透出一丝怜悯，不少世家大族都会从穷苦人家买些美貌女童自小调教，待长成后当作贵重礼物互相赠送，不过像这样将人弄哑的却不多见，想来不是灌药便是令其吞炭——只是因为怕跟了新主人乱嚼舌根或是透露旧主的阴私，便使这样的残虐手段防患于未然，这齐王府的做派实在是令人不齿。

钟荟环顾四周一圈，几乎所有的人都对此处之泰然，心里有些堵得慌，但是面上不能露出分毫，又问道：“能识文断字吗?”

张嬷嬷又代答道：“使君夫人说笑了，这些下贱人哪里会这些。”

钟荟似乎对此满意，点点头，闲闲地伸出手，看似随意地指了两个，被她点中的两个女子立即上前一步，其中一个满面红霞，一双水灵灵的眼睛左顾右盼，另一个则脸色如常，只是眼帘低垂，似乎有些羞怯。

众人打眼一看，使君夫人果然从一堆美人中挑了相貌最不出众的两个，对她那点小心思都心知肚明。

齐王妃也不管她挑的人是妍是媸，对张嬷嬷道：“嬷嬷带这两人去沐浴更衣，将规矩再与她们说一遍，一会儿派车送到卫刺史府上去，剩下的还是带回去，替我谢谢郎君。”

不管选中与否，那些女子都向齐王妃和卫夫人谢了恩，低着头跟在张嬷嬷身后鱼贯出了厅堂。

在场诸人便当没发生过此事，继续谈笑风生，这一场大闹耗费了不少时间，不一会儿便有侍女前来禀报宴席已经备妥，请各位夫人和小娘子移步流云台用膳。

钟荟本是来贺寿的，叫人强塞了两个美人，心里不痛快，对着满案的珍馐也食不下咽，略用了几口糕点便郁郁寡欢地撂下了牙箸，只在有人劝时稍动一动。

一场寿宴下来，肴馔没吃到几口，倒是灌了一肚子茶汤。

登上回临淄的牛车时，钟荟已经饿得眼冒金星，奄奄一息地往卫琇长腿上一瘫，拿哀怨的眼神瞅他："卫阿晏，你不厚道，叫人办差也得给人吃饱饭不是!"

"真是辛苦夫人了。"卫琇变戏法似的从袖子里掏出一个蜡纸包，在她眼前晃了晃，钟荟顿时来了精神，一骨碌坐起身，三两下将纸包打开，见是几样精致的糕点，轻轻欢呼了一声。

"慢慢吃，小心别噎着。"卫琇取过执壶和琉璃碗，替她倒了一碗牛乳，伸出手指抹了抹她嘴角的一星点心渣。

糕点下肚，钟荟终于缓了过来，抚抚心口道："堂姑母处境堪忧，她身边那嬷嬷不对劲，回去再同你细说。"

卫琇点点头："不忙这些，回去先用膳，眼睛也要好好洗一洗敷一敷，下回别再用这法子了。"

钟荟叹了口气道："这不是怕演得不真么——卫使君夫人还真不是个轻省的差事，好在你夫人我冰雪聪明，若是哪一日我撂挑子不干了，不知上哪儿去找人接替——"

钟荟一句玩笑话未及说完，便被堵住了嘴。这一吻来得蛮横，钟荟慢慢有一种行将溺水般的窒息感，不由自主地拿手推了推他，卫琇紧紧扣住她的后脑勺不放，蛮横中几乎带上了些许恨意。

不知过了多久，卫琇总算松开她，深深地看了她一眼，道："不许再说这种话。"

钟荟没想到一句戏言惹得他大动干戈，心有余悸地点点头。

两人回到临淄已近子夜。

主人未归，奴婢也不好就寝。一踏进院子，阿枣便风风火火地迎了上来，焦急道："娘子！您总算回来了!"随即注意到一旁的卫琇，屈膝行了个礼，态度比平日少了几分恭敬，多了点愤懑："见过郎君。"

钟荟见她柳眉拧得都快打结了，猜到她为什么火冒三丈，故意笑着撩拨："怎么了？家里出什么事了吗?"

阿枣碍着卫琇在场不好直抒胸臆，别扭地说："……是齐王府，今儿下午送了两个……人来。"

"哦。"钟荟朝一脸无奈的卫琇挤挤眼，不以为然地道，"我正要问呢，你把人安置在哪里了?"

阿枣有些怒其不争，她们主仆说话一向不讲究，可当着郎君的面不能削了娘子的脸面，不情不愿地努努嘴道："没叫她们进院子，在东厨后头呢……"

东厨后头不是菜窖便是柴房，钟荟感佩阿枣的忠心，不过把人家娇花似的小娘子关在柴房里实在不厚道。她哭笑不得，对阿枣道："我和郎君先去屋里歇会儿，叫杏儿去厨房传些汤羹点心。你去把那个子矮些的姑娘带过来，在西厢房里候命。"

卫琇皱了皱眉："奔波了一整天你也乏了，待明日再问吧。"

钟荟借着廊庑下的风灯看见他不豫的神色，想了想，大约是介意外人进内院来，便改口道："人来了还是带到外头厅事里吧。"

阿枣领了命正要离开，钟荟突然想起了什么："枣儿，你是不是没给人家饭吃？领她们去厨房吃些东西，今夜先找间客房，叫那高个的姑娘先去安置，明日再安排住处。"

待阿枣转身走了，卫琇捞起钟荟的手捏了捏，愤愤不平道："自己还饿着肚子，倒会记挂旁人。"

钟荟心里熨帖，慷慨道："有你这句话，便是再饿上三天也无妨。"话音刚落便听腹中"咕噜噜"一串响。

钟荟无奈地拍了拍肚子，低声骂道："酒囊饭袋！尽拆我的台！"

卫琇忍不住笑起来，流丽的灯火映照着弯弯的眉眼，别有一种好看，钟荟不由怔住，连方才丢人都忘了，义正词严道："阿晏，你当着旁人可不许这么笑。"

卫十一郎眸色深深，笑意更浓："谨遵夫人之命。"

两人沐浴更衣，用了些阿杏送来的羹汤，阿枣也带着那矮个的美人到了外头厅事。

卫琇想要避嫌，钟荟却道："既然是堂姑母遣来的人，你还是一块儿去吧，免得我有疏忽遗漏。"

那美人一见卫刺史夫妇，诚惶诚恐地起身行礼，看得出来她已经尽力克制，可那自小习得的媚态已经深入骨髓，卫琇脸色便又冷了一分。

"不用拘谨。"钟荟见她畏缩，好言安抚道，"你有名字吗？"

女子撩起袖子给钟荟看她手腕上刺的"庚戌"二字。

她们这些人口不能言，又随时可能被挑中了送人，名字不过是多余的东西，倒是编个号更方便嬷嬷管人，到时候跟了新主人，若有这个雅兴便给取一个。

"小时候的名字不记得了吗？"钟荟又问。

女子不料夫人会突然问这个，咬着下唇使劲回想了一番，无奈她被卖入王府时年纪太小，记忆早就模糊成了一片，只得满怀歉意地摇摇头。

"从今日起你便叫阿乔吧。"钟荟说着指了指身前几案上的笔墨和帛纸，"开始吧。"

阿乔欠了欠身，生疏地抓起笔，往墨池里蘸了蘸，犹豫再三才下定决心将笔落在绢帛纸上，因为墨蘸得太饱，一落笔便洇开一团黑乎乎的墨迹，阿乔赶紧战战兢兢地搁下笔，伏倒在地不停磕头。

钟荟见她这杯弓蛇影的模样便知这些女子在齐王府过的是什么样的日子，忙道“无妨”，叫她起来。阿乔见刺史夫人并无怪罪责罚的意思，这才坐起身重新握住笔杆。

她从未读过书写过字，仅凭心中的记忆将齐王妃给她看过一回的书信摹写下来，东一笔西一画，全然不是按写字的顺序，与其说是在写字，毋宁说在画字，起先绢帛上只有一些谁也看不懂的凌乱线条。

过了约莫一炷香的时间，绢帛上的字迹渐渐成形，自然有错漏之处，书体也歪斜扭曲、不堪入目，可卫琇和钟荟连猜带蒙，将大意看了个八九不离十。

随着整封信逐渐完整，两人的神色也从震惊变为凝重。

阿乔涂完最后一笔，反复端详了许久，方才下定决心搁下笔，向两个新主人拜了拜，用袖子拭了拭额头上的汗。

整封信虽然只有寥寥数语，但是一个不识字的人仅凭片刻的记忆便大致描摹出来，这是何等困难的事，钟荟不由对这女子刮目相看，怜悯之外又多了几分遗憾和唏嘘，勉强露出个微笑称赞道：“你写得很好，今日晚了，你先去歇下，明日我再赏你，从今以后你便是卫府的人，安安心心留在此地吧。”

说完扬声叫来等候在屋外的阿枣：“你带阿乔去安置。”

又对阿乔道：“这是你阿枣姊姊，要什么找她便是。”

阿乔顺从地跪倒在地，以额头触了触地面，抬头时眼里隐约有泪意。

待两人的脚步声渐远，钟荟起身放下垂帷，合上门扇，匆匆走回卫琇身边。

卫琇自然地拉住她一只手：“为何把那两个女子留在家里？若是不忍心送回王府，远远打发到庄子里便是了。”

送回王府自然最好，说不定还能把回信传给齐王妃，钟荟原先也是这么打算的，可方才对上阿乔泪光闪闪的双眼，便鬼使神差地决定将她们留下。那双眼睛里的感激分量太重，叫她心生愧疚——她明明什么都没做，也不是有意要救她于水火。

卫琇娴熟地把她揽到怀里坐下，把手轻轻盖在她的手背上。

钟荟叹了口气，回头仰起脸在他下颏上蹭了两下，把心思转回棘手的正事上。她从案上拿起帛纸，复又放下——无论看几遍都是白纸黑字，明白无误。

“堂姑母真是巾帼不让须眉。”她苦笑道。

卫琇点点头：“堂姑母未出阁时便很得曾祖父看重，阿翁也常说，堂姑母无论心智还是器局都胜过同辈兄弟，若非女儿身，卫氏的门楣怕要靠她撑起来。当初曾祖决定与老齐王联姻，族中那么多女子偏挑了她，大约也是料到情势复杂，换了旁人

只怕应付不过来。”

无论当初联姻时两家存了多少权衡和算计，卫氏与齐王也是结发二十多年的夫妻，要向枕边人下手，这决心不是一般人下得了的，钟荟连设身处地想一想都觉毛骨悚然。

“我听说齐王世子自小身体羸弱，性子又懦弱，生母也只是个侍妾，堂姑母不会押错吧？”钟荟忧心忡忡地道。

卫琇沉吟道：“身子羸弱怕是真的，今日他只在开宴时露了一面便称病退席了，我看他气色确实不佳，不过性情就不得而知了。世子生母产下他后不久便亡故，是堂姑母亲手教养的。”

钟荟了然，卫氏这样的女子又怎么会教养出庸懦之辈？

“在我们家未出事之先，也不见有人拿他的出身和身子骨做文章，那世子之位大约还是坐得稳的，如今……有人寻见可乘之机罢了。”

“齐王当真那么看重三公子么？”钟荟又问道。

卫琇颔首：“一来是因齐王偏宠高氏爱屋及乌，二来他第三子同他最肖似，尤其是那饕餮般的野心，我们家一倒，等于推了齐王一把，他没了顾忌，无须再瞻前顾后了。”

“既然世子得堂姑母的教养，又当了那么多年世子，怎么也会扶持些自己的党羽吧？”钟荟摸了摸下颏。

“齐相蔡宾明面上站在三公子一边，世子的胜算恐怕不大。”卫琇不自觉地屈起手指敲了敲桌案。

“明面上？”钟荟立即抓住了他话里的关窍，“听闻那蔡宾是个媚上欺下、吮痈舐痔的奸佞小人，莫非他有什么蹊跷？”

“传闻通常不可尽信，今日宴席上相遇，我观此人形貌神气，不似鄙陋无能之辈，且他辅佐齐王这些年，齐王厉兵秣马，修政亲民。青州近来两度逢灾，齐王的势力却越发强盛，与他脱不了干系。堂姑母的筹码恐怕是押在了此人身上。”卫琇解释道。

“不过堂姑母大费周章地将此事告知你，想必是要你里应外合，缘何未透露举事之期？我总觉得仿佛遗漏了什么……”钟荟冥思苦想，突然灵光一现，“对了，今日堂姑母说过几句怪话，先是夸我有过目不忘之能，接着又问我若是一幅画，看一眼能不能依照原样绘出来，我方才以为是应在阿乔身上，仔细一想……”

钟荟合上眼睛一点点回忆当时情形：“扇子，她说这话时特地走到案前，拿起了置于案上的扇子，后来又特意将那把扇子在我眼前晃了几回。”

“能想起扇子上绘了何物么？”卫琇不禁大逆不道地腹诽，堂姑母也真是草木皆兵，非但那封信写得藏头露尾，叫人抓不着真凭实据，还把关键的日期隐藏在别处，到头来还是他的阿毛受累。

“我且试试。”钟荟重又闭上眼睛细细回想一阵，铺开一卷素绢，舔了舔笔，把卫氏扇子上的图案惟妙惟肖地勾画了出来。

那是一幅夏日小景，左侧竹帘被风掀起，中间一张几案上搁着一枝石榴花，右下方一只金狻猊香炉中升起袅袅白烟，一旁的青釉弦纹瓶里插着八枝蜀葵。

龙生九子，狻猊排第八，堂姑母生怕侄媳疏忽，又用瓶花之数点了一次。

钟荟撂下笔，脱口而出：“八月十六。”

如今已是六月初，离举事之期不过短短两个月，可谓迫在眉睫。

钟荟忖道：“堂姑母为何如此笃定我能领会她的意思？虽说你在书信中提过我有过目不忘之能……”

“是堂姑母说的？”卫琇面露讶异，“来青州之前我确实寄过一封书信，也曾在信中提到你，然而并未提及此节。”

钟荟一怔，一股寒意顺着脊背往上爬：“她是这么说的……我当时也纳闷，因这着实不像是你说的话。”

她努力回忆当时齐王妃的神色，却找不出任何蛛丝马迹：“堂姑母说这话的时候没什么特别举动，也没什么异色，似乎她是真的收到了这么一封信，实在古怪……”

“那就是有人做了手脚，信匣是我亲手封缄的，信中都是泛泛之言，谈不上机密，不过走的是家里的途径，中途叫人换走的可能微乎其微。”卫琇又不自觉地屈起手指轻轻敲击书案，这是他思考时特有的小动作。

“如此说来多半是到了齐王府之后叫人换走了？”钟荟越想越觉说不通。

依照齐王妃如今的处境，卫琇的书信到王府后先叫人开匣验看是一定的，模仿他的字迹篡改内容也不难，只是她过目不忘之事只有最亲近的几个人知晓，这位蛰伏暗处的齐国高人纵然将他们夫妇俩查个底儿掉，应该也查不到这上头，何况谁会刻意去关心一个内宅妇人的雕虫小技呢？

目前看来，此人篡改信件只是为了方便齐王妃传递消息，似乎是友非敌，只不知那封信是否还有别处动了手脚，且此人身在青州，却对他们了若指掌，着实令人不安。

然而比起这些，卫琇更在意另一件事，虽说有些难以启齿，他还是问道：“你过目不忘的事还有谁知道？”

钟荟一个个梳理过去：“除了我爷娘、阿翁、阿兄，便是姜家大姊了，其他兄弟姊妹乃至于阿婆都是不知道的。”

姜明霜之所以知道，一来是她们同住一个院子，朝夕相对；二来也是因为她们

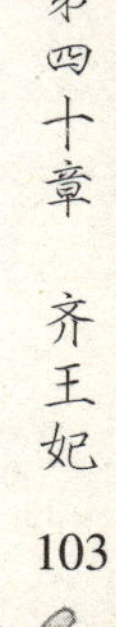

姊妹亲近。钟荟打从心底对她没什么戒心，而姜昙生大嘴巴，姜明淅有个不省事的亲娘，钟荟在他们面前一直是小心隐藏的。

卫琇想了想又道："下人呢？"

钟荟心里咯噔一下："我自然是没同他们说过，若是有人自己看出来，那也只有阿枣和阿杏这两个近身伺候的……你怀疑她们？"

她突然想起，当初和卫琇在山中逃避追捕时，卫琇也曾怀疑过阿杏。

卫琇眼中掠过一丝难以察觉的阴郁，随即笑了笑宽慰她道："是我杯弓蛇影了，她们跟了你这么多年，人品如何你比我清楚，你相信的人我自然也信得过。"

钟荟道："如今这节骨眼上容不得半点闪失，我去同她们说，从今日进书房打扫都须有阿慵或者我们俩在场，也怪我先前与她们随意惯了，今时不同往日，有些规矩是该立起来了。"

"无碍的，按原先的规矩来便是了。"卫琇歉疚地道。

真正机密的东西他自然不会随手放在书房里，他心里清楚，阿毛这是在安他的心，她平日里看着任性，可遇事总是先一步替他着想，懂事得叫人心疼——若是不曾嫁他，她如今还在洛京无忧无虑地吃吃喝喝，何须背井离乡跟着他来这青州担惊受怕？

钟荟没与他争辩，心里却已下了决定，虽然如此一来会叫阿枣她们心里有些不舒服，可长远来看规矩严明对她们主仆都好。

钟荟又问道："若是今日我不能领会她的玄机，她的筹谋不就落空了么？况且即便把消息传出来，你也未必愿意冒险与她里应外合，到时又当如何？这些堂姑母不会想不到。"

卫琇点点头道："堂姑母的筹谋必定不是一朝一夕的事，恐怕她自从将世子养在膝下起便没有松懈过，无论有没有我们从旁相助都是要举事的，若是我们应允，于她而言只是意外之喜。"

钟荟忖了忖，也觉得是这么一回事，他们手里不过三千兵马，且良莠不齐，能起到多大用处连自己都没把握。

"你待如何答复？"钟荟又问道，若齐王妃是别家人，她是不会多此一问的，齐国内乱于他们是有百利而无一害，斗得越凶内耗越大卫琇这刺史便坐得越稳，可偏偏王妃出自卫氏。

"堂姑母既然开了口，我就不能作壁上观。"卫琇垂下眼帘，长长的睫毛投下深浓的暗影，遮住了眸光。

钟荟一早猜到是这样的结果，还在世的卫家人所剩无几，要他袖手旁观实在是强人所难，何况传闻齐王三子弓马娴熟，有狼顾之相——姑且不论齐王世子的立场，一步三喘的病秧子总好过野心勃勃的壮汉。

成事不说，钟荟捶了捶坐得有些发麻的双腿，站起身，一边替他宽衣解带一边道：“主意已定便莫要多想了，凡事有我陪着你呢。”

一些远道而来的客人入夜便陆陆续续离去了，齐王妃卫氏的寿宴一直持续到夜深。

王妃近来精神不济，过了戌时便向女客道声“失陪”，先回房歇息去了。不过但凡近身伺候王妃的侍婢都知道，所谓歇息也不过是干躺在床上。自卫家遭了灭族的横祸，王妃总要辗转反侧到天明才能得一时半刻的安寝。

“来人，”卫氏在帐中唤道，“去厨房传些七宝羹来。”

帐外两个侍女你看我我看你，全都懒得动。

齐王妃瞥了一眼帐上映出的人影，提高了声音道：“有人吗？”

其中一人朝同伴翻了个白眼，不情不愿地答应道：“您且稍等，奴婢这就去。”

王妃睡不着，自然不能少了人伺候，轮值的侍女只得老老实实地在帐外守着，等下一班的人来接替自己，日日如此，心里积压了不少怨气，虽不能宣之于口，侍奉起来态度难免轻慢——她们这批人是一年前换到华光殿来的，对王妃毫无忠心可言，一开始没弄明白境况还小心奉承，时间一长都看出这王妃已经失势，便怠慢起来。

那侍女领了命，也不急着去办，慢悠悠地晃到门口，同守在门口的小姊妹抱怨：“再有一会儿便下值了，偏在这个节骨眼上要汤要羹地使唤人，不是才吃了宴席回来么，厨房那帮子腌臜货不知又有多少话候着！”

“就是。”那守门的侍女年纪小资历浅，奉承她道，“汤汤水水灌进肚里去，一会儿又要姊姊们伺候着出恭，烦死人了。”

话音刚落，庭中响起男子低沉的声音：“你说谁烦死人？”

两个婢子惊慌失措地转头一看，只见齐王大步流星地向她们走来，两人登时吓得脸色铁青，膝盖一抖，双双跪倒在地，连连磕头：“奴婢该死，求殿下恕罪！”

齐王对身后的乳母张氏道：“嬷嬷心慈，不过府中的规矩不能废弛，下人妄议主人该如何责罚？”

张氏眼神一闪，背上霎时沁出一层冷汗，强自镇定道：“回禀殿下，按规矩应该受拔舌之刑，再打一百笞杖。”

齐王大笑一声道：“那便照章去办吧，叫华光殿所有下人都来观刑，多点几盏灯，叫他们看看清楚。”

张氏如何看不出他这是杀鸡儆猴，也不敢替这两个侍女求情，唯唯诺诺地领了命，一时间倒有些拿不准主人的态度了，转念一想，大约是抓到王妃把柄，心里有气，这才撒在下人身上吧，想了想道："这些不成体统的奴婢是该罚，殿下莫要动怒，免得伤了身子。"

齐王冷哼一声，没去理会她的关心，只把手一伸："给我吧，嬷嬷在此看着这两个长舌妇领罚便是。"

张氏赶紧将手中之物双手捧上，托盘上一件叠得整整齐齐的罗衣，依稀能看到上面绣着花枝，显然是女子衣裳。

齐王将罗衣拎在手上，三步并作两步走进屋内，对着挡路的琉璃屏风便是一脚，将帐外的另一名侍女唬得不轻。那侍女一抬头，正好对上齐王怒气勃然的脸，她还不知道外头发生的事，已经吓得魂魄出窍，连行礼问安都忘了。

"滚出去！"齐王倒是没计较她的失礼，冷森森地道。

那侍女几乎是连滚带爬，避瘟神似的跑出了华光殿。

卫氏本来朝里侧躺着，她不紧不慢地翻了个身，一手扶着床坐起来，平静地问道："怎么了？"

"你背着我做的好事！"齐王将手里的衣裳劈头盖脸地往她砸过来。

那罗衣轻软，没什么分量，落下来罩在卫氏头上，并不疼，但是叫人觉得屈辱。

王妃优雅地伸出手将那衣裳摘下来，对着灯觑起眼睛翻来覆去看了看，笑道："这件衣裳又如何得罪你了？"

"卫滢，你休要与我打马虎眼！"齐王咬牙切齿地将她手上的罗衣一把扯过来，翻开衣襟，从一个不起眼的暗口中抽出一张巴掌大的绢帛来，"是我小瞧你了！"

王妃冷冷地望了望他手上的绢帛，不用细看也知道上面写着"忘忧"二字，是她咬破手指用血写的。忘忧是一种秘药，初服时能叫人神清气爽，久而久之便会令人彻夜难眠，头痛难忍，进而迷失心智。

卫氏若无其事地抬手捋了捋方才弄乱的鬓发。

这动作让齐王一愣，他脸上的怒意随即褪去，变成一种空洞的怀念。

卫氏掀了掀眼皮，事不关己地道："这是何物？妾未曾见过。"

"你故意在屋内放许多冰山，为的就是借机把这件衣裳给你那侄媳是不是？可惜你煞费苦心，却叫张嬷嬷识破，白费了这许多工夫！你还有何话好说！"

"怎么，殿下既然做得出来，还怕我说出去？"她语气平淡，齐王却从中听出尖锐的嘲讽，暂时消退的怒火重新被她点燃，可对她说的话却无从反驳。

"殿下，"卫氏凄然地一笑，"您目光如炬、料事如神，我已经叫你囚禁在这华光殿寸步难行了，做什么还要拿药毁了我的神志？"

"你莫要胡思乱想。"齐王目光闪了闪，放缓了语气道，"那不过是寻常安神药罢了，什么迷人神志，都是无稽之谈！”

“那便罢了，我乏了，殿下请回吧。”卫氏重新躺回床上背对着他，“多谢殿下方才为妾做主，想来这回能好过几日了。”

齐王觉得喉头一哽，闷闷道：“阿滢，你莫要如此。”说罢伸手触了触她肩头，本该收回手，却沿着她不再年轻却依旧秀美的臂膀滑到腰间。

卫氏始终一动不动地静静躺着，仿佛一尊优雅的卧佛像。

齐王想起二十年前他们新婚时，那时候她不是这样的，她会脸红，会浅笑，会在他的中衣上绣他的小字，看向他的眼神温柔似水，他们是怎么走到如今这个地步的呢？

齐王心里一刹那涌出无尽的委屈，他就在这巨大的委屈中一次次地冲撞她。

待齐王离去，卫氏缓缓坐起身，披衣下床，自己走到净室中清理身体，拿巾帕一擦才发现流了血，他们已经有多年未同床共枕了。

有些不适，不过还能忍受。卫氏换上干净的衣裳，走回床边，低头时发现方才那一小片绢帛落在床边榻上。她弯腰拾起来看了一眼，不屑地一笑，把绢帛一角凑到烛火上点燃，在火即将烧到手指的那一刻让它落到地上。

要对付一个自负又多疑的人，最好的法子莫过于露个破绽让他抓住。

第四十一章 赏荷宴

过了立秋便入三伏，这是一年中最炎热的时候，接连几日无风无雨，似火骄阳铄石流金。

青齐临海，这里的炎热与北方不同，带着一股黏腻劲，连庭院中大榆树上传来的蝉声都有气无力。

钟荟成日里恹恹的，胃口也大不如前，不过十几日手腕子细了一圈，洛京带来的跳脱臂钏都嫌大了。

她自个儿不以为然，本来在洛京时也有些苦夏，只没那么严重罢了，想来是她后知后觉，到青州小半年后终于开始水土不服了。

卫琇却不放心，坚持请了当地的名医来诊治，一把脉，倒号出她体质虚寒。

“会不会是弄错了?”卫琇有些意外，在京城时每半月就有大夫来替钟荟号一次平安脉，她这人心宽，平素吃得好睡得香，脉象一直是很旺健的。

那老大夫想了想，问了问钟荟平日的饮食，捋捋白须道：“想是尊夫人来了青州水土不服，饮食中又多水族的缘故。体质虚寒不易成孕，依老朽之见，尊夫人须得慎食虾蟹等寒凉之物。”

孩子的事卫琇并不热衷，私心里甚至有些暗暗庆幸。女子孕产如同过鬼门关，一想起阿毛有朝一日也要冒这样的危险，心底便生出恐惧来。不过虚寒之症却是可大可小，不能掉以轻心。

钟荟嗜食鱼虾，觉得这老翁简直是没事找事，当着卫琇的面阳奉阴违几句，心里盘算着尽快将这老翁打发走。

老大夫却冷不丁地掩口打了个喷嚏，环顾四周，见三座半人高的冰山嗞嗞地冒着白气，又进谗言道："寒气侵人，夫人还请顾惜尊体，莫要贪凉。"

从这日起，钟荟的好日子算是结束了。

卫琇怕她伤了脾胃，特地嘱咐厨下，每日只能给夫人送一小碗冰饮，冰镇的瓜果也严格限了数额，连屋子里的冰山也不许多放。

钟荟起初有恃无恐，反正他白日不是去营中练兵便是在外书房处理公务，天高皇帝远，又能奈她何。谁知阿枣和阿杏两个吃里扒外的婢子却站在了郎君一边。

钟荟死皮赖脸地求了他几回，不承想别的事都纵容她的卫十一郎这次却是坚如磐石，虽然对她的美人计来者不拒，手上便宜占了个尽够，可一转身该怎么办还是怎么办。

到底还是得靠自己，钟荟打定了主意。这些事上阿枣一向铁面无私，她不敢从阿枣那儿下手，一个弄巧成拙，叫阿枣去卫琇跟前告一状更是了不得。

钟荟打的是阿杏的主意。

这一日好不容易找了个借口把阿枣支走，钟荟便叫阿杏来给自己打扇。

"娘子，莫要趴在凉席上，一会儿肚子该着凉了。"阿杏一边摇着扇子一边道，"今日郎君在府里，若是回来看到又该说你了……呀！怎么把足衣也脱了，脚底下进了寒气可了不得哇！"

说完一丢扇子便去给她找足衣套上，又强行把她翻了个个儿。

钟荟叹了口气，恹恹道："杏儿，你去把冰山往这儿挪挪吧，你家娘子快热死了。"

阿杏似乎有些动摇，咬了咬指甲，摇摇头道："郎君吩咐过，冰山得离您三丈远。"

钟荟转了转眼珠子道："郎君在前院呢，不到晚膳时不会过来，就挪个几尺，一会儿再挪回去，谁也不会发现的，好杏儿——"

阿杏见她着实可怜，只得依言把冰山挪近了些。

钟荟深谙循序渐进、步步为营之道，冰山之事不过是诱阿杏入瓮，第一回一旦妥协了，第二回便更容易就范。

她佯装消停，翻了两页书，安生了一会儿，又对阿杏钩钩手道："好杏儿，你渴不渴？去厨下看看，取些蜜茶来，咱们一块儿喝。"

阿杏想了想，蜜茶不在郎君禁止范围之内，便爽快地应命了。

"欸，等等。"钟荟待她走出几步又叫住她，"大热的天，不能叫你光为了蜜茶大老远地跑一趟，不如再捎几样瓜果，再加两碗冰酪……"

"郎君吩咐过——"阿杏眨巴眨巴眼抗议。

"我晓得的。"钟荟不耐烦地挥挥手，"冰酪是赏你的，郎君只说不让吃冰镇的，

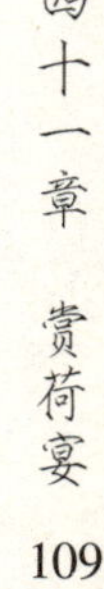

又不曾说过瓜果都禁绝了。”

阿杏一想，娘子说得句句在理，又想起冰酪的滋味，忍不住咽了口唾沫。

卫琇回屋时便看到钟荟很不像样地趴在铺了象牙席的卧榻上，面前搁着一卷翻开的书，足衣早不知甩去了哪里，一双白里透红的脚在半空中晃荡着，时不时轻轻碰一下，看起来很是惬意。近在咫尺的几案上搁着一座半融的冰山，上头镇着切片的蜜瓜和去了皮的葡萄。

钟荟听到脚步声头也不抬，一伸手从冰山上摸了颗葡萄送进嘴里，努努嘴把籽吐到手心里往旁边一递：“尽吃甜的也不过瘾，杏儿，你再去取些酱渍车螯和蟹酱来，记得切莫说是我要的……对了，你就说是拿去给郎君的。”

卫琇勾了勾嘴角，也不出声，接过她手里的葡萄籽扔进手边的银盘里。

钟荟正在津津有味地读卫琇前些时日替她搜罗来的《西域志》，一页书读到纸尾，意犹未尽地翻过一页，又惦记起冰镇蜜瓜来，一伸手，不想捞了个空，诧异地扭过头，不承想冰山没见着，却对上个冷着脸的卫十一郎，登时吓得满身鸡皮疙瘩，连冰山都不用了。

好不容易得逞一回，竟然叫他逮了个正着，钟荟只得认栽，翻个身侧躺过来，用手支着脸，把脚往后藏了藏，讪笑道：“郎君今日回来得这么早。”

“嗯，娘子未曾料到吧？”卫琇撩起眼皮看了看她。

钟荟叫他看得心里发毛，小心觑觑他的脸色，轻声试探道：“真的生气了？要不敦一个？”

卫琇哭笑不得，坐到榻边一把捞过她冰凉的双脚抱进怀里，屈指在她额头上轻轻弹了一下：“把我当什么人了！”

钟荟见他露了笑脸便有恃无恐起来，不安分地蜷起脚趾蹭蹭他胸口，不怀好意道：“哦？我把你当什么人了？阿晏——”

她气虚体寒，床笫之事也须节制，钟荟对那老大夫不以为然，卫琇却将他的话当作金科玉律，一丝不苟地奉行起来，甚至有些矫枉过正。他“饿”得眼睛都快冒绿光了，愤愤地抓住她脚腕挠她脚底，嗓子眼又干又热：“还来招我！”

钟荟笑得上气不接下气，睚眦必报的卫十一郎狠狠出了一口恶气，总算将她放开，从案上拿起一只鲤鱼匣：“本想着把家里来的书信带给你，顺道看看你，谁知……哼！”

一听有家书，钟荟来了精神，赶紧坐起身来，从卫琇手中接过信匣，一边拆一边道：“好了好了，下回不敢了，莫要再唠叨了，卫阿婆。”

钟荟一看匣子的大小和厚度便知这封信必是姜明淅寄来的，自从钟荟来了青州，她似乎把给二姊写信当了一种消遣。

三娘子写起信来巨细靡遗，不但把姜家诸人的近况尽数交代一遍，京都贵女一点鸡毛蒜皮的小事也都囊括其中——谁同谁拌了嘴，谁同谁绝交，谁定了亲事，谁生了孩子，钟荟人在洛京时都没这么了若指掌。

姜明淅是个做事很有条理的小娘子，偏偏写起信来随心所欲，想到哪里写到哪里，正说到秦家娘子入京的事，突然间扯到薛家的猧子一窝下了五只幼崽。

钟荟很有经验，一目十行地将整封信扫了一遍，先找到姜老太太的部分，看到“安好”二字，放下心来，再细细地从头看起。

她读信的时候卫琇安静地坐在一旁，拾起榻边的纨扇轻轻地替她打着——那惹祸的冰山自然是推到了三丈之外。

“阿姊怀孕了！我要有小外甥小外甥女了！”钟荟先是欣喜，遂即又生出忧虑来，“不知她一个人能否应付……好在宫中有姑母可以照应一二……”

若是在洛京，至少还能偶尔入宫探望，如今远在他乡，除了备份礼送去什么事都做不了。

钟荟叹了口气，继续读下去，挑了挑眉道：“萧十娘也有身孕了，似乎还比阿姊早些时日，呵。”

萧十娘与姜明霜差不多时候入宫，如今又差不多时候有孕，虽说有些巧，却也在情理之中，可正是这情理之中叫钟荟从心底里发寒。

大娘子从未透露过司徒钧许过她什么诺言，不过钟荟大致也能猜到，不外乎那些海誓山盟罢了，可如今呢？一想到姊姊此时的心情，她便感同身受地心如刀割起来。

“听我姑母说，皇后娘娘生小公主时伤了身子，恐怕是不易有孕。”钟荟放下信笺，眉间忧色越发深了。

皇后娘娘滑了几胎，好不容易生下公主又亏了身子，大约是不能再有了，这也算不得什么机密，像卫琇这样的世家子随便往宫中一打听便知道了。

“天子膝下至今只有大皇子一个子嗣，大皇子母氏不显，阿姊同萧十娘差不多时日有孕……”钟荟看一眼卫琇道。

两人心照不宣，母氏不显倒还在其次，大皇子已到了开蒙的年纪，话都说不太囫囵，资质连平庸都算不上。

他知道钟荟在担心什么，抚了抚她后背安慰道：“说不定阿姊这胎是小公主。”

钟荟靠在他身上道：“但愿如此，阿姊最是不争，入宫已是难为她，若再卷入纷争里，我都不敢想……”

“别怕。”卫琇拢了拢她肩头道，“司徒钧但凡神志有几分清明，便不会放任萧氏乱来。”

钟荟默默点点头，有她二叔镇守在西北，萧家人做什么都得掂量掂量，然而她阿姊伤的心又有谁来替她弥合呢？

七月末，飓风自海上起，连日来狂风骤雨、电闪雷鸣，临淄城楼上的旗帜猎猎作响，旗杆在风中弯成了弓状，再加一分力恐怕就要折断了。

数日淫雨，城内西北地势较低处的积水已经没过了脚面。

“娘子，外头风大，回屋去吧。”阿枣一边替钟荟系上锦缎披风一边劝道。短短数日之前还闷热难耐，一转眼单衣都嫌冷了。

“再这么下恐怕会伤了禾稼。”钟荟站在廊庑上望着斜飞的雨幕自言自语道。庭中的花木在风中狂乱摇摆，两个婆子正在冒雨给一株细弱的茶树绑竹竿加固。

阿枣闻言一愣，若是换了从前，娘子大约只会担心夏藤萝的花骨朵被风吹落，晚桃的果子结不住，湖里的荷花茎秆折断。从京城到青州，娘子的心事重了许多。

大风天不能练兵，卫琇在前院处理完政务，申时便回了内书房。

钟荟从案头拿起一封柬帖给他看，泥金笺纸上压了缠枝莲纹，十分精致：“这是陈太守夫人遣人送来的，赏荷宴，齐相夫人戚氏和另外几个相熟的夫人也收到了柬帖。”

卫琇没伸手接，只是扫了一眼：“过几日风雨一停又要热起来，你身子不适，别去毒日头下晒了。”

“不过是有些苦夏，不碍事的。”钟荟抿抿唇道，“本是可去可不去的，不过我着人打听了一下，陈府往年并无赏荷宴的惯例，许是我多疑，总觉房氏此次大张旗鼓地设宴没那么简单。”

“不用管旁人有什么深意。”卫琇伸手按住她肩头，“最要紧的是别累着自己，那些事有我。”

“我省得，也不全是因为房氏，齐王府和陈府一向过从甚密，这次的花宴上说不定能见到堂姑母。”钟荟抬手抚了抚他的脸颊。他连月奔波劳累，消瘦憔悴了不少，眼下有淡淡青影，看着叫人心疼，她只怪自己不能替他分忧，又怎么会嫌累呢？

没几日风势便弱了下来，陈府荷花宴当日艳阳高照，晴空万里。

钟荟一下牛车，热浪扑面而来，她举目一望，远处的檐角和树木都在热气中变了形。

赏荷宴设在陈府后花园湖中央的清凉台，台上施设了茜色纱帐，随微风轻扬，与四周的亭亭碧叶、袅袅荷花相得益彰。

钟荟身份高，到得晚，别家的夫人娘子差不多已经到齐了。钟荟由陈府的婢女引入帐中，房氏立即起身迎了上来，亲昵地执起她的双手道："使君夫人来晚了，一会儿可得罚你三杯。"

房氏今日身着一袭白色轻纱外裳，隐隐透出底下的绯色云纹绢罗中衣，衣领开得低，露出一片莹润细腻的肌肤，外裳宽大，中衣却裁得极贴合身形，若隐若现之间十分袅娜娉婷。这是近来临淄城风行的式样，帐中十来个女郎就有七八个作类似打扮，不过没人能穿出她那种说不清道不明的风韵。

钟荟的目光不由自主落在房氏胸前的饰物上。银线编的璎珞上垂着几枚玉坠，雕成各不相同的荷花，有初绽的，有盛放的，十分清雅别致。

房氏注意到她的视线，抬手拨了拨中间最大的一颗玉坠子，笑着道："不怕夫人笑话，这还是上回从您那儿骗来的呢！"

这是在刺她大肆敛财？钟荟心里一哂，并不恼怒，光这一个璎珞她少说赚了十万钱，叫房氏说一句又不会掉块肉。不过钟阿毛还从未吃过嘴上亏，当下粲然一笑："还是太守夫人戴着好看，我先前戴了几回，不过尔尔，可见物件也讲究缘分，这璎珞合该是你的。"

房氏大度地一笑，牵着她的手请她入座，又吩咐婢子端上荷露酒和糕点。

钟荟略略看了两眼，帐中的女眷都是她见过的，不外乎各州刺史的家眷和齐国公主。齐王妃并未出席，叫她有些失望，金南乡公主即将临盆，自然不会顶着毒日头赴宴，倒是她的胞妹饶丰乡公主在座中。

上一回在齐王府饶丰乡公主当着众人的面指责卫使君夫人，席间好几位夫人当时也在场，不由得暗暗留意两人的脸色。钟荟淡淡地朝饶丰乡公主颔首致意，接着便转头与长广郡太守的嫡次女寒暄起来。

与素日来往的夫人娘子打过招呼，钟荟便在齐相夫人戚氏身边落了座，侧过头笑吟吟地与她攀谈起来。

戚氏初看腼腆木讷，几次相处下来钟荟便发现她是个机灵有趣的女子，只不过齐相的态度仍旧十分暧昧，钟荟与她只能是泛泛之交。

"这纹样倒是新巧得很，没见过呢！"戚氏佯装细看钟荟的衣裳，探身凑过去，在她耳边轻轻道，"一会儿有一出好戏看。"

钟荟挑了挑眉，诧异地看向她，戚氏用纨扇遮住半张脸，扬起尖而小巧的下颏，朝着某个方向点了点头。

钟荟顺着她的目光看过去，只见陈大郎的妻室沈氏垂眸端坐，看不出什么异样，只是神色显得有些凝重。

沈氏察觉到有人在看她，略微抬头，与钟荟四目相对，托茶碗的手轻轻一颤。

钟荟向她微微一笑，把这一幕看在眼里。

戚氏必定是知道些什么，钟荟也不急，用碧玉箸从金莲叶盘中夹起一块压成荷花形状的糕点送到嘴边，斯文地咬了一小口。

说是赏荷宴，不过荷花又不是什么稀罕物事，哪家园子里没有，一众女眷谁也不肯走出帐外顶着大太阳赏花。

用完午膳后，房氏叫人撤下食案，取了双陆、弹棋等博戏之具来，众人一边消遣一边谈天，倒也其乐融融。

帐中冰山融了又换，换了又融，如是三四次，红日开始西偏，晚风渐起，暑热逐渐消退，女眷们开始三三两两走到帐外观赏晚霞中的荷花。

接下去的夜宴在玉寿堂，房氏作为主人自然要先去准备，遂起身与众人告辞。她儿媳沈氏身边的济南郡守夫人宋氏仗着年纪大，惯爱管别人家闲事，侧身对沈氏道："阿沈不去帮帮你婆母呀?"

沈氏眉头微微一皱，眼中闪过一丝不悦，也不搭腔，只摇了摇头便转过身去和旁人交谈了。

济南郡守夫人讨了好大一个没脸，愤愤地捏拳捶捶膝盖，嘟囔道："现如今的年轻人哪……"

房氏走了约两炷香的时间，有婢子匆匆走入帐中，环顾四周见房氏不在，便对沈氏禀道："大娘子，云麓乡公主殿下驾到。"

婢子并未刻意压低声音，众人听得一清二楚，那城府不深的便露出了讶色，云麓乡公主与陈二郎的婚期定在今年十一月，这时候按说该避嫌了。

钟荟留意沈氏的脸色，本来最该吃惊的人却是毫无惊讶之色，仿佛早就知道云麓乡公主会来似的。沈氏扶了扶发髻上的步摇，站起身道："快请。"

云麓乡公主着一身水蓝色仙鹤纹吴纱衣裳，面容明丽，态度倨傲，众人起身行礼，她也懒得搭理，只潦草地点点头应付过去，有些咄咄逼人地对沈氏道："郡守夫人何在?"

在场不止一个郡守夫人，不过谁都知道她要找的是房氏。到十一月，房氏便是她婆母了，虽说乡公主身份高贵，可她毕竟已与陈二郎定了亲，如此不把舅姑放在眼中，即便是天潢贵胄也说不过去。饶丰乡公主是她阿姊，这时候理当出面教训几句，钟荟往她那儿一望，只见她正闲适地摇着纨扇，显然是不打算管——出门在外连逢场作戏都不屑了，可见齐王妃一系与高氏的子女之间剑拔弩张到了什么地步。

济南郡守夫人宋氏照例要做和事佬，向云麓乡公主行了个礼，自作聪明地劝道："乡公主殿下找您婆母有何事？陈夫人去……"

云麓乡公主一听"婆母"二字便冷笑起来："婆母？夫人这话说得有趣，我何曾嫁入陈家？我自个儿怎么不记得了？”

一个未出阁的小娘子把自己的亲事挂在嘴上是什么规矩！宋氏叫她噎了个仰倒，越发弄不懂这些年轻女郎了。

沈氏袖手旁观，待宋氏吃了瘪，这才缓缓开口道：“婆母前去玉寿堂备筵了，乡公主殿下有何示下？妾命人前去通传。”

“我有要紧的急事要当面交代。”云麓乡公主不耐烦地道，“着人带路吧。”又抬手指了几个夫人，末了对戚氏和钟荟一挑下巴：“诸位夫人也请一道来，今儿个有眼福了，我请你们去瞧个新鲜。”

长广郡太守家的三娘子与云麓乡公主一向交好，不见外地问道：“有新鲜玩意儿瞧都不带我们，不成不成！”

云麓乡公主冷哼一声，讥诮道：“不是我小气，不让你看是为你好。”说完不管不顾地一拂衣袖，率先往帐外走去。

戚氏偷偷地对着钟荟挤挤眼，这便是她所说的好戏了。

湖心有廊桥通往四面八方，带路的婢子往东走，云麓乡公主偏偏往西，她的未来妯娌沈氏提醒道：“殿下，去玉寿堂该往东走。”

云麓乡公主不耐烦地转过身瞥她一眼，仍旧快步往西走，跟在后头的众人面面相觑，不知她葫芦里卖的什么药，只得跟了上去。

云麓乡公主领着一众女眷七拐八弯地绕来绕去，中间还走错路误入一片竹林，走到底才发现尽头是墙壁，走了一刻钟有余，穿过一片小林子，一座废弃的小院子出现在眼前。

钟荟听卫琇提过房氏与陈二郎在废院中私会之事，戚氏和沈氏显然早已知晓内情，其余女眷却是蒙在鼓里，以为又走错路了。

云麓乡公主却是大步走上前去，将那虚掩的院门一推，屋里隐隐约约传来人声，夹杂着猫叫一般的呻吟。在场的女眷除了云麓乡公主以外都已经历人事，一听便心知肚明，脸上顿时泛起红晕。

沈氏当即朝地下一跪：“求乡公主殿下随妾回玉寿堂。”

云麓乡公主丝毫不理会她，一张粉面涨得通红，提起裙裾快步往廊庑上跑去，其余夫人哪肯错过好戏，口中喊着“殿下不可”，却巴巴地追了上去。

屋子里的人显然也听到了外间动静，云麓乡公主愤愤地掀起门口的竹帘，扬尘顿时如乌云一般。

“好你个陈二郎！”云麓乡公主带着哭腔站在门槛外骂道。

钟荟踮脚往里一瞧，只见一个身形魁梧、衣冠不整的男子正惊惶错愕地瞪着来人，一个娇小的女子躲在他背后。

云麓乡公主上前扬手给了陈二郎一巴掌，然后绕到他身后把那云鬓散乱、低着头瑟瑟发抖的女子一把拽出来："你这不知廉耻、勾引继子的下贱妇人！"

"哟！"庭中响起房氏慵懒悦耳的声音，"我这是错过什么了？"

看热闹的夫人们都傻了眼，云麓乡公主方才的话她们听得一清二楚，勾引继子的不是房氏却是哪个？可房氏的声音分明是从庭中传来的，难不成抓错了人？

云麓乡公主也是一愣，再一看那女子裸露的肩头白生生的，不是房氏那样的蜜色，心下已知是认错人了，急忙揪住那女子的头发，把她埋到胸口的脑袋提溜起来，一看果然不是房氏，这女子比房氏年轻，看起来有点面熟。

"够了！"陈二郎低声呵斥。他这时也回过神来了，血气涌到头顶，一边上前一步抓住那女子另一条胳膊往后扯，一边对云麓乡公主道："乡公主殿下这是做什么！快放开她！"回护之意溢于言表。

齐王府与陈氏过从甚密，云麓乡公主的生母侧妃高氏是陈琼的表妹，陈二郎和云麓乡公主相识于垂髫之龄，也算是青梅竹马。陈二郎生得英伟不凡，这桩亲事虽是父母之命、媒妁之言，乡公主私心里甚是合意，若非如此也不至于一听说他与继母有染便失了分寸。

堂堂一个宗室女亲自跑到人家府上捉奸已然跌份，又当着一干贵夫人之面指错了人，偏偏未来夫婿还对她不假辞色，云麓乡公主满心羞恼，越发迁怒那不明身份的女子，非但不放开，反而一边使劲撕扯那女子的头发、衣裳，一边劈头盖脸地扇她巴掌。

陈二郎方才与那女子相处融洽，还在兴头上，见佳人挨打，顿时急了眼，血气冲上头顶，不顾身份来掰云麓乡公主的手指。他身为男子，又素来习武，力气哪里是云麓乡公主一个少女能比的，三两下便把人从云麓乡公主手里夺了过去，护到背后。

这事态发展让人始料未及，在场的都是自恃身份的世家夫人，即便私下里斗得再凶也讲究一个人前体面，眼下的情形即便想劝也无从下手。何况还有外男在场，年轻一些的都用纨扇遮住脸，在门边远远地眺望，哪里敢上前劝架。

唯独济南郡守夫人宋氏先前接连受挫，现下总算自觉英雄有了用武之地，浑身的热血都沸腾了，当即挺身而出，双手一握置于腹前，一提丹田气，道："陈家公子，这就是你的无礼了。于公，乡公主殿下是君，你是臣；于私，她是你即将过门的妻室。你为一个……女子，当着这么多女眷的面儿驳殿下的面子，真真是糊涂！"

云麓乡公主叫她点破，愈加羞愤和委屈，低声啜泣起来，宋氏志得意满，做张做致地上前去搂乡公主的肩头："殿下莫要哭——"

话才说到一半，云麓乡公主便将手一甩，从她怀里挣了出去："要你多管闲事！"

陈二郎本就不喜云麓乡公主骄横跋扈，他身为陈氏嫡子，文韬武略都不缺，何须仰一个女子的鼻息，一听“君臣”之论如同被人触了逆鳞，冷哼一声道：“此乃陈家家事，不劳夫人费心。”

说罢，斜睨了云麓乡公主一眼：“殿下龙驹凤雏，仆配不上，还请另择佳偶!”

戚氏看得目不转睛，津津有味，用纨扇遮着嘴，凑到钟荟耳边道：“呀，这小郎君脾气挺大!”

钟荟回她个促狭的微笑。

这一连串事情发生在须臾之间，房氏身后带着两个婆子，脚下磨磨蹭蹭，这时才上了台阶，一脸没事人似的走过去，经过钟荟身边时还朝她飞了个若有似无的媚眼。

“怎么一眨眼的工夫都跑这儿来了!”房氏一边往人群里走，一边困惑地朝夫人们笑道，“这院子许久没住人了，脏兮兮的有什么可稀罕的?”

原本堵着门的女眷自觉地向两边分开，给房氏让出一条道来，房氏一脸不明所以，走到距门槛两三步的地方停住脚步，探头朝屋子里张望了一下，一双猫儿似的眼睛立时睁得溜圆，看看这个又瞅瞅那个，惊诧地对继子道：“二郎，这是怎么回事?”

“无事……”陈二郎一见房氏便如戳了洞的猪尿泡，一下子泄了气，连忙丢开那女子的手，根本不敢与继母对视。

今日他父亲去徐州东莞郡奔丧，他接到继母共赴巫山的暗号，这才来此等候，谁知到了此地光身躺在榻上的却是房氏的贴身侍婢阿秋，原来这婢子对他痴心一片，这才趁着主母宴客的机会假传消息约他前来。

陈二郎虽是冲着房氏来的，可那婢子生得俏丽娇艳，又赤条条地往他怀里扑，便也半推半就地要了她。他不觉自己所作所为有何不妥，可叫继母意味深长地一看，不知怎么就羞惭起来。

云麓乡公主一见陈二郎在房氏面前心虚的模样，越发肯定了心里的猜测。

空穴来风，未必无因。大约是因了身为女子的敏感，云麓乡公主对这未来舅姑一直有一种莫名的抵触和反感，故而一收到沈氏的密信便有七八分信了——她总觉得房氏这样的妇人确实能做出如此惊世骇俗的事。然而当着众多贵夫人的面，她总不能靠着捕风捉影把未来婆母治罪吧，要怪只怪沈氏消息有误，连累她闹了这么大个没脸。

云麓乡公主想到此节不由怨怪起沈氏来，转过头狠狠地剜了她一眼。

沈氏本以为这回十拿九稳，即便不能把房氏治死，也能好好整治她一回，谁知临到头却骤生变故。她这始作俑者吓得脸色蜡黄，慌乱之中朝云麓乡公主轻轻摇头，

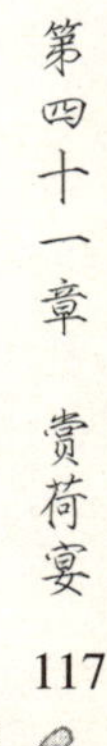

却忘了云麓乡公主性子急躁城府浅。

云麓乡公主一见沈氏缩头缩脑的鹌鹑样儿便火冒三丈，要不是她撺掇，自己又如何会丢这么大个脸？云麓乡公主当即指着她的鼻子喊道："不是你叫我来的吗?!不是你说他们母子私通的吗?!你来说道说道!"

房氏闻言难以置信地睁大眼睛，眼泪毫无预兆地从眼眶里漫了出来。她三步并作两步走到沈氏跟前，将她从头到脚打量了好几遍，仿佛第一次认识此人。

沈氏情知此时不能抵赖，否则云麓乡公主这蠢货必定将她们的所作所为和盘托出，只得扑通一声跪倒在地，额头触地："媳妇知错，求婆母责罚!"

房氏怒极反笑："好，好，真是我的好儿媳！阿沈，你扪心自问，我可有哪里对不住你?"

沈氏咬紧牙关，直咬得齿根发胀："求婆母责罚!"姿态竭尽谦卑，心里却恨不得将房氏千刀万剐。

房氏对着众女眷摇摇头，凄然道："你不把我当婆母看待，我却不忍当着那么多夫人的面让你丢脸。你先回院子去吧，横竖我是管不得你，待你公公回来，让他同你夫婿商量着办吧。"

三言两语把大儿媳打发走，房氏慢慢走到陈二郎跟前，沉下脸色训斥道："我虽然不是你正经阿娘，可自问嫁到陈家这些年待你们兄弟问心无愧。你们呢？你们又怎么对我这个后母？大郎媳妇泼我脏水，你……府里多少奴婢，你偏偏淫我屋里的人!"

陈二郎无地自容："阿娘，儿子今后不敢再犯了!"

"至于你……"房氏冷冷地乜了一眼跪在角落里的婢子，突然对身后的婆子一挥手，"把她给我绑起来!"

那两个婆子训练有素地从袖中掏出麻绳和麻布，上去先把那婢子的嘴堵了，然后麻利地将她双手缚在身后。

那婢子一脸惊恐，呜呜咽咽的，似在告罪求饶。

房氏见她不能动不能言，这才发落道："你身为我的贴身婢子，勾引郎君，令主人蒙羞，留着也是祸害!"

婢子眼中这才流露出真正的恐惧，抬起头难以置信地看向主母，眼中的惊惧慢慢变成绝望和怨毒。

"带下去，念她跟了我一场，留个全尸吧。"房氏若无其事地拨了拨腰间玉佩，指尖蔻丹如血。

"阿娘!"陈二郎忍不住出声。

房氏冷冷地看了他一眼："如何?"

陈二郎嗫嚅着低下头，不敢再替那婢子求情，即便他再愚钝，这时候也有些回过味来了。

众女眷都叫房氏的雷霆手段震住了，主母责罚下人是常事，然而这么轻描淡写就了结一条人命，却不是寻常内宅妇人做得出来的。更有如钟荟和戚氏这样耳聪目明之人，一看便知这婢子是当了人家的弃子，死到临头才明白过来。

房氏叹了口气，对陈二郎道："莫怪阿娘心狠，你既行此糊涂事，咱们家自然要给殿下一个交代，好好去跟殿下赔个不是。"

云麓乡公主再蛮横也只是个十多岁的小娘子，下人淘气也不过打几下笞杖，那婢子固然讨厌，她却未曾想过要婢子的命，乍然听房氏这么一说，只觉一条沉甸甸的人命压得她喘不过气来。

陈二郎咬了咬牙，额头上青筋一鼓，大步走到云麓乡公主跟前，冷不丁跪了下来。

这世间哪有夫君跪妻子的，即便是宗室也没这个道理，围观的女眷们都愣住了。

云麓乡公主也是惊惶失措，侧身避到一边："你这是做——"

话未说完便对上陈二郎满含怒意的眼睛。

"请恕仆不能娶殿下。"

陈二郎年方弱冠，血气方刚，又知道云麓乡公主心悦自己，气头上说出这样的话也不奇怪。

云麓乡公主闹了这一场已经疲惫不堪，未来的夫君当着众人之面两次拒婚，她更是大感颜面尽失，拭泪的帕子已经湿透了，眼泪还在源源不断地往外涌。她连宗室女的体面都顾不上了，像个市井妇人一般抬起袖子抹眼泪。

房氏赶紧上前打圆场，对继子叱道："说什么胡话！这傻孩子！"

又对云麓乡公主道："殿下，二郎不懂事，你莫要放在心上，我回头回了他父亲，带他上门给你赔罪。"一边说一边从袖中掏出干净的绢帕作势要替她拭眼泪。

房氏不说话还好，偏还在这里装腔作势地扮无辜充好人，云麓乡公主自小受爷娘宠爱，遇事只会直截了当地发作，最不擅长应付这种笑里藏刀之辈，反手将房氏递帕子的手重重拍开，咬牙切齿道："什么腌臜东西！"说完犹不解恨，啐了房氏一口。

好在云麓乡公主先前未曾尝试过这样粗野的举止，那一口啐得不甚成功，只有几星唾沫溅到房氏脸上。

"哎呀！"戚氏轻轻惊呼，因纨扇遮面，大约只有左近的钟荟听得见。

其余夫人面面相觑，无人敢上去相劝，左右是旁人的家事，劝得不好便如那济南郡守夫人宋氏一样两头不落好。

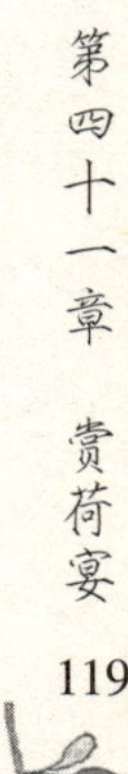

何况要论身份地位，在场诸人中有资格劝一劝云麓乡公主的也就是姜明月这个刺史夫人了，而她显然不打算蹚这浑水。

“什么腌臜？你再说一遍！”陈二郎目眦欲裂，鼻孔翕张，二话不说逼上前去。房氏赶紧转过身挡在云麓乡公主身前，拿帕子擦擦脸对继子道：“我求你赶紧回前院去吧！别再添乱了！”

云麓乡公主见陈二郎那模样也有些害怕，虚张声势地道：“我就说！腌臜东西！”然后不等陈二郎发难，提起裙子便快步往外走，懊恼自己来时存了侥幸，盼着是虚惊一场，生怕闹得爷娘知道，故而出门连个侍女都没带。若是带了下人，又何至于亲自同人撕掳。

云麓乡公主起初见那女子只是个奴婢，心里还有些窃喜，可随后陈二郎的所作所为却叫她大失所望，今日看戏的都是青州有头有脸的贵女，他明白无误地说不愿娶她，她若是再上赶着嫁他成什么了？

云麓乡公主虽然心悦陈二郎，可再怎么也不能把自己的脸面放在脚下踩，她性子随了齐王，有一种天生的决绝狠戾，一旦打定了主意便不再自怨自艾了，只等着回府说服阿爷来找陈家退亲。

“云麓乡公主殿下息怒！”房氏一边赔罪一边追出去。她两次去拉云麓乡公主，都叫云麓乡公主甩开手，只得作罢，吩咐左右道：“你们好生恭送殿下。”

房氏又回头打发继子走：“你也别杵在这里了，惹了这么大祸事，还不回去反省，一会儿你阿爷回来怕是连我也劝不住！”

陈二郎到了这继母跟前便成了温顺的羔羊，闻言规矩地向众夫人赔礼道歉，大步流星地去了。

房氏这才对一众女客尴尬地笑笑道：“叫诸位贵客见笑，真是难为情。”

众夫人七嘴八舌地安慰她：“小儿女不懂事，做长辈的只好多担待点。”

彼此却是心照不宣。房氏长相妩媚，态度风流，虽说从未有实实在在的把柄落于人手，但是在这些规行矩步的贵女眼中早已是个异类，只是碍于陈家地位和她郡守夫人的身份才与她往来酬酢——自己这种做派，叫人怀疑也是在所难免。

只不过与继子勾搭成奸也实在太荒唐了，女客们大多将信将疑，心思单纯些的觉得云麓乡公主未免杯弓蛇影，而想得深一些的便猜到是有心人挑唆。

房氏装模作样地流了几滴眼泪，然后抬头望了望天边的红日，对女客们道：“太阳都快下山了。瞧我，本是来请你们去玉寿堂的，倒白白耽搁这半日，劳驾各位随我来。”

众女客看了半天好戏也乏了，无有不应，当作没事发生似的簇拥着房氏说说笑笑，原路折返。

戚氏和钟荟走得慢，不一会儿便落在了众人后头。

穿过树林，又回到了草木葱茏、馆阁精丽的花园。戚氏望着一架开得如同火焰一般的红蔷薇道："太守夫人是个理家的好手，夫人不晓得，去年这园子全不是现在这般模样。"

钟荟摇摇扇子笑而不语，这才刚演了一出贴身婢子私通继子的戏码，戚氏却夸赞房氏治家有方，也是个促狭的人。

"对了，夫人要是不嫌弃，有空来我家坐坐。"戚氏拿纨扇点了点道，"不过同这里是没法比的。"

"哪儿的话。"钟荟语气亲昵，"你若下帖子请我，我高兴且来不及。"

戚氏欢欣道："那就说定了，我亲手做南边的点心请你尝尝。敝舍附近有个珠翠铺子，咱们还可以去挑挑东西。"

晚宴一直到交亥时还未散。

云麓乡公主愤然离去，席间就属饶丰乡公主的身份最高，即便有上一回的过节，钟荟和饶丰乡公主也得并肩坐在上席。

既然相邻而坐，总不能全程不发一言，只是因着上回的口角，她们俩的谈话自然说不上多愉快。

饶丰乡公主对她爱搭不理，钟荟也只是敷衍了事地问了问齐王妃的身体，突然似是想起了什么："上回叫人送了些从京中带来的安息香到王府，不知堂姑母用了不曾？"

饶丰乡公主冷淡道："多谢使君夫人好意，此事我却是不知。"

钟荟很有些敝帚自珍的意思："那安息香是我二叔带兵攻打西戎时从某个小国的王侯处缴获的，听说能行气活血，我想着或许对堂姑母的心疾有疗效。"

"原来如此。"饶丰乡公主看了她一眼，脸色终于好看了些，"下回我问问阿娘，姜将军当年领三千精骑孤军迎敌，连我这女流之辈也甚是钦敬。"

"殿下过奖，我敬您一杯。"钟荟端起酒杯笑道。

饶丰乡公主也端起酒杯回报她一个客气但疏离的微笑，至少从表面上看，两人算是杯酒泯恩仇了。

下午闹了那么大一场风波，房氏的脸上却看不出丝毫痕迹。

相反，她的兴致似乎特别高，宴席上觥筹交错，妙语连珠，一众女客叫她逗得忍俊不禁。

即便钟荟对她提防戒备，有时候也不由自主叫她的光华迷惑住，回过神来发现自己嘴角含笑，已经不知不觉中陷入她用笑容和话语编织的精巧陷阱中，心中不由

得大骇——这个女子若是使出浑身解数，她真不知道这世上有谁能抵挡得住。

说起来似乎确有一个。

房氏正要传舞伎上来助兴，一个婢子快步走进堂中，附耳对她说了些什么。房氏一边听一边看向与饶丰乡公主同坐上席的刺史夫人姜氏。

都说灯下观美人最是艳丽，果然没错，一袭朱红纱衣将钟荟衬得越发肌肤胜雪、朱唇皓齿，最引人入胜的莫过于她的眼睛，更准确地说应该是她的目光，就是那灵秀的目光让她整个人如同琉璃般干净剔透起来，为原本艳丽到几近俗气的容貌添了难以言表的味道。

也难怪卫十一郎那样的人会把她当宝。

房氏勾了勾嘴角，打趣似的对着众人道："使君夫人怕是得先行同我们告别了。"

齐国文学夫人刘氏与房氏相熟，当即笑骂道："使君夫人是贵客，你倒好，不说千方百计地把她留下，怎么倒撵起客来了！"

"我何尝不想留她个一年半载。"房氏惋惜地叹了口气，朝卫夫人抛了个俏皮的媚眼，"奈何人家夫君都找上门来了，不放人也不成哪！"

话音刚落，在场众人笑倒了一片，刘氏促狭道："卫使君真是着紧夫人，这样的夫君世间难寻。"

钟荟没想到阿晏竟然会亲自跑来陈府接她，羞得满面通红。

女客们见她这脸嫩的样子，越发笑得前仰后合。

房氏作势乜了刘氏一眼，拿尖细的手指点点她："你啊你，也不照照镜子，你我这模样自然是难寻，看看人家卫夫人，我看了都恨不得把她疼到肉里去呢！"

她一边说笑一边站起身来，拿起酒杯示意婢女斟满。

"美人且先留步，待我敬你一杯再走不迟。"房氏说着走到钟荟跟前，托了托杯底，仰头一饮而尽。

刘氏照例与她抬杠，顺便揶揄一下卫夫人："哎，你这婆子好生不讲道理，人家夫妻急着团聚，谁稀罕喝你这劳什子酒来！"

众人又是一阵哄笑，纷纷起身祝酒恭送卫夫人。

钟荟走到陈府门口一眼看到那熟悉的颀长身影，心头不由得一热，快步走上前去："等很久了吧？遣个下人来便是，何必自己跑一趟。"

"也没多少路。"卫琇见了她，双眼中的笑意盛也盛不住，如今夜的月光般照进她心里。

他娴熟地扶她上了车，放下车帷，把她紧紧搂在怀里，低下头嗅她脖颈，埋怨道："不是赏花宴么？三更半夜赏什么花。"

钟荟哭笑不得，同他腻歪了一阵以示安抚，这才把陈家下午发生的事同他说了，末了道："此事似乎是沈氏做的局，不知怎么叫房氏发觉了，将计就计做了这么一出戏，为的是和齐王府解除婚约？"

卫琇抚了抚她环在自己腰上的手背，懒懒道："娘子真聪明。"

"正经点！"钟荟抽出手拍了他一下，"可是不对啊，陈二郎和云麓乡公主的婚期是明年一月，即便房氏转投齐王世子这边，也不必急于一时吧？"

"有人逼她。"卫琇受了夫人的教训，吃一堑长一智，一本正经道，"陈家和我们不一样，他们的根基在青州，若是始终隔岸观火，堂姑母和世子是不会忘记的。"

顺着这个思路一想，钟荟便明白过来："说到底，陈家的错处也就是陈二郎与家中婢子……那什么，说破天去也没人当回事，倒是云麓乡公主先是气势汹汹冲上门来捉奸，诬陷未来的夫君和舅姑有染，当着一众贵客的面侮辱舅姑。若是换了寻常身份的小娘子，无论哪一桩都够夫家退亲了。陈二郎当众说出退亲，哪怕是气话，云麓乡公主那性子八成是忍不了的。到时候云麓乡公主闹着退亲，陈家以退为进做些表面功夫，说起来反倒是陈家受了委屈占了理……还有她的大儿媳沈氏，上一回我就觉得两人之间似有龃龉，看来冰冻三尺非一日之寒。经此一役，沈氏在陈家怕是抬不起头来了，房氏此举一石三鸟，真真聪明！"

"嗯。"卫琇点点头。

"你点什么头？"钟荟没好气地乜他一眼，"你也觉得她当真聪明么？"

卫十一郎的冤屈如同六月飞雪，正要辩解，突然想到一件事，立时转守为攻："阿毛，你方才说陈二郎光着身子，想必是亲眼所见了？"

"我……我猜的……"钟荟心虚道。

"是吗？"卫琇似笑非笑地盯着她的眼睛，把手伸到她胳肢窝里，"阿毛骗人了。"

"别！别啊！卫公子饶命……卿卿……好卿卿……都叫你卿卿了！"钟荟上气不接下气，都快哭出来了，"一点也不好看……真的真的！比你差远了！"

第四十二章 刺齐

两三日后，戚氏果然言出必行地送来了帖子，钟荟欣然赴会。

齐相府邸在东安平城中的丁家坊，与齐王府相距不远，是一座五进带花园的宅院，比起齐王府的金碧辉煌和陈府的美轮美奂，齐相蔡宾的府邸确如夫人戚氏所言，有些无足可观。

刺史府的牛车将将驶到相府前，钟荟已经透过挂着细纱帷的车窗看到了等候在门口的戚氏。

下了车，钟荟连忙朝戚氏走去，歉然道：“这么大热的天，害你在此等候。”

戚氏白皙的脸庞已经晒得微红，鼻尖沁出了细汗，鬓发也微微濡湿了，显然已经恭候多时，不过她还是连连摆手：“听到下人来报，说贵府的牛车到了巷口才出来的，没有多久。”

因着气候炎热，钟荟粉黛未施，装扮也简单清爽，钗镮一律省了，只一支白玉簪将一头如墨乌发绾起，鬓边簪了一朵栀子花，雪白的竹叶纹绫绢单衣，外罩水色罗縠帔子，下着织银罗裙，行动间如波光水影，看一眼便从心底生出丝丝凉意来。

“啧，这一身任谁穿都嫌素净，偏你穿出来这样好看。”戚氏含笑打量她，却不叫人感觉唐突。

钟荟脸微微一红，亲热地挽住她臂弯：“就知道打趣我！天气热，不耐烦戴那些珠翠，你不嫌我失礼便好。”

两人有说有笑地往里走，园子里的水榭中已经支起了白纱帐幔，一片小小的曲池上几茎粉荷开得很随意。

“敝舍简陋得很，怠慢夫人了。”戚氏引着钟荟穿过一条窄小的廊桥走到湖心，赧然道，“家中人口不多，就夫君和我两个并一些下人，我又是个惫懒的人，也就随它去了。”

钟荟环顾四周，这园子不大，乍一看井井有条，但是处处透着一种既敷衍又随意的气息，无论是屋舍还是泉石都没有丝毫亮眼之处，也看不出半点主人的意趣和喜好，如同一座乏善可陈的乡绅宅邸。

蔡宾奸佞名声在外，谁能想到园宅却如此不起眼？想起卫琇所言，钟荟对他的来历越发生疑了。

“夫人莫要妄自菲薄，贵府很是风雅别致。”钟荟还是客套道。

戚氏抿嘴笑笑，显是不信，不过也不反驳她，跪坐在竹席上开始煮茶。

洛京的世家近来虽把品茗目为风尚，不过平日饮的还是酪浆居多，不似吴越之人日日离不了。

戚氏煮茶的动作十分赏心悦目，钟荟不禁看入迷了，直到戚氏手腕上的两个玉镯轻轻一碰，发出叮当的脆响，她才回过神来：“夫人煮茶的手法似乎与京中不太一样。”

“叫夫人见笑了，是家乡的土法子。”戚氏边说边用勺子把茶汤分到碗中，“您尝尝看，不知喝不喝得惯……”

钟荟和卫琇平常都对那又咸又苦的茶汤敬谢不敏，不过主人家热情招待，总不能拂了她的意，便欠欠身双手接过来抿了一小口。

那茶汤却意外爽口，里头没有加多余的调料，除了微微的清苦外还有一股茉莉的芬芳。

钟荟又饮了两口，觉得很是解暑，放下碗惊喜地道：“很香。”

戚氏的眼睛笑成了细细的月牙儿，如释重负地把手放在心口：“夫人喜欢我就放心了，夫君和我都喝惯这样的，不知旁人的口味如何。”

“似乎有茉莉的香气，是加了茉莉么？”同戚氏交谈久了，有时候连钟荟的口音都不知不觉叫她带偏了，把“是”说成了“四”还不自知。

戚氏不好意思地垂下头，目光闪了闪：“是煮茶的汤里加了点茉莉花露。”

“真是个好法子。”钟荟赞叹道，“不瞒你说，我以往喝过的茶都是又苦又涩，未曾想到经你这妙手一料理，竟然如此清冽淡远，齿颊留香。”

“也谈不上窍门，待汤微沸便离火，自然就没有涩味了，说到底还是‘酪奴’，不入流的，偶尔喝着玩也就罢了。”戚氏轻描淡写地道，似乎觉得总是聊茶无趣得很，岔开话题道，“夫人平素在家做些什么消遣？使君很忙吧？”

钟荟皱了皱鼻子，摇了摇纨扇，闷闷不乐地道：“哎！他的事儿我懒得过问，左右不过社稷呀家国呀，我一个妇人懂什么！他也不爱同我讲……横竖想去哪儿套个

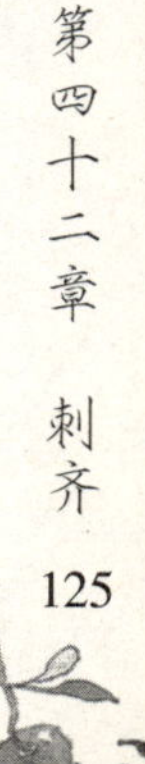

车便去了，也用不着他陪着。”

虽说是抱怨，可任谁听了都觉得是在变着法子炫耀他们夫妇感情绸缪。卫使君来青州不过数月，惧内的名声几乎已经盖过了他的神仙姿容和名士风流。

戚氏很识趣地奉承道：“夫人真是好福气。”

“对了。”钟荟似是突然想起什么，“转眼就是盂兰盆会了，我想找家寺庙给家人求个平安，可这初来乍到的也不知哪家寺庙灵验，今日正好向你打听打听。”

戚氏沉吟片刻道：“青州地界大小寺庙、道观总也有好几十座，靠近临淄一带香火最旺盛的要算南阳寺了。”

“是吗？你同我仔细说说吧。”钟荟来了兴趣，倾身上前道。

“南阳寺乃前朝刘善明刘太尉舍故宅所建，供奉的是弥勒佛。寺庙倒是不大，不过三十多年前出了个高僧，寺中佛塔供着这位高僧的佛骨舍利，听说只要是行善积德之人，去寺里求告大多能如愿的。”

“原来如此。”钟荟点点头，遗憾道，“可惜那高僧已经圆寂了……我家夫君崇信释道，原先在洛京时与几个名蓝大寺的僧人多有往来，本来倒可以前去讨教讨教。不知那寺中现如今的住持是哪位？”

“如今的住持是智严大师，也是博览典籍、明解三藏的。”戚氏道。

“我回去转告郎君。”钟荟若有所思地点点头，又东拉西扯地问了许多南阳寺的细节，一直聊到红日西沉，这才起身告辞。

“蔡宾夫妇有问题。”钟荟当夜一等到卫琇回院便单刀直入道，“往蜀中查，说不定能找到线索。”

卫琇惊讶地一挑眉：“从何说起？”

他也对这个出身寒素的所谓佞臣早有怀疑，一直在暗中着人调查，自然也没有放过戚氏，一直查到了她吴郡的老家。不过迄今为止查出来的消息都与他们明面上的身份毫无出入，许多部曲一路摸到江南，查探了几个月却一无所获，他娘子下午去相府喝个茶便有斩获，真不知该哭还是该笑。

钟荟把戚氏煮茶的细节描述了一遍，道：“我阿娘喜食南边的菜式，故而阿爷从吴郡寻了个厨子来。吴越煮茶的方法我是知道的，虽与京中略有差别，可并没有这样大。”

卫琇颔首道：“喝茶在京中风行本就是因为吴郡出身的中书侍郎陆辰，戚氏未曾到过京都，不知底细也不足为怪。”

“再者是茶中极淡的茉莉花香，我提到时戚氏眼神躲闪，又在情急之下谎称是水中加了茉莉花露。”钟荟接着道，“其实她是忙中出错，忘了先前下人没端来解暑汤饮。她怕我渴，从手边的执壶里倒了一碗清水与我喝，后来煮茶时用的便是这水，并无丝毫茉莉花的香气，且这香气极浅淡，不是刻意为之，倒像是哪里沾染上的。

“器物或是茶叶沾染上些许花香本是极寻常的事，有趣的是，戚氏为何要编瞎话来唬我呢？说来也巧，不久前你替我搜罗来解闷的那堆方志游记中，刚好有一帙提到蜀人以茉莉花窨制茶叶的法子，我就想，会不会是因那储放茶叶的罐子或是煮茶的器具沾过这种茶呢？”

卫琇惊叹之余颇有些感慨，谁说会吃不是一种得天独厚的本领呢？

“一想到蜀地，难免就想到了一个人。”钟荟接着道。

卫琇知道她说的是谁，眼里露出些微惊疑，此人心机深不可测，然而毕竟是他们的救命恩人，若非必要，他实在不想与他为敌。

钟荟何尝不是这样想，苦涩地一笑：“你已经找人查过虚云禅师了吧？想必也是干干净净的。”

卫琇点点头：“汝南王同许多高僧名道都有来往，虚云只不过是其中一个，来往也不见得比旁人多，要说特别之处，也只是他们相识早些，禅师从道家转投佛门之事也不难查，算不上秘密。他一直云游四方，青州水灾时不止一个游方僧侣前来超度亡灵，留下的也不止他一个。”

“于是我就稍稍试探了戚氏一下，故意引着她说南阳寺。”钟荟眨了眨眼，露出个狡黠的笑容，卫琇不知怎的想起了狐狸。

“无论你怎么问，她都绝口不提虚云禅师。”卫琇掀起眼皮望向她，“我猜得对吗？”

虚云禅师生就一副好皮相，往大街小巷随便拉一个女子向她打听南阳寺，恐怕都不会忽略这位俊俏盲禅师，钟荟逮着戚氏问了半日，连寺中斋膳有几道菜都打听清楚了，戚氏却只字不提虚云禅师，这才是最古怪的事。

屋子里灯有些暗，跳动的烛火将卫琇如玉的脸庞罩上层神秘又朦胧的光，那眼神中不知怎么带上了几分妖冶，显得格外诱人。钟荟忍不住凑过去嘬他红润的双唇，一边嘬一边呢喃道：“好卿卿，你怎么就能那么聪明呢……”

八月十五中秋佳节，素月当空，九州清辉同照。

随着齐王妃与世子定下的举事之期将近，卫琇在兵营中的时间越来越长，与钟荟聚少离多，中秋团圆之夜便提前赶回府中相聚。

这是两人到青州以后第一次过中秋，府里的下人大多是从京都跟随他们来的家仆，钟荟顾念他们思乡之情，特地放了一日的假，在莲池边张了十几顶纱帐，铺上簟席，预备酒肴，从临淄城里请了百戏班子，从晌午一直热闹到深夜。

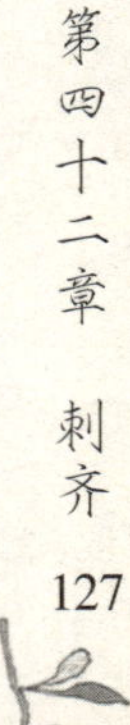

卫琇这些年不习惯热闹，夫妇俩便关起院门，在院中小荷塘边露天铺了竹簟和象牙席，一张长案上摆了许多瓜果、点心和酒肴，墙外传来隐隐约约的人声和丝竹，既清幽又不寂寥。

阿枣和阿杏备好酒筵便被钟荟赶去园中饮酒看戏，眼下身旁没了下人，两人便腻腻歪歪地互相伺候，你喂我一口糕，我喂你一口酒，倒也自得其乐。

金盘里琳琅满目地摆着几样时令瓜果，除了常见的葡萄、蜜桃、蜜瓜以外，还有一串枝青叶碧的荔枝，是快马从岭南送来的，今日刚到府上——钟禅去岭南当了几年刺史也不全是坏事，偶尔以权谋私一回也没忘了远在青州的女儿女婿。

钟荟和卫琇口味相近，都喜食荔枝。

“说起来我这辈子第一次尝到荔枝还是在你家，还闹了笑话，只不过你那时候只有丁点大，肯定是不记得了。”钟荟摘下一颗拈在指尖，有些怀念。当时的广州刺史是卫昭的门生，每到荔枝成熟的季节，卫府总是全洛京最早尝到新荔滋味的，连帝后都要往后排。

“什么笑话？说来听听？”卫琇将一颗剥皮的紫葡萄塞进她嘴里，顺手把指尖上的汁水揩在她脸颊上，惹得钟荟吱哇乱叫。

“想知道吗？小阿晏？”钟荟一边拿绢帕蘸了清水揩脸，一边逗他，“你剥荔枝给我吃，说不定我会告诉你。”

“荔枝太甜，若是先吃这个，一会儿别的果子都嫌酸了。”卫琇笑着冲她眨眨眼，顺手又塞了一颗葡萄到她嘴里，“我记得。”

话是这么说，却从她手上接过荔枝剥起来。

“骗人。”钟荟伸出手在他挺直秀气的鼻梁上刮了下，“你那时候有没有两岁？还不会说话呢，哪里就记得了。”

“不骗你，我开口晚，但是记事早。”卫琇笃定地道，“不知是谁一下子吃了小半筐荔枝，把肚皮都撑圆了，第二日便上火流鼻血。那时我刚巧在阿翁屋子里玩，鼻血滴滴答答全淌在他最喜欢的那条织成地衣上。洗又不好洗，扔又不舍得扔，阿翁心疼得要命，最后只得在上面摆了个金凤凰席镇遮着。”

“没有的事，一定是你记错了。”钟荟心虚地搓了搓脸。

卫琇也不辩驳，只是眉眼弯弯地看钟荟，看得她心里发毛。

“说起这席镇，倒叫我想起另外一件事来。”卫琇悠悠地道，“我四岁的时候叫它绊了一跤，磕掉了一颗门牙。”

钟荟回忆了一下，似乎是有那么好几年卫十一郎一直缺颗上门牙，她还和他阿兄阿姊们一起笑话过他好几回。

“那席镇……”钟荟脱口而出，随即便意识到，那席镇，那地衣，连同那屋子，那宅院，那些回忆里的人和物都已经不在了。明明是如蜜水一般甘甜的往昔，两人每次回想总是小心翼翼，生怕想得用力一些，碗底的苦味便要泛起，一丝一丝地渗透，不知不觉中一切都变了味。

那些记忆是钟荟的一部分，却几乎是卫琇的全部了。

卫琇的笑凝固在嘴角，眼神却慢慢黯淡下来，他端起酒盏抬头望了望头顶的明月，默默地一饮而尽。

“明日……”两人一直很有默契地绕开这个话题，最终还是钟荟沉不住气。

“别担心，堂姑母既然已经知晓，想来应该有成算。”卫琇安慰道，“我只是带些人马去支应一下，不会有事的。”

钟荟点点头，卫琇已经设法把蔡宾与汝南王司徒徽有瓜葛的消息传递给齐王妃，然而她心里仍旧有一种隐隐的不安，仿佛遗漏了重要的一环。

两人一时无言，卫琇一颗接一颗地剥荔枝，不知是怕她吃多了血溅当场还是天生手笨，他剥得很慢，若是平日钟荟早就等不及了，可因为心里挂着事，愁肠百结，吃什么都觉味同嚼蜡，不过尝了五六颗便摇头了。倒是桂花酒淡而微甜，钟荟仗着自己酒量好频频倾杯，不多时已有些醉意，卫琇最后只得压住她的杯盏。

不知不觉月斜灯暗，园中人声渐稀，管咽弦喑。卫琇要连夜赶回兵营中整军，终是到了离别的时候，尽管只有几步路，卫琇还是坚持将钟荟送回屋里。

钟荟从枕边取出前几日跑了好些寺庙道观求的一沓平安符咒，一股脑全塞进他腰间自己亲手绣的香囊里，直塞得香囊鼓鼓囊囊变了形——这还是她从姜老太太那里得来的真传，二叔久经沙场，几乎没受过什么凶险的伤，说不定是托赖老太太广撒网呢。

“早些歇息，免得昏昼失序。”卫琇将她紧紧一搂，随即放开，像是刻意轻描淡写，“明日十六，月色比今日还好，你不是常抱怨来了青州还不曾看过海么？明日事毕我带你去海边赏月。”

钟荟箍住他的腰在他胸口蹭了蹭，闷声道：“也不必非得是明日，月亮扁一些小一些也无妨。咱们早些出门，赶在渔民夕归的时候到海边，带上锅子、银炭和盐酢，到了那儿赁一条船，向渔民买些刚捞上来的虾蟹鱼贝，一边赏月一边现煮现吃……”

卫琇原本想的是抚琴泛舟、浅斟小酌、清歌伴月，不过叫她这么一说，似乎越发叫人期待了。他不自觉地微笑，低下头亲了亲她的额头和眼帘：“到时候我把那柄薄刃的胡刀也带上，叫你看看我片鱼脍的手艺。”

钟荟想了想他方才剥荔枝时那笨拙的模样，对他的手艺没什么信心，觉得八成还是得靠自己，只笑着推了推他：“赶紧走吧，这时候回去，到了营地还能合会儿眼。”

待他终于转身走出了屋子，钟荟又提着裙子追上去，抱住他的腰，把脸贴在他背上："千万多加小心……"

中秋夜的齐王府火树银花，笙歌曼舞彻夜不休。

齐王素来极重伦常，即便一家人私下里几乎到了形同陌路的地步，如此佳节也要齐聚一堂，面上看起来仍旧是熙熙融融、父慈子孝、夫唱妇随。

家宴设在园中地势最高的驾云楼中，人在楼上倚栏四望，园中灯火流丽，珠宫玉殿美不胜收。

齐王姗姗来迟，四下里一环顾，刘、高两位侧妃，世子司徒远以及其他庶子女都已到场，唯独不见齐王妃卫滢的身影——有人已经不愿陪他演这出琴瑟和鸣的戏了。

齐王眉头一皱，眉间纹路变得更深，本就峻刻的面容又添了几分戾气。

高氏侍奉他的时候最多，一见他这神色便知他不悦，眼神微微一闪，连忙带着一双子女迎上去行礼，世子反倒落在了后头。

云麓乡公主先前因为拒婚一事拂逆了父亲的心意，叫他禁足了好些时日，今日逢着中秋才法外开恩，放她出来透透风，故而见了父亲仍旧有些发怵，不自觉地往高氏身边挨。

齐王看了一眼英武魁伟、肖似自己的三子梓桐乡公，眉头舒展了些，几不可察地点点头，紧接着目光落到不省心的娇女身上，被她那怯怯的神情逗笑了。

云麓乡公主容貌气度虽不如王妃所出的两个姊姊，但生得娇俏可人，自小与齐王亲近，倒比两个嫡女更受宠爱。

世子和刘氏所出的二子司徒迈也上前向父亲行礼，齐王扫了一眼一脸倦容的长子，脸上重又笼上了一层阴霾，人与人之间的远近亲疏很难说清道明，即便亲如父子也难免厚此薄彼，齐王因司徒远是长子，又养在嫡妻膝下，这才将他立为世子。然而从司徒远蹒跚学步直至长大成人，齐王从未对这个儿子生出过舐犊之情，反而有一种难以言喻的厌弃，随着他的哮疾渐笃，王妃母家又遭逢剧变，齐王自然兴起了另立三子的念头。

在齐王看来这是天经地义之事，父为子纲，他当初能将司徒远立为世子，如今自然也能改立他人——长子的生母不过是个卑贱侍婢，本人体弱多病又资质平庸，唯一的倚仗便是王妃背后的卫氏，如今那倚仗已然没了，他凭一己孱弱之身根本支撑不起这份家业，此举不过是绳愆纠谬罢了。

只是司徒远居世子之位多年，在臣子和将士中已积累了一些威望，径行废立难免有一番风波，莫如徐徐图之。

"这几日上气之症好些了么?"齐王冷淡地问道。

世子明白父亲不过是敷衍，父亲何尝真的关心过他的病势，不过还是恭谨地答道:"承蒙父亲垂问，回父亲的话，近来好多了。"

齐王漠然地点点头:"'父母唯其疾之忧'，营中的事你不必过问太多，顾惜身子便是你的孝心了。"

世子低下头再拜，口中称喏，谁也看不到他脸上的神情，一旁的梓桐乡公司徒迅却是难掩眼角眉梢的得意之色，阿爷这是明着叫大兄别插手军务了。

高氏毕竟多吃了几年盐米，城府比起年轻气盛的儿子深些，不过闻言脸上的殷勤笑容也真诚了几分:"郎君先入席吧，坐下慢慢说。"一边说一边给他解下氅衣，抖了抖递给一旁的侍女。这些事情本不该由她这个侧妃来做，但是齐王素来喜欢女子温驯小意，高氏也乐得逢迎。

一旁的刘氏冷眼看着，脸上流露出不加掩饰的轻蔑，这高氏说起来也算青齐旧族，可行事实在有些不庄重，大庭广众之下抢奴婢的活还算细枝末节，因年老色衰唯恐失宠便把年轻貌美的侄女弄进府中共侍一夫就令人不齿了。

一大家子人依次入了席，齐王瞥了一眼身旁空空如也的座榻，有些不豫。对她用药确是有点过了，但他也是迫不得已，谁叫她性子如此刚强执拗，若她是个安于室家的女子，他又何必出此下策?

高氏将他的神色看在眼里，连忙捧着酒觞走上前去，盈盈一拜:"妾谨以此杯祝殿下福寿绵长。"说罢将杯中酒一饮而尽。

刘氏腹诽高氏谄媚，可同为侧妃，她也只能步人后尘，说了几句场面上的吉祥话应付了事。

以世子为首的子女们紧随其后，世子身子骨弱，便以茶代酒，梓桐乡公却是继承了齐王的海量，爽朗地道:"今夜阿爷可要赏个光同儿子开怀畅饮，不醉不归!"

几个儿子中间只有司徒迅敢与父亲自在地谈笑风生。齐王看着英姿勃发的三子，自豪之情油然而生，当即一仰头，将一觞酒倾入喉中，接着把金觞往案上一撂，吩咐侍女道:"取两只兕觥来!"

侍女很快取了一对硕大的青角兕酒觥来，齐王和三子旁若无人地畅谈豪饮，刘氏瞟了一眼微张着嘴傻坐在一旁看着父亲和弟弟的亲儿子，怒其不争地摇了摇头。

世子司徒远小口小口地啜着茶汤，时不时抬起眼望一望父亲和三弟，脸上始终挂着一成不变的笑容。齐王冷不丁地瞥见一眼，心里便如同有长虫爬过，生出那种熟悉的嫌恶来，也不知卫滢那样清高不群的性子，怎么养出个如此阴郁怯懦的儿子。

齐王心道，贱种就是贱种，即便给他一片最肥沃最高贵的土壤，长出来的仍旧是扶不起的病秧子。他不由得再一次暗自遗憾卫滢没能给他生一个儿子，他们亲生的儿子不知该有多出众——若是阿滢亲生的儿子，即便卫家倒了，他也愿意把自己的一切都传予这个儿子。

想起卫滢，齐王的脸色又阴沉下来，他不记得自己饮了几杯酒，只觉头有些发沉，胸腔里堵着的东西逐渐压抑不住了，直往外涌。他用力捏了捏眉心，对高氏道："王妃呢?"

宴会已经开席近一个时辰，这还是齐王第一次问起王妃。阖府都知道王妃不中用了，谁也不敢在齐王跟前提她，方才其乐融融的气氛顿时烟消云散，只有乐伎仍旧不明就里地弹奏着。

高氏如何听不出他的口吻异样？诚惶诚恐地道："回禀殿下，王妃身体不适，已经歇息了。"

齐王将兕觥重重地往案上一磕，酒浆顿时溅得到处都是："你找人把她叫过来!"

高氏面露难色，就算这府里的中馈实际上由她掌管，可在身份上卫滢还是压了她一头，而且卫滢那孤高清冷的性子……高氏还真没把握能将卫滢叫来。

她正盘算着如何开口，一向唯唯诺诺的世子却起身拜道："还请父亲念在母亲近来病势沉重——"

话还未说完，齐王便从案上抄起兕觥掷了过去，因为有了醉意失了准头，没砸中世子的头，擦着他的肩膀落在了地上。

齐王睁着布满血丝的怒目，直勾勾地瞪着长子，呼哧呼哧喘着粗气，却是没有再提叫王妃的话。

出了这档子事，席间的乐伎也不知所措，继续奏下去似乎不妥，又不敢贸然停下，犹豫之间曲调便凌乱了，齐王勃然作色："奏的什么东西！来人！把这些贱婢杖杀!"

高氏知道他这是有些醉了，埋怨地瞟了儿子一眼，温言劝解道："殿下息怒，大过节的不宜见血，姑且留着她们的贱命日后再发落吧……对了，高家前日献了几个乐伎来，里头有个琴伎倒是差强人意，技艺不致辱没了殿下的耳朵。"

齐王发了一通邪火，灵台稍微清明了一些，便就坡下驴地道："既然你说好，想必是可以听听的，叫上来吧。"

高氏吩咐下去，不一会儿便有侍女将那琴伎带到。那女子约莫十五六岁，着一身白衣，抱着一张桐木素琴，容色不算绝美，然而气质清冷，叫人一见便挪不开眼。

琴伎见了贵人也不怯场，容色淡淡地行了礼，将琴搁在案上，定了定神，缓缓地吐出一口气，沉着地奏起《流水》来。

齐王初时只觉那少女宠辱不惊的模样和眼角眉梢的神色有些莫名的熟悉感，待那琴声一起，便如魔怔一般僵住了——那专注时微微颦眉的神态，那行云流水的琴音，都像极了年少时的王妃，而《流水》正是卫滢最擅长的曲子。

齐王心里一动，旋即想起这乐伎是高家献来的，高谧那厮旁的本事没有，谗谄阿谀倒是无师自通。他向来不喜欢别人自作聪明，妄图揣测他的心意，不过今夜他却不打算和高家那蠢物计较——这份礼送得实在太及时了。

一曲奏罢，齐王将那女子叫到跟前，和颜悦色地问她年齿和名字，解下腰间的碧玉龙凤佩赏给她，向高氏使了个眼色。

当夜高氏便将那女子送到了齐王的寝殿中。

齐王恣意挞伐了大半宿——即便生得有几分相似，那也只不过是个供人取乐的下贱乐伎罢了，再怎么哭求哀号也引不起他半点怜惜。

一直到月斜星微之际，他才终于尽兴，疲惫又满足地闭上眼。

半睡半醒之际，突然有下人来禀："殿下，不好了，王妃……"

齐王听到"王妃"二字一个激灵惊坐起来："王妃怎么了？"

"王妃她……"那侍女惊恐道，"王妃她不行了！"

齐王愣了愣，轻轻地将那侍女的话重复了一遍，一时间弄不明白话里的意思，茫然地看了一眼倒在榻边不知死活的琴伎，那似曾相识的面容像一道闪电劈中了他。

卫滢不行了？怎么会不行呢？是因为那药吗？可那僧人明明说过，这药只会让人迷失心智，绝不会有性命之虞……齐王心乱如麻，翻身下床，披上氅衣便往殿外跑。他的寝殿距王妃的华光殿不算远，然而他心中惊惧，脚步虚浮，那条路仿佛永远也走不到头。

"王妃如何了？"他终于走到殿门，守门的两个婢子只知垂首呜呜低泣，竟连话都答不出来。

齐王将她们往旁边一推，跌跌撞撞地往里冲。

他突然感到有些不对劲，他每次来华光殿，乳母张氏必定会迎出殿外，可他一路直冲进来却不见张氏的人影。

齐王当即想要转身，就在这时，华光殿沉重的铜门在他身后关上了。

齐王何其敏锐，立即知道自己是落入陷阱了，他不敢转身露出后背，飞快地倒退几步，反手推了推，果然被人从外面锁上了。

他匆匆赶来，连个侍卫都没带，不过此时懊恼自己的大意和草率已经无济于事。

四周寂无人声，青琐窗中偶尔传来寒蝉凄切的鸣声。

王妃的帷幄寝帐在最深处，帐前案上点了一盏孤灯，灯火幽暗而摇曳，透过琉璃屏，穿过重重垂帷间的缝隙，到眼前只剩死气沉沉的一线。

齐王看不清里面的情形，不自觉地伸手按住腰间的剑柄，心里稍定，这把剑是前朝名将袁骋之物，不知饮过多少人的血，有宵小也有英豪，十五岁那年他阿翁老

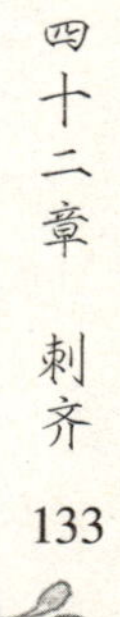

齐王将此剑赐予他，从此半刻未曾离过他的身，连就寝时也搁在枕边。

一声铮鸣，寒剑出鞘，齐王紧紧握住剑柄，哑着嗓子吼道："卫滢！别给我装神弄鬼！滚出来！"

他将剑横于身前，一边大声喊着发妻的名字一边试探着慢慢向前走去。

不管帷幔背后藏着什么人，必定是有备而来，他虽有宝剑傍身，然而敌暗我明，已经叫人占得了先机。

齐王认清了自己的处境，强压住怒气，故作平静道："阿滢，你出来，我们有话好好说，夫妻一场，何至于闹到这种地步。我答应你，从明日起不再逼你喝药……阿滢？"

无人作答，只有他自己的声音在高旷的大殿中回荡。

齐王怒从心起，对方的藏头露尾激起了他的血性，想靠这些鬼蜮伎俩对付他？且问问他手中剑答不答应！

他疾步走上前去，将离他最近的一重纱帷用力扯下来扔在地上："卫滢，你有胆量就杀了我！若是今日我出了此门，必饶不了你！"

齐王挥剑向着挡路的帷幔劈砍，宝剑锋利无匹，"刺啦"一声割开织锦，有一种屠戮般的畅快。他越走越快，一脚将琉璃屏踹倒，用剑尖挑开幔帐，往里一看，却是空空如也。

就在他四处查探时，突然有一滴水滴在他后脖颈上。

齐王伸手一摸，手指一捻，心中一动，凑近鼻端一闻，是仿若铁锈的腥甜味。

他当即抬头，又一滴血滴落，不偏不倚砸在他左眼上，他抬手一抹，在一片朦胧的红褐色中看到房梁上垂下的一条人影。

"阿滢！"他的头脑来不及反应，声音先一步颤抖着从他喉间挣脱出来。

梁上的尸首晃了晃，"扑通"一声落在地上，脑袋立时砸歪了半边，齐王连忙扑上前去一看，原来是乳母张氏。

油灯就在这时候悄无声息地灭了。

齐王仿佛突然被人按进了墨池中，华光殿中只有一团漆黑，月光穿过直棱窗前深色的纱帷，滤去了所有明亮与莹白的东西，留下几片不祥而阴郁的斑痕，如果月光照进黄泉，大约就是这样的颜色。

齐王无暇顾及死不瞑目的乳母，一条人影从房梁上落下来，紧接着又是一条……这些人影无声地潜近，像是黑暗伸出的触手，亦步亦趋地将他围了起来。

齐王被逼退至墙角，退无可退，不由怒道："你们是谁派来的？世子还是王妃？"

毫无预兆，其中一人突然发出一声尖锐的长啸，其余人得了信号，抽刀便向齐王攻去。

甫一交手，齐王便知来人是训练有素的死士，使的刀法还是自己王府的路数，只是到此时他才明白过来，司徒远压根儿没想过生擒，一开始就想取他的性命——没想到一向看不起的长子竟有弑父的魄力，齐王几乎对这儿子有些刮目相看了，不过那点微不足道的自豪刹那间便被怒火吞噬。

他横剑格挡，堪堪躲过一次直取他心口的袭击，随即又有一把刀从后腰处递过来，齐王回身全力迎击，剑锋迎着刀刃重重一撞，那刀竟然断成两截。趁着来人错愕之际，齐王一剑抹了他的脖子。

齐王骁勇善战、剑术精湛，凭着手中利剑接连杀死数人，可围攻他的人既耐心十足又不屈不挠，他不记得自己杀了多少人，周围的死士逐渐变少，最后只剩三人，无法再将他围困在中间。

只是他也已经到了强弩之末的田地，若是在光天化日下单打独斗，这些人根本不是他的对手，可是此时更深夜半，对方人多势众，他前半宿又耗费了太多精力，难免左支右绌，挥剑的手越来越沉，一不留神背上和胸前连挨数刀。

死士知他体力不支，攻势越发凌厉，齐王咬破舌尖，吐出一口血沫，提剑砍下其中一人的手臂，又向他胸口刺了一剑，同时左手运力，徒手将另一人手中刀刃劈落在地，趁那人弯腰捡拾之际削断了他的脖颈，再一个转身抬腿横扫，将最后一人踢翻在地。

最后一名死士倒地时五指一松，手里的刀便脱了出去。齐王抹了抹嘴角的血走上前去，一剑刺入他胸膛，将他钉死在地上。

齐王拔出剑，泄愤似的劈砍尸体的脸："想杀我……"

话说到一半只觉后脑勺一记钝痛，眼前黑了黑，不由自主地跪倒在地。他难以置信地回过头，借着窗口的微光看见一人手里举着一条三尺多长的木板，是先前被他刺中胸膛倒在血泊中的死士，大约是没死透。这些畜生，齐王愤愤地想，他以剑支撑着地面，双膝颤抖着想站起来。

那死士也狼狈不堪，他身受重伤，手臂上也中了一剑，为了不辱使命，方才那一下几乎倾尽全力，一击之后"凶器"便脱手摔落在地，发出沉闷的响声，原来是一张琴。

琴砸在地上，山岳断裂，琴弦脱散，那死士飞快闪过一个念头，一把抓住七根朱弦，连琴一起拖曳过来，扑到齐王身上，用琴弦缠绕住齐王的脖颈，一脚踩着琴身，一膝抵住齐王，使出浑身的力气用没受伤的右手拉扯琴弦。

齐王像困兽一样奋力挣扎，两腿不住地蹬，双手在空中抓握，躯干却被那死士用膝盖死命抵住。他无法呼吸，憋得眼珠子几乎要从眼眶中脱出来，脖颈上的青筋像爬虫一样鼓起，他想呼喊，想痛骂，可是发不出声音来。

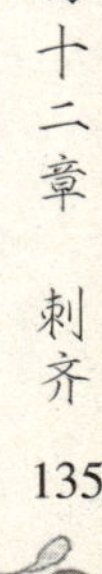

他不信自己会死，他这样的人怎么会死得如此轻易，如此可耻。他的大业还未成功，他要去杀了那逆子，还有卫滢——毒妇、贱人、王妃、阿滢，他要找她好好问问清楚，他不信她想置他于死地。

直到最后，他突然意识到绞住他脖颈的是什么，那是二十年前他送给王妃的琴。

铜门缓缓地打开，月光洒进殿中，像一匹银白色的缎子。

齐王妃卫滢站在那匹缎子的边缘，往黑暗中望了一眼，只依稀看到些形状莫辨的黑影，屋子里宁谧寂静，夜风送来阵阵血腥气，时浓时淡，并不让人嫌恶。

“你要进去吗？”王妃转身问世子。

齐王世子司徒远垂下眼帘摇了摇头。

卫滢淡淡地看了他一眼，眼神里流露出些许爱怜：“那便罢了，我也不必看了。”

说完吩咐身后的侍卫：“你带几个可靠的人把殿中清理干净，送齐王殿下回他自己的寝殿。”

“他身上的伤……”司徒远忍不住道。

“自会有人安排妥当，你不必担心。”王妃轻描淡写地道，“广成殿那边不知如何了，我们去看看。”

说完自顾自地回身往廊庑下走去，世子在后头望着嫡母的背影，只见她身姿端雅而轻盈，素白的斗篷在风中飘拂，映着如水的月色，像噩梦结束时睁开双眼看见的那道光。

王妃走出几步，似是发觉他没有跟上来，便转过身来，像小时候一样朝他伸出手：“走吧，今夜还很长。”

齐王侧妃高氏在睡梦中被一阵喧闹嘈杂的声响吵醒。她皱了皱眉睁开眼，腾地坐起身，正要唤婢子来问个明白，贴身侍婢阿梅便火烧火燎地跑到帐前跪下来：“娘子，王爷薨了！”

“什么？”高侧妃茫然地瞪视着前方，“谁？王爷怎么了？”

“王爷没啦！”阿梅抹着眼泪道，“王妃和世子带了好多人来，把咱们广成殿给围起来了！说是要捉你呢！”

“王爷没了？怎么就没了？”高氏紧紧揪住阿梅的袖子，像抓着救命稻草似的，“他们捉我做什么？对了，阿迅呢？你快点找人去叫阿迅来！”

话音刚落，门外传来“嘭嘭”的巨响，广成殿里的侍女哭作一团，慌慌张张地往远离门口的角落里躲。

“阿迅，快去找！快啊！”高氏没了主心骨，语无伦次地道。

“殿外都是人，奴婢出不去呀！”

撞门声一下比一下响，擂战鼓似的，阿梅心惊肉跳，慌慌张张地把袖子拼命往外拽——王妃和世子是冲着侧妃来的，她们这些奴婢躲开点说不定还能捡回一条命，留在高氏近旁可就凶多吉少了。

“你个落井下石的下贱坯子！”高氏觉察出她的意图，一个巴掌朝她扇去。

阿梅脸上挨了一下，越发顾不得什么上下尊卑了，她使劲掰开高氏的手，把高氏一把推倒在床上，急急忙忙蹲到墙边的青铜大花瓶后头去了。

就在这时，厚重的木门“轰隆”一声开了。

齐王妃和世子司徒远带着一队侍卫不紧不慢地走进殿中，血腥气像潮水漫上沙滩一样漫进屋里。

高氏吓得钻进帐中，在角落里缩成一团，脚步声越来越近，她忍不住自欺欺人地闭上了眼睛。

“高氏，你与乃父高谧、乃兄高俭、逆贼司徒迅，谗谄惑主、以卑陵尊、以下犯上、谋害主君，你可知罪？”齐王妃面容沉静，语调平和，话一出口却是字字如刀。

“我……我没有！”高氏连连摇头，紧紧抱着膝，浑身战栗着哭喊道，“你们莫要诬陷我！阿迅呢？阿迅在哪儿？我要见阿迅！”

“逆贼司徒迅业已伏诛。”齐王妃淡淡道，既没有快慰，也没有怜悯，仿佛她杀了面前这人的儿子是件稀松平常的事。

高氏不抖了，也不躲了，抬起头，脸上泪痕交错，精心掩饰的老态显露无遗，她死死盯着王妃，眼睛里露出狠戾的凶光：“卫滢，你这贱妇！你杀我阿迅！我要将你千刀万剐！”

她一边说一边连滚带爬地朝王妃扑过去。

王妃不见丝毫慌乱，往旁边避开些，立即有侍卫上前将高氏制服。

高氏衣衫不整，被那侍卫扭住胳膊压在地上，仍旧竭力将脖子拗过去盯住王妃，咬牙切齿地诅咒道：“卫滢！你不得好死！”

王妃充耳不闻，世子走上前来，照着高氏脸上扇了一巴掌，回身对手托金盘的侍女道：“赐高氏金屑酒，广成殿中诸人一律处死。”

此话一出，殿中哀号声、痛哭声和告饶声此起彼伏，司徒远无端想起某一回站在高楼上，欲雨时铅灰色的天空沉沉地向他压过来。

他不由得皱着眉头抚了抚心口，齐王妃看在眼里，关切地问道：“怎么了？觉得不舒服？”

司徒远沉默地摇摇头，转过身和嫡母并肩往外走。

齐王妃向他靠拢了些，用只有他二人才能听得到的声音道：“方才你不该亲自动

手，往后谨记，你的手不是用来做此等事的。”

司徒远驯顺地垂下眼帘，惭愧道：“谢阿娘教诲，儿子知错了。”

卫滢慈蔼地看了一眼他的鬓发，没说话。

司徒远落在后面，伸出手端详，他的手瘦而枯槁，骨节像树瘤一样突起，只有方才打人的手心有些血色，这样的手能用来做什么？

夜风透过碧窗纱，送来丝丝缕缕的凉意。

卫琇离去后，钟荟换上寝衣，熄了灯躺到床上，双手交叠在腹上，合上眼，不安如墨在水中缓缓洇开，像灰蒙蒙的阴雨天一样笼罩在她心上。

鼻端飘来淡淡的苏合香，这是卫琇离去前为她点上的。

明知她夏日不熏香却偏偏燃了香，是怕她忧心睡不着么？想起卫琇无微不至的柔情，钟荟便像浸在热泉里，浑身暖融融的无比惬意，眼皮也慢慢变沉。

到底是哪里算漏了？她想静下心来把这些时日发生的事再好好想一遍，可尚未理清楚的纷争谋算逐渐模糊成一团，齐王、齐王妃、汝南王、盲禅师、齐相、世子……这苏合香似乎有些甜……是院子里的丹桂香吗？钟荟迷迷糊糊地想着。

这念头仿佛一道电光，将她心底的疑惑照得雪地一般亮——这是青州，不是京都卫府，院子里压根儿没种桂花，哪来的丹桂香！

钟荟立即捂住口鼻，忍着头晕眼花，强撑着坐起身，第一件事就是摸到案前，把装满卫阿晏柔情蜜意的三足绿釉香炉奋力掷出窗外。

怎么这么笨呢！钟荟懊恼地攥起拳头捶自己的脑袋。这么浅显明白的道理，她却一叶障目。当然，卫琇的刻意引导也是功不可没。

齐王妃心思缜密，若非十拿九稳必不会轻举妄动——她先入为主，一直把这视为理所当然，要是齐王妃也算错了呢？

还有汝南王司徒徽，世人都道他智小谋大、才高识寡，前些年凉州胡乱，当时领兵戍边的司徒徽不战而降，被先帝解了兵权召回京师，新帝登基后再度起用，拜镇北大将军，都督幽、冀、并诸州军事，这几年可以说是毫无建树，领着十万大军却常常被鲜卑人打得丢盔弃甲，在满朝文武中几乎成了个笑话。

果真如此吗？钟荟想起司徒徽那双玩世不恭的眼睛，总觉得戏谑背后如同深渊一般幽暗莫测，他的眼神中不是司徒铮那样不加节制的嗜杀和疯狂，而是毫厘不爽、恰到好处的野心。

司徒徽对他们有救命之恩，他们与汝南王府因而多了一分亲近，逢年过节总不忘备一份厚礼，在京都时与汝南王的几个子女也多有来往。然而此一时彼一时，当初卫琇是卫家遗孤、无依无靠的少年郎，而今却是天子信臣，都督青徐的一方刺史，汝南王对青州有所图谋，他们是绝不能独善其身的。

他既然将手伸到青州来，总不是为了消遣。在多疑的齐王眼皮子底下揳入蔡宾这颗钉子，可想而知有多难。

汝南王处心积虑做了那么久的局，绝不是为了替别人做嫁衣。

“君终，无适子，其国可破也。”齐王世子虽体弱多病，齐王妃却是个静渊有谋的女中豪杰，齐国落到世子手里，有王妃坐镇，单凭一个齐相能搅出什么风雨来？更何况青州刺史还是齐王妃的堂侄！

若她是司徒徵，就趁着齐国内乱的机会把齐王、齐王妃、世子、司徒迅一网打尽，扶立幼子，通过齐相遥制青州，届时幽、并、冀、青尽在他囊中，只需再拿下兖州，挥师西向、直取洛阳也并非痴心妄想。

还有一个卫琇，若换作是她，绝对会趁着卫琇羽翼未丰之时斩草除根、以绝后患。

卫阿晏！说什么早些办完事陪她去海边看月亮，根本就是为了麻痹她扯的瞎话！

“阿枣——阿杏——”钟荟眉头一皱，扬声喊道。

等候在屋外的两个婢子面面相觑。阿杏小声道：“娘子怎么醒了，郎君不是说……”

“嘘！”阿枣白了她一眼，“娘子又在唤了，先进去再说！”

两个婢子忐忑不安地走到屏风里，只见主人披了衣裳站在窗口，手里拿着一把纨扇使劲扇着。

“哟，半夜三更的穿得这样齐整。”钟荟斜睨着她们，“这是要上哪儿去？”

“这不是……娘子……”阿杏欲盖弥彰地摇头，语无伦次地解释。

“不是什么？”钟荟摇了摇扇子，嘴角挂着冷笑，“今日不是该轮到阿枣值夜吗？你这是凑什么热闹？”

阿杏摸摸圆圆的鼻头，讪笑道：“奴婢睡不着……来寻阿枣姊姊说说话儿……”

阿枣是两人中较为机灵的一个，看这情形知道糊弄不过去，“扑通”一声跪了下来：“求娘子恕罪，奴婢不是故意要瞒着您的！”

阿杏有样学样，也跪倒在地，带着哭腔道：“娘子饶命，奴婢也是被逼的。”

钟荟一见这两个吃里扒外的东西就气不打一处来：“你们是我的婢子还是卫十一郎的婢子？那么听他话你们找那姓卫的要月例去！”

“娘子……”阿杏从下往上怯怯地望着她嘟囔道，“奴婢的月例是卫家给的呀。”

她说得没错，钟荟一时语塞，随即骂道：“你们俩！胳膊肘朝外拐的臭丫头！这些年真是白疼你们了！就知道帮着郎君欺负我……说！他怎么吩咐的？”

阿杏经不起吓唬，见娘子脸色不好语气生硬，立即竹筒倒豆子似的全交代了：

“娘子，是郎君下的命令，这迷香也是郎君点的，方才那枣茶里的药也是郎君给的，说……说等你睡着了把你抬上马车送出城外的也是郎君，您可别怪罪我们啊……”

钟荟竟通情达理地点点头：“嗯，也对，冤有头债有主，你们起来吧，阿枣你伺候我洗漱更衣，这季不是新做了一套出门穿的裤褶么？给我找出来。”

“还有你，”钟荟朝着阿杏点点下颏，“去前院看看车马和侍卫准备好没有，郎君不是要送我出城么，想来已经都备齐了吧？”

“娘子，这三更半夜的您是要去哪儿啊？”阿枣赶紧问道，她可不信娘子会按着郎君的安排乖乖出城。

“这还用问？”钟荟一挑眉，“当然是讨债去！”

第四十三章 残棋

八月十六破晓时分，天色微明，晨曦中带着一抹血色。

齐王府一夜之间天翻地覆，齐王马上风猝死，医官从房中半杯残酒中验出邪淫药物，那乐伎对罪行供认不讳，并牵扯出侧妃高氏及其所出之子司徒迅——女伎正是侧妃之父高谧所献。

事发后世子立即调遣私卫百余人围了齐王的景阳殿，司徒迅不孝不悌，冥顽不灵，召集殿中侍卫负隅顽抗，最终身中流矢而亡。

这套说辞私底下没几个人相信，谁都知道齐王对三子疼爱有加，甚至有意改立世子，司徒迅要害也该去害他长兄，世子位还没到手，哪有人会傻到把自己靠山推倒？

然而胜负已分，成王败寇，齐王和梓桐乡公俱已成了过往，如今司徒远才是这王府的主人。

王府中四门紧闭，内外戒严，四处是身被甲胄、手执利刃的侍卫，以清除司徒迅及高氏同党余孽之名在各院搜查逮捕。一时间阖府上下风声鹤唳、人人自危，尤其是先前与梓桐乡公一系来往多、走得近的，更是惶惶不可终日。

齐国中军将军高阳得知此讯时只觉耳边“轰隆”一声响，仿佛平地炸开个惊雷。他腾地站起身，揪住那报信之人的衣襟：“此话当真？莫不是弄错了吧？真是齐王？不是世子？”

横看竖看，这种死法都更适合常年半死不活的痨病鬼世子，齐王素来体格强健，如何会马失前蹄？

那报信的军士被高阳勒得几乎喘不过气来，憋红了脸，吃力地道："小的不……不知……"

高阳颓然地将他往地上一搡，跌坐在榻上，失神了一会儿，猛地抬手往脸上抹了一把，吩咐左右道："去取我的明光铠和长枪来！"

整个高氏一族的荣辱盛衰都系于司徒迅一身，高氏一族与齐王妃及世子早已经是不死不休的局面，若是让司徒远坐稳了齐王之位，高氏阖族只有一死，如今只有鱼死网破、舍命一搏，或许还有一线生机。

高阳领兵打仗很有一套，加上姊妹受宠，深得齐王的信重，统领着齐国上、中、下三军中最精锐的中军。

上军将军冯威远老谋深算，必定想方设法置身事外，世子能差遣得动的只有下军将军唐冒统领的下军。他未必没有胜算，只要一举拿下唐冒，不怕姓冯的不向他倒戈，到时候想扶立谁不还是他说了算，司徒迅虽然没来得及留下子嗣，齐王可不缺年幼无知、生母微贱的庶子。

高阳穿上铠甲、手执长枪出了营帐，正要召集将士，忽报敌军已经过了浊水，正往营地压来。

他大吃一惊，赶紧催促左右整军，一时间鼓声大作，号角齐鸣。此时天色微亮，大部分将士还在熟睡，他们连滚带爬地从床铺上爬起来，穿上甲胄，拿起兵器，冲到营帐外集结，这时下军的先锋已经杀到。

下军驻地在寿光，与上军驻地相距几十里，两营以浊水为界，互为犄角，平日可保齐国无虞，谁知竟有同室操戈的一日。

显然，唐冒这厮一早得了消息，趁着夜色的掩护悄然进发，高阳得知消息时已经错失先机。两支军队对彼此的底细了若指掌，这点先机便尤为可贵。

排兵布阵是来不及了，唐冒麾下牙门将领了一支先锋骑兵袭营，左冲右突，四处放火，扰得军心大乱。不过高阳毕竟身经百战，当即整肃军队奋力迎战。

中军本就是齐国军的精锐，一旦从起初的措手不及中回过神来，两军实力的悬殊便渐渐显露出来，唐冒占尽了先机亦是讨不到便宜。

战局逐渐陷入胶着之势，就在此时，突然有一路兵马从中军后部包抄掩杀，更有数百轻骑在战争中左冲右突，扬声喊道："司徒迅弑父篡逆，业已伏诛；高阳逆贼，助纣为虐。青州大军在此，尔等速速投降，只缉首逆，余者不问！"

中军一片哗然，高氏没有退路唯有死战，他们却不必舍命相陪，一时间军心动摇，士气尽泄。青州军悍勇无匹，越战越勇，齐国中军将士不多时便丢盔弃甲、溃不成军，副将趁乱一刀将高阳斩于马下，大喝一声："高阳逆贼，你自寻死路，休得诓骗我等替你卖命！"

四周都是高阳亲兵，见此情形却无意相救。副将跳下马，对着受伤倒地的高阳连砍数刀，割下首级，俯首向统领州郡兵的刺史投降。

齐国军中一场内乱终以主将被杀、副将投降而告终，这时闻风而动、前来“驰援”的上军将军冯威远也终于到了。

这冯将军惯会见风使舵，要是指望他，恐怕黄花菜都凉了，不过他生了一张武夫少有的巧嘴，比起上阵杀敌更擅溜须拍马，他在帅帐中见到青州刺史，直把卫琇从头到脚由内而外地夸了一遍，从文韬武略夸到花容月貌，连他的战马也没放过，那匹白色大宛马若是听了恐怕要羞成粉红色。

倒是这青州刺史颇有几分城府，非但照单全收，还时不时深以为然地微微颔首。

相形之下，唐冒口笨嘴拙，平素最看不惯冯威远这样巧言令色的小人，此时白眼都快翻到天上去了。

幸好这时有兵士入帐报信，堪堪挽救了他的一对眼珠子：“将军，齐王府侍卫在帐外求见卫使君。”

唐冒看向卫琇，见他点头，赶紧道：“传进来。”

王府侍卫入内行了礼，向卫琇道：“启禀卫使君，世子殿下有请尊驾过府主持大局。”

在场之人心知肚明，齐王死因蹊跷，世子未必能服众，难保群臣中不会有人提出异议，齐王妃和世子显然是想请刺史去撑场子。

卫琇忙道：“不敢当，但凭世子做主。”

那侍卫跪在地上一个劲地乞求，卫琇这才顺水推舟地对帐中几位将军道：“卫某何德何能，得蒙世子殿下错信，不敢固辞，先行告辞了。”

说罢叫来等候在帐外的亲卫：“我要去王府一趟，你去军中传令，即刻出发。”

那亲卫年纪不大，性子耿直：“回禀使君，将士死伤无算，伤者还未及收治，即刻便走恐怕……”

冯威远眼珠子一转，不由动了心思，他先时不敢出头，叫唐冒那粗人抢了头功，这世子病恹恹的，一看心眼子就不少，也不知会不会因此记恨上他，正发愁找不到机会奉承，见此良机赶紧凑上前去：“贵军适才经过一场鏖战，将士们想来已经十分疲惫，莫如让他们在此休整片刻，在下领一千精兵护送使君前去如何？”

卫琇沉吟道：“那便有劳冯将军了。”又对亲卫道：“去调集百人随我一起去。”

两人各自整备兵马向齐王府进发。

景阳殿前支起了铭旌，曾经不可一世的王侯躺在眠床上，尸首已经沐浴完毕，身上盖着殓衾，面容扭曲，两眼圆睁，混浊的眼珠漠然地对着帐顶。

他的妻妾、子女、臣工、奴婢乌压压跪了一地，恸哭声在梁柱间回荡，其中不乏哭得特别情真意切的，多半是受宠的侍妾和庶子女、冒犯过王妃或世子的僚属和奴婢，真正为齐王的横死难过的，大约只有刘侧妃一个了。

刘氏几次哭得几乎背过气去，粗壮的后背佝偻着，浑圆的肩头上下耸动，世子司徒远的目光从她身上掠过，觉得那模样有些滑稽。

齐王妃从始至终没有流一滴泪，只是眼眶发青，脸色有些苍白。她跪坐在床边，从齐王口中取出角柶搁在侍女捧着的银盘上，又从另一名侍女手中的金盘上拿起碧玉饭含尸身口里，轻轻托了托他下颏。

接着是为亡夫沐浴、栉发和更衣。这些事情有侍婢动手，用不着王妃和世子亲力亲为，两人只需在旁看着，偶尔搭把手略尽一下心意。

司徒远看着嫡母端庄凝重的侧脸，看着她轻轻地掖好亡夫的衣襟，用纤细修长的手指整理着他腰间锦囊上的穗子，动作舒缓轻柔，与她抚琴、烹茶、修剪花枝时别无二致，连她眉间的哀戚也是委婉动人又妥帖体面的，眼角的细纹不但无损于她的美，反而令人安心——于她而言，红颜不过是锦上添花，她的风华深入骨髓，连光阴也洗刷不去。

司徒远不由得感慨，血脉真是一种说不清的东西，他的生母死于产褥之症，他眼睛还未睁开便被王妃抱养。卫滢从他晓事起便手把手地教他习字、作文、抚琴，可他却始终学不会她优雅从容的风度，故而九岁那年从三弟司徒迅口中得知自己的身世，他立即就信了，他这样的人怎么会是王妃亲生的？

“哎呀！”一个侍女的惊呼打断了世子的思绪。

“大胆！”世子怒斥道，“来人，把这奴婢拖下去。”

那造次的侍女连忙跪下向卫滢磕头求饶：“王妃饶命！王妃饶命！奴婢只是一时眼花……”

世子抬手阻止应命而来的侍卫，问那奴婢道：“你看见什么了？”

“奴婢……奴婢……”那侍女打着哆嗦，偷觑齐王妃，“奴婢看见郎君……齐……齐王殿下脖……脖子上有道血口子！”

堂中真真假假此起彼伏的哀号声、抽泣声、呜咽声霎时归于静止，每个人都抬起头来望向齐王一动不动的尸首。

“你知道自己在说什么？”世子面沉似水地问道。

“奴……奴婢不敢造谣生事。”那婢子慌忙道，“奴婢看得千真万确，方……方才王妃也看见了……”

司徒远连忙上前，俯身拨开尸身的衣领，似乎受了莫大的惊吓，跌跌撞撞地往后退了几步，凄厉地叫了声：“阿爷——”双手捂脸恸哭起来。

齐相蔡宾走上前去，对司徒远道：“世子殿下节哀！”

司徒远失魂落魄，喃喃自语道：“为何会这样，为何会这样……”

“莫非主上之死另有隐情？”蔡宾大惊失色。

司徒远目光轻轻滑过齐王妃的脸庞，不敢逗留顷刻，沉痛地朝着蔡宾颔首。

蔡宾看看齐王的尸首，再回头看看身后错愕的众人，突然“嗵”的一声直直跪倒在金石地上，以头触地，哀恸道：“仆恳请殿下做主，查明真凶，以慰主上在天之灵！”

心思敏锐些的早已看出端倪，到此时还有什么不明白，世子和齐国相就差没指着齐王妃的鼻子骂她弑夫了，便有人带头叩首附和：“求殿下做主，缉拿真凶！”

哭成一摊泥的刘氏却猛地站起身朝齐王妃扑过去，因跪坐久了腿脚发麻，脚下便有些不稳，整个人朝齐王妃摔了过去。

她生得高大壮实，齐王妃虽然竭力避让，还是叫她扑得一个趔趄，险些摔倒在地。刘氏不管不顾地伸手揪扯齐王妃的衣裳和发髻，哭哑的嗓子像破了洞的黄麻口袋，出身名门的贵妇像个市井泼妇般推搡哭骂：“你这脏心烂肺的毒妇！谋害亲夫的贱人！你怎么不去死！”

刘氏之子司徒迈自小驽钝，反应总是比旁人慢些，还没将他阿爷死因蹊跷的消息克化，他阿娘又惹出事端来。他好不容易回过神来，赶紧上前手忙脚乱地扯住刘氏，笨嘴拙舌地劝道：“阿娘，莫要如此，阿爷……阿爷的冤屈有大兄做主，您这不是越闹越乱吗！”

“哼！你大兄？”刘氏一边冷笑一边拿手肘撞儿子，使劲蹬着双脚。可惜司徒迈一身蛮力随她，刘氏实在挣脱不开，便怒目圆睁瞪着王妃，咬牙切齿道：“卫滢！你不得好死！郎君——郎君——”

司徒远一脸沉郁地冷眼旁观，这时方才吩咐左右道，“刘侧妃失心疯了，还不赶紧送她回寝殿歇息！”

刘氏被几个侍女架着，一路高声诅咒着齐王妃，好不容易出了景阳殿。

齐王妃理了理散乱的云鬓，整了整衣襟，即便形容狼狈，她仍是淡然又冷傲地昂着头颅，连个同情怜悯的机会都不愿留给旁人。

司徒远没去看她，握拳的手慢慢松开，红着眼眶对蔡宾道：“父亲之死似有内情，有劳蔡卿助我查明真相，以告慰父亲在天之灵。”

蔡宾诚惶诚恐地推辞：“此乃主上家事，仆安敢置喙？”

“我也知道如此甚是强人所难。”司徒远的脸扭曲起来，看起来痛苦不堪，仿佛每一个字都是从他心上剜出来的，“然而为人子者……实在是难为情……”

司徒远一边撕心裂肺着，一边忍不住想，王妃此时正看着他做张做致吧？那对漂亮的凤目里是失望、震惊、鄙夷，还是不屑一顾？

他不敢回头，他生怕那双眼睛里除了漠然什么都没有，就像她设计杀死结发二十多年的夫君后那样，仿佛只是脱去一件沉重而不合时宜的破裘衣，假以时日，她也同样会对他弃之如敝屣吧？他只是先发制人罢了。

蔡宾一脸难色，挣扎了半晌，方才勉为其难道："请恕仆僭越。"

说完对王妃恭敬施了一礼，又道："在真相大白前，委屈齐王妃殿下在配殿中等候消息。"

"国相这是在怀疑我吗？"齐王妃面不改色，依旧是一贯的淡然语气。

"仆不敢。"蔡宾赶紧下跪叩首，"只是主上骤然薨逝，查验遗体的医官与伺候主上沐浴更衣者皆出自王妃殿下安排，仆唯有斗胆请殿下暂避嫌疑，容仆彻查，以还殿下一个公道。"

世子吩咐左右道："送王妃前往配殿。"

"几步路而已，不劳相送，我自己走便是。"王妃微微一笑，转向司徒远，深深看了他一眼道，"北风其凉，雨雪其雱，世子好自为之。"

司徒远只见嫡母昂首走在侍卫前面，不像是听候发落的罪人，反而像个凯旋的将军，他心里不由五味杂陈，细细品尝，终究是苦多一点。

他的戏演完了，接下去的事无须他过问，蔡宾心细如发，早已安排妥当，查验尸身，拷问下人，不用费什么力气，只需按部就班地一查便是铁证如山——齐王身上的累累伤痕根本不容辩驳。

谋害齐王一事，齐王妃自始至终没让世子沾手，即便她此时将世子牵扯进去，也是口说无凭，司徒远能轻而易举地把自己摘出去。

待医官验完伤，侍女重新替齐王的尸身穿好殓衣，盖好殓衾，然后撤去挡在床前的木屏风，大殿中重又响起哭声，方才的事仿佛从未发生过。

高高低低的哭声飘到配殿，卫滢不由往那声音的源头望了一眼，恍然发觉自己失神了，自嘲地笑了笑，回过头，从楠木棋罐中拈了一颗白子落在棋枰上。

这配殿平日无人居住，虽然时常有奴婢打扫，但是门窗一直关着，帷幔和器物都有一股陈旧的气味，让她想起小时候在洛京时第一次踏足祖父的藏书楼。

齐王妃虽是戴罪之身，可世子还未发话，她眼下还是王妃，殿中伺候的侍女不敢怠慢她，她说要打谱，她们便去寻了棋枰和棋子来。

司徒远走进配殿时便看见嫡母端坐在棋枰前，一手执黑，一手执白，悠然地打着谱，见他来了也只是如平常一样抬起头微微颔首。

她显是重新梳妆过，适才被刘氏扯乱的发髻恢复了一丝不苟的模样，只是衣襟仍有些皱，司徒远的目光落到那里，有些难受，仿佛心也跟着皱了起来。

“阿娘好雅兴。”司徒远深吸一口气，稳了稳心神，走到棋枰跟前，低头看了看枰上的形状，心头一跳，“是东山局?”

有棋圣之誉的前朝太尉卢默被诛于东山别墅，血溅棋枰，留下这半局残棋，却不知与他对弈者是何人。此局棋路诡谲，剑走偏锋，又有如此不祥的来历，有人便编派出一些神神鬼鬼的故事，称与卢太尉对弈的不是阳世之人，实乃阴间收魂的鬼差，东山局越发被视作大凶之局，有“鬼半局”的俗称，以讹传讹，甚至有人称世间无人能下完全局，中途便会招致杀身之祸。

司徒远七岁时初学弈棋，三年后小有所成，那时候正是看什么都新鲜好奇的年纪，不知从哪里得了此谱，私下里偷偷打起来，被王妃发现，掀翻了棋枰——这大约是他此生唯一一次见到嫡母失态。

那时候他既委屈又失望，母亲向来不信这些无稽之谈，也常教导他子不语怪力乱神，如何却不能以身作则?

如今他明白了，却也晚了。

“估摸着来不及下完一局，这半局棋正合适，”王妃似是在回答他的话，又像是对着棋枰自言自语，“也应景。”

司徒远觉得仿佛有人用石锤在他心上猛击了一下，眼泪像震下的碎屑，不由自主地落了下来：“阿娘……我也是迫不得已……”

卫滢把手上的一粒黑子投回棋罐中，抬起眼静静看了他一会儿，目光像要看进他心里：“是么?”

司徒远腿一软跪倒在地上，他想学她那样的心狠手辣和不动声色，终究是画虎不成，成了一场拖泥带水的笑话。

“儿子根基浅薄，与汝南王作对不过是螳臂当车！不是我也有旁人，五弟、六弟、八弟……我不听从便唯有死路一条!”司徒远涕泗滂沱，他觉得有一部分自己从躯壳中挣脱了出去，飘在半空中冷眼俯视着另一个号啕大哭的自己——他说的话连自己都不信。

“你坐拥山海之富、数万大军，却甘愿为奴为婢、当牛做马，供人驭使，你把这叫作迫不得已？阿麟，你到底在怕什么?”卫滢不急不缓地娓娓道来。

司徒远想起五六岁的时候，卫滢抱着他一边打扇一边给他读书：“望之不似人君，就之而不见所畏焉。”他不明白那些词句的意思，只是囫囵吞枣地记下来。

他是一棵太劣等的树苗，她栽培他，用期望浇灌他，他长不成参天的巨木，从外头看差强人意，只有他自己知道内里是空的，叩击一下能听到心虚的回声。

他说不出话来。

“你是不是觉得，做旁人的傀儡也好过做阿娘的儿子?”齐王妃又道，声音有点苍凉，让人恍然意识到她已经不再年轻了。

司徒远的眼泪像夏季山间的暴雨，突然刹住，他猝然地低下头沉默不语。

好在王妃也不需要他的答案："丧礼还有许多事要你操持，别在阿娘这里耽搁了，叫人呈上来吧。"

世子回头朝门边的内侍点点头，内侍手托金盘走上前来，盘上是白玉雕成的一壶一觞。

司徒远执起壶，手颤抖得厉害，只得用双手捧住壶往玉觞中倒，仍是把一大半洒在了盘上。

卫滢看了看杯中酒道："金屑酒，阿娘还是第一回尝，不知苦不苦。"说着伸手去接。

"你为何不防着我?"司徒远突然抬起头，用密布着血丝的眼睛盯住她，仿佛憎恨她的漫不经心。

齐王妃叹了口气，笑着看他："天底下哪有做阿娘的防着自己孩子的。"

说完毫不犹豫地端起酒杯，杯沿刚沾上唇，司徒远上前劈手将杯子打落在地，杯中酒液泼在地上，如同泪痕。

从齐国中军军营到东安平要翻过一座阳明山，虽名为山，其实只能算一片土丘，其上松柏苍翠蓊郁，风水颇佳，青州许多人把阴宅安在此处。在林间穿行，时不时能看见土馒头似的坟丘，哪怕是三伏天也感觉凉飕飕的。

头顶上的枝叶越织越密，林间的道路越来越窄，逐渐只容一骑通过。

齐国上军将军冯威远只觉后背阵阵发寒，眼皮直跳，忍不住抬手往眼睛上按了按。他在死人堆里打过滚，不知怎的却颇信鬼神之说，沙场上血肉模糊、断手断足的新鲜死人他不怕，就怕这些鬼气森森、日头照不进的地方。

一阵风吹过，树叶沙沙作响，冯威远总觉得那风声里夹杂了点别的什么，可侧耳倾听又杳无踪迹，只得归咎于自己疑神疑鬼，不过背上那股寒意却是越来越盛了。

卫琇带的骑兵走的不是这条道——好好的近路不走，偏偏要绕个大圈子，说到底还不是防着他? 冯威远想到此节便直摇头，都说新任青州刺史年少有为，要他说，就凭这心胸，也不是做大事的料。

就在冯威远腹诽卫使君的当儿，只听一声凄厉的马嘶，紧接着便是重物倒地的声响。

"有埋伏!"走在前面的士兵高声喊道。

冯威远大骇，高喊一声："撤!"赶紧拽紧缰绳拨转马头，还未来得及往前走几步，便听前方传来惨呼哀号和喊杀声，林中很快火光四起，浓烟滚滚，受惊的战马慌不择路，一时间人仰马翻，乱作了一团。

与此同时，一队两百来人的轻骑避开沿途所有适于设伏的地方，一路快马加鞭赶至齐王府。

王府大门紧闭，门前有侍卫把守。侍卫一见来人，挺枪喝止道：“来者何人?”

来人一勒缰绳：“青州刺史卫琇前来吊唁，求见王妃殿下、世子殿下。”说罢命侍卫呈上名刺。

王府侍卫接过名刺，行礼道：“仆多有冒犯，还请使君见谅。劳使君在此稍候，仆即刻通禀主人。”说罢向其他侍卫使了个眼色。

大门甫一打开，本来在马上等候的刺史一行人却突然发难，策马挥刀，向守门的侍卫劈砍过来，几名侍卫未及反应便已中刀倒地。

卫琇练兵极严酷，领的两百私卫更是精锐中的精锐，王府的侍卫就相形见绌了。一行人所过之处尽是血肉残肢，不一会儿就将守门之人连同前来增援的几十名侍卫杀得片甲不留，策马扬鞭突入王府，向着府内奔袭而去。沿途有侍卫抵挡，战不过几回合便败下阵来。

此时景阳殿中的人还未听到动静，对外头的变故一无所知。

突然间一名侍卫急匆匆闯入灵堂，向蔡宾行了个礼，附到他耳边说了句什么，蔡宾脸上的血色陡然褪得一干二净。

齐王的尸身早上才发现，此时丧帖还未发出去，压根儿不会有人来吊唁。

齐相蔡宾没有料到那个人算好的事竟然也会生变，一张脸仿若上了浆的麻布，没有半点血色，强自定了定心神，对司徒远道：“世子殿下，请借一步说话。”

两人一前一后急匆匆出了大殿，走到廊庑下，一离开众人的视线，蔡宾便不复那卑躬屈膝的模样，比起堂堂世子更像是发号施令之人。

司徒远神色慌张地问道：“方才有探马回报，卫琇的兵马在阳明山中已经中伏。有陈家两千部曲合围牵制，即便能侥幸突围，料想人马也不会太多，如何突然冒出数百骑来攻打王府?”

就是因为笃定卫琇不会带多少人，仗着王府中有数百侍卫，司徒远和蔡宾才这般有恃无恐。

蔡宾沉默不语，屏息凝神听了一会儿。

“蔡卿，眼下如何是好?”司徒远问道。

蔡宾答非所问：“王妃何在?”

“我不是同你说过了吗?”司徒远蹙着眉道，“母亲饮下金屑酒身亡……我已命人抬到后面去了。”

蔡宾嗤笑了一声道："殿下不用诳骗臣，臣这双老眼虽然昏花，目下还能视物。"

他那颐指气使的神色令司徒远感到不悦，不过是汝南王脚下的一条老狗罢了，真以为能在齐国只手遮天？

蔡宾收起戏谑之色，敛容道："殿下，你可听见外头的马蹄声？定是阳明山中设的埋伏出了差错，卫琇设法逃脱，领着兵马杀进来了。府中有多少侍卫您比我更清楚，能抵挡得了几时？主上料定殿下乃重情重义之人，愿意成全殿下一片孝心，您莫非真以为那点混淆视听的小伎俩能瞒天过海？"

外面的声音越来越喧杂，大殿中也能听个影影绰绰。众人顾不得哭齐王了，都停下来面面相觑，用眼神和口型彼此询问："怎么回事？"有人想站起身去殿外探听个清楚，无奈碍于丧仪不敢轻举妄动。

司徒远紧抿着唇默不作声。

蔡宾步步紧逼："殿下！当断不断，反受其乱。阳明山中还不知情形如何，眼下唯有以王妃性命相胁，庶几可解目下之难！"

卫家覆灭，卫琇在世的亲人不过卫氏几个出嫁女，他今日就赌一把，看这个堂姑母在卫琇心目中的分量有几何。

司徒远犹豫半晌，终是一咬牙道："好，我带你去！"

齐王妃关押在西北角的偏院中，从景阳殿过去要走半刻钟，司徒远身体弱，脚程就更慢了。蔡宾一边在心里痛骂司徒远愚蠢，一边无可奈何地命人去备辇车，自己则先一步带着侍卫从后门出了景阳殿。

孰料那辇车迟迟不来，司徒远在廊庑下焦急等待之时，呐喊搏杀声越来越近，听着仿佛已经近在咫尺。突然传来"嗵嗵"两声震耳欲聋的砸门声，大门轰然从外打开，身披犀甲、手持长刀的兵士像狼群一样涌入，把守殿外的几十名侍卫仿佛泥牛入海，转眼之间便被砍杀殆尽。

正殿中的众人再也不能若无其事地跪着，俱都站起来四处奔逃，连主持丧仪的礼官也躲到了停尸的眠床后头。

司徒远无法，只得在侍卫掩护下往后门跑，一出门口，却正面迎上了卫家部曲，领头之人见他衣冠华美，知他身份必定不简单，赶紧挥兵围上前，将他一举拿下。

卫家部曲将景阳殿的出入口全部封死，把殿中诸人全都赶到配殿中看守起来。卫家亲卫对着册子一一点检，齐王其余的子嗣、僚属俱在此，唯独缺了齐王妃和蔡宾。

就在这时，把守后门的部曲把司徒远带到了，齐国世子反剪着双手，被人推搡着，踉踉跄跄跌进景阳殿西配殿。

司徒远一进屋就见一人身着明光铠背对着他，身形颀长，身姿挺拔，单看背影就觉英姿飒爽，令人自惭形秽。

那人转过身来，对左右斥道："不许对世子无礼。"说罢向司徒远毕恭毕敬施了一礼："卫某拜见世子殿下。"

他戴着头盔，只露出双眼和鼻梁。司徒远只在齐王妃的寿宴上见过卫琇一次，不过还是一眼认出此人并非卫琇，卫家人的眼尾深而长，他从小看到大，无论如何也不会错认。

"你不是卫使君，你是何人？"司徒远问道。

来人一怔，似乎不曾料到自己遮着大半张脸还能叫人认出来，抬起眼将这齐国世子打量了一番，只见他形容憔悴，面色青灰，右眼上方的眉骨处裂了一道口子，正在汩汩地流着血，头上的白玉冠狼狈地歪向一边，实在不像个王孙公子。

顶着卫琇之名的祁源没接他的茬，只问道："敢问世子，王妃安在？蔡相安在？"

获知蔡宾的行踪后，祁源当即带着侍卫翻身上马，在半道上把蔡宾一行人截住。

蔡宾被人擒住，脸上却没有多少惊惶之色，人算不如天算，他在阳明山中布下天罗地网，将能调遣的兵马全都调了过去，以致府中空虚，反倒让敌人长驱直入，是他命中注定要绝命于此，大约也是他不忠怀贰的报应吧。

只不过他一人的殒殁无关大局，卫琇能躲得过阳明山的两千陈家部曲，却抵挡不住数万大军压境，青州这块肥肉主上势在必得，卫琇就算是神仙下凡也无力回天。

蔡宾抬头看了看天色，这时候汝南王的兵马该渡过济水了吧，卫琇的几千州郡兵倾巢而出，待他接到军报，发觉异状，再领兵回援，恐怕临淄城都已经易主了。

"国相倒是视死如归，你背主求荣，贻害百姓，如今已成阶下囚，难道不担心自己的项上人头？"祁源看蔡宾那胸有成竹的模样，忍不住出言讽刺。

"卫使君莫如担心担心自己。"蔡宾捋着胡子笑道，"老朽发秃齿豁，死亦何惧，倒是卫使君年轻有为，不能报效朝廷，却要陪老朽葬身此地，岂不是可悲可叹？"

祁源冷哼一声，摘下头盔，对着瞠目结舌的蔡宾一笑："蔡国相看来真的是老了，连人都会认错，也难怪设下的计谋错漏百出。对了，还有阳明山那群乌合之众，打起来不堪一击，挑坟头的眼光倒不错，正方便我们青州军瓮中捉鳖，在下替使君多谢国相厚谊。"

话落扬手一刀，结束了蔡宾的性命。

门帷掀开时室内乍然一亮，司徒远忍不住觑了觑眼。

"世子。"齐王妃不轻不重地唤了一声，就如平日唤他一样。

自他长大成人后她就没唤过他的乳名，他没忍心杀她，不知先前在配殿中那声

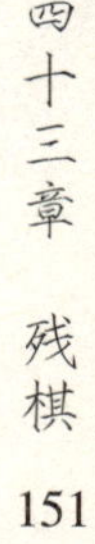

“阿麟”有多大的功劳。

卫滢的裙裾在金石地上逶迤出窸窸窣窣的声响，像春蚕啃啮桑叶。司徒远抬起头，只见她背光站着，有昏暗的面容和光明的轮廓。

司徒远的目光在卫滢的脸上停留了一会儿，看不清她的神情，便轻轻掠到一边，看了看站在她侧后方的内侍，金盘、执壶、玉觞。

到了这时候他反而不怕了，只有尘埃落定的安心。他半生汲汲营营，先是谋算亲父，再是与嫡母相争，以为自己争赢的时候他不觉欣慰，只感到惶恐，如今输了，竟然如释重负。

“母亲是什么时候看出来的？”司徒远问道。

王妃嘴唇动了动，声音有点涩：“很早，五年前。”

“若是我狠狠心杀了你呢？”司徒远笑着望她，眼里有戏谑的光。

卫滢摇摇头，也笑了：“你毕竟流着你阿爷的血。”

司徒远低下头沉默了一会儿，用手指摁了摁太阳穴，仿佛这句话很难懂，良久之后他低声道：“谢谢。”

她没有提到他从生母那里得到的一半卑贱血脉，他真的对她心怀感激。

“你阿爷的几个儿子里，就数你最像他。”卫滢接着道。

司徒远抬起头，笑得很轻佻：“是吗？一会儿在泉下见了阿爷，儿子把母亲这话转告与他，不知他会恼成什么样。”

“你阿爷当初没杀我，你也不会杀我，只需把我关起来便是了，如此便不必杀妻也不必弑母，很容易是不是？你和你阿爷，都是志大才疏之人，故而你们会选容易的路。”卫滢说完顿了顿，仿佛发觉自己说得太多了，抿了抿嘴，沉默下来。

“能得你这席话，我也算死得明白了。”司徒远挺了挺背，他的脊背总是不知不觉地垮塌下来，当初王妃为了纠正他的坐姿花了不少力气，到了临走的时候，他不想叫她对自己彻底失望。

卫滢面对他坐下，中间隔着半局残棋。

良久，司徒远轻声道：“阿娘，我该上路了。”

卫滢向身后的内侍挥挥手。

内侍跪下来膝行上前，卫滢伸手去拿执壶，一只枯瘦的手拦住了她。

“怎么好劳动阿娘。”司徒远说着自己端起酒壶，给自己斟了满杯，手稳稳当当，一滴也没洒出去——她说得没错，确实是这条路容易些。

他反复端详那只白玉觞，与他方才打翻的是一对吗？方才那只雕的是缠枝莲纹还是卷草纹？他使劲回想，仿佛这是他死到临头最紧要的困惑。

毒酒入喉，竟是甜的。

司徒远等了一会儿，腹中开始绞痛起来，他努力想坐直，可还是不由自主地佝偻起来，张了张嘴，呕出一口血，将半边白子染成了猩红。

“阿娘，好疼啊……”他在心里轻轻道。

“嗵”的一声，司徒远仆倒在棋枰上，几颗棋子落到地上。

卫滢正往外走，像是突然被什么绊了一下，脚下一个踉跄，她扶住门框，抬手捋了捋鬓发，重新挺直脊背，头也不回地往太阳底下走去。

齐国世子司徒远勾结奸相蔡宾谋害主君，诬陷王妃，嫁祸高氏，计败身死，侧妃刘氏之子司徒迈在动乱中为奸相所害，年仅九岁的齐王四子司徒遥即位，一国政事尽归齐王妃。

第四十四章 守城

钟荟执意要连夜去讨债，阿枣和阿杏两个婢子只得老老实实跟着，横竖她们是娘子从姜家带来的人，有娘子护着，郎君无论如何不能越俎代庖罚她们。

卫琇留下的侍卫就不一样了，他们是卫琇一手带出来的人，唯郎君马首是瞻，她这个卫夫人平时差遣他们办点差事还成，到了关键的时候，她说出的话就不怎么好使了。

得从长计议。

钟荟眼珠子一转，不急着走了，叫阿枣帮她换好衣裳，然后往妆镜前一坐，叫阿枣替她梳头，一边拨弄着奁匣里的珠翠，一边状似不经意地问阿枣："郎君走的时候留了多少部曲？"

阿枣想了想道："总有五十来人吧。"

"哦。"钟荟随手挑出个梅花形的金钿递给她，"领头的是谁啊？"

阿枣不由低下头，咳嗽两声掩饰自己的心虚，装作若无其事地答道："这些事儿奴婢哪里知道。"

钟荟见她这模样心里便有数了，"嗯"了一声，催促道："你梳快些，别整那些花里胡哨的东西，梳个男子髻便是了。"

阿枣只得把她鬓边的金钿摘下来，嘟囔道："是娘子自己给我的呀。"

说完趁着娘子不注意偷偷用手背贴了贴发烫的脸颊。

多亏卫琇未雨绸缪，行囊和箱笼是早已经收拾好装车了，钟荟问了问，没有什么旁的东西要带，便披上披风，吩咐阿枣和阿杏一前一后提着琉璃灯，往前院走去。

“阿枣姊姊，你可来了！”卫琇的亲卫阿寺匆匆忙忙跑过来，刀鞘磕在腿上噗噗作响。

这小侍卫看起来只有十五六岁，穿着身裲裆铠，没戴头盔，头发梳成个干干净净的发髻，还很讲究地簪了一根玉簪，灯光里看不清肤色，不过五官周正，整个人看着很清爽。

“谁是你姊姊！”阿枣白了他一眼。

侍卫得了白眼也不懊恼，笑着摸了摸后脑勺：“阿枣姊姊……”

“别姊姊妹妹的了。”钟荟冷不丁从阿枣身后走了出来。

侍卫吓了一跳，下意识地握住刀柄。

“还不见过夫人！”阿枣恨铁不成钢地瞪了他一眼。

“夫人？夫人不是……”小侍卫大惊失色，他守在此处就是等着两个婢子把夫人药倒了来通风报信的，不承想这夫人自个儿竖着出来了。

钟荟将他打量了两眼，和颜悦色地道：“你是阿寺吧？”

侍卫这才回过神来，忐忑不安地朝她行礼：“仆见过夫人。”

夜风有点冷，钟荟紧了紧披风道：“郎君叫你们送我回京是不是？这是什么缘故呀？”

阿寺为难地看向阿枣，阿枣沉痛地朝他点点头，比了个口型。

阿寺心里凉了半截，只得硬着头皮道：“娘子，郎君就这么吩咐，小的只管听令，哪里知道是什么缘故。”

“既然你不知道，那我还是自个儿去问你家郎君吧。”钟荟勾了勾嘴角道。

阿寺像是吞了黄连，脸皱成了一团：“启禀夫人……郎君只命小的护送您回京，旁的事儿小的实在做不了主，要不您先启程回京，到了驿站写封信给郎君问问？”

钟荟差点气笑了：“就要开战了，书信哪里还送得进城？”

“这您无须担心，不是有斥候……哎呀！”阿寺猛然发觉自己说漏嘴，恨不能把这张大嘴缝上。

钟荟似笑非笑地看他一眼：“我也不想为难你，你把我送到郎君那儿，余下的事我同他说，保证不叫他寻你晦气，如何？”

“夫人，郎君临走前再三吩咐小的一定要把您安全护送回京，小的就是死也得办到。”阿寺仍是不肯就范。

“阿寺，我问你，你对郎君是真忠心还是假忠心？”钟荟转了转眼珠子，突然换了推心置腹的口吻。

后面的阿杏和阿枣对视一眼，同情地看向阿寺。

“小的对郎君要是有半点二心，就天打雷劈……”阿寺跟随卫琇多年，还从未叫

人怀疑过，顿时觉得十分委屈。

“好了好了，不必赌咒发誓，我知道你忠心耿耿。”钟荟挥挥手打断他，“只是你不晓得，这忠心也分聪明的和愚笨的，郎君吩咐什么你就照做，这是愚忠，真的忠心是要用你的心，用你的脑袋，仔细想一想，到底怎么才是为郎君好。”

夫人说得浅显，阿寺想了想觉得挺有道理。

钟荟见他犹疑起来，赶紧趁热打铁：“你想想，郎君身边就数你武艺最高强，郎君平日里时常夸你百步穿杨，刀法臻于化境，最难得的是还擅长调兵遣将。”

她天花乱坠一顿夸，阿寺不由羞惭地低下头来：“郎君说得过了，没那么……”

“剩下那几十个侍卫虽然不如你，可也是郎君身边最拔尖的亲卫。你想没想过，郎君身边没了你们，他身陷险境怎么办？”

阿寺心里不由得咯噔一下：“可是……”

“别可是了！”钟荟的耐心快耗尽了，伸手拉过阿枣，“你若是不听我的，我便棒打鸳鸯，把你阿枣姊姊嫁给又老又丑的陈太守做小妾。你若是乖乖听我的，待把敌军打退了，我就做主让你们俩成婚。”

“娘子！”阿枣知道她随口胡诌吓唬人，只是她和阿寺的事突然被戳破，羞得无地自容。

阿寺却是吓蒙了：“郎君说了……”

“阿枣是我的人，郎君说什么不顶事。”钟荟道。

阿寺看了看娇俏可人的阿枣，没有挣扎多久，咬着牙点头道：“好！”

走出两步又回头：“夫人说话可要算数啊！”

“我说过的话一定会做到。”钟荟笑道。

阿寺带着她们往备好的车驾处走，走了一小段又回过头来。

钟荟又好气又好笑：“还不放心哪？”

“不是……”阿寺害羞地摸摸后脑勺，“小的本来是要护送夫人回京的，眼下郎君在哪里小的也不知道。”

钟荟看了看头顶的天空，时候还早，便道：“去军营。”

既已知道汝南王要趁齐国之乱攻打青州，若她是卫琇，必定会把大部分兵力留下守城，派僚属带一部分兵马前往齐国府援助齐王妃。

卫琇自己是一定会驻守临淄的。

一行人走到门口，车驾和其余侍卫已经整装待发。因为本打算一路回洛京，箱笼装了几车，光是吃食零嘴就装了一整车。钟荟对着这堪称隆重的逃难排场哭笑不得，此时再整理反而耗时耗力，她索性一闭眼把这些累赘全都带上路了。

钟荟一坐上马车就知道卫阿晏已经蓄谋已久，这辆车是特制的，比钟蔚那辆有过之而无不及，车厢四壁包上了松软的白狐皮，人往里一坐能陷进去一半，车轮裹了犀牛皮，贯轴大约也改良过，在崎岖道路上也不觉颠簸。

钟荟先前饮了几口加了催眠药物的茶汤，陷在狐皮中又如此舒坦，不由得靠在隐囊上打起了盹。

再睁开眼时，马车已经到了兵营壁门外。

守门的军士迎上前来，一见骑马走在最前头的阿寺，赶紧行礼。阿寺是卫琇的贴身侍卫，营中没有几个人不认识他这张脸，不过他还是从腰间扯下令牌给守卫过目。

阿杏趴在车窗上看着外头的情形，放下窗帷转头对同车的阿枣道："阿枣姊，你夫君很有门面呀!"

阿枣捏拳捶她："胡吣什么哪！谁的夫君!"脸却是烫得快熟了。

一行人长驱直入，一直到了卫琇的帅帐附近。阿寺下了马，把辎重车安排妥当，然后下马走到钟荟的车前，隔着车帷道："夫人请在此稍等片刻，小的去向郎君通禀一声。"

钟荟撩开车帷自己跳下马，伸手把幂篱拨正，笑着道："我随你一块儿去，省得你来回跑。"

笑话，她此番前来是找卫阿晏寻仇的，当然要逮他个措手不及。

这不合规矩，阿寺面露难色，不过旋即就释然了，虱多不怕痒，最重的已经犯了，这些细枝末节还讲究什么！他殷勤地请夫人先行，提醒她小心脚下，又大着胆子问了些阿枣的事，走到卫琇的帅帐前已经俨然是夫人的狗腿。

守在帐外的两名侍卫是阿寺亲自训出来的，见了他又惊又喜，赶紧迎上前来。

阿寺在两人肩头各拍了几下，问道："郎君在里面吗?"

鼻梁上长麻子的瘦高个道："忙活到现在，刚进去歇息呢。"

钟荟本来一腔怒火，听了这句话心像泡在酸水里，刺啦一声，什么火都灭了。

瘦高个这时才注意到阿寺身后有人，诧异地打量钟荟："这位小娘子是……"

话没说完后脑勺上便重重挨了一掌。

"什么小娘子！这是夫人！还看！小心我挖了你的狗眼！还不快行礼!"阿寺在钟荟面前大气都不敢出，骂起下属来倒是一点也不含糊。

钟荟忍不住弯了弯嘴角，对那两名诚惶诚恐的侍卫道："免礼。"

又转头对阿寺道："我进去看看郎君。"

阿寺连忙帮她掀开帐门。

钟荟一走进帐中便看见卫琇和衣趴在案上，解下的铠甲和佩剑搁在一旁的篳

席上。

她鼻子一酸，眼泪止不住掉了下来，解下身上的披风轻轻走过去盖在卫琇身上，然后轻轻地从后面抱住他，把脸贴在他背上，感受他的体温。

他还全须全尾的就好，她什么气都消了。

卫琇睡眠浅，立即就察觉了异样，熟悉的怀抱，魂牵梦萦的馨香，他以为自己在梦里，不敢动弹，怕把梦里的阿毛吓跑，嘴唇动了动，无声地唤道："阿毛。"

不出一个时辰大军就要向临淄城进发，卫琇只有这点时间可以合会儿眼。钟荟怕吵醒他，在他背上贴了一会儿便赶紧放开。

卫琇觉得后背一空，心往下一落，反倒惊醒过来。他睁开眼睛，先看到油灯的火光，朦朦胧胧的，怔了片刻，想到自己身在营帐中，也不知此时阿毛出城了不曾，他早想把她送走，只是生怕打草惊蛇才拖到了今夜——也有难以启齿的私心，这次的关隘能不能过去他实在没把握，万一城破，他和钟荟这一别就是天人永隔，自然是能多看她一眼都好。

钟荟默不作声地站在油灯照不到的阴影里，看着卫琇呆愣的模样，觉得又好气又好笑，一想起他竟然企图药倒自己送出城去，怨气又高涨起来。

"阿晏——"钟荟双臂抱在胸前，甜甜地唤了一声。

卫琇整个人一僵，百般滋味刹那间同时涌上心头，终是狂喜压倒了一切，像海浪一样劈头盖脸迎面打来，让他晕晕乎乎，不知今夕何夕。

他慌乱地站起身，腿脚酸麻也顾不得了，跌跌撞撞地蹒跚到她跟前，将她紧紧抱在怀里，像要把她整个人嵌进胸膛里去，嵌回他空了一块的心里去——没见她的时候他还能自欺欺人，到这时还怎么骗自己？

他一点也不想放开她，哪怕是死，他也要和她一起。

"卫阿晏，你胆子肥了是不是？"钟荟气还未消，在他身上胡乱啃了一口。

卫琇吃痛，胳膊不自觉地松了松，随即更紧地箍住她，梦呓一样低低唤她："阿毛，阿毛啊……"

钟荟一愣，眼眶里蓄了泪："你别这么叫我，一听你这么叫我就怕。"像要分别一样。

卫琇缓缓把她松开，看着她的眼睛，伸出手指把她散在脸侧的一缕发丝拨到耳后，既艰难又坚定地道："我派人送你出城。"

钟荟一个活了两辈子的大家闺秀，第一次想打人，狠狠地瞪着他，仿佛他是不共戴天的仇人。

半晌，她从牙缝里挤出两个字："你敢！"

"阿毛……"卫琇伸手捋她后脑勺，仿佛这样就能把她毛顺过来似的，钟荟执拗地把他的手甩开。

卫琇不敢再去碰她，只好垂着手：“听我说，你先回京，等解了临淄之围我立即叫人接你回来。”

“哼！你当我三岁孩童哪。”钟荟梗着脖子道，“总之我不走，赖定你了。你老实告诉我，眼下情形有多坏？”

卫琇迟疑了一会儿道：“方才探马来报，司徒徽的人马已经到了济水。”

见他终于肯好好说话，钟荟拧起的眉头才略微舒展：“有多少兵马？”

卫琇暗忖着要不要如实告诉她，钟荟二话不说上来就拧他胳膊：“又在想着怎么糊弄我是不是？”

卫琇苦笑了一下，钟荟这识人的本事大约是随了她阿爷阿翁，等闲骗不了她，只得老老实实回答：“大约六七万。”

“啧，他这回真是下了血本。”钟荟摸了摸下颏，“临淄城虽然说不上铜墙铁壁、固若金汤，但也算高壁坚垒。青徐两州的州郡兵加起来有七八千，如果能从齐国借一万兵马，未必守不住。”

卫琇握着她的肩头道：“你还有爷娘、阿翁、姜老太太，他们还在京城等你回去——”

“那你呢？”钟荟愤愤地拧他胳膊，没拧动，转而掐他手臂内侧，“你把我送走就无牵无挂了是吧？偏不让你得逞，我哪里也不去，你要是怕我死就别输！”

钟荟咬着嘴唇犟着脑袋，可眼泪还是大颗大颗地滚下来，巨大的委屈涌出来，终于憋不住了，“哇”的一声埋头在他胸口号啕大哭起来。

也是她这辈子身强体健，要是换了钟十一娘的身板怕不是要哭出个好歹来。

卫琇长到那么大没见过这样的哭法，几乎吓蒙了，一个劲给她顺气，钟荟从他胸口抬起头来，鼻尖通红，眼睛肿得跟胡桃似的，鬓发被眼泪糊在脸上，还在止不住地打哭嗝，想说话，嘴一张又瘪了：“我就不走……”

卫琇心疼地抱住她：“不走了不走了。”

面对大军压境，没有什么投机取巧的方法，唯有把所有兵力收缩到城内，坚壁清野、严防死守，以待援军。

战报到京城，天子再召集群臣商议，扯上一阵皮，到调遣兵马来解青州之围，少说也要个把月，要是把宝押在司徒钧身上，恐怕到时候刺史夫妇的坟头草都有几尺高了。

卫琇好不容易哄好了夫人，也到了拔营入城的时候，钟荟吃了一次亏，眼下万分警觉，生怕卫琇故技重施，在他营帐里连口水都不肯喝，直到太太平平入城驻守

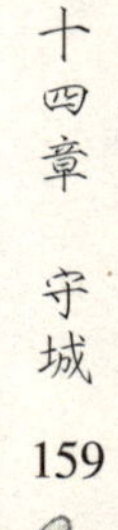

下来，这才放下心来。

卫琇本想让钟荟回刺史府，她坚决不愿意，她在刺史府，卫琇便要分出部曲来守卫她，以他的性子，肯定是要把最好的留给她，他身边便没了高手护卫。

钟荟又是哭又是撒泼，折腾了大半夜早已经疲惫不堪，汝南王的大军还未渡过济水，于她而言没什么切实感受，只要卫琇不送她走，她便安下心来。她有备无患地拿婚事威胁了阿寺一通，便躲到帅帐里补眠去了，一直睡到日上三竿。

卫琇忙着分派将士把手各个城门，在城墙上架设床弩，布置狼牙拍和檑义夜。他未雨绸缪，一早便做了最坏的打算，数月前便命人加紧囤积粮草，赶制弩机、飞钩等守城之具。

卫琇骑着马在各个城门间来回巡视，待一切安排妥当，副将也带着前去援助齐国下军的一千兵马和借来的八千王国军回城了。

汝南王的大军背靠水源驻扎，连营十里，司徒徵本来打算趁着城中空虚派遣前军马不停蹄攻下临淄，却得知在齐国的部署失败，青州城中有重兵把守，索性先安营扎寨、埋锅造饭，只等着养足精神再行攻城。

翌日晌午，钟荟与卫琇并肩站在城楼上极目远眺，济水远看犹如一条织银腰带，闪着粼粼的波光，汝南王的兵马像黑色的潮水从天尽头汹涌袭来，逐渐漫过平原。为首的车阵发出隆隆的声响，像夏夜的滚雷，听得人心里直打鼓。

“那是辆辒车。”卫琇一一指给钟荟看，就像在钟氏家学中授课一样耐心，“看到车上载的云梯吗?”

钟荟知道他是故作轻松安她的心，默默地点点头，心却慢慢下沉。

这些攻城之具她在书卷上看到过，她一眼就认出了那一列重炮，一切侥幸到这时已是消失殆尽，汝南王比她料想的更志在必得，竟然为了攻打一座临淄城出动了数十架重炮，这场仗比她想的更艰险。

“下去吧。”卫琇轻轻拍拍她的肩道。

“嗯。”钟荟深深吸了一口气，跟着他往城楼下走。

沿途的守城将士见了他们纷纷行礼，得他们一个颔首便满脸欣喜，钟荟看着那一张张容光焕发的年轻脸庞，心里像压了块大石头一样难过，一场恶战下来，不知城墙上这些兵士能剩下几人。

卫琇陪她走了一段路，叫侍卫和婢子送她回营，自己则回城楼督战。钟荟顺着石阶往下走，回首遥望，只见她的郎君站在高高的城墙上，氅衣在风中掀动，露出的银色铠甲闪着耀眼的光。

钟荟自小在歌舞升平的京都长大，从未经历过战祸。卫琇不让她上城楼观战，可是捂不住她的耳朵，她坐在营帐中，各种可怕的声音不停歇地往她耳朵里灌，地狱的声音像铅水一样慢慢把她吞没。

拉弓声，机簧声，车轮滚过的隆隆声，战鼓声，呐喊声，厮杀声，惨叫声，她不敢分辨，但止不住想象。

黑潮一样的兵士沿着云梯往上攀爬，箭如飞蝗，有人中箭从半空中栽倒下来，有人被密布尖刺的撞竿扎成蜂窝，血从密密麻麻的小洞里涌出来。扭曲的脸容，凄厉的惨叫，人像蝼蚁一样一批批死去，墙下尸体越积越多，更多人前赴后继地踏着尸体往上攀爬。

有人爬到了城墙上，短兵相接，到处是鲜血和残肢。有人栽下城墙，有人被抬进城里，更多的人补上，杀戮仿佛永远没有止境，直到太阳看不过眼沉了下去。

攻城的军队鸣金收兵，他们来时像潮涌，去时像潮退，留下弥漫满城的血腥气和死寂的夜。

钟荟睁着眼睛仰卧在床上，她没有射一支箭，也没有杀一个人，只是这么躺着，就已经耗尽了所有的力气。

不出几日，她的耳朵便习以为常了，哪怕是炮车将巨石投到城墙上，发出震耳欲聋的声响，也只是让她的心轻轻颤一下。她也习惯了为筋疲力尽回到帐中的卫琇解下满是血污的铠甲和衣裳，用洁净的水和棉布细细擦拭他的身体，像缝补一件衣裳。

坚守近一个月，守城将士死伤过半，朝廷的援军还未到，城中的存粮快告罄了。

九月十九日，青州一整天愁云惨雾，到了黄昏时终于飘起细雨来。

营帐门口挂的毡帷动了动，钟荟眼角的余光瞥到，像被火燎了一下，立即从书案前站起身。

帐门一开，一股夹杂着血腥和腐臭的雨气扑进帐中，饶是钟荟早已经熟悉这股气味，腹中仍是一阵抽搐。

原来是阿枣，看清来人，钟荟不由得有些失望。

阿枣走进帐中，赶紧放下门帷，皱着眉头用袖子扇了扇，把手里的食盒放在案上，先往榻边的金博山香炉里添了些甘松，这才走上前，一边打开食盒一边对钟荟道："娘子，奴婢煮了些肉羹，您多少用一些吧。"

盖子一揭开，一股热腾腾的肉香弥漫开来，钟荟却不由自主地捂住口鼻，摇了摇头道："我等郎君回来一块儿用。"又对阿杏道："你们先去吃吧，目下我这里不用人伺候。"

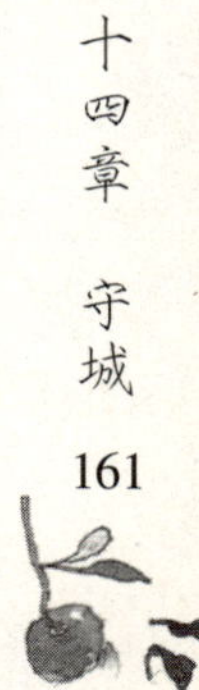

阿杏早已经饥肠辘辘，就等着主人这句话，当即用探询的目光看向阿枣，被阿枣狠狠地瞪了回去。

“娘子，郎君每日不到亥时回不来，您好歹先用一些垫垫肚子，待他回来再陪他一起用便是了。”阿枣苦口婆心地劝道。

有句话她没说，郎君每次回营都是一身血，娘子总是亲自给他擦洗，折腾完如何还有胃口？只是拣几样清爽的菜蔬配着薄粥略微用点，郎君问起来便推说已用过晚膳，还软硬兼施地勒令她们俩帮着隐瞒。眼见主人越来越瘦，原本圆润的双颊已经有些往里凹了，一双眼睛大得有些骇人，连阿枣自己也焦躁得茶饭不思。

阿杏被阿枣瞪了，想着将功补过，也劝道：“是啊，娘子，郎君今早出门前特地嘱咐咱们好生伺候您用膳，您这样瘦下去郎君打仗时也要分出心来，刀剑无眼，万一有个什么……”

“呸呸呸！有你这么说话的吗！”阿枣赶紧上前捂住阿杏的嘴，咬牙切齿道，“再说蠢话把你的肉割下来贴娘子身上！”

阿杏最是心宽，只头几日有些心神不宁，过了几天见城中无事，便仍然像往常一样好吃好睡，仍旧是皮光肉滑的圆胖模样。

她后知后觉地发现自己说错话，赶紧赔罪：“娘子，奴婢不是那个意思……郎君有神佛护佑，一定能平平安安的。”

钟荟也不想叫身边人多些无谓的顾虑，尤其不想让卫琇挂心，便点点头，用了几筷菘菜和芸薹，细嚼慢咽地吃了半个蒸饼，便撂下了银箸。

阿枣一脸忧色：“娘子，您这些时日一直茹素，这样下去身子怎么受得住呢？您尝尝这肉羹吧，奴婢炖煮了一整日，还加了橘叶、橙皮、紫苏和枣，一点都不腻的。”

阿杏忍不住咽了口唾沫：“是啊，娘子，奴婢闻着就香，您好歹用两口，要不郎君问起您今日用了些什么，奴婢都不知咋说。”

钟荟看见阿枣期待的眼神，不忍心辜负她的心意，忍着胸中的不适拿起汤匙喝了一口，不想刚入喉腹中便是一阵翻江倒海，赶紧拿起茶碗饮了一大口强压下去。

阿枣见她难受得脸色都泛了青白，赶紧把肉羹端起来放回食盒中，盖上盖子，拍她后背给她顺气。

钟荟又饮了几口梅子茶，那种胸口堵得慌的感觉总算消退了些。钟荟缓过一口气来，抱歉地对阿枣道：“肉羹味道很好，只是不知怎的，这些天丁点肉味也闻不得。”

“要不明日奴婢弄些鱼虾？”阿枣心里盘算着，也怪不得娘子，一想起城上血肉横飞的情景，连她这等粗人也觉肉味有些恶心。水族好歹和人差远些，那气味不至于叫人瞎想。

钟荟向来嗜食鱼虾，刚想点头，猛地想起水族的腥味，刚刚消停的肚腹又闹起幺蛾子来，连忙摆手："不用麻烦，煮两个鸡蛋便好。"

"娘子，您有哪儿不爽利么?"阿枣越发放不下心来，"要不要找大夫来诊诊脉?"

钟荟想了想摇摇头："过几日再说吧，眼下兵荒马乱的，城中的大夫个个忙得焦头烂额，我只是胃口差些，又没有旁的不适。"

"要是吕嬷嬷在就好了。"阿杏叹了口气。

"是啊。"阿枣也遗憾道，"吕嬷嬷经多见多，可惜年纪大了不能和我们一道来青州，咱们两个又是没用的。"

钟荟拍拍她的手背，正要安慰她几句，帐外突然骚动起来。

她突然意识到什么，脸上仅有的一点血色褪得一干二净，刚想起身，只听帐外传来阿寺焦急的声音："启禀娘子，仆等抬郎君回帐中医治，还请娘子暂且回避。"

钟荟哪里肯避，不管不顾地扑到门口掀开毡帷，只见两名侍卫一前一后抬着一张担架，卫琇一动不动地躺在担架上，脸色灰败，嘴唇发白，沁出的汗将鬓发浸得透湿，一双凤目紧紧闭着。

钟荟战栗着把目光一寸寸往下移，落到他腹上的断箭上，只觉耳边轰的一声，眼前黑了黑，想叫一声阿晏，可是喉咙好像突然被人卡住，一丝声音也发不出来。

阿枣赶紧将她扶住，可钟荟还是觉得整个人止不住地往下滑，小腹莫名地痉挛起来，如同有一只手在里面翻搅，接着有什么东西顺着腿根缓缓往下淌，像虫子在爬。

钟荟面如金纸，摇摇欲坠。

阿枣叫她吓得不轻："娘子！您怎么了？别吓奴婢啊！"

钟荟一手勾着她脖子，软软地倒在肩头，凑到她耳边，用微弱的声音道："好像是癸水来了……"

"娘子您忍忍，奴婢这就扶您到里头去。"阿枣说着，和阿杏一起把钟荟搀扶到屏风后面，让她平躺在眠床上。

钟荟躺了片刻，觉得腹中好受些，便要起身去看卫琇。

阿枣赶紧把她按下："娘子您躺着，奴婢去外头看着。"

"无妨，你扶我起来。"钟荟挣扎着坐起来，"让我先看一眼郎君……"

话音未落，腹中突然一阵抽搐，眼前天旋地转，这回连她自己都察觉不对劲了，以前来癸水虽然偶尔也会有坠坠的胀痛，可从来没有这种疼法，她痛得闭上眼，大口大口地抽着冷气。

她想吩咐阿枣煮碗姜汤，莫要惊动外面的人，刚要开口，那婢子就一阵风似的冲了出去。

"来人啊!"只听她扯着嗓门喊道，"阿寺！快找个大夫来，娘子疼晕过去了!"

祁源怒气冲冲地瞪了她一眼，冷冷道："郎君身受重伤，大夫正在救治，吵吵嚷嚷的成何体统!"

阿枣被他呛了声，待要发作，看到躺在担架上不省人事的卫琇，把到嘴边的刻薄话咽了下去。

阿寺先前蹲在郎君身边盯着军医用刀割开卫琇伤口周围的衣裳，冷不丁听见祁源那厮挤对他的阿枣姊姊，赶紧站起身，上前把阿枣挡在身后，瞪着眼睛冲祁源道："就你长嘴是不？姓祁的，这里还轮不到你做主！郎君多着紧夫人你不晓得?"

祁源最烦这些大字不识一个的武夫，同他们掰扯事理他们听不懂，打又打不过，只好冷哼一声移开视线，袖着手不管了。经此一事，他对这个只会添乱的卫夫人越发反感了。

主帅受重伤，在场的军医自然不止一个，阿寺立即指了其中一个年纪最大的道："苏大夫，劳烦您先进去看看我家夫人。"

阿枣先绕进屏风里放下了床上的帐幔，然后请那姓苏的老大夫入内。

钟荟从帐中伸出一只手来，没等老大夫把出什么来，先急切地问道："大夫，我家郎君如何了？为何不省人事?"问着问着眼睛一酸，气促起来。

苏大夫号脉被打断，心里不太舒坦，不过碍于身份悬殊，还是耐心回答："使君中的那一箭应该未曾伤及要害，只是方才饮了麻沸散，要把箭头挖出来。"

钟荟仍是不放心，对着帐外道："阿枣，我这里无事，你去外头盯着，郎君有什么事赶紧回来禀报。"

"娘子您莫急，大夫都说了郎君无碍，等大夫给您诊完脉奴婢就出去。"阿枣劝道。

"老夫几时说过使君无碍?"老大夫看了一眼阿枣，摇摇头，执拗地纠正道，"你这小娘子，说话好生武断，那么大个箭头扎进腹中，你说有碍无碍？虽说未曾伤及脏器，可取出箭头后数日最是凶——"

阿枣恨不能把这没眼色的老头推出去，赶紧岔开话题："大夫，我家娘子到底如何了?"

"夫人您莫要动来动去，老夫这脉号不准了。"苏大夫不满地将钟荟颤抖的手腕摁了摁，悠悠地道，"虽说有些凶险，不过有老夫在，使君大抵能化险为夷。"

钟荟对着帐顶翻了个白眼，要不是她现在腹中痛得没力气计较，真想把这老翁骂一顿。

苏大夫本来就是从城中医馆召来的，平常也时常看妇人病，经验很是老到，号了片刻，面露讶色，急忙问阿枣："这位小娘子，敢问夫人是什么时候察觉有孕的?"

"什么?"阿枣和阿杏异口同声地惊叫起来。

娘子来了青州数月，因为水土不服气虚血寒，癸水一直不怎么正常，有时候快两个月才来一次。起初她们也怀疑有孕，请了大夫来才知是虚惊一场，这回癸水四十多天未至，她们也只当是又迟了，谁知虚虚实实，突然来了一次真的。

钟荟刚才一阵绞痛，疼得神思恍惚，那老大夫的话听得断断续续，突然听见"有孕"二字，呼吸一滞，心跳停了半拍，然后疾速狂跳起来，也顾不得避嫌了，伸手将幔子撩开一条缝，露出半张脸，问那老大夫："真的吗?"

苏大夫见她们主仆几个都这么懵懂，一时间忘了尊卑，没好气地教训起刺史夫人来："寸脉沉，尺脉浮，往来流利，如盘走珠，老夫行医大半辈子，还不至于连个喜脉都把不出。夫人竟然连自己有孕都不知? 且夫人脉象不稳，应是有体虚之症，需更加小心。"

"不对啊，"阿杏愣愣地道，"娘子刚来癸水……"

苏大夫两道长长的白眉拧得快打结了："这是滑胎之象啊! 你们这儿就没个经事的嬷嬷吗?"

钟荟一听"滑胎"二字，差点一口气没续上来，只听那老大夫不慌不忙地接上一句："还好遇到老夫，不然啊……"

"大夫，"连阿杏都看不下去了，"您说话能不能一次说完，这样说半句藏半句真是吓死人了!"

老大夫性子虽然有点别扭，医术似乎还算可靠，从包里拿出银针给钟荟扎了几下，立竿见影，腹中的痉挛立时缓解了。

钟荟插着针时苏大夫也没闲着，提笔写了个安胎的方子叫阿杏去抓药，嘱咐了一些饮食起居的忌讳，最后叮嘱道："夫人这段时日多卧床休息，切勿多思多劳，若有异状立即遣人来叫老夫。"

"有劳大夫，您赶紧去看看郎君吧。"钟荟领教了这老翁的本领，对他多了几分信赖。

"哎，有什么办法，我这把老骨头哪日散了也就闲下来了。"老大夫话虽这么说，却是立即收起银针快步走了出去。

苏大夫绕出屏风，军医刚把烈酒洗过的银刀在烛火上烫过，正要去割卫琇的伤口，他急忙喝止："慢着! 哪有你这样下刀的!"

说着三步并作两步冲过去，趁那军医愣神的当儿从他手里夺过银刀："老夫今日教你们两手，都仔细看着!"

那几个军医也是行医多年的老手了，生生叫他的白须和气势震慑住，在一旁当

起了学徒。

苏老大夫一大把年纪，眼不花手不抖，一刀下去，鲜血立即涌出来，他一手用洁净的吴绵吸血，另一手沉稳地用刀割开伤口，片刻之后换了铁夹，又快又狠地将箭镞拔出来，“当啷”一声扔在银盘上。

一旁的军医看到那箭头的形状俱倒抽了一口冷气，那箭头是倒钩状的，还有两枚倒刺，若是按他们平时的法子来割伤口，使君恐怕凶多吉少，这老翁虽然说话不中听，但确实有一手。

虽然有麻沸散镇痛，这一下还是让卫琇疼得抽搐起来。

苏大夫镇定自若地指着一旁的军医：“你，把他给我摁住，还有你，把他伤口的污血挤出来。”

自己则打开药笥，从一堆瓶瓶罐罐里挑出一只，打开塞子，往伤口上敷了一些黑乎乎的药粉。

阿寺在一旁看得后背发冷，用帕子替主人拭去额头上沁出的虚汗，焦急地问苏大夫：“郎君没事吧？”

“老夫能做的都做了，剩下的就靠他自己了。”苏大夫扫了一眼卫琇，见小郎君生得那样好，也是有些不落忍，破天荒地一次说完了整句，“能挺过五日便能安然无恙。”说完便开始匆匆忙忙地整理药笥。

祁源对他行了个礼，道：“老先生还请留步。”

“老朽不是麻沸散，也不是二八小娇娘，留在这里有什么用？”苏大夫硬生生地道，“晚膳用到一半叫你们劫了过来，还不准老夫回去睡觉？”

祁源没想到会在这里碰壁，一时语塞，卫琇堂堂一州刺史，换了旁的大夫，就算不上赶着巴结，至少也不会把送上门的机会往外推，莫非号称神医的都有些怪癖？

那苏大夫却不管他如何困惑，收拾完东西，朝众人拱拱手便往外走，走了几步仿佛突然想起了什么，又走回卫琇跟前，在他耳边道：“卫使君，你家娘子有身孕啦！”

麻沸散的效力还未过，卫琇四肢瘫软，只有眉心微微动了动。

苏神医又道：“想见令郎吗？那您可要加把劲熬过去啊！”

说完站起来捶捶膝盖，对祁源道：“与其把老朽扣下，莫如让他和夫人、小郎君待一块儿，叫夫人在他耳边说说话，比我这鸡皮鹤发的老头儿管用多了。明日老夫再来替他换药，记得戌正时来医馆接我，千万莫要早到。”

卫琇当夜发起了高烧，麻沸散的效力早过去了，他烧得浑浑噩噩，唯一的感觉就是腹部尖锐的疼痛，止疼的药粉根本是杯水车薪。他疼得嘴唇哆嗦，牙关打战，额头上不断冒出豆大的冷汗。

钟荟一夜没合眼，不停地将他额头上的帕子取下，放进凉水中漂过，绞到半干，再敷上去，滚烫的体温很快将帕子焐热，不过片刻又要重复这些步骤。

趁着换帕子的间隙，她同他并肩躺着，一手紧紧握着他冰凉的手，一手轻轻抚着自己的小腹，那里依旧平坦，躺着的时候甚至有些往下凹，可里面竟然有他们的孩子，她直到这时仍然难以置信，这是她和阿晏的孩子啊！

钟荟把卫琇冰凉的手心搓搓热，然后微微侧过身，让他的手贴着自己的肚子："阿晏，我们有孩子了，你说这一个是小郎君还是小娘子？我想要个小郎君，最好长得跟你小时候一模一样，我可以给他穿裙子，梳小鬏儿……待他大一点，你教他弹琴，我教他习书，他一定像你，什么都学得特别快。就是手笨最好别像你……也不是，手笨也挺好的……"

她絮絮叨叨的时候，卫琇断断续续能听到一些，不过他整个人就像浸在水中，耳边是嘈杂的流水声，她的声音在外面，听不真切。

他想说点什么安慰她，告诉她自己没事，可喉咙像被锁住了一样，怎么也打不开，越心急越无能为力，腹部的伤口一阵阵抽痛，太阳穴突突直跳，疼得他不由自主关闭了所有的感官，晕死过去。

一直到第四日清晨，卫琇的烧才退了些，人也清醒过来，侧头一看，钟荟和衣蜷缩在床旁的竹榻上睡了过去，身上盖着的丝毯已经滑到了一边。

卫琇不自觉地想伸手替她盖好，冷不丁牵动了伤口，疼得直抽冷气。

阿杏正打了水进屋，看见这情形赶紧把铜盆搁在案上奔过来，压低了声音道："郎君醒了？您莫动，莫动，让奴婢来！"

卫琇侧过头向她颔了颔首："娘子怎么睡在榻上？"

"郎君您不晓得，"阿杏嘟囔着告黑状，"娘子一整夜没睡，刚刚才合眼，这还是为了肚子里的小郎君才肯睡的……奴婢请她去床上睡，她说自个儿睡相不好怕压到您，您说说……"

卫琇侧头怔怔地望了一会儿熟睡的妻子，最近过得不好，她的面容有些憔悴，一直都红润柔软的嘴唇有些发白，还起了皮，眼窝微微往下凹，眼下青影很重。他看着心里隐隐作痛，可是却舍不得挪开视线。

看了好一会儿，卫琇转过头问阿杏："什么时辰了？"

"才卯时呢。"阿杏回答道，"郎君再歇会儿吧，娘子吩咐阿枣姊去煮米汤了，一会儿您喝一点。"

卫琇摇摇头："你去外头和阿寺说一声，叫祁别驾来一趟。"

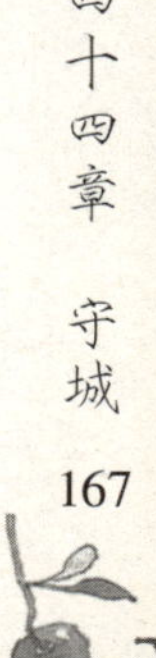

阿杏应了声便出去了。

不一会儿祁源进了帅帐，卫琇听到脚步声小声问道："是祁别驾吗？"

祁源在屏风前停住，虽然隔着屏风看不见，仍旧毕恭毕敬地躬身行了个礼："见过使君，使君的伤势可好些了？"

"好多了，有劳费心。"卫琇答道，"内子在歇息，劳烦别驾说话小声些，抱歉。"

祁源皱了皱眉头，不过还是答道："是。"

"外头情形如何？"卫琇待一阵锥心刺骨的疼过去，方才问道。

祁源听出他声音里有一丝颤抖，眉间淡淡的川字纹越发深了，又顾忌里头有妇人在，犹豫着不知该不该如实禀报。

卫琇猜到他的顾虑："内子不是外人，你但说无妨。"

"遵命。"祁源作了个揖，"昨日一役，我们折损了七百多人，城中几近粮绝，百姓已经开始挖草茎剥树皮充饥，长此以往，恐怕会再现当年凤城那样人相食的惨事……将士中有不少临淄人，士气难免受些影响……使君，实不相瞒，军中有人散布谣言，属下把那挑头生事的几个罚了军棍，流言蜚语算是暂时止住了，只是人心浮动……"

"谣言说什么？"卫琇问道。

"说……说……"祁源支支吾吾说不出个所以然来。

"是不是说我坚守不降是因为自己和汝南王有私怨？"卫琇淡淡道。人心的幽暗处，他少年时就见识了，围城一个月有余，将士和百姓都快忍耐不下去了，迁怒于他这守将也不稀奇。

他心底波澜不兴，本来就没什么期待，又何来失望。

卫琇望了望身边微微张着嘴的钟阿毛，冷淡的目光柔和温暖起来。

"属下怕援军要是再不来——"

"洛京这两日有消息吗？"卫琇打断他。

"未曾收到。"祁源沮丧地道，"派出去的斥候一个也没回来，不知是不是被拦下了。"

"你不必……"卫琇话说到一半，声气突然放缓放软，隔着屏风都能听出那种缱绻的意味，"时候还早，再睡会儿，是不是我们说话声把你吵醒了？"

钟荟皱着眉，眼睛还未睁开，有气无力地抬起手，熟练地摸到卫琇的额头上，眉头松了松，这才揉揉眼睛，用袖子捂着嘴打了个哈欠，含糊道："阿晏……还痛得厉害吗？"

"一点儿也不痛。"卫琇捉住她往下滑的手，捏了捏她的指尖，"有了身子也不知道小心点。”

“无妨的，苏神医昨晚还替我号过脉，直夸他家的安胎方子管用，何况白天睡得多了，晚上也不觉困倦。”

卫琇总是半夜里烧得厉害，白日稍好些，钟荟便整夜盯着他，白天补一会儿觉，不知不觉就昏昼颠倒了。

钟荟还不放心，又用手背贴了贴他额头：“似乎真的好些了，饿不饿？我叫阿枣弄些汤羹来，成天喝米汤口里淡不淡？让她再拿罐蜜渍梅子来，一会儿给你含着，不过可别咽下去，没味儿了就吐出来，苏神医说你这几日只能饮些汤汤水水……”

卫琇用拇指抚了抚她手背：“不忙，我先同祁别驾交代几句。”

祁源在外头听了一耳朵他们夫妇间的家常琐事，心道这使君夫人小小年纪这么唠叨，到年纪大了还得了，真是难为了卫使君，成天听她絮叨。

卫琇朝着屏风外道：“别驾无须担心，朝廷的援军不日将至，你同将士们说，再撑三日。”

“三日后呢？若是援军不至——”祁源诧异道。

“那你便取我首级，迎汝南王的军队入城。”

祁源吃了一惊，来不及说什么，只听屏风里传来“哐当”一声响，是瓷器碎裂的声音。

“祁别驾请回吧。”卫琇匆匆说了一句。

祁源只得行了个礼退出帐外。

“卫阿晏！”钟荟一双杏眼瞪得滚圆，“要不是看你受了伤，信不信我撕了你的嘴？”

“又不是当真的，即便援军不至，司徒徵也不会一直等下去，他遣了几万兵马来攻一个小小的临淄城，死伤过万，耗了月余也没能拿下来，城内粮绝，城外恐怕也好不了多少。他们是起兵谋反，军心本就不稳，这几日的猛攻，应该是回光返照了……”卫琇头头是道地解释。

钟荟抱着胸斜睨着他，这些道理她自然也明白，但是听他说出“取我首级”这样的话，她恨不得掐着他脖子逼他咽回去。

卫琇觑着她的脸色，声音渐渐低下去，蹙着眉，软绵绵地道：“伤口疼，好阿毛，替我吹吹吧。”

钟荟气笑了：“不吹！疼死算了！”过了会儿有些迟疑起来：“……真的那么疼？”

卫琇知道她气消了，得意地勾勾嘴角，去拉她的手：“阿毛，你说我们的孩子叫什么名字好？”

第四十五章 回京

八月的末尾，还有一丝残留的暑气未消退，风过时又有些凉。

姜明霜坐在廊庑下，庭院中一株银桂已经开到将谢，剩下几簇细小的白花带了萎蔫的黄，在枝头摇摇欲坠，远看几乎不可得见，一个着绿衣的宫人扛着大而笨重的竹枝笤帚，正在扫落花。

姜明霜低头摸了摸怀里的猧子，猧子通体雪白，没有一根杂毛，圆溜溜的乌黑眼珠子湿漉漉的，像两颗浸在水里的水晶珠。姜明霜的心像被软软地撞了一下，把手指伸到它嘴边逗它伸舌头舔。

一个长脸宫人快步走过来，行了个礼禀报："淑仪娘娘，陛下的御辇到殿外了，奴婢扶您回屋梳妆吧。"一脸掩饰不住的欣喜。

姜明霜木木地抬起眼，她怀孕将近七个月了，双颊有些浮肿，没有上胡粉，脸色也不太好，不过双眼还是明净得像秋日晴空一样，即便憔悴，也是个不折不扣的美人。

宫人的话入耳，她却好像没明白过来是什么意思，仿佛随着身体的日益沉重，连心思也变得缓慢滞重起来。

过了半晌，她才把几缕散落的发丝捋到耳后，轻轻一笑道："陛下又不是没见过我这样子。"

宫人看着她身上的家常旧衫子和松散的发髻，欲言又止。上回淑仪顶撞天子，惹得他拂袖而去，他们这些下人提心吊胆，生怕主人就此失宠，战战兢兢地挨了五日，总算把天子给盼来了，淑仪却还是这副倔头犟脑的模样，真是叫人心焦。

姜明霜看出她的忧虑，对她道："你去拿一把梳篦来，替我把头发篦一篦，还有奁盒里那支赤玉芍药簪子，也簪上吧。”

宫人仍觉淑仪对天子有些怠慢敷衍，不过也只好奉命去取梳子，旋即又觉得兴许陛下就是喜欢淑仪娘娘这样不加雕饰、任情自然的女子。

宫人匆匆走进内殿，在给瓶花换水的小内侍见了她连忙上前来：“阿榴姊姊，听说陛下来了？”

名唤阿榴的宫人点点头：“已经到了殿外了。”

“淑仪娘娘眼下怎么样了？”小内侍掩着嘴凑上前低声问道。

阿榴摇摇头，叹了口气：“还是没个笑脸。”

“那可如何是好啊！”小内侍急了，“要是再把陛下惹火了，咱们这临春殿可就完了……姊姊劝劝娘娘呗？要说陛下对娘娘也是没话说。”

天子对姜淑仪的好，整个临春殿的人有目共睹，即便娘娘怀了身孕不能侍寝，他还是几乎每日过来陪她说话，一坐就是小半个时辰——现如今内忧外患，这小半个时辰已是盛宠的明证了。

“我劝有什么用。”宫人一脸认命，“娘娘看着性子柔顺，其实是个有主意的，这回又关系到她双生妹妹，听说娘娘同这妹妹最亲厚。”

“要我说，再亲厚那也是娘家妹妹，又不能陪着过一辈子。”

“谁说不是呢。”宫人从奁盒里取出红玉芍药簪用绢帕快速拂拭了一下，又拈出一支折枝桃花金钗和一对金桃花钿，毕竟天子驾幸，太敷衍了说不过去。

小内侍也是束手无策：“唉，咱们娘娘哪哪儿都好，就是这性子轴得……但愿今日别再得罪陛下。”

姜明霜的发髻才梳完，司徒钧的辇车已经到了殿前。当今天子黜奢崇俭，在后宫中不讲究什么排场，只带了三五随从，辇车也朴实无华，甚至比一些世家大族还简朴些。

姜明霜遥遥望见天子车驾，把膝上的猧子放到地上，捧着肚子起身，屈膝行礼：“妾见过陛下。”

司徒钧下了辇车，大步流星地走上前把她扶住：“说了不必行礼，同我这么生分做什么！”

在姜明霜身后跪成一片的宫人们松了一口气，偷偷对视，都露出欣慰的神色——看来天子的气已经消了。

姜明霜把司徒钧迎入殿内，片刻便有宫人和内侍殷勤地端上李子、石榴等时令果子，四五种甜咸糕饼并酽茶。

姜明霜执起茶壶，先倒了一碗茶，双手奉给司徒钧：“上回是妾失礼无状，谢陛下宽宥。”

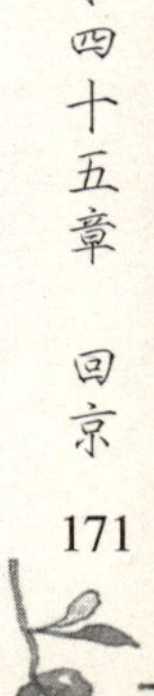

“知道错就好。”司徒钧接过茶碗，屈起食指在她脸颊上刮了一下，“上回被你怄得不轻，回去半夜没睡。”

“陛下老取笑妾……”姜明霜羞赧地避过脸，给自己也斟了一碗茶，碗沿刚贴到嘴边，就叫司徒钧一把夺了去。

“忘记上回沈医官叮嘱你什么了？饮浓茶夜里容易睡不着觉，都有了身子的人了，还同个孩子似的。”司徒钧一边埋怨一边替她剥李子。

姜明霜连忙伸手去接：“让妾来，陛下怎么能做这等事。”

“孤给自己的人剥个果子怎么了，何况剥一颗，两个人吃到，多省事。”司徒钧边说边把剥好的李子送到姜明霜口中，在帕子上揩了揩手，轻轻抚了抚姜明霜隆起的腹部。

“我们的孩儿这几日乖不乖？”静静等了会儿，又道，“阿爷来了也不动一动，没良心的小崽子，像你阿娘。”

司徒钧每每私下里同她相处总是这样随意又亲昵，姜明霜时常会生出错觉来，仿佛他们真的只是寻常人家的夫妻，她不禁又开始恍惚起来。

然而他是君主，她只是他的嫔妾，他雷霆一怒，她便要瑟瑟发抖，轻则失宠受冷落，重则丢命。姜明霜入宫不过一年半载，却已经看得很清楚了。

他也会摸着萧十娘的肚子，笑着说“我们的孩儿”吧？

受不得深思，经不起细想，姜明霜赶紧打住，把思绪牵回眼前最要紧的事情上。

她揪了揪手里的丝帕，将宫人们屏退，一手撑着榻慢慢起身，一点一点放低身子，直到双膝着地，跪到地上。

司徒钧端着茶碗的手颤抖起来，他看着姜明霜艰难地跪倒在他身前，既没有扶，也没有出言制止，眼睛冷了下来，从一个夫君变回了帝王。

姜明霜吃力地膝行两步，把手轻轻搭在司徒钧的膝盖上：“求陛下——”

瓷器碎在金砖地上发出清脆的声响。

姜明霜的心不由得一抖，眼睛里含了泪，颤声道：“陛下……”

“后宫不得干政。”司徒钧冷冷道，“朝堂大事，连皇后也不敢置喙，姜明霜，你以为自己是个什么东西？”

他的声音不高，姜明霜却觉得振聋发聩，耳边嗡嗡作响，扰得她心绪烦乱，无法思考。

“别仗着我宠你便得寸进尺。”司徒钧站起身，理了理衣襟，“再有下回莫怪孤绝情。”

说着便举足往屏风外头走，经过跪了一地的噤若寒蝉的宫人身边，突然想到了什么，又折回去，压低声音道：“要孤发兵解青州之围也可以，上回同你说的事，只要你应承了孤。”

姜明霜捂着肚子惊恐地摇头，摇着摇着停了下来，咬着嘴唇陷入了沉思。

司徒钧见她怔忪的模样，冷冷地“哼”了一声，扔下一句：“你自己想想清楚吧。”便转身走了。

待天子一走，几个宫人连忙从地上爬起来，跑到姜明霜跟前，把她搀扶到床上躺下。

“娘娘啊，您这是何苦呢……”阿榴又焦急又心疼，姜明霜是个厚道主人，即便不想着自己，他们也盼着她好。

上回冲撞司徒钧，他没有说这样重的话，姜明霜事后断断续续哭了半日，把眼睛哭成了两颗胡桃，如今却是一滴泪也流不出来，好像连眼泪也知道自己贱，不敢出来讨嫌。

姜明霜在床上无所事事地躺了一个多时辰，中间还起身喝了半盅石蜜枣茶，宫人们见她神色异样地平静，越发怕她想不开，连修剪花枝的银剪刀都收了起来。

“娘娘，姜太妃来了。”一个内侍从殿外匆匆跑进来禀报。

下人们顿时松了一口气，这姑侄俩同在宫中，时常往来，尤其是姜明霜有孕之后，姜太妃便隔三岔五叫人炖些滋补的汤羹亲自送来，顺便同侄女说说话。若是这宫中有谁能把姜淑仪劝回来，非这个能言会道的姜太妃莫属。

姜万儿脚步轻快地往殿中走，身后跟着两个宫人，其中一个手里提着一个斑竹编的食笥。

“今日小郎君如何？有没有闹他阿娘？”姜万儿声音里带着笑，随着行走时带起的风洒了一屋子，让人的心也跟着轻快起来，“我叫人煮了驼蹄羹，你趁热尝尝。”

姜明霜自己也不知道腹中这一胎是男是女，可从司徒钧到姜万儿，再到那些下人，仅因医官说她有宜男之相，便都笃定了是男孩儿，满口小郎君、小皇子。姜明霜起先还道：“尚不知是皇子还是公主呢？”时间一长便也懒得去纠正了，只由着他们叫。

“见过姑姑。”姜明霜一直是以娘家的辈分来称呼姜太妃，入了宫也没想着改口。

姜万儿也不介意，坐到床边握住她的手：“你别起身，好好躺着，越到后头越要仔细，不然落下病根来，要吃大半辈子的苦。”

姜万儿示意自己的宫人上前来，从宫人手中接过一只小竹笥，打开盖子，取出一件小衣裳抖开给她看，嫩黄色细花绫地，绣着弓马图案：“给小皇子缝的，好玩不好玩？”

姜明霜眼眶一热：“有劳姑姑费心了。”

“傻孩子，同姑姑有什么好客套的。”姜万儿对着自己带来的宫人道，“你们退到

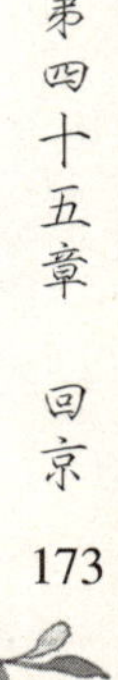

外头去，我和淑仪娘娘说会儿话。”

姜明霜连忙将自己殿中的宫人也屏退了。

姜万儿待人走了出去，这才按按姜明霜的手：“大娘，这几日的事儿我听说了，姑姑就同你直说了吧，是你的不是。”

姜明霜仰起头，委屈地睁大眼睛望着姜万儿。

“天子也不容易，青州被围，他难道不想救吗？可朝堂上的事不是天子一人说了算的。你不晓得，朝中几个重臣，除了钟大人以外个个都不赞同发兵去救青州，西北战事吃紧，国库空虚，军饷挪不出来……”

“朝堂上的事儿侄女不懂……可是难不成眼睁睁看着青州陷落，不管二娘他们的死活吗？”姜明霜说着说着气促起来，腹中的胎儿仿佛察觉阿娘的不安，也跟着动了动。

“你莫着急……来，吸口气，”姜万儿抚着她的背，帮她慢慢镇静下来，这才徐徐劝道，“大娘啊，你想想，汝南王起兵谋反，若是青州叫他吃了去，那几乎就失了半壁江山，天子如何会愿意？可裴大人、萧大人坚决反对，韦大人拖着不给个准话儿，天子也不能独断专行……天子为何劝你把腹中的小皇子养在皇后膝下？不就是为了把韦大人拉过来，这么简单的理儿你怎么不明白！”

姜万儿有些恨铁不成钢地在她胳膊上轻轻掐了一把，压低声音道：“皇后自己是肯定不能生了，必定是要找个皇子养在膝下的，如今你和萧十娘都有了身孕，她抱养哪个不行？姓萧的和姓裴的貌合神离，一早使劲儿巴结韦重阳，你说她是想养你这个还是养萧十娘肚子里那个？是天子替你打算，替你腹中的小皇子打算，这才一直没松口！”

姜明霜不知道姜万儿是怎么知道那么多弯弯绕绕的，他们每个人似乎都懂得比她多，她只知道这是自己的骨肉，不能随随便便就给了旁人，哪怕那人是天底下最尊贵的女子。

可是她不能眼看着二娘出事。

姜明霜不知不觉紧紧咬着牙关，过了很久才松开，抱着肚子，肩膀颓然地垮了下来：“好，我答应。”

围城第四十一天，汝南王麾下大将淳于靖统领的兵马已经疲敝到了极限，他们兴师动众，以数万大军围攻一座孤城，却屡攻不下，折损兵马无算，实在是出师不利。

打成这么个僵局，莫说士卒们灰心丧气、怨声载道，连主将淳于靖都萌生了退意，只是碍于那神神道道的盲眼禅师不允——别人不知内情，以为此次攻打临淄的统帅是淳于靖，只有他自己知道，真正的决策之人是这个身无长物、连个一官半职都没有的和尚。

战事胶着，粮草快见底了，青州刺史卫琇一早下令清野，他们什么也劫掠不到，淳于靖每日鸣金收兵后回到营地，都是一副愁容苦相。

一直到近日才出现了些许转机。

先是敌方主将中箭，生死未卜，敌营中显然军心不稳，淳于靖乘机下令强攻，总算有了些斩获，临淄城墙也在重炮和攻城锤日复一日的击打下满目疮痍。

卫琇中箭三日后的夜里，探马来报，青州刺史伤势严重，性命垂危，怕是见不到明日的太阳了，据说敌营中已经乱成一团，主将一死，凭那刺史别驾根本压不住，怕是要哗变。

淳于靖精神为之一振，仿佛三伏天饮了一口冰茶，赶紧披挂起甲胄，打算第二日未破晓时攻到城下，打他个措手不及。

他提起长刀，出了帅帐，走了大约一炷香的工夫，到了一个不起眼的小毡帐前。

门外的守卫是汝南王身边的亲卫，见了淳于靖也不发怵，仍是一副趾高气昂、鼻孔朝天的模样："将军有何事？禅师已经歇下了。"

"你进去同禅师说一声，我有要事找他。"淳于靖没好气地道，一个瞎眼和尚，仗着和汝南王交情匪浅，这真把自己当回事了，不过就是个溜须拍马谗谄媚主的货色。

"将军有事可以吩咐属下。"侍卫上前一步。

淳于靖早就窝了一肚子的火，当即大步上前，竟是要不管不顾地硬闯，那侍卫也不甘示弱，挺身横枪将他一拦。

眼看着剑拔弩张，不好收场，只听帐中传来一个温和淡泊的声音："是淳于将军么？有请。"

侍卫这才不甘愿地往后退开一步，将门口让了出来。

淳于靖愤愤地掀开毡帷，步入帐中，将门帷狠狠地一甩，发出"啪"的一声。

虚云禅师虽然是瞎子，但是耳朵很好使，从淳于靖的脚步声和刀鞘与甲胄"哐啷哐啷"的相撞声就能推测出淳于靖心里有火。

"淳于将军深夜到访，莫非有军情？"虚云禅师身着一件灰色的旧僧袍，指尖摩挲着一枚旧铜钱，面容俊美而恬淡。

淳于靖胸中的怒焰不知不觉就低了下去，这才想起此行目的，拱了拱手，道："禅师，有探子来报，卫琇伤重不治，大约活不过今夜了，我们何不一鼓作气趁乱拿下临淄？"

虚云禅师抬起脸，突然睁开眼睛，黑眼珠子对着他，明明黯淡无光，却好像能

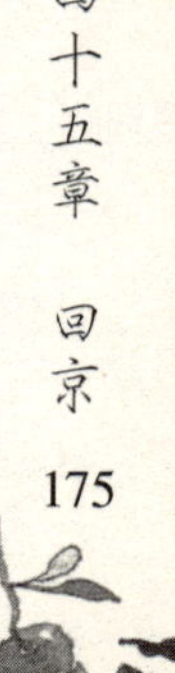

把他“看”个对穿：“劳驾将军传令下去，即刻拔营撤军。”

“什么？”淳于靖大惊失色，旋即震怒，“敌军主将命在旦夕，正是攻城的良机，怎倒反而撤退？”和尚哪里会打仗，简直瞎胡闹！

“淳于将军不必多问，传令即可，事不宜迟，免得贻误军情。”禅师的口吻不急不躁，但又透着一股不容置疑的意味。

淳于靖感到受了轻侮，冷笑道：“禅师，打仗不是参禅悟道，不是你敲敲木鱼念念经就能赢的，贻误战机的是谁，咱们拭目以待吧！”

“南下时主君下令由贫僧决定如何进退，淳于将军莫非是质疑主君的决定？”虚云禅师笑着道。

淳于靖不寒而栗，汝南王对不听话的属下有多狠，他最是清楚不过了。

虽然极不甘心，淳于靖踌躇片刻，还是不敢明着和他翻脸，虚云禅师是汝南王的心腹，若是把他得罪了，在司徒徽跟前也讨不了好。

更何况，淳于靖也暗暗存了点幸灾乐祸的私心——青州这块肥肉眼看着即将吃到嘴里，因这个蠢和尚而功亏一篑，看他怎么向汝南王交代！

淳于靖打定了主意，便传令下去立即撤兵，星夜兼程往济水边退去。

祁源站在城楼上，是夜弯月如钩，星斗漫天，敌营中星星点点的篝火仿佛是地上的星子。

他耐心地等了一会儿，对方阵地开始动起来，不到一个时辰，围困了临淄城月余的大军像蚁潮一般漫过平野，向天地相接处的细线退去。

“你们在此盯着，我去禀报使君。”祁源向身旁的士卒吩咐了一声，转身下了城墙。

卫琇正在换药，苏神医拆下他身上的棉纱，用烫过的小银刀剜去伤口中的腐肉，用棉布吸去脓血，然后敷上祖传的伤药。

卫琇口中咬着棉布包，以免因为疼痛难忍而咬坏牙齿。

钟荟在一旁握着他的手，不时用帕子轻轻掖去他额头上的冷汗。

自从前几日刺史的高烧退了之后，苏神医就不情愿出诊了，他年岁大了，平日一般只坐堂，除非碰上疑难杂症或是病人性命垂危。在他看来，卫琇这伤只需按时换药，营中又不缺大夫，把他拉来真是多此一举。

前几日这卫使君也算通情达理，派去医馆的侍卫拿了药便回去了，不承想今日这些武夫仿佛吃错了药，二话不说，硬是把他从食案前拖了就走。

苏大夫以为刺史的伤情有反复，急急忙忙跟着进了营帐，哪知道去了什么事也没有，小夫妻俩有说有笑的，特别是那个小娘子，见了他还恬不知耻地打招呼：“苏大夫来啦？晚膳用过了吗？是我遣人来请您的，真是抱歉。”

直把他气了个仰倒。

他心里憋着气，下手便重了些，看着刺史一张俊脸疼得皱成一团，解气地道：“老朽年纪大了，眼花手抖，劳驾使君多担待着点儿吧。”

刺史轻轻地点头，卫夫人却皱着眉头眼泪汪汪的，活似那刀子是划在她身上。苏神医一看她这可怜巴巴的模样，倒是于心不忍了，当即眼也不花了手也不抖了，三下五除二地把伤口清理好打道回府。

苏神医前脚刚走，祁源便在帐外求见。

卫琇吩咐传他入内，钟荟避到屏风后面。

祁源看了一眼屏风上模糊的人影，知道刺史夫人又在，虽然已经习以为常，他还是不由自主皱起了眉。

“使君，如您所料，淳于靖已经拔营，带兵撤退。”祁源行了个礼，禀道。

“嗯，我知道了。”卫琇平静地说，“守了这么多日，你们也都累了，今夜早些歇息。”

“是。”祁源恭敬道，“属下已派人将陈府围了起来，此次陈氏首鼠两端，勾结逆贼，谋害朝廷要员，罪无可恕，还请使君发落。”

卫琇想了想道：“谋逆重罪，按律当夷三族，不过今上仁厚，若是陈氏诚心悔过，夷三族就不必了，陈家的妇孺也可免于一死。”

“属下明白了，这就去办。”祁源领了命出了帐。

钟荟从屏风后走出来，打开案上的食笥，取出一个青瓷碗，揭开卷草纹错金银盖子，用白玉汤匙舀了一勺甜羹，凑到嘴边试了试，还有些烫。

“房氏会信吗？”钟荟疑惑道。

“她信也好，不信也罢，已经由不得她选了。”卫琇淡淡道，“愿赌服输，谁叫她下错了注。陈家女眷的性命她不在乎，可我不信她可以对房家置之不理。”

“若是她真的拿出裴家勾结司徒徽谋反的凭据……”

“房氏这样的人留不得。”卫琇直截了当地道。

钟荟便把这事揭过不提。

“方才疼极了吧？那老翁也真下得去手！”她一边翘着兰花指搅动汤匙一边埋怨。

“我们硬是把人家抓来，人家有怨气也是在所难免的。”卫琇侧过脸看她，笑着道。

“说了是我叫人抓的，冤有头债有主，他怎么不敢冲着我来，欺软怕硬！”钟荟想着就来气。

“即便如此也强似营中那些大夫。”卫十一郎把手放到她膝盖上轻轻抚着，“每

回换药我都要疑惑，是不是欠了他们军饷。”

钟荟难得听他说回笑话，很是赏脸，放下汤匙，掩口笑个不住。

卫琇脸红了红：“原来你喜欢我这么说话。”

“我喜欢的是你，怎么说话都喜欢。”钟荟试了试汤羹，不烫了，便舀了凑到他嘴边。

卫琇不张口，只是勾着嘴角用亮而湿润的眼睛望着她。

“罢了罢了，最后一回，明日可不会再惯着你了。”钟荟无奈地摇摇头，红着脸含了一口汤羹哺到他嘴里。

三日后，朝廷的六万援军终于抵达青州，此时淳于靖率领的汝南王大军已经渡过济水，跑得没影了。

领兵的右将军韦敬康跋山涉水扑了个空，心里窝着一肚子的气。卫琇因受了重伤动弹不得，只派了个小小的别驾出城相迎，一问三不知，偏偏他还挑不出刺来。

韦敬康只得命大军在城外郊野安营扎寨，把祁别驾数落了几句打发走，第二日一早天还未亮，自己带了一队侍卫入城去找卫刺史兴师问罪。

“郎君。”阿枣蹑手蹑脚地走进帅帐中禀报，“有个韦将军在帐外求见，要叫醒夫人吗?”

卫琇看了一眼熟睡的钟荟，轻声道：“让他在帐外等着。”

阿枣应了一声便出去回话，侍卫领了命，将韦敬康拦在外头：“使君还未起来，有劳将军在外头稍作歇息。”

韦敬康原以为卫琇未能拖住司徒徽的兵马，此时不说诚惶诚恐，至少也是坐立难安，孰料竟胆大包天地给他吃闭门羹!

韦敬康虽是儒将，然而脾气大，性子直，与其父韦重阳一脉相承。他强忍下怒火，在帐外不耐烦地徘徊了片刻，又问侍卫道：“还需多久?”

阿寺歪着头掀了掀眼皮，爱搭不理：“这可难说了，使君受了伤，睡一天也是有的。”

卫琇仗着自己的家世做张做致也就算了，连个小小的侍卫也敢给他脸色看，是可忍孰不可忍！韦敬康当即挺身就要硬闯：“竖子轻狂!”

阿寺眼里只有自家郎君，哪管你在朝中是多大的官儿，二话不说把他拦下，毫无畏惧地瞪着他道：“说了郎君在歇息!”

韦敬康一试便知论武力自己不是这侍卫的对手，悻悻地还剑入鞘，嘴上却不依不饶：“六万将士为了援救青州不眠不休地长途奔袭，卫刺史却以一己之安眠为要，真是令我大开眼界!”

阿寺不会舞文弄墨，可嘴皮子也不钝，当即冷笑："韦将军这话说得好笑，上下嘴皮子一碰，这青州就是你救的？"

旁边另一名侍卫接口道："要不怎么说朝廷的人马金贵！跑个几里路看把他们喘得！"

阿寺一唱一和："人家马肥粮草足，跑跑就能把汝南王的大军赶回老家去，不像咱们只能真刀实枪地拿命拼！"

方才那侍卫本来只是想臊臊韦敬康，说着说着动了真火，红了眼圈高声道："城下的兄弟尸骨还是热的哩！哪里来的狗东西，也有脸争功！"

韦敬康不是老奸巨猾之辈，叫他们几句话一臊，差点忘了自己是来声讨卫琇的，真有些坐立不安。

帐外闹出那么大的动静，武夫们嗓门又大，钟荟很快就被吵醒了。

卫琇伸手轻轻拍她的背："还早，再睡会儿。"

"是姓韦的来了吗？"钟荟捂着嘴打了个哈欠，撑着坐起了身，"你晾了人家多久了？"

"再陪我躺会儿。"卫琇拽她袖子，"还不到一刻钟。"

钟荟一听又躺了回去，侧过脸在卫琇脸上啄了一口，重新闭上眼："再晾个把时辰就可以了，真把他得罪死了也不好收场，咱们要摁死姓裴的老家伙还得韦重阳拾把柴。"

"嗯。"卫琇捏捏她的手，又摸了摸她平坦的小腹，"你别操心这些，苏大夫说了你不能多思。"

"我省得的……"钟荟声音渐渐低下去，不一会儿又睡了过去。

守门的侍卫油盐不进，韦敬康明知道卫家小子这是故意刁难，一时半会儿也没别的法子，毕竟韦、卫两家一直井水不犯河水，不至于为这点事结仇。

卫琇也没有得寸进尺，把韦敬康晾了一个时辰便命人请入帐中。

钟荟照例避让到屏风后头。

韦敬康叫他一个下马威挫了锐气，一进帐中又见卫十一郎横卧在榻上，面无人色，瘦脱了形，说起那些问责的话就不那么理直气壮了。

"韦将军大驾，卫某不便起身相迎，实在是怠慢了。"卫琇欠欠身，仿佛牵动了伤口，蹙着眉道。

"卫刺史莫要多礼，使君为国尽瘁，可钦可敬。"这卫十一郎看起来只剩一口气了，他还能说什么？

卫琇照例问了问天子的安，两人又寒暄了几句，韦敬康这才转入正题："使君此次守住临淄城，厥功至伟，天子定有嘉奖，只是……不知逆贼司徒徽为何突然撤兵?”

卫琇一脸莫名：“韦大人以为卫某应该知道?”

“我不是这个意思。”韦敬康赶紧找补，“只是那逆贼早不撤晚不撤，偏偏在大军将至前撤退，在下难免胡思乱想。”

“韦将军，那卫某是否可以胡思乱想，将军如何早不来晚不来，偏偏在逆贼撤退后才抵达，卫某是否也可以信口雌黄，莫非是韦将军特地将司徒徽放走的?”卫十一郎不温不火地道。

韦敬康从来不是能言会道之人，叫他这么一堵，一时间无言以对，半晌才冷笑着道：“卫使君能言善辩，论口舌在下不是你对手，不过事实究竟如何，你我都心知肚明，若是再拖住一两日……”

卫琇饶有兴致地盯着他的脸看了一会儿，突然展颜一笑。

这一笑真如春风拂面，连韦敬康一个大男人都觉晃眼，竟不好意思再说下去。

“韦将军，城中是怎么个光景，您想必也看得出来，再拖个一两日，卫某恐怕没命在此恭候大驾了。”卫琇说着渐渐收了笑，“卫某问心无愧，若将军疑我不忠，大可上奏天子，发槛车征我回去问罪。卫某言尽于此，就不耽误韦将军回京复命了。”

韦敬康被他说得哑口无言，接了逐客令，留也不是，走又不甘心，兴师动众又无功而返，回了京莫说天子会不会怪罪，光是他阿爷那关就过不了。

“听闻韦大人治军谨严，想必不会做出扰民之事吧?”卫琇又道，“卫某忝居刺史之位，不得不为黎民多操心些，以小人之心度君子之腹，还望韦大人见谅。”韦敬康无计可施，只得僵着脸拂袖而去。

钟荟待韦将军离去了，快步从屏风中走出来，脸色十分难看，卫琇还道她又犯恶心，忙道：“阿饧又闹你了吗？快躺下来歇一会儿。”

“不是阿饧。”钟荟目光软下来，含笑抚了抚小腹，“阿饧是阿娘的心肝肉肉儿……乖……京都那位也真是欺人太甚!”

“同他置什么气，不是早料到了嘛。”卫琇安慰她道，“他向来如此，鹬蚌相争，他自然是乐见其成，我们山穷水尽，他才能高枕无忧。”

“就你仨瓜俩枣这点兵马，也亏他成天惦记着，小气吧啦的……你在这里差点把命搭上，还不如……还不如……”钟荟大逆不道地抱怨。

“那位只是疑心病重些，手腕差些，司徒徽……”卫琇想起那人玩世不恭的眼神，总觉得不寒而栗，“二叔镇守西北这些年，羌胡虽时有进犯，但都不成气候，这回却来势汹汹，着实不寻常。”

“你怀疑是司徒徽的手笔?”钟荟惊疑道，随即又觉理所当然，司徒徽一边出兵青州，一边挑起西北战事牵制住姜景义的大军，若非被卫琇阻挠，长驱直入直下洛京也未可知。

钟荟正思忖着，卫十一郎突然道："阿毛，我有些怀疑……"

"嗯？"

"恐怕司徒徽攻打青州只是个幌子。"卫琇一边思索一边道。

"不会吧，他调动数万大军，难道不是为了攻下青州？"钟荟有些困惑。

卫琇双手交叠，用手指敲着另一只手的手背道："他自然想拿下青州，不过恐怕西北才是他的重头戏。"

"有什么根据吗？"钟荟神色凝重，拧着眉道。

卫琇想了想，摇摇头："以我对司徒徽的了解，这城守得太容易了。"

他顿了顿，深深地看了钟荟一眼："若易地而处，给我五万兵马，十日之内，至多十五日，必能拿下临淄城，淳于靖再不济，二三十日总够了。"

"他们故意拖那么久，又露出疲敝之相，是为了放饵引诱朝廷出兵？"钟荟明白过来，"糟了！二叔和阿兄他们……"

不出半月，卫琇接到战报，羌胡和鲜卑各部二十万众突然大举进犯西北边境，雍凉两州的关内胡起兵响应，杀冯翊郡太守，两州百姓死伤无算，征西将军姜景义所率西北军腹背受敌，伤亡惨重，严防死守十日，几至弹尽粮绝，朝廷援军赶到时，武威城中十室九空，满目疮痍。

姜景义与姜悔叔侄下落不明，生死未卜。

卫琇读完洛京送来的战报，把信笺叠好递还阿慵。

"拿去烧了，小心别叫夫人看到。"他疲倦地捏了捏眉心。

"欸。"阿慵接过信笺，小心翼翼地收进怀里。

姜家出了事，于情于理应该告诉钟荟，可是她有了身孕，这一胎又怀得这样辛苦，这几日回了刺史府好不容易将养回来些，若是让她知道家人下落不明，还不知会怎样，但要瞒着她不是那么容易的事。

卫琇腹部的箭伤还未痊愈，大部分时候都躺在榻上，钟荟总是寸步不离地守着他，今日亏得阿慵机灵，瞅准她午后去花园散步消食的当儿把信偷偷摸摸送了进来。

不一会儿钟荟由阿枣陪着回了院子。

"京都来消息了吗？"钟荟一进屋就问道，"方才我在院门外看见阿慵了。"

自从得知西北胡乱的消息，钟荟心里一直记挂着，一有洛京来的信函便要问一句。

"嗯，家里寄来的，没什么要紧事。"卫琇故作轻松。

钟荟露出狐疑的神色，目光在他脸上逡巡了一阵：“卫阿晏，你没事瞒着我吧？”

这种时候卫琇总是情愿她愚笨些，要诓骗一个聪明人容易，可是要诓骗一个朝夕相对的聪明人实在太难了。

“信就在案上，你自己读便是了，我瞒你做什么。”卫十一郎用下颏往书案的方向点了点，拾起手边的一帙书，煞有介事地读了起来。

钟荟拿起书信，先用指腹蹭了蹭纸尾落款，一看手上干干净净，又背对着卫琇闻了闻，卫琇用的墨里加了少许沉水香，这书信却是用普通松烟墨写的，钟荟这才略微放下心来。

信是留在卫府的管事南伯写的，他虽说是家中下人，不过能识文断字，算是卫琇半个幕僚，留他在京中是有备无患，一有风吹草动便能经由卫家自己的途径把消息传到青州。

南伯每旬寄一封信函到青州，将卫府和洛京城里的大事小情禀报给卫琇，钟荟把书信从头至尾扫了一眼，西北战火燎原，信中自然也提了一笔，只说朝廷已经派安西将军率五万大军增援西北，不日将至姑臧城。

钟荟读完信，把信纸叠好放回双鱼匣中，正要盖上盖子，突然察觉到异样。

卫琇见她终于把信放了回去，一颗七上八下的心这才落回原位，轻轻吐出一口气，心道今日这一关算是暂且过了。

“卫阿晏，”钟荟突然背对着他道，“我再问你一遍，究竟有没有事瞒着我？”

卫琇身子一僵，感觉浑身血液都快冻住了。他从头至尾快速回想了一遍，并未想起哪里曾露出过破绽，便笃定阿毛是在诈他，镇定自若地道：“没有。”

“真有你的，卫琇。”钟荟转过身冷冷一笑，走过去把叠起的信纸扔到他怀里。

卫琇战战兢兢地拿起来看了一眼，便知瞒不下去了，封信匣时蜡从匣子缝隙里渗了进去，流到了信笺上，这本没什么，偏偏那蜡迹一边是整整齐齐的直线，显然是因为上头压着别的东西——不用说也知道，必定是另一封信了。

“我……”卫琇垂下眼帘，长睫毛遮住了眸光，因为受伤的缘故，他的脸上没什么血色，看起来越发可怜，像个做错事的孩子。

钟荟虽然心里有气，可一见他这模样也硬不起心肠，只哽咽道：“你说，二兄他们是不是出事了？”

卫琇坐起身，艰难地道：“阿毛，你先别急。”

钟荟听卫琇说完，怔怔的半晌没回过神来，良久才噙着泪拽着卫琇的袖子道：“阿兄和二叔是带兵追击羌胡骑兵的时候不见的？阿晏，你如实同我说，他们还活着吗？”

“一日未曾寻到人，便有生还的机会。”卫琇一字一句地慢慢说道。姜悔是他知交好友，他与姜景义在西北也曾相处过一些时日，他自然盼着他们能够逢凶化吉，然而这些话只不过是安慰钟荟罢了。下落不明，不是被杀便是被俘，无论哪一种都是凶多吉少。

钟荟像是抓住了一根救命稻草，点点头，硬是把眼泪憋了回去："不知道阿婆怎么样了？"

"外舅和大兄他们一定会瞒着阿婆的。"卫琇抱她在怀里轻轻拍着，安慰道。

"我还是不放心。"钟荟想了想道，"还是写封信回去叮嘱一声。"

她一边说一边站起身，用帕子掖了掖眼睛，走到屏风外面，唤阿杏备笔墨。

钟荟的信才送出六日，姜府的书信却先到了临淄。

临淄城被围那段时日，京城的信从一般驿路根本送不进来，三娘子先前寄出的几封信也一直耽搁在路上，直至如今才陆陆续续送到。

姜家的书信一向是直接送到内院来的，阿枣从阿慵手里接过一捧鲤鱼匣，进屋就呈给了娘子。

钟荟看了看，大多是三娘子寄来的，只有一封署着姜昙生的名字。

她有些纳闷，姜昙生这人粗心得很，他们来青州这么久也没想过写信来，有时候上街搜罗到有趣的器玩脂粉也是附在三娘子的信上送过来的。

钟荟把三娘子的信放到一边，先拿起大兄那封，用未开刃的小银刀剔去封蜡，撬开信匣，展开信笺，才读了一行眼前便是一黑。

姜昙生的信很短，总共也只有四五行字，字字触目惊心。

阿枣连忙将她扶住，问道："娘子怎么了？"

卫琇伤势好些，这几日刚刚可以起来走几步，正由阿慵搀扶着在园中走动，阿杏突然匆匆忙忙奔过来："郎君，不好了！咱们家老太太出事了！"

真是怕什么来什么，卫琇忙道："娘子知道了？"

阿杏点点头："娘子险些昏厥过去，阿枣姊姊陪着她，这会儿躺下了，已经叫丫鬟去煎安胎药了……"

卫琇一边往回赶，一边吩咐阿杏："你去门房，派人赶紧去请苏大夫。"

钟荟本来强撑着没哭，一见卫琇，眼泪止不住夺眶而出。

姜景义和姜悔失踪的消息传到洛京之后，姜家上下自然是瞒着老太太，一丝风也不敢漏进松柏院里，可姜老太太最终还是知道了，具体的情形姜昙生在信中语焉不详，钟荟便猜到与继母曾氏多半脱不了干系。

姜老太太最牵肠挂肚的就是疆场上出生入死的幼子，一听这消息当即昏厥过去，

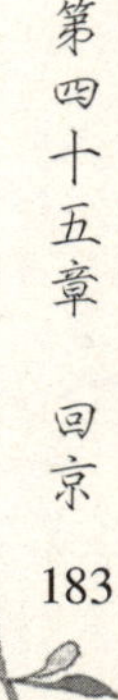

好在医官救治及时，捡回一条命，可也元气大伤，躺在床上几乎不能动弹。山参、灵芝流水似的灌进去，却都如同泥牛入海，半点效验也没有。

姜老太太半生操劳，身上落下了不少病根，这一倒，多少沉疴顽疾都泛了上来，短短几日便有了行将就木的样子，躺在床上既不说话，也不愿进膳，苏醒过来第一句话便是"让我老婆子跟着二郎和阿悔去了吧"。

姜景仁父子急得团团转，却是束手无策，医官虽然医术高超，可医不了心病，见这老太太万念俱灰，显是没了活下去的念想，便对着姜家人一味摇头。

姜昙生实在无法可想，想起老太太一向最疼二娘，便病急乱投医，寄书到青州，指望着二娘子能想出个法子来。

钟荟的身孕是在临淄城被围时诊出的，她还没来得及把这事告知洛京的家人，姜家父子也无从得知。

不一会儿阿杏便连拖带拽地把背着药笥的苏神医带到了。

"有你们这两位贵人在青州城里，老朽是休想安生了！"苏神医一进屋便埋怨开了，"这回轮到谁了？"

进了屏风里一看，这回是卫使君坐着，卫夫人躺着。

"夫人是贪嘴了还是着凉了？几日前老夫还来替你请过平安脉，脉象稳健得很哪，这又是怎么了！"苏神医一边唠叨一边取下竹笥，随手搁在一旁的独榻上，伸出手指，隔着薄薄的丝帕搭在钟荟手腕上。

他闭目凝神号了一会儿，然后睁开眼睛捋捋白须："是受了惊吓？"

他不满地看向卫琇："老夫叮嘱过多少遍了，夫人受胎后那段时日不安生，最忌劳神，怎么就没人把大夫的话当回事呢！"

卫琇惭愧地低下头："是在下没照顾好内子，有劳苏大夫。"

他认错态度太好，苏大夫也无话可说，只得努努嘴低下头写方子："我在你常服的安胎药方里减了一味，添了两味，一会儿叫下人去抓，每日两帖，服一旬，一旬后我再来给你诊脉。"

"多谢。"钟荟声音闷闷的，有些鼻音，显是哭过，"请问苏大夫，我要是想回洛京，最快何时能启程？"

苏神医正写到最后一个字，闻言把笔一摔，起身拎起药笥便走。

阿杏赶紧上前把他拦住："神医莫走，神医留步！"

苏大夫常给刺史夫妇看诊，和这喜眉笑眼的婢子也很熟了，哼了一声道："老夫只是个庸医，你家夫人这毛病可医不了。"

钟荟挣扎着要坐起来，卫琇把她按住："你躺着，我去说。"

他起身走到苏大夫跟前，长揖道："内子老祖母病重，还请苏大夫体谅内子的一片孝心。”

苏神医皱成一团的脸松开了些，勉为其难道：“夫人还是安心将养上一个月，待胎坐稳了再说旁的。”

卫琇送走了大夫，坐在钟荟床边，执着她的手道：“我这就上奏折，本来腊月里也要回京述职，提前几日想来也无妨。这一个月你就安心养着，我把青州的事务交接完毕，等你能上路了，我便陪你一起回京。”

“阿晏……”钟荟哽咽道。

“我知道。”卫琇亲了亲她的额头，“若是我，无论如何也要回去看一眼的。何况本来也要回去了，裴家的事也该有个了结了。”

得了苏神医的准话，钟荟只得按捺着性子乖乖喝药卧床安胎。

卫琇写了奏折送到京城，还未收到回音，倒是处决陈氏的诏令先到了青州。

卫琇身为使持节都督青、徐诸州军事，得杀有官位之人，然而像陈氏这样身涉谋逆大案的，他还是不好独断专行的。

房氏坐在幽暗逼仄的牢狱中，蓬头垢面，戴着枷锁脚镣，日复一日地等待着远在洛京的天子发落。

有脚步声慢慢走进，听起来是个强健有力的男子。

房氏不由自主地拢了拢散乱的鬓发，朝牢房外张望了一眼，先看到一团油灯的光晕，暖暖的，像一轮快要落山的太阳。

来人走近了，现出一张堪称俊朗的脸庞。

“祁大人，您来送妾上路啦？”房氏不由自主地妩媚一笑，旋即想起自己眼下是怎样一副尊容，坐直身子，收起笑意。

祁源对房氏这样妖娆多姿又有心机手腕的女子，向来是万分提防的，当即皱了皱眉：“夫人病重，祁某奉命前来给夫人送药。”说完命狱卒打开牢门，踱了进去。

陈氏轻轻一笑：“卫使君还是不肯来呀？妾还盼着他什么时候亲自来同我道个别呢。”

她说完顿了顿，瞟了祁源一眼，轻声叹息道：“不过有祁大人前来相送，妾也该知足了。”

祁源虽然打心底里厌恶和畏惧房氏这样的女子，可见她这么垂首轻叹，莫名生出些许怜惜，忍不住多了一句嘴：“夫人还有什么未了的心愿吗？”

房氏抬起头，直勾勾地望着他，暧昧道：“自然是有的。”

祁源叫她看得很不舒服，双耳开始发烫。

房氏扑哧一笑：“你瞧，我就说非战之罪，卫稚舒就是块铁石心肠的木头。”

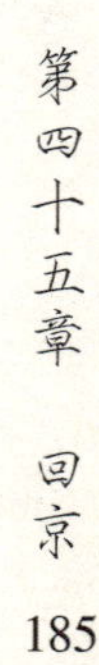

祁源没琢磨清楚她这话是什么意思，只见房氏换了一副郑重的神色，施了一礼，诚诚恳恳地道："祁大人，多谢了。"

陈氏一族上百口人，男丁二十七人坐弃市，妇孺罚为官奴，太守陈琼之妻房氏在狱中染时疫而亡。

虽然天子手下留情，并未夷其三族，但房氏、刘氏、张氏等与陈氏世代联姻、沾亲带故的大族或多或少都受了牵连，免官的免官，左迁的左迁，像高氏这样处处唯陈氏马首是瞻的家族更是伤筋动骨，恐怕就此一蹶不振了。

陈家二十多口人槛车押赴东市枭首那日，差不多整个临淄城的百姓都出动了，街市上比上元节时还热闹。

年幼的孩童坐在父母肩头，吮着手指歪着脑袋，拿乌溜溜的眼睛目不转睛地盯着刑场中痛哭哀号的陈家人，仿佛那是一场别开生面的百戏。

刽子手的大刀斩下去，头颅滚落在地，脖子的断口中喷溅出水花一样的血来，人潮中爆发出一浪又一浪的欢呼声，从此青州地界上再无百年陈氏。

十数日之后，天子召卫琇回京的谕旨也到了。

卫琇留刺史别驾祁源在青州暂行职权，自己携夫人和数百名部曲前往洛京述职。

他们去年来时走了一段水路，不巧遇上风浪，把钟荟折腾得够呛。此次回京，卫琇带了二十来个当初招安的水匪，看着天候和潮水决定是坐车马还是行舟。

大约天公也体恤钟荟的一片孝心，这一路他们虽然走走歇歇，比来时慢了半月有余，不过未曾遭遇风浪和风雨，于腊月中旬平安抵达京都。

到洛京时是黄昏，冬季天黑得早，家家户户都点了灯，大街小巷炊烟弥漫。钟荟合着眼睛靠在卫琇肩头，听着轮子隆隆轧过御道，嗅着车窗外飘来的洛京特有的气息，突然有点近乡情怯。

卫琇以为她睡着了，侧过头吻吻她的头发，轻轻道："阿毛，我们回家了。"又温柔地把手放在她微微隆起的小腹上，低声道："阿饧，这里就是阿爷阿娘出生的地方。"

钟荟听他一本正经地和腹中的孩子说话，不由得笑出声来。

卫琇没料到她醒着，羞赧地红了脸，替自己辩解道："阿饧第一回来京都，总要同他说一声。"

钟荟越发掩着口笑个不住，身子都打起战来："那么小的孩子哪里听得见你说话，连动都不会动呢……"

她说到这里突然怔住，难以置信地低头摸了摸肚子。

卫琇见她神色不对，急忙问道："怎么了？哪里不舒服吗？"

"阿晏……"钟荟转过头，露出个似哭非哭、似笑非笑的表情，"方才阿饧好像踢了我一下……"

卫琇手足无措，张口结舌，一句话也说不出来，半晌才道："真的吗？"

钟荟回忆了一下，又有些拿不准了："不晓得啊，没准是肚子饿了……你记得吗？我们离开青州前苏大夫说过，大约过不了多久他就会动了……阿饧，方才是你吗？再给阿娘动一动吧。"

等了半天没动静："八成是我弄错了。"

卫琇这时算是回过神来了，小心翼翼地把手放在她腹上，用讨好的口吻商量道："阿饧乖，动一动好不好？"

"动了动了！真动了！"

这回确凿无疑，钟荟差点喜极而泣，抓着卫琇的胳膊一个劲晃："你觉察到了吗？阿饧在动呢！"

卫琇只觉手底下有什么东西轻轻一颤，整颗心都快化了，他要当阿爷了，这个一直仿佛与他隔了一层的事实，终于随着那微微的震颤顺着手掌传进胸膛里。

"没良心的小崽子！"钟荟含着笑轻声骂道，"这么丁点大就晓得偏袒你阿爷！阿娘这么辛辛苦苦怀你，螃蟹都吃不了……"

卫琇忍不住弯着嘴角，欲盖弥彰地咳了两声，抚了抚孝顺的孩儿，弯下腰把嘴贴近钟荟的肚子，一本正经地教导道："阿饧，凡事要以阿娘为先，你阿娘小心眼，阿爷不会同你计较的——"

话还未说完，钟荟在他背上捶了两下："好你个卫阿晏！竟敢挑拨离间！"

"你看，阿爷方才说什么？你阿娘就是这么斤斤计较。"

两人笑闹了一阵，钟荟慢慢从惊喜中平复下来，忧虑重新爬上了眉头，她垂下眼帘轻声道："阿饧，明日见了太婆婆要动一动啊。"

"别担心。"卫琇捋了捋她的后脑勺，"老太太见了你们一定很高兴。"

第四十六章 阿武

车驾回到卫府时，几个管事仆役已在大门外恭候了。

府里灯火通明，屋舍井然，和两人离京时没什么不同，只不过离开时是仲秋，回来时是初冬，前几日下过一场小雪，草木上还留着少许未融残雪。

仆役们将青州带回来的箱笼、行装搬进厢房，阿枣和阿杏把屋子略微收拾了一番——正院每日有人打扫，屋子里纤尘不染，床褥新晒过，洁净又蓬松，墙角铜瓶里供着的蜡梅也是今日新剪的。

夫妇回到正院，沐浴更衣，在西厢简单用了晚膳，早早回房休息。

钟荟一路上舟车劳顿，终于回了自己家中，一沾枕便昏昏沉沉睡了过去，卫琇不易入眠，轻轻搂着她，时不时抚一抚阿饧，在黑暗中默默数着她的心跳，过了许久才闭上眼睛。

第二日，夫妇俩起了个大早，钟荟也顾不上梳洗妆扮，叫阿枣替她梳了个家常的圆髻，用胡粉把眼下的青影遮了遮，穿上夹丝绵的绣襦，披上白狐裘，和卫琇一起坐上牛车往姜府去了。

卫琇的僮仆到姜家门上递了帖子，姜景仁和姜昙生不一会儿便亲自迎了出来。

钟荟顾不得和他们叙旧寒暄，一下车便问道："阿爷，阿婆她怎么样了？"

"好一阵坏一阵的，一天里大多时候都浑浑噩噩不知事，偶尔清醒过来，就淌眼泪。今日清晨醒了一回，饮了几口米汤，现下又睡过去了。"姜景仁焦躁地道。

他这阵子焦头烂额，先是弟弟和儿子不知所踪，紧接着老母又一病不起，他活到那么大岁数也没什么顶门立户的自觉，如今被赶鸭子上架，愁得白头发都生出来了。

钟荟去青州差不多一年，姜景仁看起来老了好几岁，终于不再是那副吊儿郎当的轻佻模样，开始有了中年男子的稳重。

钟荟望着这个便宜阿爷，一时间有些感慨。

姜昙生也与一年前分别时大相径庭，家里接连出大事，他要帮着父亲在外奔走，打探西北的消息，又要安慰祖母，照顾家中女眷，仿佛一夕之间长成了大人。

如今的姜昙生整个人都沉了下来，言语比以前少了，连走路的模样都踏实了许多。

他同卫琇见过礼，满含歉意地对钟荟道："阿妹，早知你怀着身子，说什么我也不会寄那封书信。"

"阿兄这是说的什么话，莫非我出嫁了就不是姜家人了？同自己亲妹妹如此见外！"钟荟一边说一边和卫琇一起随着父兄往松柏院走。

走到院门口，只见三娘子姜明淅提着裙裾快步向她走来。

"阿姊——"她眉间的忧愁和彷徨被喜色代替，仿佛二姊一回来所有的难事都能迎刃而解。

钟荟也加快脚步迎上前去，揽住她瘦削的肩头："又长高了，都快比阿姊高了。"

"阿姊……"姜明淅又叫了一声，愧疚地低下头，"我……我……"

钟荟见她这模样，还有什么不明白的，必定是曾氏故意把二叔和二兄失踪的消息透露给老太太，三娘子和八郎这对曾氏亲生的子女，想必是很不好受的。

明知道不该迁怒妹妹，可钟荟看着三娘子这张酷似生母的脸，心里忍不住有些疙瘩，不由自主地松开手。

姜明淅也感觉到她明显的冷淡，紧紧抿着嘴。

钟荟有些惭愧，掏出帕子捂着嘴咳嗽两声，然后问道："阿婆醒了吗？"

"方才起来用了点薄粥，这会儿正闭目养神，听说你要回来，阿婆比前些时日好了许多。"三娘子神色放松了少许，"阿姊，什么时候能见到小外甥啊？"

"还早呢。"钟荟一边笑着回答，一边和三娘子并肩往屋里走。

婢子打起门帷，姜明淅搀扶着姊姊往屋里走，时不时提醒道："阿姊小心门槛。"

窗帷都放了下来，屋子里点着灯，分不清白天还是黑夜。

一股又苦又辛的浓重药味扑面而来，钟荟胸中有些发堵，忍不住拿手捂了捂嘴。

"怎么了，阿姊？"姜明淅关切地递上绣帕。

"无妨。"钟荟摆摆手，从袖子里掏出个小小的银香囊，放到鼻端嗅了嗅，苏神医的香药方子很有效，片刻之后便觉舒服多了。

"刚有身子是这样的，小娘子你不懂。"三老太太刘氏迎上来，她眼圈发红，鬓

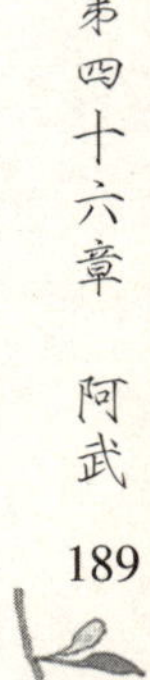

边添了不少白发，只有神色还是那么慈蔼随和。

“三老太太。”钟荟亲昵地唤了一声。

“等到你们平安回京，我心里这块大石头总算落了地。”三老太太抚着心口道，“你阿婆刚醒，快去看看她吧，一早上问我好几回了。”

蒲桃从刘氏的身后走出来，毕恭毕敬地向钟荟行礼，仍是那低眉敛目的沉静模样，只是面容憔悴，下颏比原先还要尖。显然，这些时日十分操劳。

钟荟扫了蒲桃一眼，三步并作两步走到屏风后面。

姜老太太躺在眠床上，绛红色的绣金帐子被拉了起来。

一年不见，祖母和她记忆中那个生龙活虎的老太太判若两人，她脸色蜡黄，眼窝和脸颊深深地凹了下去，颧骨像两个土丘般高高耸着，脸上布满沟沟壑壑，直挺挺地躺在床上，像一截离树的枯枝，总是如同鹰隼一样炯炯有神的眼睛如今仿佛蒙上了一层白翳，显得很混浊。

钟荟鼻子一酸，强忍着不让眼泪掉下来，吸吸鼻子，笑着唤道：“阿婆——”

姜老太太听到动静，慢慢地转过头来，见是最疼爱的二孙女，她的眼神短暂地亮了亮，像往两盏残灯里添了些许灯油。

她的嘴巴张了张，没发出声音来，艰难地咽了口唾沫，又舔了舔干涸的嘴唇，用嘶哑的声音说道：“阿婴啊，你回来做什么啊……”

钟荟紧紧攥住老太太粗粝的手：“阿婆，我带着阿饧回来看您了。”

“有了身子了，”姜老太太说不了半句话就要喘上一阵，吃力地数落道，“也不知道小心些……那么远的道……”

“阿婆，莫说这些了。”钟荟用力握了握她的手，从袖子里取出帕子替她掖掖额头上的薄汗，“要喝水吗？”

老太太摇摇头，眼睛往下看了看：“孩子小名儿叫阿饧？哪个饧呀？”

“胶牙饧的饧。”钟荟直起身来，把老太太的手放到肚子上，“阿婆，他已经会动了。”

姜老太太眯了眯眼睛：“小崽子莫要闹你阿娘……”

“他闹着呢。”钟荟笑着道，“往后得让太婆婆好好管教管教，若是不乖就拿拐棍抽他。”

“这还没生呢……你就想着打他……我连你阿兄小时候都舍不得打……”姜老太太说着，眼角流出两行浊泪，“太婆婆老咯，不知道还等不等得到那一天……”

“说什么呢！您一定能长命百岁。”钟荟一边替祖母拭眼泪，一边倔强地道。

“阿婴啊……”姜老太太又道，“你二叔和二兄……我那日梦到你阿翁了，呜呜呜的，说什么也听不清，我……”

姜老太太说着说着又哽咽起来。

“阿婆，二叔和二兄吉人自有天相，一定能平安回来的，您莫要胡思乱想。”钟荟喉咙里一哽，勉强笑了笑，安慰她道，“您乖乖把病养好，不然他们在西北又要牵挂。”

姜老太太不说话了，不过她显然不信钟荟的话。

“阿婆，您累不累？”钟荟见她露出疲惫之态，揣测着大约是说话说久了，便起身道，“您先睡会儿，我去同阿兄他们说点事儿。”

姜老太太情不自禁地抓住孙女的手。

钟荟在她手背上轻轻拍了拍：“阿婆莫怕，我和郎君说好了，回家来住一阵，天天陪着您。”

“那怎么成……”姜老太太口是心非，嘴上这么说着，眼里却流露出欣喜来。

钟荟看着越发心酸：“阿婆我去去就来。”

说完站起身，一转过身便落下泪来。

钟荟出了屏风，同三娘子说了几句姊妹间的体己话，然后去外院找姜昙生。

姜昙生正在堂屋里和卫琇寒暄，见了钟荟站起身走到门口：“阿妹，你怎么来了？阿婆醒了吗？”

“嗯。”钟荟面无表情地点点头，“阿兄，我有话要问你。”

姜昙生心里一凛，背上出了一层冷汗，他这二妹心明眼亮，什么事都瞒不住她。

卫琇站起身对钟荟道：“我去看看老太太，你仔细着些，有什么事差人来叫我。”

钟荟点点头：“我叫下人带你去松柏院，老太太刚说了好一会儿话，别叫她累着了。”

“我省得。”卫琇抚了抚她的肩头。

卫琇一走，钟荟便对局促不安的姜昙生道：“阿兄坐。”

又对一旁伺候的书童道：“替我去厨房传一碗热牛乳来，出去的时候把门带上。”

书童领了命，转身出了门，依言合上门。

钟荟开门见山地对姜昙生道：“阿兄，到底怎么回事？是谁把二叔和二兄的消息告诉阿婆的？”

姜昙生看了看门扇，颓丧地摇摇头，不知该如何说好。

“你不说我也知道。”钟荟拧眉道，“是不是如意院那位？”

姜昙生像是吞了黄连一般，苦着脸扯扯嘴角：“阿兄没想瞒着你，也知道瞒不住你。”

“她如今在哪里？”钟荟压抑着怒气问道。

“前几日阿爷做主，把她悄悄送到隆慈庵去了。”

"她把阿婆害成这样，就这么轻轻巧巧地往尼姑庵里一送……"钟荟冷笑道。

姜昙生无奈地叹了一口气："阿爷知道以后也是气得不行，可三娘这两年要说亲了，八郎眼看着也大了，过几年论资定品，若是让人知道有个德行有亏的阿娘……"

听他一提三娘子和八郎，钟荟一时间哑口无言，半晌后才无力道："总不能就这样算了，阿婆她……"

她虽然这么说，心里却也明白，曾氏再怎么卑鄙歹毒，都是三娘子和八郎的生母，除非不顾三娘子的婚事和八郎的前程，否则也只能送到尼姑庵里拘一辈子了事了。

要不就狠下心肠来要曾氏的命，然后报个病死，可她偏又罪不至死，何况姜景仁本就不是什么狠戾之人，压根儿做不出这样的事来。

钟荟和姜昙生相对坐了一会儿，心里越发堵得慌，索性起身回自己院子去了。

姜家人知道她要回来住，早把她未嫁时与大娘子一起住的小院子打扫拾掇干净了，又换上了簇新的帷幔和被褥。

钟荟在小院子里四处转了一圈，然后叫住一个正在给梅花修枝丫的奴婢道："你去松柏院一趟，把白姨娘叫来。"

那婢子放下手里的活，应了一声"是"，便急忙去松柏院传令了。

蒲桃不一会儿便到了。

她捋了捋松绿色襦衫上的褶子，若无其事地道："二娘子叫妾过来有什么事？"

钟荟冷冷扫了她一眼，请她进厢房里就座，把一旁伺候的婢子支开，从案上端起八角描金白瓷茶碗，抿了一口林檎茶，淡淡道："白姨娘近来忙里忙外，又要伺候老太太，实在是辛苦了。"

"这些都是妾的分内事。"蒲桃不卑不亢地道。

钟荟摇了摇头道："白姨娘真是过谦了，听说那日老太太昏厥，多亏你遇事沉着，叫我阿爷赶紧策马入宫求姑姑，这才赶在宫门下锁前请了医官回来，若是拖延到第二日，恐怕神仙都难救，你是我们姜家的恩人。"

"二娘子言重了，妾不敢当。"蒲桃低下头道。

钟荟放下茶碗，站起身走到蒲桃跟前，扬手重重打了她一巴掌，非但把她打得侧过头去，自己的手掌也震得发麻。钟荟两辈子第一次掌掴人，这才发觉恨到极点唯有亲自动手才能略微解气。

蒲桃用手捂着脸，半边脸火辣辣的生疼，她一声不吭，跪坐在地上，姿态谦卑。

"白蒲桃，你问问自己的良心，这些年老太太有没有亏待过你。"钟荟捂着小腹，深吸了一口气，缓缓坐回榻上，"我不管你和曾氏有多少恩怨，你要报什么仇我不拦你，可你若是再拿姜家其他人作筏子，休怪我不留情面！"

蒲桃抬起头，一言不发地望了她一会儿，眼里不见畏惧，也看不到半点悔恨，眼神空空荡荡的。

“有那心思的是夫人，妾不过是与她行个方便罢了。”蒲桃笑着道，“不过卫夫人请放一万个心吧，妾从未想过要害谁，待我将仇报了便离开姜家，也省得卫夫人这样的贵人牵肠挂肚。”

钟荟想起她夭折的那个孩子，心蓦地一软，叹了口气道：“都这么多年了，你还是放不下么?”

“卫夫人如今也有了身孕。”蒲桃凉凉的眼神从钟荟的小腹上划过，“若换了你，你能放得下么?”

钟荟不自觉地用双手护住肚子，身子往后缩了缩，突然感到莫名的恐惧。

蒲桃莞尔一笑：“卫夫人莫怕，妾又不是疯子，也不想把命搭上，你打我那一巴掌，是我该受的。妾这样的蝼蚁，即便来一百个一千个，卫夫人也是抬抬脚就能轻易踩死，留着命比什么都要紧，我不会自寻死路的。”

钟荟不置可否：“如今曾氏不在府上了，你打算把她如何?”

蒲桃轻轻笑出声来：“卫夫人明知故问，你瞒着郎君和大郎私下把我叫来，难道不是指望着我对付曾氏?”

有二娘子每日陪着说话，侍奉汤药，姜老太太逐渐活泛了一些，那种行将就木的气色慢慢褪去，也有了展颜舒眉的时候，只是每每提及幼子和孙子，难免要伤心落泪。

钟荟在姜家暂住却是苦了卫琇，他每日从宫城出来，总是先到姜家，陪钟荟待上一会儿，用了晚膳，这才依依不舍地乘着牛车回府。

他腹部的伤口虽说已经愈合，但伤口又深又险，还未将养好便一路舟车劳顿，回到洛京之后每日都要入宫面见天子，更遑论朝会一站就是一早晨。

钟荟怕他来来回回地奔波，便去禀了老太太，索性让他也在姜家住下了。

跟着夫人回娘家住自然不合规矩，旁的世家看在眼里，自然要笑姜家粗鄙无礼，再叹一句卫十一郎色令智昏，丢了祖上的颜面。

卫十一郎向来不怎么在乎外界的看法，安之若素地每日进出姜家，闲来无事还陪着夫人坐着牛车招摇过市，去金市的铺子里买果子挑蜜饯，引得洛京城里的百姓争相观看，都道卫十一郎夫妇离了京都，连春花秋月都失色了。

如今卫氏夫妇一回京，清河公主选驸马一事都没那么引人瞩目了。

钟荟一回京便住回姜家，与钟家的家人们还未能见上一面，只能托卫琇捎信去问候，过了一旬，待姜老太太的身子好转了些，这才趁着她午后小憩的当儿，坐了

牛车往钟家去了，只道去探望一下常山长公主。

钟禅还在中书省，钟夫人一收到女儿回来的消息，已经急不可耐地出了后院。常山长公主听说好友回京，也跟着一起出来相迎。

四周有下人在，钟荟不能扑到母亲怀里，连阿娘都不好叫一声，还得装模作样地行礼，钟夫人把着她的手臂将她扶住："卫夫人别多礼，你有了身子，万事须得小心……"

说着说着，声音便打起战来，背过脸去拿帕子拭眼泪。

常山长公主仍是那嬉皮笑脸没正经的模样，只是比钟荟离京时丰盈了一些，原本瘦削的脸颊上都长了些肉，变得柔和圆润起来。

钟荟觉得有些异样，将她从上至下打量了一番，突然意识到了什么，惊喜道："哎呀！莫非……"

常山长公主笑着挽起钟荟的胳膊："前几日才诊出来的，想派人给你送信来着，想着还是当面看你吃惊的模样好玩儿，便作罢了。我要当阿娘了，真是唬了一跳！"

"都显怀了怎么才知道？"钟荟纳闷道，"你自己没察觉异样？"

"没有啊。"司徒姮把怀里的金手炉塞给钟荟，"有阵子总想着吃，又贪睡，我还道是吃多了长的肉，还是前几日进宫看我阿娘时一个老宫人瞧出不对劲来，叫来医官把了脉，道差不多有三四个月身孕了。"

"你不觉得恶心气闷吃不下东西么？"钟荟诧异地望着容光焕发的司徒姮。

"吃得比原先还多呢。"常山长公主愁容满面，双手握着腰比画了一下，"腰都粗得跟宣德殿的柱子一般了，也不知生产完还能不能细回来。"

又看了看钟荟的腰："我还罢了，你可千万要细回来呀。"

钟夫人走在前面，哭笑不得地听着两人一路上的谈话。

到了正院，常山公主对钟荟道："我去吩咐他们弄点你爱吃的糕饼来，你在此处稍等我一会儿。"

说完向钟夫人行了个礼，转身走出屋子，还体贴地将门合上。

钟夫人按捺了许久，终于有机会同女儿独处，一把将她揽在怀里便开始掉眼泪，好一会儿才喃喃地道："我的阿毛总算回来了，总算回来了，怎么瘦成这样……"

"阿娘……"钟荟也伏在她怀里泣不成声。

"莫哭莫哭。"钟夫人赶紧拍着女儿的背道，"你有了身孕，哭了伤身。"

钟荟慢慢止住眼泪，平复心绪，这才和母亲说起青州的见闻来，青州被围那段时日的艰险自然是轻轻带过。

母女俩说了会儿话，钟夫人吩咐下人打了水来，亲自绞了帕子帮女儿把脸揩净。

"我的事……长公主是不是已经知道了？"钟荟想起方才常山长公主特意寻借口

出去，让她们母女单独在一处说话。

“阿姮这孩子看着大大咧咧，实则心思细腻，你和阿晏去青州前在家里住了一阵子，总找到些蛛丝马迹，怕是那时候就起疑了，她也一直没去问你阿兄。可我想着既是一家人，她又同你这样亲厚，单单瞒着她实在过意不去，便同她说了。你不会怪阿娘吧？”钟夫人拉着钟荟的手道。

“我怎么会怪您呢，是不该瞒着的。”钟荟想了想道，“也是顾忌着她那层身份。”

“阿姮待人至诚，最难得的是有赤子之心，你阿兄能娶到她是福分。”钟夫人叹道，“生在司徒家可惜了。”

想了想又埋怨道：“对了，你阿兄怎么这会儿还没到！阿妹回来也不知走快些！”

话音刚落，门外便有下人进来禀报大郎来了。

钟夫人还真是冤枉了他，钟蔚这样多走一步路都嫌麻烦的人，一听到妹妹回来的消息便屈尊纡贵地出了院子，半道上冷得直哆嗦，这才发觉竟然忘了披裘衣便冲了出来，赶紧遣了童仆回去拿，一来一回这才耽搁了。

按照钟荟如今明面上的身份，钟蔚说起来还是个外男，在外头要见妹妹一面不容易，话不能说一句，连多看一眼都是失礼，只有在自家院子里关起门来，兄妹俩才能叙一叙旧。

钟蔚眼眶也微微发红，唯恐叫阿娘和妹妹看出来到妻子跟前去说嘴，瓮声瓮气地打趣妹妹：“青州水土不好吗？去了一趟变得这样丑！”

刚巧这时候常山长公主进屋来，笑着嗔道：“我都不嫌你生得丑，你倒嫌起二……十一娘……哎呀！我都不知道该叫什么好了！”

钟荟瞒了她这么多年，难免有些惭愧：“怎么顺口怎么称呼便是了，你别怪我一直隐瞒才好。”

“这有什么，谁会把这样的事儿挂在嘴上啊。”常山长公主大方地挥挥手，旋即叹了口气，“唉……可惜了，本来想同你和卫十一郎结个儿女亲家，如今这样只好作罢了。我说姑表亲有什么，偏你阿兄觉着别扭。”

“说不定是一对表兄弟或者表姊妹呢。”钟夫人安慰她道。

钟荟和兄嫂叙了会儿话，起身道：“我去看看阿翁，先失陪一会儿。”

“赶紧去吧，”钟蔚急忙道，“阿翁念了你好一阵了。”

一年没见，钟熹原本挺直的脊背似乎已经有些佝偻，不知是否是她的错觉。

钟熹见了她红了眼眶，一边点头，一边口中反复道：“回来就好，回来就好……阿翁和你阿爷没用……”

“阿翁您说什么呢!”钟荟心里难过,“您这么说让孙女情何以堪。”

钟熹摆摆手继续道:“你和阿晏困在临淄城里命悬一线,我们在洛京却无计可施……阿翁真怕……真怕……”

“阿翁,孙女从今以后留在洛京,哪儿也不去了。”钟荟的自责无以复加。

“你姜家阿婆好些了吗?”钟熹摇摇头道,“待此间事了,你还是赶紧回青州去,你阿兄前阵子犯了点过错,已经引咎辞官,这回让他和长公主同你一起去。”

钟荟悚然一惊:“已经到了这步田地了吗?”

“你莫怕,也许只是阿翁想多了。”钟熹笑了笑,安慰孙女,“人年纪大了可不就爱杞人忧天嘛。”

“西北不是已经稳住了吗?”

“这些年幸亏有你姜家二叔,西北鲜卑各部才没闹出什么乱子。如今他下落不明,领西北军镇守武威的安西将军赵良又是个无能之辈,这回凭着兵多粮广勉强将羌胡打退,一旦他们卷土重来,武威失守恐怕在旦夕之间。”钟熹抚了抚额头,一脸疲惫地道。

“朝中就没有旁的将领可用吗?”钟荟皱着眉头思忖。

“有,裴家五郎有以一敌百之能,又善排兵布阵,是仅次于姜二郎的良将。”钟熹道。

“是良将却非忠臣。”钟荟一听“裴”字便知,哪怕胡人杀到宫城底下,司徒钧也不敢动用这把要命的良弓,到时候率先遭殃的恐怕不是胡人,而是他这个九五至尊。

“还有一个人,阿毛。”钟熹深深地看了孙女一眼。

钟荟见了祖父这欲言又止的样子,还有什么不知道的,当即杏目圆睁,慢慢有泪沁出来,难以置信地道:“不可能!”

“阿毛你莫要动气。”钟熹连忙上前劝她,“顾着腹中的孩儿要紧。”

“他们司徒家自己闹出的破事儿,搭上阿晏一大家子不够,害他差点死在青州还不够,还要他带着伤再去西北给司徒家卖命?呵,他司徒钧好大的脸面!”钟荟急怒攻心。

“阿毛,慎言。”钟熹抚抚额角,他这个孙女看着好脾气,其实外柔内刚,连天子都不曾放在眼里。

“卫家欠他什么了?”钟荟带了哭腔,“阿晏他只剩一个人了,阿翁……”

钟熹拍拍孙女的背:“你有了身子,不能着急。”

钟荟抱住肚子,腹中的阿饧似乎也感觉到了母亲的不安,动了好一阵。

钟荟深吸了一口气,慢慢吐出来:“他们叔侄俩要斗,让他们各凭本事去斗吧,左右不过将一家物与一家人。”

“阿毛啊，莫要说气话。”钟熹叹了口气道，“汝南王若只是图谋帝位，咱们明哲保身、袖手旁观也未尝不可，可他为了一己之私欲挑动关内关外羌胡屠戮我大靖黎民百姓，已不是他司徒一家之事了。”

“可是……为什么偏偏是我的阿晏……”

“阿翁知道，这些道理你都懂得。”钟熹无奈道，“阿翁今日在这里同你说这番话，就是让你心里有个数，即便不为了江山社稷，阿晏此行也是无可避免，他有求于天子。”

钟荟静静想了想：“裴家？”

钟熹点点头：“冰冻三尺非一日之寒，裴家根深叶茂，其势力在朝中盘根错节，如今又是多事之秋，要让天子下定决心放手对付一个股肱之臣，谈何容易？”

“我们在青州拿到了前任刺史陶谟与陈氏的往来密函，裴霄首鼠两端，暗中勾结汝南王，还屡次妄图谋害朝廷大员，谁都知道姓陶的是裴霄的爪牙……对了，还有我们入青州时擒获的刺客……”钟荟说着说着声音逐渐微弱下来。

不够，这些凭据根本不够把裴家连根拔除。

陶谟的坟头草都有几尺高了，裴霄完全可以把这些全推在死人头上，把自己摘得干干净净。

“是阿晏自己不敢同我说才叫您来当说客的吧？”钟荟叹口气道。

钟熹生怕把卫十一郎连累了，赶紧连连摆手：“阿翁哪里敢当说客劝你，你同阿晏好好说。”

“阿翁，我姜家二叔还有二兄，他们真的……”钟荟心底里怀着一点微茫的希望，可又不敢期待，“阿晏和姜家阿兄他们语焉不详，都不愿把详细情形同我说，阿翁您就别瞒着我了。”

“你姜二叔和阿悔他们领着一千精骑夜半袭营，谁知胡人早有准备，带去的兵马几乎全军覆没，只有两个兵卒逃回姑臧报信。”

钟熹和姜悔有师徒之谊，说到此节眼眶泛红，看了看泪汪汪的孙女，叹了口气，也不知是安慰她还是安慰自己：“没找到尸首兴许还有一线生机。”

“二叔那样的大将，无论是生是……若是落入敌手，那些胡人必定要昭告天下！”钟荟猛地燃起些许希望。

钟熹不忍心泼她冷水，颔首道：“就是这个道理。”

黄昏卫琇回到姜府，一进院子便看到钟荟坐在廊庑上等他，面色不善。

卫琇快步上前，脱下氅衣披在她肩上，轻轻道：“去看过阿翁他们了？”

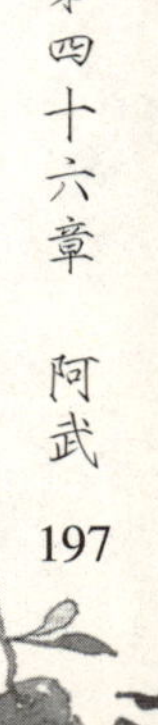

钟荟幽怨地看他一眼，不说话。

卫琇仿佛看不懂眼色，吻了吻她的头发，又去摸她肚子，严肃道："阿砀，今日又闹你阿娘了？不乖。"

钟荟又好气又好笑，拍开他的手："出息了啊卫阿晏，往孩子身上栽赃都学会了。"

在院子里洒扫的下人们都背过身去直发笑，谁晓得仙人一样的卫十一郎在夫人跟前俯首帖耳至此。

"外头风大，进屋去吧。"卫琇轻轻把手搭在她肩头，扶她站起来。

钟荟望了望远处树顶上的积雪，默不作声地站起身。他们走进屋里，四下里只剩下他们一家三口。

钟荟坐到榻上，把手里的镏金松叶纹小手炉塞进卫琇怀里："手冷得像一坨冰一样，也不知道疼惜自个儿。"

"有娘子心疼我便足矣。"卫琇知道她爱听好话，如今说起这些来驾轻就熟，一套一套的。

他自知有错，比起平日越发乖觉，从小火炉上拎起陶壶，倒了一碗温热的牛乳，殷勤地捧到钟荟跟前。

钟荟睨了他一眼，接过来沾了沾唇："也是。我同你一起去西北。"

卫琇无奈道："阿毛，莫要如此……你放心，我会活着归来的。"

"好，如此是谈不拢了，我们一家有三口人呢，让阿砀来决定吧。"钟荟把半碗牛乳一饮而尽，把空碗往案上一拍，仿佛那是一只酒碗。

钟荟扯过卫琇的手放在自己小腹上。

"阿砀，你若是想跟阿爷去西北，就动一动。"钟荟低头道，"动一动啊。"

没有半点动静。

"阿毛……"卫琇想抽回手，手腕却被牢牢抓住。

"他不动你也不许动。"钟荟咬牙切齿道，"卫琇，我给你两条路选，要不你就把我们母子带上，要不你先走，我随后就揣着阿砀去西北找你。"

卫琇放下手炉，屈起手指轻轻刮了刮她鼻梁："别不讲理，都当了阿娘了，你不为自己着想也要想想阿砀啊。"

钟荟早知道他会拿这理由搪塞，反驳的说辞也想好了："卫琇你想想，把我们送到青州当真万无一失么？"

"祁别驾忠心耿耿，必定会替我看顾好你们，况且有阿兄照应，总好过随我去西北。"

钟荟笑了笑："我也不怀疑祁别驾的忠心，只是你想想，万一司徒徽再次出兵临淄，城守不住了，你说忠心耿耿的祁别驾会把我留给汝南王，让汝南王用我来对付你，还是把我杀了以绝后患呢？”

卫琇眉峰一挑，眼里闪过一丝惊恐。

钟荟心知他已经动摇了，她和祁源连话都没说过几句，哪里知道他是什么样的人，不过那么空口白牙一说。但是她了解卫琇，她赌他不敢冒这个险。

“阿晏，我阿兄和长公主能带多少部曲去青州？他们护不住我的。”钟荟再接再厉。

卫琇一把抱她入怀：“我带你走。”

钟荟得意地勾了勾嘴角：“这才对，宝贝就是要揣在自己身上，我去了必不会拖累你，说不定还能出出主意。”

司徒钧并不想让新任的左将军出师未捷身先死，还算厚道地给他留了两个月时间养伤。

钟荟每日陪着老太太说话，把她用来说服自己的那套话翻来覆去地讲，说得多了，自己也越发信了。

“待阿晏去了西北，把二叔和二兄给您全须全尾地带回家来。”她安慰祖母道。

她不敢同老太太说自己也要跟着夫君去西北，只说过阵子回青州。

姜老太太吃力地咽了咽唾沫：“回去替你三妹相看相看，门第不用太高，要紧的是人本分实诚……你三妹吃了那张嘴的亏，是个实心眼的孩子……”

“欸。”钟荟一口答应，“先前没在青州物色，是怕她不想离家太远。”

本来三娘子已经在同京兆徐家二房嫡三子议亲了，两家大人刚透出点意思，预备等两个孩子大些再过定，不巧就出了西北那档子事。

没过多久又传出曾氏被送进尼姑庵的消息，徐家便萌生出了悔意。虽说徐、姜两家议亲的事在洛京士族间不是什么秘密，可毕竟还没开始走六礼，徐家此举虽说有些不地道，可姜家也挺不起腰杆子——姜三娘的生母突然被送进尼姑庵，明眼人都晓得是怎么回事。

生母德行有亏，于女儿的声誉自然有碍，三娘子是受了她母亲的连累。

钟荟看着三娘子从一个幼童长成少女，朝夕相处，姊妹感情不可谓不深，自然也盼着她找个好归宿。

徐家书香门第，那徐家小郎君卫琇认识，人品端方，相貌周正，是个良配，她也乐见其成。没想到曾氏疯到这种地步，连女儿的终身都不顾了。

说到底是有恃无恐，欺负姜大郎好性子，料他看着一双子女的脸面不会当真发落她。

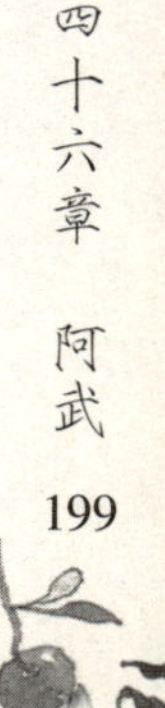

钟荟答应了老太太，却还要问问三娘子自己的心思。

回了院子，钟荟立即吩咐阿杏把姜明淅请来。

姊妹俩围着炭盆坐着，一边缝阿饧的小被子一边东拉西扯地闲聊，钟荟估摸着火候差不多了，便把姜老太太的意思说了。

三娘子羞红了脸，把头埋到胸前："阿姊说这些做什么。"

"你别怕羞，事关你终身，阿姊一定要问清楚了，你想嫁个何等样的夫君。阿婆替你着想，却不一定猜得到你的心思。"钟荟放下针线按住她的手背。

"阿姊……"三娘子咬了咬下唇，"我想远嫁。"

"是为了徐家郎君的事吗？"钟荟小心问道，"此事你大可不必在意，还没动真格地议亲呢，过不了多久便无人记得了。"

姜明淅摇摇头："阿姊，不是的，我真的只想离得远远的。"

钟荟霎时明白了，叹了口气拍拍她的肩头。

钟荟回京半个月余，姜老太太脸上渐渐有了笑影，说起幼子和二孙，担忧中也有了些许希冀，不再以泪洗面了。

老太太这一回本就是心病，心里的弦一松，精神便自然旺健起来，可以用些白膏粥和肉羹了，气候晴和无风时还能由婆子搀扶着去檐廊下走两步，看看院子里初绽的梅花。

钟荟一直惦记着宫中的大姊，见老太太身子好些了，便去宫里看望姜明霜。

姜家的牛车到了宫城门口，姜明霜派来的内侍、宫人和辇车已在门前等候。

钟荟扫了一眼那辆逾制的镂金翟纹朱漆辇车，悬着的一颗心略微放下了一些。她这个大姊向来报喜不报忧，前些日子二叔在西北出事，钟荟越发担心她在宫里受欺侮，眼下看来，至少在天子跟前并未失宠。

她深知姜明霜是个至情至性之人，只要天子待她好，其他人的眼光和脸色她是不会介怀的。

钟荟一路思忖着，不知不觉已到了姜明霜的殿前，又有内侍张罗着换了轻巧的肩舆，将她抬到殿门外。

候在门口的宫人向她行了礼，打起珠帘笑着道："娘娘知道卫夫人今日要来，一早就在盼着了。"

正说着就见姜明霜由两个宫人一左一右搀扶着迎了上来。她双手托着肚腹，腰往前挺着，看着有些吃力。

钟荟赶紧快步上前："阿姊做什么起身相迎，又不是外人。"

姜大娘入宫之后钟荟也没改称呼，姜明霜每次听她唤阿姊，就仿佛回到了姊妹俩共居一个小院时那段无忧无虑的时光。她露出那少女般的神情来，目光里满是怀念，轻轻一笑，嘴边笑靥如花般绽放。

可微笑和胡粉都掩盖不住她憔悴的面容，姜明霜的模样让钟荟吃了一惊。

她肌肤泛黄，一双明媚的眼睛恹恹的，仿佛因为疲惫睁不大，眼下有沉沉的暗影，因为有孕，脸和手都有些微肿，然而伸出的一小截胳膊却又细又黄，似乎一折就断，让人想起秋天的草茎。

她整个人看起来也是一折就断的样子。

钟荟碍着宫人在场不好多说什么，只好紧紧抓着姊姊浮肿的手，连连道："阿姊清减了。"

姜明霜见了妹妹欢喜得不知如何是好，连声音都是雀跃的："还说我，你也瘦了。"

"还不是阿饧闹的。"钟荟低下头，爱怜地抚了抚肚子。

"你倒是不怎么显怀。"姜大娘不自觉地也把手放到自己肚子上，她的嘴角弯弯，眼睛像月牙一样，可这笑无端叫人觉得凄凉。

钟荟心底里觉得有些不对劲，可不明白是为什么，只当是姊姊和天子之间有什么不快，抑或是因为担心二叔和阿兄。

"难为你，因为阿婆的事千里迢迢地从青州赶回京都。"姜明霜一边抱歉地说着一边拉她入座。

钟荟嗔怪道："阿姊说的什么话，阿婆难道不是我的阿婆吗?!"

姜明霜也发觉自己说错话，自嘲地笑道："瞧我，整个人都钝钝的，说出的话也不着边际了。"说着用帕子掩住口鼻轻轻打了个哈欠。

"阿姊近来睡得不好么?"钟荟问道。

姜明霜眼神一闪，随即若无其事地道："嗯，躺着有些腰疼。"

"叫医官来看过了吗?"钟荟问道。

姜明霜点点头："月份大了是会如此的，你到时候也当心着些，腰下垫个软枕会好些。"

钟荟又提起三娘子的婚事，叹了口气道："徐家门风不错，徐小郎君的人物品格也是有口皆碑的，这桩姻缘……真是可惜了。"

姜明霜低下头内疚道："也是我这做阿姊的无用，说起来是个娘娘，家里人有事，一点忙也帮不上。"

"这怎么好怨你呢？这些事便是天子也做不了主的。"钟荟赶紧劝慰她。

两人闲聊了一会儿，有宫人提了食笥入内，打开盖子，将几碟点心、果品放在案上，替两人斟了茶。

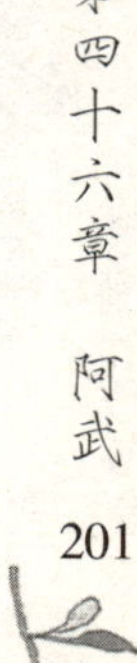

“我这里也没什么好吃的，你莫嫌弃。”姜明霜道。

钟荟为了进宫，早膳用得早，又怀着孕，腹中已是空空，便不同她客气，用牙箸拈了块海棠糕，刚送到嘴边，只见一个宫人提着裙裾迈着碎步上前禀道：“启禀淑仪、卫夫人，中宫驾到。”

钟荟只得悻悻地放下差一点就到嘴的海棠糕，撂下筷子，肚子里的阿饧好像也察觉了到嘴的吃食不翼而飞，不悦似的扭了扭身子。

皇后韦氏进了殿，脱下貂裘，露出里头穿着的牡丹粉家常深衣。她随意绾了个堕马髻，整个人窈窕又轻盈，端庄的鹅蛋脸上挂着随和亲切的微笑。

姜家两姊妹避席起身，上前行礼，韦氏忙道：“姜淑仪，卫夫人，不必多礼。”

钟荟挺着肚子不便行大礼，便从善如流地直起了身子。

韦氏关切道：“卫夫人远道回京，一路上可好？”

“谢皇后娘娘挂怀，托赖娘娘之福，这一路风平浪静。”钟荟谢道。

韦氏和钟荟寒暄了几句，然后对姜明霜道：“这几日可有什么不适？我见你脸色不佳，还是传医官来看看的好。”

“是，谢皇后娘娘关心。”姜明霜俯首，手紧紧捏着袖子，肩头微微打战。

韦氏又扫了一眼墙角的香炉和碟子里的糕饼、果子：“你怀着身子，一应饮食起居都须仔细，若有弄不清该不该避忌的时候，不妨传医官来问一问。”

姜明霜温驯地答应了。

姜明霜低眉顺眼的模样似乎让韦氏很满意，韦氏微笑着倾身上前，伸手抚了抚姜明霜高高凸起的腹部，眼神温柔得能淌出水来。

“阿武，阿娘来瞧你了，咦？睡着了吗？怎么阿娘每回来你都在睡！”

姜明霜身子一颤，肩背一瞬间垮塌下来。

钟荟先是困惑不解，旋即明白过来，震惊地望着大姊的侧脸。

姜明霜微微佝偻着背，低着头，脖颈僵直。

韦氏又叮嘱了几句，命自己的宫人呈上补气血的药材和给孩子做贴身衣物的各色软纱软缎。

姜明霜谢了恩，道：“娘娘前几回赏的还在库中放着呢。”

韦氏按着她的手背，道：“别同我见外，这是给阿武的，又不是赏你的……”

韦氏走了之后，两人坐回原先的连榻上。

姜明霜把案上那碟海棠糕往钟荟面前推了推，尴尬地笑着道：“饿坏了吧？”

钟荟竭尽全力扯了扯嘴角，夹了块海棠糕送入口中。

糕饼香甜，入口即化，可是钟荟却觉得喉间堵着什么，让她几欲作呕，可是她不敢表现出一丝一毫，大姊几乎是在用眼神哀求她，不要提，不要问。

钟荟只能佯装不知，一口一口地往嘴里塞糕饼，这时候连一个怜悯的眼神都是在她阿姊的心上割刀子。

她就着茶水吃完两碟子糕点，起身告辞。

姜明霜若无其事地送她到殿门口，第一次忘了叮嘱阿妹多来看看她。

钟荟不知道自己是怎么出的宫，一路上回想着前因后果。在青州时，大姊每过一旬半月就寄来书信，收到上一封信是在汝南王的大军围城前几日，信中姜明霜絮絮叨叨地说了许多孩子的事，喜悦之情溢于言表，这是装不出来的。

钟荟一思忖，便大致猜到大姊是因何让出自己的骨肉了。

她坐在牛车上，觉得胸闷气短，赶紧撩开厚厚的车帷，让腊月的寒风吹了一会儿，愧疚和自责像洪水一样从心里漫溢出来，濡湿了眼睛。

身后突然传来一阵马蹄声，越来越近，已经到了车窗边。

舆人一拉缰绳，车停了下来，钟荟正要问，一只修长白皙的手将车帷撩开。

“正好从宫城里出来，远远地看见你的车，就骑马追上来了。”卫十一郎一边解下狐裘，小心地将雪抖落，一边向钟荟解释。

还没来得及把裘衣放到一边，钟荟已经扑到了他怀里。

卫琇叫她唬了一跳，想拍拍她，想起自己手凉，只得用下颏蹭蹭她头顶，轻轻问道：“怎么了?”

钟荟也不说前因后果，把脸埋在他胸口：“我总以为司徒钧待她总还有几分真心，早知如此……当初就是拼着她恨我一辈子，我也要拦着她入宫……全怪我，都是为了我……”

卫琇没有说些好听的话开解宽慰她，只是把她揽在怀里静静听着。家人过得不幸，即便不是自己一手造成的又如何？愧疚并不会因此而少一些。

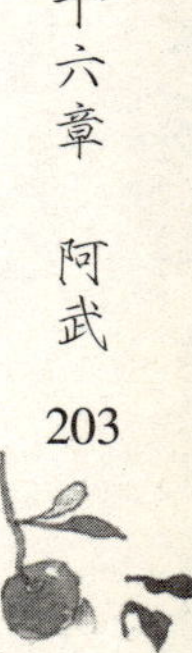

第四十七章 复仇

寒天腊月，前日才下过一场大雪，洛京城中的屋瓦草木都覆了雪，白茫茫一片。

清晨，城中道路上的车马稀稀落落，车辙嵌在粉雪中，像耙子耙过白面。

萧家九郎萧熠坐在马车上，透过车窗望着满目冬景，心中却如同有春风拂过。

马蹄踏着积雪嚓嚓作响，不似平日亮堂，然而喜事临门，他听着这样的声音只觉酣畅。

西北形势如一团乱麻，幽、并、冀又落在司徒徽手中，萧九郎想到此节，心头掠过阴云，随即又释然了。

自有天子和三公九卿去忧国忧民，不在其位，不谋其政，他一个侍郎而已，在这儿操什么劳什子心。

何况骤雨不终日，羌胡看起来来势迅猛，其实不足为虑，死几个边民罢了，横竖洛京还是歌舞升平的盛景。至于司徒徽真的打到京都……也并非不可能，不过天子也不会坐以待毙。

这些远忧比起他近在眼前的喜事，实在是微不足道了。只有卫十一郎回京之事令他颇为不悦。

想起当初他在薿华楼受到的卫琇的威胁，他的心底就隐隐约约有些不安，但过完年关一开春，他就要尚清河长公主，到时候他就是当今天子的小舅子，他不信那卫家竖子有这等能耐。

萧九郎不自觉地挥了挥麈尾，那点不安也如烟云般散了。

马车辘辘地驶入宫城，御道上的积雪自有人扫到两旁，堆在道旁像莹石的山壁。

萧熠下了车往举行朝会的昭阳殿走，走到半道，一驾四抬肩舆从他身边经过。

他叫那金漆闪了眼，不自觉地觑着眼睛朝肩舆看了一眼，肩舆上的人也在看他。

萧九郎看清楚那人的面容，正是卫十一郎。

真是冤家路窄！萧九郎心里泛起厌恶，不过仍旧退避道旁，揖了揖，似笑非笑地道："卫将军别来无恙？"

显然是有恙的，不然天子也不会特地派肩舆抬他上朝。

卫琇吩咐舆人停下，对萧九郎道："卫某还不曾恭贺萧侍郎之喜。"

萧熠尚主之事虽未正式定下，可在朝臣中早已不是秘密，连京城百姓也都猜得八九不离十了。无论家世才干还是容貌，萧九郎都是最合适的人选——至于他和姜二娘那段往事，毕竟无伤大雅。

萧九郎眼中微有得色："未议定之事，何喜之有。倒是萧某未及贺卫将军右迁之喜。"

卫琇并不把他话里话外的幸灾乐祸放在心上，眼眸微垂，长睫像世家女手中的绘扇一般精致。

他掀了掀眼皮，突然一笑："萧侍郎说的是，世事无常，不过卫某从不负然诺，萧侍郎大可放心。"

萧九郎一口闷气堵在胸中，盯着那扬长而去的肩舆，心里愤然道，虚张声势罢了，卫琇能不能活着从西北回来还是两说呢！

待自己尚了当今的同胞妹妹，宦途一帆风顺，到时候就不知道是谁看谁的脸色了。

司徒钧坐在御座上，西北烽火一起，他的两鬓又添了些风霜，二十多岁的人连眼神都有些苍老。

他看了一眼卫琇，对身边侍立的黄门道："给卫将军看座。"

朝会时朝臣一律须站着，只有对年迈的股肱之臣破例以示优容，卫琇一派宠辱不惊，不卑不亢地谢恩："谢陛下。"

朝会一开始，张邵率先出列："臣有事启奏陛下。"

司徒钧的目光落在卫琇脸上："张爱卿请说。"

"臣欲劾太保裴霄勾结反贼司徒徽，意欲谋反，指使罪臣陶谟贪墨青州赈灾钱粮，合谋罪臣陈琼，谋害朝廷重臣……"

他话音未落，班列哗然，殿上的臣工们连朝仪都顾不得了，无不面面相觑，震惊之情溢于言表。

张邵浑然不觉，说完呈上奏章。

遭弹劾的裴霄无论心里作何想，至少看起来面不改色，可是站在他身后的萧简

却唰地白了脸，虚汗从额头、后背不断冒出来，他双股战栗，双手直打战，几乎拿不住手里的象牙笏板。

萧九郎如坠冰窖，用阴骘的眼神死死盯住卫琇，此时他才明白卫琇方才在殿外说的那番话是什么意思。

司徒钧从黄门手里接过奏章，一行行地阅览，脸色越来越差，到最后将帛书往侍立的中书舍人身上一扔，勃然作色道："你给诸位爱卿念念！"

那舍人领了命，将张邵的弹疏从头至尾读了一遍，口齿清晰，声音清朗。

萧九郎的脸色一点点灰败下来。奏疏条理清晰，证据确凿，这些都不要紧，要紧的是天子的态度显而易见，已经没有转圜的余地了。

他祖父萧简早年一直靠着裴家这棵大树，新帝上任数年，裴家势焰滔天，萧简看着情形不对，唯恐引火烧身，已经逐渐疏远裴家，然而他们家多年来仰人鼻息，被裴霄差遣着做了多少裴霄本人不便出面的事，哪里是想撇清就能撇清的！

"裴霄，你有何话说？"天子冷冷地问道。

裴霄出班跪下："老臣冤枉，天地可鉴！"

"启奏陛下。"一直冷眼旁观的卫琇突然站起身。

天子脸色稍霁："卫爱卿请直言。"

"臣奏劾太保裴霄于丁亥之乱中勾结庶人司徒铮、逆贼杨安，谋害太子，戕害琅玡郡公……"卫琇顿了顿道，"琅玡郡公卫昭一门男女老幼一百四十九口人，请陛下明鉴。"

殿中众人大惊失色，卫氏灭门一案当年就已揭过，裴氏当初奉先帝之命与杨氏虚与委蛇，没想到竟然在卫家的惨案中也插了一脚，更想不到的是卫十一郎多年后旧事重提。

卫琇的面庞没有一丝表情，点漆般的双眼如同深不见底的古井，看着像一座没有七情六欲的玉雕。

天子接过他呈上的奏章，沉默良久，郑重其事道："卫爱卿，孤必定还琅玡郡公同你一个公道。"

"谢陛下。"卫琇平静地谢了恩，抬起头直直地望向司徒钧。

司徒钧迎着那空洞的目光，心里一凛，他知道，他一直知道，即便如此又如何？

卫十一郎和他祖父卫昭是一样的人，他不会眼睁睁看着山河破碎、黎庶涂炭。外敌当前，他便是一把良弓、一柄宝刀。

这一场朝会之后，太保裴霄免官押赴廷尉待审，韦重阳与钟禅奉命彻查裴霄一案，萧简随即上奏乞骸骨。

一时间朝野震动，百姓奔走相告。

至于萧家九郎和清河长公主的亲事告吹，已经无人关心了。

韦重阳和裴霄是多年的宿敌，钟家和卫家极密切，司徒钧下令让这两个人负责严查，显然是要将裴氏赶尽杀绝。

裴霄之孙，排行第五的裴广，其时任北军中候，统领禁军驻扎京郊。

司徒钧在朝会上下令将裴霄下狱，消息还未传到宫外，先下旨宣裴广入宫议事，来个请君入瓮。

谁知那裴五郎十分警醒，见奉命宣旨的内侍神色不似平常，生出疑心来，百般拖延试探，猜到大约是祖父在宫中出事了。

这裴广也是个杀伐决断的人物，一咬牙，当机立断，斩杀了黄门和侍卫，率心腹的长水、射声两营兵马哗变。

越骑、虎贲两校尉与裴广素有嫌隙，见此良机，立即合兵讨逆，双方相持不下之时，殿中郎领四百侍卫前来，执驺虞幡传旨解兵："北军中候谋逆！我等奉命讨贼，只杀首逆，余者不问！"

裴五郎不曾料到天子会在这个节骨眼上动裴家，本来就是仓促起事，士卒一见驺虞幡，士气泄了大半，乱刀将主将砍杀在阵中。

裴广此举坐实了裴家的反心，等于是给裴家上下画了一道催命符。

听闻北军两营哗变、裴五郎伏诛的消息，钟荟不由得叹道："天子真是随了他父亲，谋算人心是一把好手。细细查下去也能水落石出，平白折了那么多士卒的性命。"

"如此一来省却他多少麻烦。"卫琇冷冷一笑，"裴氏一案牵连甚广，若真的深查下去，恐怕半个朝堂都脱不了干系，到时候是追究还是放过？追究哪些？又放过哪些？"

钟荟默然，她自然明白，在司徒钧这样的人眼里，自己坐稳皇位比几条性命重要多了。

裴霄一案还是查到了将近岁暮，其间牵连出几个四品、五品的官员，革职的革职，下狱的下狱。一干重臣中只有萧简致仕，其余人等皆是虚惊一场。

裴家没有什么可转圜的余地，裴五郎举兵当晚，天子便派兵围了裴府，将男女老幼一百多口人投入牢狱，等待发落。

昔日门庭若市的裴府，如今门户紧闭，积雪堆了几尺高，也无人清扫，四处都透着萧索。

裴家满门押赴市曹枭首的前一晚，卫琇去牢中见了裴霄。

昔日不可一世的权臣，如今沦为蓬头垢面的阶下囚，花白的头发散乱地披在肩头，看起来与洛京城中的乞丐并无二致。

“裴公别来无恙?”卫琇走到牢门前站定，把手里的琉璃灯放在脚边。

裴霄在看见卫琇的一瞬间，眼睛里突然有了神采，像一堆枯柴被火点燃：“卫家竖子！狼心狗肺的东西！恩将仇报!”

他似乎不懂得什么人之将死其言也善，口中咒骂不停，浑然忘了自己当年做下的事。

卫琇觉得腻味，他本以为自己有很多话要说，临到头来似乎全是多余。他终于信守对家人的承诺，把仇人置之死地了，可并没有感到丝毫快慰，心里茫然一片，像寸草不生的荒原。

裴氏夷族是洛京城里难得的大事，从丁亥年至今还未曾有过能与之媲美的盛事。

即便年关将至，家家户户都有忙不完的事，但洛京城的士庶仍旧扔下手中的事务，争先恐后地涌向金市。

早到的人有幸一睹受刑之人的容貌，交头接耳地挨个指点品评。

“这是二房的四郎，前些时日还在我铺子里买过文房。”

“那个小娘子是哪房的？生得好相貌，着实可惜了，不知及笄不曾……”

“哼！当年裴家害死卫家人的时候就不可惜么?”

“说起来还是卫家人更美……”

卫琇孤身一人坐在金市外的高楼上，遥遥地望着法场上的情形，面前的条案上放着一盏清茶。

刽子手的大刀挥下去，头颅挨个滚落在地，喷涌的血远看像是绽放了一瞬便凋谢的花。人群中爆发出一阵欢呼声，隔得那么远仍旧响彻云霄。

卫琇只觉得心里的那片荒原更大了，几乎望不到边际。直到这一刻他才明白，就算杀光裴家人，杀死十个裴霄，他的家人们也回不来了。

他能做的不过是对着家人的灵位，点一炷香，斟一杯酒，说两句话。

卫琇独自在灵堂里跪了一夜，破晓的时候回到房中，发现钟荟和衣躺在床上，他一进门就睁开了双眼。

“你阿爷回来了。”钟荟轻轻拍拍肚皮。

“又趁我不在的时候欺负阿饧。”卫琇笑着埋怨她。

钟荟猜到他昨夜去了哪里，此时闻到一身的烟火气，也没有问什么，只道：“饿了吧？我叫下人去备膳，用点汤羹点心，我们一家三口一起好好睡一觉。”

“阿毛。”卫琇走过去搂住她，把头埋在她颈窝。

钟荟轻轻抚他的背：“没事了，已经结束了。”

过了年关便要启程去西北，钟荟平日要陪着姜老太太，与钟家人相处的时间便更少了，只能拿看望常山长公主当作由头。

这一日长公主又送了帖子来，邀她过钟府赏梅。

钟荟闻弦歌而知雅意，明白多半是阿翁和爷娘思念太甚，便去回了老太太。

姜老太太自然无有不好："怪我这老婆子不争气，倒把你成日拘在家里，合该趁着日头出去玩玩。你看看能不能带上你三妹妹，她阿娘放着儿子闺女不管，一个人跑到那劳什子庵里修什么佛法，我看她能修出个……"

老太太并不知道曾氏是因自己病倒的缘故被送进庵里，姜家人怕她知道了实情更不好受，都瞒着她。

老太太当着小辈不好把媳妇骂得太不堪，把半句话吞了下去："你三妹妹流年不利，和徐家板上钉钉的亲事不知咋的又没信儿了，我看八成是你二叔那事儿，那徐家忒不地道……"

说到这里义愤填膺起来，又把徐家狠狠骂了一通，说得急了，有些喘不过气来。

"阿婆莫动气，早些看清了也好，省得阿妹嫁进去受气。"钟荟忙扶她坐起来，帮她拍背顺气，又端起参茶伺候祖母喝了几口。

钟荟本就有意让常山长公主帮三娘子物色物色，姜老太太一开口，便欣然叫了妹妹一起去钟家赴约了。

姜明淅并不是第一回去钟家，不过登门拜访还是有些紧张。

钟荟见她整个人绷得像弓弦一样便要发笑，捏了捏她的手，发现她的手心已经有些潮意了。

"又不是头一回见长公主，你怵个什么劲儿?"钟荟打趣她。

三娘子嗔怪地看她一眼："谁怵了，阿姊老是取笑我！还道你去了青州半年稳重了，谁晓得没几日又故态复萌了。"

"我说你一句，你倒好。"钟荟扯扯她的发鬟。

"阿姊……"三娘子踌躇半晌，终于还是把自己的担忧说了出来，"和徐家亲事没说成，钟家夫人和小娘子会不会……"

"放心，钟夫人是明白人。"钟荟拍拍她的手道。

到了钟府，常山长公主先迎了出来，一见朱唇粉面的姜三娘立即喜上眉梢："哎呀，三娘子这阵子出落得越发好看了。"

三娘子羞得满面通红，一丝不苟地行礼："拜见长公主殿下。"

"同我就无须多这些虚礼了，走，我带你去给阿姑瞧瞧。"司徒姮亲热地挽起姜

明淅的手，把钟荟忘了个一干二净——钟荟逐渐开始显怀了，没有纤细轻软的腰肢，脸生得再美也有缺憾。

钟荟对她的德行一清二楚，懒得同她一般见识。

进了正院，姊妹俩拜见了钟夫人。

钟夫人知道女儿疼这个异母的妹妹，见三娘子进退有度，气质端雅，将她好一顿夸，又赠了一对金玉折枝梅花簪，三娘子这才松了一口气，跟着钟家二房三房几个未出阁的小娘子去逛园子看梅花了。

母女俩说了会儿体己话，钟荟便将三娘子的婚事说了说，末了道："我这阿妹心明眼亮，主意又正，打定了主意要远嫁，我想着咱们家学里也有远道来求学的，让阿兄替我留意着些吧。"

常山长公主平生最爱给美人配对，一听来了兴致："这种事儿哪里能靠阿乡……夫君，我这里倒有个现成的人选，你也见过，家世门风且不论，相貌与你姜家三妹真是天造地设的一对。"

"是哪家的公子？三娘的性子你也知道……门当户对的本就难找，又没有家人在近处支应……"钟荟倒不是不相信常山长公主的眼光，只是常山长公主出身尊贵，有些事难免想得理所当然。

"这你大可放心，"常山长公主豪迈地一挥手，"苏家小郎君你还记得吗？我那便宜儿子。"

钟夫人笑骂道："你这促狭鬼！莫要欺负苏小郎君老实！"

然而她自己显然也乐在其中，眼珠子一转，出了个馊主意，叫来个下人吩咐道："你去家学里说一声，叫苏小郎君去园子里折一枝红梅，送到老太爷书房里去。"

苏小郎正在茅茨堂听课，莫名其妙地被叫了出去，一听是钟夫人吩咐他去园子里折花，越发一头雾水："怎么折梅花须得我去呢？"

那婢子能在正院里独当一面，也有几分急智，眼珠子一转便道："老太爷是个顶顶风雅的人物，书房里供的梅花自然也不好随便对付，下人粗笨，分不出好赖，老太爷嫌挑的那些没有画意。风雅的事就得风雅的人来做，那才合衬，可不就得劳驾小郎君您吗？"

苏小郎君还是个半大孩子，又镇日埋头在书卷里，人有些呆愣愣的，也不知道分辨真假，旁人说什么他信什么，当即回屋披上银鼠裘便往园子里去了。

他一心想着赶紧折了梅花去交差，又担心自己折的花枝不合钟公的意，心事重重地走进梅林里，竟没发觉林子旁小山坡上的亭子里有人。

"快看快看！林子里有一只呆头鹅！"钟家四房的十七娘性子跳脱又促狭，因年纪小，对男女之别懵懵懂懂，见那小郎君傻乎乎地一头撞在一根横出的粗枝上，笑得直打跌顿足。

“又淘气！回头告诉阿娘去，看她怎么收拾你！”十五娘自诩年长几岁，常常把管教妹妹当成自己的使命。

“告诉阿娘，告诉阿娘，你就会告诉阿娘！”十七娘朝姊姊做了个鬼脸，挽住姜明淅的胳膊，“还是姜家姊姊好，姜姊姊要是我亲姊姊就好了。”

姜明淅与钟家人相处了一会儿，人人都待她很和善，非但没人含沙射影、借机讽刺，连一个异样的眼神都没有，她绷紧的心弦方才慢慢松弛下来。她揉揉十七娘的脸，打趣道：“你别翻悔啊，我可凶了，家中的妹妹个个都怵我。”

“那是谁家的小郎君啊？怎么跑园子里来了？”十七娘道，“哎呀！模样挺俊俏嘛！”

“什么浑话也敢随口乱说！没规矩！”钟十五娘已经定了亲，比妹妹懂事些，觉着妹妹在外人面前口无遮拦着实丢人，红着脸作势要去撕她的嘴。

“喊，去年上巳是谁看得目不转睛啊，打量我不知道呢！”十七娘和姜家三娘一见如故，早已将她目为知己，“姜家姊姊，我阿姊最是假正经，咱们别理她，你倒是说说，林子里那只呆头鹅俊俏不俊俏？”

姜明淅在那小郎君撞树枝的时候因着好奇张望了一眼，是圆是扁还没看清楚，立即就非礼勿视地挪开了目光，只依稀觉得脸生得很白净。

“姜姊姊，你莫要觉得不好意思，大堂嫂说过了，这美人是天地间灵气所钟，就同花月一样，合该给人看的。”十七娘头头是道。

姜明淅忍不住扑哧笑出声来，常山长公主嫁了人仍旧不改初心，实属难得。她因着出身的缘故，生怕叫人捉住错处，自己给自己加了许多规矩，如今才知道，原来在钟家这样世代簪缨的人家，反而不拿那一套死板的规矩教养女儿。

她不由想起自家的二姊，行事倒和钟家这些小娘子有几分相似，不得不承认，她这二姊悟性确实比她高，也难怪卫十一郎那样的人会钟情于她了。

姜明淅想起自己无疾而终的姻缘，不由得有些惆怅黯然，随即又为自己的这点心思感到羞耻，在心里把自己鞭笞了几个来回。

“呀！他在折阿婆种的梅花！”十七娘突然愤怒地叫了声，提着裙子跑出亭子，沿着石阶“噔噔噔”往下爬。

十五娘追了上去，亭子里只剩下姜明淅一个外人。她们姊妹那么着慌，她也不好那么优哉游哉地置身事外，只好也跟了上去。

“这位公子！”十五娘跑到梅林中，端正地行了个礼，“这株老梅承蒙贵客青睐，我们本该感到荣幸至极，只是此株梅树乃祖母亲手所栽，还请足下谅解我们对先人

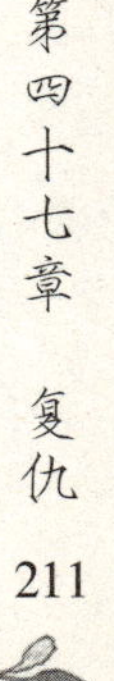

的感怀之情，莫要攀折。”

苏小郎君一听这话吓得赶紧缩回手，连连行礼告罪。

十五娘跑过去踮着脚看了看那树枝，见并未折断，面色稍霁：“不知者无罪，足下不必自责。”

苏小郎君又赔了几个不是，这才直起身子抬起头。这一抬头不打紧，冷不丁与姜明淅四目相对，竟忘了挪开眼，待自己察觉时，已经如个登徒子似的盯着人家小娘子看了半晌。

他满脸通红，赶紧低下头匆匆行礼告辞，转过身趺趺撞撞地往林子外面跑，忘了方才叫他吃了一次亏的枝丫，竟然再次撞了上去。这一下比方才还猛，他一屁股坐在地上。

姜明淅实在没见过这么呆的人，忍不住掩口笑起来，生得那样明眸皓齿的一张聪明脸蛋，怎么傻成这样呢！

苏小郎不用回头也知道那些小娘子在笑他，红着脸爬起来，吃一堑长一智地猫着腰低着头，飞也似的逃出了梅林，连梅花也顾不上折了。

有钟十七娘这个大嘴巴在，梅林里的事很快就传遍了整个钟府，连钟公见了苏小郎君都乐呵呵地盯着他额头上的肿包笑。

“那只呆……小郎君看见姜家姊姊眼睛都发直了！”十七娘绘声绘色地道，还不忘顺带着损损自家姊妹，“要我说咱家十五姊长得也不赖呀……可就是没人待见她，可见是面相太凶了。”

“莫要胡说。”钟夫人捏捏她鼓鼓的腮帮子，“你十五姊都许了人家了，自有她未来的夫君待见。”

“连阿婶都取笑我！”钟十五娘捂着脸落荒而逃。

“我看这两个孩子有缘。”钟夫人拊掌笑道。

妇人一上了年纪便喜欢保媒拉纤抢月老的饭碗，尤其是自己过得顺遂的，连钟夫人这样的才女也概莫能外。

“可不是。”常山长公主作为倡议之人，得意之情溢于言表，“阿乡说苏小郎君如今听不得一个‘姜’字，一听见准闹大红脸。”

钟蔚这几日便专挑带“姜”的讲，讲完庄姜讲齐姜，还特地嘱咐厨房烹制午膳多多放姜，以便学生们“姜姜姜”地抱怨个不停。

“苏小郎君这一头是看对眼了。”钟夫人又道，“姜三娘那头的意思还须叫阿毛去问一问，若是有这意思，我便献丑做了这个冰人。”

钟荟在回去的车上便开始旁敲侧击：“今日同钟家两位小娘子玩得怎么样？”

“挺好的，十五娘知书达理，十七娘聪颖活泼，都很可亲。”三娘子垂着眼睛，摆弄着腰间玉佩上的彩丝穗子。

钟荟知道她脸嫩，只好进一步试探：“听说你们在梅林中还有奇遇？怎么回事？说给阿姊听听。”

“没什么……”三娘子唰地红了脸。

钟荟抿嘴一笑，她是过来人，一见三娘子这扭扭捏捏的模样还有什么不明白？知道无须再问下去了，回去同老太太、姜大郎、姜昙生等人一商量，人人都喜出望外。

“阿弥陀佛。”姜老太太双手合十望天拜拜，“咱们三娘的缘分原来在这儿等着哪！就是那苏家离京城远了些……”

“阿婆莫要担心，两个孩子年纪都小，不急着成婚，让阿妹在家多留几年也无妨。”钟荟开解道。

姜昙生文绉绉地点评：“塞翁失马，焉知非福。”

姜大郎对女儿远嫁也有些不舍，但是结这门亲事很有些实在的好处，苏家虽说不像京城的世族那样门第高华，但也是传承数百年的诗礼之家，底蕴深厚，三女能结下这门亲事实在是造化，不说旁的好处，至少能拉扯嫡亲弟弟八郎一把。

姜家的门第对于苏家来说有些低了，但是有卫姜联姻在前，又有钟夫人保媒，便是对这小娘子品行最有力的担保了。

毕竟是结亲这等大事，苏家的女眷于情于理还是要入京一趟，与亲家见上一面，也算是相看一下媳妇。苏夫人预备过了年等天候稍稍暖和些便带着一双未出阁的女儿入京，也叫她们长长见识。

三娘子有了好归宿，姜老太太身子骨眼见着好了许多，即便姜二郎和姜悔仍旧下落不明，姜家上下的气氛也祥和了不少，总算有了些过年的味道。

就在所有的人都紧锣密鼓地筹备过年的时候，一日清晨突然从隆慈庵传来消息，昨夜庵中一处精舍失火，带发修行的姜夫人曾氏不幸葬身火海。

姜夫人曾氏死在腊月二十八夜里，再过两天就是除夕。

虽说曾氏是犯了过错才被家人送到隆慈庵里的，但是怎么说她都是富贵人家的主母，活着的时候怎么怠慢都无妨，这样平白无故地死在庵里，怎么也说不过去。

失火是夜里子时，尼姑把火扑灭，打开门扇进去查勘，却发觉这位姜夫人的死状有些蹊跷。

众人踌躇着是否要报官，还是住持师太与这些大户人家交道打得多，赶紧把她们拦下。住持不敢耽搁，披星戴月地套了车就亲自往姜府报信去了。

从尼姑庵到姜府，牛车要走两个多时辰，静慧师太到姜家大门口时已过了辰时，她不敢对阍人说出实情，只报是姜夫人托付的急事，须得立即禀报姜家郎君。

姜老太太一病倒，曾氏便被发配去尼姑庵，个中的内情下人即便是猜也能猜个七七八八，两桩事横竖脱不了干系。一个有违孝道而失了势的主母，连下人都不将她放在眼里。

阍人磨磨蹭蹭了半日，方才把师太请了进去，待姜大郎闻知妻子的死讯，已经是日上三竿的时分了。

姜大郎以为自己听错了，呆了好半晌：“怎么回事？真是阿曾？莫不是弄错了吧？”

静慧师太连连赔罪，就差没跪下磕头了。

姜大郎反复问了几遍才明白过来究竟是什么意思，一股悲意突然袭来，两行眼泪顺着脸颊淌下来：“为何会这样?!”

他与曾氏这几年形同陌路，可当年新婚燕尔时也有过绸缪的光景。姜景仁本就不是记仇的人，如今曾氏人都没了，那些是非恩怨都随风而逝，留下的倒都是早些年两个人举案齐眉的回忆。

静慧师太赶紧劝道：“还请施主节哀顺变。”

“究竟是怎么起的火？”姜大郎哭了一会儿，这才想起追问缘故。

静慧师太禀道：“贫尼进去屋里看过，见一盏油灯倒着，想是因什么缘故带倒了，烧到旁边的帐幔，贫尼真是该死——”

姜景仁抬抬手：“与师太何干，伺候的下人呢？”

“伺候夫人的那位小施主也没能逃出来。”静慧师太皱着眉头，唱了一声佛号。

“唉……”姜景仁也叹了口气，他不记得跟随曾氏去隆慈庵的是哪个婢子了，心里想着回头叫蒲桃查一下册子，若是有家人就多送些财帛过去。

“姜施主。”静慧师太吞吞吐吐，欲言又止，“另有一事……贫尼不知当讲不当讲……”

“师太如实说来便是。”姜景仁连忙道。

“起火时恰好有个小尼起夜，便叫醒了众人，其时火势还未蔓延开来，夫人的尊体……也尚未化为焦炭。贫尼一看，那脖颈上赫然是一道勒痕，房梁上也找到半截烧断的绳子，尊夫人……似是自尽而亡……”

姜景仁脑袋里如同塞了一团乱麻：“阿曾？怎么会……”

以他对曾氏的了解，她应该不是个会轻生的人——轻旁人的生还差不多。

这事情凭他一个人是理不清楚了，姜景仁只得稀里糊涂地丢到一边，也没追究隆慈庵的责任，反而从私账里支了一笔钱给静慧师太以修缮房舍，又以姜家老太太的名义添了香油，这才吩咐一名心腹管事带了人去隆慈庵替曾氏收尸。

打发走了静慧师太，他越想越蹊跷，只得叫来长子姜昙生商议。

姜昙生闻知继母亡故的消息也是目瞪口呆，听姜景仁把她死状一说，越发摸不着头脑："怎么说母亲都是在隆慈庵没的，那住持师太难道就没个说法?"

姜景仁叫儿子这么一说，才发觉确是这么回事，可人已经放走了，还给了钱，总不好又翻悔要追究她的过错吧，只得心虚地道："我们这样的人家，事情闹大了不好看相，更不好闹到官府去，你三妹和苏家正议着亲，在这个节骨眼上……"

姜昙生想起三娘子，心里一阵酸楚，这个妹妹也算是命途多舛，前一桩姻缘因为自己的亲娘而不了了之，和苏家的亲事刚刚有些眉目，又出了这档子事。

"三妹妹还不知道这事吧?"姜昙生苦着脸问。

"我还不知怎么同她和八郎姊弟俩开口。"姜景仁摇头叹息道。

对于姜家来说，这一年的年关特别难过。

曾氏的死讯一经传开，在阖府上下掀起了轩然大波。

最不好受的自然是三娘子和八郎。八郎年纪小，自记事起曾氏便已是那偏执的模样，他为母亲哭了几日，渐渐地也就从丧母的悲痛中走出来了。

姜明淅却是终日茶饭不思，以泪洗面，她既悲悼母亲的亡故，又忍不住担心自己的姻缘。

钟荟知道曾氏的死八成是蒲桃的手笔，曾氏曾将真正的姜二娘置于死地，又差点害得姜老太太一病不起，钟荟自问不曾亏欠曾氏什么，袖手旁观也无可厚非，可是她在一双弟妹面前做不到问心无愧。

每次姜明淅扑在她怀里痛哭的时候，她一句劝慰的话也说不出来，只能默默抚着妹妹一日比一日消瘦的脊背，期盼着这一切快点过去。

每天探望了三娘子和八郎回到自己院子里，钟荟都觉得心力交瘁，幸而有卫琇陪伴着。卫琇不需要说什么开解她，只是静静地陪她一起读会儿书，或者对着她肚子里的孩子说几句傻话，就让钟荟轻松不少。

曾氏死的时机很不巧，闹得姜家上下人仰马翻。

本来所有的人都铆足了劲准备庆贺新年，主母一死，这年是彻底过不成了。为了过年特地置备的彩锦红纱全都收了起来，下人们连夜从库里把丧仪用的料子和香烛清点出来，不够的还须加紧采买，大过年的金市上许多铺子已经关上了门。

廊庑下的彩画琉璃风灯撤换成了素白的，看着太喜兴的帷幔和屏风都要撤换，园子里枯树上为了过年扎上的红绢花朵全要扯下来，婢子们白白忙活了好几日。

丧礼不能简慢，可大过年的确实多有不便，姜景仁每日对着来请示的管事们一筹莫展，好在有个能干的蒲桃替他分忧，将曾氏的丧事操办得井井有条，连最是吹毛求疵又好为人师的方姨妈也挑不出什么错处来。

曾氏下葬的日子是个难得的艳阳天，碧空如洗，连日阴霾一扫而空。

姜景仁带着一众子女扶着灵车出了门，前脚刚走，蒲桃便去松柏院给姜老太太请安。

老太太与儿媳虽说斗了几十年的气，可她始终是个厚道人，哪怕隐隐明白儿媳是犯了什么错才被送去尼姑庵，她也不愿看曾氏就这么命丧黄泉——她老婆子这不是命大没事吗？

年纪大了，见不得这些生离死别的事，姜老太太躺在床上，想起往昔的种种，心里堵得发慌。

蒲桃一身缟素地走到姜老太太床前，见她闭着双眼，不知是醒着还是睡着，轻轻地凑到跟前叫了声“老太太”。

老太太睁开眼睛，定神辨认了一会儿，这才认出是谁：“哦，是蒲桃啊，你来啦，这几日辛苦你忙里忙外了。”

“是奴婢该做的。”蒲桃在姜老太太床前跪下，端端正正地磕了三个响头，用老太太肯定听不清的声音说道，“老太太，奴婢走了，您多保重。”

姜景仁回到府中，忙活了半日，突然想起似乎有好几个时辰没见到蒲桃的影子了，忙吩咐下人去找她过来。

下人找遍了阖府也没找着蒲桃，四处一打听，都说有一会儿没见着白姨娘了。

姜景仁起初没放在心上，以为她是在哪个偏院里歇息，到了夜里还不见她回院子，这才着了慌，挨到天亮派人去向京兆府打听，查了前一日的出城记录，并没有姓白的女子。

蒲桃就这样突然不知所终了。

钟荟读完蒲桃留给她的信，把绢帛递给卫琇：“这信不是写给我的，是当日送去隆慈庵的那封。”

卫琇不明就里地从钟荟手中接过信，一目十行地读完：“这个白姨娘究竟是何方神圣，如何知道这些事？”

钟荟自然同他说过蒲桃乔氏女的真实身份，至于她为何对青云观的底细知道得那么清楚，她也是一头雾水。

“她知道你的身份。”卫十一郎道。

钟荟听得出他声音里的不安：“你担心她是司徒徽的人？”

卫琇摇摇头：“我不是担心这个，若她真是汝南王的人，必不会将这封书信送到你手上。只是……”

钟荟明白他的顾虑，蒲桃来历蹊跷，握有钟荟的秘密，人又足智多谋，再加上如今下落不明，卫琇不放心也是很自然的事。

按理说她更应该担心，可不知道为什么，她隐隐觉得，蒲桃虽不是友，可也不是她的敌人。

“若是她想拿我的身份做文章，青州那回便是绝好的机会，别担心了。再者即便这事公之于世，也不过是费点口舌，总不至于被当成妖怪火烧水淹吧。”钟荟半开玩笑地安抚卫琇，“倒是青云观，你得尽快遣人去查查。曾氏前些年突然得了怪病，彻夜难眠，性情大变，应是蒲桃使了什么手段。蒲桃的生母家里原是开香铺的，多半知道些古怪的香方。”

“听你这么一说，我倒想起一桩事来。”卫琇挑了挑眉，道，“还记得当日齐王暗中给堂姑母下药吗？她私下里查过，是一种称作‘忘忧’的药，症状正与曾氏的相似。这方子出自闽越，服食和熏香都可起效，若是年深日久，全然失了神志也未可知。”

“说起来，曾氏和青云观的华阳真人之所以搭上线还是因了这病。”钟荟忖道，“听三妹妹说，每次华阳真人替曾氏诊治完，她的病便会略微缓解，想来是蒲桃有意停了药或减了分量，叫曾氏误以为是华阳真人的功劳。”

“蒲桃和华阳真人彼此之间认识吗?”卫琇皱着眉问。

“难说，听说华阳真人是方家姨妈引荐的。”钟荟一边思考一边抚摸着肚子，“方姨妈这个人……说她会听蒲桃的差遣，我是无论如何不信的。不过我倒是在很久以前就听说过，青云观的安神符水很灵验，当年荀家大房的夫人常年犯头风，听说就是服了华阳真人的符水才好的。”

“如此一来就说得通了。”卫琇一边说，手里也不闲着，凑过去和钟荟一起摸她肚子，“也许蒲桃下药本就不是为了置曾氏于死地，而是为了让她找上华阳真人。”

“以我对她的了解，应当是一石二鸟。”钟荟把卫琇的手拍开，“阿饧睡觉呢，别打搅他!”

卫琇讪讪地缩回手：“一个局做了几年，着实沉得住气。至于青云观是否如她所说是汝南王的耳目，只有查了才知道。”

“阿晏……这事能不能暗暗地查？那青云观十有八九不干净，曾氏在里头搅和得那么深，若是事发，姜家一定撇不清，且我三妹好不容易等来一段好姻缘……”钟荟想起姜明霜，眉头又皱了起来。

“我省得的。”卫琇在她额头上亲了亲。

钟荟叹了口气：“曾氏那样的一个人，到底还是为了怕拖累一双子女，宁愿投缳

自尽。当日蒲桃差点害了阿婆，我是恨她的，曾氏和华阳真人扯上干系，始作俑者还是蒲桃……可她临走前偏偏又送了这封信来让我们早做准备，我实在看不懂她，说她大奸大恶吧，每每差那么一点，坏也坏不彻底……”

“莫要多想了。”卫琇捋了捋她后脑勺，“你不是她这样的人，也无须明白这样的人怎么想。”

卫琇立即遣人暗中调查青云观和华阳真人，拔出萝卜带出泥，蛛丝马迹越来越多，逐渐连成了一张网，几乎把半个京城的王孙贵戚、高门世族和官僚都网了进去。

华阳真人的身份也渐渐水落石出，她本是乔氏嫡女，幼时体弱多病，四五岁时拜了蜀中一位高道为师，自小离家，在京城的贵女中间几乎无人认识，也只有自家的姊妹们晓得有这个人。

乔家获罪时，她本该受流放之刑，时任都督益州军事的汝南王与她师父交情匪浅，顺手施恩于她，替她报了个病死，又帮她捏造了个新的身份。

汝南王对她恩同再造，她自然怎么报答都不为过。

华阳真人所用的手段算不得高明，但十分有效，她是世家女出身，又师从名道，气质高华，谈吐清雅，琴书诗画都略通一二，又有一手出神入化的医术，到洛京不多时日就声名鹊起。

借着女冠子这重身份，华阳真人随意出入公卿贵戚的内宅，与女眷们酬酢往来。她极有耐心，可以用几年甚至十几年时间与一个人结识相交，进而成为推心置腹的密友——这也并不难，高门华族的内宅妇人常常憋了一肚子话无处倾诉，华阳真人身在方外，与俗世无涉，没有利益瓜葛，信誉良好，口风又紧，大夫人小娘子无事都爱请她来号号脉，写几个符，顺便说些不足为外人道的私话闲话。

一来二去，关系自然亲近起来，再进一步的牵扯似乎也不是不能够，比如借着捐赠香火之名把私房入了青云观长生库，吃利钱——长生库说得好听，其实就是放印子钱。

华阳真人办事公道，利钱从无拖欠，若是手头紧，要拿回本金，华阳真人毫无二话——只不过你自己得拉得下脸来。洛京城巴掌大点的地方，各家女眷们口耳相传，前脚提了钱走，后脚就能在各家夫人中间传遍了，下回的花宴你还要不要见人？

华阳真人担着风险和麻烦，替你放印子，她随口问些无关紧要的事，总不好太过守口如瓶吧？

钟荟这才明白曾氏究竟犯下了什么错处，以至于蒲桃在书信中暗示一下，就吓得肝胆俱裂，畏罪自尽。

“我就说呢，曾氏再怎么糊涂，也不至于将这些年主持中馈攒下的私房钱白白送给青云观。”钟荟听了卫琇的一席话，摇头叹道，“恐怕那些女眷每季数着利钱，尚不知自己一辈子攒下的私房钱已经成了汝南王起兵谋反的军饷。”

“左右就是一个‘贪’字。”卫琇看了一眼自己的妻子，抑制不住满心骄傲，他家阿毛就不会做这样的蠢事。

“敛财只是其一。”钟荟忖道，“华阳真人这些年出入各家内宅，应当替汝南王搜罗了不少有用的消息吧？”

卫琇点点头：“看似无关紧要、细枝末节的小事情，落在有心人眼里都是文章。此次我派去的人从青云观寻出不少书信柬帖，里头有几封二叔的家书，想是曾氏潜入书房偷偷誊写的。”

“她竟做出这等事！”钟荟按捺不住，腾地站起身。

卫琇揽住她的肩膀，轻轻拍抚：“别担心，二叔行事谨慎，在书信中不曾提及半点军中之事，他们取得那些书信也没什么用处。”

钟荟的脸色这才略微缓和了点：“若只是因为交情，她大可不必做到如此地步，想是阿婆收了她的中馈权，断了她的财路，她便出卖家人求财，此人真是比我想的更卑劣！对了，那华阳真人还是没有下落吗？”

“年前已经离京，有消息说她往幽并一带去，想是不会回来了。”

“去找司徒徵了？”钟荟的神情一点点冷下来，“阿婆说过，每逢地动、山洪这样的天灾，蛇虫鼠蚁总是先闻风而动。”

卫琇颔首道：“我也这么想，阿毛，我们及早离京吧，我怕拖下去事情生变。”

两人第二日一早去了趟钟家，将青云观的事同钟老太爷和钟禅说了。

钟荟的本意是劝家人离京暂避，钟禅在番禺外任多年，在闽南也有产业，他本人是朝中股肱，自然不能一走了之，可老太爷归田多年，完全可以借着出游之名远离是非之地。可钟熹听了孙女的话，只是笑着摇摇头：“阿毛，阿翁知道你孝顺，可年纪大了恋阙，只想守着这老宅子，守着你阿婆……莫哭莫哭，这洛京城在天子脚下，固若金汤，又不是豆腐做的，哪能说坏就坏了。”

钟熹安抚完孙女，又对钟禅道：“你和你兄弟几个是不能走的，叫媳妇儿带着阿乡他们兄弟姊妹几个一起走吧，去青州也好，广州也罢，吴越也行，咱们家在会稽有庄园，山明水秀的，住上一阵子，权当松散松散了。”

钟夫人得知此事后勒令钟蔚带着兄弟姊妹们尽快离京，自己却死活不肯走，钟禅刚张了张嘴，一个字还没出口，就叫她用绣鞋砸了脑袋。

回到姜家，卫琇同姜景仁和姜昙生陈说了利害，隐去曾氏和青云观一节不提，只说京中恐怕不太平。

姜景仁和姜昙生不能擅离职守，女眷们自然要送出去避一避，可姜老太太身子刚有些起色，仍旧虚弱得很，肯定耐不住舟车劳顿，最后商议来商议去，姜景仁父子还是决定把姜老太太和三娘子并其他兄弟姊妹送到济源马表叔家的庄子上住一阵。

姜明霜要守三年的孝，常山长公主修书一封，将曾氏之事告知苏家，苏夫人也不急着进京了，这亲事只能暂且作罢。

钟先生要离京，钟氏的家学自然也要挪地方，外姓弟子是去是留悉听尊便，苏小郎君毫不犹豫地跟先生夫妇南下。这一去少则数月，多则几年，他人不在，家里也不好贸贸然替他定下别的亲事。他打定了主意，待回了京，姜三娘也出了孝，他便求钟夫人保媒，去求娶他的梅花仙子。

第四十八章 夜袭

卫琇率三万中军前往西北的那一日，冀州的八百里加急战报抵达京都。

这一日没有朝会，司徒钧替卫琇设宴饯行。刚把卫琇和大军送走，后脚就接到了急报，司徒钧只看了一眼，眼前一黑，一口血往喉咙口涌，勉强压住了，人却跌坐在榻上，半天没能爬起来。

一边的小黄门赶紧上前搀扶，司徒钧脸色煞白，冲他摆摆手："赶紧叫人去请钟大人和韦大人速至宣德殿议事。"

信都城被司徒徵的大军攻破，冀州刺史秦青以身殉国，不到五日，两万守城将士几乎全军覆没。汝南王的兵马势如破竹，拿下信都后立即挥师，剑指阳平，照着这势头，打到洛京恐怕也用不了多久。

韦府离皇城近，韦重阳先钟禅一步到了宣德殿。

司徒钧将冀州战报递给他："韦公如何看？"

韦重阳看完大惊失色，抖了抖袖子，想从满腹的经纶中掏出几句来，可引经据典容易，国库里却是被连年的天灾人祸给掏空了。

兵力也不够，五营兵马守着一个京都尚且有些吃紧，上回裴家一事，裴五郎起兵作乱，五营同室操戈，又折损了不少兵马，直到如今还未来得及征兵补上。

韦重阳搜肠刮肚，也只想出个不是法子的法子："恕老臣斗胆，陛下何不向梁王借国兵一用？"

话音未落，他外孙一掌拍在几案上："外祖好生荒谬！梁王是何等样人，阿爷在时尚且提防着他，向他借兵何异于引狼入室！"

司徒钧和韦重阳虽有君臣之分，但是天子对这个外祖人前人后总是敬他三分，何曾如此怠慢过他。

韦重阳当即不忿："既然陛下不愿向梁王借兵，那只有将卫将军急令召回，他带走的三万中军庶几可以抵挡住逆贼的攻势。"

"这不过是拆东墙补西墙罢了！"司徒钧冷笑道，"把卫将军调了去，若是此时西羌大举进犯，凭赵良那无用的老东西能抵挡得住么？难不成要将卫将军分成两半？"

韦重阳叫他气得不轻，双眼一瞪，把花白胡子吹得呼呼生风："陛下这也不行，那也不可，老臣亦是无计可施！不然以其人之道还治其人之身，他能用胡兵，我们也能借戎兵——"

"韦公此言差矣。"殿外传来男子的声音。

司徒钧眼睛一亮，仿佛抓住了一根救命稻草："钟卿，快请进！"

钟禅不紧不慢地走入殿中，向天子行了礼，然后对韦重阳揖道："韦公请恕我方才无状，然而戎狄不与华同，汝南王此举本就是火中取栗，一着不慎便会引火烧身，即便到了万不得已之时，也不可出此下策。"

"钟大人说得轻巧。"韦重阳不能明着和天子翻脸，刚好拿钟禅撒气，"既然老朽的对策是下策，敢问钟大人何为上策？"

司徒钧也问道："还请钟公不吝赐教。"

"微臣不敢。"钟禅施了一礼，"微臣以为，如今形势远非山穷水尽，司徒徽来势虽凶猛，然而他犯上作乱，师出无名，此次孤注一掷，若无法一举得胜，每拖一日便少一分胜算，故而他不惜与虎谋皮也要勾结戎狄，引西羌各部入关。臣斗胆猜测，西北恐怕烽火已燃。"

这番话无异于火上浇油，司徒钧眼前直冒金星，眼看着就要站不稳了，虽然他怀着自欺欺人的念头，但是心里也认同钟禅的推测，西北多半已经乱了。

好在赵良驻扎在武威的兵马还能抵挡上一阵，等卫琇的兵马一到，至少可将胡兵截在半道上。

司徒钧点点头道："钟公言之有理，不知可有良策？"

钟禅想了想道："不敢妄称良策，不过是权宜之计，陛下庶可借齐国之兵，合青、徐、兖诸州之州郡兵。齐国之兵以骁勇善战、悍不畏死闻名，与司徒徽或有一战之力。"

司徒钧怔了怔，盯着钟禅看了一会儿，下颏紧绷，嘴唇抿成细细一线："齐国？"

钟禅低下头，毕恭毕敬地行了个礼："自去岁齐国动荡，老齐王薨逝——"

司徒钧抬抬手阻拦道："钟卿不必说了。"

他当然知道继位的齐王儿子是个十来岁的孩童，不过是齐国太妃卫氏手中的傀儡，所以他更不能向齐国借兵。

司徒钧虽然仰仗着卫琇替他平定西北，但是对卫琇的忌惮非但没有减少，反而与日俱增，朝中越是无可用之人，他越是怕卫琇，怕到午夜从梦中惊醒，汗如出浆，他甚至都不知道自己畏惧司徒徽多些还是畏惧卫琇多些。

他神色复杂地看了一眼钟禅，想从钟禅面具一样的脸上找出一丝端倪，这是他的心腹，他的股肱，是他阿爷替他挑选的丞相，连钟禅都向着卫琇，若是真的听信钟禅所言从齐国借兵，到时候这江山还是他的吗？

世间的事都经不住深想。司徒钧此念一生，便牢牢扎根在心底，怎么也拔除不了，莫说齐国兵，他连青、徐的州郡兵都不敢调——那是卫琇一手建起的，简直无异于卫家的私兵。

司徒钧主意早已打定，却佯装沉吟，良久才道："钟卿，孤知你忠心耿耿，只是往齐国借兵有悖先帝的遗志，还请钟公体谅孤身为人子的难处。"

钟禅一看他的神色就知他还是将私怨和猜忌置于社稷之上，多说无益，只得道："孝道不可违。如此只能传檄天下，广积粮草，发各州郡之兵，扩禁军与五营兵马，只是戎兵如洪水猛兽，微臣恳求陛下——"

"我明白，"司徒钧挥挥手，"我明白。"

司徒钧只是疑心病重，人并不糊涂，也不是司徒徽那样将全部筹码都押上的疯子。

走出宣德殿时，钟禅回望巍峨宫殿，心中不由得叹息，只愿西北早日平定，兴许卫琇来得及赶在京都沦陷前回援。

凉州的早春，仍旧是冬日的萧索和肃杀，朔风卷地，将营帐前的牛皮门帘吹得啪啦啦作响。

司徒徽放下手里的酪碗，无奈地朝帐外喊道："阿旺，拿块石头压一压。"

说罢朝着对面坐榻上的虚云禅师道："西北的风沙真是恼人，出门不能开口，一说话吃一嘴沙，连这酪碗里仿佛都混了沙砾，咬起来嘎吱嘎吱的，我有些后悔来这地方了。"

虚云禅师笑着道："厨子再不堪也不敢往你碗里装沙子，是你老了，牙口不好了。"

司徒徽笑得上气不接下气，咳嗽了一阵，笑骂道："你这死秃子，信不信本王砍了你的秃脑袋祭旗？"

"砍我祭旗，恐怕神佛都不保佑你。"虚云禅师毫无惧色，悠闲地拿起花花绿绿的陶碗抿了口酒。

司徒徽待他把碗放下，偷偷把头凑过去，嘴唇还没沾上碗沿，虚云禅师便张开手罩住碗口："又想偷酒喝，你不怕咳出血？"

"这酒不好。"司徒徽讪讪地直起身子，"若是好酒，咳出一升血来也值当。"

"一把年纪的人了，说起话来还同个孩童一般。"虚云禅师嗔道。

司徒徽摇着头笑道："不砍你祭旗了，活了大半辈子也就你一个敢这么同我说话。你看不见，我已经生了白发了，老了，真就是一夕之间老了。这人一老，做什么事都没劲。"

"做皇帝呢？也没劲吗？"虚云对着他笑，虽然眼睛看不见，却像在望他。

"待我做了才知道。"司徒徽伸了伸腿，换了个箕坐的姿势，"真嫉妒他们年轻人。"

虚云禅师一听便知他说的是谁："那两个孩子，你也有很多年没见到了吧？"

"嗯，说起来还怪惦记的。"司徒徽笑道，"这回正好叙叙旧，你说他们见了我是惊还是喜？"

说完不等虚云禅师回答，自顾自接着说道："可惜了，那么漂亮的两个孩子。"

得知冀州失陷的消息时，钟荟正躺在营帐中。

她怀着身孕，要跟上行军的速度很是艰辛，卫琇好几次提出派一队护卫随她慢慢行路，在沿途驿站中多休息些时日，可钟荟生怕同他分开了生出变故，更怕不时时盯着他叫他使什么手段把她送到青州或是别的什么地方——钟荟出门少，有些不辨东西，真被送走恐怕到半途才能察觉不对劲。

卫琇在营中巡视了一圈，回来见她还醒着，便把信都城沦陷、秦刺史身殒的消息告诉了她。

钟荟只觉心口发堵，沉默良久方才问道："秦刺史的家眷呢？"

卫琇摇摇头："战报上并未提及，不过……恐怕是凶多吉少。"

即便能保住一条命，多半已沦为战俘，钟荟感觉仿佛溺水，霎时喘不过气来。遥想当日在常山长公主庄园夜宴的小娘子们，卫十二娘早已香消玉殒，裴家姊妹一个流徙，一个不出意外将在冷宫中蹉跎一生，秦氏姊妹生死未卜，还有一个司徒香，当年与她不打不相识，也曾过从甚密，也曾将少女心事诉与她听，如今已势同水火。

司徒香亲手缝制的香囊还收在她姜家的院子里，恐怕永远也送不到心上人的手上。在汝南王的宏图大业中，小儿女的这点心思根本没有一席之地。

卫琇坐在床边，帮妻子把被角掖好，拍拍她的背："别多想了。"

"阿晏……"钟荟从被子里伸出双手，握住他的一只手，贴在脸上蹭了蹭，"这场乱子不知要到何时才能结束，我担心京中的家人，也担心宫里的阿姊。汝南王此次有备而来，以司徒钧的性子，恐怕宁愿让整个洛京一起陪葬，也不愿从齐国借一兵一卒，说不定连你的青州军都不敢动用，但愿这回是我以小人之心度君子之腹了。”

卫琇苦涩地笑了笑：“怕是又叫你猜着了，当今的谨小慎微比之先帝有过之而无不及。”

“你就不用替他弥缝了，说白了就是小肚鸡肠呗，他们父子真是一脉相承，”钟荟冷笑道，“他这么防贼似的防你，偏偏又不得不用你，八成还在等着鸟尽弓藏的那一天，看不见火都烧到眉毛上了。”

两人正大逆不道地非议着当今天子，帐外突然有人来传信。

卫琇把钟荟的手塞进被褥中，在她脸颊上吻了吻，绕出屏风走到帐外，问那军士：“何事？”

那军士行礼道：“启禀将军，探马发现一小队人马，似是从姑臧方向来的。”

溃军？卫琇眉心一跳，此处距离姑臧城尚有数百里，若真的是溃散奔逃的武威守军，那么姑臧城多半是陷落了，战报应该很快就会送到他手上。

“你带些人马去将那些残兵拦下，问明缘由，若是散兵便收入营中，有抗命者依军法处置。”卫琇吩咐道。

果然，不多时卫琇便收到战报，西羌各部三万余众联合司徒徵五万大军攻打姑臧，安西将军赵良统领的守军毫无招架之力，敌人还未打到城下，主将已先乱了阵脚，不过守了三日，姑臧城便失陷了，守军弃城而逃，留下城中百姓任羌胡鱼肉。

卫琇知道赵良是个无能之辈，却不想他竟然懦弱至此。

司徒徵要借羌胡之力，自然不会阻拦他们奸淫掳掠，胡人这次进犯已经屠了几个西北边陲小城，所过之处如同蝗虫过境。

区区一个姑臧城，在汝南王的棋枰上不过是微不足道的一颗子，精于算计之人总是把人命也折成筹码算进去。

卫琇站在满天星斗的苍穹下，又一次感到疲惫，有一刹那他想带阿毛走，去江南，找个山清水秀的地方，搭几间茅庐草堂，平平静静地把儿女养大，不必呼奴使婢，也不必香车宝马。

裴家的仇已经报了，卫家出事时今上只是个半大孩子，还是一个既不受宠又无实权的皇子，卫家的仇算不到他身上。

卫琇真想把这满目疮痍的江山抛在身后，让他们姓司徒的叔侄俩缠斗争战。可是不行，他这些年再怎么汲汲营营，终究和他们是不一样的人。

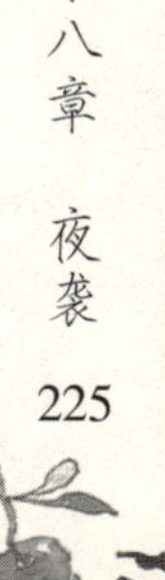

第二天拔营前进，一路上遭遇的逃兵越来越多，渐渐能看到拖家带口、卷着细软的平民百姓错杂其间。

卫琇命人将士卒收编进自己的大军，拨了一队人马留在原地，将流民归拢，就近安置，自己则领着大军往武威挺进。

姑臧城是西北重镇，历来商贾云集，人烟稠密，是秦、凉繁华的所在。羌胡轻而易举攻下姑臧，如入无人之境，一时志得意满，白日在城中烧杀抢掠，夜晚便彻夜饮酒狂欢。几部羌胡貌合神离，一同攻城时尚能算亲密无间，一朝城破，裂隙便显现出来。各部的军队常为争抢财帛和女子大打出手。

汝南王统领的汉军虽然军纪严明，但是眼巴巴地看着胡人将城中金银财货洗劫一空，自己却只能干看着，不由得不忿起来。

司徒徽入了城，带了一队亲卫占下了刺史府，他原先预备休整两三日便即刻向秦州进发，可那些胡人正在兴头上，竟流连不去，他屡次催促，那些羌胡首领只是阳奉阴违。

他耐着性子又等了两日，在第五日的夜里，终于按捺不住，在刺史府设宴，将各部首领都请来，一番威逼利诱和挑拨离间，这才约定下来，第二日天一亮便拔营。

好不容易把那些羌胡首领打发走，司徒徽坐在刺史府后园的花厅里，对着一屋子的残羹冷炙，没有立即叫下人进来收拾。

“真是一群蒙昧无知的猪狗。”他对身旁的虚云禅师埋怨道。

禅师点点头：“他们是猪狗，你与猪狗同席欢宴，又是个什么东西？”

司徒徽大笑起来，用玉箸敲敲琉璃酒觞，发出清脆悦耳的声响：“既然要支使恶犬咬人，总要拿肉喂饱它。”

虚云禅师待他笑完，淡淡地道：“倒是没听说过主人以身饲犬的。”

司徒徽没说话，扔了玉箸，端起酒觞将残酒一饮而尽。

“少喝些，已经是第九杯了。”禅师站起身，伸手去摸索他手里的酒觞。

汝南王和羌胡的军队没来得及出发，卫琇先带了一万精锐攻到了城下。

他本来是带兵来助赵良守城的，谁知姑臧失陷，眼下攻守异势。好在胡人擅马上奔袭，守城却几乎一窍不通，这几日又通宵达旦地狂饮作乐，对上训练有素的中军精锐，很快便露出了败象。

汝南王麾下倒是有精兵强将，但是一来不舍得耗费自己的兵卒，二来也是想用胡人试探一下卫琇的深浅，便派了少量兵马佯装支应，将大部分兵力保留下来。他的兵马本来就不算多，还要分出一大半从冀州南下洛阳，但凡能拿胡兵去填，他是绝不会动用一兵一卒的。

胡人也不全是傻子，自有那心细的留意汝南王的一举一动，没几日便看出端倪，便也没了守城的心思。胡人本来就是常年骑在马背上逐水草而居的，守个什么劳什子城。

大敌当前的时候，各部又成了兄弟手足，几部首领一商议，当即决定弃城撤退，大不了带着抢来的财帛美人打道回府，也不算白来一趟了。

司徒徽得到密报，差点气得七窍生烟，又不能同他们撕破脸皮，只得将他们请到帐中好言相劝，磨得嘴皮子薄了一层，最终定下来，退守到宣威——姑臧城十室九空，就扔给卫琇吧。

不知不觉洛京已是仲春。

芳林园中夭桃秾李争芳夺艳，大好的春色却不得帝王一顾。

偶尔有一两个少不更事的妃嫔宫人在园子里走动走动，折一枝海棠回去插瓶也就罢了，这个节骨眼上没人敢大剌剌地饮宴游春。

司徒钧夜以继日地理政，战报像雪片一样飞进来，西北战事胶着，汝南王的另一路大军从幽州南下，已经渡过了沁水，南边流民又起了乱子，这边的火刚扑灭，那边又烧了起来。

司徒钧心力交瘁，捏了捏眉心，大气不敢喘一下的黄门赶紧递上参汤。

天子接过来饮了一口便搁在案上："备辇，孤去承光宫一趟。"

承光宫是中宫皇后韦氏所居之处。司徒钧的辇车停在宫门外，换了肩舆到正殿门外，一下来便看见一个熟悉的背影，空落落的海棠红衫子，风一吹显出单薄的身形。

司徒钧心头像被什么撞了一下，蓦地一酸，别人生了孩子总是圆润一些，只有她反倒瘦得脱了形。他不由自主地快步追了上去，莽撞得不似个帝王。

姜明霜听到身后一阵木屐的笃笃声，转过身来，见是司徒钧也不意外，脸上平静似水，恭敬但疏淡地行了个礼："妾见过陛下。"

司徒钧想去扶她，走到离她几步远时却停住了脚步："你来了?"

姜明霜点点头："妾来给皇后娘娘请安。"

一阵风吹来，她从袖子里抽出帕子拭了拭眼角："请陛下恕妾无状。"

司徒钧默然，她这见风落泪的毛病是生产后落下的，大约是月子里淌了太多泪。

姜明霜垂首立在一边，司徒钧愣怔了一会儿才回过神来，这是在等他先走。他向前走了几步，转过身对她道："一起进去吧。"

姜明霜默默跟上，落在他身后两三步远。

“阿霜啊……”司徒钧突然道。

“嗯?”姜明霜抬起头望他，神色仍旧恹恹的，似乎并不想知道他为什么突然唤她闺名。

司徒钧就把剩下的话咽了下去。他的本意是让孩子在姜明霜殿中长到周岁再抱去皇后宫中，可韦氏劝他：“留得越久越难割舍，到时候难受的也是阿姜。他们母子连心，纵使在我宫中养大，难不成就不认这个生母了？陛下也觉得我是个气量狭小的人吗?”

他想了想也有道理，与其到时候难分难舍再伤心一场，倒不如一生下就抱走——她还年轻，来日方长，等有了其他孩子这心思便淡了。

司徒钧很快就后悔了，姜明霜不顾产后体虚跪在他殿外哭泣时他很想翻悔，但是君前无戏言，众目睽睽之下若是她哭闹一场便顺从她意，他这人君的脸面该往哪里搁？更何况韦氏的兄长韦重阳正领兵出战，他不得不考虑韦家的想法。

说出口的话如同泼出去的水，他们之间亦是覆水难收。他下令将姜明霜禁足两个月，既是让她安心调养身子，也免得她一心想去承光宫看孩子，惹得皇后不快，只可惜他的苦心孤诣她并不明白。

司徒钧把姜明霜晾了一月有余，再踏足她寝殿时，她已经变了个人。她还是会对他笑，也会答话，会说两句玩笑话，可他就是知道，原来那个阿霜回不来了。

若不是烽烟四起，他或许还能把他们的事从头开始理一理，然而他每日不眠不休尚且捉襟见肘，只能将这些儿女之事暂且搁置——等着哪一日海清河晏、云破天开再捡回来吧。

两人一前一后地走进殿内，皇后正揽着小公主教她识字，见天子和姜明霜进来，忙搁下手里的绢书，把偎在她怀中的小公主抱到一边，起身向天子行了个礼，淡淡地看了一眼姜明霜：“阿姜也来啦。”

姜明霜赶紧行礼请安。

韦氏命宫人给他们搬来坐榻，两人依次入了座。

司徒钧似是解释，又似随口一提：“刚巧在门外碰上，阿宝呢?”

姜明霜的身子一下子绷紧了，手在袖管里紧紧揪住帕子。

韦皇后若无其事地瞟了她一眼，叫来宫人：“去看看三皇子醒了不曾。”

三皇子住在东边的偏殿，宫人领了命出去了，姜明霜垂眉敛目，盯着地衣上的卷草纹，像是要把那纹样铭刻进心里去。

她仿佛等了一百年，才等到身后传来宫人的脚步声。

“启禀娘娘，”宫人上前道，“小皇子还睡着呢。”

这一天又白来了，姜明霜眼里的光一瞬间熄灭，漆黑的眸子像两个深不见底的空洞，眼眶慢慢透出微红。司徒钧不忍心再看，和韦氏寒暄了两句，逃也似的回了宣德殿。

凉州春日的风干燥而粗粝，挟着沙尘扑在脸上，火辣辣地生疼。

“不知道咱们何时才能回京都去。”阿枣一边替钟荟梳头一边叹道。

“快了快了。”钟荟抚了抚肚子，她的肚子已经很大了，随军的大夫和稳婆看过，都说临盆就在这几日，不出意外阿饧要降生在他阿爷的营帐中了。

相持了两个多月，两军仍旧没有分出胜负，双方都不敢轻举妄动。

羌胡骑兵悍勇非常，在旷野中对阵优势明显，卫琇便坚守姑臧城，无论敌军如何变着法子挪战，他都视若无睹，从不轻易应战。

叛军撤离姑臧时留下的几乎是一座空城，未及带走的粮草一把火烧了个干净，大军全靠洛京和秦州运来的粮草支应。如今国库空虚，冀州也在打仗，江南又有流民和山贼趁机搅浑水，卫琇心里明白，他们不能没完没了地耗下去。

他只是在等一个时机。

司徒徵比他更耗不起，羌胡与司徒徵狼狈为奸本就是为了一个“利”字，司徒徵许诺他们的是金银财货、珠宝美人，到如今也未曾兑现——几座边城喂不饱他们，繁华的洛京才是他们觊觎的所在。

司徒徵给他们画了一块巨大的饼，从来没想过真的兑现。狡兔死走狗烹，他打算用胡人对付完卫琇和司徒钧，转头就把这些蛮子打回关外去。也就是现在有用得着他们的地方，不得不给点甜头哄着罢了。

这样无休无止地打下去，他的粮草也快见底了。

草原上春草茸茸，很多胡人都起了归意，营中三天两头有人闹事，渐渐地连各部首领都动摇起来——打了大半年了他们都还没出凉州，自己的族人像割草似的死了一茬又一茬，汝南王的军队却还那么齐整，洛京女人再怎么细皮嫩肉，也就是一只鼻子两只眼，不值得这么天长日久地耗下去。

再这样僵持下去，西羌各部早晚要和汝南王一拍两散，卫琇等的就是这一触即发的时候。

到这天的夜里，终于有探子来报，敌营中乱了起来。

卫琇正在营帐中陪钟荟歇息，赶紧起身穿上铠甲。钟荟月份大了睡眠浅，一下子从睡梦中惊醒，睁眼便看见卫琇立在床边，正打算弯下腰来亲她额头。

“是今夜吗?”钟荟一下子睡意全消，声音有些颤抖。

“嗯。”卫琇点点头，拿起搁在案上的佩刀，“我们安插在敌营中的人来报，两部羌胡首领与司徒徵起了争执，两边的人马在营中混战起来，此时正是袭营的好

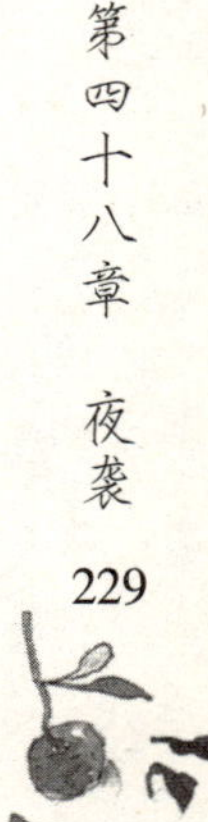

时机。”

“司徒徽狡诈得很，虚虚实实的，会不会是诱敌之计？”钟荟满脸忧色。

卫琇按了按刀柄：“就怕他不使诈。”

夜里起了风，墨团一般的阴云在空中飘着，一钩新月时隐时现，星光暗淡。

卫琇带着两千精锐向叛军营地奔去，距营地越来越近，呼哨般的夜风里开始夹杂着隐隐的厮杀声。

“这一招请君入瓮，卫十一郎真的会上钩吗？”司徒徽站在高塔上，俯身望了望营地里为了蒙蔽敌军点燃的毡帐。

“他若是这么蠢，我们也不至于在西北耽搁这么久了。”虚云禅师摇摇头，侧耳倾听了一会儿，“他敢贸贸然带人来，必是留了后手，要把你的瓮捅个大窟窿。”

“有什么办法呢？”司徒徽叹了口气，“都已经打到这份上了，再拖下去恐怕会弄假成真，那些蛮子真要闹起来，我也受不住。”

“阿颜快打到京城了吧？”虚云禅师在光头上捋了一把，“我说你还不如就在这里死拖着卫琇的兵马，那位子就给了阿颜算了，一把年纪了，就算抢了来也没几年好坐。”

“死秃子，又在咒我早死！那不肖子给了你什么好处？”司徒徽笑骂，“有好东西自然紧着当阿爷的，横竖我没几年好活，他急什么。”

“前阵子赠了我一双玉璧。”禅师苦笑道，“比你大方，不过我一个瞎和尚要来也没用，连是什么颜色都看不见。”

“你又想说什么？”司徒徽定定地看了看他，“你我相识这么多年，有什么话还需拐弯抹角么？”

“收手吧。”

司徒徽像听了个天大的笑话，笑得前仰后合，差点从高塔上跌下去：“活了大半辈子，头一回见有人当假和尚弄假成真的，禅师你是不是忘了自己是我从死人堆里捡来的骗子？”

“收手吧。”虚云禅师不为所动，在夜色笼罩下仿佛神龛里的一尊石佛。

司徒徽的笑声戛然而止：“我不允呢？你打算杀了我吗？”

“我若要杀你，你不知死上多少回了。”禅师道，“在西羌人屠歌夜城的那天我就能杀了你。”

“我司徒徽孤独半生，以为终于找到了个志同道合的知己。”司徒徽凑近了端详他，“不过认识你那么多年，也不知你这算命的本领究竟是真是假，你今夜将葬身此地，算出来了吗？”

头顶的阴云仿佛也怜悯司徒徵，飘远了，露出星月来，让他最后看清了那张秀致又恬淡的脸庞。

虚云禅师闻到司徒徵身上掺杂了铁锈的腥甜的苏合香，气息一窒，勉强笑了笑，嘴唇开始颤抖："你是什么时候知道的？"

司徒徵把剑从他胸膛里抽出来："还来得及的时候。"然后抬脚把他踢了下去。

虚云的身躯砸在地面上，像一截木头或是一袋粮食，闷闷的一声响，落地时他还活着吗？觉得痛吗？反正那一声响不似活物。

司徒徵不去看他，慢慢地顺着梯子往下走。

"启禀王爷，"有军士上前禀道，"有人想趁乱朝粮草辎重泼油点火，总共二十七人，已经被属下尽数擒获，听候将军发落。"

"着人把粮草和辎重搬到别处去，在原地生一堆火，他们既喜欢放火，那就泼上油烧了吧。"司徒徵一边往前走一边无所谓地吩咐，不知不觉脚尖踢到了什么，他低下头一看，不禁笑了，又勾起足尖踢了踢禅师无知无觉的身体，"把此物一并烧了。"

下属领了命，正要告退，司徒徵又把他叫住："去查查那二十七人，平日与他们走得近的，近日有来往的，同乡，都杀了，拿不准该不该杀的一律杀了。叫范荣来见我。"

那名唤范荣的将领很快领命前来。

司徒徵对他道："即刻带一千精兵前往敌营，放几把火弄出点动静即可，不用管粮草辎重，扰得他们乱了阵脚，越乱越好。"

范荣得了令立即下去召集兵马。

司徒徵又叫来最信重的亲卫，命他带上五十名高手趁乱潜入敌营："只管去寻卫夫人，能活捉最好，若是不能就杀了，取了人头带回来。"

亲卫仍旧有些疑惑："将军，属下未曾见过卫夫人，夜里在那么大的营地里找人恐怕不是易事，若是不慎打草惊蛇……"

"放心。"司徒徵抚了抚指节，"到了那里自然有人接应你们。"

离敌营越来越近，卫琇遥遥地看着一处火光直冲云霄，把夜空熏出一种黄昏般的颜色。

"事成了吗？将军？"与他并辔而行的亲卫阿寺问道。

卫琇默不作声地摇了摇头，又点了点头，朝着前方虚虚地望了一眼，无声地念了句佛号。

虚云禅师与他约定，若是事情败露，他身死，他的人就会佯装去烧粮草，司徒徵发现后必定以为这是他们定下的计谋，将计就计诱敌深入，要将他们一网打尽。

"那咱们……"阿寺看着卫琇，等待他的指示。

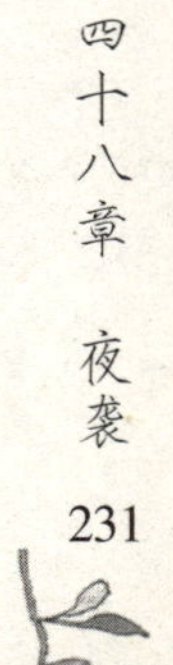

“照旧。”卫琇一夹马腹，往火光的方向飞驰而去。

他不自投罗网，又怎么能把司徒徽的网捅破呢？

卫琇领兵出发后，钟荟在营帐中有些坐立不安。

“方才去看过阿枣了？她好些了吗？”钟荟问阿杏。

“叫小圆煎了大夫给的药，喝下后好多了，估摸着这时候已经睡了。”阿杏拿小铜剪子剪着烛花。

“那丫头真是生了一副京都肚肠，娇气得很，只要离京百里一准水土不服。”钟荟笑着靠在榻上，阿杏忙跑过去帮她把隐囊垫在腰后。

“可不是，做下人的倒比主人还娇贵。”阿杏也笑着骂道，拿起剪子继续剪烛花，“该打！”

“小杏儿，我一直想着等回了京再问你……”钟荟打量着阿杏的脸，烛光把她的圆脸蛋映得又光又润。

“哎？娘子有什么吩咐？”阿杏直起腰来。

“你阿枣姊已经和阿寺定下了，等西北的仗打完，回了京就送她出门子。”钟荟盘算着，“我倒没问过你，有意中人没有？索性把你们俩一起送出去，免得我伤两次心。”

阿杏不由得低下头：“娘子莫打趣奴婢，奴婢这模样，什么人看得上……奴婢一辈子服侍娘子。”

“别害羞啊小杏儿。”钟荟掩着嘴笑起来，“和你家娘子说说又何妨？你喜欢什么样的儿郎，待回了京替你物色个如意的。”

“娘子，奴婢真不嫁。”阿杏有点急了，“您早些歇息吧，您睡一觉，明儿天一亮郎君就回来了。”

“打起仗来可说不准。”钟荟笑着放下手里的书卷，把手枕在脑后，“横竖睡不着，你再陪我说会儿话吧。”

阿杏嘴唇嚅了嚅，一副欲言又止的样子。

“等等，你听到外面的声音了吗？”钟荟突然蹙起眉头，“好像是马蹄声！”

阿杏唰地白了脸：“娘子……”

马蹄声由远及近，很快就到了咫尺之遥，军营里警钟声和战鼓声大作。“有人袭营！”兵士们一边奔走相告，一边迅速拿着刀枪剑戟集结起来御敌。

弩箭破空的声音此起彼伏，像呼哨一样，伴随着声声惨叫和马嘶，逐渐能听到白刃相接的声音，由疏而密。

钟荟攥住阿杏冰冷颤抖的手，安慰她道：“别怕，外头有武艺高强的侍卫守着，这营帐又不起眼，他们没那么容易找到这里来。”

“娘子！”阿杏一抬起头，脸上全是泪，“奴婢对不住您……”

钟荟怔了怔，好一会儿才明白过来，整个人如坠冰窖。她慢慢松开阿杏的手，捧着肚子，心里想着，为什么啊？

但是已经无须问出口了。

当年阿杏随她和卫十一郎逃难，在邙山中走失，为汝南王和虚云禅师所救，后来又随他们在司徒徽的庄园中逗留过几日，钟荟一回想，应当是那时种下的祸根。

究竟是什么因由，钟荟能猜个八九不离十，阿杏对钱财从不上心，能让她背主的，大约还是一个“情”字。阿杏不像阿枣那么心重，成天笑呵呵的，她便总把阿杏当成没心没肺的孩子，却忘了她也是个大姑娘了，看着一起的姊妹终身有了着落，心里怎么能不急。

钟荟想得明白，可只觉得遍体生寒。

这辈子她在姜家醒来，一睁开眼看见的便是阿枣和阿杏，说是主仆，其实亲近之情比起姊妹来也不遑多让了。即便在青州时卫十一郎曾经怀疑过她身边人泄密，她也没怀疑过阿杏半分。

钟荟不知道该恨自己识人不明还是该恨阿杏辜负自己。

“娘子，他答应过奴婢……马上就有人过来了。”阿杏去拽她胳膊，“奴婢先带您去避一避吧。”

话音刚落，外面有人大喊：“着火了！着火了！快去担水！”一时间到处是焦急的呼喊声和凌乱的脚步声。

卫琇留下守着钟荟的都是亲卫部曲中的翘楚，很快便察觉出蹊跷。

一名侍卫掀开门口的绒毡走进帐中，低着头盯着地面，朝钟荟行了个礼：“夫人，请恕属下无礼，外头情况有些不对。”

“事急从权，无妨的。”钟荟对那名侍卫道，“恐怕是冲着我来的，他们已经知道我在哪儿了，赶紧离开此处吧。”

侍卫神色一变：“是。”

钟荟扫了一眼在一旁垂首低泣的阿杏，不知道该怎么办好，若是卫琇在这里，必定已经一刀将她杀了，为了自己的安全着想，自然也是杀了为好，可是要杀一个朝夕相对的人谈何容易。

她从来不是个心狠手辣的人，没有踌躇多久便叹了口气，对那侍卫道：“拿条绳子把她双手捆上，嘴里塞点东西一起带走。”

还是等脱了险再考虑如何处置她吧。

侍卫三两下把阿杏的双手绑了起来。

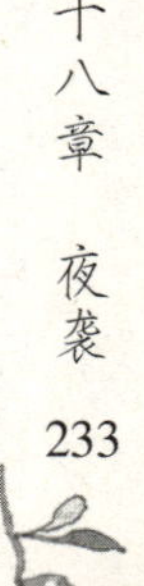

"再找个人去旁边营帐，把你们阿嫂一起背上。"钟荟吩咐道。

她瞟了一眼阿杏，冷声道："纵然你觉得我哪里亏欠你了，以致非得置我于死地，你阿枣姊姊打小护着你，你明知今夜如此凶险还给她下药，说你狼心狗肺都是抬举你了！"

阿杏连连摇头，眼泪一串串往下落："奴婢没想过要害娘子和阿枣姊姊的性命……"

钟荟扭过头不再看她。

侍卫出了门，暗暗召集其他同伴。钟荟用一件墨色的大氅将自己兜头裹住，跟着侍卫悄悄溜了出去。

很快有侍卫从旁边的营帐中把病恹恹的阿枣背了出来。

阿枣看到嘴里塞着布、双手背在身后的阿杏，愣了愣："杏儿这是怎么了？"

没等周围人回答，她已经意识到了什么，眼睛不由睁圆了，难以置信地看着阿杏。

她是个急性子，当即挣扎着从侍卫背上下来，脚一落到地上，人因为虚弱晃了晃，她也顾不上头晕腿软，扑到阿杏跟前照着阿杏头脸就打："你是怎么回事?! 你到底怎么回事?!"

打着打着忍不住哽咽起来："娘子对你那么好……"

阿杏方才哭了一场，好像把眼泪淌干了，这时候像一根木桩子似的杵着，眼神涣散着，打她也不躲。

钟荟叫侍卫把阿枣拉开，走上前拍拍她的背："一会儿再说吧，先找个安全的地方躲起来。"

阿枣抬起袖子揩了把眼泪，要来搀扶钟荟。

钟荟摆摆手："我自己能走，还是叫人背着你吧，你好些了吗？"

"喝了药好多了，谢娘子垂问。"阿枣低下头，顺从地由方才那侍卫背着走。

钟荟一共两个贴身婢子，一个被捆着双手，一个自己且顾不上，侍卫又不便上前搀扶，她只能自己托着鼓鼓的腹部，一脚深一脚浅地往前走。

他们一行人不敢点灯，怕引起敌人注意。不过敌军成心搅浑水，拿着火把和火油到处放火，营地里到处是火光，不用点灯也能把周遭看个分明。

原先营帐的位置已经暴露，留在附近很危险，但是大营方圆数十里，靠脚走肯定是不行的。

一行人低着头躬着身子快步往附近的马厩走，钟荟行动不便，其他人不得不时不时停下来等等她。好不容易到了马厩，侍卫各自牵了马出来，又拖出一辆轻便的马车——钟荟怀着身子肯定受不了马上颠簸。

阿枣先下了地，使尽浑身的力气勉强将钟荟搀扶上车，接着自己也坐了进去。阿杏则被侍卫扛到马上一起带走。

准备停当，驱车的侍卫一扬马鞭，马车轮子骨碌碌地朝前滚去，恰巧磕到地上的一个小陷坑里，车身颠了颠，钟荟突然觉得腹中紧紧一缩，一阵难以形容的痛往周围扩散，她忍不住躬起身子皱着眉头“嗞”了一声。

“娘子您怎么了？”阿枣立即发觉她的异样。

钟荟刚想说无妨，腹中又是一阵抽痛，比方才那两下更强烈，她心中暗道一声不好，抽了口冷气，苦笑着道：“枣儿，我好像……要生了……”

汝南王的营地中兵荒马乱，喊杀震天，卫琇带两千精兵从敌营壁门突入，另有一千人马趁着夜色绕到后方。

司徒徽早已严阵以待，正等着他自投罗网，一时弓弩齐发，矢如雨集。

那胡人作乱不过是装装样子，待卫琇的兵马一到，齐齐将戈矛指向来犯的敌军。卫琇的兵马却没有如司徒徽料想的那样自乱阵脚，冲杀越发凌厉起来，显然早有准备。

司徒徽此时才明白过来虚云禅师派人烧粮仓不过是障眼法，想起那盲禅师临死时的笑容，他突然有点不寒而栗——既然烧毁粮草辎重不是卫琇的目的所在，那么卫琇真正的后手是什么？

汝南王生性多疑，凡事讲究一个谋定后动、胸有成竹，看不透眼前的雾障，便不敢轻举妄动，人在营帐中端坐着，心里却如同有一团乱麻，怎么都理不清。

他从小火炉上拎起酒壶，给自己倒了碗热酒，端起碗沾了沾唇，恍惚间觉得心虚，往旁边偷觑了一眼，随即才想起，这世上唯一一个会摸索着夺他酒碗的人已经被他亲手杀了。

年纪一大，早些年落下的病根齐齐发作，像是约好了来讨债似的，这场仗打完，他大约是再也不能披挂上阵了。

决胜千里之外？司徒徽自嘲地笑笑，引羌胡入关，残杀了多少大靖子民，即便坐上那个位子，他也难逃一个千古骂名——到头来还是阿颜那小子捡个现成的便宜。这么一想，举兵谋反确也没什么意思，只是开弓没有回头箭，他谋划了那么多年，断然没有这时候收手的道理。

司徒徽漫无边际地想着，还没想出个所以然，有亲兵入内禀报：“将军，有一伙羌人临阵倒戈，突然杀起自己人来了。”

猪狗就是猪狗，司徒徽问道：“是哪一部？”

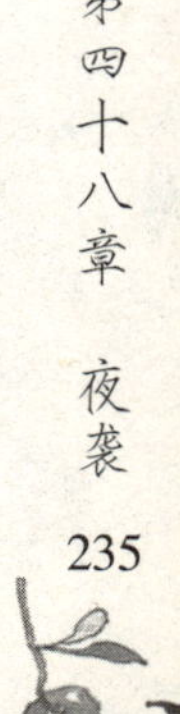

“似乎是参狼部。”那属下道。

“折决那奸猾的老东西！”司徒徵咒骂一声，“必是想趁乱反咬一口，也不看看眼下是什么时候！一群宵小，翻不出什么大浪来，叫盍稚部和白马部派人去收拾了，他们狗咬狗，难不成还要等我？”

“是！”亲兵领了命出去，没过多久又折返，“将军，白马部也反了！盍稚部抵挡不住，被杀得七零八落，现在那群羌人正在往主帐来！”

司徒徵喉咙口涌起一股腥甜味，他从来不把胡人看在眼里，对他来说，这些人蒙昧无知，几乎不能称之为人，也就跟牲畜差不多，只要找到驱赶的方法，他们自然会傻傻地卖命，待夺了大位再将他们打回关外去便是，谁知在这节骨眼上偏偏出了岔子，连着两部叛乱，必是有心人挑唆策反。

自从对虚云禅师起疑之后，司徒徵就不动声色地防着他，几乎是将他软禁在帐中，没想到他还是想办法暗中递送消息，把数月前与西羌盍稚部首领滇良子的约定告诉了其他几部。

司徒徵不免冷笑，卫十一郎自命清高，到头来还不是与他干一样的勾当。

他意外地感觉畅快了些，下令即刻调遣营兵抵挡作乱的胡人。

胡人一乱，靖兵得了喘息的机会，绕到后方偷袭的那路人马潜入营中，循着虚云禅师先前的指示很快找到了叛军转移出来的粮草辎重，泼上油点了几把火，火借风势，立即熊熊燃烧起来。

刚把叛乱的胡兵压了下去，又传来粮草辎重起火的消息，司徒徵脸色阴沉，把膝上的衣袍揪成了一团，旋即慢慢松开五指，就算胡人全都倒戈，卫家小子不过带了区区两三千骑来偷营，入了他营中便休想再逃出去，若是卫琇敢把所有的筹码一次性押上，那便更有趣了。

正想到此处，便有探马来报：“将军，敌兵大举进犯，有数万人马。”

终于等来了，他不禁一笑，披上轻甲，走出帐外，命属下牵来战马。

司徒徵翻身上马，成败在此一役，他不一定能赢，但是卫十一郎已经输定了，卫琇大概想不到自己凯旋时等待他的是国破家亡。

禅师说得对，他已经老了，即便打下江山，也不过是替儿子作伐，还不如就这么与了他。

他已在凉州把卫琇拖了数月，数十日前传来偃师大捷的战报，这个时候长子司徒颜统领的大军恐怕已经入京了，司徒钧一死，一切成了定局，卫十一郎即便立即回救，也是回天乏术，再说他痛失所爱，还愿意管司徒家的闲事吗？

司徒徵只盼着他派出去的那队亲卫能不辱使命。

第四十九章 终章

司徒颜领兵攻入洛京时是初四夜，一弯细细的新月白惨惨地挂在空中。

姜明霜披着氅衣坐在庭中，自从叛军打下偃师城，朝廷的兵马节节败退，如同落潮一般。

京师风声鹤唳，宫中人人自危，天子和中宫操心江山社稷，她们这些宫妃多是担忧自己和亲人的安危。

这世上能教姜明霜牵挂的人不多，三娘子陪着姜老太太，带着二三十个庶弟庶妹们去了济源马表叔庄子上，她可以略微放心些——济源是小地方，离洛京又有点路，一时半会儿应该不会殃及。

余下的心思，她一半给了在朝为官的姜家父子，另一半给了皇后宫中的三皇子，至于她自己，倒是不那么要紧了。

其他人却没她那么看得开。

因为忧惧难以排遣，那些素日不怎么来往的妃嫔们倒是成天聚在一处翻来覆去地讨论，无非是叛军会不会真的攻进洛京，万一打进宫里来会怎么处置她们，讨论来讨论去，日复一日车轱辘似的，直到这一夜，城终于破了。

领兵的大将是汝南王世子司徒颜，他治军严明，军中也只有为数不多的胡兵。他入京是为了夺位，便把京都视作自家的东西，洛京百姓自然也是他自己的子民，在入京之前便三令五申，不许麾下将士杀伤人畜、劫掠财货。

攻破洛京后，他先派遣兵马将几大世家围住——有这些人的支持，他才能名正言顺地取代司徒钧。

与此同时，他自己率着数千精兵长驱直入，直奔宫城，放火烧了宫门，不过一个时辰，便将负隅顽抗的上千宿卫杀得几乎片甲不留。

司徒钧身着十二章之服，戴通天冠，冕十二旒，站在宣德殿前望着远处灼灼的火光，仿佛置身于梦中——当日登基，他穿的就是这身衣裳，算算到如今十年不到，回想起来已恍如隔世了。

司徒钧身边是身着朝服的韦氏，不管他心里怎么想，这种时候能与他并肩站在这里的只有中宫皇后。

四周杀声震天，他们就像湍急河水中的两块石头。

韦氏平日不显山不露水，到了山穷水尽的时候确实有身为皇后的气度。司徒钧与她结发多年，虽说不上有多么情投意合，也算是举案齐眉了。他握住皇后的手："别怕。"

"我只是担心阿满……"韦氏哽咽道，她见天子脸色有些不对，忙又补上一句，"还有阿宝，他离不了乳母，不知道会不会饿哭。"

司徒钧没说什么，却不由自主松开了她的手，想起幼子，他的心头一软，但愿那些侍卫能护送他平安逃出宫去，即便一辈子不能再回来，隐姓埋名做个普通百姓也好。

不免又由阿宝想到他的生母姜明霜，司徒钧心里一阵揪紧，这辈子是负了她了，亏欠的也只能等来生再还了。

姜明霜在庭中先看见火光，随后才听见声响，她腾地站起身，不顾身旁宫人阻拦，发了疯一样拔腿就往殿外跑。

春夜依旧有些冷意，寒风扑在脸上叫人喘不过气来，姜明霜只想着再快一点，两条腿却不听使唤。她没有提灯——日日夜夜地望着承光宫的方向，闭着眼睛也能摸过去。

走到拐弯处她冷不丁地撞上一个人，身子一颤，跌坐在地上。

那人以为撞上的是宫人，捡起滚落在一边的灯一照："婕妤娘娘？"

姜明霜借着火光看了看来人，只见他作内侍装扮，看着有几分眼熟，大约是天子或者皇后宫里的人，冲他点了点头，不敢耽搁，连滚带爬地站起来，拍拍身上的灰便要走。

"娘娘，"那人忙行了个礼，"奴婢奉陛下之命护送娘娘出宫。"

姜明霜不想逃命，只想同自己的儿子在一起，仿佛没听到他的话一般，继续往前走。

那内侍拦住她："娘娘，三皇子殿下已经出宫了，奴婢这就带您去与他团聚。"

姜明霜脚步一顿，转过头，双眼突然亮起来，在灯火辉映下像两颗宝石：

"当真?"

那内侍领着姜明霜到了一处黑灯瞎火的偏殿，叩了叩门环，立即有人从里面把门打开一条缝，一只眼睛往门缝外面瞅了瞅，一张口，是个年轻女人的声音："小六，怎么那么慢！差点就等不及你了!"

唤作小六的年轻内侍道了声"抱歉"。

那女子把门打开："快进来!"

女子这时才看见内侍身后站着的姜明霜，姜明霜身上裹着披风，兜帽遮住发髻上的装饰，看不出来身份。

女子气急败坏地剜了小六一眼："这是谁？你相好的？都什么时候了，还带个人出来，你知不知道轻重?"

小六赔着笑脸："姊姊，就通融这一回吧。"

姜明霜默不作声地看了看那女子，瞧着装束应该是宫人。

女子犹豫了片刻，摇摇头道："罢了罢了，赶紧进来。"

说完把两人带到一间堆杂物的耳室里，命小六帮她一起把一张卧榻挪开，蹲在地上屈起手指叩了叩，其中一块金砖发出空洞的声响，那女子道："就这里了。"

两人把砖起开，小六用手里的灯一照，下面隐隐绰绰是一道梯子。

小六扶着姜明霜先下去，然后对那宫人道："姊姊也下去吧，我在这儿守着。"

宫人摇摇头："你去吧，我留在这儿，你有武艺。出了宫万一遇上什么事还能支应支应，我跟着去派不上什么用场。"

小六看了一眼小心翼翼扶着梯子往下爬的姜明霜，对那宫人行了个大礼，低声道："姊姊的恩德小六来世再报。"

宫人蹙着眉看了他一眼："护好公主。"

姜明霜顺着木梯下到地下，发现里头别有洞天。

小六走在她前头打灯："娘娘，您小心脚下。这条密道通往宫外，小皇子已经走了有一会儿，这会子应该已经上了马车，您且放宽心，出了宫就好了。"

姜明霜"嗯"了一声，沉默了一会儿，开口道："我认得你，你是皇后宫里的。"

小六脚步一顿，转过身来，急得不知如何是好："娘娘，奴婢不是有意骗您，奴婢……您信奴婢一回……"

姜明霜抬眼看了看，那内侍大半张脸藏在黑暗中，看不见他的眼神，但是不知道为什么，她无端有一种熟悉又安心的感觉，不由自主地点了点头——若是他有意害她，她横竖也逃不出去。

小六松了一口气："娘娘您好走吗？累不累？若是不嫌弃，奴婢背您走吧。"

“没事，我能走。”姜明霜推辞道。她想着她的阿宝在前方等着，便不觉丝毫疲累，两条腿仿佛能永远这么走下去。

叛军很快突入宣德殿，司徒钧最后几十名侍卫一个个倒下，最后一个侍卫就死在司徒钧面前，侍卫颈上喷涌出的血溅了他一身。

司徒钧就在殿门被砸开的前一刻还想象着自己如何临危不惧——即便是引颈就戮，他也要维持住帝王的威严，凛然地将那逆贼怒斥一番。

可是死亡迫近的时候，他才发现自己根本无暇顾及这些，侍卫滚烫的血溅在他裸露在外的皮肤上，韦氏的尖叫刺得他耳膜生疼，他后退几步跌坐在地，抬袖抹去脸上的血，像个手足无措的稚童一样呜咽起来。

没来得及啼哭出声，一柄大刀架在了他的脖颈上，司徒钧冷汗淋漓，不敢再吭一声。

司徒颜没有立即将帝后杀死，而是命人将他们送往金墉城关押起来。入宫之后，他立即派人包围各个宫殿，对照名册清点人员，很快便有下属禀报，皇后所出的四公主、膝下三皇子、三皇子生母姜妃并数名内侍、宫人不知所终。

司徒颜有些不悦，但并不十分忧惧，三皇子不过是个不满周岁的婴孩，如今大势已成定局，凭着这点天家血脉又能如何，况且全洛京戒严，十二道城门紧闭，他们根本逃不出去，只能找地方藏匿起来，只需加派人手细细搜寻，总能将他们找出来。

更让他挂心的是凉州。

七日后，司徒钧下罪己诏，禅位于汝南王司徒徽，由世子司徒颜代父领旨。

司空韦重阳在太极殿主持禅让大典，拟定宝册，群臣中只有钟禅称病不出。司徒颜未坐稳江山，碍于钟家在世家中的地位，终究不敢轻举妄动，遣黄门去钟府探视慰问一番便罢了。

禅位大典之后不出三日，司徒钧与韦氏在金墉城中双双身染时疫暴毙。

司徒颜虽入主宣德殿，但是凉州一日没消息，他就一日名不正言不顺。这回他先斩后奏私自攻入洛京，若是凉州之事生变，他阿爷必定不会轻饶他，虽不至于要他的命，但是他这世子之位是休想保住了。

正思忖着，有黄门入内禀报：“启禀殿下，广平有八百里加急密函送到。”

“呈上来。”司徒颜一边拆信匣一边问，“凉州还是没消息吗？”

黄门正要回话，只见主人脸色一变，他驻守冀州的三弟司徒玟突然起兵，数日前已经打到广平，据称领兵之人是个无名小卒，却屡战屡胜，势如破竹。

第二日，司徒颜又接到青州战报，卫琇的别驾祁源领青徐州郡兵并齐国国兵两万西进勤王。

西北迟迟没有事成之讯传来，坏消息却接二连三，司徒颜虽然占据了皇城，然而根基未稳，手下的兵力本就捉襟见肘，思来想去，终是派遣副将邢符率三万兵马在洛京城东门外十里桥附近严阵以待，抵御三弟司徒玟的兵马——到了这种时候，对自己兄弟的忌惮终究占了上风。

司徒香不记得自己骑着马奔驰了多久，只觉得两股火辣辣地疼，扬鞭的手几乎举不起来，然而她的心里有另一种疲惫。

这一夜的广平郡星月皎然，她已经能望见兵营黑黢黢的轮廓和星星点点的篝火——她自小跟着阿爷南征北战，那是她熟悉的景象。

马蹄踏过，原野上升起小蓟淡淡的香气，蓟花有点似菊，让她想起洛京的秋日，那时候满城都是菊花，家家户户的园圃中似乎都栽着几株，她第一次见到姜景义就是在那样的秋日。

很快到了壁门，她一拽缰绳，把自己的名刺交给兵士验过，然后径直策马奔向主帐。

她下了马，想掀开帐帷去找他兴师问罪，却在距他一步之遥的时候踟蹰了，见了他又能怎么样呢？质问他为何恩将仇报？她救了他，又帮他隐瞒身份混入阿兄的营中，她现在能狠得下心揭穿他的身份吗？若是狠得下心，她也用不着来这儿找他对质了。

门口的侍卫认得她，上前行礼："殿下，来寻将军吗？属下进去禀报。"

"将军歇下了吗？"司徒香问道。

"半个时辰前才歇息。"那侍卫回道。

"不必禀报了，我……晚些再来。"

司徒香说着走到帐前，伸手把帐帷拨开一条窄缝，往里望了一眼。

帐中一片漆黑，但是她仿佛看见了姜景仁熟悉的睡颜，心中有一种得偿所愿的充实完满。

她翻身上马，出了军营，任由马带着她漫无目的地走着，这回她不急了。马渴了，把她带到一条河边。

司徒香不知道这是什么河，她下了马，牵着缰绳把马带到河边，温柔地摸摸马鬃，解下佩刀放在河边的石头上，一步步地走进河中央，河水很冷，渐渐漫过她的小腿、膝盖、腰、脖颈。

司徒香回头望了一眼军营的方向，闭上眼睛沉入这无名的水里。

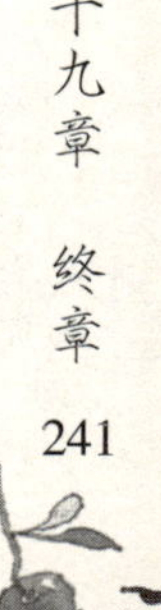

司徒颜的美梦没做上几日便戛然而止，不过与他三弟司徒玟相比还算幸运。

攻下洛京城那日，司徒玟正为自己慧眼识珠拔擢了王九这个不世出的将才而沾沾自喜，还未能靠近朝思暮想的皇城，稀里糊涂就被身边亲信侍卫擒住。

直到沦为阶下囚，他才后知后觉地知晓，令他感到如获至宝的那对父子，原来是叔侄——正是当日在凉州不知所终的卫将军姜景义及其侄儿姜悔。

姜景义与祁源一个带兵入城，一个驻守城外。

姜景义入城第一件事便是查访侄女姜淑媛以及三皇子和四公主的下落，三日后终于在邙山山坳一处偏僻庄园内找到了当日死里逃生的姜淑媛一行人，将他们迎回宫中。

大皇子以及萧妃所出二皇子在宫乱中惨遭逆贼毒手，钟禅与姜景义等一干文武重臣扶立不满周岁的三皇子，改年号为太初。

入凉州以来，卫琇与司徒徽数次交锋，这是最残酷的一次。

两人都明白，已经到了必须决出胜负的时候。双方主将亲自上阵，战鼓如雷鸣般响彻云霄，生生地把东边的天空敲开一条裂缝，血色的朝阳映亮了地上的血河。

卫琇不停地挥刀，整条胳膊都已麻痹，他便将刀换至左手，继续砍杀。

司徒徽更是早已露出疲态来，一队亲兵将他护在中间。

突然从背后射来一支冷箭，一名侍卫在千钧一发之时扑上前来，堪堪以身替他挡住。

汝南王转过身一看，是他所剩无几的亲信之一。

侍卫们冲上去将那谋逆之人制服："说！是谁派你来的!"

那人不肯吐露半个字，被侍卫们乱刀砍成了肉酱。

即便他不说司徒徽也能猜到，他想着把江山拱手让给儿子，儿子却迫不及待要立即置他于死地，衰朽疲弱之感突然漫过他全身，让他不能动弹。

侍卫的圈子退得越来越小，身边的人一个个倒下，他想再杀几个人，已经杀不动了。司徒徽看着一箭之遥的卫十一郎，一身血污仍是那么年轻，那么干净，如同黎明一般辉煌，而他将留在夜里。

司徒徽朝着卫琇笑道："钟十一娘。"

卫琇闻言果然脸色一变。

司徒徽心满意足，抬剑往脖子上一抹，从马上栽倒下来。

钟荟腹中的绞痛一下紧似一下，阿枣忙扶她躺下。

马车是临时找的，车厢既狭窄又简陋，阿枣只能将大氅垫在钟荟身下，紧紧握住她的手：“娘子，您忍一忍，待到了安全之处……”

钟荟痛得抽了口冷气，刚想说还能忍一会儿，身下突然一热，一股热意涌出来，是破水了。

大夫交代过，若只是抽痛还能行动，一旦破水便不能再颠簸了。

钟荟无奈地摸摸肚子，苦笑道：“你家娘子倒是能忍，这小崽子偏偏忍不得这一时半刻……出来看阿娘怎么收拾你！枣儿……你同前面的侍卫说一声，寻个隐蔽些的……嘫……寻个隐蔽些的地方把车停下……再这么颠下去我要散架了……”

阿枣撩开车帷探出头去，低声把夫人即将临盆的事说了。

侍卫们只好寻了个地方停下，翻身下马将马车围在中间。

这时候再去找稳婆和大夫太冒险，阿枣一个没出嫁的大姑娘束手无策，急出了一身汗。

阿杏在外头呜呜直叫，钟荟在车中听到她的声音，对阿枣道：“听听她有什么话说。”

侍卫把阿杏押到车帷前，取出塞在她口中的帕子。

“娘子，”阿杏急着道，“我小时候见过我阿娘生我阿弟，你让我来帮忙，我知错了，娘子！”

“你还有脸！”阿枣气得直跳脚，又想冲上去打她。

钟荟摇摇头：“让她进来吧。”

她本以为生孩子大约也就是一两个时辰的事，谁知破水后过了许久还是没有动静，就是隔一会儿痛一阵，肚子里那小崽子临到头似乎又不急着出来了。

“是这样的，奴婢的阿娘生我阿弟生了一夜呢。”

阿杏说着拿帕子想替钟荟掖额头上的汗，被阿枣劈手夺了过去：“你别动娘子！”

阿杏只好讪讪地退到一边，紧贴着车厢壁跪着。

也不知过了几个时辰，东方的天空有些发白了，变成香灰般的颜色。

钟荟腹中疼痛越来越频繁，越来越强烈，她几乎喘不过气来，冷汗出了一身又一身，衣服早已经浸得透湿。

“快了快了。”阿杏举着灯低头看了看，“娘子再忍忍，马上就要生了。”

“外头的情形如何了？”钟荟阵痛刚过，听到砍杀声似乎离得近了，无力地问道。

“奴婢去外头看看……”阿杏把头探出车外，模模糊糊地看见许多黑影靠过来。她连忙拉起帷幔，仿佛一层毡布能将危险挡住。

侍卫们察觉到危险，纷纷拔刀，呈扇形排开。

将他们包围起来的除了司徒徽派来的死士还有百来名前来袭营的士兵。他们拔出兵刃便砍杀过来。双方人马立即战在一处。

守着钟荟的侍卫方才打退过几股袭营的敌兵，死伤惨重。汝南王派来的死士一边寻找卫夫人的踪迹一边应付营中士兵，也折损了不少人。

营中兵士听到侍卫发出的信号赶来援救，司徒徵的人马知道越是拖下去他们的胜算便越小，益发凶狠地攻过来。

一名侍卫身负重伤，逐渐不敌，司徒徵的死士如一柄尖刀插入人墙中的豁口，转眼之间便攻到了车前。

“娘子，您吸口气憋住，然后使劲，要用巧劲，一气儿用力到底……”阿杏抹了抹脑门上的汗，“再来，再来一次……娘子别急……”

钟荟痛得神思恍惚，抽着冷气，声音也发不出来。她眼前模糊一片，连阿枣的脸都看不清了，只知道用力抓住她的胳膊。

阿枣胳膊被掐得泛青，她忍着痛，握着钟荟另一只手：“娘子，加把劲，郎君很快就回来了。”

阿晏，钟荟在心里轻轻喊了一声，屏住气一用力。

“出来了！出来了！娘子！”阿枣带着哭腔欣喜地喊道，“是个小郎君！”

阿枣颤抖着手用在灯上烤过的匕首割断脐带。

“小郎君，得罪了。”阿杏说着在孩子臀上拍了一下。

阿饧嘹亮的哭声响彻云霄。

阿杏连忙用钟荟的衣裳把孩子包起来，抱过去给钟荟看：“小郎君生得真俊。”

钟荟还没来得及看，一柄利剑穿破车帷，扎进了阿枣左胁。

钟荟惊呼一声，只见阿枣倒在血泊中，咝咝地抽着冷气。

死士一击得中，抽出剑来将碍事的车帷一刀割断，原来外头已经天光大亮，地上横七竖八全是侍卫和黑衣人的尸体。

阿杏没来得及细想，惊呼一声“娘子”，张开双臂挡在钟荟和孩子前面。

剑尖穿透她的身体时，她看清了眼前死士的面容，眼睛里现出迷茫又困惑的神色：“你答应过我……”

那死士嫌恶地看了她一眼，从牙缝里挤出两个字：“让开！”

阿杏的眼泪一串串地滚落下来，掉在剑上发出“啪嗒啪嗒”的声响。

死士想把剑拔出来，阿杏用双手紧紧抓住剑，哀求那死士：“阿宽，求求你……”

“阿杏，快放手阿杏……傻阿杏……”钟荟想起身，可是使不出力气。

那死士发了狠，用力将剑一绞，抽了出去，抓住阿杏，像扔个破布袋似的扔出车外。

钟荟用胳膊揽住孩子往里面藏，她并不怕死，只是怕护不住孩子——她和阿晏两个人的孩子，可惜她还没来得及看清楚孩子长得像谁。

剑没有如她料想的那样刺过来，伴随着一声鸣镝，一支利箭穿过死士的犀甲和皮肉，贯穿心脏。

钟荟依稀看到有个熟悉的身影骑着马向她奔来，像是做梦一样。

卫琇翻身下马，把那死士的尸身掀开，颤抖着声音唤道：“阿毛。”

声音又轻又嘶哑，像是怕吵醒什么人似的。

“阿晏，我在这里。”钟荟朝他伸了伸手，声音虚弱，“阿枣和阿杏……快去叫大夫。”

“阿寺已经去叫人了，放心。”卫琇弯腰进了车厢，握住妻子的手。

钟荟转过头，轻轻抚了抚孩子幼小的身体：“这是阿饧。”

卫琇看见裹在衣裳里的孩子怔了怔，一瞬间手足无措。

“这是我们的儿子，”钟荟虚弱地笑了笑，“你抱抱他。”

卫琇小心翼翼地把孩子抱在怀里，对着那皱巴巴的小脸看了半天。

孩子不知是饿了还是嫌弃阿爷抱得不舒服，蹙起眉头张了张嘴，“哇”的一声干号起来。

“这是我们的阿饧……”卫琇的神情犹如在梦中。

丁亥之乱之后八年，卫氏第一个孩子出生了。

这一年洛京的春到得特别早，二月末的时节，卫府里已是柳色新新，桃李初绽。

钟荟晨起梳妆完毕，对一旁的小婢子阿桃道：“去看看小郎君起来不曾。”

当日阿杏身负重伤，幸亏救治及时，勉强捡了一条命回来，那双手却是废了。即便护主有功，但是背主一事终究是一根刺，留她在身边是不能够了。

钟荟将早替她预备好的奁资又添了几成，将她送走了。这阿桃就是阿杏走后提上来的。

阿桃不一会儿回来复命：“娘子……小郎君他……”

钟荟柳眉一竖，把手中一枚宝相花金钿扔回奁盒里，站起身来一捋袖子，对着阿枣道：“这孩子三天不打就皮痒，我去收拾他！”说着提起裙子快步往东厢走去。

卫阿饧蒙着被子睡得正酣，小小的身子弓成一只虾米。

乳母小心翼翼地推了推他后背，苦口婆心地劝道：“小郎君，醒醒了，今日要走亲戚，莫要再睡了……”

阿饧“哼”了一声，还是没动。

钟荟三步并作两步走到儿子眠床前，二话不说一掀被子，在阿饧臀上拍了两下：“起来！”

这一下没什么力道，跟挠痒痒似的，卫阿饧有恃无恐地翻了个身，抬手揉揉眼睛，把眼角揉成了桃花瓣一样的颜色，眨巴眨巴黑白分明的凤眼，嘟了嘟嘴道：“阿娘，我困……”

钟荟一对上这张和卫十一郎幼时一模一样的脸，顿时就狠不下心了，弯下腰抚了抚他背脊，柔声劝道：“你三姨母难得回京一次，正盼着你呢。”

卫阿饧眼珠子一转，搂住他阿娘的脖子：“阿娘我真的困……昨夜阿爷罚我抄书，直抄到外头老鸹儿叫呢……”

说完在她脸颊上“吧唧”亲了一口：“好阿娘……”

钟荟心都快化了：“那至多再睡一刻钟，你不是最爱去阿舅家么？难得二舅也在，叫他带你骑马。”

卫阿饧一听有马骑，顿时睡意全消，满怀期待地道：“那大表兄去不去?”

“你大表兄怎么好随便出宫，今日咱们在大舅家住一夜，过两日同三姨母一块儿入宫，不就能见到了么?”钟荟不等他躺回去，赶紧扯住他，从乳母手里接过衣裳往他身上套。

“大表兄都不去有什么意思！我也不去!”卫阿饧扭得跟扭股儿糖似的，“就不去就不去!”

“阿饧乖，”钟荟哄道，“一会儿你阿爷该下朝回来了。”

话音刚落，只听一个清清冷冷的声音道：“他不去便罢了。”

卫琇走进屋里，冷冷地看了一眼儿子，把手搭在钟荟肩上：“我们走。”

卫阿饧顿时噤若寒蝉，乖乖地伸出手穿进袖子里，讨好地对卫琇笑了笑：“阿爷您下朝啦?”

卫琇掀了掀眼皮：“不听你阿娘的话，今日多抄两张大字，到了阿舅家也不许懈怠。阿爷昨日教的《滕文公上》融会贯通了么？若是没有，赶紧补，夜里阿爷考校你。”

卫阿饧乖巧得像换了个人似的：“知道了，阿爷。”

卫琇这才微露笑意，在儿子毛茸茸乱糟糟的发顶上薅了一把：“赶紧起来洗漱吧，别叫三姨母他们等急了。”

钟荟跟着夫君出了屋子，走到廊下估摸着里面听不见了，这才埋怨道：“卫阿晏，又欺负我儿子！孩子还小，做什么将他拘成这样！你像他那么大时话都说不利索呢!”

“你这阿娘狠不下心，可不就得我做这个坏人。”卫琇与方才判若两人，眉目间的神色比春风还轻软，“我何尝不想多纵容他几年。”

他一边说一边解下自己的氅衣披在钟荟肩上：“早晚还有些寒，穿得这样单薄，只顾好看。”

卫家的车驾进了姜府，牛车刚一停稳，卫阿饧就迫不及待地掀开车帷跳了下来，吓得乳母一身冷汗：“小郎君您慢着点！”

卫阿饧全忘了刚才在家里说的话，一进姜府撒开两条短腿直奔姜老太太的院子。

他也不要人抱，一气儿跑进老太太卧房里，差点把老人家扑倒在地上。

姜老太太干脆把拐杖一扔，顺势坐在榻上，把他搂在怀里，“心肝肉肉儿”唤个不停。

“太婆婆！”卫阿饧知道姜老太太年事高耳朵聋，对着她耳朵大声道，“我想您想得辗转反侧……就是夜里睡不着觉。”

姜老太太也没怎么听清楚，总之就是心花怒放，当即摘下腰里的碧玉佩塞给他：“你大姨母前些天给我的，快收起来。”

那玉佩汪着温润的绿光，一看就是价值连城的好东西，无奈卫阿饧不识得。他双手捧着玉佩，规矩地行了个礼：“多谢太婆婆的赏赐，上回的糖枣糕还有吗？”

姜老太太忙吩咐下人去取。

钟荟和三娘子姜明淅并肩走进祖母屋里时，卫阿饧已经把一碟子枣糕吃完了。

钟荟看了一眼碟子上的残渣，无奈地嗔怪道：“又到太婆婆这里骗糖吃，前些天闹虫牙不记得了？”

“小阿饧，还记得三姨母吗？”姜明淅快步朝他走去，蹲下身把他搂在怀里，捏捏他的脸，“你小时候我常来你家抱你呢！”

他们上回见面是一年半之前姜明淅出嫁的时候，卫阿饧那时候还小，看着三姨母有些陌生，不过他一点也不露怯，勾住姜明淅的脖子，二话不说往她脸上盖了个湿润的章，扑闪着眼睛道：“三姨母最好看，好看的人心也善，好姨母，我阿娘要打骂我，你帮帮我呀！”

姜明淅笑得差点跌在地上，把他一顿搓揉：“小嘴怎么那么甜呢！”

“好了，别闹你三姨母了，去找你二舅玩吧。”

钟荟把孩子打发走，扶着三娘坐到榻上：“有什么不舒服吗？”

三娘子抚了抚平坦的小腹：“倒没觉察出什么，脾胃也没什么变化。”

她是在回京的半路上发现有孕的，钟荟得知以后唬了一跳。

“苏郎说了……”三娘子说起夫君便微微红了脸，“家里在京中有宅子，索性叫人收拾出来住个一年半载，待出了月子再回去。他已经叫人送了信回去，阿舅阿姑都是极和善可亲的人，想来不会说什么。”

钟荟喜不自胜："那就太好了！咱们又可以时常相见了，你有了身子仔细着点，我那儿有个温补的方子，你拿去叫大夫看看能不能用。"说完又细细叮嘱了许多起居饮食的禁忌。

"阿姊，"三娘子忍不住笑道，"真不愧是做了阿娘的人，唠叨起来没个完。"

钟荟扯了扯她脸蛋："还说我，都快当阿娘的人了，还跟个孩子似的！"

姊妹俩絮叨了一会儿，三娘子问道："阿姊你明日有安排吗？我想入宫去看看大姊。"

"你们昨日夜里才到，要不歇息两日再入宫吧？"

三娘子摇摇头："无碍，我也怪想大姊的。"

当天夜里钟荟宿在了姜家，第二日一早，姊妹俩带着阿钖一起入宫觐见姜太后。

姜明霜早早在寝殿等着两个妹妹，恨不能亲自出宫门迎接，到临近中午时总算把人盼来了。

她着一身正红的家常衫子，只随意绾了个圆髻，身上没什么纹饰，却显得雍容。

姜明霜拉着三娘子的手端详了好一会儿："嗯，嫁到婆家两年倒养胖了些，越发可人疼了。"

"可不是，苏小郎君快把她疼到肉里去了。"钟荟揶揄道。

宫人搬了绣榻来，姜明霜招呼姊妹俩坐，自己搂着外甥，轻轻地揉着他的小脸蛋，吩咐宫人去拿果子。

"姨母，大表兄呢？"阿钖两只眼睛往四处溜。

姜明霜故意逗他："在宣德殿听太傅讲学呢，姨母叫人带你去找他好不好？"

卫阿钖把脖子一缩，忙摆摆手："不了，姨母，我就在此处等他吧。"

那位太傅不是别人，正是他阿爷，再借他两个胆子也不敢去寻晦气。

他吃了一会儿果子，听了大人们聊了会儿天，抬袖掩着口打了个哈欠："大姨母，表兄何时回来呀？"

姜明霜笑起来："跟阿竹姊姊去院子里看小猧子吧。"

阿钖眼睛一亮："大姨母，我能抱一只回去吗？"

"不能养，二花怕猧子。"钟荟赶紧阻止。

"那咱们把二花送走得了，猧子多好玩儿啊。"

"不成，你阿爷不让养。"

卫琇是治他的良方，阿钖顿时不吱声了。

不一会儿天子下学，一出宣德殿的大门就忍不住问前来接他的内侍："阿六，不知卫家表弟到了吗？”

内侍手里提着他的书笥，笑着道：“卫小郎君到了有半刻钟了……殿下莫要着急，慢慢走，仔细地看着脚下。”

表兄弟俩有阵子未见，见了面两人都很激动，不过司徒颖大了半岁多，性子也不像卫阿饧那样跳脱，没他那么喜形于色。

“大表兄，我同你说，昨日二舅带我骑马了！”阿饧忍不住炫耀，“要是你在就好啦，不过你是天子，不能随意出宫……”

司徒颖听了也很艳羡，他们表兄弟俩最喜欢的就是二舅，二舅是个威风凛凛的大将军，但是私底下既温和又有耐心，会送他们镶宝石的小弯刀，还会替他们做小弓，给他们讲黄沙大漠里的故事。司徒颖有好几个教射御的先生，哪个都不及二舅有意思。

表兄弟俩由内侍陪着去芳林园玩。

卫阿饧往曲池里投了几块小石子，一尾锦鲤都没砸中，懊恼地拍了拍手：“大表兄，你既是天子，我阿爷也得听命于你，对吧？”

司徒颖想了想，觉得这话也不全对，他虽是天子，太傅叫他写十个大字他也不敢写八个，但是太傅讲过君臣之分，从名分上来说又似乎是这么回事，他只好模棱两可地“唔”了一声。

卫阿饧喜上眉梢：“好表兄，你能不能下个旨叫我阿爷日日宿在宫里别回去了？”

“呃？”司徒颖为难起来，他还不曾亲自拟过旨，都是中书侍郎草拟后交给中书侍令卫太傅过目，再送呈太后盖印。太傅有时候会给他讲解，但是从头至尾都不过他的手。但是他望着表弟期待的眼神，又不好意思让表弟失望：“我且回去试试。”

“大表兄你应承我了，君前无戏言，可不许翻悔。”卫阿饧解决了人生中最大的难题，笑得见牙不见眼。

两个孩子难得见一回，大人们也不想拘着他们，姜明霜索性叫宫人把午膳送到园中清凉台。

孩子们玩了大半日，夕阳西斜的时候，眼皮终于开始往下耷拉，发了一会儿愣，渐渐睁不开眼。

内侍阿六把他们轻轻抱起来，左右手各一个，扛回太后的寝殿。

钟荟忙上去接过卫阿饧抱在怀里，对大娘子道：“天色也不早了，我们也该回去了。”

大娘子本想留他们在宫中用晚膳，但是姊妹俩要回去陪祖母，也不好强留，只能连声道：“多来宫里瞧我们。”

把姊妹俩送出殿外，姜明霜回到房内，坐在床边盯着儿子的睡颜看了许久，阿宝五官长得像她，只有眉毛有些司徒钧的影子。

“娘娘，”阿六小声道，“时候不早了，奴婢去传晚膳?”

姜明霜点点头：“让阿宝睡会儿，待晚膳来了再叫醒他。”

“是。”阿六答应了一声便往外退。

姜明霜站起身，绕出屏风，突然叫住他：“阿六。”

“娘娘还有别的吩咐吗?”

“阿六，”姜明霜向前走近两步，“有件事我一直没问你，那日不是先帝叫你来救我的吧?”

阿六神色慌乱，扑通一声跪下来：“娘娘，当日确是先帝命我来找您的……”

“你不必骗我了。”

这时候再想起司徒钧，她心里只剩个远远的影子，轻若无物，再也不能激起丝毫波澜。

“阿六不敢欺瞒娘娘。”阿六心里着急，重重地磕了两个头，“的的确确是先帝派我来的。”

姜明霜走过去把他扶起来：“你去吧。”

钟荟和三娘子姊妹俩坐上牛车，出宫回姜府。

姜明淅掀开窗帷回望越来越远的宫门，突然对二姊道：“阿姊，你觉不觉得大姊宫里那个内侍像一个人?”

“你说阿六?”

“不知道为什么，明明长得一丁点儿也不像，可我看着他老是想起阿年表兄。”姜明淅蹙着眉道，“就是觉着像。”

钟荟沉默了一会儿：“说起来也有好久没见着表兄表嫂了，难得你也在京中，回去同阿兄说一声，请他们来小住几日。”

“嗯。”姜明淅点点头。

司徒颖醒来用过晚膳，回书房憋了两个时辰，终于不负表弟所托，拟了他一生中的第一道圣旨，此时距他亲政还有近十年。

第二日卫阿饧挨了有生以来第一顿打，下手的是他亲娘。

番外 司徒香

姜景义征战沙场出生入死二十年，从未离死这么近过，他身中数刀，最凶险的一刀离心口只有寸许，幸好伤口不算太深。血浸透了黑衣，鼻端血腥气弥漫，大约是失血太多，他的眼前已经有些模糊了。

然而比起自己的安危，他更担心的是侄儿姜悔，姜悔伤得比自己还重，已经失去了知觉。姜景义时不时伸手往姜悔口鼻处探一探，一线微弱的气息让他知道侄儿还活着。

他如何不知此次袭营是铤而走险，然而援军迟迟不至，粮草已经告罄，他也唯有出此下策，以性命搏一线生机。他本想把侄儿留在营中，奈何姜悔执意相随，他转念一想，城破也就在旦夕之间，便任由姜悔跟来了。

姜景义拖曳着无知觉的姜悔在营帐和箭塔的暗影中潜行，这一夜无星无月，帮了他们大忙。然而在经过一座营帐时，帐前的守卫还是发现了他们。

姜景义当机立断，把侄儿平放在地上，没等那守卫来得及出声便鬼魅似的闪身上前，抹了守卫的脖子，随即又以迅雷不及掩耳之势杀了另一名守卫。

他把刀刃上的血往死尸衣服上一擦，蹲下身托起侄儿，把姜悔一条胳膊环在自己脖颈上，强提一口气站起来。杀人的动静还是引来了追兵，姜景义一个人尚且难以脱身，遑论还拖着个姜悔，但是坐以待毙从来不是他的选择，到了这个节骨眼上，他还是踉踉跄跄地继续往前走。

经过帐门边时，毡帷突然掀起，从里头伸出一只手来，冷不丁地将他拽了进去。

姜景义一个趔趄栽进帐中，不等他抽刀，一把匕首已经架到了他脖子上。

“你是何人？”姜景义舔了舔嘴唇，压低声音问道。

此人身形瘦小，衣袖中有一股非兰非麝的淡淡香气，姜景义一下子便知道这是个女子。兵营里的女子，不是营妓便是随军的将领女眷。

“营妓?”姜景义故意问道。

女子果然气急败坏，一开口是个年轻女郎的声音：“信不信我杀了你?”

那便是后者了，姜景义勾了勾嘴角：“小娘子既要杀我，不如把我交给追兵，岂不两下便宜?你这般如花似玉的美人，如何能做这等粗活?”

“闭嘴!”女子顿了顿，有些羞赧之意，“黑灯瞎火的，你如何知道我样貌如何?”

“在下非但知道小娘子是美人，还知道你心善。”姜景义笑道，“劳驾小娘子帮我把同袍搬到里头去好么?”

“我凭什么要帮你们?”

女子嘴上虽然这么说，却弯下腰和姜景义一同把不省人事的姜悔搬到屏风后。

“你是来袭营的?”女子在黑暗中打量姜景义的轮廓，“我问你，你们主将姜二郎在哪里?”

“你找姜将军何事?”姜景义纳闷了。

“与你何干，快说!”女子恼羞成怒。

“小娘子同我们将军有旧吗?”

“有仇。”女子说完突然想起什么事，“我出去把那两具尸首拖远点，若是想找死就尽管吭声……”

说完绕过屏风走了出去。

姜景义蹲下身，小心翼翼地脱下姜悔的铠甲，解开他的外袍，撕下中衣衣襟，摸黑替他包扎股上的刀伤。

过了约莫半刻钟，他听到帐外热闹起来，似是追兵到了。他把布条扎紧打了个结，然后迅速把侄儿拖到屏风后头，握紧了手里的刀柄。

就在这时，女子的声音响了起来：“你们怎么才来呀?侍卫也不知去哪儿了，还好我躲在帐中，没叫贼人发现。”

一个男子答道：“请殿下恕罪，不知那些贼人现在何处?”

“我听着脚步声像是往南边去了，等等，又像是北边，我在里头吓得魂都快飞了，如何听得清楚……叫两个人守在帐外便是了。”

不一会儿，那女子折返回来，走到他身边：“行了，快说姜二郎在哪儿?”

姜景义将布条扎紧，打了个结，头也不抬地道：“已经死了。”

女子颤声道：“怎么会?”

姜景义正要笑，一滴温热的水落在他手背上，他一怔，旋即明白过来，是那女子落了泪。

他更觉好笑，一笑便牵痛了胸前的伤口，疼得咝咝抽起冷气来，不过心里颇有几分快慰，没想到山穷水尽之时还有个小美人逗乐子，老天着实待他不薄。

“你诳我！”女子回过神来。

倒不算太傻，姜景义心想。

“小娘子不是与我们将军有仇吗？他死了不是正好吗？”

女子愤愤地“哼”了一声，不去理他，转过身把手伸进帐中摸索了一番，从被褥中掏出一颗夜明珠：“先替你同伴上药吧。”

姜景义借着夜明珠清冷的微光看清楚她的面容，她比他想的还美，无瑕的肌肤泛着珍珠般的辉光，随意绾起的长发宛若丝缎，金棕色的眼珠如同价值连城的宝石，她的眼窝比一般人深一些，鼻梁又高又直，像是有胡人的血脉，对上年纪，他便有了个猜测：“我认得你，你是武元乡公主。”

入了秋，洛京城里枫叶红，菊花黄，点染出一片深浓的秋色。

这日卫阿砀一大早就被他阿娘从被窝里拖了出来，往日还能讨价还价赖上一会儿，今天她阿娘却是格外铁面无私，任凭他怎么撒娇卖痴也不肯通融一二：“今日是你外叔祖的大日子，咱们可不能失礼。”

“外叔祖……”卫阿砀眨巴眨巴惺忪睡眼。

“就是你二翁翁。”钟荟在儿子头上摸了一把，“昨夜不是同你说过嘛，怎么又忘了？忘性这么大，也不知是像谁。”

“哦！”卫阿砀眼睛一亮，“我要去找二翁翁玩！”

姜景义说起来是祖父辈的，但是爱玩爱笑，在小辈中很有人缘。他平日一直在西北，数月前才回到京都筹备婚事，拢共没和孩子们见上几面，已经隐隐撼动了二舅在他们心目中至高无上的地位。

待母子俩收拾停当坐上牛车出府时，日头已经升得很高了，卫阿砀方才的兴奋劲过了，倚在阿娘身上昏昏欲睡：“阿娘……二翁翁为何要娶亲呀？”

“成家立业是天经地义的事呀。”钟荟随口敷衍道。

“那我啥时候能娶亲呀？”

“你呀……”钟荟看了一眼儿子，揉揉他的耳朵，“等有小娘子愿意嫁你时再说吧。”

卫阿砀认真思考了一会儿，打定了主意改日去同钟家姊姊商量商量。他认识的小娘子实在不多，想来想去能当他娘子的也就是钟家姊姊了。

他消停了没多久又问道：“阿娘，二翁翁娶的是谁呀？”

“是你秦家姨姨……以后不能叫姨姨啦，要叫外叔祖母。”

卫阿饧一脸困惑，钟荟也不知道该如何同他解释清楚，与自己差不多年纪的手帕交突然长了她一辈，她自己都觉得有些怪异，想了想便对儿子敷衍道：“待你阿爷从朝中回来时去问他吧，乖。”

卫阿饧小声咕哝了一句，掩着嘴轻轻打了个哈欠，眼皮耷拉下来。

钟荟一下一下轻轻拍着儿子的背，耳边是车轮轧过土路单调的轰隆声，她的思绪不由自主渐渐飘远。

当日信都城为汝南王的大军攻破，冀州刺史秦青殉国，秦家女眷充为奴婢，许多人不堪折辱而亡，当时隐瞒身份潜藏于叛军中的姜二郎机缘巧合下救了秦四娘一命，遂成就了一段佳话。

听说二叔打算娶妻，非但是钟荟，姜家所有的人都吃了一惊，姜老太太尤为震惊。

老太太虽然时常念叨幼子的婚事，但是这么多年下来私心里也已不抱什么希望了，没想到儿子主动提出要上秦家提亲——秦四娘随军进京后便寄居于叔父家。

骠骑将军年届不惑之时决定娶妻，整个洛京城群情鼎沸，姜二郎英雄救美的故事也传得越来越玄乎，钟荟便听过许多种传闻。但是当日情形究竟如何，她二叔语焉不详，秦四娘绝口不提，她自然也不会多问。

秦四娘娴静温柔，姜老太太怜她爷娘都不在了，又敬她是忠烈之后，对这个二儿媳怎么看怎么欢喜，连带着对儿子也有了好脸色，不怎么祭出她的豹头拐杖了。

整个姜家笼罩着喜气，钟荟自然也由衷欢喜，只是这欢喜中总有一抹挥之不去的影子，一瞥见便惆怅起来。

她已经许多年不曾见过司徒香了。

回想起来，最后一回见面还是她随卫十一郎前往青州赴任之前，那时她们还约定来年在青州相会，然而等不到重逢已经天翻地覆。

汝南王谋逆兴兵之后，钟荟便再也没听到过司徒香的音信。司徒徽死于沙场，三个儿子伏诛，女眷充作官奴，钟荟着人打听，司徒香却不在其中——她就这样悄无声息地消失得无影无踪，仿佛不曾存在于世。

舆人勒紧缰绳，牛车在姜家大门前停了下来。

钟荟回过神来，发现一条胳膊已经被卫阿饧压麻了，她轻轻捏捏儿子的耳垂把他弄醒：“阿饧，我们到了。”

虽是深秋，姜府却是一派花团锦簇的融融春意，府中屋宇修葺一新，梁柱涂上了新的彩画，屋瓦上涂了核桃油，到处张灯结彩，可以想见入夜之后是怎样一番火树银花的光景。

钟荟让阿枣和乳母带着阿饧去姜老太太的松柏院，自己则回了未出嫁前住的小院子。

她没费什么工夫就找到了司徒香留下的那堆鸡零狗碎的信物，满满当当地装了一匣子——二叔难得回京一次，她一直没找到合适的时机把这些东西物归原主。姜景义完婚之后立即要前往西北，若是错过这一回，又不知得等到何日，然而今日是他与秦四娘的大日子，怎么想都不合时宜。钟荟抚了抚盒盖上的茱萸纹，叹了口气，把它收回原处，去前院寻父兄。

“二娘来啦！”姜景仁被一身朱衣映得红光满面，唯一的弟弟总算成家，有了着落，他这做兄长的也放下一桩心事。

钟荟向父兄问过安，道：“二叔呢？”

“方才还在的……”姜景仁拊了拊脑门，叫来奴仆一问，答曰往园子里去了。

“大约是盯着下人布置花厅去了。”姜昙生在一边道。

“女儿去道声贺喜。”

“应该的。”

园子里的树木都绑上了彩绸和绢纱做的花朵，远看如霞如锦。四处都是脚步匆忙、神色焦急的奴仆，却不见姜景义的身影。

钟荟在园子里转了一圈，最后在一个偏僻的小池塘边找到了她二叔。

旁人忙得团团转，他这个正主却无所事事，袖着手歪歪斜斜地靠在池边一棵梨树上。

听到身后脚步声，他警觉地转过头，待看清来人，眼睛先弯了起来：“小阿婴回来啦。”

钟荟笑着行了个礼：“二叔，在这儿偷闲哪？”

“哎呀，被你逮了个正着。”姜景义站直身子，往袖子里掏了掏，摸出一小包风干肉脯，冲她挤挤眼，“拿了二叔的好处，莫要告我的状。”

钟荟哭笑不得地接过来，姜景义偶尔回京一次，见了面还把她当孩童。

道过恭喜，叔侄俩寒暄了一会儿，姜景义怔怔地看了会儿水面，突然没头没脑地道：“你上回说有个友人托你转交些物件……还在吗？”

钟荟不防他突然提起这茬，愣了愣才回过神来：“在的，我叫下人取来？”

姜景义眉头一动，无端让人觉得有些悲恸之意，不过只一瞬便恢复如常：“不必叫人，我这就随你去取吧。”

两人到得钟荟原先住的院子，钟荟让姜景义在外头厅事中等候，吩咐婢子煮茶，自己则回房捧了司徒香留下的那只木匣子。

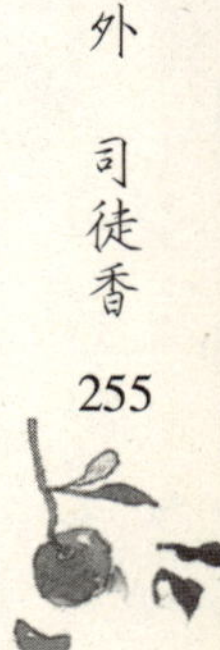

匣子有些沉，钟荟把她捧在怀里，恍惚间觉得里面似乎装着一颗沉甸甸的心。

“都在这里了，二叔请过目。”钟荟小心地掀开盖子。

哪怕妥当地收在匣子里不见天日，那些物件仍显得陈旧，绣工很粗劣的香囊、不知名的石头、奇形怪状的玉佩……中间还放着一小绺断发，已经失去了初时的光泽。

姜景义忍不住伸出手，在指尖即将触到发丝的时候突然收了回来，仿佛被炭火烫了一下。

他的目光颤了颤，旋即微微觑起眼，把盖子重新合上，脸上挂着若无其事的笑，声音却有些哑：“多谢。”

钟荟察觉到他的不对劲，心里不免抓心挠肺地好奇起来，可这毕竟是长辈的私事，实在不好随意打探，只得道：“我叫下人包起来。”

姜景义沉默了良久，摇摇头：“不必了，你替我扔了吧。”

说完站起身往庭中走去，走出几步又折返，解下腰间的短刀，递给钟荟道：“这也是她的，不便再佩在身上了，一起扔了吧。”

图书在版编目(CIP)数据

东都岁时记：全三册 / 写离声著．—杭州：浙江文艺出版社，2019.7

ISBN 978-7-5339-5619-6

Ⅰ．①东… Ⅱ．①写… Ⅲ．①长篇小说—中国—当代 Ⅳ．①I247.5

中国版本图书馆CIP数据核字(2019)第047952号

东都岁时记(全三册)

写离声 著

出版发行 浙江文艺出版社
地　　址 杭州市体育场路347号
邮政编码 310006
网　　址 www.zjwycbs.cn

策　　划 柳明晔
责任编辑 周海鸣
装帧设计 嫁衣工舍
责任印制 张丽敏

制　　版 浙江新华图文制作有限公司
印　　刷 杭州杭新印务有限公司
经　　销 浙江省新华书店集团有限公司
开　　本 710毫米×1000毫米 1/16
字　　数 887千字
印　　张 48
插　　页 3
版　　次 2019年7月第1版 2019年7月第1次印刷
书　　号 ISBN 978-7-5339-5619-6
定　　价 138.00元(全三册)